Das Buch

Sub Terra: Die toughe Archäologin und Anthropologin Ashley Carter und ihr internationales Spezialistenteam werden mit einem spektakulären Forschungsprojekt beauftragt: Mehrere Kilometer unter arktischem Eis wurde eine fünf Millionen Jahre alte Statue aus makellosem Diamant entdeckt – ein sensationeller Fund! Das Team begibt sich in der weit verzweigten Höhlenlandschaft auf die lebensgefährliche Suche nach den Wurzeln menschlicher Zivilisation. Doch Ashley und ihr Vertrauter, der Höhlenexperte Ben, wissen nichts von dem ersten Team, das in diese faszinierende Welt vordrang: die Forscher kehrten nie aus dem ewigen Eis zurück . . .
Das Blut des Teufels: Professor Henry Conklin hat in den peruanischen Anden einen mysteriösen Fund gemacht: Die Mumie eines spanischen Priesters beweist zwar nicht die Existenz einer jahrhundertealten, bisher unbekannten Kultur, doch was hat es mit der rätselhaften goldenen Substanz im Schädel des Priesters auf sich? Die Ausgrabungen werden von einer Gruppe junger Archäologen fortgeführt. In einer verborgenen Schatzkammer der Inkas stoßen sie auf unermessliche Reichtümer – und tödliche Gefahren . . .

Der Autor

James Rollins wurde 1961 in Chicago geboren. Er ist promovierter Veterinärmediziner und hat eine Tierarztpraxis in Sacramento, Kalifornien. Dort geht er auch seinen beiden neben dem Schreiben wichtigsten Leidenschaften nach: Höhlenforschung und Tauchen.

Von James Rollins sind in unserem Hause bereits erschienen:

Im Dreieck des Drachen
Operation Amazonas

James Rollins

Sub Terra
Das Blut des Teufels

Zwei Bestseller in einem Band

Aus dem Englischen von
Rudolf Krahm und Alfons Winkelmann

Ullstein

Besuchen Sie uns im Internet:
www.ullstein-taschenbuch.de

Umwelthinweis:
Dieses Buch wurde auf chlor- und säurefreiem Papier gedruckt.

Ungekürzte Ausgabe im Ullstein Taschenbuch
1. Auflage Mai 2006

Titel der amerikanischen Originalausgabe: *Subterranean*
(HarperCollins, New York)

Titel der amerikanischen Originalausgabe: *Excavation*
(HarperCollins, New York)
Umschlaggestaltung: Büro Hamburg
Titelabbildung: © Getty Images/Bill Curtsinger
Gesetzt aus der Sabon
Druck und Bindearbeiten: Ebner & Spiegel, Ulm
Printed in Germany
ISBN-13: 978-3-548-26428-8
ISBN-10: 3-548-26428-X

SUB TERRA

Für John Clemens

Dies ist ein Roman. Seine Namen, Charaktere, Schauplätze und Ereignisse sind entweder Produkte der Fantasie des Autors oder werden auf fiktionale Weise verwendet. Jegliche Ähnlichkeiten mit aktuellen Begebenheiten, Orten, Organisationen oder lebenden oder toten Personen wären rein zufällig und weder vom Autor noch vom Verlag beabsichtigt.

Es sind einfach zu viele Menschen, denen ich für die Entstehung dieser Geschichte danken müsste. Dank an Pesha Rubinstein, meine literarische Agentin, die in der Rohfassung des Manuskriptes etwas glitzern sah; an Lyssa Keusch, meine Lektorin, die meine Geschichte mit Akribie in die vorliegende Form brachte; an meine Autorengruppe, die die Geschichte mit viel Mühe zerpflückte und sie dadurch besser machte (Chris Crowe, Dennis Grayson, Dave Meek, Jeffrey Moss, Jane O'Riva, Stephen and Judy Prey, Caroline Williams). Besonderer Dank an Carolyn McCray für ihre Unterstützung, Kritik, Liebe und Freundschaft.

Und zuletzt an die beiden Menschen, denen ich alles verdanke: meine Eltern!

Großer Gott! Dies ist ein schrecklicher Ort.

Kaum leserlicher Eintrag im Tagebuch des
gescheiterten Südpolfahrers Robert F. Scott

Prolog

Mount Erebus, Antarktis

So weit das Auge reichte, bedeckte blau schimmerndes Eis den Kontinent. Peitschende Stürme hatten Gestein, Sand und Geröll über die gefrorene Landschaft gefegt und ihr den Glanz von satiniertem Glas gegeben. Es gab kein Leben auf der Oberfläche, bis auf die schmutzigen Flecken gelber Flechten, die weit älter waren als die Besatzung der McMurdo Base.

Drei Kilometer unter dem Mount Erebus, unter Gletschereis, Dauerfrost und Granit, wischte sich Private Peter Wombley den Schweiß von den Augen. Er träumte von dem Kühlschrank in der Schlafbaracke und dem Kasten Coors darin. »Was für ein Wahnsinn. Oben tobt ein verdammter Blizzard, und hier unten ist es heißer als im Hintern eines Pavians.«

»Wenn Sie endlich aufhören würden, darüber nachzudenken, wäre es halb so schlimm«, erwiderte Lieutenant Brian Flattery. Er löste die Blendlaterne vom Transportmotorrad. »Gehen wir. Vor dem Ende der Schicht müssen noch drei Relais geeicht werden.«

Wombley schnappte sich seine Laterne, schaltete sie an und folgte ihm. Wie eine Klinge schnitt das Licht durch die Dunkelheit.

»He, passen Sie auf, wohin Sie treten«, sagte Flattery und richtete den Lichtstrahl der Laterne auf eine Spalte im Höhlenboden.

Wombley huschte mit einem misstrauischen Blick an der

schwarzen Spalte vorbei. Seit seinem Eintreffen vor drei Monaten hatte er vor dem verwirrenden Höhlensystem einen gehörigen Respekt bekommen. Er beugte sich über den Rand und leuchtete in die Spalte. Sie schien geradewegs zum Mittelpunkt der Erde zu führen. Fröstelnd überlegte er, ob es ein Tor zur Hölle gab. »Warten Sie!«

»Ich mache mich jetzt auf den Weg zur Relaisstation«, sagte Flattery und zog den Transportschlitten am Tunneleingang in Position. »Sie können fünf Minuten Pause machen, bis ich zurückkomme.«

Wombley seufzte heimlich vor Erleichterung. Er hasste die »Wurmlöcher«. Diesen Spitznamen hatte die Truppe den gewundenen Höhlengängen verpasst, die einen so kleinen Durchmesser hatten, dass ein Mensch gerade eben hindurchpasste. Nur mit dem Motorschlitten konnte man sich durch die Wurmlöcher von Höhle zu Höhle bewegen.

Wie beim Rodeln legte sich Flattery bäuchlings auf den Motorschlitten, mit dem Kopf in Richtung Tunnelöffnung. Er gab Gas, und das Dröhnen des Motors hallte mit doppelter bis dreifacher Dezibelzahl von den Wänden wider. Flattery hob den Daumen und ließ die Kupplung kommen. Der Schlitten schoss in den schmalen Tunnel.

Wombley war in die Hocke gegangen, um Flattery hinterherzuschauen. Die Lichter verblassten, als der Schlitten in der Ferne um eine Kurve röhrte. Nach wenigen Augenblicken verklang sogar der Lärm. Wombley war allein in der Höhle.

Im Licht seiner Laterne schaute er nach der Uhrzeit. Flattery würde in etwa fünf Minuten zurück sein. Er grinste. Wenn Flattery allerdings das Funkrelais auseinander bauen und Teile ersetzen musste, dauerte es vielleicht auch zwanzig Minuten. Das sollte mehr als genug Zeit sein.

Er zog einen schmalen Joint aus der Brusttasche. Dann schwenkte er die Laterne im Kreis, um die Umgebung auszuleuchten. Schließlich lehnte er sich an die Höhlenwand, fischte ein Streichholz aus der Tasche und zündete es an. Er nahm einen tiefen Zug. Ah! Er legte den Kopf zurück an die Wand und inhalierte den Rauch genüsslich.

Plötzlich hallte ein schabendes Geräusch durch die Höhle.

»Scheiße!« Wombley verschluckte sich am Rauch und griff zur Laterne. Er ging in die Mitte des Raumes und schwenkte die Lampe vor und zurück. Niemand. Nur eine leere Höhle. Er lauschte angestrengt, hörte jedoch nichts mehr. Die Schatten tanzten im Lampenlicht unermüdlich auf und ab.

Ganz plötzlich kam es ihm noch viel kälter und viel dunkler vor.

Er schaute auf die Uhr. Vier Minuten waren um. Flattery musste auf dem Rückweg sein. Wombley trat den Joint aus und wartete. Er würde vergeblich warten.

Brian Flattery schloss die seitliche Abdeckung des Funkrelais. Die Einheit war vollkommen in Ordnung. Zwei weitere Relais mussten noch überprüft werden. Zwar hätten seine Support-Mitarbeiter die Testroutinen durchführen können, doch die Relais waren seine Babys. Die kleine atmosphärische Störung empfand er als persönlichen Angriff auf seine fachliche Kompetenz. Ein wenig Feinjustierung, und alles wäre perfekt.

Er ging zum Schlitten hinüber, der im Leerlauf war, schlüpfte in Position und legte den Gang ein. Bevor er in den Tunnel hineinfuhr, duckte er sich. Als ob man von einer Schlange verschluckt würde, dachte Flattery. Die glatten Wände huschten an seinem Kopf vorbei, der Scheinwerfer zeigte ihm den Weg. Nach einer Minute glitt der Schlitten aus dem Tunnel in die Höhle, in der er Wombley zurückgelassen hatte.

Flattery stellte den Motor ab und blickte sich um. Die Höhle war leer, doch bemerkte er einen vertrauten Geruch. Marihuana. »Verflucht!«, schnaubte er. Er hievte sich vom Schlitten und brüllte: »Private Wombley! Bewegen Sie Ihren Arsch hierher, aber ein bisschen plötzlich!«

Das Echo seiner Worte hallte von den Wänden wider. Wombley antwortete nicht. Mit seiner Laterne suchte Flattery die Höhle ab, fand jedoch nichts. Die beiden Motorräder, mit denen sie hergekommen waren, standen noch am selben Platz an der gegenüberliegenden Wand. Wo war der Scheißkerl?

Er ging auf die Motorräder zu. Mit seinem linken Stiefel rutschte er auf einer nassen Stelle aus; er ruderte wild mit den Armen, um sich an der Wand festzuhalten – und griff daneben. Mit einem heiseren Schrei knallte er heftig auf sein Hinterteil. Die Blendlaterne schlitterte über den Boden und blieb schließlich mit auf ihn gerichtetem Strahl liegen. Warme Feuchtigkeit drang durch seine Khakihose. Er knirschte mit den Zähnen und fluchte.

Wieder auf den Beinen, wischte sich Flattery über den Hosenboden und schnitt eine Fratze. Ein gewisser Private würde in Kürze Flatterys Stiefel einen Meter tief in den Arsch bekommen. Als Flattery das Hemd in die Hose steckte, sah er, was da von seinen Händen tropfte. Er rang nach Luft und machte einen Satz rückwärts, als ob er vor den eigenen Händen fliehen könnte.

Warmes Blut bedeckte seine Handflächen.

Erstes Buch

Teamwork

1

Chaco Canyon, New Mexico

Verfluchte Klapperschlangen.

Ashley Carter trat den Lehm von den Stiefeln, bevor sie in ihren rostigen Chevy Pickup stieg. Sie warf den staubigen Cowboyhut auf den Beifahrersitz und wischte sich mit dem Taschentuch über die Stirn. Über den Steuerknüppel gebeugt, klappte sie das Handschuhfach auf und holte das Erste-Hilfe-Set für Schlangenbisse heraus.

Mit einem Knöchel schaltete sie das Funkgerät ein. Statisches Rauschen kam aus dem tragbaren Empfänger. Summend pellte sie die Spritze aus der Verpackung und zog die übliche Menge Gegengift auf. Mittlerweile konnte sie es schon nach Augenmaß dosieren. Sie schüttelte die Flasche. Fast leer. Es wurde Zeit, dass sie sich in Albuquerque Nachschub besorgte.

Nachdem sie mit einem Alkoholtupfer die Haut desinfiziert hatte, stach sie sich die Nadel in den Arm. Sie zuckte zusammen, als sie sich die bernsteinfarbene Flüssigkeit injizierte. Dann löste sie die Aderpresse ein wenig, strich Jod auf die beiden Male an ihrem Unterarm und legte sich einen Verband an.

Nachdem sie die Aderpresse etwas fester gezogen hatte, blickte sie auf die Uhr am Armaturenbrett. In zehn Minuten würde sie die Presse wieder lockern.

Sie nahm das Mikrofon des Funkgeräts und drückte den Knopf an der Seite. »Randy, bitte kommen. Over.« Sie hörte atmosphärische Störungen, als sie den Knopf losließ.

»Randy, nimm bitte ab. Over.« Ihr Nachbar Randy war wegen einer Rückenverletzung, die er sich in der Mine zugezogen hatte, noch arbeitsunfähig. In den vergangenen zehn Wochen hatte er sich schwarz ein paar Extra-Dollar verdient und sich tagsüber um ihren Sohn Jason gekümmert.

Sie ließ den Motor an und setzte in die tiefen Furchen des Wegs zurück. Das Funkgerät stieß plötzlich verstümmelte Worte aus, dann hörte sie: »... ab. Ashley, was ist los? Wir haben schon vor einer Stunde mit deiner Rückkehr gerechnet.«

Sie nahm das Mikrofon an den Mund. »Tut mir Leid, Randy. Ich habe eine neue Kammer in der Anasazi-Ausgrabungstätte gefunden. Unter einem Bergrutsch verschüttet. Die musste ich untersuchen, solange das Licht noch ausreichte. Nur hatte eine Diamantklapperschlange andere Pläne. Jetzt will ich noch bei Doc Marshall reinschauen. In etwa einer Stunde bin ich daheim. Könntest du schon mal die Lasagne in den Ofen schieben? Over.« Sie hängte das Mikrofon wieder an das Funkgerät.

Rauschen. »Ein Biss! Schon wieder! Das ist das vierte Mal seit Weihnachten. Du forderst dein Glück heraus, Ash. Diese Alleingänge kosten dich eines Tages das Leben. Aber hör zu, sobald dich Doc Marshall untersucht hat, komm schnell nach Hause. Hier warten ein paar Typen von den Marines auf dich.«

Sie runzelte die Stirn. Was hatte sie angestellt? Sie stöhnte und nahm wieder das Mikrofon zur Hand. »Was ist los? Over.«

»Keine Ahnung. Sie stellen sich dumm.« Mit leiser Stimme fügte er hinzu: »Und das beherrschen sie verdammt gut. Richtige GI-Jungs. Du wirst sie nicht ausstehen können.«

»Die haben mir gerade noch gefehlt. Wie kommt Jason damit klar? Over.«

»Dem geht es gut. Genießt es förmlich. Quatscht gerade irgendeinem Corporal das Ohr ab. Ich glaube, er hätte dem Trottel beinahe die Kanone abgeschwatzt.«

Ashley klatschte mit der flachen Hand aufs Lenkrad. »Was bringen diese Scheißkerle Waffen in mein Haus? Verdammt, ich bin gleich bei euch. Halt die Stellung. Over.«

Sie trug niemals eine Waffe. Noch nicht einmal in den Badlands von New Mexico. Verdammt wollte sie sein, wenn sie einer Bande zu groß geratener Halbstarker erlaubte, Waffen in ihr Haus zu schleppen. Sie knallte den Gang rein, und die Räder griffen im losen Felsgestein.

Ashley sprang vom Pickup, den Arm in einer blauen Schlinge. Sie durchquerte ihren Kaktusgarten und eilte auf eine Gruppe uniformierter Männer zu, die sich auf der Veranda unter der kleinen grünen Markise zusammendrängten, die den einzigen Schatten im Umkreis von einhundert Metern bot.

Während sie die Holzstufen hinaufstampfte, wichen die vorderen Männer zurück. Bis auf einen, der mit Lametta auf jeder Schulter protzte und sich nicht von der Stelle rührte.

Sie schritt genau auf ihn zu. »Was glauben Sie eigentlich, wer Sie sind? Platzen hier mit einem Arsenal herein, mit dem man ohne weiteres ein vietnamesisches Dorf in die Luft jagen könnte. In diesem Haus wohnt ein Kind!«

Der Mund des Offiziers wurde zu einer dünnen Linie. Er lehnte sich zurück, nahm seine Sonnenbrille ab und offenbarte ein Paar kalte und gefühllose blaue Augen. »Major Michaelson, Ma'am. Wir eskortieren Dr. Blakely.«

Sie starrte ihn an. »Ich kenne keinen Dr. Blakely.«

»Er kennt Sie, Ma'am. Er sagt, Sie seien einer der besten Paläoanthropologen dieses Landes. Zumindest habe ich gehört, wie er das zum Präsidenten sagte.«

»Dem Präsidenten wovon?«

Er starrte sie verständnislos an. »Dem Präsidenten der Vereinigten Staaten.«

Ihre Überraschung wurde von einem rotblonden Wirbelwind, der sich seinen Weg durch die Uniformierten bahnte, unterbrochen. »Mama! Endlich bist du zu Hause! Das musst du dir ansehen.« Ihr Sohn musterte die Schlinge, dann packte er sie am anderen Ärmel. »Komm schon.« Obwohl er kaum über ihre Gürtelschnallen hinausragte, scheuchte er die Soldaten zur Seite.

Wütend ließ Ashley sich durch die Tür zerren. Als die Tür der Trennwand hinter ihr zufiel, lief sie aufs Wohnzimmer zu. Da bemerkte sie eine Lederaktentasche, die jemand auf dem Tisch abgelegt hatte. Es war nicht ihre.

Aus der Küche wehte ihr der Knoblauchgeruch der Lasagne im Backofen entgegen. Ihr Magen reagierte mit einem Knurren. Seit dem Frühstück hatte sie nichts mehr gegessen. Randy, mit fleckigen Topfhandschuhen bewaffnet, versuchte, die blubbernde Lasagne aus dem Ofen zu ziehen, ohne dass sie überlief. Sie musste beim Anblick dieses Bären von einem Mann lächeln, der, mit einer Schürze bekleidet, mit einer Auflaufform voll Lasagne kämpfte. Er sah sie an und rollte mit den Augen.

Als sie gerade zu einer Begrüßung ansetzte, zog jemand drängelnd an ihrem Arm. »Komm schon, Mama, schau dir an, was Dr. Blakely hat. Das ist affengeil.«

»Pass auf, was du sagst, junger Mann«, warnte sie ihn. »Du weißt, dass diese Ausdrucksweise hier nicht erlaubt ist. Jetzt zeig mir, was das alles soll.« Sie winkte Randy zu, während sie ins Wohnzimmer gezerrt wurde.

Ihr Sohn deutete auf die Aktentasche und flüsterte: »Es ist da drin.«

Das Geräusch von fließendem Wasser aus dem Gäste-WC erregte ihre Aufmerksamkeit. Die Tür ging auf, und ein langer Schwarzer, dünn wie eine Bohnenstange, in einem dreiteiligen Anzug trat in die Diele. Er war schon älter, sein kurz geschorenes Haar ein wenig ergraut. Er schob die Nickelbrille den Nasenrücken hinauf. Als er Ashley bemerkte, machte sich ein Lächeln des Erkennens in seinem Gesicht breit. Er ging rasch auf sie zu und streckte ihr die Hand entgegen. »Professor Ashley Carter. Ihr Foto in der *Archaeology* vom letzten Jahr war eine Untertreibung.«

Ashley wusste genau, wann sie jemand einwickeln wollte. So wie sie aussah – voller Dreck, einen Arm in der Schlinge und mit lehmverschmierter Jeans –, war sie keine Schönheitskönigin. »Hören Sie auf mit dem Quatsch. Was wollen Sie hier?«

Er ließ die Hand sinken. Für einen Augenblick riss er die Augen auf, dann lächelte er umso freundlicher. Er hatte mehr Zähne als ein Hai. »Mir gefällt Ihre nüchterne Einstellung«, sagte er. »Sie ist so erfrischend. Ich möchte Ihnen einen Vorschlag ...«

»Kein Interesse.« Sie wies zur Tür. »Sie können sich mit Ihrem Gefolge jetzt aus dem Staub machen. Auf Wiedersehen.«

»Wenn Sie mir nur zuhör...«

»Ich möchte Sie ungern mit einem Arschtritt verabschieden.« Ihr Arm schnellte mit einer knappen Bewegung in Richtung Tür.

»Sie bekommen hundert Riesen für zwei Monate Arbeit.«

»Machen Sie endlich ...« Ihr Arm sank herab. Sie räusperte sich, starrte Dr. Blakely an und hob die Augenbrauen. »Ich bin ganz Ohr.«

Seit ihrer Scheidung hatte sie alle Hände voll zu tun gehabt, damit sie etwas zu essen auf dem Tisch und ein Dach über dem Kopf hatten. Das Gehalt einer Assistenzprofessorin deckte kaum die Lebenshaltungskosten, geschweige denn ihre Forschungsprojekte.

»Warten Sie«, fuhr sie auf. »Eine Minute. Ist es legal? Das ist doch nie und nimmer legal.«

»Ich versichere Ihnen, Dr. Carter, dieses Angebot ist korrekt. Und das ist noch nicht alles«, fuhr Dr. Blakely fort. »Ihnen gehört das exklusive Recht, Ihre Forschungsergebnisse zu veröffentlichen. Und ein Lehrstuhl an der Universität Ihrer Wahl wird Ihnen garantiert.«

Träume wie diesen hatte Ashley nur nach zu viel Zwiebel-Salami-Pizza. »Wie ist das möglich? Es gibt Universitätsstatuten ... Vorschriften ... ältere Rechte ... Wie?«

»Dieses Projekt wird von höchster Stelle befürwortet. Ich habe freie Hand, jeden, den ich haben will, für das Gehalt, das ich bestimme, einzustellen.« Er setzte sich auf die Couch, legte ein Bein über das andere und streckte die Arme auf der Rückenlehne aus. »Und ich will Sie.«

»Warum?«, fragte Ashley immer noch misstrauisch.

Dr. Blakely beugte sich vor und bat mit gehobener Hand um Geduld. Er griff nach seiner Aktentasche und öffnete klickend den Verschluss. Mit beiden Händen zog er vorsichtig eine kleine Kristallstatue aus dem Inneren. Er wandte sie ihr in aufrechter Position zu.

Es war eine menschliche Figur – nach den hängenden Brüsten und dem schwangeren Bauch zu urteilen, war die Figur weiblich. Das schwindende Licht verfing sich in der kristallinen Struktur und reflektierte funkelnd.

Nickend forderte er sie auf, die Figur in die Hand zu nehmen. »Was halten Sie davon?«

Ashley zögerte. Sie fürchtete sich davor, die zerbrechliche Schönheit zu berühren. »Eindeutig primitiv ... Sie scheint eine Art Fruchtbarkeitsstatue zu sein.«

Dr. Blakely nickte eifrig. »Stimmt, stimmt ... Hier, gucken Sie näher hin.« Er hob die schwere Statue, und seine Arme zitterten vor Anstrengung. »Bitte schauen Sie genau hin.«

Sie griff nach der Figur.

»Sie ist aus einem einzigen Diamanten geformt worden«, sagte er. »Makellos.«

Nun verstand sie die bewaffnete Eskorte. Sie zog die Hände von diesem unschätzbar wertvollen Objekt zurück, während sie über die Zusammenhänge nachdachte. »Das ist ja affengeil«, flüsterte sie.

Ashley Carter beobachtete über den Tisch hinweg, wie Dr. Blakely sein Handy zuklappte und in seine Brusttasche zurücksteckte. »So, Professor Carter, wo waren wir stehen geblieben?«

»Ist irgendetwas nicht in Ordnung?«, fragte Ashley und wischte mit ihrem Knoblauchtoast Tomatensoße vom Teller. Sie saßen an ihrem grünen Aluminiumküchentisch.

Blakely schüttelte den Kopf. »Ganz und gar nicht. Nur die Teilnahmebestätigung eines Ihrer potenziellen Begleiter. Ein australischer Höhlenexperte.« Er lächelte ermutigend. »Wo waren wir stehen geblieben?«

Sie betrachtete ihn wachsam. »Wer wird noch an der Expedition teilnehmen?«

»Ich bedaure, die Namen sind vertraulich. Aber ich kann Ihnen sagen, dass wir mit einem führenden Biologen aus Kanada und einem Geologen aus Ägypten im Gespräch sind. Und einigen … anderen.«

Ashley erkannte, dass sie auf diese Art nichts aus ihm herausbekam. »Fein. Dann zurück zur Diamantstatue. Sie haben mir nie gesagt, wo das Artefakt gefunden worden ist.«

Er schürzte die Lippen. »Diese Information ist ebenfalls vertraulich. Nur für diejenigen bestimmt, die mit dem Forschungsprojekt zu tun haben.« Er faltete die Gingham-Serviette auf seinem Schoß zusammen.

»Doktor, ich habe gedacht, dies wäre ein Gespräch. Doch Sie sind mit Ihren Antworten eher sparsam.«

»Vielleicht. Aber Sie haben mir auch noch keine konkrete Antwort gegeben. Wollen Sie sich nun meinem Forschungsteam anschließen?«

»Ich brauche mehr Details. Und mehr Zeit, um meinen Arbeitsplan umzuorganisieren.«

»Um den Kleinkram kümmern wir uns schon.«

Sie dachte an Jason, der sein Abendessen von einem wackligen Tablett vor dem Fernseher aß. »Ich habe einen Sohn und kann nicht einfach alles stehen und liegen lassen. Mein Sohn ist *kein* Kleinkram.«

»Sie haben einen Exmann. Scott Vandercleve, glaube ich.«

»Bei ihm wird Jason nicht bleiben. Vergessen Sie's.«

Blakely seufzte laut. »Dann haben wir ein Problem.«

Doch Ashley würde in dieser Hinsicht nicht mit sich reden lassen. Jason hatte Ärger in der Schule gehabt, und sie hatte sich geschworen, in diesem Sommer viel Zeit mit ihm zu verbringen. »Das steht nicht zur Debatte«, sagte sie mit so viel Überzeugung, wie sie aufbringen konnte. »Entweder begleitet Jason mich, oder ich habe keine andere Wahl, als abzulehnen.«

Blakely musterte sie schweigend.

Sie fuhr fort: »Er ist schon bei anderen Ausgrabungen dabei gewesen. Ich weiß, dass er klarkommt.«

»Ich halte das nicht für klug.« Er lächelte schwach.

»Er ist ein zäher und gewitzter Junge.«

Blakely zog eine Grimasse. »Schließen Sie sich dem Team an, wenn wir uns in diesem Punkt einigen?« Er hielt kurz inne, nahm seine Brille ab und rieb über die Abdrücke auf seinem Nasenrücken. Er schien laut nachzudenken. »Ich glaube, er könnte in der Alpha-Basis bleiben. Dort ist er sicher.« Er setzte die Brille wieder auf und streckte ihr über den Tisch hinweg seine Hand hin. »Einverstanden.«

Erleichtert atmete sie auf und schüttelte seine trockene

Hand. »Und warum machen Sie sich solche Umstände, um mich in Ihr Team zu bekommen?«

»Ihr Spezialgebiet. Die Anthropologie der primitiven Felsenbewohner. Ihre Arbeit über die Gilahöhlen war hervorragend.«

»Dennoch, warum ich? Es gibt andere Paläoanthropologen mit ähnlichen Forschungsinteressen.«

»Aus unterschiedlichen Gründen. Erstens«, zählte er an seinen Fingern ab, »haben Sie bei anderen Ausgrabungen unter Beweis gestellt, dass Sie ein Team leiten können. Zweitens, Ihre Nase fürs Detail ist unübertroffen. Drittens, die unnachgiebige Beharrlichkeit, mit der Sie Rätsel lösen. Viertens, Sie sind körperlich in Bestform. Fünftens, ich habe Respekt vor Ihnen. Sonst noch Fragen?«

Fürs Erste zufrieden und leicht verlegen, schüttelte Ashley den Kopf. Es gelang ihr, nicht zu erröten. Auf ihrem Gebiet bekam man selten Lob zu hören. Peinlich berührt, änderte sie das Thema des Gesprächs. »Da wir jetzt Partner sind, können Sie mir vielleicht verraten, wo Sie dieses einzigartige Artefakt entdeckt haben.« Sie stand auf, um den Tisch abzuräumen. »Ich nehme an, irgendwo in Afrika.«

Er lächelte. »Nein, eigentlich in der Antarktis.«

Sie warf einen Blick über die Schulter, um zu erkennen, ob er sie auf die Probe stellte. »Auf diesem Kontinent gibt es keine primitiven Kulturen. Da ist nur unfruchtbares Gletschereis drauf.«

Blakely zuckte mit den Schultern. »Wer hat von *darauf* gesprochen?«

Sie klapperte mit dem Geschirr in der Spüle. »Wo dann?« Sie drehte sich zu ihm, lehnte sich an die Spüle und trocknete sich mit einem feuchten Küchenhandtuch die Hände ab.

Er deutete mit dem Finger auf den Boden.

Darunter.

2

Black Rock, Australien

Benjamin Brust beobachtete eine braune Küchenschabe, die durch das weiße Waschbecken schlitterte. Er ging zum Gitter hinüber und fuhr sich mit der Hand über die Bartstoppeln auf seinen Wangen, die ihm seit seiner Inhaftierung gewachsen waren. An der Zellentür war der Gestank nach altem Urin schwächer. Ein Wachsoldat in Khakiuniform schaute von dem *GQ-Magazin* auf seinem Schoß hoch. Ben nickte ihm zu, und der Wachmann wandte sich ohne weitere Reaktion wieder seiner Lektüre zu.

Wenigstens erholte sich Bens Kunde, Hans Biedermann, zusehends – Gott sei Dank. Eine Anklage wegen unfreiwilligen Totschlags konnte er wahrlich nicht gebrauchen. Biedermann sollte heute nach Deutschland zurückfliegen. Für die kleine Eskapade hatte er gerade mal eins auf die Finger bekommen, während Ben als Organisator der Expedition eine lange Haftstrafe im Militärgefängnis vor sich hatte.

In den vergangenen fünf Jahren hatte sich Ben darauf spezialisiert, diejenigen, die den richtigen Eintrittspreis zahlen konnten, zu exotischen Schauplätzen und seltenen Sehenswürdigkeiten zu begleiten. Ausflüge, die es erforderlich machten, die eine oder andere Regel zu beugen oder gar zu brechen. Bens Spezialität waren Höhlenabenteuer: verlassene Diamantminen in Südafrika, verschüttete Klosterruinen im Himalaja, Tiefseetunnel vor der karibischen Küste – und jetzt, hier in Australien, ein phänomenales Höhlensystem, das zum militärischen Sperrgebiet erklärt worden war. Es lag in einem entlegenen Abschnitt der Black-Rock-Militäranlage. Ben hatte diese außergewöhnlichen Höhlen vor vier Jahren entdeckt und vermessen, als er hier stationiert gewesen war.

Es war alles perfekt gelaufen, bis sein pummeliger deutscher Kunde, Hans Biedermann, ausrutschte und sich das Bein brach. Ben hätte ihn dort verrecken lassen sollen, als Strafe dafür, dass er seine Warnung nicht ernst genommen hatte. Doch stattdessen hatte er versucht, Biedermanns armseligen Hintern aus der Höhle zu schaffen. Biedermanns Wehgeschrei lockte die Militärpolizei herbei, und Bens Bemühungen wurden damit belohnt, dass man ihn festnahm.

Er wandte der Zellentür den Rücken zu und ließ sich auf das von Motten zerfressene Feldbett fallen. Dann lehnte er sich zurück und betrachtete eingehend die Flecken an der Decke. Er hörte die harten Schritte von Stiefelabsätzen auf dem Gang und wie jemand der Wache etwas zuflüsterte. Die schwere Zeitschrift klatschte auf den Boden. »Hier drin, Sir. Die vierte dort hinten.« Er hörte Angst in der Stimme des Wachpostens.

Die Schritte kamen näher und hielten plötzlich an. Ben stützte sich auf die Ellbogen, um zu sehen, wer vor seiner Zelle stand. Er erkannte das Gesicht seines alten Kommandeurs. Glatze, Hakennase, bohrende graue Augen. »Colonel Matson?«

»Irgendwie wusste ich, dass Sie hier enden würden. Sie waren schon immer ein Unruhestifter.« Doch das Lächeln in den Mundwinkeln milderte die Schroffheit des Gesagten. »Wie hat man Sie behandelt?«

»Als wäre es das Hilton, Sir. Der Zimmerkellner ist allerdings ein bisschen langsam.«

»Wie üblich.« Der Colonel bedeutete der Wache, die Zelle zu öffnen. »Folgen Sie mir, Sergeant Brust.«

»Ich heiße jetzt Mr. Brust, Sir.«

»Wie auch immer«, sagte der Colonel stirnrunzelnd und wandte sich ab, »wir müssen miteinander reden ...«

Die Wache unterbrach ihn. »Soll ich ihm Handschellen anlegen, Sir?«

Ben blickte Colonel Matson mit Unschuldsmiene an.

»Ja«, sagte Matson, »das wäre besser. Trauen Sie nie einem Zivilisten.«

»Okay, okay«, meinte Ben und nahm Haltung an. »Sie haben gewonnen. *Sergeant* Brust meldet sich zum Rapport.«

Nickend winkte Colonel Matson die Wache fort. »Dann mal los, Sergeant. Gehen wir in mein Dienstzimmer.«

Ben folgte ihm aus dem Gefängnis. Nach einer kurzen Fahrt kamen sie beim Verwaltungsgebäude an. Das Dienstzimmer des Colonels hatte sich nicht verändert. Derselbe Walnussschreibtisch, den klebrige Ringe von Kaffeetassen verunzierten; die Wände mit Transparenten der republikanischen Old Guard geschmückt; die Seitenwand von Trophäen gesäumt. Während der Fahrt hatte das zögerliche Verhalten des sonst so temperamentvollen Mannes Ben verraten, dass er etwas Wichtiges zurückhielt.

Der Colonel bot Ben einen Stuhl an, stützte sich dann auf die Schreibtischkante und musterte ihn. Sein Gesicht war wie versteinert.

Ben versuchte, dem Blick standzuhalten. Schließlich sagte sein alter Kommandeur mit müder Stimme: »Was zum Teufel ist mit Ihnen passiert? Sie waren der Beste der Besten und sind einfach verschwunden.«

»Ich hatte ein besseres Angebot.«

»Was denn? Reiseleiter für Yuppies mit Midlifecrisis auf Nervenkitzeltouren?«

»Ich spreche lieber von ›Abenteuerurlaub‹. Außerdem verdiene ich genug, um die Schafstation meines Vaters über Wasser zu halten.«

»Einen gewissen Ruf haben Sie sich auch erarbeitet. Als Hansdampf in allen Höhlen. Ich habe von der Höhlenrettungsaktion in den Staaten gelesen. Der große Held, was?«

Ben zuckte mit den Schultern.

»Aber das war nicht der Grund, weshalb Sie gegangen sind. Es war Jack, nicht wahr?«

Bens Miene wurde ausdruckslos, als der Name seines Freundes fiel. »Ich habe an die Guard geglaubt. Und an die Ehre. Ich habe *Ihnen* geglaubt.«

Colonel Matson schnitt eine Grimasse. »Manchmal muss man auf Grund politischer Einflussnahme das Recht beugen und die Ehre Ehre sein lassen.«

»Blödsinn!« Ben schüttelte den Kopf. »Der Sohn des Premierministers hat jeden einzelnen Schlag, den Jack ihm verpasst hat, verdient, nach dem Mist, den er mit seiner Freundin angestellt hat.«

»Ein Premierminister hat mächtige Freunde. Er konnte nicht ungestraft davonkommen.«

»Zur Hölle!« Ben knallte die Faust auf die Stuhllehne. »Ich hätte dasselbe getan. Das Kriegsgerichtsverfahren war eine Farce.« Er hielt inne, schluckte heftig und sprach dann mit ruhigerer Stimme weiter. »Man hat Jack die Menschenwürde genommen. Und da wundern Sie sich, dass ich gegangen bin?«

Matson seufzte, anscheinend zufrieden. »Jetzt hat sich die Waage des Schicksals zu Ihren Gunsten verschoben. Nun haben sich die politischen Kräfte vereint, um Ihnen zu helfen.«

Ben runzelte die Stirn. »Was meinen Sie damit?«

»Ich sollte so tun, als hätte ich diesen Brief nie erhalten. Bei dem Ärger, den Sie verursacht haben, verdienen Sie mit Sicherheit noch einige Jahre hinter Gittern.«

»Was für einen Brief?«

»Eine Anordnung vom Innenministerium. Sie sollen freigelassen werden.«

War das ein Scherz? Sie wollten ihn einfach laufen lassen? Ben sah, wie ein besorgter Blick über Matsons Gesicht huschte. »Was ist los, Colonel?«

»Da gibt es einen Haken.«

Na klar, dachte Ben. Den gab es immer.

»Sie müssen sich einer internationalen Expedition anschließen. Ein Professor aus den USA benötigt Ihre Kompetenz als Höhlenforscher. Eine Art Undercover-Operation. Keine weiteren Einzelheiten. Die erlassen Ihnen Ihre Haftstrafe und bezahlen Sie für Ihre Dienste.« Er schob Ben ein Blatt Papier zu. »Hier.«

Ben überflog das Schreiben. Sein Blick blieb bei der Zahl am Ende der Seite haften. Er starrte auf die vielen Nullen und traute seinen Augen nicht. Das konnte nicht stimmen. Damit wäre er schuldenfreier Besitzer seiner Schafstation. Keine halbseidenen Expeditionen mehr.

»Fast zu schön, um wahr zu sein?« Matson beugte sich vor und legte die Hände auf Bens Schultern. »Aber unmöglich auszuschlagen.«

Benommen nickte Ben.

»Eine innere Stimme sagt mir, dass Sie besser auf Ihren Arsch aufpassen sollten, Ben.« Matson ging zum Stuhl hinter seinem Schreibtisch und setzte sich. »Die großen Jungs spielen mit Ihnen, und sie neigen dazu, die kleinen Jungs plattzuwalzen. Denken Sie an Ihren Freund Jack.«

Ben starrte auf die Zahl am unteren Blattrand und atmete tief ein. Zu schön, um wahr zu sein.

Als Ben wieder in seiner Zelle lag, schlief er, einen Arm über die Augen gelegt, ein und hatte einen Albtraum, den er seit seiner Kindheit nicht mehr geträumt hatte. Er war wieder ein kleiner Junge, befand sich in einer riesigen Höhle und bahnte sich seinen Weg durch meterdicke Steinsäulen hindurch. Er kannte diesen Ort. Sein Großvater hatte ihn einmal mitgenommen und ihm Petroglyphen der Aborigines gezeigt.

Es war dieselbe Höhle, doch aus den Steinsäulen wuchsen Äste, an denen Früchte hingen. Neugierig griff er nach einer der matschigen Kürbisfrüchte, kam jedoch nicht bis ganz heran. Als er seinen Arm zurückzog, spürte er einen bohrenden Blick im Nacken. Er schnellte herum, doch hinter ihm war niemand. Plötzlich spürte er Blicke aus allen Richtungen. Aus den Augenwinkeln nahm er eine Bewegung hinter einer Steinsäule wahr.

»Wer ist da?«, rief er, rannte zur Säule und schaute nach. Auch dort war nichts. »Was wollt ihr?«

Unwillkürlich schoss ihm das Wort »Geister« durch den Kopf.

Er begann zu laufen …

Er fühlte, dass ihn etwas verfolgte, ihn zurückrief. Aber er ignorierte es, rannte und suchte nach einem Ausgang. Die Säulen um ihn herum standen immer enger und ließen ihn nur langsam vorankommen. Da spürte er eine sanfte Berührung in seinem Nacken und hörte, wie jemand verzerrte Worte in sein Ohr raunte.

»Du bist einer von uns.«

Mit einem Schrei schoss er aus dem Traum hoch.

Er lag auf seiner Pritsche, sein Herz raste wie wild, und er rieb sich die Schläfen. Zum Teufel! Was hatte den alten Albtraum wieder hervorgerufen? Er schloss die Augen und erinnerte sich daran, dass die Träume begonnen hatten, nachdem er sich mit seinem Großvater in einer Höhle in der Nähe von Darwin gestritten hatte. »Nein, das stimmt nicht«, hatte der dreizehn-jährige Ben geschrien, als ihm die Enthüllung die Tränen in die Augen trieb.

»Doch, junger Mann. Und ich lasse mich nicht einen Lügner schimpfen.« Sein Großvater blickte ihn aus seinem zerfurchten, ledrigen Gesicht stirnrunzelnd an. »Dies war einmal das Heim meiner Großmutter und der Sitz ihrer Vorfahren«, wiederholte er und tippte ihm mit dem Finger auf die Brust. »Eine direkte Verwandte von dir.«

Der Gedanke, dass in seinen Adern Blut der Aborigines fließen könnte, jagte ihm Angst ein. Er und seine Freunde hatten sich immer über die dunkelhäutigen Aborigine-Kinder in der Schule lustig gemacht. Und nun war er plötzlich einer von ihnen geworden. Er schüttelte den Kopf. »Ich bin kein verdammter Darkie!«

Die Ohrfeige tat weh. »Du wirst deine Vorfahren achten!«

Auch jetzt ließ ihn die Erinnerung noch zusammenzucken. Als Kind hatte ihn dieses Erbe beschämt. Zu jener Zeit hielt man Aborigines für Bürger zweiter Klasse, für nur wenig mehr als Tiere. Glücklicherweise konnte er die vererbte Schande leicht geheim halten, da im Laufe vieler Generationen sein Aborigine-Blut durch europäisches Blut verdünnt worden war. Damals hatten die Albträume begonnen.

In zahllosen Nächten war er aufgewacht, die Laken klebten an seinem nass geschwitzten Körper, Tränen liefen ihm übers Gesicht. Das Bettlaken in den Händen zusammengeballt, betete er, dass niemand von seinem Geheimnis erführe.

Mit der Zeit war er reifer geworden, hatte sogar Respekt und Sympathie für seine geheimnisvolle Herkunft entwickelt, und die Träume waren schließlich verschwunden, wie altes Spielzeug, das man in Pappkartons gesteckt hatte. Vergessen und nicht mehr gebraucht.

Er schüttelte den Kopf. Warum also jetzt? Wieso tauchten seine Kindheitsängste plötzlich wieder auf?

Muss an dieser verfluchten Zelle liegen, folgerte er und vergrub sich tiefer unter der fadenscheinigen Decke. Dank des Briefs, der gerade zur rechten Zeit eingetroffen war, würde er dieses verdammte Loch bald hinter sich gelassen haben.

Einen Monat später schickte sein mysteriöser Wohltäter ein Telegramm nach Black Rock, und zwanzig Stunden später hatte Ben seine enge Zelle in Australien gegen eine Suite im Sheraton von Buenos Aires eingetauscht.

Er prüfte das Badewasser mit einem Zeh. Die Hitze ließ ihn kurz zusammenzucken, dann lächelte er. Ahhh, perfekt. Nach einem Monat im Gefängnis von Black Rock, nach einem Monat lauwarmer Duschbäder, die kaum die Schmutzschichten auf seiner Haut lösten, hatte ein volles, heißes Bad eine fast orgastische Wirkung. Er stieg in die Wanne, ließ sich ins dampfende Wasser sinken und regulierte die Wasserzufuhr. Kitzelnde Strömungen massierten ihn von allen Seiten und erzeugten einen sanften Strudel. Ausgesprochen orgastisch.

Er seufzte, lehnte sich in der Wanne zurück, entspannte sich und ließ sich in den Wasserstrahlen treiben.

Da klopfte es an der Tür.

Ohne das Klopfen zu beachten, glitt Ben tiefer in die Strömung. Wieder klopfte es, diesmal eindringlicher.

Er stemmte sich hoch. »Wer ist da?«

Eine undeutliche Stimme antwortete: »Verzeihung, Sir, aber Dr. Blakely bittet um Ihr Erscheinen im Raum Pampas im Parterre. Die anderen Gästen treffen auch gerade ein.«

Ben rieb sich die geröteten Augen. »Ich brauche fünf Minuten.« Er hievte sich aus der Wanne; die kühle Luft rief auf seinen nackten Beinen Gänsehaut hervor. Nachdem er einen alten braunen Tweedanzug angezogen hatte, begab er sich zur Konferenzsuite.

Zu seiner Erleichterung hatte man im Vorraum des Auditoriums eine mobile Bar aufgestellt. Ein Bartender stolzierte hinter einem Regal mit Flaschen hin und her und verteilte Drinks. Eine Schar von Männern und Frauen hatte sich bereits zusammengefunden und stand in einzelnen Grüppchen herum.

Er blickte sich um. Keiner schaute zu ihm hin. So viel zur herzlichen Begrüßung. Nachdem er ein letztes Mal suchend umhergeguckt hatte, beschloss er, dass er sich nach einem Schluck Whisky auf dieser »Party« sicher wohler fühlte, und ging zur Bar hinüber.

»Was darf es sein, Sir?«

»Whisky und ein Bier zum Nachspülen.« Er stützte sich mit dem Ellbogen auf die schwarze kunstlederne Verkleidung der Bar und schaute sich um. Die Leute hier waren nichts für ihn. Niemand lachte laut, niemand verschüttete Drinks, keine wütendenden Betrunkenen. Langweilig. Nachdem er den Whisky ohne Umwege hinuntergekippt hatte, knallte er das Schnapsglas auf die Theke, ignorierte das Brennen und machte sich an das Bier heran.

Hinter ihm erklang die Stimme einer Frau: »Whisky. Pur, bitte.«

Ben drehte sich um, weil er sehen wollte, wer seinen Geschmack teilte. Whisky trinkende Frauen waren so selten wie Hühner mit Zähnen. Er war nicht enttäuscht.

Sie spielte mit dem Drink, den man ihr hinstellte. Lange Finger, kurze polierte Nägel. Keine Ringe. Kein Ehering – gut. Sie war so groß wie er, für eine Frau außergewöhnlich. Ihre Haut hatte die Farbe von Bronze, ein satter kupferroter Ton, der verriet, dass sie viel Zeit an der frischen Luft verbrachte. Aber was ihm den Atem nahm, war ihr schwarzes Haar, das ihr in lässigen Locken bis auf die Hüften hing.

»Darf ich Ihnen noch einen ausgeben?«, fragte er und betonte seinen australischen Akzent. Damit zog er die Aufmerksamkeit der Damen immer auf sich.

Sie hob ihre linke Augenbraue. »Die Drinks sind umsonst«, sagte sie, »sie gehen aufs Haus.«

Sein spitzbübisches Lächeln wurde breiter. »Wenn das so ist, wie wäre es dann gleich mit zwei Drinks?«

Sie starrte ihn schweigend aus ihren grünen Augen an.

Er streckte ihr seine Hand hin. »Ben Brust. Aus Sydney.«

»Das hätte mir Ihr Akzent schon verraten können«, sagte sie mit dem Anflug eines Lächelns. »Aber er klingt eher nach Westaustralien, weniger nach Neusüdwales.«

»Nun«, sagte er, ließ seine Hand sinken und ging stotternd in die Defensive, »eigentlich bin ich auf der Schafstation meines Vaters in der Nähe von Perth aufgewachsen. Westaustralien. Aber die meisten Menschen wissen nicht, wo ...«

»Dachte ich es mir doch.« Sie nahm ihren Drink und wandte sich ab. »Die Besprechung müsste gleich anfangen.«

Bevor sie ging, musste er noch um wenigstens einen Knochen betteln. »Und Sie sind?«

»Ashley Carter.« Sie glitt an ihm vorbei.

Ben schaute ihr nach. Nicht gerade der Gang einer Professorin. Er trank den Rest seines Biers und genoss den Anblick.

3

Buenos Aires, Argentinien

Ashley ging zu dem jungen spanischen Mann, der ihren Ausweis kontrollierte. Nickend öffnete er die Tür. Im Raum befanden sich Stuhlreihen mit etwa fünfzig Sitzen, von denen nur ein Viertel besetzt war. Ein Platzanweiser führte sie zu einem reservierten Sitz in der ersten Reihe und entfernte sich dann. Sie zitterte in dem leichten Kostüm, das sie trug, und wünschte, man würde den Thermostat höher drehen.

Jetzt, wo sie saß, ging sie die Ereignisse der vergangenen Wochen im Geiste durch; ihre alten Ängste tauchten wieder auf. Eine besonders.

Jason.

Sie hasste es, ihren Sohn allein im Hotelzimmer zurückzulassen. Heute Abend war er ihr sehr still vorgekommen; er war nicht so ausgelassen gewesen wie sonst. Ihre Finger krallten sich in ihre Handtasche.

Und dann diese Mission. Ein postalisch zugestellter Brief mit den Flugtickets und der Aufforderung, sofort zu kommen. »Für alles Weitere ist gesorgt«, hatte darin gestanden. Keine weiteren Einzelheiten.

Ein Mann setzte sich neben sie. »Ach, hallo.«

Sie blickte sich kurz um. Es war wieder der Typ aus Australien. Zum Teufel. Konnte man nicht einmal für einen Augenblick in Ruhe gelassen werden? Die einsamen Canyons von New Mexico zu Hause waren ihr noch nie so reizvoll vorgekommen.

»Ich möchte es noch einmal versuchen ...« Er streckte die Hand aus. »Benjamin Brust.«

Um ihn nicht zu verletzen, schüttelte sie ihm kurz die Hand. Und jetzt hau ab, dachte sie.

Er lächelte sie an. Weiße Zähne, rotbrauner Teint, kräftige Wangenknochen, in den Augenwinkeln Krähenfüße von der Sonne. Volle Lippen.

»Was wissen Sie von alldem hier?«, fragte er.

Ashley zuckte mit den Schultern, versuchte, die beginnende Konversation im Keim zu ersticken, und wandte sich ab.

»So viele Geheimnisse«, murmelte Ben.

Sie nickte. »Vielleicht erhalten wir in Kürze einige Antworten.«

Er schwieg, doch sie fühlte seine Gegenwart an ihrer Seite. Sein Rasierwasser war würzig und intensiv, er atmete tief und gleichmäßig.

Sie rutschte auf ihrem Stuhl hin und her. Das Auditorium war fast voll. Langsam wurde es warm. Sie wünschte, man würde den Thermostat reparieren.

»Trauen Sie ihm?«, fragte er flüsternd.

»Nein«, antwortete sie und blickte geradeaus. Sie wusste, wen er meinte. »Überhaupt nicht.«

Von einem der Eingänge aus beobachtete Blakely, wie sich der Saal füllte. Sein Team hatte sich auf den fünf Sitzen in der ersten Reihe eingefunden. Er gab seinem Assistenten Roland am anderen Ende des Raums ein Zeichen.

Roland nickte und hob ein Mikrofon an den Mund. »Meine Damen und Herrn, bitte nehmen Sie Ihre Plätze ein. Wir fangen gleich an.«

Noch wenige Augenblicke Unruhe, weil ein paar Nachzügler eintrafen, dann wurden die Türen des Auditoriums geschlossen und das Licht leicht gedämpft. Blakely bestieg das Podium und stellte sich hinter das beleuchtete Rednerpult. Er tupfte die Stirn mit einem Taschentuch ab. Seine Rede konnte er auswendig, seine Worte waren mit Bedacht gewählt.

Prüfend klopfte er ans Mikrofon. Gleichzeitig bat er die Zuhörer damit um Ruhe. »Zuerst möchte ich mich für Ihre Teilnahme bedanken.« Er machte eine Pause. »Ich weiß, dass es für jeden eine Strapaze bedeutet, seinen gewohnten Alltag so plötzlich hinter sich zu lassen. Aber ich bin sicher, Sie in wenigen Augenblicken davon überzeugen zu können, dass sich diese Unterbrechung gelohnt hat.«

Er nahm die Fernsteuerung des Diaprojektors und drückte die Taste. Auf der Leinwand erschien das Bild eines schneebedeckten Bergs mit einer schmutzigen Rauchwolke. »Der Mount Erebus auf Ross Island, direkt vor der Antarktisküste. Einer von drei vulkanischen Bergkegeln auf diesem Kontinent. Am Fuß dieses Vulkans befindet sich die amerikanische Forschungsstation McMurdo, seit fünf Jahren meine Heimat.« Er drückte erneut auf die Taste, und es erschien die Nahaufnahme einer Gruppe flacher Metallbauten auf der Oberfläche des grauen Gletschers. Eine Anordnung von Satellitenantennen wuchs aus den Dächern wie eine bizarre Spinne.

»Während der letzten zehn Jahre habe ich geothermische Untersuchungen an einigen heißen Spalten durchgeführt, die tief unter dem Kegel und unter dem benachbarten Rossmeer immer noch aktiv sind. Diese Untersuchungen wurden von der NASA unterstützt. Ihr drittes Shuttle machte vor sechs Jahren Aufnahmen von der Erdkruste, um Ölfelder und ähnliche Einschlüsse zu finden. Ich beantragte Aufnahmen von Mount Erebus und entdeckte ein paar erstaunliche Dinge.«

Er betätigte die Taste, und die Leinwand zeigte ein Querschnittsdiagramm der Erdkruste unter dem Vulkankegel. Ein Murmeln erhob sich im Raum. »Wie Sie sehen, wurde dabei ein komplexes Höhlensystem unter dem Mount Erebus entdeckt, das sich über viele hundert Kilometer erstreckt.«

Mit einem Klick erschien das nächste Dia. »Nähere Untersuchungen mit Sonar und Radar offenbarten uns eine riesige Höhle, die vom tiefsten Spalt nur durch sechshundert Meter Fels getrennt wird.« Er führte den Lichtzeiger an den verzweigten Spalten entlang, die zu dem massiven Einschluss führten. »Wir haben diese Höhle Alpha-Höhle genannt. Mit einem Durchmesser von beinahe acht Kilometern befindet sich der Höhlenboden drei Kilometer unterhalb der Oberfläche des Kontinents. Das ist dreimal tiefer, als je ein Mensch vorgedrungen ist.«

Das nächste Dia zeigte eine Gruppe lächelnder Personen, deren Gesichter mit Lehm und Staub bedeckt waren und die vor einem großen, scharfkantigen Loch posierten. »Nach dreijähriger Arbeit hatten wir uns den Weg in die Höhle gesprengt. Ein weiteres Jahr hat es uns gekostet, ein

Lager in der Höhle aufzubauen und Leitungen zu verlegen.« Auf der Leinwand erschienen als Nächstes einige beleuchtete Nissenhütten und Zelte im Scheinwerferlicht. Aus der Mitte ragte ein dreistöckiges Holzgebäude hervor. Ein zweites, ähnliches Gebäude war als eingerüsteter, hölzerner Rohbau zu sehen. »Die Alpha-Basis«, kommentierte er. »Die Arbeiten wurden geheim gehalten. Zugang nur für Personen mit entsprechender Unbedenklichkeitsbescheinigung.«

Beim nächsten Dia schnappten die Zuschauer nach Luft. Blakely lächelte schwach. »Meine Damen und Herren, ich präsentiere Ihnen nun ein Rätsel.«

Ashley, die sich bisher die Augen gerieben, gegähnt und sich gefragt hatte, was das ganze Gerede über Vulkanaktivität und Sprengungen mit ihr zu tun habe, schoss plötzlich aus ihrem Stuhl hoch. Das musste eine Fälschung sein. Was sie sah, sprengte alle anerkannten anthropologischen Theorien.

Die Projektion zeigte einen Ausschnitt der Höhlenwand im Scheinwerferlicht. Ein Geflecht von Felsenbehausungen, die in die Wand geschlagen waren, erstreckte sich über eine Höhe von über einhundert Metern. Im Unterschied zu den organisierten Anasazi-Felsenhöhlen – Behausungen mit erkennbaren Terrassen und geometrischer Formgebung –, die sie in New Mexico untersucht hatte, waren diese Behausungen eine bruchstückhafte, unbeholfene und zufällige Ansammlung von primitiven Höhlen.

Blakely fuhr fort, als sich die Unruhe unter den Anwesenden gelegt hatte und nur noch leises Murmeln zu hören war. »Unglücklicherweise war niemand zu Hause« – nervöses Lachen klang vereinzelt auf –, »aber wir haben eine Reihe von Artefakten entdeckt.« Er klickte nun durch die nächste Diaserie. Eines der Fotos zeigte die diamantene Fruchtbarkeitsstatue.

Ashley war wie betäubt, als sie auf ihren Stuhl zurücksank. Sie hob die Hand. »Entschuldigen Sie, Dr. Blakely.«

Er gab ihr mit einem Handzeichen das Wort und trank einen Schluck Wasser.

»Wurde der Ort datiert?«, fragte sie.

Schluckend nickte er. »Wir haben einige oberflächliche Kohlenstoffdatierungen vorgenommen. Wir können von 5,2 Millionen Jahren ausgehen.«

»Was!« Ashley schoss ein zweites Mal von ihrem Stuhl hoch. »Das ist unmöglich.«

»Die Datierung wurde von mehreren Laboratorien wiederholt«, antwortete er mit einem herablassenden Lächeln. Die Augen aller Anwesenden waren nun auf Ashley gerichtet. Ein Beleuchter setzte sie mit einem Spot in Szene. Sie schirmte ihre Augen mit der Hand ab. »Aber die ersten Hominiden, die frühesten Vorfahren des heutigen Menschen, tauchten erst vor vier Millionen Jahren auf diesem Planeten auf. Und diese frühen Hominiden hatten weder die Werkzeuge noch die Gesellschaftsstruktur, um so etwas zu bauen.«

Er zuckte mit den Schultern. »Deshalb sind wir hier.« Klickend erschien das nächste Dia: die Fotografie eines Tunnels am Fuß der Wand. »Diese Tunnel führen aus der kolossalen Kammer in viele unterschiedliche Richtungen hinaus. Wir glauben, dass am Ende eines dieser Gänge die Antworten auf Professor Ashley Carters Fragen liegen. Wer hat die Höhlen gebaut? Wer hat die Skulpturen gemacht? Wo sind die Erbauer jetzt?«

Die Zuhörer verharrten staunend und schweigend. Ashley setzte sich wieder; sie war immer noch geschockt.

»Ich habe ein kleines Team zusammengestellt, das mit der Erforschung beginnen soll. Es soll sich tiefer in das Labyrinth der Tunnel wagen und entdecken, was sich noch da unten befindet. Die Gruppe wird geführt von Professor

Carter, einer Expertin in Paläoanthropologie und Archäologie. Alle weiteren Mitglieder sind Koryphäen in ihren jeweiligen Bereichen.«

Er zeigte auf eine blonde Frau mehrere Plätze von Ashley entfernt. »Linda Furstenburg, Professorin für Biologie an der Universität Vancouver, wird das Team begleiten, um die einzigartige Biosphäre zu erforschen, die wir dort unten entdeckt haben. Außerdem ein Geologe, Khalid Najmon«, sagte er und nickte in Richtung eines Arabers, der mit übereinander geschlagenen Beinen links neben Linda saß. »Er wird uns, wie viele von Ihnen bereits ahnen, helfen, die Reichtümer unter dem antarktischen Eis zu kartieren. Seine Ergebnisse dürften unsere Sichtweise des Kontinents verändern.«

Blakely beendete die Vorstellung, indem er auf die beiden weiteren Männer in der ersten Reihe wies. »Aus dem fernen Australien kommt Benjamin Brust, ein weltberühmter Höhlenforscher; er wird das komplexe, einzigartige Höhlensystem kartieren. Und dieser schmucke Herr in Uniform ist Major Michaelson von den US Marines, der das Team mit zwei weiteren ausgebildeten Militärangehörigen aus sicherheitsrelevanten und logistischen Gründen begleiten wird.«

Mit einer Armbewegung schloss er die gesamte Gruppe vor sich ein. »Meine Damen und Herren, dies ist Ihr Team.« Gemurmelter Beifall erklang vereinzelt aus der Menge.

Ashley versuchte, sich auf ihrem Stuhl klein zu machen.

Nachdem weitere Einzelheiten erklärt und ein paar Fragen beantwortet worden waren, war die Konferenz beendet. Befriedigt verließ Blakely das Podium.

Im gegenüberliegenden Zimmer seufzte er und lockerte seine Krawatte. Den ersten Teil hatte er hinter sich. Roland, der seit über fünfzehn Jahren sein Assistent war, kam mit dem Diamagazin herein. Blakely nickte ihm zu.

»Das verlief ausgezeichnet, Sir«, sagte Roland und packte die Dias in Schachteln. »Den Regierungsvertretern und Ihren anderen Sponsoren scheint es gefallen zu haben.«

»Ja«, sagte er mit einem müden Lächeln. »Das glaube ich auch.« Er zog sein Jackett aus, ließ es auf den Stuhl neben sich fallen und setzte sich auf einen zweiten.

Roland verpackte das Diakarussell in einer Pappschachtel. »Keiner hat den Verdacht, dass es ein erstes Forscherteam gegeben hat.« Blakely zuckte mit den Schultern. »Davon müssen sie im Augenblick auch nichts wissen.«

»Aber was ist, wenn ...«

»Dieses Mal sind wir viel besser vorbereitet, keine Sorge. Dieses Team verlieren wir nicht.«

4

Zum zweiten Mal innnerhalb der letzten zwei Monate standen sich Ashley und Major Michaelson Auge in Auge gegenüber. Auch jetzt, in seiner blauen Uniform, sah er für Ashley wie der blauäugige Zinnsoldat aus, der Dr. Blakely vor ihre Haustür eskortiert hatte. »Es ist mir egal, ob Sie mein Team mit Ihren beiden Deppen begleiten«, sagte sie, als sie ihn sich vor dem Hörsaal schnappte. »Aber ich möchte ein für alle Mal klar stellen, dass es *mein* Team ist.«

Er stand kerzengerade und wich ihrem Blick nicht einen Zentimeter aus. »Ma'am, ich habe meine Befehle.«

Sie hasste solche Überraschungen. Blakely hätte ihr vorher sagen sollen, dass eine bewaffnete Eskorte ihr Team begleiten würde. »Das ist eine wissenschaftliche Mission, keine militärische.«

»Wie Dr. Blakely bereits erklärte, dient dies nur zu Ihrer Verteidigung. Zur Sicherheit.«

»Fein«, sagte sie und blickte ihm geradewegs in die Augen, »aber denken Sie daran: Auch wenn Sie die Waffen tragen, gebe ich die Befehle. Verstanden?«

Ohne mit der Wimper zu zucken, nickte er kurz. »Ich habe meine Befehle, Ma'am.«

Sie knirschte mit den Zähnen und unterdrückte einen Wutanfall. Was sollte sie tun? Sie trat einen Schritt zurück. »Wir haben uns verstanden.«

»Gibt es Probleme, meine Dame?« Ben trat zu ihr. Er lächelte, doch sein Lächeln gefror, als er den Major anblickte.

Ashley spürte Bens Nervosität, die ganz im Gegensatz zu seiner sonstigen Schnoddrigkeit stand. Er ist wahrscheinlich auch nicht besonders begeistert von der Idee, von Kanonen umgeben zu sein. »Nein«, sagte sie, »wir klären nur ein paar Punkte.«

»Bestens. Wir werden einen Sommer lang gemeinsam in einer drei Kilometer tiefen Höhle begraben sein. Vertragen wir uns also.« Ben hielt dem Offizier die ausgestreckte Hand hin.

Major Michaelson ignorierte sie. »Sie erledigen Ihren Job und ich den meinen.« Er nickte Ashley zu, wandte sich ab und ging davon.

»Netter Typ«, sagte Ben. »Geradezu freundlich.« Der Sarkasmus in seiner Stimme war kaum zu überhören.

»Ich habe keinen Retter gebraucht.«

»Wie meinen Sie?«

»Ich komme mit Major Michaelson auch ohne Ihre Unterstützung klar.«

»Das habe ich gesehen.« Ben sah gekränkt aus. Tief gekränkt. »Aber aus diesem Grund bin ich nicht zu Ihnen gekommen. Ich habe mich mit Professor Furstenburg und

Mr. Najmon unterhalten. Wir gehen alle zur Hotelbar. Ich wollte Sie nur bitten, mit uns zu kommen.«

Ashley blickte zu Boden, verlegen wegen ihrer ungehobelten Bemerkung. Ben hatte ihren Zorn gar nicht verdient. Sie hatte nur jemanden gebraucht, an dem sie ihre Frustration abreagieren konnte, und unglücklicherweise war er gerade zur rechten Zeit gekommen. »Hören Sie, es tut mir Leid. Ich wollte Sie nicht ...«

»Vergessen Sie es.« Wieder spielte ein Lächeln um seine Lippen. »Wir Aussies sind ein dickhäutiges Volk. Warum kommen Sie nicht mit uns?«

»Ich sollte lieber wieder in mein Zimmer gehen. Mein Sohn ist oben.«

Ben hob die Augenbrauen. »Sie haben Ihren Sohn mitgebracht? Wie alt ist er?«

»Elf«, sagte sie abwehrend. »Er war schon öfter bei Ausgrabungen dabei.«

»Nett. Es gibt doch nichts Schöneres, als die lieben Kleinen mit zur Arbeit zu nehmen.« Er wies auf ein weißes Hoteltelefon an der Wand. »Warum rufen Sie ihn nicht an? Und wenn es ihm gut geht, kommen Sie einfach mit.«

Sie hatte eine Gardinenpredigt erwartet, weil sie ihren Sohn über den halben Globus gezerrt hatte, doch seine Reaktion beruhigte sie ein wenig. Vielleicht war es ja doch in Ordnung, wenn Jason bei diesem einmaligen Abenteuer dabei war. »Sie haben Recht. Ich rufe ihn an.«

Der kurze Anruf aus der Lobby ergab, dass Jason immer noch wie ein Süchtiger mit seinem Nintendo-Gameboy spielte. Sie konnte die Geräusche des Konsolenspiels im Hintergrund hören. »Ich kann jetzt nicht reden, Mama. Ich bin fast bei Level 23. So weit bin ich noch nie gekommen. Und ich habe noch drei Leben übrig.«

»Klingt fantastisch, mein Schatz. Pass auf, ich bin in ungefähr einer Stunde bei dir. Ist das okay?«

»Na klar. Wann du willst. Ich muss jetzt auflegen.«

»Dann viel Spaß.« Er hatte eingehängt. Sie seufzte und ging zur Bar.

Trotz allem war es gut, ihre Teamkameraden vor der morgigen Reise etwas besser kennen zu lernen.

Maxi's, die Hotelbar, war die Kneipe ihrer Wahl. Die Einrichtung hatte Pariser Motive zum Vorbild, mit winzigen Cafétischen und intimen Separees. Eine französische Flagge hing über der Bar. An den Tischen saßen die Gäste der abendlichen Theatervorstellung. Espressos, Milchkaffees und exotische Drinks standen auf den Tischen herum. Im Kontrast zur europäischen Aufmachung erklang rhythmische, laute lateinamerikanische Musik.

Das Team hatte bereits eine Nische in der hinteren Ecke besetzt. Sie sah, wie Ben die Drinks durch den Raum hinübertrug. Ein Bier und drei Cocktails mit beiden Händen balancierend, manövrierte er durch den Wirrwarr von Ellbogen, Knien und Füßen. Es gelang ihm, nicht allzu viel zu verschütten. Ashley rutschte in die Nische und machte ihm Platz.

Er setzte sich neben sie und gab ihr ein Glas. »Soweit ich mich erinnere, trinkt die Dame Whisky.«

Sie lächelte. »Danke.«

»Sie scheinen bereits Bekanntschaft geschlossen zu haben«, sagte der ägyptische Geologe, Khalid Najmon, der am anderen Ende des Tisches neben Linda Furstenburg saß. Sein strahlendes Lächeln kontrastierte mit seiner dunklen Haut. Auf eine finstere Art sah er sehr gut aus. »Kennen Sie sich schon lange?«, fragte er und trank einen Schluck Wein.

»Nein, wir haben bei der Konferenz nebeneinander gesessen«, erklärte Ashley. »Ansonsten sind wir einander vollkommen fremd.«

Ben tat so, als wäre er gekränkt. »›Fremd‹ ist ein hartes Wort.«

»Nun«, sagte Khalid, »während Mr. Brust die Drinks holte, habe ich mit Professor Furstenburg Bekanntschaft geschlossen.«

»Bitte nennen Sie mich Linda.« Sie wurde ein wenig rot und schob zum wiederholten Mal eine blonde Strähne hinter das Ohr. Äußerlich gab sie sich entspannt, doch sie blickte mit glasigem Blick fortwährend im Raum umher.

Khalid nickte. »Linda erzählte mir gerade von ihrer Promotion. Evolutionsbiologie. Sie hat die Entwicklung von phosphoreszierenden Algen in Höhlensystemen untersucht. Ungeheuer faszinierend.«

»Ich habe diese leuchtenden Algen einmal gesehen«, meinte Ben, »in einer Höhle auf Madagaskar. Dort gab es Höhlen, die so voll mit dem Zeug waren, dass man am liebsten eine Sonnenbrille getragen hätte.«

Linda nickte. »*Rinchari luminarus*. Eine wunderschöne Spezies. Man findet sie in den verschiedensten Farben.« Sie erklärte die Unterschiede der individuellen Arten.

Ashley hörte auf, dem Gespräch zu folgen. Sie betrachtete Linda, während sie sprach. Ihre Augen waren so blau, dass sie sich fragte, ob sie echt waren. Ihre Figur war üppig und weich, sie hatte kleine Hände und die zarten Finger eines Kindes. Ein direkter Gegensatz zu Ashleys drahtigem, schlanken Körper. Niemand würde Ashley als weich bezeichnen.

Khalid wandte seinen Blick nicht von ihr ab. Hin und wieder nickte er während ihrer Beschreibungen. Offensichtlich faszinierte ihn mehr als nur die genetischen Variationen von leuchtenden Algen. Sogar Ben lächelte in einem fort, während er ihr lauschte.

Ashley fühlte sich wie ein Stück Granit neben einer Rose. Sie trank ihren Whisky.

»... und so habe ich meinen Doktor bekommen.«

»Ich kann verstehen, warum Dr. Blakely Sie haben wollte«, sagte Ashley. Die beiden Männer erwachten aus ihrer Trance. »Ihr Wissen über die einzigartigen Wege der Evolution wird uns bei der Dokumentation unserer Entdeckungen gute Dienste leisten.«

Ben räusperte sich. »Eindeutig ein Gewinn.«

Khalid nickte. »Auf jeden Fall.«

Endlich wandte sich Ben von Linda ab. »Und Sie, Khalid, was ist Ihr Spezialgebiet? Geologie, oder?«

Khalid trank einen Schluck und sagte dann: »Der Antarktisvertrag von 1959.«

»Bitte?«, fragte Ben.

»Niemandem gehört die Antarktis. Der Vertrag von 1959 erklärt den Kontinent zu einer Zone, die zu friedlichen, wissenschaftlichen Zwecken genutzt werden soll.«

»Ja, das ist mir bekannt. Australien besitzt dort ein paar Stationen.«

»Aber wissen Sie auch, dass auf Grund des Verbots, Rohstoffe abzubauen, das Ausmaß der Bodenschätze immer noch unbekannt ist? Ein weißer Fleck.«

Khalid gab den Zuhörern etwas Zeit, das zu verarbeiten, bevor er weitersprach. »Nun, das Abkommen ist 1991 ausgelaufen. Die Bodenschätze des Kontinents dürfen jetzt erforscht werden, allerdings mit einer kritischen Auflage: Das Land muss vor Flurschäden geschützt werden.«

Jetzt dämmerte es Ashley. Die Konsequenzen waren enorm. »Dieses unterirdische Höhlensystem erlaubt eine Untersuchung der Bodenschätze ohne eine Beschädigung der Oberfläche.«

»Ja«, erwiderte er nickend. »Und alle Lagerstätten – Öl, Mineralien, Edelsteine – gehören dem Staat, der sie entdeckt.«

»Angesichts des Verlangens der US-Regierung nach weiteren territorialen Ansprüchen«, entgegnete sie, »braucht man sich nicht zu wundern, dass die National Science

Foundation so großzügig mit ihrer finanziellen Unterstützung ist. Aber mit wem genau stecken wir hier eigentlich unter einer Decke?«

»Ich nehme an, es handelt sich um eine Kombination aus Wissenschaft, Kommerz und Politik«, antwortete Khalid – und fügte mit einem Grinsen hinzu: »Vergleichbar mit dem Manhattan Project Ihrer Regierung.«

Ashley schnitt eine missmutige Grimasse. »Großartig. Und schaut euch nur das wunderbare Ergebnis an.«

»Was glaubst du, wie wahrscheinlich ist es, dass wir fündig werden?«, fragte Linda und zog die Aufmerksamkeit des Ägypters auf sich.

»Wenn man in Betracht zieht, dass ein Wissenschaftler entdeckt hat, dass mit dem vulkanischen Rauch Goldstaub ausgestoßen wird – der einzige Rauch dieser Art auf unserem Planeten –, so werden die Ausgaben für dieses Team, glaube ich, mehr als ausreichend gedeckt sein.«

»Gold im Rauch eines Vulkans«, sagte Ben. »Das klingt ziemlich an den Haaren herbeigezogen.«

Khalid schaute bei diesem Einwurf für einen Moment finster drein. »Darüber ist ausführlich berichtet worden.«

Die anderen Teammitglieder blieben still. Sprachlos.

Ashley kochte vor Wut. Wieder einmal hatte Blakely ihnen nicht das ganze Ausmaß ihrer Mission verraten. Zuerst die bewaffnete Eskorte, dann das. »Ich weiß nicht, ob mir das gefällt«, sagte sie, »einen Kontinent zu vergewaltigen. Zu wessen Wohl?«

Linda nickte zustimmend.

Alle dachten schweigend über die ernüchternden Neuigkeiten nach.

Mit einem plötzlichen Temperamentsausbruch vertrieb Ben die düstere Stimmung. »Zum Teufel damit. Gehen wir tanzen! Verdammt noch mal, das hier ist der Geburtsort des Tangos. Los jetzt, Buenos Aires wird gerade erst wach.«

Ashley runzelte die Stirn. Dieser australische Schafhirte macht wohl nie Pause, dachte sie. »Ich passe. Ich muss meinen Sohn ins Bett stecken.«

Auch Khalid schüttelte den Kopf. »Bei uns zu Hause tanzen wir keinen Tango.«

Linda dagegen lebte auf. »Ich komme mit. Ich will raus aus diesem stickigen Hotel.«

»Ausgezeichnet!«, sagte Ben. »Jemand hat mir von einer Bar im Stadtteil San Telmo erzählt. Urig und authentisch.«

Er schoss aus der Nische und reichte Linda die Hand. »Die Nacht und die Sterne warten auf uns«, deklamierte er mit einer leichten Verneigung.

Verlegen lächelte Linda.

Als die beiden davongingen, bemerkte Ashley, dass Khalid die Stirn in Falten legte. Er murmelte etwas auf Arabisch, verabschiedete sich von ihr und rutschte ebenfalls hinter dem Tisch hervor.

Sie blickte Ben nach, der Linda hinauseskortierte. Man konnte noch hören, wie sie in schallendes Gelächter ausbrachen, dann traten die beiden auf die Straße hinaus.

Ashley blieb sitzen und widmete sich dem Rest ihres Drinks. Wie auf ein Zeichen hin jaulten plötzlich die klagenden Akkorde eines Tangos aus den Lautsprecherboxen der Bar. Von der leidenschaftlichen Musik wurde ihr noch einsamer zumute.

Zweites Buch

Die Alpha-Basis

5

Schon wieder im Flugzeug, dachte Ashley missmutig, die Nase an die Scheibe gedrückt. So weit das Auge reichte, erblickte sie unter sich nur Gletscher und Granit.

Dies war die letzte Etappe ihrer zweitägigen Reise. Gestern waren sie dreizehnhundert Kilometer von Buenos Aires nach Esperanza geflogen, dem argentinischen Militärstützpunkt an der Spitze der antarktischen Halbinsel. Dort hatte Ashley zum ersten Mal antarktische Luft geschnuppert. Mit jedem Atemzug glaubte sie, es würde Eiswasser in ihre Lungen gepumpt. Das Team übernachtete in der Kaserne des Stützpunkts und wurde am nächsten Morgen wieder an Bord des argentinischen Transportflugzeugs gebracht. Gegen Mittag, so hatte Blakely versprochen, sollten sie das endgültige Ziel ihrer Reise erreichen, den amerikanischen Marinestützpunkt McMurdo. Ashley lechzte danach, einmal mehr als vierundzwanzig Stunden außerhalb eines Flugzeugs zu verbringen. Sie richtete sich ein wenig auf, um nachzuschauen, ob Jason sich auch benahm. Er saß auf der anderen Seite der klappernden Kabine neben Ben und unterhielt sich lebhaft mit Händen und Füßen mit ihm. Die zwei hatten rasch Freundschaft geschlossen, seit sie sich in Esperanza ein Etagenbett im Männerschlafsaal der Kaserne geteilt hatten.

Ben bemerkte ihren Blick und grinste sie über Jasons Kopf hinweg an. Der Australier zeigte eine bewundernswerte Geduld. Jasons Geschichten konnten langatmig sein.

»Es geht ihm gut«, sagte Major Michaelson neben ihr.

Erschrocken blaffte sie ihn an: »Ich habe Sie nicht nach Ihrer Meinung gefragt.«

»Ich wollte ja nur …« Er schüttelte den Kopf und furchte die Stirn. »Dann eben nicht.«

Ashley biss sich auf die Unterlippe. Offensichtlich versuchte er nur, sie zu beruhigen. »Es tut mir Leid. Das hat nicht Ihnen gegolten. Mich plagen nur Zweifel, ob meine Entscheidung, Jason mitzunehmen, richtig war.«

Seine angespannte Haltung schien sich zu lockern. »Ihr Sohn hat eine Menge Mut. Er schafft das schon.«

»Danke. Aber was ist mit Ben? Er hat sich dieser Mission sicher nicht angeschlossen, um für mich den Babysitter zu spielen.«

Der Major lächelte. »Vielleicht bleibt ja etwas von Jasons Reife an ihm hängen.«

Sie gluckste. »Der Mann ist geradezu ein wandelnder Unterhaltungsdampfer.«

»Auf jeden Fall versteht er etwas von seinem Geschäft.« Er nickte in Richtung Ben. »Ich habe die Unterlagen über ihn gelesen. Ein gefeierter Rettungsarbeiter, der sich auf Höhlenaufklärung spezialisiert hat. Vor zwei Jahren hat er ein erfahrenes Forschungsteam aus den Lechuguilla-Höhlen gerettet. Die Forscher waren acht Tage lang verschwunden gewesen. Keiner konnte sie finden. Ben ging allein hinein und kam mit einem gebrochenen Bein und vier Forschern wieder heraus. Mit Höhlen kennt er sich aus. Er hat beinahe einen sechsten Sinn.«

»Das habe ich nicht gewusst …« Sie sah zu Ben hinüber, der jetzt mit Jason Karten spielte, und dachte über diese Enthüllung nach.

»Die Unterlagen über Sie waren genauso beeindruckend«, sagte der Major.

»Über mich?«

»Anscheinend haben Sie die bewundernswerte Fähigkeit, neue Entdeckungen dort zu machen, wo andere bereits alles untersucht haben.«

Bei seinem Lob zuckte sie nur mit den Schultern. Der Major war anscheinend außerordentlich gesprächig. Er war doch sonst so verschlossen und stoisch? Sie schaute ihn an. »Sie wissen verteufelt viel über uns, aber alles, was ich von Ihnen bekommen habe, waren Tickets und ein Terminplan. Ich kenne nicht einmal Ihren Vornamen.«

»Ich heiße Dennis«, antwortete er. »Dr. Blakely plant eine ausführliche Besprechung in der Alpha-Basis.«

Major Dennis Michaelson, dachte sie. Mit Vornamen wirkte der Major beinahe menschlich. Sie sank in ihren Sitz zurück. »Woher kommen Sie, Dennis?«

»Aus Nebraska. Die Farm meiner Familie liegt in der Nähe von North Platte.«

»Und warum sind Sie zu den Marines gegangen?«

»Mein Bruder Harry und ich haben uns gemeinsam bei den Marines gemeldet. Er kannte sich mit allem aus, was einen Motor hat – Autos, Motorräder, Hochgeschwindigkeitsfahrzeuge, solches Zeug. Er ging zu den Marines, um noch größere Maschinen in die Finger zu kriegen. Er war erst glücklich, wenn seine Hände vom Öl klebten. Musste immer herumbasteln.« Ein liebevolles Lächeln erschien auf Major Michaelsons Gesicht, als er seinen Bruder beschrieb.

»Und Sie? Was trieb Sie weg von der Farm?«

»Zum einen wollte ich auf Harry aufpassen. Und zum anderen sagte ich ja, dass unsere Farm in der Nähe von North Platte lag. Und North Platte liegt hinter den sieben Bergen.«

»Dann sind Sie zu den Marines gegangen, um die Welt zu sehen. Und wo sind Sie jetzt angelangt? An ihrem Arsch.«

»Ja«, erwiderte er beinahe grimmig. »Und jetzt erscheint mir North Platte so schön wie nie.«

»Also, warum hängen Sie Ihren Job nicht an den Nagel und gehen zurück zur Farm?«

Plötzlich legte Michaelson seine Stirn in Falten, und seine schwarzen Augenbrauen zogen sich zusammen. Er schüttelte den Kopf, sagte aber nichts.

Sie versuchte, mehr aus ihm herauszubekommen. »Wie sind Sie an so einen langweiligen Auftrag geraten? Einen Haufen Wissenschaftler zu bewachen.«

»Ich habe mich freiwillig gemeldet«, grummelte er.

Sie rümpfte die Nase. Nicht gerade die Entscheidung, die sie von einem Karrieresoldaten erwartet hätte. Kein Ansehen, kein Ruhm, am Ende der Welt stationiert. »Weshalb?«

Er zuckte mit den Schultern. »Ich habe meine Gründe.« Er öffnete seinen Sicherheitsgurt, verließ den Platz und murmelte etwas von »Toilette«.

Wieder allein, beobachtete sie die Landschaft, die unter den Kufen des Flugzeugs vorbeiglitt. Das Sonnenlicht wurde vom Eis reflektiert. Je besser sie ihre Teamkameraden kennen lernte, umso weniger schien sie sie zu verstehen. Aber was war daran neu? Sie verstand die Menschen doch nie. Man schaue sich nur ihre Ehe an. Flitterwochen, die acht Jahre dauerten, bis sie eines Tages mit Schwangerschaftsübelkeit früher von der Ausgrabung nach Hause kam und ihren Mann mit seiner Sekretärin im Ehebett erwischte. Keine Alarmzeichen. Kein Lippenstift am Kragen. Kein blondes Haar auf seinem Sakko. Nichts. Für sie ein absolutes Rätsel.

Ashley legte eine Hand auf den Bauch. Scotts Untreue war noch nicht einmal das Schlimmste gewesen. Sie erinnerte sich an die schmerzhaften Krämpfe und die Blutungen. Die emotionale Belastung hatte eine Fehlgeburt ausgelöst. Der Verlust des Babys hätte sie beinahe umgebracht. Nur der Gedanke an Jason, der damals sieben war, hatte sie vor dem Wahnsinn bewahrt.

Auch wenn seitdem Jahre vergangen waren, so spürte ein Teil von ihr noch den Schmerz, immer wenn sie daran dachte, wie viel sie verloren hatte. Nicht nur das Baby, auch das Vertrauen in ihre Mitmenschen. Sie wollte nie wieder so leichtgläubig und so verletzbar sein.

In ihren Sitz gelümmelt, starrte sie aus dem vereisten Fenster. Am äußersten Horizont erhob sich eine Rauchsäule, eine schwarze Unterschrift auf blauem Himmel. Sie richtete sich auf. Während das Flugzeug dröhnend weiterflog, kam die Quelle der grauen Rauchwolke in Sicht und erhob sich von der flachen Erdoberfläche wie ein erwachender Riese. Der Mount Erebus.

Das Innere des Dodge-Vans stank nach Zigaretten und wurde fast synchron zum Bassrhythmus einer Pearl-Jam-Kassette hin- und hergeschüttelt. Eine müde Mittagssonne ragte bleich über den Gipfel des Mount Erebus. Der Fahrer, ein junger Ensign der Navy, schüttelte den Kopf zur Musik. »Beinahe zu Hause«, rief er nach hinten. »Gleich hinter dem nächsten Eisrücken.« Die Straße von Williams Field zur McMurdo Base war notdürftig in das Eis gehauen worden. Mit einem letzten Aufprall, der ihnen sämtliche Knochen zusammenstauchte, hatten sie den Höhenzug umrundet, und Ashley sah das Ziel ihrer Reise.

Sie wischte mit einem Handschuh über das beschlagene Beifahrerfenster. Die anderen Mitglieder des Teams taten dasselbe. Neben dem blauen Eisschelf, welches das Rossmeer bedeckte, war McMurdo ein schwarzer Klecks. Der Industriekomplex mit grauen Gebäuden wirkte klein neben dem riesigen Schuttabladeplatz im Süden. Der Van rumpelte an einer brennenden Müllkippe vorbei, von der öliger Rauch in den blauen Himmel hinaufstieg.

Ein Helikopter der Navy kreischte über den Van hinweg. Der Druck und das Geräusch ließen die Fenster vibrieren. Jason hielt sich die Ohren zu. Die Basis schwirrte vor lauter Hubschraubern. Ashley tippte dem Fahrer auf die Schultern. »Ist das hier immer so hektisch?«

Der Fahrer zeigte mit dem Daumen nach oben. »Heute ist ein gemütlicher Tag«, rief er.

Sie lehnte sich zurück. Na toll.

Blakely lächelte. »Wir werden uns hier nur ein paar Stunden aufhalten. Dann geht es unverzüglich weiter zur Alpha-Basis. Dort ist es viel ruhiger.« Er schaute wehmütig aus dem Fenster. »Nach etwa einem Jahr gewöhnt man sich sogar an den Lärm und den Gestank hier oben. Mir fehlt das fast.«

»Für einen wissenschaftlichen Stützpunkt scheint es eine Menge Umweltverschmutzung zu geben«, sagte Linda und schnitt eine Grimasse. »Die Biotope hier sind labil.«

Blakely zuckte mit den Schultern. »Wir haben ein Budget von zehn Millionen Dollar für Flurbereinigungsmaßnahmen zugeteilt bekommen. Das wird schon wieder.«

»Das will ich hoffen«, sagte Linda.

Nahe einem kastenförmigen Betongebäude wurden sie abgesetzt. Ashley zog ihren Parka enger zusammen. Der Wind brannte, als er ihr über die Wangen peitschte. Bei mangelndem Schutz konnten in wenigen Minuten Erfrierungen eintreten. Ihre Teamkollegen stürzten zum Eingang. Sie überzeugte sich davon, dass Jason vor ihr war. Sie wollte nicht, dass er sich von der Gruppe fortbewegte und verloren ging.

Wärme. Das Innere war geheizt, aber die Luft stickig und feucht. Überall herrschte der stechende Geruch von Schweiß vor. Sie rümpfte ihre Nase und bemerkte das Regenbogenspektrum farbiger Parkas, die in der Eingangshalle an den Haken hingen.

Blakely zeigte ihnen, wo sie ihre Parkas aufhängen konnten. »Sie brauchen sich keine Sorgen zu machen, sie werden nicht gestohlen. Manteldiebe haben hier mit der Todesstrafe zu rechnen.«

Ashley half Jason aus seinem Parka und hängte ihn neben ihrem auf.

»Wir bleiben hier nur zum Mittagessen und brechen dann zur Alpha-Basis auf«, fuhr Blakely fort. »Die Messe hier in Gebäudekomplex E befindet sich am Ende des Korridors. Fühlen Sie sich wie zu Hause. Wir treffen uns in zwei Stunden wieder hier. Bei der Messe um die Ecke befindet sich ein Pausenraum mit Tischtennisplatten und Billardtischen. Viel Spaß damit.«

»Sie kommen nicht mit?«, fragte Ashley.

»Nein, ich habe eine Besprechung mit dem Captain der Station und kläre mit ihm die letzten Einzelheiten.«

Nachdem Blakely gegangen war, schritten sie zur Messe. So manch ein Marinesoldat hob die Augenbrauen, als sie vorbeigingen. Ein junger Mann starrte Ashley länger an, als ihr angenehm war, bis sie ihn mit einem strengen Blick einschüchterte. Im Großen und Ganzen jedoch schien die Mannschaft von den Neuankömmlingen unbeeindruckt zu sein. Ashley nahm an, dass sie sich als Besatzung der Basis für Operationen der National Science Foundation an das Kommen und Gehen neuer Gesichter gewöhnt hatte.

Ashley balancierte ein Tablett mit zwei Äpfeln, einem üppigen Sandwich mit Frühstücksfleisch und einem halben Liter Milch. Jason hatte sein Tablett mit Pudding und Keksen voll geladen, doch hatte sie ihn mit den Süßigkeiten zurückgeschickt. »Zuerst das Mittagessen. Danach kannst du dir gern einen Schokoladenpudding und einen Keks holen.«

Jason schlurfte traurig mit dem kleinsten Sandwich, das er finden konnte, zum Tisch und warf noch manchen Blick auf die Theke mit den Desserts.

Ben setzte sich zu ihnen, während Major Michaelson, Linda und Khalid am Nachbartisch Platz nahmen.

»Wir sind fast da«, flüsterte Ben ihr ins Ohr, als er sich setzte. »Am Tor zu einer neuen Welt. Wie fühlst du dich dabei, Captain?«

Vielleicht waren es seine Worte, vielleicht auch nur sein

kitzelnder Atem – Ashley lief jedenfalls ein Kribbeln über den Rücken. »Bestens«, sagte sie. »Ich bin richtig aufgeregt und scharf darauf, die Höhlen unter die Lupe zu nehmen.«

»Geht mir genauso.« Mit einem strahlenden Lächeln streckte er seine Hand aus. Seine Finger zitterten. »Ich zittere am ganzen Leib vor Erwartung, dass es endlich losgeht.«

Sie wusste nicht, ob er sie auf den Arm nahm. Er war schwer zu durchschauen. »So kurz davor zu sein«, sie zuckte mit den Schultern, »ist nervenaufreibend.«

»Ich weiß, wie dir zu Mute ist«, sagte Ben nickend. »Ich bin jetzt seit zwei Jahrzehnten Späleologe. Das ist meine erste Chance, meine Nase in alte Schachteln zu stecken.«

»In alte Schachteln? Was heißt denn das?«

»Psst, Mama!«, sagte Jason entsetzt, der neben ihr saß und den Mund voll Sandwich hatte. »Das sagt man so bei den Höhlenforschern, wenn jemand etwas zum ersten Mal entdeckt.«

»Ach so, verstehe.« Sie schmunzelte über seinen Versuch, sie zu beeindrucken.

»Ben und ich haben uns darüber unterhalten. Er hat mir alles erzählt über – wie heißt das noch mal? Ach ja, den Jungfrauendurchstoß.«

»Was?« Sie fuhr herum zu Ben. »Was zum Teufel hast du meinem Sohn erzählt?«

»Jungferndurchgänge«, sagte Ben und hielt das Lachen nur mit Mühe zurück. »Gänge, die noch nie ein Mensch betreten hat. Solche Sachen.«

»Oh«, sagte sie, plötzlich verärgert, »ich dachte ...«

Er unterbrach sie mit einem beiläufigen Grinsen. »Ich weiß, was du gedacht hast.«

Sie wurde wütend. »Du denkst wohl, du bist der nächste Neil Armstrong?«

»Wer?«

Angesichts dieser Bildungslücke schüttelte sie den Kopf. »Der erste Mensch, der den Mond betreten hat. ›Ein großer Schritt für die Menschheit.‹«

Bens Augen leuchteten auf. »Genau! Der erste Mensch zu sein, der etwas Neues zu Gesicht bekommt. Ein Wahnsinnsnervenkitzel.«

Sie erinnerte sich an das verschüttete Anasazi-Grabmal, das sie entdeckt hatte. Ihr Herz hatte wie verrückt geklopft, und sie hatte es kaum gewagt, Luft zu holen, als sie den letzten Stein umkippte und so das Innere des Allerheiligsten des Hohepriesters öffnete. Der modrige Geruch der uralten Grabkammer. Die Sonne auf ihrem Rücken. Sie war die Erste, die ein Geheimnis entdeckte, das Jahrhunderte verborgen gewesen war. Und nun hatte sie es mit einem Geheimnis zu tun, das Jahrtausende verborgen gewesen war. Was würde sie dort finden? In ihren Ohren dröhnte ihr Herzschlag. Doch, sie konnte Bens Aufregung nachvollziehen.

»Willst *du* denn deine Nase in alte Schachteln stecken?«, fragte er.

Lächelnd blickte sie in seine lachenden Augen. »Zum Teufel, ja. Ich hoffe, wir haben nachher noch Zeit, die Höhlen der Felsenbewohner zu untersuchen. Ich würde sogar das Mittagessen auslassen, wenn man mich noch heute dahin ließe.« Sie biss heißhungrig in ihr Sandwich. Das Brot war feucht und das Fleisch wie Gummi. »Besonders *dieses* Mittagessen.«

Ben lächelte sie ununterbrochen an. »Magst du keine Armeeverpflegung?«

Sie grinste zurück. »Ich hole mir jetzt Pudding und Kekse.«

»He«, rief Jason, »das ist nicht fair.«

Jason tupfte mit dem Finger jeden einzelnen Kekskrümel von seinem Dessertteller auf. Dann leckte er ihn ab und genoss die letzten Spuren von Schokolade. »Darf ich mir noch einen Keks holen?«, bettelte er seine Mutter an.

»Du hattest schon zwei. Das reicht. Geh bitte ins Bad und wasch dir die Finger.«

Jason murmelte etwas Unverständliches und schob seinen Stuhl zurück. »Na gut.«

»Wie wäre es mit einer Partie Poolbillard, wenn du fertig bist?«, fragte Ben, als Jason sich an ihm vorbeidrückte.

Jasons verkniffene Gesichtszüge lockerten sich. Er schaute seine Mutter an. »Darf ich?«

»Klar. Jetzt beeil dich. Wir brechen bald auf.«

»In einer Minute bin ich wieder da, Ben«, sagte Jason und schoss durch die Messe zur Toilette am anderen Ende des Saals. Der Vorraum war leer. Jason schlüpfte in die mittlere Kabine und fummelte an seinem Gürtel.

Als er sich hinsetzte, hörte er, wie die Tür aufging, Lärm aus dem Saal hereindrang und die Tür wieder zufiel. Jemand pfiff falsch eine Melodie, näherte sich den Toilettenkabinen und betrat die Kabine rechts von Jason. Immer noch pfeifend ließ der Mann seinen Rucksack auf den Boden der Kabine fallen. Genau rechts neben Jason.

Jason sah mit großen Augen, wie eine schwarzbehaarte Hand hinunterlangte, die Schnalle des Rucksacks öffnete und darin herumwühlte. Er hörte, wie ein Streichholz angezündet wurde … und jemand langsam ausatmete. Es roch nach einer brennenden Zigarette. Während der Mann immer noch pfiff, öffnete er geräuschvoll den Gürtel. Als er sich setzte, trat er mit dem Absatz gegen den Rucksack und warf ihn um. Ein kleiner Haufen in Plastik verschweißter Würfel, die wie graue Play-Doh-Knete aussahen, kullerte in Jasons Kabine.

In diesem Moment ging die Tür zur Herrentoilette wieder auf. Ein anderer Mann ging zu den Urinalen hinüber. Jason nahm das Öffnen eines Reißverschlusses und das charakteristische Plätschern wahr. Der Mann am Urinal seufzte. Jason belauschte seinen Nachbarn, der seinen Gürtel zuzog und den umgekippten Rucksack aufhob.

Der Nachbar verließ die Kabine.

Der Mann am Urinal sprach. Jason erkannte Bens Stimme. »Khalid, mein Bester, Rauchen ist hier nicht erlaubt.«

»Ach, die Amerikaner haben einfach viel zu viele Vorschriften. Wie soll man da wissen, welche man befolgen und welche man ignorieren soll? Möchtest du eine Zigarette?«

»Danke für das Angebot«, erwiderte Ben, »aber ich bin zum Billard verabredet.«

Die Tür der Herrentoilette wurde aufgestoßen, und Khalid stampfte hinaus.

Jason setzte seine Füße wieder auf den Boden und stand auf. Während er seinen Gürtel schloss, schaute er auf den Boden. Der Ägypter hatte einen seiner eingeschweißten Würfel übersehen. Er war zur gegenüberliegenden Seite von Jasons Kabine gekullert. Jason streckte den Arm aus und hob den Würfel auf. Was sollte er damit machen? Wenn man kräftig zupackte, fühlte er sich an wie feste Tonerde. Ihm war bewusst, dass er den Würfel Khalid zurückgeben sollte, aber dann käme heraus, dass er gelauscht hatte. Er steckte ihn in seine Hosentasche und verließ die Kabine.

»Da bist du ja!« Ben stand vor ihm. »Deine Mutter hat schon gedacht, du wärst ins Klo gefallen.«

Jason grinste. Er schob den Würfel noch tiefer in seine Tasche.

»Was hast du denn da, Sportsfreund? Hast du dir den dritten Keks gemopst?«, fragte Ben augenzwinkernd.

»Nein«, sagte Jason und bekam einen Schluckauf vom Lachen. »Ist nichts Besonderes.«

»Na gut. Dann auf zum Billard.«

Blakely stemmte sich gegen eine Windbö, während er durchs Camp schritt. Das Büro des befehlshabenden Offiziers lag auf der anderen Seite der Basis, weit weg von der Müllkippe. Wenn er diese verdammte Ausrüstung nicht so nötig gehabt hätte, wäre er direkt zur Alpha-Basis weitergereist. Doch Rolands Communiqués und Gesuche hatten den sturen Offizier nicht umstimmen können. Er brauchte diese verfluchten Platinen; sie waren für das Funkverbindungsnetz lebensnotwendig.

Er schritt die Stufen zum Basishauptquartier hinauf, und eine Wache prüfte seine Personalien. Blakely schenkte dem Mann einen säuerlichen Blick, während er wartete. Ein roter Helikopter der US Navy flog dicht an ihnen vorbei und schleuderte Eis und Dreck in das Wachhäuschen. Mit gerunzelter Stirn schaute die Wache hinauf.

»Alles okay, Dr. Blakely.«

»Danke.« Er ging hinein. Verdammte Vorschriften. Nachdem er seinen Parka aufgehängt hatte, eilte er weiter den Flur entlang. Das Eckbüro des befehlshabenden Offiziers lag im Parterre. Er ging auf den Sekretär zu, einen Unteroffizier mit schwarzem Brillengestell und schlechter Haltung.

»Ich möchte mit Commander Sung sprechen«, sagte Blakely, noch bevor der Sekretär den Mund aufgemacht hatte.

»Haben Sie einen Termin?«

»Sagen Sie ihm, Blakely ist hier. Dann lässt er mich schon rein.«

»Er ist im Augenblick sehr beschäftigt.«

Blakely schüttelte den Kopf. Er wusste, wann man ihm einen Bären aufbinden wollte. »Sagen Sie ihm, dass ich da bin.«

»Einen Moment.« Der Sekretär drückte einen Knopf auf einem Kontrollpult mit gelben Lämpchen. Er wandte sich ab, als er sprach, doch Blakely konnte das eine oder andere Wort verstehen. »Verzeihen Sie, Sir, aber hier ist ein Dr. Blakely, der Sie sprechen möchte.« Eine Pause entstand, als er in den Hörer lauschte, dann sagte er mit noch leiserer Stimme: »Das habe ich versucht, Sir. Er besteht darauf.« Eine weitere Pause, sein Gesicht lief rot an. Es gehörte nicht viel dazu zu erkennen, dass der Sekretär gerade heruntergeputzt wurde. Das Gespräch wurde mit einem letzten »Ja, Sir« beendet.

Die Schweißperlen standen ihm auf der Stirn, als er sich wieder Blakely zuwandte. »Der Commander wird Sie jetzt empfangen. Vielen Dank für Ihre Geduld.«

Blakely hatte Mitleid mit ihm. Er beugte sich herab, als er an seinem Schreibtisch vorbeiging, und flüsterte: »Machen Sie sich nichts draus, mein Sohn, jedermann weiß, was Sung für ein Arschloch ist.«

Der Sekretär schnitt eine Grimasse. »Viel Glück.«

Sorg du mal für dein eigenes Glück, dachte Blakely, als er die Tür zu Sungs Büro aufstieß.

Commander Sung saß hinter einem breiten Mahagonischreibtisch, der so dick lackiert war, dass er aussah, als wäre er nass. Vor ihm ausgebreitet lagen mehrere Akten. Mit einem Finger schob er Blakely eine Akte zu, als ekelte er sich davor. »Ich habe Ihr Gesuch gelesen, Andrew.«

Blakely hasste es, wenn ihn jemand mit dem Vornamen anredete. Vor allem so ein prinzipientreuer Schreibtischtäter wie Sung. Das war nicht das erste Mal, dass sich die beiden ins Gehege kamen. Als leitender Wissenschaftler der National Science Foundation war Blakely bereits öfter mit dem Senior Navy Officer aneinander geraten. Manches Mal waren Wissenschaft und Militär über bestimmte Themen uneins – besonders was die knappe Versorgung des abgelegenen Stützpunkts betraf.

Ihre Feindseligkeit war von dem Moment an stärker geworden, als Blakely die Diamantstatue fand. Er konnte

Sung förmlich ansehen, wie er grün vor Neid wurde – Neid auf die Zuwendung und das Geld, das Blakely mit einem Mal zufloss. Seitdem lief die Zusammenarbeit mit dem Militär auf dem Stützpunkt ab, als würden sie einander Zähne ziehen.

Sung fuhr mit einem leichten Grinsen im Mundwinkel fort: »Ich dachte, ich hätte mich unmissverständlich ausgedrückt. Die Platinen sind die Letzten, die wir auf Lager haben. Ich kann die Herausgabe erst dann genehmigen, wenn der Nachschub eingetroffen ist.«

»Das ist Schwachsinn, und das wissen Sie. Ich brauche die Platinen, um eine fehlerhafte Funkverbindungsleiterplatte zu reparieren.«

Sung zuckte mit den Schultern. »Verdammtes Pech, dass Ihre Leiterplatten einen Kurzschluss haben.«

»Das wäre nicht passiert, wenn Sie mir neue Platinen geliefert hätten statt der uralten, die Sie gebrauchten Geräten entnommen haben.« Blakely stützte sich mit den Fäusten auf den Schreibtisch. »Ich will *neue* Platinen. Ich lasse nicht zu, dass sie meine Expedition gefährden.«

»Dann warten Sie auf die nächste Lieferung. Die trifft in drei Wochen ein.«

»Wir sind ohnehin spät dran.«

»Als befehlshabender Offizier dieses Camps treffe ich diese Entscheidung, und sie ist endgültig.« Sung drehte sich in seinem Sessel zurück.

Blakely hatte die Schnauze voll von diesem Arschloch. Er langte über den Schreibtisch. Sung fuhr mit verschrecktem Gesichtsausdruck zurück. Offenbar dachte er, er würde ihn angreifen. Was für ein Trottel! Blakely schnappte sich das Telefon und zog es zu sich herüber. Er hatte etwas viel Schlimmeres vor.

Blakely ignorierte Sungs Proteste, wählte eine Nummer und nannte ein Passwort. Er lauschte, während er von einem Operator zum nächsten vermittelt wurde. Endlich eine vertraute Stimme. Blakely antwortete: »Sir, ich habe Probleme mit dem Base Commander.« Er hielt inne. »Ja, Sir. Genau. Er sitzt direkt neben mir, Sir.«

Blakely lächelte und reichte Sung den Hörer. »Ihr Boss.«

Langsam streckte Sung die Hand aus und nahm den Telefonhörer. »Hallo, hier spricht Commander Sung.«

Blakely sah zu, wie das Gesicht des Commanders zuerst bleich wurde und dann knallrot anlief. Wieder einmal wurde er Zeuge, wie jemandem der Arsch aufgerissen wurde.

»Jawohl, ich werde dafür sorgen«, sagte Sung mit hoher Stimme. »Sofort, Herr Minister. Ich habe die Wünsche des Präsidenten verstanden.«

6

Nur noch eine Minute, und es ist vorbei.

Obwohl Ashley im Sitz des Navy-Helikopters festgegurtet war, hielt sie sich am Haltegriff über ihr fest. Ein plötzlicher Ruck, eine Drehung des Flugzeugs, und ihre Knöchel traten weiß hervor. Ein dumpfes Klopfen hinter den Augen kündigte drohende Kopfschmerzen an. Nun setzt doch dieses Ding endlich auf die Erde, dachte sie. Wie als Antwort tauchte der Hubschrauber nach unten ab.

Jason rief laut »Juhu!«, als der Hubschrauber auf die vereiste Felswand zustürzte. Die Hänge des Mount Erebus füllten den gesamten Ausblick auf der Steuerbordseite, eine scheinbar endlose, in den Himmel kletternde Abfolge von verschneiten Felsen und schwarzen Abgründen.

Ashley schloss die Augen vor Übelkeit.

Jason zupfte an ihrem Ärmel. »Das musst du dir anschauen, Mama!«

Sie stieß seine Hand fort. »Nicht jetzt, mein Schatz.«

»Aber man kann in das Loch hineingucken. Es ist irre gruselig.«

Sie stöhnte und öffnete ein Auge. Die Welt war ein schräger Teller, und unter ihnen kam der Fuß des Mount Erebus in Sicht, als sie in die Tiefe kreisten. Das Areal war mit orangefarbenen Zelten geschmückt, die aussahen wie Furunkel auf einem weißen Hintern. Eine Straße aus ausgehobenem Matsch und Morast führte vom Zeltplatz zu einem schwarzen Schlund in der Felsfront des Mount Erebus. Sie war gerade groß genug, um einen Doppeldeckerbus aufnehmen zu können. Der Schnee trieb von der Öffnung weg, als ob der klaffende Schlund ausatmete.

Der Helikopter richtete sich auf und senkte sich wie ein Aufzug auf den Landeplatz. Eis und Schnee wogten um sie herum, als sie aufsetzten.

Blakely schrie im Inneren des Hubschraubers über den Lärm der Rotoren hinweg: »Alles klar, Leute! Draußen warten zwei Pistenraupen, die uns zur Öffnung bringen.«

Ben, der Ashley gegenübersaß, grinste. »Von nun an geht es nur noch bergab.«

Da ihr Sohn sich einen Fensterplatz in dem engen Abteil der breitspurigen Sno-Cat erbettelt hatte, fand sich Ashley eingequetscht zwischen Jason und Ben wieder. Linda – ohne das Handikap eines Sohns – hatte einen Platz neben dem Fahrer ergattert. Die anderen folgten im nächsten Wagen.

Vor ihnen ragte die Öffnung des Tunnels auf. Ursprünglich war es ein natürlicher Riss, der sich tief in die Wand des Mount Erebus einschnitt. Mithilfe von Sprengstoff und Minen war die Öffnung vergrößert und der Zugang zum Vulkan geebnet worden. Ashley hielt den Atem an, als das Fahrzeug über die Schwelle in den gähnenden Tunnel polterte, durch den zwei Lastwagen gepasst hätten. Eine normale, zweispurige Straße führte zum Herz des Vulkans.

Die vom Sprengen und Bohren zerklüfteten Wände wurden von Halogenlampen beleuchtet, die entlang der Decke befestigt waren. Als die Raupe sich um eine Kurve fräste, war das Tageslicht verschwunden. Nur die Lampen sorgten nun noch für Beleuchtung. Der Fahrer schaltete die Scheinwerfer ein, die durch die Dunkelheit schnitten.

Obwohl es so schien, als ginge die Reise über ebenen Boden, hatte Ashley in der Besprechung erfahren, dass sie sich abwärts bewegten. Der sechs Kilometer lange Tunnel sollte sie über 1200 Meter tief hinabführen.

Sie kamen nur langsam voran. Wegen der holprigen Strecke wurde sie selbst bei ihrem Schneckentempo fortwährend gegen Ben geschleudert.

»Entschuldigung«, sagte sie und stieß sich von Bens Schulter ab.

»Keine Sorge, ist mir ein Vergnügen.«

Sie grinste ihn an. Hörte der jemals auf?

Linda schaute sich nach ihnen um. »Habt ihr etwas dagegen, wenn ich mein Fenster einen Spalt öffne? Ich würde gern ... na ja ... es ist ein bisschen stickig.«

Ashley runzelte die Stirn. Linda war bleich, ihre Lippen waren ausgetrocknet und rissig. Anscheinend vertrug sie den Flug auch nicht. Ashley war entschieden ihrer Meinung, doch es war verdammt kalt draußen. »Ich weiß nicht. Ich möchte nicht, dass Jason im Zug sitzt. Vielleicht ...«

»Ein wenig Frischluft klingt gut«, sagte Ben. Er griff hinüber und drückte Ashleys Hand. »Hast du etwas dagegen, Jason?«

Ashley starrte auf Bens Hand. Er knetete ihre in einem fort, als wollte er ihr etwas mitteilen. Sie verkniff sich eine spitze Bemerkung. Ihr Sohn, der mit offenem Mund in den

Tunnel vor ihnen starrte, winkte mit einer Hand ab. »Mir egal.«

»Na gut«, sagte Ashley, »dann kannst du es aufmachen, Linda. Aber du, Jason, bleibst warm eingepackt.«

Linda grinste schwach und wandte sich wieder nach vorn. Als sie das Fenster wenige Zentimeter öffnete, wirbelte eine eisige Brise in die Kabine. Linda hielt die Nase ans Fenster, holte tief Luft und entspannte sich spürbar.

Ben lies Ashleys Hand los. Sie kuschelte sich tiefer in ihren Parka und zog die Kapuze vors Gesicht. Sie drehte sich zu Ben, um ihn etwas zu fragen, doch er beobachtete Linda mit sorgenvollem Blick.

Resigniert lehnte sich Ashley zurück und betrachtete das Aufblitzen der Deckenlampen, unter denen sie fuhren.

Und Alice verschwand im Bau des weißen Kaninchens.

Blakely saß neben dem Fahrer und starrte auf das Rücklicht der Sno-Cat vor ihnen. Er hatte die vorbeiziehenden Tunnelwände betrachtet und besonders ein Auge auf die Elektrizitäts- und Telefonleitungen geworfen. Es war alles in Ordnung. Solange der Base Commander nicht in letzter Minute ihre Pläne sabotierte, stand alles bereit.

Khalid beugte sich aus seinem Sitz im hinteren Teil der Sno-Cat vor. »Wie weit noch?«, fragte er.

Blakely schaute über die Schulter und sah den Geologen an. »Wir erreichen den Fahrstuhlschacht in etwa zehn Minuten. Zum Mittagessen sind wir in der Alpha-Basis. Entspannen Sie sich also und genießen Sie die Fahrt.« Khalid nickte, und Blakely sah, wie der Ägypter die vorbeihuschenden Lampen und Kabel aufmerksam betrachtete und sich dabei alle Einzelheiten einprägte.

Blakely lehnte sich in seinen Sitz zurück. Er verstand die Nervosität des Geologen. Das Warten zerrte an den Nerven.

Ashley dehnte die Muskeln, die während der Fahrt steif geworden waren. Sie warf einen Blick zurück und sah, wie die zweite Sno-Cat in die große Höhle rumpelte und ihre Passagiere entließ. Dann richtete sie ihre Aufmerksamkeit wieder auf den mächtigen Aufzug – einen Gitterkäfig aus Stahl.

Jason erforschte die riesigen Kisten, die den hinteren Teil der Höhle füllten. Er sah wie eine Maus aus, die im Kinderzimmer zwischen den verstreuten Bauklötzen umherhuschte. »Jason!«, rief sie. »Bleib in der Nähe, Schatz.«

Jason winkte ihr zu.

Blakely deutete auf den Aufzug und bat Ben: »Helfen Sie mir mit den Türen.«

Ben und Major Michaelson schoben die Türen auf, und die Crew ging hinein. Jason war herübergeschlendert. Ben wuschelte ihm durchs Haar. »Bist du bereit, Sportsfreund?«

Jason grinste, als sie den Aufzug betraten, der so groß wie eine Garage war und in dem beide Sno-Cats Platz fanden. »Und ob. Es ist irre.«

Ashley nahm das Innere des Aufzugs in Augenschein. Decke und Boden bestanden aus massiven roten Eisenplatten, doch die Wände aus Eisenstäben von einem Zoll Stärke. Wie ein überdimensionaler Vogelkäfig.

»Wir legen jetzt umgerechnet zweihundert Stockwerke zurück«, sagte Blakely, als sich die Türen schlossen. »Es hat allein drei Jahre gedauert, den Schacht zu bohren, der von dieser Höhle bis hinunter zur Alpha-Höhle in sechshundert Meter Tiefe führt.« Er betätigte einen Hebel, und Ashley spürte einen vertrauten Ruck, als sich der Aufzug rumpelnd in Bewegung setzte.

Sie hielt Jasons Hand. Wie sicher war diese Konstruktion? Ashley äußerte ihre Bedenken.

Blakely lächelte. »Wir haben schwere Maschinen mit

diesem Aufzug befördert. Sogar einige Lastwagen. Da wird er ein paar Menschen wie uns schon aushalten.« Er klopfte an die Metallstäbe des Käfigs. »Das hier ist die Hauptschlagader der Alpha-Basis. Sie wird wie eine teure Schweizer Uhr gewartet und wie die Kronjuwelen bewacht.«

Ashley bemerkte Khalids Lächeln. Wahrscheinlich amüsierten ihn ihre weiblichen Ängste, dachte sie. Noch so ein Macho und furchtloser Rationalist. Sie sah, wie er den Käfig prüfend in Augenschein nahm.

Ein peinliches Schweigen entstand, während das Team weiter in die Tiefe vordrang. Die einzige Lichtquelle war die Lampe an der Decke des Käfigs. Es schien, als schwebten sie im All.

Um das Schweigen zu unterbrechen, wandte sich Ashley an Blakely. »Wissen Sie«, sagte sie, »eine Sache quält mich. Und ich könnte mir vorstellen, die anderen auch.«

»Hm?« Er schien in Gedanken versunken.

Ben wurde hellhörig und löste sich vom Gitter, an dem er gelehnt hatte. Auch die anderen sahen sie interessiert an.

»Ich erwarte eine ehrliche Antwort«, sagte sie. »Sind wir hier, um diesen Kontinent zu erforschen oder um ihn auszubeuten?«

Blakely hob die Augenbrauen.

»Uns allen ist bekannt, dass man in den Naturwissenschaften nicht *so* viel verdienen kann. Hier geht es doch um mehr als nur um eine archäologische Untersuchung.«

»Richtig«, bestätigte Blakely, nahm die Brille ab und rieb sich den Nasenrücken, »doch möchte ich Ihnen versichern, dass ich in erster Linie Wissenschaftler bin. Für mich ist und bleibt dies eine wissenschaftliche Mission. Das ist einer der Gründe, warum ich Sie zur Leiterin dieses Teams ernannt habe, Professor Carter. Ich möchte, dass diese Mission ein wissenschaftliches Unternehmen bleibt. Natürlich befinden wir uns nicht im luftleeren Raum. Die Mission weist einige signifikante ökonomische und politische Züge auf.« Er fügte hinzu: »Fällen Sie keine voreiligen Urteile. Dadurch sind wir in der Lage, die Kosten zu decken, unsere Ausrüstung zu beschaffen und« – er zeigte auf jeden Einzelnen, zuletzt auf sie – »ein erstklassiges Team anzuheuern.«

»Dennoch«, sagte sie, »welche Konsequenzen der Erforschung müssen wir in Kauf nehmen? Wenn am Ende ein ausgebeuteter und verwüsteter Kontinent übrig bleibt ... ist mir der Preis zu hoch. Ich muss das Geheimnis der Höhlen nicht lüften.«

Er schaute sie traurig an. »Wirklich, Professor Carter?«

Sie wollte ihre Überzeugungen näher erläutern, doch eine Lüge kam ihr einfach nicht über die Lippen. Sie hatte Blakely gebeten, ehrlich zu sein. Wie konnte sie ihm da nicht die Wahrheit sagen? Sie erinnerte sich an die im letzten Licht des Sonnenuntergangs funkelnde Diamantfigur und schwieg. Verflucht.

Er nickte und zeigte nach unten. »Da ist es.«

In diesem Moment wehte eine Brise in den Käfig und blies Ashley die Kapuze vom Kopf. Eine warme Brise! Im gleichen Augenblick brach Licht über sie herein. Der Aufzug hatte soeben die Höhle erreicht.

Die Höhlendecke, die von unten angestrahlt wurde, war voller tropfender Stalagtiten, gewaltigen Bergen, die kopfüber herunterhingen. Einige reichten bis zum Boden und bildeten gigantische Säulen. Eine natürliche Kolonnade. Der Aufzug stieg neben einer Säule hinab, die den doppelten Durchmesser der Kabine hatte. Ashley sah, dass jemand Graffiti auf die Säule geschmiert hatte. Ein Pfeil, der nach unten zeigte, mit grob eingeritzten Buchstaben beschriftet: »Hölle ... 1 km!«

Ben runzelte die Stirn. »Eine Höhle verunstalten. Das zeugt nicht nur von schlechtem Geschmack, für einen Höhlenforscher bedeutet das sogar Unglück.«

Blakely sah Roland, seinen Assistenten, grimmig an. »Sorgen Sie dafür, dass das entfernt wird – *heute noch*.«

Ashley schüttelte den Kopf. Tröpfchen flogen ihr von der Nasenspitze. Sie wischte sich über die Stirn. Feucht. Die Luftfeuchtigkeit musste fast einhundert Prozent betragen. Aber diese Luft! Sie atmete tief ein. Sie war so rein.

Suchend schaute sie mit zusammengekniffenen Augen umher, doch die Wand auf der anderen Seite wurde von der Säule verdeckt. Verdammt. Sie hatte gehofft, einen Blick auf die Höhlenbehausungen werfen zu können.

»Mama! Schau!« Jason zeigte auf den Boden der Höhle.

Ashley stöhnte fassungslos, stellte sich auf die Zehenspitzen und drückte ihre Stirn gegen die kalten Gitterstäbe. Der Boden unter ihnen war übersät von Gebäuden und Zelten, die von Suchscheinwerfern beleuchtet wurden und mit Lampen behängt waren. Eine tiefe Schlucht teilte die Basis wie eine schwarze Wunde in zwei Hälften. Eine beleuchtete Brücke führte über die Kluft und verband die beiden Hälften. Sie waren am Ziel ihrer Reise.

Die Alpha-Basis.

»Schaut, dort drüben«, rief Linda, »da kann man Fische erkennen.«

Ashley trat hinter Linda, legte eine Hand auf ihre Schulter und schaute hinunter. Am Rand der Alpha-Basis reflektierte ein riesiger See, der mehrere hundert Morgen groß war, die Lichter des Camps. Seine Oberfläche kräuselte sich sanft. Von oben konnte man sehen, wie die schimmernden Bewohner des Sees unter der glasklaren Wasseroberfläche umherschossen oder gemächlich schwammen. Auf eine merkwürdige Art poetisch.

»Cool«, rief Jason.

»Allerdings, Sportsfreund.« Ben stupste Ashley mit dem Ellbogen an. »Faszinierend, was?«

Ashley nickte benommen. Ihre Bedenken von vorhin waren plötzlich nur noch eine vage Erinnerung. Ihr Forscherdrang war erwacht. »War das richtig? Sagten Sie, die Höhle misst acht Kilometer im Durchmesser?«

Blakely nickte, die Spur eines Lächelns um die Mundwinkel. »Ungefähr.«

Ben pfiff anerkennend.

Innerhalb weniger Minuten sank der Aufzug auf den Höhlenboden und stoppte in seinem »Heimathafen«. Eine uniformierte Eskorte stand bereit, um sie zu ihren Quartieren zu begleiten. Blakely wandte sich zur Gruppe. »Wir sind zu Hause!«

7

Die Alpha-Basis, Antarktis

Mit einem Schmunzeln beobachtete Ashley, wie Jason in seinem Schlafzimmer herumwirbelte. Ihr eigenes Zimmer in der Zweizimmer-Suite war ebenso beeindruckend. Kaum zu glauben, dass jeder Expeditionsteilnehmer eine eigene Suite im zentralen Wohnheim der Basis hatte. Die Vergünstigungen, die einem bei dieser Mission zuteil wurden, wurden immer besser. Spitzengardinen, Schreibtische aus Walnussholz, bequem gepolsterte Stühle, Designertapeten. Kaum zu glauben, dass sie sich drei Kilometer unter der Erdoberfläche befanden.

»Schau, Mama«, Jason zeigte auf den Schreibtisch in der Ecke, »ein richtiger Pentium II. Keiner von diesen lahmen Klonen.«

Zwar wollte sie ihm seine Illusionen nicht nehmen, doch einmal musste er es erfahren. »Der ist für deine Hausaufgaben.«

Jason fiel das Kinn herunter, als er sich umdrehte. »Es ist Sommeranfang, Mama!«

»Nur ein paar Stunden am Tag. Ich möchte, dass du die Zeit nutzt, in der ich nicht da bin. Es gibt eine Bibliothek auf der Basis. Ich möchte, dass du zwei Bücher dort ausleihst und zu jedem einen Aufsatz schreibst.«

Entgeistert riss er die Augen auf. »Was für ein Sommer!«

»Es wird dir Spaß machen. Roland wird ... sich um dich kümmern.« Sie wagte nicht, das Wort »Babysitter« in den Mund zu nehmen, Jason würde es ihr nie verzeihen. »Er wird während meiner Abwesenheit bei dir sein. Ich erwarte, dass du ihm gehorchst.«

Jason verzog wütend das Gesicht.

»Wenn du dich benimmst und deine Hausaufgaben machst ... *ohne zu murren* ... dann warten ein paar Überraschungen auf dich.«

»Klar«, sagte er in skeptischem Tonfall. »Zum Beispiel?«

»Zum einen habe ich hier einen Kampfsportexperten gefunden, der deinen Unterricht fortsetzen kann. Wenn du den gelben Gürtel bis Ende des Jahres haben willst, wirst du trainieren müssen, wenn ich fort bin.«

Ein wenig hellte sich seine finstere Miene auf.

»Außerdem kann man hier mit elektrischen Fahrrädern und Jetski fahren.«

Jason verzog das Gesicht. »Wieso elektrisch?«

»Um das Ökosystem hier unten nicht zu belasten, lässt man nur eine begrenzte Anzahl von Verbrennungsmotoren zu. Das ist der bescheidene Beitrag des Militärs zur Erhaltung der Höhle.« Ashley entsann sich Bens Missmut, als sie über das Gelände gefahren waren. Auf dem ganzen Weg hatte er über die offenkundige Misshandlung des zerbrechlichen Ökosystems geschimpft.

Jasons Schmollgesicht erforderte noch ein wenig Zuwendung. Ashley wischte ein paar lose Strähnen aus ihrem

Gesicht. »Aber, Jason, das ist noch nicht alles, was ich für dich vorbereitet habe. Es gibt außerdem Angeln, Basketball und was dein Herz sonst noch begehrt. Genug, um dich bei Laune zu halten, bis ich zurück bin. Und wenn du deine Hausaufgaben gut machst, darfst du, das hat Dr. Blakely mir versprochen, mit ihm in den Kontrollraum. Dort kannst du ihm dabei helfen, unser Fortschritte zu überwachen. Du wirst sogar mit mir sprechen können.«

»Na ja, ich glaube, das ist okay«, sagte Jason, immer noch ein wenig schmollend.

»Außerdem«, sagte Ashley und wies auf das Wohnzimmer der Suite, »gibt es hier Kabelanschluss. Einhundertfünfzig Sender, alle dekodiert.«

»Wow, das muss ich ausprobieren.«

Als er an ihr vorbeistürmte, erwischte sie ihn am Ärmel. »Moment, Söhnchen. In einer halben Stunde gibt es Mittagessen. Geh und wasch dir die Hände.«

»O Mann, kann man hier denn gar keinen Spaß haben?« Er stampfte zum Badezimmer.

Sie grinste. Genau wie zu Hause. Nur drei Kilometer unter der Erdoberfläche.

»Na, was hältst du davon?«, fragte Ben und trat von hinten an Linda heran.

Sie stand am Rand des Sees, dem die Soldaten den Spitznamen »Fass ohne Boden« verpasst hatten. Nur ein paar Zentimeter entfernt schwappte dunkles Wasser an einen Felsen; Wellen, die ein vorbeifahrendes Marineponton verursacht hatte.

Er kratzte sich die Bartstoppel am Kinn.

Sie warf ihm einen Blick zu. Die Lichter des Camps tanzten in ihren Augen. »Es ist ein Wunder.« Sie wies auf die Decke mehr als hundert Meter über ihnen. »Als wäre man im Freien.«

Er nickte und wies in Richtung Wasser. »Hättest du Lust, nackt zu baden?«

Sie lächelte. »Nein, aber du kannst es durchaus tun.«

»O nein, nachher schnappst du dir meine Unterwäsche, und die ganze Basis lacht mich aus.«

Sie grinste noch breiter und entspannter. »Das habe ich nicht gemeint. Ich wollte sagen, man kann hier *wirklich* schwimmen. Ich habe gehört, dass ein paar von den Marines das öfter tun. Das Wasser ist ziemlich warm, 28 Grad Celsius. Ich habe es gemessen. Erwärmt von vulkanischen Luftströmen.«

»Ist doch merkwürdig«, sagte Ben. »Über uns liegt Eis und toben eiskalte Stürme. Hier unten kann man baden, und es weht eine tropische Brise.«

»Das ist nicht so merkwürdig, wie es scheint. Ich habe gehört, dass das Meer bei Deception Island vor der antarktischen Küste sich manchmal aufheizt und man Wassertemperaturen wie in Badeorten misst. Die vulkanischen Aktivitäten sind so ausgeprägt, dass das Wasser in der Tat oft kocht. Nur wenige Meter von den Gletschern entfernt.«

»Aha«, sagte er und hob die Augenbrauen, als glaubte er ihr nicht.

Sie stupste ihn mit dem Ellbogen. »Ungelogen.«

Er lächelte. »Ich glaube dir ja. Auch andere Höhlen werden durch unterirdische Risse erwärmt. Das ist nicht so selten. Ich habe dir nur auf den Zahn gefühlt.«

»Na klar«, sagte sie und verdrehte die Augen.

Ein leuchtender bernsteinfarbener Fisch sprang einen Meter vom Ufer entfernt aus dem Wasser, so dass Linda erschrocken nach Luft schnappte. Ben zog die Augenbrauen zusammen. »Hör mal, über eines möchte ich mit dir sprechen.«

Sie schob die feuchten Strähnen aus ihrem Gesicht. »Was?«

»Ich habe dich beobachtet und ich … na ja, ich …«

Sie hob die Hand. »Es tut mir Leid, Ben. Ich weiß, wir sind in Buenos Aires zusammen tanzen gewesen. Aber das habe ich nur getan, um ein bisschen Dampf abzulassen. Ich möchte, dass du dieses Erlebnis als eine rein berufliche Angelegenheit verstehst.«

Ben feixte, als ihm klar wurde, dass Linda dachte, er wollte sie anbaggern. So wie sie aussah, kam das sicher oft vor. »Moment, Lady. Deswegen bin ich nicht hier.«

»Weshalb dann?«

»Im Lauf der Jahre habe ich eine ganze Menge Touristen in Höhlen geführt, und ich … na ja, Probleme kann ich mittlerweile riechen. Seit wir tanzen waren, beobachte ich dich. Sowohl in der überfüllten Bar als auch hier in den Höhlen bist du furchtbar nervös geworden. Flache Atmung, verschwitzte Hände, bleiches Gesicht.« Ben sah, dass sie bei seinen Worten auf den Boden blickte. »Deswegen bin ich auch hier rausgekommen, um mit dir allein zu reden. Ich dachte, vielleicht ist da etwas, was du gern von der Seele hättest.«

Sie hob den Kopf, ihre Augen waren voller Tränen. »Du hast Recht, Ben. Ich habe Probleme mit überfüllten und engen Räumen.«

»Klaustrophobie?«

Sie rieb sich die Stirn, senkte die Augen wieder und nickte.

»Auf unserer bevorstehenden Reise wird es *viele* enge Räume geben. Ein Expeditionsmitglied, das panisch reagiert, kann uns alle gefährden.«

»Ich weiß. Aber ich nehme Medikamente und habe viele Jahre Therapie hinter mir. Ich kann damit umgehen.«

»Sogar die Tango-Bar in Buenos Aires hat dich aus dem Gleichgewicht gebracht.«

»Weil ich meine Tabletten nicht genommen hatte. Ich

hatte nicht gedacht, dass ich sie brauche. Auf die überfüllte Bar mit der lauten Musik war ich nicht gefasst. Ich kann meinen Auftrag erfüllen.«

Er streckte die Hände aus und fasste sie bei den Schultern. »Bist du sicher?«

Sie schaute ihn an. »Mir geht es gut. Ich schaffe das.«

Wieder sprang platschend ein Fisch hoch. Dieses Mal erschrak Linda nicht. Sie blickte Ben weiterhin unbeirrt in die Augen.

Ben schwieg für einige Momente und wog seinen Entschluss ab. »Hast du eine Angel eingepackt?«, fragte er schließlich.

»Weshalb?«

»Du brauchst eine, wenn du unterwegs was fangen möchtest.«

»Stimmt«, sagte sie lächelnd. »Du erwähnst den anderen gegenüber also nichts davon?« Sie wischte sich die Tränen aus den Augen.

Ben ließ sie los und hob einen flachen Stein auf. Er ließ ihn über die glatte Wasseroberfläche springen. »Was soll ich nicht erwähnen?«

Je stärker sich das Leben verändert, umso mehr bleibt es dasselbe, dachte Ashley und starrte auf ihren Teller. Vor ihr, in der dampfenden Marinara-Sauce, schwamm weiße Pasta, und der Käse warf Blasen. Wogen von Knoblauchgeruch schwappten an ihre Nase. Wieder Lasagne. Ashley lächelte und erinnerte sich an die letzte Lasagne, als Blakely ihr die Mission angetragen hatte. Das Essen war das Gleiche, aber die Umgebung nicht. Tischtuch, feines Porzellan, Kristallkronleuchter, Esstisch aus Mahagoni. Nicht die Kochnische in ihrem Wohnmobil. Sie spießte Pasta auf die Gabel.

»Professor Carter«, sagte Blakely, »ich habe eine Führung für Sie arrangiert. Ein wissenschaftlicher Mitarbeiter,

Dr. Harold Symski, wird Sie morgen früh auf einer Tour zur Nordwand begleiten. Er holt Sie gegen acht Uhr ab.«

Sie hielt die Hand hoch und schluckte erst einmal ihren Bissen herunter. »Da mir nur ein Tag zur Verfügung steht, wäre es mir lieber, die Tour früher zu beginnen. Sagen wir um sechs?«

Blakely lächelte. »Ich werde es Dr. Symski mitteilen.«

Ben räusperte sich und wischte sich einen Tropfen Käsesauce vom Kinn. »Ich würde gern mitgehen, um mir die Wand auch anzuschauen.«

»Von mir aus gern«, sagte Blakely. »Sind Sie einverstanden, Professor Carter?«

Ashley stellte sich vor, wie Ben sich mit ihr in eine enge Höhle quetschte und seinen Körper gegen ihren presste. »Solange er nicht im Weg herumsteht.«

Er hob die Hände, als ob er seine Unschuld beteuern wollte. »Wer, ich?«

Blakely wandte sich an den Rest der Gruppe. »Noch jemand?«

Jason hob vorsichtig die Hand. »Ich käme auch gern mit.«

»Ich glaube nicht, dass das klug ist«, sagte Blakely streng. »Dort gibt es viele Steinschläge und Gruben. Hier bist du sicherer.«

Jason schaute Ashley an. »Aber Mama, ich …«

Linda unterbrach ihn. »Er kann mich bei der Untersuchung des Sees begleiten. Der Abschnitt, den ich in Augenschein nehme, liegt innerhalb der Grenzen des Camps.«

Sie wandte sich an den Jungen. »Hättest du Lust, mir zu helfen?«

Ashley schaute auf ihren Sohn, der rot geworden war. »Wärst du damit einverstanden, Schatz?«

Er nickte, und seine Stimme krächzte ein wenig. »Klar. Das könnte mir gefallen.«

Linda lächelte. »Abgemacht. Jason und ich gehen forschen.«

Ben, der auf Jasons anderer Seite saß, stupste ihn mit dem Ellbogen an. »Da hast du dir was vorgenommen, Sportsfreund«, flüsterte er, aber mit Absicht so laut, dass Ashley es verstehen konnte. »Jetzt haben wir beide ein Rendezvous.«

Jason grinste hinter vorgehaltener Hand.

Ashley verdrehte die Augen. Männer.

Das Licht verlosch. Von seinem Fenster aus beobachtete Khalid, wie die Lampen im Camp für die Schlafenszeit ausgingen. Ein vorgetäuschter Sonnenuntergang in der dunklen Höhle. Wie wichtig der zirkadianische Rhythmus in einer verdunkelten Umgebung war, hatte Blakely ihnen bereits zu einem früheren Zeitpunkt erklärt. Um Leistungsspitzen zu erreichen, war es nötig, die Umwelt auf ein Tagesmuster von Licht und Dunkelheit auszurichten.

Das kam seinen Plänen sehr entgegen. Schatten webten einen dichten Umhang.

Schon bald leuchteten nur noch vereinzelte Glühbirnen. Und natürlich der Suchscheinwerfer beim Aufzug. Sein Lichtstrahl traf die Decke und bewegte sich in Ovalen langsam um die Stalagtiten herum, die wie schwarze Finger herunterzeigten.

Er warf einen Blick auf seine Armbanduhr. Zehn Uhr. Zeit, an die Arbeit zu gehen. Er verließ sein Zimmer und schlich durch den Wohnheimeingang hinaus. Die »Nacht« war immer noch warm, fast mild, die Luft gesättigt von Feuchtigkeit. Kein Vergleich mit den trockenen Nächten zu Hause. Der Wüstensand blieb dort noch bis tief in die Kühle der Nacht hinein heiß. Die Sterne bedeckten den Himmel wie die Feuer von Allahs heiligem Krieg.

Während Khalid durch den Wohnbereich des Camps

schlich und sich durch die Khakizelte schlängelte, verließ er selten den Schatten. Dennoch schlenderte er daher, für den Fall, dass ihn jemand beobachtete. Auf der anderen Seite des Camps, jenseits der tiefen Schlucht, lagen die Forschungslaboratorien und das militärische Hauptquartier. Sein Ziel, der Fahrstuhl, befand sich in diesem entfernteren Teil des Lagers.

Das einzige Hindernis: die Brücke über der Schlucht. Als er früher am Tag vom Aufzug hergekommen war, hatte er bemerkt, dass sie bewacht wurde. Diese eine Wache machte Khalid jedoch wenig Sorgen.

Er schlich weiter durch das schlafende Camp. Nachdem er sich an der letzten Nissenhütte vorbeigestohlen hatte, beobachtete er die Brücke, die aus Holz und Metall gebaut war und an den Ecken von Laternen beleuchtet wurde. Eine der Ecklaternen war ausgefallen. Ein einzelner Mann in Uniform lehnte an einem Laternenpfahl, ein Gewehr über der Schulter. Ein kurzer Blick in alle Richtungen überzeugte Khalid davon, dass die Luft rein war.

Nachdem er den Inhalt seiner Tasche kurz überprüft hatte, trat er in den Lichtkegel neben der Brücke und schlenderte auf die schwarze Schlucht zu. Die Wache bemerkte ihn, stieß sich vom Laternenpfahl ab und nahm das Gewehr von der Schulter. Khalid ging hinüber zum Rand des Abgrunds, einen guten Meter von der Brücke entfernt. Er lehnte sich hinüber und schaute suchend in die Finsternis. Der Grund der Schlucht blieb ein schwarzes Geheimnis.

Die Wache, ein junger Bauernbursche mit weizenblondem Schopf, rief ihm zu: »Vorsicht, die Kante bröckelt leicht ab.« Khalid langte in die Brusttasche seiner Jacke. Er bemerkte, dass die Wache bei dieser bedrohlichen Geste nicht einmal eine Augenbraue hob.

Gut.

Er zog ein Päckchen Winstons heraus und klopfte eine

Zigarette hervor. Dann steckte er sie in den Mund, tat das Päckchen zurück in die Tasche und nahm ein rotes Bic-Feuerzeug. Er beobachtete die Wache aus den Augenwinkeln, als er das Feuerzeug entzündete. Die Flamme zog die Aufmerksamkeit des Mannes auf sich.

Khalid machte das Feuerzeug aus und ließ es in die Seitentasche gleiten, neben das Messer. »Zigarette gefällig?«, rief er der Wache zu.

Der Wachposten zuckte mit den Schultern. »Danke.« Er verließ seinen Posten und ging zu Khalid, der am Abgrund stand.

Khalid holte die Schachtel hervor und schüttelte mehrere Zigaretten für die Wache heraus. »Nehmen Sie sich gleich zwei.«

Der Posten steckte eine zwischen die Lippen und eine weitere in eine Uniformtasche. »Haben Sie Feuer?«

»Klar.« Khalid langte in seine Tasche, schloss seine Hand um das Stilett und hustete, um das Klicken zu übertönen, als er den Knopf drückte. »Hat man je den Boden des Abgrunds untersucht?«

»Nein.« Die Wache schielte in die finstere Schlucht. »Verdammt tief.«

»Gut.« Khalid riss das Messer heraus, stach dem abgelenkten Marine tief in den Hals und vergewisserte sich, dass er den Schnitt unterhalb der Luftröhre vornahm, damit der Tod leise eintrat. Kein Schrei, nur ein feuchtes Gurgeln.

Während er zurücktrat, um nichts von dem Blut abzubekommen, das die Schlagader verspritzte, gab er der Wache einen Schubs, damit sie hintenüber in die Schlucht fiel. Für einen Moment taumelte der Marine, seine Arme kreisten, als er versuchte, das Gleichgewicht zurückzugewinnen. Die Augen waren weit aufgerissen in Todesangst, und ein Blutstrom ergoss sich über seine Brust. Dann stürzte er in die Schwärze.

Khalid lauschte. Nach einigen Sekunden hörte er einen fernen Aufprall.

Zufrieden überquerte er die Brücke und glitt zurück in die Dunkelheit. Von hier aus musste er schnell und leise vordringen. Er bewegte sich quer durch die Basis auf den Aufzug zu und vermied dabei jeden Lichtkegel. Glücklicherweise gab es nur wenige, und sie lagen weit voneinander entfernt.

Nach vier Minuten war er am Aufzug. Das Areal war gut beleuchtet, unbeobachtet und unbewacht. Kaum war die Armee vom Rest der Welt abgeschnitten, traf sie unzureichende Sicherheitsvorkehrungen für die Randgebiete.

Nachdem Khalid eine weitere Minute den Fahrstuhl untersucht hatte, hockte er sich hin und machte sich an dem riesigen Metallbehälter, in dem sich das Innenleben des Aufzugmotors befand, zu schaffen. Er zog einen Würfel Plastiksprengstoff aus der Jackeninnentasche und befestigte ihn in einer dunklen Ecke des Motors. Dann hielt er einen Moment inne. Dies war nicht der Zeitpunkt für Sparsamkeit. Er nahm einen zweiten Würfel und befestigte ihn neben dem ersten. So war es besser. Mehr als genung, um einen Krater zu hinterlassen, wo jetzt noch der Motor stand. Vorsichtig verdrahtete er die Bombe, um sie mit dem richtigen Signal von seinem Sender-Empfänger aus zu zünden. Er betrachtet sein Werk mit einem leisen Lächeln.

Ein Sicherheitsnetz. Wenn die Zeit gekommen war, wollte er so seinen Rückzug decken und sicherstellen, dass ihm niemand nach oben folgte.

Nach einem letzten Check tauchte er wieder in die Dunkelheit hinein.

8

Sieben Uhr morgens? Wohl eher Mitternacht.

Ashley schüttelte den Kopf und starrte durch die Windschutzscheibe, während das Fahrzeug durchs Gelände rumpelte. Aufgrund der Vergiftungsgefahr durch Kohlenmonoxid waren Verbrennungsmotoren in der Höhle verboten. Die Ausnahme machten ein paar Wasserfahrzeuge. Daher waren die Elektrofahrzeuge, die Golf-Carts ähnelten und vom Marinepersonal den Spitznamen »Maultiere« bekommen hatten, das einzige Fortbewegungsmittel in der Alpha-Höhle.

Ashley wischte über die beschlagene Scheibe des Maultiers. Nur die Scheinwerfer durchbrachen die Finsternis vor ihnen. Neben ihr hatte Dr. Symski das Steuer mit beiden Händen fest gepackt. Symski war ein junger Wissenschaftler mit Sommersprossen, der erst vor kurzem seinen Doktor gemacht hatte. Vom Rücksitz her übertönte Bens Schnarchen explosionsartig das summende Jammern des Elektromotors. Sie warf einen Blick über die Schulter. Wie konnte er einfach so einschlafen? Die Fahrt ging eine Stunde lang über raues Gelände. Ein besonders starker Aufprall schleuderte sie wieder nach vorn.

Dr. Symski schielte kurz zu ihr. »Ich kann es einfach nicht glauben, dass ich neben Professor Carter sitze«, sagte er. »Ich habe Ihre Arbeit über die Gilahöhlen gelesen. Faszinierend. Und jetzt sind Sie hier.«

»Danke«, sagte sie. Der junge Wissenschaftler besaß für diese Uhrzeit zu viel Enthusiasmus. Die Tasse Kaffee hatte noch nicht gewirkt, und ihr war übel vom Ozongestank, den die Batterie von sich gab.

»Ich wünschte, Sie wären von Anfang an hier gewesen. Ich befürchte, es gibt nichts mehr zu erforschen. Wir haben bereits jeden Quadratzentimeter untersucht, katalogisiert, kartiert und analysiert. Steht alles in den Unterlagen, die ich Ihnen letzte Nacht geschickt habe.«

Sie rieb sich die geröteten Augen. Um vier Uhr morgens hatte sie die Datenmassen zu Ende gelesen. Zwei Stunden Schlaf reichten nicht aus für einen angenehmen Morgen. »Es wäre schön gewesen, wenn mir jemand die Unterlagen früher zugefaxt hätte. Ich hätte sie gern sorgfältiger durchgearbeitet, bevor ich mir das Gelände anschaue.«

»Tut mir Leid, aber die Unterlagen trugen den Vermerk ›Vertraulich‹. Wir hatten die Anweisung, sie Ihnen erst nach Ihrer Ankunft zugänglich zu machen.«

Ashley blickte auf die Straße vor ihnen, während das Maultier durch die Dunkelheit rollte. »Noch mehr gottverdammte Geheimniskrämerei«, brummte sie.

»Ich zeige Ihnen die wichtigsten Stellen, wenn wir ankommen. Ich bin sozusagen Ihr Fremdenführer.«

Zum Teufel damit, dachte sie. »Hören Sie, Dr. Symski, ich bin sicher, dass Ihr Team sehr genau gearbeitet hat, aber ich ziehe es vor, mir allein ein Bild zu machen. Um ein Gefühl für den Ort zu bekommen. Zur Untersuchung einer Ausgrabungsstelle gehört mehr als bloßes Nummerieren und Katalogisieren.«

»Wie meinen Sie das?«

Sie holte tief Luft. Wie sollte sie ihm das erklären? Je länger man an einer Ausgrabungsstätte arbeitete, umso mehr kam ihr Charakter, ihr Wesen zum Vorschein. Zum Beispiel »fühlten« sich die Gilahöhlen anders als der Chaco Canyon an. Ashleys Ansicht nach erweiterte diese individuelle Perspektive den Einblick in Kultur und Bräuche. »Vergessen Sie es«, sagte sie. »Ich mache es halt anders.«

Er zuckte mit den Schultern. »Dann lasse ich Sie allein. Ich wollte sowieso noch ein paar Messungen überprüfen.«

Sie nickte. Gut. Er ging ihr langsam auf die Nerven.

Sie sank in ihren Sitz zurück und ließ sich vom Rumpeln

des Wagens einschläfern. Gerade als ihre Augen schon halb zugefallen waren, bremste Dr. Symski scharf. »Wir sind da«, sagte er.

Sie schaute hinaus. Jenseits des Scheinwerferlichts gab es nichts als Finsternis. »Wo?«

»Ich muss den Generator erst anwerfen.« Er öffnete seine Tür, und die Innenbeleuchtung des Fahrzeugs sprang an. Ben erwachte mit einem aufgeschreckten Grunzen.

»Sind wir schon da?«, fragte er mit rauer Stimme und fuhr sich mit der Hand durch die Haare.

»Ja«, sagte sie und versuchte, so viel Verachtung wie möglich in ihre Stimme zu legen. »Weißt du, du hättest deinen Schlaf auch im Camp nachholen können.«

»Um das hier zu verpassen? Niemals.«

Sie beobachtete den jungen Wissenschaftler, der mit der Taschenlampe in der Hand zur gegenüberliegenden Wand ging, wo sich der Generator befand. Er bückte sich und fummelte an dem Gerät herum. Stirnrunzelnd kletterte Ashley vom Lastwagen und hoffte, dass die grobschlächtigen Armeewissenschaftler die Ausgrabungsstätte nicht beschädigt hatten. Früher war es oft vorgekommen, dass entscheidende Hinweise auf die Geschichte einer alten Kultur von Ahnungslosen zertrampelt worden waren.

Innerhalb weniger Augenblicke hustete und spotzte der Generator und ging dann zu einem gleichmäßigen, rumpelnden Geräusch über. Das Flutlicht flammte auf und blendete sie nach der Fahrt im Dunkeln. Die Nordwand war wie eine riesige Bühne angeleuchtet.

»Wow«, sagte Ben, als er aus dem Wagen kletterte und neben sie trat.

Ein Gerüst aus Metallrahmen und verworfenen Brettern verdeckte die von Höhlen durchsetzte Wand. Die Behausungen waren in fünf erkennbaren Ebenen angeordnet, schätzungsweise über eine Höhe von vierzig Metern. Verbunden wurden die Ebenen durch eine Reihe Haltegriffe oder primitive Stufen. Ashley schielte nach links; die Behausungen erstreckten sich sogar über den See. Felsplateaus ragten wie Vorbauten über das Wasser.

»Was hältst du davon, Ashley?« Ben stand zu ihrer Linken.

»Ich könnte hier Jahre verbringen.«

»Wer, glaubst du, sind die Erbauer gewesen?«

Sie zeigte auf die Wand. »Eines weiß ich mit Sicherheit. Der Homo sapiens war es nicht.«

»Wer dann?«

»Eine frühere menschliche Spezies, nehme ich an. Schau dir die Größe der Höhlen an. Keine ist höher als ein Meter fünfzig. Viel zu klein für den Homo sapiens. Vielleicht war es der Homo erectus, aber das bezweifle ich auch.« Sie dachte laut nach. »Ein Stamm von Neandertalern? Ich weiß es nicht. Ich habe noch nie einen Hinweis darauf gefunden, dass Neandertaler derart weiträumige Bauten anlegten. Und wie sind sie überhaupt hierhergekommen?«

»Sollten wir nicht auf Dr. Symski warten?«

»Ich glaube, das ist nicht nötig.« Sie ging zur Wand und setzte sich einen Grubenhelm auf.

Ashley hörte, dass Ben hinter ihr herschlurfte. Dr. Symski rief ihr zu: »Geben Sie Acht, wo Sie hintreten. Dort gibt es jede Menge Felsspalten, und manche sind sehr tief.«

Sie winkte ihm zu, schüttelte aber den Kopf. Hielt er sie etwa für eine blutige Anfängerin? Sie schritt energisch aus.

Plötzlich packte sie jemand von hinten. Instinktiv stieß sie ihren Ellbogen zurück.

»Autsch!«, rief Ben, ließ sie los und taumelte rückwärts. »Ich wollte doch nur verhindern, dass du in ein Loch fällst.« Er zeigte auf den Boden vor ihr und rieb sich den Solarplexus. »Was hast du für spitze Knochen? Bearbeitest du sie täglich mit dem Schleifstein?«

Sie hielt sich den Ellbogen, als wollte sie ihn verstecken. »Entschuldigung.« Selbst wenn man es wusste, war die schwarze Spalte von dem Felsgestein kaum zu unterscheiden. Ashley ging um das Loch herum. »Ich habe es nicht gesehen.«

»Du hättest dir den Fuß verstauchen können.«

»Danke.«

»Gern geschehen. Wenn ich dich das nächste Mal berühre, lass mich bitte am Leben.«

Sie spürte, wie ihr die Röte ins Gesicht trat, und räusperte sich, glücklich darüber, dass sie noch nicht die erleuchteten Felsen erreicht hatten. Die Dunkelheit verbarg ihr Gesicht.

»Schauen wir uns einmal die unteren Behausungen an«, schlug sie vor und machte einen Schritt vorwärts. Sie wusste nicht, ob ihr der Fauxpas peinlicher war oder ihr Zorn auf Ben ... oder etwas anderes. Er war vollkommen anders als ihr Exmann. Während Scott durch und durch Finanzbuchhalter, ausgeglichen und oft zurückhaltend war, ein Mensch, der sich selten jemandem anvertraute, ließ sich Ben seine Unbeschwertheit und seine gute Laune nicht verderben.

Sie erreichten den Eingang einer Behausung. »Ladys first«, sagte Ben.

Ashley vermied den Blickkontakt, hockte sich hin und leuchtete mit ihrer Helmlampe in das Innere der Höhle. Die Kammer reichte etwa fünf Meter weit in den Fels hinein. Die schmucklosen Wände waren offenbar aus dem Stein herausgehauen und poliert worden. Sie strich mit der Hand über die glatte Oberfläche und staunte über den Einfallsreichtum und die Ausdauer der Frühmenschen. Mit groben Werkzeugen mussten sie Jahre für das Aushöhlen der Kammern benötigt haben.

Das leere Innere wies keinerlei Hinweise auf ihre Bewohner auf. Sie bückte sich und krabbelte hinein. Es schadete nie, sich einmal umzuschauen.

Ihr Helm schabte an der Decke entlang, als sie sich durch die schmale Öffnung wand. Sie bemerkte ein kleine Senkung in der Mitte der Höhle, nahe beim Eingang. Wahrscheinlich eine alte Feuerstelle. Sie drang in den hinteren Teil der Kammer vor. Nichts. Sie setzte sich einen Moment und dachte über die Erbauer nach.

»Hast du was gefunden?« Ben kniete, den Grubenhelm auf dem Kopf, am Eingang, den er vollkommen ausfüllte.

»Es ist merkwürdig«, sagte sie.

»Was?«

»Wo sind sie alle?«

Er zuckte mit den Schultern. »Wahrscheinlich tot. Ausgestorben. Wie die Dinosaurier.«

Sie schüttelte den Kopf. »Nein, das ergibt keinen Sinn. Es widerspricht dem Zustand des Fundortes.«

»Wie meinst du das?«

»Die ersten Forscher haben nur eine Hand voll zerbrochene Werkzeuge und primitive Steinschüsseln gefunden. Normalerweise sind solche primitiven Behausungen voller Artefakte. Doch hier ... nichts.«

»Dann müssen sie weitergezogen sein und ihre Sachen mitgenommen haben.«

»Genau!« Sie nickte, beeindruckt von Bens Intuition. »Aber warum? Warum haben sie Jahrzehnte damit verbracht, ihre Wohnungen herauszuhauen, nur um sie dann wieder zu verlassen? Und was ist mit der Diamantstatue? Warum haben sie die zurückgelassen?«

Ben schwieg.

»Wenn ich nur mehr Zeit hier verbringen könnte.« Sie klatschte mit der flachen Hand auf den Fels.

»Warum? Sieht doch so aus, als hätte man bereits alles sorgfältig durchkämmt.«

Sie schüttelte den Kopf. »Nein, zu oft werden Hinweise übersehen. Auch nach jahrelanger Untersuchung. Ich brauche mehr Zeit.«

»Warum? Vielleicht finden wir Antworten auf unserer Expedition.«

»Ich hoffe es.« Sie kroch wieder zum Eingang. Ben reichte ihr die Hand. Sie akzeptierte sie, und seine warme Hand ergriff ihre kalten Finger. Er zog sie zu sich. Überrascht registrierte sie seine Kraft. Mit dem linken Fuß glitt sie in der Feuerstelle aus. Sie kippte nach hinten, landete mitten in der Feuerstelle und zog Ben bäuchlings auf sich. Bens Nase befand sich nur einen Zentimeter von ihrem Busen entfernt. Er schaute zu ihr hoch. »Kriege ich jetzt wieder Prügel?«

»Entschuldige. Ich bin ausgerutscht.« Sie wurde puterrot, als sie das Gewicht seines Körpers spürte.

Er räusperte sich. »Kein Problem«, sagte er grinsend. »Noch ein paar dieser Ausrutscher, und wir müssen wohl heiraten.«

Sie schnitt eine Grimasse. »Mach, dass du von mir runterkommst.« Sie wollte streng sein, konnte aber nicht ernst bleiben.

Plötzlich brach sie in unkontrolliertes Lachen aus. Sie konnte einfach nicht anders. Und sie konnte auch nicht mehr aufhören. »Ich meine es ernst ...«, keuchte sie zwischen ihren Lachanfällen. »Steig runter!«

Er schaute sie sonderbar an und erhob sich. »Es ist schön, dich lachen zu hören.«

Sie wischte sich die Lachtränen aus den Augen. Immer noch schüttelten sie einzelne Ausbrüche. Sie legte den Kopf auf den Boden, versuchte, zu Atem zu kommen, und starrte dabei an die Decke. Und sah es. An der Decke, direkt über dem Eingang. »Verdammt!«

Sie zwinkerte mit den Augen und schaute noch einmal hin. Es war keine Einbildung. »Verdammt!«

Sie richtete sich auf.

»Was ist los?«, fragte Ben mit sorgenvoller Miene.

»Diese Amateure behaupten, sie hätten hier jeden Quadratzentimeter untersucht. Keine Kunstgegenstände. Keine Höhlenmalereien.« Sie zeigte an die Decke. »Und was ist das?«

Ben lehnte sich zurück und drehte den Kopf nach oben. »Was ist was?«

»Du musst dich hinlegen. Das ist wahrscheinlich der Grund, warum es niemand entdeckt hat.« Sie rutschte beiseite, damit er sich neben sie legen konnte. Sie richtete den Strahl ihrer Helmlampe darauf.

»Genau dort! Schau!«

Im Zentrum des Lichkegels befand sich ein primitives Relief. Das Oval, das jemand in die Decke gemeißelt hatte, war nur eine Handspanne breit. Mitten hindurch verlief eine Zickzacklinie wie ein Blitz.

Ben hob den Arm und tastete mit dem Finger an den Umrissen entlang. Er stieß einen langen Pfiff aus. Dann flüsterte er: »Weißt du was? Das kommt mir irgendwie bekannt vor.«

»Wie meinst du das?« Sie machte sich auf eine neunmalkluge Antwort gefasst.

»So etwas habe ich schon einmal gesehen. Mein Großvater hat es mir gezeigt.«

»Das meinst du nicht im Ernst?«

»Doch, ganz bestimmt.« Seine Stimme klang ehrlich. Fast ehrfürchtig. »Meine Urgroßmutter war eine reinrassige Gagudja. Das ist ein Stamm der Aborigines aus der Region Djuwarr. Habe ich dir das schon erzählt?«

»Nein.«

Er lächelte, zwei Zentimeter von ihrer Nase entfernt. »Nichts als die Wahrheit, Euer Ehren.«

Dieser Mann hatte mehr Seiten als das Pentagon. Oder

er erfand gerade eine Lügengeschichte. Sie schaute ihm prüfend in die blauen Augen und erkannte, dass es ihm ernst war. Sie schluckte und blickte wieder auf das Deckenrelief. »Erinnert es dich an etwas Bestimmtes?«

Er zuckte mit den Schultern und stupste dabei gegen ihren Arm. »Es ist nicht genau dasselbe. Aber es sieht aus wie das Symbol der Gagudja für eines ihrer Geistervölker. Eines der ältesten, das sie Mimi nennen.«

Sie dachte über diesen Hinweis nach. Konnte es da eine Verbindung geben? Vielleicht ein verschwundener Stamm der Aborigines? Aber diese Höhlen waren vor fünf Millionen Jahren entstanden. Äonen bevor die Aborigines auf dem australischen Kontinent erschienen waren.

Nachdenklich betrachtete sie die ovale Zeichnung. Wahrscheinlich war es nur ein Zufall. Sie hatte in verschiedenen Kulturen oft eine Universalität von Symbolen festgestellt. Konnte das hier auch der Fall sein? Verdammt, das Symbol war ziemlich einfach. »Dieser Mimi-Geist«, setzte sie an, »was für eine Art Geist war das?«

»Ach, das ist reiner Unsinn. Geschichten halt.«

»Nein, erzähl. Mythen sind in ihrem Kern oft wahr.«

Er klopfte an die Höhlenwand. »Mimis waren Geister, die in Felsen lebten.«

Ein Schauer lief ihr über den Rücken, als ihr bewusst wurde, dass sie von Felsen umgeben waren.

»Die Mimis zeigten den ersten Buschmännern, wie man jagt und malt. Sie wurden sehr verehrt. Und gefürch…«

In diesem Moment kam Dr. Symski und blieb vor ihren Füßen stehen. »Was machen Sie denn da?« Seine Stimme klang gleichzeitig anklagend und peinlich berührt.

Ashley wurde sich ihrer merkwürdigen Lage bewusst und kroch aus der Höhle. »Ich dachte, Sie hätten das Gelände untersucht.«

»Haben wir auch. Warum?«

Sie wies auf den Platz neben Ben. »Sehen Sie selbst. Oben an der Decke.«

Der Wissenschaftler krabbelte neben den Australier. »Großer Gott!«, rief er, als Ben ihm das Relief zeigte. »Das ist ja umwerfend. Mein Gott, was, glauben Sie, mag es bedeuten?«

»Ich habe keine Ahnung«, erwiderte sie, die Hände in die Seiten gestemmt. »Aber ich werde es herausfinden.«

Linda saß auf einer Decke und beobachtete, wie die Wellen des kristallklaren Sees einen Meter entfernt an den Strand schlugen. Das Wasser war so klar, dass man das Gewimmel der Fische und anderer Meerestiere mit bloßem Auge erkennen konnte. Der Lunchkorb, den ihnen der Messekoch gepackt hatte, stand offen neben ihr. Zwei angebissene Sandwiches lagen auf einem Papierteller, eins mit Wurst, eins mit Käse.

»Sie sehen wie kleine Monster aus«, sagte Jason. Linda lächelte den Jungen an, der sich über ihr tragbares Nikon-Mikroskop beugte und eine Wasserprobe aus dem See betrachtete. »Die kegelförmigen heißen Tintinnen«, erklärte sie, »und die rechteckigen sind Kieselalgen.«

»Was ist das? So eine Art Käfer?«

»Eigentlich nicht. Sie gehören eher zu den Pflanzen. Genauer gesagt, zu einer Familie von Organismen, die man Phytoplankton nennt. Sie fangen das Sonnenlicht ein und verwandeln es in Energie, so wie das auch Pflanzen tun.«

»Aber wenn sie Sonne brauchen wie die Pflanzen« – Jason hob plötzlich den Kopf und machte ein nachdenkliches Gesicht –, »wie überleben sie dann hier unten im Dunkeln?«

Sie wuschelte ihm durch die Haare. »Eine sehr gute Frage. Ich bin nicht ganz sicher, aber ich glaube, es gibt eine unterirdische Strömung, die das Plankton von Gewässern auf der Erdoberfläche zu diesem unterirdischen See transportiert. Das Wasser ist sehr salzig. Wie verdünntes Meerwasser.«

»Warum sind sie so wichtig, diese« – er zeigte auf das Mikroskop – »Käfer?«

Während sie über die Zusammenhänge nachdachte, blickte sie zum Camp hinüber. Ihr fiel die plötzliche Aktivität des Militärpersonals auf, das sich um die Schlucht tummelte, die die Basis in zwei Hälften teilte. Wahrscheinlich eine Art Manöver.

»Na?«, sagte Jason und lenkte ihre Aufmerksamkeit wieder auf sich.

Sie wandte sich dem Jungen zu. »Wie wäre es mit einer Lektion in Biologie?«

»Au ja!«, entgegnete er enthusiastisch.

»In Ordnung, du hast es so gewollt.« Sie strahlte ihn an. Sein Wissensdurst gefiel ihr. »Aus diesem Plankton bestehen die Bausteine des Lebens. Oben, an der Erdoberfläche, verwandelt Gras das Sonnenlicht in Energie. Dann wird das Gras von Kühen gefressen. Und wir essen schließlich die Kühe. Auf diese Weise wird die Sonnenenergie an uns weitergegeben. Im Meer ist es das Phytoplankton, das das Sonnenlicht in Energie verwandelt. Das Phytoplankton wird von kleinerem Getier, zum Beispiel von Quallen gefressen« – sie deutete auf die kleinen Fische in der Nähe des Ufers –, »die wiederum von diesen kleinen Fischen aufgefressen werden. Dann fressen größere Fische die kleinen Fische. Und so weiter. Auf diese Weise wird sogar im Meer die Sonnenenergie weitergegeben. Verstanden?«

»Dieses Planktonzeugs ist also wie unser Gras.«

»Korrekt. Es ist die Weide, auf der dieses Ökosystem wächst und gedeiht.«

Er nickte. »Praktisch.«

»Im ersten Schritt haben wir also festgestellt, dass das

Wasser lebt. Sobald wir unsere Sandwiches aufgegessen haben, müssen wir als Nächstes ein paar von den Tieren, die im Wasser wohnen, einfangen. Ich habe dort drüben, in der Nähe des Ufers, Seesterne gesehen und einige Schwämme. Hilfst du mir, ein paar einzufangen?«

»Und ob!«

»Einer von den Marines hat mir versprochen, uns später auch einen von den leuchtenden Fischen zu fangen.« Sie war auf die phosphoreszierenden Eigenschaften dieser großen Fische neugierig. Da sie derartige Fische noch nie gesehen hatte, machte sie die Aussicht, eine neue Spezies klassifizieren zu können, ganz aufgeregt.

»Warum fangen wir nicht gleich an?« Jason stand schon auf. »Ich habe ein paar ...«

»Einen Moment, junger Mann.« Sie zeigte auf den Teller. »Zuerst isst du dein Sandwich auf. Ich trage die Verantwortung für dich, bis deine Mutter zurückkommt.«

Er verzog den Mund und plumpste zurück auf die Decke. »Okay, okay.«

Sie gab ihm das Sandwich und nahm einen Bissen von ihrem. »Aber wir beeilen uns. Schließlich müssen wir Fische fangen.«

»Große«, fügte er strahlend hinzu.

»Die größten. Die gibt es dann zum Abendessen.«

»Leuchtende Fische? Igitt!«

»He, mein Freund, mach mal halblang. Wenn das Licht ausfällt, können wir wenigstens noch erkennen, was wir essen.«

Das brachte ihn zum Lachen. Linda grinste und vergaß beinahe, dass Felsmassen über ihrem Kopf hingen.

Ben sah Ashley zu, die sich bückte und den Altar untersuchte. Diese Frau war verdammt gut gebaut. Er nahm seinen Helm ab und wischte sich mit einem roten Taschentuch über die feuchte Stirn. Es wurde immer später und sein Magen knurrte. Gott sei Dank war das die letzte Höhle, die sie untersuchten.

Er stöhnte, als er sah, dass Ashley das Maßband herauszog. »Nicht schon wieder«, fluchte er leise vor sich hin. Seit der Entdeckung von heute Morgen zockelte er hinter Ashley und Dr. Symski her und fühlte sich wie das fünfte Rad am Wagen, während die beiden ihre Untersuchungen vornahmen. Vor jeder Höhle blieben sie stehen: messen, kratzen, Proben sammeln. Öde. Er hatte gehofft, mit Ashley allein zu sein, aber seit der Entdeckung des Reliefs waren beide Wissenschaftler wie Bluthunde auf einer Fährte. Nichts konnte sie ablenken. Kein Witz und kein Bonmot. Ben war Luft für sie.

»Also, hier haben Sie die Diamantstatue gefunden?« Ashley kniete vor dem Steinpodium, das unvermittelt aus dem Boden einer Kammer aufragte. »Das Podest wurde aus dem Steinsockel gemeißelt. Nahe liegend, dass die Erbauer diese Höhle absichtlich so angelegt hatten. Alle anderen Höhlen haben an dieser Stelle die Feuerstellen.« Sie wies auf die Decke. »Außerdem ist das der einzige Raum, in dem es kein ovales Symbol über der Tür gibt.«

Ben stand auf dem Felsvorsprung, der die Schwelle zur Höhle darstellte. Er warf einen Blick über die Kante auf das Wasser in der Tiefe. Die Höhle befand sich auf der obersten Ebene und in dem Teil der Felswand, die über dem See lag. Ohne das Gerüst wäre es ein beschwerlicher Aufstieg gewesen, auch für ihn.

Ashley wandte sich wieder an Dr. Symski, der im hinteren Teil der Kammer hockte. »Als ihre Wissenschaftler die Statue fanden«, sagte sie, »schaute die Figur nach außen oder nach innen?«

»Nun …« Er trat von einem Fuß auf den anderen. »Wissen Sie, es gab da einen Zwischenfall. Der erste Mann, der die Höhle betrat, stieß die Figur um. Wir wissen nicht, in welche Richtung sie blickte.«

Sie klatschte mit der Hand auf den Altarstein. »Welche entscheidenden Details haben Sie sonst noch vermasselt?«

Dr. Symski wurde rot.

Ben, den die ganze Korinthenkackerei nervte, mischte sich ein. »Was macht denn das für einen Unterschied? Ob sie nun hinein- oder hinausgeschaut oder auf dem Rücken gelegen hat?«

Ashley ging mit zusammengekniffenen Augen auf ihn zu. »Es macht einen verdammt großen Unterschied. Wir haben es hier mit dem einzigen aussagekräftigen Artefakt dieser Ausgrabung zu tun, das für diese Kultur einmal eine enorme Bedeutung gehabt haben muss. Wenn es nach außen gerichtet war, handelt es sich wahrscheinlich um einen Zauber, der böse Geister verbannen sollte. Wenn es nach innen gerichtet war, so war es wahrscheinlich ein Gegenstand der Verehrung, der bei Ritualen eine Rolle spielte.«

Ben kratzte sich hinter dem Ohr. Schweißtropfen liefen unter seinem Helm hervor. »Was macht es, im Ganzen gesehen, für einen Unterschied, ob es sich um einen Zauber oder ein Götzenbild handelt? Was soll das zur Lösung des weitaus größeren Rätsels, wohin die Leute verschwunden sind, beitragen?«

Sie öffnete den Mund, um zu antworten, schloss ihn jedoch mit einem fast hörbaren Geräusch wieder. »Ich gebe es auf«, war alles, was sie murmelte, während sie ihn zur Seite schubste und hinabstieg.

Ben bereute seine Bemerkung sofort. Instinktiv war ihm klar, dass er den guten Eindruck, den er an diesem Tag bei Ashley hinterlassen hatte, zunichte gemacht hatte. »Warte doch!«, rief er und kletterte hinterher. Dr. Symski folgte ihm.

»Geht beide zum Teufel!«, rief sie und schaute nicht einmal zurück.

Schweigend fuhren sie zur Alpha-Basis zurück.

9

»Du hättest den Fisch sehen sollen, den ich gefangen habe, Mama.« Jason breitete die Arme aus, so weit er nur konnte und stieß dabei beinahe Linda an, die beim Abendessen neben ihm saß. »Sogar noch größer.«

»Was für ein Bursche!«, sagte Ashley.

»Er war phosphoreszierend. Das heißt, er leuchtet.«

Ashley war aufgefallen, dass er sich beim heutigen Abendessen absichtlich neben Linda gesetzt hatte. Die beiden hatten wohl einen schönen Tag zusammen verbracht.

»Er war blau und hatte riesige Zähne.«

»Klingt ganz schön wild, Sportsfreund«, sagte Ben, der eben den Essraum betrat. Seine Haare waren noch feucht von der Dusche. »Ein richtiges Wundertier.«

»He, Ben!«, begrüßte ihn Jason und strahlte von einem Ohr zum anderen. »Du hättest dabei sein müssen.«

»Tut mir Leid, Sportsfreund«, sagte Ben, »ich musste deiner Mutter helfen.« Er setzte sich einige Plätze von Ashley entfernt hin.

Sie wusste, warum er so viel Abstand hielt. Sie schob die Erbsen über ihren Teller und gestand sich ein, dass sie sich an diesem Nachmittag ganz schön zickig benommen hatte.

Vielleicht sollte sie sich für ihren Wutausbruch entschuldigen. Sie setzte gerade an, als die Tür aufgestoßen wurde und Khalid eintrat.

»Guten Abend allerseits«, sagte er im Vorübergehen und setzte sich neben Linda. »Tut mir Leid, dass ich zu spät komme, aber ich habe noch Dr. Blakely getroffen, der mich bat, euch mitzuteilen, dass er wegen der letzten Vorbereitungen nicht am Abendessen teilnehmen kann.«

Ashley fiel auf, dass noch jemand fehlte. »Weiß jemand, was mit Michaelson los ist?«

»Ich«, sagte Linda und hob die Hand. »Obwohl, eigentlich nicht so genau. Der Marine, der uns heute beim Fischen geholfen hat, sagte mir, dass Major Michaelson im militärischen Bereich der Basis untergebracht ist. Auf der anderen Seite der Schlucht.«

»Warum denn das?«, fragte Ashley. »Hier ist doch genügend Platz. Das Haus ist praktisch leer.«

»Ich nehme an, er bereitet die anderen zwei Soldaten auf die Expedition vor«, sagte Linda. »Unsere Aufpasser.«

Na großartig, dachte Ashley, noch zwei Revolverhelden, die mit auf die Reise gehen. Doch Jammern half jetzt nicht. Es war der Vorabend ihres Abenteuers. Außerdem sollte sie als Teamchef ein paar Worte sagen. Etwas Dramatisches. Etwas Motivierendes. Sie legte die Gabel hin. Auch wenn ihr nichts einfiel, war sie entschlossen, eine Rede zu halten.

Während sie dabei zuschaute, wie die anderen zu Ende aßen, suchte sie nach den richtigen Worten. Nachdem Ben mit einem Stück Brot die Sauce vom Teller gewischt und mit einem Seufzer seinen Bauch getätschelt hatte, wusste sie immer noch nicht, was sie sagen sollte. Zum Teufel mit den »richtigen« Worten.

Ashley räusperte sich. »Ich ... möchte ... einen Toast aussprechen.« Sie hob ihr Wasserglas und stand auf. Die anderen schauten sie erwartungsvoll an. »In den letzten Tagen hat man uns eine Menge zugemutet. Und ich glaube, wir alle fühlen uns ein wenig wie durch den Wolf gedreht. Aber morgen begeben wir uns auf eine Mission, deren Erfolg von unserer Fähigkeit abhängt, im Team zusammenzuarbeiten. Auch wenn mir Dr. Blakely persönlich auf die Nerven gehen mag, so hat er doch ein fantastisches Team zusammengestellt. Daher« – sie hob ihr Glas – »auf uns. Auf unser Team.«

»Auf unser Team!«, wiederholten die anderen und hoben die Gläser.

»Yeah, auf euch, Männer!«, sagte Jason und nahm einen Schluck von seiner Cola.

Linda wuschelte ihm durch die Haare. »Und was ist mit uns Frauen?«

Jason wurde rot. »Du weißt, wie ich das gemeint habe.«

»Natürlich weiß ich das.« Linda beugte sich herab und gab ihm einen Kuss auf die Wange. »Danke.«

Jason wurde purpurrot vor Verlegenheit.

Ashley musste über die Verlegenheit ihres Sohns lächeln. In diesem Moment tippte ihr jemand auf die Schulter. Ben stand hinter ihr. Er beugte sich zu ihr und flüsterte ihr ins Ohr. »Ich möchte mit dir sprechen. Wie wäre es mit einem Spaziergang nach dem Abendessen?«

»Hm ...«, machte sie ausweichend. Sie war nicht auf der Hut gewesen. Damit hätte sie überhaupt nicht gerechnet. »Ich muss Jason ins Bett bringen.«

»Okay, wie wäre es danach? Es dauert nicht lange.«

»Ist es so wichtig? Hat es nicht Zeit bis morgen?«

»Na ja, ich bekäme die Sache gern heute noch von der Seele.«

»Na gut«, stimmte sie widerwillig zu, »ich glaube, das lässt sich machen. In einer halben Stunde?«

»Bestens. Wir treffen uns draußen vor dem Eingang. Ich hole mir nur eine Jacke.«

Sie nickte und sah ihm hinterher. »Jason, wir gehen jetzt in unser Zimmer.«

Jason hatte wieder seine normale Hautfarbe angenommen, da sich Linda nun Khalid widmete. Er stieß seinen

Stuhl mit einem lauten Quietschen zurück. »Darf ich Kabelfernsehen gucken?«

»In Ordnung, aber nur eine halbe Stunde. Danach geht es ab ins Bett.« Sie legte den Arm um ihn, drückte ihn und winkte den anderen beiden zu. »Bis morgen früh.«

Linda winkte zurück, Khalid nickte.

Nachdem sie Jason vor einer alten Folge von *Gilligans Insel* abgesetzt hatte, zog sie sich einen gelben Pullover an. »Ich bin gleich wieder da.«

Den Blick auf den Fernseher gerichtet, winkte Jason ihr zu.

Ashley stieß die Tür nach außen auf und entdeckte Ben, der gerade mit der Wache sprach. Winkend verabschiedete er sich von dem Marine und kam zu ihr herüber. »Danke fürs Kommen.«

Sie verschränkte die Arme vor der Brust. »Und?«

»Sollen wir zur Schlucht hinübergehen?« Er zeigte zum gegenüberliegenden Teil des Camps. »Ich habe gehört, das Gelände dort eignet sich fantastisch für ein Rendezvous.«

Sie stemmte die Fäuste in die Hüften. »Wenn du glaubst ... Deswegen bin ich bestimmt nicht gekommen.«

Ben grinste sie an. »Ich mache doch nur Spaß.«

»Worüber wolltest du reden?«

»Komm. Gehen wir erst einmal. Ich möchte mir die Schlucht wirklich gern ansehen. Gestern, als wir darüber gefahren sind, habe ich kaum etwas davon zu Augen bekommen.« Er hielt ihr den Arm hin. »Na los.«

Sie ignorierte seinen Arm und ging an ihm vorbei. »Ich kann nicht lange fortbleiben. Jason ist noch auf und wartet auf mich.« Er holte sie ein und schritt neben ihr her. »Es geht um heute Nachmittag ...«

Sie hob die Hände. »Ich weiß, ich weiß, ich habe überreagiert.«

»Nein, überhaupt nicht. Ich habe mich wie ein Esel benommen.«

Sie drehte sich zu ihm herum. »Meinst du das ehrlich?«

»Und ob. Ich habe meine Nase in etwas hineingesteckt, das mich nichts anging.«

Sie blickte prüfend in sein ernstes Gesicht und auf sein entschlossenes Kinn, das vom Licht einer nahen Laterne umrandet wurde. »Weißt du«, sagte sie, und sie spürte eine Enge in der Kehle, die sie mit Mühe sprechen ließ, »das macht *mir* wirklich zu schaffen.«

»Was?« Er strich mit seiner Hand über ihre, die sie zurückzog.

»Ich soll hier der große Boss sein. Der das Team führt und motiviert. Doch schon eine einfache Frage, und ich gehe an die Decke. Ein schöner Boss bin ich.« Ihre Stimme krächzte ein bisschen.

»Jetzt mach dich nicht selbst fertig.« Erneut ergriff er ihre Hand. Seine Berührung versetzte ihr einen beinahe elektrischen Schlag. Sie unternahm einen schwachen Versuch, sich zu entziehen, doch er hielt sie fest. »Hör zu, Ashley, du hattest kaum Zeit. Zum Teufel, dir stand nur ein Tag zur Verfügung, um die Höhlen zu untersuchen. Und ich habe dich auch noch mit dämlichen Fragen genervt.«

»Deine Fragen waren nicht dämlich. Meine Antwort war es.« Sie versuchte, ihre Hand frei zu bekommen, doch während sie zog, kam sie ihm näher. »Ich …« Wie strahlend seine Augen das Licht der Laterne reflektierten. »Ich … glaube, wir gehen jetzt besser weiter.« Endlich konnte sie ihm ihre Hand entwinden.

»Ja …« Er schaute in eine andere Richtung. »Du hast Recht.«

Schweigend gingen sie durch das Camp.

Schon bald wurde die Stille unangenehm. »Weißt du«, sagte sie, »jetzt, wo ich Zeit habe, darüber nachzudenken ... was mich heute Nachmittag zornig gemacht hat, war die Tatsache, dass du Recht hattest.«

»Womit?«

»Mit der Statue. Im Augenblick ist es nicht so wichtig zu wissen, wie herum sie gestanden hat. Manchmal bin ich derartig auf die Details fixiert, dass ich das große Ganze völlig aus dem Blick verliere. Und als du mir das vor Augen geführt hast, bin ich ausgerastet. Es tut mir Leid.«

»He, du hast unter großem Druck gestanden. Nebenbei bemerkt mag ich es, wenn jemand sagt, was er denkt.«

Sie lächelte.

»Jemand wie du«, flüsterte er.

»Danke, Ben.« Sie gingen um eine Nissenhütte herum. Eine schwarze Spalte öffnete sich vor ihnen. Zu ihrer Linken führte eine beleuchtete Brücke über die Schlucht. Kaum waren sie ins Licht getreten, rief ihnen eine Wache von der Brücke her zu: »Bleiben Sie dort stehen.«

Der Soldat unterstrich seinen Befehl, indem er das Gewehr auf sie richtete. »Der Zutritt zu diesem Gelände ist verboten.«

»Meine Güte«, raunte Ben ihr zu, als sich eine zweite Wache näherte. »Jetzt verstehe ich, warum das ein romantisches Örtchen sein soll.«

Mit versteinertem Gesicht überprüfte der Wachposten ihre Ausweise. »Sie können passieren.« Er drehte sich zu seinem Kollegen an der Brücke und hob den Daumen. »Tut mir Leid, wenn ich Sie erschreckt habe, aber die Sicherheitsmaßnahmen wurden verschärft.«

»Warum?«, fragte sie.

»Tut mir Leid, Ma'am. Das ist geheim.« Er wandte sich ab und schritt zur Brücke.

Ashley fragte Ben: »Wirst du daraus schlau?«

Er zuckte mit den Schultern. »Wer versteht schon das Militär? Ein Haufen toller Hunde.«

»Ich weiß. Ich hätte nichts dagegen, die ganze Bande in diese verdammte Schlucht zu schmeißen.«

»He, schau mal einer an. Wir haben etwas gemeinsam.« Er drehte sich auf dem Absatz um – sehr militärisch –, um auf das Wohnheim zuzusteuern, und hielt ihr seinen Arm hin.

Dieses Mal ergriff sie ihn.

Blakely reckte sich vor dem Kontrollpult und lehnte sich zurück. Er blickte auf die Wanduhr. Ein paar Minuten nach Mitternacht. Ab nun lief der Count-down. In neun Stunden würde das Team aufbrechen.

»Grünes Licht«, sagte eine Stimme hinter ihm. »Endlich.«

Er drehte sich zum Chef der Funkleitzentrale, Lieutenant Brian Flattery, um. »Ich wusste, dass es mit den neuen Platinen klappt«, sagte Blakely. »Mit dem funktionierenden Funkverbindungsnetz können wir mit dem Team überall auf der Welt in Verbindung treten.«

»Das ist ein großer Vorteil«, sagte Flattery, »aber dennoch ...«

»Machen Sie sich keine Sorgen. Dieses Mal wird alles anders.«

Flattery blickte zu Boden. »Wombleys Leiche haben wir nie gefunden. Nur diesen Blutfleck.«

»Ich weiß, ich weiß.«

»Außerdem haben wir immer noch kein Lebenszeichen vom ersten Team. Mittlerweile ist es vier Monate her. Und was ist mit dem neuen Vorfall? Dem vermissten Wachposten von der Schlucht?«

Blakely hob die Hand. Ähnliche Bedenken hatte er schon vereinzelt im Camp zu Ohren bekommen. »Dieses Mal sind wir gut vorbereitet. Wir werden in ständiger Funkverbindung mit dem Team stehen.«

»Sollte man das Team nicht über das bestehende Risiko aufklären?«

Blakely zuckte mit den Achseln. »Major Michaelson und seine beiden Männer wissen Bescheid. Das allein ist wichtig. Ich denke, ich sollte dem übrigen Team ein paar Einzelheiten verraten, aber alles müssen sie nicht erfahren. Dieses Mal ist uns das Risiko bekannt. Wir sind gewappnet.«

»Das wissen wir nicht genau.«

Blakely warf einen Blick auf die grünen Lämpchen des Kontrollpults. Er klopfte auf eines, das flackerte. Das Lämpchen stabilisierte sich und leuchtete wieder gleichmäßig grün. »Ich glaube nicht, dass wir uns deshalb Sorgen machen müssen.«

Drittes Buch

Unter dem Vulkan

10

Der Rucksack wog schwer, und die gepolsterten Gurte schnitten in Ashleys Schultern. Sie schüttelte ihn vom Rücken und setzte ihn vor sich auf den Boden. Schwer, aber noch zu tragen. Sie sah, dass Linda ein Gesicht schnitt, als sie versuchte, ihren eigenen Rucksack ordentlich aufzusetzen. Ashley kam ihr zu Hilfe und schob ihr den Rucksack höher auf den Rücken. »Wenn du ihn so trägst, ist es nicht so schlimm.«

Linda lächelte, doch hatte sie immer noch Kummerfalten auf der Stirn. »Danke. Ich muss mich nur daran gewöhnen.«

Ashley nickte. Das geht uns allen so, dachte sie.

Sie führte Linda zu der Gruppe, die sich um das Funkgerät des Teams versammelt hatte. Blakely erklärte Ben, Khalid und Major Michaelson, wie es funktionierte. »Unser Netzwerk arbeitet mit einer sehr tiefen Frequenz. Die Stationen sind überall unter der Erde verteilt, so dass wir imstande sind, durch hunderte Kilometer Felsgestein hindurch in alle Richtungen miteinander zu kommunizieren.«

Major Michaelson hob das Funkgerät hoch und schätzte sein Gewicht. »So ähnlich wie die vergrabenen Sender, die unseren Unterseebooten die Funkverbindung ermöglichen.«

»Genau das gleiche Prinzip – kaum spürbare Schwingungen. Das System wurde getestet und hat sich bestens bewährt.«

»Wie oft stellen wir den Kontakt her?«, fragte Ashley.

»Dreimal am Tag, zu bestimmten Uhrzeiten«, antwortete Blakely. Er zeigte auf das Funkgerät. »Dies ist der wichtigste Ausrüstungsgegenstand, den Sie mit sich führen.«

Major Michaelson klopfte auf die Pistole an seiner Hüfte. »Dies ist *mein* wichtigster Ausrüstungsgegenstand.«

Ben grunzte. »Sie haben beide Unrecht. Das beweist ihre mangelnde Höhlenerfahrung.« Er zeigte auf seinen Gürtel mit dem Ring von Batterien. »Das hier sind die wichtigsten Ausrüstungsgegenstände. Keine Batterien, kein Licht. Ohne Licht habt ihr keine Ahnung, worauf ihr schießt, und kein Funkgerät der Welt bringt euren Arsch heil aus diesem Loch.« Er packte seinen Batteriegürtel. »Das hier ist euer Lebenselixier da unten.«

Jeder schaute nun auf Ben. »Natürlich«, sagte er und zog eine Rolle Klopapier aus seinem Rucksack, »ist das hier auch scheißwichtig.«

Ashley lächelte, und Linda unterdrückte ein Kichern. Manchmal hatte er was, das musste man ihm lassen. »Was ist mit Wasser?«, fragte Khalid, der neben dem Funkgerät gehockt hatte und nun aufstand. »Dehydrierung ist eine der größten Gefahren, nicht wahr?«

»So ungefähr. Aber die meisten großen Höhlensysteme besitzen zahlreiche Reservoire mit Trinkwasser. Geht mit dem Wasser in euren Feldflaschen zwischen den Wasserlöchern sparsam um.«

Ashley biss die Zähne zusammen. Funkgeräte, Pistolen, Batterien, Wasser. Und alle waren für das Gelingen der Mission lebensnotwendig. Für ihren Geschmack zu viele Variablen.

Dann wurde ihnen der Rest des Rucksackinhalts erklärt. Gefriergetrocknete Lebensmittel, in Alufolie verpackt, Elektrolytersatz, zusammengefaltete Luftmatratzen, ein Erste-Hilfe-Kasten, eine kleine Schachtel Toilettenartikel und obenauf eine große Trommel, auf die ein dickes Seil gewickelt war. Außer dem Rucksack trug jeder einen leichten

Kletteranzug mit einem Kreidebeutel, um die Hände zu trocknen, und einen Helm mit einer Karbidlampe.

Bens Rucksack enthielt zusätzliche Kletterausrüstung: Karabinerhaken, Expressschlingen, Ösen und Spits. Der Zweck dieser Ausrüstung war Ashley klar. Major Michaelsons Rucksack versetzte sie jedoch in Angst und Schrecken. Er enthielt vier weitere Pistolen, ein in Teile zerlegtes Gewehr und zahlreiche in versiegeltes Leinen verpackte Schachteln mit Munition.

Und für den Fall, dass das nicht reichen sollte, stellte man ihnen die beiden letzten Mitglieder der Expedition vor: Major Skip Halloway und Major Pedro Villanueva. Auf den Schultern einen Adler, der einen Dreizack in den Krallen hielt. Diese Insignien sprachen für sich: Navy SEALs, die Elitetruppe. Sie waren mit Waffen förmlich gespickt, und jeder trug einen Rucksack, der doppelt so groß war wie die der anderen. Ein enormes Gewicht, doch sie glichen muskelbepackten Maschinen oder bewaffneten Ochsen.

Ben stupste Ashley in die Seite. »Eine verdammte Menge Schusswaffen, die wir da mit uns schleppen.«

Sie nickte. »Gefällt mir auch nicht.«

»Ich habe schon viel von diesen SEALs gehört. Gehen nirgendwo ohne ein ganzes Waffenarsenal hin.«

Ashley biss sich auf die Unterlippe. »Warum glaubst du …«

Blakely unterbrach sie. »Ab jetzt ist Professor Carter Ihre Vorgesetzte. Ihr Wort gilt so viel wie mein Wort.«

Ashley bemerkte, wie der rothaarige SEAL, Skip Halloway, grinste. Er stieß seinen Kumpel an, dessen Gesicht jedoch ausdruckslos blieb. Pedro Villanueva, mit seinen schwarzen Haaren und schwarzen Augen, war so unergründlich wie ein Marmorblock.

Sie stöhnte. Toll, noch zwei Machos, die sie im Zaum

halten musste. Ihr fiel auf, dass sie nicht die Einzige war, die die Neuankömmlinge musterte. Khalid machte ein besonders verdrießliches Gesicht, als er die SEALs prüfend betrachtete. Er verzog die Mundwinkel zu einer hässlichen Grimasse, dann drehte er sich um und flüsterte Linda etwas ins Ohr. Sie lächelte und verbarg den Mund hinter der Hand.

»Also«, sagte Ben, »bist du bereit, diese Rasselbande von Abenteurern ins Innere der Erde zu führen?«

»Im Augenblick hoffe ich einfach nur, dass uns keine Meuterei bevorsteht.«

Ashley ging hinüber zu der kleinen Öffnung an der Südwand der Höhle. Sie blickte in den winzigen Tunnel. Sie wurden Wurmlöcher genannt, doch glich dieses hier eher einem Abwasserrohr. Der schwarze Eingang war gerade einmal 75 Zentimeter hoch. Sie hockte sich hin und leuchtete mit ihrer Blendlaterne in den Gang hinein. Mit aufgesetztem Rucksack, schätzte sie, durfte es beinahe unmöglich sein, durch diese Gänge zu kriechen.

Wie als Antwort auf diesen Gedanken stellte man ihnen nun den letzten Gegenstand ihrer Ausrüstung vor. Blakely gab Ashley ein Plastikbrett mit Rädern.

»Ein Rollbrett?« Ashley rollte mit einem Rad über ihre flache Hand.

»Ich nenne sie lieber Transportschlitten«, sagte Blakely. »Eine Spezialanfertigung für diese Rutschen. Ich darf Ihnen das einmal zeigen.« Er nahm eines der anderen fluoreszierenden Bretter und schlug mit der flachen Hand auf die Oberfläche. »Wir haben zwar auch motorbetriebene Aluminiumschlitten gebaut, doch die sind zu sperrig, um sie zu tragen. Diese hier sind dagegen aus strapazierfähigem Plastik, sowohl Brett als auch Räder. Die Radlager sind aus korrosionsresistentem Titan. Ideal für diese Art von Gelände und bei dieser Feuchtigkeit. Lösen Sie diesen Riegel –

so –, lässt sich das Brett auf die Länge des Oberkörpers auseinander ziehen. Der Fahrer legt sich mit dem Bauch darauf, Becken und Brust werden dabei abgestützt. Mit behandschuhten Händen und Füßen stößt man sich ab und bremst man.«

»So ähnlich wie bei einem Surfbrett«, sagte Ben, »nur an Land.«

»Nun, diese Analogie ist zutreffend. Sind Sie einmal durch den Tunnel hindurch, kann das Brett wieder zusammengeschoben und im Rucksack verstaut werden. Jedes Brett wurde individuell angepasst. Sie finden Ihren Namen auf der Unterseite. Außerdem hat jedes eine andere Farbe, so dass Sie sie unterscheiden können.«

Ashley probierte den Schiebemechanismus aus. Er war einfach zu betätigen, und das Brett war Gott sei Dank leicht. Und das alles, nur um durch die Wurmlöcher zu rutschen.

»Dr. Blakely«, fragte Linda, »auf welche Art sind diese Wurmlöcher entstanden? Sind es Lavaschächte?«

»Ja und nein«, antwortete Blakely. »Es stimmt natürlich, das ganze Gebiet ist von Lavaschächten durchlöchert. Manche sind nicht größer als eine Faust, andere so groß wie ein Mensch. Lavaschächte sind normalerweise rau und unregelmäßig wie die meisten gewöhnlichen Schächte in dieser Gegend. Aber die Schächte mit diesem Durchmesser« – er zeigte auf das Wurmloch – »sind Ausnahmen. Sie sind einheitlich groß und bemerkenswert glatt poliert. Wodurch und warum? Noch ein Rätsel, das wir lösen müssen.«

»Wie weit sind Sie mit der Erkundung bisher gekommen?«, fragte Ashley. Offensichtlich hatte man viele andere Schächte bereits untersucht.

»Diese Wurmlöcher verlaufen von der zentralen Höhle aus wie die Speichen eines Rads. Manche sind Sackgassen. Aber die meisten, so wie dieses, sind mit einem Netzwerk von Gängen und Höhlen verbunden, das sich tiefer und tiefer erstreckt. Seismische Messungen lassen vermuten, dass sich dieses System über viele hundert Kilometer erstreckt.«

»Und weiter sind Sie mit Ihren Untersuchungen bisher noch nicht gekommen?« Ashley hob die Augenbrauen. »Sie sind doch schon seit Monaten hier unten.«

Blakely starrte sie für einen Augenblick an, nahm dann die Brille ab und rieb seinen Nasenrücken. Die anderen, durch die Stille aufmerksam geworden, unterbrachen ihre Aktivitäten und kamen näher.

Ben legte die Rollbretter hin, die er untersucht hatte, und stellte sich zu Ashley.

Michaelson kam dazu. »Erzählen Sie es ihnen,« sagte er und sah ihm tief in die Augen. »Sie haben es verdient, mehr zu erfahren.«

Blakely hob die Hand, die Handfläche auf den Major gerichtet. »Ich wollte gerade darauf zu sprechen kommen.«

Ashley bekam plötzlich ein flaues Gefühl im Bauch.

»Professor Carter«, sagte Blakely, »die bevorstehende Enthüllung erfüllt mich keineswegs mit Stolz. Aber aus bestimmten, zweckdienlichen Gründen musste ich so handeln. Wir mussten gewisse Geheimnisse wahren.«

»Ach ja?«, sagte Ben.

Ashley brachte ihn mit einem strengen Blick zum Schweigen und sah Blakely weitaus eisiger an. »Fahren Sie fort. Was für Geheimnisse?«

»Sie haben mich gefragt, ob wir das Höhlensystem nicht weiter erkundet haben. Nun, das haben wir.« Er zeigte auf das Wurmloch. »Sie sind nicht das erste Team, das diese Route erforscht. Ein Team aus fünf Wissenschaftler und einem Marine verschwand vor über vier Monaten in diesem Wurmloch.«

Ashley schüttelte den Kopf. »Warum schleppt man uns dann hierher, wenn schon alles untersucht worden ist?«

»Das andere Team ist noch nicht zurück.«

»Was?«, rief Ben und kam näher. »Wollen Sie damit sagen, die sind immer noch da unten?«

»Ohne Funkgeräte hatten wir keine Möglichkeit, mit den Expeditionsteilnehmern Verbindung aufzunehmen. Das Team sollte nach zwei Wochen Forschungsarbeit zurückkehren. Drei Wochen vergingen ohne ein Sterbenswörtchen von ihnen. Also schickten wir eine Suchmannschaft hinterher. Bei einer oberflächlichen Durchsuchung fanden wir das dichte Netz von Tunneln, Schächten und Höhlen. Von den Expeditionsteilnehmern fehlte jede Spur.«

»Warum zum Teufel haben Sie die Suche nicht ausgedehnt?« Ben hatte mittlerweile einen puterroten Kopf.

»Ohne entsprechende Funkgeräte waren die Suchmannschaften ebenfalls gefährdet. Ihnen drohte dasselbe Schicksal wie dem ersten Team. Also haben wir die Suche abgebrochen. Das Team wurde als vermisst gemeldet.«

»Toll«, sagte Ashley. »Und was passiert, wenn wir in Schwierigkeiten geraten? Lassen Sie uns dann auch im Stich?«

»Das ist doch Schwachsinn«, fügte Ben hinzu, »Sie hatten einfach die Hosen voll.«

Blakely ballte die Fäuste und verengte die Augen zu schmalen Schlitzen. »Dieses Team stand unter meiner Leitung. Ich habe mich für den Verlust persönlich verantwortlich gefühlt. Ich konnte nicht riskieren, noch mehr Leute zu verlieren. Wir haben das erste Team verloren, weil wir aufgeregt waren und ohne angemessene Vorsicht vorgegangen sind. Ich habe die weitere Suche nach ihnen so lange untersagt, bis ein funktionierendes Funkverbindungsnetz installiert wurde.« Er wies mit dem Finger auf das Funkgerät. »Da ist es!«

Ben gab nicht nach. »Tut mir Leid, aber ich glaube immer noch, ein kleines Team ...«

Michaelson unterbrach ihn: »Es war auch meine Entscheidung.«

Ashley drehte sich zum Major um, der bei den Rucksäcken stand. »Und warum zum Teufel haben *Sie* dann nichts unternommen?«

Michaelson sah Ashley fest in die Augen. »Als Vorgesetzter der hier stationierten Marines hatte ich die Entscheidung zu treffen, entweder blind vorzudringen oder auf Dr. Blakelys Rat zu hören und zu warten, bis das Funkverbindungsnetz vollständig aufgebaut war. Ich habe mich für das vorsichtige Vorgehen entschieden.«

»So ist sie, die Armee«, sagte Ben verbittert, und ein höhnisches Grinsen gefror ihm im Gesicht. »Untergebene sind nur Schachfiguren, die man wegwirft, wenn man sie nicht mehr braucht. Wen kümmert es, dass das andere Team aus wirklichen Menschen, die ein wirkliches Leben führten, bestand. Werft sie einfach fort.«

Mit zusammengebissenen Zähnen drehte sich Michaelson auf dem Absatz um. Bens verbitterter Gesichtsausdruck machte ihn hässlich, fand Ashley.

Sie folgte dem Major, um ihn weiter zur Rede zu stellen, doch Blakely berührte sie am Ellbogen, als sie an ihm vorbeigehen wollte. Er flüsterte ihr ins Ohr: »Major Michaelsons Bruder gehörte zum ersten Team.«

Ashley blieb stehen und sah, wie Michaelson den Inhalt seines Rucksacks mit hastigen und ruckartigen Bewegungen prüfte. »Harry?«, fragte sie und erinnerte sich an das warme Lächeln des Majors, als er von seinem jüngeren Bruder und dessen Begeisterung für Fahrzeuge und Motoren erzählte. Vielleicht sollte sie etwas sagen …

Aber da rief Ben hinter Michaelson her: »Schöne Kameradschaft. Die Menschen einfach umkommen zu lassen. Wenn ich Sie wäre …«

Ashley gebot Ben mit einer Handbewegung Einhalt.

»Genug. Es ist gut jetzt. Lass ihn in Ruhe.« Sie sah, dass Michaelson seine Ausrüstung im Rucksack verstaute und fortging. Sie wandte sich zu Blakely. »Und jetzt?«

Blakely räusperte sich. »Die damaligen Entscheidungen sind strittig. Wir müssen uns einigen, wie es jetzt weitergeht. Egal zu welchem Entschluss Sie alle gelangen, die beiden SEALs und Major Michaelson werden heute aufbrechen, um Spuren zu suchen, die auf das Schicksal der ersten Expedition hinweisen. Der Rest Ihres Teams muss sich jetzt entscheiden. Da Sie über das andere Team Bescheid wissen – wie viele von Ihnen möchten weiterhin an der Expedition teilnehmen?«

Ben meldete sich als Erster zu Wort. »Wenn es nicht um diese vermissten Menschen ginge, würde ich sofort alles an den Nagel hängen. Aber ich habe lange genug gewartet. Ich komme mit.«

Aller Augen richteten sich auf Ashley. »Das ändert alles. Ich brauche Zeit, um zu überlegen«, sagte sie. »Dies ist nun eine Rettungsmission.«

»Nein«, sagte Blakely. »Diese Expedition hat für mich einen *doppelten* Auftrag. Das erste Ziel ist und bleibt dasselbe wie das der ersten Expedition: das Höhlensystem nach Hinweisen auf den Ursprung der Höhlenbewohner zu durchsuchen. Aber da Ihr Team den Fußabdrücken des ersten folgen wird, hoffe ich, dass beide Aufträge gleichzeitig erreicht werden können.«

Blakely zeigte mit dem Finger auf Ashley. »Deshalb habe ich Sie als Teamchef ausgesucht. Möchten Sie das Team auch jetzt noch leiten?«

Ashley runzelte die Stirn. »Sie hätten uns früher warnen sollen. Ich mag es nicht, wenn man mich belügt.«

»Ich habe Sie nie belogen. Ich habe nur den Fehler gemacht, es Ihnen zu verschweigen. Aber auch ich hatte keine andere Wahl. Ich hatte meine Befehle. Das Schicksal des ersten Teams unterliegt immer noch der höchsten Geheimhaltungsstufe. Man hat noch nicht einmal ihre Familien benachrichtigt.«

Ben schnaufte und murmelte etwas Unverständliches.

Blakely ignorierte ihn. »Professor Carter?«

Sie merkte, dass sie an Jason dachte, der sich im Camp bei Blakelys Assistent Roland in Sicherheit befand. Sollte sie das Risiko eingehen? Außer ihrer Karriere hatte sie noch andere Verantwortungen. Sie schwieg.

»Ich komme mit«, sagte Khalid. »Dies ist zu wichtig.«

»Ich auch«, sagte Linda. »Wir brauchen die Fähigkeiten eines jeden von uns, um das andere Team zu finden.«

Ashley konnte es auch nicht mit sich vereinbaren, das andere Team im Stich zu lassen. Sie blickte Blakely an. »Okay. Ihr Team ist immer noch vollständig! Aber wenn wir ab jetzt nicht absolut ehrlich ...«

Blakely nickte und sagte mit ernster Stimme: »Sie haben mein Wort.« Er ging ein paar Schritte zurück und bedeutete ihr, ihm zu folgen. »Denken Sie daran, wir bleiben in regelmäßigem Kontakt, um ihr Vorankommen und eventuelle Zwischenfälle registrieren zu können. Ansonsten treffen Sie ab sofort alle Entscheidungen. Darüber, wie oft Sie das Lager aufschlagen oder wann Sie zurückkehren wollen. Ihr Wort ist Gesetz.«

Wieder waren aller Augen auf Ashley gerichtet. Das Ausmaß ihres Auftrags drohte sie zu überwältigen. »Okay«, sagte sie, »es bringt nichts, wenn wir hier sitzen bleiben. Wir brechen auf. Halloway, gehen Sie bitte als Erster. Alle anderen folgen; wir treffen uns in der nächsten Höhle.«

Jeder prüfte seine Ausrüstung, nahm seinen Rucksack, schulterte ihn und zog die Gurte fest. Ashley sah zu, während sich die anderen mit ihren Transportschlitten beschäftigten.

Halloway wartete keine weitere Diskussion ab. Er überprüfte den Sitz seines Helms und tauchte mit seinem Brett in den Schacht hinab. Die anderen standen Schlange, um ihm zu folgen.

Zufrieden, dass es nun endlich losging, zog Ashley ihre Handschuhe an und die Velcro-Klettbänder fest. Sie griff nach ihrem Rucksack und schulterte ihn. Während die anderen nacheinander in das Wurmloch schlüpften, trat Blakely zu ihr. Sie blickten sich an. Mit eisiger Stimme sagte sie: »Passen Sie gut auf meinen Sohn auf.«

»Selbstverständlich. Roland wird dafür sorgen, dass der Junge jeden Morgen am Funkgerät ist, damit Sie sich davon überzeugen können.«

Sie nickte und bemerkte, dass die anderen mittlerweile alle im Wurmloch verschwunden waren. Sie kniete nieder und legte sich auf das Rollbrett, schaltete die Karbidlampe ihres Helms an und griff an die Wände links und rechts, um sich abzustoßen. Mit einem kräftigen Schubs schnellte sie in den Tunnel.

Das verdammte Ding erinnerte sie immer noch an ein Abwasserrohr.

11

Ashley schob den Schlitten in den Rucksack zurück und ging zu den anderen hinüber, die sich um einen Stalagmitenhain versammelt hatten. Die Strahlen der Blendlaternen und Helmlampen schwirrten kreuz und quer durch die Dunkelheit wie Leuchtkäfer in einem Einmachglas. Diese Höhle hatte die Größe eines Fußballstadions und war damit immer noch unendlich viel kleiner als die Alpha-Höhle, die eher mit dem Grand Canyon vergleichbar war.

Eine kräftige Brise, mild und feucht, wehte durch die

Höhle. Linda hielt ein Taschentuch in die Höhe, und es flatterte im Wind wie eine Flagge.

»Höhlen atmen ein und aus«, erklärte Ben Linda gerade, als Ashley hinzutrat. »Als Reaktion auf Veränderungen des barometrischen Drucks. In einer Höhle in Belize konnte ich sogar einen Drachen steigen lassen.«

Linda ließ den Arm sinken. »Dieser Wind ist wunderbar … so erfrischend.«

»Okay, Leute«, sagte Ashley und stellte sich neben Ben. »Die nächsten Kilometer sind bereits kartiert, also können wir zügig vordringen.«

Ben hob die Hand. »Ich hätte einen Vorschlag.«

Ashley nickte. »Selbstverständlich! Bitte macht Vorschläge und gebt Input, wann immer ihr wollt. Wir sind ein Team.«

»Bevor wir das unerforschte Gelände vor uns erreichen, sollte sich jeder von uns einen Partner suchen. In Höhlen bewegen wir uns mehr aufwärts und abwärts kletternd als auf ebenen Oberflächen. Zu zweit bewältigen wir die größeren Hindernisse besser.«

»Klingt gut«, sagte Ashley. »Ich glaube …«

Ben fuhr fort: »Außerdem können wir zu zweit Batterien sparen. Ein Paar benötigt nämlich nur eine Lampe. In dieser Dunkelheit erzeugt auch ein einzelnes Licht einen hellen Lichtkegel.« Er grinste sie an. »Und nach einem Tag hier unten werden eure Augen bei zu viel Licht schmerzen. Glaubt mir.«

Sie nickte. Ashley sprach zum Team und wies mit dem Daumen auf Ben. »So machen wir es. Jeder sucht sich einen Partner.«

Ben ging auf sie zu. »Hallo, Partner.«

»Moment«, sagte sie. »Vielleicht hast du bemerkt, dass wir eine ungerade Anzahl sind? Als Teamchefin schließe ich mich anderen Paaren an, wenn sie Hilfe brauchen.«

Mittlerweile waren Linda und Khalid ein Paar, und die beiden SEALs steckten ihre Köpfe zusammen und tuschelten. Die beiden übrigen Teilnehmer, Ben und Michaelson, schauten sich an.

»Scheiße«, brummte der Major.

»Ich und meine bescheuerten Ideen«, sagte Ben kopfschüttelnd.

Ashley grinste heimlich, während sie ihren Rucksack zurechtrückte. »Das wäre erledigt. Weiter also. Wir haben noch einen langen Weg vor uns.«

Nickend wies sie auf das griesgrämige Paar. »Ben und Michaelson übernehmen die Spitze. Beobachtet Ben auf den nächsten Kilometern aufmerksam. Er ist der erfahrenste Höhlenkletterer, und ich möchte, dass ihr von ihm lernt, wie sich ein Höhlenkletterer im Hinblick auf Sicherheit und Professionalität verhält. Dann wird es uns hoffentlich nicht so ergehen wie dem ersten Team.«

Die Leute justierten ihre Rucksäcke und schalteten die überzähligen Blendlaternen aus. Ashley bemerkte, dass die Lichtmenge dadurch unerheblich geringer war. Sie folgte Ben und Michaelson. Während sie ging, schwang ihre Laterne vor und zurück, als würde sie von Geisterhand bewegt.

In Gedanken beschäftigte sie sich mit ihrem Auftrag – den beiden Aufträgen. Sie stellte sich vor, sie wäre in dieser stygischen Finsternis gestrandet und müsste hilflos mit ansehen, wie die letzten Batterien den Dienst versagten und die Schwärze sie in ihre kalten Arme schloss. Sie fröstelte. Und was war mit den Höhlenbewohnern, den vermissten Vorfahren der Menschheit? Wie hatten sie in der Dunkelheit überlebt?

Sie verscheuchte ihren Tagtraum, als sie am Eingang des nächsten Wurmlochs ankamen. Sie ging nach vorn. Ben hatte seinen GPS-Empfänger geöffnet, ein notebookgroßes

Gerät zur Bestimmung der Position, das auf einen Sender der Basis eingestellt war. Ben besaß durch den Empfänger die Möglichkeit, die Position des Teams nicht nur in Bezug auf die vier Himmelsrichtungen, sondern auch auf die Tiefe zu bestimmen.

»Und das soll eine Karte sein?«, fragte er. Als Führer trug er die Zeichnung bei sich, die frühere Kundschafter angefertigt hatten. »Das ist Unsinn. Schau dir das an.« Er schob Ashley das Blatt hin. »Keine Kompassmarkierungen, keine erkennbaren Höhlenbegrenzungen, keine Tiefenangaben ... Kein Wunder, dass das erste Team sich verirrt hat!«

»Deshalb bist du hier«, sagte Ashley. »Du kartierst uns unseren Rückweg einfach. Wir zählen auf dich.«

»Okay ...«, sagte er und suchte nach Worten. »Ein Kind hätte es besser gemacht.«

»Dann bist du ja genau der Richtige für den Job.«

Er schaute sie prüfend an, während sie eine Unschuldsmiene machte, so gut sie nur konnte. Anscheinend zufrieden gestellt, wandte er sich ab, den Kompass in der Hand.

Sie schüttelte den Kopf. Manchmal waren Ben und Jason einander erschreckend ähnlich. »Wenn alle so weit sind«, sagte sie, »geht es jetzt weiter. Spätestens wenn wir unser Lager aufschlagen, möchte ich Neuland erreicht haben.«

Ashley zögerte.

»Noch ein kleines Stück«, rief Ben ihr von unten zu.

Während sie sich auf die Unterlippe biss, starrte sie den Steilhang hinunter, der vor ihr lag. Es sah nach fast zwei Kilometern aus. Der Fels war mit Lehm verschmiert und glatt wie Eis. Sie richtete den Blick nach oben. Mehrere Meter über ihr hatte es sich Michaelson in einem Spalt gemütlich gemacht und sich mit einem Seil gesichert. Darüber, am Felsrand, hing Villanueva und hielt sich an einem

Felsvorsprung fest, ebenfalls mit einem Seil gesichert. Beide hatten die Aufgabe, den anderen einen sicheren Abstieg zu ermöglichen.

Ashley holte tief Luft und stieß sich von der Wand ab, wie sie es gelernt hatte, und ließ das Seil in die Karabinerbremse einrasten, um ihren Fall zu stoppen. Dann tastete sie sich tiefer und balancierte mit einem Zeh ihres linken Fußes auf einem Felsvorsprung. Nur noch ein kleines Stück.

Der Stein, der sie stützte, löste sich plötzlich und fiel in die Tiefe. Sie stürzte hinterher, und das Seil raste durch ihre Handschuhe. Ben hatte ihnen eingeschärft zu rufen: »Ich falle!«, wenn so etwas passierte, aber da ihr die Angst die Kehle zuschnürte, war sie nur zu einem hohen Jaulen fähig.

Einen Augenblick später hakte sich das Seil zischend in die Karabinerbremse ein, und ihr Fall wurde abrupt gestoppt. Von oben erklang ein protestierendes Schnauben, als Michaelson ihr Gewicht auffing.

»He, aufgepasst da oben«, rief Ben. »Es hätte nicht viel gefehlt, und du hättest mir das Gesicht geliftet.«

»Entschuldige«, sagte sie zu der lehmverschmierten Wand, vor der sie wenige Zentimeter baumelte, und klammerte sich mit beiden Händen an das Seil.

»Na los, sei ganz locker«, sagte Ben. »Stemm die Füße wieder gegen die Wand. Den Rest schaffst du auch noch. Du bist fast auf festem Boden.«

Gerade die Festigkeit des Bodens machte ihr Sorgen. Als sie fiel, hatte sie sich vorgestellt, wie sie mit dem Kopf auf dem Boden auftraf. Doch sie konnte nicht einfach so hier hängen bleiben. Es gab nur einen Ausweg aus diesem Dilemma. Sie zog die Beine an, stemmte die Stiefel gegen die Wand, drückte ihre Beine durch und stieß sich von der Wand ab. Mit diesem Stoß seilte sie sich zwei Meter ab, bis sie mit den Füßen wieder auf der Wand auftraf. Dieses Mal zögerte sie nicht, stieß sich erneut ab und fiel wieder ein paar Meter tiefer. Nach zwei weiteren Sprüngen spürte sie Bens Arme um ihre Taille.

»Siehst du«, sagte er, »ein Kinderspiel.«

Sie setzte die Füße auf den Felsboden. Ihre Knie zitterten ein bisschen. »O ja, kein Problem.«

»Das war eine gute Übung. Glücklicherweise sind wir am ersten Tag auf diesen Abhang getroffen. Ich bin sicher, wir haben noch haarigere Felsen vor uns.«

Sie legte den Kopf in den Nacken. Von Villanueva war nur ein verwaschener Fleck an der Felskante über ihnen zu sehen. Sie unterdrückte ein Stöhnen und lehnte sich an einen Stalagmiten. Und das am ersten Tag.

Ashley rieb sich den Rücken und legte sich langsam auf die Luftmatratze. Sie hörte, wie Michaelson mehrere Meter entfernt etwas in das Funkgerät murmelte und den Tagesbericht übermittelte. Sie hatten Spuren des ersten Teams gefunden – Abfall, Stiefelabdrücke im Matsch, Schrammen an den Felsen – und die Verfolgung aufgenommen.

Sie stieß einen langen Seufzer aus und streckte sich. Ihr Körper antwortete mit einem stechenden Schmerz im unteren Teil des Rückens. Das heutige Tagespensum hatten sie sich hart erkämpft. Glitschiger Lehm bedeckte die meisten Wege. Scharfe Gipskristalle klebten ihr wie Sand am ganzen Körper und scheuerten mit jedem Schritt stärker. Steile und gefährliche Hänge erschwerten die Tour und ließen sie nur schleppend vorankommen.

Das Schlimmste war jedoch die Hitze, die wie ein allgegenwärtiges nasses Laken im Laufe des Tages immer schwerer auf ihnen lastete. Ashley nahm ihr Stirnband vom Kopf und wrang es aus, so dass der Schweiß heraustropfte. Jetzt verstand sie, wie gefährlich Dehydrierung war. Sie schraubte den Verschluss ihrer Feldflasche auf, die fast leer war. Sie legte den Kopf zurück und schluckte die letzten warmen Tropfen.

»Du musst auf deinen Wasservorrat acht geben«, warnte Ben. »Wir können nicht damit rechnen, jeden Tag auf ein Wasserloch zu stoßen.« Er wies auf den kleinen See, der sich in der hinteren Hälfte der Höhle befand, halb versteckt hinter einer Felsnase.

»Ich wusste von diesem Wasserloch«, sagte sie. »Es ist auf der Karte eingezeichnet.«

»Richtig, aber das hier ist die letzte Höhle auf der Karte. Von hier aus stoßen wir ins Unbekannte vor.«

»Ich weiß. Ab morgen bin ich sparsamer. Wir sollten morgen früh alle daran erinnern. Besonders Linda. Sie hatte bereits heute Mittag kein Wasser mehr und hat aus meiner Feldflasche getrunken.«

»Ach, aus deiner auch?«, sagte Ben mit einem Lächeln. »Sie hat meine vor einer Stunde leer getrunken.«

»Kluges Mädchen«, sagte Ashley. »Wo ist sie übrigens?«

»Drüben beim Teich … einen Schluck Wasser trinken.«

Sie schüttelte den Kopf. »Ab morgen müssen wir strenger rationieren.«

»Ach, lass sie. Das war ein Scherz. Sie analysiert das Wasser. Außerdem nimmt sie das alles sehr mit.«

»Das geht jedem so.«

Ben zeigte auf die beiden SEALs, die ein paar Meter entfernt den Campingkocher aufbauten. Die Lichtkegel ihrer Laternen tanzten um sie herum. »Sie haben kaum einen Tropfen Schweiß verloren.«

Sie sah zu, wie Villanueva ein Khaki-T-Shirt auszog, sich das Gesicht und die Achselhöhlen trocken rieb und dann eine grüne Weste überzog. Als Halloway den Campingkocher anmachte, entflammte das Butangas mit einer leisen Explosion. Beide wirkten so frisch, als ob die heutige Tour nicht mehr als ein Sonntagsspaziergang im Park gewesen wäre, während die anderen sich schleppten, als brächten sie die letzten Meter des Todesmarschs von Bataan hinter sich, so ausgemergelt und zerschlagen waren sie. Ashleys Magen knurrte verräterisch.

Ben zog eine Augenbraue hoch. »Ich bin auch hungrig. Es gibt bloß nichts außer gefriergetrockneten Bohnen und Würstchen.«

»Wäre mir im Augenblick aber gar nicht unrecht.«

Ben grinste. »Und dann ein Bier zum Nachspülen ... *das* wäre der Himmel auf Erden.« Als er sich auf seine Luftmatratze setzte, schlug er sich plötzlich auf den Arm. »He, gerade hat mich etwas gestochen.«

»Was?«

Er leuchtete auf seinen Arm.

Ashley beugte sich vor und betrachtete die Stelle. »Sieht aus wie eine Mücke.«

»Riesiges Biest. Hat mir fast ein Stück aus dem Arm gebissen.«

»Jetzt übertreib nicht.«

Er piekste sie mit dem Finger. »Wart nur ab, bis sie dich aufspießen. Und komm dann nicht heulend zu mir.«

»Das ist seltsam«, sagte sie und kratzte sich hinter dem Ohr. »Was macht eine Mücke in der Antarktis? So weit im Süden?« Bens Miene wurde ernst. »Gute Frage. Man findet so tief unten kaum Insekten. Grillen, ein paar Spinnen, Tausendfüßler, so etwas – aber ich kann mich nicht entsinnen, jemals eine Mücke gesehen zu haben.«

Ashley fragte sich, was diese Entdeckung zu bedeuten hatte. »Vielleicht sollten wir unsere Biologin fragen.«

»Vielen Dank, dass du mir heute etwas von deinem Wasser abgegeben hast, Khalid«, sagte Linda. »Ohne deine Hilfe hätte ich es nicht ausgehalten.«

»Gern geschehen«, sagte er und atmete schnaufend die

feuchte Luft. Er saß auf einem Stein und schaute Linda zu, die Wasser in kleine Glasgefäße füllte. Gierig betrachtete er den nassen Streifen auf ihrem Rücken. Ihr T-Shirt klebte an ihrem Körper und der Verschluss ihres Büstenhalters zeichnet sich unter dem dünnen Stoff ab. Khalid biss sich auf die Zunge, um seine aufkommende Lust zu bezähmen.

Linda lächelte ihn an, stand auf, setzte sich auf den Felsen neben ihn und schüttelte das Fläschchen. »Der letzte Grat war brutal. Ich bin froh, dass wir es für heute geschafft haben.«

Nur eine Handbreit von ihr entfernt, spürte Khalid Lindas pulsierende Körperwärme. Schweigend saßen sie nebeneinander, während sie die kristallklare Oberfläche des Teichs betrachtete und er nur Augen für sie hatte.

»Mein Gott!«, rief sie plötzlich und sprang an den Rand des Teichs. »Khalid, schau doch!« Sie hockte sich auf die Knie und winkte ihn zu sich.

Er schritt zu ihr hinüber und roch ihren Duft, ein betäubendes Parfüm in der feuchten Luft. »Was ist denn?«

Sie hob eine gewellte Muschel hoch, die im Licht der Laterne tropfte und leuchtete und im seichten Wasser, halb von einem Stein verdeckt, gelegen hatte. Khalid neigte den Kopf. Sie ähnelte einem Schneckenhaus, war aber riesig, beinahe so groß wie eine Wassermelone.

Er fragte wieder: »Was ist?«

Sie setzte sich und legte die riesige Muschel in ihren Schoß. »Wenn es sich um das handelt, für was ich es halte …« Sie schüttelte den Kopf und legte eine Hand auf sein Knie. »Wenn du nicht darauf bestanden hättest, noch ein wenig zu bleiben, hätte ich es vielleicht nie entdeckt.«

Ihre Hand brannte wie Glut auf seinem Knie. Die zunehmende Enge im Schritt seines Overalls stellte seine Beherrschung auf eine harte Probe. »Was ist so besonders an einer leeren Muschel?«, fragte er angespannt.

Bevor sie antworten konnte, wurde sie von Stimmen unterbrochen.

»Ich sage es dir, das verdammte Vieh hat mich heftiger gebissen als eine Schlange ohne Giftzähne.«

Ben sah Khalid und Linda am Ufer des Teichs. Er bemerkte, wie sie ihre Hand vom Knie des Biologen nahm, als sie den felsigen Steilhang umrundeten, und zog die Augenbrauen hoch.

Ashley räusperte sich, um ihr Kommen anzukündigen. »Linda«, sagte sie, »Ben wurde gerade von einem Insekt gestochen, das einer Mücke sehr ähnlich sieht. Wir wüssten gern, was du davon hältst.«

»Aber klar, kein Problem. Habt ihr es gefangen?«

»Na ja, so ähnlich,« sagte er und zeigte auf das zerquetschte Insekt auf seinem Unterarm.

Sie lächelte, nahm seinen Arm und drehte ihn zum Licht. »Da hast du mir aber nicht viel übrig gelassen.« Sie beugte sich dichter darüber. »Ich bin nicht ganz sicher. Es gibt hunderte Arten von bluthungrigen Mücken, Fliegen und Moskitos. Das hier könnte alles Mögliche sein.« Sie ließ seinen Arm los.

»Ich war nur neugierig«, sagte Ashley. »Ben meinte, Insekten kämen selten in Höhlen vor.«

Linda legte die Stirn in Falten. »Das stimmt auch. Wovon sollten sie sich ernähren? Hier unten gibt es keine warmblütigen Spezies.« Sie schüttelte den Kopf. »Sie müssen sich auf andere Weise ernähren. Allerdings hat dieses Exemplar versucht, eine neue Nahrungsquelle anzuzapfen.« Sie zuckte mit den Schultern. »Diese Höhlen werden immer merkwürdiger.« Unter ihrem Arm hielt sie die große Muschel. »Schaut euch zum Beispiel das hier an.« Sie hielt die Muschel hoch, damit Ashley und Ben sie betrachten konnten. »Erkennt ihr sie?«

Ashley nahm die Muschel, hob sie hoch, drehte sie, um sie von allen Seiten zu betrachten, und fuhr mit der Hand an der spiralförmigen Linie entlang. »Sieht aus wie das Gehäuse eines Weichtiers, aber die Spezies kenne ich nicht. Außerdem bist du die Biologin.«

»Und du bist die Archäologin. Wenn ich nicht Evolutionsbiologie studiert hätte, hätte ich es auch nicht erkannt.«

»Und? Um was handelt es sich deiner Meinung nach?«, fragte Ben, nahm die Muschel und fragte sich, was der ganze Wirbel sollte.

»Es ist das Gehäuse eines Ammoniten, eines räuberischen Tintenfischs«, sagte Linda. »Spezies *Maorites densicostatus.*«

»Was?« Ashley riss Ben die Muschel aus der Hand. Sie untersuchte sie nun mit stärkerem Interesse und hielt sie, als wäre sie aus feinstem Porzellan. »Das ist unmöglich. Es handelt sich um eine gegenwärtige Muschel, keine fossile.«

Ben starrte auf seine leeren Hände. »Was soll der ganze Zauber? Was ist so aufregend daran?«

Beide Frauen ignorierten ihn. »Bist du sicher?«, fragte Ashley. »Paläobiologie war nicht gerade meine Spezialität.«

»Ganz sicher«, sagte Linda. »Schau dir diese Furchen an. Kein heutiges Weichtier hat diese Struktur. Schau dir die Kammern im Inneren an. Nur eine Spezies besitzt dieses einzigartige Gehäuse. Ganz eindeutig ein Ammonit.«

Ashley ging näher heran. »Aber was hat der hier zu suchen? Die Ammoniten starben mit den Dinosauriern am Ende der Kreidezeit aus. Das ist eine alte Muschel, aber ich bezweifle, dass sie 65 Millionen Jahre alt ist.«

»Lasst mich mal schauen«, sagte Ben und hob die Muschel hoch. »In vielen Höhlen findet man gut erhaltene Fossilien, die dort vor dem Witterungseinfluss geschützt waren. Vielleicht ist diese Muschel ein ebenso gut konserviertes Fossil.«

Linda nickte. »Vielleicht. Aber vor Beginn der Expedition habe ich noch einiges über das Tierleben der Antarktis gelesen. Auf Seymour Island, ganz in der Nähe, haben Wissenschaftler zahlreiche fossile Ammoniten entdeckt. Funde, die man auf eine Zeit *nach* dem kreidezeitlichen Aussterben datiert hat.«

»Kreidezeitliches Aussterben?«, fragte Ben. »Wovon redet ihr eigentlich?«

Ashley klärte ihn auf. »Vor etwa 65 Millionen Jahren, gegen Ende der Kreidezeit, führte eine enorme Umwälzung zum Aussterben unzähliger Tierarten. Dazu gehörten auch die Dinosaurier.

Einige Wissenschaftler vertreten die These, dass damals ein riesiger Asteroid auf die Erde gefallen ist und Staubwolken aufgewirbelt hat, die die Sonne verdunkelten und die Temperaturen sinken ließen.«

»Genau«, fügte Linda hinzu, »und die Paläontologen, die die Antarktis erforschen, glauben nun, dass der Spin des Südpols die Winde derart herumgewirbelt hat, dass die Staubpartikel die Antarktis vom großen Aussterben verschont haben.«

Ben unterbrach sie. »Das alles ist frühe Erdgeschichte. Diese Schnecken haben also länger überlebt, als irgendjemand vermutet hätte, meint ihr. Na und? Ich meine ...«

»Linda!«, rief Khalid. Er hatte sich von der Gruppe entfernt und kniete nun am Ufer des Teichs. »Hier ist noch eine Muschel.« Er griff ins Wasser und tauchte seinen Arm beinahe bis zur Schulter ein. »Ich komme nicht ran ... warte, nein ... jetzt ... ich habe es.« Er zog den durchnässten Arm heraus. In seiner Hand hielt er eine Muschel, die noch größer als die erste war. Er richtete sich auf und hielt die Muschel über seinen Kopf wie eine Trophäe.

Ben schüttelte den Kopf. Plustert sich auf wie ein Pfau, dachte er. Er setzte gerade zu einer Bemerkung an, als plötzlich wirbelnde Tentakeln aus der Muschel schossen. Linda verschlug es den Atem.

Die Tentakeln saugten sich an Khalids Arm fest.

Er versuchte, den Tintenfisch vom Arm zu reißen, doch der hielt ihn in eisernem Griff fest. Die Schmerzen trieben Khalid Tränen in die Augen. Er verzog das Gesicht zu einer Grimasse. »Das verdammte Vieh beißt mich.« Blut rann seinen Arm hinab. Stöhnend schleuderte Khalid den Arm mit der Muschel krachend gegen die nächste Wand an. Ohne Ergebnis.

Ben zog das Messer aus seinem Gürtel. »Halt still!«

Khalid hielt still, dann verzerrte ein neue Welle des Schmerzes sein Gesicht. »Sieh zu, dass du das Vieh von meinem Arm runterkriegst«, stieß er zwischen den Zähnen hervor.

Ben schob die Klinge zwischen einen Tentakel und Khalids Haut. Sie passte kaum dazwischen. Die Fangarme des Tiers klammerten sich beharrlich an Khalids Fleisch. Ben durchschnitt das Fleisch eines Tentakels, und grünlich-schwarzer Schleim spritzte aus dem amputierten Ende. Khalid stöhnte laut auf, als sich das Tier mit den übrigen Fangarmen umso stärker festsaugte.

Die Kraft des Monstrums war fürchterlich. Wenn es noch stärker zudrückt, dachte Ben, wird es ihm den Arm brechen. Vorsichtig trieb er das Messer unter einen zweiten Fangarm und schnitt ihn ab. Dieses Mal zuckte das Tier und lockerte seine Umarmung. Nachdem er zwei weitere Tentakeln durchschnitten hatte, ließ das Tier los, fiel zu Boden, schwabbelte und zog die restlichen Tentakeln in sein Gehäuse zurück.

Khalid sank mit einem tiefen Stöhnen auf die Knie und bedeckte mit einer Hand die Wunde, während das Blut zwischen seinen Fingern hindurch rann.

Ben beobachtete die Muschel, aus deren Öffnung

schwarzer Schleim quoll. Er schnitt ein grimmiges Gesicht, holte mit einem Bein weit aus und trat die Muschel in hohem Bogen über den Teich. Platschend traf sie auf dem Wasser auf und versank in der Tiefe.

Ashley schrie: »Warum zum Teufel hast du das getan? Wir hätten das Tier untersuchen können. Schließlich ist es eine ausgestorbene Spezies.«

Ben zeigte auf Khalids blutüberströmten Arm. »Von wegen ausgestorben.«

»Er wird es schon überleben«, sagte Major Villanueva.

Ashley sah zu, wie er Khalid einen Verband mit wasserdichtem Klebeband anlegte. Der SEAL war ausgebildeter Sanitäter und hatte nach ihrer Rückkehr ins Camp die Regie übernommen. Nachdem er Khalids Wunde gesäubert hatte, behandelte er ihn mit den neuesten systemischen Antibiotika.

»Wird er an der Expedition weiter teilnehmen können?«, fragte Ashley.

Villanueva zuckte mit den Schultern. »Außer einer tiefen Wunde im Unterarmmuskel und einigen Prellungen hat er nichts. Es geht ihm bald wieder gut.«

Sie nickte und ging davon. Gut. Sie würde ungern einen Expeditionsteilnehmer verlieren, bevor sie unerschlossenes Gebiet erreichten. Als sie am Campingofen vorbeikam, hielt Halloway ihr eine Schüssel lauwarmes Chili und Bohnen in einer Alupfanne hin. Sie nahm sein Angebot mit einem knappen Danke an, ließ sich auf der Luftmatratze nieder und setzte die Pfanne vorsichtig auf den Schoß.

Ben hatte seine Schüssel bereits leer gekratzt und sah gierig auf ihren Teller. »Und wie geht es Khalids Arm?«, fragte er.

»Prima. Sie haben ihn mit Antibiotika und schmerzstillenden Mitteln voll gepumpt.«

Ben setzte seinen Teller ab. »Was für ein verfluchtes, schauderhaftes Vieh.«

Sie zuckte mit den Schultern und sagte mit einer Portion Bohnen im Mund: »Ich habe mit Linda darüber gesprochen. Sie hat gesagt, dass ihre Hauptnahrungsquelle eine Art prähistorischer Hummer war, und die Gewässer hier wimmeln förmlich von den unterschiedlichsten Krustentieren. Daher nehme ich an, dass der Tintenfisch in dieser isolierten Umgebung eine ähnliche Nahrungsgrundlage hat.«

»Da fragt man sich so einiges.«

»Was zum Beispiel?«

Er nickte hinüber zum Camp, wo Michaelson sein Gewehr gerade in kleine Metallteile zerlegt hatte und nun ein jedes prüfte und reinigte. »Zum Beispiel, was hier unten noch so überlebt hat.«

In dieser Nacht hatte Ben wieder seinen Traum. Er ging durch die Höhlen des Albtraums seiner Kindheit. Überall waren Säulen, aus denen Äste wuchsen, die voller Früchte waren. Licht drang aus allen Richtungen in die Höhle. Und während er durch den Hain ging, schien ihn etwas anzuziehen und zu rufen.

»Hallo«, rief er laut in die leere Höhle hinein. »Wer ist da?«

Es zog ihn zur Nordseite der Höhle, und er versuchte, dem Gesang der unsichtbaren Sirenen zu folgen. Aber die Bäume wurden immer dichter und undurchdringlicher. Schließlich war es ihm nicht mehr möglich, sich durch die Säulen zu quetschen, und er konnte nur noch an ihnen vorbeischielen.

Die Nordwand der Höhle strahlte ein sanftes Licht aus. Nur ein einzelnes Loch in der Wand gähnte schwarz. Eine kleine Höhle wie die, die man in der Nähe der Alpha-Basis gefunden hatte.

»Ist da jemand?«, rief er und quetschte sein Gesicht zwischen zwei Säulen.

Keine Antwort. Er wartete und stemmte sich gegen die Säulen, als könnte er sie dadurch fortschieben. Während er hindurchschaute, kroch jemand auf runzligen Händen und knotigen Knien aus der Höhle. Der alte Mann richtete sich im Licht auf. Sein dunkles Gesicht war mit roten und gelben Streifen bemalt, und er trug einen Lendenschurz. Er winkte Ben zu sich.

Ben streckte den Arm aus und versuchte, sich durch die Steinsäulen zu zwängen. »Großvater!«

Ben schoss im Schlaf hoch, schlagartig erwacht und in Schweiß gebadet. Er saß kerzengerade auf der Luftmatratze. Nur eine einsame Laterne beleuchtete das schlafende Camp. Villanueva saß auf einem Felsen und warf ihm einen Blick zu. Die SEALs hatten darauf bestanden, Wachen aufzustellen. Nach dem Zwischenfall mit dem Tintenfisch hatte niemand widersprochen.

Ben legte sich wieder hin, rollte sich auf die Seite, mit dem Rücken zum Licht. Immer noch hatte er die Bilder seines Traums vor Augen. Wie ein Echo wurden sie von den Felswänden zurückgeworfen. Noch immer spürte er ein unbestimmtes Zerren, ein Verlangen, tiefer in das Labyrinth einzudringen. Er drückte die Augen fest zu.

12

»Komm her«, rief Ben Ashley zu, »schau dir das an.«

Sie wischte ihre Hände am Hosenboden ihres Overalls ab und ging zu ihm hinüber. »Was hast du gefunden?« Nach den ersten drei Tagen ihrer Expedition in unbekanntes Territorium hatte sie sich an Bens unaufhörliches Geplapper gewöhnt. Immerfort wies er sie auf ungewöhnliche Höhlenformationen hin – Sintervorhänge, Excentriques und Höhlenperlen. Manchmal machte er ein finsteres Gesicht, wenn sie nicht die nötige Ehrfurcht zeigte. Sie ging zu ihm und beugte sich über ihn. Er hockte am Boden und hielt eine Blechtasse in den Händen. Sie hatte eine Beule an der Seite, der Henkel fehlte, und sie sah genauso aus wie die, welche sie bei ihren Feldflaschen mit sich führten.

»Na und?«, sagte sie.

»Es ist keine von uns.«

Sie kniete sich neben ihn und nahm die Tasse. »Bist du sicher? Vielleicht hat sie jemand verloren ...«

»Nein«, sagte er. »Sie war im Schlamm eingetrocknet. Halb vergraben. Die muss dem ersten Team gehört haben. Ich glaube, sie hatten hier für eine Nacht ihr Lager aufgeschlagen. In dieser Höhle gibt es Trinkwasser.« Er zeigte auf den Bach, der mitten durch die kleine Höhle floss. »Und schau dir an, wie zertrampelt der Lehm hier ist. Ich wette, wenn wir nur richtig suchten, würden wir noch weitere Überreste ihres Biwaks finden.«

»Ich glaube, du hast Recht.« Sie seufzte. Seitdem sie gestern zum letzten Mal zum Ausgangspunkt zurückgekehrt waren, hatten sie keine Anzeichen des ersten Teams entdeckt. »Wir sollten Michaelson davon berichten. Seit wir die Spur des Teams verloren haben, brennt ihm der Boden unter den Füßen.«

Ben brummte zustimmend. »Dann werden wir ihm jetzt etwas Feuer unter dem Arsch machen.«

Sie schritten durch die Höhle, sprangen über den Bach, der sich mitten durch die Höhle gegraben hatte und sich um die zahlreichen Stalagmiten, die sich vom Boden erhoben, herumwand. Ben ging voran, Ashleys Helmlampe beleuchtete seinen Rücken. Sie sah zu, wie er über eine kleine Felsnase kletterte, während seine Muskeln abwechselnd kontrahierten und sich entspannten und sich sein feuchter, lehmverschmierter Overall eng an seinen Körper legte. Sie schluckte und richtete ihre Lampe ein wenig nach links, von Ben weg. Sie wischte sich mit der Hand über die Stirn. In dieser verfluchten Höhle war es so heiß wie in einem Backofen.

Links von ihr bewegte sich etwas. Vor Schreck ließ sie fast den matschigen Felsen los, an dem sie sich festhielt. Sie leuchtete mit ihrer Helmlampe in die Richtung, wo sie die Bewegung wahrgenommen hatte, sah aber nur die üblichen verdrehten Stalagmiten. Da war nichts.

Ben, der ihr Zögern bemerkt hatte, drehte sich nach ihr um. »Brauchst du Hilfe?«

»Nein, ich hatte nur den Eindruck, dort drüben hätte sich etwas bewegt.« Sie wies nach links hinüber. »Aber da ist nichts. Wahrscheinlich nur tanzende Schatten vom Licht meiner Lampe.«

Ben tat so, als hätte er Angst – seine Augen zuckten suchend nach links und nach rechts. »Vielleicht war es auch die Raubschnecke, die an Khalids Blut Geschmack gefunden hat. Ich sehe es geradezu vor mir: ›Antarktische Vampirschnecken greifen an‹.«

Sie schubste ihn vorwärts. »Geh weiter.«

Ein paar Augenblicke später kamen sie am nächsten Wurmloch an, wo sich die anderen bereits versammelt hatten und auf Steinen hockten. Linda untersuchte Khalids Arm. Alle, bis auf die SEALs natürlich, machten einen erschöpften Eindruck. Vielleicht, dachte sie, sollten sie früher Schluss machen und das Nachtlager aufschlagen.

Als sie sich nach Michaelson umschaute, bemerkte sie, dass er fehlte. Toll, suchte er nun auf eigene Faust? Sie hatte niemandem davon erzählt, dass Michaelsons Bruder zu den Vermissten gehörte. Sie dachte, wenn er ein Geheimnis daraus machen wollte, war das seine Angelegenheit. Aber sie hatte wahrgenommen, dass die Sorgenfalten auf seiner Stirn tiefer und zahlreicher geworden waren. Wenn er nun fortlief …? Sie fragte Villanueva: »Wo ist Michaelson?«

Er zeigte auf den Tunnel vor ihnen. »Aufklärung.«

Verdammter Kerl, dachte sie. Er konnte es einfach nicht abwarten. Immer musste er vorauseilen, um nach Spuren seines Bruders zu suchen. »Ich habe niemandem erlaubt, auf eigene Faust vorauszugehen.«

Halloway zuckte mit den Achseln. »Sie waren nicht da.«

»Schön, jetzt bin ich es. Und ich möchte, dass Michaelson sofort hier oben erscheint, aber ein bisschen plötzlich.«

Wieder erwischte sie den SEAL bei einem arroganten Grinsen. »Ich sage es ihm, wenn er zurückkommt.«

Sie stieß ihm kräftig mit dem Finger gegen die Brust. »Finden Sie ihn, jetzt.«

Das Gesicht des SEALs verfinsterte sich. Drohend wie ein Löwe auf eine Maus schaute Halloway auf sie hinab.

Ashley fiel ihm ins Wort, bevor er den Mund richtig aufmachen konnte. »Sie haben Ihre Befehle, Soldat.« Ihr Blick durchbohrte ihn.

Halloway knirschte mit den Zähnen und lächelte plötzlich kühl. »Eins, zwei, drei, Major Michaelson, ich komme.« Er drehte sich auf dem Absatz um und im nächsten Augenblick war er im Tunnel verschwunden.

Leise atmete sie die angehaltene Luft aus.

Linda und Khalid starrten sie an. Villanueva, von dem Wortwechsel offensichtlich unbeeindruckt, zuckte mit den Schultern und schliff weiter an einem Messer herum.

Ben klopfte ihr auf die Schulter, und sie fuhr hoch vor Schreck. »Gute Arbeit, Captain. Ist doch ein seltsamer Typ, oder?«

Sie konnte nicht umhin, sich von ihm in den Arm nehmen zu lassen. Sie zitterte ein wenig von dem Adrenalinstoß, den der Streit hervorgerufen hatte. Er hielt sie fester und führte sie ein paar Schritte von den anderen fort. Mit ruhiger Stimme sagte er: »Gut gemacht. Aber einen Freund hast du nicht gewonnen.«

Sie nickte und löste sich sanft aus seinem Arm. »Ich habe genug Freunde. Aber vielen Dank, Ben.«

»Jederzeit, Ash.«

Sie wandte den Blick ab und hielt der Versuchung stand, wieder in seine tröstenden Arme zurückzufallen. Schweigend setzten sie sich nebeneinander; ihre Knie berührten sich.

Nach einer zähen Wartezeit rief Linda endlich: »Schaut, da ist Major Michaelson.«

Ashley blickte zum Wurmloch und sah, wie der Major vor der Öffnung gerade auf die Beine kam. Sein offenkundig missmutiges Gesicht ließ darauf schließen, dass er enttäuscht war. »Michaelson«, sagte sie, »ich dachte, wir hätten uns darauf geeinigt, den Rest der Pause hier gemeinsam zu verbringen.«

»Ich weiß, aber ich musste einfach herausfinden, ob die andere Expedition auch hier durchgekommen ist.«

»Wenn Sie nicht in einer so verdammten Eile gewesen und vorgelaufen wären, sondern stattdessen die Höhle wie Ben etwas gründlicher durchsucht hätten, hätten Sie gefunden, wonach sie suchten.«

»Was meinen Sie damit?« In seiner Stimme war eine Spur von Hoffnung zu hören. »Haben Sie etwas gefunden?«

Ben trat hinzu. »Nur das hier.« Er hielt die zerbeulte Tasse hoch. Nicht gerade ein Pokal, aber in Major Michaelsons Augen schien es der Heilige Gral zu sein. Seine Augen leuchteten auf wie Christbaumkerzen, und seine hängenden Schultern nahmen wieder Haltung an.

Wie üblich beherrschte er jedoch seine Gefühle. »Sind Sie sicher, dass es keine von uns ist?«, fragte er nüchtern.

Ben nickte.

»Gut.« Er drehte sich um, um seinen Rucksack auf einem Felsen abzusetzen. »Dann sind wir auf dem richtigen Weg. Nach dieser Ruhepause sollten wir uns aufmachen. Es ist noch früh.«

»Schön langsam!«, sagte Ashley. »Das war ein langer Tag. Und in Anbetracht dieser Entdeckung sollten wir vielleicht erst morgen früh, wenn wir wieder frisch und munter sind, aufbrechen.«

Michaelson verzog das Gesicht. »Ich widerspreche nicht gern, aber bei meiner Untersuchung der Nachbarhöhle bin ich auf ein Hindernis gestoßen, das wir lieber heute als morgen überwinden sollten.«

»Und worum handelt es sich dabei?«, sagte Ashley und fragte sich, ob er die anderen nur zum Aufbruch anstacheln wollte, damit sie gemeinsam hinter seinem Bruder herrannten.

»Um einen Fluss, der etwa zehn Meter breit ist und in einem raschen Tempo mitten durch die Höhle fließt. Wir werden ihn überqueren müssen. Ich bin dafür, dass wir das heute noch tun. Damit wir es hinter uns haben. Das ist besser, als morgen als Erstes in den Fluss zu steigen und dann den ganzen Tag in nassen Kleidern herumzulaufen.«

Linda stöhnte und löste sich von Khalid, um zu den anderen zu treten. »Nicht heute. Ich würde das lieber morgen in Angriff nehmen. Was soll es, wir sind sowieso den ganzen Tag nass. Ob nun mit Bad am Morgen oder ohne.«

Khalid pflichtete ihr natürlich bei. »Es ist schon spät. Ich bin auch dafür, dass wir hier übernachten.«

Ashley sah, wie sich die Furchen auf Michaelsons Stirn vertieften. Anscheinend hatte die zerbeulte Tasse ihn noch besorgter um seinen Bruder werden lassen. Sie konnte erkennen, wie gern er losstürmen würde. »Sie haben Recht. Wenn wir durch den Fluss sind, können wir unsere Kleider über Nacht trocknen lassen. Gute Idee, Major.«

Mit viel Gemurre packten sie ihre Ausrüstung zusammen und holten die Rollbretter hervor. Ashley rief Michaelson zu: »Wartet Halloway unten?«

»Halloway?« Michaelson hob eine Augenbraue und blickte sich um.

Ashley spürte ihr Herz klopfen. »Ich hatte ihn hinter Ihnen hergeschickt, um Sie zu holen. Ich dachte, deswegen wären Sie zurückgekommen.«

Michaelsons Gesichtszüge erstarrten. »Ich habe niemanden getroffen.«

13

Ashley schoss aus dem Wurmloch heraus, sprang eilig auf und trat zur Seite, um Villanueva Platz zu machen, der als Nächster herausrutschte. Gut. Das war der Letzte des Teams. Die anderen untersuchten die neue Höhle mit ihren Stablampen. Ben rief Halloways Namen. Ashley trat zu Michaelson. »Irgendein Zeichen?«

Der Major schüttelte den Kopf. »Nein, und in Anbetracht all dieser verdammten Hindernisse werden wir noch eine ganze Weile suchen.«

Ashley verzog das Gesicht. Jede Minute war kostbar. Falls Halloway verwundet war, konnte jede Verzögerung seinen Tod bedeuten. Sie leuchtete mit ihrer Lampe die Höhle ab und stöhnte beim Anblick der Felsformationen. Riesige kugelrunde ockerfarbene Felsbrocken ragten vom Höhlenboden auf, manche so groß wie Elefanten, andere so groß wie Einfamilienhäuser. Manche waren wie gigantische, versteinerte Eier zu einem Nest gruppiert. Andere, allein stehende wirkten wie einsam brütende Monster. Die riesigen Felsbrocken überragten sie.

Sie schüttelte den Kopf. Die Felsen verstellten ihnen den Blick und machten eine Suche mit den Stablampen schwierig. Halloway konnte hinter jedem dieser Felsen verwundet liegen.

»Wir teilen uns in drei Gruppen auf«, sagte Ashley und hatte Mühe, das widerhallende Rauschen des Flusses zu übertönen, der in der Höhlenmitte durch ein tiefes Bett floss. »Wir müssen hinter jedem Felsen nachschauen.«

Ben kratzte mit dem Fingernagel über die Oberfläche eines Felsens. »Zum Teufel! Das sind Höhlenperlen!« Er trat einen Schritt zurück und kratzte sich am Kopf. »Ich habe noch keine gesehen, die auch nur annähernd so groß gewesen wäre. Normalerweise sind sie nicht größer als Grapefruits.«

»Ben, dafür haben wir jetzt keine Zeit«, sagte Ashley. »Wir haben größere Sorgen. Wir müssen …«

Er hob die Hand. »Nein, das hier ist wichtig.«

»Warum?« Sie seufzte und hoffte, er würde es kurz machen.

»Na ja, Höhlenperlen entstehen durch Ablagerungen von gelöstem Kalkstein an einem Kieselstein oder einem Sandkorn. Sie bilden sich im fließenden Wasser inmitten von Wirbeln, was nahe legt, dass diese Höhle einst bis zur Decke unter Wasser stand.«

»Toll«, sagte sie. »Was willst du damit sagen? Dass diese Höhle jederzeit wieder voll laufen kann? Und uns der Rückweg abgeschnitten wird?«

Er schüttelte den Kopf. »Nein. Die Perlen sind schon seit Jahrtausenden trocken. Die Wasserverlauf muss sich geändert haben.«

Sie seufzte. »Ben, ich schätze deine Höhlenweisheiten sehr, aber wir müssen uns darauf konzentrieren, Halloway zu finden.«

»Ich weiß. Darum geht es mir ja. Wenn er hinter einem

dieser Felsbrocken läge, sähen wir es nämlich.« Ben schaltete seine Stablampe an und stellte sie auf einen Felsen. Plötzlich leuchtete der Felsen wie eine riesige Lampe auf und glühte in einem strahlenden Gelb. »Sie sind lichtdurchlässig. Auch wenn sie aussehen, als wären sie undurchsichtig, dringt Licht durch diese verdammten Dinger. Wenn Halloway hier ist, dann hat er kein Licht.«

Ashley seufzte. Die Wahrscheinlichkeit, Halloway bald zu finden, schwand zunehmend. »Also ist er entweder verletzt, oder er versteckt sich mit Absicht.«

Ben nickte.

Linda war auf den Felsbrocken zugegangen und rief plötzlich: »O mein Gott! Schaut mal, was da drin ist!«

Ben sah es auch. Er stieß einen langen Pfiff aus.

Ashley schaute in den Fels hinein. »Ein Kieselstein ist das in deiner Perle aber nicht.«

Ben drückte eine Hand flach auf den Felsen. »Alles kann als Kern für eine Höhlenperle dienen.« Er winkte Ashley zu sich. »Wir brauchen mehr Licht, um sicher zu gehen.«

Ashley hockte sich neben ihn, schaltete ihre Stablampe ein und richtete sie mitten ins Innere des Felsbrockens. Der Stein glühte jetzt strahlend weiß. Auch wenn die kristallinen Schichten das Objekt im Inneren verzerrten, so gab es nun keinerlei Zweifel mehr. »Es ist ein Schädel. Ein menschlicher Schädel.«

Lindas bebende Stimme erklang aus einem Meter Entfernung: »In diesem hier ist auch ein Schädel. Das sind doch nicht etwa die Vermissten, oder?«

Ashley schüttelte den Kopf und nahm die Lampe vom Felsen. »Nein. Die außergewöhnliche Größe der Steine lässt darauf schließen, dass sie vor einer Million Jahren entstanden sind. Ich denke, es handelt sich vielmehr um unsere Höhlenbewohner.« Sie wandte sich vom Stein ab. Was hätte sie dafür gegeben, diese Entdeckung stundenlang zu untersuchen. Aber die Lösung dieses Rätsels musste warten. Mist! Nach drei mühevollen Tagen hatten sie endlich eine Spur der verschwundenen Kultur gefunden und konnten sie nun, zumindest vorübergehend, nicht weiterverfolgen. Um Halloway zu retten, mussten sie die Suche schleunigst vorantreiben. Sie erhob ihre Stimme: »Alle Mann sammeln! Wir dringen weiter vor.«

Die anderen kamen von der flüchtigen Untersuchung der benachbarten Perlen zurück. Der Erste war Michaelson. »Ich denke, wir sollten mit einer systematischen Suche auf dieser Seite des Flusses fortfahren. Halloway ist vielleicht verwundet oder in eine Felsspalte gefallen.«

Ashley nickte zustimmend, als Khalid und Villanueva herankamen.

»Vielleicht hat er ja auch den Fluss überquert«, sagte Linda zweifelnd und blickte dabei den anderen SEAL an.

Villanueva schüttelte den Kopf und warf sein kurzläufiges CAR-1-Sturmgewehr von einer Hand in die andere. »Er hätte das Team niemals verlassen«, sagte er verbissen.

Ashley wandte sich der Gruppe zu. »Dann suchen wir hier. Linda und Khalid bleiben beim Wurmloch für den Fall, dass Halloway zurückkommt, wenn wir unterwegs sind. Ben und Villanueva suchen in nördlicher Richtung, Michaelson und ich widmen uns der südlichen Hälfte. Auf diese Weise müssten wir das ganze Gebiet abdecken.«

Ben warf ein: »Ich glaube, ich sollte dich begleiten.«

»Nein, ich möchte, dass zu jeder Suchmannschaft eine bewaffnete Person gehört. Außerdem sollten wir eine Waffe hier bei Khalid lassen.« Sie drehte Ben den Rücken zu.

Da es keine weiteren Einwände gab, machten sich die Suchmannschaften auf den Weg. »Seid vorsichtig da draußen. Haltet die Augen offen – und bitte lasst alle Lampen an. Im Augenblick sollten wir nicht mit Batterien sparen.«

Weitere Lichter flammten in der Dunkelheit auf. Gut. Sie wollte nicht, dass noch jemand im Dunkeln verschwand.

Michaelson half ihr, über eine breite Kluft zu springen. Ein weiteres Hindernis auf ihrem Weg. Bis jetzt war ihr Vorankommen dadurch aufgehalten worden, dass sie sich um Felsbrocken herumschlängeln, ihren Weg aus Sackgassen zurückfinden und gefährlichen Felsspalten ausweichen mussten. Kein Wunder, dass Halloway verschwunden war.

»Das hier wäre alles tausendmal einfacher, wenn man uns mit Walkie-Talkies ausgestattet hätte. Dann hätten wir Halloway einfach angefunkt.«

Michaelson brummte. »Zu viele Felsen. Würde nicht funktionieren.«

Ashley seufzte und arbeitete sich schweigend mehrere Meter weiter vor. Dann fragte sie zum dritten Mal: »Sie haben also weder etwas gehört noch gesehen, als Sie hier unten waren?«

»Warten Sie ab, bis Sie erst den Fluss erreicht haben. Das Rauschen ist ohrenbetäubend. Eine Büffelherde hätte in wilder Panik hier durchtrampeln können – ich hätte nichts gehört.« Er klang aufgeregt. »Ich hasse diese Verzögerungen. Wir sollten längst am anderen Ufer und wieder auf dem Weg sein. Zum Teufel mit Halloway!«

Ashley schreckte bei seinem Ausbruch leicht zusammen. »Es war nicht sein Fehler.«

»Wie meinen Sie das?«

»Sie hatten Ihre Befehle. Sie sollten am Wurmloch bleiben. Sie haben eigenmächtig entschieden, sich auf eigene Faust vorzuwagen. Aus diesem Grund musste ich Ihnen jemanden hinterherschicken. Nun ist Halloway verschwunden.«

Michaelson schüttelte den Kopf. »Das war ein Aufklärungseinsatz. Ich wollte uns ein schnelleres Vorankommen ermöglichen und unnötige Verzögerungen verhindern.«

»Das ist doch Schwachsinn, Dennis.«

Er blieb stehen und erstarrte.

»Dennis«, sagte sie, »ich weiß, warum Sie hier sind. Ich weiß von Ihrem Bruder.«

»Dann hat es Blakely Ihnen erzählt.«

»Es kommt nicht darauf an, wer es mir erzählt hat«, sagte sie. »Worauf es mir ankommt ist, dass Ihre Absicht, Harry zu finden, unsere Mission gefährdet.«

Er erstarrte noch mehr. »Das sehe ich nicht so.«

»Ich weiß. Darum habe ich das Thema ja aufgebracht. Einer muss es Ihnen sagen. Sie denken mit dem Bauch, nicht mit dem Kopf. Sie sehen die Spuren gar nicht – zum Beispiel die eingebeulte Tasse. Sie stürmen als Erster vor. Allein. Womit Sie sich selbst schon genug gefährden. Doch jetzt haben Sie jemand anders in eine gefährliche Situation gebracht.«

Er spannte seine Schultern an und senkte die Stimme. »Aber ich *muss* meinen Bruder finden.«

Ashley legte ihm tröstend eine Hand auf die Schulter; er zuckte bei der Berührung zusammen. »Wir werden ihn finden. Aber gemeinsam.«

Ein paar Sekunden lang rührte er sich nicht, dann machte er einen ungeschickten Schritt nach vorn und räusperte sich. »Wir sind fast am Fluss. Er ist gleich da vorn.«

Kopfschüttelnd folgte Ashley Michaelson um den Felsen herum. Der Pfad wurde immer unwegsamer, je näher sie dem dröhnenden Fluss kamen. Auf den letzten Metern versperrte ihnen eine Formation von Höhlenperlen den Weg, und sie mussten darunter weiterkriechen.

Schlammbedeckt erreichten sie schließlich das Flussufer. Unter ihnen, zwischen den steilen Ufern, wühlte sich schwarzes Wasser durch das Flussbecken. Die salzhaltige Gischt stach ihnen in die Augen.

Mit einem feuchten Taschentuch wischte sich Ashley

den Lehm von der Stirn, beugte sich nahe zu Michaelson und schrie ihm ins Ohr, um den Fluss zu übertönen: »Er hätte niemals versucht, den Fluss allein zu überqueren.«

Michaelson nickte. »Vielleicht haben Ben und Villanueva ja mehr Glück«, brüllte er. »Warum gehen wir nicht …«

Ein Schrei durchschnitt das Dröhnen des Flusses und schallte durch die Höhle.

Erschrocken blickten sich Michaelson und Ashley an.

»Was war das, zum Teufel?«, brüllte sie. »Es klang, als käme es von der anderen Seite des Flusses!«

Michaelson versuchte, mit seinem Licht den Sprühnebel zu durchdringen. »Es könnte auch ein Echo gewesen sein.«

»Das gefällt mir nicht. Lassen Sie uns die anderen zurückrufen.« Ashley drehte sich herum, um den Weg zurückzugehen, als ein zweiter Schrei ertönte, der abrupt abbrach. »Wir machen besser, dass wir fortkommen.«

Doch Michaelson stand da, die Lampe in die Dunkelheit des anderen Flussufers gerichtet.

Ashley biss die Zähne zusammen und zog ihn am Arm. »Los, Soldat. Wir müssen hier weg.«

Ben kratzte sich hinter dem linken Ohr. Warum brauchten Ashley und Michaelson nur so lange? Er und Villanueva hatten ihren Teil der Suche vor einer Viertelstunde beendet. Der SEAL hatte ein ziemliches Tempo vorgelegt. Ben hatte immer geglaubt, er sei gut in Form, aber als er kämpfen musste, um mit Villanueva Schritt zu halten, kam er sich wie seine eigene Großmutter mit Arthritis vor. Sein Beitrag zur Suche hatte hauptsächlich darin bestanden, dem SEAL zuzurufen, er möge langsamer gehen. Doch trotz aller Anstrengungen hatten sie keine Spur von Halloway entdeckt. Daher konnten sie Linda und Khalid keine Neuigkeiten überbringen, als sie zum Wurmloch zurückkehrten.

Ben beobachtete Villanueva. Der SEAL ging auf und ab, eine Hand stets am Pistolenholster. Rastlos wie ein Tiger im Käfig. Offensichtlich war es für ihn unerträglich, auf die Rückkehr der anderen warten zu müssen.

Auch Ben machte sich langsam Sorgen. Sie hätten längst zurück sein müssen. Er schlug auf den Stein, den er mit seiner Stablampe gerade untersucht hatte. *Er* hätte mit ihr gehen sollen. Er verstand mehr von Höhlen als Michaelson. Wenn sie nun wie Halloway einfach vom Erdboden verschwinden würde?

Linda hockte vor einer Höhlenperle und rief ihm zu: »Ben, komm her und schau dir das an.«

Er ging zu ihr und hockte sich neben sie. »Was ist denn?«

»Leuchte mit deiner Lampe hinein. In diesem kleinen Stein kann man die Einzelheiten besser erkennen.«

»Linda, haben wir dafür jetzt Zeit?«, murrte er, tat aber, was sie ihm sagte.

Vor wachsender Aufregung sprach sie immer schneller. »Schau dir die Augenhöhlen an. Sie stehen viel zu stark vor. Und die Ohrlöcher. Sie sitzen viel zu tief am Schädel.« Sie schaute Ben mit glänzenden Augen an. »Das ist kein menschlicher Schädel. Oder besser gesagt, er gehörte keinem modernen Menschen. Die Größe des Hirnschädels lässt auf einen fortgeschrittenen Hominiden schließen, aber die Verzerrung ist zu groß, um die Spezies zu erkennen. Das muss Ashley sich anschauen. Sie erkennt sie bestimmt.«

Plötzlich blickte sich Linda um und sprach aus, was Ben Sorgen bereitete. »Wo bleiben sie nur so lange?«

Unvermittelt schallte ein Schrei durch die Höhle. Ben und Linda fuhren gleichzeitig hoch. Linda rückte näher zu Ben, dem das Herz bis zum Hals schlug. Ashley!

Villanueva hatte die Pistole im Anschlag und verharrte bewegungslos. Der Strahl seiner Stablampe diente ihm als

Visier. Khalid lief zu Linda hinüber, und wie ein kleiner Mond wurde sie in die Umlaufbahn eines anderen Planeten gezogen und bewegte sich von Bens in Khalids Schatten.

Ein zweiter Schrei. Ben trat zu Villanueva. »Wir müssen ihnen nach«, sagte Ben. »Sie stecken in der Klemme.«

»Nein«, sagte Villanueva. »Wir bleiben hier.«

»Sind Sie wahnsinnig? Sie werden angegriffen!«

Das Gesicht des SEAL blieb unbeweglich. »Nein. Der Schrei kam aus großer Entfernung. Von der anderen Seite des Flusses.«

»Warum sind Sie sich da so sicher? Die akustischen Verhältnisse in Höhlen täuschen oft.«

Villanueva blickte weiterhin durchdringend in die Dunkelheit. »Ich bin mir sicher.«

»Mir egal. Ich mache mich auf die Suche nach ihnen.«

»Wenn Sie das versuchen, schieße ich Ihnen ins Bein.« Die Beiläufigkeit, mit der er das sagte, ließ vermuten, dass er es ernst meinte.

»Was glauben Sie eigentlich, wer Sie sind?«

»Ich bin im Augenblick der Offizier mit dem höchsten Dienstrang hier. Mein Wort gilt.«

»Aber ...«

»Dies hier ist der vereinbarte Treffpunkt. Wenn die anderen in Schwierigkeiten sind, werden sie versuchen, hierher zu gelangen. Wir geben ihnen noch zehn Minuten.«

»Und was dann? Suchen wir dann nach ihnen?«

»Nein. Wir ziehen uns zurück.«

»Und lassen sie hier unten? Nur über meine Leiche!«

»Michaelson hat das Funkgerät. Ohne ihn haben wir keinerlei Möglichkeit, mit der Basis in Verbindung zu treten. Wenn er nicht in zehn Minuten zurück ist, räumen wir die Höhle.«

Ben starrte auf den schwarzen Vorhang und stellte sich vor, wie sich die furchtbarsten Dinge dahinter ereigneten.

Ashley, wie sie um ihr Leben rannte und von sabbernden Monstern verfolgt wurde. Ashley, übel zugerichtet und blutverschmiert. Zehn Minuten lang wagte Ben kaum zu atmen. Zum Teufel mit dem verfluchten SEAL. Wenn sie nicht zurückkam ... Er wusste, wie er unter der Erde allein überlebte.

Villanueva senkte den Arm. Die Finsternis füllte rasch das Vakuum, das der Strahl der Lampe hinterließ, und eroberte gierig ihr verlorenes Territorium zurück. »Packt eure Sachen«, rief er nach hinten. »Wir ziehen uns zurück.«

Ben trat von einem Fuß auf den anderen und versuchte angestrengt, die Dunkelheit mit seinem Blick zu durchdringen.

»Gehen wir, Mr. Brust.« Der SEAL wies ihm den Weg mit der Waffe. »Machen Sie es uns nicht zu schwer.«

Ben hatte eine Idee. »Wartet. Macht alle eure Lampen aus.«

»Was?«, sagte Linda, ein Zittern in der Stimme, »bist du wahnsinnig?«

»Tut es einfach. Wenn wir dann keinen Schimmer ihrer Laternen sehen, dann machen wir, dass wir hier rauskommen.«

Villanueva sah ihn prüfend an und kniff die Augen misstrauisch zusammen. »Eine Minute.«

Linda kuschelte sich noch dichter an Khalid, als sie die Lampen ausschalteten.

Finsternis hüllte das Camp ein.

Ben brauchte ein paar Sekunden, bis sich seine Augen an das Dunkel gewöhnt hatten; blasse Reflexe der erloschenen Lichter brannten noch auf seiner Netzhaut. Als diese letzten Spuren verschwunden waren, blieb ein Punkt links im Blickfeld übrig. Er versuchte zu fokussieren. Eine Höhlenperle phosphoreszierte. Dann eine zweite, nähere. Die

Lichter kamen auf sie zu. »Da kommt jemand«, sagte Ben, und Erleichterung schwang in seiner Stimme. »Sie kommen zurück.«

Linda sagte: »Ja, jetzt sehe ich es auch!«

Villanueva befahl, die Lampen einzuschalten. Die brennenden Laternen drängten die Dunkelheit zurück. Innerhalb weniger Minuten sahen sie die hüpfenden Lichtkegel der Stablampen näher kommen. Der SEAL hatte seine Waffe immer noch ins Dunkel gerichtet. Als die Lichter nahe genug herangekommen waren, rief er: »Bleiben Sie stehen! Identifizieren Sie sich!«

Ashleys Stimme rief ärgerlich zurück: »Dreimal dürft ihr raten.«

Dann die Stimme von Major Michaelson: »Wir sind es, Major. Kein Grund zur Beunruhigung.«

Villanueva senkte die Waffe.

Ashley stampfte ins Camp, gefolgt von Michaelson, der immer wieder hinter sich zum Fluss blickte. »Wer hatte denn die glänzende Idee, die Lichter auszuschalten?«, fragte Ashley säuerlich. »Sie haben uns nämlich als Leuchtfeuer für den Rückweg gedient. Wir dachten, euch wäre etwas passiert, und sind losgerannt. Beinahe wäre ich von einem Felsen gefallen.«

Linda zeigte mit dem Daumen auf Ben.

»Wir wollten nur nach euch Ausschau halten«, sagte er und wies nickend auf den SEAL. »Nachdem wir den Schrei gehört hatten, wollte unser Freund hier, dass wir die Beine in die Hand nehmen und uns Hals über Kopf auf den Rückweg nach oben machen, falls ihr nicht rechtzeitig auftaucht.«

Ashley kochte. »Was zum Teufel …?«

Michaelson unterbrach sie mit erhobener Hand. »Er hatte Recht. Wir hatten das Funkgerät. Sie nicht.«

Ben schluckte. »Aber euch im Stich lassen …«

Ashley rieb sich nachdenklich die Schläfe und nickte dann. »Er hat Recht. Hör beim nächsten Mal auf ihn, Ben.« Sie stürmte an ihm vorbei und schaute sich im Camp um. »In Ordnung, unter den gegebenen Umständen müssen wir entscheiden, ob wir weitergehen oder umkehren.«

Michaelson trat nach vorn. »Ich schlage vor, Major Villanueva und ich schauen uns das andere Flussufer einmal genauer an, während ihr bleibt, wo ihr seid.«

Ashley schüttelte den Kopf. »Nein, wir bleiben zusammen. Wir haben ja schon erlebt, was passiert, wenn wir uns trennen.«

»Dann verlassen wir die Höhle«, sagte Michaelson geradeheraus. »Ich habe nicht vor, das Leben weiterer Zivilisten aufs Spiel zu setzen. Halloway kannte das Risiko.«

Ashley machte ein missmutiges Gesicht. »Und was, wenn einer von *uns* da draußen schreien würde? Würden Sie dann auch so rasch aufbrechen?«

Michaelson antwortete nicht.

»Dachte ich es mir doch«, sagte sie. »Ich denke, Halloway verdient genauso viel Unterstützung wie jeder von uns.«

Linda meldete sich zu Wort. »Außerdem ist er vielleicht nur verwundet oder bewusstlos. Seit den Schreien haben wir nichts mehr von ihm gehört. Wir können nicht einfach verschwinden, ohne wenigstens gründlich nach ihm zu suchen.«

Michaelson wollte widersprechen, doch Ashley hob die Hand. »Da unsere Zivilistenärsche auf dem Spiel stehen, sollten wir uns entscheiden, ob wir weitergehen oder nicht.«

Ben und Linda nickten. Khalid starrte vor sich hin.

»Ich bin dafür weiterzugehen«, sagte Ashley. »Wer ist anderer Meinung?«

Die anderen schwiegen.

»Fein«, sagte sie, »in einer halben Stunde möchte ich auf dem anderen Flussufer sein.«

Ashley ging am Ufer auf und ab. Villanueva hatte sich bis auf die Unterwäsche ausgezogen und watete vorsichtig in das pechschwarze Wasser. Er hatte ein Seil um die Taille, das ihn mit den anderen am Ufer verband. Michaelson hatte es um den nächsten Stalagmiten gebunden.

»Wir könnten jetzt schon alle hinübergeschwommen sein«, sagte Ashley. »Diese ganze Anseilerei ist nur Zeitverschwendung.«

»Keineswegs«, sagte Michaelson und machte einen Knoten ins Seil. »Die Strömung ist zu stark. Wenn wir hinüberschwimmen würden, könnten wir mit Leichtigkeit abgetrieben werden.«

»Dann binden Sie halt alle mit dem Seil aneinander.« Sie verstand nicht, warum er so stur reagierte. War ihm nicht klar, dass jede verschwendete Minute Halloways Tod bedeuten konnte?

Ben schüttelte den Kopf und versuchte, Ashley mit einem Lächeln aufzumuntern. »Zu leicht hat sich jemand verheddert, Ash. Auf die Art ist schnell jemand ertrunken.«

Ein lauter Platscher zog ihre Aufmerksamkeit auf sich. Villanueva war kopfüber ins tosende Wasser gesprungen und hatte bereits den halben Fluss durchschwommen, als er wieder auftauchte. Mit seinen starken Armen pflügte er durch das Wasser, aber dennoch trieben ihn die Fluten stromabwärts.

Linda griff nach Ashleys Arm und krallte sich vor lauter Panik an ihr fest. »Sieh nur!«

Ashleys Blick folgte ihrem ausgestreckten Arm, der von ihrem Standort aus stromaufwärts zeigte. Eine einen Meter große albinoweiße Rückenflosse tauchte aus dem brodelnden Wasser auf und verschwand wieder unter der Oberfläche. Ben hatte sie auch gesehen und gaffte mit offenem Mund auf das Wasser. »Grundgütiger Gott!«, entfuhr es ihm.

Michaelson, der sich mit einer Hand im Sicherungsseil seines Kameraden verheddert hatte, versuchte sich zu befreien, aber das Seil war eng um seine Taille geschlungen. Es gelang ihm, sein Gewehr zu lösen und es Ben zuzuwerfen, der den besseren Schusswinkel hatte. »Schießen Sie, bevor das Biest Villanueva zu packen kriegt.«

Ungeschickt legte Ben an und suchte im Wasser nach seinem Ziel. In diesem Augenblick brach unter ihnen ein weißer Fleck durch die Wasseroberfläche und ein Schuss explodierte. Wo die Kugel das Wasser traf, schoss eine kleine Fontäne in die Luft – mehrere Meter von der Flosse entfernt. Daneben.

»Scheiße«, fluchte Ben und feuerte noch einen Schuss ab. Wieder daneben.

Villanueva, der die Schüsse über das Tosen hinweg gehört hatte, hatte innegehalten, sich hastig herumgedreht und starrte sie nun an, während er immer noch gegen die Strömung anging. Linda und Ashley gestikulierten zum gegenüberliegenden Ufer hin. »Schnell! Machen Sie, dass Sie an Land kommen!«, schrie Ashley.

Die Rückenflosse tauchte wieder in ihrer vollen Größe auf und schnitt mitten zwischen dem Team und Villanueva durch das Wasser. Im hohen Bogen sprang der SEAL auf das gegenüberliegende Ufer zu. Das Wasser schäumte, wo er mit den Armen und den Beinen ruderte. Aber die Strömung widersetzte sich seinen Anstrengungen. Villanueva strampelte wie eine Fliege im Bernstein. Er schafft es nicht bis ans Ufer, dachte Ashley und ballte die Fäuste.

Die Flosse glitt auf den strampelnden SEAL zu.

Ben hatte das Gewehr angelegt, ließ es aber wieder sinken.

»Verdammt. Ich kriege keinen sauberen Schuss hin. Aus diesem Winkel könnte ich Villanueva treffen, wenn ich danebenschieße.«

Ashley entriss ihm das Gewehr und legte an. Der erste Schuss fetzte ein Stück aus der Flosse. Beim zweiten Schuss zielte sie tiefer. Als sie den Abzug durchzog, bekam sie den Rückschlag mit Wucht vor die Schulter. Diesmal erzeugte der Aufschlag der Kugel eine rote Fontäne.

Die Rückenflosse kippte zur Seite und verschwand im Wasser.

Ashley knirschte mit den Zähnen. Sie wartete darauf, dass das verletzte Tier aus dem Wasser schoss und sich in dem Navy SEAL festbiss. Wachsam hielt sie Ausschau, das Gewehr im Anschlag, als Villanueva das Ufer erreichte und den rutschigen Felsen hinaufkletterte. Er winkte dem jubelnden Team zu und marschierte stromaufwärts.

Ben ging auf Ashley zu, nahm das Gewehr aus ihren zitternden Händen und sagte: »Ich dachte, du hasst Waffen?«

Sie rieb sich die Hände. »Was man nicht kennt, kann man nicht hassen.«

Ben nickte und schien zu spüren, dass sie darüber nicht weiter sprechen wollte.

Sie blickte auf die andere Seites des Flusses hinüber. Villanueva hatte sich das Seil von der Taille gebunden und schnürte das Ende um einen dicken Stalagmiten. Michaelson zog das andere Ende straff und band es auf seiner Seite um einen Felsen, so dass das Seil eine Brücke zwischen den Stalagmiten bildete. Die beiden arbeiteten, als wäre nichts geschehen. Als ob es das Ungeheuer niemals gegeben hätte, das einen von ihnen hatte verschlingen wollen.

Der Major testete die Haltbarkeit der Brücke und zog daran. Zufrieden wandte er sich an die Mannschaft. »Jetzt kommen wir hinüber.«

Ashley atmete tief ein, und ihr pochendes Herz beruhigte sich. Bring es hinter dich, sagte sie sich, du hast ein Team zu führen und einen Vermissten zu finden.

Mit Karabinerhaken befestigten sie die Klettergurte am Seil, mit deren Hilfe sie sich Hand über Hand auf die andere Seite zogen. Ashley vermied es, nach unten zu schauen, als sie am Seil baumelte. Die Entfernung zum Wasser war zwar nicht groß, doch der Gedanke an das, was unter der Wasseroberfläche auf sie lauerte, lähmte sie.

Villanueva, der seinen Overall wieder angezogen hatte, half ihr, sich vom Seil zu lösen. Seine Hand zitterte ein wenig, als er sie auf den Boden setzte – ob von der niedrigen Wassertemperatur oder von den Nachwirkungen der Todesgefahr, konnte sie nicht erkennen.

»Danke«, sagte er hastig und blickte sie verlegen an, »ich schulde Ihnen etwas.«

Sie versuchte zu antworten, doch er hatte sich bereits umgedreht und Michaelson zugewandt, der als Letzter den Fluss überquerte.

Sobald der Major seine Füße auf die Felskante gesetzt hatte, trommelte Ashley ihre Leute zusammen. »Dieser Teil der Höhle ist weitaus kleiner. Daher durchsuchen wir das Gebiet gemeinsam. Es geht los. Haltet Augen und Ohren offen. Was auch immer die Schreie ausgelöst hat, es kann immer noch da sein.«

Die Suche ist überflüssig, dachte Khalid. Er kratzte mit einem kleinen Messer schwarzen Lehm unter einem Fingernagel hevor. Halloway war mit Sicherheit tot. Wann wurde das diesen verfluchten Idioten endlich klar, so dass sie endlich weiter ziehen konnten?

Er beobachtete, wie der SEAL das Wurmloch untersuchte, das sie entdeckt hatten. Von dem vermissten Teamkameraden keine Spur. Sie hatten jeden Kieselstein umgedreht und in jeden schwarzen Spalt geguckt. Nichts.

»Das hat keinen Zweck«, sagte Villanueva, während er mit der Stablampe in das Wurmloch leuchtete. »Dieses Loch hat seit Jahren keiner mehr benutzt. Schaut euch die Lehmschicht am Eingang an. Keine Fuß- oder Schlittenspuren.«

Ashley hockte sich neben ihn und steckte einen Finger knöcheltief in den Lehm. »Sie haben Recht. Wenn jemand hier durchgekommen wäre, wäre eine Spur zu sehen.« Sie richtete sich mit einem Ruck auf und wandte sich an die anderen. »Es muss noch einen weiteren Ausgang geben, den wir bisher übersehen haben.«

Khalid wollte die anderen wachrütteln, ihre Aufmerksamkeit wieder auf die eigentliche bevorstehende Mission zu lenken. Er hatte einen Plan auszuführen, ob sie nun Halloway fanden oder nicht. Deshalb sagte er: »Vielleicht kam er nicht mehr aus dem Fluss raus und wurde von der Strömung mitgerissen.«

Michaelson schüttelte den Kopf. »Nein, der Schrei ertönte ein gutes Stück vom Ufer entfernt. Ich stimme Ashley zu. Es muss noch einen anderen Ausgang geben.«

Khalid versuchte, sein missmutiges Gesicht zu verbergen.

»Bevor wir diese Höhle verlassen, sollten wir jemanden durch das Wurmloch schicken. Nur um diese Möglichkeit auszuschließen. Freiwillige?«

Villanueva zog seinen Schlitten aus dem Rucksack. »Ich gehe.«

Ashley nickte. »Seien Sie vorsichtig. Stellen Sie nur fest, wo das Wurmloch hinführt, und kommen sie dann sofort zurück. Keine Alleingänge.«

Er nickte und glitt ins Loch. Ashley schaute auf die Uhr.

Khalid rollte mit den Augen über die zusätzliche Verzögerung und ging hinüber zu Linda, die auf einem Felsen saß. Sie hatte die Arme fest vor der Brust verschränkt, als er sich zu ihr setzte.

»Glaubst du, wir finden ihn?«, fragte sie mit piepsiger Stimme.

»Nein. Egal was der Major glaubt, ich bin sicher, er wurde fortgespült.«

Linda schauderte. Er wusste, was sie dachte. Die Rückenflosse war so weiß wie der Bauch einer Made gewesen. Wie der Geist eines Hais, der ihnen ihre Seelen nehmen wollte. Mit den Menschen und den Felsen wurde er fertig, aber mit den Tieren hier unten ... Zuerst der Tintenfisch, der seinen Arm fressen wollte, und jetzt dieses Monster ... Der Anblick der Flosse hatte ihn erschauern lassen. Als ob die Natur ihnen zeigen wollte, wie klein sie doch waren.

Er erinnerte sich, wie man ihm als Kind von dem Sandsturm erzählt hatte, der das Lager, in dem seine Mutter lebte, unter sich begraben und jeden getötet hatte. Sie nannten das die »schwarze Hand Allahs«, doch er wusste es besser. Es war nur die Natur, ein gleichgültiger Gott, gleichgültig gegenüber den Plänen der Menschen. Ihrer Willkür war jeder wehrlos ausgeliefert. Und Khalid hasste es, wehrlos zu sein.

Linda schlang die Arme noch fester um sich, während sie weiterhin auf den Fluss schaute. »Dieser weiße Hai. Er war so riesig. Um solch ein Raubtier am Leben zu erhalten, muss das Ökosystem hier unten weit komplexer sein, als ich dachte. Wenn es nicht um Halloway ginge, hätte ich nichts dagegen, hier zu bleiben, um einige Untersuchungen durchzuführen.«

Khalid zog eine Grimasse und rieb seinen Arm dort, wo ihn der Ammonit gebissen hatte. »Ich meide das Ökosystem lieber und bleibe auf festem Boden.«

»Ich habe etwas gefunden!«, rief Ben aus mehreren Metern Entfernung.

Khalid reckte den Hals, um Ben zu Gesicht zu bekommen. Er stand an der Höhlenwand mit einem Streichholz in der Hand.

Ashley rief: »Was ist es, Ben?«

»Ich habe einen zweiten Weg aus dieser Höhle gefunden.«

Wen wollte er auf den Arm nehmen?, fragte sich Ashley, als sie in den engen Spalt schielte, der im Schatten einer Verwerfung der Felsoberfläche verborgen lag. Er reichte vom Boden bis zur Decke, war aber nur etwa dreißig Zentimeter breit. Leicht zu übersehen. »Kein Mensch passt da durch«, sagte sie. »Viel zu eng.«

»Doch, ich habe es ausgemessen«, sagte Ben.

»Womit?«

»Mit meinem Schuh.«

Sie starrte ihn verständnislos an.

»Die Faustregel eines jeden Höhlenforschers: ›Ist sie breiter als dein Schuh – durch passt du.‹«

»Glaube ich nicht. Ganz bestimmt nicht Halloway. Er ist ein großer Kerl.«

»Sicher ist es knapp, aber ich glaube schon, das er hineingepasst hätte.«

»Aber wer sagt uns, dass auf der anderen Seite etwas ist?«

Als Antwort hielt Ben ein angezündetes Streichholz vor den Spalt. Die Flamme wich von der Öffnung zurück. »Wind«, sagte er. »Eine Brise weht von der anderen Seite herüber.«

Ashley sah, wie die Flamme flackerte. Vielleicht …

Ein Schaben vom Wurmloch hinter ihr lenkte sie ab. Ein Paar Beine rutschte rückwärts aus der Öffnung. Es war Villanueva. Er stand auf und wischte sich seine Hände an den Knien ab.

»Es ist blockiert«, sagte er und schnaufte ein wenig.

»Nach etwa dreißig Metern ist der Gang durch einen Steinschlag blockiert worden. Es war eine verteufelte Strapaze, rückwärts wieder hinauszukommen.«

Ashley fluchte. Wenn dieser Gang nicht passierbar war, dann kamen sie nur durch den zweiten weiter.

Linda kam nach vorn und blickte in den engen Spalt hinein. »Wäre Halloway denn überhaupt hier durchgeklettert?« Sie betrachtete den Spalt ängstlich. »Ich meine, warum sollte er überhaupt den Fluss überquert haben?«

»Weil er angegriffen wurde«, antwortete Villanueva, »von etwas, mit dem er nicht fertig wurde. Er hätte versucht, es fortzulocken. Damit es uns nicht überrascht, so wie es ihn überrascht hat.«

»Warum glauben Sie das?«, fragte Ashley.

Villanueva schaute ihr in die Augen. »Weil ich das Gleiche getan hätte.«

Ashley kaute auf der Unterlippe herum. »Was schlagen Sie also vor? Was sollen wir tun?«

»Er will für uns Zeit gewinnen, damit wir entkommen können. Wir sollten sie nutzen.«

Sie schloss die Augen. Ihr graute vor dem Gedanken, ihn hier zurückzulassen.

Ben hatte sich in die Spalte gezwängt, um den Durchgang zu erkunden, und rief sie nun zu sich. »Kommt und schaut euch das an!«

Ashley war im Nu bei ihm. Er streckte ihr aus der engen Spalte die Hand entgegen. Die Handfläche war voller Blut. Frischem Blut.

»Er ist durch diesen Spalt durch«, murmelte Ashley. »Erst vor kurzem.« Sie drehte sich zu Villanueva um. »Wollen Sie immer noch umkehren?«

Er biss die Zähne zusammen. »Sie sind der Boss.«

Ben kletterte aus der Spalte. »Wer geht als Erster durch? Wir sollten uns beeilen.«

Ashley seufzte. Offenbar hatte Ben von der Diskussion nichts mitbekommen. »So einfach geht das leider nicht.«

»Was? Wir sind ihm dicht auf den Fersen.«

»Villanueva glaubt, dass Halloway etwas von uns ablenken will.«

Ben rief wütend: »Vielleicht ist er ja auch nur ein bisschen verletzt und braucht Hilfe!« Er packte sie bei den Schultern. »Ash, ich schwöre dir, er ist direkt vor uns. Wir können ihn jetzt nicht im Stich lassen.«

Sie rieb ihre müden Augen und nickte dann. »Okay. Machen wir uns auf den Weg.«

Linda stand zitternd in ihrer Unterwäsche vor der Felswand. Sie hatte den Rucksack abgesetzt und den Overall ausgezogen. Damit sie sich keine Laufmaschen zieht, hatte Ben gesagt. Macht schlanker. Ein Schauder lief ihr über den Rücken. Wie in aller Welt sollte sie sich durch die Spalte quetschen? Zwischen den engen Felswänden würde sie keine Luft bekommen.

Sie warteten noch auf Ben und das Ergebnis seiner Erkundung. Vor über drei Minuten war er in dem schwarzen Felsen verschwunden. Ashley und Michaelson standen wie Wachposten auf beiden Seiten, während Ben ihnen zurief, wie er vorankam.

»Ich bin durch«, rief er und seine Stimme hallte durch die Höhle. »Der Durchgang ist weniger als zwei Meter tief und mündet abrupt in einen Tunnel von akzeptabler Größe. Ein Kinderspiel. Nur noch eine klitzekleine, enge Stelle kurz vor dem Ausgang.«

Ashley sagte zu den anderen: »Ich schicke Villanueva als Nächsten durch. Er ist der Kräftigste von uns allen. Wenn er durchkommt, schaffen es die anderen auch.«

Keiner widersprach.

Linda hielt die Luft an und hoffte, der SEAL würde es

nicht schaffen; dann müsste sie nicht durch den engen Gang kriechen.

Bens Jubelruf machte ihre Hoffnung zunichte. »Er ist durch! Hat die Brust ein wenig zerschrammt, aber sonst ist ihm nichts passiert.«

Ashley rieb sich die Hände. »In Ordnung! Los geht's!«

Khalid ging als Nächster. Als er sich von Lindas Seite löste, drückte er ihre Hand. Sie spürte es kaum. Sie sah zu, wie er verschwand und das Seil, das um seine Taille gebunden war, hinter sich herzog. Sobald er drüben wäre, würden die Rucksäcke mit dem Seil durch die Spalte befördert.

»Alles klar!«, rief Ben. »Schickt die Rucksäcke als Nächstes durch!«

Sie benötigten zähe zehn Minuten, um ihre Ausrüstung und die Waffen am Seil zu befestigen und auf die andere Seite zu ziehen.

»Das war der Letzte«, brüllte Ashley und sagte zu Linda: »Du bist die Nächste.«

Linda starrte reglos auf den schwarzen Spalt. Sie wollte vorangehen, doch ihre Beine versagten ihr den Dienst. Ihr Herz schlug so heftig, und sie keuchte so laut, dass sie kaum die Stimmen der anderen wahrnahm.

»Linda?«

»Ich ... ich ... kann nicht.«

»Natürlich kannst du. Villanueva ist doppelt so breit wie du.«

Sie schüttelte den Kopf, schluckte schwer und presste die Wörter durch die zugeschnürte Kehle: »Nein, ich kann nicht. Es ist zu eng.«

Ashley kam zu ihr und legte ihr den Arm um die Schulter. Linda zitterte am ganzen Leib. »Wir können dich nicht hier zurücklassen.« Ashley nahm sie noch fester in den Arm. »Hör mal zu. Ich komme mit dir und bleibe direkt hinter dir. Du schaffst das, Linda.«

Ashley ging voraus und zwang sie, ihr zu folgen.

»Ich ... ich versuche es«, sagte Linda und zog ihre bleischweren Füße über den Boden. »Aber halt bitte meine Hand. Lass mich nicht los.« Ihre Stimme krächzte.

»Bestimmt nicht. Wir stehen das gemeinsam durch.«

Linda versuchte vergeblich zu lächeln. Sie folgte Ashley, die ihre Hand ergriffen hatte. Ihr Mund fühlte sich an, als hätte ihr jemand einen Eimer Sand hineingeschüttet.

»Richte die Helmlampe immer nach vorn«, sagte Ashley. »Lehn dich mit dem Rücken gegen die linke Wand. Ben sagt, es ist die glattere. Und jetzt gleite hinein.«

Linda schob die linke Schulter zuerst in den Spalt. Ihre Zehen bewegten sich vor und zurück. Während sie sich Zentimeter für Zentimeter in die Spalte schob, versuchte sie, ihr panisches Herzflattern zu unterdrücken und sich aufs Vorwärtsgehen zu konzentrieren. Weiter vorn drang Licht um die enge Biegung. Nur wenige Schritte entfernt warteten die anderen auf sie.

Der Spalt hatte sie jetzt ganz verschluckt. Die Wände schlossen sie ein. Es war so eng, dass sie noch nicht einmal den Kopf drehen und Ashley hinter sich sehen konnte. Sie konnte nur ein Bein vorwärts bewegen und den restlichen Körper hinterherziehen. Sie zählte die Schritte, um sich abzulenken, ein Trick aus der Therapie.

»Das machst du gut«, ermunterte sie Ashley und drückte ihre Hand. »Nur noch ein kleines Stück.«

... Fünf ... Sechs ... Sieben ... Mittlerweile atmete sie regelmäßig. Mit jedem Atemzug machte sie einen Schritt. Jetzt konnte sie das Ende des Spalts sehen und ein Gesicht, das nach ihr Ausschau hielt.

»Braves Mädchen«, sagte Ben, »du bist ein Goldstück. Noch drei Schritte, und du hast es geschafft.«

Auf ihrem Gesicht sah man einen Anflug von Lächeln. Gleich hatte Sie es geschafft! Acht ... Neun ... Ze... Sie bewegte den linken Fuß vorwärts, doch als sie nachrücken wollte, steckte sie plötzlich mit der Brust in der Spalte fest. Sie gab einen heiseren Schrei von sich. Panikerfüllt versuchte sie, sich hindurchzuquetschen, klemmte sich jedoch nur noch stärker ein. Sie versuchte, sich rückwärts herauszuwinden und sich zu befreien, scheiterte aber.

Bitte nicht so!, flehte sie. Bitte lasst mich nicht auf diese Weise sterben. Mittlerweile hyperventilierte sie, sah Sterne vor den Augen, ihre Knie gaben nach.

»Linda«, sagte Ashley, »gib jetzt nicht auf. Du bist fast durch.«

»Ich stecke fest«, quiekte sie mit panikerstickter Stimme.

»Ben«, rief Ashley, »Linda steckt fest.«

»Zum Teufel«, erwiderte er, »kommt mit euren Lampen her!«

In Sekundenschnelle war die Spalte hell erleuchtet.

»Alles klar«, sagte Ben. »Hör mir gut zu, Linda. Streck eine Hand aus. In meine Richtung. Genau so. Ich habe sie. Und jetzt zähle ich bis drei. Ich möchte, dass du bei drei die ganze Luft aus deinen Lungen ausatmest, damit dein Brustkorb kleiner wird. In dem Moment ziehe ich dich heraus.«

»Nein«, flüsterte sie und schloss die Augen. Sie konnte ihren Brustkorb kaum noch ausdehnen. »Dann klemme ich nur wieder fest. Und kann überhaupt nicht mehr atmen.«

Schweigen. Ratlosigkeit. Linda fühlte, wie Ben ihre Hand losließ und ein anderer sie ergriff. Sie erkannte die Hand. Sie hatte ihr bereits über viele Hindernisse hinweggeholfen. Khalid, ihr Teampartner.

Der Ägypter sprach mit sanfter und beruhigender Stimme zu ihr, fast als wollte er sie hypnotisieren. »Linda, du weißt, ich kann dir helfen. Du kennst meine starken Arme. Tu, was Ben gesagt hat. Ich ziehe dich zu mir. Vertrau mir.«

Lindas Herz schlug ihr bis zum Hals. Sie öffnete die Augen. Die Sterne vor ihren Augen waren mittlerweile zu

Sternbildern angewachsen. Sie wusste, dass sie kurz davor war, ohnmächtig zu werden. Sie nickte. »Ich vertraue dir.«

»Bei drei«, sagte Ben, der hinter Khalid stand. »Eins ... zwei ... drei!«

Linda quetschte die ganze Luft aus ihrem Brustkorb, bis ihre Lungen schmerzten. Dann wurde sie am Arm einen Viertelmeter weiter gezogen, bis sie wieder feststeckte. Tränen liefen ihr übers Gesicht. So sollte sie also sterben.

Ein Schmerz schoss plötzlich in ihre Schulter. Wieder zerrte jemand an ihrem Arm und kugelte ihr fast das Schultergelenk aus. Sie schrie sich die letzte Luft aus den Lungen. Das genügte. Sie flog aus dem Spalt wie ein Korken aus einer geschüttelten Sektflasche. Frei.

»Alles in Ordnung?«, fragte Ashley, als sie aus dem tückischen Spalt schlüpfte und sah, dass Khalid Linda in den Armen hielt.

Ben nickte. »Ich denke schon. Sie steht hauptsächlich unter Schock. Ihre Schulter wird verteufelt wehtun, aber sie wird sich erholen.«

Ashley nickte. »Dann bleibt nur noch Michaelson. Ich möchte, dass jeder abmarschbereit ist, sobald er durch ist.«

Villanueva hockte mehrere Meter tiefer im Tunnel und rief ihnen zu: »Halloway ist hier lang.« Der SEAL beleuchtete seinen erhobenen Finger. Er war rot vom Blut. Dann zeigte er mit der Taschenlampe den Tunnel hinunter. »Die Blutspur führt dort entlang.«

Ashley sagte kein Wort. Halloway war noch am Leben. »Jeder bewaffnet sich«, sagte sie mit leiser Stimme. »Sofort!«

Als sie ein raschelndes Geräusch hinter sich hörte, drehte sie sich um und sah, wie Major Michaelson mit zerrissenem T-Shirt aus dem Spalt stolperte. Ashley rief das Team zusammen. »Macht euch abmarschbereit. In zwei Minuten brechen wir auf. Jeder nimmt eine Pistole oder ein Gewehr in die Hand.«

»Vielleicht sollten wir uns doch zurückziehen«, sagte Linda. Ihre Wangen waren immer noch feucht vor Tränen, und ihre Stimme zitterte.

Ashley legte die Hand auf Lindas Schulter. »Wir sind schon zu weit vorgedrungen. Wir müssen jetzt zusammenhalten.«

Linda holte tief Luft und schien sich zusammenzureißen. Als sie sprach, klang ihre Stimme fester. »Du hast Recht.«

Ashley drückte Lindas Schulter und wandte sich an die ganze Gruppe. »Los geht's.«

Wenige Augenblicke später marschierte das Team ohne Murren den Tunnel hinab. Villanueva und Ben gingen an der Spitze als Kundschafter voraus.

»Bleibt in Sichtweite«, rief sie, als Ben sich zu weit entfernte. »Lasst uns beisammen bleiben.«

Der Tunnel gabelte sich. Welche Abzweigung sollten sie nehmen? Ashley blickte ihre Scouts fragend an. Villanueva zeigte mit seiner Lampe in eine Richtung. »Die Blutspur führt hier entlang«, sagte er.

Mit ihrer Pistole gab sie ein Zeichen weiterzugehen. Sie rechnete hinter jeder Biegung damit, Halloway auf dem Boden zu finden. Je tiefer sie in den Tunnel eindrangen, umso schneller wurde ihr Tempo, bis sie zu den vorsichtigeren Scouts aufschlossen.

»Rück mir nicht zu nah auf die Pelle«, zischte Ben Ashley an. »Halloway hat nichts davon, wenn wir eine Klippe hinunterfallen.«

»Tut mir Leid, aber hier liegt so viel Blut.«

»Wir gehen so schnell, wie es unsere Sicherheit erlaubt.«

Villanueva unterbrach ihre Unterhaltung mit einer ruckartigen Armbewegung. Er zeigte um die nächste Biegung. Ashley kroch zu ihm und lugte um die Kurve. Vor ihnen mündete der Tunnel in eine große Höhle. »Ich glaube, ich gehe allein voran«, sagte der SEAL, »und untersuche das Gelände.«

»Nein, dieses Mal nicht«, sagte Ashley mit Nachdruck. »Ich möchte, dass das Team zusammenbleibt. Jeder behält seinen Vordermann im Auge und den Finger am Abzug.«

Villanueva zuckte mit den Schultern.

Das Team drang geschlossen in die Höhle vor. Wie die Speichen eines Rades kreisten die Strahlen der Stablampen durch das Dunkel. Die Höhle unterschied sich nicht von denen, die sie bisher gesehen hatten. Zahlreiche Stalagmiten ragten vom Boden auf, Stalagtiten hingen wie Dolche von der Decke. Nur etwas war anders. Ashley rieb sich eine Schneeflocke vom Augenlid. »Verflucht, hier *schneit* es.«

Ein Wirbel dicker Schneeflocken trieb durch die Lichtkegel.

Linda streckte den Arm aus, und einige Flocken landeten auf ihrer Hand. »Sie sind weder kalt noch nass.«

Ben drängte sich neben Ashley und tippte gegen die aufgefangenen Flocken. »Das ist ein schlechtes Zeichen.«

»Warum?«

»Das sind keine Schneeflocken, sondern Gipskristalle.« Er leuchtete mit seiner Lampe auf die Äste aus Gipskristallen, die die Höhlendecke wie fünf Meter breite, weiße Kronleuchter schmückten. »Das sind sehr zerbrechliche Strukturen. Körperwärme kann dazu führen, dass sie sich lösen und Flocken bilden.«

Ashley wischte sich die Flocken wie Schuppen von der Schulter. »Und was ist daran so gefährlich?«

»Um diesen Schneefall auszulösen, muss sich erst kürzlich eine Menge Körperwärme durch den Raum bewegt haben. Mehr, als ein verwundeter SEAL verursacht.«

Bei dieser Schlussfolgerung bekam Ashley große Augen. »Wir sind nicht allein hier unten.«

Das Treiben der Gipskristalle wurde umso dichter, je tiefer sie in die Höhle eindrangen. Lichtstrahlen schossen in alle Richtungen, Schatten tanzten und hüpften. Ashley zog das Taschentuch zurecht, das sie sich vor die Nase gebunden hatte, um keine Flocken einzuatmen. Sie schaute nach den anderen, die wie ein Haufen Banditen maskiert waren und aussahen, als schlichen sie sich an ein nichts ahnendes Opfer heran. Villanueva ging immer noch voraus. In gebückter Haltung sprang er von Deckung zu Deckung, bevor er den anderen ein Handzeichen gab, ihm zu folgen. Keiner sprach viel. Jeder fürchtete sich vor dem, was hinter der nächsten Ecke auf sie lauern könnte.

Ben holte neben ihr auf, die nach vorn gerichtete Pistole in der Hand. Er strich mit dem Lichtstrahl über den Höhlenboden. »Die Blutspur wird dünner«, flüsterte er.

Der allabendliche Tagesbericht an die Alpha-Basis war schon eine Stunde überfällig, doch konnten sie ihre Suche jetzt nicht unterbrechen. Es würde sie eine halbe Stunde kosten, die Einzelteile des Funkgeräts aus den wasserdichten Kunstoffbehältern auszupacken, zusammenzubauen und den Bericht abzusetzen. Nicht nur die Blutspur, auch die Zeit lief ihnen davon.

Ein wildes Zischen von Villanueva lenkte ihre Aufmerksamkeit von der Blutspur ab. Die anderen verharrten in der Hocke. Ashley war die Einzige, die aufrecht stand. Ben zog sie zu sich herunter und hielt ihre Hand fest.

Der SEAL, der am Fuße eines mächtigen Felsbrockens hockte, hielt einen Finger vor die Lippen und gab ihr ein Zeichen, nach vorn zu kommen ... leise. Ashley kroch zur Spitze.

Villanueva drückte ihr die Lippen aufs Ohr und sprach hastig: »Wir haben die andere Seite der Höhle erreicht. Es gibt zwei Ausgänge, ein großer Tunnel und ein kleines Wurmloch.«

»Und? Dann los. In welche Richtung führt die Blutspur?«

Er schüttelte den Kopf. »Ich bin mir nicht sicher. Der Lehm ist so zerwühlt, dass man keine eindeutige Spur erkennen kann.«

»Dann untersuchen wir beide«, sagte sie und wollte sich wieder zurückziehen

»Moment, deswegen hatte ich Sie nicht hergerufen.« Er wies in die Richtung jenseits des Felsens. »Halten Sie den Kopf um die Ecke, und hören Sie genau hin.«

Ashley hob die Augenbrauen und streckte den Kopf um den Felsen. In der Felswand, die sie vor sich sah, entdeckte sie einen weiteren Tunnel mit unebenen Wänden; genau wie derjenige, der zur Höhle hinführte. Zuerst hörte sie nichts außer ihrem eigenen japsenden Atem. Vielleicht hatte sie nicht so gute Ohren wie der SEAL. Doch als sie Villanueva gerade fragen wollte, was er gemeint hatte, hörte sie es auch. Ein Knacken und Knirschen, als würde morsches Holz zertreten. Und ein kehliges Schlürfen. Ein Schauder lief ihr über den Rücken. Das Geräusch kam aus dem Tunnel vor ihnen.

Sie hob die Lampe, um in das Innere des Tunnels zu leuchten, doch Villanueva schlug ihren Arm hinunter.

»Nein«, zischte er, »was auch immer da drin ist, weiß nicht, dass wir hier sind.«

»Vielleicht ist es Halloway«, sagte sie ernsthaft, glaubte aber selber nicht daran.

»Unsinn«, sagte der SEAL.

»Und was machen wir jetzt? Abwarten und Tee trinken?«

Wie als Antwort ertönte plötzlich ein Niesen hinter ihnen. Ashley schnellte herum. Khalid zuckte entschuldigend die Schulter und wies auf die treibenden Flocken, während er mit der anderen Hand ein zweites Niesen unterdrückte.

Ashley drehte sich zu Villanueva um und hielt den Atem an. »Ich kann es nicht mehr hören«, flüsterte sie.

Der SEAL nickte. Er hielt die Augen geschlossen. »Ich auch nicht.«

Scheiße! Was sich auch immer in dem Tunnel verbarg, wusste jetzt, dass sie da waren. Es hatte keinen Sinn mehr, sich zu verstecken. Sie stand auf und hielt die Pistole jetzt mit beiden Händen. »Ben, Villanueva, ihr beide folgt mir. Michaelson, Sie bleiben mit den anderen hinter dem Felsen in Deckung.«

Michaelson kam auf sie zu. »Hier handelt es sich um eine militärische Angelegenheit. Sie sollten hier bleiben. Das ist sicherer. Ich begleite Villanueva und Ben.«

»Nein«, sagte sie und überprüfte ihre Pistole. »Ich brauche Sie hier, um uns den Rücken zu decken und die anderen zu beschützen. Unter Umständen müssen wir uns schnell zurückziehen.«

Sie sah, dass der Major diese Entscheidung erst verdauen musste. Da er anscheinend kein Gegenargument finden konnte, nickte er. »Seien Sie vorsichtig.«

Sie spannte den Hahn ihrer Pistole. »Los geht's.«

Ihr Team schritt zur Vorderseite des Felsens, die Waffen auf den Tunneleingang gerichtet.

»Ich schlage vor, wir eröffnen das Feuer«, sagte der SEAL leise. »Schießen in den Tunnel und stellen die Fragen später.«

»Nein«, zischte Ashley. »Es besteht immer noch die Möglichkeit, dass Halloway da drin ist.«

Villanueva hob sein Sturmgewehr. »Wir nutzen unseren Vorteil, solange wir ihn noch haben.«

Sie schob sein Gewehr mit der Schulter zur Seite und ging einen Schritt nach vorn. »Halloway!«, rief sie. »Wenn Sie da drin sind, geben Sie uns ein Zeichen!«

Die Tunnelöffnung starrte sie ausdruckslos an.

»Zufrieden?« Verachtung troff aus Villanuevas Frage, als er das Gewehr wieder in Anschlag brachte. Er senkte den Kopf, um sich dem Visier zu nähern. Die Höhle explodierte unter dem Gewehrfeuer, als er blind in das schwarze Auge des Tunnels hineinschoss. Das Echo hallte durch die Höhle.

Ashley klingelten noch die Ohren, als der SEAL das Feuer schon wieder eingestellt hatte. Eine Wolke aus Felsstaub und Rauch wälzte sich aus der Öffnung auf sie zu.

Ben bündelte den Strahl seiner Stablampe, um tiefer in die Schwärze einzudringen, aber vergebens. »Mist!«

Aus der Öffnung des Tunnels brach plötzlich ein heulendes Geschrei hervor, wie das Klagen eines Falken, nur kehliger und keuchender. Ashley zuckte zusammen. Uralte Instinkte erwachten in ihr, drängten sie, Schutz zu suchen und zu fliehen. Doch sie ließ sich auf ein Knie nieder und zielte mit ihrer Pistole höher.

Plötzlich rollte etwas Kugelförmiges in die Höhle hinein.

»Himmel ... Herrgott ... Verdammte Scheiße ...« Villanueva stieß einen endlosen Fluch aus und wich zurück.

Es war Halloway – beziehungsweise sein Kopf. Der abgetrennte Kopf des SEALs, oder was von ihm übrig war, blieb einen Meter vor ihnen plumpsend und mit himmelwärts gerichteten Augen liegen. Schneeflocken legten sich sanft auf seine Wimpern.

14

Jason ließ sich in den Bürostuhl fallen und stieß einen Seufzer aus, der laut genug war, um die Aufmerksamkeit seines Babysitters zu wecken. Seit fünf Minuten wartete er schon. Fünf Minuten! Er würde noch zu spät zum Karatetraining kommen.

Roland schaute von seinen Unterlagen auf; seine Brille

rutschte bis auf die Spitze seiner langen Nase. »Oh, Jason, du bist noch hier? Ich dachte, du wärst schon in der Turnhalle.«

»Sie wissen doch, dass ich das nicht kann.« Er betonte jede Silbe.

»Warum?«

Jason rollte die Augen. »Dr. Blakely hat gesagt, dass ich ohne einen blöden Babysitter nicht vor die Tür gehen darf.« Er verzog das Gesicht und machte den näselnden Ton von Blakelys Stimme nach. »Es ist zu meinem eigenen Schutz.«

»Aber das ist doch lächerlich. Die Turnhalle ist direkt nebenan. Sei ein braver Junge und lauf einfach hinüber. Ich muss noch einen riesigen Stapel Berichte registrieren und in ein Verzeichnis eintragen.«

Jason strahlte. Alles klar! Mit einem lauten Quietschen schubste er seinen Stuhl zurück und schoss hinaus. Er rannte die Eingangshalle hinunter und zur Tür hinaus. Seine Sporttasche schlug gegen sein Bein. Er sprintete die zehn Meter zum Nachbargebäude. Lieutenant Brusserman wartete wahrscheinlich schon auf ihn. Kaum war er durch die Tür, drangen die vertrauten Gerüche der Turnhalle auf ihn ein. Verschwitzte Baumwolltrikots, Bohnerwachs auf dem Boden des Basketballfelds und der scharfe Geruch von Desinfektionsmittel.

Er suchte im Aerobic-Bereich nach Lieutenant Brusserman, fand aber keine Spur von ihm. Also ging er zur anderen Seite der Turnhalle, auf die Umkleideräume zu. Er blieb stehen, um einem Zweikampf auf dem Basketballfeld zuzuschauen. Jason erkannte Major Chan, mit dem er gestern eine Bootstour unternommen hatte.

Major Chan machte das Zeichen, um auszusetzen, und kam zu Jason herüber. Er war außer Atem und stieß die Worte keuchend hervor. »Hallo, Kurzer. Hör mal, der Lieutenant hat angerufen. Er schafft es heute leider nicht und sagt, es täte ihm Leid. Er ist morgen wieder für dich da.« Der Major täuschte spielerisch einen Boxhieb vor und nahm das Training wieder auf.

Jason war enttäuscht. »Aber was soll ich denn jetzt ...« Doch der Major war schon wieder auf dem Spielfeld und wehrte gerade einen Korbjäger ab.

Verflixt! Und jetzt? Er hatte keine Lust, wieder zu Roland ins Büro zurückzugehen. Dort bliebe ihm nichts anderes übrig, als sich durch langweilige Zeitschriften über das Marineleben zu blättern.

Er schob die Tür mit dem Arm auf und schlüpfte nach draußen. Eine Gruppe scherzender und lachender Wissenschaftler in weißen Kitteln lief an ihm vorbei; sie waren auf dem Weg zum Wohnheim.

Jason setzte sich auf die Stufen und durchsuchte seine Sporttasche nach etwas, womit er sich beschäftigen konnte. Sein Nintendo-Gameboy? Er rümpfte die Nase. Nein, langweilig. Er fischte einen Spiderman-Comic heraus, aber den hatte er schon gelesen.

Seufzend schüttelte er den Inhalt aus der Tasche. Ein paar Münzen klingelten, und ein Päckchen Kaugummi fiel heraus. Stirnrunzelnd hob er das Päckchen Juicy-Fruit-Kaugummi auf und steckte es ins Seitenfach. In dem Moment berührte seine Hand einen harten, runden Gegenstand.

Er zog ihn heraus. Ach ja! Er befingerte einen roten alten Feuerwerkskörper. Eine Knallerbse. Er lächelte, als er sich daran erinnerte, dass er sie bei Billy Sanderson gegen einen X-Men-Comic eingetauscht hatte. Er hatte das gute Stück beinahe vergessen. Mit einem schelmischen Glanz in den Augen schaute er sich um und überlegte, ob er sich davonschleichen und sie benutzen sollte.

In diesem Augenblick kam ein Wissenschaftler im weißen Kittel um die nächste Ecke, direkt auf ihn zu. Er schob die Knallerbse schnell wieder in ihr Versteck zurück. Vielleicht sollte er doch besser warten, bis er wieder zu Hause war. Wenn seine Mutter von seinem kleinen Geheimnis erführe … nein, er blieb besser ganz cool.

Er zog den Reißverschluss der Tasche zu und wusste immer noch nichts mit seiner freien Zeit anzufangen.

Er stand auf, ging die Stufen hinunter und nahm die Tasche in die andere Hand. Gerade bog eine Gruppe Offiziere um die Ecke der Turnhalle, von denen einer mit genügend Orden behangen war, um einen Elefanten in die Knie zu zwingen.

Der dekorierte Mann nahm seine Kopfbedeckung ab und wischte sich den Schweiß von der Stirn. »Ist das immer so verdammt heiß hier unten?«

Einer seiner Begleiter antwortete: »Das ist nicht die Hitze, das ist die Feuchtigkeit.«

»Es ist die *Hitze*, Lieutenant«, herrschte ihn der Mann an.

»Jawohl, Sir, jawohl, Admiral.«

Jason war beeindruckt von der Furcht, die dieser Mann auslöste, und blieb wie angewurzelt stehen.

»Wo ist denn jetzt dieser Blakely?«, fragte der Admiral und setzte die Kopfbedeckung wieder auf.

»Hier entlang, Sir.« Der Lieutenant eilte voraus um die Ecke.

Wow! Da musste was im Gange sein. Jason linste um die Ecke. Die Männer verschwanden in einem der Betonblocks.

Jason kannte das Gebäude. Es war die Funkzentrale. Er war dreimal dort gewesen, als er während der morgendlichen Funkzeit zwei Minuten mit seiner Mutter sprechen durfte. Normalerweise bestand die Unterhaltung darin, dass sie ihn fragte, ob er seinen Babysittern gehorchte. Dennoch, so dachte er seufzend, war er froh, ihre Stimme über das Rauschen hinweg hören zu können.

Jason kratzte sich hinter dem Ohr und fragte sich, was das ganze Lametta bei Dr. Blakely wollte. Er schürzte die Lippen. Vielleicht konnte er es herauskriegen. Er wusste, dass seine Mutter es nicht leiden konnte, wenn er an der Türe lauschte, doch konnte er einer tollen Story nicht widerstehen. Außerdem erfuhr er vielleicht etwas über seine Mutter.

Er stahl sich um die Ecke und schlich zur Tür. Es war niemand zu sehen. Die Sekretärin Sandy saß nicht an ihrem Schreibtisch. Was für ein Glück! Er schlich hinein. Als er nach dem Türknauf zur Eingangshalle griff, drehte sich dieser und die Tür ging auf.

Sandy stand mit einer halb leeren Kaffekanne vor ihm.

»Oh, Jason!«, sagte sie mit einem strahlenden Lächeln und schob sich eine blonde Strähne hinters Ohr. »Ich wusste gar nicht, dass du uns besuchen wolltest.«

Jason biss sich auf die Unterlippe und ging einen Schritt zurück, jederzeit bereit, sich aus dem Staub zu machen. Er räusperte sich. »Ich … ich wollte nur Dr. Blakely etwas sagen.«

Sie stellte die Kaffeekanne ab und zog einen neuen Filter heraus. »Tut mir Leid, Süßer, aber der Doktor ist beschäftigt. Kann ich es ihm sagen?«

»Nein! … Wissen Sie«, stotterte er mit großen Augen, »es ist was Persönliches … Privates.«

Sie machte einen Schmollmund und lächelte dann. »In Ordnung. Na, dann setz dich hin und warte, bis Dr. Blakely Zeit hat.«

Er nickte. Das führte zu gar nichts. Vielleicht sollte er einfach wieder gehen und sagen, dass er später mit Dr. Blakely reden würde. Das wäre wohl das Klügste. Doch er sagte etwas anderes: »Ich muss auf die Toilette.«

»Aber ja, mein Schatz. Durch die Tür links.«

Natürlich wusste er das schon. Viel wichtiger war, dass

sich die Toilette direkt neben der Funkzentrale befand. Er ging zur Tür. »Danke.«

Sandy lächelte über ihre Tastatur hinweg und zwinkerte ihm zu.

Jason hielt die Luft an und ging in die Eingangshalle. Seine Turnschuhe quietschten auf dem gebohnerten Linoleum. In der Halle war niemand, aber er konnte das Raunen der Stimmen aus den einzelnen Büros hören. Jason stellte sich auf die Zehenspitzen, schlich die Halle hinunter und versuchte, so leise wie möglich zu sein. Schließlich erreichte er die Tür zur Funkzentrale. Er erstarrte mitten im Schritt und lauschte. Blakelys Stimme erklang klar und knapp. »Zum Teufel, was glauben Sie eigentlich, warum ich das Funkverbindungsnetz brauche? Sie wissen aus meinen Berichten verdammt genau, dass es hier unten eine noch unbestimmte Gefahrenquelle gibt. Wir müssen ...«

Die Stimme des Admirals unterbrach ihn. »Mag alles sein, der Bericht Ihres Teams vom heutigen Abend hat eine Stunde Verspätung. Ich glaube aber, Alarmstufe Rot wäre etwas voreilig.«

»Michaelson wäre keine Sekunde verspätet mit seinem Bericht, wenn er dazu in der Lage wäre.«

»Dem Major liegt an dieser Mission viel zu viel. Sein persönliches Engagement ist zu groß. Sie hätten ihm niemals erlauben dürfen, daran teilzunehmen.«

»Wir haben diese Diskussion bereits geführt. Das ist erledigt. Nun möchte ich gern wissen, was Sie unternehmen wollen.«

»Nichts.«

Ein lauter Knall. »Hören Sie, die Bewegungsdetektoren spielen verrückt. Gestern haben wir wieder einen Mann in Sektor Vier verloren. Und nun meldet sich mein Team nicht. Und was tun Sie? Auf Ihrem Hintern sitzen, bis der Nächste verschwindet?«

Die Antwort klang so kalt, dass Jason schauderte. »Nein. Washington hat mich nur aus einem Grund geschickt: Damit ich mir ein Urteil bilde, ob Sie in der Lage sind, dieses Kommando zu führen. Sie haben mir die Entscheidung leicht gemacht. Ab sofort sind Sie suspendiert.«

Stille, dann wurden heftige Worte hervorgestoßen: »Ihr Affen habt das von langer Hand geplant, was? Ihr hattet niemals vor, dieses Projekt unter ziviler Leitung zu lassen. Wann haben die hohen Tiere denn entschieden, mir das Projekt aus der Hand zu nehmen? Als das erste Team vermisst gemeldet wurde? Oder von Anfang an?«

Totenstille breitete sich aus.

Bevor Jason reagieren konnte, flog die Tür auf. Blakely, mit wildem Blick, stieß mit dem Jungen zusammen und warf ihn um. »Jason!«

»Ich … ich … ich …«

»Was tust du hier?«

»Ich wollte … ich dachte …«

»Egal.« Blakely bückte sich und half ihm auf. »Komm hoch.«

Jason wurde zur Tür geschoben und stolperte voran. »Was ist denn los? Ist mit Mama alles okay?«

Der alte Mann beachtete ihn nicht. »Ich muss dich in Sicherheit bringen. Ich hätte nie erlauben sollen, dass sie dich mitnimmt.«

Der Admiral trat in den Flur hinaus. »Wenn das Jason Carter ist, lassen Sie ihn in Ruhe. Er steht jetzt unter meiner Aufsicht.«

»Gehen Sie zum Teufel!«, schrie Blakely und trieb Jason zum Ausgang.

Jason taumelte in den Empfangsbereich. Von Panik erfüllt und unfähig zu denken, konzentrierte er sich darauf, dem tobenden Wissenschaftler immer einen Schritt voraus zu sein, und stieß gegen die Tür.

Sandy fiel vor lauter Überraschung die Kinnlade herunter, und sie stand von ihren Schreibarbeiten auf. »Was ist denn los?«

Keiner antwortete. Jason wurde durch die Tür geschubst, Blakely hatte die Hand auf seine Schulter gelegt. Mittlerweile flossen Tränen über Jasons Gesicht; er hielt seine Sporttasche eng umschlungen.

An der frischen Luft schien Blakely sich zu beruhigen. »Es tut mir Leid, Jason. Ich wollte dich nicht in Angst und Schrecken versetzen. Aber du solltest wissen ...«

Plötzlich erklang das Heulen einer Sirene durch die Höhle, das so durchdringend war, dass Jason zusammenzuckte und sich die Ohren zuhielt. »Was ist das?« schrie er.

»Die Peripheriedetektoren. Die Basis wird angegriffen. Schnell jetzt.« Blakely zerrte an Jasons Arm.

15

Jetzt herrschte wieder Stille. Zehn lange Sekunden waren vergangen, seit sie den Schrei aus dem Tunnel gehört hatten. Der Rauch von Villanuevas Feuerstoß verzog sich langsam vom Eingang. War es tot? Ashley schluckte schwer und starrte über den Lauf ihrer Pistole. Aus dem Augenwinkel konnte sie Halloways Kopf sehen. Er lag immer noch einen Meter von ihrem Zeh entfernt und glotzte sie an, als wollte er sie fragen, wie sie das hatte zulassen können.

Sie rsikierte einen kurzen Blick nach rechts zu Ben hinüber. Er erwiderte ihren Blick und zuckte mit den Schultern. Vielleicht hatten sie das, was den SEAL umgebracht hatte, ja getötet. Vielleicht hatten sie Glück ...

Da stürmte es mit einem Brüllen aus dem Tunnel.

Sein Gebiss blitzte auf – mit Zähnen spitz wie Nadeln und zerklüftet wie ein Sägeblatt.

»O Gott!«, schrie Ashley. Vor Schreck taumelte sie zurück, und ihr Schuss verfehlte sein Ziel.

Ben zog sie zur Seite, weg von dem schnappenden Gebiss und hinter einen Haufen Felsbrocken.

Irgendwo im Hintergrund hörten sie Linda schreien.

»Was zum Teufel ...«, begann Ashley, doch Ben legte ihr die Hand auf den Mund und brachte sie zum Schweigen.

Ein fauliger Aasgestank drang in ihr Versteck, als ein mächtiger Reptilienkopf mit der Schnauze eines Krokodils über den Rand eines Felsbrockens schoss. Der Kopf balancierte auf einem schuppigen Hals, und seine weit offenen Nüstern nahmen schnaubend Witterung auf. Eine ölige schwarze Haut spannte sich über Schädel und Kiefer. Dann bewegte das Biest seine Schnauze in ihre Richtung. Sein schwarzes lidloses Auge, eine Kugel wie aus glänzendem Obsidian, glotzte sie an.

Ben versuchte verzweifelt, das Gewehr aus dem Holster zu zerren und anzulegen, doch fehlte ihm in der engen Deckung die Bewegungsfreiheit.

Ashley wollte ihre Pistole ziehen, doch ihre Hand griff ins Leere. Sie hatte die Waffe beim Hinfallen verloren. Verflucht!

Villanueva hielt die Stellung. Er verharrte regungslos, weil er befürchtete, dass eine einzige Bewegung die Bestie ablenken würde und den Schuss fehlgehen ließe. Er beobachtete sein Ziel und suchte nach einer Schwachstelle.

Was zum Teufel war das?

Villanueva betrachtete es durch das Visier. Aufrecht war es drei Meter groß und pechschwarz. Es ruhte auf zwei muskulösen Hinterläufen und hielt die Balance mit einem mächtigen Schwanz. Seine Arme waren im Vergleich zu den Hinterläufen spindeldürr und endeten in einzelnen Krallen wie bei einer Wildkatze. Er konnte genau sehen, wie sich die rasiermesserscharfen Klauen streckten und zusammenzogen, als sie am Felsen kratzten.

Villanueva beobachtete, wie die Bestie hin und her stakste, während der Kopf hinter dem Felsen verborgen war. Die sichelförmigen Krallen seiner Hinterläufe zerfurchten den Höhlenboden.

Wie konnte er es töten? Das Tier hatte einen massiven Brustkorb und war mit mehreren Schichten Lehm und Schuppen bedeckt, die undurchdringlich wie Stahl wirkten. Konnte eine Gewehrsalve den Brustkorb durchschlagen und das Herz erreichen? Möglich, aber zu riskant. Er hatte nur einen Schuss. Er schwenkte das Visier. Er musste den Kopf treffen.

Doch die Bestie schnüffelte immer noch hinter den Felsblöcken herum, hinter denen Ben und Ashley sich versteckt hielten, und Villanueva bekam sein Ziel nicht vor den Lauf. Plötzlich spannte sich ihr Körper an. Sie hörte auf, mit ihrem Schwanz zu peitschen. Irgendetwas hatte sie hinter den Felsblöcken entdeckt. Es war nicht schwer zu raten, was das sein konnte – entweder Ben oder Ashley.

Ein lautes Fauchen ertönte. Wie bei einem tollwütigen Hund, dem sich das Nackenfell sträubt, schoss aus seinem sich windenden Hals ein Kamm von Stacheln, der über den ganzen Rücken bis zum Schwanzende hinabreichte.

Zeig mir deinen Kopf, du verfluchtes Monstrum, dachte Villanueva. Lass mich einen sauberen Schuss anbringen.

Er knirschte mit den Zähnen. Wäre der Schuss nicht tödlich, würde die Bestie nur in Wut geraten, und ein zweiter Treffer wäre unmöglich. Er musste sie dazu bringen, sich zu bewegen. Hilflos sah er zu, wie sich die Muskeln der Bestie anspannten und sie zum Sprung ansetzte.

Er musste sie ablenken!

Villanuevas Knöchel wurden weiß, als er sein Gewehr noch fester packte.

Rückzug, dachte Michaelson. Jetzt trug er die Verantwortung für Linda und Khalid.

Er duckte sich hinter den schützenden Felsen. Er hasste es, die anderen im Stich zu lassen, aber er war im Augenblick nicht in der Lage, ihnen zu Hilfe zu kommen. Er blickte zu Linda hinüber, die immer noch in Khalids Armen zitterte. Sie mussten sich auf eine Stellung zurückziehen, die sie besser halten konnten.

Er sprang vom Felsen weg und kroch zu den beiden. »Packt eure Rucksäcke. Wir machen uns davon.«

Linda hob ihr blasses Gesicht von Khalids Schulter. »Und die anderen?«

»Sofort!«, sagte er harsch und warf ihr den Rucksack zu.

Khalid schulterte seinen Rucksack und half dann Linda. »Er hat Recht. Wir können ihnen nicht helfen.«

Michaelson hielt das Gewehr in der Hand und trieb seine Schützlinge vorwärts. Als sie den ersten Felsen umrundet hatten, konnten sie auf die schüsselförmige Höhle hinunterblicken. Hier auf dem Rand sah Michaelson die Hänge des Tals, das sie vor einer Stunde durchschritten hatten.

»Scheiße!«, sagte er und hielt an.

Khalid stand neben ihm. »Was ist los?«

»Da drüben. Direkt neben dem nächsten Felskamm.«

Khalid schaute in die Richtung und fluchte in seiner Muttersprache. Linda drückte ihr Gesicht an seine Schulter.

Michaelson beobachtete das Gelände vor ihnen. Vier Reptilien schwenkten ihre Köpfe über den mit Felsbrocken übersäten Höhlenboden. Sie reckten ihre langen Hälse in die Höhe und blickten in ihre Richtung. Wie bösartige Präriehunde. Während er hinschaute, senkte eines den Kopf und verschwand aus seinem Blickfeld.

Es war nicht auszumachen, wie viele dort drüben waren, aber eines war sicher: Der Versuch, das Tal zu durchqueren, wäre Selbstmord. Ihr Rückzug war abgeschnitten. Michaelson biss die Zähne zusammen und schlang den Gewehrriemen fester um die Hand.

Aus den Augenwinkeln heraus bemerkte er eine plötzliche Bewegung.

Er richtete seine Lampe nach links. Zehn Meter entfernt stand ein solider Stalagmit, der genauso aussah wie die zahllosen anderen, die sie bisher angetroffen hatten. Im Augenblick bewegte sich dort nichts. Er biss auf die Zähne und packte das Gewehr fester. War da nicht etwas dahinter? Plötzlich wuchsen ein peitschender Schwanz und eine Schnauze aus dem Stalagmiten heraus, die sich dem schwarzen Felsen perfekt angepasst hatten. Sogar im Licht konnte man nicht erkennen, wo der Fels anfing und die Bestie aufhörte.

Die schwarzen Augen richteten sich auf ihn. Die Bestie öffnete ihre Kiefer und entblößte eine Zahnreihe nach der anderen.

Ashley schreckte zurück, als sich die Schnauze in ihre Richtung bewegte. Der Atem stank nach Verwesung, als die Bestie fauchte. Ashley tastete blind nach irgendeiner Waffe und hatte plötzlich die Stablampe in der Hand, die an ihrem Gürtel hing. Vielleicht konnte sie das Vieh fortprügeln. Sie packte den massiven Griff und riss die Lampe nach vorn.

Ben, der immer noch versuchte, sein Gewehr frei zu bekommen, hielt inne. »Einschalten!«, schrie er. »Hellste Stufe!«

Ashley reagierte sofort auf sein Kommando und schob

den Schalter klickend nach oben. Wie eine Lanze blitzte der Lichtstrahl aus ihrer Deckung hervor und traf die Bestie direkt ins Auge.

Brüllend riss sie den Kopf zurück.

In dem Moment, in dem sie sich hinter den Felsen zurückzog, explodierte ein Gewehrschuss. Villanueva, ging es Ashley durch den Kopf. Er ist immer noch da draußen. Sie kam auf die Knie hoch. Ein zweiter Schuss, diesmal von hinten. Ashley sah Ben fragend an.

»Lauf!«, schrie er.

Sie sprang auf die Füße und lief ein paar Schritte nach vorn, um Platz für Ben zu machen, als wieder von vorn gefeuert wurde.

Ein wütendes Fauchen hallte durch die Höhle, gefolgt von einem lauten Krachen, als etwas auf die Felsen fiel.

»Pass auf!« Ben stieß Ashley nach vorn.

Sie fiel vornüber, rollte zur Seite und sah, wie eine Lawine von Felsbrocken zwischen sie und Ben stürzte. Genau auf die Stelle, wo sie gerade gestanden hatte. »Ben!«

Hinter den Felsbrocken rief Ben: »Alles in Ordnung! Aber ich habe keine Ahnung, wie ich zu dir gelangen soll!«

»Dann versuch, zu Michaelson durchzukommen!«

»Zum Teufel, ich lass dich nicht im Stich!«

»Lauf!«

Aus Sorge um Villanueva wartete Ashley keine Sekunde länger, sondern kroch vorsichtig zum Rand der Felsblöcke und schaute vorsichtig um die Ecke.

Ihre Augen weiteten sich vor Angst.

Villanuevas Schuss ging daneben, verfehlte den Kopf und prallte ohne Wirkung vom Nacken der Bestie ab. Aber das genügte wenigstens, um ihre Aufmerksamkeit auf sich zu ziehen.

Wie eine gereizte Schlange griff sie ihn an.

Wo eben noch der SEAL gestanden hatte, schnappten ihre Kiefer zu. Villanueva war schon mehrere Meter zurückgesprungen. Die Bestie öffnete ihr Maul und brüllte, ihre Augen schimmerten rot. Zögernd wich er noch einen Schritt zurück. Die Bestie senkte ihren Kopf tiefer, duckte sich mit angespannten, vibrierenden Muskeln.

Im nächsten Moment könnte sie springen.

Villanueva zielte aus der Hüfte und drückte ab, als die Bestie auf ihn zusprang. Die Kugel traf und riss ihr ein Loch in die Schulter. Blut spritzte durch die Luft. Unbeeindruckt bewegte sie sich auf ihn zu.

Er wich nach rechts aus.

Doch diesmal war er zu langsam.

Bei seinem Ausweichmanöver wurde sein Arm jäh nach hinten gezerrt, und er fiel auf den harten Felsen. Plötzlich wurde sein ganzer Körper in die Luft gerissen, und er baumelte an einem Arm am Gebiss der Bestie. Der brennende Schmerz raubte ihm fast das Bewusstsein.

Mit zusammengebissenen Zähnen versuchte er, sein Gewehr in Anschlag zu bringen. Der Lederriemen war noch um seinen Unterarm geschlungen, doch es hing außerhalb seiner Reichweite. Er zog das Gewehr bis zur Brust hinauf und versuchte, es mit einer Hand zu halten.

Gerade als er den Finger am Abzug hatte, schüttelte die Bestie ihn wie eine Flickenpuppe. Sein Oberarm löste sich aus der Schulter.

Knochen knackten.

Eine schwarze Woge rollte über ihn hinweg, und er ertrank in ihr.

Das Gewehr glitt ihm aus den tauben Fingern.

Michaelson stieß Linda hinter sich. »Zurück.« Er ging hinter dem nächsten Felsen in Deckung, das Gewehr im Anschlag, um ihren Rückzug zu decken. Die Bestie pirschte sich an sie heran und drängte sie zur Wand. Vom Gewehrfeuer her zu urteilen wurden sie in die Richtung der Gruppe gedrängt, die mit der anderen Bestie kämpfte.

Ein kluger Schachzug, dachte er. Sie versuchte, ihn in die Klauen der anderen zu treiben. »Khalid, bewegen Sie Ihren Arsch nach vorn«, schrie er. »Ich brauche Feuerschutz. Ich muss nachladen.«

Keine Antwort.

»Khalid!«

Er warf einen Blick über die Schulter.

Kein Khalid, keine Linda. Wo waren sie geblieben?

Er drehte sich wieder um und blickte auf den Weg. Zwei Meter entfernt erschien ein Kopf von der Größe eines Stiers hinter einem Felsen. Die kleinen Nasenflügel, wie ein chinesischer Fächer gebläht, nahmen Witterung auf. Zuerst scheute die Bestie vor dem Licht, dann trat sie aus der Deckung. Sie ging aufrecht auf muskulösen Beinen. Ihr Mund stand offen. Es sah beinahe so aus, als grinste sie. Sie senkte den Kopf zum Felsboden hinunter und schnüffelte. Als sie den Rücken nach unten beugte, sah Michaelson die aufgestellten Stacheln, die ihre Wirbelsäule spickten.

Verfluchtes Monster. Er hob sein Gewehr und richtete das Visier auf ihr hässliches Gesicht. Mit einem grimmigen Lächeln drückte er ab.

Klick.

Der Schlagbolzen traf auf eine leere Kammer.

Ashley kroch weiter. Bitte … sei noch am Leben!

Villanueva hing regungslos im Kiefer der Bestie. Sie schleuderte den Körper des SEALs ein letztes Mal hin und her und ließ ihn dann auf den Felsboden fallen.

Schaudernd hielt Ashley den Atem an. Sein ganzer Körper war blutüberströmt. Verdammt, er bewegte sich nicht …

Die Bestie legte den Kopf mal auf die eine, mal auf die andere Seite und betrachtete ihren Fang wie ein Vogel einen Wurm. Gefangen vom Anblick ihrer Beute, bemerkte sie Ashley nicht.

Vorsicht, dachte sie, bloß nicht ihre Aufmerksamkeit wecken. Sie duckte sich und setzte einen Schritt vorsichtig vor den anderen.

Fast da.

Mit zusammengebissenen Zähnen robbte sie zum Gewehr.

Die Bestie spielte immer noch mit Villanueva. Mit ausgefahrenen Krallen warf sie seinen Körper auf die andere Seite. Ashley hörte, wie sie an seinem Blut schnüffelte.

Ashley griff nach ihrer Pistole. Als ihre Finger sich um die Waffe schlossen, fuhr sie zusammen.

Stimmen näherten sich von hinten.

»Es ist hier drüben.« Sie erkannte Khalids schweren Akzent.

»Bist du sicher?« Lindas angespannte Stimme.

Die Bestie warf den Kopf herum und blickte genau in Ashley Richtung. Die rührte sich nicht vor Angst und betete, dass die Bestie schlecht sah.

»Im Wurmloch sind wir sicher. Viel zu eng für sie.« Die Stimmen näherten sich ihrem Standort. »Wir rennen hin.«

Die Bestie streckte ihren Hals mit aufgerichtetem Kopf vor. Wie zu Stein erstarrt, lauschte sie den Stimmen und den nahenden Bewegungen. Vielleicht ...

Ashley hob ihre Pistole mit qualvoller Langsamkeit. Nur keine plötzlichen Bewegungen, sonst merkte die Bestie etwas.

Sie versuchte, den Lauf auf das Obsidianauge zu richten, doch ein riesiger Knochenwulst schützte es. Nur wenn die Bestie den Kopf ein wenig zur Seite legte, konnte der Schuss ins Schwarze treffen.

Hinter ihr rief Linda laut: »Da ist Ashley!«

Halt den Mund, herrschte Ashley sie in Gedanken an. Offensichtlich hatte Linda den Felsen noch nicht ganz umrundet, sonst hätte sie gesehen, was sie noch erwartete.

Ashley hörte, wie Linda mit dem Absatz losen Schiefer abkratzte. »Khalid, Ashley muss dieselbe Idee gehabt haben wie … o Gott!«

Die Bestie riss den Kopf in Lindas Richtung, ein Auge wurde sichtbar. Ohne Lindas Schrei zu beachten, drückte Ashley zweimal kurz hintereinander ab. Der Rückschlag schleuderte sie nach hinten.

Sie war sich nicht sicher, ob sie ihr Ziel getroffen hatte. Geduckt kam sie wieder hoch und machte sich darauf gefasst, ein Maul voller Zähne zu erblicken, das nach ihr schnappte.

Sie schreckte zurück, als der Kopf der Bestie, der durch den Aufprall der Kugeln zurückgeschleudert worden war, wieder auf sie zuschoss. Ein Auge war nur noch ein Krater.

Sie kam einen Schritt auf Ashley zu und fauchte durchdringend. Ashley taumelte rückwärts und stieß mit Linda zusammen.

»Zurück!«, schrie Ashley und versuchte, die Pistole auf die Bestie zu richten. Noch bevor sie zielen konnte, schnappte sie nach ihr. Ashley wich zur Seite aus.

Linda jedoch nicht.

Die Bestie biss in den Rucksack der Biologin, die sofort verzweifelt versuchte, sich zu befreien, und zerrte sie an Ashley vorbei. Lindas Gesicht war ein einziger Schrei.

Ashley wollte mit der Pistole auf das Monster zielen, doch Lindas zappelnder Körper verdeckte ihr die Sicht.

Khalid lief zu ihr. »Tu doch was!«

Sie hatte die Waffe mit beiden Händen gepackt. Kein sauberer Schuss. Linda blickte sie mit flehenden und vor

Angst weit aufgerissenen Augen an. Sie konnte immer noch nicht feuern.

Plötzlich hörten sie eine laute Explosion. Alle erstarrten. Wie eine Marionette, deren Fäden durchschnitten worden waren, fiel die Bestie zu Boden. Ashley, nun zitternd, hielt immer noch die Waffe auf sie gerichtet. Die Bestie rührte sich nicht.

Jenseits des regungslosen Körpers sah sie, dass Villanueva, über und über mit Blut bedeckt, sich aufgesetzt hatte und das Gewehr in der gesunden Hand hielt. Die Mündung rauchte noch schwach. Mit einem Stöhnen sank er wieder zurück.

Ashley rannte zu ihm. Er versuchte sich aufzurichten, doch sie hielt ihn zurück.

»Nicht bewegen«, sagte sie und zuckte zusammen. Es fiel ihr schwer, ihn anzuschauen. Ein Stück Knochen ragte aus seinem Oberarm. Dickflüssiges Blut floss aus den aufgerissenen Wunden.

»Er hat mir das Leben gerettet«, flüsterte Linda, die zu Ashley getreten war und sich nun neben Villanueva kniete. Sie ergriff seine zerschundene Hand.

Er versuchte zu lächeln. Blut floss in zwei dünnen Rinnsalen aus seiner gebrochenen Nase. »Ich habe das Gefühl, als wäre ich mit einer Lokomotive kollidiert.« Seine Augen waren durch den Schockzustand glasig. Er hustete heftig.

»Sprechen Sie jetzt nicht«, sagte Ashley und rief Khalid zu: »Hol die Rucksäcke. Ich brauche den Erste-Hilfe-Koffer.«

Khalid, der nur einen Meter neben ihr stand, blickte zum Wurmloch, dann wieder zu Ashley. »Dazu haben wir keine Zeit …«

Linda stand auf. »Wir können ihn nicht hier liegen lassen, Khalid. Wenn du die Rucksäcke nicht holst, tue ich es«, sagte sie und ging.

Mürrisch folgte er ihr.

Ashley wandte sich wieder Villanueva zu, als plötzlich eine weitere Gewehrsalve auf der anderen Seite der Höhle erklang. Der SEAL schloss die Augen. »Es kommen noch mehr«, murmelte er, »Khalid hat Recht. Ihr müsst hier verschwinden. Lasst mir nur mein Gewehr hier.«

»Halten Sie den Mund. Wir verlassen diese beschissene Höhle alle zusammen.« Sie drehte sich um und blickte suchend in die Dunkelheit der Höhle.

Hast du gehört, Ben? dachte sie. Du bist auch gemeint.

Michaelson drückte erneut ab. Das Magazin war schon wieder leer. Und es blieb keine Zeit zum Nachladen.

Mit einem wütenden Fauchen schoss das Biest auf ihn zu.

Als die Schnauze zuschnappte, schlug er mit dem hölzernen Gewehrkolben wie mit einem Baseballschläger auf die weiche Nasenschleimhaut ein. Die Bestie grunzte und wich einen Schritt zurück. Mit einer ihrer winzigen Vorderpfoten fasste sie sich an die Nase.

Ohne eine weitere Sekunde zu verlieren, sprintete Michaelson los und dankte Gott für seine Sportlerzeit in der Little League damals in Nebraska.

Während er den Weg hinunterrannte, tastete er nach dem Reservemagazin in seiner Brusttasche. In diesem Augenblick verfing sich sein Fuß in einem Loch. Er stolperte, fiel aber nicht. Ein Schmerz schoss ihm in den Knöchel. Er hüpfte ein paar Schritte weiter. Ob der Fuß gebrochen oder nur verrenkt war, konnte er nicht sagen.

Michaelson humpelte weiter. Nach mehreren schmerzvollen Metern war ihm klar, dass er das Rennen verlieren würde. Er blieb stehen und schaute zurück. Alles ruhig. Er musste sich der Bestie stellen. Während er den Weg beobachtete, versuchte er, das Magazin einzulegen, doch hielt er es falsch herum. Verflucht.

Er drehte das Magazin und rammte es ins Gewehr. Dabei schlich er sich rückwärts um einen Felsen herum und zielte auf den Weg vor sich. Komm nur, du dreckiges Mistviech.

Er hörte, wie sich etwas vorsichtig näherte.

Plötzlich tauchte ein Schatten zwischen zwei Felsen auf, nur einen guten Meter vor ihm. Erschrocken drückte Michaelson ab. Der Schuss verfehlte sein Ziel.

»Was glauben Sie eigentlich, wen Sie vor sich haben?«, rief Ben und presste die Hand auf sein versengtes Ohr.

»Tut mir Leid. Ich dachte …«

»Vielleicht rufen Sie beim nächsten Mal ›Deckung‹.«

Genau hinter Bens rechter Schulter sah Michaelson eine ihm bekannte, verletzte Schnauze um die Kurve kommen. Er hob das Gewehr. »Deckung!«

Ohne zu zögern, sprang Ben neben Michaelson und riss das Gewehr herum.

Als der Kopf vollständig sichtbar war, zielte Michaelson und drückte ab. Der Kopf flog zurück, und Blut schoss aus dem Maul. Der schwere Körper sackte zu Boden, der Schwanz schlug noch ein paar Mal zuckend, dann rührte sich die Bestie nicht mehr. »Mein Gott! Wie viele gibt es davon?«, fragte Ben atemlos.

»Ich habe mindestens vier gesehen.«

»Wir müssen uns beeilen«, drängte Ben. »Ashley und Villanueva kämpfen noch mit der anderen.«

Wie auf Stichwort ertönte ein glockenheller Pistolenschuss, gefolgt von einem zweiten. »Los«, sagte Ben. Sein Blick war sorgenvoll.

»Ich habe mich am Fußgelenk verletzt. Ich kann mich nicht schnell bewegen.«

Ben biss sich auf die Unterlippe. »Dann gehen Sie zuerst. Ich halte uns den Rücken frei. Kämpfen wir uns eben, so gut wir können, vor.«

»Nein, gehen Sie allein. Ich komme nach, sobald ich kann.«

»Vergessen Sie das«, sagte Ben, »ich lasse Sie nicht verwundet zurück. Los jetzt, wir verschwenden nur Zeit.«

Die sture Haltung des Australiers ließ keinen Zweifel aufkommen: Diskutieren war sinnlos. Michaelson stieß sich vom Felsen ab und zuckte zusammen, als sein Fuß den Boden berührte. Abwechselnd machte er zwei Schritte mit dem gesunden Fuß und einen mit dem verletzten.

Als Ben rief: »Wir bekommen Gesellschaft!«, erhöhte Michaelson das Tempo.

Ashley lag auf ihrem Schlitten und beobachtete das Gelände vom Wurmloch aus. Bei jedem Gewehrschuss zuckte sie zusammen. Während der letzten Viertelstunde waren sporadisch Schüsse gefallen. Fünf Schüsse nacheinander, dann eine Minute lang gar keiner, dann wieder eine Salve. Doch in den letzten zwei Minuten herrschte Ruhe in der Höhle. Absolute Ruhe. Qualvolle Stille.

Komm, Ben, komm bitte zurück.

Weiter unten im Wurmloch hörte sie Villanueva etwas murmeln. Das Morphium hatte ihn wirr gemacht. Sein Arm war bandagiert und mit dem Verband an seiner Brust befestigt. Mit einer reichlichen Dosis schmerzstillender Mittel und einem heftigen Ruck an seinem Arm war es ihnen gelungen, seine Schulter wieder einzurenken. Danach war er in einen unruhigen Schlaf gesunken. Was für ein Teufelskerl.

Dennoch benötigte er mehr Hilfe, als der gepriesene Erste-Hilfe-Koffer bieten konnte. Sobald sie in Sicherheit wären, würden sie per Funk um Unterstützung bitten. Sie brauchten große Waffen, am besten Bazookas.

Linda und Khalid hatten die Rucksäcke und den SEAL tiefer in den Tunnel gebracht. Ashley wartete am Eingang und beobachtete die Höhle. Wo bist du, Ben? Angestrengt versuchte sie, mit ihren Blicken die Dunkelheit zu durchdringen.

Hinter ihr hörte sie Räder auf dem Fels knirschen. »Siehst du etwas?«, fragte Linda.

Ashley sah über die Schulter. Lindas Gesicht schaute blass unter ihrem Helm hervor, ihr Atem rasselte. »Nein«, antwortete sie, »es ist verdammt still da draußen.«

»Ashley, ich muss ins Freie.«

»Im Wurmloch ist es sicherer.«

»Nein ... ich kann nicht atmen. Ich brauche Luft.«

Jetzt begriff Ashley. Zum Teufel, es hatte genügend Anzeichen gegeben. »Du hast Klaustrophobie, nicht wahr?«

Linda schwieg und sagte dann schüchtern: »Bitte.«

»Okay. Ich bleibe bei dir.«

Ashley rutschte zuerst hinaus, nahm die Blendlampe und beleuchtete die nähere Umgebung. Sie wandte sich zu Linda, um ihr ein Zeichen zu geben, aber die Biologin stand bereits, noch ein wenig wacklig, auf den Beinen.

Linda machte ein paar Schritte und atmete tief ein und aus.

Ashley beobachtete die Höhle. Kein Anzeichen von den anderen.

Linda sagte mit leicht zitternder Stimme: »Wofür ... hältst du ... dieses Lebewesen?«

Ashley drehte sich um. Die zierliche Frau stand neben dem Kadaver der Bestie. Der Hinterkopf war ein blutige Masse. Die Biologin trat mit dem Fuß dagegen.

Ashley zuckte mit den Achseln. Sie war jetzt nicht in der Stimmung, darüber zu diskutieren. Nicht jetzt, wo Ben noch da draußen war. »Ich weiß es nicht.«

Linda kniete sich neben das riesige Tier. Sie rümpfte die Nase bei dem Ekel erregenden Geruch. Mit dem Finger fuhr sie den Wulst über dem heilen Auge entlang. »Die Augenhöhle ist ungewöhnlich für ein Reptil. Der Jochbogen stimmt nicht. Eher wie der eines Säugetiers. Und die Struktur des Beckens ist sehr merkwürdig. Überleg mal, wie es sich fortbewegt: aufrecht, mit Beinen und Gelenken wie bei einem Vogel.« Sie sprach wie in Trance und bemerkte kaum, was sie sagte. »So etwas habe ich noch nie gesehen.«

Ashley zuckte wieder mit den Achseln und leuchtete mit der Lampe über die Felsoberfläche. »Mein Gott, es lebt hier seit Jahrhunderten isoliert. Wer weiß, unter welchem evolutionären Druck sich dieses Ungetüm entwickelt hat«, murmelte sie unkonzentriert. Eine andere Frage nahm ihre ganze Aufmerksamkeit in Anspruch: Wo bist du, Ben?

Linda fuhr fort, die Leiche des Tiers zu untersuchen, und ging am Körper entlang. »Hm, schau dir das mal an.«

Ashley drehte sich zu Linda um und richtete ihr Licht auf sie.

Die Biologin bewegte einige Stacheln auf und ab, aus denen der Kamm des Tiers bestand. »Das sind keine Schuppen, sondern verklumpte Haare.«

Neugierig kam Ashley näher.

»Vorsicht«, warnte Linda, »die Stachel könnten vergiftet sein. Schau dir den schimmernden Glanz an den Spitzen und die fleischige Drüse unten an den Stacheln an. Sei vorsichtig.« Linda ging zur Seite und bewegte sich weiter an dem Kadaver entlang.

Ashley kniete sich neben den beschädigten Schädel und hob vorsichtig einen Stachel mit einem behandschuhten Finger. Dann hockte sie sich auf die Fersen. »Vielleicht ist es eine unbekannte Dinosaurierart. Ich kann mehrere primordiale Charakteristika eines Reptils entdecken. Sogar die Schuppen sind denen des Plesiosaurus, einer Dinosaurierart, ähnlich. Aber was ist mit dem Rest? Das Kiefergelenk sitzt zu tief am Schädel, so dass der Kiefer wie bei einer Schlange eingehängt ist. Dadurch kann die Bestie das

Maul so weit öffnen, dass sie ein kleines Schwein mit einem Mal schlucken kann. Außerdem kenne ich keine Dinosaurier, denen Haare wachsen.«

»Ashley, schau mal.«

Ashley hockte sich neben die Biologin. »Was hast du gefunden?«

»Es ist weder ein Dinosaurier noch ein Reptil, noch ein typisches Säugetier.« Linda griff nach dem frei liegenden Bauch der Bestie. Unter einer Hautfalte am Unterleib kam ein Beutel zum Vorschein. »Es ist ein Monotrema, ein Kloakentier.«

Ashley, nervös und abgelenkt, kannte die Bezeichnung, wusste aber nicht genau, was damit gemeint war. »Ein was?«

»Ein Eier legendes Beuteltier. Wie das australische Schnabeltier. Diese Art trägt Merkmale von Reptilien und Säugetieren zugleich. Angeblich eine Sackgasse der Evolution.«

Der verwundete SEAL stöhnte benommen im Tunnel.

»Von wegen Sackgasse«, sagte Ashley.

Big Bertha war ihm immer noch auf der Spur. Aus mehreren Metern Entfernung beobachtete Ben die größte Bestie des Trios, das sich an seine Fersen geheftet hatte. Sie bückte sich und hob mit ihrer Klaue eine der Patronenhülsen auf, die sein Gewehr ausgestoßen hatte. Sie schnaubte die Hülse verächtlich an und warf sie fort. Die anderen beiden versteckten sich hinter ihr, bis sie sie mit einem Fauchen vertrieb.

Ben verkroch sich wieder hinter dem Felsen. Drei gegen einen. Schlechte Karten. Vielleicht war er ein wenig voreilig gewesen, als er Michaelson vorgeschickt hatte. Sein Plan, das Trio fortzulocken, um dem Major mehr Zeit zu geben, erschien ihm plötzlich dumm.

Mit Schüssen hatte er die drei hinter sich her gelockt,

aber die Mistviecher wurden immer cleverer und nutzten die Deckung von Felsen. Und egal wie schnell er rannte, sie hielten Schritt. Vor wenigen Minuten hätte ihn beinahe eine seitlich eingeholt und ihn überrascht. Eine Kugel, die an einem Stein abprallte, traf sie zufällig in den Schwanz und hielt sie so lange auf, dass er entkommen konnte.

Er stieß sich vom Felsen ab und rannte los. Er brauchte irgendetwas, womit er sie ablenken konnte. Er musste Zeit gewinnen, um ihnen zu entkommen. Während ihn seine Verfolger jagten, hörte er das charakteristische Schnüffeln.

Verdammt noch mal, denk nach! Du bist doch schlauer als so ein bescheuertes Höhlenmonster.

In dem Moment fiel es ihm wie Schuppen von den Augen. Vielleicht, nur vielleicht …

Er rannte schneller und suchte nach der idealen Stelle. Dieses eine Mal war das Glück auf seiner Seite. Er gelangte auf eine Lichtung in einem Wald aus Felsen. Im Kopf stellte er sich den Lageplan vor.

Wenn er sich dort hinter dem Geröllhaufen versteckte … Teufel, das könnte funktionieren.

Er griff nach seinem Gürtel, um die Falle aufzustellen.

Als er das erledigt hatte, zwängte er sich in den engen Spalt zwischen zwei kantige Felsen und gab dabei Acht, nicht seinen Gewehrarm einzuklemmen. Von diesem Punkt hatte er eine günstige Aussicht auf das gesamte offene Gelände. Seine Blendlampe stand in der Spalte nebenan und beleuchtete das Gelände vor ihm, er selbst jedoch blieb im Schatten.

Er hob das Gewehr und wartete, während er jede Sekunde zählte. Die Höhle war totenstill. Dann wurde ein leises Schnüffeln hörbar, gefolgt von einem plötzlichen zornigen Fauchen. Big Bertha trat vorsichtig und mit gesenktem Kopf in den Lichtkegel. Sie schoss nach vorn. Verdammt, war die schnell. Innerhalb eines Augenblicks sprang sie in die Mitte der Lichtung, von dem leuchtenden Gegenstand gefesselt. Die beiden anderen, anscheinend jüngeren Bestien schlichen hinter sie. Sie hob das Bündel Gewehrpatronen auf, das Ben zusammengeklebt hatte.

Ben legte die Wange an den Gewehrkolben und blickte durch das Visier. Er gestattete sich den Anflug eines Lächelns. Neugier ist tödlich.

Bertha hielt die Patronen an ihre Nase und beschnüffelte sie. Ben zielte auf das Bündel und drückte ab. Als die Kugel traf, erschütterte eine donnernde Explosion die Höhle.

Wo einmal Berthas rechte Hand gewesen war, ragte nun ein blutiger Stumpf heraus, der schwarzes Blut verspritzte. Ihre Schnauze war eine Ruine aus Knochen und Knorpel. Sie taumelte, krachte zu Boden und schlug im Todeskampf um sich.

Von Panik ergriffen, sprangen die anderen fort, eine auf einen hohen Felsen. Sie schrien einander an und schlugen zornig mit den Schwänzen. Ben nutzte die Verwirrung, krabbelte aus seinem Versteck, packte seine Lampe und rannte.

Das sollte sie eine Weile beschäftigen – hoffte er. Er sprintete mit Volldampf. Fünf Minuten brauchte er, dann hätte er genügend Vorsprung. Nach zehn Metern wagte er einen Blick über die Schulter. Zwei Reptilköpfe starrten in seine Richtung. Sie fauchten sich nicht länger an, sondern hatten seinen Trick durchschaut und wussten nun, an wem sie sich rächen mussten.

Ben drehte sich um und zwang seine Beine zur Höchstleistung. Als er sich erneut umsah, waren die Köpfe verschwunden.

Die Jagd ging weiter.

Ashley starrte den Beutel der Bestie an. »Also eine Art Beuteltier? Wie kann es das geben?«

Linda zuckte mit den Schultern. »Es hat alle möglichen

Arten von Beuteltieren gegeben. In grauer Vorzeit hielten sie jede ökologische Nische besetzt: Raubtiere, Beutetiere und so weiter. Ich nehme an, das hier ist ein früher Prototyp. Eine Spezies, die irgendwann im Laufe der Evolution ausstarb. Sogar wenn ...«

Plötzlich hörten sie, dass sich etwas auf sie zu bewegte.

Ashley riss den Kopf herum. Mehrere Meter entfernt tauchte eine einsame Lampe, die unkontrolliert auf und ab tanzte, hinter einem Felsen auf. Ashley hielt den Strahl ihrer Lampe in die Richtung.

Michaelson kam mit schmerzverzerrtem Gesicht auf sie zugehumpelt.

Ashley starrte ihn unverwandt an. »Wo ist Ben?«

»Er ist hinter mir geblieben, um uns Deckung zu geben.« Michaelson richtete einen sorgenvollen Blick auf die schwarze Höhle. »Aber ich habe ihn seit einer ganzen Weile weder gesehen noch Schüsse von ihm gehört. Nur eine laute Explosion.«

»Das heißt, Sie haben ihn zurückgelassen? Auf sich allein gestellt?«

»Er bestand darauf, dass ...«

Ashley unterbrach ihn mit einer Handbewegung. »Später. Bitte steigt jetzt ins Wurmloch. Hier draußen sind wir zu ungeschützt.«

Michaelson schüttelte den Kopf. »Ich bleibe hier draußen und bewache den Eingang, bis Ben kommt.«

»Nein«, sagte Ashley mit einem Blick auf seinen Knöchel. »Angesichts Ihrer Verletzung halte ich lieber Wache.«

Unwillig gehorchte er ihrem Befehl.

Kurz darauf stand Ashley allein mit der Pistole in der einen und der Stablampe in der anderen Hand vor dem Eingang des Wurmlochs. Ihr Herz klopfte so laut, dass es sicherlich in der ganzen Höhle zu hören war. Komm, Ben, versetz mich nicht.

Aus der Tiefe des Wurmlochs rief Michaelson: »Ist schon etwas von Ben zu sehen?«

Ashley stand noch an der Öffnung. »Nein, kriechen Sie weiter. Ich sage Ihnen Bescheid, wenn ich etwas sehe.« Mittlerweile waren ihre Hände verschwitzt und die Pistole in ihrer Hand glitschig. Es waren bereits zehn Minuten seit Michaelsons Ankunft vergangen. Ben hätte längst hier sein müssen. In ihrer Fantasie malte sie sich die schrecklichsten Dinge aus, die ihm passiert sein konnten. Komm zurück, beschwor sie ihn.

Da sah sie von weitem eine weitere Laterne, die wild auf und ab hüpfte. Gott sei Dank, dachte sie und hob die eigene Lampe. Ben rannte in vollem Tempo auf sie zu. Er warf das Gewehr über die Schulter und scheuchte sie mit einer Handbewegung fort.

»Lauf!«, schrie er.

Hinter ihm tauchten zwei monströse Gestalten auf, die ihm mit riesigen Schritten näher kamen. Ihre Hälse schnellten vor und zurück, als sie ihr fliehendes Opfer mit gierigen Blicken verfolgten.

»Spring rein!«, brüllte er ihr zu.

In Panik drehte sie sich um, um zu gehorchen, hielt dann jedoch inne. Wie würde Ben …? Sie wirbelte herum, schob die Pistole in den Gürtel, hob seinen Schlitten und rief ihm zu: »Fang!«

Sie schleuderte ihm den Schlitten entgegen und sah, dass er ihn aus der Luft fing. Was sie als Nächstes tat, kostete sie die größte Selbstüberwindung ihres Lebens. Sie drehte Ben den Rücken zu und sprang kopfüber ins Wurmloch.

Mit angehaltenem Atem schoss sie den Schacht hinunter. Kaum war sie in sicherer Entfernung, hielt sie an und schaute zurück. Aus diesem Winkel konnte sie erkennen, wie Ben auf den Eingang zurannte, die Schnauze einer Bestie genau hinter seiner Schulter. Schnell!

Er sprang auf die Öffnung zu, den Schlitten an die Brust gepresst. Ashley zuckte zusammen. Er würde die Öffnung verfehlen und gegen die Wand fliegen.

Stattdessen landete er mit einem lauten »Uff!« im Wurmloch und glitt sanft in den Tunnel.

Er hatte es geschafft! Sie löste die Fäuste und gab einen langen Seufzer von sich.

Als Ben mit ihr zusammenstieß, lächelte er sie an, angespannt und gleichzeitig erleichtert. »Na, ist das nicht schnuckelig?«

Sein kräftigen Hände umklammerten ihre Beine. Sie wünschte sich, dass diese Hände sich um sie legten und ganz fest hielten. Sie streckte den Arm nach ihm aus und drückte seine Hand.

Plötzlich erfüllte ein wütender Schrei das Wurmloch. Einer der Verfolger hatte den Kopf in den Tunnel gesteckt und schnappte mit weit aufgerissenem Maul nach ihnen.

Ben schubste sie vorwärts. »Wird Zeit, dass wir verduften.«

Ashley stieß sich mit den Händen ab und rollte vorwärts, als sie plötzlich einen entsetzten Schrei von Ben hörte. Sie schoss herum. Ben glitt in die entgegengesetzte Richtung zur Öffnung hin. Die Bestie hatte seinen Schuh gepackt und zerrte ihn rückwärts heraus. Ben trat ihr mit dem anderen Fuß immer wieder auf die Schnauze.

Ashley warf sich auf den Rücken, opferte dabei ihren Schlitten, der den Tunnel hinunterschlitterte, und zog ihre Pistole. »Leg dich flach auf den Boden, Ben! Runter!«

Ben sah die Mündung, presste sich auf den Boden und legte die Hände über den Kopf.

Sie hielt die Pistole mit beiden Händen fest und zielte. Über Bens Rücken hinweg visierte sie das Auge an und drückte ab. Der Schuss erzeugte im Tunnel einen ohrenbetäubenden Knall.

Unmittelbar danach ertönte ein gellender Schrei des Schmerzes. Im nächsten Moment rollte Ben wieder auf sie zu. Bevor sie sich's versah, berührte er mit seinem Mund den ihren. Sie pressten ihre Lippen aufeinander. Anscheinend selbst überrascht, zog er sich plötzlich zurück. Sie blinzelte ihn mit halb geöffnetem Mund an.

»Verdammt«, sagte er.

»Autsch!« Ben rutschte unter Ashley hin und her. »Du erdrückst mich.«

Auf Bens Rücken liegend, spürte sie unter sich die Bewegungen seiner Muskeln, während er den Schlitten vorwärtsbewegte. Die gegensätzlichsten Gefühle stritten in ihrem Inneren miteinander: taumelnde Erleichterung wegen ihres knappen Entkommens, Beklommenheit angesichts der Gefahren, die vor ihnen lagen, und aufsteigende Lust auf den Mann unter ihr. »Tut mir Leid«, sagte sie, rutschte zurück, legte ihren Kopf auf seine linke Schulter und ihre Hände an seine Taille. Sein Körper gab wie ein Ofen unablässig Hitze von sich. Ashley schloss die Augen und berührte mit ihrer Wange seinen Nacken.

»Ich sehe Licht vor uns«, sagte Ben.

Sie hob den Kopf, um nach vorn zu schauen. »Das sind die anderen. Ich habe ihnen gesagt, sie sollen im Tunnel bleiben.«

Sie rollten weiter. Michaelson war der Letzte in der Reihe. Er musste seinen massigen Körper verdrehen, um sich zu ihnen umzudrehen. Ehrliche Erleichterung stand ihm ins Gesicht geschrieben, was auf seltsame Weise rührend war.

»Gott sei Dank«, rief er, »haben Sie uns einen Schreck eingejagt. Zuerst der Schrei und die Schüsse, und dann noch Ihr Schlitten, der leer bei uns ankam.«

»Wir haben eine Fahrgemeinschaft gebildet.« Ben grinste. »Spart Sprit und ist umweltfreundlich.«

Ashley zwickte ihn in die Taille, und Ben verzog schmerzhaft das Gesicht. Sie reckte den Hals, um über Michaelson hinüberzuschauen. »Wie geht es Villanueva?«

»Immer noch groggy, aber stabil. Der Atem geht ruhig, der Puls ist gut.«

»Okay. Dann lasst uns hier eine Pause einlegen und versuchen, Kontakt mit Alpha aufzunehmen. Habt ihr Funkverbindung bekommen?«

Michaelson nickte. »Ich habe es schon versucht.«

»Und?«

»Nur statisches Rauschen.«

Sie runzelte die Stirn. Wenn sie keine Verbindungen bekamen und keine Hilfe rufen konnten … »Vielleicht sind wir zu dicht von Felsen umgeben.«

»Nein, das dürfte keine Rolle spielen. Wir sind hier unten immer von Felsen umgeben.«

»Was ist dann der Grund? Ist das Funkgerät beschädigt?«

»Nein, es funktioniert tadellos, und die Funkzentrale der Basis ist rund um die Uhr besetzt. Dass keiner von denen geantwortet hat …« Er suchte nach Worten.

»Was wollen Sie damit sagen?«

»Dort muss etwas sehr Schwerwiegendes vorgefallen sein.«

16

»Lauf«, rief Blakely und gab Jason einen Schubs, »in mein Büro.«

»Aber …«

»Mach schnell!«

Blakely rannte zu seinem Büro, packte im Vorbeilaufen den Jungen am Arm und zog ihn mit sich. Jason war von der Aufregung immer noch benommen und wehrte sich glücklicherweise nicht dagegen.

Das laute Sirenengeheul machte es Blakely schwer, einen klaren Gedanken zu fassen. Männer und Frauen rannten in alle Richtungen. Tausende Suchscheinwerfer leuchteten in wilden Kurven über die Höhlendecke. Den Schüssen nach zu urteilen, erfolgte der Angriff auf die Basis von allen Seiten.

Blakely stürmte die Treppe zum Verwaltungsgebäude hoch. Jason stolperte hinter ihm her, der Gurt seiner Sporttasche hatte sich an seinen Fuß verfangen. Sie rannten durch die Tür, dann den Korridor hinab und in Blakelys Büro hinein.

Roland stopfte stapelweise Dokumente in eine Aktentasche. Ohne aufzublicken, sagte er: »Ich habe es schon gehört. Bin fast fertig.«

»Gut. Vergiss die Forschungsergebnisse in meiner Schreibtischschublade nicht. Diese Soldatenärsche sollen mir meinetwegen die Basis abnehmen, aber meine Arbeit bekommen sie nicht.«

»Was sollen die Sirenen?«, fragte Roland. »Was ist überhaupt los?«

Er fuhr sich mit der Hand durch sein dünnes Haar. »Der Alarm betrifft die ganze Basis. Ich habe das Gefühl ...«

Eine gewaltige Explosion erschütterte das Gebäude. Jason drückte sein Sporttasche noch fester an sich. Tränen traten ihm in die Augen.

Roland sammelte die Dokumente nun schneller ein. »Das klang nach dem Munitionsdepot auf der Südseite.«

Blakely nickte. »Lassen Sie den Rest liegen. Wir verlassen das Gebäude.«

Er öffnete eine Schublade und nahm einen .45er Colt Automatik aus der Schublade. Er prüfte, ob er geladen war, und gab ihn Roland zusammen mit einem Ersatzmagazin. »Nehmen Sie ihn.«

Roland guckte, als hätte man ihm eine Giftschlange vor die Nase gehalten. Er schüttelte den Kopf.

Wieder erschütterte eine Explosion das Gebäude. Putz rieselte von der Decke.

Roland schnappte sich die Pistole.

Mit einem winzigen Schlüssel öffnete Blakely eine Schublade und holte eine abgesägte Flinte heraus. Krachend klappte er den Lauf nach unten. Zwei rote Patronen steckten in den Kammern. Blakely schnappte die Flinte zu.

Als er sich umdrehte, stolperte er über Jason. Bei dem Zusammenstoß verlor Jason die Fassung. »Meine ... Mama ...«, schluchzte er tränenerstickt.

Blakely ging auf die Knie und nahm den Jungen bei den Schultern. »Jason, ich möchte, dass du jetzt ganz stark bist. Wir rennen gleich zum Aufzug. Du sollst doch wieder heil nach oben kommen.«

Maschinengewehre feuerten nur wenige Meter entfernt.

»Wir müssen gehen«, sagte Roland und hielt die Aktentasche in der einen und den Colt in der anderen Hand. »Durch den Hinterausgang. Das ist der kürzere Weg zum Aufzug.«

»Gut«, sagte Blakely und stand auf, ließ aber eine Hand auf der Schulter des Jungen. »Gehen Sie vor. Ich halte uns den Rücken frei.«

Roland drehte sich herum und eilte zur Tür hinaus. Blakely und Jason folgten ihm dichtauf. Blakely hielt die Flinte mit beiden Händen.

Draußen hatten die Sirenen ihr Heulen eingestellt, aber um sie herum blitzte überall Gewehrfeuer auf. Bewaffnete Soldaten rannten in alle Richtungen. Zwei Männer mit einer Bahre, auf der sich eine verhüllte Gestalt wand, liefen auf dem Weg zum Krankenhaus an ihnen vorbei. Ein blutiger Arm rutschte unter dem Laken hervor und schleifte über den Boden.

Blakely schaute sich suchend unter den herumlaufenden Menschen um. Er wollte erfahren, was passiert war. Ein verwirrter Private stolperte gerade rückwärts um die Ecke und stieß mit ihnen zusammen. Er hatte seinen Helm verloren, und das Gewehr in seiner Hand zitterte. Blakely erkannte ihn an den roten Haaren und den Sommersprossen.

»Private Johnson«, sagte Blakely und gab seiner Stimme so viel Autorität wie möglich, »machen Sie Meldung.«

Johnson wirbelte herum. Ihm stand die Panik ins Gesicht geschrieben. Blut rann aus einer Stirnwunde. Er erinnerte sich mühsam an die militärischen Gepflogenheiten und nahm zitternd Haltung an. »Sir, die Sicherheitslinien der Basis sind durchbrochen worden. Sie sind aus allen Richtungen gekommen, aus allen Löchern und Tunnels geschlüpft. Mein ... mein Zug ist vernichtet. Ausgelöscht.« Während er Bericht erstattete, wurden seine Augen größer und glasiger. Er zitterte immer heftiger.

»Wer, Private? Wer greift an?«

Der Irrsinn stand in seinen Augen, als er hervorplatzte: »Sie ... da kommen sie. Wir müssen hier raus.«

»Wer?« Blakely wollte den Mann bei der Schulter packen, doch der Private schreckte zurück und rannte fort.

»Der Aufzug liegt südlich von uns. Wenn wir ihn verloren haben, dann ...«, warf Roland ein.

»Es ist die einzige Möglichkeit, hier rauszukommen«, murmelte Blakely. »Wir müssen es versuchen und die schlimmsten Kämpfe vermeiden.«

Roland nickte. Jason blieb dicht an seiner Seite.

Vorsichtig gingen sie voran und machten einen Bogen um alle Schießereien. Als sie um eine dunkle Nissenhütte schlichen, stieß Blakely mit Roland zusammen, der unvermittelt stehen geblieben war. Blakely folgte Rolands Fingerzeig und schaute vorsichtig um die Ecke.

Zwischen den beiden Gebäuden nebenan lagen vier zerfetzte Torsos, abgerissene Arme und Beine, Eingeweide, verteilt wie Luftschlangen. Plötzlich bewegte sich einer der Torsos und wurde von unsichtbarer Hand in eine dunkle Gasse gezerrt.

Blakely unterdrückte einen Schrei, als auch an ihm etwas zerrte. Aber es war nur die Hand seines Assistenten, die ihn in Deckung zog. Da brach nur mehrere Meter von ihnen entfernt ein wildes, unmenschliches Geheul aus. Ein weiterer Schrei ertönte hinter ihnen, ganz in der Nähe.

Roland versuchte, die Tür zur Hütte zu öffnen. Die verrosteten Scharniere quietschten, als sie aufging. Sie huschten hinein und hofften, dass niemand das Geräusch gehört hatte. Blakely schloss die Tür so leise, wie es die Scharniere erlaubten. Dann schob er den Riegel vor. Finsternis umgab sie. Er machte eine kleine Taschenlampe an, die an seiner Schlüsselkette befestigt war. Sie gab nur schwaches Licht von sich. Im Dämmerlicht konnte er Kisten erkennen, die in parallelen Reihen gestapelt waren. Die dichten Stapel reichten vom Boden bis zur Decke. Keine Nische, keine Ecke, wo man sich verstecken konnte. Aber auf der anderen Seite der Nissenhütte musste ein Ausgang sein.

Blakely wies mit der Lampe ans andere Ende der Hütte. »Die Stapel entlang! Zur Tür …«

Ein gewaltiger Knall ertönte, als etwas Schweres die Tür traf, gefolgt von protestierendem Gebrüll. Wieder knallte etwas gegen die Tür. Dieses Mal verbog sich der Rahmen, und Metall knirschte – aber der Riegel hielt.

»Noch einen Treffer hält sie nicht aus!«, übertönte Blakely den Lärm. »Lauft!«

Roland sprintete los. Blakely packte Jasons Hand und zog den Jungen mit sich, während er die Kistenstapel entlanglief.

Ein dritter Knall hallte durch die Versorgungshütte. Metall knirschte, dann strömte Licht in den Raum. Blakely hielt den Atem an, als etwas Großes in die Hütte eindrang und das Licht der Straßenlaterne kurz verdeckte und das Innere wieder in Dunkelheit tauchte.

Als Erstes nahm er den Gestank wahr. Verwesung und Leichenhaus. Dann die Geräusche. Kratzen und Schaben. Diese Schritte hatte er bestimmt noch nirgendwo gehört. Im nächsten Moment brach es durch die benachbarte Kistenreihe und fauchte, als es im Nachbargang durch die Hütte lief.

Nahezu panisch riss er Jason vorwärts, der aufschrie und stolperte. Bevor Jason zu Boden fiel, bekam Blakely ein Stück von seinem Hemd zu fassen und zog das Kind wieder hoch. Aber es war zu spät ...

Der Stapel Kisten genau hinter ihm stürzte zusammen, und ein wütender Schrei ertönte. Die Kisten wurden wie Bauklötze zur Seite geschleudert. In wenigen Sekunden wäre es bei ihnen. Vor sich sah er Roland, der die Tür fast erreicht hatte. Blakely schnappte sich Jason und wollte loslaufen, doch seine alten Knie konnten das Gewicht des Jungen nicht tragen. Jeder Atemzug brannte in seiner Brust.

Jason schien das zu spüren und zappelte herum. »Lassen Sie mich runter, ich kann laufen.«

Blakely fehlte die Puste, um sich zu streiten. Er ließ den Jungen los. Jason rannte wie ein Kaninchen. Kaum berührten seine Füße den Boden, war er auf und davon.

Blakely wollte hinter ihm herlaufen, als eine fallende Kiste ihn nach vorn stieß und seine Beine unter sich begrub. Er schrie laut auf, als er auf dem Boden aufschlug. Mit seinen Armen versuchte er, sich aufzurichten; fieberhaft zog er an seinen Beinen. Mehrere Meter weiter war Jason stehen geblieben und hatte sich umgedreht. Der Junge ging einen Schritt auf ihn zu.

»Nein«, schrie er, »lauf, ich komme nach!«

Plötzlich splitterte Holz und die Schnauze eines Reptils schoss durch die Kisten in den Gang, genau zwischen Jason und Blakely. Es fauchte und renkte sich den Hals aus nach Blakelys Taschenlampe. Mit seinen mächtigen Schultern versuchte es, weiter durch den Kistenstapel zu dringen. Blakely wollte nach seiner Flinte greifen, doch die war außer Reichweite. Als die Bestie nach ihm schnappte, drehte er sich zur Seite, so weit es ging. Er entkam ihr nur knapp.

Die Schnauze stieß gegen seine Schulter, verfehlte ihn jedoch. Mit dem Kopf stieß sie die Kiste von seinen Beinen. Ohne zu zögern, rollte Blakely zur Seite. Instinktiv wollte er sich zwischen die Kisten zwängen, aber die wichen nicht von der Stelle. In der Falle! Nun konnte er nur noch mit einem verzweifelten Sprint den anderen hinterherlaufen.

Die Bestie knurrte und fauchte und holte zu einem zweiten Angriff aus. Als sie den Hals gerade vorstoßen wollte, sprang Jason vor ihre Nase und wirbelte seinen Sportbeutel im Kreis.

Verblüfft erstarrte die Bestie.

Mit aller Kraft schleuderte der Junge den Beutel nach vorn und verpasste ihr einen kräftigen Schlag auf die Nase. Von der Wucht des Aufpralls flog ihr Kopf zurück.

Blakely wartete keine Sekunde. »Lauf!« Sein Herz pumpte Adrenalin in seinen Körper und befeuerte seine Panik. Er schoss vorwärts, packte seine Flinte und stürmte den Gang hinunter. Jason, beweglich wie ein Äffchen, raste voraus. Hinter ihnen tobte die Bestie und versuchte, sich von den Kisten zu befreien. Blakely lief und lief, ohne die Anstrengung wahrzunehmen, die Augen nach vorn gerichtet.

Vor ihm zuckte ein Lichtblitz auf.

Roland hatte den anderen Ausgang erreicht. Blakely sah seine Silhouette in der offenen Tür, er winkte sie zu sich. »Schnell«, rief Roland, »es kommt näher!«

Blakely versuchte, schneller zu laufen, doch seine Beine gaben nach, und er fiel auf die Knie. Der Lärm stürzender Kisten näherte sich. Benommen kam Blakely wieder auf die Beine. Ein plötzlicher Schmerz, heiß wie Feuer, explodierte in seiner Brust und schoss seinen linken Arm hinunter. Sein Herz.

Der Raum kippte ... die Finsternis drohte, ihn zu verschlucken ...

Plötzlich war Roland da und hielt ihn fest. Blakely ließ sich von ihm ziehen. Er wusste, dass er protestieren und darauf bestehen sollte, selbst zu gehen. Aber er war zu schwach, um auch nur einen Laut von sich zu geben. Zusammen stolperten sie durch die Tür hinaus.

Hinter ihnen trat Jason die Tür zu.

Während sie forthumpelten, hörten sie ein wütendes Brüllen aus der Nissenhütte. Die Klauen der Bestie zerfurchten das Metall, als sie nach ihnen schlug.

Blakely hob die zitternde Hand und zeigte nach vorn. »Der Lärm lockt noch mehr von ihnen an.«

Eilig liefen sie ins Camp hinein. Sie hatten die Hoffnung, den Aufzug zu erreichen, längst aufgegeben. Sporadisch explodierten Gewehrsalven um sie herum. Rauchfetzen wehten durch die Höhle. Am Nordende brannte es, die Flammen schlugen bis zur Decke. Sie stolperten durchs Lager und gingen beim kleinsten Geräusch in Deckung.

Als sie sich in einem Eingang versteckt hatten, sprach Roland zum ersten Mal seit ihrer Flucht aus der Hütte. »Wo sollen wir hin? Sie greifen uns aus allen Richtungen an.«

»Nein«, flüsterte Blakely mit rauer Stimme, »sie greifen nur von der Landseite aus an.« Mit pfeifendem Atem zeigte er in Richtung See.

Sein Assistent nickte. »Dort sind wir vielleicht sicherer. Wenn wir ein Boot finden könnten und aufs Wasser ...«

Jason meldete sich zu Wort: »Was machen wir, wenn sie schwimmen können?«

Blakely machte einen bemühten Scherz: »Dann besorgen wir uns ein Schnellboot. Los jetzt.« Er stieß sich von der Schwelle hoch. Das langsame Tempo, in dem sie die Basis durchquert hatten, hatte ihm gut getan, so dass er nun allein gehen konnte. Roland ging voraus, während er und der Junge ihm folgten. Mit ein bisschen Glück ...

Da stürmte plötzlich eine der Bestien um die Ecke und blockierte nur zwei Meter vor ihnen in den Weg. Es war eine kleinere, muskelbepackt und zernarbt wie ein Zuhälter. Sie bäumte sich auf, fuhr ihre Stacheln aus und fauchte sie an.

Blakely hob die Flinte und feuerte blindlings. Das Biest heulte auf und taumelte einen Schritt zurück. Der Schuss hatte eine blutige Furche seiner ihrer linken Flanke hinterlassen. Roland feuerte ebenfalls und traf den rechten Arm, der in Fetzen davonflog.

»Los!«, schrie Roland und packte Jason bei der Schulter und Blakely am Arm. Er schubste sie in eine enge Gasse zwischen dem Kasino und dem Wohnheim. »Lauft!«

Während Blakely davonstolperte, hörte er, dass Roland mit der Pistole mehrmals hintereinander feuerte. Es ertönte ein lautes Krachen, und Holz splitterte. Dann Stille.

Im nächsten Augenblick war Roland wieder an seiner Seite und legte den Arm fest um Blakely, damit sie schneller vorankamen. »Ich habe es zu Fall gebracht, aber es kommt gleich wieder hoch ...«

Wutgebrüll holte sie von hinten ein.

»Hier rein«, stieß Blakely keuchend hervor und zeigte auf das Wohnheim.

»Wenn es uns folgt und dort eindringt, stecken wir wieder in der Falle.«

»Nein, kommt mit.« Blakely ging ins Wohnheim voran,

in dem es leer und still war, bis auf ein Radio, das krächzend einen alten Schlager von sich gab. »Hier entlang.« Während er durch den Freizeitraum humpelte, bedeutete er ihnen, ihm zu folgen.

Ein Billardtisch mit zerrissenem Bezug stand einsam da, ein Queue lehnte dagegen, als wäre der Spieler eben hinausgegangen, um eine Zigarette zu rauchen. In der Ecke blinkte und dudelte ein Flipper.

»Wohin gehen wir?«, fragte Roland.

»Kfz-Depot ... Fahrzeug besorgen.« Blakely nickte in Richtung des nächsten Korridors.

Roland nickte. »Kommt.«

Hinter ihnen platzte ein Fenster, Glassplitter spritzten in alle Richtungen. Aus etlichen Wunden blutend, landete die Bestie mit einem dumpfen Geräusch in dem Raum. Der verschlissene Billardtisch stand ihr im Weg und lenkte sie ab. Das verschaffte ihnen die nötigen Sekunden, um in den Korridor zu gelangen. Die Bestie attackierte den Tisch wie eine verwundete Beute und zerriss ihn mit Klauen und Zähnen.

»Hier hindurch«, flüsterte Blakely und stieß eine Seitentür auf. Die Garage stank nach verbranntem Öl und vergossenem Benzin. Der Lichtstrahl seiner winzigen Taschenlampe ging überall ins Leere. Auf dem letzten Stellplatz entdeckte er plötzlich einen einsamen Ford Bronco. Einer der wenigen normalen Lastwagen, die seit der Einführung der elektrischen Maultiere übrig geblieben waren. Gott sei Dank! Vielleicht hatten sie noch eine Chance.

Roland schob ihn im Dunkeln vorwärts.

Doch als Blakely auf den Boden schaute, durchfuhr ihn ein Schreck. Kein Reifen! Die linke Vorderradfelge war leer. Kein Wunder, dass der Wagen noch hier stand. Er versuchte zu protestieren, doch Roland schmiss ihn beinahe in den Wagen. Resigniert ließ er sich in den Sitz fallen, als Jason schon auf den Rücksitz flog. Glücklicherweise steckte der Schlüssel im Zündschloss.

»Macht euch auf eine holprige Fahrt gefasst«, sagte Roland, als er per Fernsteuerung das Garagentor öffnete. »Schnallt euch an.« Das Metalltor der Garage bewegte sich klappernd nach oben – viel zu langsam. Alle hielten den Atem an, während das Tor sich höher bewegte und die Außenbeleuchtung sichtbar wurde. Der Luft schien rein zu sein.

»Das Motorengeräusch«, sagte Roland und startete den Motor, »wird sie magnetisch anziehen.« Er legte den ersten Gang ein, trat aufs Gas und beförderte den Bronco nach vorn. Die leere Felgte sprühte blaue Funken, als das Metall sich in den Stein fräste.

Gerade als sie das Wohnheim hinter sich lassen wollten, sprang die Bestie durch eine Tür und mit einem durchdringenden Schrei auf den Lastwagen. Sogar verwundet fiel sie noch über sie her.

Jason schreckte vom Fenster zurück, als die spitzen Zähne nach ihm schnappten. Die Krallen kratzten den Lack von der Tür. »Fahren Sie doch!«, schrie der Junge.

Roland legte den zweiten Gang ein und trat das Gaspedal durch. Der Bronco schien für einen Moment stehen zu bleiben, so dass ein Schlag der Bestie die Windschutzscheibe traf und ein Spinnennetz aus Rissen entstand. Als ob er dadurch angespornt worden wäre, schoss der Wagen vorwärts und entkam.

Über das Motorengeräusch hinweg hörten sie das wütende Gebrüll, das aber bald hinter ihnen zurückblieb.

Der Bronco holperte zwischen den Gebäuden, Zelten und Baracken her. Hier und dort sahen sie in der Entfernung das aschfahle Gesicht eines von Panik erfüllten, versprengten Soldaten, der aus seiner Deckung lugte.

Roland fummelte am Funkgerät herum und versuchte,

jemanden zu erreichen, empfing aber nur statisches Rauschen. Gerade als sie über die Brücke auf die Nordseite rollten, explodierte ein Granatensperrfeuer irgendwo vor ihnen, nahe dem Rand der Basis.

»Klingt so, als ob sich die Truppen neu formiert hätten«, sagte Roland mit hoffnungsvollem Klang in der Stimme. »Sie gehen jetzt mit gemeinsamer Anstrengung vor. Vielleicht können sie die Basis zurückerobern.«

»Vielleicht«, sagte Blakely, dessen Brust schmerzte. »Aber wir gehen jetzt kein Risiko ein. Das Wasser ist immer noch die beste Chance.«

Roland zeigte nach vorn. »Wir werden verdammt nah am Kampfgeschehen vorbeikommen. Vielleicht sollten wir uns auf den Boden des Wagens legen. Das könnte etwas sicherer ...«

Der Bronco rumpelte um die Ecke und kollidierte beinahe mit einem Fahrzeug, das auf der Seite lag. Die Türen waren abgerissen, das Dach zerfetzt. Ein abgetrennter Arm lag neben dem Auto und hielt noch eine Pistole umklammert.

»Vergesst es«, sagte Roland.

Blakely biss die Zähne zusammen, als sie langsam um das Wrack herumfuhren. Wie bei einem blutigen Verkehrsunfall konnte Blakely den Blick nicht abwenden. Durch das zerrissene Metall hindurch sah er, dass das Innere mit blutigen Fleischfetzen besudelt war. Er riss den Kopf herum, um das Blutbad nicht mehr sehen zu müssen. Seine Kiefer schmerzten.

Als er sich auf die Lichtkegel der Frontscheinwerfer konzentrierte, sprang eine Bestie direkt vor den Wagen und schnitt ihnen den Weg ab. Diese war riesig, so groß wie ein Elefantenbulle, doppelt so groß wie alle, die sie bisher zu Gesicht bekommen hatten. Die Beine, mächtig wie Baumstämme, liefen in sichelförmigen Krallen aus, die Kiefer hätten ein Kalb mit einem Bissen zermalmen können.

Roland riss den Kopf herum, um zurückzusetzen, und suchte mit dem Schaltknüppel den Rückwärtsgang.

Jason saß auf dem Rücksitz und starrte nach vorn. »Weg, weg, weg ...«, murmelte er.

Mit einem Knirschen, das durch Mark und Bein ging, legte Roland den Rückwärtsgang ein, aber ein zweites Monster stellte sich hinter sie und setzte sie fest. Beide Biester senkten ihre Köpfe, brüllten den Bronco an, peitschten mit ihren Schwänzen und bereiteten sich auf den Angriff vor.

»Zum Teufel!«, fluchte Roland, als er in den ersten Gang schaltete. Beide Bestien machten den Eindruck, als könnten sie den Wagen wie ein Matchbox-Auto hochheben und einander zuwerfen. Roland stemmte sich gegen das Lenkrad.

Blakely atmete panisch, seine Brust schmerzte.

Plötzlich ruckte der Bronco vorwärts. Es sah so aus, als käme Roland an der Bestie vor ihnen vorbei, aber Blakely ahnte, dass es ihm nicht gelingen würde. Die verfluchten Viecher waren einfach zu groß und zu schnell.

Jason stieß einen Schrei aus, als Roland auf die Bestie zufuhr. Kurz vor dem Aufprall riss er das Lenkrad rechts herum, fräste die leere Felge über ihre Zehen und zermalmte das Fleisch zwischen dem scharfen Metall und dem harten Felsen.

Die Bestie schoss hoch, ihr Hals spannte sich wie die Sehne eines Bogens, und sie brüllte vor Schmerz auf. Sie riss die zerfetzte Klaue unter dem Rad hervor und kippte den Bronco beinahe um. Eine Sekunde lang balancierte der Wagen auf zwei Rädern und krachte dann auf alle vier zurück.

Roland ließ keine Sekunde verstreichen. Er schoss an der verletzten Bestie vorbei. Der Schmerz hatte sie in schäumende Wut versetzt. Sie griff den Laster an, rammte ihn mit voller Wucht, schleifte ihn einen Meter nach rechts und stieß ihn fast in eine Baracke.

Roland kämpfte mit dem Steuer und versuchte, weiter geradeaus zu fahren. Einen unerträglichen Augenblick später war der Bronco der tobenden Bestie entkommen. Die Bestie stieß ein wütendes Gebrüll aus, doch durch ihre Verletzung konnte sie die Verfolgung nicht aufnehmen. Bald schon war das zornige Geschrei hinter ihnen verklungen.

Während sie auf den See zufuhren, näherten sie sich dem Schauplatz der Kämpfe, und Roland musste abbremsen. Durch die Explosionen und das Gewehrfeuer war der Rauch so dicht, dass die Scheinwerfer die Dunkelheit nur wenige Meter weit durchdringen konnten.

»Fahren wir in die richtige Richtung?«, fragte Roland.

»Ich glaube schon.« Blakely beugte sich nach vorn und berührte mit der Nase beinahe die Windschutzscheibe. Er konnte kaum unterscheiden, ob die miserable Sicht durch den Rauch oder sein schlechtes Augenlicht verursacht wurde. »Wenn wir uns rechts vom Inferno halten, sollten wir geradewegs auf den See treffen.«

Blakely warf einen Blick in den Rückspiegel. Jason saß regungslos und angeschnallt in seinem Sitz. »Alles klar bei dir, Jason?«

Der Junge sagte nichts. Nur seine Augen bewegten sich und trafen Blakelys Blick im Rückspiegel. »Scheiß Sommer«, sagte er und hielt seine Sporttasche fest.

Stimmt, dachte Blakely. Er nickte dem Jungen zu und konzentrierte sich wieder auf den Weg.

Eine plötzliche Bö vertrieb den Rauch vor ihnen und gab den Blick frei. Blakely richtete sich auf. Kurz bevor der Rauch die Sicht wieder verdeckte, sah er ihn.

Wellen. Der See! Sie hatten es geschafft.

Roland hatte ihn auch gesehen. Ein gewaltiger Ruck riss sie alle mehrere Zentimeter aus ihren Sitzen.

»Ich hoffe, Sie können mit dem Boot besser umgehen als mit dem Ford«, witzelte Blakely.

Plötzlich stieß der Bronco links mit etwas zusammen. Das Lenkrad wirbelte unkontrolliert herum.

»Festhalten!« Roland schaffte es noch, die Warnung auszustoßen, als der Wagen auch schon ein Gebäude streifte und einen Laternenpfahl überfuhr.

Blakelys Gurt schnitt ihm in die Schulter, als der Aufprall ihn zur Seite schleuderte. Er knallte gegen die Tür und stöhnte, als er die Schramme an seinem Kopf fühlte.

Roland löste seinen Sicherheitsgurt und reichte ihm die Hand. »Alles in Ordnung?«

»Was haben Sie überfahren?«, fragte Blakely.

Hinter ihnen schrie Jason: »Achtung!« Er hatte sich bereits losgeschnallt und kletterte über den Vordersitz zu ihnen herüber.

Plötzlich flog das hintere Fenster splitternd nach innen und eine Krokodilschnauze stieß hindurch. Die Kunststoffschicht der Sicherheitsverglasung hielt die Scheibe noch zusammen und hüllte die Schnauze ein. Die Bestie versuchte, sie zu durchstoßen.

»Raus!«, befahl Roland. »Rennt zum Wasser.«

Roland zerrte Jason hinter sich her. Blakely kletterte über den Fahrersitz und ließ sich aus dem Bronco herausfallen.

Rauch umgab sie, während sie zum Wasser liefen. Blakely hoffte verzweifelt, dass er sich nicht geirrt hatte und das Dock in der Nähe lag. Als er zurückblickte, sah er, wie sich die Bestie zu befreien versuchte und zornig brüllte. Wenn sie sich erst einmal befreit hätte, wäre sie in wenigen Sekunden bei ihnen.

Er blieb stehen.

Roland drehte sich um. »Was tun Sie?«

»Laufen Sie weiter. Nehmen Sie den Jungen. Ich halte das Vieh auf.«

»Sind Sie wahnsinnig? Sie sind dazu nicht in der Lage.«

Roland stieß den Jungen zu ihm. »Nehmen Sie Jason. Ich kann Sie wieder einholen. Geben Sie mir Ihre Flinte.«

Blakely zögerte. Er könnte seinem Assistenten einen Befehl geben ...

Roland riss ihm das Gewehr aus der Hand und richtete es auf Blakely. »Los jetzt!«

Blakely wusste, dass er nicht schießen würde, aber mit Streiten würden sie nur Zeit verlieren. Die Bestie brüllte jetzt in einem anderen Ton. Sie hatte sich befreit. »Wir starten den Motor schon mal.«

Blakely stolperte hinter Jason her. Hinter ihnen zerriss ein Schuss die Luft. Er hatte Angst um seinen Freund.

Jason lief einige Schritte vor ihm her. »Ich sehe es!«

Die Lichter des Docks schimmerten in der rauchigen Luft. Gott sei Dank. Im nächsten Moment erklangen ihre lauten Schritte auf den hölzernen Planken des Piers.

In der Ferne hörten sie Schüsse.

Zu ihrer Linken war ein grünes Zodiac-Pontonboot mit zwei Leinen festgemacht.

»Spring hinein«, keuchte er, doch der Junge war schon auf dem Boot. »Ich lasse jetzt den Motor an. Bleib bitte nahe beim Seil. Wenn ich ›Zieh!‹ rufe, dann reißt du die Leine los.«

»Ich weiß«, sagte Jason und blickte zurück zum Dock.

Blakely zog den Anlasser. Der Motor spotzte, startete jedoch nicht. Er riss wieder an der Schnur. Dasselbe. Mist.

»Da kommt Roland!«

Blakely schaute auf. Roland sprintete auf sie zu, durch den Rauch kaum zu sehen. Wieder zog Blakely an der Schnur. Diesmal ging der Motor beinahe an und stotterte länger, bevor das Geräusch erstarb. Blakely betete, als er sah, dass Roland auf sie zugerannt kam.

Wie durch einen Vorhang schob sich der Kopf der Bestie

aus dem Rauch und schnappte nach Rolands Schulter. Roland wurde durch die Luft geschleudert. Die Wucht beförderte ihn bis ans Ende des Docks. Er landete neben dem Boot, das Brechen von Knochen war unüberhörbar, als er auf den Planken aufschlug. In dicken Strömen floss Blut aus seiner Schulter.

Blakely reckte sich über den Bootsrand, um ihn ins Boot zu ziehen.

Die Bestie war am Rand des Docks stehen geblieben und betrachtete das Wasser misstrauisch.

Roland floss Blut aus dem Mund. Er versuchte aufzustehen, fiel jedoch vornüber. Er blickte Blakely an und schüttelte den Kopf. Mit dem heilen Arm löste er die zweite Leine. Das Boot trieb vom Pier fort.

»Fahrt«, rief er Blut spuckend. Mit letzter Kraft zog er sich einen Ring vom Finger seiner linken Hand und warf ihn ins Boot.

Blakely fing ihn auf und erkannte, dass es der Ring von Rolands Partner in Seattle war.

»Sagen Sie Eric, dass ich ihn liebe.« Roland zog die Pistole aus dem Gürtel, als die Bestie vorsichtig eine Pranke auf das Dock setzte.

Blakely riss an der Anlasserschnur, und der Motor startete mit einem rasselnden Jaulen. Er drehte die Benzinversorgung auf, der Bug des Bootes richtete sich auf, und das Boot schoss vom Dock weg. Er beobachtete, wie die Bestie sich an Roland heranpirschte und ihn anfauchte.

Roland versuchte, die Pistole ruhig zu halten, doch die Kräfte verließen ihn mehr und mehr. Seinen ersten Schuss feuerte er blindlings ab. Die Bestie war jetzt über ihm. Roland richtete die Pistole auf die eigene Stirn.

Blakely schaute weg.

Ein Schuss fiel. Das Echo schallte über den See.

Als Blakely wieder aufschaute, hatte sich der Rauch zwischen das Boot und das Dock geschoben. Nur an einem fernen Glimmen konnte man die Basis noch erkennen.

Enttäuschtes Gebrüll erklang plötzlich über das Wasser. Die Beute hatte die Bestie um den Mord gebracht.

17

»Was meinst du mit ›Linda ist weg‹?«, fragte Ashley und schaute vom Funkgerät auf. Auch sie konnte niemanden erreichen. »Wieso können die Leute nicht da bleiben, wo sie hingehören? Ich habe befohlen, dass alle im Tunnel bleiben.«

Michaelson verstaute das Funkgerät und wies hinter sich. »Es tut mir Leid. Ich hatte mich nur für eine Sekunde umgedreht, und da waren Linda und Khalid fort. Der Ausgang des Tunnels befindet sich weitere hundert Meter vor uns.«

Ben meldete sich zu Wort: »Es ist ihre Klaustrophobie. Hier drin ist es ihr zu eng.«

»Wenn ihr mich fragt, ist es im Bauch einer dieser verfluchten Bestien weitaus enger.«

»Khalid hat bereits die nächste Höhle ausgekundschaftet«, sagte Michaelson. »Ich habe sie noch nicht gesehen, aber er hat gesagt, sie sei sicher. Dort befindet sich nur der Zugang zu einem zweiten Wurmloch. Viel zu klein für die Bestien.«

»Schön«, sagte Ashley, »aber was ist mit anderen Raubtieren? Vielleicht leben hier auch welche, die in die Wurmlöcher reinpassen.«

Michaelson zuckte mit den Achseln.

»In Ordnung. Brechen wir auf. Aber bleibt beisammen.« Sie half Michaelson, den schlafenden Villanueva zu tragen.

Er stöhnte, während sie ihn bewegten. Verschwitzt, aber fieberfrei. Auch er brauchte so schnell wie möglich Hilfe. Verfluchtes Funkgerät!

Michaelson bewegte sich rückwärts durch den Tunnel und zog Villanueva hinter sich her. Ashley schob von hinten. Ihre Knie waren wund, als sie endlich das Licht des Ausgangs sah. Ben kam als Letzter und schleppte die Rucksäcke. Mit einem letzten Ruck zogen sie den SEAL aus dem Tunnel. Ashley stolperte hinterher – in ein Wunder der Natur hinein.

»Heiliger Strohsack!«, rief Ben, als er aus dem Tunnel krabbelte. »Ich bin tot und im Himmel.«

Ashley war sprachlos. Vor ihnen lag eine Höhle von der Größe eines kleinen Ballsaals. Beinahe gemütlich. Irisierende Kristalle, manche so groß wie ein Daumennagel, andere so groß wie reife Wassermelonen, bildeten eine Kruste auf Wänden und Boden und reflektierten das Licht der Stablampen, als sprühten sie Funken. Überall brach sich das Licht in allen Spektralfarben. Mit offenem Mund stakste Ashley vorsichtig über den unebenen Boden zur Mitte der Höhle hin.

»Weißt du, was das ist?«, fragte Ben und nahm ihre Hand.

Sie schüttelte den Kopf. Linda und Khalid hockten wenige Meter entfernt, die Köpfe zusammengesteckt, und untersuchten einen der größeren Kristalle.

»Wir sind in einer gigantischen Geode«, sagte Ben.

»Was ist das«, fragte sie, nur halb interessiert, und konnte den Blick von dieser natürlichen Pracht nicht abwenden.

»So etwas hast du schon gesehen. Kennst du nicht die hohlen, aufgeschnittenen Steine aus den Ökoläden, deren Innenseite mit hellen Quartz- oder violetten Amethystkristallen besetzt ist? Sie entstehen hauptsächlich in Vulkanen und werden gewöhnlich bei Eruptionen hinausgeschleudert.«

»Doch, die kenne ich. Die sind aber selten größer als Handbälle.«

»Ich weiß.« Mit einer Handbewegung umriss er die ganze Höhle. »So etwas ist noch nie entdeckt worden. Aber zum Teufel, wir befinden uns ja auch unterhalb eines aktiven Vulkans.«

Sie schaute ihm ins Gesicht, das in diesem Licht rötlich schimmerte. Ihr fiel sein kantiges Kinn auf, als er zur Decke starrte. Seine Aufregung war ansteckend. Sie drückte seinen Arm. Michaelson kam auf sie zu und unterbrach sie. »Wenn das Quarz sein sollte, ist es möglich, dass es in diesen Mengen die Funkverbindung unmöglich macht. Allerdings glaube ich nicht daran.«

Daran hatte sie nicht gedacht. Sie schöpfte Hoffnung. Vielleicht ...

Khalid rief: »Es ist kein Quarz.«

»Was?«, fragte sie, überrascht über seinen Einwurf. Er war doch sonst so wortkarg. »Was ist es dann?«

»Es ist Diamant.«

Ben lachte. »Klar doch.«

»Wer ist der Geologe hier? Schau dir einmal den Brechungswinkel der Kristallstruktur an. Es ist Diamant.«

Wie vom Donner gerührt, blickte jeder auf die Steinmassen um sie herum. Khalid amüsierte ihre Überraschung.

Linda hielt einen Diamantklumpen von der Größe eines Basketballs in die Höhe. »Mein Gott!«

Ashley dachte an die Diamantstatue. Wie viele dieser Höhlen mochte es hier unten geben? Unermessliche Reichtümer ...

Ihre Begeisterung wurde durch aufkommende Besorgnis gebremst. Sie schüttelte den Kopf und ließ Bens Hand los. »Bevor ihr anfangt, eure Reichtümer zu zählen, möchte ich euch daran erinnern, dass wir hier raus müssen. Michaelson, versuchen Sie noch einmal, jemanden über Funk zu erreichen. Die anderen bauen das Nachtlager auf.«

Kaum hatte sie die Anweisungen gegeben, spürte sie plötzlich ihre Erschöpfung. Jeder Muskel brannte. Jeder Quadratzentimeter Haut war zerschunden. Ihr schien es, als wären sie schon seit Tagen ununterbrochen auf den Beinen. Sie schaute auf ihre Armbanduhr. Nach Mitternacht.

»Immer noch keine Reaktion«, sagte Michaelson und schaltete das Funkgerät aus.

Ben saß auf der Luftmatratze, die er gerade ausgebreitet hatte, und hatte den GPS-Empfänger geöffnet. »Der funktioniert auch nicht. Vielleicht liegt Michaelson richtig mit den Interferenzen. Mein Empfänger verwendet zur Orientierung ein Funksignal der Basis als stationären Bezugspunkt.« Er klappte den Empfänger zu. »Das verdammte Teil sucht und sucht, kann aber das Signal nicht auffangen.«

Sie nickte, vor Erschöpfung und Sorge um Jason unfähig, klar zu denken. »Vielleicht hat die Basis gerade Probleme mit der Stromversorgung oder so etwas. Versuchen wir es morgen früh noch einmal«, sagte sie und rieb sich die Augen. Vor ihrem geistigen Auge sah sie immer wieder Jasons Gesicht. Wenn sie noch länger an ihn dächte, kämen ihr die Tränen. Sie konnten sowieso nichts tun. Morgen wäre früh genug.

Ben kam zu ihr. Er hatte ihre Luftmatratze aufgepumpt. »Ihr Bett wartet.« Er vollführte eine elegante Verbeugung.

Sie nahm die Matratze mit einem müden Lächeln. »Danke, Ben.«

»Da drüben habe ich relativ flachen Untergrund gefunden, gerade groß genug für zwei.« Ein Schmunzeln spielte um seine Mundwinkel. Die Einladung war deutlich.

Ashley ging zu der Stelle hinüber und legte ihre Matratze hin. Sein Lächeln wurde mit jedem ihrer Schritte breiter. »Wer übernimmt die erste Wache?«, fragte sie.

»Wache?«, sagte Ben.

Sie nickte. »Wir befinden uns hier auf unerschlossenem Territorium. Fleisch fressende Schnecken, Haie von der Größe eines Wals, und nun Beuteltiere als Raubtiere. Wissen wir, was sonst noch da draußen lauert? Für alle Fälle muss jemand Wache halten ... Wir wechseln uns ab.«

Michaelson meldete sich zu Wort. »Ich übernehme die erste Wache, aber da es zwei Eingänge zur Höhle gibt, rate ich, zwei Leute pro Schicht einzuteilen.«

»Gute Idee. Wer bestreitet freiwillig mit Michaelson die erste Schicht?« Sie starrte Ben mitten in die Augen.

Er leistete nur wenige Augenblicke lang Widerstand, dann seufzte er und hob die Hand. »O Mann, ich merke schon, jetzt weht wieder ein anderer Wind.«

Nachdem sie einen Plan aufgestellt hatten, zogen sich diejenigen, die nicht Wache hielten, zu ihren Betten zurück. Ashley kuschelte sich an ihre Matratze wie in die Arme eines Liebhabers. Bald waren alle Lampen bis auf eine einzige Stablampe ausgeschaltet. Ashley wartete darauf, von der Finsternis verschluckt zu werden. Die Augen fielen ihr langsam zu. Was zum ...? Sie richtete sich auf. Die Höhle wurde nicht dunkel, sie leuchtete.

Ben stand auf. »Heiliger Strohsack, jetzt können wir Batterien sparen.«

Linda erhob sich. »Es kommt aus der Wand«, sagte die Biologin und blickte sich um. Sie kroch zu einer Wand hinüber, wo ein Stück Diamant herabgefallen war. Mit einer Messerklinge kratzte sie etwas ab, untersuchte das Gestein und wandte sich den anderen mit erhobenem Messer zu. Es schimmerte in einem sanften Gelb. »Das ist ein Schimmelpilz.« Na toll, dachte Ashley. Bei unserem Glück geben sie wahrscheinlich eine schädliche Strahlung ab.

»Was für ein Fund!« Linda setzte sich auf ihre Matratze und strich die Klinge in einem Probebeutel ab. Sie lächelte breit und redete unaufhörlich. »Damit habe ich die fünfte phosphoreszierende Spezies hier unten gefunden. Auch der Fisch in der Alpha-Basis leuchtete auf Grund einer Pilzschicht auf seinen Schuppen. Aber das hier ...« Sie fuchtelte mit den Armen. »Das hier ist es beinahe wert, von Bestien gejagt zu werden.«

Michaelson setzte sich wieder und legte sein Gewehr über die Knie. »Ist es auch wert, dass jemand deswegen stirbt?«

Lindas Lächeln verschwand, und sie verschloss den Beutel.

Die Worte des Majors ernüchterten das ganze Team, und die Erschöpfung überwältigte ihr Staunen. Jeder legte sich wieder schlafen.

Ashley streckte sich, wickelte ihre nackten Füße in die Wolldecke ein und zog sich wie in einen Kokon zurück. Sie warf eine Blick auf Bens leere Matratze. Die beiden Männer unterhielten sich murmelnd, während sie Wache hielten. Sie schloss die Augen, berührte mit der Zunge ihre wunde Unterlippe, erinnerte sich an seinen Kuss und fiel in tiefen Schlaf.

Viel zu früh wurde sie von einer Berührung an der Schulter geweckt. Sie rollte vom Licht der Laterne fort.

»Aufwachen, Schneewittchen. Deine Schicht.« Bens Lippen berührten ihr Ohr. »Ich habe sogar Kaffee gekocht.«

Sie stöhnte, richtete sich auf und rieb sich den Schlaf aus den Augen. Ihre Muskeln waren schwer wie Blei. »Danke, Ben ... Kaffee klingt wundervoll.«

Er half ihr aufzustehen. »Er schmeckt wie Schlamm, aber er kurbelt deine hübschen Augenlider hoch.«

Sie warf ihm ein schwaches Lächeln zu. Michaelson wickelte sich bereits in sein Laken. »Sieh zu, dass du eine Mütze voll Schlaf bekommst. In wenigen Stunden ist es Morgen.«

Er nickte, setzte sich auf die Matratze und zog die Schuhe aus. »Sobald meine Birne aufs Kissen aufschlägt, bin ich im Land der Träume.«

Sie beneidete ihn. Ihr verknittertes Laken erschien ihr einladender denn je. Gähnend ging sie zu der behelfsmäßigen Wachstation beim Campingofen. Sie war überrascht, Linda neben Khalid sitzen zu sehen. »Warum bist du denn auf?«, fragte sie. »Khalid und ich haben jetzt Schicht.«

»Ich weiß«, sagte Linda und rutschte zur Seite, um für Ashley Platz auf dem Felsen zu machen. »Aber ich konnte nicht schlafen. Ich bin einfach zu aufgeregt. Und ich wollte noch ein paar Tests durchführen. Außerdem habe ich ein kleines Nickerchen gemacht, und mehr benötige ich normalerweise nicht.«

Ashley sah, dass Linda ihre Testanordnung auf einem verhältnismäßig ebenen Tisch aus Stein aufgestellt hatte. Linda hielt eine Phiole vor das Licht der Laterne und schüttelte sie. Das Phosphoreszieren in der Phiole wurde stärker. »Faszinierend«, sagte sie und schrieb etwas in ihr Notizbuch. Ashely blickte zu Khalid. Während er die Pistole mit der linken Hand hielt, hob er vorsichtig die Kaffeekanne vom Campingofen. Er ließ etwas von dem dickflüssigen Getränk in die Blechtasse schwappen.

Gedankenverloren hielt Linda ihm ihre Tasse zum Nachfüllen hin und schaute nicht einmal in seine Richtung. Beinahe wie ein altes, verheiratetes Paar beim Frühstück.

Nachdem ihre Tasse gefüllt war, nahm sie einen Schluck und verzog das Gesicht. »Der ist ja grauenhaft.« Aber sie trank noch einen Schluck und seufzte dann. Sie lehnte sich zurück und blickte Ashley an. »Also, wo ich nun einmal auf bin, kannst du genauso gut wieder ins Bett gehen.«

Auf diese Idee war Ashley noch gar nicht gekommen, aber sie erschien ihr sinnvoll und verdammt verführerisch. »Wenn du wirklich der Meinung bist, dass du …«

Linda nickte. »Du brauchst Schlaf. Du solltest mal deine Augen sehen. Sie sind blutunterlaufen.«

So fühlten sie sich auch an. Ashley schaute zu Ben hinüber, der schnarchte. Linda musste ihr das Angebot kein zweites Mal machen. »Dann bis morgen.«

»Aber bevor du gehst«, sagte Linda, als Ashley sich schon umgedreht hatte, »habe ich noch ein Frage, die mich plagt.«

Ashley wandte sich widerwillig zu ihr um – ihre Matratze zog sie fast magnetisch an. »Und zwar?«

»Diese Beuteltiere. Sie sind ganz offensichtlich Raubtiere. Woher bekommt solch eine Spezies ausreichende Nahrung?«

Ashley zuckte mit den Schultern. »Keine Ahnung.«

»Na ja, sie befinden sich am Anfang der Nahrungskette. Doch wer kommt danach? Schau dir die Löwen in Afrika an. Um nur ein einziges Rudel Löwen zu versorgen, wird ein großes Reservoir an Pflanzenfressern benötigt – Antilopen, Wasserbüffel, Zebras. Vom biologischen Standpunkt aus betrachtet benötigen unsere Bestien einen immensen Beutevorrat.«

Ashley rieb sich die wunden Augen. »Ja, kann ich mir vorstellen.«

»Und wo ist der?« Linda trank wieder einen Schluck Kaffee. »Wo ist ihr Nahrungsvorrat?«

Khalid grunzte. »Zum Teufel, ich weiß nur, dass ich nicht dazugehören möchte.«

Ashley nickte. Die Frage war faszinierend. Was jagten sie? Wenn man an die Zusammenarbeit dachte, die die Bestien in der letzten Höhle demonstriert hatten, so besaßen sie eine gewisse Intelligenz. Beinahe schon Heimtücke. »Ich bin mir nicht sicher. Das ist ein Geheimnis, das die nächste Expedition lösen muss.«

Linda nickte. Sie hielt eine zweite Phiole mit phosphoreszierendem Gelb in die Höhe. »So viele Geheimnisse hier unten …« Sie prüfte eine Notiz in ihrem Buch und kräuselte die Lippen.

Ashley sagte »Gute Nacht« und zog sich zu ihrer Matratze zurück. Sie kuschelte sich in die Laken, die noch warm von eben waren. Seufzend schloss sie die Augen, doch die Fragen der Biologin nagten an ihr. Wovon ernährten sich diese Viecher?

Ben wälzte sich im Schlaf. Er wusste, dass er träumte, konnte aber nicht aufwachen. Er war schon wieder in dieser verdammten Höhle und ging durch die mit Früchten behangenen Bäume, rote matschige, kürbisförmige Früchte, die obszön herabbaumelten.

»Hallo«, rief er laut in den Hain.

Keine Antwort.

Er hatte das Bild seines Großvaters gesehen, als er das letzte Mal hier war. In einer Höhle. Wo war das bloß gewesen? Er ging in eine Richtung, die ihm vertraut erschien, und streifte einen tief hängenden Ast voller Laub und zierlichen blauen Blumen. War er nicht schon an einem ähnlichen Busch vorbeigekommen? Er hatte das Gefühl, nach Jahrzehnten in seine Heimatstadt zurückzukehren. Seine Füße erinnerten sich anscheinend daran, wo sie einmal hergegangen waren.

Während er sich der gegenüberliegenden Wand näherte, wusste er, dass er auf dem richtigen Weg war. Er konnte sogar das schwarze Loch in der leuchtenden Wand sehen. Leuchtend? Es war derselbe Schimmelpilz, der in der Geode wuchs. Seltsam.

Er ging weiter auf die Wand zu und erwartete, dass ihm

die Bäume den Zugang versperrten, wie bei seinem letzten Besuch. Aber dieses Mal hielt ihn kein Baum auf. Nach ein paar Schritten stand er plötzlich vor der Wand, und ein sanfter Moschusgeruch hüllte ihn ein. Die Pilze bildeten schotenartige, stecknadelkopfgroße Sporen. Er wischte mit der Hand an der Wand entlang. In seinem Kopf drehte sich alles. Farbblitze explodierten vor seinen Augen. Beinahe ohnmächtig sank er auf die Knie. Er kämpfte mit der Bewusstlosigkeit, aber vor seinen Augen sah er nur fantastische Farbwirbel und Muster. Er glitt zu Boden, und sein Hinterkopf explodierte vor Schmerz, als er hinfiel.

Eine Stimme erklang seitlich von ihm. »Benny, jetzt reicht es aber.« Er kannte diese Stimme aus seiner Kindheit. Es war sein Großvater.

»Himmel, jetzt komm zu Bewusstsein, Junge.«

Sein Blick wurde klarer, als sein Großvater ein zerriebenes Blatt unter seiner Nase hin und her wedelte. Es roch nach Minze mit einem Hauch von Kirsche. Mit jedem Atemzug verschwanden mehr Farbwirbel vor seinen Augen, als ob sie das Blatt fortwischte. »Na also, Benny. Wurde auch Zeit, dass du deinen Hintern mal hier runter bewegt hast.«

Natürlich war das ein Traum, aber er kam ihm so wirklich vor. Er sah das Spinnengewebe aus geplatzten Äderchen auf der Nasenspitze seines Großvaters; die weißen Haarbüschel rund um seine Ohren; das immer währende Lachen in seinen Augen. »Opa?«

»Wer denn sonst?«

»Na ja, wenn man bedenkt, dass du eigentlich einen Meter achtzig tief im australischen Mutterboden liegen solltest, kommt dieses Wiedersehen doch ausgesprochen unerwartet für mich.« Er stemmte sich hoch. Der Moschusgeruch war immer noch stark und drohte ihn wieder zu überwältigen. »Warum bist du hier?«

»Man hat mich geschickt, um dich zu warnen.«

»Mit dem schwarzen Viechzeug haben wir schon Bekanntschaft geschlossen. Dafür bist du ein bisschen spät dran.«

»Die Bestien? Halt dir das Ungeziefer bloß vom Leib.«

»Ungeziefer? Das Ungeziefer hat beinahe unsere Mannschaft vertilgt.«

Sein Großvater setzte sich im Schneidersitz neben ihn. »Benny, ihr müsst in die Tiefe, nach unten. Steigt nicht nach oben.«

»Aber ...«

»In die Tiefe, Benny, in die Tiefe.«

Wieder drang der Moschusgeruch in sein Bewusstsein und beschmierte die Vision seines Großvaters mit breiten violetten und orangefarbenen Pinselstrichen. »Ich verstehe dich nicht ...« Er spürte, wie er wieder davongetragen wurde.

Die Worte seines Großvaters verfolgten ihn, als er langsam das Bewusstsein verlor: » ... in die Tiefe ... in die Tiefe ...«

»Aufwachen, Ben.« Ashley klopfte ihm auf die Schulter. Sie war überrascht, wie tief sein Schlaf war. Die anderen waren schon länger auf den Beinen. Ben war der Letzte, der sich noch in seine Decke rollte. Sogar Villanueva saß aufrecht. Es ging ihm viel besser, den Arm trug er in einer provisorischen Schlinge.

Ashley packte Ben an der Schulter und schüttelte ihn. »Komm jetzt, das Frühstück ist gleich fertig.« Sie blickte hinüber zu Michaelson, der sich über den Campingkocher beugte. Wie er es schaffte, aus dehydrierten Eiern eine fast perfekte Imitation eines Omeletts zu zaubern, war ein Rätsel, das selbst den besten Koch verblüfft hätte. Ihr Magen reagierte knurrend auf den quälenden Duft von gegrillten Zwiebeln und Dosenschinken.

Ben stöhnte, rollte sich auf den Rücken und öffnete die Augen einen Schlitz weit. »Zum Teufel, was ist das für ein Gestank?«

»Das ist das Frühstück, und wenn du dich nicht beeilst, kriegst du nur noch kalte Cornflakes.«

Er stemmte sich auf die Ellbogen. Seine Haare standen in alle Himmelsrichtungen. Er kratzte sich unter dem Laken. »O Mann, mein Kopf brummt, als würde er jeden Moment explodieren. Einen Kater zu bekommen, ohne einen feuchtfröhlichen Abend im Pub verbracht zu haben, ist einfach unfair.«

Besorgt legte Ashley ihre Hand auf seine Stirn. Glücklicherweise hatte er kein Fieber. »Es sind nur Kopfschmerzen. Ich hole dir ein Aspirin.«

»Wie wäre es mit einer Hand voll?«, sagte er mit einem müden Grinsen.

Sie ging zu der Tasche mit dem Erste-Hilfe-Koffer und schüttelte ein paar Aspirin aus einer kleinen Plastikflasche.

Villanueva saß direkt neben ihr. »Er sieht nicht besonders gesund aus.«

Über diese Feststellung musste Ashley lächeln. Das sagte ein Mann, dessen Hemd vom eigenen getrockneten Blut vollkommen rot war und dessen Arm beinahe ausgerissen worden wäre. »Ich bin mir sicher, Ben erholt sich wieder. Sie allerdings brauchen Ruhe. Sie sollten nicht einmal sitzen.«

Er schaute sie mit steinerner Miene an, als ob sie in einer fremden Sprache zu ihm gesprochen hätte.

Michaelson kam zu ihnen und gab dem SEAL eine dampfende Schüssel. »Hühnerbrühe«, sagte er, als Villanueva fragend die Brauen hob. »Sie haben eine Menge Blut verloren und brauchen jede Menge Ersatzflüssigkeit. Austrinken.«

Ashley ging zurück zu Ben, mit dem Anflug eines Lächelns auf den Lippen. Major Michaelson verwandelte sich langsam in eine richtige Florence Nightingale.

»Danke«, sagte Ben, »aber mir geht es schon viel besser. Wenn ich erst einmal auf den Beinen bin, dann bin ich munterer als ein Känguru mit einem vollen Beutel.«

»Nimm die Aspirin trotzdem.« Sie drückte ihm einige Tabletten in die Hand und reichte ihm einen Becher Wasser. »Wir haben noch einen langen Tag vor uns.«

Er verzog das Gesicht, nahm die Tabletten aber. »Sag mal, hast du nicht eben von Frühstücken gesprochen? Ich wollte immer einmal das Frühstück im Bett serviert bekommen.«

»Wenn du Hunger hast, bist du auch gesund genug, um dir das Essen selbst zu besorgen. Außerdem versammeln wir uns alle zum Frühstück, um das weitere Vorgehen zu besprechen. Und ich lege Wert auf deine Vorschläge.«

»Klar. Allerdings sind Verdauungsprobleme dann vorprogrammiert.«

Sie half ihm beim Aufstehen. »Hör auf zu nörgeln.«

Ben täuschte ein finsteres Gesicht vor und ging mit ihr zum Campingkocher, wo Michaelson gerade dabei war, Omelett und Bratkartoffeln auf die Teller zu verteilen.

»Ein wahres Festessen, Kumpel«, sagte Ben anerkennend und wog den Blechteller in der Hand, den der Major ihm gereicht hatte.

»Da wir seit dem Frühstück gestern Morgen keine warme Mahlzeit mehr hatten, dachte ich, dass jeder einen Happen vertragen könnte.«

Michaelson füllte Bens Teller mit seiner Kelle.

Ashley nahm eine kleinere Portion und setzte sich auf einen flachen Felsen. Khalid und Linda saßen schon am Campingofen und aßen hungrig. Villanueva nippte an seiner Hühnerbrühe und starrte lüstern auf das deftige Essen der anderen.

Als auch Michaelson sich zu ihnen gesellt hatte, eröffnete Ashley die Besprechung. »Wir müssen das weitere Vorgehen entscheiden. Unsere Vorräte reichen nur noch acht Tage.«

Außer Nicken und Kauen bekam sie keine Antwort. Die anderen warteten auf eine nähere Erläuterung.

»Uns stehen die folgenden Möglichkeiten zur Auswahl: Entweder wählen wir den Rückzug, das heißt, wir kämpfen uns durch die Monstergasse an die Oberfläche; oder wir warten hier und hoffen, dass man auf Grund des unterbrochenen Funkkontakts einen Suchtrupp hinter uns her schickt; oder wir suchen eine Alternativroute nach oben und nehmen in Kauf, weiteren Monstern in die Arme zu laufen.«

Linda legte ihre Gabel hin. »Ich bin der Meinung, wir sollten hier bleiben. Irgendwann kommt schon jemand und findet uns.«

»Vielleicht«, sagte Michaelson, »aber denken Sie an das erste Team. Uns hat man erst Monate später hinterhergeschickt. Da können wir uns auf eine lange Wartezeit gefasst machen.«

»Das ist richtig«, sagte Ben, »und der Suchtrupp wird genauso von den Bestien empfangen werden. Es ist nicht fair, die anderen ohne Warnung in dieselbe Löwengrube fallen zu lassen. Und da hindurch wieder zurückzugehen ist keine Alternative. Ich bin dafür, wir dringen weiter vor.«

Ashley nickte. Sie war der gleichen Meinung, aber es mussten auch andere Umstände in Betracht gezogen werden. Sie wies auf Villanueva. »Wir haben einen Verwundeten unter uns, dessen Heilung durch die Weiterreise beeinträchtigt würde.«

Villanueva nahm die Schüssel von den Lippen. »Ich komme schon klar. Ich weiß genau, welche Strapazen ich auf mich nehmen kann.«

Ashley schaute zu ihm hinüber. »Dessen bin ich mir sicher. Aber was, wenn wir mit noch mehr Problemen konfrontiert werden? Ihre Verletzungen beeinträchtigen die Mobilität des Teams erheblich.«

»Sollte das der Fall sein, lassen Sie mich zurück. Meinetwegen soll das Team nicht gefährdet werden.«

»Edle Worte, aber das hieße, Sie im Stich zu lassen. Ich für meinen Teil würde das niemals tun.«

»Ich auch nicht. Wenn wir in die Klemme geraten, dann wir alle oder keiner.«

Villanueva schüttelte den Kopf und hob die Schüssel zum Mund. »Zivilisten ...«, murmelte er über die dampfende Brühe hinweg.

Khalid meldete sich. »Also, was machen wir? Weiter vordringen oder nicht? Mir scheint, wir sind verdammt, wenn wir es tun, und ebenso verdammt, wenn wir es nicht tun.«

»Ich habe einen Vorschlag«, sagte Ashley. »Wir trennen uns. Linda und Khalid bleiben mit Villanueva hier in Sicherheit. Der Rest bricht auf. Wir versuchen, einen Weg nach oben zu finden, und kommen mit einem Rettungstrupp zurück.«

Alle überlegten schweigend. Dann nickte Michaelson. »Das ist ein guter Plan. Ein effizientes Team hat eine große Chance, eine Route nach oben zu finden. Aber, Ashley, es gibt keinerlei Grund, weshalb Sie mit uns kommen sollten. Ben und ich ...«

Ben unterbrach ihn. »Der Major hat Recht. Zwei kommen schneller voran als drei.«

»Quatsch. Ich bin genauso schnell wie ihr und außerdem der bessere Schütze. Und drei Paar Augen finden den Weg schneller als zwei. Ich komme mit.«

Beide Männer versuchten, sie mit eisernen Mienen einzuschüchtern, aber sie gab nicht nach. Schließlich sagte Ben zu Michaelson: »Das Spiel haben wir verloren, Kumpel. Wir sind in Gesellschaft einer Dame. Also aufgepasst: keine Flüche, keine schmutzigen Witze und nicht in der Gegend rumspucken.«

»Na toll«, sagte Michaelson, »dann wollen wir mal die Vorräte aufteilen und uns auf den Weg machen. Wir werden mit leichtem Gepäck reisen. Also nur das Notwendigste einpacken: Waffen, Funkgerät, Wasserflaschen, Seile.«

Ashley nahm ihre Pistole. »Und jede Menge Munition.«

Khalid stand abseits, als die anderen sich für den Aufbruch bereit machten. Er schaute unter seinen dichten Brauen hervor und beobachtete, wie Ben und Michaelson die Vorräte verstauten. Villanueva bemühte sich zu helfen, indem er das Funkgerät auseinander baute und die wichtigsten Einzelteile wasserdicht verpackte. Khalid betrachtete den SEAL prüfend und überlegte, wie viel Kraft noch in ihm stecken mochte.

Linda trat zu ihm. »Schau dir das an!«

Khalid drehte sich um.

»Hier gibt es tatsächlich eine phosphoreszierende Schimmelart, die in dem Diamanten wächst.« Sie hielt den kristallenen Brocken in ihrer hohlen Hand und beugte sich nahe zu ihm, um ihn gegen das umgebende Licht abzuschirmen. Ihre Haare streiften seine Wange. »Siehst du?«

Der Kristall von der Größe eines Golfballs leuchtete in einem sanften Gelb in ihren Händen. »Warum tust du ihn nicht zu deinen Proben?«

Proben? Er brauchte einen Moment, um sie zu verstehen. Dann begriff er. Sie meinte die Sammlung faustgroßer Diamanten, die er in seinen Rucksack gepackt hatte. Er hatte ihr erzählt, es wären geologische Proben für wissenschaftliche Zwecke.

»Mache ich«, sagte er und nahm ihr Geschenk an. Er

öffnete seinen Rucksack und legte den Diamanten vorsichtig zu den anderen. Dann fuhr er mit dem Finger über die Diamanten. Zwölf Stück.

Auch wenn es sein Auftraggeber nicht wünschte, würde er diese Höhle nicht mit leeren Händen verlassen.

Linda beobachtete mit gemischten Gefühlen, wie die anderen die Höhle verließen. Ihre Gefühle schwankten zwischen Angst, weil sie sich trennten, und Erleichterung, weil sie sich in dieser Höhle in Sicherheit vor den Raubtieren befanden.

Sie bemerkte, dass Khalid wieder die Diamanten untersuchte. Er schien von den Reichtümern, die sie umgaben, fasziniert zu sein und sammelte fortwährend verstreute Bruchstücke ein. Villanueva schlummerte auf seiner Matratze.

Nur sie schaute den anderen noch hinterher, als Bens Laterne hinter einer Kurve des Wurmlochs verblasste. Sie fragte sich, welchen neuen Gefahren die drei begegnen mochten und welche Wunder sie selbst verpassen würde, weil sie zurückblieb. Ein kleiner Funke Neid wollte zu einer Flamme heranwachsen, aber der Gedanke an die Schrecken, die den anderen bevorstanden, dämpfte ihr Bedauern.

Linda blickte in der kleinen Höhle umher, die im Lampenlicht irisierte. Sie musste bei dem Gedanken lächeln, dass ausgerechnet sie, Linda Furstenburg, Klaustrophobin par excellence, glücklich war, sich in einer engen Kammer viele Kilometer unter der Erdoberfläche verstecken zu können. Sollten die anderen doch neue Wunder entdecken. Hier würde sie wenigstens von niemandem verspeist.

Sie ging zu dem Miniaturlabor hinüber, das sie aufgebaut hatte. Außerdem gab es auch hier eine Menge zu entdecken. Sie setzte sich und rechnete die Werte zweimal nach. Dann betrachtete sie das Wachstum der Zellfäden unter dem Mikroskop. Sie holte einen Objektträger mit einem älteren Pilz hervor und untersuchte auch diesen. »Mein Gott, wenn das nicht Chloroplast ist«, murmelte sie.

Villanueva, der nebenan schlummerte, öffnete ein Auge. »Reden Sie mit mir?«

Linda wurde rot. »Nein, Entschuldigung. Dieser Schimmel ist nur so faszinierend.«

Villanueva stemmte sich hoch und setzte sich, offenbar immer noch groggy, aber auch gelangweilt. »Was haben Sie entdeckt?«

»Zuerst habe ich gedacht, es handelte sich um eine dimorphe Spezies, zwei Ausprägungen ein und desselben Pilzes also. Aber jetzt bin ich anderer Meinung. Ich glaube, es handelt sich um zwei unterschiedliche Spezies, die in Symbiose miteinander leben. Die eine hält die andere am Leben und umgekehrt.«

»Das habe ich nicht kapiert, Doc.«

»Der eine Schimmeltyp – der mit den leuchtenden Zellfäden – erhält seine Energie aus dem Schwefelwasserstoff, der sich in den Spuren vulkanischer Gase befindet. Doch die Wachstumsrate ist zu hoch, um sie ausschließlich auf den vorhandenen Gasgehalt zurückzuführen. Außerdem verschwendet er eine Menge Energie, um das Leuchten hervorzurufen.«

»Und warum tut er das?«

»Genau darum geht es! Eine zweite Pilzart ist in diesen Prozess verwickelt. Dieser zweite Schimmelpilz ist voll von einer Art Chloroplast!« Sie wies auf den Objektträger als Beweis.

Der SEAL zuckte mit den Achseln. »Na und?«

»So nutzt der zweite Schimmelpilz die Leuchtenergie des ersten wie eine Pflanze das Sonnenlicht. Er ernährt sich von dieser Energie und wächst und gedeiht seinerseits nicht nur, sondern produziert darüber hinaus Schwefelwasserstoff für seine leuchtende bessere Hälfte.«

»Also füttert der eine Schimmelpilz den anderen?«

»Genau! Aber ganz offenbar steckt noch mehr dahinter. Um diese Wechselwirkung aufrechtzuerhalten, ist mehr Energie nötig. Ob durch Wärmeenergie oder durch irgendetwas aus den Felsen hier oder durch Zersetzung oder was immer. Ich weiß es nicht. Es gibt so viel zu erfahren. Ich könnte Jahre damit verbringen, nur diese Beziehung zu erforschen.«

Villanueva schien das Interesse an ihren Offenbarungen zu verlieren. »Aha. Trotzdem möchte ich lieber so schnell wie möglich hier abhauen.«

»Ich auch, aber der Pilz gibt uns für vieles eine Erklärung.«

»Zum Beispiel?« Villanueva gähnte.

»Zum Beispiel, warum die Bestien immer noch Augen besitzen. Warum ihre Erscheinung sich so gut an die Felsen anpasst. Es ist doch merkwürdig, dass Lebewesen, die seit Jahrtausenden isoliert in immer währender Finsternis leben, immer noch Augen und die Fähigkeit, mit der Umgebung zu verschmelzen, besitzen. Die meisten isolierten Höhlenlebewesen sind auf Grund der Dunkelheit blind und Albinos.«

»Hm. Sie wollen also damit sagen, dass sich diese Wesen meistens in beleuchteten Gegenden herumtreiben?«

»Oder zumindest an deren Rand.«

»Gut zu wissen. Also überall, wo man Schimmelpilze findet, treiben sich auch diese Bestien herum.«

»Genau!«

Zwei Dinge fielen Ashley auf, sobald sie das letzte Wurmloch verlassen hatten. Es wurde immer heißer, und der Schimmel wurde dicker und heller, je tiefer sie hinabstiegen.

Sie waren nun seit einem halben Tag unterwegs und hatten nur von Zeit zu Zeit angehalten, um die Funkverbindung zu testen. Niemand hatte auf ihre Hilferufe geantwortet.

»Wir sollten unsere Batterien schonen, so lange wir können«, sagte Ben. »Das Leuchten hier reicht aus, um den Weg zu erkennen.«

Er hatte Recht. Als alle Lampen ausgeknipst waren, konnte sie gut sehen. Sie wischte sich über die Stirn. Die Höhle vor ihnen war voller blubbernder Teiche, die mit kochendem Wasser gefüllt waren. Es war so heiß wie in einer Sauna und stank nach verfaulten Eiern.

Ben bot ihr einen Schluck aus seiner Wasserflasche an. »Wir nähern uns wohl einem heißen Abzug des Vulkans.«

Sie nickte. »Wir müssen einen Weg hinauf finden. Und zwar schnell!«

Michaelson rief ihnen aus mehreren Metern Entfernung zu: »Ihr Wunsch ist in Erfüllung gegangen, Ashley. Hier drüben ist ein Spalt. Er erstreckt sich etwa hundert Meter in die Höhe und man kann hinaufsteigen. Das könnte die Lücke sein, nach der wir gesucht haben.«

Ashley eilte zu ihm. Sie würde jede steile Felswand erklettern, wenn sie nur von diesen heißen Schwefeldämpfen fortkäme. Sie knipste ihre Stablampe wieder an und versuchte, nach oben zu klettern. Der Riss war zerklüftet und bot viele Haltepunkte für Hände und Füße. Das Ende lag außerhalb der Reichweite ihrer Lampe. Fantastisch.

Ben kam zu ihr. »An der Südwand befindet sich noch ein Wurmloch, das nach unten führt.«

»Wen kümmert das? Wir nehmen diesen Weg.«

Ben schaute in die Höhe. »Ich weiß nicht ...«, murmelte er.

»Was meinst du damit?« Sie blickte ihn beunruhigt an. »Der ist perfekt.«

»Man kann das Ende nicht sehen. Wer sagt uns, dass er in einer Höhle endet? Vielleicht ist er irgendwann einfach zu Ende.«

»Ben, spürst du nicht den Wind? Er saugt einen fast den Spalt hinauf. Hast du nicht gesagt, dass das ein Zeichen dafür ist, dass ein Tunnel auch einen Ausgang hat?«

»Ich glaube schon.« Er flüsterte jetzt.

Sie schaute ihn an und fragte sich, wovor er zurückschreckte. Ganz bestimmt nicht vor dem Aufstieg. Ihr kam er wie ein Kinderspiel vor. »Ben?«

Er schüttelte den Kopf, als wollte er ihn von Spinnweben befreien. »Natürlich, du hast Recht. Legt eure Sicherheitsgurte an, und hängt die Expressschlingen ein. Es geht aufwärts.«

Ashley starrte den Australier an. Sie kannte ihn erst seit kurzem, wusste aber bereits jede seiner Stimmungen zu deuten. Irgendetwas störte ihn. »Ben, du bist hier der Experte ...«

Er befestigte sein Seil und ging die Felswand an. »Ich bin einverstanden. Ich hatte nur diesen Drang zu ...« Er schüttelte wieder den Kopf. »Teufel, egal. Los jetzt.«

Sie sah, dass seine linke Hand zitterte, als er den ersten Halt ergriff.

Linda wachte plötzlich mit einem Brummschädel auf. Khalid lag auf seiner Matratze nicht weit entfernt und schnarchte laut. Einer seiner keuchenden Schnarcher hatte sie aufgeschreckt. Sie blickte auf die Uhr. Vier Stunden waren vergangen, seit sich die beiden zu einem Mittagsschlaf hingelegt hatten. Sie schaute zu Villanueva. Auch er schlief tief und fest.

Seltsam, sie machte niemals Nickerchen und schon gar nicht mehrere Stunden lang. Sie setzte sich auf und streckte sich. Natürlich waren die Umstände zurzeit viel ungewöhnlicher. Nachdem sie gestern den ganzen Tag vor den Bestien davongelaufen war, hatte ihr Körper die Ruhe bitter nötig.

Sie stand auf – und alles drehte sich. Helle Funken explodierten vor ihren Augen. Sie fiel fast auf die Knie und wäre beinahe ohnmächtig geworden. Nach einigen Sekunden verging der Schwindel. Bin wohl zu rasch aufgestanden, dachte sie und schüttelte den Kopf. Sie hörte ihren Puls laut pochen, jeder Herzschlag dröhnte in ihren Schläfen. Linda griff nach der Wasserflasche und nahm einen großen Schluck.

Sie atmete schwer. Da fiel ihr Blick auf die Wände, und sie ließ beinahe die Wasserflasche fallen. Aus der bisher glatten Oberfläche der Schimmelschicht ragten plötzlich zahlreiche kugelförmige Auswüchse hervor. Sie beobachtete, wie mehrere hundert dieser Kapseln zerplatzten und kleine Wolken eines feinen Staubs von sich gaben. Sporen! Im Lampenlicht konnte sie ganze Wolken von Sporen durch die Geode wabern sehen. Sie sah, dass Khalid eine der Wolken einatmete.

Das konnte nicht gesund sein. Sie kniete neben Khalid nieder und schüttelte ihn an der Schulter. Er wachte nicht auf. Sie schüttelte ihn fester. Nichts. Sie hob seine Lider: Im hellen Licht blieben seine Pupillen erweitert und zeigten keine Reaktion. Verdammt, die Sporen wirkten wie eine Droge und betäubten sie. Ihr wurde klar, dass ihnen eine Überdosis drohte, wenn sie die Droge noch länger inhalierten.

Der Pilz versuchte, sie umzubringen!

Durch die Aufregung atmete sie unregelmäßig. Vor ihren Augen flammten bunte Blumen auf. Die Sporen! Ruhig bleiben. Langsamer atmen. Weniger Sporen inhalieren. Sie hielt den Atem an. Wieder drehte sich alles um sie herum. Denk nach, verflucht!

Da hatte sie eine Idee. Sie nahm ein Taschentuch, goss Wasser darüber und legte den tropfenden Stoff auf Nase und Mund. Der feuchte Stoff würde die Sporen filtern. Hoffte sie zumindest.

Eilig legte sie auch Khalid ein nasses Taschentuch auf Mund und Nase, um ihn vor weiteren Sporen zu schützen. Stirb mir bloß nicht, dachte sie.

Dann eilte sie zu Villanueva. Einen kurzen Moment lang dachte sie, er hätte aufgehört zu atmen. Aber bei genauerem Hinschauen konnte sie sehen, wie sich seine Brust hob und senkte. Doch seine Gesichtsfarbe hatte einen Blaustich. Zyanotisch. Sie präparierte ein drittes Taschentuch und legte es über das Gesicht des SEALs.

Prüfend betrachtete sie ihn mit geballten Fäusten. Seine Atmung war unregelmäßig und flach. Durch seinen angegriffenen Zustand war er für die Droge empfänglicher.

Sie blickte sich um. Das Leuchten des Pilzes war durch den Ausstoß der Sporen ein wenig dunkler geworden. Wahrscheinlich benötigte er die Energie für deren Produktion. Wodurch war es nur ausgelöst worden? Ihre Körperwärme? Der erhöhte Kohlendioxidgehalt der Luft, den ihr Aten verursacht hatte?

Sie hatte keine Zeit, nach Antworten zu suchen. Erst einmal musste sie die anderen hier herausbekommen. Aber wohin? Wer konnte sagen, ob nicht die Bestien in der nächsten Höhle lauerten? Und wer wusste, was sie erwartete, wenn sie den anderen folgten?

Nur eines war sicher. Wenn sie hier blieben, würden sie sterben.

Sie ging zu dem Wurmloch, in dem Ashley und die anderen vor wenigen Stunden verschwunden waren. Eine leichte Brise wehte ihr von unten entgegen und ließ ihre blonden Strähnen flattern.

Die Luft war frischer und sporenfrei.

Linda fällte eine Entscheidung. Sie musste die beiden Männer durch dieses Wurmloch zerren. Falls sie etwas auf der anderen Seite bedrohte, konnten sie wenigstens im Tunnel bleiben. Entscheidend war, dass der Wind das Wurmloch frei von Sporen hielt.

Sie unterdrückte die Angst, die ihr der Gedanke machte, sich tagelang in dem engen Tunnel zu verstecken. Sie blickte auf die Männer. Es würde schwierig werden, sie über den unebenen Höhlenboden zu schleifen. Die Diamanten machten den Boden zu holperig, um die Schlitten zu verwenden. Aber wenn sie einmal beim Wurmloch wären, könnte sie die Schlitten ab dort benutzen. Sie ging zu den bewegungslosen Körpern, packte die Beine des SEALs und zerrte ihn keuchend vor Anstrengung auf das Wurmloch zu.

Nach einer Viertelstunde lagen beide Männer bäuchlings auf ihren Schlitten im Wurmloch. Lindas Herz pochte, und der Schweiß biss ihr in die Augen. Mittlerweile schwankte sie wie eine Betrunkene – ob von der Anstrengung oder dem Rauschgift der Sporen, wusste sie nicht.

Sie spritzte sich mehr Wasser ins Gesicht und machte sich bereit. Mit angehaltenem Atem tauchte sie ins Wurmloch, versuchte, die bedrückenden Wände zu ignorieren, und konzentrierte sich darauf, die Männer vor sich herzuschieben. Sie schob den steifen Khalid voran, stieß mit seiner Schulter gegen Villanuevas Schlitten, so dass der SEAL mehrere Meter nach vorn rollte, bis er zum Halten kam.

Stoßend und schiebend kam sie nur langsam vorwärts. Doch je weiter sie vordrangen, desto klarer wurde ihr Kopf. Sie hielt einen Moment an und legte die Wange an ihren Arm. Sie hatte es geschafft. Hier war die Luft sauber.

Khalid stöhnte und wachte auf. Sie lächelte müde. Ihre Zufriedenheit wurde nur vage vom Gefühl der Enge beeinträchtigt. Es war eher wie das Summen einer Mücke als das übliche panische Brüllen. Nein, der Würgegriff des Tunnels hatte seine Bedrohlichkeit verloren. Sie hatte die Männer gerettet.

Ashley folgte Ben und suchte an denselben Stellen Halt wie er. Stiche schossen durch ihre Finger, und ihre Schenkel schmerzten. Wegen des Schimmelpilzes an den Wänden rutschten ihre Hände ab. Doch wenigstens ließ der Pilzbewuchs nach, je weiter sie nach oben stiegen. Irgendwann während des Aufstiegs mussten sie die Helmlampen einschalten. Mit dem allmählichen Verschwinden des Schimmels umgab sie mehr und mehr undurchdringliche Dunkelheit.

Michaelson folgte und schob sie über manches Hindernis nach oben.

Sie sah, wie Ben einen Spit in den Riss über ihnen schlug, eine Öse hineindrehte und eine Schlinge hindurchzog. Während der Arbeit summte er vor sich hin. Nach zwei Stunden Klettern konnte sie das Lied mittlerweile nicht mehr hören.

»Ben«, rief Michaelson von unten, »wie weit noch?«

»Ungefähr eine Stunde.«

Ashley stöhnte und lehnte sich mit der Stirn gegen die Felswand.

»Aber etwa zehn Meter über uns scheint ein breiter Vorsprung zu sein. Dort könnten wir unsere Mittagspause verbringen, bevor wir den letzten Teil in Angriff nehmen.«

Ashley dankte den Klettergöttern für diese winzige Hoffnung. »Dann lass uns dort hinaufklettern, Ben. Ich bin es satt, hier rumzuhängen.«

Sie beobachtete Ben, der nach einem Halt für die Hand suchte und sich hinaufzog. »Du warst diejenige, die hier raufklettern wollte«, rief er gut gelaunt. »Ich wollte die einfachere Route nehmen. Also hör auf rumzumosern.«

Wenigstens schien sein anfängliches Zittern bei der Anstrengung des Aufstiegs nachgelassen zu haben. Die erste Stunde war noch leicht gewesen, aber das war auch nur die Aufwärmrunde für den beinahe senkrechten Aufstieg gewesen, mit dem sie es in der letzten Stunde aufgenommen hatten.

Ashley streckte sich, um dort Halt zu bekommen, wo Ben seinen Fuß zuletzt hingesetzt hatte, aber sie kam einfach nicht heran. Sie suchte nach einem anderen Halt auf der glatten Oberfläche. Doch sie blickte nur auf die leere Wand. Verflucht. »Ben, ich komme hier nicht weiter«, rief sie und versuchte, ihre aufkommende Panik zu unterdrücken.

Ben blickte zu ihr herunter. »Kein Problem, Ash. Lass einfach los, ich zieh dich mit dem Seil auf die Höhe des nächsten Dübels. Dort findest du sicher einen Halt. Ich kann hier oben eine gute Hebelwirkung ausüben.«

Sie schluckte schwer. Der gesunde Menschenverstand riet ihr, sich an die Wand zu klammern.

Er zwinkerte ihr zu. Als könnte er ihre Gedanken lesen, sagte er: »Ich lasse dich nicht fallen.«

Ihr Misstrauen war ihr peinlich. Sie zwang sich loszulassen. Als sie sich von der Wand löste und über dem einhundert Meter tiefen Abgrund schwang, wurde sie von der Karabinerbremse gehalten. Ben zog das Seil durch die Expressschlinge, und Ashley wurde plötzlich in die Höhe gerissen.

Mit zwei Zügen hatte er sie auf seine Höhe gehievt. Sie schaukelte einen knappen Meter von der Wand entfernt. Ben hielt ihr seine Hand hin. Sie griff danach. Seine Finger streichelten über ihre Handfläche, bevor er sie schloss. Ununterbrochen blickte er ihr in die Augen, als er sie zu sich zog. Er hielt ihre Taille fest umschlungen, und seine heiße Hand lag auf ihrem feuchten T-Shirt, als sie ihre Füße aufsetzte und sich an der Wand festhielt.

»Danke, Ben.«

»Jederzeit, Liebling«, säuselte er ihr ins Ohr und strich mit seinen Lippen über ihre Wange.

Sie errötete und schaute fort. »Wir ... äh ... machen besser, dass wir fortkommen. Michaelson wartet.«

Er wandte sich wieder der Felswand zu und kletterte weiter. Sie beobachtete, wie er mit der Leichtigkeit einer Bergziege vorankam, die Beine weit gespreizt. Sie musste den Blick mit Gewalt abwenden, bevor sie mit immer noch rotem Kopf den Aufstieg fortsetzte.

Innerhalb von zehn Minuten saßen alle auf dem Vorsprung und tranken warmes Wasser und kauten zähen, trockenen Käse.

Ben saß nahe bei Ashley. Ihre Beine berührten sich. Alle waren erschöpft und aßen schweigend. Michaelson war tief in Gedanken versunken.

Schließlich wischte Ashley die Krümel aus ihrem Schoß und erhob sich mit zitternden Waden. Sie stemmte die Fäuste in die Hüften und blickte den Hang hinauf. Glücklicherweise war es eine kurze und leichte Steigung. Wenn sie noch einmal eine senkrechte Wand hinauf müsste, bräuchte sie einen Tag Pausc.

Ben stellte sich neben sie. »Fertig?«

Sie nickte.

»Okay«, sagte Ben, »dann Gurte an und los.« Er schnappte sich das aufgerollte Kletterseil und band sie an sich. Er stand dicht neben ihr, als er sie festknotete. Dann beugte er sich zu ihr. »Das müssen wir einmal ausprobieren, wenn wir nicht gerade einen Felsen hochklettern«, sagte er mit einem frechen Grinsen.

Sie verdrehte die Augen und schüttelte den Kopf. »Gehen wir endlich.«

Ben pfiff schon wieder das verdammte Lied und nahm den Hang in Angriff. Ashley folgte ihm. Ein gutes Stück des

Aufstiegs ließ sich im Gehen bewältigen, über kurze Abschnitte hinweg mussten sie kriechen. Kurz vor dem Ende jedoch wurde der Aufstieg wieder knifflig. Haltepunkte für Füße und Hände mussten sorgfältig ausgesucht werden, jeder Meter kostete Umsicht und Kraft.

Seufzend blickte Ashley hinauf und fragte sich, ob sie jemals aus dieser Spalte herauskämen. Plötzlich sah sie, wie Ben sich in die Höhe stemmte und aus ihrem Blickfeld rollte. Er hatte den Rand der Klippe erreicht! Mit neuer Kraft folgte sie ihm und kämpfte sich von Halt zu Halt.

Plötzlich erschien Bens Gesicht über dem Rand, nur einen halben Meter von ihr entfernt und mit einem riesigen Lächeln. »Komm schon, worauf wartest du?«

»Mach, dass du fortkommst«, sagte sie mit einem ebenso großen Lächeln.

Er langte nach unten und schob eine Hand unter ihren Gurt.

»Ich kann das allein. Lass ...«

Er zog sie zu sich und küsste sie mitten auf den Mund. Dann rollte er sich rückwärts, hob sie über die Kante und auf sich drauf.

Sie lachte, während sie auf seiner Brust lag. Erleichterung über den bewältigten Aufstieg machte sich breit. Bens Nase war nur Zentimeter von ihr entfernt. Aber er lachte nicht – er war in ihre Augen versunken. Seine Ernsthaftigkeit ernüchterte sie.

In seinem Blick lag ein Hunger, eine Begierde, die ihr noch nie so offen gezeigt worden war. Und in seinen Augen stand eine Frage geschrieben. Während sie seinen Blick erwiderte, blieb ihr das Lachen im Halse stecken. Nur für einen Moment hielt sie sich zurück, dann gab sie ihm die Antwort auf seine Frage, beugte sich hinunter und erwiderte seinen Kuss, zuerst zärtlich, dann mit Leidenschaft – einer Leidenschaft, die sie zu lange unterdrückt hatte.

Er schlang seine Arme um sie, verschlang sie geradezu, zog sie noch tiefer in seine Umarmung, während ihre Körper sich genauso heftig ineinander gruben wie ihre Lippen.

Worte drangen plötzlich in ihre Idylle. »Wenn ihr Turteltäubchen fertig seid, könnte ich ein wenig Hilfe brauchen.«

Mit puterrotem Kopf rollte Ashley von Ben herunter und setzte sich auf.

Michaelson, der den größten Rucksack trug, kämpfte sich über die Kante. Ben eilte zu ihm hinüber und zog ihn am Rucksack herauf.

Michaelson kam auf die Beine. »Okay, jetzt sind wir oben. Aber wo zum Teufel ist oben?«

Ashley räusperte sich und warf Ben einen vorwurfsvollen Blick zu. Sie hätten die Gegend untersuchen sollen. Sie nahm ihre Blendlaterne und schaltete sie ein. Die Männer folgten ihrem Beispiel. »Finden wir es heraus«, sagte sie.

Ben holte den GPS-Empfänger aus seinem Rucksack und spielte damit herum. »Funktioniert immer noch nicht.« Er verschloss ihn wieder und wühlte im Rucksack herum. »Vergesst den modernen Computerklimbim. Manchmal muss man auf altmodische Methoden zurückgreifen.« Er zog eine verkratzte silberne Schachtel von der Größe seines Handtellers hervor und küsste sie. »Ah! Da ist ja mein Liebling. Ein einfacher magnetischer Kompass mit eingebautem Barometer zur Druckmessung. Fantastisch geeignet, um die Tiefe zu schätzen.« Er prüfte die Werte des winzigen Instruments. »Ich schätze mal, wir sind gerade zweihundert Meter geklettert. Die bringen uns unserem Zuhause nicht allzu viel näher.« Er wies mit dem Kompass vorwärts. »Da entlang sollten wir gehen.«

Ashley übernahm die Spitze, Michaelson humpelte hinterher.

Vor ihnen öffneten sich die Felsen in eine geräumige Höhle, eine kleine Erhebung versperrte ihnen den Blick in den Hauptraum. Ashley erreichte die Kuppe zuerst. Sie erstarrte, als sie mit dem Strahl ihrer Laterne über den Grund der Höhle strich.

Ben holte sie ein. »Scheiße!«, sagte er, als er hinunterblickte.

»O Gott«, flüsterte Michaelson.

Ashley verbreiterte den Strahl der Laterne. Vor ihnen, über den Höhlenboden verteilt, lagen tausende weiße Eier, so groß wie reife Wassermelonen. Die meisten bildeten Haufen. Nester. Überall sah man zerbrochene, leere Schalen. Mitten in der Höhle steckten drei kleine Bestien, so groß wie junge Ponys, die Köpfe zusammen. Als Ashleys Strahl sie traf, begannen sie, durchdringend zu wimmern.

Linda hatte Recht, dachte Ashley. Eierlegend wie das Schnabeltier. »Das ist nicht gut«, sagte sie, »überhaupt nicht gut.«

Nur ein weiterer Gang führte aus der Höhle. Es war ein Tunnel, durch den ein Zug gepasst hätte. Die Babys hörten nicht auf zu kreischen. Es klang wie ein Fingernagel, der über eine Schiefertafel kratzte. Als ein Brüllen aus dem Tunnel erklang, beruhigten sich die drei rasch und legten sich wieder in ihr Nest.

Ein großes, wütendes Etwas bahnte sich seinen Weg.

18

Jason lehnte sich über den Rand des Pontons und beobachtete die dreieckige Form des Kielwassers, während er den Finger ins Wasser hielt. Er wünschte sich, seine Mutter wäre hier. Nicht, dass er sich fürchtete. Der anfängliche Horror ihrer gestrigen Flucht war mittlerweile einer bloßen Sorge gewichen. Er vermisste sie nur.

Hinter ihm schnarchte Blakely in seinem Sitz, in den er sich hatte fallen lassen. Sie ankerten hier seit fast einem Tag, hundert Meter vom Ufer entfernt. Es gab nichts zu tun, es gab nichts zu sehen. Eine Rauchwolke verhüllte das Ufer. Gestern hatte das Feuer kurzer Explosionen das Ufer erhellt. Heute jedoch sah man nichts außer öligem Rauch und Schwärze. Man konnte kaum erkennen, in welcher Richtung die Basis lag.

Jason wälzte sich auf den Rücken. Eine Schnalle seiner orangefarbenen Schwimmweste drückte ihm in die Seite. Er drehte sich in eine bequemere Position und betrachtete die Welt über sich. Die einsame Laterne warf einen Lichtfleck auf die Decke. Stalagtiten ragten aus dem schwarzen Nebel heraus und waren auf das Boot gerichtet. Als würden sie auf ihn zeigen. Sogar als das Boot davontrieb, schienen sich die felsigen Speerspitzen zu biegen und ihn immer noch anzuklagen, bevor sie schließlich im Rauch verschwanden.

Jason richtete sich plötzlich auf und brachte das Boot damit zum Schaukeln. Warte mal. Sie hatten doch Anker geworfen. Das Boot durfte gar nicht unter den Stalagtiten vorbeigleiten. Sie bewegten sich! Sie trieben fort!

»Dr. Blakely!« Jason krabbelte über den federnden Boden zu dem Wissenschaftler. »Da stimmt was nicht.«

Blakely stöhnte und setzte sich aufrecht hin. »Was denn, Jason? Hast du schon wieder einen Fisch gesehen?« Er schob die Brille den Nasenrücken hoch. Ein Glas war ihm gestern irgendwann herausgestoßen worden. Er kniff das ungeschützte Auge zu, als ob er Jason zublinzeln wollte.

»Schauen Sie doch, Dr. Blakely! Wir bewegen uns.«

Seufzend verrenkte Blakely seinen Hals nach hinten und zog eine missbilligende Miene, die plötzlich einem erstaunten Blick und weit geöffneten Augen wich. »Verflucht, wir bewegen uns wirklich.«

Er griff über den Rand des Boots und holte das Ankertau ein. Dabei warf er das tropfende Tau auf Jasons Zehen.

Jason stieß das schleimige, stinkende Seil mit mürrischem Gesicht zur Seite.

»Veflucht!« Blakely hielt das abgerissene Ende des Taus in der Hand. Kein Anker. »Sieht so aus, als hätte es jemand durchgebissen.« Er ließ das Tauende fallen und setzte sich neben das Ruder. »Die Strömung ist sehr stark hier. Wir haben ein flottes Tempo.«

»Was machen wir jetzt?«

Blakely ging zum Motor. »Zuerst müssen wir herausfinden, wohin wir uns bewegen. Jason, geh vor und schalt den Suchscheinwerfer ein.«

Jason eilte zum Bug, schnappte sich die Lampe, schaltete sie ein und schwenkte den Strahl nach vorn. Das Licht schnitt wie eine riesige Klinge durch die Dunkelheit vor ihnen. Doch der Rauch leistete ihm Widerstand. Nur wenige Meter vom Bug entfernt verschluckte ein undurchdringlicher Vorhang aus öligem Nebel das Licht.

»Jason, hol bitte die Paddel heraus. Vielleicht brauchen wir sie.«

»Warum denn? Wir haben doch den Motor.«

Blakely schüttelte den Kopf. »Es ist nicht viel Benzin im Tank. Und so dick wie der Rauch ist, wäre das Tempo Selbstmord. Wir könnten mit etwas kollidieren oder irgendwo auflaufen. Und außerdem, falls wir nahe am Strand sind – und wer zum Teufel soll das in dieser Erbsensuppe wissen? –, möchte ich die Aufmerksamkeit nicht auf uns ziehen. Also rudern wir.«

Nickend arretierte Jason den Scheinwerfer und bewegte sich zu der Stelle, wo die Plastikpaddel befestigt waren. Als er das erste aus seiner Halterung befreit hatte, fluchte Blakely plötzlich. Jason schaute hoch.

Eine Wand aus zerklüftetem Fels raste auf sie zu und füllte ihre gesamte Sicht aus. Schwarze Dolche ragten von den Wänden und aus dem Wasser. Die Strömung trieb ihr Boot genau auf die dichteste Ansammlung scharfkantiger Felsen zu. Plötzlich war ein Schlauchboot kein so angenehmes Beförderungsmittel mehr.

Blakely schrie, als er sich mit voller Kraft auf das Steuer stemmte. »Junge, lauf auf die rechte Seite und paddele wie verrückt!«

Jason erfasste die Gefahr, sprang nach rechts und beugte sich über den Rand des Boots, um sein Paddel ins Wasser zu tauchen. Er zog es so durchs Wasser, wie seine Mutter es ihm gezeigt hatte, als sie im Colorado River Kanu fahren gewesen waren. Er tauchte mit dem Paddel tief ein und machte lange und schnelle Züge.

»Wir schaffen es nicht«, schrie Blakely, und seine Stimme überschlug sich.

Die Panik in seiner Stimme war ansteckend. Jasons vorbildliches Paddeln wurde verzweifelt. Er konzentrierte sich auf das Wasser, das er aufwühlte. Dennoch lauschte er aufmerksam, während ihm das Blut in den Schläfen pochte, in der Erwartung, jeden Moment das Zerreißen der Schwimmer zu hören.

Seine Schultern brannten vor Anstrengung, aber er tauchte das Paddel immer wieder ins Wasser.

»Wir drehen uns!« In Blakelys Stimme erklang eine Spur Hoffnung.

Jason warf einen Blick über die Schulter. Das Boot fuhr nun in einem spitzen Winkel und nicht mehr senkrecht auf die Wand zu. Er ruderte weiter. »Werfen Sie den Motor an!«, schrie er.

»Die Zeit reicht nicht. Ich habe Angst, das Steuer loszulassen.«

Jason hatte schon zu viele Kanufahrten mitgemacht, um

nicht zu erkennen, dass sie es nicht schaffen würden. Dennoch paddelte er unermüdlich. Da sahen sie plötzlich, während ihr Boot mehr und mehr zur Seite trieb, durch den Rauch hindurch eine Öffnung in der Wand. Ein großer schwarzer Schlund. Wenn sie darauf zuhielten, konnten sie der zerklüfteten Wand vielleicht entkommen.

Blakely sah sie auch. »Unsere letzte Chance.«

Jason paddelte wie wild weiter. Glücklicherweise strömte auch das Wasser in diese Richtung. Während er ruderte, grub sich der Bug des Schiffes immer tiefer in die Strömung.

»Vorsicht, dein Kopf!«, rief Blakely ihm zu.

Jason duckte sich, als sie unter einem felsigen Überhang hindurchtrieben. Jeden Moment mussten sie auf die Wand treffen. Er hockte sich tief ins Boot hinein und wartete auf die Kollision. Aber die Stärke der Strömung ergriff das Boot plötzlich und zog den Bug um die Kurve in den schwarzen Tunnel hinein.

»Wir haben es geschafft«, jubelte Jason.

Sie glitten sanft in den Tunnel. Jason kroch nach vorn zum Suchscheinwerfer am Bug. Er wirbelte herum und untersuchte die Wände des Tunnels. Keine steinernen Speerspitzen drohten sie zu erdolchen. Stattdessen waren die Wände glatt wie poliertes Glas.

»Hier scheinen wir sicher zu sein«, sagte Blakely. »Das ist der Fluss, in den sich der See entleert. Was für ein Glück, dass das Wasser des Flusses die Wände im Laufe der Zeit glatt poliert hat.« Das Echo warf seine Worte zurück und ließ sie hohl klingen.

Der Fluss trieb das Boot tiefer in den Tunnel hinein. Ihr Licht durchdrang die Dunkelheit bis zur nächsten Biegung. »Wohin führt er?«, fragte Jason.

»Ich weiß es nicht, und ich glaube auch nicht, dass jetzt der richtige Zeitpunkt ist, um das herauszufinden. Lass uns mal schauen, ob wir das Boot wenden können, dann werfe ich den Motor an.«

Jason gab Blakely ein Paddel, und jeder setzte sich an eine Seite. Jason paddelte vorwärts, Blakely rückwärts. Das Boot drehte sich um seine eigene Achse, gerade als die Strömung um die Kurve bog. Plötzlich fiel der Fluss steil ab. Die erhöhte Geschwindigkeit riss den Bug des Boots wieder nach vorn.

»Halt dich fest, Jason!«, sagte Blakely, als das Boot in die wilde Strömung hineingezogen wurde.

Jason schluckte heftig und griff mit einer Hand in eine Halteschlinge. Das Boot sackte tiefer und wurde immer schneller. Der Bugscheinwerfer hüpfte über das tosende Wasser. Als er sah, was auf ihn zukam, griff Jason auch mit der zweiten Hand in die Schlinge.

Der Tunnel ging jetzt in eine enge Kurve. Das Wasser strömte in einem hohen Bogen an der Wand entlang, als der Fluss um die Kurve bog.

»Scheiße!«, platzte es aus Blakely heraus, der sich hastig die Gischt mit dem Ärmel von der Brille wischte und dann verzweifelt nach einer Schlinge griff.

Das Boot schoss in die Kurve und stieg dabei steil die Wand hinauf. Als würde man mit dem Strudel in einen Abfluss strömen, dachte Jason. Er sah, wie Blakelys Seite des Boots sich über ihm aufrichtete. Blakely versuchte krampfhaft, den Halt nicht zu verlieren, seine Beine strampelten auf dem glitschigen Gummiboden.

Jason kauerte sich zusammen und betete, dass das Boot nicht kippte.

Das Boot klatschte herunter, als die Kurve wieder in die Gerade überging, und Jason fiel auf den Boden.

»Noch eine Kurve!«, schrie Blakely.

Jason wappnete sich. Dieses Mal schoss seine Seite des Boots steil in die Höhe. Er sah die kahle Stelle auf Dr. Blakelys Kopf. Dann sank das Boot in die Waagerechte zurück. »Wie können wir anhalten?«

Blakely blickte mit zusammengekniffenen Augen in den Tunnel, durch den das Boot hindurchraste. »Weiß ich nicht. Ich hoffe, dass die Strömung irgendwann einmal geradeaus läuft und unsere Fahrt sich verlangsamt ... Festhalten! Da kommt die nächste Kurve!«

Nach fünf weiteren Kurven wurde Jason langsam übel. Die Trockennahrung, die er zum Frühstück gegessen hatte, lag wie ein Klumpen in seinem Magen. »Mir wird schlecht«, murmelte er.

»Schhhh!«, sagte Blakely. »Hör mal.« Das Boot hatte seine Fahrt verlangsamt, der Fluss verlief wieder waagerecht, doch die Strömung war immer noch stark.

Jason unterdrückte ein Stöhnen, legte den Kopf auf die Seite und lauschte angestrengt. Und? Dann hörte er es auch. Es klang, als würde jemand gurgeln. Das Gurgeln schwoll immer mehr an, bis es toste.

Blakely nahm das Wort wie eine heiße Kartoffel in den Mund: »Wasserfall.« Er schnappte sich das Steuer. »Wir müssen umdrehen und den Motor in Gang setzen!«

Jason schaute sich in dem engen, felsigen Tunnel um. Sogar wenn man die reißende Strömung außer Acht ließ, gab es keinen Platz für eine Wende. Da erinnerte er sich an etwas, das seine Mutter ihm beigebracht hatte. »Wir wenden in der nächsten Kurve!«, schrie er durch den donnernden Lärm.

»Was?« Blakely starrte ihn an, als wäre er verrückt geworden.

»Wenn wir in die Kurve gehen, können wir uns durch die Kraft der Strömung drehen.«

»Das ist zu gefährlich.«

Jason zeigte nach vorn. »Ja, aber was ist damit?«

»Eins zu null für dich. Wie drehen wir uns?«

Jason gestikulierte mit Händen und Füßen, um sich verständlich zu machen. »Drehen Sie das Steuer in der nächsten Kurve in die entgegengesetzte Richtung. Versuchen Sie so, den Bug die Wand hinauf zu steuern. Die Strömung reißt dann das Heck herum und dreht uns rückwärts. Meine Mama und ich haben es einmal versucht.«

»Und hat es geklappt?«

»Eigentlich nicht, das Boot ist gekentert.«

»Toll.«

»Es soll aber funktionieren. Wir haben es nur falsch gemacht.«

»Okay, wir haben nur einmal die Chance, es richtig zu machen. Da kommt die nächste Kurve!« Blakely musste brüllen, um das Getöse zu übertönen.

Jason sprang zurück neben Blakely, um mit ihm das Steuer herumzulegen. »Auf mein Kommando drücken!«

Blakely nickte.

Jason wartete, bis die Spitze des Boots in die Kurve ging. »Jetzt!«

Blakely riss das Ruder herum und stemmte sich mit aller Kraft dagegen. Jason drückte ebenso fest. Der Bug schoss die Wand hinauf, das Boot stand senkrecht.

»Nicht loslassen!« rief Jason, der spürte, dass Blakely locker ließ. »Nicht bevor wir ganz herum sind!«

Für einen Moment zitterte das Boot, dann flog das Heck herum, und der Scheinwerfer leuchtete in die Richtung, aus der sie gekommen waren.

»Mein Gott!«, sagte Blakely mit großen Augen. »Wir haben es geschafft.«

Jason wirbelte herum, um zu sehen, wohin die Strömung sie riss. Hundert Meter weiter ergoss sich der Fluss in eine große Höhle. Er guckte angestrengt auf die näher kommende Öffnung. Merkwürdig, dachte er. Er rieb die Augen und betrachtete wieder die Wände des Tunnels um sich herum.

Es verschwand einfach nicht. »Schauen Sie, die Wände geben eine Art Licht von sich.«

Blakely verdrehte den Hals, um sich umzusehen. »Eine Art leuchtender Schimmel.« Er zog an der Anlasserschnur des Außenbordmotors. Der Motor klickte, sprang aber nicht an.

»O nein!«, sagte Jason. »Da!«

Blakely hatte es schon gesehen und riss verzweifelt an der Schnur.

Stromabwärts konnten sie durch das Leuchten den Schaum von Wildwasser sehen. Das Tosen drückte ihm mittlerweile aufs Trommelfell und ließ seinen Schädel vibrieren. Jenseits der mahlenden Strömung verschwand der Fluss. Über eine Klippe!

Jason drehte sich zu Blakely, als das Boot auf den Abgrund zuraste. »Schnell!«

Blakely riss noch einmal mit ganzer Kraft an der Schnur, der Motor stotterte – und sprang an!

Blakely gab Vollgas. Das Boot stemmte sich gegen die Strömung, zuerst ohne Wirkung. Immer noch drängte der Strom sie auf den Wasserfall zu. Doch wenige Meter vor dem Wildwasser gewann der Motor endlich. Das Boot lag nun bewegungslos im Fluss, während der Motor gegen die Strömung ankämpfte.

»Los, los, los ...« Jason versuchte, das Boot anzufeuern.

Als hätte es ihn erhört, bewegte es sich vorwärts, zuerst langsam, dann immer schneller.

Jason jubelte. Blakely lächelte grimmig.

Und dann ging der Motor aus.

19

Wieder ein Schrei, der durch Mark und Bein ging. Die Bestie musste jeden Augenblick auftauchen.

Ashley suchte nach einem zweiten Ausweg aus dem Nest. Sogar eine kleine Spalte, in der sie sich verstecken konnten, hätte es getan. Ein eiliger Schwenk mit der Blendlaterne offenbarte nur Felswände.

»Wieder zurück!«, sagte Ben und wies mit seiner Lampe zurück zur Klippe.

Michaelson hatte bereits sein Gewehr in der Hand. »Nein, wir bleiben und töten sie.«

Ashley schüttelte den Kopf. »Es könnten noch andere in der Nähe sein. Die Schüsse locken wahrscheinlich eine ganze Herde dieser verdammten Biester an. Wir schießen nur, wenn sie uns in die Enge treiben.«

Ben warf einen Blick zur Klippe. »Ich behaupte mal, wir sind schon in die Enge getrieben.«

»Wir müssen uns nur irgendwo verstecken«, sagte Ashley. »Wenn Big Mama die Höhle leer vorfindet, wird sie hoffentlich das Interesse verlieren und wieder verschwinden.«

»Aber wo können wir uns verstecken?«, fragte Michaelson. Er prüfte die Patronen seines Gewehrs.

Ben zog an dem aufgerollten Seil, das über seiner Schulter hing. »Wir könnten uns ein Stück über die Klippe abseilen und dort hängen bleiben, bis sie weg ist. Falls sie uns findet, seilen wir uns tiefer ab.«

Ashleys Arme fühlten sich immer noch wie weiche Nudeln an, aber hatte sie eine andere Wahl? »Gute Idee. Los geht's.«

Sie rutschte über den Kamm und folgte Ben bis zum Rand der Klippe. Von der Kuppe aus sicherte Michaelson ihren Rückzug, beobachtete den Tunnel und wartete auf Big Mamas Ankunft.

»Wickle dein Seil um den Stalagmiten«, wies Ben sie an, »So!«

Sie machte es ihm nach und zog ihren Knoten sogar noch fester zu als er. Dann überprüfte sie das Seil mit einem Ruck.

»Das ist fest genug, Ash.«

»Nur zur Sicherheit.« Sie beobachtete, wie Ben das Seil des Majors um einen dritten Vorsprung wickelte. Er warf das zusammengerollte Seil über die Kante und ließ es an der Felswand herunterhängen.

Zorniges Gebrüll donnerte durch die Höhle. Ashley blickte zum Nest.

Michaelson stolperte den Hang herunter, seine Flinte hielt er mit einer Hand fest. »Sie kommt!«

»Ash, Bewegung! Ich sorge schon dafür, dass Michaelson gesichert ist.«

Sie nickte und hakte das Seil in den Karabinerhaken ein. »Geh kein Risiko ein.«

»Wer, ich?« Ben zwinkerte ihr zu und scheuchte sie zur Kante. Wieder ertönte ein Brüllen. »Beeilung!«

Sie packte das Seil, beugte sich über den Rand, sprang ein paar Meter hinunter, bremste und hielt an. Der Rand der Klippe verdeckte ihr die Sicht. Verdammt, sie konnte nicht erkennen, was da oben vor sich ging, aber sie konnte es hören.

»Warten Sie nicht, Ben! Machen Sie, dass Sie Ihren Arsch da runter bekommen!« Michaelsons Stimme klang fast hysterisch. »Sie ist direkt hinter mir.«

»Hier rüber, Mann!«

Gesteinsbrocken rieselten über die Kante, als der Major schlitternd zum Stehen kam. »Sie sieht uns! Da kommt sie!«

Der Klang von Krallen, die auf Felsen kratzten, ließ Ashley erzittern. Ein ohrenbetäubender Schrei explodierte oben. Es klang, als käme er direkt vom Rand.

Michaelson sprang plötzlich über den Abgrund, das Seil zischte durch seinen Karabiner. Seine Stiefel trafen mehrere Meter zu ihrer Linken auf die Wand. Sein Gesicht war im Licht ihrer Helmlampe puterrot.

Michaelson japste nach Luft und schüttelte den Kopf. »Er … er … hatte seine Lampe ausgeschaltet … dann ist er hinter einen Steinschlag gesprungen. Ich glaube nicht, dass sie ihn gesehen hat. Sie war auf meine Helmlampe fixiert.«

Ashley betete, dass Ben sich in Sicherheit befand, und sah auf das leere, baumelnde Seil links von ihr. Über ihr hörte sie ein Grunzen. Noch mehr Schutt rieselte herunter und prasselte auf Michaelson.

Ein Reptilkopf schoss über den Rand der Klippe und starrte suchend zuerst mit einem schwarzen Auge in den Abgrund, dann mit dem anderen. Die Bestie befand sich genau über dem Major. Plötzlich hielt sie in der Bewegung inne, ein Auge auf Michaelson gerichtet. Sie öffnete ihr Maul und brüllte ihn an.

Michaelson ließ sich noch einen Meter tiefer fallen. Nun konnte sie auch mit ihrem langen, stacheligen Hals nicht an ihn heran. Die Bestie fauchte die entgangene Beute an, legte ein letztes Mal den Kopf auf die Seite und verschwand dann jenseits der Felskante. Ashley atmete erleichtert auf, als Michaelson den Daumen hochhielt. Sie waren in Sicherheit. Aber was war mit Ben? Wieder hielt sie Ausschau. Plötzlich schnappte Michaelson laut nach Luft und lenkte Ashleys Aufmerksamkeit wieder auf sich. Er hatte den Halt verloren und knallte gegen die Felswand, weil jemand sein Seil hinaufzog. Sie sah mit großen Augen, wie sein baumelnder Körper wieder einen Meter hinaufgezerrt wurde. Er prallte mit der Schulter hart gegen die Wand.

»O Gott! Sie hat mein Seil!« Er wurde noch höher gezogen und war nur noch einen halben Meter von der Kante entfernt.

Die Bestie schaute wieder über den Rand, den Kopf auf die Seite gelegt, ein Auge auf Michaelson gerichtet, das Seil fest zwischen den Kiefern. Sie riss den Kopf zurück, so dass Michaelson in die Höhe gezogen wurde und nun vom Maul der Bestie herabbaumelte.

Ashley versuchte, ihre Pistole mit einer Hand aus dem Holster zu ziehen, ohne das Seil loszulassen. Verzweifelt versuchte sie, den Verschluss zu öffnen. Verdammt! Während sie mit dem Holster kämpfte, hörte sie Bens Stimme. Sie hielt inne.

»He, Big Mama, behandelt man so einen Gast?« Dann stieß er einen lauten Pfiff aus.

Ashley sah, wie die Bestie in Bens Richtung zuckte und Michaelson hin und her schleuderte. Das Tier öffnete das Maul, um den Eindringling anzufauchen, und verlor das Seil.

Michaelson sackte mit rudernden Armen und Beinen an ihr vorbei. Das Tau zog sich stramm, er knallte gegen die Wand. Sie hörte das Geräusch knirschender Knochen.

Entsetzt sah sie zu ihm hinunter. Er stöhnte, die Augen vor Schmerz zusammengekniffen, und versuchte, mit einem Bein wieder in die Abseilposition zu gelangen. Ashley war erleichtert, dass er den Sturz überlebt hatte, und schaute wieder zum Klippenrand.

Die Bestie hatte sich aus dem Blickfeld zurückgezogen. Ashley hörte, wie sie schnüffelte und schnaufte und mit den Krallen vorsichtig suchend am Felsen kratzte. Los, Ben, mach, dass du runterkommst! Sie lauschte angestrengt. Was mochte dort oben vor sich gehen? Stille. Sie warf einen Blick nach links. Bens Seil war fort! Wann war es verschwunden?

Ein freudiges Schnauben erklang von oben. Der Jäger hatte sein Opfer gefunden. Ein verzweifeltes Scharren und Balgen brach aus.

»Schau mal, Ma!« Bens Stimme klang aggressiv. »Ich habe dir einen neuen Schal gestrickt.«

Wütendes Gebrüll.

Plötzlich sprang Ben über die Felskante und schoss durch die Luft. Sein Seil fiel hinterher. Als es sich straffte, drehte er sich mitten in der Luft herum, Gesicht zur Klippe, und schoss auf die Wand zu. Mit den Beinen federte er die Wucht des Aufpralls ab. Nur sein hervorgestoßenes »Uff!« ließ erahnen, dass der Aufprall ihm zu schaffen machte.

»Ben …«, sagte Ashley erleichtert und verwirrt, »was ist mit …«

Ben zeigte mit dem Finger nach oben.

Sie schaute wieder zur Felskante hinauf. Der Kopf des Beuteltiers ragte über die Klippe, seine wabblige Zunge hing aus dem schlaffen Kiefer. Das Seil war um seinen Hals geschlungen und schnitt sich tief in sein Fleisch.

Ben zeigte der Bestie einen Schmollmund. »Also das nennst du Dankbarkeit? Ich glaube, ihr gefällt mein Geschenk nicht.«

Der SEAL stöhnte und öffnete die Augen. Linda fühlte gerade seinen Puls. »Er kommt wieder zu sich«, sagte sie. Sie hatte befürchtet, dass ihn die Sporen bei seinem geschwächten Zustand untergekriegt hätten.

»Das ist gut«, sagte Khalid. Man sah ihm an seinem fahlen Gesicht an, dass er selbst noch mit den Folgeerscheinungen kämpfte. Er schloss die Augen und drückte die Finger an die Schläfen.

»Hier, versuch das mal.« Sie reichte ihm ein feuchtes Handtuch. »Zurücklehnen und auf die Augen legen.«

Er lächelte sie matt an, gehorchte dann aber.

Während er sich zurücklehnte, wandte sich Linda wieder Villanueva zu. Sie kühlte seine Stirn. Mit Khalids Hilfe war es ihr gelungen, ihn in eine einigermaßen pilzfreie

Höhle zu bringen, durch die ein Bach mit kaltem Wasser floss, der ein wenig scharf nach gelösten Mineralien roch. Der einzige Eingang war eine enge Öffnung und zu klein für die Bestien. Dennoch hatte sie die Pistole auf einen Felsen in Reichweite gelegt.

Villanueva versuchte zu sprechen und brachte zwischen seinen klebrigen Lippen hervor: »W-w-asser …«

Sie half ihm, sich aufzurichten, und hob eine Tasse an seine Lippen. Mit zitternden Händen nahm er sie ihr ab und trank allein.

»Was ist passiert?«, fragte er und blickte auf Khalid, der nun ruhig unter dem nassen Laken schnarchte.

Während er die Tasse leer trank, erzählte sie ihm von den giftigen Pilzsporen.

Er gab ihr die Tasse zurück. »Gibt es hier unten irgendetwas, das uns nicht auffressen will?«

Sie grinste ihn an. »Das hier ist eine feindliche Umwelt. Alles, was überleben will, muss lernen, die wenigen Ressourcen ganz auszuschöpfen. Das hat harten Wettbewerb und die unterschiedlichsten Angriffsmethoden zur Folge.«

»Toll. Was kommt als Nächstes? Fleisch fressende Schmetterlinge?«

Sie zuckte mit den Achseln.

Er schüttelte den Kopf. »Verflucht, jetzt könnte ich eine Zigarette gebrauchen.«

»Ich glaube nicht, dass Ihnen das gut täte.«

Er hob die Brauen. »Mir wäre gerade fast der Arm abgerissen worden, ein Monster hat mich als Beißring missbraucht, und irgend so ein bekloppter Schimmelpilz hat versucht, mich zu vergiften. Ich glaube, ich überlebe auch eine Zigarette.«

Sie nickte. »Ich schaue mal in Khalids Gepäck nach. Er hat ein paar Extrarationen. Ich bin sicher, er hat nichts dagegen, eine abzugeben.« Sie holte seinen Rucksack zu sich herüber und wunderte sich darüber, wie schwer er war. Sie öffnete die Taschen und wühlte durch Kleidung und Kletterausrüstung. »Es muss hier irgendwo drin sein.«

»Ist schon gut. Ich könnte …«

»Hier, ich glaube, ich habe eine. Noch eingeschweißt.«

Ihr Arm steckte bis zum Ellbogen im Rucksack, und sie fühlte, wie der Kunststoff in ihren Fingern knisterte. »Ich hab's!« Sie zog ihren Arm heraus und hob das eingeschweißte Päckchen in die Höhe. Sie wurde verlegen, als sie entdeckte, dass es sich nicht um eine Schachtel Zigaretten handelte. Neugierig hielt sie es ins Licht, um es genauer zu betrachten.

Villanueva riss die Augen weit auf, als er sah, was sie in der Hand hielt. »Passen Sie auf damit!«

»Was ist das?«

»Plastiksprengstoff. Lassen Sie mich mal sehen.«

»Sprengstoff?« Sie gab ihm den in Zellophan eingewickelten Würfel.

Er schaute auf die Rückseite der Verpackung. »Der Aufdruck … Es handelt sich um deutsche Ware.«

»Warum sollte …?« Sie blickte auf den Schlafenden. »Als Geologe hat er vielleicht geglaubt, er muss sprengen, um an Gesteinsproben zu gelangen.«

Der SEAL schüttelte den Kopf. »Ich war über alles informiert. Man hätte es mir gesagt, wenn jemand Plastiksprengstoff dabei gehabt hätte. Das hier ist ganz offensichtlich Schmuggelware. Geben Sie mir den Rucksack.«

Sie hielt den Atem an. Tausend Gedanken schossen ihr durch den Kopf, als sie ihm Khalids Rucksack reichte. Sie erinnerte sich plötzlich, wie abwehrend er sich manchmal verhalten hatte, wenn ein anderer seinem Rucksack zu nahe kam. Was für ausweichende Antworten er gegeben hatte, wenn ihn jemand nach seiner Vergangenheit gefragt hatte. Aber sie erinnerte sich auch an seine starken Hände, die ihr steile Hänge hinaufgeholfen hatten, und an seine freundlichen, ermutigenden Worte.

Villanueva schloss den Rucksack. »Da sind zwölf Päckchen drin. Das reicht, um den ganzen Vulkan über uns in die Luft zu jagen.« Er griff nach ihrer Pistole, doch seine Verletzungen hinderten ihn daran. »Geben Sie mir Ihre Waffe.«

Instinktiv wollte sie gehorchen, aber als sie die Hand auf die Pistole legte, hielt sie plötzlich inne und war sich nicht sicher, was sie tun sollte.

Mit einem rasselnden Schnarchen hustete Khalid sich wach. Er nahm das Tuch vom Gesicht und setzte sich auf. »Was macht ihr …?« Sein Blick bewegte sich von Villanueva mit dem Rucksack zu Linda mit der Waffe. Er kräuselte die Stirn und zog die Augenbrauen zusammen. Sein Akzent wurde breiter: »Was zum Teufel habt ihr mit meinem Rucksack zu schaffen?«

Seine Worte waren an den SEAL gerichtet, aber seine Wut traf auch Linda. Verlegen sagte sie: »Wir haben nur eine Zigarette gesucht und …«

Villanueva schnitt ihr das Wort ab. »Was für ein Spiel spielen Sie, Khalid? Wer hat Sie geschickt?«

»Ich weiß nicht, wovon Sie reden. Geben Sie mir meinen Rucksack zurück.«

Der SEAL schüttelte den Kopf. »Gehen Sie zum Teufel.«

Linda trat einen Schritt von den Widersachern zurück. Sie hielt die Pistole in den tauben Fingern und starrte Khalid unverwandt an. Dies war derselbe Mann, der seine Wasserflasche mit ihr geteilt hatte. Derselbe Mann, der sie befreit hatte, als sie in der engen Spalte steckte.

Ihre Bewegung erregte Khalids Aufmerksamkeit. Er sprach zu ihr und wies mit dem Daumen auf Villanueva. »Hat er Fieber? Ist das die Pilzdroge? Warum benimmt er sich so?« Er winkte sie zu sich, von Villanueva fort. »Sei vorsichtig. Vielleicht ist er gefährlich.«

Benommen sah sie, wie ihre Füße sich auf Khalid zubewegten. »Es geht ihm gut. Nur kann er nicht verstehen, warum du Sprengstoff dabei hast.«

»Kommen Sie ihm nicht näher!« Villanueva versuchte aufzustehen, war jedoch zu schwach und fiel wieder hin. »Glauben Sie ihm kein Wort. Geben Sie mir die Waffe.«

Khalid flehte sie an: »Tu es nicht. Er wird mich töten.«

Sie blickte zu Villanueva.

Villanuevas Lippen hatten sich zu einer dünnen, harten Linie verengt. »Was haben Sie sich mit dem ganzen Sprengstoff für uns ausgedacht?«

Khalid senkte den Kopf. »Linda, lass mich erklären. Er verdreht alles. Ich bin kein arabischer Terrorist. Er lässt sich von seinen Vorurteilen beeinflussen.«

»Khalid ...?« Sie ging einen einzigen Schritt auf ihn zu. Nun lag nur noch ein Meter zwischen ihnen.

»Aufpassen!«

Villanuevas Warnung kam zu spät. Zu spät für Khalids plötzlichen Hechtsprung. Er war auf ihr, bevor sie nach Luft schnappen konnte, und hielt sie eng umschlungen. Mit einer Hand griff er nach der Pistole und entwand sie ihr.

»Es tut mir Leid«, flüsterte er ihr ins Ohr. »So hatte ich das nicht geplant.« Als er die Pistole in der Hand hielt, ließ er sie frei.

Sie stolperte ein paar Schritte fort von ihm. Tränen standen ihr in den Augen.

Er richtete die Waffe auf Villanueva.

»Und jetzt, Khalid?«, sagte er mit einem hämischen Grinsen. »Wie wollen Sie hier fortkommen?«

»Indem ich Ballast abwerfe.« Khalid drückte zweimal ab. Villanuevas Kopf flog zurück, zwei kleine Löcher entstanden auf seiner Stirn. Sein Körper sackte zu Boden.

Linda schrie auf. Sie hielt die Hände vors Gesicht, fiel

auf die Knie, schluchzte und erwartete, dass jeden Moment Kugeln auch ihren Körper zerfetzten.

Sie fühlte eine Hand auf ihrer Schulter. Kein Wort.

Bei seiner Berührung zuckte sie zusammen und weinte noch mehr. Die Hand berührte sie nicht mehr. Schließlich gingen ihre gequälten Schreie in lautloses Weinen über. Sie blickte auf.

Khalid hockte auf den Fersen und ließ den Kopf hängen. Er hielt die Pistole mit derselben Selbstverständlichkeit, wie man einen Kugelschreiber hält. Er musste ihren Blick bemerkt haben.

Sie schniefte. »Warum?«

Sein Antwort klang unbeteiligt und gefühllos. »Ich habe eine Mission zu erfüllen.« Er schaute ihr ins Gesicht. »Blakely war naiv. Die Nachricht vom Fund einer riesigen Diamantstatue hat viele Ohren erreicht. Ein südafrikanisches Diamantenkartell trat an meinen Arbeitgeber heran. Wenn die Fundstelle solch riesiger Diamanten jemals entdeckt würde, dann würde das den Markt für Diamanten zerstören. Mit den Preisen ginge es bergab. Ich habe den Auftrag, die Fundstelle zu finden und zu sabotieren. Das ganze System in die Luft zu jagen.«

Sie senkte den Kopf. »Und alle sterben nur für Geld.«

Er streckte die Hand aus, fasste ihr Kinn und hob ihr Gesicht. Seine Fingerspitzen waren noch warm von der Pistole. »Nein«, sagte er, »ich habe das Angebot der Südafrikaner auch aus einem anderen Grund angenommen. Aus einem Grund, der mir mehr am Herzen liegt. Falls dieser Kontinent sich zu einem größeren Konkurrenten im Erdölmarkt entwickeln würde, würde dies, wie im Fall des Diamantenmarkts, die Wirtschaft des Mittleren Ostens vernichten. Öl ist das Blut, das durch die Adern meines Heimatlandes fließt. Bevor man dort Öl fand, war mein Land arm. Es gab keine Schulen, kein Gesundheitswesen, keinen Weg, der aus der Wüste hinausführte. Das will ich nie wieder erleben. Nicht nach so viel Fortschritt.« Schmerz blitzte in seinen Augen auf. »Ich liebe mein Land genauso, wie du deins liebst. Würdest du töten, um dein Land zu retten?«

Verunsichert gab sie keine Antwort und wandte ihr Gesicht ab.

Er ließ ihr Kinn los und stand auf. »Ich muss wieder nach oben und meine Mission erfüllen.« Er ging zu Villanuevas Leiche. »Er musste sterben. Sein Wissen hat meine Mission bedroht. Aber … dich … brauche ich. Ein zusätzliches Paar Augen, ein zusätzliches Paar Hände. Die Reise nach oben ist lang.«

Für einen Moment schöpfte sie Hoffnung.

»Ich habe einen Auftrag und werde ihn ausführen«, sagte er. »Du kannst hier bleiben … oder mit mir kommen. Aber eines muss dir klar sein. Wenn du mich begleitest und mein Geheimnis verrätst, muss ich wieder töten.« Er hielt ihr die Hand hin. »Kann ich dir vertrauen?«

Linda starrte auf seine schwielige Handfläche. Wenn sie mit ihm ginge, dann könnte er sich so plötzlich gegen sie wenden, wie er sich gegen Villanueva gewendet hatte. Doch allein und unbewaffnet hier unten zu bleiben bedeutete den sicheren Tod.

Sie verschränkte die Arme, ignorierte seine Hand und fällte eine Entscheidung. »Ich komme mit dir.«

Gott sei Dank, dachte Michaelson, als Ben vor ihm anhielt. Er legte dem Australier die Hand auf die Schulter und stabilisierte so seine Position. Die provisorische Schiene an seinem Knöchel schnitt ihm in die Wade. Die behelfsmäßige Vorrichtung war ihm in aller Eile angelegt worden, nachdem sie zum Nest zurückgeklettert waren. So konnte er wenigstens gehen, wenn auch langsam und unbeholfen.

Michaelson bekam einen Schreck, als er sah, wie weit es bis zum Ausgang des Nests noch war.

»Habt ihr das gehört?«, fragte Ben und legte den Kopf schief.

Ashley schüttelte den Kopf, Michaelson lauschte.

Mehrere Meter hinter ihnen fauchte eines der Bestienbabys die drei an, während sich sein kleiner Stachelkamm auf und ab bewegte. Die Proteste der Babys verloren an Aggressivität, als sie bemerkten, dass die Gruppe das Nest verließ. Aber der Tunnel war noch ein gutes Stück entfernt – ein schwarzer Schlitz in der Wand.

»Nein«, sagte Michaelson, »nichts. Die Luft scheint rein zu sein.«

Ben nickte und stocherte mit einem Finger im Ohr. »Ich hätte schwören können …« Er ging weiter.

Michaelson folgte ihm, das verletzte Bein nachziehend.

Ashley holte auf. »Schaffen Sie es?«

»Kein Problem, aber ich bin immer noch der Meinung, Sie sollten ohne mich weitergehen. Ich halte Sie nur auf.«

Sie runzelte die Stirn. »Es ist sowieso besser, wenn wir langsamer gehen. Wir wissen nicht, was uns erwartet.«

Resigniert hinkte er hinter Ben her und behielt den Eingang des Tunnels im Auge. Ein Ziel. Er zählte seine Schritte. Jeder ungerade war schmerzhaft, immer dann, wenn er sein Gewicht auf den geschienten Knöchel verlagerte.

Mit dem 33. Schritt hatte er endlich die Öffnung erreicht. Er stützte sich mit einem Arm gegen die Wand. Der Schweiß stand ihm auf der Stirn. Im rechten Oberkörper spürte er einen stechenden Schmerz. Scheiße, dachte er, ich muss mir auch eine Rippe angebrochen haben. Er hielt sich mit der Hand die Seite.

Ben trat zu ihm. Er hatte den Tunnel ausgekundschaftet, während sie auf Michaelson gewartet hatten. Ben schaute auf die Stelle, die sich Michaelson hielt, und hob eine

Braue, stellte aber glücklicherweise keine Fragen. Es war Michaelson schon peinlich genug, dass der Australier seinen Arsch gerettet hatte, als die wütende Bestie ihn eingeholt hatte. Wenn Bens verrückter Stunt nicht gewesen wäre, wäre er jetzt mausetot.

Er ließ die schmerzhafte Stelle los. »Was haben Sie gefunden?«

»Da unten ist der absolute Irrgarten. Die Gänge kreuzen sich in allen möglichen Richtungen. Manche werden von Schimmelpilzen beleuchtet, manche sind dunkel. Wir müssen vorsichtig sein.«

»Zumindest gibt es jede Menge Fluchtwege.«

»Ja, aber welcher Gang führt hinaus?«

»Es gibt nur einen Weg, um das herauszufinden.« Er unterdrückte das Stechen und zeigte den Tunnel hinunter. »Nach Ihnen.«

Ben richtete den Strahl seiner Lampe nach vorn und trat in den Tunnel. Nach mehreren Metern, die sie behutsam zurückgelegt hatten, wurde Michaelson klar, dass Ben mit seiner Beschreibung untertrieben hatte. Von der ersten Kreuzung gingen fünf Gänge in unterschiedliche Richtungen ab.

»Wo lang?«, fragte Ben Ashley.

Michaelson humpelte vorwärts, ungehalten darüber, dass Ben ihn in die Entscheidung nicht einbezog. Auch wenn er ein Invalide war, war er immer noch der militärische Dienstälteste und in erster Linie für ihre Sicherheit verantwortlich.

Ashley richtete den Strahl ihrer Stablampe in jeden Tunnel. Schließlich verharrte sie bei einem der Gänge. »Dieser Gang scheint nach oben zu führen. Außerdem sind die Wände teilweise mit dem leuchtenden Schimmel bedeckt.«

Michaelson schaute suchend in den Tunnel ihrer Wahl und gab ein unverbindliches Grunzen von sich.

Ashley sah ihn an. »Der Schimmel erlaubt uns, Batterien zu sparen. Wir wissen immer noch nicht, wie weit wir klettern müssen, bis wir aus diesem Höllenloch heraus sind. Insofern sollten wir sparsam sein. Versucht, so oft wie möglich die beleuchteten Tunnel zu benutzen. Außerdem fühle ich mich bei Licht sicherer.«

Michaelson nickte. So sehr es auch an ihm nagte, ihre Einschätzung der Situation war vernünftig. Er hätte das weitere Vorgehen nicht besser planen können. »Gehen wir«, sagte er.

Ben ging wieder voraus. Er reduzierte das Licht seiner Lampe, so dass er die dunkleren Winkel und Nischen ausleuchten konnte. Ansonsten gab ihnen der dichter werdende Schimmelpilz ausreichend Licht. Ben machte den anderen ein Zeichen, die Lampen auszuschalten, auch die Helmlampen.

Michaelson folgte ihm. Ashley hielt ihnen den Rücken frei, die Pistole in der Hand. Michaelson hatte die Zähne zusammengebissen, sowohl vor Schmerz als auch aus Frustration über seinen körperlichen Zustand. Er sollte eigentlich den Rückzug sichern oder die Aufklärung übernehmen und nicht wie ein Muttersöhnchen in der sicheren Mitte behütet werden.

Doch konnte er die Reihenfolge ihrer Prozession nicht verändern. Ben war ihnen schon mehrere Meter voraus, während Michaelson mühsam hinterherhumpelte. Er legte das Gewicht auf seinen gesunden Fuß und blickte zurück. Er sah, dass Ashley den Gang hinter ihnen im Blick hielt. Sie drehte sich um und ertappte ihn dabei, wie er sie anstarrte. Sie lächelte ihn schwach an, beinahe als wollte sie ihn beruhigen.

Er zog die Brauen ärgerlich zusammen und humpelte schneller. Sie ließen Seitenwege und Abzweigungen rasch hinter sich. Er merkte sich die Route erst gar nicht, sondern hielt den Blick auf Bens Rücken gerichtet und versuchte, mit ihm Schritt zu halten. Auch wenn sein fester Wille ihn vorantrieb und ihm half, seine Schmerzen und seine Behinderung zu ignorieren, wich sein fieberhafter Schritt schließlich einem Mitleid erregenden Schneckentempo. Ben verschwand hinter der nächsten Kurve. Michaelson japste jetzt, Sterne tanzten vor seinen Augen. Wie elektrische Schläge schossen die Schmerzen durch seinen Knöchel.

Er blieb stehen, lehnte sich an die Wand. Die schmerzende Seite brannte wie Feuer.

Ashley trat zu ihm. In ihrer Stimme lag eine Mischung aus Wut und Sorge. »Hören Sie auf, sich so unter Druck zu setzen. Das ist kein Wettrennen. Nur behutsames Vorangehen wird uns hier herausbringen.«

»Ich halte Sie auf«, stieß er zwischen vor Schmerz zusammengebissenen Zähnen hervor.

Plötzlich erschien Bens Gesicht vor ihm. Verflucht, konnte sich der Australier leise bewegen, wenn er wollte. Ben machte ein besorgtes Gesicht.

Michaelson glotzte ihn an. »Ich bin okay.« Untersteh dich zu widersprechen, dachte er.

»Das ist gut«, flüsterte Ben in einem alarmierten Ton, »denn ich glaube, wir werden verfolgt.«

Ashley trat zu ihm. »Was meinst du damit?«

»Ich höre die ganze Zeit schon ein Schaben und Scharren aus den Nachbargängen, das mit uns Schritt hält.«

»Vielleicht nur das Echo unserer Schritte?«, sagte Ashley, doch sie richtete den Blick ängstlich hinter sich. »Ich habe nichts gehört.« Sie schaute Michaelson an. »Sie vielleicht?«

Er schüttelte den Kopf, doch konnte er das kaum beurteilen. Alles, was er hörte, wenn er sich bewegte, waren sein eigenes pfeifendes Keuchen und das Blut, das in seinen

Ohren pochte. Zum Teufel, er hatte noch nicht einmal Ben bemerkt, bis er vor ihm stand.

Ben hauchte seine Worte. »Man muss wissen, wonach man lauscht. Ich kenne die typischen Geräusche einer Höhle. Und diese hier sind untypisch.«

»Und was machen wir jetzt?«, fragte Ashley.

»Wir müssen den Verfolger abschütteln, nur kennt er dieses Labyrinth besser als wir. Unsere einzige Hoffnung liegt in unserer Schnelligkeit. Wir müssen ihn hinter uns lassen.«

Michaelson spürte, dass Ben ihn dabei nicht anschaute. Ashley auch nicht. Eine peinliche Stille lastete auf ihnen. Er wusste, was sie jetzt dachten. Sie mussten schnell vorankommen, wollten ihn aber nicht zurücklassen.

Er rollte mit den Augen und wollte gerade etwas sagen, als er es hörte. Jetzt hörten sie es alle. Drei Paar Augen blickten gleichzeitig in die Richtung, aus der sie gekommen waren. Irgendetwas schabte da hinten am Fels. Dann hörten sie, wie ein einzelner Stein verschoben wurde und hinfiel. Da war etwas.

»Lasst mich hier«, sagte Michaelson. Er zog die Pistole und richtete sie auf Ashley und Ben. »Jetzt.«

»Lassen Sie den Scheiß«, sagte Ben. »Wir sind hier nicht in irgendeinem Rambo-Film. Wir wissen, dass Sie uns nicht erschießen werden.«

»Ich lasse nicht zu, dass meine Verletzung alle das Leben kostet.« Er hob den Lauf an seine Schläfe und drückte die kalte Mündung gegen seine erhitzte Haut. »Geht, oder ich schieße.«

»Michaelson.« Ashleys Stimme war angespannt vor Angst. »Wir sind ein Team.«

»Geht. Ich gebe euch Rückendeckung, solange ich kann.«

»Nein!«, sagte Ashley. »Sie kommen mit uns.«

»Geht.« Er spannte den Hahn. »Jetzt. Oder in drei Sekunden deckt euch niemand den Rücken.«

Er sah, dass Ashley schwer schlucken musste und Ben Hilfe suchend anblickte. Wenn einer von ihnen ihn bedrängte, würde er abdrücken. Er wusste, dass er sie nur mit Gewalt dazu bringen konnte, ihn zurückzulassen. Ein zweiter Stein fiel irgendwo hinter ihnen zu Boden.

Ben schaute Ashley an und ließ resigniert die Schultern hängen. »Er hat Recht. Wir müssen auch an die anderen denken. Wenn wir keine Hilfe holen, sterben sie auch.«

Ashley ballte die Fäuste, bis ihre Knöchel weiß wurden. »Ich hasse das.«

Ben legte ihr die Hand auf die Schulter. Er blickte Michaelson an. »Ich weiß, Sie sind scharf auf diesen Selbstmordeinsatz. Kamikaze und so. Aber fünf Meter weiter befindet sich eine kleine Nische mit einem winzigen Wasserbecken. Die ist groß genug für drei Marines. Ich schlage vor, Sie verkriechen sich dort. Es ist ein sicheres Örtchen, um sich zu verstecken, und bietet ausreichend Deckung, wenn Sie schießen müssen.«

Michaelson nickte, blieb aber misstrauisch. »Gehen Sie. Ich schaue mir das später an.«

Ben zog Ashley fort. »Komm, vielleicht können wir die Verfolger von ihm ablenken.«

Sie ließ sich von ihm fortziehen. Vorher blickte sie den Major ein letztes Mal an. Sie hatte Tränen in den Augen. »Dennis, geben Sie auf sich Acht. Machen Sie keine Dummheiten.«

Er scheuchte sie mit der Pistole fort und beobachtete, wie sie sich umdrehte, Ben seinen Arm um sie legte und die beiden fortliefen. Sie verschwanden hinter der nächsten Kurve, ohne sich noch einmal umzublicken. Er hörte, wie ihre Schritte im Tunnel verhallten, bis Stille einkehrte.

Michaelson lauschte angestrengt. Er wollte ganz sichergehen, dass sie auch wirklich fort waren. Außerdem achtete er auf verräterische Geräusche der Verfolger.

Doch er hörte nur das pochende Blut in den Ohren. Er wartete noch eine Weile. Aber nach fast einer Stunde sah und hörte er immer noch nichts. Vielleicht war Bens Furcht unberechtigt gewesen. Aber überzeugt war er nicht. Ben kannte sich in Späleologie zu gut aus, um sich von Echos oder den üblichen Höhlengeräuschen täuschen zu lassen.

Er leckte seine trockenen Lippen, die von Staub und getrocknetem Schweiß bedeckt waren. Dann schüttelte er die Wasserflasche an seinem Gürtel. Fast leer. Er sollte besser Bens Rat folgen und sich die Nische einmal anschauen. Seine Flasche dort füllen und sich verkriechen.

So leise wie möglich humpelte er den Gang hinunter und suchte nach der Nische. Jeder Schritt ließ ihn vor Schmerz zusammenfahren. Jedes Mal, wenn er den Stiefel über den Felsboden zog, kam ihm das Geräusch in dem leeren Tunnel wie eine Explosion vor. Glücklicherweise tauchte nach wenigen Schritten hinter der Kurve eine kleine schwarze Öffnung in der rechten Wand des Tunnels auf. Er schaltete seine Laterne ein und leuchtete in die Nische hinein. Es war dunkel darin, kein leuchtender Schimmelpilz, nur Leere. Die Decke war niedrig. Zu niedrig, um aufrecht stehen zu können, aber wenn er sich bückte, konnte er hineinsteigen und sich umherbewegen. In der Ecke lief ein kleines Rinnsal die rückwärtige Wand hinunter und sammelte sich in einer Pfütze.

Er probierte es mit dem Finger. Es hatte einen stark mineralischen Geschmack, schien aber trinkbar zu sein. Nachdem er den Rest aus der Wasserflasche getrunken hatte, hielt er sie unter das Rinnsal, um frisches Wasser aufzufangen.

Zufrieden machte er es sich im Schatten in der Nähe des Eingangs bequem. Das Licht des mit Schimmel verkrusteten Ganges ermöglichte es ihm, den Tunnel in beiden Richtungen heimlich zu beobachten. Hier hatte er einen sicheren Posten. Er wartete, die Waffe in der Hand.

Feiglinge, dachte sie, wir sind nichts weiter als Feiglinge. Egal wie logisch die Entscheidung, Michaelson zurückzulassen, gewesen sein mag, Ashley kam sich immer noch vor wie ein Hund mit eingekniffenem Schwanz.

Sie folgte Ben durch die Irrgänge des Labyrinths. Mittlerweile waren fast fünf Stunden vergangen. Während der kurzen Ruhepausen, in denen sie warmes Wasser aus den Flaschen getrunken hatte, hörte sie immer noch die Geräusche, die sie verfolgten. Manchmal kamen sie von weit her, manchmal schienen sie hinter der nächsten dunklen Ecke zu lauern.

Ben blieb vor ihr stehen. Der Schweiß stand ihm auf der Stirn. Er schraubte den Deckel seiner Wasserflasche auf, hob sie an seine Lippen und nahm einen kleinen Schluck. Nachdem er sich mit dem Ärmel über den Mund gewischt hatte, sagte er: »Es ergibt einfach keinen Sinn, zum Teufel.« Er schüttelte die Flasche und zog die Stirn kraus.

Ihre war auch fast leer. »Was meinst du?«

»Mittlerweile sollten wir unsere Verfolger entweder abgeschüttelt oder sie uns eingeholt haben. Doch diese Pattsituation ist verdammt merkwürdig.«

»Vielleicht haben wir einfach nur Glück?«

Beiden fuhr der Schreck in die Glieder, als plötzlich loses Gestein in einer Höhle rechts von ihnen zu Boden polterte.

Ben rümpfte die Nase, als hätte er einen üblen Geruch wahrgenommen. »In diesem Labyrinth vertraue ich dem Glück nicht mehr.«

Ashley trank gerade so viel, um den Staub von ihrer Zunge zu spülen, und verschloss ihre Flasche. »Gehen wir.«

Ben ging jetzt schneller, seine Haltung war angespannt, die Waffe hatte er fest in der Hand.

Das Warten ging ihr ebenso auf die Nerven. Wer zum Teufel verfolgte sie? Und warum griff er nicht an? In ihrem Magen tobte beißende Säure. Sie wünschte sich beinahe den Angriff des Verfolgers herbei. Dann könnte sie sich wenigstens wehren ... etwas tun, anstatt vor Furcht davonzulaufen.

Im Laufe der nächsten Stunden führte ihr Weg durch zahlreiche Gänge. Manche gingen aufwärts, andere abwärts, manche hatten einen ebenen Boden, manche waren voller Felsgeröll, die einen beleuchtet von phosphoreszierendem Schimmel, die anderen pechschwarz.

Ben hielt den silbernen Kompass in der freien Hand. »Wir bewegen uns in die falsche Richtung, von der Basis weg.«

»Haben wir eine Wahl?« Der Hunger und die verworrenen Gänge machten Ashley schwindlig. Sie hatte unterwegs an den Trockenrationen geknabbert, aber sie brauchte eine richtige Mahlzeit. Sie ertappte sich dabei, dass sie von einem Cheeseburger mit einer besonders großen Portion Pommes Frites träumte. Und natürlich einer Coca-Cola. Die warme Spucke in ihrer Flasche befeuchtete nicht einmal ihren Mund.

Sie stolperte über einen Felsbrocken. Ihre Reflexe waren bereits so abgestumpft, dass sie auf die Knie fiel. Sie versuchte, wieder auf die Beine zu kommen, doch die versagten ihr den Dienst. Ihre Muskeln waren müde und schmerzten. Mit einem Stöhnen sackte sie wieder zurück.

Ben kehrte um und hockte sich zu ihr. »Wir können jetzt nicht stehen bleiben.«

»Weiß ich«, sagte sie erschöpft, »ich brauche nur eine Minute, nicht mehr.«

Er setzte sich neben sie, legte die Hand auf ihr Bein und

drückte tröstend ihren Oberschenkel. »Wir kommen hier schon raus.«

»Wirklich?«, flüsterte sie. Und wenn sie es nicht schaffen würden? Sie dachte an ihren Sohn, der in der Alpha-Basis gut aufgehoben war, und ließ den Kopf hängen. Wenigstens war er in Sicherheit. Wenn ihr etwas passierte …

Sie biss die Zähne zusammen. Zum Teufel mit dem Pessimismus! Natürlich würde sie ihren Sohn wiedersehen. Sie stellte sich sein lustiges Lächeln vor, wenn er überrascht wurde, die sture Haartolle, die immer hinter einem Ohr abstand. Sie schob Bens Hand von ihrem Knie und stand auf. Und wenn sie es mit jeder verteufelten Bestie in diesem Höllenschlund im Zweikampf aufnehmen musste, sie würde ihren Sohn wiedersehen.

»Gehen wir«, sagte sie und reichte Ben die Hand, um ihm aufzuhelfen. »Wir müssen den Weg nach Hause finden.«

»Verdammt gute Idee.« Ben grinste sein berüchtigtes Honigkuchenpferdgrinsen, bei dem er jeden Zahn zur Schau stellte, und marschierte weiter.

Ashley folgte ihm mit festen Schritten, entschlossen, kilometerweit zu laufen, wenn es sein musste. Aber schon nach hundert Metern hielt Ben wieder an. Er hob eine Hand und legte den Kopf auf die Seite.

Ashley schwieg und lauschte angestrengt. Aber sie konnte nichts Ungewöhnliches hören. »Ben …? Was ist?«

»Eine Brise.« Er zeigte auf einen seitlichen Gang.

Sie trat zu ihm. Jetzt, wo er sie darauf aufmerksam machte, spürte sie einen schwachen Zug, der aus dem Tunnel kam und einzelne Strähnen ihrer schwarzen Haare hochwehte. »Was bedeutet das?«

»Ich glaube, da ist das Labyrinth zu Ende.«

»Dann nichts wie hin.« Sie setzte sich in Bewegung und übernahm dieses Mal die Spitze.

Während sie voranschritten, verengte sich der Gang, die Kurven wurden messerscharf und die Brise wehte stärker und stärker. Der Schimmel an den Wänden wurde nach jeder Biegung lichter. Schließlich mussten sie ihre Blendlaternen und Helmlampen einschalten.

Nach einem Marsch von etwa anderthalb Kilometern fluchte Ben: »Zum Teufel!«

»Was?«

»Wir kommen nur noch an einem einzigen Seitengang vorbei. Es ist ein Kinderspiel, uns hier einzukesseln. Es gibt keinen Fluchtweg.«

Sie runzelte die Stirn und ging weiter. Toll, noch etwas, das ihnen nun Kopfzerbrechen machte. Aber sie waren entschlossen, nur in eine Richtung zu gehen: immer geradeaus.

Als sie sich durch die nächste enge Kurve gezwängt hatten, wurde die Decke niedriger. Aus der Brise war ein Wind geworden, der ihr die Haare ums Gesicht wehte und nach hinten peitschte, als würde er sie mahnen umzukehren. Er pfiff in ihren Ohren.

Ben tippte sie von hinten an. »Hast du das gehört?«

Sie schnellte herum. »Was?«

»Sie sind jetzt hinter uns – und kommen immer näher.«

Sie drehte sich um und kniff die Lippen zusammen. Dann beschleunigte sie das Tempo, duckte sich und rannte gegen den Wind an. Sie bog um die nächste Ecke. Wenige Meter entfernt endete der Gang. Der Wind blies aus der Öffnung eines Wurmlochs am Ende des Tunnels, dem ersten Wurmloch, seitdem sie das Labyrinth betreten hatten. Sie rannte vorwärts und betete, dass dieser Tunnel aufwärts führte, nach Hause. Sie kniete sich neben die Öffnung und leuchtete mit ihrer Laterne hinein. Was sie sah, ließ sie aufstöhnen. Der Tunnel führte nicht nur abwärts, sondern das auch noch mit einer Steilheit, die ihr Angst einflößte. Noch tiefer hinab ins Herz des Kontinents.

Ben kniete sich neben sie. Er hatte schon seinen Schlitten herausgeholt und löste den Riegel, um ihn auseinander zu ziehen. »Du beeilst dich besser, Ash. Sie sind ungefähr hundert Meter hinter uns.«

Missmutig zeigte sie auf das Wurmloch. »Es führt nach unten. Und zwar ziemlich weit.«

»Wir können nicht mehr zurück.« Er half ihr, den Schlitten loszuschnallen. »Ich habe den Verdacht, dass man uns genau hierhin treiben wollte.«

»Was?« Sie löste die Verriegelung des Schlittens, um ihn auseinander zu ziehen. Von hinten hörten sie, wie Steine zu Boden fielen.

»Keine Zeit«, sagte Ben. Er scheuchte sie zur Öffnung. »Ladies first.« Mit der Pistole zielte er auf den Weg hinter ihnen. Ashley blickte in den dunklen Gang, dann zu Ben. Sie holte tief Luft und schob sich mit dem Schlitten in das Wurmloch. Der steile Winkel, in dem der Tunnel nach unten führte, beschleunigte ihre Abfahrt rasch. Sie bremste mit den behandschuhten Händen und den Stiefeln, konnte ihr Tempo jedoch nur wenig verringern.

Sie hörte, dass Ben sich hinter ihr in den Schacht stieß. Das Geräusch seiner Räder näherte sich.

»Teufel!«, rief er. »Das ist ja wie auf der Rutschbahn. Jetzt will ich sehen, wie die Schweinehunde uns noch kriegen wollen!«

Mittlerweile war ihre Geschwindigkeit so hoch, dass ihre Hände trotz der Handschuhe beim Bremsen brannten. Während sie immer tiefer in den Tunnel schossen, traten immer größere Flecken von phosphoreszierendem Schimmelpilz an den Wänden auf.

»Wir stecken in einem gigantischen Korkenzieher!«, rief Ben. »Spürst du die Fliehkraft?«

Und ob. Je schneller sie rasten und je enger die Kurven wurden, umso mehr stieg ihr Schlitten die Wand hoch.

Bremsversuche waren nun unmöglich. Während sie die Spirale hinunterwirbelten, wurde der Pilz dichter und dichter, fast wurden sie von seiner Helligkeit geblendet. Die Wände wurden durch den Schimmel außerdem glitschiger, so dass sie mit den Stiefelspitzen keinerlei Bremswirkung erzeugen konnten. Ashley hoffte, dass der Tunnel waagerecht auslief, bevor er endete, und ihnen die Gelegenheit gab abzubremsen. Mit dieser Geschwindigkeit wäre sie nur ungern aus dem Tunnel geschleudert und von einem ahnungslosen Stalagmiten aufgespießt worden. Sie starrte in den Tunnel hinein und betete darum, dass sich die Neigung verflachte.

Leider hatte sie kein Glück. Der Tunnelausgang kam hinter der nächsten Kurve in Sicht. Ihr blieb keine Zeit, abzubremsen und die Fahrt zu verlangsamen. Sie konnte nur noch ihren Kopf mit den Armen bedecken und sich ducken.

Sie schoss aus dem Tunnel und in die nächste Höhle hinein. Einen Moment lang war sie von dem gleißenden Licht geblendet und holperte über den leicht felsigen Boden. Als sich ihre Augen an die Helligkeit gewöhnt hatten, sah sie, wie sie auf eine dichte Wand gelber Pflanzen zuschoss. Ashley schloss die Augen und krachte zwischen die dicken Stängel. Bei dem Zusammenprall fiel sie vom Schlitten, aber die Erde des Felds dämpfte ihren Fall, und sie rollte noch ein paar Meter weit.

Als sie zum Stillstand gekommen war, kam sie schnell wieder auf die Beine. Kaum stand sie, stieß Ben mit einem wilden Schrei mit ihr zusammen, und sie verhedderten sich in einem wirren Knäuel von Armen und Beinen.

»Na, das war mal was anderes«, sagte Ben zu ihrem linken Knie.

Ashley befreite sich und stand mit einem Ächzen auf. Sie war am ganzen Körper zerschunden. Sie blickte sich um, während Ben aufstand. Die gelben Pflanzen reichten ihr bis zur Brust und erinnerten sie an Weizen. Ein ganzes Feld breitete sich über den hügeligen Boden der Höhle aus. Kilometerweit! Sie reckte den Hals. Diese Höhle war so riesig, dass einem selbst die Alpha-Höhle winzig vorkam. Fast so groß wie der Grand Canyon – nur überdacht. Die Wände waren hunderte von Metern hoch. Das Dach hoch über ihren Köpfen leuchtete vor lauter Schimmel, manche Flecken strahlten so hell wie die Sonne. Sie ließ ihren Blick über das gelbe Feld streichen, das sich über die sanften Hügel der Ebene erstreckte, durchbrochen nur von winzigen Hainen spindeldürrer Bäume, wie Inseln im Meer.

»Ich dachte, wir wären nicht mehr in Kansas«, sagte Ashley, der die Kinnlade auf die Brust gesunken war.

Ein Rascheln zog ihre Aufmerksamkeit vom Panorama wieder auf die Vegetation. In der Ferne bahnte sich etwas seinen Weg durch das Feld. Es manövrierte um die Baumgruppen herum und hielt genau auf sie zu. Man sah nichts von ihm außer der Spur geteilter Halme, als es sich durch das Feld bewegte wie ein Hai durchs Wasser.

Sie blickte zu Ben und wich zurück. Er zeigte nach links. Dort schossen zwei weitere Fährten auf sie zu. Ashley schaute genauer auf das Feld und bemerkte noch drei Fährten, die sich ihnen näherten. Sechs insgesamt.

Sie wich weiter zurück und packte Ben am Ärmel. Er leistete keinen Widerstand.

Beinahe wären sie gestrauchelt, als sie vom Feld wieder auf den nackten Felsboden traten und zur Öffnung des Wurmlochs stolperten. Ihre Schlitten hatten sie irgendwo im Feld verloren. Als Ashley nach ihrer Pistole griff, berührte sie das leere Holster. Verdammt, die Waffe musste beim Sturz weggeschleudert worden sein.

Sie schaute Ben an. Zum Glück hatte er seine Pistole schon in der rechten Hand.

»Ich habe meine verloren«, stieß sie zwischen zusammengepressten Lippen hervor.

»Schon okay. Dafür habe ich meine Reservemagazine verloren. Und in diesem Magazin sind noch drei Schuss.«

Sie starrte gebannt auf die sechs Fährten, die sich stetig auf sie zubewegten. Gar kein gutes Zeichen. Die nächste war nur noch zehn Meter entfernt. Das Ding war stehen geblieben und rührte sich nicht mehr. Es wartete. Schon bald hatten die anderen aufgeholt.

»Das Wurmloch?«, fragte Ashley.

»Klingt gut. Du gehst zuerst.«

Der Klang ihrer Worte schien die Verfolger im Feld anzulocken. Sie schnellten mit Lichtgeschwindigkeit auf sie zu. Wegen der plötzlichen Bewegung kauerte Ashley bewegungslos am Wurmloch wie ein Hirsch im Licht eines Scheinwerfers. Die sechs Tiere brachen aus dem Feld hervor, blieben dann gleichzeitig stehen, hockten sich auf alle Viere, die Hinterbeine zum Sprung bereit, und trommelten mit ihren Schwänzen.

Sie sahen aus wie eine Kreuzung aus Wolf und Löwe. Sie hatten ein bernsteinfarbenes Fell, dichte Mähnen, die sich wie Kapuzen um Kopf und Hals legten, riesige Augen mit geschlitzten Pupillen, einen lang gestreckten Kiefer, gespickt mit scharfen Zähnen. Das Rudel gab ein gleichmäßiges Knurren von sich.

»Ganz still«, flüsterte Ben, »keine plötzlichen Bewegungen.«

Ashley bewegte sich keinen Millimeter. Immer noch in der Hocke erstarrt, hatte sie ihren Blick auf die sechs unbeweglichen Augenpaare geheftet, die sie anstarrten. Und sie wollte auch in dieser Stellung so lange verharren, wie es sein musste.

In diesem Moment schoss etwas aus dem Wurmloch und packte ihren Knöchel. Sie stieß einen hohen Schrei aus.

20

»Versuch es mit den Paddeln!«, schrie Blakely über das Dröhnen des näher kommenden Wasserfalls hinweg. Ein letztes Mal zog er an der Anlasserschnur. Der Motor stotterte und ging aus. Er sah, wie die Strömung das Boot auf den Abgrund zutrieb. Von hier aus war es unmöglich festzustellen, wie tief das Wasser hinunterstürzte. Aber der Lärm! Das Anschwellen des Tosens ließ auf einen tödlichen Sturz schließen. Er schnappte sich das Paddel und kletterte an den Bootsrand. Von dort beobachtete er, wie Jason am anderen Rand sein Paddel immer wieder tief ins Wasser eintauchte.

»Fester, Jason, fester!«, rief er dem Jungen zu, als er mit aller Kraft der Strömung Widerstand leistete. Seine Schultern schmerzten vor Anstrengung.

»Ich versuche es ja! Aber es funktioniert nicht, wir werden nicht langsamer!«

Blakely wagte einen Blick zurück. Das Heck des Boots befand sich am Rand des Wasserfalls. Er sah, wie die Strömung das Boot über den Rand kippte. »Halt dich fest! Ganz fest!«, schrie er und griff selbst nach den Halteschlingen des Pontons. Jason tat das Gleiche.

Das Boot schien auf der Kante des Wasserfalls zu schweben. Blakely hielt den Atem an, als das Boot hinüberkippte. Für einen Moment, als sie fielen, umgab sie eine Wasserwand. Er spürte, wie sich das Boot herumdrehen wollte. Er öffnete gerade den Mund, um zu rufen, da traf es auf dem Grund des Wasserfalls auf. Die beiden wurden gegen den Boden gedrückt, Wasser spritzte in Fontänen in die Luft. Zum Glück waren sie nicht gekentert.

Blakely hob den Kopf. Der Wasserfall war nur fünf Meter tief. »Ich kann es nicht glauben. Wir …«

Das Boot kippte über einen zweiten Wasserfall. Blakely

verlor vor lauter Überraschung fast den Halt, als es über den Rand rutschte und in die Tiefe stürzte. Auch durch das Tosen des Wasserfalls hindurch war das fürchterliche Geräusch deutlich zu hören: Ein Schwimmer war aufgerissen. Verflucht! Das Boot klatschte auf die Wasseroberfläche und füllte sich rasch mit Wasser. Die restliche Luft in dem beschädigten Schwimmer hielt sie kaum noch über Wasser.

Er zog Jason von der sinkenden Hälfte fort, damit der Junge sich an den Schlingen der noch schwimmenden Hälfte fest halten konnte.

Jason schaute über die Schulter zurück. »Da kommt der Nächste!«

Bevor Blakely auch nur einen Blick nach hinten werfen konnte, um sich davon zu überzeugen, kippte das Boot über den nächsten Wasserfall. Das sinkende Ponton wirkte wie ein Gewicht, das sie herumriss. Die unkontrollierte Bewegung ließ das Boot so stürzen, dass es kenternd auf den schäumenden Wogen auftraf.

Kurz bevor Blakely unter die Wasseroberfläche schoss, sah er, wie Jason aus dem Boot flog, seine Arme nach einem Halt ausstreckend, als er aus dem Sitz geschleudert wurde. Dann wogte Salzwasser um Blakely herum, drang in seine Nase ein und verursachte einen Hustenanfall, der seinen Lungen die lebensnotwendige Luft raubte. Krampfhaft presste er die Lippen zusammen, seine Lungen schrien vor Schmerz. Er kämpfte gegen die Strömung an, um sich von dem sinkenden Boot zu befreien. Mit einem letzten Stoß stieß er sich von dem unbeschädigten Schwimmer ab. Mithilfe seiner Schwimmweste stieg er an die Oberfläche der rollenden Wellen.

Er schnappte nach Luft und blickte dabei suchend über die Wasseroberfläche. Vor ihm traf das Wasser der drei Katarakte, die sie hinuntergestürzt waren, auf. Er sah sich um, ob noch ein Wasserfall drohte, während die Strömung ihn mit sich zog. Zum Glück war das der letzte gewesen. Sie hatten den Boden der tiefen Höhle erreicht. Die Strömung trieb ihn in einen Strudel so groß wie ein Teich, in dem das Wasser träge herumwirbelte.

Im Wasser tretend blickte er suchend umher. Große Flecken phosphoreszierender Pilze beleuchteten die Höhle. In dem schwachen Licht entdeckte er einen orangefarbenen Fleck, der am gegenüberliegenden Ufer auf und ab hüpfte. Jason. Blakely trat heftig mit den voll gesogenen, schweren Schuhen im Wasser. Jason schien sich nicht zu bewegen, sondern nur in der Strömung zu treiben. Sie drohte, den Jungen wieder vom Ufer wegzuziehen und in den Hauptstrom zu saugen.

Er brauchte unendlich lange, um Jason zu erreichen. Während er schwamm, sah er, wie Blut aus einer Platzwunde am Kopf des Jungen tropfte. Wenigstens hatte die Schwimmweste seinen Kopf über Wasser gehalten.

»Halt durch, mein Junge!« Er vergrößerte seine Anstrengungen, und nach einer Minute hatte er die Schwimmweste des Jungen gepackt. Er war erleichtert, als er merkte, dass Jason zwar rasselnd, aber kraftvoll atmete. Nun schwamm er zum Ufer und zog Jason hinter sich her. Dabei achtete er darauf, Mund und Nase des Jungen über Wasser zu halten.

Plötzlich stieß er mit der Schulter gegen einen Felsen – das Ufer. Blakely ließ Jason für einen Moment los und kletterte ans rutschige Ufer. Dann legte er sich auf den Bauch und streckte die Arme nach dem Jungen aus, der noch im Wasser trieb. Er erwischte mit den Fingerspitzen den Zipfel der Schwimmweste und zog Jason damit so weit näher, dass er die Weste mit den Händen ganz packen konnte.

Als er den Jungen ans Ufer ziehen wollte, öffnete Jason flatternd die Augen. Benommen und verwirrt, wie er war, geriet er in Panik, schlug mit den Armen wild um sich und stieß wirre Laute des Protests hervor.

Eine verirrte Hand traf Blakely an der Schläfe, so dass er den Jungen beinahe losgelassen hätte. Blakely versuchte, Jason mit strenger und gleichzeitig tröstender Stimme zu beruhigen: »Jason, bleib ruhig! Ich bin es, wir sind in Sicherheit.«

Seine Worte schienen zu dem Jungen durchzudringen. Sein Toben wurde zu einem schwachen Zappeln. »Na also«, sagte Blakely, als er ihn ans Ufer zog. Er zerrte ihn von der Kante fort und ließ sich dann neben ihn fallen. Jason versuchte, sich aufzurichten, doch Blakely, vollkommen außer Atem, hielt ihn zurück. »Nicht bewegen. Ruh dich aus«, keuchte er.

Das Adrenalin, das sein Organismus vorher noch ausgeschüttet hatte, sickerte nun tief in das glitschige Felsgestein. Plötzlich spürte er, dass seine Arme und Beine vom Wasser und von der Anstrengung schwer waren. Einen Augenblick lang ließ er den Kopf hängen, dann holte er tief Luft. Was sollten sie jetzt tun?

Neben ihm hustete Jason Wasser, so dass sich Blakely wieder um ihn kümmerte. Er griff über ihn hinüber, löste die Schnallen seiner Schwimmweste und untersuchte ihn nach weiteren Verletzungen. Keine gebrochenen Knochen, keine Fleischwunden. Vorsichtig tastete er die Wunde an Jasons Kopf ab. Er musste gegen einen Felsen geprallt sein. Blakely schnitt eine Grimasse, doch kam er zu der Überzeugung, dass die Wunde schlimmer aussah, als sie war. Dennoch benötigte er den Erste-Hilfe-Koffer vom Boot, um dem Jungen Antibiotika zu geben und einen trockenen Verband anzulegen.

Er schaute zu der Stelle wenige Meter vor dem Ufer, wo die Überreste des Boots dümpelten. Bevor es wieder abgetrieben wurde, wollte er auf jeden Fall noch bergen, so viel er konnte – Lebensmittelrationen, Stablampen, Erste-Hilfe-Koffer. Keiner wusste, wie viel Zeit sie hier unten verbringen mussten.

Er blickte zu Jason. Der Junge erwiderte seinen Blick. Seine Augen waren wieder hell und klar. Jason leckte sich über die Lippen. »Mein Kopf tut weh«, sagte er mit einem heiseren Flüstern.

»Ich weiß, mein Junge. Du hast ihn dir ziemlich heftig gestoßen.«

Jason hob die Hand und befühlte den Kopf. Dann starrte er mit großen Augen auf seine blutigen Fingerspitzen.

Blakely klopfte ihm auf die Schulter. »Das wird schon wieder. Es ist nur ein kleiner Schnitt. Ich schwimme zum Boot und hole dir einen Verband.«

»Aber …«

»Mach dir keine Sorgen, ich bin gleich zurück.« Blakely stieß sich mit einem Stöhnen hoch. Durch seine Brust schossen alarmierende Schmerzen. Eigentlich wollte er nicht mehr ins Wasser. Doch er hatte keine andere Wahl.

Jason stützte sich auf einen Ellbogen und sah ihm schweigend zu.

Blakely glitt ins Wasser und schwamm zum Boot. Zum Glück war es mittlerweile näher ans Ufer getrieben, während er Jason getröstet hatte. Nur wenige Züge, und er war dort. Das Boot ragte nur noch halb aus dem Wasser. Obwohl alles mit Strippen und Riemen festgebunden worden war, waren doch ein paar Gegenstände losgerissen worden. Wenigstens waren die Nahrungsmittel und der Erste-Hilfe-Koffer noch da.

Er durchsuchte die Überreste des Boots. Verflucht, der Plastikbehälter, der die Ersatzstablampen und die Batterien enthielt, war abgerissen worden. Indem er sich auf den unversehrten Schwimmer aufstützte, ruhte er sich einen Moment aus. In dieser Höhle wäre das kein Problem, der

Schimmel gab genügend Licht ab. Aber was, wenn sie die Höhle verlassen mussten?

Er schüttelte den Kopf und durchsuchte den Rest des Boots. Er fand Jasons Sporttasche an einer Schlinge festgebunden und befühlte die Tasche. Hm, sie bestand aus wasserdichtem Material. Diese Entdeckung würde den Jungen mit Sicherheit ein wenig trösten. Er löste den aufgequollenen Knoten mit den Fingerspitzen und legte die Tasche auf den Arm, mit dem er die Vorräte festhielt. Nach einem letzten flüchtigen Stöbern stieß er sich vom Boot ab und schwamm auf das Ufer zu. Zum Glück war es nicht weit. Doch als er dort ankam, brannten seine Lungen, und sein linker Arm schmerzte.

Er warf das Eingesammelte aus dem Wasser und benötigte anschließend ein paar Versuche, um auf das rutschige Ufer zu gelangen. Mehrmals schürfte er sich das Knie schmerzhaft auf, bis es ihm gelang, aus dem Wasser zu klettern und sich aufzurichten.

Er wurde starr vor Schreck, als er die leere Schwimmweste vor sich sah. »Jason?«

Der Junge war weg.

Linda streckte den Arm aus und ergriff Khalids dargebotene Hand, während sie eine Welle des Ekels niederkämpfte. Bei seiner Berührung schreckte sie beinahe zurück, doch seine kräftige Hand lag trocken und warm in ihrer und hielt sie fest. Widerwillig ließ sie zu, dass er sie den letzten Meter der Geröllhalde hochzog. Sie riskierte einen Blick die Halde hinunter, die sie gerade erklommen hatten. Der Höhlenboden lag hunderte Meter unter ihnen und wurde von dem allgegenwärtigen Schimmelpilz beleuchtet.

»Ich hatte Recht«, sagte Khalid und zeigte auf die Spalte oberhalb der Geröllhalde. »Schau, die Spalte gehört zu einer Verwerfungslinie. Und sie führt aufwärts.« Er schaute sich nach ihr um, ein breites Grinsen im Gesicht. »Spürst du ihn? Den Wind?«

Sie fühlte, wie der Wind ihr sanft über die Wange strich, als der Riss durch seine dunkle Kehle tief Luft holte – beinahe so, als wollte er sie in sich hineinsaugen – und pfeifend in den Spalt hinein entwich. »Das erscheint mir viel versprechend.« Sie zwang sich zu einem Lächeln.

Als Gegenreaktion wurde sein Grinsen noch breiter. Sie blickte in seine Augen, die in diesem Licht wie zwei schwarze Löcher wirkten. Als er sich abwandte, spürte sie die Versuchung, sich von seiner Hand zu befreien und die Geröllhalde hinabzulaufen. Aber ihre Beine folgten Khalid in den V-förmigen Felsspalt hinein.

Nach wenigen Metern schaltete Khalid seine Helmlampe ein. Auf diesen schrägen Wänden wucherte kein Pilz. Sein Lichtstrahl durchstieß die jungfräuliche Dunkelheit. Linda nahm ihre Blendlaterne vom Gurt und stellte sie auf diffuses Licht ein, das die Wände nur oberflächlich beleuchten sollte.

Die Wände breiteten sich nach beiden Seiten wie Flügel aus. Die Decke über ihren Köpfen sah aus, als würde sie aus einem einzigen Felsblock bestehen, der jeden Moment herunterfallen konnte. Die Konstruktion wirkte so zerbrechlich, als könnte die Felsdecke sogar von einem lauten Geräusch erschüttert werden und sie kilometertief unter dem Gestein begraben.

»Ich glaube, das ist eine relativ junge Formation«, sagte Khalid. »Vom geologischen Standpunkt aus betrachtet, meine ich. Vielleicht nur um die eintausend Jahre. Das Gestein« – er klopfte auf die Wand zur Rechten – »ist nicht so stark vom Wasser erodiert worden wie das in der vorherigen Höhle. Schau, wie scharf der Felsen ist, als wäre er mit einem Messer herausgeschnitzt worden. Diese Spalte muss durch ein jüngeres seismisches Ereignis entstanden sein.«

»Hier ist auch kein Pilz zu finden«, murmelte sie.

»Was?«

Sie schwenkte die Laterne an der Wand entlang. »Kein Schimmelpilz. Wenn diese Spalte eine Million Jahre alt wäre, glaube ich, wäre der Schimmel auch hier eingedrungen.«

Er nickte. »Stimmt.«

»Wenn wir unser Lager aufschlagen, müssen wir uns zuerst vergewissern, dass kein Schimmel in der Nähe ist. Und wenn doch, muss ich ihn zuerst untersuchen«, sagte Linda. Sie merkte, dass das Sprechen die beklemmende Angst aus ihrer Brust vertrieb. »Während der Pausen habe ich mehrere Schimmelproben analysiert. Sie sind durchaus unterschiedlich. Ich bin ziemlich sicher, dass die meisten Pilzarten ungefährlich sind. Die aggressive Spezies hat jedoch eine besondere Struktur der Zellfäden. Vor der müssen wir uns hüten.«

»Natürlich, wir müssen vorsichtiger sein.« Er ging wieder voran.

Linda wollte weiter mit ihm reden, um die Vorstellung zu vertreiben, dass sie einem kaltblütigen Killer folgte. »Wie kam es dazu, dass man dich für den Auftrag ausgewählt hat? Wegen deines geologischen Backgrounds, oder warst du immer ein ...?« Sie hätte beinahe »Terrorist« gesagt, verkniff es sich dann aber.

»Ich bin kein Geologe«, erwiderte er. »Ich habe den Auftrag vor zwei Jahren bekommen und seitdem so viel wie möglich über Geologie gelernt. Nicht nur, um Khalid überzeugend spielen zu können, sondern auch, um die Entdeckungen hier unten besser zu verstehen. Ich hatte für das Studium ausreichend Zeit, als ich mich von der Gesichtsoperation erholte.«

Diese Enthüllung versetzte sie in Erstaunen. »Du bist nicht der echte Khalid Najmon?«

Er half ihr über einen heruntergestürzten Felsbrocken, der den Weg blockierte. »Ich sah dem echten Khalid damals schon sehr ähnlich. Deswegen hatte man mich auch ausgewählt. Aber meine Vorgesetzten sind gründlich. Sie wollten eine noch genauere Übereinstimmung.«

Sie beobachtete ihn, während er vorauskletterte, und begriff langsam die Dimension seines Fanatismus, die Unerschütterlichkeit seiner Überzeugungen. »Was ist aus dem echten Khalid geworden?«

Er schenkte ihr einen missbilligenden Blick, als ob sie eine dumme Frage gestellt hätte.

»Wie lautet dein richtiger Name?«

Er beachtete ihre Frage nicht und wandte sich ab. »Dort oben ist Licht.«

Sie schleppte sich neben ihn und blickte nach vorne. Mit einem Mal schöpfte sie Hoffnung. Vielleicht der Weg nach draußen? Der Tunnel wurde an dieser Stelle so breit wie eine kleine Höhle. Aus der nächsten Kurve drang ein Leuchten zu ihnen. Das charakteristische grüne Licht ließ keinen Zweifel daran, woher es rührte. »Schimmelpilz«, sagte sie resigniert.

Er nickte. »Aber hör nur.«

Jetzt, wo er es sagte, hörte sie es auch. Ein dumpfes Grollen. Sie kannte das Geräusch aus dem Ort nahe Quebec City, in dem ihr Großvater wohnte. »Klingt wie ein Wasserfall.«

»Ja, ich glaube auch. Aber es ist schon spät. Und wegen des Schimmels, der uns dort vorne erwartet, sollten wir hier lagern. Morgen früh machen wir uns zum Wasserfall auf.«

Linda nickte. Sie hatte auch keine Lust, noch einmal einen Angriff der aggressiven Schimmelspezies abwehren zu müssen. Aber vor diesem Augenblick hatte sie sich auch gefürchtet. Gemeinsam zu lagern. Die erste Nacht mit jemandem zu verbringen, der ein Mörder war.

Plötzlich erklang ein Ruf aus dem Tunnel vor ihnen. Erschreckt trat Linda unwillkürlich einen Schritt näher zu Khalid. Jemand rief! Es erklang aus weiter Ferne, aber es war ein Mensch!

»Jason! Wo zum Teufel bist du?«

O Mann, dachte Jason, hat man denn nirgendwo seine Ruhe? Er zog den Reißverschluss seiner Hose hoch und trat hinter dem Stalagmiten hervor. »Ich musste nur mal für kleine Jungs«, rief er Blakely zu. »Den ganzen Tag musste ich es mir verkneifen.«

Der Doktor lief eilig auf ihn zu, immer noch tropfnass. Seine Augenbrauen waren vor Ärger zusammengekniffen. »Tu das nie wieder!«

»Was denn?«

»Einfach so wegzulaufen.«

»Ich war doch nur da drüben.« Jason zeigte auf das stille Örtchen.

»Ist mir egal. Hier lauern überall Gefahren.« Blakelys Gesicht entspannte sich, aber sein Atem rasselte immer noch. »Jason, wir müssen vorsichtig sein und zusammenbleiben, hörst du?«

»Natürlich. Ich wollte nicht …«

»Ist schon in Ordnung. Lass mich mal nach der Beule auf deinem Kopf schauen.«

Schlurfend ging Jason zu dem kleinen Felsblock und setzte sich. Mit verzerrtem Gesicht ließ er sich von Blakely die Wunde reinigen. Es war gar nicht so schlimm, als er die Wunde spülte. Ja, es tat sogar gut. Er entspannte sich und schloss die Augen. Plötzlich brannte es auf seiner Stirn wie Feuer. »Aaauuu!«

»Sei nicht so zimperlich. Ist doch nur ein bisschen Jod.«

»Es brennt.«

»Das ist gut. Das heißt, dass es wirkt.« Blakely befestigte einen Klebeverband auf der Schnittwunde. Dann lehnte er sich zurück und bewunderte offenbar sein Werk. »Das müssen wir jetzt zweimal am Tag wechseln.«

Jason rollte mit den Augen. Na, toll.

Blakely ging und wühlte in den Sachen, die er vom Boot geholt hatte. »Hast du Hunger?«

»Nein. Außer Sie haben einen Schokoladenriegel.«

Blakely zog die Schachtel heraus, in der sich die Nahrungsmittel befanden, und öffnete sie knackend. Er langte hinein und holte einen in Folie verpackten Riegel hervor.

Jason bekam große Augen und hielt die Hand auf.

Blakely brach den Riegel in Viertel und gab ihm ein Stück. »Wir müssen unsere Vorräte streng rationieren.«

Stirnrunzelnd nahm Jason seine Zuteilung an. Mann, das war bitter. »Wie kommen wir bloß wieder hinauf?«

»Gar nicht. Wir haben keine Stablampen.«

»Was machen wir also?«

»Wir warten. Ungefähr einen Tag lang. Irgendjemand wird uns schon finden.«

Jason wusste genau, wann man ihn belog, aber er sagte nichts. Der Doktor hatte genug Probleme, und Jason wollte ihm nicht zur Last fallen.

Als er sich auf den Felsen fläzte, fiel ihm ein vertrauter roter Beutel auf.

»He, meine Sporttasche! Sie haben sie gerettet. Danke!« Er hechtete zur Tasche hinüber, öffnete sie und wühlte darin herum. Noch da!

Er holte seinen Nintendo-Gameboy heraus und hockte sich seufzend hin. Er drückte auf den Einschaltknopf, und innerhalb weniger Sekunden erklang die vertraute Erkennungsmelodie des Spiels. »Cool!«

Jason lehnte sich gegen einen Stalagmiten und widmete sich seinem Spiel. Wenigstens hatte er nun, während sie warteten, etwas zu tun. So vollkommen versunken in die

Welt des Nintendo-Spiels fühlte er sich fast wie zu Hause. Normalerweise würde sich seine Mutter jetzt über den Lärm beschweren, den der Gameboy von sich gab. Seufzend startete er mit seiner Spielfigur ins Level zwölf.

»Jason, könntest du das abstellen?«, fragte Blakely und stand auf. »Der Lärm.«

Jason grinste. Wie bei seiner Mutter. Was sollte man mit den Erwachsenen nur machen?

»Bitte, Jason, beeil dich.« In seiner Stimme lag ein dringlicher Ton.

Er schaltete das Spiel aus, stand auf und ging zu Blakely. »Was ...«

»Psst! Ich habe etwas gehört.«

Jason hielt die Luft an und stellte sich vor, wie wieder eine der Bestien auf sie zuschlich. Er schob sich hinter den Doktor. Sie warteten mehrere angespannte Augenblicke. Es fiel ihnen schwer, etwas über das Tosen des Wasserfalls hinweg zu hören. Durch das angestrengte Lauschen begannen ihnen die Ohren zu klingeln. Jason schluckte schwer, sein Mund war trocken. Vielleicht hatte der Doktor nur geglaubt, er hätte etwas gehört. Eine Art Fata Morgana, nur aus Geräuschen. Das wünschte er sich wie wahnsinnig.

Blakely schüttelte den Kopf. »Ich weiß es nicht ...«

»Haaallo!« Der Ruf schallte durch die Höhle und ließ sie beide in die Höhe schießen.

Blakely schaute Jason an. »Da ist jemand! Ich kann es nicht glauben!«

Jason sah zu, wie Blakely auf einen Felsbrocken kletterte. Es kostete den alten Mann ein paar Versuche, sich hinaufzustemmen. Jason kraxelte geschickt hoch und stellte sich neben ihn. »Was glauben Sie, wer es ist?«

»Ich habe keine Ahnung, aber wir finden es schon heraus.« Blakely legte die Hände um den Mund und rief: »Wir sind hier drüben! Am Fuß des Wasserfalls!«

Jason wartete auf eine Antwort. Mehrere Sekunden lang nichts, dann die Antwort: »Wir kommen! Bleibt, wo ihr seid!«

»Ich habe dir doch gesagt, dass uns jemand findet. Habe ich es dir nicht gesagt?« Blakely klang plötzlich erschöpft und keuchte.

Jason sah, dass der Doktor neben dem Felsen auf die Knie sackte. Etwas stimmte nicht.

Jason sprang herunter und eilte zu ihm. Blakely hustete krampfartig, rutschte zur Seite – und brach zusammen.

»Dr. Blakely!« Jason zupfte an seinem Arm. Er antwortete nicht. Das Herz schlug Jason bis zum Hals. Er blickte verzweifelt um sich, seine Hände zitterten. Dann kletterte er wieder auf den Felsen hinauf und schrie in die Dunkelheit hinein: »Hilfe!«

Linda beeilte sich, um Khalid einzuholen. Ihr Rucksack hing ihr von der Schulter. Sie blickte zur Höhle hinüber. »Das klang nach Ashleys Sohn.«

Khalid grunzte und kletterte weiter in die Höhle hinab. Sein Ziel war der Fuß des Wasserfalls. Die Pistole hielt er in der linken Hand. »Wenn es Jason ist«, sagte er schließlich, »dann befinden wir uns in der Nähe der Basis. Blakely würde niemals erlauben, dass der Junge den Sicherheitsbereich des Camps verlässt.«

Misstrauisch beäugte sie die Waffe. »Was hast du vor?«

»Meinen Auftrag zu Ende zu bringen.«

»Was meinst du damit?«

»Das hängt von dir ab.«

Linda musste heftig schlucken. »Hör zu, Khalid, ich will nicht, dass noch jemand getötet wird.«

Khalid zog drohend seine Augenbrauen zusammen. »Dann halt deinen Mund. Solange sie nichts von meiner Mission wissen, verschone ich sie.«

Sie erinnerte sich an Villanuevas plötzlichen und unnötigen Tod. »Ich sage kein Wort.«

Khalid nickte und schritt rascher voran. Nach ein paar Metern zeigte er nach vorn. »Dort drüben. Auf dem Felsbrocken. Ich kann ihn sehen. Es ist der Junge.«

Sie kniff die Augen zusammen. Überall lagen Felsbrocken. Dann sah sie die winzige Gestalt, die mit beiden Armen winkte. Sie rief ihm zu: »Halt durch, Jason! Wir kommen!«

Jason hatte sie gesehen. Zwei Leute mit Helmen. Ihre Lampen blitzten über die mit Schimmel bedeckten Höhlenwände. Sie hatten ihn auch gesehen. Jemand rief ihm etwas zu, doch die Worte gingen im Rauschen des Wasserfalls unter.

Er kletterte von dem Felsen, um nach Blakely zu schauen. Seine Haut war bleich geworden, seine Lippen lila. Er atmete noch, aber jeder Atemzug rasselte, als wären Kieselsteine in seinen Lungen.

Jason verschränkte die Arme und sprang von einem Fuß auf den anderen. »Kommen Sie, Doc, bitte nicht sterben. Gleich ist Hilfe da.« Er wandte sich in die Richtung, aus der die Retter nahten. Beeilt euch, betete er.

Er setzte sich neben Blakely und ergriff eine seiner Hände. So kalt, dachte er. Er rieb die Hand wie Aladin seine Lampe und wünschte sich, dass der Doktor gesund würde. Als wäre sein Wunsch erhört worden, stieß der alte Mann ein Stöhnen hervor. Jason rieb fester, sprang dann auf die andere Seite und rieb die linke Hand und das Handgelenk. »Bitte, Doc, bitte.«

Blakely öffnete die Augen mit flatternden Lidern. Zuerst schielte er noch, dann fokussierten sie sich. Er stöhnte wieder laut und atmete dann hastig. Schließlich sagte er: »J-Jason?«

»Alles in Ordnung?«

Mit schmerzverzerrtem Mund flüsterte er: »M-meine M-medizin. Nitro... Nitroglyzerin.«

Jason blickte sich um. »Wo?«

Blakely hob die Hand, ließ sie aber wieder sinken. »In m-meiner Tasche. In ... meiner Jacke.«

Jason klopfte die Kleidung des Doktors ab und entdeckte eine Beule in seiner Brustinnentasche, die sich wie ein Medizinfläschchen anfühlte. Er fischte eine rote Plastikflasche hervor. »Ist es die?«

»J-ja.«

»Was soll ich tun?«

»Eine ... nein, zwei Pillen.«

Jason brauchte eine Minute, um den Sicherheitsverschluss zu öffnen. Er klopfte zwei Pillen in seine Handfläche.

Wieder öffnete der Doktor seine Augen. »Guter Junge.« Seine Stimme klang gespenstisch. Als wäre er die Puppe eines Bauchredners, der kilometerweit entfernt war. »U-unter meine Z-Zunge.«

Jason streckte die Hand aus und ließ zwei Pillen in den Mund des Doktors fallen. Er sah, wie Blakely die Pillen unter die Zunge schob. Dann schloss er die Augen und holte mehrmals tief Luft.

Erleichtert ließ Jason den Kopf sinken und dankte dem unbekannten Schutzengel.

In diesem Moment erklang eine Stimme direkt hinter ihm, und Jason machte vor Schreck einen Satz in die Luft.

»Jason? Mein Gott, was ist passiert?«

Er wirbelte herum und blickte in ein vertrautes Gesicht. Ihre Haare strotzen vor Lehm, und dunkle Schatten lagen ihr um die Augen, aber sie war immer noch ein wundervoller Anblick. »Linda!« Er sprang auf und lief in ihre Arme.

Sie drückte ihn fest an sich. Tränen strömten ihm plötzlich aus den Augen, und er weinte in ihr T-Shirt. All die

Angst und die Schmerzen der letzten zwei Tage brachen mit einem Mal aus ihm hervor.

»Oh, Jason.« Sie wiegte ihn in ihren Armen. »Jetzt wird alles wieder gut.«

Er weinte immer noch, obwohl er wusste, dass es nun gut war. Aber er schaffte es einfach nicht. Er ließ sich drücken und wiegen, bis er nur noch schluchzte, und wollte Lindas Umarmung niemals verlassen.

Plötzlich erklang eine Stimme mit hartem Akzent.

Jason öffnete ein verweintes Auge und sah die stahlblaue Pistole in der Hand des Ägypters. Er erstarrte in Lindas Umarmung.

»Was zum Teufel ist hier passiert?«, fragte Khalid.

Viertes Buch

Trommeln des Todes

21

Ashley schrie vor Panik laut auf. Die pelzige Hand, die ihr Fußgelenk gepackt hatte, griff noch fester zu und hielt sie wie ein Schraubstock. Was zum Teufel war das? Sie sprang zur Seite, zerrte an ihrem Bein und befreite sich aus der Umklammerung des Angreifers. Dabei kollidierte sie mit Ben und stieß zufällig seine Pistole zur Seite. Ein Schuss löste sich, glücklicherweise in die Luft. Noch eine Kugel weniger.

»Herrgott, Ash!«, platzte es aus Ben heraus. Er schob sie hinter sich. Das Rudel wolfartiger Tiere, die mit den Pfoten scharrten, ließ er nicht aus den Augen.

»Da ist etwas im Wurmloch. Es hatte mich gep-packt.«

Er blickte in das Loch hinein. Dort war nichts. »Ich sehe niemanden ... Heiliger Strohsack!« Ben sprang mit einem Satz zurück, als etwas aus dem Tunnel kletterte. »Scheiße!«

Zuerst dachte Ashley, es wäre ein schmutziges, kleines Kind, nackt und mit Lehm beschmiert. Aber als es sich aufrichtete und sich ihnen zuwandte, merkte Ashley, wie sehr sie sich geirrt hatte. Sie trat noch einen Schritt zurück.

Es war ein Meter zwanzig groß, gedrungen und nackt und nach den Genitalien zu urteilen offensichtlich männlich. Sein lehmverschmiertes Haupthaar war mit einem Lederband zurückgebunden. Dicke, verfilzte Haare bedeckten Brust und Beine.

Ashleys erster Gedanke war, dass sie hier einen Hominiden oder eine Art Protomensch vor sich hatte. Vielleicht die Zwergenversion eines Neandertalers. Mehrere Charakteristika unterstützten ihre Annahme: die dicken, knochigen Augenbrauen, die sich über die großen Augen wölbten, die breite, platte Nase, mit der er schnüffelte, die vorstehenden Kieferknochen, die ihm eine schnauzenähnliche Physiognomie gaben.

Doch Ashley hatte alle Aufzeichnungen über fossile Funde hominider und protomenschlicher Spezies studiert. Und dieses atmende – und stinkende – Exemplar konnte sie mit keiner davon in Übereinstimmung bringen. Am ähnlichsten war vielleicht noch der Australopithecus, doch dieses Wesen hier war ganz anders. Sein Körper war zwar muskulös, doch nicht so unförmig wie die der frühen Hominiden. Und sein Hals war zu lang und schlank. Auch seine Ohren waren auffallend: spitz und ein wenig büschelartig. Sie konnten sich sogar beim Hören vor- und zurückdrehen. Keines dieser Charakteristika entsprach irgendeinem fossilen Fund eines urzeitlichen Protomenschen!

Plötzlich ging das Wesen auf sie zu.

Ben hob die Pistole.

Es beäugte die Waffe, öffnete den Mund und entblößte kurze Fangzähne. Dann drehte es sich um, winkte mit seinem muskulösem Arm dem Rudel wolfartiger Tiere und rief ihnen grunzend zu: »Ankh! Ankh!« Wie ein perfekt abgerichtetes Gespann drehten sich alle gleichzeitig um und verschwanden wieder im Feld. Er wandte sich zu Ben um und verschränkte die Arme vor der Brust.

Ben ließ die Pistole sinken. Er sprach aus dem Mundwinkel zu Ashley. »Was hältst du davon, Ash?«

»Ich bin mir nicht sicher«, raunte sie staunend. »Aber ich glaube, wir haben gerade einen unserer Höhlenbewohner kennen gelernt.«

Ein Ohr des Wesens richtete sich in die andere Richtung. Es schien zu lauschen. Dabei senkten sich langsam seine Lider. Nach wenigen Sekunden öffneten sie sich wieder. Es drehte sich auf dem Absatz um und ging mit rollendem Gang fort.

Ashley beobachtete es. Wie gern hätte sie seine Beckenstruktur abgetastet. Irgendetwas stimmte damit nicht. Es passte zu keiner Spezies von Hominiden. Wer war das? *Was* war das?

Das Wesen ging ein paar Meter weit, hielt an und drehte sich nach ihnen um. Wieder verschränkte es die Arme vor der Brust. Es wartete.

»Ich glaube, es möchte, dass wir ihm folgen«, sagte sie und ging los.

Ben hielt sie am Ellbogen fest. »Wir haben keine Ahnung, wo es uns hinbringen wird«, flüsterte er. »Wissen wir, ob wir nicht schon für heute Abend auf dem Speiseplan stehen?« Er sprach nun lauter und rief der wartenden Gestalt zu: »Warte mal einen Moment, mein zottiger Freund. Wohin geht die Reise?«

Das Wesen schaute Ben an, drehte sich um und ging weiter. Ashley starrte ihm nach. Sie musste mehr über dieses Lebewesen herausbekommen. Da sie nichts zu verlieren hatten, entschied sie sich, ihm zu folgen, und rief Ben zu: »Ich glaube, wir sind in Sicherheit. Die Wolfstiere hätten uns töten können, wenn es uns etwas hätte antun wollen.«

Ben schüttelte den Kopf, folgte ihr aber vorsichtig.

Während sie mehrere Meter hinter ihrem Begleiter herliefen, führte der sie auf einen schmalen Pfad, der durch das gelbe Feld führte. Bevor das Wesen diesen Weg betrat, zückte es einen langen Dolch aus seinem Gürtel, dem einzigen Kleidungsstück. Die Klinge bestand aus einer langen kristallenen Scherbe. Diamant!

Ben hielt Ashley mit dem Arm zurück. Offenbar befürchtete er, das Wesen würde angreifen.

»Dogaomarubi«, sagte ihr Begleiter, als wollte er etwas erklären, und hob das Messer.

Ben nickte. »Aha! Du mich auch, Kleiner. Aber steck dein Fahrtenmesser bitte wieder weg.«

»Mein Gott«, rief Ashley, »es spricht mit uns. Verbale Kommunikation! Unglaublich.«

Das Wesen drehte sich wieder um und führte sie in das gelbe Feld. Die getreideähnlichen Saatkörner, die sich an der Spitze der Stängel befanden, reichten ihm bis über den Kopf, während sie Ashley nur bis zur Brust gingen. Sie musste sich durch die enge Gasse kämpfen und schob mit ihren Schultern die Vegetation zur Seite, während ihr Begleiter sich behände durch die Halme bewegte, scheinbar ohne einen einzigen zu berühren. Ashley fühlte sich wie ein schwerfälliger Elefant. Nach einer Stunde schob sie sich nicht mehr durch die Pflanzen, sie stolperte nur noch.

Ben folgte ihr und ächzte bei jedem Schritt, mit dem er sich durch das Dickicht kämpfte. »Ein Himmelreich für eine Machete«, sagte er schnaufend.

»Oder einen fahrbaren Untersatz«, fügte Ashley hinzu. »Ich brauche eine Pause.«

Als wäre ihr Wunsch Befehl, traten sie auf eine Lichtung. Über einen Bach, der den Weg kreuzte, führte eine Steinbrücke. Ihr Begleiter wartete am Fuß der Brücke und setzte sich auf einen Stein. Den Dolch hielt er in der Hand. *»Dogaomarubi«*, wiederholte er. Er zeigte auf zwei runde Felsen.

Ashley warf Ben einen fragenden Blick zu. Ben schaute ihren Führer an.

Sie sah, dass er ihnen gestikulierend mitteilte, sich hinzusetzen. *»Dogaomarubi«*, sagte er mit noch mehr Nachdruck.

»Er will, dass wir uns setzen«, sagte Ashley, setzte sich auf einen der Steine und setzte ihren Rucksack ab. »*Dogaomarubi* heißt wahrscheinlich ›Ruhepause‹.«

Ben hockte sich auf den Felsblock neben sie und ließ seinen Rucksack mit einem Seufzer vom Rücken gleiten. »Das war Zeit.«

Das Wesen ging zu Ben und bot ihm seinen Dolch an.

Ben nahm ihn. »Danke …« Zu Ashley gewandt sagte er: »Ist das ein Geschenk? Muss ich ihm jetzt auch was geben?«

»Weiß ich nicht. Das ist von Kultur zu Kultur unterschiedlich. Manchmal ist es auch eine Beleidigung, ein Geschenk mit einem Geschenk zu erwidern.«

»Was mache ich denn jetzt? Soll ich irgendetwas damit anstellen? Mir die Handfläche aufschneiden? Sein Blutsbruder werden?«

Sie zuckte mit den Achseln.

Ihr Begleiter starrte sie während ihrer Unterhaltung an. Seine Ohren drehten sich immer wieder vor und zurück, als sie sprachen. Schließlich gab er ein lautes Grunzen von sich, ging auf Ben zu und schnappte sich den Dolch. Er kniete sich vor Ben und zog dessen Hosenbein hoch.

Ben wollte sein Bein zurückziehen – da wurde er starr vor Schreck.

Ashley sah es auch und schnappte nach Luft. »Was ist das?« Sie ging hinüber, um es sich genauer anzusehen, und bückte sich neben Ben. Eine schwarze Nacktschnecke, so groß wie ein Handteller, klebte an seinem Schienbein. Sie sah, wie ihr Körper wellenförmig erzitterte und ein paar Millimeter größer wurde.

Ihr Begleiter setzte das Messer an und löste das Tier geschickt von Bens Bein. Die Saugnäpfe hielten sich zuerst stur fest, sprangen dann aber ab. Zwei kleine rosa Kreise mit nadelstichartigen Löchern in der Mitte markierten die Stelle, wo das Tier gesessen hatte. Ein paar Tropfen Blut sickerten heraus.

»Scheiß Blutegel!«, schrie Ben. Ein Schauder lief ihm über den Rücken. Er schoss hoch und zog sich die Hose aus, das Gesicht angewidert vor Ekel. Fünf weitere Blutegel klebten an seinen Beinen. Ashley verzog das Gesicht, als sie sah, dass sich einer auf seiner rechten Gesäßhälfte festgesaugt hatte. Sie blickte an ihren Beinen hinunter. Plötzlich hatte sie das Gefühl, dass Tausende dieser widerlichen Parasiten ihre Beine hinaufkrabbelten. Auch wenn sie wusste, dass sie sich das nur einbildete, öffnete sie doch rasch ihren Gürtel und stieg aus ihrer Hose.

Sie hielt den Atem an und schaute auf ihre Beine. Zwei schwarze Fladen klebten auf ihrem linken Oberschenkel und einer auf dem rechten. Mist! Wer wusste, welche Krankheiten die Schnecken übertragen konnten.

Ben, mittlerweile nackt von der Taille abwärts, war grün im Gesicht, als der letzte Parasit entfernt war. Als das Wesen fertig war, kam es mit dem Messer zu Ashley.

»Ich kann das selbst«, sagte sie und hielt die Hand auf.

Das Wesen schaute auf ihre Hand, dann zu ihrem Gesicht auf. Mit Nachdruck streckte sie die Hand noch weiter aus. Es hielt inne und schien zu verstehen ... nickte sogar! Dann legte es das Heft des Messers in ihre Hand.

Verfluchte Blutegel! Ashley schob die Messerspitze unter den hinteren Saugnapf und hebelte den Leib des Egels hoch, bis sie an den vorderen Saugnapf gelangte. Sie musste ein wenig daran zerren, bis sich der letzte Saugnapf lösen ließ. Dann trug sie den Blutegel mit dem Diamantdolch zum Bach und warf ihn hinein, wie es das Wesen vorgemacht hatte. Danach machte sie sich an die beiden anderen Egel heran.

Kaum hielt sie den letzten schwarzen Parasiten auf der Schneide des Messers, nahm das Wesen den Egel vorsichtig zwischen die Finger einer Hand, zeigte mit der anderen darauf und sagte: *»Dogaomarubi!«* Dann warf es den Egel ins Wasser.

Ben zog seinen Gürtel zu. »Ich glaube nicht, dass *Dogaomarubi* ›Ruhepause‹ heißt. Ich glaube, es heißt eher ›verfluchter Blutegel‹.«

Ashley nickte, während sie sich den Rucksack aufsetzte.

»Hast du bemerkt, dass er die Parasiten nicht getötet hat? Wie vorsichtig er sie mit dem Messer gelöst hat? Ich habe einen der Egel im Wasser beobachtet. Er saugte sich mit Wasser voll und bewegte sich dann wieder ins Feld hinein.«

»Ja und?«

»Ich glaube, man braucht sie, um die Felder zu betreiben, so wie ein Farmer Bienen braucht. Sie nutzen die Egel in irgendeiner Form zur Bewässerung. Sozusagen als eine Art biologisches Werkzeug.«

Ben durchfuhr ein Schauder. »Wunderschön, nur zapfen dir Bienen nicht das Blut ab«, murmelte er.

Ashley rollte die Augen und folgte ihrem Begleiter über die Brücke wieder in das Feld hinein. Nach einer Stunde erblickten sie in der Ferne eine Herde tapsiger Tiere, die dort anscheinend weideten. Sie hoben ihre klobigen Köpfe, die auf kurzen Hälsen saßen, und starrten ihnen nach, als sie vorbeigingen.

»Sehen aus wie Wallabys auf Hormondiät«, sagte Ben.

»Turituri«, sagte ihr Begleiter und zeigte auf die Tiere. Ashley nickte. Sie war fasziniert von dem Ökosystem, das sich hier entwickelt hatte. Phytoplankton und vulkanische Gase stellten die grundlegenden Energieressourcen dar, die eine Nahrungsmittelkette in Gang setzten, die auf Pilzen und Mikroorganismen basierte. Dieses System musste unglaublich zerbrechlich sein und eine stetige Manipulation erfordern, um aufrechterhalten zu werden. Wie die Blutegel nahm jeder Organismus eine Schlüsselposition zur Stabilisierung und zum Schutz der Umwelt ein.

Sie betrachtete den Rücken ihres Begleiters. Wie viel Intelligenz erforderte es, dieses Ökosystem funktionsfähig zu halten? Nur durch reinen Zufall konnte dieses System nicht so reichhaltig und vielfältig gedeihen.

Als sie weitergingen, stieg plötzlich ein Vogelschwarm auf. Schnell wie der Blitz holte ihr Begleiter eine Schleuder hervor, feuerte einen Stein ab und schoss einen Vogel herunter. Er rannte ins Feld, um seine Beute zu holen, und kehrte kurz darauf mit dem Vogel im Gürtel zurück. Ashley starrte auf seinen Fang. Keine Federn. Was sie für einen Vogel gehalten hatte, war eine Eidechse mit Flügeln.

Ben hatte den »Vogel« auch in Augenschein genommen. »Ich hoffe, das ist nicht unser Abendessen.«

»Schmeckt wahrscheinlich wie Hühnchen«, sagte sie und zog ihn weiter.

Ihr Begleiter hielt mehrere Meter vor ihnen an und setzte sich auf den Boden. Ashley folgte seinem Beispiel, hockte sich aber tiefer hin aus Furcht vor Raubtieren. Vorsichtig beobachtete sie die Savanne.

»Was ist los?«, fragte Ben, ließ sich neben ihr nieder und duckte sich auch.

Ashley blickte auf ihren Begleiter. Er hockte ein paar Meter entfernt und entleerte sich am Wegrand. Ashley war sprachlos.

Ben nicht. »Nicht gerade ein diskretes Völkchen, was?«

Nach Beendigung seines Geschäfts reinigte er sich mit einem größeren Blatt aus dem Feld. Dann drehte er sich um, sammelte mit demselben Blatt seinen Stuhl auf und steckte ihn in einen Beutel an seinem Gürtel.

»Aber sehr reinlich«, sagte Ben.

Ashley schüttelte den Kopf. »Konservierung.«

»Was?«

»Die Energievorräte des Ökosystems sind begrenzt. Alles muss wieder verwendet werden. Damit dieses empfindliche System überleben kann, darf man nichts vergeuden.«

»Dennoch ... erinnere mich bitte daran, dass ich unserem Freund nicht die Hand schüttele.«

Ihr Begleiter ging weiter, fast ohne einen Blick zurückzuwerfen. Ashley folgte ihm.

Nach einem Marsch von weiteren zwei Stunden und

zwei Unterbrechungen, um sich der Blutegel zu entledigen, schleppte sich Ashley nur noch im Schneckentempo daher, war in Schweiß gebadet, und jeder Teil ihrer Körpers juckte und piekste.

Ihr Begleiter schaute sie an. *»Daga mond carofi«,* sagte er, und seine Schlitzaugen verengten sich sorgenvoll.

Sie schüttelte verständnislos den Kopf, öffnete ihre Wasserflasche und trank.

Er zeigte auf die ferne Wand, in deren Richtung der Pfad sich nun bog. *»Carofi!«*

Sie wischte sich über die Stirn und blickte mit zusammengekniffenen Augen in die Richtung, in die er zeigte. Man konnte das in Spalten und Zeilen eingeteilte Muster schwarzer Flecken auf der fernen, schattigen Höhlenwand kaum sehen. Sie erkannte das Muster, es glich der Anordnung der Höhlenbehausungen in der Alpha-Höhle. Sogar aus dieser Entfernung konnte sie eine Menge Geschäftigkeit erkennen. Winzige Gestalten kletterten zwischen den Behausungen hin und her.

»Mein Gott, Ben. Schau nur, ein Dorf!«, rief sie.

Ben zog an seinem rechten Ohrläppchen und machte eine merkwürdige Grimasse, eine Mischung aus Überraschung und Furcht. »Hörst du …? Das Summen …?« Er verdrehte die Augen, so dass nur noch das Weiße zu sehen war.

»Ben?«

Er schwankte ein wenig, taumelte und fiel plötzlich ins Feld.

Ben kämpfte gegen die Schwärze an. Er hörte, dass Ashley ihn rief, aber es klang so, als wäre sie in einem tiefen Brunnen, weit weg, und würde immer schwächer. Die Schwärze umfing ihn vollständig.

Er spürte, dass ihn jemand an der Schulter rüttelte, zuerst sanft, dann immer heftiger. Mit flatternden Lidern öffnete er die Augen. Großvater schüttelte ihn noch einmal. »Benny, wir haben keine Zeit für ein Nickerchen. Wir brauchen dich hier gesund und munter.«

Nicht schon wieder, dachte er, als er sich in der vertrauten Höhle umblickte. Felssäulen, die rote kürbisförmige Früchte trugen, umgaben ihn. Er träumte. Aber wie kam das? Sein Großvater war bis auf einen Lendenschurz nackt, und seine Brust war in den Grundfarben bemalt.

»Was willst du?«, fragte er.

»Komm, folge mir.« Großvater stand auf und zeigte auf den Eingang zu einer Höhle, über den jemand einen Stern gemalt hatte. »Hier entlang.« Er ging zum Eingang und kletterte hinein.

Ben wollte ihm folgen, stellte jedoch fest, dass er sich nicht aufsetzen konnte. Er war gelähmt. »Ich kann mich nicht bewegen«, rief er.

Nur eine Stimme aus der Höhle gab ihm Antwort. »Komm, wenn du kannst. Du gehörst zu uns!«

Wieder verschluckte ihn die Finsternis. Er wehrte sich dagegen, dieses Mal erfolgreich. Plötzlich brach Licht über ihn herein, und er blickte in Ashleys besorgtes Gesicht.

»Ben?«, fragte sie. »Was ist passiert?«

»Ich weiß nicht.« Er setzte sich auf. »Ich weiß es nicht.«

Als sie sich dem Lager näherten, starrte Ashley mit offenem Mund die Felswand hinauf. Sie versuchte, die Anzahl der Behausungen, die in die Wand gehauen waren, zu zählen, verzählte sich aber nach einhundert. Die Höhlen konzentrierten sich in einer anderthalb Kilometer breiten, schräg ansteigenden Kurve und bildeten eine Art natürliches Amphitheater.

Die Behausungen reichten ungefähr zwanzig Stockwerke hoch. In Stein gehauene Treppen verbanden die Etagen miteinander, dicke Seile und plumpe Rollen hingen an verschiedenen Stellen vor der Felswand.

Trotz ihrer Ähnlichkeit waren diese Höhlen nicht so spartanisch ausgestattet wie die in der Alpha-Höhle. Hier wirkten sie vielmehr wie komfortable Wohnungen. Die Wände waren mit bunten Stoffen geschmückt, die Eingänge mit fein gemusterten Tüchern verkleidet. Von verschiedenen Stockwerken hingen gewebte Teppiche herab, die fremde Tiere und komplexe Jagdszenen darstellten. Töpferwaren, mit gelben, roten und blauen Farbtönen bemalt, schmückten viele Eingänge.

Ben nahm Ashleys Hand, als sie das gelbe Feld hinter sich ließen und sich der Siedlung näherten. Sie drückte seine Hand. Ihr fiel auf, dass der Felsboden fast glatt poliert war – ob durch jahrelange harte Arbeit oder durch jahrhundertelange Benutzung, war nicht zu erkennen.

Sie folgten ihrem Begleiter durch eine ständig wachsende Anzahl von Schaulustigen. Manche waren vor Ehrfurcht erstarrt und schauten sie mit großen Augen aus einiger Entfernung an, andere stahlen sich heran, um vorsichtig ihre Arme zu berühren oder an ihren Kleidern zu zupfen. Wieder andere versteckten sich hinter ihren Vordermännern und schauten ihnen verstohlen über die Schulter. Ashley blickte zur Felswand hoch, die sie umgab. Dort hatten die Bewohner mit kleinen Händen die Vorhänge zur Seite geschoben, um sie anzustaunen. Von den gemeißelten Stufen zwischen den Etagen schauten tausende neugierige Gesichter auf sie hinab.

Kleinkinder tollten um die Beine ihrer Eltern herum.

Wie ihr Begleiter waren alle nackt. Einige trugen jedoch einfache Halsbänder und andere Kappen, die aus rotem Stoff gefertigt waren. Eine Gruppe Männer, alle mit schwarzgrauen Haaren, hatte eine Art geschliffenen Knochen quer durch die Nase.

Ihr Begleiter blieb stehen, kniete sich auf einen Stein, beugte den Kopf und wartete.

Ashley und Ben standen hinter ihm. Während sie ihrem Begleiter über die Schulter schauten, erregte ein erwachsenes Weibchen ihre Aufmerksamkeit. Sie war etwas weniger behaart als ihr Begleiter, doch waren ihre hängenden Brüste nackt, mit großen braunen Warzen, die ihren gewölbten Bauch berührten. Sie zeigte alle Anzeichen einer Schwangerschaft. Ashley wollte den Blick gerade abwenden, als sie eine plötzliche Bewegung wahrnahm. Eine kleine Hand erschien aus einer Bauchfalte der Frau. Die Hand fuhr hoch und ergriff ein Büschel Fell unterhalb einer Brust. Daran zog sich ein wimmernder Säugling, rosa und haarlos, aus ihrem Bauch und begann an ihrer Brust zu trinken. Die Mutter schien es gar nicht wahrzunehmen und starrte weiterhin Ashley an. Ashley schaute fasziniert zu. Der Säugling, der von dem Aufruhr unruhig wurde, verschwand wieder in seinem Versteck. In einem Beutel!

»Schau nur, Ben«, sagte Ashley, und die Zuschauer wichen einen Schritt zurück, »die Mutter dort drüben. Sie trägt ihr Baby in einem Beutel unter ihrem Bauch.«

»Na und? Hast du die Wachen am Eingang gesehen? Die mit den Speeren und den Wolfswesen an der Leine? Wenn wir hier raus wollen, haben wir ein Problem.«

»Mir egal. Mich kriegt man hier sowieso nur mit Gewalt wieder fort. Hier gibt es einfach zu viel zu entdecken. Kannst du dir vorstellen, was das bedeutet?« Sie wies mit dem Kopf auf die Frau.

»Was denn?«

»Nur Beuteltiere, also Marsupialier, tragen ihre Jungen in Beuteln. Diese Lebewesen müssen Beuteltiere als Vorfahren haben!«

»Klasse, wir sind von einem Haufen Kängurus eingefangen worden.«

Sie ignorierte seine Bemerkung und dachte weiterhin laut vor sich hin. »Die riesigen Bestien, die uns angegriffen haben, waren ebenso eine Spezies früher Beuteltiere. Es scheint, als wären alle Nischen dieses Ökosystems mit unterschiedlichen Beuteltierarten besetzt. Aber wie sind sie nur hierher gelangt? Wie haben sie überlebt?«

Ben zuckte die Achseln.

»Mensch, überleg doch einmal, Ben. Ein komplettes Ökosystem aus Beuteltieren, unbeeinflusst und fern vom Wettbewerb der übrigen Säugetiere, hat sich hier entwickeln können. Die Evolution hat in diesen Höhlen einen vollkommen anderen Weg eingeschlagen.«

In diesem Moment verstummte die flüsternde Menge. Vollkommene Stille herrschte. Ben stieß Ashley an und deutete nach vorn.

Eine hoch aufgerichtete Gestalt schritt aus dem Eingang zum größten Haus. Das Wesen war schwarzhaarig, hatte jedoch vereinzelte graue Flecken in seinem Bart. Seine Augen waren von einem derart satten Gelb, dass sie zu glühen schienen. Das Wesen war einen Kopf größer als ihr Begleiter, seine Schultern waren breit und muskulös. In der rechten Hand trug es einen Stab, der größer war als es selbst. Auf der Spitze saß ein Rubin so groß wie eine Grapefruit.

Nun hob ihr Begleiter den Kopf und begann, hastig zu sprechen. Der andere, eindeutig der Anführer der Gemeinschaft, ließ ab und zu ein Wort fallen. Ashley verfolgte neugierig den Wortwechsel und fragte sich, um was es ging. Ihr Begleiter endete mit einem letzten Brummen und senkte den Blick wieder auf den Stein vor sich.

Der Häuptling wandte sich ihnen zu, blickte zuerst Ashley, dann Ben an. Er schien sie ausgiebig zu mustern und kratzte sich dabei geistesabwesend am Bauch. Dann bellte er ihnen etwas zu. Während seine Worte für Ashley und Ben unverständlich waren, schnappte die Menge hörbar nach Luft und wich einen Schritt zurück. Manche schossen sogar davon und huschten hinter die Vorhänge.

Ashley schaute Ben an.

Er zuckte mit den Schultern und flüsterte: »Ich glaube, das bedeutet nichts Gutes.«

Der Häuptling stampfte mit seinem Stab auf den Boden und drehte sich um.

In dem Moment tauchte eine zerbrechliche Gestalt mit zottigen silbergrauen Haaren aus der Nachbarhöhle auf. Er ging so langsam und vorsichtig, dass Ashley glaubte, sie würde seine Gelenke quietschen hören. Wie der Anführer hatte auch er einen Stock, doch ganz im Gegensatz zu ihm benutzte er ihn, um sich bei jedem Schritt mit seinem ganzen Gewicht darauf zu stützen. Außerdem war sein Stab mit einem pfirsichgroßen Diamanten besetzt.

Als er näher kam, bemerkte Ashley das Muster, das in roten und gelben Farbtönen auf seine Brust gemalt war.

Ben wurde plötzlich unruhig. »Ich schnappe gleich über.«

»Psst«, zischte sie, »es ist bestimmt nicht höflich, jetzt zu reden.«

Der Greis schaute sie an. Auch wenn sein Körper offenbar alt und verbraucht war, ließen seine Augen eine scharfe Intelligenz und einen regen Geist erkennen. Er schaute Ben an, nickte ihm zu und sprach dann zum Anführer.

Ben zog sich einen Schritt zurück. »Ashley, ich habe das Muster schon einmal gesehen. Das Muster auf der Brust des Tattergreises.«

»Was? Wo?«, flüsterte sie.

Er schluckte schwer und sagte mit zitternder Stimme: »In ... einem Traum. Auf der Brust meines ... toten Großvaters.«

Sie nahm seine Hand. »Hör zu, darüber reden wir später. Im Augenblick sollten wir lieber herausfinden, was sie mit uns vorhaben.«

Während ihres Flüsterns war die Diskussion zwischen dem Alten und dem Anführer heftig geworden. Sie sprachen mit lauter Stimme und gaben ihren Argumenten Nachdruck, indem sie mit ihren Stäben heftig auf den Boden stießen. Schließlich entblößte der Anführer seine Zähne, zerbrach seinen Stab über dem Knie und stürmte davon.

»Und jetzt?«, fragte Ben.

Der Alte blickte sie an und richtete den Stab auf sie. Er sagte nur ein Wort: »Tod.«

22

Während Michaelson von seinem winzigen Zufluchtsort aus den Tunnel im Auge behielt, schlief er vor Erschöpfung fast ein. Stunden waren vergangen, seit Ben und Ashley aufgebrochen waren und ihn allein gelassen hatten. Angestrengt lauschte er nach einem Zeichen der Verfolger. Nichts. Die Stille dröhnte in seinen Ohren.

Er seufzte. Wenigstens war der pochende Schmerz in seinem Knöchel nur noch ein leises Protestieren. Irgendwann müsste er die Schiene richten, doch im Augenblick war er einfach zu müde dafür. Er schloss die Augen, um sich besser konzentrieren zu können. Doch außer Stille nahm er nichts wahr.

Er musste gähnen, und das Kinn sackte ihm auf die Brust. Er schüttelte den Kopf, um wach zu bleiben.

Ein prüfender Blick in den Tunnel – alles in Ordnung. Nach mehreren Minuten, die ihm wie eine Ewigkeit vorkamen, fielen ihm die Augen wieder zu. Er atmete nun tief und befand sich in dem unscharfen Grenzbereich zwischen Traum und Wirklichkeit.

In diesem Augenblick streifte etwas seine Hand.

Sofort waren seine Augen offen, und er warf den Kopf zurück. Beinahe hätte er sich an der Felswand gestoßen. Er fingerte an seinem Gewehr herum und richtete es – auf einen Mann in einer zerlumpten Uniform der US Marines! Die Ärmel waren an den Schultern abgerissen. Das war unmöglich. Er zwinkerte ein paar Mal. Das muss ein Traum sein, dachte er. Aber die Gestalt blieb und lächelte auf ihn herunter.

Michaelson blickte in die Augen seines verschollenen Bruders. »Harry? Mein Gott, du lebst!«

Sein Bruder schob den Lauf von Michaelsons Gewehr mit dem Finger zur Seite. »Wenn du abdrückst, nicht mehr«, sagte er mit einem müden Grinsen.

Michaelson warf das Gewehr in die Ecke, ignorierte den Schmerz in seinem Knöchel, sprang auf und umarmte seinen Bruder ungestüm. Nur mit Anstrengung hielt er die Tränen zurück. Er betete darum, dass er nicht träumte. Doch das belustigte Glucksen seines Bruders war keine Einbildung. Es war Wirklichkeit. »Gott sei Dank, Gott sei Dank«, jauchzte Michaelson an Harrys Schulter.

»Brüderchen, du hast uns ganz schön auf Trab gehalten«, sagte Harry, löste sich aus der Umarmung und fuhr sich mit der Hand durch die schwarzen Haare.

Lächelnd registrierte Michaelson diese vertraute Geste, die er seit Ewigkeiten nicht mehr gesehen hatte. Jahrelang hatte Harry den Bürstenschnitt der Armee getragen, doch nach all den Monaten hier unten war diese Angewohnheit wie ein alter Freund zurückgekehrt.

Michaelson war für einen Moment lang unfähig zu sprechen. Um ein Haar hätte er seinen Bruder noch einmal in die Arme geschlossen, doch da bemerkte er die Narbe, die sich über die ganze Länge seines rechten Arms zog. Sie war rosa und aufgeworfen, offenbar erst kürzlich verheilt. Er streckte die Hand aus und berührte sie. »Was ist passiert?«

Harry wurde sachlich. Michaelson blickte prüfend in das Gesicht seines Bruders und bemerkte die Ringe unter seinen blauen Augen. Seinen ruhelosen Blick. Er hatte an Gewicht verloren; die Reste seiner Uniform schlackerten an seinem Körper.

»Das ist eine lange Geschichte«, sagte Harry.

»Nun gut, die Zeit sollten wir uns nehmen.«

»Nein, auf keinen Fall. Wir müssen uns beeilen. Die *Cra'kan* sind ganz in der Nähe.«

»Die wer?«

»Diese Bestien.« Harry bedeutete ihm zu folgen. »Pack deinen Ranzen, Soldat, wir rücken aus.«

Michaelson warf ihm das Gewehr zu und kletterte in die Nische, um seinen Rucksack und seine Wasserflasche einzusammeln. Als er wieder herauskroch, sah er, wie sein Bruder das Gewehr mit einem anerkennenden Lächeln bewunderte. Harry gab ihm die Waffe widerwillig zurück. »Nettes Gerät. Hätte ich gebrauchen können, als ich die Wissenschaftler eskortierte. Vielleicht wäre es dann ...« Er schwieg, und seine Miene verfinsterte sich.

Michaelson trat von hinten an ihn heran und legte ihm die Hand auf die Schulter. Er wurde den Verdacht immer noch nicht los, dass sein Bruder im nächsten Moment mit einem Knall verschwinden und sich in Rauch auflösen würde, als triebe ein Gespenst mit seinem Abbild Schabernack. Er bemerkte, dass Harrys Hände leer waren. Wie hatte er hier nur ohne Waffe überlebt? »Ich habe noch eine Waffe in meinem Rucksack ...«, setzte er an.

»Nicht nötig. Ich habe Freunde.«

Freunde? Michaelson ließ den Blick durch den leeren Tunnel schweifen, während er sich den Rucksack auf den Rücken setzte. Wovon redete Harry?

Harry knurrte plötzlich etwas, das seinem Bruder einen Schauder durch Mark und Bein jagte. Ein unmenschliches

Geräusch, halb Jaulen, halb Stöhnen, tief und durchdringend. Michaelson starrte ihn entgeistert an. Hatte er während der Isolation hier unten den Verstand verloren?

Harry drehte sich zu ihm um und sagte ernst: »Schieß bitte nicht auf sie.«

»Wovon zum Teufel sprichst …« Weiter hinten im Tunnel entstand plötzlich Bewegung. Kleine, menschenähnliche Gestalten, von den Felsen kaum zu unterscheiden, kamen auf sie zu. Ihre Messer und Speere schimmerten im grünlichen Licht des Schimmels. Michaelson hörte, wie hinter ihm ein Stein über den Boden kullerte. Als er sich umblickte, sah er, dass sich noch mehr näherten. »Harry?«

»Es sind Freunde. Sie haben mir das Leben gerettet.«

Eines der Wesen trat aus der Menge hervor. Es blickte unverwandt auf Michaelson, während es sich auf Harry zubewegte. Michaelson hielt das Gewehr fest in der Hand. Das Wesen war nackt, nur etwa einen Meter zwanzig groß, aber drahtig und muskulös. Sein scheckiges, sandfarbenes Haar war mit einem blutroten Kopftuch zurückgebunden. Große Augen musterten ihn von Kopf bis Fuß, während sich seine abstehenden Ohren wie Radarschüsseln in alle Richtungen drehten.

Während sich die kleine Gestalt näherte, betrachtete Michaelson abwägend ihre Bewaffnung. In einem Gürtel um die nackte Taille steckte ein langes Messer mit einer derben Klinge aus Kristall. Mit ihrer vierfingrigen Hand hielt sie einen langen Speer.

Michaelson beobachtete, wie das Wesen Harry den Speer reichte. Dann zog es sich zurück.

»Wer sind … nein, *was* sind sie?«

»Sie nennen sich *Mimi'swee*.«

Einer der *Mimi'swee* eilte von hinten herbei, so dass Michaelson erschrak, drückte sich an ihm vorbei und ging auf Harry zu. Er zeigte mit dem Finger nach hinten. »*Doda fer'ago*«, sagte er, »*doda cra'kan!*«

Harry blickte seinen Bruder an. »Er sagt, wir bekommen Gesellschaft. Sie haben unsere Witterung aufgenommen und rücken uns auf den Pelz. Zeit zu verduften.«

Wie auf Stichwort ertönte ein Brüllen hinter ihnen. Ein zweites und ein drittes erklangen als Antwort aus allen Richtungen. Sie waren eingekesselt.

Michaelson dachte daran, dass Ashley und Ben im Labyrinth der Tunnel herumirrten. Er trat zu Harry. »Hör zu, ich habe Kollegen und ...«

»Ich weiß. Wir haben ein kleines Team meiner Freunde hinterhergeschickt.« Er deutete mit dem Daumen nach vorn. »Man hat dafür gesorgt, dass sie in Sicherheit sind.«

»Wo?«

Ein zweites Mal hallte das Gebrüll durch die Gänge. »Ich zeige es dir. Komm jetzt, bevor wir zum Abendessen verspeist werden.«

Michaelson blieb nahe bei seinem Bruder. Die kleinen Gestalten wirbelten um ihn herum, manche rannten vorbei, um voraus zu laufen, andere blieben hinter ihm, um den Rückzug zu decken. Er bemühte sich, Schritt zu halten, und biss die Zähne fest zusammen, aber sein kaputter Knöchel meldete sich schon bald und protestierte schmerzhaft. Allmählich entstand ein Abstand zwischen ihm und seinem Bruder.

Harry verlangsamte seinen Schritt, packte Michaelsons Arm, legte ihn sich um den Nacken und stützte ihn auf der verletzten Seite. Mittlerweile liefen nur noch zwei oder drei der kleinen Jäger hinter ihnen. »Ich lasse dich nicht zurück, Dennis.«

»Ich behindere dich nur. Ich bin nicht gekommen, damit du stirbst.«

»Halt den Mund, Bruderherz. Heute wird keiner sterben.« Harry drückte Michaelsons Schulter. »Wie wir hier so eng umschlungen daherhumpeln, das erinnert mich an das dreibeinige Rennen in Kearney, wo wir das blaue Band auf der Kirmes gewonnen haben.«

Michaelson verzog das Gesicht vor Schmerz und spuckte aus. »Weil du geschummelt hast!«

»Trotzdem hast du das Band nicht zurückgegeben.«

Plötzlich entstand hinter ihnen ein Aufruhr. Einer der Jäger huschte zu ihnen und knurrte Harry etwas zu. Harrys Gesichtsausdruck wurde ernst. Er antwortete etwas Unverständliches. Der Jäger nickte und machte, dass er vorwärts kam. Nur noch ein kleiner Jäger war nun hinter ihnen.

»Was hat er gesagt?«

»Einer der *Cra'kan* versucht, die Lücke zu schließen. Wir sind noch lange nicht in Sicherheit.«

Michaelson knirschte mit den Zähnen. Jetzt hatte er seinen Bruder wieder in Gefahr gebracht. »Ich habe dir gesagt ...«

»Ja, ja, du hast schon immer Recht gehabt.« Harry unterbrach ihren schlurfenden Marsch. Der letzte Jäger, mit schwarzem Fell und einer Narbe auf der rechten Wange, blieb neben Harry stehen. »Dennis, geh voraus und hol auf, so viel wie du schaffst. Nob'cobi und ich versuchen, sie aufzuhalten und etwas Zeit für die anderen rauszuschinden.«

»Zum Teufel damit. Ich habe das Gewehr.«

»Ja, aber ich habe die Erfahrung. Und nun mach, dass du fortkommst!«

Michaelson kannte den sturen Ausdruck in den Augen seines Bruders. Da war Streiten zwecklos. »Na, dann nimm wenigstens mein Gewehr.«

Harry schüttelte den Kopf. »Du wirst es vielleicht brauchen.« Er hob den Speer, den er bisher in der rechten Hand gehalten hatte. »Außerdem schmälert der Gebrauch nicht traditioneller Waffen unsere Chance, *Il'jann* zu gewinnen.«

»Was?«

Harry scheuchte ihn fort. »Das ist so eine Art Trophäensammeln. Ein Maßstab für Ehre.« Jetzt hörten sie das Geräusch trappelnder Krallen auf Stein aus dem Tunnel. »Jetzt hau ab!«

Michaelson nickte und lief los. Auf keinen Fall würde er seinen Bruder nur mit einem Speer kämpfen lassen. Sobald er den ersten Seitengang erreichte, hockte er sich hinein und blickte zurück. Sein Bruder und der Jäger steckten ihre Köpfe zusammen. Die kleine Gestalt gestikulierte mit den Händen und nickte.

Michaelson ließ seinen Rucksack fallen, nahm das Gewehr und legte sich flach in den Tunnel. Er zielte den Gang hinunter. Er wartete und lauschte auf das anschwellende Getrappel der nahenden Bestie. Sein Bruder ging plötzlich in Angriffsposition und richtete den Speer nach vorn. Anscheinend hatte er etwas gesehen, was Michaelson aus seiner Position nicht wahrnehmen konnte. Der kleine Jäger drückte sich flach gegen die Höhlenwand. Harry steckte das Heft des Speers in eine Vertiefung im Boden, die Klinge war den Tunnel hinab gerichtet. Er hockte sich hin und hielt den Speer fest.

Ein wütendes Brüllen schallte durch den Gang. Dann stakste die Bestie ins Blickfeld, füllte den gesamten Tunnel aus, so gigantisch, größer als alle, die Michaelson bisher gesehen hatte. So schwarz, als wäre sie in Pech getaucht worden, fuhr sie mit dem Kopf nach vorn und wieder zurück und schnaubte laut. Als sie Harry entdeckte, blieb sie still stehen und verlagerte das Gewicht auf die muskulösen Hinterbeine. Sie machte einen Schritt zurück, reckte den langen Hals nach vorn, öffnete das Maul und brüllte.

Harry rührte sich keinen Millimeter und antwortete mit einem eigenen Kampfschrei: »Zur Hölle mit dir!«

Ein feines Lächeln umspielte Michaelsons Lippen. Dieser verrückte Hund fürchtete weder Tod noch Teufel. Michaelson, der auf dem Bauch lag, kniff die Augen zu schmalen Schlitzen zusammen, legte den Kolben des Gewehrs an seine Schulter und blinzelte durch das Visier. Sein Bruder stand in der Schusslinie. Scheiße!

Mit zornigem Gebrüll stürmte die Bestie auf seinen Bruder zu. Michaelson blieb keine Zeit zu reagieren. Harry duckte sich, als sie nach ihm schnappte, machte sich sprungbereit, während sich die Bestie selber pfählte und der Speer ihr tief in die Brust fuhr, und rollte zur Seite.

In diesem Moment sprang Nob'cobi, der kleine Jäger, von der Wand fort und rittlings auf den Nacken der Bestie. Er hielt ein langes Messer in der Hand. Wie der Teufel stach er mit dem Messer auf ihre Augen ein.

Im Todeskampf bäumte sich die Bestie brüllend auf, warf den Kopf zurück und schleuderte den Jäger hinunter. Das Messer ragte noch aus ihrem linken Auge.

Der kleine Jäger landete hart, kroch aber schnell fort von dem peitschenden Schwanz, zu Harry hin.

Mit dem unverletzten Auge entdeckte die Bestie Nob'cobi und schnappte nach ihm. Harry wollte schneller sein und ihn aus ihrer Reichweite ziehen, aber er griff ins Leere. Sie hatte Nob'cobi bereits geschnappt. Dennoch hielt Harry mit der abgebrochenen Hälfte seines Speers auf sie zu und wollte anscheinend den scharfkantigen Rest als Waffe benutzen, um seinen Freund zu befreien.

Michaelson knirschte mit den Zähnen. Sein Bruder stand erneut ein wenig in der Schusslinie, denn er wollte Nob'cobi offensichtlich nicht den Zähnen der Bestie überlassen. Der Teufel soll ihn holen! Michaelson hielt den Atem an, kniff die Augen zusammen und drückte ab. Der Gewehrschuss donnerte ohrenbetäubend durch den engen Tunnel.

Alle erstarrten bei dem plötzlichen Knall. Harry hielt

mitten im Stoß inne, den abgebrochenen Speer in der erhobenen Hand. Die Bestie blieb in der Bewegung stehen.

»Harry!«, brüllte Michaelson. Seine Stimme brachte wieder Leben in die Szene. Die Bestie brach zusammen, tot, eine Kugel im Kopf. Im Fallen ließ sie ihre Beute los, und Nob'cobi purzelte aus ihrem Rachen. Harry rannte auf seinen Freund zu.

Michaelson kroch aus seinem Versteck und ging auf seinen Bruder zu, ließ aber dabei den leblosen Körper, der den Durchgang versperrte, nicht aus den Augen. »Wie geht es ihm?«

Harry half dem kleinen Jäger aufzustehen. »Er wird am Leben bleiben. Das sind zähe Burschen. Er hat nur ein paar Löcher in der Schulter, sonst keine ernsthaften Verletzungen.«

»Gut.« Michaelson kniete sich neben den *Mimi'swee* und legte ihm eine Hand auf die unversehrte Schulter.

Harry hockte sich auf die Fersen. »Dennis, ich habe dir doch gesagt, dass du dich davonmachen sollst.«

Michaelson runzelte die Stirn. »Ich bin nicht nur dein älterer Bruder, sondern bekleide auch den höheren Dienstrang.«

»Na, im Augenblick bin ich geradezu glücklich darüber, dass du die Karriereleiter schneller als ich erklettert hast. Andernfalls hättest du vielleicht auf mich gehört.« Dann schaute er ihm ernst in die Augen und sagte: »Danke, Dennis.«

Der kleine Jäger stieß plötzlich unverständliches Zeug hervor und machte ein gequältes Gesicht. Harry nickte ernüchtert. Die kleine Gestalt griff sich an die verwundete Schulter und tauchte einen Finger in das austretende Blut. Dann wandte sie sich zu Michaelson.

»Nob'cobi möchte sein *Il'jann* mit dir teilen«, erklärte Harry. »Das ist bei seinem Volk eine besondere Ehre. So etwas wie Blutsbruderschaft.«

Der pelzige Jäger streckte den Arm aus und berührte mit dem blutigen Finger Michaelsons Stirn. »Br... Bruder«, sagte er halb knurrend.

23

Khalid beobachtete aufmerksam, wie Linda den Jungen umarmte. Sein Kopf versank unterhalb ihres Kinns. Linda flüsterte tröstende Worte in sein Ohr. Khalid ging zu Blakely hinüber, der leblos auf einem Felsen lag. Blakely hatte die Augen offen und starrte ihn an, sein Atem ging unregelmäßig und rasselnd. Der Wissenschaftler besaß Informationen, die Khalid benötigte, um seine Mission zu beenden. Er kniete sich neben ihn und hielt ihm seine Wasserflasche hin. Dann ließ er ein dünnes Rinnsal in Blakelys Mund laufen.

Blakely schloss die Augen und schluckte gierig, schob die Flasche dann beiseite, so dass Wasser auf seine Brust tropfte. »Danke«, murmelte er.

»Was ist passiert?«, fragte Khalid. »Wie sind Sie hierher geraten?«

Blakely sprach mit geschlossenen Augen, als müsste er sich die Ereignisse ins Gedächtnis zurückrufen. »Das Camp wurde ... angegriffen ... zerstört.« Er hatte Mühe zu atmen und schnappte mehrmals nach Luft.

Khalids erster Gedanke war, dass ihm jemand zuvorgekommen sein musste. Ein zweiter Agent? Aber er verwarf den Gedanken, als er dem Wissenschaftler weiter zuhörte.

»Riesige Tiere ... hunderte ... haben das Camp gestürmt. Wir sind mit einem Ponton-Boot entkommen. Und hier an Land gespült worden.«

Khalid machte ein besorgtes Gesicht, als er die schlechten Nachrichten hörte. Verflucht, also gab es noch mehr von ihnen. Er hatte gehofft, die paar, denen sie begegnet waren, wären die einzigen gewesen. Er blickte hoch und betrachtete die Wasserkaskaden. Falls sie ihren Weg hinauf finden sollten, wurden sie von den lauernden Bestien erwartet. Er ging in die Hocke und steckte die Pistole ins Holster.

»Und jetzt?«, murmelte er vor sich hin.

Blakely hörte es und sagte mit immer noch heiserer, aber fester Stimme: »Wir warten. Vertrauen wir auf das Militär. Wenn die erst erfahren, was passiert ist, werden sie kommen und alles durchkämmen. Die werden uns schon finden.«

Khalid kratzte sich an seinen Bartstoppeln. Blakely hatte Recht. Das Militär würde sich *bestimmt* in Kürze in Bewegung setzen, um die Sicherheit der Basis wiederherzustellen. Doch wenn die US Navy die Höhlen hier unten auf den Kopf stellte, würde es für ihn viel schwieriger, wenn nicht gar unmöglich sein, seinen Auftrag zu erfüllen.

Er rieb sich die müden roten Augen, körniger Schmutz juckte unter seinen Lidern. Er musste die Alpha-Basis erreichen, bevor Verstärkung eintraf. Und er brauchte ausreichend Zeit, um die Sprengladungen anzubringen und sich aus dem Staub zu machen. Auch für ihn ein verdammt großer Auftrag.

Vielleicht war das eine Prüfung, die Allah ihm auferlegt hatte. Die Kräfte der Natur nahmen den Kampf mit ihm auf, stellten ihn auf die Probe. Wie sollte er sich sonst die teuflischen Bestien erklären, die sich ihm in den Weg stellten, die zahllosen Hindernisse und Schrecken, die hinter jeder Ecke neu lauerten? Es musste der Allmächtige sein, der ihn prüfte.

Er schloss die Augen und verbarg das Gesicht in seinen Händen. Er betete, bat um Kraft für den Erfolg und um ein Zeichen von Allahs Wertschätzung. Fünf Minuten lang betete er. Das Blut pochte ihm in den Ohren. Doch Allah gab ihm kein Zeichen. Schließlich setzte er sich hin und legte die Hände auf die Knie.

Da, als er die Augen hob, sah er es. Ein Fetzen ölig schwarzen Rauchs drang aus einer Öffnung in der Mitte der Felswand. Khalid reckte sich höher. »Doktor, hat das Camp gebrannt? Gab es viel Rauch?«

Blakely hustete trocken. »Ja, dichten Rauch. Warum?«

Khalid zeigte auf die gegenüberliegende Wand, ein freudiges Lächeln auf seinen Lippen. »Schauen Sie nur, dort! Der Rauch! Das muss der Weg nach oben sein.« Er starrte unverwandt auf die Rauchwolke, als wäre sie ein Finger Gottes.

Linda hielt immer noch Jason im Arm und starrte auf die Tunnelöffnung und die Rauchwolke. In ihr kämpften gegensätzliche Gefühle miteinander: zum einen die Erleichterung darüber, einen Weg hinaus gefunden zu haben, zum anderen die Furcht davor, dass etwas von den Ereignissen durchsickern könnte. Was täte Khalid dann? Wenn Blakely und Jason von seinen Plänen erführen, würde er sie töten.

Sie drehte sich um und blickte Khalid an. Sein Gesichtsausdruck, während er die Felswand hinaufblickte, war merkwürdig exaltiert, seine Augen waren weit aufgerissen und glänzten. Ihr lief ein Schauer über den Rücken, als sich ihre Blicke trafen. Er lächelte sie an. »Es ist fast geschafft«, sagte er.

Sie nickte. Es war alles viel zu schnell passiert. Sie hatte gedacht, sie würden noch Tage damit zubringen, den Weg nach Hause zu finden, was ihr genügend Zeit gegeben hätte, einen Plan auszuarbeiten. Zeit genug, um zu entscheiden, ob sie sein Vorhaben vereiteln oder nur die eigene Haut retten und ihn seiner Wege gehen lassen sollte.

Jemand zog sie am Arm und riss sie aus ihren Gedanken.

Sie blickte zu Jason herab. »Linda, was ist mit meiner Mama? Glaubst du, es geht ihr gut?«

Sie drückte seinen Arm, als er so zu ihr hinaufschaute. Eigentlich sollte sie ihn belügen, ihm sagen, dass alles wieder gut werde, aber Jason war ein aufgewecktes Kind. Er schaute sie mit nüchternen, klaren Augen an, erwartete eine ehrliche Antwort. »Jason, ich weiß es nicht. Aber Ben und Major Michaelson sind bei ihr. Sie ist in guten Händen.«

Jason nickte.

Khalid berührte ihre Schulter. Ein Schreck durchfuhr sie. Er bedeutete ihr, ihm ein paar Schritte zu folgen, um unter vier Augen mit ihr sprechen zu können. Das Herz schlug ihr bis zum Hals, während sie ihm folgte. Er blickte noch einmal zurück, um sicherzustellen, dass ihnen niemand folgte. »Hör zu, ich möchte, dass wir heute Nacht aufbrechen.«

Ihr Mund wurde trocken. Das ging ihr zu schnell, so als würde ein Güterzug auf einen demolierten Prellbock zurasen. »Aber Blakely ist dazu nicht in der Lage.«

Khalid verzog keine Miene. »Ich hatte nicht vor, ihn mitzunehmen. Den Jungen auch nicht.«

Nun flüsterte sie. »Du hast mir versprochen, niemanden zu töten, wenn ich schweige.«

»Ich töte sie nicht. Ich lasse sie nur zurück.«

»Macht das einen Unterschied?«

Er zuckte mit den Achseln. »Wie gesagt, wenn sie etwas von meinem Plan erführen, wäre ich gezwungen, sie zu töten. Indem wir sie zurücklassen, haben sie wenigstens die Chance durchzukommen.«

Während sie Khalid anstarrte, stellte sie sich vor, wie Jason verhungerte und Blakely von einer Bestie aufgefressen wurde. Wie leichtfertig er Jason und Blakely zu einem langsamen Tod verurteilte. Wo hatte diese Bestie ihr Herz? Sie schluckte. »Ich hasse das.«

»Wir brechen auf, wenn die beiden eingeschlafen sind«, flüsterte Khalid ihr ins Ohr, so, wie ein Liebhaber seiner Geliebten Liebesschwüre zuraunt. »Du musst ihnen dabei nicht in die Augen schauen.«

Seine Worte drohten sie um den Verstand zu bringen. Wie konnte er nur so beiläufig ihren Tod planen? Sich einfach in der Nacht davonschleichen? Wie konnte er nur …?

Da hatte sie eine Idee.

Noch überlegte sie, aber sie hatte nicht viel Zeit, und das Risiko war groß. Verzagt biss sie sich auf die Unterlippe. Sie beobachtete, wie Jason lachte, als Blakely etwas zu ihm sagte. Im Licht des Schimmelpilzes konnte sie erkennen, wie Jasons Augen strahlten. Strahlten vor jungem Leben, einem Leben, das zum größten Teil noch vor ihm lag.

Sie schloss die Augen und besiegelte ihren Plan. Sie konnte es schaffen. Nein, sie *würde* es schaffen. »Okay, wir brechen heute Nacht auf«, sagte sie entschlossen.

Während Linda nur so tat, als schliefe sie, waren Blakely und Jason wirklich eingeschlafen, zugedeckt mit ihren Ersatzdecken. Blakely schnarchte und gab dabei ein pfeifendes Gurgeln von sich, das man sogar trotz des Wasserfalls hörte. Linda behielt durch ihre fast geschlossenen Lider Khalids Profil im Auge. Er saß, halb in seinem Schlafsack, an einen Felsblock gelehnt. Sie wartete, sah, wie ihm das Kinn auf die Brust fiel und er es wieder hochriss, als er merkte, dass der Schlaf ihn fast übermannte. Fast.

Linda hatte Khalid dazu überredet, doch ein wenig zu schlafen, und das mit ihrer Erschöpfung begründet. Nur zwei Stunden Schlaf, hatte sie gebettelt. Genug, um Energie für den nächsten Abschnitt ihrer Reise zu sammeln. Er hatte eingewilligt. Dann hatte sie heimlich mehrere Tabletten, die man ihr gegen die Klaustrophobie verschrieben hatte, in Khalids Wasser aufgelöst und darauf geachtet, dass er es austrank. Der starke mineralische Geschmack des hiesigen Wassers verdeckte den der Tabletten. Sie würden ihn nicht umhauen – sie hatten nur eine geringe sedative Wirkung –, aber in dieser Anzahl sollten sie ihn so schläfrig machen, dass er früher oder später beim Wachehalten einnicken musste. Das war alles, was sie wollte.

Sie sah, wie sein Kinn wieder auf seine Brust fiel. Dieses Mal blieb es dort.

Das Blut dröhnte in ihren Schläfen, während sie angespannt in ihrem Schlafsack, der nahe genug bei Khalids lag, lauschte, ob sein Atem in einen regelmäßigen Rhythmus überging. Sie wusste, dass ihr nicht viel Zeit blieb.

Mit quälender Langsamkeit stieg sie aus ihrem Schlafsack. Glücklicherweise verschluckte der Lärm des Wasserfalls die Geräusche ihrer Bewegungen.

Sie schlich an seine Seite, nahm seine Laterne und seinen Helm von einem Felsen nebenan. Ursprünglich wollte sie seine Pistole entwenden, aber er hatte sie in den Schlafsack gesteckt und war darauf eingeschlafen. Sie ihm wegzunehmen wäre jetzt zu gefährlich.

Daher hatte sie den Ersatzplan in Angriff genommen. Sie entfernte die Batterien aus seiner Laterne und seinem Helm. Seine Waffe mag er behalten, dachte sie, aber wir wollen mal sehen, ob er ohne Licht etwas ausrichten kann.

Nachdem sie das erledigt hatte, wandte sie sich dem schlafenden Blakely zu. Sie legte ihre Hand auf seinen Mund und drückte heftig zu, als er erwachte. Sie beugte sich über ihn, legte einen Finger auf ihre Lippen und bedeutete ihm zu schweigen. Nachdem er den Schreck überwunden hatte, nahm sie die Hand von seinem Mund und machte ein Zeichen, dass er ihr folgen sollte … leise. Sie führte ihn mehrere Meter weit weg.

Als sie weit genug gegangen waren, drückte sie ihre Lippen an sein Ohr und hoffte, dass ihre Worte vom Rauschen des Wasserfalls gedämpft würden. »Wir müssen uns fortschleichen. Jetzt. Sind Sie in der Lage dazu?«

Er sah sie aus zusammengekniffenen Augen an. »Ja, aber warum denn? Was ist los?«

Sie berichtete kurz, was vorgefallen war und wie sie zu ihnen gefunden hatten. Als sie damit fertig war, zitterte ihre Stimme.

Blakelys Augen waren während ihrer Geschichte immer größer geworden. »Dieses Schwein! Ich hätte nie geglaubt ... Mein Gott, das war mein Fehler. Ich hätte ihn gründlicher überprüfen lassen müssen. Verflucht, bin ich naiv gewesen. Bei allem!«

Der Wissenschaftler sah Jahrzehnte älter als noch vor einer Woche aus. Tief liegende Augen, hängende Schultern, sogar seine Haare schienen grauer geworden zu sein. Sie legte die Hand auf seinen Arm. »Wir müssen jetzt Jason holen und uns davonstehlen.«

Er schüttelte den Kopf. »Warum überfallen wir ihn nicht und nehmen ihm die Pistole ab? Oder schnappen uns einen großen Stein und erschlagen ihn?«

»Er ist ein ausgebildeter Mörder. Eine Killermaschine.« Sie konnte die Angst in ihrer Stimme nicht verbergen. »Wir sind ihm nicht gewachsen. Wenn wir ihn angreifen und nur verletzen, sind wir tot. Es ist am sichersten, wir laufen einfach fort. Versuchen, in einen der dunklen Tunnel zu gelangen, wohin er uns ohne Licht nicht folgen kann.«

»Aber was ist mit den Gefahren, die uns dort draußen erwarten?« Er zeigte auf die Felswand auf der anderen Seite. »Ohne Waffe überleben wir nicht lange.«

Sie legte die Arme um ihren Leib. »Ich weiß. Aber ich nehme es lieber mit unbekannten Gefahren auf als mit ihm.«

»Okay, aber wir reisen mit leichtem Gepäck. Nur Wasserflaschen und Nahrungsmittel.«

Sie nickte. »Holen wir Jason.«

Jason geriet in Panik, als er wach geschüttelt wurde. Er konnte nicht atmen! Wenige Sekunden lang wehrte er sich heftig, dann begriff er, dass es Lindas Hand über seinem Mund war, die ihm die Luft raubte.

Sie bedeutete ihm, leise zu sein und flüsterte ihm ins Ohr: »Ruhig, Jason!«

Er hörte auf zu zappeln, aber sein Herz klopfte immer noch heftig, und der Kopf tat ihm weh. Was war los? Schon wieder Monster? Er schnellte in seinem Schlafsack hoch und sah, wie Blakely die Schachteln mit getrockneten Nahrungsrationen einsammelte. Wie ein Dieb in der Nacht schlich er umher und gab Acht, wohin er seine Füße setzte.

Khalid lag zusammengesunken in seinem Schlafsack. Blakely und Linda warfen immer wieder Blicke auf den schnarchenden Mann. Jason schaute Linda mit fragendem Blick an. Sie legte einen Finger auf ihre Lippen. Er verstand einfach nicht, warum er still sein sollte. Die herabstürzenden Wassermassen machten doch schon genug Lärm. Dennoch tat er, was man ihm sagte, und blieb still sitzen.

In weniger als einer Minute hatten Linda und Blakely drei Wasserflaschen, Stablampen und einen Beutel mit Nahrungsrationen zusammengelegt. Blakely zeigte Linda eine Pistole mit einer breiten Mündung, die er unter den Ausrüstungsgegenständen des Boots gefunden hatte. Eine Leuchtpistole, stellte Jason fest.

Blakely hockte sich neben ihn und flüsterte: »Hör zu, mein Junge, wir müssen uns davonschleichen. Khalid lassen wir zurück. Wir müssen sehr schnell sein. Meinst du, das schaffst du?«

Verwirrt nickte er. An Lindas blassem Gesicht und ihrem nervösen Blick konnte er allerdings erkennen, dass es Grund gab, sich zu fürchten. Er blickte zu Khalid, der wie ein zusammengekauertes Ungeheuer dalag.

Linda und Blakely teilten rasch die zusammengerafften

Sachen unter sich auf und bedeuteten ihm zu folgen. Er stand auf und nahm seine Sporttasche. Blakely blickte auf die Tasche und schüttelte den Kopf. »Lass sie hier«, wisperte er.

Keinesfalls! Er konnte sie tragen. Er war doch kein Baby. Jason schüttelte den Kopf und drückte die Tasche noch fester an sich.

Blakely wollte etwas entgegnen, doch Linda fasste ihn am Arm an und beruhigte ihn. Sie winkte beiden zu, ihr zu folgen. Jason schritt hinter ihr her, und Blakely folgte ihm.

Keiner sagte ein Wort während ihres Marschs, auch nicht, als das Camp hinter den Stalagmiten und Felsbrocken nicht mehr zu sehen war. Die Stille jagte Jason Angst ein, viel mehr Angst als brüllende Bestien und Gewehrsalven. Jedes zufällige Geräusch ließ ihn hochfahren, jedes Knirschen unter ihren Stiefeln klang wie ein Steinschlag, der durch die ganze Höhle hallte. Eine halbe Stunde später, als sie die Geröllhalde erreicht hatten, die zu dem rauchenden Tunnel führte, sprach Linda endlich das erste Wort: »Schaut!« Sie zeigte auf die Öffnung hoch über ihnen. »Der Rauch ist weniger geworden. Das wird uns das Atmen erleichtern.«

»Ja«, sagte Blakely, »doch wird es nun schwerer für uns werden, den Weg nach oben zurückzuverfolgen.« Er machte ein finsteres Gesicht, als er den Hang hinaufblickte.

»Meinen Sie, sie schaffen es?«, fragte Linda.

»Habe ich eine andere Wahl?«

Linda drückte seinen Arm und schaute ihn an. »Jason, was ist mit dir? Kommst du die Felsen rauf?«

»Kinderspiel«, sagte er mit einem Kichern.

»Dann beeilen wir uns besser. Ich weiß nicht, wie lange die Sedativa bei Khalid vorhalten.«

Khalid träumte, dass er am Umhang seiner Mutter zerrte, als sich der schwarze Wüstensturm auf ihr Lager herabsenkte. Er wollte sie vor dem Sturm warnen, aber sie redete ununterbrochen mit den anderen verhüllten Gestalten und merkte nichts von dem nahenden Wind und den Sandmassen, die grollend näher kamen. Er zog an ihrem Umhang, um sie auf sich aufmerksam zu machen, doch sie stieß ihn mit einem Hüftschwung zur Seite. Er lief zur Zeltöffnung und beobachtete den tobenden Wirbelsturm, der den Horizont verwischte. Wieder ging er zu den verhüllten Gestalten, wo auch seine Mutter war. Er schrie sie an, seine Stimme war ein Schilfrohr im Wind. Dieses Mal hörten sie ihn und drehten sich um. Er öffnete den Mund, um seine Warnung zu wiederholen, als er sah, was hinter den Schleiern hervorschaute. Keine Gesichter! Schädel. Gelbe, vom Sand glatt gescheuerte Knochen blickten über die schwarzen Schleier. Aus den Falten der Umhänge kamen Skeletthände hervor, die nach ihm griffen. Er stolperte rückwärts in den Sturm hinein. Ein Schrei blieb ihm im Hals stecken.

Als ihn die ganze Wucht des Sturms traf, fuhr Khalid aus seinem Traum hoch, verwirrt, dass ihm das Grollen gefolgt war. Zuerst hockte er noch zusammengekauert in seinem Schlafsack, bis er begriff, dass das Grollen vom Wasserfall herrührte. Er schluckte schwer und hatte das Gefühl, seine Kehle wäre voller Sand. Mit einem Ruck stieß er sich aus dem Schlafsack und griff nach der Wasserflasche. Sie war fort. Er schoss in die Höhe.

Mit einem Blick auf die leeren Schlafsäcke, die wie abgelegte Schlangenhäute aussahen, erkannte er, dass sie ihn hinters Licht geführt hatten. Er verfluchte sie und hob seine Pistole, als erwartete er einen Angriff. Suchend schaute er herum. Keine Spur. Er blickte zu der Öffnung in der fernen Wand, aus der sich nur noch ein dünner Rauchfaden kringelte. Zumindest wusste er, wohin sie gegangen waren.

Mit dem Fuß sichtete er die Überbleibsel, die sie zurückgelassen hatten. Alle Laternen waren weg, die Batterien auch. Er hatte kein Licht.

Khalid griff in die Hosentasche und holte sein Feuerzeug hervor. Er schnappte es mit dem Daumen auf, und eine Flamme schoss in die Höhe. Mit diesem Feuer würde er seinen Weg finden.

Er presste die Lippen zu einem entschlossenen Lächeln zusammen. Er würde es ihr schon zeigen. Bald würde sie seinen Zorn zu spüren bekommen und ihm um Vergebung anbetteln.

Wie der schwarze Sturm in seinem Traum wäre er ohne Gnade und nicht aufzuhalten.

24

Ashley ging einen Schritt zurück und fragte sich, ob ihr Gehör ihr einen Streich spielte. Wieso sprach dieses Wesen ihre Sprache? Das musste Zufall sein, eine gebräuchliche Abfolge von Lauten, die versehentlich mit einem englischen Wort übereinstimmte.

»Tod«, wiederholte der weißhaarige Alte, zeigte mit dem Stab auf sie und schüttelte ihn heftig vor ihrem Gesicht, als wollte er ihr die Bedeutung einbläuen. Dann setzte er seinen Stab wieder auf den Boden, stützte sich mit seinem ganzen Gewicht darauf und ließ die Schultern traurig hängen. *»Dobori dobi!«,* sagte er schließlich mit trauriger Stimme.

Bei diesen Worten schnappten alle Anwesenden hörbar nach Luft, und Unruhe kam auf. Die wenigen neugierigen Zuschauer, die sich noch um sie gedrängelt hatten, suchten das Weite, verschwanden in ihren Höhlen und zogen eilig den Vorhang vor den Eingang. Keiner lugte mehr hinter einer Ecke hervor.

Nur noch eine verstreute Gruppe kleiner Wesen war übrig geblieben – die mit Diamantspeeren bewaffneten Jäger. Und selbst diese scharrten unruhig mit den Füßen.

Ben neben ihr sagte: »Ash, wir bekommen Ärger.«

Sie blickte ihn an. Seine Augen waren riesengroß. »Ben«, flüsterte sie und fühlte sich von den Wesen beobachtet, »was sollen wir tun?«

»Wie soll ich das wissen? Du bist die Anthropologin.«

»Vielleicht sollten wir ...« Ashley wurde durch ein Geräusch unterbrochen, als der Alte den Stab fest auf den Boden stieß und ihre Aufmerksamkeit auf sich zog.

»Dobori dobi!«, dröhnte er und zeigte mit einem langen, gekrümmten Finger auf Ben. Dann drehte er sich um und humpelte davon.

»Warte!«, rief Ben.

Der Alte wandte sich um und sah ihn an. Es kostete ihn Anstrengung. Offenbar war er erschöpft, hustete keuchend und hatte Mühe, sich mit seinem Stab aufrecht zu halten.

Mit großen, feuchten Augen starrte er Ben an. Er hob einen Finger, berührte damit die Spitze seines Ohrs und senkte dann den Finger auf die Höhe des Musters auf seiner Brust, genau über seinem Herzen. Dann drehte er sich um und hinkte über den kahlen Felsboden durch einen Höhleneingang.

»Ash, kannst du dir darauf einen Reim machen?«

»Ich bin mir nicht ganz sicher. Er wollte uns etwas mitteilen. Nur was?«

Sie schluckte heftig und versuchte, den Klumpen in ihrem Hals loszuwerden. Sie schaute sich suchend um. Nichts. Sie und Ben standen am Rand des gelben Felds. Die Felswand mit den Behausungen umgab sie in einem Halbkreis. Sie ließ den Blick noch einmal schweifen und zählte zehn Wachen, die im Freien geblieben waren und an den Aufgängen zum zweiten Stockwerk standen. Keine Wache hätte sie davon abhalten können, wieder ins Feld zurückzulaufen.

Als sie gerade vorschlagen wollte, abzuhauen und einen Fluchtweg durch die Felder zu finden, erklang von der Felswand her ein tiefes Dröhnen, rhythmisch und langsam. Das tiefe, klangvolle Pochen drang bis in ihr Zwerchfell und ließ ihren Körper wie die Sehne eines Bogens vibrieren. Sie wusste, auch wenn sie sich die Ohren mit den Fingern zuhielt, würde sie das sonore Dröhnen spüren.

»Trommeln«, bemerkte Ben unnötigerweise.

Sie nickte. »Viele Kulturen kündigen Zeremonien und Rituale mit Trommeln an.« Wieder wandte sie sich um und blickte über die Felder. Besonders Todesrituale. Aber das behielt sie für sich.

Ben aber wusste, was die Trommeln bedeuteten. Zum Teufel, er hatte genug Tarzan-Filme gesehen, um zu wissen, dass die Eingeborenen auf dem Kriegspfad waren. Dennoch erfüllte ihn eine merkwürdige Ruhe. Er wusste, dass sein Herzschlag eigentlich rasen und seine Hände nass vor Angstschweiß sein sollten. Aber nein, stattdessen hatte er das Gefühl, neben sich zu stehen und die Ereignisse durch die Augen eines anderen zu beobachten. Seit der Alte seine Brust mit dem Finger berührt hatte, hatte ihn ein Gefühl des Friedens ergriffen.

Mit jedem Paukenschlag fuhren ihm seltsame Gedanken durch den Kopf, beinahe so, als würden die Trommeln ihm etwas mitteilen. *Bumm* … der Tod kommt. *Bumm* … besiege ihn und lebe. *Bumm* … ein einziger Ausweg. *Bumm* … zeige das Blut, das in deinen Adern fließt.

»Ben?« Ashleys Gesicht erschien vor ihm wie aus dem Nichts; ihre Stimme war leise im Vergleich zum Rufen der Trommeln. Sie wedelte mit der Hand vor seinem Gesicht. »Alles okay?«

»Mir geht es bestens.« Ben schüttelte den Kopf. »Ich versuche nur nachzudenken.«

»Du hast irgendetwas gemurmelt. Irgendetwas von Blut.«

»Es ist nichts.«

»Bist du sicher, dass alles okay ist?«

»In Anbetracht unserer Situation bin ich sogar ziemlich auf Draht.« Er zeigte ihr ein mattes Lächeln und hoffte, sie würde es ihm abkaufen, während er sich selbst darüber wunderte, was zum Teufel mit ihm los war. »Alles okay«, wiederholte er.

Dennoch behielt sie den besorgten Gesichtsausdruck. »Hast du eine Idee, was die vorhaben?«, fragte sie und schaute, ob sich auf der Felswand etwas bewegte.

Er zuckte mit den Schultern. Die Eingeborenen konnten sie auf viele Arten töten. Sie konnten sie mit ihren Speeren aufspießen, Felsbrocken auf sie werfen, die wolfartigen Bestien auf sie hetzen oder sie von den Egeln aussaugen lassen. Was genau geschehen würde, wusste nur der Teufel. Er rieb sich die Schläfen. Seltsamerweise aber wusste Ben es auch. Sie würden aus der Luft angegriffen werden. *Der Tod kommt.* Aber woher zum Teufel wusste er das?

Er drehte sich herum und suchte den Himmel über den Feldern nach einem Anzeichen ab. Über ihren Köpfen sah er nur den leuchtenden Schimmel. Aber er war sich ganz sicher. Er wusste sogar, aus welcher Richtung der Tod kommen würde. Mit zusammengekniffenen Augen schaute er nach links. Da sah er sie, die schwarzen Flecken vor dem grün schimmernden Hintergrund. Sie näherten sich rasch und wurden dabei schnell größer. Er zeigte mit dem Finger auf sie.

»Da drüben, Ash. Siehst du sie?«

»Was? Wo denn?«

Er drehte ihr Kinn, bis sie in die richtige Richtung schaute. »Sie müssen von den Trommeln herbeigelockt worden sein«, sagte er. »Scheint so, als wurden sie dadurch zum Mittagessen gerufen.«

»Wer sind sie?«, fragte Ashley.

»Jemand mit großem Hunger. Sie haben es verdammt eilig!«

Sie deutete auf die Pistole in seinem Gürtel. »Wie viele Kugeln, sagtest du, sind noch in der Pistole?«

»Noch zwei.« Er blickte über den Himmel und zählte die fliegenden schwarzen Angreifer. Jetzt war bereits ihre Gestalt erkennbar. Mit breiten Schwingen durchteilten sie die Luft. »Es handelt sich um einen Schwarm von mindestens fünfzehn, die da auf uns zufliegen.«

»Dann können wir uns den Weg nicht freischießen.« Ashley warf einen Blick auf das Feld. »Vielleicht, wenn wir ins Feld rennnen. Dort stehen keine Wachen mehr.«

»Nein, da säßen wir wie auf einem Präsentierteller. Wir müssen uns Deckung suchen.« Bernd schaute hinüber zur Siedlung. Das Trommeln ertönte nun wütender und wilder und machte es ihm schwer, einen klaren Gedanken zu fassen. Ben ließ seinen Blick über die Siedlung schweifen. Alle Eingänge waren jetzt mit dicken Vorhängen verschlossen. Nervöse Wachposten standen an den Aufgängen, betrachteten ihn mit zusammengekniffenen Augen und hielten ihre Speere fest in den Händen. Nur vor einer Hand voll Höhleneingänge zu ebener Erde standen keine Posten. Ben stupste Ashley an und wies auf die sechs dunklen Eingänge. »Was hältst du davon, dort drüben Unterschlupf zu suchen?«

»Meinst du, die Wachen lassen das zu? Ihre Speere machen keinen einladenden Eindruck.«

»Siehst du nicht, dass sie nur den Weg nach oben versperren? Diese Höhlen«, sagte er und wies mit einer schwungvollen Armbewegung über die sechs Eingänge, »sind nicht verschlossen oder bewacht.«

»Dann versuchen wir unser Glück. Schau nur!«

Ben drehte sich herum. »Was zur Hölle sind das für Viecher?« Der Schwarm war nun nahe genug, so dass sie Details erkennen konnten. Ihre Flügel waren mit einer ledrigen Haut überzogen und hatten eine Spannweite von mehreren Metern. Sie hatten krumme schwarze Schnäbel und ebenholzfarbene Krallen, die so lang waren wie sein Unterarm. Und diese Augen! Matte schwarze Kugeln, lidlos wie die eines großen weißen Hais.

»Eine Spezies fliegender Raubtiere! Nachfahren des Pterodactylus vielleicht«, sagte Ashley und zog an seinem Arm. »Lass uns abhauen, sie sind fast über uns. Wir müssen Deckung suchen.«

Er riss sich vom Anblick des nahenden Schwarms los, der jetzt nur noch fünfzig Meter entfernt war. »Lauf!«, brüllte er und schubste Ashley vorwärts. Die Wachen machten keine Anstalten, sie aufzuhalten.

Das Trommeln hörte plötzlich auf, mit einem Schlag verklang das wilde Dröhnen und hinterließ eine lastende Stille. Ben beschleunigte seine Schritte und versuchte, Ashley einzuholen.

Hinter sich hörte er einen dumpfen Aufprall. Kurz danach folgten weitere, als würden Felsbrocken auf die Erde fallen. Der Schwarm war gelandet. Vereinzeltes Krächzen war zu hören.

Vor sich sah er, wie Ashley den ersten Eingang erreicht hatte. Die anderen fünf erstreckten sich an der Felswand entlang, von ihnen weg. Plötzlich erinnerte er sich daran, was ihm die Trommeln gesagt hatten. Er sah die Buchstaben förmlich vor seinen Augen. *Ein einziger Ausweg!* Wieder schaute er von einem Eingang zum nächsten. *Sechs!* Und nur *einer* war der *Ausweg!* Er bemerkte plötzlich ein Symbol, das über dem Eingang in den Fels gemeißelt war, auf den Ashley zusteuerte: ein Kreis, in den ein Dreieck gezeichnet war. Das falsche Symbol. Diese Höhle nicht!

Er lief noch schneller und brachte Ashley zu Fall, als sie sich gerade duckte, um dort Deckung zu suchen. Er rollte über den Boden und fiel hart auf eine Schulter, als er Ashleys Sturz auffing.

Sie rappelte sich auf. »Was soll das?«

»Keine Zeit!« Er sprang wieder auf und zerrte sie hinter sich her. »Folge mir!«

»Ben, hinter dir!«

Er drehte sich herum und zog gleichzeitig seinen Revolver aus dem Gürtel. Das hatte er befürchtet. Das nahende Biest war größer als ein Vogel Strauß, und ganz im Gegensatz zu dem Vogel mit dem dünnen Hals bestand dieses Tier hauptsächlich aus Schnabel und Muskeln. Es schnappte nach ihm und zielte tief, um mit seinem krummen Schnabel seine Eingeweide zu treffen.

Verfluchter Mist! Er hatte es langsam satt, dass immer irgendwelche Viecher ihn verspeisen wollten. Er feuerte ihm zwei Kugeln in den Schädel, die letzte aus nächster Nähe. »Verpiss dich!«, schrie er, zog den Kopf ein und riss Ashley zur Seite.

Mit Ashley im Schlepptau rannte er am Fuß der Felswand entlang und suchte nach dem richtigen Symbol. Hinter ihnen machten sich die anderen Tiere über die Leiche her. Heißes Blut spritzte Ben gegen die Waden, während er lief. Er hoffte, dadurch Zeit zu gewinnen.

Er suchte weiter. Über dem nächsten Höhleneingang waren eine Schlangenlinie und darüber ein Kreis eingemeißelt, über dem darauf folgenden ein gezackter Pfeil, über dem nächsten ein Kreis in einem Kreis, wie ein Donut. Falsch, falsch, falsch! Er rannte an den Höhlen vorbei.

Dann sah er es! Über den nächsten Eingang hatte man unbeholfen einen Stern eingemeißelt. Wie aus dem Nichts tauchte vor seinem geistigen Auge plötzlich das Bild seines Großvaters in seiner Traumhöhle auf, der ihn zu einem

Höhleneingang mit genau demselben Stern winkte. Dies war der *einzige Ausweg!*

Er stürzte durch den Eingang und riss Ashley mit sich. Während er in die Höhle stolperte, prallte er beinahe mit einer Gestalt zusammen, die anderthalb Meter von der Öffnung entfernt auf einen Stab gestützt stand. Das Licht reichte gerade aus, um das Muster zu erkennen, das auf seine Brust gezeichnet war. Schwankend hob der Alte seine magere Hand und legte sie auf Bens Schulter. Er knurrte mit tiefer Stimme, doch waren seine Worte zu verstehen: »Du bist einer von uns.«

Ashley entwand Ben ihre Hand. Was ging hier vor? Sie trat zur Seite, als der Alte sich mit seinem Stab Platz verschaffte. Mit dem Stab als Krücke schritt er an ihnen vorbei und ging zum Eingang hinüber. Er winkte ihnen zu, damit sie einen Blick nach draußen warfen.

»Ben?« Ashley schaute ihn fragend an. Er zuckte mit den Schultern und folgte dem Alten. Mit gerunzelter Stirn ging auch Ashley zu ihnen hinüber. Sie musste in die Hocke gehen, um etwas zu sehen.

Draußen hatten die Raubvögel ihren toten Artgenossen gerade zu Ende verspeist und überall Blut und Knochen auf dem Boden zurückgelassen. Einige der geflügelten Monster versuchten, an den Wachen vorbeizukommen und den Aufgang hinauf zu den Wohnungen zu gelangen, wurden jedoch von ihren Speeren in Schach gehalten.

Ein Pfiff erklang von links, und aus den fünf anderen Öffnungen strömte eine kleine Prozession wimmernder Huftiere, die von den Eingeborenen mit den Speeren hinausgetrieben wurden. Die Tiere waren etwa so groß wie kleine Kälber, ähnelten aber eher Pferden, bis auf die scharfen, gebogenen Stoßzähne. Sie bäumten sich auf und schlugen mit den Hufen auf die Felsen. Vor Angst verdrehten sie die Augen, so dass nur noch das Weiße sichtbar war. Sobald sie von den Speeren hinausgetrieben worden waren, schossen sie in alle Richtungen davon. Ihre Bewegungen erregten die Aufmerksamkeit der Raubvögel, die sich auf die Herde stürzten.

»Wenn wir einen anderen Eingang genommen hätten als diesen«, flüsterte Ben Ashley zu, »wären wir mit diesen Tieren zur Hinrichtung hinausgetrieben worden. Das war eine Prüfung.«

Ashley wollte sich von dem Gemetzel bereits abwenden, als sie sah, wie ein kleines Huftier vom Rest der Herde floh und genau vor ihrer Höhle mit entsetztem Blick erstarrte. Sie zuckte zusammen, als sie sah, wie einer der Raubvögel sich hinter dem Tier zum Angriff erhob. Er streckte seinen gekrümmten Schnabel nach vorn, um das kleine Tier aufzuspießen. Das Tier wimmerte sie bettelnd an, die Augen vor Furcht weit aufgerissen. Ohne weiter nachzudenken, schoss Ashley aus der Höhle, packte das verschreckte Tier am Nacken und zerrte es in die Höhle. »Dann soll dieses Kleine wenigstens auch gerettet werden«, sagte sie, schnappte nach Luft und zog es tiefer in die Höhle hinein.

Der Alte wandte sich zu ihr um, die Augen im Schock weit geöffnet. Da er mit dem Rücken zum Eingang dastand, entging ihm der geöffnete Schnabel, der nach ihm schnappte. Der betrogene Jäger wollte seine Beute so schnell nicht aufgeben.

Ashley wollte ihn warnen und hob einen Arm.

Aber bevor sie nur ein Wort hervorbringen konnte, schlug der Alte, ohne über die Schulter zu blicken, mit seinem Stab hinter sich. Der Schlag auf den Schnabel schallte laut durch die Höhle. Sie war überrascht, wie viel Kraft der Alte besaß. Er starrte sie unverwandt an und murmelte etwas vor sich hin. Dann ging er zu ihr hinüber und legte eine Hand auf ihre Schulter. Er nickte ihr zu, ging tiefer in die

Höhle hinein und hielt noch einmal an, um ihnen zu bedeuten, ihm zu folgen.

Lautes Scheppern erklang von draußen, als würden Töpfe und Pfannen aneinander geschlagen. Ben entfernte sich vom Eingang und ging zu Ashley. »Jetzt sind sie satt, und der Lärm verscheucht sie.«

»Wie dressierte Papageien«, sagte sie. Sie stand auf und folgte dem Alten. Das kleine Tier hoppelte hinter ihr her und jaulte leise.

Ben betrachtete das Huftier. »Du hättest draufgehen können, Ash.«

Sie sagte kleinlaut: »Ich bin einem Impuls gefolgt. Wenn du nicht den richtigen Eingang gewählt hättest, dachte ich, hätten *wir* da draußen gestanden und um Hilfe gerufen. Ich konnte es einfach nicht sterben lassen.« Das kleine Tier stupste sie an und beschnupperte ihre Stiefel im Gehen.

Ben legte ihr den Arm um die Schultern und drückte sie. »Ich glaube, du hast einen Freund gewonnen.«

Sie schmiegte sich in Bens Arme. »Jason wollte immer ein Haustier haben.«

Gemeinsam trotteten sie den dunklen Tunnel entlang, der nur von gelegentlichen Flecken des leuchtenden Schimmels erhellt wurde. Nach ein paar Minuten bat sie: »Sag mir, woher du gewusst hast, welcher Eingang der richtige war.«

Sie fühlte, wie er sich anspannte. »Ash, du wirst glauben, ich wäre total bekloppt.«

»Nach dieser Expedition glaube ich beinahe alles.« Dabei starrte sie auf den Rücken des Vertreters einer Spezies, die Englisch sprach und viele Millionen Jahre älter als der Homo sapiens war. Im Augenblick war sie neuen Erkenntnissen gegenüber sehr aufgeschlossen.

»Okay.« Er holte tief Luft. »Erinnerst du dich daran, dass ich sagte, ich hätte das Symbol auf der Brust des Alten schon mal irgendwo gesehen?«

»Ja, du sagtest, dass du von deinem Großvater geträumt hast.«

»Genau. In diesem Traum führte mein Großvater mich zu einer Höhle, über deren Eingang dieses Symbol gemeißelt war. Er sagte mir, diese Höhle sei sicher.«

Sie blieb stehen und schaute ihn ungläubig an. »Meinst du das im Ernst?«

Er lachte leise und zog sie voran. »Wir leben noch, oder?«

»Hattest du schon vorher irgendwelche hellseherischen Erlebnisse?«

»Teufel, nein. Und wenn, würde ich jetzt nicht in diesem Schlamassel stecken. Ich würde mich in Las Vegas in der Sonne aalen und auf meinen nächsten Auftritt als Mr. Houdini warten.«

»Und warum jetzt?«

Er stieß ein nervöses Lachen hervor und ging ein paar Schritte vor, um dem Alten als Erster zu folgen. »Ich habe eine Idee. Aber sie ist verdammt unheimlich.«

»Was denn?«

»Die Träume von dieser Höhle ... Ich hatte sie immer öfter, seit wir zum ersten Mal von der Expedition erfuhren. Und sie sind deutlicher und häufiger geworden, seit wir hier unten angekommen sind.«

»Also glaubst du, sie haben etwas mit der Höhle hier zu tun.«

»Nein, mit ihm.« Er zeigte auf den nackten Rücken des Alten. »Ich glaube, er hat mit mir Kontakt aufgenommen. Als sie vorhin anfingen, die Trommeln zu schlagen, formten sich seltsame Gedanken und Worte in meinem Kopf.«

»Telepathie?«, sagte sie und dachte über die Schlussfolgerung nach. »Aber wieso ausgerechnet du?«

Er zuckte mit den Achseln. »Ich weiß es nicht. Vielleicht weil Blut der Aborigines in meinen Adern fließt?«

Sie betrachtete seine blauen Augen und sein blondes

Haar. »Wenn man dich so ansieht, muss das Blut ziemlich dünn sein.«

»Anscheinend reicht es dennoch.«

»Warum, glaubst du, hat es etwas mit deiner Abstammung zu tun?«

»Die Bilder in meinen Träumen«, sagte er und zählte mit den Fingern ab. »Beim ersten Mal erschien mein Großvater in der traditionellen Tracht der Aborigines. Dann wiederholte sich neulich der Albtraum aus meiner Kindheit. Und auch die Worte, die die Trommeln mir einhämmerten – ›zeige das Blut, das in deinen Adern fließt‹. Alles weist auf eine Eigenschaft hin, die ich durch das Blut meiner Vorfahren besitze.«

Ashley holte tief Luft. Diese Behauptung widersprach der Logik und dem gesunden Menschenverstand. Das konnte nur purer Unsinn sein. Trotzdem, Ben hatte den richtigen Eingang gewählt. Sie erinnerte sich, was ein Kollege gesagt hatte, der seine Dissertation über die Stämme der Aborigines geschrieben hatte. »Es gibt eine Menge Mystik in der Überlieferung der Aborigines. Geister, die im Busch umherstreifen. Ahnen, die über große Entfernungen hinweg durch Traumpools mit ihren Nachfahren in Verbindung treten. So ein Zeug halt.«

»Genau«, sagte Ben, »ich habe das bisher auch für Humbug gehalten. Ein Freund von mir, ein Aborigine, mit dem ich Höhlen erkundet habe, hat geschworen, er hätte verdammt verrücktes Zeug gesehen, aber ich habe ihm nie geglaubt.«

Geistesabwesend schob Ashley das kleine Huftier zur Seite, als es ihr vor die Füße lief. Das Tier blökte und rannte in einen Seitentunnel. »Worin besteht die Verbindung zwischen einem bisher unentdeckten Stamm hoch entwickelter Beuteltiere in der Antarktis und den Aborigines in Australien?«

»Das wüsste ich auch gern. Aber die Zeichnung, die du in den Felsenhöhlen in der Alpha-Höhle entdeckt hast – das Oval mit dem Blitz –, macht mich nachdenklich.«

»Wieso?«

»Du kannst dich daran erinnern, dass ich sagte, ich hätte sie schon einmal gesehen? In Höhlenmalereien der Aborigines?«

Sie nickte. »Die die spirituellen Schöpferwesen der Aborigines darstellten.«

»Stimmt. Die, die den Ahnen der Aborigines angeblich beigebracht haben, wie man jagt. Die Mimis.«

Der Alte drehte sich um und schaute sie an. Er murmelte etwas. »*Gota trif luca mimi'swee.*«

Ben und Ashley blickten sich an. »Du bist der Telepath hier«, sagte sie. »Was hat er gesagt?«

Ben zuckte mit den Schultern und schüttelte den Kopf.

Der Alte schien ihre Verwirrung zu spüren und seufzte tief. Er tippte mit dem Finger auf seine Brust. »*Mimi'swee.*« Mit dem Arm machte er eine weit ausholende Bewegung über die komplette Siedlung. »*Mimi'swee.*«

»Ich kapiere es immer noch nicht«, sagte Ben.

Ashley hob die Hand. »Mi-mi-swee«, stotterte sie und konzentrierte sich auf die korrekte Aussprache. Dann zeigte sie auf den alten Mann.

Seine Halswirbel knirschten altersschwach, als er den Kopf auf und ab bewegte. Dann wandte er sich ab.

Ashley stolperte, so schockiert war sie. Das war unmöglich. »Er hat uns den Namen seines Stamms genannt, die *Mimi'swee*«, sagte sie. Dann raunte sie: »Mimis, die Felsgeister, die Schöpferwesen der Aborigines. Sie sind ein und dieselben.«

Ben machte große Augen, als plötzlich der Groschen fiel. Bevor er ein weiteres Wort sagen konnte, öffnete sich der Gang in eine große Höhle, die von Schimmelpilzen an

Wänden und Decken beleuchtet wurde. Ehrfurchtsvoll starrte Ashley die Säulen an, die die ferne Höhlendecke trugen. Doch es waren nicht nur die Felssäulen, die sie so faszinierten. Es war vor allem der dichte Bewuchs, der die Säulen umgab, aus dem weiße Äste sprossen. Sie trugen rote matschige Früchte, die wie japanische Lampen herunterhingen.

»Verdammt«, stöhnte Ben hinter ihr, »nicht das schon wieder.«

Ben zögerte einen Moment, bevor er Ashley und dem Alten in die Höhle folgte. Er blickte prüfend umher und erwartete, Geisterstimmen zu hören oder seinen Großvater zu sehen, wie er im Dunkeln umherschlich. Aber nichts von alledem passierte. Bei näherer Betrachtung waren die fruchtartigen Gewächse das Einzige in dieser Höhle, worin sie der aus seinem Traum ähnelte. Die Felsformationen waren völlig anders und die Gewächse waren nicht annähernd so dick oder belaubt wie in seinem Traum. Er holte tief Luft und folgte Ashleys schlankem Rücken.

Ashley blieb stehen und griff nach einer der roten Früchte. »Ich glaube, es ist eine Art Pilz«, sagte sie atemlos und wies nickend auf die Frucht. »Fallen dir die fehlenden Blätter auf? Das verbindende Wurzelsystem. Wie Zellfäden. Wenn Linda das sähe, würde sie in Verzückung geraten.«

»Wo du gerade Linda erwähnst«, sagte Ben, »das hier ist ja alles sehr faszinierend, aber wir haben Freunde, die auf unsere Hilfe warten.«

»Ich weiß, Ben, ich weiß. Das habe ich nicht vergessen. Vielleicht können wir ja von den Mimis, da sie unsere Sprache einigermaßen verstehen, erfahren, wie wir nach oben gelangen.«

»Dann wollen wir mal fragen.«

Ashley schüttelte den Kopf und folgte dem Alten. »Zuerst müssen wir ihr Vertrauen gewinnen. Deine Nummer mit der richtigen Höhle war sicher ein Anfang, aber sie sind immer noch misstrauisch. Wir müssen uns auch weiterhin vorsichtig verhalten, sonst landen wir doch noch im Kochtopf.«

Mittlerweile befanden sie sich in der Mitte der Höhle. Hier gab es keine Stalagmiten und keine kürbisförmigen Gewächse. In die Mitte des Bodens hatte man eine seichte Mulde gemeißelt, die etwa eine Handbreit tief war. Dort, wo sie abfiel, war der Stein glasig gescheuert worden. Blutfarbene Zeichnungen umgaben den Rand.

Auf der gegenüberliegenden Seite lehnte sich der Alte auf seinen Stab.

»Mein Gott! Schau dir diese Details an!«, rief Ashley und löste sich von Bens Seite, um eine der Zeichnungen näher in Augenschein zu nehmen. Sie kniete sich hin, um ein Bild zu betrachten, das ein großes Tier zeigte, welches von einer Gruppe winziger Krieger angegriffen wurde. »Schau nur, die rote Farbe hat denselben Ton wie diese seltsamen Früchte. Diese Pilze liefern offenbar so eine Art selbst gemachten Farbstoff.«

»Toll«, sagte Ben sarkastisch, »also das Atelier eines Ökokünstlers.«

»Nein, ich glaube, das hier ist ein religiöser Ort. Primitive Kulturen fertigen gern Götzenbilder an. Idole, Statuen, Gemälde, so etwas. Gib mir fünf Minuten, um diese hier zu untersuchen. Vielleicht bekomme ich etwas heraus.« Sie rutschte zum nächsten Bild hinüber und würdigte ihn keines weiteren Blickes.

Wie in seinen Träumen spürte Ben wieder die bohrenden Blicke in seinem Hinterkopf. Er drehte sich um.

Der Alte stand auf der gegenüberliegenden Seite und warf nur einen kurzen Blick auf Ashley, bevor er seine grauen Augen wieder auf Ben richtete. Er nickte und setzte sich im Schneidersitz auf den Boden. Sein Stab ruhte auf seinen Knien. Er bedeutete Ben, es ihm nachzutun.

Ben ging in die Hocke und bemerkte plötzlich, wie schwer seine Glieder waren. Mittlerweile musste es Abend sein. Später Abend. Mit einem Ächzen ließ er sich auf dem harten Boden nieder. Er streckte seinen verspannten Rücken und nahm eine legere Haltung ein. Er träumte von einer großen, warmen Flasche Bier.

Dann blickte er auf und bemerkte, dass der Alte ihn anstarrte, keinen Ton von sich gab, nur mit seinen stechenden Augen herüberblickte. Er schien etwas von ihm zu wollen. Aber was?

Ben warf ihm einen seiner charmanten Blicke zu, die selbst ein Krokodil in ein schnurrendes Kätzchen verwandeln konnten. Aber der Alte blickte nur finster mit erwartungsvoller Miene zurück. Na, dann eben nicht, dachte Ben, während sich seine Lider senkten und er sich immer mehr entspannte. Er hatte für heute genügend Rätsel gelöst. Jetzt wollte er nur noch einen gemütlichen Platz, um ein Nickerchen zu halten. Sein Kinn sank langsam auf seine Brust. Nur ein Viertelstündchen.

Er glitt langsam in einen Nebel hinein und hörte nur noch halb die leisen Geräusche, die Ashley erzeugte, während sie sich von Zeichnung zu Zeichnung bewegte. Es war so schön, den Stress des Tages von sich abfallen zu lassen. Sein Atem ging immer tiefer, und ein leises Schnarchen drang aus seiner Nase. Könnte er nur …

»Ben! Benny. Wirst du wohl wach, mein Junge!«

Ben riss die Augen auf. Wer zum Teufel …? Er saß immer noch in derselben Höhle, wo ihn dieselben Stalagmiten und Früchte umgaben. Aber anstatt des Alten saß ihm sein Großvater im Schneidersitz gegenüber. Er winkte mit seiner Hand, die voller Leberflecken war, über den Teich zu ihm herüber. Ben blickte sich um. Außer ihm war auf dieser Seite niemand. Auch Ashley war nicht da. Er verrenkte sich fast den Hals, als er über die Schulter schaute. Das war merkwürdig: Er konnte immer noch hören, wie sie sich links hinter ihm bewegte und irgendetwas vor sich hin murmelte, aber sie blieb unsichtbar.

»Benny, was suchst du denn?«

»Wo bin ich?«

Sein Großvater hob einen gekrümmten arthritischen Finger und zeigte auf seinen Kopf. »Hier drin, mein Junge.«

Ben schnappte nach Luft, sein Herz schlug immer schneller. Das war Wahnsinn. Langsam verschluckte die Dunkelheit seinen Großvater und die Höhle.

»Schhh, mein Junge. Nun beruhige dich und reg dich wieder ab, sonst funktioniert es nicht.«

Ben schluckte und begriff nur langsam, was vor sich ging. Er konzentrierte sich darauf, sich zu entspannen. Er begann mit den Zehen und arbeitete sich langsam hinauf. Die Bilder um ihn herum wurden wieder klarer und intensiver.

»So ist es gut, Benny. So ist es besser.«

Er konzentrierte sich darauf, gleichmäßig und tief zu atmen, während er sprach. »Du bist nicht mein Großvater.«

»Nein, der bin ich nicht.« Sein Großvater lächelte schwach, dann wurde das Bild plötzlich unscharf, schrumpfte langsam und begann durcheinander zu wirbeln. Seine Augenbrauen wurden buschiger, seine Augen größer. Ein Stab lag plötzlich über seinen Knien. Aus dem unscharfen Bild traten die Umrisse des alten, gebrechlichen Wesens hervor. »Dies hier ist mein wahres Erscheinungsbild. Ich heiße Mo'amba.«

Die Stimme des Alten klang immer noch wie die seines Großvaters. Es verwirrte Ben, die Stimme aus dem Mund des fremden Wesens zu hören. »Wie? Warum?« Lauter Fragen tauchten in seinem Kopf auf.

»Benny, keiner von uns beiden spricht die Sprache des anderen. Deshalb spreche ich mit dir in der Sprache unserer Vorstellungskraft. Meine Gedanken werden in deinem Kopf in die Bilder und Worte übersetzt, die du verstehst.«

»Dann hast du sozusagen die Erinnerung an meinen Großvater als dein Erscheinungsbild für mich verwendet.«

»Ich nicht. Das hast du getan. Deine Fantasie hat sein Bild hervorgeholt, um einen *Heri'huti* darzustellen.«

Ben dachte an das strenge, sachliche Gesicht seines Großvaters. »Und was zum Teufel ist ein *Heri'huti*?«

»Ich bin einer. Genau wie du. Jemand, der auf der Traumebene Kontakt aufnehmen kann. Jemand, der die dunklen Wege ins Ungewisse hinabschauen kann.«

»Aber warum ich?«

»Ich kann die Geschichte deines Blutes erkennen. In der Linie deiner Abstammung sehe ich einen starken *Heri'huti* in der fernen Vergangenheit. Sehr stark. Du bist noch ungeübt, aber mit der Zeit könnte deine Fähigkeit sogar meine übertreffen. Eine Fähigkeit, die mein Volk zum Überleben braucht.«

»Was meinst du mit ›Überleben‹?«

»Ich bin der Letzte meines Volkes, der diese Fähigkeit besitzt«, sagte Mo'amba mit gequältem Gesichtsausdruck. »Im Lauf der Zeit habe ich erlebt, wie die anderen *Heri'hutis* diese Welt verließen und ich zurückblieb. Jetzt kann auch ich die Jäger nicht mehr führen und ihnen zeigen, wie sie unser Volk ernähren und unsere Grenzen gegen die *Crak'an* verteidigen. Die Jäger gehen allein hinaus. Blind. Ohne die Kraft eines *Heri'hutis*, der über die nächste Kurve hinaussehen kann, ist das Jagen sehr gefährlich, und wir haben bereits viele Jäger verloren. Ihre Witwen klagen jede Nacht. Wir können ohne einen neuen *Heri'huti*, der unser Volk führt, auf Dauer nicht überleben.« Er zeigte mit dem Finger auf Ben. »Und der bist du.«

»Ich?«

»Seit vielen Jahren rufe ich und versuche, andere wie mich hierher zu locken. Du warst der Einzige, der gekommen ist.«

»Zum Teufel, es muss doch noch andere geben. Andere wie … na ja, wie du. Vielleicht teilt ja eine andere Siedlung ihren *Heri'huti* mit eurem.«

Mo'amba schüttelte den Kopf. »Nach der Großen Trennung haben wir die Verbindung zu den anderen Siedlungen verloren. In meinen tiefsten Träumen höre ich manchmal das Raunen der Verlorenen, doch sind das eher Wunschträume als echte Träume.«

»Dennoch kannst du nicht von mir erwarten …«

Mo'amba nahm wieder die Gestalt seines Großvaters an. Auf seiner Stirn standen grimmige Falten. »Blut ist dicker als Wasser! Du bist einer von uns!«

Ben setzte zu einer Antwort an, als ihm plötzlich Ashleys Stimme ins Bewusstsein drang. »Ben, das musst du dir ansehen!«

Bei diesen Worten schwanden plötzlich die Bilder um ihn herum und das Gesicht des Großvaters wurde von der Finsternis verschluckt. Er öffnete die Augen und schüttelte die Reste seines Traums ab.

Ashley blickte ihn mit sorgenvollem Gesicht an. »Mein Gott, wie kannst du zu so einem Zeitpunkt schlafen?«

»Was?« Benommen rieb er seine Schläfen, wo er immer noch ein leises Pochen spürte.

»Komm und schau dir das an«, sagte Ashley, ohne zu merken, was gerade vorgefallen war. Sie ging ein paar Meter zu einer Zeichnung hinüber, kniete sich hin und winkte ihn zu sich.

Er blickte über die Lichtung zu dem Alten hinüber. Er starrte ihn immer noch an.

Mit einem Schauder kam Ben auf die Beine und hockte

sich zu Ashley. Er war sich nicht sicher, ob er ihr etwas erzählen sollte. »Was hast du gefunden, Ash?«

»Schau dir diese Felszeichnung an. Es ist ein Triptychon.«

»Ein Trip-was?

»Drei Bilder. Schau dir das letzte an.« Ashley hockte vor drei gezeichneten roten Kreisen und zeigte auf den dritten.

Ben rückte näher und konnte kaum glauben, was er sah. Der dritte Kreis war eine grobe Karte mit den Landmassen der Südhalbkugel. »Mein Gott, das ist ja Australien.«

»Ich weiß. Die Zeichnung ist zwar ungenau, aber dennoch präzise genug. Jetzt schau dir die anderen an.«

Ben betrachtete die anderen zwei Kreise. Der erste zeigte den australischen Kontinent, der mit dem antarktischen Kontinent durch eine breite Landbrücke verbunden war. Der zweite zeigte, wie diese Landmasse sich loslöste. »Was ist damit?«

»Das ist die Verbindung! Das erklärt, wie die Mimis Australiens – wenigstens ein paar von ihnen – hierher geraten sind.«

»Ich kapiere es immer noch nicht.«

Ashley seufzte, als hätte sie es ihm nun wirklich deutlich erklärt. »Vor vielen Jahrtausenden waren die Kontinente durch Landbrücken verbunden. Durch die Verschiebung der Kontinentalplatten und das dramatische Steigen und Sinken des Wasserpegels verschwanden diese Landbrücken innerhalb weniger Monate. Fossilienfunde stützen die Theorie einer solchen Landbrücke zwischen Australien und der Antarktis. Man hat viele Fossilien ausgestorbener Beuteltierarten in der Antarktis gefunden.«

Er zuckte mit den Schultern. »Also glaubst du …?«

»Ja, natürlich! Schau dir die erste Karte an.« Sie zeigte auf die Verbindung der beiden Kontinente. »Das ist die Landbrücke. Das zweite Bild zeigt das Verschwinden der

Brücke. Und die dritte Karte zeigt, wie die Kontinente schließlich isoliert wurden.«

»Aber wie konnten diese Wesen das wissen? Wie konnten sie diese Karten zeichnen?«

Ashley hockte sich auf die Fersen. »Offenbar haben sie es durchlebt. Und Karten davon gezeichnet, so wie die amerikanischen Indianer Karten von ihren Küsten gezeichnet haben. Und durch eine entweder mündliche oder bildliche Überlieferung haben sie diese Geschichte am Leben gehalten.« Sie zeigt auf Australien und die Antarktis auf der dritten Karte. »Einst waren sie verbunden. Dann vertrieb irgendetwas dieses Volk aus Australien, zumindest einige von ihnen. Und als die Landbrücke versank, waren sie hier gefangen.«

Ben betrachtete die Karten und stellte sich vor, wie ein Volk über eine Felsenbrücke auf diesen eisigen Kontinent fliehen musste. Er setzte den Finger auf die Antarktis. Zwei Stämme voneinander getrennt. »Mein Gott ... die Große Trennung«, murmelte er. »Vielleicht hat Mo'amba das gemeint.«

»Wer?«, fragte Ashley und blickte vom mittleren Bild auf.

»Ash, vielleicht setzt du dich besser hin, bevor ich dir das erzähle.« Er bemerkte, dass sie ihm gebannt und mit konzentrierter Miene zuhörte. Als er ihr erklärte, was gerade zwischen ihm und dem Alten vorgefallen war, veränderte sich ihr Gesichtsausdruck, und sie riss ihre Augen immer weiter auf.

»Du meinst, er kann mit dir sprechen?«, rief sie, als er fertig war. »Sie benutzen wirklich eine rudimentäre Telepathie.« Sie blickte auf das Wesen, das ihnen mit untergeschlagenen Beinen gegenüber saß. »Hört er uns gerade zu und liest unsere Gedanken?«

»Das glaube ich nicht. Wir müssen uns dazu beide in

Trance befinden. So wie das die Aborigines mit den Traumpools machen, wenn sie miteinander in Kontakt treten.«

»Und er ist der Letzte seines Volkes mit dieser Fähigkeit?«

Ben nickte. »Außer mir.«

Ashley machte ein nachdenkliches Gesicht. »Aus Sicht der Populationsgenetik hat der Verlust dieses Merkmals einen Sinn. Diese Gemeinschaft lebt hier seit tausenden Generationen isoliert. Die hohe Rate an Inzucht innerhalb dieser geschlossenen Gemeinschaft, der Mangel an frischem genetischem Material muss die komplexe Verbindung der Gene, die für diese Fähigkeit zuständig sind, schwächen und sie am Ende auslöschen.« Sie drehte sich zu ihm um, ihre Augen waren weit offen, ihr Blick starr. »Ich könnte hier mein ganzes Leben damit zubringen, die Wirkung dieses einen genetischen Merkmals auf die Population zu erforschen. Die Erkenntnisse würden die gesamte Anthropologie auf den Kopf stellen. Ich meine ...«

Ben hob die Hand. »Ash, das ist alles schön und gut, aber wir müssen hier rauskommen. Oder wenigstens Michaelson und die anderen herholen.«

Bens Worte ernüchterten Ashley. »Du hast Recht«, sagte sie nickend. »Wir haben immer noch jede Menge Zeit für die Forschung, wenn wir wieder in der Alpha-Basis sind.« Sie wies auf die sitzende Gestalt. »Hast du Mo'amba gefragt, wie wir hier herauskommen?«

»Nein. Ich glaube auch nicht, dass er bereit ist, es uns zu sagen. Er will, dass ich bleibe und seinen Platz in der Gemeinschaft einnehme.«

»Das könnte problematisch werden.« Ashley tippte mit dem Finger auf ihr Kinn. »Hier stimmt etwas nicht. Wenn du so verdammt wichtig für den Stamm bist, warum wollten sie dich dann töten?«

»Ich weiß es nicht.«

»Anscheinend teilt nicht jeder hier Mo'ambas Standpunkt. Dieser Jungspund mit dem Rubinstab, wahrscheinlich das Oberhaupt des Stamms, wollte uns auf Teufel komm raus loswerden. Vielleicht könnten wir …«

Hinter ihnen wurde es plötzlich unruhig. Ben drehte sich um und sah eine bekannte Gestalt, die ihm durch die behangenen Steinsäulen entgegenhumpelte. Eine kleine Schar bewaffneter Wesen folgte. Das Aufstoßen ihrer Speere brachte die roten Pilze zum Schwingen.

Ashley schoss in die Höhe. »Das ist Michaelson!«

Ben sah die zahlreichen Speerspitzen, die dem Major folgten. Er zählte die Anzahl der bewaffneten Krieger. Während die meisten ihre Speere lässig über die Schulter gelegt hatten, hatten andere die Hand auf das Messer in ihrem Gürtel gelegt.

Ben ging auf Michaelson zu und klopfte ihm auf die Schulter. Er bemerkte das Blut, das in seinem Gesicht klebte. »Was ist passiert?«, fragte er. »Sie sehen aus, als wären Sie durch den Fleischwolf gedreht worden.«

Ashley kam dazu und untersuchte mit besorgtem Gesicht seine Verletzungen.

Michaelson vermied es, ihr in die Augen zu sehen. Er schien verlegen zu sein. »Das ist nichts. Das meiste Blut stammt nicht einmal von mir. Hört zu, wir haben nicht viel Zeit.«

Die Krieger hinter ihnen bewegten sich unruhig hin und her. Michaelson blickte zurück. Eine große Gestalt in einem verschlissenen Arbeitsanzug der Armee pflügte sich durch die Menge. Als er zu ihnen herüberkam, erkannte Ben die Familienähnlichkeit. Dieselben schwarzen Haare, dieselben blauen Augen, dieselbe Hakennase.

»Mein Bruder Harry«, stellte Michaelson vor.

»Das ist ja Wahnsinn«, sagte Ashley, »Sie haben ihn gefunden!«

»Eigentlich hat er mich gefunden. Er hat die letzten drei Monate bei diesen ... bei diesen Wesen gelebt.«

Ben bemerkte, wie Harry Ashley anerkennend von oben bis unten musterte.

»Hast du es ihnen schon gesagt?«, fragte Harry seinen Bruder.

»Nein, ich war gerade dabei.«

Harry nickte Ben und Ashley zu. »Tut mir Leid, ich dachte, Sie wären Flüchtlinge.«

»Was soll das heißen?«, fragte Ben.

Harry musste schlucken. »Ich hatte gehofft, Sie wüssten es bereits. Sonst hätte ich mich eher bemüht, Sie zu finden.«

»Was?«, fragte Ashley nun drängender, damit Harry endlich ausspuckte, was er ihnen verschwieg.

Michaelson räusperte sich. »Die Alpha-Basis ist zerstört worden. Von diesen Dinosaurier-Viechern.«

Ashley erstarrte. In ihrem Blick stand deutlich die unausgesprochene Frage geschrieben. Langsam drehte sie sich zu Ben um. Er sah die Angst in ihren Augen. »Das kann nicht sein«, flüsterte sie. »Was ist mit Jason?«

Ben nahm sie in die Arme und drückte sie. »Ganz ruhig«, raunte er ihr zu, »ich bin sicher, dass Blakely ihn beim ersten Anzeichen von Gefahr in Sicherheit gebracht hat.«

Seine Worte schienen sie zu beruhigen und ihr wieder Hoffnung zu geben. Das Zittern schwand langsam. Sie wand sich mit entschlossener Miene aus seinen Armen. »Wir müssen hinauf. Ich will wissen, was dort los ist.«

Ben spürte die Verzweiflung in ihren Worten. »Ich weiß. Wir brechen sofort auf.«

Harry trat vor. »Hört zu, wir können nicht einfach ...« Er zuckte zusammen, als es hinter ihnen laut knackte.

Ben wirbelte herum und sah, dass der Häuptling des Stamms auf sie zukam. Er warf auch den neuen Stab auf den Boden. Der Knall ließ jeden in der Höhle verstummen. »Oh, oh«, sagte Ben, »da ist einer verflucht sauer.«

Mo'amba versuchte aufzustehen und stemmte sich mit seinem Stab in die Höhe. Er schlurfte auf sie zu, um einzuschreiten. Wütende Worte wurden ausgetauscht. Mitten in einem Ausbruch von knurrendem Gebrüll schwang der Häuptling seinen Stab über den Boden und schlug Mo'ambas Stab unter ihm weg. Ohne Stütze fiel der alte Mann zu Boden.

Die Krieger, die um sie herum standen, schnappten laut nach Luft. Mehrere wandten sich ab. Der Häuptling beobachtete die anderen vorsichtig. Seine Brust hob und senkte sich. Schließlich beruhigte er sich ein wenig und half Mo'amba auf. Nun unterhielt man sich in einem ruhigeren Ton. Dann folgte ein beklemmender Moment, in dem die beiden sich Auge in Auge blickten, bis der Häuptling knurrte, mit seinem Stab abschließend auf den Boden aufstieß und davonstolzierte.

Michaelson drehte sich zu Harry um. »Hast du das alles verstanden?«

Harry nickte mit blutleerem Gesicht. »Es gibt Ärger.«

25

Jason wusste, dass sie in Schwierigkeiten steckten, als er hörte, wie die beiden Erwachsenen sich in leisem Tonfall unterhielten. Der Tunneleingang vor ihnen war früher einmal von einem Steinschlag verschüttet worden. Nur ein kleines Loch von der Größe eines Kürbis führte durch das Geröll. Aus diesem kleinen Loch puffte ihnen Rauch ins Gesicht. Er beobachtete die beiden Erwachsenen, die neben dem Geröllhaufen hockten.

»Wir können nicht zurück«, sagte Linda, »er wartet sicher auf uns.«

»In Ordnung, dann müssen wir aber einen anderen Weg zur Alpha-Basis hinauf finden. Vielleicht über einen der Seitengänge«, sagte Blakely. Sein Atem rasselte wegen der verräucherten Luft, und seine Augen waren rot angelaufen und tränten.

Jason blickte den Weg zurück, den sie hergekommen waren. Er hielt sich die Nase gegen den Gestank zu und sah, wie die schwarzen Rauchfetzen sich von ihm entfernten. Der Rauch stank nach geschmorten Gummireifen. Er konnte ihn förmlich schmecken. Das feuchte Tuch, das er vors Gesicht hielt, konnte den Geruch kaum abhalten.

Dennoch beschwerte sich keiner, denn der Rauch diente ihnen auch als Führer. Im Laufe des vergangenen Tages hatte er ihnen immer dann den richtigen Weg gewiesen, wenn sie an eine Tunnelkreuzung gelangten und sich entscheiden mussten, welchen Weg sie nehmen sollten.

»Umkehren? Ich weiß nicht«, sagte Linda hinter ihm, »in keinem der anderen Gänge wehte ein Lüftchen. Die Luft schien zu stehen.«

»Haben wir eine andere Wahl? Wir kommen nicht mehr vorwärts.« Blakely lachte unangenehm. »Und wenigstens entkommen wir diesem verfluchten Rauch.«

Jason trat an Lindas Seite. »Vielleicht komme ich durch das Loch durch.«

Linda schenkte ihm ein mattes Lächeln. »Nein, mein Süßer, es ist zu klein.«

»Lass mal sehen«, sagte Jason und quetschte sich zwischen Linda und Blakely durch. Er hustete, als ihm ein Fetzen dichter Rauch aus dem Loch entgegenwehte.

Blakely legte einen Arm um ihn. »Stop, Jason. Wir wissen nicht, wie stabil es ist. Außerdem hat Linda Recht. Es ist viel zu klein.«

Jason ließ nicht locker. »Das will ich sehen!« Er wand sich aus Blakelys Griff und ging in die Hocke. Der Rauch strömte wie eine massive Säule aus der Öffnung, genau auf ihn zu. Er steckte eine Faust hinein und war erstaunt über den Druck, den der Wind ausübte. So als würde er die Hand bei voller Fahrt aus dem Beifahrerfenster eines Autos halten. Aber sein Erstaunen verwandelte sich schnell in Übelkeit, als sein Arm den Luftstrom unterbrach und einen Strahl direkt auf sein Gesicht lenkte. Würgend zog er seine Hand wieder heraus. Vor seinen Augen tanzten Sterne, und er schnappte nach Luft.

Blakely legte ihm die Hand auf die Schulter und lächelte beinahe amüsiert. »Vorsicht, mein Junge, da steckt genügend Kraft hinter, um dich umzubringen.«

Jasons Gesicht lief rot an, und er schüttelte Blakelys Hand ab. Jetzt war er noch entschlossener, durch die Öffnung zu dringen. Bevor ihn jemand aufhalten konnte, füllte er seine Lungen mit Luft und kniff Augen und Lippen zu. Dann tauchte er in den rauchigen Luftstrom ein.

Zwar wurde er von dem Luftdruck sofort abgebremst, doch stemmte er sich mit den Füßen dagegen. Er zwängte einen Arm und die Schulter hindurch, drehte sich dann herum und versuchte, vorwärts zu krabbeln.

Wenn er nur seinen Kopf wenden und den Körper in die andere Richtung drehen könnte … Aber die Steine leisteten bei jedem Versuch Widerstand. Wenige Sekunden später musste er einsehen, dass die Öffnung zu klein für ihn war. Enttäuscht zog er sich zurück, rollte auf die Seite und atmete mit einem langen Seufzer die angehaltene Luft aus.

Er sah, dass Blakely sich mit der Hand vor der Nase hin und her wedelte, da der aufgewühlte Rauch ihm ums Gesicht wehte. »Das war wohl nichts. Mit deiner Dummheit hättest du uns beide fast erstickt.«

»Aber ich wollte doch nur …«

»Schluss jetzt mit dem Unfug. Wir müssen unsere Lage akzeptieren und einen anderen Weg finden. Dieser Tunnel ist für uns hier zu Ende.«

Jason schniefte und versuchte, keine Miene zu verziehen. »Aber ich habe herausgefunden, dass das enge Loch nur einen halben Meter tief ist. Nach diesem kurzen Stück wird der Tunnel wieder breiter, und wir können ihn wieder benutzen. Wenn wir einen Weg finden würden, der uns auf die andere Seite führt ...«

»Ich fürchte nur, wenn du keine Hacke unter deinem Hemd versteckt hast, hilft uns das nicht viel.«

Jason, der sich nun geschlagen gab, ließ den Kopf hängen.

Linda legte ihm eine tröstende Hand aufs Knie. »He, du hast es wenigstens versucht. Und es ist ja nichts passiert. Zum Teufel, wenn wir schlauer gewesen wären, hätten wir einen Würfel von Khalids Plastiksprengstoff mitgenommen und uns den Weg frei gesprengt.« Sie hob sein Kinn mit einem Finger hoch. »Ich bin stolz auf dich.«

Jason versuchte erfolglos, ein Lächeln zu unterdrücken. »Danke.«

Sie wuschelte durch seine Haare und wandte sich wieder zu Blakely. »Ich fürchte, wir haben wirklich keine andere Wahl, als uns einen anderen Weg zu suchen.«

Blakely murmelte eine Antwort, doch Jason hörte nicht mehr hin. Stattdessen hallten Lindas letzte Worte in seinem Kopf: Würfel? Sprengstoff? Er stand auf. Könnte es sein ...?

Er ging hinüber zu Linda, die sich gerade intensiv mit Blakely besprach, und zog sie am Ärmel. Linda blickte zu ihm hinunter, während Blakely die Stirn runzelte und ihn wegen der Unterbrechung zornig anblickte.

»Was ist denn, Jason?«, fragte sie und schob eine blonde Strähne hinter ihr Ohr.

Er trat unruhig auf der Stelle. »Hm, Linda, der Sprengstoff, von dem du gesprochen hast. Ich glaube, davon habe ich etwas.«

Blakely trat auf ihn zu. »Was? Wie?«

Linda hielt Blakely mit einer Hand zurück. »Jason, wie kommst du auf die Idee, du hättest Sprengstoff?«

Jason scharrte mit seinem Turnschuh über den felsigen Boden und schaute den anderen nicht in die Augen, während er ihnen erzählte, wie der Inhalt aus Khalids Tasche in Jasons Toilettenkabine gekullert war. »Ich habe das Zeug in meiner Sporttasche«, sagte er abschließend und zeigte auf die rote Nike-Tasche vor seinen Füßen. »Ich zeige es euch.«

Er zog den Reißverschluss auf und wühlte in der Tasche herum. Er hätte jemandem davon erzählen müssen. Bestimmt bekam er jetzt Ärger. Er schob den Tascheninhalt hin und her. Es war schwer zu finden, die Tasche war voller Sportkleidung, einem orangefarbenen Handtuch, Spielkarten, die lose herumflogen, Kleingeld für einen Videospielautomat. Wo war es bloß?

Nach einer vollen Minute war Blakely außer sich und rief: »Schütt alles auf den Boden!« Er versuchte, Jason die Tasche wegzunehmen.

»Warten Sie!« Jason zog seinen Nintendo-Gameboy aus der Tasche. »Der zerbricht sonst.« Er steckte den Gameboy in seine Jackentasche.

Blakely drehte die Tasche auf den Kopf und schüttelte. Jasons Sachen fielen heraus. Alle drei wühlten sich durch seinen Plunder.

Vorsichtig zog er seine Unterwäsche zum Wechseln heraus, damit Linda seine Boxershorts nicht zu sehen bekam. Als er die Wäsche unter dem Handtuch vesteckte, sah er das vertraute graue Material.

Er hob es auf und hielt es Linda hin. »Hier ist es.« Mit

einem schwachen Lächeln auf den Lippen nahm sie das verformte Material und betrachtete seine Handarbeit. »Schönes Flugzeug.«

Er zuckte mit den Schultern. »Ich habe gedacht, es wäre so etwas wie harte Play-Doh-Knete.«

Blakely schaute ungläubig zu. »Bist du sicher, dass das der Sprengstoff ist?«

Linda fischte ein Stück zerknittertes Zellophanpapier aus seinen Sachen. »Doch, das ist dasselbe Zellophan, mit dem auch die anderen Würfel verpackt waren.«

Blakely nahm ihr das Flugzeug ab und hielt es, als wäre es das teuerste und zerbrechlichste Kunstwerk der Welt. »Okay, wir haben also Sprengstoff, jedoch nichts, womit wir ihn zünden könnten. Wir brauchen ein Zündhütchen.«

»Was ist das?«, fragte Jason.

Blakely sah ihn nur finster an, doch Linda erklärte es ihm. »Das ist ein kleiner Sprengkörper, der den Brocken in die Luft jagt.«

»Wie ein Feuerwerkskracher?«

»Das würde schon reichen«, antwortete Blakely, »aber wir werden hier unten wohl kaum ein Geschäft finden, das Kracher verkauft.«

Jason stocherte in der Seitentasche seines Sportbeutels und holte die kleine rote Knallerbse hervor, die er dort vor neugierigen Augen verborgen hatte. »Funktioniert das?«

Blakely nickte und grinste. »Ich glaube schon.«

Linda lächelte ebenfalls, drehte sich um und drückte Jason an sich. »Du steckst voller Überraschungen, junger Mann.«

Jason wurde purpurrot. »Erzählt bloß meiner Mutter nichts von der Knallerbse. Sonst bringt sie mich um.«

Khalid ging vor der Gabelung in die Hocke und steckte den Kopf zuerst in den einen Gang, dann in den anderen. Wie ein Hund auf einer Fährte schnüffelte er in beide Richtungen. Im linken Tunnel bemerkte er einen scharfen Geruch, der ihm in die Nase biss. Rauch. Er ging hinein und hielt das brennende Feuerzeug vor sich. Er hatte, um Gas zu sparen, die Flamme auf die geringste Stufe eingestellt, so dass ihm nur ein schwaches Glimmen den Weg wies. Wenn ihm das Butangas ausging, wäre er blind und nicht mehr in der Lage, seinen Auftrag zu erfüllen. Daher musste er die winzige Flamme sehr pfleglich behandeln.

In dieser totalen Finsternis gab sogar das Flämmchen genügend Licht ab, um mehrere Meter weit zu sehen. Er marschierte zügig voran und verschwendete keine Zeit für Ruhepausen. Er konnte nicht sagen, wie weit ihm Linda und die anderen voraus waren. Aber vieles wies darauf hin, dass er auf der richtigen Fährte war: Fußspuren im Lehm, Verpackungsreste eines Nahrungsriegels, und an einer Stelle hatte offenbar jemand Wasser gelassen, denn der Ammoniakgeruch stach ihm in die Nase. Er war ihnen dicht auf den Fersen.

Während er durch die monotonen Gänge eilte, ging er seinen Gedanken nach. Wie von selbst verfolgte sein trainierter Körper die Spur weiter, umging Schlaglöcher, sprang über Felsspalten und kletterte über Hindernisse, die Steinschläge hinterlassen hatten – mit dem einzigen Ziel, die anderen einzuholen.

Linda schubste Jason weiter zurück hinter die Biegung des Tunnels und betete inständig, dass Blakely wusste, was er tat. Es war durchaus möglich, dass das ganze Tunnelsystem über ihnen zusammenbrach. Dennoch war ihr bewusst, dass sie das Risiko in Kauf nehmen mussten. Wenn sie zurückgingen, würde das in einer Katastrophe enden.

»Ich will zusehen«, sagte Jason.

»Nein, mein Süßer. Das ist zu gefährlich. Hier, steck dir

die Stöpsel in die Ohren.« Sie gab ihm zwei Watteballchen aus dem Erste-Hilfe-Koffer. »Und wenn ich es dir sage, hältst du dir die Ohren zu und machst den Mund weit auf.«

»Warum?«

»Weil die Lautstärke der Explosion sehr gefährlich ist und dein Trommelfell zum Platzen bringen kann.«

Jason wollte nicht locker lassen. »Ich will aber trotzdem zugucken.«

Plötzlich tauchte Blakely vor ihnen auf; er war ein wenig außer Atem. »Alles fertig. Ich habe die Sprengladung so geformt, dass sie von uns weg explodiert. Seid ihr bereit?«

Linda nickte. »Sind Sie ein guter Schütze?«

»Kein schlechter, aber bei diesem Druck ...« Er zuckte mit den Achseln.

»Sie haben nur einen Schuss.«

Er hob die Leuchtpistole. »Ich weiß.« Die Knallerbse hatte er in den Plastiksprengstoff hineingedrückt. Und nun wollte er sie mit der Leuchtpistole aus sicherer Entfernung zünden. Er winkte die beiden weiter zurück.

Linda schob den Jungen hinter sich. »Viel Glück.«

Blakely wischte sich mit dem Ärmel über die nasse Stirn, dann ging er ein paar Schritte weiter den Tunnel entlang, um eine gute Schussposition einzunehmen. Linda bemerkte die violette Färbung seiner Lippen. Der Stress und die schlechte Luft bereiteten seinem Herz Probleme. Sie schaute ihm zu, während sie Watte in ihre Ohren stopfte, und bewunderte seine Ausdauer. Dann hob er den Daumen und zielte mit der Leuchtpistole auf den Sprengstoff.

Linda gab Jason das Zeichen, seine Ohren zu bedecken und den Mund zu öffnen. Er gehorchte, versuchte aber, an ihr vorbei nach Blakely zu schauen.

Mit zugehaltenen Ohren hörte sie das Ploppen der Pistole, als wäre sie eine Spielzeugwaffe, und sah, wie Blakely die Pistole senkte. Nichts passierte.

Er drehte sich zu ihr herum, zuckte mit den Schultern und öffnete gerade den Mund, als die Sprengladung detonierte. Die Druckwelle schien schneller als der Schall zu sein. Sie sah, dass Blakely zurückgefegt wurde, den Boden unter den Füßen verlor und gegen die Wand geschleudert wurde.

Bevor sie ihm zu Hilfe kommen konnte, wurde sie ebenfalls den Tunnel hinabgeschleudert und landete auf Jason. Das dröhnende Krachen rauschte über sie hinweg wie ein unsichtbarer Güterzug und mit einer Lautstärke, die ihr Bewusstsein beinah nicht mehr wahrnehmen wollte. Nach dem Dröhnen hörte sie nur noch ein dumpfes Klingeln in den Ohren. Staub und Rauch wirbelten durch den Tunnel und drangen ihr in die Atemwege. Jason und Linda befanden sich plötzlich im Innern einer Staubwolke, die im Licht ihrer Helmlampen milchig leuchtete. Wirbelnder Staub hatte sie verschluckt.

Linda half Jason auf. Er hielt seinen Ellbogen fest und zuckte vor Schmerz zusammen, schien sonst aber nicht verletzt zu sein. Sie war benommen und wusste nicht, in welcher Richtung Blakely sich befand. Er konnte verletzt sein. Sie nahm die Blendlaterne in der Hoffnung, dass das Licht die Dunkelheit besser durchdringen würde als die Helmlampe. Hektisch schwenkte sie den Lichtstrahl durch die staubige Luft. Nichts.

Jason zeigte mit einer Hand in eine Richtung und zog mit der anderen die Watte aus seinen Ohren. »Da drüben. Ich glaube, da ist ein Licht.«

Jetzt sah sie es auch. Ein Licht hüpfte auf sie zu. Erleichtert atmete sie auf. Sie eilte darauf zu, um Blakely zu helfen, und hoffte, dass der Weg nun frei war.

»Warte!«, rief Jason plötzlich und zog an ihrem Arm, um sie aufzuhalten.

Sie blickte zu ihm hinunter. »Was?« Als sie den Blick

wieder nach vorn richtete, drang eine Gestalt aus dem Rauch in ihren Lichtkegel. Es war nicht Blakely. Sie stolperte einen Schritt zurück. Nein!

Mit der einen Hand hielt Khalid ein Feuerzeug in die Höhe, mit der anderen richtete er eine Pistole auf sie. Blut rann aus einer Schnittwunde an der Schläfe über seine Wange. »Wie passend, dass ein Donnerschlag meinem Sturm vorausgeht«, sagte er und zielte mit der Pistole auf Lindas Brust.

Blakely stöhnte. Die Schmerzen in seiner Brust brannten wie Feuer. Zuerst dachte er, es wäre wieder sein Herz, aber dann bemerkte er, dass die Schmerzen zunahmen, wenn er einatmete, und abnahmen, wenn er ausatmete. Eine Rippe ist gebrochen, dachte er. Er fuhr sich mit der Hand über die rechte Seite seiner Brust. Der furchtbare Schmerz direkt unterhalb seiner Achselhöhle bestätigte den Verdacht. Definitiv gebrochen, aber nur eine. Verdammt, als wenn er nicht schon genug Probleme hätte. Blakely lehnte den Kopf zurück an die Wand und schloss die Augen. Er legte das feuchte Taschentuch wieder über die Nase, auch wenn es nach Schweiß und Schleim roch. Das war immer noch besser, als die rauchgeschwängerte Luft einzuatmen. Er wollte warten, bis sich der Staub gelegt hatte, und dann Linda beim Verbinden seiner Rippen helfen, bevor sie ihre Reise wieder aufnähmen. Blakely seufzte und wollte sich gerade etwas entspannen, als ihm plötzlich ein Schreck durch die Glieder fuhr. Was, wenn durch die Explosion der Gang nicht ausreichend erweitert worden war und sie immer noch nicht durchkamen? Oder schlimmer noch, der Durchgang nun ganz verschüttet war? Was, wenn er sich seine Rippe umsonst gebrochen hatte? Er brauchte Gewissheit.

Mit verzerrtem Gesicht und zusammengebissenen Zähnen versuchte er, die Stablampe an seinem Gürtel zu fassen.

Er zuckte vor Schmerzen zusammen, als er sie löste. Bei jeder Bewegung hatte er das Gefühl, dass ihn jemand mit einem stumpfen Messer stach – und es dann gnadenlos in der Wunde herumdrehte. Er kämpfte gegen den Schmerz an, hob die Lampe und schaltete sie ein. Der Strahl konnte den wirbelnden Felsstaub und den Rauch jedoch nicht durchdringen. Er konnte nicht weiter als drei Meter sehen.

Wenn er sich nur ein paar Meter vorwärtsbewegte, könnte er vielleicht die Explosionsstelle sehen. Was, wenn er alles vermasselt hatte, weil er die Ladung nicht richtig geformt hatte? Nein, das konnte nicht sein. Er hatte es genauso gemacht, wie Hans, der deutsche Sprengmeister, es ihm in der Alpha-Basis gezeigt hatte.

Es gab nur einen Weg, das herauszufinden. Vorsichtig stand er auf. Die Schmerzen brannten heftiger und trieben ihm die Tränen in die Augen. Doch ließen sie sich für eine Weile ertragen. Er holte tief Luft und machte sich auf die schmerzhaften ersten Schritte gefasst. Bevor er losging, hörte er hinter sich das Echo einer Stimme. Es war Linda. Gott sei Dank, wenigstens ihr ging es gut. Er leuchtete mit der Stablampe in ihre Richtung, doch war nur schwarzer Rauch zu sehen. Wegen des Pfeifens in seinen Ohren konnte er nur die lauteren Geräusche hören. Er schüttelte den Kopf und richtete den Lichtstrahl wieder auf die Explosionsstelle. Sie würden sicher bald bei ihm auftauchen.

Er ging einen Schritt nach vorn. Bevor sie zurückkehrten, wollte er das Ergebnis der Sprengung prüfen. Durch die Bewegung drang ihm der Schmerz tiefer in die Brust. Er atmete vorsichtig und flach, denn er wusste, das ihm ein abgebrochener Knochensplitter einer Rippe die Lunge aufschlitzen konnte.

Nach zwei weiteren Schritten musste er pausieren. Von seiner Stirn tropfte der Schweiß. Auch seinem Herzen tat das Ganze nicht gut, doch die Verzweiflung trieb ihn voran. Außerdem wollte er zuerst erfahren, ob die Sprengung gelungen war oder nicht.

Mit dem Lichtstrahl folgte er der Geröllawine, sah plötzlich die Wand, die ihren Weg blockiert hatte, und lächelte. Ein klaffender Spalt, groß genug für ein Elefantenbaby, ermöglichte ihnen nun den Durchgang.

Hinter ihm ertönte plötzlich das Echo eines Schusses. Instinktiv fuhr Blakely in die Höhe und verzog sofort das Gesicht vor Schmerz. Ein brennendes Stechen schoss ihm durch die Brust. Die Schmerzen raubten ihm beinahe das Bewusstsein, ihm wurde schwarz vor Augen, und er nahm vom Licht der Lampe nur noch ein Flackern wahr.

Er tat einen Schritt nach vorn und presste die Arme um seine Brust, um den Schmerz zurückzuhalten. Er hustete in das Taschentuch vor seinem Mund. Der Husten löste stechende Schmerzen aus, so dass er in die Knie ging. Er schmeckte das Blut in seinem Mund und riss sich angewidert das Taschentuch vom Gesicht. Ein Feuerwerk explodierte vor seinen Augen, während er gegen die Ohnmacht ankämpfte.

Da hörte er einen zweiten Schuss.

Linda zuckte zusammen, als die Kugel über ihr an der Felswand abprallte und an ihrem Ohr vorbeischoss. Khalid stand gelassen vor ihr und gab seinen Worten mit Feuerstößen aus seiner Pistole Nachdruck, die an der Wand abprallten. Sie legte Jason, der hinter ihr kauerte, die Hand auf den Kopf und versuchte, ihn zu beruhigen.

Khalid sprach langsam. »Ich hatte gehofft, du würdest die Bedeutung meiner Mission verstehen.«

»Khalid …«, setzte Linda an. Die Worte blieben ihr in der Kehle stecken, aber sie musste mit ihm sprechen. »Ich hatte doch keine Wahl. Ich konnte nicht zulassen, dass du sie dem sicheren Tod überlässt.«

Ehe sie sich's versehen hatte, schoss Khalid auf sie zu, stieß sie zur Seite, packte Jason am Arm und riss ihn von ihr fort. Sie verlor das Gleichgewicht, rutschte aus und fiel hart auf die Knie.

»Nicht, Khalid!«, flehte sie. Tränen standen ihr in den Augen. »Bitte. Ich tue alles.«

Einen Moment lang schien er zu zögern, und seine Pistole schwankte. Dann drückte er Jason fest an sich und presste den Lauf an dessen Schläfe. Jasons riss die tränenlosen Augen vor Angst weit auf. Seine Lippen waren weiß. Er wand sich in Khalids Griff, doch der wusste, wie man eine Geisel festhielt. Auch wenn Jason wie wild zappelte, blieb die Mündung immer dicht an seiner Schläfe. Linda ließ die Hoffnung sinken.

Plötzlich erklang eine Stimme. »Lassen Sie den Jungen los!« Blakely tauchte auf und jagte Linda einen Schreck ein. Sogar Khalid zuckte zusammen und trat einen Schritt zurück.

Blakely stützte sich mit einem Arm an der Tunnelwand ab. Mit der anderen Hand hatte er die Leuchtpistole auf Khalid gerichtet. Linda war klar, dass dies eine leere Drohung war. Die Leuchtpatrone hatte er verschossen. Doch das wusste Khalid nicht. Hoffnung keimte in ihr auf. Sie sah, dass aus Blakelys Mund Blut tropfte, und hörte seinen schweren Atem. Die Druckwelle der Explosion musste ihn schwer verletzt haben. »Ich habe gesagt«, keuchte er, »Sie sollen den Jungen loslassen!« Die Leuchtpistole in seiner Hand schwankte auf und ab, da ihn die Kräfte verließen.

Blakely trat zwischen Linda und Khalid. »Jetzt!«

Khalid schien vor der Pistole zurückzuschrecken. Doch dann stieß er wie eine Kobra vor und schlug Blakely die Pistole mit seiner Waffe aus der Hand. »Leere Drohungen können gefährlich sein, Doktor. Ich habe gesehen, wie sie mit der Leuchtpatrone die Explosion ausgelöst haben.«

Khalid wies nickend in die Richtung des erweiterten Durchgangs. »Danke übrigens.«

Blakely hustete und sackte gegen die Wand. Seine Lippen waren schmal und blau angelaufen vor lauter Schmerzen und Erschöpfung. Er blickte Linda an, und weiteres Blut floss aus seinem Mund. »Es tut mir Leid«, flüsterte er.

Sie ging hinüber zu Blakely, und Khalid machte einen Schritt zurück. Er hatte Jason die Pistole wieder an die Schläfe gesetzt. Linda prüfte Blakelys Puls, der schwach und unregelmäßig ging. Er brauchte sofort medizinische Betreuung. Sie wandte sich zu Khalid um, der ein paar Meter zurückgewichen war.

»Bitte, hör damit auf«, flehte sie. »Wir können doch alle zusammen hier fortgehen. Es gibt keinen Grund, irgendjemanden zu töten. Lass den Jungen laufen.«

Während er sie anschaute, tat er etwas Verblüffendes: Er bückte sich und legte seine Pistole auf den Boden. Eine Sekunde lang schöpfte sie Hoffnung. Doch als er sich wieder aufrichtete, zog er eine weitere Pistole aus einem verborgenen Holster über dem Stiefel. Nun legte er diese Waffe an Jasons Schläfe, den er immer noch an sich gepresst hielt.

»Du willst, dass der Junge am Leben bleibt?«, sagte Khalid mit zusammengekniffenen Augen. Er schob die Pistole mit dem Fuß zu Linda hin. »Dann töte Blakely.«

Sie starrte auf die Pistole, als wäre sie giftig und jede Berührung tödlich. »Wovon redest du?«, fragte sie und schaute Khalid entgeistert an.

»Wir schleppen zu viel Ballast mit uns herum. Ich nehme entweder den Jungen oder den Doktor mit. Die Entscheidung überlasse ich dir. In der Pistole befindet sich nur noch eine Kugel. Töte Blakely, oder ich töte den Jungen.«

»Nein!«, schrie sie und sprang entsetzt von der Pistole weg.

»Dann stirbt der Junge. Die Entscheidung liegt bei dir. Ich bin nur das Werkzeug.«

»Khalid … bitte«, sagte sie tränenüberströmt, »lass mich das nicht tun.«

Blakely hob die Stimme. »Heb die Pistole auf.« Seine Worte klangen so sachlich und ruhig, dass sie ihm gehorcht hatte, bevor ihr klar wurde, was sie tat. Sie hielt inne, als ihre Hand über dem Griff schwebte.

»Tu es!«

Sie nahm die Waffe. Bei der Berührung spürte sie, dass sie immer noch heiß vom letzten Schuss war. Vorsichtshalber nahm sie sie in beide Hände und blickte zu Khalid auf.

Als ob er ihre Gedanken lesen könnte, warnte er sie: »Du hast nur einen Schuss, meine Liebe. Selbst wenn du mich triffst, wäre der Junge tot, bevor du den Finger gekrümmt hättest.«

Sie ließ die Schultern hängen. »Warum?«, sagte sie leise. »Warum tust du mir das an?«

»Ich brauche Hilfe. Und ich brauche Gehorsam. Ich werde dir beibringen zu gehorchen.«

»Ich kann das nicht«, sagte sie. »Ich kann nicht einfach so jemanden umbringen.«

»Hör zu«, sagte Blakely mit heiserer und belegter Stimme. »Du musst es tun.« Dann flüsterte er: »Du musst Zeit gewinnen. Er bringt uns sowieso alle um.«

»Aber …«

Er hustete. Die Tränen standen ihm in den Augen, Schmerz zeichnete sein Gesicht. »Tu es. Ich schaffe es ohnehin nicht mehr.«

»Trotzdem … ich kann es nicht«, flüsterte sie und ließ den Kopf sinken.

Blakely streckte die Hand nach ihr aus, legte sie ihr auf den Kopf und flüsterte ihr ins Ohr: »Meine Frau ist vor vier Jahren gestorben. Meine Kinder sind erwachsen. Sieben Enkelkinder habe ich in meinen Armen gewiegt. Ich habe ein reiches Leben hinter mir. Doch Jason steht erst am Anfang.«

Er hob ihren Kopf und nahm dann ihre Hände, mit denen sie die Waffe hielt. Er drückte sie ihr in eine Handfläche, hob ihre Hand hoch und drückte die Mündung gegen seine Stirn. »Sei stark, Linda.«

»Nein, bitte nicht«, flehte sie, und die Tränen flossen ihr über die Wangen.

Er schloss die Augen und hielt ihre Hand. Sie spürte, dass er unbeobachtet ihren Finger vom Abzug schob. »Ich weiß«, flüsterte er. »Aber dieser Hund darf nicht siegen.« Er legte seinen Finger statt ihrem auf den Abzug. Sie spürte, wie sein Finger zuckte. Dann rissen die Explosion und der Rückschlag ihr die Pistole aus der Hand. Scheppernd fiel sie zu Boden. Aus der Mündung stieg Rauch.

Vor Schreck erstarrt, stand Linda mit erhobenen Händen da, als hielte sie noch die Pistole. Blakely war zur Seite gesackt und starrte nun mit leeren Augen auf die gegenüberliegende Wand, in seiner Stirn war ein pfenniggroßes Loch. Die Wunde war so unscheinbar, als könnte sie mithilfe eines Heftpflasters verheilen.

»Nein«, stöhnte Linda und taumelte hin und her, »nein, nein, nein …«

Plötzlich war Jason an ihrer Seite und schlang von hinten seine Arme um sie. Khalid hatte ihn losgelassen. Jason hielt sie schweigend und starrte mit weit aufgerissenen Augen auf Blakelys leblosen Körper.

Linda drehte sich zu Khalid um. Er hatte die Pistole auf sie gerichtet. »Du hast versprochen, dem Jungen nichts anzutun.«

»Das werde ich auch nicht«, sagte er. Seine Worte waren kalt und bar jeden Mitgefühls für den Toten, der vor ihnen lag. »Im Gegensatz zu dir halte ich mein Wort. Und jetzt ist es Zeit für deine nächste Lektion.«

»Ich kann doch nicht die ganze Zeit über gefesselt bleiben«, protestierte Linda. Ihre Versuche, die Schnüre zu lockern, mit denen er sie gefesselt hatte, führten nur dazu, dass sie sich tiefer einschnitten.

»Du bist schlau, Linda«, sagte Khalid und schmunzelte über ihre Befreiungsversuche. »Und wir haben noch einen langen Weg vor uns, bevor wir in der Alpha-Basis ankommen. Du läufst mir nicht noch einmal davon.« Er packte Jason am Oberarm und zerrte ihn unsanft den Tunnel entlang. »Darauf kannst du Gift nehmen.«

Sie fürchtete, er würde Jason etwas antun, und rief ihm nach: »Was machst du … Du hast versprochen, ihm nichts zu tun!«

»Nur keine Sorge. Ich halte mein Wort.« Er verschwand um die nächste Kurve.

Sie starrte auf die Wände um sie herum. Ihr Herz klopfte so heftig, dass sie kaum noch atmen konnte. Was hatte er jetzt vor? Ein letztes Mal zog sie an ihren Fesseln.

Sie blickte sich um. Ihr Helmlicht hatte nur einen schwachen Strahl. Wenigstens war der Rauch schwächer geworden, so dass sie ohne Taschentuch atmen konnte. Doch stach er ihr immer noch in Augen und Nase.

Sie leuchtete mit ihrer Helmlampe in die andere Richtung und versuchte zu erkennen, was Khalid plante. Ab und zu drang ein Wort oder ein Echo aus der Richtung zu ihr, in die Khalid und Jason verschwunden waren. Was hatte er bloß vor?

Beinahe zwei Stunden vergingen, bis sie das Schaben von Stiefeln auf Felsgestein hörte, ein deutliches Zeichen, dass die beiden zurückkehrten. Erschöpft wie sie war, war sie fast eingeschlafen. Es mussten mindestens vierzig Stunden vergangen sein, seit sie zum letzten Mal geschlafen hatte.

»Alles in Ordnung, Jason?«, fragte sie.

Der Junge nickte, machte aber ein merkwürdiges Gesicht.

Khalid kam zu ihr und löste ihre Fesseln. »Ich schlage das Lager auf«, sagte er. »Wir bleiben sechs Stunden hier und ziehen dann weiter.«

Während sie ihre roten Handgelenke rieb, bemerkte sie, dass Khalid seine Waffe nicht mehr trug. Sehr seltsam, sie hatte ihn seit Blakelys Tod nicht mehr ohne Pistole in der Hand gesehen. Er wandte ihr den Rücken zu, ging fort und ließ Jason und sie allein. Seine Nachlässigkeit machte sie unruhig. Sie hätte sich Jason schnappen und weglaufen können, aber sie wollte es erst gar nicht versuchen; er würde sie doch wieder einholen. Dennoch beunruhigte sie seine Sorglosigkeit.

Sie kniete sich an Jasons Seite. »Hat er dir wehgetan?«

»Nein, aber ... Ich konnte mich nicht dagegen wehren.« Plötzlich brach Jason in Tränen aus.

Sie drückte ihn an sich. »Was ist denn, Jason? Sag es mir doch.«

Sein Schluchzen ging in ein krampfhaftes Zittern über. »Er ... er ... Ich will nicht sterben!«

Sie hielt ihn ganz fest und ließ ihn langsam zur Ruhe kommen. Nach mehreren Minuten schniefte er ein letztes Mal. »Ich bringe dich hier raus, das verspreche ich dir«, sagte sie und hoffte, dass sie das Versprechen halten konnte. »Nun hol tief Luft und erzähl mir, was passiert ist.«

Er ließ den Kopf hängen und hob dann sein Hemd hoch. Sie zuckte ein wenig zurück, weil sie befürchtete, er würde ihr Spuren einer körperlichen Misshandlung zeigen. Aber was Jason ihr zeigte, war schlimmer.

»Mein Gott!«, japste Linda. »Was hat er mit dir gemacht?«

Jason zog vorsichtig an dem schwarzen Nylongürtel, der fest um seinen weißen Bauch gezogen war. Die Umrisse grauer Plastiksprengstoffwürfel drückten sich durch den Gürtel. Die Würfel waren durch farbige Drähte miteinander verbunden. Sie guckte genauer auf die große Gürtelschnalle. Eine leuchtende LED-Anzeige mit einer kleinen Tastatur, so groß wie eine Visitenkarte, war an der Schnalle befestigt. Ein Bündel farbiger Kabel führte in die Tastatur hinein. Kleine rote Zahlen auf dem Display zählten rückwärts.

»Warum?«, murmelte Linda zu sich selbst.

»Er hat gesagt, es wäre eine Lektion in Gehorsam«, antwortete Jason. »Alle zwei Stunden muss Khalid einen geheimen Code eingeben, oder die Bombe geht in die Luft. Und wenn ich den Gürtel ablege, explodiert sie auch.«

Linda ließ die Schultern herabsacken. »Dieser Schweinehund. So sind wir von ihm abhängig. Wenn wir fliehen oder Khalid etwas passiert, dann ...« Sie sprach nicht zu Ende.

»... dann fliege ich in die Luft«, führte Jason den Satz zu Ende. »Er hat gesagt, es würde nicht wehtun.«

»Das alles hat er dir erklärt? Was für ein Monster ist er bloß?«

Jason antwortete mit leiser Stimme: »Ein schlaues.«

26

Ashley zog Harry am Ärmel. Sie bemerkte, wie ähnlich er Major Michaelson sah, besonders mit dem strengen Gesichtsausdruck, den er gerade hatte, mit den zusammengepressten Lippen und der tiefen Furche über der Nase. »Worüber haben die sich gerade gestritten?«, fragte sie.

Mo'amba war dem Häuptling bereits hinaus gefolgt, und ein großer Teil der Krieger war in unterschiedliche

Richtungen verschwunden. Sie blickte sich um. Ein kleiner Kader von Stammesangehörigen mit Speeren umgab sie immer noch und warf ihnen misstrauische Blicke zu.

»Und was für einen Ärger bekommen wir jetzt?«, fragte sie, wieder zu Harry gewandt.

Er beobachtete die Krieger mit zusammengekniffenen Augen und sagte: »Ärger ist ein harmloses Wort dafür. Sie haben entschieden, dass ihr beiden doch sterben sollt.«

Ashley schaute ihn entsetzt an. »Aber wieso? Was ist mit Ihnen und Michaelson?«

»Wir sind von der Kriegerkaste adoptiert worden. Diese Kaste besitzt einen strengen Ehrenkodex – sie nennen es *Il'jann*. Nicht einmal die Ältesten mischen sich da ein. Sie beide dagegen sind Fremde. Sündenböcke.«

Ashley blickte zu Ben. Eigentlich hätte sie um ihr eigenes Leben fürchten müssen, doch es war das Schicksal ihres Sohnes, das sie bedrückte und ihr die Kehle zuschnürte. Sie durfte noch nicht sterben ... nicht bis sie Jason in Sicherheit wusste.

Ben beobachtete fortwährend die nackten Krieger um sich herum, doch sie schaffte es, seinen Blick auf sich zu ziehen. Er drückte tröstend ihren Arm. »Ich weiß, ich weiß«, sagte er, als könnte er ihre Gedanken lesen. »Wir kommen hier schon raus und finden Jason.«

Ashley holte tief Luft und wandte sich zu Harry. »Was ist mit Mo'amba?«

Harry schüttelte den Kopf. »Ihr Häuptling, Bo'rada, hat den übrigen Stamm gegen Sie aufgewiegelt. Aber eins muss man dem Alten lassen. Mo'amba hat es geschafft, eine Versammlung des Ältestenrats einzuberufen, bevor das Urteil vollstreckt wird – und das in letzter Minute. Sie ist für morgen Vormittag angesetzt.«

Ben trat auf ihn zu. »Wie wäre es dann, wenn wir heute Nacht ausbrechen würden?«

Harry seufzte und schüttelte den Kopf. »Das schafft ihr nie. Da draußen lauern zu viele Hinterhalte, Fallen und Bestien auf euch. Selbst wenn es euch gelingt, unbeschadet an ihnen vorbeizukommen – diese kleinen Kerle kennen das Gelände wie ihre Westentasche. Sie schneiden euch die Kehle durch, bevor ihr sie überhaupt kommen hört.«

Ben rieb sich die Schläfe. »Verdammt will ich sein, wenn ich mich kampflos ergebe. Ich werde …«

Ashley unterbrach ihn. »Harry, werden wir die Gelegenheit bekommen, bei dieser Ältestenversammlung etwas zu sagen?«

»Ich nehme es an.«

»Könnten Sie für mich übersetzen?«

»Ja, natürlich. Vielleicht nicht perfekt, aber ich werde mein Bestes tun.«

»Gut. Sie stehen uns zwar feindselig gegenüber, doch aus ihren Felsmalereien kann man schließen, dass sie normalerweise eine friedliebende Gemeinschaft sind. Sozial eingestellt. Alles wird geteilt, die Kranken und Schwachen werden mitgetragen, fast wie eine große Familie.«

»Sie nahmen mich wie einen der Ihren auf«, bestätigte Harry.

Ashley nickte. »Irgendetwas hat sie aufgewühlt und so aggressiv gemacht. Wenn wir herausbekommen, was es ist, können wir vielleicht unsere Haut retten.«

»Und was ist, wenn nicht?«, murrte Ben.

Ashleys Stimme wurde kalt. »Dann kämpfen wir.«

Plötzlich erklang von der Siedlung her ein Gong, der beinahe sogar die Felsen zum Schwingen brachte. Wie auf ein Stichwort hin eskortierten die Wachen sie durch das Labyrinth der Tunnel in eine andere große Höhle. Ben und Ashley wurden hineingetrieben, und mehrere Wachen stellten sich vor den Eingang, um eine Flucht zu verhindern.

Harry sprach vom Eingang aus zu Ashley. »Dennis und

ich müssen die Nacht im Lager der Krieger verbringen, aber ich sehe zu, dass ich morgen früh sofort wieder hier bin. Vielleicht können wir sie überzeugen.«

»Bitte kommen Sie unbedingt«, sagte Ben. »Ich konnte noch nie gut Scharade spielen.«

Ashley sah den Brüdern nach. Dann schaute sie sich in ihrer Höhle um. Über die Höhle verteilt lagen meterbreite Kissen mit zusammengefalteten Laken darauf. Jedes war in einer unterschiedlichen Farbe und einem anderen Muster gefertigt. In den Ecken waren steinerne Wasserbecken im Boden eingelassen.

»Ich nehme an, das ist unsere Zelle«, sagte Ben und trat eines der Kissen durch den Raum.

Ashley nickte. Ihre Arme hatte sie vor der Brust verschränkt. Nach all dem Stress des Tages fühlte sie sich vollkommen leer.

Ben legte den Arm um sie. »Es wird alles gut werden«, sagte er so sanft und leise, als würde ein anderer Mensch mit ihr sprechen. Sie sah ihn an. Wo war der laute Draufgänger geblieben? Er drückte ihren Arm und hielt sie fest.

»Ich mache mir solche Sorgen um Jason«, sagte sie und lehnte sich an ihn. »Diese Ungewissheit ist eine Qual. Was, wenn ...«

Ben legte einen Finger auf ihre Lippen. »Psst. Deinem Sohn geht es gut.« Wieder waren seine Worte so klar und ruhig, dass sie ihm einfach glaubte. Sie blickte in seine ernsten blauen Augen, die jetzt nicht mehr die eines Spaßmachers waren. Es wäre so einfach, sich darin zu verlieren und diesen breiten Schultern all die Belastungen und Sorgen für eine Weile zu überlassen.

Alte emotionale Wunden drohten aufzubrechen, und sie wollte protestieren, doch bevor sie ein Wort sagen konnte, hatte Ben sich über sie gebeugt, statt des Fingers sanft seine Lippen auf ihren Mund gedrückt und auf diese Weise jedem Einwand den Wind aus den Segeln genommen. Sie gab nur noch ein leises Seufzen von sich.

Dann glitten seine Lippen an ihrem Hals hinunter, und seine bärtige Wange streifte ihren Wangenknochen, als er die sanfte Biegung ihres Halsansatzes liebkoste. Sie verlor sich in der sanften Stärke seiner Umarmung, legte ihren Kopf zurück und bot ihm ihren Hals ganz an.

Nur für einen Moment hielt er inne, hob den Blick, um in ihre Augen zu blicken, die Wangen gerötet vor Leidenschaft. Sie wusste, dass das ihre letzte Gelegenheit war. Noch konnte sie ihn aufhalten, sagte ihr sein Blick. Einen ängstlichen Augenblick lang verkrampfte sie sich und wehrte sich dagegen, sich ihm ganz hinzugeben und das Risiko einzugehen, wieder verlassen zu werden und die Trennung verwinden zu müssen.

Er schien ihre Furcht zu spüren und zog sich ein wenig zurück, das Feuer in seinen Augen wich einer liebevollen Sorge. Noch nie hatte sie einen so leidenschaftlichen Mann getroffen, der gleichzeitig so voller Mitgefühl war. Sie sah, wie ihre Hand in sein dichtes Haar griff und ihn zu sich zog, als würde sie versinken und sich zur Wasseroberfläche kämpfen.

In seinen Armen geborgen ließ sie sich von ihm hochheben und sanft auf die Kissen legen.

Ben starrte an die Felsendecke und konnte keinen Schlaf finden. Ashley hatte sich an seiner Seite zusammengerollt, einen Arm über seine Brust und ein Bein über seinen Bauch gelegt. Als sie sich im Schlaf bewegte, erwachte Bens Verlangen erneut. Er musste sich beherrschen, um nicht über sie herzufallen und wieder die Tiefen ihrer Leidenschaft auszuloten. Er wusste, dass sie Schlaf brauchte. Der nächste Tag würde viele Herausforderungen mit sich bringen. Dennoch … er konnte der Versuchung nicht widerstehen und fuhr mit dem Finger über ihre rechte Brust. Sie stöhnte leise im Schlaf.

Gerade als er ihre Schläfe küssen wollte, wurde ihm schwarz vor Augen, so, als stülpe ihm jemand einen Sack über den Kopf. Er stürzte in die Schwärze, fort vom Licht und von Ashley.

Eine Stimme schreckte ihn auf. »Es ist langsam Zeit, Benny!«

In der Dunkelheit leuchtete die Vision seines Großvaters auf, der im Schneidersitz auf einem Kissen nur wenige Meter entfernt von ihm saß. Stöhnend setzte sich Ben auf. Als er genauer hinschaute, verwandelte sich sein Großvater in Mo'amba.

Der Alte nickte ihm zu. »Ich habe lange warten müssen, bis du mein Rufen gehört hast.«

Ben räusperte sich und blickte auf seinen nackten Körper, dem die Erregung noch anzusehen war. Er bedeckte seine Blöße mit den Händen. »Ich hatte zu tun.«

Mo'amba räusperte sich. »Ich denke, dreimal ist mehr als genug. Nun ist es Zeit, dass wir miteinander reden.«

Ben zog sich eine Decke über den Schoß. »Du hast Recht. Ich habe eine Menge Fragen an dich. Zum Beispiel, warum euer Häuptling uns an den Kragen will.«

»Er und der Stamm fürchten sich. Viele sind gestorben. Die *Cra'kan* haben ihre Überfälle auf unser Territorium vervielfacht, haben ganze Herden unserer Tiere vernichtet, unsere Wachposten durch ihre unvermuteten Angriffe überrascht und viele getötet.«

»Aber was hat das mit uns zu tun?«

»Seit unzähligen Generationen befinden sich die *Cra'kan* mit uns im Kampf. Nach der Großen Teilung unseres Volkes strandeten wir gemeinsam hier. Als wir damals in dieser Unterwelt Schutz vor der Kälte und den *Cra'kan* suchten, folgten sie uns. Schließlich wurde durch eine Katastrophe der Zugang zur Erdoberfläche vor uns verschlossen, so dass wir gemeinsam in der Falle steckten.«

»Wie habt ihr überlebt?«

»Wir passten uns an. Während ihr Maschinen und eiserne Werkzeuge erbaut habt, die euch das Leben erleichtern, haben wir lebende Werkzeuge gezüchtet – Pflanzen und Tiere, die *uns* das Leben erleichtern. Wir lernten, von beiden das auszuwählen, was unsere Bedürfnisse am ehesten befriedigte, und gaben das Wissen weiter. Wir lernten, wie man Pflanzen anbaut, die uns als Nahrung dienten.« Er zeigte auf die Wand. »Sogar wie man das Licht züchtet, das uns führt. Wir passten uns an. Aber die *Cra'kan* nicht. Sie suchen seither die Randgebiete unserer Siedlung heim und leben von den Abfällen unserer Arbeit. Aber versteh mich nicht falsch, sie sind voller Tücke. Ständig stellen sie unsere Krieger auf die Probe und versuchen, eine Bresche in die Siedlung zu schlagen.«

»Warum habt ihr bei all eurer Klugheit nicht einen konzentrierten Angriff auf sie unternommen, um sie auszulöschen? Sie ein für alle Mal zu erledigen?«

Mo'amba schüttelte den Kopf. »Das dürfen wir nicht. So wie sie uns zum Überleben brauchen, brauchen wir sie. Ihr Kot enthält eine Substanz, den wir zum Anbau unserer Nutzpflanzen benötigen. Ohne diese Substanz würden die Pflanzen sterben. Und wir auch. Wir treiben sogar unser altes Milchvieh, also die Tiere, die nicht mehr genügend Milch geben, in das Territorium der *Cra'kan*, um sie ihnen zum Fraß vorzuwerfen.«

»Ihr füttert diese Bestien? Kein Wunder, dass es so viele gibt.«

»Wir müssen ihre Populationsgröße konstant halten, damit sie genügend Substanz produzieren. Unsere Jäger haben in erster Linie die Aufgabe, die Substanz einzusammeln und hierherzubringen.«

»Scheiße sammeln«, sagte Ben. »So viel zum Berufsbild des edlen Jägers.«

»Und ob sie edel sind. Sie riskieren sehr viel, wenn sie ins Territorium der *Cra'kan* eindringen. Besonders ohne die Weitsichtigkeit der *Heri'huti*.« Der Alte schaute ihn bedeutungsvoll an.

»Darüber sollten wir nicht schon wieder sprechen«, sagte Ben, denn er fürchtete, dass Mo'amba ihn wieder auffordern wollte, hier zu bleiben und dem Stamm zu helfen, einem Stamm, der ihn im Augenblick lieber tot als lebendig sah. »Du hast mir immer noch nicht verraten, warum dieses verfluchte Todesurteil über uns verhängt wurde.«

»Darauf wollte ich gerade zu sprechen kommen. Wir haben seit Jahren unsere Messer und Lanzen geschliffen, um uns die *Cra'kan* vom Leib und aus unserem Leben fern zu halten. Eines unserer Hauptverteidungsmittel ist das *Tin'ai'fori*. Es ...«

Ben hob die Hand. »Einen Moment mal. Was ist das?«

Mo'amba presste nachdenklich die Lippen zusammen und runzelte die Stirn. »Ihr besitzt kein Wort dafür.« Er griff hinter sich und kratzte ein wenig leuchtenden Schimmel von der Wand. »Es ist eine besondere Art davon. Aber tödlich. Diese zentrale Höhle haben wir mit einer besonders dicken Schicht *Tin'ai'fori* umgeben. Es schützt unsere Siedlung.«

»Wie kommt es dann, dass diese Bestien – äh, *Cra'kan* – nun in der Lage sind, zu euch durchzudringen und plötzlich zu überfallen?«

»Die Antwort auf diese Frage ist ein Geheimnis, das die Anführer und die Kriegerkaste hüten.« Mo'amba räusperte sich, und seine Stimme wurde plötzlich tiefer und leiser, als könnte jemand ihr Gespräch belauschen. »Das *Tin'ai'fori* stirbt. Ganz langsam werden die Ränder unseres Verteidigungsrings schwarz und fallen ab, wodurch unser Schutz vor den *Cra'kan* immer dünner wird. Letzten Endes wird dieser Ring ganz verschwinden.«

Ben stellte sich vor, wie ganze Herden dieser Bestien in die Geborgenheit der Höhle einfielen. Auch wenn ihn dieses Volk zum Tode verurteilt hatte, so lief ihm doch bei dem Gedanken an das Blutbad ein Schauder den Rücken hinunter. »Aber was hat das alles mit uns zu tun?«

»Das Sterben der *Tin'ai'fori* begann kurz nach der Ankunft deiner Leute.«

»Was? Wie denn das?«

»Ich weiß es nicht. Einige Krieger und ich glauben, dass es ein Zeichen ist. Ein Omen, dass es Zeit ist, zur Erdoberfläche zurückzukehren. Aber viele andere glauben, dass ihr Dämonen seid, die uns vernichten wollen.«

»Und ich nehme an, euer Häuptling ist auch dieser Überzeugung?«

Mo'amba nickte. »Wie die meisten anderen auch.«

»Wie überzeugen wir ihn vom Gegenteil? Ich vermute, das Wort eines Dämons wird ihm wenig bedeuten.«

»Das ist richtig. Daher musst du morgen meinen Anweisungen folgen. Dein Artgenosse Harry wird uns dabei helfen. Ohne dass er es bemerkt hat, habe ich ihm während seiner Traumzeit die Grundbegriffe unserer Sprache beigebracht, ihm geholfen, sich mit uns zu verständigen. Hör ihm gut zu.«

»Was hast du vor?«

Mo'ambas Bild wurde blass, und als der Kontakt unterbrochen wurde, hob er die Hand zum Abschied. »*Morgen.*«

27

An nächsten Morgen ging Ashley in ihrer Höhle auf und ab und grübelte über das nach, was Ben von ihrem einzigen Verbündeten, Mo'amba, erfahren hatte. Wie sollten sie gegen den Aberglauben ankommen? Wie so viele Missionare, die von abergläubischen Eingeborenen in entlegenen Winkeln der Welt ermordet worden waren, fragte sie sich nun auch, wie so etwas passieren konnte.

Ben trat hinter sie, nahm sie in die Arme und legte seine Wange an ihre. »Du gräbst noch eine Furche in den Boden, wenn du weiter so auf und ab gehst«, sagte er.

Sie seufzte. Er hatte Recht. Sie musste einfach abwarten. Noch eine zweite Sorge plagte sie. »Hör mal, wegen letzter Nacht.«

»Hm?« Er drückte sie fester an sich.

»Ich war ... also, ich meine ... nur weil wir beide ... ich erwarte nicht, dass du ... weißt du ... es war ein Augenblick.«

»Jetzt hör mal zu, Lady, versuch bloß nicht, dich herauszureden. Ich bin kein One-Night-Stand. Glaubst du etwa, du könntest mich einfach so benutzen und dann fortwerfen?«

Sie lächelte schwach. Plötzlich war ihr die Intimität unangenehm, und sie wand sich aus seiner Umarmung. War es ihm wirklich so ernst, wie es aus seinen Worten klang? Wie viele andere Männer hatten ewige Treue geschworen und waren heimlich aus ihrem Bett geschlüpft und in die Nacht entschwunden? Und wie war das mit ihrem Exmann? Scott hatte genauso ernsthaft geschworen, sie zu ehren und zu lieben, und was war hinterher daraus geworden? Sie legte die Hand auf ihren Bauch und erinnerte sich an den Verlust und die Schmerzen.

Sie entfernte sich einen Schritt von Ben und versuchte,

seinen verletzten Blick zu meiden. »Wir müssen einen Plan schmieden. Nur für den Fall, dass wir sie nicht mit Worten überzeugen können. Michaelson hat immer noch einen Rucksack voller Waffen. Wir sollten …«

Plötzlich wurde sie von einem Aufruhr vor dem Eingang unterbrochen. Sie fuhr herum und sah, wie sich Harry an den Wachen vorbeidrängte. Michaelson hinkte mit einem Speer als Krücke hinter ihm her. Im Stillen seufzte Ashley erleichtert auf über die Unterbrechung und war froh, dass die anderen den intimen Moment störten.

Sie räusperte sich. »Haben Sie … ach was, hast *du* etwas erfahren können, Harry?«

Er nickte. »Ich bin die ganze Nacht auf den Beinen gewesen und habe versucht, aus dem Klatsch und Tratsch irgendwelche brauchbaren Informationen zu gewinnen. Man braut hier so eine Art Fusel, der aus einer speziellen Schimmelart gewonnen wird – schmeckt wie warme Zahnpasta. Aber was soll's, Suff ist Suff.«

»Jetzt erzähl schon«, brummte Ben mürrisch, »wir haben nicht den ganzen Tag Zeit.«

Ashley blickte ihn kurz an. Es war nicht seine Art, Leute derart anzufahren.

Harry blinzelte mehrmals mit den Augen, offensichtlich übermüdet, vielleicht auch verkatert. »Egal, dieser kleine Schlummertrunk hat die eine oder andere Zunge gelöst. Es scheint so, als ob jeder glaubt, ihr tötet ihren wertvollen Schimmelpilz.«

Ashley nickt. »Das wissen wir schon.«

Er hob die Brauen. »Woher zum Teufel …«

»Das tut jetzt nichts zur Sache. Was hast du über die Versammlung des Ältestenrats erfahren können? Wird man uns Gelegenheit geben, uns zu verteidigen?«

Harry schaute sie wissend an. »Aus der Gerüchteküche hört man, dass Mo'amba euch verteidigen wird. Auch wenn er alt ist, will es sich doch niemand mit ihm verderben. Daher haben wir vielleicht die winzige Chance, sie zu überzeugen.«

»Wir brauchen auch einen Ersatzplan.« Sie warf einen Blick auf Michaelson und registrierte, dass er immer noch die Pistole im Holster trug. »Wie steht es mit unserer Bewaffnung?«

Michaelson schlug auf sein Holster. »Das hier, eine kurzläufige AK-47, und mein Gewehr zum Zusammensetzen hinten in Harrys Höhle.«

»Wie stehen die Chancen, dass wir uns den Weg freischießen?«

»Darauf würde ich keinen Pfennig verwetten. Ich habe den Verhandlungsraum gesehen. Er liegt mitten in der Siedlung. Ich bezweifle, dass wir da herauskommen. Und selbst wenn wir es schaffen, müssen wir den Weg hinauf finden.«

Ashley runzelte die Stirn. »Dann sollten wir besser alles daran setzen, verdammt überzeugend aufzutreten.«

In der Ferne begannen die Trommeln einen langsamen Rhythmus zu schlagen. Die Wachen am Eingang wurden unruhig. Einer bellte einen Befehl.

Harry wandte sich zu Ashley. »Showtime.«

Das Erste, was Ashley im Verhandlungsraum auffiel, war der Boden. Der Felsen war spiegelglatt poliert und wirkte rutschig, wie schwarzes Eis. In der Mitte des Raums senkte sich der Boden in eine schüsselähnliche Grube. Säulen standen wie Wachposten in einem Kreis um den Raum herum. Sie waren ebenso seidig glatt poliert wie der Boden. Girlanden aus Schimmelpilz, die mal rot, mal grün leuchteten, hingen an den Säulen herab und bildeten kunstvolle Muster. Ähnliche Muster in phosphoreszierenden Linien schmückten die Wände.

Acht Kissen mit Troddeln, jedes in einer anderen Farbe,

umgaben die Grube in der Mitte. Dies war der einzige Bereich des Raums, der nicht poliert war und aussah, als hätte man ihn erst kürzlich aus dem Fels gehauen. Obwohl Ashley sich immer wieder Sorgen um Jason machte und sie die Angst um Bens und ihr eigenes Schicksal plagte, dachte sie wie eine Anthropologin. Ihr Verstand beschäftigte sich unaufhörlich mit den Geheimnissen dieses Volks. Worin bestand zum Beispiel die kulturelle Bedeutung dieser Gruben? Beinahe jede bewohnte Höhle – selbst die Alpha-Basis – hatte diese Vertiefung in der Mitte. Zuerst hatte sie angenommen, es wären Feuerstellen. Aber seit sie gesehen hatte, wie dieses Volk lebte, glaubte sie nicht mehr an diese Erklärung. Bisher hatte sie noch keinen brennenden Herd gesehen. In Anbetracht der zahlreichen kochenden Quellen, der vulkanischen Wärme und des Mangels an Holz gab es für sie keinen Grund mehr, an der kulturellen Notwendigkeit von derart zahlreichen Feuerstellen festzuhalten. Worum handelte es sich dann?

Eine Wache stieß sie in den Rücken, und sie stolperte in den Raum hinein.

Ben gab ihr einen Stups. »Sieht so aus, als wären wir die Ersten.«

Ashley ging zur Seite, um für Harry Platz zu schaffen. Michaelson machte einen Umweg zum Lager der Jäger, um dort sein Gewehr zusammenzusetzen und zu laden. Die Pistole des Majors drückte ihr ins Kreuz – Ashley hatte sie in ihren Gürtel gesteckt und mit dem über die Hose hängenden Hemd verdeckt. Nur für den Fall, dass alles schief ging, würden sie die Pistole gebrauchen, um das Gebiet der Jäger zu erreichen und mit Michaelson zusammenzutreffen … und mit seinem Arsenal.

Eine Stammesangehörige betrat den Raum durch einen anderen Eingang. Sie trug einen Stab, dessen Spitze mit einem Amethyst besetzt war. Ihre hängenden Brüste ließen unschwer ihr Geschlecht erkennen, und ihr Bauch verriet, dass sie höchstwahrscheinlich schwanger war. Sie schritt durch den Raum, um sich auf eines der Kissen zu knien. Zwei Wachen flankierten sie. Sie beachtete Ashley und deren Leute nicht und vermied den Blickkontakt, als sie sich niederließ.

Dagegen gab sie dem nächsten Ratsangehörigen mit einem Kopfnicken ein Zeichen, den Raum zu betreten. Es kostete Ashley ein wenig Überwindung, ihn anzuschauen, denn ihm fehlte eine Hand, und eine klaffende Narbe lief über sein Gesicht. Er zog sein linkes Bein ein wenig nach, als er auf das purpurne Kissen zusteuerte und sich mit einem lauten Seufzen daraufplumpsen ließ.

Harry näherte sich Ashley. »Das ist Tru'gula. Er ist der Anführer der Kriegerkaste. Er sieht zwar heruntergekommen aus, aber er ist ein scharfer Hund.«

Obwohl Harry geflüstert hatte, hatte Tru'gula seine Worte anscheinend mitbekommen, denn er warf ihnen einen finsteren Blick zu. Harry ging wieder einen Schritt zur Seite und schwieg, als eine Prozession von Gestalten mit Stäben an ihnen vorbeischritt, die sich auf den restlichen Kissen niederließen. Bald standen auch zahlreiche bewaffnete Wachen an den Wänden. Ashley rutschte hin und her und versuchte, die Pistole in eine bequemere Stellung zu bekommen. Doch auch wenn sie ihr ins Kreuz drückte, gab ihr das Gefühl eine gewisse Sicherheit.

Mo'amba ging nah an Ashley vorbei, als er zu seinem rotgelb karierten Kissen humpelte. Auch er ignorierte sie.

Als Letzter traf der Häuptling des Stamms, Bo'rada, ein. Harry hatte ihr erzählt, das Bo'rada der Sohn des letzten Häuptlings war. Man hatte ihm das Amt aus Respekt für seinen Vater verliehen. Die meisten Räte tolerierten ihn, doch genoss er keinen guten Ruf, sagte man ihm doch nach, er sei zu sprunghaft und fälle Entscheidungen zu unüberlegt. Der Rat neigte dazu, sich Entschlüsse lange durch den Kopf gehen zu lassen. Manchmal brauchte er für einfache Angelegenheiten Jahre. Der junge Häuptling mit seiner unsteten und aufbrausenden Art war besonders für die älteren Ratsmitglieder eine Blamage.

Dennoch hatte er seine Anhänger. Harry machte Ashley auf ein besonders dünnes männliches Stammesmitglied aufmerksam, dessen Blick unstet umherwanderte. Seine Hände zupften fortwährend an dem Kissen, auf dem er saß, als ob er keine bequeme Position für seinen knochigen Körper finden könnte. »Sin'jari«, sagte Harry. »Ein schmieriger Speichellecker aus dem Gefolge Bo'radas. Nehmt euch vor ihm in Acht. Er ist so heimtückisch wie nervös.«

»Er sieht aus, als könnte ihn eine steife Brise umpusten«, sagte Ben.

»Unterschätzt den Kriecher nicht. Er ist derjenige, der den Häuptling davon überzeugt hat, dass ihr sterben müsst. Er ist ein Schmeichler und weiß, wie man mit den Ängsten der Menschen spielt und ihnen den Kopf verdreht.«

Der Häuptling stieß den Stab dreimal auf den Boden und setzte sich.

Harry trat zwischen Ben und Ashley, um zu dolmetschen, nachdem die Verhandlung eröffnet worden war.

Ashley hatte erwartet, dass ihr Fall als erster Punkt auf der Agenda stand, aber da hatte sie sich getäuscht. Der erste Tagesordnungspunkt hatte wohl etwas mit der Ernte zu tun. Eine längere Diskussion drehte sich um die Frage, ob man nun damit beginnen oder ob man die Huftiere einen weiteren Monat frei grasen lassen solle. Nach langem Hin und Her, bei dem Mo'amba zu dösen schien, entschied man, dass jetzt geerntet werden sollte.

Ashley richtete sich auf, weil sie erwartete, dass ihr Schicksal als Nächstes verhandelt würde. Weit gefehlt. Das einzige weibliche Mitglied des Rats, Jus'siri, erhob sich als

Nächste von ihrem Kissen, wobei ihr eine Wache aufgrund ihrer fortgeschrittenen Schwangerschaft helfen musste.

Ashley trat von einem Fuß auf den anderen. Was denn jetzt? Dieses ewige Warten ging ihr auf die Nerven. Sogar Ben fing an zu murren.

Sie sah, dass Jus'siri zu der kleinen Grube in der Mitte des Raums watschelte. Die anderen Ältesten stellten sich um sie herum, viele lächelten erfreut.

Ashley fiel das Kinn auf die Brust, als sie sah, was nun passierte.

Ben verzog den Mund. »Das ist ja widerlich.«

Jus'siri griff in ihre Bauchfalte, und beide Hände verschwanden im Beutel. Mit angestrengtem Gesicht, aber stolzem Blick zog sie aus ihrem Beutel ein braun geflecktes Ei, so groß wie das von einem Strauß. Sie hielt es in die Höhe, und ihr leerer Bauch sackte hinab. Die anderen Räte stampften mit ihren Stäben und jubelten. Jus'siri legte das Ei sorgfältig in die kleine Grube – keine Grube, begriff Ashley endlich, sondern ein Nest! Die stolze Mutter trat einen Schritt zurück.

»Mein Gott«, sprudelte es aus Ashley heraus, »es sind keine Beuteltiere! Es sind Kloakentiere!«

»Was?«, fragte Ben mit immer noch angewidertem Gesicht.

»Darüber habe ich mit Linda gesprochen. Kloakentiere, Monotremen. Genau wie die *Cra'kan*. Eier legende Säugetiere. Ein evolutionäres Bindeglied zwischen Reptilien und Säugetieren, das Merkmale beider Ordnungen trägt. Sie legen Eier wie die Reptilien, haben aber ein Fell und produzieren Milch wie Säugetiere. Angeblich eine Sackgasse der Evolution.«

»Sieht so aus, als hätten die hier eine Umleitung genommen«, sagte Ben.

Ashley drehte sich zu Harry. »Was machen sie?«

»Sie zelebrieren die Namensgebung. Jus'siri bietet ihr Kind dem Stamm an.«

Ashley bemerkte, dass Mo'amba mühsam von seinem Kissen aufstand und zu dem Ei hinüberging. Er kniete sich und legte seine Hände sanft darauf.

»Was tut er?«, fragte Ashley.

Sie hatte Harry gefragt, doch Ben antwortete. »Er nimmt Verbindung mit dem Ei und dem Kind darin auf.«

Ashley schaute Ben mit hochgezogenen Augenbrauen an, aber er schüttelte nur den Kopf, als wäre ihm selbst nicht klar, woher er das wusste.

Mo'amba blickte zur Mutter hoch, während er immer noch das Ei hielt. Lächelnd sagte er etwas zu ihr.

»Es ist gesund«, übersetzte Harry.

Plötzlich schreckte Mo'amba ruckartig zurück und stieß das Ei wie zufällig aus dem Nest.

Ben sprang an Ashleys Seite. »Ich habe es gefühlt«, sagte er, »als hätte mich ein Baby getreten.«

»Was gefühlt?«, fragte Ashley.

Ben schüttelte wieder nur den Kopf.

Ashley sah zu, wie Mo'amba die Hände erneut auf das Ei legte, diesmal noch zärtlicher. Seine Hände zitterten nicht nur vom Alter. Wieder sah er Jus'siri an, die jetzt einen besorgten Gesichtsausdruck machte. Mit Tränen in den Augen sprach er zu ihr.

Die Menge brach in Jubelrufe aus, Stäbe wurden enthusiastisch auf den Boden gestampft.

Ashley schaute Harry ungeduldig an und wartete auf seine Übersetzung.

Wieder antwortete Ben: »Das Kind ist ein *Heri'huti*. Es besitzt die Fähigkeit, mit dem Geist zu sehen und zu sprechen.« Mit Staunen in der Stimme sagte er zu Ashley: »Ich habe wirklich *gefühlt*, wie es sich bewegt hat.«

Mo'amba stand auf, von Freude so überwältigt, dass er

keine Krücke brauchte. Er stampfte mit dem Stab auf, um die Menge zur Ruhe zu bringen. Als der Aufruhr sich bis auf ein Murmeln gelegt hatte, erhob er die Stimme und betonte seine Botschaft zweimal mit seinem Stab.

»Ich nenne dieses Kind Tu'shama«, übersetzte Harry. »›Der in unsere Zukunft sehen kann‹.«

Die Menge brach wieder in Jubeln aus, und jeder hatte den Namen Tu'shama auf den Lippen.

»Na ja«, sagte Ben, »wenigstens sind sie guter Laune, wenn sie über unser Schicksal richten.«

Ashley nickte. »Hoffentlich verschieben sie die Entscheidung nicht. Ich möchte keinen weiteren Tag verlieren.«

Als ob der vernarbte Tru'gula sie verstanden hatte, stampfte er mit seinem Stab auf und schlug vor, die Entscheidung über Bens und Ashleys Schicksal zu verschieben. Daraufhin nickten viele, sogar Bo'rada.

Dann stampfte der spindeldürre Sin'jari mit seinem Stab auf und bat um das Wort. Harrys Übersetzung ließ sie erschauern. »Sicherlich ist eine Zeit der Freude angebrochen, doch wir dürfen nicht vergessen, dass es außer der Freude ebenso Kummer gibt. Wie viele Witwen weinen in diesem Augenblick?«

Seine Worte ernüchterten das Publikum.

»Dort stehen Dämonen, die uns vernichten wollen.« Er richtete einen langen, knotigen Finger auf sie. »Seitdem sie hier angekommen sind und unsere Welt entweiht haben, hat unser Volk angefangen zu sterben. Wir haben versucht, mit ihnen Freundschaft zu schließen«, fuhr er fort und deutete auf Harry, »doch noch immer sterben wir. Ich halte es für keinen Zufall, dass zu dem Zeitpunkt, wo wir entscheiden, die Dämonen zu vernichten, ein neuer *Heri'huti* erscheint. Ich sage euch, dass dies ein Zeichen der Götter ist. Ein Zeichen, dass wir die Dämonen aus unserer Welt vertreiben sollen. Und zwar sofort!«

Mehrere Köpfe nickten nun zustimmend.

Ashley griff hinter sich und schob die Pistole zur Sicherheit tiefer unter den Gürtel. Sie begann, nach Hindernissen zwischen ihr und der Tür zu schauen.

Mo'amba stampfte mit seinem Stab auf den Boden und bat um Aufmerksamkeit.

Bens Unruhe legte sich, als er sah, dass Mo'amba ihre Verteidigung aufnahm. Er ergriff Ashleys Hand und drückte sie. »Er wird sie zur Vernunft bringen«, sagte er.

Mo'amba wartete mit seinem Plädoyer, bis der Lärm sich legte. Sin'jaris Augen zuckten, und seine Hand bewegte sich unruhig an seinem Stab auf und ab. Offenbar sorgte er sich. Aber als Mo'amba anfing zu sprechen, entstand ein Lächeln auf seinem hageren Gesicht, das immer breiter wurde und viel zu viele Zähne entblößte.

Harry übersetzte: »Sin'jari hat Recht, wenn er sagt, dass zu viele unserer Verteidigungsringe ausgefallen sind. Dass viele Angehörige unseres Volks gestorben sind. Ich habe darüber viel nachgedacht, zahlreiche Stunden im Gebet verbracht und unsere Vorfahren um Hilfe ersucht. Dabei bin ich zu einer Antwort gekommen.« Mo'amba zeigte mit seinem Stab auf Ben und Ashley. »Sin'jari hat Recht. Sie tragen die Schuld.«

28

Michaelson hockte vor seinem Arsenal und machte eine Bestandsaufnahme seiner Waffen: Ein zusammenlegbares Gewehr, eine AK-47, zwei Pistolen und vier Schachteln mit Munition vom Kaliber .34. Warum hatte er bloß keinen Granatwerfer für die Mission beantragt? Er schüttelte den Kopf.

Dann runzelte er die Stirn. Wenn es wirklich zum Kampf käme, dachte er, hätten sie nicht die geringste Chance, hier lebend herauszukommen. Er setzte sich auf die Fersen und zuckte zusammen, als sein verletzter Knöchel schmerzte.

Hinter ihm kopulierte ein Pärchen offen vor den anderen Kriegern, ihr Grunzen und Stöhnen war in der Stille nicht zu überhören. Nachdem er die letzte Nacht hier mit Harry verbracht hatte, hatte er sich schon fast an ihr fehlendes Schamgefühl gewöhnt. Bereits in der letzten Nacht hatten sie ihre Leidenschaft offen zur Schau gestellt. Dennoch wandte er ihnen den Rücken zu und beobachtete einen der Krieger, der in einer Ecke arbeitete.

Das Krieger schien alt zu sein, seine Schläfen waren ergraut, seine Statur hager, aber sein Blick war durchdringend. Er hatte die raue Spitze einer Lanze in der Hand und schmierte eine graue Paste auf die Oberfläche. Sogar im Zwielicht der Schimmelbeleuchtung war das rote Glühen zu sehen, das sich in der Lanzenspitze bildete. Er schnalzte zufrieden mit der Zunge und verteilte eine noch dickere Schicht auf die Kante der rauen Klinge. Die Kante begann, tiefrot zu glühen.

Fasziniert schaute Michaelson zu, wie der Krieger nun ein anderes Werkzeug benutzte, um die Lanzenspitze zu bearbeiten, und die Kante des weich gewordenen Diamanten in Form brachte. Die Paste schien die Oberfläche des Kristalls aufzuweichen, so dass sie eine formbare Konsistenz bekam. Dennoch konnte Michaelson an den Unterarmmuskeln des Kriegers erkennen, dass das Material immer noch so starr und widerstandsfähig wie weiches Blei war. Zusehends wurde aus dem Diamanten eine scharfe Klinge.

So machen die Schufte das also, dachte Michaelson. Formen die Rohdiamanten einfach mit einem Schimmel, der Kristall aufweicht. Im letzten Arbeitsschritt tauchte der alte Mann die Lanze in ein Gefäß voller Wasser. Nachdem er die tropfende Lanzenspitze wieder herausgezogen hatte, klopfte er mit einem Werkzeug dagegen. Es klang, als stieße man mit zwei Trinkpokalen an. Wieder hart.

Beeindruckt stand Michaelson auf und streckte die Beine. Das leidenschaftliche Paar hatte sein Liebesspiel beendet und lag nun schlummernd in einer Umarmung da. Michaelson versuchte, die Verspannungen in den Beinen zu lockern, doch wegen der niedrigen Decke konnte er sich nicht strecken.

Ein plötzliches Stimmengewirr am Eingang zu den Höhlen der Krieger erregte seine Aufmerksamkeit. Das unverständliche Kauderwelsch hatte einen panischen Klang. Michaelsons erster Gedanke war, dass der Grund der Aufregung ein plötzlicher Ausbruchsversuch Ashleys und der anderen war, und er schnappte sich eine geladene Pistole. Er bahnte sich einen Weg durch die kleine Menge zum Mittelpunkt des Aufruhrs. Als er sich am letzten Zuschauer vorbeischob und den Grund der Aufregung sah, blieb er wie angewurzelt stehen.

Vier Krieger trugen einen Leichnam mit derb geflochtenen Tragriemen herein. Sie legten die steife Gestalt vor seine Füße. Die zerrissene Uniform des SEALs sah noch blutiger aus als das letzteMal, als er sie gesehen hatte. An der zyanotischen Hautfarbe und den starren glasigen Augen konnte er schon erkennen, dass es unnötig war, ihm den Puls zu fühlen. »Villanueva«, sagte er. »Mein Gott.« Michaelson steckte die Pistole ins Holster und kniete sich hin. Er nahm die steife Hand seines Untergebenen. »Scheiße«, stieß er hervor. Er starrte auf die beiden Schusslöcher in der Stirn des SEALs. Zwei. Ganz offensichtlich kein Selbstmord. Jemand hatte ihn umgebracht. Aber wer?

Ashley schluckte einen enttäuschten Aufschrei hinunter. Es war schlimm genug, dass sie den ganzen Tag in der Ratssitzung verschwendet hatten. Jetzt hatte sie Mo'amba, ihr einziger Verbündeter, auch noch verraten. Sie ballte die Fäuste, so dass ihre Schultern zitterten. Jason konnte gerade in Gefahr sein. Sie schloss die Augen. Es musste ihm gut gehen …

Neben ihr sprach Ben zu Harry und drückte einen Finger auf seine Brust. »Du musst Mo'amba falsch verstanden haben. Er sagte, er würde uns unterstützen.«

»Pst«, sagte Harry und stieß Bens Hand fort, »ich versuche zuzuhören.«

Nach seiner Anklage hatte Mo'amba weitergesprochen. Wahrscheinlich zieht er uns die Schlinge noch fester um den Hals, dachte Ashley. Sie blickte sich im Raum um, zählte die Wachen und beobachtete die Ausgänge.

Harry übersetzte zunächst stockend weiter, als er sich jedoch konzentrierte, gewann er zunehmend Selbstsicherheit.

Mo'amba sprach ruhig. »Diese Neuankömmlinge in unserer Welt haben das Sterben der *Tin'ai'fori* verursacht. Das habe ich dem Geflüster unserer Vorfahren entnommen.«

In der Ecke, wo Bo'radas Lakaien standen, wurde mit den Stäben gestampft. Das Geräusch schallte laut durch die Höhle. Ashley bemerkte, dass Sin'jari, die rechte Hand des Häuptlings, seinen Beifall nicht mit Stampfen kund tat, sondern nur ein dünnes, triumphierndes Lächeln zeigte.

Mo'amba bat mit einem Handzeichen um Ruhe, bevor er fortfuhr. »Aber diese Neuankömmlinge sind keine Dämonen. Sie sind aus Fleisch und Blut, aus Sehnen und Knochen. Wie wir. Es ist ist nicht ihr böser Wille, der uns bedroht. Nur ihr *Unwissen.*«

Sin'jari, dessen Lächeln einem misstrauischen Grienen gewichen war, erhob das Wort. »Das tut nichts zur Sache. Unsere Stammesangehörigen sterben, und das Gesetz ist eindeutig. Der Verantwortliche muss sterben. Und sogar du gibst zu, dass sie verantwortlich sind. Ich bin dafür, wir stimmen ab.«

Harry hörte auf zu übersetzen und leckte sich über die trockenen Lippen. Er blickte zu Ashley hinüber. »Ich habe doch gesagt, dass der Kerl ein Schweinehund ist.«

Ashley nickte und schaute unverwandt auf Mo'amba. Der *Heri'huti* verzog kaum sichtbar das Gesicht. Er hob die Hand. »Unser geschätzter Sin'jari behauptet, dass unsere Gesetze in diesem Fall eindeutig seien. Wieder einmal muss ich vor der Kompetenz unseres Kollegen den Hut ziehen. Er hat Recht. Derjenige, der für den Tod eines anderen die Verantwortung trägt, muss sterben. So will es das Gesetz.« Mo'amba hielt inne. Als Sin'jari wieder die Stimme erhob, schaute ihn Mo'amba finster an und brachte ihn zum Schweigen.

Mo'amba stützte sich schwer auf seinen Stab, als ob ihn die Verhandlung erschöpfte. Er sprach langsam und gab Harry damit Zeit zum Übersetzen. »Das entscheidende Wort in unserem Gesetz heißt *Verantwortung*. Ich habe aber nicht gesagt, diese Neulinge trügen die *Verantwortung*. Ich habe gesagt, sie trügen die *Schuld*. In ihrer Unkenntnis unseres Volks und unserer Kultur sind sie hier hereingestolpert und haben uns unbeabsichtigt in Gefahr gebracht. Wir können aber niemanden für Handlungen verantwortlich machen, deren er sich nicht bewusst war.«

Bo'rada sprach dieses Mal. »Das sind nur Worte. Das Ergebnis führt aufs Gleiche hinaus.«

»Worte?«, antwortete Mo'amba und richtete seinen Blick auf den Stammeshäuptling. »Diese Worte haben dafür gesorgt, dass deine rechte Hand sich immer noch an deinem Arm befindet. Ich kann mich dunkel an einen kleinen Jungen erinnern, der eine Herde *Trefer'oshi* aus seinem Gatter ließ. Sie zerstörten fast ein Zehntel der Jahresernte.

Das Gesetz fordert, dass derjenige, der das Wohlergehen des Stammes gefährdet, eine Hand verliert.«

»Damals war ich noch ein Junge«, sprudelte es aus Bo'rada heraus. »Ich wusste nicht, was ich tat. Du kannst mich dafür nicht verantwortlich mach...«

Sin'jari beugte sich zu ihm und ergriff sein Knie, um ihn zum Schweigen zu bewegen und den Schaden zu begrenzen.

Mo'amba wandte sich an die anderen Räte und lehnte sich noch gebeugter auf seinen Stab. »Ich bin ein alter Mann. Weit älter als ihr alle. Ich habe die Jugendsünden eines jeden von euch miterlebt. Doch ihr besitzt alle noch eure Hände und Füße«, er zeigte mit dem Finger auf Sin'jari, »und Nasen. Es gehört zum Lernen dazu, Fehler zu machen. Diese Neulinge lernen auch. Wir müssen sie eines Besseren belehren, anstatt sie zu vernichten.«

Ein Murmeln breitete sich im Raum aus. Sin'jari bewegte sich unruhig auf seinem Kissen hin und her. Einer seiner Handlanger beugte sich zu ihm und flüsterte ihm etwas ins Ohr. Sin'jari nickte und räusperte sich dann.

Harry warf Ashley einen Blick zu, der zu sagen schien: *Auf zur zweiten Runde.* Harry spuckte die Übersetzung von Sin'jaris Worten aus, als wären es Kröten. »Mo'amba ist weise wie immer und hat uns eine Menge zu denken gegeben. Doch wie will er wissen, dass die Beschädigung der schützenden *Tin'aï'fori* zufällig war? Wie haben die Neulinge diesen Schaden verursacht? Wie denn?«

Na toll, dachte Ashley. Und wie will der alte Mann diese Frage beantworten?

Mo'amba erhob die Stimme. »Ich habe wegen dieser Angelegenheit viele Tage im Gebet verbracht und schließlich eine Antwort bekommen. Durch ihr Fehlverhalten haben sie das Gleichgewicht zwischen *Ohna*, der weiblichen Seele, und *Umbo*, der männlichen Seele, gestört. Dieses gestörte Gleichgewicht zerreißt das Gewebe unserer Welt.«

Ein Flüstern ging durch die Höhle. Auch Sin'jari schwieg.

Jus'siri sprang auf und sprach: »Wie können wir das aufhalten?«

»Ich muss es euch zeigen«, sagte Mo'amba. »Dann werdet ihr mich verstehen. Ihr werdet begreifen, warum ich diese Fremdlinge beschütze. Wenn wir sie töten, werden wir den Schaden nie mehr rückgängig machen können.«

Sin'jari grunzte. »Das ist doch verrückt. Er will nur die Abstimmung aufschieben. Ich sage, lasst uns jetzt abstimmen. Lasst uns sie töten, bevor sie uns töten.«

Bo'rada packte Sin'jari fest bei der Schulter und brachte ihn zum Schweigen. »Man hat mir schon oft vorgeworfen, zu voreilig zu sein. Aber dieses Mal beuge ich mich dem Rat. Ich sage, lasst Mo'amba zu Ende sprechen. Diese Angelegenheit ist zu wichtig.«

Bei diesen Worten schien Sin'jari immer kleiner zu werden.

»Zeige es uns, Mo'amba«, fuhr Bo'rada fort, »zeige uns, wie es passiert ist und wie wir es aufhalten können.«

Mo'amba nickte und führte sie zum Ausgang des Versammlungsraums. Die übrigen Räte folgten ihm. Ashley und die anderen wurden von den Wachen hinter den Räten hergetrieben.

»Ich wusste doch, dass uns der Alte nicht im Stich lässt«, sagte Ben zu Ashley.

»Wir sind noch nicht draußen«, antwortete sie, aber sie sah zum ersten Mal einen Funken Hoffnung. Mit der Unterstützung des Stamms und ihrer Kenntnis des Höhlensystems könnten sie in wenigen Tagen wieder in der Alpha-Basis sein. Sie passte ihr Tempo den Ältesten an und unterdrückte den Drang, sie vorwärts zu drängeln und zur Eile zu bewegen.

Nachdem sie durch mehrere Tunnel geschritten und eine

steinerne Wendeltreppe hinaufgeklettert waren, traten sie, einer nach dem anderen, in eine Höhle, in die sie alle kaum hineinpassten. Ashley musste sich zwischen Tru'gula, dessen Fell wie ein nasser Hund roch, und die Felswand quetschen, um die Vorgänge mitansehen zu können.

Sie flüsterte Harry zu: »Wo sind wir?«

Harry zuckte mit den Achseln und stieß dabei mit seiner Schulter gegen Tru'gula. Der Anführer der Krieger knurrte ihn wütend an. Harry zuckte zusammen und beugte sich zu Ashley. »Das möchte ich besser *nicht* übersetzen.«

»Bist du schon einmal in dieser Höhle gewesen?«, fragte Ashley.

»Nein, dieser Teil der Siedlung gehört der Priesterkaste. Ein sehr verschwiegener Haufen.«

Ashley zappelte hin und her und versuchte, Mo'amba besser zu sehen. Alle Augen waren auf ihn gerichtet.

Etwas zu seinen Füßen funkelte strahlend hell, sie konnnte aber nicht erkennen, was es war. Sie winkte Ben zu. »Hilf mir mal.«

Ben half ihr, einen Fuß auf sein angewinkeltes Knie zu stellen, und hielt sie mit einer Hand fest. Sie stemmte sich hoch, balancierte auf einem Bein und stützte sich mit einer Hand an Bens Schulter und mit der anderen an der Wand ab, um sich in dieser wackeligen Stellung zu halten. Sie stand nun hoch genug, um über die Menge hinweg Mo'amba ganz sehen zu können.

Er fing an zu sprechen, und Harry übersetzte. »Ich habe euch hierhergeführt, weil ihr die Bedeutung dieses Raums kennt. Dies hier ist das Heim *Umbos*, der männlichen Seele.« Er trat einen Schritt zur Seite und zeigte mit seinem Stab auf die Lichtquelle.

Auf einem Steinpodest sah Ashley einen vertrauten Gegenstand stehen, der im fahlen Licht hell funkelte. Er schien das Licht des Raums einzufangen und es in Funkenexplosionen wieder von sich zu geben. Eine kristallene Statue von etwa einem halben Meter Größe. Diamant. Ganz ähnlich wie die, die ihnen Blakely vor Monaten gezeigt hatte. Diese hatte jedoch eine andere, auffälligere Wölbung unter der nackten Taille herausragen. Männlich. Diese Statue war das männliche Gegenstück zu der anderen.

»Hier steht *Umbo*«, erklärte Mo'amba, »so wie es sein soll. Er beschützt unsere Welt. Doch kann er das nicht allein. Seine andere Hälfte, *Ohna*, die weibliche Seele, ist nicht da.«

»Ja«, sprach Sin'jari, »die Fremdlinge haben sie gestohlen.«

»Nicht gestohlen. Unsere alte Siedlung war verlassen. Sie konnten nicht wissen, dass sie die Verbindung zu unserer fernen Vergangenheit war. Dass wir sie dort zurückgelassen hatten, damit sie unseren Vorfahren den Weg zu unserer neuen Siedlung weisen sollte. Jetzt ist sie fort. Das Gleichgewicht zwischen *Umbo* und *Ohna* wurde von denen zerstört, denen unsere Kultur fremd ist. Dieses zerstörte Gleichgewicht hat die Fäden des Gewebes, die unsere Welt zusammenhalten, zerrissen. Daher muss es wiederhergestellt werden.«

»Das kann es auch«, behauptete Sin'jari, »indem wir die Eindringlinge vernichten!« Er blickte sich um, stieß aber nur auf besorgtes Gemurmel.

»Nein«, sagte Mo'amba. »Das Gleichgewicht kann nur dadurch wieder erreicht werden, dass *Ohna* auf ihren angestammten Platz zurückgestellt wird.«

Die Logik des Alten schien lückenlos zu sein. So kam es auch Ashley vor, die ihm kein Wort glaubte. Die Ältesten um sie herum, sogar ihr Häuptling, nickten zustimmend. Bis auf einen.

Sin'jari trat in die Mitte des Raums und sprach mit Händen und Füßen. »Mo'amba hat seine Weisheit unter Beweis gestellt.« Er wandte sich an die Anwesenden. »Wir können nicht umhin, die Überlebenden des Angriffs der *Cra'kan* zu töten und *Ohna* zurückzuerobern, um sie auf ihren angestammten Platz zu bringen!«

Ein heftiges und zustimmendes Gemurmel erhob sich, aber mit den Stäben klopfte keiner. Das schien ihn zu wurmen. Er stieß mit seinem Stab wild auf den felsigen Boden, um die anderen zu animieren.

Mo'amba jedoch ließ nicht zu, dass das Murmeln stärker wurde. Harry übersetzte weiter: »Der Zorn unseres geschätzten Sin'jari scheint ihn für ein wichtiges Gesetz unseres Volkes blind gemacht zu haben.« Mo'amba wandte sich wieder an den breitschultrigen Anführer. »Bo'rada, bitte erzähle uns, was passierte, nachdem du die *Trefer'oshi* aus ihrem Gatter gelassen hattest und sie die Ernte vernichtet hatten.«

»Mein Vater und ich haben das Gatter wieder aufgebaut und die zertrampelten Felder neu eingesät. Wir haben drei Tage ohne Unterbrechung gearbeitet, bis wir es geschafft hatten.«

»Genau. Man hat euch die Chance gegeben, euer Unrecht wieder gutzumachen. Die Neulinge verdienen dieselbe Chance. Gebt ihnen die Gelegenheit, ihren Fehler zu korrigieren.«

Wieder murmelte die Menge zustimmend. Sogar Tru'gula stampfte zustimmend mit seinem Stab auf.

Sin'jari wollte jedoch immer noch nicht aufgeben. »Die Neulinge gehören nicht zu unserem Stamm. Unsere Gesetze gelten für sie nicht. Was sollte sie davon abhalten, mit *Ohna* zu verschwinden und unsere Welt dem Untergang zu überlassen?«

»Sie unterscheiden sich von uns«, gab Mo'amba zu. »Das kann jeder sehen. Aber der Unterschied ist geringfügig.« Mo'amba zeigte mit seinem Stab auf Ashley, Harry und Ben. »Kommt her zu mir.«

Was jetzt?, dachte Ashley. Wenn die Stimmung ins Negative kippte – und bei Sin'jaris Sturheit war das gar nicht unwahrscheinlich –, hätten sie alle Ratsältesten und ihr Gefolge zwischen sich und dem einzigen Ausgang.

Ben half Ashley von seinem Knie herunter und rieb sich am Oberschenkel. »Gut, dass du keine hohen Absätze trägst«, klagte er.

»Ben, wenn wir dort reingehen, stehen wir mit dem Rücken zur Wand.«

»Vertrau ihm. Er holt uns schon aus diesem Schlamassel heraus.« Ben schob sich die enge Gasse entlang, die die zurückweichende Menge öffnete, und hielt nur kurz an, um Ashley hinter sich herzuziehen. Harry folgte ihnen.

Nachdem sie sich vor die neugierig starrende Menge gestellt hatten, trat Mo'amba zwischen Ashley und Ben und fuhr fort: »Diese Neulinge mögen dem einen oder anderen fremdartig oder sogar gefährlich erscheinen. Andere finden wiederum Tru'gula mit seinen Narben fremd oder sogar beunruhigend, doch er ist immer noch einer von uns. Was zählt, ist die Seele.« Er schlug sich mit dem Stab gegen die Brust. »Hier drin sind wir gar nicht so unterschiedlich.«

Er unterbrach sich, um seinen Stab auf Harry zu richten. »Dieser Neuling hat die Tapferkeit seines Volkes unter Beweis gestellt. Er hat bewiesen, dass er wie jeder unseres Stammes des *Il'jann* würdig ist.« Dann zeigte er auf Ben. »Das ist ein Neuling mit den Fähigkeiten eines *Heri'huti*, der Gabe der Götter. Warum sollten die Götter sie ihm verliehen haben, wenn sie ihn dieser nicht für würdig hielten?«

Zuletzt richtete er seinen Stab auf Ashley. »Die Götter haben uns noch einen Hinweis darauf gegeben, dass sie die Fremden schätzen. Der *Heri'huti* hat sie in der letzten Nacht mit seinem Samen befruchtet.« Er legte eine Hand auf Ashleys Bauch. »Der Same ist aufgegangen, und die

Götter haben sie mit einem Kind gesegnet. Ein Kind, das hier bei uns gezeugt worden ist. Ein neues Kind unseres Stammes.«

Ashley musste ein paar Mal mit den Augen zwinkern und starrte auf die Hand auf ihrem Bauch. Das konnte er nicht ernst gemeint haben! Sie schaute zu Ben. Er starrte sie mit offenem Mund an.

»Wenn die Götter ihnen ein Kind geschenkt haben, so halten sie sie für würdig. Wie können wir es also wagen, sie nicht für würdig zu halten?«

Sin'jari schlug mit seinem Stab auf einen Stein. »Wir haben nur dein Wort, dass dieser ... dieser Eindringling ein *Heri'huti* ist«, sprudelte es aus ihm hervor.

Mo'amba, dessen Augen sich zu schmalen Schlitzen verengten, wollte gerade etwas entgegenen, als Bo'rada mit seinem Stab heftig auf den Boden stampfte. Alle Augen richteten sich auf ihn, als er gerade ein weiteres Mal den Stab aufstieß.

Bo'rada sagte: »Es reicht, Sin'jari. Mo'amba, der seit Generationen unserem Stamm dient, der Lüge zu bezichtigen, ist eine Unverschämtheit, die nicht geduldet werden kann. Ich schließe dich von der weiteren Verhandlung dieses Falls aus.« Bo'rada fuhr sich mit der Rubinspitze seines Stabs über die Lippen.

Die Menge hielt den Atem an. Ashley schaute fragend zu Harry, der sich mehr zu ihr hinüberbeugte. »Das ist eine seltene Maßnahme. Diese Gemeinschaft steht der freien Rede sehr offen gegenüber. Ein Ausschluss ist ein schwere Strafe.«

»Hauptsache, Sin'jari hält jetzt den Mund«, murmelte sie und trat von einem Fuß auf den anderen. Wozu neigte der Rat jetzt wohl?, fragte sie sich. Tod oder Freispruch? Hatte Mo'amba sie überzeugt? Sie blickte auf ihren Bauch und schluckte. Er konnte sehr überzeugend sein.

Bo'rada war noch nicht fertig. »Ich glaube Mo'amba.

Die Neulinge verdienen die Chance, ihren Fehler zu berichtigen.« Er zeigte mit seinem Stab auf Ben. Harry übersetzte: »Weißt du, wo sich *Ohna* befindet?«

Ben nickte.

»Wirst du sie uns zurückbringen?«

»Ich werde verflucht sein, wenn ich nicht mein Bestes tue«, sagte Ben, und Harry übersetzte es. »Das ist alles, was ich versprechen kann.«

»Dann stimme ich dafür, dass wir die Entscheidung über ihre Hinrichtung so lange aufschieben, bis die Mission erfolgreich beendet ist. Doch da ich ähnliche Vorbehalte wie Sin'jari hege, fordere ich eine Garantie ... Die Frau bleibt hier, bis der Auftrag erfüllt ist. Wenn das nicht innerhalb eines Tages geschehen ist, wird sie sterben.« Er stampfte mit seinem Stab auf.

Die Ratsmitglieder klopften zustimmend mit ihren Stäben. Außer zweien: Sin'jari, der von einer Meinungsäußerung ausgeschlossen war, und Mo'amba. Der alte *Heri'huti* starrte zuerst Ben, dann Ashley an. Sie sah die Sorge in seinem Gesicht. Doch schließlich hob er den Stab und stampfte dreimal auf den Boden – Zustimmung.

29

»Ich kann sie nicht einfach hier zurücklassen«, sagte Ben zu Mo'amba. Die anderen Ältesten waren aus *Umbos* Höhle herausgetreten, zurückgeblieben war nur eine Schar von bewaffneten Wachen. Ben blickte zu Ashley, die sich über *Umbo* gebeugt hatte und die Statue eingehend betrachtete. Einmal Anthropologin, immer Anthropologin, dachte er. Doch bemerkte er auch das Zittern ihrer Hand, als sie mit dem Finger an der Statue entlangfuhr.

»Es tut mir Leid«, übersetzte Harry Mo'ambas Worte, »mehr konnte ich nicht für euch tun. Der heutige Tag steht dir und deinen Kriegern zur Vorbereitung zur Verfügung. Dann bleibt dir ein Tag, um *Ohna* zurückzubringen, sonst wird Bo'rada Ashley töten ... und dein ungeborenes Kind.«

Ben rieb mit den Fingerspitzen an seiner Schläfe. »Heißt ... heißt das ... sie ist wirklich schwanger?«

Der Alte nickte.

»Vater sein«, sagte Ben leise vor sich hin und schüttelte den Kopf. Es ging einfach alles zu schnell. Die Ereignisse überschlugen sich.

Der Alte beugte sich zu ihm, flüsterte ihm gutturale Laute zu, zu leise für Harry, um sie zu übersetzen, und berührte dann Bens Stirn in der Mitte. In diesem Moment wurde Ben von Frieden und Ruhe erfüllt, als stünde er nach einem heißen Tag in der australischen Sonne unter einer kalten Dusche. Ben seufzte. Wie machte der Kerl das bloß? Mo'amba trat zur Seite.

Ben war nun ruhiger, und sein Denken wurde wieder von der Vernunft und nicht vom Gefühl bestimmt. Er musste einen Plan entwerfen. Wenigstens hatten ihm die Ältesten einen Tag zur Ausarbeitung einer Strategie zugestanden. Dennoch ... er erinnerte sich daran, wie lange er bis hierher gebraucht hatte. Auch mit einer Landkarte würde es länger als einen Tag bis zur Alpha-Höhle dauern.

Verzweifelt wandte er sich an Harry. »Bist du sicher, dass du richtig übersetzt hast? Man gibt uns einen Tag? Vierundzwanzig Stunden?«

Harry nickte. »Ungefähr. Ihr Tag, den sie *Cucuru* nennen, besteht eigentlich aus sechsundzwanzig Stunden.«

»Das bringt ja enorm viel. Zwei Stunden mehr. Ich nehme an, du kennst keinen schnelleren Weg hinauf zur Alpha-Basis?«

»Ich habe von einem Aufstieg gehört, der aber mindestens anderthalb Tage dauert. Und das nur, wenn wir uns beeilen und nicht von den *Cra'kan* angegriffen werden. Ich hatte mir diese Route ursprünglich selbst vorgenommen, wenn mein Arm verheilt ist, doch jetzt hält mich Dennis hier unten fest.«

»Scheiße.«

Mo'amba stampfte plötzlich mit seinem Stab auf und machte ein frustriertes Gesicht. Er bedeutete ihnen, zur Wand hinüberzugehen. Dann brachte er mühsam ein paar Worte Englisch hervor: »Ich zeige ... Schnell ... Hoch ...« Er schien das Wesentliche ihrer Unterhaltung verstanden zu haben.

Mo'amba ging zur gegenüberliegenden Wand hinüber und drückte den Knauf seines Stabs gegen eine steinerne Ausbuchtung. Dadurch wurde die Ausbuchtung in die Wand gedrückt, und ein Teil der nur scheinbar soliden Felswand schwang nach innen.

»Eine Geheimtür!« Ben beugte sich vor und schaute in den Gang hinein. »Er führt wahrscheinlich zu einem weiteren verfluchten Wurmloch.« Er winkte Ashley zu sich.

Mo'amba humpelte mit Harry davon. Die beiden unterhielten sich rege.

Ashley kniete sich neben Ben. »Ich hätte es mir denken können«, flüsterte sie leicht aufgeregt. »In den heiligen Stätten vieler Kulturen findet man oft Geheimkammern und Geheimgänge.« Ashley hockte sich auf die Fersen, anscheinend verzeifelt darüber, dass ihr der entscheidende anthropologische Zusammenhang fehlte. Dann sprang sie plötzlich auf. »Verdammt, ich bin so dumm!«

»Was?«

»Dieser Tunnel ... Ich kann mir denken, wo der hinführt.«

Verblüfft hob Ben eine fragende Augenbraue.

»Dies hier ist die Höhle der männlichen Seele. Ich wette,

die Höhle der weiblichen Seele in der Alpha-Höhle besitzt einen ganz ähnlichen Geheimgang, den wir übersehen haben. Ich wette meinen Kopf darauf, dass dieser Tunnel die Verbindung zur anderen Höhle ist. Ein symbolischer Vaginalkanal, der die männliche mit der weiblichen Seele verbindet.«

»Du meinst …«

»Es ist ein direkter und sicherer Weg direkt nach oben.«

Ben sah einen Schimmer Hoffnung. »Bist du sicher? Wenn du Recht hast«, flüsterte er ihr zu, »können wir vielleicht alle durch diesen Tunnel abhauen.«

Ashley kniete sich wieder. »Nein. Klein und flink, wie sie sind, hätten sie uns in Null komma nichts eingeholt. Wir hätten keine Chance. Außerdem versuchen Mo'amba und sein Stamm, uns zu akzeptieren. Dies ist eine entscheidende Probe für unsere beiden Völker. Ich werde ihr Vertrauen nicht ausnutzen. Als Anthropologin kann ich die beginnende Bindung, die sie mit uns aufbauen wollen, nicht zerstören.«

»Aber was ist, wenn …«

»Nein«, sagte sie, doch Ben konnte die Qual in ihren Augen erkennen. Es kostete sie ihre ganze Beherrschung, nicht sofort in den Tunnel zu steigen und die Suche nach ihrem Sohn aufzunehmen.

Wenige Schritte entfernt von ihnen hatten Mo'amba und Harry ihre Diskussion beendet. »Ist denn das die Möglichkeit«, verkündete Harry lautstark und zog ihre Aufmerksamkeit auf sich. Er drehte sich zu ihnen um. »Ihr werdet es nicht glauben, aber dieses Wurmloch …«

»… führt zur Alpha-Basis«, beendete Ashley seinen Satz und stand auf.

Harry legte die Stirn in Falten. »Woher weißt du das?«

»Mir ist wieder eingefallen, dass ich Anthroplogin bin«, sagte Ashley säuerlich. »Und was hat Mo'amba dir noch gesagt?«

»Wenn ich ihn richtig verstanden habe, ist es ein fünfzig Kilometer langer Tunnel.«

Ben schaute in den Tunnel hinein. Und er wird etwa drei Kilometer aufwärts führen, schätzte er. »Das wird ein langer Aufstieg. Und es wird wahrscheinlich ein guter Teil des Tages dabei draufgehen.«

»Vielleicht auch nicht«, sagte Harry geheimnisvoll. »Kommt, gehen wir. Dennis treffen und einen Plan ausarbeiten.«

Ben wandte sich zu Mo'amba. »Harry, bitte ihn doch, uns bei der Planung zu helfen. Er kennt sich in den Höhlen aus.«

Harry nickte und sprach ein paar Worte mit Mo'amba, wobei er mit den Händen gestikulierte. Der Alte antwortete und schüttelte dabei den Kopf.

Harry übersetzte: »Er sagt, er hat zu viel vorzubereiten und wird später mit euch sprechen. Aber ich weiß nicht, ob das richtig übersetzt ist. Meine Übersetzung ist lausig. Er könnte auch gesagt haben, er ›träumt‹ später noch von dir.«

Ben nickte seufzend. »Lasst uns gehen. Wir haben noch viel zu tun bis morgen.« Als sie zum Ausgang gingen, blickte Ben zu Mo'amba zurück. Die Augen des alten Mannes schienen ihn zu durchbohren. Das wird eine Nacht voller interessanter Träume, dachte er, als er Ashley hinausfolgte.

Im Lager der Krieger betrachtete Ashley den leblosen Villanueva. Sie war sprachlos vor Schock. Sie hatte die anderen, die in der Geode geblieben waren, beinahe vergessen, weil sie sie in Sicherheit glaubte. Als sie die Einschüsse in Villanuevas Stirn sah, wurde ihr jedoch klar, dass es noch andere Gefahren gab als die Höhlen und ihre Bewohner.

»Das muss Khalid gewesen sein«, sagte Michaelson.

»Was ist mit Linda?«, fragte Ashley. »Haben die Krieger sie gesehen?«

»Ich weiß es nicht«, antwortete der Major. »Ich hatte keinen Übersetzer.« Er wies zu seinem Bruder, der mit einem Krieger namens Tomar'su ins Gespräch vertieft war. »Hoffentlich erfährt Harry, was passiert ist.«

Ashley konnte das blutleere Gesicht Villanuevas nicht länger ertragen. Als sie sich umdrehte, fiel ihr Blick auf einen wüsten Haufen Beutestücke. Ein vertrauter grüner Plastikgegenstand leuchtete daraus hervor. Ihr Schlitten. Sie hatte ihn bereits abgeschrieben, nachdem Ben und sie hier gelandet waren. Sie bemerkte, dass sie auch Bens roten Schlitten gefunden hatten.

Ganz schön fleißige Lumpensammler, dachte sie. Angesichts der kargen Ressourcen, die ihnen zur Verfügung standen, jedoch vollkommen verständlich.

Plötzlich wurde die Unterhaltung zwischen Harry und Tomar'su lauter. Ashley blickte zu ihnen hinüber. Harry hielt die Finger hoch und zählte offenbar irgendetwas. Schließlich ballte er verzweifelt die Faust, ließ den Krieger stehen und brach die Unterhaltung ab.

»Was war denn los?«, fragte Ashley, als er zurückkam.

»Er hat Unsinn geredet«, sagte Harry. »Er hat ein Geräusch beschrieben, das auf Schüsse schließen lässt. Deshalb sind die Jäger zur Geode gegangen. Als sie dort ankamen, fanden sie nur noch diesen ... diesen toten Soldaten.«

»Villanueva«, korrigierte Ashley ihn. »Er war ein Freund.«

Harry nickte und machte ein besorgtes Gesicht. »Als ich ihn nach den anderen beiden fragte, sagte er, dass seine Gruppe ihre Spur zu einer Höhle mit einem Wasserfall verfolgt und sie beim Lagern beobachtet hat.«

»Also ist Linda am Leben?«

»Dieser Teil der Geschichte ist der merkwürdige. Als ich ihn fragte, wie viele es gewesen seien, behauptete er, es wären vier gewesen.«

»Vier?«, sagte Ben.

»Ich weiß.« Harry fuhr sich mit der Hand durchs Haar. »Ich habe ihn mehrmals gefragt. Doch er ließ sich nicht beirren. Vier.« Harry hielt vier Finger hoch.

»Scheint so, als würde mit jedem gelösten Rätsel ein neues auftauchen«, sagte Ben.

Ashley grübelte über diese Nachricht nach. Selbst bei den jüngsten Ereignissen musste sie in Erfahrung bringen ... »Wo sind die vier jetzt?«

»Tomar'su sagt, sie seien in einen Tunnel gegangen, der nach Tod gerochen hätte, und seine Krieger hätten Angst gehabt, ihnen zu folgen.«

»Nach *Tod* gerochen?«

Harry zuckte mit den Schultern. »Das hat er gesagt.«

Alle schwiegen für einen Moment. Schließlich sprach Ashley. »Zum Teufel, das Rätsel lösen wir jetzt nicht. Wir wollen uns auf unsere jetzige Situation konzentrieren. Harry, du hast gesagt, du kennst eine schnellere Methode, um durch das Wurmloch nach oben zu kommen.«

Bei diesen Worten begann Harrys Gesicht zu leuchten. »Ja, kann schon sein. Wenn ich es in Gang bekomme. Schaut es euch an.« Er führte sie und die anderen in eine benachbarte Höhle, beinahe eine Art Zelle. »Klein«, sagte er, während er sie hineinließ, »aber mein.«

In einer Ecke lagen dicke grüne Kissen unter einer zerknitterten Decke. Außerdem befand sich in Harrys Zelle ein Sammelsurium aus primitiven Waffen, Lanzenspitzen und einem langen Gegenstand, der in Ölzeug eingwickelt war. Ashley rümpfte die Nase, als sie den penetranten Geruch von Benzin roch. Benzin?

Harry folgte ihnen hinein und drängte sich an ihr vorbei. »Die anderen in der Alpha-Basis haben jaulende, tuckernde Elektromotoren. Aber ich habe mir einen mit einem Verbrennungsmotor zusammengebaut. Da steckt mehr Power drin.« Er beugte sich vor und packte eine Ecke der Abdeckplane. »Nachdem man mich angegriffen hatte, haben es meine Mitstreiter aus dem letzten Camp gerettet. Es war ziemlich zerbeult, aber ich habe es wieder in Schuss gekriegt.«

Er zog die Plane herunter, und ein Transportschlitten kam zum Vorschein. Einer von den großen. »Ich habe ihn aus Aluminium gebaut, wegen des Gewichts. Blakely hatte nichts dagegen, dass wir ihn mitnahmen, weil er glaubte, wir würden keine schweren Waffen auf unserer Expedition benötigen.« Er stieß spöttisch die Luft durch die Nase. »Ich habe eine beschissene Pistole mitgenommen. Idiotisch!«

»Funktioniert der Schlitten?«, fragte Ashley, die mehr erfahren wollte.

»Im Großen und Ganzen. Man konnte ihn zusammenklappen und tragen, aber der Mechanismus ist verklemmt, und er bleibt offen. Andererseits geht die Fahrt direkt nach oben. Insofern ist das kein Problem.« Harry tätschelte den Schlitten. »Der Motor läuft prima. Allerdings habe ich nur noch eine Tankfüllung Benzin und den Motor deshalb nie lange laufen lassen. Er muss sicher noch eingestellt werden.«

»Reicht der Sprit, um bis nach oben zu kommen?« Ben kniete sich davor und schaute sich den Schlitten genau von allen Seiten an.

»Es sollte reichen.«

»Harry ist früher Motocrossrennen gefahren«, sagte Michaelson. »Er kennt sich mit Motoren aus. Wenn er der Meinung ist, er läuft, dann läuft er.«

Ben nickte, anscheinend zufrieden. »Dadurch werde ich einige Stunden gewinnen.«

»Es gibt nur einen Haken«, sagte Harry, »die Vorderachse ist verbogen. Falls man sie reparieren *kann*, muss ich eine Nachtschicht einlegen. Insofern solltest du dir vielleicht Plan B überlegen ... vorsichtshalber.«

»Okay«, sagte Ashley, »dann wollen wir mal ein paar Sachen klarstellen. Da ich die einzige Geisel hier bin, schlage ich vor, dass alle anderen Ben bei seiner Mission begleiten. Wir sollten so viele von uns wie möglich außer Gefahr bringen.«

»Nein, Madam!«, widersprach Ben. »Ich gehe allein. Das ist eine Ein-Mann-Mission.«

»Du wirst Feuerschutz brauchen«, sagte Ashley. »Keiner weiß, wie viele von den *Cra'kan* sich noch in der Alpha-Basis herumtreiben.«

»Sie hat Recht«, sagte Harry. »Der Rat hat eine kleine Gruppe von Kriegern als Begleitschutz erlaubt. Da wir offizielle Blutsbrüder der Krieger sind, dürfen mein Bruder und ich mitgehen. Glaub mir, du kannst Unterstützung gebrauchen. Ich kann die billigen Plastikschlitten an meinem befestigen und dann alle wie mit einem Zug nach oben ziehen.«

Bens Gesicht wurde rot vor Entschlossenheit. »Ich werde Ashley nicht allein hier unten zurücklassen. Sie ist ...«

»Ich bleibe bei Ashley«, unterbrach ihn Michaelson, »mein Knöchel ist sowieso hin. Ich würde euch nur aufhalten. Vielleicht warten Ashley und ich ja mit einem Alternativplan auf ... wenn es überhaupt so weit kommt.«

Ben schien sich noch weiter streiten zu wollen, doch die Argumente der anderen waren besser. »In Ordnung! Harry kommt mit. Aber, Michaelson, was es auch kostet, ich werde die Mutter meines Kindes wiedersehen.«

»Das wirst du, Ben.«

Ben nickte, aber Ashley schwirrte der Kopf. Mutter? Bisher war es ihr gelungen, dieses Problem zu verdrängen, doch durch Bens Worte war es wieder aufgetaucht. Sie legte eine Hand auf ihren Bauch. Mutter? Sie hatte bisher noch nicht einmal angefangen, darüber nachzudenken. Aber über eines war sie sich als Mutter verdammt sicher …

»Ben, du musst Jason finden. Selbst wenn dadurch der Auftrag dran glauben muss. Versprich es mir.«

»Ich versuche es«, sagte Ben. »Du weißt, ich tue mein Bestes.«

»Versuch es nicht nur, *tu es!*«

Ben nahm sie in die Arme. In seiner Umarmung lösten sich die Tränen, die sie so lange zurückgehalten hatte. Sie ließ sich in seine Arme sinken.

30

Ben lag wach in seiner Zelle. Er wusste, dass er Schlaf brauchte. Aber nach diesem Tag, an dem sie Pläne geschmiedet und die Krieger der *Mimi'swee* ausgewählt hatten, die sie begleiten sollten, grübelte er immer noch über die Details der Mission nach. Was, wenn er scheiterte? Er rollte sich auf die linke Seite, grub sich in den Berg von Kissen und wickelte sich mit den Füßen in das dünne Laken. Plötzlich sah er Ashleys Gesicht vor seinem geistigen Auge.

Früher am Abend hatten sie Ashley für die Nacht in eine eigene Zelle gebracht. Unter Bewachung, als Geisel. Man hatte ihnen nicht einmal eine letzte gemeinsame Nacht gewährt.

Er rollte sich wieder auf den Rücken und seufzte laut. Dieses Grübeln war sinnlos. Vielleicht half es, wenn er seine Beine ein wenig streckte. Außerdem sollte er nachsehen, ob Harry Fortschritte machte. Er glitt von seinen Kissen und ging zum Ausgang.

Wenige Minuten später war er ins Viertel der Krieger zurückgekehrt. Harry hockte über den Einzelteilen des Schlittens, die auf dem Boden verstreut lagen. Michaelson schaute ihm über die Schulter. Ein lautes Knacken schallte durch die Höhle. »Scheiße!« Harry machte einen Satz zurück.

»Was ist schief gegangen?«, fragte Ben, der sich ihnen von hinten genähert hatte.

Harry hielt zwei Stücke einer Aluminiumstange hoch. »Das war leider nicht so gut. Ich habe zu fest gedrückt und die Achse zerbrochen.«

Ben spürte eine Beklemmung in der Brust. »Bekommst du das repariert?«

»Ich glaube nicht. Ich habe das Aluminium erhitzt, um es weich zu machen und wieder gerade zu biegen. Dabei ist es zerbrochen. Ich hätte warten sollen, bis es noch weicher geworden ist, nur hatte ich Angst, dass das Metall spröde wird.« Harry schmiss die Stücke zu Boden. »Tut mir Leid, Ben. Ich habe es vermasselt.«

Michaelson legte die Hand auf Harrys Schulter. »Du hast dein Bestes getan.«

»Scheiß drauf. Ich habe es versaut.« Harry schüttelte die Hand seines Bruders ab.

»Jetzt mach dich nicht selbst fertig«, sagte Ben. »Dann nehmen wir halt die Plastikschlitten und schieben uns hoch. Wir werden zwar langsamer sein, aber wir werden es schon schaffen.« Er betete zumindest darum. Was, wenn die Mission wegen dieser fehlenden Stunden scheitern würde?

»Hör zu«, sagte Michaelson zu Harry, »vielleicht habe ich ja eine Idee.«

»Was?«, sagte Ben.

Michaelson blickte mit müden, geröteten Augen über die Schulter und zeigte auf den Ausgang. »Ben, geh ins Bett. Mein Bruder und ich kriegen das schon hin. Außerdem wird es ein mühsamer Aufstieg. Also hol dir eine Mütze Schlaf.«

Ben starrte nur mit glasigen Augen vor sich hin. Er wusste, dass der Major Recht hatte.

»Wir sehen uns morgen«, sagte Michaelson, wandte sich wieder Harry und dem Schlitten zu und entließ Ben.

Während Ben zu seiner Zelle zurückging, schossen ihm die Konsequenzen, die Harrys schlechte Nachricht mit sich brachte, durch den Kopf. Auch wenn sie für die fünfzig Kilometer acht Stunden brauchten, blieb ihnen mit dem Rest des Tages immer noch viel Zeit, um ihre Mission zu beenden. Die Zeit musste einfach reichen, dachte er fest entschlossen.

Plötzlich kamen ihm die Kurven und Ecken des Tunnels unbekannt vor. Er drehte sich um und überprüfte, woher er gekommen war. Hätte er um die letzte Kurve biegen sollen … oder vielleicht hinter dem letzten Felsblock links entlang?

Ein scharrendes Geräusch hinter ihm ließ ihn herumfahren. Im schwachen Licht sah er eine Gestalt, dünn wie ein Skelett, die sich ihm aus den Tiefen des Tunnels näherte. Er verharrte regungslos, erschrocken von der Fremdartigkeit der Gestalt, die im grünlichen Licht des Schimmelpilzes wie ein Gespenst aus dem Jenseits aussah. Doch als sie näher kam, erkannte er das hagere und faltige Gesicht. Es war Sin'jari, der so hartnäckig auf ihrem Tod bestanden hatte.

Als der Älteste auf ihn zukam, bemerkte Ben die beiden brutalen Wachen, die Sin'jari folgten. Richtige Arschgesichter. Während die meisten *Mimi'swee* klein und drahtig waren, sahen diese beiden wie vernarbte Bulldoggen aus, vornübergebeugt und drohend. Sin'jari trat vor Ben, hob seinen Stab, um ihm den Weg zu versperren, und bellte seinen Wachen etwas Zorniges zu.

Die beiden muskulösen Gestalten schritten auf ihn zu.

Obwohl sie physisch vollkommen entkräftet war, fand Ashley keinen Schlaf. Ihr Kopf dröhnte, und eine Prellung an ihrer Hüfte pochte. Sie dachte daran, wie Ben sie in den Armen gehalten hatte: an den Geruch seines Haars, das Gefühl seiner Finger auf ihrem Rücken und an ihrem Hals. Sie war in der letzten Nacht zu weit gegangen. In einem Moment furchtbarer Schwäche hatte sie ihm den völlig falschen Eindruck von ihren wahren Gefühle gegeben. Sie klammerte sich an die Decke, die sie um ihre Schultern gewickelt hatte. Sie fürchtete sich vor einer noch furchterregenderen Realität. War es wirklich der falsche Eindruck gewesen?

Sie blickte auf das leuchtende Zifferblatt ihrer Armbanduhr. Noch zwei Stunden, bis die Uhr zu ticken begann. Zu viele Sorgen tobten in ihrer Brust und fanden keinen Weg nach draußen. Was war mit Jason? Und mit Linda? Was wurde aus Ben? Würde er bei dem Versuch, sie zu retten, sterben? Konnte er sie überhaupt retten? Schlimmer noch, sollte er scheitern, würde sie dann nie erfahren, was ihrem Sohn widerfahren war?

Sie drückte die Decke gegen ihr Gesicht, als sie die Tränen überwältigten. Die Zeit lief ihr davon.

Ben wich vor den massigen Gestalten, die ihn jetzt drohend angrinsten, einen Schritt zurück. Sie waren unbewaffnet, doch irgendwie war das nur ein schwacher Trost. Er ging noch einen Schritt zurück und überlegte, was er tun sollte. Er konnte versuchen zu entkommen, doch sie hätten ihn so schnell gefasst wie ein Dingo ein Wallaby. Er versuchte es am besten dort, wo er jetzt stand.

»Okay, ihr Mistkerle«, murmelte er, mehr um sich selbst Mut zu machen als um seine Gegner einzuschüchtern. »Wollen wir doch mal sehen, wie leicht man euch eure langen Hälse brechen kann.«

Ben nahm eine stabile Position ein, indem er eine Ferse in eine Bodenvertiefung stemmte, um einem Schlag mehr Wucht geben zu können. Er wappnete sich gerade für einen Angriff, als ihm plötzlich jemand von hinten an die Schulter fasste. Angespannt wie er war, holte er zum Schwinger aus und schnellte instinktiv herum. Als er erkannte, wer der unsichtbare »Angreifer« war, konnte er den Schlag gerade noch bremsen.

Es war Mo'amba.

Der Alte ließ Bens Schulter los und blickte einen Moment lang auf seine erhobene Faust. Dann richtete er den Blick auf die beiden Wachen, um sie in ihre Schranken zu verweisen. Sie waren bewegungslos stehen geblieben. Er bellte etwas, und Sin'jaris Schoßhunde senkten die Köpfe und wichen zurück.

Ihr Meister jedoch wich keinen Schritt zur Seite und versperrte mit seinem Stab immer noch den Durchgang. Sin'jari fauchte Mo'amba an. Der Alte zuckte nur mit den Schultern, so dass Sin'jari seinen Stab zornig schüttelte und vor Wut zitterte.

Mo'amba tippte Ben auf die Schulter und bedeutete ihm zu folgen. Er führte ihn zurück, fort von Sin'jari. Doch das wütende Geheul des Mitglieds der Ältesten hörten sie noch lange.

Nach vielen Kurven und Abzweigungen fand sich Ben in einer vertrauten Höhle wieder. Seufzend schaute er auf die roten kürbisförmigen Pilze, die von den Säulen hingen. Warum landete er immer wieder dort?

Während er Mo'amba tiefer in die Höhle folgte und zwischen den Pilzen entlangstreifte, fiel ihm etwas Seltsames an den Steinsäulen auf. Als er das erste Mal hier gewesen war, mit Ashley, war er so sehr von den roten Schoten fasziniert gewesen, dass er angenommen hatte, dass die Säulen natürliche Felsen waren. Jetzt, bei näherer Betrachtung, stellte er fest, dass er sich geirrt hatte. Er fuhr mit einem Finger über die grobe, rissige Oberfläche einer Säule. Zum Teufel, das war ein versteinerter Baumstamm. Er schaute sich mit weit offenem Mund um. In der Höhle stand ein ganzes Wäldchen versteinerter Bäume.

Mit einem ungeduldigen Räuspern zog Mo'amba wieder seine Aufmerksamkeit auf sich. Er bedeutete Ben, sich an den Rand der kreisförmig angeordneten Felsmalereien zu setzen. Ben suchte sich ein bequemes Plätzchen auf dem Felsboden, und der Alte ließ sich gemächlich ihm gegenüber nieder.

Als er saß, wusste Ben, was Mo'amba wollte. Er schloss die Augen und entspannte sich, von seinen Zehen an aufwärts. Trotzdem spukten ihm noch viele Gedanken und Sorgen im Kopf herum, und er konnte sich nicht konzentrieren. Wieder versuchte er, sich zu entspannen, doch sorgenvolle Gedanken lenkten ihn ab.

Gerade als er aufgeben wollte, wurde er von einem lindernden Gefühl der Ruhe erfasst. Er wusste, dass dieses friedliche Gefühl von Mo'amba kam, und ließ zu, dass es seine Befürchtungen vertrieb.

Die Schwärze vor seinen Augen wich einem Feuerwerk aus Farben. Nur einen Augenblick lang nahm Mo'amba wieder die Gestalt seines Großvaters an. Das vertraute Gesicht wirkte noch beruhigender auf Ben. Wie ein altes Lieblingslied, das im Hintergrund gespielt wurde.

Mo'amba erschien wieder. »Du musst vorsichtiger sein, Ben«, ermahnte er ihn, »wenn du dich allein in der Siedlung bewegst. Es gibt immer noch Leute, denen es lieber wäre, wenn deine Mission misslänge oder du tot wärest. Sin'jari gibt nicht so leicht auf.«

»Woher wusstest du, dass ich in Schwierigkeiten stecke?«

»Das ist die Aufgabe eines *Heri'huti*. Das zu sehen, was sonst keiner sieht.«

»Danke. Jetzt hast du etwas gut bei mir. Die hätten mir den Arsch versohlt.«

»Nein, sie hätten dich umgebracht. Die beiden gehören zu Sin'jaris Clan. Es sind *Silaris*, ›Giftige‹.«

Ein Schauder lief Ben über den Rücken und unterbrach den mentalen Kontakt für einen Moment wie ein Stein, der in einen Teich geworfen wurde. »Was ist mit Ashley? Ist sie sicher, wenn ich fort bin?«

»Ja, sie wird von Tru'gulas Männern bewacht. Er wird sie beschützen. Keiner, erst recht nicht Sin'jari, wird sich in sein Gebiet wagen.«

»Bist du sicher?«

»Ich werde sie ebenfalls nicht aus den Augen lassen. Vertraue uns. Wir werden deine Frau bewachen, bis du zurückkehrst.«

»Sie ist nicht meine ... Ach, egal, selbst ich weiß nicht, was sie ist. Bitte ... passt auf sie auf, bis ich zurück bin. Und ich *komme* zurück.«

»Du wirst scheitern, Ben.«

Ben war völlig verblüfft und glaubte, sich verhört zu haben. »Was?«

»Ich kann den Lauf der Zeit bis in die letzten Winkel verfolgen. Wenn du so fortgehst, wie du jetzt bist, wirst du scheitern.«

»Was meinst du damit?«

»Du bist ein *Heri'huti*, aber hier drin glaubst du es nicht.« Mo'amba zeigte auf seine Brust. »Du musst dein Erbe annehmen, oder du und viele andere werden sterben.«

»Aber ich verstehe nicht, wie ...«

Mo'amba nahm wieder die Gestalt von Bens Großvater an. »Als ich dich zum ersten Mal rief, wählte dein Geist das Bild deines Großvaters aus, um meiner Erscheinung eine Gestalt zu geben. Dennoch hast du das Erbe deines Großvaters abgelehnt. Du hast dich geschämt. Wenn deine Mission erfolgreich verlaufen soll, musst du lernen, dein Blut und deine Herkunft genau wie das Bild deines Großvaters zu lieben und in Ehren zu halten. Nur dann hast du eine Chance.«

»Und wie schaffe ich das?«

Der alte Mann drückte beide Fäuste an seine Brust. »Hör auf dein Blut.«

»Was meinst du mit …« Das Bild löste sich auf, und Ben starrte ins Dunkle. Nur die Worte klangen noch in seinen Ohren: Hör auf dein Blut.

Er zwinkerte mit den Augen und blickte auf den stummen Mo'amba. Ihm lagen noch so viele Fragen auf dem Herzen. Doch Mo'amba richtete sich mithilfe seines Stabs nun auf.

»Warte!« Ben schritt zu Mo'amba hinüber. »Ich muss wissen, was du gemeint hast.«

»D-du«, knurrte er mit gutturaler Stimme auf Englisch, »du schläfst.« Er wandte sich ab und war offenbar der Ansicht, genug gesagt zu haben.

Ich schlafe?, fragte sich Ben. Als wenn er dazu Gelegenheit gehabt hätte!

Ashley wurde schlagartig wach und war überrascht, dass sie fest geschlafen hatte. Eine Eingeborene trat gebückt in ihre Höhle ein. Klappernd trug sie Teller, beladen mit bunten Früchten und einer Art dampfendem Fleisch, herein. Sie schlurfte zu einem flachen Stein, der etwa kniehoch war, und deckte den Tisch.

Ashley war enttäuscht, als sie erkannte, wo sie war. Sie wollte in ihr Traumland zurück. Sie hatte geträumt, sie wäre in ihrem winzigen Wohnwagen in der Wüste von New Mexico gewesen. Jason und Ben hatten draußen im staubigen Hof Fangen gespielt und ihre kläglichen Versuche, einen Sukkulentengarten anzulegen, zunichte gemacht. Sie hätte ahnen können, dass es ein Traum war, denn alles, was in ihrem Garten gedieh, waren diese seltsamen roten Pilzschoten. Das Seltsamste war allerdings, wie selbstverständlich sie Ben in der Vaterrolle akzeptierte. Sie schaute auf ihren Bauch. Ben als Vater?

Plötzlich hörte sie ein sanftes Schnarchen aus dem Kissenberg neben ihr. Sie setzte sich aufrechter und erkannte die blonde Strähne, die unter der Decke neben ihr herauslugte. Ben! Was machte er hier?

Als sie ihn anstieß, wurde sein Schnarchen zu einem explosionsartigen Grunzen. Er fuhr zusammen, sie erschrak, und er wachte auf. Er rieb sich die Augen. »Wie spät ist es?«

Sie ignorierte seine Frage. »Wie bist du an den Wachen vorbeigekommen?«

Er stützte sich auf einen Ellbogen. Er hatte blutunterlaufene Augen und einen roten Stoppelbart. »Wer soll es schon gewesen sein? Mo'amba hat die Wachen dazu gebracht, mich vorbeizulassen. Ich musste einfach wissen, ob es dir gut geht.«

»Warum hast du mich nicht geweckt?«

»Und dir deinen Schönheitsschlaf geraubt? Auf keinen Fall!« Ben kräuselte die Nase. »Was riecht denn da so?«

Der Geruch des brutzelnden Fleischs auf dem Teller erfüllte mittlerweile die ganze Höhle, so dass ihnen das Wasser im Munde zusammenlief. Ashleys Magen knurrte vor lauter Vorfreude. »Frühstück«, rief sie hungrig.

Ben setzte sich auf und bemerkte die nackte Dienerin. »Sie sind ja nicht gerade ein schamhaftes Völkchen, was?« Er schlüpfte aus den Decken und in seine Hosen hinein, während er der Dienerin züchtig den Rücken zukehrte.

Auch Ashley nutzte den Augenblick, um sich anzuziehen.

Beide stürzten sich wie die Heuschrecken auf das Essen.

Schließlich schob Ashley den Steinteller von sich. »Puh, ich glaube, jetzt bin ich satt. Für ein letztes Mahl war das gar nicht so schlecht.«

Ihre Worte hatten anscheinend eine verheerende Wirkung auf Ben. »Das war nicht deine letzte Mahlzeit, Ash. Ich verspreche es dir. Wir kommen hier raus!«

Sie lächelte ihn an, als sie merkte, dass er sie falsch verstanden hatte. »Ich habe doch nur gemeint, dass dies dein letztes Mahl ist, bevor du aufbrichst.«

»Oh!« Ben blickte finster vor sich hin.

Sie lachte über seinen ernsten Gesichtsausdruck.

»Ich dachte nur ...«

»Ich weiß.« Sie holte tief Luft und wurde sachlich. Dann ergriff sie seine Hand. »Ich weiß, Ben. Das ist süß.«

»Süß?« Das schien ihn getroffen zu haben. Er blickte auf ihre Finger, die sie in seine verschränkt hatte. Er sprach mit gesenkten Augen. »Ash, du musst wissen, was ich für dich empfinde. Ich möchte mehr als nur *süß* für dich sein.«

Sie versuchte, die Hand zurückzuziehen, doch er hielt sie fest. »Ben ...« Sie wusste nicht, was sie erwidern sollte. Einerseits wollte sie herausposaunen, dass sie ihn liebte, andererseits fürchtete sie sich davor, sich ihm auszuliefern. Nach Scott und nach der Fehlgeburt fürchtete sie sich davor, noch einmal verletzt zu werden und Vertrauen zu schenken. Sie hatte es beim ersten Mal mit Mühen überstanden. Jason hatte sie in Bewegung gehalten, und nun war er verschwunden. Widersprüchliche Gefühle tobten in ihr, so dass sie kaum klar denken konnte. Wie sollte sie das nur in Worte fassen?

Sie brauchte es gar nicht. Er ließ ihre Hand los und zog sich zurück. Mit beherrschter Stimme flüsterte er: »Ich denke, wir gehen jetzt besser. Sicher warten Harry und die anderen schon.«

Mit hängenden Schultern drehte er sich um. Sie wollte

etwas, irgendetwas sagen, um ihn zu trösten. Ihm sagen, dass er sie nicht aufgeben sollte. Aber war das fair? Sie schwieg.

Als Ashley *Umbos* Höhle betrat, sah sie, dass Harry mit den drei Kriegern, die Ben begleiten sollten, die Köpfe zusammensteckte. Er wirkte erstaunlich gut gelaunt und munter für jemanden, der die Nacht durchgearbeitet hatte. Der Raum war voller weiterer Stammesmitglieder. Mo'amba unterhielt sich mit Tru'gula. Kein weiterer Stammesältester war anwesend, nicht einmal Sin'jari. Und dafür war Ashley dankbar.

»Wir haben es geschafft!«, sagte Harry strahlend, als er zu ihnen kam.

»Ihr habt die Achse repariert?«, fragte Ben aufgeregt.

»Schaut es euch an. Ihr werdet euren Augen nicht trauen.« Er winkte sie hinüber zu Michaelson, der neben einem der Plastikschlitten hockte.

Ashley bemerkte, dass nun vier Plastikschlitten an den Motorschlitten gekoppelt waren. Die Lumpensammler hatten alle verlorenen Schlitten wiedergefunden, sogar den von Villanueva. Sie betrachtete dessen gelben Schlitten und schauderte. Sie hielt ihn für ein schlechtes Omen.

Dann schaute sie sich Michaelsons Werk genauer an. Ein letztes Mal zog er an einem Seil und befestigte damit den letzten Schlitten in der Reihe. Fast wie ein kleiner Zug.

Harry sagte: »Es war Dennis' Idee.« Er hob den großen Schlitten hoch und gab dabei auf den Motor Acht. »Schaut. Durch diese kleine Veränderung ist das wertvollste Fahrzeug der Welt entstanden.«

Ben pfiff anerkennend. »Ein Meisterstück.«

Ashley drängelte sich vor, um etwas zu sehen. Sie schaute nach der Vorderachse, die im schwachen Licht schimmerte. »Ist es wirklich das, was ich sehe?«

»Und ob«, sagte Harry, »eine Achse aus purem Diamant.«

»Und die hält?«, fragte Ben misstrauisch.

Harry zuckte mit den Schultern. »Ich habe die Achse ein paar Belastungstests unterzogen. Die verliefen okay. Außerdem haben wir keine andere Wahl. Entweder wir benutzen ihn, oder wir zockeln mit den Plastikschlitten los.«

Ben befühlte die Diamantachse. »Okay, Kumpel, vornehm geht die Welt zugrunde.«

Ashley trat einen Schritt zurück, als Harry den Schlitten auf den Boden setzte. »Also ... seid ihr alle soweit?« Aus irgendeinem Grund hatte sie diesen Moment gefürchtet. Sie hatte ihn auf sich zukommen sehen, doch die plötzliche Gewissheit, dass Ben sie verließ und möglicherweise zu Tode kam, war plötzlich zu viel für sie.

Ben, der ihre Angst spürte, kam zu ihr und nahm sie in die Arme. »Ich denke, wir sollten nicht länger warten. Es kann auf jede Minute ankommen.«

Ashley nickte nur und sprach kein Wort vor lauter Angst, in Tränen auszubrechen.

Harry rief die Krieger zu sich und gab ihnen lautstark letzte Befehle, gestikulierte mit den Händen und zeigte auf die einzelnen Schlitten. Es schien so, als sollte er die Rolle des Lokführers übernehmen, da er mit dem Motorschlitten am vertrautesten war. Ben würde dann den Fahrgastbegleiter am Ende des Zuges spielen und den drei nervösen Kriegern helfen, denen die motorisierte Fortbewegung wenig vertraut war.

Ashley ging zur Seite, um nicht im Weg zu stehen, während das Gepäck verstaut wurde und letzte Anweisungen erklärt wurden. Mo'amba trat neben sie und legte eine Hand auf ihre Schulter. Sie schaute ihn an, und er drückte sanft ihren Arm.

Als alles bereit war, kam Ben zu ihr. Die Geschäftigkeit

schien ihn aufgemuntert zu haben, doch in seinen blauen Augen lag immer noch ein Rest Traurigkeit. »Ich verspreche dir, ich finde Jason. Und ich komme zurück.«

Mo'ambas beruhigende Hand auf ihrer Schulter gab ihr die Kraft zu sprechen. »Das weiß ich, Ben. Ich vertraue dir.« Und zum ersten Mal begriff sie, dass sie ihm wirklich vertraute. Dass sie ihm ihr Leben anvertraute. Dass sie ihm selbst das Leben ihres Sohnes anvertraute. Tränen standen ihr in den Augen und liefen ihr übers Gesicht.

Er beugte sich zu ihr und küsste sie auf die Wange. Dann drehte er sich um und ging zu seinem Schlitten hinüber.

Ashley tat einen Schritt nach vorn. Sie konnte ihn nicht einfach gehen lassen, ohne dass er wusste, was sie wirklich für ihn empfand. Sie wollte ihm etwas zurufen, doch die Worte drohten ihr im Hals stecken zu bleiben: »Ben! Ich … ich …«

Harry startete den Motor, und ihre Worte wurden vom Dröhnen verschluckt. Er ließ die Maschine aufheulen. Der Schlitten tauchte sanft in das Wurmloch hinein und zog den Zug mit seinen Fahrgästen hinter sich her.

Ihre Augen folgten Ben, während er auf Villanuevas Schlitten im Tunnel verschwand. Ashley fror plötzlich am ganzen Körper. Sie schlang die Arme um sich. »Ich liebe dich, Ben«, flüsterte sie.

Fünftes Buch

Rückkehr zur Alpha-Basis

31

Linda zwängte sich unter einem Felsblock hindurch. Sie war zu erschöpft, um die klaustrophobischen Gefühle, die sie in dieser Enge beschlichen, wahrzunehmen. Im Augenblick machten ihr die kilometerdicken Felsmassen über ihr weniger zu schaffen als das Beißen in ihren Augen, die schmerzenden Muskeln und die furchtbare Situation.

Dies war der zweite Tag, seit Khalid sie und Jason gefangen genommen hatte. Das Tempo, das er vorlegte, ließ sie kaum zur Ruhe kommen: nur ganz kurze Unterbrechungen, keine Mittagspause, nur eine kurze Frühstückspause und ein kaltes Abendessen aus den Lebensmittelrationen. Sie mussten selbst dafür sorgen, mit seinem Tempo Schritt zu halten. Er hatte sie davor gewarnt, dass er wegen ihnen nicht anhalten und warten würde. Wenn er alle zwei Stunden den Code in Jasons Sprengstoffgürtel eingeben sollte, dann müssten sie sich an sein Tempo anpassen. So hetzten sie sich den ganzen Tag ab, um nicht den Anschluss zu verlieren.

Mit einem letzten Ruck kam Linda unter dem Felsblock heraus und stand auf. Hier war der Tunnel breiter. Der dichte Rauch war mittlerweile einem leicht beißenden Geruch gewichen, so dass ihnen das Atmen leichter fiel. Die zunehmende Verflüchtigung des Rauchs war es aber auch, die Khalid zur Eile antrieb. Wenn sich der Rauch vollständig aufgelöst hätte, bevor sie zur Basis zurückfänden, wären sie verloren.

Außerdem gab es noch einen anderen Grund, dem Rauch hinterherzulaufen. Bisher hatte sich ihnen keine einzige Bestie in den Weg gestellt. Linda hatte die Vermutung geäußert, dass der beißende Rauch sie wahrscheinlich abschreckte. Khalid hatte zu dieser Feststellung bloß genickt und mit einem merkwürdig sorgenvollen Gesichtsausdruck das Tempo erhöht.

Als sich Linda streckte und das Taschentuch vor ihrem Gesicht wieder zurechtrückte, drang das Licht ihrer Helmlampe durch die Schwärze vor ihr. Khalid war wenige Meter vor ihnen stehen geblieben und hatte sich über etwas auf dem Boden gebeugt. Er hatte Jason am Oberarm gepackt. Was jetzt?

Jason rief ihr zu: »Schau nur.«

Linda hockte sich neben Jason und sah, was Khalids Aufmerksamkeit auf sich gezogen hatte. In der Mitte des Tunnels stand ein halbmetergroßer Kanister aus Metall, aus dem dicke Kabel in die Dunkelheit führten. Oben drauf war ein rundes Drahtgitter befestigt, das aussah wie eine Satellitenschüssel.

»Was ist das?« fragte sie.

»So ein spezielles Funkdings von Dr. ... Dr. Blakely.« Jason stotterte bei dem Namen des Toten. »Die Kabel müssten uns zur Basis führen.«

»Dann haben wir es geschafft«, sagte Linda, »wir sind da.«

Khalid ging weiter in den Tunnel hinein und folgte den Kabeln.

»Linda«, sagte Jason neben ihr und nahm ihre Hand, während sie Khalid folgten, »ich glaube nicht, dass er mich frei lässt.«

Sie drückte seine Hand. »Das wird er, Jason. Sobald er dich nicht länger als Geisel braucht, lässt er dich laufen.«

Der Junge schwieg einen Moment. Dann sagte er: »Wenn wir in der Basis sind, wenn wir ...« Er sprach nicht weiter.

»Was dann, Jason?«

»Wenn du es schaffst, lauf weg. Nimm keine Rücksicht auf mich.«

Sie blieb stehen und hielt ihn fest. »Ich werde dich nicht allein bei ihm lassen. Wir kommen schon wieder aus dieser Situation heraus.«

»Er wird mich sowieso umbringen. Das weiß ich.«

»Jason ... mein Kleiner, ich werde dich nicht ...«

»Ich habe es in seinen Augen gesehen«, unterbrach er sie. »Er sieht ... er sieht mich an, als wäre ich gar nicht da. Als wäre ich schon tot.«

Linda kniete sich vor ihn und nahm sein Gesicht in beide Hände. »Ich verspreche dir: Wir kommen durch. Gemeinsam.«

Jason schüttelte den Kopf und nahm ihre Hände von seinem Gesicht. »Er lässt mich sterben.« Dann drehte er sich um und marschierte tiefer in den Tunnel hinein.

Sie sah ihm nach, bis er hinter der nächsten Kurve verschwand. Wie der Teufel, dachte sie. Sie stand auf und folgte ihm, fest entschlossen zu verhindern, dass die Bestie ihm etwas antat. Kurz darauf holte sie den Jungen ein und legte ihm einen Arm um die Schulter. Beide schwiegen, während sie Khalid und dem Kabel folgten.

Nach einem Marsch von dreißig Minuten schien es um sie herum heller zu werden. Jason schaute zu Linda hoch. Sie schaltete die Helmlampe aus, weil sie nicht länger nötig war. Als sie um eine Ecke bogen, sahen sie Lampen an den Wänden.

Und sie brannten! Das hieß, dass die Generatoren noch funktionierten. Nach Jasons Bericht hatte sie gedacht, die Basis wäre zerstört und im Erdboden versunken. Vielleicht bestand ja doch die Möglichkeit, dass man sie zurückerobert hatte. Vielleicht war ja Verstärkung eingetroffen.

Als sie durch den beleuchteten Tunnel ging, sah sie, dass

Khalid an der Mündung des Tunnels stehen geblieben war. »Die Basis«, sagte er zu ihr, ohne sich umzudrehen.

Sie hielt den Atem an und eilte voller Hoffnung an seine Seite. Als sie hinausblickte, sank ihr Mut. Der Tunnel endete auf der Westseite der Höhle, oberhalb einer kleinen Erhebung. Vor ihnen ausgebreitet lag die Alpha-Höhle, die Basis sah man in gut einem Kilometer Entfernung.

Oder das, was von der Basis übrig war.

Die Alpha-Basis lag in Schutt und Asche. Vereinzelt flackerten Lichter, doch die meisten Laternenpfähle lagen umgeknickt am Boden. Die Gebäude, die noch standen, waren von Explosionen und Feuer gezeichnet. Hier und da sah man ein rotes Glühen, was darauf hinwies, dass noch nicht alle Brände erloschen waren. Eine rußige Wolke schwebte wie ein Nebel über der Basis, als wollte sie das Chaos verhüllen. Sogar aus dieser Entfernung konnte man Leichen sehen, die wie hingeworfene Stoffpuppen zwischen den Trümmern in den Straßen lagen. Am schlimmsten war, dass sich nichts, aber auch überhaupt nichts regte. Die Basis war tot.

Linda wollte Jason zurückhalten, doch er drängelte sich an ihr vorbei und starrte stumm auf das Gemetzel hinab.

»Der Aufzug ist unbeschädigt«, sagte Khalid. »Wir können weiter.«

Jason zupfte an Lindas Arm. Sie blickte zu ihm hinunter und musste gewaltsam den Blick von der Verwüstung abwenden. Er hob sein Hemd und zeigte auf die LED-Anzeige an seinem Gürtel. Sie zeigte die Zahl Dreißig. Dreißig Minuten noch, bis der Plastiksprengstoff gezündet wurde.

Sie nickte. »Khalid, es wird Zeit, Jasons Timer neu einzustellen.«

Er warf ihr einen kalten Blick zu. »Später.«

Sie sah Jason an, der ihren Blick resigniert erwiderte.

Ben, der die Nachhut hinter dem dröhnenden Motorschlitten bildete, sah vor sich nur das haarige Gesäß des *Mimi'swee*-Kriegers auf dem nächsten Schlitten.

Der nackte Krieger hörte auf den Namen Nob'cobi. Harry hatte ihn als Dennis' Blutsbruder vorgestellt. Er hatte darauf bestanden, ins Team aufgenommen zu werden, da Dennis nicht mitkommen konnte. Nob'cobi hätte an *Il'jann* verloren, wenn man ihn nicht aufgenommen hätte. Er hatte seinem Blutsbruder gegenüber eine Verpflichtung.

Doch wie Nob'cobi sich an den Schlitten klammerte und mit jedem Aufprall durchgeschüttelt wurde, wünschte er sich wahrscheinlich – *Il'jann* hin, *Il'jann* her –, dass er besser zu Hause geblieben wäre. Den anderen beiden Kriegern vor ihm ging es wohl kaum besser.

Ben langte nach vorne und gab Nob'cobis Bein einen ermutigenden Klaps. Doch wegen der Berührung schrie der Krieger panisch auf und verlor beinahe den Halt. »Immer sachte, mein Freund«, rief Ben so ruhig wie möglich über den Motorenlärm hinweg, was brüllend keine leichte Aufgabe war. »Das machst du prima. Halt nur noch ein wenig durch.«

Ben warf einen Blick auf die Uhr. Sie waren noch keine Stunde unterwegs. Wenn er ihre Geschwindigkeit richtig einschätzte, brauchten sie noch drei Stunden. Gegen Mittag müssten sie oben sein. Das war nicht schlecht.

Er legte den Kopf auf den Arm, schloss die Augen und ließ zu, dass die schaukelnde Bewegung und das ständige Dröhnen des Motors ihn ein wenig einschläferten. Wenn sich nur die *Mimi'swee* entspannen könnten. Er dachte an Nob'cobi, der sich wahrscheinlich über sich selbst ärgerte.

Mit geschlossenen Augen stellte sich Ben vor, wie Nob'cobi sich an seinem Schlitten festklammerte wie ein Ertrinkender an einem Strohhalm. In seinem Tagtraum drehte sich Nob'cobi um zu ihm und sprach: »Zu Fuß komme ich fast genauso schnell vorwärts. Das … das ist doch … Schwachsinn.«

»Ja, aber wir nicht«, antwortete Ben. »Wir sind nicht so kompakt gebaut wie ihr.«

»Ich hasse das!«

»Ach, jetzt hör auf zu jammern«, dachte Ben.

Plötzlich riss Nob'cobi die Augen so weit auf, dass fast nur noch das Weiße zu sehen war. »Du bist ja wirklich ein *Heri'huti.*«

Da mischte sich eine dritte Stimme in ihre Unterhaltung ein. Eine vertraute Stimme. »Sehr gut, Benny. Du lernst.« Dann verklang Mo'ambas Stimme wieder.

»Warte … was habe …?« Ben öffnete die Augen und sah, dass Nob'cobi ihn mit großen Augen anstarrte.

»*Heri'huti*«, sagte er und drehte sich um.

Ben dachte über die Konsequenzen nach. Er hatte es getan. So wie Mo'amba immer mit ihm in Verbindung trat, hatte er mit Nob'cobi Verbindung aufgenommen. Er spürte sogar die vertrauten Kopfschmerzen nach einer telepathischen Unterhaltung. Wieso war es plötzlich so einfach gewesen? Bisher war ihm so etwas noch nie gelungen.

Wieder sprach Mo'ambas geistige Stimme zu ihm. »Die Krieger sind darauf trainiert worden, die Suggestionen der *Heri'huti* wahrzunehmen, euer Volk nicht.« Die Stimme verstummte wieder.

Zum Teufel, dachte Ben, mir langt dieser Schwachsinn. Mit diesem ganzen Telepathiehumbug holen wir nicht die Statue aus Blakelys Safe.

In diesem Moment veränderte sich der Klang des Motors. Harry bremste ab. »Was ist los?«, rief Ben.

Harry antwortete: »Wir haben gleich die Hälfte der Strecke hinter uns gebracht.«

Ben sah auf seine Uhr. Es war eine weitere Stunde vergangen. »Und warum halten wir an?«

»Der Motor muss abkühlen. Er ist glutrot. Mein Baby war ursprünglich nicht zum Ziehen von Lasten gedacht. In gewisser Weise schleppen wir sozusagen mit einem Modellrennwagen einen Umzuganhänger.«

Plötzlich fuhr der Zug aus dem Wurmloch hinaus in eine Höhle, die so groß wie eine Doppelgarage war. An der gegenüberliegenden Wand befand sich die Öffnung eines zweiten Wurmlochs.

»Was ist das?«, fragte Ben und rollte von seinem Schlitten. Er stand auf, gähnte und schüttelte sich den Rucksack von den Schultern.

Harry stand ein paar Schritte entfernt von ihm und drehte den Kopf hin und her. »Mo'amba hatte mir gesagt, dass es auf halber Strecke eine Art Raststätte für Pilger gibt. Ich habe mir gedacht, dass hier ein guter Platz wäre, um sich die Beine zu vertreten, die Blase zu entleeren und den Motor abkühlen zu lassen.«

Nob'cobi und die anderen beiden Krieger waren auch aufgestanden und hatten sich möglichst weit von den Plastikschlitten entfernt. Die drei unterhielten sich lebhaft und machten Handbewegungen zum Fahrzeug hin, die – auch ohne Übersetzung – offensichtlich missbilligend waren.

Ben ging zu Harry. »Was ist mit dem Benzinvorrat?«

»Alles prima, mach dir keine Sorgen.«

»Wie lange dauert es, bis der Motor kalt ist?«

Harry zuckte mit den Schultern. »Keine Ahnung. Eine halbe Stunde, vielleicht eine ganze.«

Ben nickte, doch er ballte immer wieder die Fäuste. Er ging in dem kleinen Raum auf und ab. Solange sie in Bewegung waren, war alles in Ordnung. Diese Unterbrechung war jedoch qualvoll.

»Entspann dich«, sagte Harry schließlich, »wir liegen gut in der Zeit.«

»Ich weiß, ich weiß.« Ben suchte nach etwas, um sich

abzulenken, fand in der eintönigen Höhle jedoch nichts. Er blickte die drei Krieger an. »Wovon reden sie?«

»Sie lästern hauptsächlich.« Harry zog einen Diamantdolch aus einer pelzbesetzten Scheide an seinem Gürtel und reinigte sich die Nägel. »Außerdem erzählen sie sich die alten Sagen über den großen Exodus, als sie ihre alten Siedlungen verlassen mussten und in die jetzige Höhle einzogen.«

»Ja, aber warum mussten sie von dort fliehen?«

»Soweit ich sie verstehe, gab es eine Art Erdbeben, und die Höhle wurde überflutet. Viele starben. Ich glaube, es gibt irgendeinen heiligen Ort, den Nob'cobi aufsuchen will. Er hat etwas gesagt von alten Kriegern, die bei einer flutartigen Überschwemmung umgekommen sind. Ihre Köpfe sind in durchsichtigen Steinen begraben worden. Den Teil verstehe ich nicht.«

»Ich schon.« Ben dachte an die Höhlenperlen mit den Schädeln im Inneren, die sie entdeckt hatten.

Harry schaute ihn an, als wäre er verrückt. »Klar. Auf jeden Fall, nachdem sie die Höhle verlassen hatten, wurde sie von den *Cra'kan* übernommen. Sie benutzen sie als eine Art Paarungsort. Anscheinend gibt es verschiedene Herden. Und alle zehn Jahre kommen sie in dieser großen Höhle zusammen und veranstalten eine Orgie.«

»Scheint so, als wäre dieses Jahr das zehnte.« Ben stellte sich Herden dieser blutrünstigen Bestien vor, die voller Paarungsbrunst und Aggression ihr Territorium zurückeroberten. Die Alpha-Basis hatte nie eine Chance gehabt.

Harry nickte ernüchtert. »Ich schaue mal nach dem Schlitten.«

Nachdem er zwanzig qualvolle Minuten lang am Motor herumgebastelt hatte, hielt Harry schließlich den Daumen in die Höhe. Nach einigem Hin und Her kletterten die *Mimi'swee* auf ihre Schlitten, und es ging weiter.

Der Rest der Reise verlief unspektakulär. Keine Verzögerungen, keine Probleme. Dennoch dauerte es ewig. Während der Fahrt schaute Ben bestimmt sechzigmal auf die Uhr.

Schließlich schaltete Harry den Motor aus. »Endstation, Leute.«

Einer der Krieger kletterte über Harry hinweg, um zu der Steintür vor ihnen zu gelangen. Er betätigte einen Mechanismus rechts von der Tür. Sie öffnete sich, und die Reisenden blickten in *Ohnas* Höhle. Harry folgte dem Krieger hinein und zog die Schlitten hinterher.

Kaum waren sie in der kleinen Höhle, rollte Ben von seinem Schlitten und krabbelte zum Ausgang. Rasch ließ er seinen Blick über die unmittelbare Umgebung schweifen, in der Erwartung, Herden sich paarender Bestien zu erblicken. Jedoch war dort draußen keine Bewegung zu sehen. Nur die Wellen des Sees schwappten sanft an das felsige Ufer.

Er überblickte die ganze Alpha-Höhle und sah die flackernden Lichter des fernen Camps. Die Alpha-Basis. Aus dieser Perspektive sah sie vollkommen intakt aus, aber bei genauerer Betrachtung konnte er sehen, dass die Beleuchtung unzureichend war. Anscheinend war die Stromversorgung teilweise ausgefallen.

Die ursprünglich so reine Luft stach ihm in die Nase. Der Gestank von abgestandenem Rauch und verbranntem Öl verhieß nichts Gutes.

32

Das Erste, was Jason auffiel, als sie sich der Basis näherten, war der Gestank, der sogar den ständigen Geruch des öligen Rußes überdeckte. Er hielt sich die Nase zu und atmete durch den Mund. Dennoch wurde er den Brechreiz nicht los.

Linda klopfte ihm auf die Schulter, verzog aber genauso das Gesicht. »Khalid«, rief sie, »wir sind der Basis jetzt nahe genug gekommen, und auf Jasons Timer sind es nur noch sieben Minuten.«

»Dann geht schneller. Ich setze die Uhr erst zurück, wenn wir im Camp sind.«

»Es ist unvorsichtig, sich so zu beeilen. Hier könnten immer noch diese Bestien herumlaufen. Lass uns langsam gehen.«

»Die verräucherte Luft hat sie wahrscheinlich aus der Höhle vertrieben. Aber dabei wird es bestimmt nicht bleiben. Daher müssen wir jetzt handeln, bevor sich der Rauch lichtet.«

Linda ging schneller. »Jason, wir beeilen uns besser.«

Jason blickte auf den Sprengstoffgürtel um seinen Bauch. Der Timer sprang gerade von sechs auf fünf. Ihm wurde immer mulmiger.

Als sie den Rand der Basis erreichten, sahen sie, woher der Gestank rührte, und gingen langsamer. »Schau nicht hin«, sagte Linda und versuchte, ihm die Augen zuzuhalten.

Jason beachtete ihre Warnung nicht und starrte auf die tote Bestie. Khalid machte einen großen Bogen um den Kadaver. Linda folgte ihm und zog Jason hinter sich her. Als sie die Fleischmassen umrundet hatten, sahen sie die Todesursache. Ihr Bauch war von einer Sprengladung aufgerissen worden. Metallstücke und zerrissene Eingeweide lagen im Umkreis von mehreren Metern über den Boden verteilt. Jason musste mehrmals schlucken und bekämpfte den Brechreiz. Er wusste nicht, was schlimmer war, der Anblick oder der Gestank.

Während sie um die stinkende Bestie huschten, stockte Linda plötzlich der Atem, und sie drückte Jasons Gesicht an ihre Brust. Doch konnte er gerade noch den kopflosen Körper eines Soldaten sehen, gefangen in den toten Kiefern der Bestie. Diesmal befreite er sich nicht aus ihrer Umarmung.

Als sie die grausame Szenerie hinter sich gelassen hatten, ließ Linda ihn los und klopfte ihm auf die Schulter. Er sah, dass Khalid mit kalkweißem Gesicht vor ihnen stehen geblieben war, offenbar tief erschüttert.

Linda ging zu ihm. »Ich will nicht, dass Jason noch mehr davon sieht.«

Khalid nickte sogar. »Wir sind fast dort, wo ich hin will. Es geht hier runter.« Er drehte sich um und ging voran. »Seid leise.«

Khalid bahnte sich den Weg durch zwei eingestürzte Holzgebäude hindurch. Jason bemerkte ein Paar Armeestiefel, das unter einem Berg von Balken und Glas herausragte. Er schaute weg.

Die Basis war totenstill, und sie hörten nur ihre eigenen Schritte.

Khalid blieb ein paar Sekunden lang stehen und blickte sich um, als ob er sich orientieren wollte. Dann ging er nach Norden weiter, ins Innere des Camps. Nach weniger als einer Minute hatten sie die erste meterdicke Säule aus Fels erreicht, die den Boden mit der fernen Höhlendecke verband.

Khalid setzte seinen Rucksack ab und öffnete ihn. Er holte ein Kletterseil heraus und warf es Linda zu. »Binde den Jungen daran fest.«

»Was?« Sie ließ das Seil fallen und schüttelte den Kopf.

»Der Timer zeigt noch drei Minuten an. Ich setze ihn erst zurück, wenn du ihn festgebunden hast.«

»Aber warum …«

»Du verlierst nur Zeit. Tu es!«

Linda blickte auf Jasons Timer, beugte sich dann zu ihm und hob das Seil auf. »Es tut mir Leid«, sagte sie und stellte ihn mit dem Rücken vor die Säule.

»Binde ihm zuerst die Hände auf den Rücken.«

Jason sah den leidenden Ausdruck in ihren Augen, als sie das Seil um seine Handgelenke band. Er wusste, dass sie den Tränen nahe war. Das tat ihm mehr weh, als gefesselt zu werden. »Ist schon okay«, flüsterte er.

Sie schlang das Seil um seine Taille und die Säule.

»Schnür ihn fest genug. Du verschwendest nur wertvolle Sekunden, wenn ich es nachholen muss.«

Linda zog das Seil fest und band rasch einen Knoten. »Ich bin fertig.« Sie setzte sich. »So«, sagte sie in scharfem Tonfall, »und nun stell den Timer!«

Khalid prüfte, ob der Knoten fest und das Seil straff waren und tippte auf der kreditkartengroßen Tastatur unter der LED-Anzeige etwas ein. Nun leuchtete die Zahl 120 auf. Jason blieben zwei weitere Stunden Frist.

»Warum tust du das?«, fragte Linda.

»Aus zwei Gründen. Erstens hält uns der Junge auf. Und ich muss noch fünfzehn Ladungen anbringen. Mit deiner Hilfe bin ich in weniger als zwei Stunden damit fertig. Zweitens dient es deiner Motivation. Erst wenn ich alle fünfzehn Ladungen scharf gemacht habe, werde ich zurückkommen und den Timer neu einstellen. Auf diese Weise kann ich mich auf deine rasche und hoch motivierte Zusammenarbeit verlassen.«

»Natürlich helfe ich dir. Das habe ich dir doch gesagt. Wozu das denn jetzt?«

»Ich gebe einen Dreck auf dein Wort«, erwiderte Khalid mit beißender Schärfe.

Sie schwieg.

Jason sah, dass Khalid zwei Taschentücher nahm und auf ihn zukam. Er versuchte auszuweichen, doch die Fesseln ließen es nicht zu. Khalid drückte Jasons Kopf mit seinem Handballen an die Felssäule. Dann knüllte er eines der Taschentücher zusammen und presste es ihm in den Mund.

Bevor Jason es ausspucken konnte, band er den Knebel mit dem zweiten Taschentuch fest.

Linda hatte mittlerweile Khalids Arm gepackt. »Lass ihn doch!«

Khalid stieß sie mit dem Ellbogen zur Seite und verknotete das Taschentuch. »Ich will nicht, dass der Bengel rumschreit, sobald wir fort sind. Nachher kommen die Bestien noch zurück.« Er zeigte auf Jasons Gürtel. Auf der Anzeige stand jetzt 116. »Wir verschwenden Zeit.«

Linda kniete sich vor Jason. Er versuchte, ruhig zu bleiben. Sie berührte seine Wange. »Ich komme zurück. Ich verspreche es dir.«

Er nickte und kämpfte gegen die Tränen an.

Sie hielt ihn ganz fest, bis Khalid sie an der Schulter zog. »Los!«

Linda stand auf und drückte ein letztes Mal Jasons Arm. Dann drehte sie sich um und folgte Khalid. Jason sah ihnen hinterher, bis sie verschwanden; er hörte, wie ihre Schritte verklangen. Dann war er allein.

Der Strahl von Bens Helmlampe zeigte ihnen den Weg durch die Dunkelheit. Ben führte die Gruppe durch die Höhle. Sie hielten auf die Lichter der Basis zu. Aus Vorsicht blieb er oft stehen und lauschte. Auch wenn er sie nicht sehen konnte, wusste er, dass die drei mit Speeren und Messern bewaffneten *Mimi'swee* nach allen Seiten ausgeschwärmt waren, um Ausschau nach den *Cra'kan* zu halten. Sie trugen keine Lampen und bewegten sich so leise, als wären sie Phantome. Das Einzige, was Ben hörte, war das schabende Geräusch von Harrys Stiefeln hinter ihm.

Er nahm die Pistole in die andere Hand und rieb seine Handfläche am Hosenbein trocken. Das Feuer hatte die Höhle aufgeheizt, und der Rauch machte ihnen das Atmen schwer. Er leckte sich über die rissigen Lippen, holte seine

Feldflasche hevor und öffnete den Verschluss mit dem Daumen. Ganz vorsichtig nahm er einen Schluck, nur so viel, um seinen Mund zu befeuchten. Dann flüsterte er Harry zu: »Ich hatte erwartet, dass hier noch jede Mengen Bestien herumlaufen.«

»Vielleicht halten die Hitze und der Rauch sie fern.«

»Mir gefällt das nicht. Es ist alles viel zu einfach. Eins habe ich gelernt: Wenn alles bestens aussieht, steht man in Wirklichkeit schon knietief in der Scheiße!«

Harry zuckte mit den Schultern. »Beschwör's nicht.«

Ein Geräusch von rechts machte sie aufmerksam. »Es ist Nob'cobi«, sagte Harry. »Komm. Er hat etwas gefunden.«

Ben folgte Harrys tanzender Laterne über den holprigen Boden. Nob'cobi hockte neben einem dampfenden Haufen Kot. Er hielt eine Hand voll vor seine Nase, dann wandte er sich zu Harry und sprach im Flüsterton.

Harry übersetzte: »Er sagt, es ist frisch.«

»Na, prima.« Ben verzog die Nase bei dem Gestank. »Es wäre auch zu schade, wenn es schon verdorben wäre.«

»Nob'cobi schätzt, dass der Kot weniger als eine Stunde alt ist. Dort drüben ist noch mehr. Er glaubt, dass es sich um eine Gruppe von mindestens fünf Tieren handelt. Zwei von ihnen sind männlich.«

»Und das hat er alles rausgekriegt, indem er seine Nase in die Scheiße gesteckt hat?«

»Das ist sein Job.«

»Was sollen wir also tun? Einen Bogen um sie machen?«

Harry kniete sich hin und unterhielt sich flüsternd mit Nob'cobi. Die anderen beiden Krieger standen mehrere Meter entfernt und beobachteten das Gebiet. Ihre Ohren bewegten sich vor und zurück. Schließlich stand Harry auf und kehrte zu Ben zurück. »Unser Plan ist, der Gruppe zu folgen. Sie scheinen sich auf die Basis zuzubewegen. Die *Cra'kan* reisen für gewöhnlich in dichten Herden. Dabei schließen sich alle Einzeltiere, auf die sie stoßen, entweder der Herde an oder werden getötet. Daher sollte das Kielwasser dieser Herde relativ frei von streunenden Bestien sein.«

»O ja«, murmelte Ben und trat gegen den dampfenden Kot, »aber wenn sie umkehren, dann werden auch wir zu *Cra'kan*-Scheiße.«

Khalid schaute Linda aufmerksam zu und vergewisserte sich, dass sie alle Kabel richtig verband. Gut! Sie lernte schnell. Das war die neunte Ladung. Sie hatte die letzten drei scharf gemacht, nachdem er es ihr anhand der ersten beiden gezeigt hatte. Dieses Mal zitterten ihre Hände kaum noch.

Nachdem er seine Ladung angebracht hatte, sah er, wie sie einen verstohlenen Blick auf die Uhr warf. Er wusste, dass es noch eine Stunde dauerte, bis Jasons Timer abgelaufen war, und bei nur sechs Ladungen, die noch anzubringen waren, lagen sie gut in der Zeit. »Jetzt drück den gelben Knopf auf dem Empfangsteil«, sagte er und deutete über ihre Schulter. »Gut, jetzt ist sie aktiviert und wartet auf mein Signal.«

Als sie der Basis näher kamen, konnte Ben die Herde *Cra'kan* in der Dunkelheit sehen. Die Umrisse ihrer dreieckigen Köpfe und ihrer stacheligen Kämme zeichneten sich gegen das Licht des Camps ab, das nur noch wenige Meter entfernt war.

Die Herde bestand aus insgesamt sieben Tieren – zwei hatten sich den ersten fünf angeschlossen, während sie auf die Basis zumarschiert waren.

Das größere der beiden Männchen führte die Herde an. Die Weibchen – Harry nannte sie »Haremsdamen« – folgten in loser Reihenfolge. Das kleinere Männchen – Spitzname »Tiny Tim« – lief hinterher. Es schien die Aufgabe zu haben, der Herde den Rücken freizuhalten, drehte sich oft um und wagte öfters einen Abstecher. Offenbar spürte es, dass etwas nicht stimmte: Es wirbelte oft herum und schnüffelte misstrauisch.

»Dieser unruhige Scheißkerl«, flüsterte Harry Ben ins Ohr und hockte sich neben ihn hinter einen Felsen.

Ben wagte nicht einmal zu sprechen, weil er befürchtete, dass das Tier auf sie aufmerksam würde. Die ganze Verfolgung war aufregend gewesen. Unterwegs war die Herde auf ein einzelnes angriffslustiges Männchen gestoßen. Wie ein Schwarm blutrünstiger Haie hatte sich die Herde auf es gestürzt und in blutige Fetzen gerissen.

Bei der Erinnerung lief Ben immer noch ein Schauer über den Rücken. Hier in der Mitte der Höhle gab es kaum Möglichkeiten, sich zu verstecken. Wenn die Herde sie entdeckte ... Er schüttelte sich und verbannte die Vorstellung aus seinem Kopf.

Er lugte hinter dem Felsen hervor und sah, dass die Herde gerade den Rand der Basis erreicht hatte und in die Schatten der unzerstörten Gebäude eintauchte.

»Die Luft ist rein«, sagte Harry leise und winkte den drei *Mimi'swee*-Kriegern. »Los.«

Ben erhob sich aus der Hocke und folgte Harry. Als er um den Felsen bog, verfing er sich in einer Spalte im Boden und fiel hin. Im Fallen traf er mit seiner Pistole auf dem Boden auf, und es löste sich ein Schuss. Ben sah das aufblitzende Mündungsfeuer und hörte, wie der Knall durch die Höhle donnerte.

Scheiße, dachte er, war wohl nichts mit Anschleichen.

Aus dem Schatten der Gebäude vor ihnen löste sich die Schnauze einer Bestie und zuckte suchend vor und zurück. Tiny Tim kam zurück.

Jason versuchte, sich aus den Fesseln zu winden, als der Schuss durch die Höhle dröhnte. Er biss auf seinen Knebel, konnte jedoch nicht einmal seine Zunge bewegen. Und durch den Mund bekam er allemal keine Luft. Er atmete tief durch die Nase ein, aus Angst zu ersticken. Um ihn herum tanzten Schatten im flackernden Licht.

Sein erster Gedanke war, dass Khalid Linda erschossen hatte, und das Herz schlug ihm bis zum Hals. Dann erklang eine Salve aus einem Automatikgewehr. Das war nicht Khalid! Wieder versuchte er, den Knebel auszuspucken. Vielleicht schaffte er es ja und konnte diejenigen zu Hilfe rufen, die da geschossen hatten.

Wieder hörte er Gewehrsalven.

Kamen sie näher? Er lauschte. Das Blut pochte in seinen Ohren und erschwerte ihm das Hören.

Noch mehr Schüsse.

Ja! Er zappelte immer wilder. Da fuhr ihm ein Gedanke durch den Kopf, und er wurde starr vor Schreck.

Auf wen schossen sie?

Ben warf sich in den Eingang eines der wenigen Betongebäude, die noch standen. Nob'cobi stürzte schwer atmend hinter ihm her. Mit einem Blick sahen sie, dass es sich um einen Schlafsaal handelte, denn an der Wand standen Feldbetten. Ben beachtete den Raum nicht weiter, sondern schaute rasch noch einmal zur Tür hinaus. Gerade noch sah er, wie der Schwanz eines *Cra'kan* gegenüber um die Ecke verschwand.

Gut. Glücklicherweise waren sie von einem der langsameren Weibchen verfolgt worden. Mit einem kurzen Sprint hatten sie die Bestie abgehängt. Aber was war mit Harry? Hatte er es bis zur Basis geschafft?

Aus südlicher Richtung ertönten Salven aus einem Automatikgewehr.

Ben ballte die Faust. Okay, wenigstens war er noch am Leben und kämpfte. Er rieb sich die Stirn und überlegte, was er tun sollte. Er könnte versuchen, zu Harry zu gelangen, doch würde es verdammt schwierig werden, ihn zu finden. Oder er könnte versuchen, zu Blakelys Büro zu kommen und die Statue zu holen. Das war sicher der klügere Plan, aber er konnte Harry und die anderen Krieger nicht einfach im Stich lassen.

Also, was sollte er tun? Die Pistole, die er dabei hatte, war keine große Hilfe. Nein, er musste darauf vertrauen, dass Harry und die anderen es allein schafften. Außerdem kannte sich Harry in der Basis gut aus und würde wissen, wohin Ben unterwegs war.

Er stieß die Tür auf, lehnte sich hinaus und brauchte ein paar Sekunden, um sich zu orientieren. Zur Linken entdeckte er den Aufzugschacht, und jenseits der zertrampelten Zelte lag der See. Er konzentrierte sich. Gut, jetzt wusste er ungefähr, wo er sich befand. Blakelys Büro war etwas mehr als einen halben Kilometer entfernt. Das hieß, falls die Brücke, die über die Schlucht in der Mitte des Camps führte, noch benutzbar war. Wenn er einen Bogen um die Schlucht machen musste, dann waren es mehr als drei Kilometer. Und in Anbetracht der verfluchten *Cra'kan*, die herumliefen, sollte die Route so kurz wie möglich sein.

Er holte tief Luft und bedeutete Nob'cobi, ihm zu folgen. Der kleine Krieger packte eine Lanze, die länger als er selbst war, und ging hinter ihm her. Ben huschte voran, blieb meistens im Schatten und lief von einer Deckung zur nächsten.

Während er sich Meter für Meter vorarbeitete, waren immer wieder Gewehrsalven zu hören. Er blieb stehen, lauschte und biss sich auf die Lippen. Die Schüsse entfernten sich allmählich. Wenn Harry alle verfügbaren Verstecke genutzt hatte, sollte er die Mistviecher mittlerweile losgeworden sein.

Er blickte zu Nob'cobi. Der Krieger hatte sich lässig auf seine Lanze gestützt, die Augen halb geschlossen, und kratzte sich am nackten Hinterteil. Warum war er nur so scheißruhig?

Wieder hörte Ben fünf Schüsse – jetzt noch weiter entfernt.

Und dann dämmerte es ihm. Harry feuerte die Salven absichtlich ab, um die Bestien wegzulocken und Ben den Weg zu Blakelys Büro frei zu machen.

Er blickte zu Nob'cobi und stieß ihn mit dem Ellbogen an. »Du hast es gewusst, nicht wahr, Kumpel? Dann los.« Er beschleunigte das Tempo und verließ sich darauf, dass Harry die *Cra'kan* weglockte. Jetzt, wo er schneller vorankam, gelangte er in zwei Minuten zur Schlucht. Er blieb stehen, als er die Brücke sah – oder das, was von ihr übrig war.

»Verdammt!«, fluchte er, »warum geht eigentlich alles daneben?« Von der Brücke waren nur noch ein paar Bretter zu sehen, die ein bis zwei Meter über die Schlucht ragten und den Blick in die gähnende Tiefe freigaben. Er schaute auf die andere Seite. Mindestens zehn Meter. Viel zu weit, um zu springen. Sie mussten um die Schlucht herumgehen ...

Er zuckte zusammen, als es hinter ihm laut krachte. Er wirbelte herum und sah einen *Cra'kan* zwischen zwei Gebäuden hervorschießen. Es war Tiny Tim, der da auf sie zukam und ihnen den Rückweg zu den Gebäuden und Zelten abschnitt. Die Bestie fauchte und kam mit großen Schritten auf sie zu.

»So, so, du kleines Mistvieh«, sagte Ben, wich zurück und hob die Pistole. »Du hast dich von Harry also nicht reinlegen lassen.« Er zielte und feuerte.

Der Knall erschreckte das Tier, und es fasste mit der Tatze an seinen Hals. Ben konnte die Blutspur erkennen, die aus der Wunde quoll. Die Kugel hatte zwar ihr Ziel getroffen, aber das dickhäutige Biest war wenig beeindruckt. Es stakste weiter auf sie zu.

Nob'cobi versteckte sich hinter Ben, als dieser wieder schoss. Die Kugel ging daneben, doch der Knall hielt die Bestie auf. Der *Cra'kan* blieb vorsichtig stehen und beäugte seine Beute.

Verflucht, man konnte förmlich sehen, wie das Miststück seine tückischen Pläne schmiedete. Ben trat einen weiteren Schritt zurück. Der Abgrund war nur noch wenige Zentimeter entfernt. Er wollte Nob'cobi sagen, er solle loslaufen, solange er die Bestie ablenkte, doch als er sich umdrehte, war Nob'cobi nicht mehr hinter ihm. Er war schon fort. Im nächsten Moment sah er ihn nur wenige Meter entfernt, wie er auf einem der Bretter über der Schlucht balancierte und an einen Laternenpfahl ein Seil band. Was hatte er vor?

Ben wandte sich seinem Widersacher zu. Der *Cra'kan* stand da, bewegte seinen Kopf ruckartig vor und zurück und starrte die Pistole an, als wollte er die Gefahr, die von ihr ausging, abwägen.

Ben fand auf dem rutschigen Felsen keinen Halt, als er noch einen Schritt zurückging. Er riskierte einen raschen Blick über die Schulter. Nob'cobi war von der Brücke zurückgetreten und stand einen Meter entfernt von Ben. »Was hast du …«

Noch ehe Ben den Satz beenden konnte, rannte Nob'cobi auf die Überreste der Brücke zu. Mein Gott, dachte Ben, er versucht, über den Abgrund zu springen. Das ist doch Selbstmord! Er sah, wie der Krieger über das dünne Brett rannte, als liefe er über festen Boden. Im letzten Moment stieß er seine Lanze nach vorn, rammte das stumpfe Ende aufs Brett, wurde hochgeschleudert und flog durch die Luft. Er landete mit einer Rolle vorwärts auf der anderen Seite der Schlucht.

Da bemerkte Ben das Seil, das sich Nob'cobi um die Taille geschlungen hatte. Es führte über den Abgrund hinüber zu dem Laternenpfahl, an den er es zuvor festgebunden hatte.

Ein Brüllen lenkte seine Aufmerksamkeit wieder auf den *Cra'kan*. Tiny Tim starrte über die Schlucht auf die entgangene Beute und war offensichtlich wütend über den Verlust. Jetzt richtete er seine schwarzen Augen wieder auf Ben. Ben glaubte fast, ein Lächeln auf seinen Lippen zu erkennen, als der *Cra'kan* seine gelben Zähne entblößte und auf ihn zustampfte.

Ben, der seine Pistole immer noch auf den Kopf der Bestie gerichtet hielt, begriff, dass er keine Chance hatte, das Tier mit einem Kopfschuss zu töten. Er richtete die Waffe auf ein leichteres Ziel, den Bauch. Wenn er Nob'cobis Absicht richtig erkannt hatte, brauchte er eine Atempause von nur wenigen Sekunden.

Er drückte ab. Der Schuss drang in die Flanke Tiny Tims. Die Bestie wich ein paar Schritte zurück.

Ben wartete keine Sekunde. Er wirbelte herum und rannte auf die Brücke zu. Wie er vermutet hatte, hatte Nob'cobi das Seil straff gezogen und das Ende an einem Pfahl auf der anderen Seite festgebunden. Nun konnte Ben sich an dem Seil über die Schlucht hangeln.

Hinter ihm ertönte ein Brüllen. Jetzt kam das Vieh! Beinahe wäre Ben ausgerutscht, als er auf die Holzplanke lief. Mit den Armen balancierend, lief er auf der Planke entlang und sprang.

Er hechtete nach dem Seil und streckte seine Arme so weit aus, wie er konnte.

Mit letzter Anstrengung bekam er das Seil mit einer Hand zu packen. Als es ihn hinunterriss, verrenkte er sich die Schulter. Mehrere Sekunden lang ruderte er wild in der Luft herum und drohte den Halt zu verlieren. Dann gelang es ihm, das Seil mit der anderen Hand zu packen. Für einen kurzen Moment hielt er inne, außer Atem und aufgeregt.

Plötzlich zuckte das Seil in seiner Hand. Was zum Teufel ... Er reckte den Kopf herum. Tiny Tim bearbeitete den Laternenpfahl, an den Nob'cobi das Seil gebunden hatte. An diesem Pfahl hing also sein Leben.

Ben blickte in den schwarzen Abgrund unter sich. Er hangelte sich am Seil entlang, aber durch das Ruckeln und Zerren kam er nur langsam vorwärts.

Er würde es nicht schaffen ...

Als das Seil in seiner Hand schlaffer wurde, dämmerte es ihm, dass er wohl einmal in seinem Leben Recht hatte.

33

Linda wurden zwei Dinge klar, während sie in der halbzerstörten Latrine hockte. Erstens hätten sie und Khalid niemals alle Sprengladungen angebracht, bevor Jasons Timer abgelaufen war. Bis dahin waren es nur noch zwanzig Minuten, und sie hatten noch drei Ladungen vor sich. Zweitens war sie überzeugt davon, dass Khalid sowieso nie vorgehabt hatte, Jason freizulassen.

Sie starrte Khalid an, der aus der demolierten Tür des Gebäudes hinausguckte. In dem engen Raum stach ihr der Piniengeruch des Desinfektionsmittels in die Nase. Seit die ersten Schüsse gefallen waren, hatte er keine weitere Ladung mehr scharf gemacht. Stattdessen hatte er die nächste Möglichkeit zur Deckung genutzt und sich flach auf den Boden gelegt.

Sie kroch zu ihm. »Jasons Timer läuft ab.«

Er nickte. »Ich weiß, aber die Schießerei findet irgendwo zwischen dem Jungen und uns statt. Anscheinend hat ein kleiner Haufen den ersten Überfall überlebt und leistet immer noch Widerstand. Und denen, auf die sie schießen, möchte ich nicht so bald in die Quere kommen.«

Na klar, du Drecksack, dachte Linda, was für eine bequeme Ausrede. Das Arschloch hatte nie vorgehabt, zu Jason zurückzukehren. Mittlerweile hatte sie herausbekommen, nach welchem Muster Khalid die Ladungen verteilte. Er hatte sie rund ums Camp verteilt und an den größten Säulen befestigt, die den Boden mit der Decke verbanden. Indem er sie in die Luft jagte, wollte er die Decke zum Einsturz bringen und den Vulkan auf das Höhlensystem stürzen lassen. Außerdem hatte sie bemerkt, dass Khalid sich dabei in Schlangenlinien auf den Aufzug zu bewegte. Offensichtlich wollte er, nachdem er die letzte Ladung befestigt und scharf gemacht hatte, in den Aufzug springen und fliehen. Und Jason als menschliche Bombe zurücklassen.

Doch die Schüsse gefährdeten seinen ausgetüftelten Plan.

Plötzlich hörten sie ein wütendes Gebrüll. Eine der Bestien! Etwas hatte sie wild gemacht. Linda merkte, dass Khalid bei jedem Brüllen zusammenzuckte. Es schien so, als verspürte er mehr als nur normale Angst. Jetzt murmelte er sogar leise etwas auf Arabisch. Es klang wie ein Gebet.

Auch wenn sie es genoss, den eiskalten Khalid endlich zittern zu sehen, so war er doch wie gelähmt und fürchtete sich, das Versteck zu verlassen. Und die Zeit lief ab.

»Wir müssen jetzt gehen«, sagte Linda mit fester Stimme.

Khalid wirbelte zu ihr herum und blickte sie finster an.

Bevor er sie verfluchen konnte, sagte sie: »Die Schüsse bewegen sich in unsere Richtung. Hörst du das, Khalid?« Sie zeigte in Richtung Tür. »Auf was sie auch immer schießen, es kommt auf uns zu. Hierher.«

Er ballte die Fäuste, nicht aus Zorn, sondern vor Angst

und Frustration. »Wir müssen fort von hier.« Seine sonst so feste Stimme klang heiser und stockend.

»Dann los!«

Ein lautes Knacken schallte über den Abgrund, als Tiny Tim den Laternenpfahl umknickte, an dem das Seil befestigt war. Ben fiel in die Tiefe und packte das schlaffe Seil noch fester. Er konnte nur beten, dass Nob'cobi es auf seiner Seite sicher befestigt hatte. Er zuckte zusammen, als er die Felswand auf sich zurasen sah. Auch wenn der Aufprall wehtäte, durfte er das Seil auf keinen Fall loslassen. Sonst bliebe von ihm nichts weiter als ein hässlicher Fettfleck auf dem Boden der Schlucht.

Er drehte sich, um die größte Wucht des Aufpralls mit den Füßen aufzufangen, jedoch mit geringem Erfolg. Er kollidierte mit der Wand, als wäre er von einem zehnstöckigen Haus gesprungen. Er traf mit der linken Hüfte so hart auf, dass ihm beinahe schwarz vor Augen wurde. Er ignorierte den Schmerz und konzentrierte sich nur auf eines: das Seil mit allen zehn Fingern festzuhalten. Er prallte von der Wand ab und baumelte zurück. Dieses Mal gelang es ihm, die Wucht mit den Füßen abzufangen. Nun hing er fünf Meter vom Rand des Abgrunds enfernt.

Von der anderen Seite des Abgrunds brüllte ihn Tiny Tim wütend an. Er stakste vor den Überresten der Brücke auf und ab und suchte nach einer Möglichkeit, auf die andere Seite zu kommen.

Sein Gebrüll ging Ben durch Mark und Bein, doch er warf ihm nur einen verächtlichen Blick zu und schrie: »Halt deine hässliche Schnauze!«

Tiny Tim spannte daraufhin die Muskeln an und ging in die Hocke. Ben wusste, dass er ihn sehen konnte. Einen Moment lang dachte er, der *Cra'kan* wolle sich selbstmörderisch auf ihn stürzen. Doch stattdessen fauchte er ein letztes Mal und floh in das Labyrinth der Gebäude zurück. Den war er los!

Ben seufzte erleichtert und ruhte sich kurz am Seil aus. Er spürte, dass Blut an seinem Bein entlanglief. Er musste hinaufklettern, bevor er noch schwächer wurde.

Er schlang ein Bein um das Seil und riskierte es, eine Hand loszulassen, um das Seil an seinem Klettergurt zu befestigen. Mit einem Minimum an Absicherung schaffte er nun den Aufstieg zügig.

Oben angekommen, half ihm Nob'cobi über die Kante. Vollkommen außer Atem rollte sich Ben auf den Rücken. Der Krieger machte sich an Bens blutgetränktem Hosenbein zu schaffen. Er sagte etwas mit besorgtem Ton in seiner gutturalen Sprache.

»Es ist nur eine Fleischwunde. Das überlebe ich schon.« Ben stemmte sich hoch. »Und vielen Dank, Kumpel. Du hast mir das Leben gerettet. Ich sah uns schon als Monsterfutter.«

Nob'cobi legte verwirrt die Stirn in Falten.

»Ach, vergiss es.« Ben versuchte aufzustehen, doch seine verletzte Hüfte widersetzte sich. Zwar war sie nicht gebrochen, doch schmerzte sie wie verrückt. Hüpfend entfernte er sich vom Abgrund. »Komm. Wir müssen zu Blakelys Safe.«

Nob'cobi folgte ihm, doch nach ein paar Metern packte er Ben am Arm und zeigte auf das Blut, das beim Laufen aus seiner Wunde troff.

»Ich habe doch gesagt, das ist nichts. Blakely hat einen Erste-Hilfe-Kasten in seinem Büro.« Ben wollte weitergehen, doch der kleine Krieger zog ihn beharrlich zurück. Wie ein Pantomime schnüffelte Nob'cobi an der Blutspur und imitierte gekonnt das kehlige Knurren eines *Cra'kan*.

»Du meinst, ich hinterlasse eine Spur?« Ben betrachtete nachdenklich die Linie der Blutstropfen. »Du hast Recht.

Ist sicher besser, wenn wir keine solch offensichtliche Einladung hinterlassen.«

Ben entledigte sich seiner blutigen Hose und wrang sie aus. Nur mit Shorts bekleidet, untersuchte er die Wunde. Ein gezackter Schnitt am Oberschenkel, von dem nur eine hässliche Narbe übrig bliebe, nichts weiter. Er schaute besorgt drein, während er mit dem letzten Wasser aus seiner Feldflasche die Wunde reinigte; dann band er ein Taschentuch um den Oberschenkel, um das Blut zu stillen.

»So«, sagte er und zog die Hose an, »bist du jetzt glücklich?«

Nob'cobi war anscheinend zufrieden, denn er hatte wieder seinen üblichen gelangweilten Gesichtsausdruck.

»Fein. Los geht's.« Ben ging wieder voran, und sie schlichen von Deckung zu Deckung. Er hatte die Nase voll von diesen stinkenden *Cra'kan* und wollte keinen von ihnen mehr sehen.

Doch der Weg war frei. Innnerhalb von fünf Minuten waren sie an Blakelys Bürotür. Die Glastür zum Verwaltungsgebäude war zertrümmert, aber ansonsten war das Betongebäude intakt. Wegen der Glassplitter traten sie vorsichtig über die Schwelle. Ben betrat den Empfangsraum. Ein Monstrum hatte hier getobt. Eine dickflüssige gelbe Substanz klebte an den Wänden und stank nach Ammoniak.

»Sieht so aus, als hätte hier ein streunender Kater wild herumgepisst«, murmelte Ben vor sich hin, als er die Reste des Schreibtischs und die Akten durchsuchte. Er wühlte sich durch den Schutt und gelangte zu der unbeschädigten Metalltür, die zu den Büros führte. Er versuchte, sie zu öffnen. Abgeschlossen.

»Verflucht noch eins!« Er schlug mit der Faust gegen die Tür, bis sie schmerzte, und rüttelte am Türknauf.

Von der anderen Seite der Tür erklang eine Stimme: »Hallo! Ist da draußen jemand?«

Mein Gott, eine der Frauen hatte überlebt! Er hämmerte auf die Tür ein. »Machen Sie auf. Hier ist Ben Brust vom Expeditionsteam.«

Zuerst Stille, dann eine zaghafte Stimme: »Kann man sich denn hinaustrauen?«

»Im Moment ja. Jetzt machen Sie schon auf.«

Er hörte, wie er den Riegel zurückzog. Die Tür ging nach innen auf. Eine kleine blonde Frau mit zerzausten Haaren stand vor ihm. Der schicke Hosenanzug hing in Fetzen an ihrem zarten Körper.

»Sandy?« Ben erkannte Blakelys Sekretärin. »Ist alles in Ordnung?«

Sie rannte auf ihn zu und schlang die Arme um ihn. »Gott sei Dank, dass Sie da sind!«

Nob'cobi kam zu Ben, murmelte etwas und zeigte auf die Tür.

Sandy starrte den kleinen, nackten Jäger mit großen Augen an. Sie grub ihre Fingernägel in Bens Arm, wimmerte kläglich und wich zurück.

Ben bedeutet Nob'cobi, draußen zu warten, um sie nicht noch mehr in Angst zu versetzen. Er schob Sandy den Flur entlang zu Blakelys Büro.

Dort ging er sofort zu dem Tresor, in dem Blakely die Diamantstatue, *Ohna*, das Idol der *Mimi'swee*, aufbewahrte. Er kannte zwar die Kombination nicht, doch gab es ausreichend Zündhütchen und Sprengstoff in der Basis. Insofern sollte es ihm nicht schwer fallen, den Safe zu öffnen. Harry musste wissen, wo sich die Sachen befanden und wie man sie benutzte. Aber wo war Harry?

Sandy hatte sich auf dem Sofa zusammengerollt. »Was ... was war das ... für ein Wesen?«

»Ein Freund. Einer der Höhlenbewohner.«

»Wie ... ich verstehe nicht ... wann ...?«

Er setzte sich neben sie. »Das ist eine lange Geschichte,

aber glauben Sie mir, er ist ein Freund. Er wird Ihnen nichts tun.«

Sie presste die Arme vor ihre Brust und zitterte.

»Warum sind Sie hier zurückgeblieben?«, fragte er. »Warum wurden Sie nicht mit den anderen evakuiert?«

Sie starrte ihn an, als wäre er verrückt. »Es gab keine Evakuierung. Sie griffen urplötzlich an. Uns blieb keine Zeit. Alle sind tot.«

»Was? Aber kam keine Verstärkung von oben?«

»Die Funkverbindung riss beinahe gleichzeitig ab. Am Tag nach dem Angriff hörte ich den Motor des Aufzugs, nahm mir ein Herz und ging nachschauen.« Sie wurde ganz blass, als sie die Geschichte erzählte.

»Der Aufzug war voller Soldaten. Aber sie konnten es nicht ahnen.« Sie drehte sich mit aufgerissenen Augen zu ihm. »*Sie konnten es nicht ahnen.* Das Geräusch lockte die Bestien herbei. Es waren so viele. Als sich der Aufzug öffnete, wurden die Männer überwältigt und in Stücke gerissen.« Sie legte die Hände vors Gesicht. »Seitdem hat sich niemand mehr heruntergewagt.«

Ben nickte. »Kein Wunder, McMurdo liegt am Arsch der Welt. Die brauchen mindestens eine Woche, um ein komplettes Überfallkommando auf die Beine zu stellen. Bis dahin sind wir auf uns allein gestellt.«

Sandy schluchzte immer mehr.

Er tätschelte ihre Hand. »Bis dahin halten wir durch.«

Mit tränenerstickter Stimme sagte sie: »Sie sind alle fortgelaufen. Ich war ganz allein. Ich konnte nichts tun.«

»Was ist mit Blakely?«

Sie schüttelte den Kopf. »Als ich ihn das letzte Mal sah, lief er mit dem Jungen hinaus.«

Für eine Millisekunde setzte Bens Herz aus. »Wissen Sie, ob sie in Sicherheit sind?«

»Ich weiß nicht, was mit ihnen geschehen ist. Ich habe

mich hier eingeschlossen. Aber die Schreie ... die Schreie konnte man noch tagelang hören. Dann nichts. Gar nichts mehr. Das war am schlimmsten. Die Stille.« Sie schaute zu ihm hoch und zitterte. »Ich habe gedacht, ich wäre die letzte Überlebende.«

»Nein, das sind Sie nicht.« Er stand auf. Was sollte er Ashley sagen? Er ging auf und ab und blickte auf seine Armbanduhr. 14 Stunden waren um. Er musste den Safe in die Luft sprengen und zu den *Mimi'swee* zurückkehren. Da blieb ihm keine Zeit, um die Basis gründlich abzusuchen. Vor allem, wo die *Cra'kan* immer noch herumliefen. Er blieb vor dem Safe stehen und ballte die Fäuste. Wo zum Teufel blieb Harry nur? Er drehte sich zu Sandy um. »Sie kennen nicht zufällig die Kombination von Blakelys Safe?«

Sie nickte und verriet sie ihm.

Endlich war das Glück wieder auf seiner Seite! Er drehte das Kombinationsschloss nach ihren Angaben und öffnete die schwere Tür. Einen Augenblick lang glaubte er, die Statue wäre fort, bis er begriff, dass sie in braunes Papier gewickelt und verschnürt war. Er holte das Päckchen heraus, riss das Papier ab und hielt die Statue gegen das durchscheinende Licht. Mit dem Finger fuhr er über den schwangeren Bauch der Figur. Hoffentlich brachte sie ihm Glück.

In diesem Moment stürzte Nob'cobi mit einem panischen Gesichtsausdruck herein.

Ben ahnte, dass sein Glück nur von kurzer Dauer war.

Tränen der Enttäuschung liefen über Jasons Gesicht. Er konnte es immer noch nicht glauben. Zuerst dachte er, er würde träumen, aber der Akzent war so deutlich gewesen. Ben! Er hatte gehört, wie er mit jemandem sprach. Dann folgte ein lautes Klopfen. Ganz in der Nähe! Er hatte die Worte zwar nicht genau verstehen können, doch es musste

Ben gewesen sein. Jason hatte versucht, ihm etwas zuzurufen, aber durch den Knebel drang nur ein leises Stöhnen, das er selbst kaum hören konnte.

Schließlich hatte er gehört, wie eine Tür zufiel, dann herrschte Stille. Nun lauschte er angestrengt nach einem Hinweis, dass Ben noch in der Nähe war. Nichts. Wahrscheinlich war er jetzt in dem Gebäude.

Jason zerrte wieder an den Fesseln. Wenn er nur eine Hand frei bekäme und den Knebel aus dem Mund ziehen könnte. Er musste es irgendwie schaffen, Ben etwas zuzurufen, wenn er das Gebäude wieder verließ. Wenn ihm das nicht gelänge ... Er warf einen Blick auf die LED-Anzeige an seinem Gürtel. Dort leuchtete die Zahl Elf, die schon im nächsten Moment auf die Zehn umsprang.

Er brauchte Hilfe, und zwar schnell. Wieder zerrte er am Seil – vergeblich. Resigniert gab er den Widerstand auf. Ein anderer Plan musste her.

Während er erschöpft an der Säule hing, schoss ihm plötzlich ein Gedanke durch den Kopf. Vielleicht ...

Er bewegte die Hüften hin und her. Wenn er mit seiner linken Hand in seine Jackentasche fassen könnte ... Er presste die Augenlider zusammen, während er sich streckte, den Körper verdrehte und sich in seinen Fesseln aufbäumte. Mit den Fingerspitzen fühlte er schon die vertraute Kunststoffumhüllung. Vorsichtig zog er den Gegenstand aus seiner Tasche, damit er nicht runterfiel, doch er verfing sich im Stoff. Jason hielt inne und atmete tief ein. Nichts überstürzen! Mit noch stärkerer Konzentration befreite er ihn aus der Jacke und seufzte erleichtert auf. Dies war der einzige Gegenstand aus seiner Sporttasche, den Khalid ihm gelassen hatte.

Er betete, dass die Batterien noch nicht leer waren, als er den Nintendo-Gameboy anknipste. Sofort plärrte die vertraute Erkennungsmelodie aus dem Spielzeug. Jason drehte die Lautstärke ganz auf. Die Musik war zwar nicht ausgesprochen laut, aber mit ein bisschen Glück würde Ben auf den seltsamen Klang aufmerksam werden, wenn er aus dem Gebäude kam.

Er wartete. Bitte, Ben, mach schnell. Aber wenn nun die Batterien vorher schlappmachten? Und wenn er sich geirrt hatte und Ben schon wieder fort war? Und wenn der Timer an seinem Gürtel ablief, bevor Ben ihn gehört hatte? Die furchtbarsten Befürchtungen schossen ihm durch den Kopf.

Aber ein Gedanke kam ihm erst in den Sinn, als er die schwarze Schnauze rechts von sich um die Ecke kommen sah: Was, wenn nicht Ben, sondern jemand anderes von dem Geräusch angelockt wurde? Jason sah, wie die Bestie ihn sanft anfauchte und die Nüstern abwechselnd blähte und wieder zusammenzog. Er knipste den Gameboy aus und blieb mucksmäuschenstill. Die Bestie trat nun ganz in Erscheinung. Aus ihren Wunden an Bauch und Hals quoll Blut. Doch schien sie das nicht weiter zu stören, als sie langsam auf ihn zuschlich.

34

Ashley war sich sicher, dass es ihrem Sohn gut ging. Es konnte gar nicht anders sein. Sie legte den Stift hin. Den ganzen Tag über hatte sie in *Umbos* Höhle gearbeitet und versucht, sich durch Beschäftigung abzulenken. Sie hatte katalogisiert, vermessen und in ihre Kladde geschrieben.

Sie blickte auf die Uhr. Es war schon spät am Abend. Ben musste bereits auf dem Rückweg sein. Ob er eine Nachricht von Jason hatte? Oder schlimmer: Was, wenn er gar nicht zurückkam? Wie lange musste sie noch warten? Bis die Anspannung sie in den Wahnsinn trieb?

Seufzend setzte sie sich und schaute zu dem dösenden Mo'amba hinüber, der auf der anderen Seite mit geschlossenen Augen saß. Er war ihre einzige Wache. Die anderen hatte er fortgeschickt. Sie hatten ihm ohne ein Wort der Widerrede gehorcht.

Sie blickte auf das schwarze Wurmloch, durch das Ben verschwunden war. Sie könnte einen Ausbruchsversuch wagen. Wenn Mo'amba wirklich ein Nickerchen machte ... Sie schüttelte den Kopf. Sie müsste verdammt weit klettern. Und sie würden sie bestimmt einholen. Außerdem konnte sie Michaelson nicht im Stich lassen. Selbst wenn sie durch ein Wunder entkommen könnte, würde er an ihrer Stelle sterben.

Plötzlich öffnete Mo'amba die Augen und blickte sie an. Er erhob sich mit Mühe. Das stundenlange Sitzen machte ihn anscheinend steif. Ashley ging zu ihm hinüber und half ihm auf.

Er blickte zu dem Ausgang, der in die Siedlung führte.

»Was ist los?«, fragte sie ihn.

Mo'amba legte ihr die Hand auf den Mund, damit sie schwieg. Dann bedeutete er ihr, ihm zu folgen. Mit seinem Stab als Krücke humpelte er hinaus und zog sie in einen schattigen Alkoven auf der anderen Seite des Ganges.

Was ging da vor sich? Auf die Antwort musste sie nicht lange warten. Sie hörte das leise Geräusch lederner Schuhe auf Stein herankommen. Jemand näherte sich. Aber wer?

Ashley warf neugierige Blicke in den schwach beleuchteten Tunnel, bis Mo'amba sie in den Schatten zurückzog. Sie wartete mit angehaltenem Atem. Den Schritten nach zu urteilen, war es mehr als einer.

Sie drückte sich tiefer in die Nische. Die Gruppe ging dicht an ihr vorbei und verschwand in *Umbos* Höhle. Sie unterdrückte ein Zischen, als sie die knochige Gestalt erkannte. Es war Sin'jari.

Die anderen beiden waren das genaue Gegenteil von ihm. Während er lang und knochig war, waren seine zwei Begleiter muskelbepackt und gedrungen. Aber es gab keinen Zweifel, wer hier der Boss war. Ein bloßes Stirnrunzeln von ihm ließ die beiden zusammenzucken. Und das taten sie oft! Aus seinen Gesten und scharfen Anweisungen konnte Ashley schließen, dass Sin'jari offensichtlich Befehle gab, welche die beiden nur widerwillig befolgten.

Sin'jari bellte einen letzten Befehl, und die beiden stiernackigen Bullen krochen in das Wurmloch, das zur Alpha-Höhle führte.

Was geschah da? Ashley verstand kein Wort von dem, was gesprochen wurde, doch Mo'amba schon. Sie fühlte, wie er sich neben ihr anspannte und vor unterdrückter Wut und Anspannung geradezu zitterte. Seine Aufregung war ansteckend. Sie bemerkte, wie sie die Fäuste ballte. Sin'jari führte Übles im Schilde und wollte ihnen schaden.

Ashley erschrak, als Mo'amba plötzlich aus der Nische stürzte. Sie eilte hinter ihm her, als er in *Umbos* Höhle humpelte. Sin'jari drehte sich verblüfft um, mit offenem Mund und weit aufgerissenen Augen.

Mo'amba ging auf ihn zu und stellte sich vor ihn hin. Er stampfte mit seinem Stab so hart auf, dass Splitter von seinem Ende flogen. Sin'jari trat zurück, offenbar verblüfft darüber, dass sein Widersacher so plötzlich erschienen war.

Ashley ging zur Seite, als Mo'amba erregt zu Sin'jari sprach. Nun war es an Sin'jari zurückzuweichen. Während Mo'amba ihm seine Worte entgegenschleuderte, schien Sin'jari sich zu verschließen. Aber im Gegensatz zu seinen Lakaien, denen die Angst in den Augen stand, verengten sich seine Pupillen zu drohenden Schlitzen. Ashley sah von ihrer Position aus, wie er seine Hand langsam zu dem Dolch an seinem Gürtel bewegte.

Sie wollte Mo'amba warnen und öffnete den Mund,

doch die Worte blieben ihr im Halse stecken. Wie konnte sie ihn warnen? Sie kannte doch kein Wort seiner Sprache. Sie sah, dass sich Sin'jaris Finger um den Griff des Dolches schlossen. Mo'amba war einer der prominentesten Führer. Sin'jari würde es bestimmt nicht wagen …

Doch ohne Warnung holte Sin'jari aus und trieb den diamantenen Dolch in Mo'ambas Brust. Der Stoß unterbrach Mo'ambas zornige Tirade. Der alte *Mimi'swee* schaute auf den Griff, der aus seiner Brust ragte, als ob er einen faszinierenden Käfer studierte. Er hustete, und ein blutiges Rinnsal sickerte aus seinem Mund.

Ashley, die starr vor Schreck geworden war, schrie auf, als Sin'jari dem Alten den Dolch aus der Brust riss und ein zweites Mal zustach. Der Alte stolperte rückwärts, um aus der Reichweite des Angreifers zu kommen.

Sin'jari erhob den Dolch wieder und wollte Mo'amba in die Kehle stechen, doch da stürzte sich Ashley auf ihn. Sie trat ihm mit dem Absatz in die Rippen, so dass er zur Seite fiel. Als er zurücktaumelte und versuchte, das Gleichgewicht wieder zu erlangen, stellte Ashley sich schützend vor Mo'amba. Der alte Mann war mittlerweile auf dem Boden zusammengesackt. Er hatte seine Brust mit beiden Händen gepackt, Blut quoll zwischen seinen Fingern hervor.

Sin'jari kam auf sie zu.

»Mach, dass du fortkommst, du dreckiger Bastard!«, schrie Ashley.

Mit einer Hand hielt Sin'jari sich die verletzte Rippe, während die andere mit dem Dolch fuchtelte. Er bleckte die Zähne und schaute sie kalt an. Er hatte ein Messer, sie nicht.

Sie blickte auf den Stab, den Mo'amba fallen gelassen hatte.

Doch Sin'jari gab ihr nicht die geringste Chance, diesen Plan in die Tat umzusetzen. Er stürzte sich auf sie. Aber jahrelanges Karatetraining und vier ältere Brüder hatten Ashleys Reflexe geschult. Sie drehte sich zur Seite und packte Sin'jaris Handgelenk, als er an ihr vorbeischoss. Sie verlagerte ihr Gewicht auf ein Bein und nutzte Sin'jaris Schwung, indem sie ihn über ihre Hüfte zu Boden schleuderte. Das Geräusch brechender Knochen ließ sie innerlich aufjubeln. Sein Messer schlitterte über den Felsboden.

Zwei Schritte, und sie hielt den Dolch in ihrer Hand. Jetzt, wo sich das Blatt gewendet hat, wollen wir doch mal sehen, ob dem Schweinehund noch etwas einfällt, dachte sie. Sin'jari war bereits weggekrochen und hielt sich den linken Arm. Er wich vor ihr zurück, zum anderen Ende der Höhle hin. Offenbar hatte er aufgegeben.

Während sie Sin'jari nicht aus den Augen ließ, ging sie zu Mo'amba hinüber, der jetzt auf dem Rücken lag. Seine Brust hob und senkte sich, und sein Atem gurgelte. Er starrte ausdruckslos an die Decke. Ein Schock.

Er brauchte sofort Hilfe. Nur woher?

Sie sprang auf Sin'jari zu, als der plötzlich aufstand, und hob das Messer, aber er griff sie nicht an. Stattdessen taumelte er zum Wurmloch. Er grinste sie noch einmal an, dann sprang er hinein und verschwand.

In diesem Moment hörte sie das Getrappel vieler Füße im Tunnel. Gott sei Dank nahte Hilfe.

Als sie sich umdrehte, stürzte der erste Krieger mit gezücktem Speer in die Höhle. Ein großes Wehklagen erhob sich, als sie den blutenden Mo'amba auf der Erde liegen sahen. Wie auf Kommando richteten sich die zornigen und anklagenden Blicke der Krieger auf Ashley.

Sie sah auf den blutigen Dolch, den sie immer noch in ihrer Hand hielt. Verflucht!

»Ganz ruhig«, sagte Ben und packte Nob'cobis fuchtelnde Hände. Vergeblich hatte er versucht, aus seinen wilden

Gesten und gutturalen Lauten schlau zu werden. Nun waren beide frustriert.

Ben blickte zu Sandy. Sie hatte sich in die hinterste Ecke von Blakelys Büro zurückgezogen und kauerte dort. Von ihr war keine Hilfe zu erwarten.

Er ließ Nob'cobis Hände los. Wenn nur Harry da wäre ... Er beherrschte wenigstens die Sprache.

Plötzlich streckte Nob'cobi einen Finger aus und berührte Bens Stirn, dann seine. Ben starrte ihn verständnislos an. Der kleine Krieger wiederholte die Geste. Allmählich verzog er das Gesicht vor Wut.

Im nächsten Moment begriff Ben. Nob'cobi wollte mit ihm telepathische Verbindung aufnehmen. Die konnte der Krieger aber nicht aufbauen, weil er kein *Heri'huti* war – doch Ben. Wie bei ihrer Fahrt durchs Wurmloch.

Ben nickte Nob'cobi zu und bedeutete ihm, sich auf die Couch zu setzen. Nob'cobi blickte misstrauisch auf das Ledersofa und setzte sich stattdessen im Schneidersitz auf den Boden. Ben zuckte mit den Achseln und ließ sich in der gleichen Haltung vor den *Mimi'swee* sinken.

Er schloss die Augen, verlangsamte die Atmung und versuchte, sich zu konzentrieren. Dabei stellte er sich vor, er befände sich auf der Schafstation seines Vaters und säße auf der Veranda, hielte ein warmes Bier in der Hand und hätte den ganzen Tag Faulenzen vor sich. Plötzlich platzte es aus Sandy heraus: »Was machen Sie da?«

Ben runzelte die Stirn, öffnete jedoch nicht die Augen. »Alles in Ordnung, Sandy. Bitte bleiben Sie eine Minute lang ruhig.«

»Aber ...«

»Psst. Entspannen Sie sich.« Seine suggestiven Worte waren nicht nur an Sandy gerichtet, sondern auch an sich selbst. Entspann dich.

Er hörte, dass sie etwas vor sich hin murmelte, aber er

beachtete sie nicht, schlürfte schales Foster's aus einer staubigen Flasche und balancierte auf den hinteren Beinen seines Stuhls in der Ecke der Veranda. Er dachte an Nob'cobi, stellte sich das Gesicht mit der platten Nase und den dünnen Hals des kleinen Kerls vor. Plötzlich saß er auf dem Stuhl neben ihm.

Nob'cobi blickte sich mit offenem Mund staunend um. Er stand auf und lehnte sich auf das Geländer der Veranda, gaffte den weiten Himmel an. So weit man auch blickte, zeigte sich kein Wölkchen. Nob'cobi schien sich ein wenig zu ducken. Dann drehte er sich herum und sah Ben an. »Es … es ist so groß.« Ihm schauderte.

Ben tat es ein wenig Leid, den armen Kerl in diese fremdartige Landschaft zu versetzen, doch Mo'amba hatte dasselbe mit ihm gemacht. Außerdem hatte er die Ranch vermisst. »Mach dir nichts draus, Nob'cobi. Auf die Größe kommt es nicht an.«

»Was?«

»Egal. War ein schlechter Witz.« Ben trank noch einen Schluck Bier. Zum Teufel, wenn das nicht verteufelt realistisch war. »Was wolltest du mir erzählen?«

Nob'cobi schluckte nervös und warf einen verstohlenen Blick hinter sich. »Da war ein sehr merkwürdiges Geräusch in der Höhle. So etwas habe ich bisher noch nie gehört.«

»Wie hat es geklungen?«

Nob'cobi verzog sein Gesicht und gab eine Imitation des Geräuschs von sich. Es war eine Art Melodie. Und sie klang vertraut.

»Noch mal!« Ben konzentrierte sich, schloss die Augen und lauschte. Wo hatte er das schon einmal gehört? Da riss er die Augen auf und schoss in die Höhe. Himmel, die verdammte Erkennungsmelodie von Jasons Gameboy! Die Melodie hatte er mindestens tausendmal in den letzten Wochen gehört.

»Wo hast du das gehört?«, sprudelte es aus ihm heraus.

»Ich bin dem Geräusch nachgegangen. Dabei wäre ich fast mit dem *Cra'kan* zusammengestoßen, der uns gejagt hat. Der schlaue. Ihn hatte das Geräusch auch angelockt.«

»Verflucht!« Ben unterbrach den Traum, der in bunte Fetzen zerstob, und saß wieder Nob'cobi in Blakelys Büro gegenüber. Rasch richteten er und Nob'cobi sich auf.

»Sandy, Sie bleiben hier«, sagte Ben und steckte ein volles Magazin in seine Pistole. »Schließen Sie die Tür ab. Wenn wir klopfen, machen sie ganz schnell auf.«

Sie nickte und folgte ihm den Flur hinunter. »Was ist denn los?«

»Das kann ich jetzt nicht erklären.« Er stieß die Tür zum Empfangsbereich auf. »Schließen Sie ab, und verhalten Sie sich ruhig.«

Er hörte, wie die Tür hinter ihm zugeschlagen und verschlossen wurde, und wandte sich Nob'cobi zu. »Jetzt zeig mir, wo die Melodie herkam.«

Der Krieger blickte ihn verständnislos an. Zum Henker, das war jetzt nicht der Zeitpunkt für weitere Kommunikationsprobleme. Ben summte die Melodie, schaute pantomimisch um sich und zuckte dann mit den Schultern.

Nob'cobi nickte, zeigte zur Tür und ging voran.

Ben schloss die Finger fest um die Pistole, bis die Knöchel weiß waren, und lief hinterher. Und wenn es schon zu spät war? Er schüttelte den Kopf. Nein, ganz bestimmt nicht.

Er folgte Nob'cobi nach draußen. Gerade als sie um die Ecke kamen, stand plötzlich Harry vor ihnen. Ben war so überrascht, das er beinahe auf ihn geschossen hätte.

»Du hast es geschafft«, sagte Harry außer Atem und schweißnass. »Schnapp dir die Statue und dann nichts wie weg hier. Die anderen Krieger führen die *Cra'kan*-Herde immer noch in die Irre, aber lange klappt das nicht mehr. Wir müssen ...«

Ben hob die Hand. »Ich habe sie schon.«

»Großartig!«

»Aber wir haben ein neues Problem. Komm, wir sind in Eile.« Ben scheuchte Nob'cobi voran und erzählte Harry die Ereignisse in Stenogrammform.

Harry begriff schnell. »Du denkst, es ist Ashleys Sohn.«

Ben nickte.

»Scheiße. Verflucht ungünstiger Zeitpunkt für ein Computerspiel.«

Nob'cobi bedeutete ihnen zu schweigen und winkte Harry zu sich. Er flüsterte ihm etwas ins Ohr. Harry schnitt eine Grimasse und rutschte zu Ben hinüber. Er übersetzte flüsternd: »Hier hat Nob'cobi Tiny Tim gesehen. Die Melodie kam von der anderen Seite des zerstörten Gebäudes da drüben.«

Ben nickte. Dieses Mal achtete er bei jedem Schritt darauf, dass er auf festes Gestein trat. Er wollte die *Cra'kan* nicht noch einmal durch seine Tollpatschigkeit herbeilocken. Die drei schlichen schweigend voran, an einem zerstörten Messezelt vorbei. Töpfe und Pfannen lagen kreuz und quer herum.

Nachdem sie eine Minute lang geschlichen waren, hörten sie das vertraute Kratzen der Klauen und das Schnüffeln eines *Cra'kan*. Nob'cobi ging ein paar Meter vor Ben und Harry her. Er lugte vorsichtig an einem Haufen Holz und Schutt vorbei auf die freie Fläche dahinter. Plötzlich schreckte er zurück und lehnte sich flach an die Wand. Er signalisierte ihnen, sich nicht zu rühren.

Ben sah, wie der mächtige Schwanz der Bestie ins Blickfeld fegte und ein paar verstreute Töpfe zur Seite schleuderte. Das Scheppern schallte unverhältnismäßig laut in der Totenstille des leeren Camps. Dann verschwand der Schwanz wieder.

Nob'cobi gab ihnen ein Zeichen, vorsichtig zu ihm zu

kommen. Ben schlich sich zuerst an und schob sich nahe genug an die Ecke heran, um einen Blick dahinter zu werfen.

Der *Cra'kan* stand mit dem Rücken zu ihnen. Sein Schwanz peitschte auf und ab. Ben sah, wie er seinen Kopf hin und her bewegte und etwas, das sich vor ihm befand, genau betrachtete. Dabei schnaufte er laut. Dann ging er einen Schritt zur Seite, um seine Beute aus einem anderen Winkel zu betrachten.

Ben unterdrückte einen Aufschrei. Die Bestie hatte den Blick auf ihre Beute freigegeben. Es war Jason, an eine Säule gefesselt, die Augen vor Angst weit aufgerissen. Der *Cra'kan* ging jedoch nur schnüffelnd und grunzend um die Säule herum, offenbar erstaunt darüber, dass sein Opfer nicht davonrannte. Wie eine Katze, dachte Ben, der es keinen Spaß macht, wenn ihre Beute nur still dasitzt.

Ben trat leise zurück und gab Harry die Gelegenheit, einen Blick zu riskieren. Dann flüsterte er ihm ins Ohr: »Lock mir den Dreckskerl fort, so wie die anderen. Dann kann ich Jason befreien und ihn in Sicherheit bringen. Wir treffen uns in einer halben Stunde Blakelys Büro.«

Harry nickte.

»Aber sei vorsichtig«, warnte ihn Ben, »der Schweinehund ist gerissen.«

Harry und Nob'cobi steckten kurz die Köpfe zusammen. Dann schlichen die beiden davon, um den *Cra'kan* in östlicher Richtung zu umgehen und von Bens Versteck abzulenken.

Ben wartete, bis die beiden ihre Position erreicht hatten. Er hielt den Atem an und betete, dass Jason nicht plötzlich aufschrie. Die Bestie wartete bestimmt nicht mehr lange. Über kurz oder lang würde Tiny Tims Staunen dem Hunger weichen, und er würde angreifen.

Ben spannte die Muskeln so stark an, dass sie zitterten.

Vor Schreck fuhr er hoch, als er Töpfe und Pfannen laut scheppern hörte. Harry und Nob'cobi. Das wurde aber auch langsam Zeit. Er riskierte einen Blick um die Ecke, um Tiny Tims Reaktion mitzubekommen.

Der stand bewegungslos und aufrecht da, die Ohren lauschend nach hinten gerichtet. Langsam drehte er seinen Kopf in die Richtung des Lärms. Er ging ein paar Schritte auf die Geräusche zu, blieb dann aber stehen und schaute zurück zu Jason. Er schien den Köder nicht anzunehmen. Wenigstens nicht, bevor er sein Schnäppchen aufgespießt hatte. Wieder ging er einen Schritt auf Jason zu.

Wag es nicht! Ben hob seine Pistole. Bevor er schießen konnte, sprang Harry mit zwei zerbeulten Töpfen in der Hand aus der Deckung.

Er brüllte die Bestie an. »Heho, Fettsack, wie wäre es mit einem Tänzchen?« Um seiner Aufforderung Nachdruck zu verleihen, schlug Harry die Töpfe zusammen.

Damit hatte er endlich Tiny Tims Aufmerksamkeit auf sich gezogen. Mit einem Brüllen schnellte er auf Harry zu, der nicht mit einer so raschen Reaktion gerechnet zu haben schien. Er taumelte zurück und fiel beinahe hin. Ben biss die Zähne zusammen. Marsch, Marsch, Soldat! Harry schien den leisen Befehl zu hören und rannte in die Gasse zurück.

Der flüchtende Mann war einfach zu verführerisch für den *Cra'kan*. Er lief hinter ihm her und verschwand.

Ben wartete keine Sekunde länger. Sobald die Schwanzspitze außer Sicht war, rannte er aus seinem Versteck und auf den Jungen zu.

Tränen liefen Jason über das verrußte Gesicht. Der Junge starrte immer noch der Bestie hinterher. Zum Glück war ihm sonst nichts passiert.

Ben kam angerannt. Das Geräusch seiner schweren Stiefel lenkte Jason ab. Für einen Moment stand ihm die Angst ins Gesicht geschrieben. Dann erst schien er Ben zu erkennen. Weitere Tränen liefen ihm übers Gesicht.

Wenige Sekunden später war Ben bei ihm. Er drückte ihn so fest an sich, wie es die Fesseln erlaubten, nahm ihm den Knebel aus dem Mund und fragte sich dabei, wer zum Teufel den Jungen gefesselt und geknebelt hatte. Aber sie hatten jetzt keine Zeit für Fragen. Jason wurde von Schluchzern geschüttelt. »Es ist alles in Ordnung, mein Junge. Du bist in Sicherheit.«

Doch Jason schluchzte weiter. Er versuchte zwischen den Schluchzern zu sprechen. »Ich ... habe versucht ... dich mit dem Spiel ... herzulocken.« Er ließ das Spielzeug fallen, das er noch in der Hand gehalten hatte. Es fiel scheppernd auf den Boden.

»Das hast du gut gemacht.« Ben ging in die Knie, zog ein Messer heraus und begann, die Fesseln aufzuschneiden.

»Meine ... meiner Mama ... geht es meiner Mama gut?«

»Es geht ihr prima. Sie ist in Sicherheit.«

Plötzlich zappelte Jason wild. Ben bekam kaum seine Handfesseln auf, so sehr wand er sich. Schließlich hatte er seine Hände befreit.

»Nun halt doch mal eine Sekunde still. Ich will nur noch den letzten Strick lösen.«

»Ich muss nachschauen!« Jason war wie besessen.

»Was?«

Jason hob sein T-Shirt hoch. Jetzt sah Ben die leuchtende LED-Anzeige auf Jasons Gürtelschnalle. Dort stand die Zahl Sechs.

Jason starrte schweigend auf die Schnalle und stöhnte dann.

»Was ist denn das?«

»Eine Bombe«, sagte Jason mit verzweifeltem Blick.

»Was zum Teufel sagst du da?«

Jason zeigte ihm die grauen Würfel aus Plastiksprengstoff, die an seinem Gürtel befestigt waren. »Khalid hat sie mir umgebunden. Damit er Linda kontrollieren kann. Sie ist so eingestellt, dass sie in sechs Minuten explodiert.«

»Dann runter damit.« Ben wollte ihn mit dem Messer von der Bombe befreien. Jason wich zurück. »Wenn du sie abschneidest, geht sie in die Luft. Nur durch den Geheimcode kann man sie abstellen.«

»Wer kennt den Code?«

»Khalid ... und der ist irgendwo da draußen und legt noch mehr Bomben.«

Dieses gottverdammte Dreckschwein. Wenn ich den zwischen die Finger bekomme ..., dachte Ben.

»Es muss eine andere Methode geben, sie zu entschärfen. Vielleicht kann Harry ... er ist Sprengmeister.« Ben bedeckte sein Gesicht mit den Händen. Zur Hölle! Wie sollte er ihn nur rechtzeitig finden? Sie waren erst in einer halben Stunde in Blakelys Büro verabredet. Er ballte die Fäuste und presste sie gegen seine Schläfen. Verflucht, Mann, *denk nach!*

Er starrte auf die LED-Anzeige. Gerade sprang sie von Sechs auf Fünf.

Ashley ließ sich auf das Kissen in ihrer Zelle sinken. Jetzt saß sie schon wieder fest. Drei Wachen standen auf der Türschwelle. Die Klingen ihrer Lanzen funkelten im Zwielicht des Schimmelpilzes. Ashley hatte mit Händen und Füßen versucht, ihre Unschuld zu beteuern, und mehrmals Sin'jaris Namen ausgesprochen, doch ihre Bemühungen waren vergeblich geblieben. Ihr einziger Zeuge, Mo'amba, war dem Tode nah.

Vor ihrer Zelle kam Bewegung auf und zog ihre Aufmerksamkeit auf sich. Michaelson schob sich an den Wachen vorbei. Sein verletzter Knöchel brachte ihn zum Stolpern, doch erlangte er das Gleichgewicht wieder.

»Die Schweine haben mir meine Waffen abgenommen«, sagte er und ging zu ihr. »*Alle*. Was geht hier vor?«

»Tut mir Leid, es war mein Fehler«, sagte sie und stand auf. Sie hatte die Ereignisse noch nicht überwunden. »Ich war zur falschen Zeit am falschen Ort.« Sie erzählte ihm, wie Sin'jari Mo'amba angegriffen hatte und wie sie dazwischengefahren war. »Man hat mich quasi mit rauchendem Colt erwischt. Mo'amba lag da mit zwei Stichen in der Brust, und ich stand mit erhobener Tatwaffe über ihm. Kann man es ihnen verdenken?«

»Was soll jetzt mit dir geschehen?«

Sie zuckte mit den Achseln. »Keine Ahnung. Ich glaube, im Moment sorgen sich alle mehr um Mo'amba.«

»Glaubst du, der alte Mann hat eine Überlebenschance?«

Ashley schüttelte den Kopf. »Das bezweifle ich. Er hat eine Menge Blut verloren. Mit seinen mentalen Kräften würde er es Sin'jari schon heimzahlen, wenn es sein Zustand zuließe. Telepathisch, meine ich, auf allen Hirnfrequenzen. Wenn er stirbt, hat keiner von uns eine Chance zu überleben, egal ob Ben es rechtzeitig schafft oder nicht.«

Michaelson blickte auf seine Uhr. »Ben bleiben keine acht Stunden mehr.«

Seufzend sagte sie: »Nun hoffe ich sogar, dass er nicht zurückkommt. So wütend, wie die Eingeborenen sind, werden sie ihn mit uns hinrichten, auch wenn er ihnen die Statue bringt. Es wäre am besten, er bliebe, wo er ist.«

»Das wird er nicht tun.«

»Ich weiß.« Sie ließ sich auf das Kissen fallen und gab Michaelson ein Zeichen, sich neben sie zu setzen. »Wenn man ihn nur warnen könnte. Wenn wir Ben und Harry nur eine Nachricht senden könnten, damit sie oben bleiben.«

»Keine Chance. Ben geht durch die Hölle, um dich wiederzusehen.«

Sie schlug sich mit der Faust aufs Knie. »Dann muss ich

den Eingeborenen die Wahrheit über Sin'jari mitteilen. Es muss doch eine Möglichkeit geben, mit ihnen zu kommunizieren. Aber wahrscheinlich geben sie sich nicht mal die Mühe zuzuhören. In ihrer Wut fällen sie das falsche Urteil.«

»Vielleicht kommen Harry und Ben ja zurück, bevor Mo'amba stirbt. Harry könnte dann deine Geschichte übersetzen.«

»Selbst wenn es dazu käme, würden sie uns doch nicht glauben. Sin'jari ist einer ihrer Ältesten. Sein Wort stünde gegen meins.«

»Dann brauchen wir Beweise. Was, glaubst du, hatte der Schuft vor?«

»Nichts Gutes, darauf kannst du Gift nehmen. Ich nehme an, er wollte Ben in die Quere kommen und seine Mission irgendwie vereiteln.«

»Wenn wir das beweisen können, würde das deiner Geschichte ein gutes Stück weiterhelfen.«

»Aber wie«, fragte sie außer sich.

»Ertapp ihn auf frischer Tat, wenn er zurückkommt. Die einzige leichte Route von der Alpha-Höhle zurück zur Siedlung führt durch das Wurmloch. Wenn er dadurch hinaufgeschlichen ist, wird er sich auf diesem Weg auch zurückstehlen.«

»Und wie, denkst du, sollen wir ihn in der Höhle gefangen nehmen?«

Er zuckte mit den Schultern. »Mensch! Ich kann doch nicht jede Frage beantworten.«

Sie schüttelte den Kopf, weil sie alle diese Überlegungen für nutzlose Träumerei hielt. »Alles hängt davon ab, dass Mo'amba überlebt, bis Harry und Ben zurückkommen. Sollte er ...«

Die Wachen an der Tür brachen plötzlich in lautes Klagegeheul aus. Das gleiche Heulen erklang ebenso in der ganzen Siedlung um sie herum. Es durchdrang die Felswände, als wären sie aus Papier, und sein Ton war so hoch, das sich die Haare auf Ashleys Armen aufrichteten.

Michaelson hielt sich bei dem Lärm die Ohren zu und verdrehte die Augen.

So plötzlich, wie das Geheul erklungen war, so überraschend brach es auch wieder ab. Die jähe Stille kam ihnen so einsam und leer vor, als ob man der Luft alles Leben genommen hätte.

Ashley sah, wie einer der Wachposten in ihre Richtung blickte. In seinen tief liegenden Augen sah sie Tränen und noch etwas anderes – Hass.

»Was hatte das jetzt zu bedeuten?«, fragte Michaelson.

»Unsere Zeit ist abgelaufen. Mo'amba ist tot.«

Ben wollte sich gerade aufrichten, als es ihn traf: eine Explosion in seinem Schädel. Er taumelte und fiel auf die Knie. Zuerst dachte er, eine Bombe wäre explodiert, so wie die, die an Jasons Taille befestigt war. Doch als er seine Augen aufriss, starrte Jason ihn nur fragend an.

»Alles in Ordnung?«, fragte der Junge, der anscheinend nichts von alledem mitbekommen hatte.

Ben nickte. »Glaub schon …« Dann wurde es schwarz um ihn herum.

Was zum Teufel …? Er versuchte, sich zu widersetzen, doch schien er in einem Weltall ohne Sterne zu treiben. Es gab nichts, gegen das er hätte angehen können, niemanden, gegen den er hätte kämpfen können. Er war nicht bewusstlos, aber von einer unendlichen Finsternis umgeben. Da erschien in der Dunkelheit ein kleiner, matter Funke. Als er sich darauf konzentrierte wie auf ein fernes Leuchfeuer, wurde der Funke zur hellen Flamme. Die Flamme sprach mit der Stimme seines Großvaters und flackerte bei jedem Wort. »… Ben … Ben … du musst dich beeilen …«

Mittlerweile war Ben bewusst, dass Mo'amba mit ihm Kontakt aufgenommen hatte. Aber dies war der falsche Zeitpunkt. »Was ist denn? Stimmt etwas nicht? Geht es Ashley gut?«

»... schwach ... müde.« Die Flamme wurde wieder zu einem blassen Flackern. »... musst dich beeilen ...« Einen Moment lang flackerte die Flamme heller. »Gefahr ...« Dann verblasste sie, wurde wieder zum Funken, schließlich verschwand sie ganz. Ben empfand nur noch Leere. Er spürte, dass nicht nur der Kontakt zu Mo'amba abgebrochen, sondern dass auch Mo'amba irgendwie fort war. Fort für immer. Als er seine Umwelt wieder wahrnahm, rannen ihm plötzlich Tränen über die Wangen.

»Ben, was hast du?« Jason schüttelte ihn an der Schulter. Ben erhob sich von dem felsigen Boden, auf dem er zusammengebrochen war. Mo'amba war tot. Das war so sicher wie das Amen in der Kirche. »Mir geht es gut«, sagte er zu dem Jungen.

»Du bist ohnmächtig geworden.«

»Mach dir keine Sorgen, mir geht es prima.« Er tätschelte Jasons Knie und grübelte über Mo'ambas letzte Worte nach. Er wollte, dass Ben sofort zurückkehrte. Dass er keine weitere Zeit verschwendete. Aber warum die Eile? Ben hatte noch sieben Stunden, bis seine Frist ablief. Irgendetwas war im Busch. Eine neue Gefahr.

Jason schaute ihn besorgt an, sprach aber kein Wort.

Ben blickte auf den Timer auf Bens Gürtel. Immer noch zeigte er die Fünf an. Beeilung jetzt, Mo'amba hatte sie zur Eile getrieben. Jetzt wurde es ernst. Er brauchte einen Plan. Er musste Harry erreichen. Er musste ihn hierher bekommen, damit er die Bombe entschärfte.

Da dämmerte es ihm ... zum Teufel, warum war er nicht früher darauf gekommen?

Natürlich konnte er mit Harry in Kontakt treten. Zumindest mit Nob'cobi, der Harry dann sagen konnte, dass er seinen Arsch herüberbewegen solle. Mo'ambas Kontaktaufnahme hatte ihn auf die Idee gebracht. Er konnte das doch genauso. Doch hatte er es noch nie auf diese Entfernung hin versucht. Außerdem war zweifelhaft, ob Nob'cobi sich in einem entspannten Trancezustand befand und für die Kontaktaufnahme überhaupt empfänglich war. Aber möglich war es. Er musste es nur versuchen.

»Jason, ich weiß, das du mich für vollkommen bescheuert halten wirst, aber ich muss mich jetzt konzentrieren. Bitte verhalt dich ganz ruhig.«

»Okay, aber was ...«

»Pst, später.« Ben setzte sich im Schneidersitz auf den Boden, schloss die Augen und atmete tief ein und aus. Wieder stellte er sich das Haus seiner Kindheit in der Gegend von Perth vor. Den orangefarbenen Staub. Die Kängurus am Horizont. Die Heimat.

Er saß wieder auf dem knarrenden Stuhl auf der Veranda. Diesmal gab er sich keine Mühe mit dem Bier. Stattdessen konzentrierte er sich fest auf Nob'cobis Gesicht und stellte sich vor, der Krieger säße auf dem Stuhl neben ihm. Er malte sich die Gesichtszüge Nob'cobis in allen Einzelheiten aus. Die Narbe auf seiner Wange, der ergrauende Haarschopf auf seinem Kopf. Für einen Augenblick nahm die Vorstellung Gestalt an. Nob'cobis erstauntes Gesicht sah ihn an, verschwand aber sofort wieder.

Vedammt! Ben konzentrierte sich erneut. Komm, Nob'-cobi, du hast mich eine Sekunde lang gesehen. Du weißt, was ich von dir will. Ben versuchte es mit aller Kraft. Komm doch, hör mir zu. Nichts. Minutenlang, so schien es ihm, versuchte er es immer wieder. Verschwendete Minuten, die er nicht hatte.

Gerade als er vor Enttäuschung schreien und aufgeben wollte, erschien Nob'cobi. Er schien außer Atem zu sein.

»Was willst du?«, knurrte er Ben an. »Ich wäre fast gestolpert, als du zum ersten Mal Kontakt mit mir aufgenommen hast. Du sollst doch …«

»Hör zu! Ich brauche Harry bei mir. Sofort!

»Wir sind gerade auf dem Rückweg. Der *Cra'kan* muss gleich bei euch sein. Er hat die Verfolgung aufgegeben und ist wieder in eure Richtung unterwegs. Habt ihr euch schon davongemacht?«

»Nein, es gibt ein Problem. Ich möchte, dass ihr Tiny Tim vergesst und wir uns im Büro treffen. Lauft so schnell ihr könnt.«

»Du besser auch. Der *Cra'kan* ist euch auf den Fersen.«

»Schnell.« Doch Nob'cobi war bereits verschwunden.

Ben wachte aus seinem Traumzustand auf und sah, dass Jason ihn anstarrte.

»Was hast du gemacht?«

»Das ist eine lange Geschichte«, sagte er und rappelte sich auf. »Wir bekommen gleich Gesellschaft.« Mit Erleichterung stellte er fest, dass Jasons LED-Anzeige die Vier anzeigte. Die Traumzeit hatte offenbar ein anderes Tempo. Er hatte das Gefühl gehabt, dort länger als nur eine Minute gewesen zu sein. »Kannst du laufen?«

Jason war vollkommen aufgeregt und trat von einem Fuß auf den anderen. »Na klar!«

»Dann komm.« Ben nahm ihn an der Hand und rannte mit ihm in dem Moment fort, als sie Tiny Tim aus der anderen Richtung kommen hörten. Sie erhöhten ihr Tempo und rannten jetzt wie die Teufel. Das Büro war knapp einhundert Meter entfernt. In weniger als einer Minute war Ben, mit Jason im Schlepptau, dort. Die Anzeige schlug gerade von Vier auf Drei um, als sie in den verwüsteten Empfangsbereich eindrangen. Jetzt komm verdammt schnell, Harry.

Ben ging zur Tür, die zu den Büroräumen führte und

klopfte. »Ich bin es, Ben«, rief er. Er hörte, wie das Schloss geöffnet wurde; die Tür ging auf.

Sandy schaute mit besorgtem Gesicht hinaus. Als sie Jason sah, bekam sie große Augen. »Sie haben den Jungen gefunden!« Sie rannte hinaus und nahm ihn in die Arme, als wäre er ihr Lebensretter.

Da erklang eine Stimme hinter ihnen. »Und warum die plötzliche Eile?« Harry stolperte in den Empfangsraum. Nob'cobi folgte mit vorsichtigen Schritten.

Ben bemerkte Jasons große Augen, der den *Mimi'swee* zum ersten Mal sah.

Ben packte Harry an der Schulter und zog ihn voran. »Jason ist voller Sprengladungen. Uns bleiben nur noch ein paar Minuten, bevor sie in die Luft fliegen. Du musst sie entschärfen.«

»Was zum Teufel ...?«, sagte Harry und ging sofort zu Jason. »Lass mal sehen.«

Sandy hatte Jason mittlerweile losgelassen, als hätte er die Pest, und war in den Flur zurückgewichen.

Jason zeigte auf den Gürtel, schaute aber über Harrys Schulter, der sich vor ihn kniete, auf Nob'cobi. Die Ziffer Zwei leuchtete rot. Vorsichtig berührte Harry den Gürtel. Jason musste sich einmal herumdrehen, damit er den ganzen Gürtel untersuchen konnte. »Hm« war alles, was er sagte.

»Und?«, fragte Ben.

»Dieses Fabrikat habe ich schon mal gesehen. Eine Komplettlösung. Der Auslöser steckt in dieser kleinen Metallschachtel. Selbst wenn wir Zeit und Werkzeug hätten, käme ich da nicht ohne Risiko dran. Ohne den Code geht unser Baby leider in die Luft.«

»Zur Hölle!«, platzte es aus Ben heraus. »Dann sind wir verloren.«

Harry zuckte mit den Achseln und berührte die Gürtelschnalle. Jason schrie panikerfüllt »Nicht!« Harry beachtete ihn nicht und öffnete die Schnalle. Der Gürtel teilte sich und glitt von Jasons Taille. Harry stand auf und hielt den Gürtel von sich weg, als wäre es eine Schlange.

Jason stolperte zur Seite. »Er sollte doch explodieren, wenn man ihn öffnet.«

»Wer hat dir das erzählt?«, fragte Harry.

»Khalid.«

»Dann hat er gelogen. Um den Gürtel führt kein geschlossener Stromkreis.«

Jason stand zitternd da. »Dann hätte ... hätte ich ihn ... immer ... ausziehen können?« Ben bemerkte, dass dies Jason mehr verstörte als die Tatsache, dass er beinahe in die Luft gesprengt worden wäre.

Harry nickte. »Ja. Wenn du nichts dagegen hast« – er zeigte auf die Ziffer Eins auf der LED-Anzeige – »das Ding wird nämlich trotzdem gleich explodieren.«

Ben riss Harry den Gürtel aus der Hand. »Alle ans andere Ende des Gebäudes. Ich werfe unser Baby so weit, wie ich kann. Und dann lauft wie der Teufel.«

Während Ben zur Tür rannte, trieb Harry die anderen den Flur hinunter. Er rief Ben hinterher: »Und wirf nicht so zimperlich wie ein Mädchen. An dem Gürtel klebt eine verdammte Menge Sprengstoff.«

»Bring du nur alle ans andere Ende in Sicherheit!« Ben sprang zur Tür hinaus und rannte ein paar Meter ins Freie, um den Gürtel in hohem Bogen fortschleudern zu können.

Doch als er den Arm hob, stürzte sich die Bestie auf ihn.

Aus nur drei Metern Entfernung sprang ihm der verwundete *Cra'kan* in den Weg, fauchte drohend mit gesenktem Kopf und ließ ihn nicht vorbei.

Ben griff nach seiner Pistole, doch seine Hand ging ins Leere. Er hatte die Waffe im Gebäude vergessen. Ben wich ein paar Schritte zurück.

Tiny Tim riss den Rachen weit auf und brüllte ihn triumphierend an.

»Du kannst mich mal!« Ben schleuderte den Gürtel in Tiny Tims offenen Schlund, wirbelte auf dem Absatz herum und rannte zum sicheren Gebäude zurück. Er riskierte einen Blick zurück und sah, wie sich die Bestie mit einer Tatze an die Schnauze griff, um den Gürtel zu entfernen.

Du hässliches Monstrum hast gerade mehr vertilgt, als du verdauen kannst, dachte er.

Er sprang durch den demolierten Eingang und hechtete zum Flur. In dem Moment, in dem er auf die Schwelle trat, zerriss es die Welt hinter ihm in tausend Stücke. Der Druck der Explosion packte ihn und schleuderte ihn den Flur entlang. Er versuchte, beim Auftreffen so gut wie möglich abzurollen, doch irgendetwas knackte beim Zusammenprall mit der Flurtür. Schutt prasselte auf ihn herab, als er auf dem Boden lag. Kurz danach drangen dichte, beißende Rauchwolken in das Gebäude.

Jason tauchte neben ihm auf. »Ist alles okay, Ben?«

Ben antwortete mit einem Stöhnen.

Harry kniete sich zu ihm. »Lass mich mal schauen.«

Ben erhob sich auf alle viere und hustete den Rauch aus. Er spürte einen brennenden Schmerz im Genick. Seine Schulter schien ausgekugelt zu sein, doch sonst hatte er keine Beschwerden.

Ben schaute in das besorgte Gesicht Jasons. »Wenn wir draußen sind, kaufe ich dir ein paar Hosenträger. Von Gürteln hast du sicher die Nase voll.«

Im Augenblick der Explosion sah Khalid, wie Linda alle Hoffnung fahren ließ. Er erkannte es in ihren Augen. Sie hatte gerade den letzten Timer in der Hand gehabt und es ganz offensichtlich vermieden, dauernd auf ihre Armbanduhr zu schauen, als Jasons Zeit ablief. In der Eile hatte sie zwei Kabel vertauscht und beinahe aus Versehen die Zündung aktiviert. Er korrigierte ihren Fehler gerade, als die Explosion durch die Höhle dröhnte.

Als das Echo verklang, blickte sie Khalid nur an.

»Wir hatten einfach nicht genug Zeit«, sagte Khalid, obwohl er in Wahrheit niemals vorgehabt hatte, den Jungen zu retten. Er schaute sie prüfend an und erwartete, dass sie sich wütend auf ihn stürzen, ihn anschreien und in Tränen ausbrechen würde. Aber im Gegenteil, sie starrte ihn nur mit kalten und leblosen Augen an. Sie hatte aufgegeben.

Gut so. Er konnte auch darauf verzichten, dass sie hier vor ihm zusammenbrach. Sie lernte. Zweckdenken. Die Wüstensonne verbrannte diejenigen, die zu langsam waren. Er schüttelte den Kopf. »Machen wir Schluss hier.«

Sie drehte sich noch einmal um und blickte zu der Explosionswolke hinüber. »Es hat nicht funktioniert«, sagte sie leblos.

Er legte den winzigen Schraubenzieher hin. »Was?«

Sie hob den Arm, der ihr bleischwer vorkam, und zeigte mit dem Finger. »Die Säule ... an die Jason gefesselt war. Sie steht noch.«

Er richtete sich auf. Sie hatte Recht. Die Säule war anscheinend völlig unbeschädigt. Wie war das möglich?

Prüfend betrachtete er, wie die Rauchwolke durch die Luft trieb. Irgendetwas stimmte nicht. Die Ladung war westlich von der Säule explodiert. »Der Junge muss sich von den Fesseln befreit haben. Und ist weggelaufen.«

Seine Worte schienen ihre Hoffnung kurzfristig wieder zu beleben. Doch sie verflog rasch, als Linda begriff, dass die Bombe explodiert war, egal wo Jason sich in dem Moment befunden hatte.

»Gehen wir«, befahl Khalid.

Sie folgte ihm widerspruchslos.

35

Ben saß auf dem Ledersofa in Blakelys Büro und pflegte seine schmerzende Schulter. Er musste hier fort. Durch das Herumsitzen tat ihm die Schulter nur noch heftiger weh. Harry hatte sie ihm wieder eingerenkt.

Jason saß nun neben ihm und trat nervös mit den Hacken gegen das Sofa. Der Junge hatte eine Menge durchgemacht. Er hatte ihnen die ganze Geschichte bis zu dem Zeitpunkt, wo Ben ihn gefunden hatte, erzählt.

Sandy saß auf einem Stuhl hinter Blakelys Schreibtisch und drehte eine blonde Strähne in ihren Fingern. Unter ihren Augen zeichneten sich dunkle Ringe ab. »Der arme Dr. Blakely«, murmelte sie.

Ben nickte. Er bedauerte, dass er jemals schlecht über Blakely und seine verfluchte Expedition gedacht hatte. Einen solchen Tod hatte der Doc nicht verdient.

Schließlich stand Harry wieder in der Tür. »Ich bin soweit, Ben. Lass uns aufbrechen.«

Ja, es war Zeit. Ben war Mo'ambas Warnung immer noch präsent. Die Warterei war quälend, doch Harry hatte darauf bestanden, dass Ben sich ein paar Minuten ausruhte. Unterdessen sorgte Harry dafür, dass Ben auf schnellere Art und Weise zu Ashley gelangte. Ben erhob sich mit einem Satz vom Sofa. Sofort schoss ein Schmerz durch seine Schulter. »Zeig mir mal, was du meinst«, sagte Ben und zuckte zusammen.

»Es steht draußen, direkt vor dem Büro. Komm mit.« Harry ging voran.

Ben ermahnte Jason, schön zu warten, und folgte Harry durch den verkohlten Flur. Der Eingang war zerstört, und die Tür hing schief in den Angeln.

Harry winkte den *Mimi'swee*-Kriegern, die den *Cra'kan* in die Irre geführt hatten. Sie waren gerade zurück von ihrem Katz-und-Maus-Spiel und sahen noch nicht einmal müde aus. Harry klopfte seinen Kameraden auf die Schulter und ging hinaus.

»Sobald du fort bist, breche ich mit dem Jungen auf«, sagte Harry. »Wir nehmen den Aufzug und bringen uns in Sicherheit. Du musst dich allerdings beeilen.«

»Ich weiß. Pass trotzdem auf dich und den Jungen auf. Hier läuft immer noch der Verrückte herum und legt überall Bomben. Und ich möchte nicht, dass Jason noch einmal in seine Hände fällt.« Ben sah den flachen Explosionskrater zum ersten Mal. Fast zwei Meter Durchmesser. Die Felsoberfläche war versengt. Ihm fiel auf, dass von Tiny Tims Leiche keine Spur zu sehen war. Wahrscheinlich war die Bestie in tausend Stücke zerrissen worden. Er blickte Harry an. »Welches Ass hast du denn nun im Ärmel versteckt?«

Harry grinste selbstzufrieden. »Schau es dir an.« Er führte Ben um die Ecke des Gebäudes. Stolz zeigte er es ihm. »Mein Meisterstück.«

An der Wand lehnte ein schwarzes, mit Chrom verziertes Motorrad. Ben stieß einen anerkennenden Pfiff aus.

»Ich habe es aus meinem Wohnheim geholt, nachdem ich das Gelände erkundet hatte. Ich habe mir gedacht, dass du damit schneller zurück zum Wurmloch kommst. Das Baby hängt jeden verdammten *Cra'kan* ab.«

»Gute Idee.« Ben tätschelte den Sitz. »Ist es voll getankt und startklar?«

»Ja.«

»Dann wollen wir uns auf die Socken machen. Ich weiß nicht, wo dieser verfluchte Khalid ist oder was er als Nächstes plant, aber wenn du mich fragst, sollten wir nicht länger warten.«

»Was ist mit der Frau, die er als Geisel hält? Der Biologin?«, fragte Harry. »Sollen wir sie suchen?«

Ben schloss die Augen und ballte die Fäuste. Er sah Lindas nervöses Lächeln vor seinem geistigen Auge. Er hasste sich dafür, aber er musste es sagen. »Nein«, erwiderte er mit mühsam beherrschter Stimme, »es ist zu riskant. Nach allem, was wir wissen, ist sie vermutlich bereits tot. Sieh zu, dass du den Jungen zum Aufzug schaffst, und dann nichts wie weg.«

Harry nickte. »Also los!«

Innerhalb weniger Minuten war Harry bereit. Ben setzte sich rittlings auf das Motorrad. Er hatte sich ein Gewehr organisiert, das er unterhalb des linken Oberschenkels befestigt hatte. In seinem Rucksack befand sich nur die eingewickelte Statue.

Ein *Mimi'swee* – Ben hatte seinen Namen vergessen – kletterte widerwillig hinter ihm auf das Motorrad.

Ben seufzte, rief Harry und zeigte auf den Krieger. »Ich kann die Statue auch allein zurückbringen.«

»Aus Sicherheitsgründen solltest du nicht allein fahren. Hier laufen bestimmt noch mehr *Cra'kan*-Herden herum. Und nun fort mit dir!«

Jason stand neben dem Motorrad und war offenbar aufgeregt, weil Ben sie verließ.

Ben blinzelte ihm zu. »Ich komme zurück. Und wenn du mich das nächste Mal siehst, sitzt deine Mama hinter mir auf dem Sitz.«

Nun lächelte Jason schwach, doch sein Blick war immer noch besorgt. »Pass auf dich auf, Ben.«

»Immer.« Ben gab Gas, und der Motor heulte auf. Ben musste unfreiwillig lächeln. Sein Lächeln wurde zur Grimasse, als sich sein Beifahrer so stark an ihm festklammerte, dass seiner unteren Körperhälfte die Blutzufuhr abgeschnitten wurde. Ben tätschelte ihm den Arm. »Jetzt mach mal halblang, Kumpel.« Die Umklammerung lockerte sich ... aber nur ein wenig.

Ben winkte ein letztes Mal, dann glitt das Motorrad nach vorn und fuhr mit moderater Geschwindigkeit los. Durch den verstreuten Schutt kam Ben nur im Schritttempo voran. Aber nach ein paar Minuten war er mit dem Motorrad vertraut und beschleunigte. Nun hatte er ein breites Grinsen im Gesicht. Er fuhr an einem Areal mit eingestürzten Zelten vorbei Richtung Osten, um die Schlucht zu umfahren, da die Brücke nicht mehr existierte. Dabei bemühte er sich, die Leichenteile nicht zu beachten, die auf dem Weg verstreut lagen. Wie nach einem Autounfall, dachte er verdrießlich. Sein Lächeln machte einer verkniffenen Miene Platz.

Glücklicherweise hatte er innerhalb weniger Minuten die Basis hinter sich gelassen und raste auf die Nordwand zu. Er atmete die sauberere Luft tief ein und war froh, dass der Rauch und der Verwesungsgestank nachgelassen hatten.

Während er auf die fernen Behausungen zuraste und dem Weg folgte, den Menschen gemacht hatten, suchte er nach Anzeichen von *Cra'kan*. Nichts. Dennoch war er sich dessen bewusst, dass außerhalb des Scheinwerferlichts ganze Herden lauern konnten.

Mit angehaltenem Atem und verschwitzten Händen schoss er dahin. Angestrengt hielt er Ausschau und versuchte, den schwarzen Vorhang um ihn herum zu durchdringen. Aus der Ferne erklang ein Heulen, doch sonst war kein Anzeichen der *Cra'kan* zu entdecken. So gelangte er ohne weiteren Zwischenfall zur Nordwand. Es erschien ihm fast zu einfach.

Er schaltete den Motor aus.

Im nächsten Moment war der Krieger vom Sattel und in sicherer Entfernung von der »Höllenmaschine«. Ben schaltete die Stablampe ein, nahm das Gewehr und folgte seinem gelenkigen Partner von Stockwerk zu Stockwerk bis hinauf zu *Ohnas* Höhle. Der Krieger kam als Erster an und sprang geradezu in die sichere Höhle. Ben folgte ihm dichtauf.

Als sie die Höhle betraten, fiel ihm der Krieger plötzlich in die Arme. Was zum Teufel ...? Der Griff eines Dolchs ragte aus seiner kleinen Brust. Der Krieger bäumte sich in seinen Armen auf und zuckte dann heftig. Ben konnte ihn nicht länger halten und ließ ihn zu Boden fallen.

Gift.

Ben richtete die Stablampe nach vorn. Zwei gedrungene, mit Muskeln bepackte *Mimi'swee* standen vor ihm, die ihm verdammt bekannt vorkamen. Es waren *Silaris*, »Giftige«.

Ben wich ein paar Schritte vom Eingang zurück, um sein Gewehr zu heben. Gerade als er anlegte, traf ihn etwas am Hinterkopf. Er fiel auf die Knie und sah nur noch Sterne. Dann brach er über der Schwelle zusammen. Das Gewehr entglitt seinen kraftlosen Fingern.

Die Schmerzen raubten ihm beinah die Besinnung, so dass er um sich herum kaum noch etwas wahrnahm. Doch war Sin'jaris dürre Gestalt nicht zu übersehen, als sie über ihm erschien. Er wischte Bens Blut von seinem Stab, beugte sich über ihn und starrte in seine Augen. Ben sah noch sein triumphierendes Lächeln, bevor ihm schwarz vor Augen wurde.

»Ich sage es dir«, sagte Ashley und ging in ihrer Zelle auf und ab, »dieser verdammte Sin'jari hat alles, was bisher passiert ist, eingefädelt. Es ist alles von langer Hand geplant gewesen.«

Michaelson blickte zu den Wachen, die vor ihrer Zellentür standen. »Wenn man danach urteilt, wie uns diese Typen anglotzen, glaube ich nicht, dass sie vernünftigen Argumenten zugänglich sind, selbst wenn wir ihre Sprache beherrschten.«

Ashley schaute die vier Wachen an. »Weißt du, was das

Schlimmste an dieser Situation ist? Dass diese Leute in uns nur Mörder sehen. Und das ist alles meine Schuld. Seit fast einem Jahrzehnt bin ich Anthropologin, und so verhalte ich mich beim ersten Kontakt mit einem fremden Volk.«

»Ashley, hör auf, dir Asche aufs Haupt zu streuen. Diese Situation ist außergewöhnlich. Außerdem hat Sin'jari uns einen Strich durch die Rechnung gemacht, nicht du.«

Ashley sprach mit zusammengebissenen Zähnen. »Wenn es nur eine Möglichkeit gäbe, das wieder zu korrigieren. Wenn wir bloß ...«

Sie wurde vom Gerede der Wachen unterbrochen. Sie ging einen Schritt zum Eingang, um nachzusehen, mit wem die Wachen sprachen, und erkannte das narbige Gesicht Tru'gulas, des Anführers der Krieger und Freundes von Mo'amba. Das verhieß nichts Gutes.

Tru'gula fuhr die Wachen an, die ebenso wie er Krieger waren. Sie machten ihrem Anführer Platz, der nun in die Zelle schritt. Mit den Händen hielt er den Knauf seines Stabs so fest gepackt, dass seine Knöchel weiß waren. Er blieb vor Ashley stehen und starrte sie mit verletztem Blick an. Prüfend betrachtete er sie und bildete sich anscheinend ein Urteil.

Ashley war sofort klar, dass sie diesen Augenblick nutzen musste. Vielleicht würde Tru'gula ihr ja zuhören. Sie wandte sich zu Michaelson und packte ihn bei den Schultern.

»Was zum ...«, setzte Michaelson an.

»Pst«, sagte sie zu ihm, »ich will mich ihm verständlich machen. Das könnte unsere letzte Gelegenheit sein, einen Verbündeten zu gewinnen.« Sie drehte Michaelson herum, so dass er sie anschaute. Dann blickte sie Tru'gula an und zeigte auf den Major. »Mo'amba.« Wieder packte sie Michaelsons Schultern und wiederholte »Mo'amba.«

Dann ging sie einen Schritt zurück und zeigte auf sich.

»Sin'jari.« Sie imitierte seinen tänzelnden Gang und zeigte wieder auf sich selbst. »Sin'jari.«

Tru'gula starrte sie ausdruckslos an.

Ashley rollte mit den Augen, imitierte jedoch weiterhin Sin'jari. Sie trat vor Michaelson und tat so, als zöge sie ein Messer aus einer Scheide und stieße es zweimal in Michaelsons Brust. Dann ging sie zurück und legte die Hand auf ihre Brust. »Sin'jari!«, sagte sie entschlossen.

Tru'gulas Augen verengten sich, in seinen verletzten Gesichtsausdruck mischte sich Wut.

Ashley trat zur Seite. Hatte er sie verstanden? Und wenn ja, glaubte er ihr? Sie hatte gerade ein Mitglied des Ältestenrats beschuldigt.

»Sin'jari«, fauchte Tru'gula, »Sin'jari!« Er trat auf Ashley zu.

Sie widerstand dem Drang zurückzuweichen und ahnte instinktiv, dass sie jetzt standhaft bleiben und die Wahrheit verteidigen musste. Also blickte sie ihm geradewegs in die Augen und zuckte mit keiner Wimper, als er dicht vor ihr stand.

Es schienen mehrere Minuten zu vergehen, bis Tru'gula etwas sagte. Offenbar musste er um Worte ringen. Er zeigte auf seinen Kopf. »Mo'amba ... weise.« Er packte Ashley an den Schultern. »Mo'amba ... dir ... vertraut.«

Sie nickte ihm aufmunternd zu.

»Offenbar hat Harry mit ihm gearbeitet«, murmelte Michaelson.

Der Anführer der Krieger wandte sich zu Michaelson. »Blutsbruder.« Er verschränkte die Arme vor der Brust. »Vertrauen.« Dann drehte er sich wieder zu Ashley um. »Tru'gula ... Tru'gula ... vertraut ... dir.«

Hatte sie richtig gehört? Hatte sie ihn auch nicht missverstanden? Er glaubte ihr! Voller Erleichterung umarmte sie Tru'gula, und Tränen traten ihr in die Augen.

Tru'gula befreite sich aus ihrer Umarmung. »Ge-fahr. Hier. Geht! Jetzt!« Er versuchte, sie zum Eingang zu zerren.

»Warte.« Sie wehrte sich und entwand ihren Arm aus seinem Griff. »Dass du uns traust, könntest du auch den anderen sagen. Dann müssten wir nicht fliehen.«

Verwirrt starrte er sie an. Er verstand sie nicht. Tru'gula blickte zum Eingang, dann wieder zu ihr. Er seufzte frustriert. »Tru'gula ... vertraut dir.« Er machte eine ausholende Handbewegung, als meinte er die ganze Siedlung. »Nicht ... vertraut.«

Ashley begriff, dass er ihnen zur Flucht verhelfen wollte. Er wollte ihnen helfen, vor den Beschuldigungen davonzulaufen. Er glaubte nicht daran, dass sein Volk ihnen die Unschuld abkaufte. Die Eingeborenen waren den Fremden gegenüber einfach zu misstrauisch.

»Geht ... jetzt«, wiederholte Tru'gula.

Ashley blieb stehen. »Nein.«

Michaelson trat zu ihr. »Ich glaube, wir sollten seine Hilfe besser annehmen.«

»Wenn ich davonlaufe, gebe ich damit meine Schuld zu. Ich kann nicht einfach abhauen und diese Leute in dem Glauben lassen, dass wir kaltblütige Mörder sind.«

»Aber Ashley, was für ein Risiko!«

Sie schüttelte den Kopf. »Du hast eben einen Plan erwähnt. Wie wir meine Unschuld beweisen könnten. Ich hatte ihn für ein Hirngespinst gehalten. Aber mit Tru'gulas Hilfe könnte es funktionieren.«

»Könnte? Eine verdammt geringe Chance, wo unser aller Leben auf dem Spiel steht.«

Sie durchbohrte ihn mit ihrem Blick. »Ich muss es versuchen.«

Lindas Beine waren schwer wie Blei. Sie stolperte hinter Khalid her, setzte beinahe willenlos ein Bein vor das andere und starrte auf seinen Rücken, während er sich einen Weg zum Aufzug bahnte. Sie wusste, dass sie ihn eigentlich hassen und verachten sollte.

Doch sie fühlte nichts.

Sie hatte ihr Wort gebrochen. Denn sie hatte Jason versprochen zurückzukommen. Sie hatte immer noch seinen Blick vor Augen, wie sie ihn an die Säule gefesselt hatte. Er wusste, dass er sterben würde. Irgendwie hätte sie es verhindern sollen, doch vor lauter Angst hatte sie versagt. Angst vor Khalid, Angst vor dem Sterben. Durch ihre eigene Tatenlosigkeit hatte sie das Schicksal des Jungen besiegelt.

Eine Träne rann ihr über die Wange.

Ihr ganzes Leben war von Angst bestimmt gewesen. Ob es ihre hysterische Klaustrophobie war oder irgendeine andere Furcht, Angst war ihr ständiger Begleiter. Und nun hatte sie durch diese lähmende Schwäche den Tod eines kleinen Jungen verursacht.

Mit diesem Tod war ihre Angst besiegt. Was ihr blieb, war Schuld.

Khalid war vor ihr stehen geblieben. »Horch! Hörst du etwas?«

Linda hörte nichts. Sie antwortete ihm auch nicht, weil sie kein Wort herausbrachte.

Khalid streckte den Finger aus. »Dort!«

Linda schaute in die Richtung, in die er zeigte. Auf der Fläche von der Größe eines Fußballfelds waren Suchscheinwerfer verteilt, die mit ihren Strahlen immer noch durch die Dunkelheit schnitten und den aufragenden Aufzugschacht hell erleuchteten. Dort oben bewegte sich etwas. Ein Fahrstuhl, der auf dem Weg nach unten war. Irgendjemand kam.

Bei längerem Hinschauen konnte sie Gewehre und andere Waffen erkennen, die durch die Metallstäbe des Fahrstuhls ragten. Wie ein bewaffnetes Stachelschwein. Endlich war Verstärkung auf dem Weg zu ihnen.

Khalid kniff die Augen zusammen. »Verdammt nah. Nur ein paar Minuten.«

Linda konnte nicht umhin zu lächeln. Sie freute sich über Khalids Verärgerung. »Ich glaube, auf diesem Weg kommst du nicht nach oben.«

Khalid starrte sie an, setzte den Rucksack ab und fing an, darin herumzusuchen. Er holte einen Sender heraus. Es war ein anderer als der, mit dem er die Bomben fernzünden wollte.

»Was hast du vor?«

»Geh in Deckung.« Er hob den Sender und drückte eine Taste. An dem Gerät blitzte ein grünes Licht auf. Khalid packte Linda und sprang mit ihr hinter die Reste eines eingestürzten Gebäudes. Eine Explosion detonierte vor ihnen und schleuderte Schutt und Rauch in ihre Richtung.

Kaum war der schlimmste Rauch verflogen, verließ Khalid Linda und betrachtete sein Werk. Linda folgte ihm, neugierig, was er getan hatte.

Dort, wo die Vorrichtung für den Aufzug gestanden hatte, schwelte jetzt ein Krater. Sie blickte in die Höhe. Nur ein Suchscheinwerfer war noch intakt und beleuchtete eine grausame Szenerie. Sie sah, wie die Reste des Schachtes in Zeitlupe herunterstürzten. Die Aufzugkabine raste unkontrolliert in die Tiefe. Obwohl ihre Ohren noch von der Explosion dröhnten, konnte sie die Schreie hören.

Rasch versteckte sie sich hinter der Ruine und schloss die Augen. Sie hatte das Gefühl, eine Ewigkeit zu warten. Dann hörte sie es, das dröhnende Krachen, als die Kabine auf dem Boden auftraf. Sie lauschte. Nun schrie niemand mehr.

Khalid kam zu ihr. Er zündete eine Zigarette an. Seine Hände zitterten leicht. »Ich bin froh, dass ich diese Bombe schon in der Nacht gelegt habe, bevor unsere Expedition aufgebrochen ist. Ich habe von Anfang an geahnt, dass diese Mission so zu Ende gehen könnte. Aber ich dachte, dass gründliche Planung …« Er zuckte mit den Achseln.

»Was machen wir jetzt? Wir kommen hier nicht mehr weg.«

Er blies eine Rauchwolke zur Höhlendecke. »Ich muss mit meinen Vorgesetzten Verbindung aufnehmen und sie von der Situation in Kenntnis setzen. Wir können von Blakelys Funkzentrale aus versuchen, jemanden zu erreichen.«

»Und dann?«

Er zuckte wieder mit den Achseln. »Dann sterben wir.«

36

Dieser verteufelte Sin'jari! Mit einem Schlag kam die Erinnerung zurück. Ben stemmte sich hoch und fuhr zusammen. Mit jeder Bewegung schossen Schmerzen durch seinen Hinterkopf. Das Echo der Explosion, die ihn wieder zu Bewusstsein gebracht hatte, schallte noch durch die Höhle.

Stöhnend stand er auf. Seine Beine zitterten. Er sah zurück zur Basis, die in der Ferne brannte. Was war geschehen? Doch er wusste die Antwort bereits: Khalid.

Sollte er zur Basis zurückkehren? Harry und die anderen konnten in Schwierigkeiten stecken. Ben berührte die empfindliche Stelle an seinem Hinterkopf und schaute auf seine Armbanduhr. Seine Zeit lief ab. Er war fast eine Stunde bewusstlos gewesen. Er musste zurück zu Ashley und sie befreien.

Trotzdem musste er vorher herausbekommen, wie der Stand der Dinge war. Er setzte sich hin, schloss die Augen und versetzte sich in Trance. Er konzentrierte sich auf Nob'cobi und rief ihn.

Nob'cobi antwortete sofort. Sein Bild nahm rasch Form an. Seine Schnurrbarthaare waren verbrannt.

»Was ist passiert?«, fragte Ben. »Ist Jason okay?«

Nob'cobi nickte, ganz außer Atem. »Käfigding zerstört. Harry und mein Bruder suchen nach deinem Feind, um ihn aufzuhalten. Ich habe die Frau und den Jungen ins Büro gebracht. Sie sind in Sicherheit. Ich bewache sie. Harry sagt, du musst dich beeilen.«

»Ich weiß.«

»Hol Hilfe!«

Ben unterbrach die Verbindung und stand wieder auf. Er musste die Statue zurückbringen, bevor ... Himmel und Hölle! Jetzt erst merkte er, dass ihm etwas fehlte. Sein Gewehr lag noch dort, wo es hingefallen war. Er fühlte auf seinem Rücken und durchsuchte dann die kleine Höhle. Sein Rucksack war weg. Und die Statue darin auch.

Sin'jari!

Dieser Schweinehund hatte ihn nur deswegen nicht kaltgemacht, weil er gefunden hatte, was er brauchte, um Bens Auftrag zu vereiteln. Ohne die Statue würde Ashley sterben.

Diese heimtückische kleine Ratte. Ben blickte sich in der Höhle um. Sein Blick blieb auf dem Aluminiumschlitten mit der Diamantachse haften. Er zog ein Messer aus dem Gürtel und zerschnitt die Verbindung mit den Plastikschlitten, die immer noch am Motorschlitten befestigt waren. Vielleicht ...

Ashley war bewusst, dass sie mit ihren Forderungen Tru'gula beunruhigt hatte. Schließlich war er jedoch darauf eingegangen und hatte sich einverstanden erklärt, sie und Michaelson zu *Umbos* Höhle zu bringen. Dorthin musste sich Tru'gula seinen Weg durch die Krieger hindurch bahnen. Einige sahen ihn an, als hielten sie ihn für verrückt.

Doch es gelang ihm durch Drohungen und Einschüchterungen, sich bis zur Höhle durchzuschlagen.

Michaelson ging auf und ab und beäugte die Statue mit einem leicht missbilligenden Gesichtsausdruck. »Es ist nur eine Idee«, sagte er, »ich möchte nicht, dass du dein Leben auf Grund einer Vermutung aufs Spiel setzt.«

»Deine Argumente sind schlüssig. Sin'jari kommt bestimmt auf diesem Weg zurück. Wir müssen nur auf ihn warten. Und ihn zur Rede stellen.«

»Und wenn er schon wieder zurück ist?«

Sie seufzte. »Das glaube ich nicht. Er hätte sich schon bemerkbar gemacht und würde uns lautstark beschuldigen.« Ashley blickte sich in der kleinen Höhle um. Durch die sechs Wachen und Tru'gula wirkte die Höhle überfüllt. Weitere Krieger bewachten den Weg hierher, doch über kurz oder lang würden sich die Gerüchte von ihrem Aufenthalt hier verbreiten. Dann würden andere kommen und herumschnüffeln. Sie hoffte, dass sie Sin'jari schnappten, bevor ein großes Theater ausbrach. Die Menge könnte unangenehm werden, wenn sie nicht rechtzeitig ihre Unschuld bewies.

Wie als Bestätigung hörte sie, wie im Tunnel ein Aufruhr entstand. Stimmen wurden laut. Plötzlich platzte ein Knäuel von *Mimi'swee* herein. Mehrere Gestalten, die miteinander rauften, kullerten in die Höhle.

Michaelson zog Ashley hinter sich. Auch Tru'gula stellte sich vor sie und gab ihr Deckung.

Sie sah, wie die Krieger mit anderen, korpulenteren *Mimi'swee* kämpften, doch die wenigen Wächter wurden von den Angreifern schnell überwältigt. Alles wurde noch schlimmer dadurch, dass schon ein einziger Stich von einem Dolch oder Speer der Angreifer den an sich leicht Verletzten in tödliche Zuckungen versetzte.

Bald standen nur noch Ashley, Michaelson und Tru'gula

aufrecht. Mindestens zehn der gedrungenen, muskulösen Angreifer befanden sich nun vor ihnen.

»*Silaris!*«, sagte Tru'gula und spuckte sie an.

Die Angreifer machten keinen Schritt auf sie zu; sie hatten offenbar Angst, einen der Ältesten anzugreifen.

Ein Geräusch hinter ihnen zog ihre Aufmerksamkeit auf das Wurmloch. Sie sah, wie Sin'jari heraustrat, gefolgt von zwei der hässlichen *Mimi'swee*. Ashley erkannte die beiden, die vorher schon bei ihm gewesen waren. Außerdem registrierte sie die Ähnlichkeit mit den Angreifern, die den Eingang abgeriegelt hatten. Es waren Sin'jaris Leute, sein Clan.

Sin'jari lächelte breit und zeigte seine Zähne. Worte waren unnötig. Er griff lediglich zum Dolch und ging auf Ashley zu.

Mit einem Aufstöhnen begriff Ashley, dass sie in eine Falle getappt waren.

Die Tunnelwände rauschten an Ben vorbei. Er wünschte sich, Harrys Schlitten würde noch schneller fahren. Bergab und mit Vollgas hatte er ihn auf achtzig Stundenkilometer beschleunigen können. In den Kurven stieg der Schlitten bis zur Decke hoch. Mit zusammengekniffenen Augen blickte Ben in Fahrtrichtung und konzentrierte sich auf die Strecke. Sobald der Ausgang in Sicht käme, musste er sofort bremsen. Der Tod war ihm sicher, wenn er mit diesem Tempo aus dem Wurmloch fliegen würde. Das Gewehr unter seiner Hüfte scheuerte, und er verlagerte seine Position.

Nun komm schon, der Ausgang kann doch nicht mehr weit sein, dachte er.

Wenn er sich konzentrierte und seine *Heri'huti*-Kräfte benutzte, konnte er vielleicht erfahren, wie weit es noch war.

Er richtete seinen Blick nach innen und ließ sein Herz langsamer schlagen. Noch bevor er in Trance war, bekam er Kontakt. *Jemand rief ihn.* Wie ein schemenhaftes Gespenst formte sich ein Bild vor seinen Augen. Ein zernarbtes Gesicht. Tru'gula!

Das Gesicht blinzelte ein paar Mal und sagte dann: »Komm schnell!«

»Ich weiß, ich habe die Nachricht schon bekommen«, erwiderte Ben.

»Dann sieh, was ich sehe.«

Wenige Sekunden lang verschwand der Tunnel, und er befand sich in *Umbos* Höhle. Dann sah er, was Tru'gula sah. Er schnappte nach Luft, und sein Herz verkrampfte sich. Abrupt brach die Verbindung ab.

Ben, vom Zorn beflügelt, flehte um mehr Geschwindigkeit.

Michaelson wollte sich zwischen Sin'jari und Ashley stellen, aber mit einer schnellen Handbewegung des Ältesten hatten ihn schon fünf *Silaris* gepackt und zurückgezerrt.

Ashley blickte zu Tru'gula hinüber. Er wehrte sich vergeblich gegen die zwei *Silaris*, die ihn festhielten. Auch er konnte ihr nicht helfen.

Sin'jari trat auf sie zu. »Er keine Hilfe. Er schwach.«

Ashley schaute ihn verblüfft an. »Du sprichst Englisch.«

Er nickte. »Ich lerne meine Feind. Beste Art ...« Er runzelte die Stirn und suchte nach Worten.

»... sie kennen zu lernen«, schlug sie vor.

Er lächelte sie an, als wäre sie ein kleines Kind. »Nein, sie zu töten.«

Er hob den Dolch an ihr Kinn und grinste sie an. »Gift. Das richtig Wort?« Er wies auf die toten Krieger.

Sie nickte.

Er stach sich in den Finger. Wedelte dann mit der Hand herum, als wäre es nichts. »Ich Führer von *Silaris*. Gift uns nicht töten. Wir stark. Wir Führer.«

»Was ist mit Bo'rada? Ich dachte, er wäre euer Anführer.«

»Bo'rada?« Er machte ein hässliches Geräusch mit dem Mund.

»Nicht klug. Ich Führer von Bo'rada.«

Ashley begriff, dass dieser Staatsstreich lange vor ihrem Eintreffen vorbereitet worden sein musste. Ihre Ankunft hätte Sin'jaris Plan beinahe durchkreuzt. Doch er hatte die Situation nun zu seinen Gunsten gewendet.

»Jetzt ich Führer. Ich sagen, euch alle töten. Und viele andere kommen hier.«

Ashley schüttelte den Kopf. »Dieses Spiel gewinnst du nicht. Tru'gulas Krieger werden es nicht zulassen.«

Ein tückischer Blick funkelte in seinen Augen. Er zeigte auf Tru'gula. »Böse. Er euch helfen, töten Mo'amba.« Dann klopfte er sich mit dem Dolch auf die Brust. »Ich herausfinden.« Er stach mit dem Dolch in die Luft. »Ich aufhalten.«

Auf diese Weise wurde Tru'gula als Mitverschwörer und Komplize beschuldigt. Tote können nicht mehr plaudern. Sie schaute Tru'gula an, doch er hatte seine Augen halb geschlossen.

Das bemerkte auch Sin'jari. Er piekste den verwundeten Krieger mit einem Finger, um ihn auf sich aufmerksam zu machen. Ein paar Minuten lang wechselten sie erregte Worte. Zornige Worte. Schließlich wandte sich Sin'jari von ihm ab und drehte sich zu Ashley. Mit dem Daumen wies er auf Tru'gula. »Nicht klug. Er Hilfe rufen. Aber keiner da. Mo'amba tot.« Er grinste sie an. »Jetzt du.«

Er hob den vergifteten Dolch und ging einen Schritt auf sie zu. Sie wollte zurückweichen, doch die *Silaris* hinter ihr ließen sie nicht durch.

Gerade als Sin'jari seine knochige Hand um Ashleys Kehle legte, drang Lärm aus dem Wurmloch. Sin'jari drehte neugierig den Kopf herum.

Ashley fuhr erschrocken zusammen, als der Transportschlitten aus dem Wurmloch schoss, durch die Höhle flog und mehrere Silaris über den Haufen fuhr.

Durch diesen Tumult abgelenkt, bemerkte niemand, wie Ben aus dem Loch kletterte und aufstand. Er legte das Gewehr an die Schulter und zielte auf Sin'jari. »Ich schlage vor, Kumpel, du nimmst jetzt die Pfoten von der Lady.«

Sin'jari fauchte ihn an und wollte mit dem Dolch auf Ashley einstechen.

Da feuerte Ben.

Ashley sah die linke Hälfte von Sin'jaris Kopf durch die Luft fliegen. Eine halbe Sekunde lang stand er noch mit erhobenem Dolch da, dann brach er zusammen.

Zwei *Silaris* stürzten sich auf Ben. Er zielte auf sie, zwei Schüsse fielen, zwei weitere Leichen lagen auf der Erde. »Noch jemand?«

Plötzlich tauchte, wie auf ein geheimes Kommando, hinter den *Silaris* ein Trupp mit Lanzen bewaffneter Krieger auf.

»Darf ich euch mit ein paar Freunden bekannt machen?«, sagte Ben lächelnd. »Ich habe eben kurz angerufen. Dieses verteufelte *Heri'huti*-Zeugs könnte der Telekommunikationsbranche ganz schön zu schaffen machen.«

Ohne ihren Anführer leisteten die *Silaris* kaum Widerstand und wurden rasch abgeführt.

Ashley lief zu Ben und schloss ihn in die Arme. »Du lebst. Ich wusste nicht … ich wusste ja nicht, was Sin'jari da oben angerichtet hatte.« An seine Brust gepresst, sprach sie die Worte aus, die sie so lange unterdrückt hatte: »Ich liebe dich.«

»He, was war denn das?«, fragte Ben und hielt sie von sich, um ihr ins Gesicht zu schauen.

»Ich … ich liebe dich.«

Er drückte sie wieder an sich. »Ach so. Das wusste ich

doch schon. Ich habe mich nur gefragt, wann du es endlich herausfindest.«

»Halt den Mund.« Sie zog seinen Kopf herunter und küsste ihn.

Dann flüsterte Ben ihr ins Ohr: »Du weißt, dass da oben jemand darauf wartet, von dir in die Arme genommen zu werden und einen dicken Kuss zu bekommen.«

Sie riss sich von ihm los, hielt ihn aber immer noch bei den Schultern. »Meinst du etwa …«

Er nickte. »Jason geht es gut. Er hat nur eine Menge durchgemacht. Wir wir alle.«

Tränen standen in ihren Augen, als Ben sie anlächelte. Er schloss sie fest in seine Arme. Dort spürte sie zum ersten Mal eine Geborgenheit, die sie noch nie zuvor empfunden hatte.

Plötzlich trat Bo'rada in die Höhle. Die Verwirrung stand ihm ins Gesicht geschrieben. Er ging zu Tru'gula und sprach in aufgebrachtem Ton mit ihm. Tru'gula antwortete wild gestikulierend. Bo'radas Augen wurden immer größer.

»Ich lasse euch nur kurz allein«, flüsterte Ben, »und schau mal nach, was für ein Ärger euch jetzt bevorsteht.«

Als Tru'gula seinen Bericht beendet hatte, starrte Bo'rada angewidert auf Sin'jaris Leiche. Dann blickte er Ashley und Ben an und nickte ihnen feierlich zu. Ob aus Dank oder zur Entschuldigung, konnte sie nicht sagen.

Ben löste sich aus ihrer Umarmung. »Eines habe ich vergessen.« Er ging hinüber zu Sin'jaris Leiche und öffnete die Tasche an dessen Gürtel. Er griff hinein und zog die diamantene Statue heraus.

»*Ohna!*« Ben hielt die Statue in die Höhe, damit sie jeder sehen konnte. Dann ging er zu dem Podest hinüber, auf dem *Umbo* stand, und stellte *Ohna* daneben. »Die beiden sind ein hübsches Paar, was?«

37

Im zerstörten Empfangsraum vor Blakelys Büro saß Jason auf einem verdreckten Stuhl. Auf seinen Beinen lag der kaputte Gameboy, den er mit Klebeband zu reparieren versuchte. Harry und seine Krieger patrouillierten irgendwo draußen und hielten Wache. Seit der Explosion des Fahrstuhls hatte Harry angeordnet, das Gelände streng zu bewachen.

Jason wusste, dass er eigentlich bei Sandy im Büro bleiben sollte, doch sie war ihm unheimlich. Sie starrte die ganze Zeit nur ins Leere und spielte mit ihren Haaren herum. Als er aufgestanden war, hatte sie kein Wort von sich gegeben.

Er dachte daran, wie Ben ihn gerettet hatte, und hoffte inständig, dass Ben mit seiner Mutter zurückkehren würde.

Plötzlich hörte er ein leises Kratzen von draußen und verharrte bewegungslos auf seinem Stuhl. Wahrscheinlich war es Harry oder einer der anderen. Oder nicht? Wieder hörte er das Geräusch. Es klang, als würden mehrere Bretter herumgeschoben.

Jason stand leise auf und ging einen Schritt in Richtung Flur, in Sicherheit. Als er das Geräusch ein drittes Mal hörte, siegte jedoch die Neugier. Nun trat er auf die demolierte Eingangstür zu.

Er wollte nur einmal um die Ecke schauen. Vielleicht war es wichtig, vielleicht auch nicht.

Um nicht bemerkt zu werden, hielt er den Atem an und schlich um einen umgestürzten Schreibtisch herum. Jetzt konnte er alles vor dem Gebäude sehen.

Er hielt die Augen weit offen, blinzelte vorsichtshalber noch nicht einmal und lauschte, um zu erkennen, woher das Geräusch kam.

Doch da war nichts außer dem Krater und den Bergen

von Schutt, der durch die Explosion hinausgeschleudert worden war. Nichts rührte sich.

Er wollte sich gerade aus seiner Deckung wagen. Wahrscheinlich war es nur …

Dann hörte und sah er es gleichzeitig. Eine Schnauze ragte unter einem Haufen Holz und Steinen heraus, etwa zwanzig Meter entfernt. Gut getarnt durch die schwarzen Steine und den verbrannten Schutt, war sie kaum zu erkennen. Wenn sie sich nicht bewegt hätte, dann hätte Jason sie übersehen.

Wieder bewegte sie sich, so dass der Schutt ein schwarzes Auge freigab, das ihn anzustarren schien. Jason wusste, dass es die Bestie war, die ihn beschnüffelt hatte, als er an die Säule gefesselt war. Es war die, die Ben Tiny Tim getauft hatte. Jason machte keinen Mucks mehr, um sie nicht noch mehr auf sich aufmerksam zu machen.

Er sah, dass sie den Kopf wieder sinken ließ. Offensichtlich war die Bestie noch benommen und erschöpft und erholte sich von den Folgen der Explosion. Jason musste die anderen warnen und ihnen sagen, dass sie überlebt hatte.

Da hörte er plötzlich noch ein Geräusch.

Eine Stimme. Eine vertraute Stimme. Weiblich. Sie weinte.

Er sah, wie Linda auftauchte und unverwandt auf den Krater starrte. Ihr Gesicht war verschmiert, und die Haare hingen ihr in zottigen Strähnen vom Kopf. Tränen traten ihr in die Augen.

Hinter ihr kam Khalid, der eine Zigarette rauchte. »Das wäre erledigt«, sagte er, »der Junge ist weg.«

Linda stolperte zur anderen Seite des Kraters und ging langsam herum. Jason erkannte, dass sie nur einen Meter an der Bestie vorbeigehen würde.

Er sprang aus seiner Deckung heraus und rannte zum Kraterrand. Über den Trichter hinweg rief er ihr zu: »Linda! Lauf zurück! Schnell!«

Als Linda ihn sah, fuhr sie zusammen. Ihre Hände flatterten wie aufgeschreckte Vögel auf ihr Gesicht zu. »Jason?« Sein plötzliches Auftauchen und sein Warnruf schien sie in Schock zu versetzen. Sie rutschte aus und stolperte in den Krater hinein.

»Pass auf!«

Die Bestie reagierte mit Gebrüll und schoss aus dem Schutthaufen heraus wie ein blutüberströmter Springteufel. Sie bäumte sich auf. Dort, wo ihr Arm gewesen war, ragte ein weißer Knochen aus ihrem Körper. Die komplette Flanke war verkohlt. Sie schnappte nach Linda, die zusammengekauert auf dem Grund des Kraters hockte.

»Nein!«, schrie Jason.

Khalid reagierte als Erster und feuerte wild auf die Bestie. Von den Schüssen abgelenkt, jagte sie auf ihn zu. Schreiend griff Khalid an seine Tasche. Seine Augen wurden so groß, dass sie aus den Höhlen traten. Er schien sich gar nicht zu wehren, als die Bestie zuschnappte. Nur ein schwaches Stöhnen kam ihm über die Lippen, als sie ihre Kiefer um seinen Leib schloss und ihn in die Höhe riss.

Jedoch erwies er sich als zu schwer für den geschwächten *Cra'kan.* Mit einem Krachen brach dieser zusammen und fiel in den Schutthaufen zurück, während er Khalid immer noch mit seinen Kiefern gepackt hielt.

Linda krabbelte auf Händen und Füßen zur gegenüberliegenden Seite des Kraters, ihr Gesicht ein Spiegel des Grauens. Währenddessen kroch der *Cra'kan* fort und schleppte den Ägypter mit sich.

Zwischen den Zähnen der Bestie schlug Khalid mit den Armen wild um sich. Er hielt die Pistole in einer Hand, benutzte sie aber nicht. Stattdessen versuchte er, irgendetwas aus seiner Tasche zu ziehen.

Blut floss ihm aus dem Mund, als er es mit einem heftigen Ruck und einem triumphierenden Aufschrei aus der

Tasche zog. Jason erkannte es. Khalid hatte es ihm einmal gezeigt. Es war ein Sender, mit dem man Bomben zündete.

Linda erkannte ihn auch. »Tu das nicht!«, schrie sie.

Khalid lächelte mit schmerzverzerrtem Gesicht. Über seine Lippen floss das Blut in Strömen. Er hob die Hand.

»Nein!«, schrie Linda.

Bevor Khalid den Sender benutzen konnte, verkrampfte sich die Bestie, Khalid wurde durchgeschüttelt, und der Sender wurde ihm aus der Hand geschleudert. Er fiel etwa einen Meter entfernt zu Boden.

Khalid grabschte nach dem Gerät, doch es war zu weit entfernt. Jason sah, wie die Bestie immer schwächer wurde und schließlich erschlaffte. In seiner Qual kniff Khalid die Augen zusammen und versuchte, sich aus den zusammengebissenen Zähnen zu befreien, um an den Sender zu kommen. Beim zweiten Versuch berührten seine Finger das Gerät.

Jason wartete keine Sekunde länger und sprang auf ihn zu.

Linda schrie: »Zurück!«

Er beachtete sie nicht und schnappte sich den Sender nur wenige Sekunden bevor Khalid herangekommen wäre. Khalid verfluchte ihn und spuckte dabei blutigen Speichel. Jason hüpfte zurück.

»Gib her, Junge!«

»Nein!« Jason ging noch einen Schritt zurück, um aus Khalids Reichweite zu kommen.

»Dann stirb!« Khalid hob die Pistole mit der anderen Hand. Aus dieser Entfernung konnte er ihn nicht verfehlen.

Das Letzte, das Jason sah, war das Aufblitzen des Mündungsfeuers.

In *Ohnas* Höhle angekommen, erhob sich Ashley vom Schlitten und streckte sich. Sie gab Harrys Aluminiumschlitten einen kleinen Tritt. Vier Stunden war sie auf Bens Rücken von der Siedlung der *Mimi'swee* bis hierher gefahren. Mit den Fingerknöcheln massierte sie sich einen Krampf aus den Oberschenkeln. Verdammt!

»Komm«, rief Ben von draußen, »die Luft ist rein. Los jetzt.«

Ashley krabbelte heraus und blickte auf die Alpha-Höhle. Sie hatte sich oft gefragt, ob sie diesen Ort jemals wiedersehen würde. Sie lächelte matt und zerschlagen. Endlich!

Als sie jedoch ihr Transportmittel sah, verging ihr das Lächeln. »Ein Motorrad?« Ashley kletterte die Felswand hinab zu Ben.

»Ich muss es Harry zurückbringen«, sagte er. »Er baut ganz schön wilde Maschinen.«

Sie nickte und stieg hinter Ben auf das Motorrad. Leider hatten sie Dennis bei den *Mimi'swee* zurücklassen müssen, weil er sie wegen seiner Verletzung aufgehalten hätte. Er kam mit einer Schar *Mimi'swee*-Kriegern zu Fuß nach. »Und wenn wir auf Maultieren hinreiten«, sagte sie, »ich muss Jason sehen.«

»Ist mir klar. Mich beunruhigt nur, dass ich Nob'cobi nicht erreichen kann. Jetzt halt dich fest.« Im nächsten Moment rasten sie durch die Dunkelheit auf den fernen Schimmer der Basis zu.

Ashley schmiegte sich an Bens Rücken und legte ihre Wange an seine Schulter. Sie drückte sich noch fester an ihn und konnte sein Herz schlagen hören.

»Halt Ausschau nach *Cra'kan*«, schrie Ben über den Motorenlärm hinweg. »Die Viecher treiben sich in der ganzen Höhle herum.«

»Fahr du nur direkt zur Basis. Es ist mir völlig egal, wer sich uns in den Weg stellt, solange du einfach drüberfährst.«

Während sie unterwegs waren, schaute sie sich nach den

kleinsten Anzeichen von Leben um. Doch es umgab sie nur Finsternis. Als sie sich der Basis näherten, wich die Dunkelheit einem dämmrigen Zwielicht. Und mit zunehmendem Licht roch sie den bestialischen Gestank immer deutlicher.

Sie rümpfte die Nase. »Mein Gott.«

»Man gewöhnt sich daran.«

Ich mich hoffentlich nie, dachte sie. Ashley schloss die Augen, als sie die Verwüstung und Zerstörung sah. Wie hatte Jason das nur überlebt?

»Fast da«, rief Ben.

Plötzlich sprang hinter einem umgekippten Auto ein *Cra'kan* mit blutiger Schnauze hervor. Ben sah ihn und ließ das Motorrad aufheulen. Die Maschine schoss vorwärts und ließ die Bestie brüllend hinter sich.

»Da drüben«, sagte Ben schließlich und zeigte auf das Bürogebäude.

Sie hatte es bereits erkannt. Obwohl es von Verbrennungen gezeichnet war, war es immer noch intakt. Ben bremste ab und fuhr um eine Gebäudeecke.

Was Ashley nun sah, ließ ihr das Blut in den Adern gefrieren.

Nein! Sie sprang vom Motorrad. Der Kadaver eines *Cra'kan* lag leblos ein paar Meter vom Gebäude entfernt auf der Erde. Khalid hing schlaff in seinem Maul. Seine Haut war weiß und seine leeren Augen starrten himmelwärts.

Doch dieser Anblick hatte sie nicht in Panik versetzt. Harry kniete über einer kleinen Gestalt, die verkrümmt über einem Felsen lag.

Nein, flehte sie, nicht nach alledem.

Ben holte sie ein und zog sie zurück. »Warte«, sagte er.

Sie widersetzte sich seinem Griff und schob seinen Arm zur Seite. Dann ging sie zu Harry hinüber. Harry stand auf und machte für sie Platz. Ben kam dazu.

»Es ist nicht Jason, Ash«, sagte Ben und legte ihr die

Hand auf die Schulter. »Das war es, was ich dir sagen wollte. Ich habe an deinem Gesicht erkannt, was du gedacht hast.«

Sie starrte auf den toten *Mimi'swee* hinunter. Er hatte eine Schusswunde in der Brust. »Wer ist das?«

Ben kniete sich neben den Toten und legte eine Hand auf seine Schulter. »Kein Wunder, dass ich keinen Kontakt bekommen habe. Es ist Nob'cobi.« Ben schaute zu Harry hoch. »Was ist passiert?«

Mit Tränen in den Augen erzählte Harry, was geschehen war. »Ich bin fortgegangen, um nach Überlebenden im Fahrstuhl zu suchen. Die *Mimi'swee* sind hier geblieben, um das Gebäude zu bewachen. Während ich fort war, kehrten Linda und Khalid zurück.« Er erzählte, wie der *Cra'kan* angegriffen und Khalid versucht hatte, alles in die Luft zu sprengen, bevor er starb. »Die Krieger schauten zu und warteten den besten Zeitpunkt ab, um einzugreifen. Als Jason sich den Sender schnappte, versuchte Khalid, ihn zu töten. Aber Nob'cobi stieß den Jungen zur Seite und fing die Kugel ab.«

Ashley kniete sich neben Ben. »Er hat meinem Sohn das Leben gerettet.«

»Ja«, sagte Harry, »Jason hat einen ganz schönen Schlag auf den Kopf bekommen. Er ist ein paar Minuten lang bewusstlos gewesen, aber jetzt geht es ihm wieder gut. Linda hat ihn ...«

»Mama!«

Ashley fuhr herum und blickte zum Gebäude. Jason stand in den Trümmern des Eingangs. Um den Kopf hatte er einen Verband.

»Jason!«

Sie stand auf und rannte zu ihm. Die beiden fielen sich in die Arme. »Oh, mein Liebling, es tut mir so Leid ...« Sie drückte ihn fest an ihre Brust.

»Ich hab dich so lieb, Mama.«

Ashley hielt ihn fest und wiegte ihn in ihren Armen.

Ben zeigte auf den großen Kadaver. »Ich dachte, ich hätte das verfluchte Biest erledigt.«

»Wahrscheinlich hatte es ein genauso dickes Fell wie du«, erwiderte Harry.

Linda trat mit einem Lächeln aus dem Eingang. Als Jason sie sah, befreite er sich aus Ashleys Armen. Er wischte sich die Nase ab und rückte den Verband zurecht. Offenbar war ihm die mütterliche Zuneigung peinlich.

Ashley lächelte. War er schon so groß?

Plötzlich rief Harry: »Schaut!« Er zeigte mit dem Finger in die Höhe.

Ashley stand auf, schloss sich den anderen an und blickte nach oben.

Lichter sanken in Pirouetten von der Decke.

Im schwachen Schimmer der wenigen Suchscheinwerfer, die unversehrt geblieben waren, schwebten aufgespannte Fallschirme herab. Immer mehr Schirme fielen vom Gerüst des Fahrstuhlschachts und blähten sich auf. Jeder Fallschirmspringer hatte ein Halogenlicht, das er hin und her schwenkte, während er heruntersank. Innerhalb weniger Minuten schienen es Hunderte zu sein, die in alle Richtungen trieben und die gesamte Basis abdeckten.

Wie Glühwürmchen in einer warmen Frühlingsnacht.

»Wer ist das?«, fragte Jason.

»Ich glaube, da kommt die Kavallerie über den Berg geritten«, sagte Harry.

Ben grunzte. »Wurde auch langsam Zeit.«

Epilog

Mount Erebus, Antarktis

Ben kroch seufzend ins Bett. Was für ein Tag! Er kuschelte sich an Ashley. Sie stöhnte im Schlaf und rollte sich auf die Seite. Er legte seine Hand auf ihren Bauch. Man konnte es schon sehen. Nach vier Monaten machte Ashley immer noch keine Anstalten, ihre anthropologischen Studien der *Mimi'swee* einzuschränken. So, wie er sie kannte, würde sie wahrscheinlich erst den Stift hinlegen, wenn die Fruchtblase platzte.

Er lächelte im Dunkeln, legte sich auf den Rücken, den Arm unter dem Kopf, und starrte an die Decke. Die Alpha-Basis war inzwischen fast wieder aufgebaut worden. Die akustische Abschreckungsmethode, die Linda entwickelt hatte, hielt ihnen die *Cra'kan* erfolgreich vom Leib. Ihr Biologenteam hatte außerdem eine weitere Entdeckung gemacht: Die Zerstörung des schützenden Schimmelpilzgürtels der *Mimi'swee* hatte nichts mit der gestörten Balance von *Umbo* und *Ohna* zu tun, wie Mo'amba behauptet hatte, sondern mit einem »modernen«, wettbewerbsfähigeren Schimmelpilz, den die Menschen eingeschleppt hatten. Also hatte Sin'jari doch Recht gehabt – die Menschen waren schuld. Zumindest indirekt.

Ben gab ein knarrendes Ächzen von sich und streckte seine matten Glieder. Das Maß seiner Verantwortung als *Heri'huti* dem Stamm gegenüber schien unendlich zu sein. Kein Wunder, dass Mo'amba ihm den Staffelstab übergeben wollte. Dennoch fühlte er sich dem Angedenken des alten Mannes gegenüber verpflichtet, die Aufgabe weiter auszuüben. Zumindest bis der winzige Nachwuchs der *Mimi'swee*, der die Gabe der *Heri'huti* hatte, reif für die Position war. Ben überwachte die Erziehung des Kindes, eine weitere Pflicht. Das Kind, das von Mo'amba Tu'shama getauft worden war, bevor er starb, war ein Mädchen, der erste weibliche *Heri'huti* des Stammes. Das Geschlecht des Kindes hatte die Gemeinschaft schockiert, doch das kümmerte Ben nicht. Männlich oder weiblich – sie war seine Nachfolgerin!

Ben kuschelte sich tiefer in seine Decke. Er konnte sich wirklich nicht beklagen. Der Job brachte natürlich Privilegien mit sich. In seiner Freizeit konnte er das weit verzweigte Höhlensystem erforschen. Die Krieger, die die Höhlen wie ihre Westentaschen kannten, zeigten ihm so wundersame Dinge, dass er manchmal zu träumen glaubte.

Auch wenn sie dabei den Kot der *Cra'kan* einsammelten.

Ben schloss die Augen. Viel zu bald käme der Morgen. Er rollte sich auf die Seite und legte einen Arm um Ashleys Taille.

Als er in den Schlaf hinüberglitt, spürte er im Traum eine Berührung. Sanft und vorsichtig. Jemand rief ihn.

Er öffnete sich, bereit, Kontakt aufzunehmen, doch die Verbindung brach wieder ab. Es war nur ein vorübergehender Kontakt gewesen, eine warme Brise, die über eine kalte Wange wehte.

Dann nichts mehr.

Wer?

Seine Hand spürte, wie das Baby sich in Ashleys Bauch regte. Da erinnerte er sich an Mo'ambas Worte: »Blut ist dicker als Wasser.«

DAS BLUT
DES TEUFELS

Widmung und Danksagung

Dem Examensjahrgang 1985 der tiermedizinischen Fakultät an der Universität von Missouri gewidmet, insbesondere meinen Zimmergenossen: Dave Schmitt, Scott Wells, Steve Brunnert und Brad Gengenbach.

Dieser Roman wäre ohne die unschätzbare Hilfe sowohl von Freunden als auch Kollegen nicht möglich gewesen. Zuallererst möchte ich meine Dankbarkeit Lyssa Keusch, meiner Verlegerin, und Pesha Rubinstein, meiner Literaturagentin, ausdrücken. Ihre Entschlossenheit, ihr Können und ihre Mühe haben dieser Geschichte zu ihrer gegenwärtigen Gestalt verholfen. Aber ich wäre auch nachlässig, würde ich etlichen Freunden nicht meine Anerkennung aussprechen und danken, die dabei geholfen haben, den ersten Entwurf zu zerpflücken und aufzupolieren: Inger Aasen, Chris Cowe, Michael Gallowglass, Lee Garrett, Dennis Grayson, Debra Nelson, Dave Meek, Chris Smith, Jane O'Riva, Judy und Steve Prey und Caroline Williams. Außerdem danke ich aus tiefstem Herzen Carolyn McCray und John Clemens dafür, dass sie mir während der Höhen und Tiefen des vergangenen Jahres beigestanden haben.

Darüber hinaus muss ich auch Frank Malaret für seine Kenntnisse der peruanischen Geschichte und Andie Arthur für ihre Hilfe bei den lateinischen Übersetzungen meinen Dank aussprechen. Dank gilt ebenfalls Eric Drexler, PhD., dessen Buch *Engines of Creation* mich auf den wissenschaftlichen Hintergrund dieser Geschichte brachte.

Da machte Gott der Herr den Menschen aus Erde vom Acker und blies ihm den Odem des Lebens in seine Nase. Und so ward der Mensch ein lebendiges Wesen.

Darauf pflanzte Gott, der Herr, einen Garten in Eden, gegen Osten, und versetzte dorthin den Menschen, den er gebildet hatte.

Das erste Buch Mose 2, 7–8

Prolog

Bei Sonnenaufgang, Anden, Peru 1538

Es gab kein Entkommen.

Während Francisco de Almagro durch den dunstigen Regenwald rannte, hatte er längst jede Hoffnung aufgegeben, seine Verfolger noch abschütteln zu können. Heftig keuchend hockte er sich neben den schmalen Pfad, bis er wieder zu Atem kam. Mit dem Ärmel wischte er sich den Schweiß von der Stirn. Er trug nach wie vor seine Dominikanerkutte aus schwarzer Wolle und Seide, doch war sie inzwischen schmutzig und zerrissen. Die Inkas, die ihn jagten, hatten ihm alles abgenommen, abgesehen von Kutte und Kreuz. Aus Angst, die Gottheit des Fremden zu beleidigen, hatte der Schamane ihres Volkes davor gewarnt, diese Talismane zu berühren.

Obwohl die schwere Kutte für eine Flucht durch den dichten, wolkenverhangenen Regenwald der hohen Anden völlig ungeeignet war, wollte der junge Mönch sie noch immer nicht abwerfen. Papst Clement hatte sie gesegnet, als Francisco seine Weihen empfangen hatte, und er würde sich nicht von ihr trennen. Was ihn jedoch nicht davon abhielt, sie seiner gegenwärtigen Lage anzupassen.

Er nahm den Saum und zerriss die Kutte bis auf Oberschenkelhöhe.

Anschließend horchte Francisco auf die Geräusche seiner Verfolger. Schon schallten die Rufe der Inkajäger immer lauter durch den Bergpass hinter ihm und übertönten inzwischen sogar das Gekreisch der aufgestörten Affen in dem Blätterbaldachin. Bald würden sie ihn eingeholt haben.

Dem jungen Mönch blieb nur noch eine Hoffnung – eine Aussicht auf Erlösung; zwar nicht mehr für sich selbst, aber für die Welt.

Er küsste das abgerissene Stück seiner Kutte und ließ es zu Boden fallen. Er musste sich beeilen.

Als er sich eilig aufrichtete, wurde ihm schwarz vor Augen. Francisco hielt sich am Stamm eines Dschungelsprösslings fest, um ja nicht umzufallen. Er keuchte in der dünnen Luft. Kleine Funken tanzten vor seinen Augen. In dieser Höhe bekam er nicht genügend Luft in die Lungen, deshalb musste er in regelmäßigen Abständen eine Rast einlegen. Seine Kurzatmigkeit durfte ihn jedoch nicht an der Erfüllung seiner Aufgabe hindern.

Francisco stieß sich von dem Baum ab und eilte stolpernd und schwankend weiter den Pfad hinauf. Sein unsicherer Gang war nicht allein auf die Höhe zurückzuführen. Vor seiner Exekution, die zur Morgendämmerung erfolgen sollte, hatte man ihn einem rituellen Aderlass unterzogen und gezwungen, einen Schluck eines bitteren Elixirs zu trinken – *Chica*, ein gegorenes Getränk, nach dessen Genuss rasch der Boden unter ihm zu schwanken begonnen hatte. Die plötzliche Anstrengung der Flucht verstärkte die Wirkung der Droge noch.

Während er weiterrannte, kam es ihm vor, als griffen die Äste des Regenwalds nach ihm und versuchten ihn einzufangen, der Pfad kippte erst zur einen, dann zur anderen Seite ab. Das Herz schlug ihm bis zum Hals; das zunehmende Dröhnen in seinen Ohren war inzwischen lauter als die Rufe seiner Verfolger. Francisco stolperte aus dem Dschungel und wäre fast über einen Felsrand gestürzt. Weit unten entdeckte er die Ursache des donnerähnlichen Lärms – weißes, schäumendes Wasser rauschte die schwarzen Felsen hinab.

Ein Teil seines Bewusstseins registrierte, dass dies einer der vielen Nebenflüsse sein musste, die den mächtigen

Urubamba speisten, aber er hatte jetzt keinen Sinn für Topographie. Pure Verzweiflung erfüllte ihn und drückte ihm schier das Herz ab. Der Abgrund lag zwischen ihm und seinem Ziel. Heftig keuchend stützte Francisco die Hände auf die zerkratzten Knie. Erst da fiel ihm die schmale Hängebrücke aus geflochtenem Gras auf, die rechts den Abgrund überspannte.

»*Obrigado, meu Deus!*«, dankte er dem Herrn unwillkürlich auf Portugiesisch. Er hatte seine Muttersprache nicht mehr gebraucht, seit er in Spanien seine Gelübde abgelegt hatte. Erst jetzt, da ihm Tränen der Enttäuschung und der Furcht über die Wangen liefen, verfiel er wieder in die Sprache seiner Kindheit.

Mühsam richtete er sich auf, ging zu der Brücke hinüber und strich mit den Händen über das geflochtene *Ichu*-Gras. Ein einzelnes dickes Tau erstreckte sich über den breiten Fluss unten. Zu beiden Seiten gab es ein dünneres Seil zum Festhalten. Wäre er nicht in seinem gegenwärtigen Zustand gewesen, hätte er die Brückenkonstruktion vielleicht als technische Meisterleistung gewürdigt, aber jetzt waren seine Gedanken einzig und allein auf die Flucht gerichtet – immer einen Fuß vor den anderen setzen und sich im Gleichgewicht halten.

Seine ganze Hoffnung lag darin, den Altar auf dem nächsten Gipfel zu erreichen. Die Inka verehrten diesen Berg wie so viele andere Höhen in der Region und beteten ihn an. Doch zunächst musste Francisco den Abgrund überwinden, anschließend den wolkenverhangenen Wald durchqueren und dann den Steilhang hinaufsteigen.

Bliebe ihm dazu genügend Zeit?

Erneut wandte sich Francisco um und horchte, ob seine Verfolger zu hören waren. Er vernahm jedoch lediglich das Rauschen und Dröhnen des Flusses unten. Er hatte keine Ahnung, wie weit seine Jäger noch hinter ihm waren. Jedenfalls wagte er nicht, zu zaudern oder angesichts des Abgrunds den Mut sinken zu lassen.

Er strich sich mit einer schweißnassen Hand über die Stoppeln auf seinem geschorenen Kopf und packte eines der beiden Halteseile der Brücke. Einen Moment lang schloss er fest die Augen und ergriff dann das andere Tau. Mit dem Vaterunser auf den Lippen betrat er die Brücke und machte sich auf den Weg über den Abgrund. Um nicht nach unten zu sehen, heftete er den Blick fest auf die andere Seite.

Nach geradezu endloser Zeit berührte sein linker Fuß Stein. Er trat von der Brücke herab auf festen Felsboden und sackte erleichtert zusammen. Fast hätte er sich auf die Knie fallen lassen, um die Erde zu küssen und zu segnen, aber da ertönte hinter ihm ein schriller Schrei, und ein Speer bohrte sich tief in den Lehm neben seiner Ferse. Der Aufprall war so hart, dass der Schaft summte.

Francisco erstarrte wie ein aufgeschrecktes Kaninchen.

Ein weiterer Ruf ertönte. Er schaute sich um und entdeckte einen einzelnen Jäger auf der anderen Seite. Für einen Moment trafen sich ihre Blicke über dem Abgrund.

Räuber und Opfer.

Der Mann grinste ihn unter seiner Haube aus azurblauen und roten Federn an. Er trug dicke Goldketten. Zumindest betete Francisco darum, dass es Gold war. Ihn schauderte.

Ohne zu zögern holte er einen Silberdolch aus seiner Kutte. Die Waffe, die er dem Schamanen gestohlen hatte, hatte ihm zur Flucht verholfen. Jetzt musste sie ihm erneut dienen. Er packte eines der Halteseile. Nie im Leben bliebe ihm genügend Zeit, das Hauptseil der Brücke durchzusägen, aber wenn es ihm gelänge, die dünnen Halteleinen zu zerschneiden, dürfte seinen Verfolgern die Überquerung schwer fallen. Es würde sie vielleicht nicht aufhalten, aber er hätte sich zumindest etwas Luft verschafft.

Seine Schultern protestierten, während er an dem Zopf aus getrocknetem Gras sägte. Die Seile waren hart wie Eisen. Der Mann drüben rief ihm ruhig und gelassen etwas in seiner Muttersprache zu. Der Mönch verstand kein Wort, aber die Drohung, ihm Schmerzen zuzufügen, war deutlich herauszuhören.

Die erneut auflodernde Furcht verstärkte Franciscos Kräfte. Er bohrte und schnitt an dem Seil herum, während ihm heiße Tränen über das schmutzige Gesicht liefen. Plötzlich löste sich das Tau so ruckartig unter seiner Klinge, dass ein Ende seine Wange streifte. Instinktiv hob er eine Hand und berührte die Verletzung. Als er die Finger zurückzog, waren sie blutig, aber er spürte keinen Schmerz.

Er schluckte heftig und wandte sich dem zweiten Seil zu. Da traf ein weiterer Speer den Rand der Klippe, fiel aber hinab in den Abgrund. Ein dritter folgte. Diesmal etwas näher.

Francisco schaute auf. Vier Jäger säumten inzwischen die andere Seite. Der zuletzt eingetroffene hielt einen vierten Speer in der Hand, während der erste Jäger eilig einen Bogen spannte. Francisco blieb keine Zeit mehr. Er betrachtete das unangetastete Seil. Hier zu bleiben würde den Tod bedeuten. Er musste darauf hoffen, dass das eine Halteseil weniger die Jäger zumindest eine gewisse Zeit aufhielt.

Er wandte sich um und jagte in den Regenwald auf der anderen Seite des Abgrunds. Der Pfad stieg steil an, was eine äußerste Strapaze für Beine und Lungen bedeutete. Die Bäume hier waren weniger dick, der Blätterbaldachin nicht so dicht. Mit jeder schwer erkämpften Meile wurde der Baumbestand spärlicher. Während er einerseits froh darum war, dass der Regenwald ausdünnte, war ihm andererseits bewusst, dass ihn das fehlende Laubwerk zu einem leichteren Ziel machte. Bei jedem Schritt erwartete er, einen Pfeil im Rücken zu spüren.

So nah am Ziel ... O Herr, verlasse mich jetzt nicht!

Bewusst hielt er den Blick auf den Boden gerichtet. Jeder einzelne Schritt war ein Kampf. Plötzlich umgab ihn blendende Helligkeit, als hätte der Herr die Bäume eigenhändig beiseite geschoben, um Sein Licht auf ihn herabscheinen zu lassen. Keuchend hob Francisco den Kopf. Selbst eine so einfache Bewegung fiel ihm schwer. Noch ein einziger Schritt und der Regenwald lag hinter ihm. Ungehindert strahlte das Licht der aufgehenden Sonne über die roten und schwarzen Felsen des kahlen Berggipfels.

Sogar für ein Dankgebet war er zu schwach. Mühsam kletterte er auf allen vieren durch das letzte Unterholz zum Gipfel hinauf. Es musste dort geschehen. An ihrem heiligen Altar.

Er weinte jetzt, verschloss jedoch die Ohren vor dem eigenen Schluchzen. Auf Händen und Füßen legte er das letzte Stück zu dem Granitbrocken zurück. Nachdem er den steinernen Altar erreicht hatte, setzte er sich auf die Fersen und hob das Gesicht dem Himmel entgegen. Er schrie. Es war kein Gebet, sondern ein Jubelruf darüber, dass er noch lebte. Und alle sollten es hören.

Die Antwort kam prompt. Erneut erschallte das Geschrei der Jäger von der Brücke herauf. Sie hatten den Abgrund überquert und ihre Verfolgung wieder aufgenommen.

Francisco senkte das Gesicht. Rings umher erstreckten sich die zahllosen Gipfel der Anden bis zum Horizont. Einige waren schneebedeckt, doch die meisten ebenso kahl wie derjenige, auf dem er kniete. Einen Moment lang verstand er beinahe, weshalb die Inka diesen Berghöhen so viel Verehrung entgegenbrachten. Hier, inmitten der Wolken und des Himmels, war man näher bei Gott. Ein Gefühl der Zeitlosigkeit und eines Versprechens der Ewigkeit schien in dem himmlischen Schweigen zu liegen. Sogar die Jäger verstummten – entweder aus Respekt vor dem Berg oder um ihr Opfer unbemerkt zu beschleichen.

Francisco war zu erschöpft, um sich deswegen Sorgen zu machen.

Sein Blick ruhte auf der anderen Art von Gipfel, die es in dieser Bergregion gab. Unter ihm, Richtung Westen, lagen zwei rauchende Berge, Calderas, die in denselben morgendlichen Himmel hinaufstarrten. Von hier aus sahen die im Schatten liegenden Gipfel aus wie zwei verwunschene Augen.

Er spuckte in ihre Richtung und hob eine Faust, den Daumen zwischen zwei Finger gesteckt – ein Zeichen gegen das Böse.

Francisco war bekannt, was in jenen warmen Tälern lag. Von seinem Altar auf den Berghöhen aus taufte er die Zwillingsvulkane: »*Ojos el de Diablo*«, flüsterte er ... *die Augen des Teufels*.

Zitternd kehrte er ihnen den Rücken zu. Er konnte das, was zu tun war, nicht vollbringen, solange er jene Augen anstarrte. Er wandte sein Gesicht nach Osten, der aufgehenden Sonne entgegen.

Er kniete vor der prächtigen Helligkeit nieder, griff in sein Gewand und zog das Kreuz hervor, das ihm um den Hals hing. Er drückte das warme Metall gegen die Stirn. Gold. Das war der Grund, weshalb die Spanier sich mühsam durch diese fremden Dschungel gekämpft hatten – der Traum von Reichtum und Wohlstand. Jetzt würde ihre Habgier sie allesamt in die Verdammnis führen.

Francisco drehte das Kreuz um und küsste die goldene Gestalt auf der Vorderseite. Deswegen war *er* in dieses Land gekommen. Um den Wilden hier das Wort Gottes zu bringen – und nun war sein Kreuz die einzige Hoffnung der ganzen Welt. Er strich mit einem Finger über die Rückseite und tastete nach den Einkerbungen, die er sorgfältig in das weiche Gold geschnitten hatte.

Möge es uns alle erretten!, betete er schweigend und ließ

das Kreuz in sein Gewand zurückgleiten, wo es nahe an seinem Herzen ruhte.

Francisco hob die Augen der Morgendämmerung entgegen. Er musste um jeden Preis verhindern, dass die Inka ihm das Kreuz wegnahmen. Obwohl er einen der heiligen Orte erreicht hatte – diesen natürlichen Altar auf dem Berggipfel –, musste er noch ein Letztes tun, damit das Kreuz auch wirklich in Sicherheit wäre.

Erneut holte er den Silberdolch des Schamanen aus dem Gewand.

Mit einem Reuegebet auf den Lippen bat er um Vergebung für die Sünde, die er nun begehen würde. Ob er damit seine Seele der Verdammnis überantworten würde oder nicht – ihm blieb keine andere Wahl. Mit Tränen in den Augen hob er den Dolch und schnitt sich mit der Klinge die Kehle durch. Er verspürte einen stechenden Schmerz, dann fiel ihm die Waffe aus den Fingern. Er stürzte vornüber auf die Hände. Blut strömte über die dunklen Steine unter ihm.

Im Schein der Morgendämmerung floss es leuchtend rot über den schwarzen Fels. Es war das Letzte, was er vor dem Tod sah – sein Blut, das über den Inkaaltar strömte und dabei glänzte wie Gold.

Erster Tag

Ruinen

Montag, 20. August, 11.52 Uhr
Johns Hopkins Universität
Baltimore, Maryland

Professor Henry Conklins Finger zitterten leicht, als er die letzte Schicht Decken von seinem tiefgekühlten Schatz entfernte. Er hielt den Atem an. In welchem Zustand befände sich die Mumie nach der dreieinhalbtausend Kilometer langen Reise von den Anden? In Peru hatte er die gefrorenen Überreste sorgfältig in Trockeneis gepackt, aber während der langen Fahrt nach Baltimore hätte alles Mögliche schief gehen können.

Henry fuhr sich mit der Hand durch die dunklen Haare, die mittlerweile reichlich mit Grau durchsetzt waren. Immerhin hatte er vergangenes Jahr die Sechzig überschritten. Er hoffte inständig, dass sich seine letzten drei Jahrzehnte der Forschung und der Arbeit im Gelände jetzt bezahlt machten. Eine zweite Chance würde es nicht mehr geben. Der Transport der Mumie von Südamerika hierher hatte ihn fast die gesamten Forschungsgelder gekostet. Und heutzutage gingen neue Stipendien und Forschungsgelder ausschließlich an jüngere Wissenschaftler. Bei Texas A&M wurde er allmählich zum Dinosaurier. Natürlich, man verehrte ihn noch, nahm ihn aber trotz aller Hätschelei nicht mehr recht ernst.

Doch seine kürzliche Entdeckung der Ruinen einer kleinen Inkastadt hoch in den Anden könnte alles ändern – insbesondere, wenn sie seine umstrittene Theorie bewies.

Vorsichtig zog er das letzte Leinentuch weg. Der Nebel aus dem schmelzenden Trockeneis nahm ihm vorübergehend die Sicht. Er wedelte den Dunst beiseite und da tauchte die Gestalt auf: Die Knie waren an die Brust gezogen und die Arme um die Beine geschlungen, fast wie bei einem Fötus. Genau in dieser Haltung hatten sie die Mumie in einer kleinen Höhle nahe am schneebedeckten Mount Arapa entdeckt.

Henry starrte seinen Fund an. Uralte, leere Augenhöhlen erwiderten seinen Blick. Strähnen glatten schwarzen Haars lagen noch immer um den Schädel. Die ausgetrockneten Lippen waren zurückgezogen und enthüllten gelb gewordene Zähne. Nach wie vor hafteten ausgefranste Überreste eines Leichentuchs an der zu Leder gewordenen Haut. Das Tuch war so gut erhalten, dass sogar die schwarze Farbe auf dem zerrissenen Stoff hell unter der Chirurgenlampe des Forschungslabors aufleuchtete.

»O mein Gott!«, rief jemand neben ihm aus. »Das ist unglaublich!«

Henry fuhr ein wenig zusammen. Versunken, wie er war, hatte er die anderen im Raum völlig vergessen. Er wandte sich um und wurde vom Blitzlicht einer Kamera geblendet. Ohne die Nikon vom Auge zu nehmen, trat die Reporterin vom *Baltimore Herald* zurück und postierte sich für einen weiteren Schnappschuss. Ihr blondes Haar war zu einem strengen Pferdeschwanz zurückgekämmt. Während sie weitere Fotos machte, fragte sie: »Wie alt würden Sie sie schätzen, Professor?«

Henry blinzelte, um die Funken vor den Augen zu vertreiben, und wich einen Schritt zurück, sodass die anderen einen Blick auf die Überreste werfen konnten. Zwei Wissenschaftler traten mit Untersuchungsinstrumenten heran.

»Ich ... ich würde die Mumifizierung ins sechzehnte Jahrhundert datieren – vor etwa fünfhundert Jahren.«

Die Reporterin nahm ihre Kamera herab, ließ die zusammengekrümmte Gestalt auf dem CT-Tisch jedoch nicht aus den Augen. Etwas angewidert kräuselte sie die Oberlippe. »Nein, ich habe gemeint, wie alt war die Mumie bei ihrem Tod?«

»Oh ...« Er schob sich die Drahtgestellbrille höher auf die Nase. »Etwa zwanzig ... Genauer lässt sich das nach einer oberflächlichen Untersuchung nicht sagen.«

Eine zierliche Frau Ende vierzig mit dunklen Haaren, die ihr in seidigen Strähnen bis weit über den Rücken fielen, drehte sich zu ihnen um. Sie gehörte zum zweiköpfigen Ärzteteam. Sie hielt einen Zungenspatel in der Hand und hatte den Kopf der Mumie untersucht. »Er war bei seinem Tod zweiunddreißig«, stellte sie nüchtern fest. Dr. Joan Engel war Leiterin der forensischen Pathologie an der Johns Hopkins Universität sowie eine alte Freundin von Henry. Ihre Stellung hier war einer der Gründe, weshalb er die Mumie an die Johns Hopkins gebracht hatte. Sie führte ihre Feststellung weiter aus. »Seine Weisheitszähne, also die dritten Backenzähne, sind teilweise impaktiert, aber dem Grad der Abnutzung der zweiten Backenzähne und der fehlenden Abnutzung bei den dritten zufolge, müsste meine Schätzung mit einer maximalen Abweichung von drei Jahren zutreffen. Die CT-Untersuchung sollte das Alter noch präziser bestimmen können.«

Während sie sprach, leuchteten ihre Jadeaugen im Kontrast zu ihrem ruhigen Auftreten hell auf. In den Augenwinkeln waren leichte Krähenfüße zu erkennen. Auf ihrem Gesicht zeigte sich keinerlei Ekel, als sie die Mumie untersuchte, nicht einmal, als sie die ausgedörrten Überreste mit den behandschuhten Fingern hin und her schob. Henry spürte, dass sie ebenso aufgeregt war wie er selbst. Gut zu wissen, dass Joans Begeisterung für wissenschaftliche Rätsel seit ihrem Studium nicht nachgelassen hatte. Sie machte sich wieder an die Untersuchung, nicht ohne Henry zuvor einen entschuldigenden Blick zugeworfen zu haben, weil sie seiner Einschätzung des Alters der Mumie widersprochen hatte.

Henrys Wangen röteten sich – eher aus Verlegenheit als aus Ärger. Sie war so scharfsinnig und schlau wie eh und je.

Heftig schluckend versuchte er, die Fassung zurückzugewinnen, und wandte sich der Reporterin zu. »Ich kann hoffentlich beweisen, dass die Überreste, die in dieser Inkasiedlung gefunden wurden, eigentlich zu einem anderen Volk peruanischer Indianer gehören, nicht zu den Inka.«

»Was wollen Sie damit sagen?«

»Seit langem ist bekannt, dass die Inka ein Kriegervolk waren, das oft benachbarte Völker eroberte und seine Städte über denen der anderen errichtete. Es verleibte sie sich regelrecht ein. Anhand meiner Untersuchungen von Macchu Picchu und anderer Ruinen in abgelegenen Berggegenden der Anden habe ich die Theorie entwickelt, dass die Inka aus dem Tiefland diese Städte in den Wolken nicht erbaut, sondern von einem anderen, vor ihnen existierenden Volk übernommen haben. Sie haben diesen Vorfahren den Platz in der Geschichte geraubt, den sie sich als die geschickten Architekten der Bergstädte verdient hatten.« Henry nickte zu der Mumie hinüber. »Ich hoffe, der Bursche da kann diesen historischen Irrtum korrigieren.«

Die Reporterin schoss ein weiteres Foto, musste dann jedoch zurücktreten, als das Ärzteteam sich an die Untersuchung des unteren Teils der Mumie machte. »Warum glauben Sie, dass diese Mumie Ihre Theorie untermauern kann?«, fragte sie.

»Die Grabstätte, in der wir sie entdeckt haben, ist mindestens ein Jahrhundert älter als die Ruinen der Inka, was darauf hindeutet, dass wir es hier möglicherweise mit den wahren Erbauern der Bergfestung zu tun haben. Außerdem ist diese Mumie einen guten Kopf größer als der durchschnittliche Inka in dieser Region ... sogar seine Gesichtszüge unterscheiden sich. Ich habe die Mumie hierher gebracht, um zu beweisen, dass sie nicht zu den Inka gehört, sondern zu den wahren Architekten dieser außergewöhnlichen Städte. Mit den hier vorhandenen Genkarten kann ich beweisen ...«

»Henry«, unterbrach ihn Joan erneut. »Vielleicht möchtest du dir das hier mal ansehen.«

Die Reporterin trat beiseite, um Henry Platz zu machen, und hob erneut ihre Nikon, die ihr halbes Gesicht bedeckte. Henry schob sich zwischen Joan und dem anderen Arzt durch, die den Rumpf des Leichnams abgetastet hatten. Engels Assistent, ein junger Mann mit sandfarbenem Haar und großen Augen, hatte sich über die Mumie gebeugt und zog vorsichtig mit einer Pinzette eine lange Schnur aus einer Hautfalte am Hals der Gestalt.

Joan zeigte darauf. »Ihm wurde die Kehle durchgeschnitten«, meinte sie und zerteilte die lederartige Haut, sodass die Knochen darunter sichtbar wurden. »Ich muss noch eine mikroskopische Untersuchung vornehmen, damit ich ganz sicher sein kann, aber ich würde sagen, die Verletzung ist ante mortem entstanden.« Sie warf Henry und der Reporterin einen Blick zu. »Vor Eintritt des Todes«, übersetzte sie. »Und war höchstwahrscheinlich dessen *Ursache.*«

Henry nickte. »Die Inka hatten eine Schwäche für Blutrituale. Viele waren mit Enthauptung und Menschenopfern verbunden.«

Der Assistent der Ärztin arbeitete weiter an der Verletzung und holte ein Stück Schnur hervor. Er hielt inne und sah seine Mentorin an. »Ich halte es für ein Halsband«, murmelte er und zog weiter. Bei dieser Bewegung regte sich etwas unter dem Gewand.

Joan hob ihren Blick zu Henry – eine schweigende Bitte um die Erlaubnis, fortzufahren.

Er nickte.

Langsam und vorsichtig zupfte und zerrte der Assistent das Halsband unter dem ausgefransten Stoff hervor. Plötzlich zerriss das uralte Material und das Ding an der Schnur lag offen vor ihnen.

Alle vier rangen nach Luft. Das Gold glänzte hell unter den Halogenlampen des Labors. Eine ganze Serie von Blitzen blendete sie, als die Reporterin rasch hintereinander mehrere Fotos schoss.

»Es ist ein Kreuz«, fasste Joan das Offensichtliche in Worte.

Henry stöhnte und beugte sich näher heran. »Nicht bloß irgendein Kreuz. Es ist das Kreuz eines Dominikaners.«

Die Reporterin, die nach wie vor die Kamera vor dem Gesicht hielt, fragte: »Was hat das zu bedeuten?«

Henry richtete sich auf und deutete mit der Hand auf eine lateinische Inschrift. »Der Missionsorden der Dominikaner hat die spanischen Eroberer während ihrer Feldzüge gegen die Indianer von Zentral- und Südamerika begleitet.«

Die Reporterin senkte ihre Kamera. »Also ist diese Mumie einer jener spanischen Priester?«

»Ja.«

»Cool!«

Joan tippte mit ihrem Zungenspatel auf das Kreuz. »Aber die Inka waren nicht dafür bekannt, dass sie ihre spanischen Eroberer mumifiziert hätten.«

»Bis heute«, erwiderte Henry säuerlich. »Vermutlich wird diese Entdeckung allenfalls eine Fußnote in einem Zeitschriftenartikel wert sein.« Seine Träume vom Beweis seiner Theorie zerplatzten im Glanz des goldenen Kruzifixes.

Joan berührte seine Hand mit dem Finger. »Lass den Kopf nicht zu früh hängen! Vielleicht wurde das Kreuz ja einem Spanier gestohlen. Führen wir zuerst die CT-Untersuchung durch und sehen dann, was wir an unserem Freund hier entdecken werden.«

Henry nickte, schöpfte aber nicht wirklich neue Hoffnung. Er warf der Pathologin einen Blick zu. Sie schien ehrlich besorgt. Er schenkte ihr ein kleines Lächeln, das sie zu seiner Überraschung erwiderte. Er erinnerte sich an dieses Lächeln aus längst vergangenen Tagen. Sie waren ein paar Mal miteinander ausgegangen, aber beide waren zu sehr auf ihr Studium konzentriert gewesen, als dass sie mehr als eine oberflächliche Bekanntschaft hätten eingehen können. Und nachdem sich ihre Wege nach dem Examen getrennt hatten, war die Verbindung eingeschlafen, von dem gelegentlichen Austausch von Weihnachtsgrüßen einmal abgesehen. Aber vergessen hatte Henry dieses Lächeln nie.

Sie tätschelte ihm die Hand und rief dann ihrem Assistenten zu: »Brent, könnten Sie Dr. Reynolds Bescheid geben, dass wir für die Untersuchung bereit sind?« Dann wandte sie sich an die Reporterin. »Ich muss Sie bitten, mit uns in den anderen Raum hinüberzugehen. Sie können den Vorgang hinter der Bleiverglasung im Kontrollraum mitverfolgen.«

Bevor er mit den anderen den Raum verließ, überprüfte Henry, ob die Mumie auch sicher auf dem Untersuchungstisch lag. Anschließend zog er ihr noch das goldene Kruzifix vom Hals.

In der angrenzenden Kabine reihten sich Computer und Monitore aneinander. Das Untersuchungsteam wollte mit Hilfe der Computertomographie mehrere radiographische Aufnahmen anfertigen, die der Computer zu einem dreidimensionalen Bild zusammensetzen würde. Diese virtuelle Autopsie erlaubte einen Blick ins Innere der Mumie, ohne dass sie beschädigt wurde. Abgesehen von dem beruflichen Kontakt war dies der Hauptgrund, weshalb Henry seine Mumie um die halbe Welt geschleppt hatte. Johns

Hopkins hatte früher schon Analysen peruanischer Eismumien durchgeführt und erhielt von der National Geographic Organisation finanzielle Unterstützung für weitere Untersuchungen. Darüber hinaus verfügte das Institut über ein erstklassiges Genlabor, mit dessen Hilfe sich Abstammung und Genealogie kartografisch darstellen ließen – eine ideale Basis, um anhand konkreter Daten seine umstrittene Theorie zu untermauern. Doch mit dem Dominikanerkreuz in der Hand hatte Henry wenig Hoffnung auf Erfolg.

Sobald sie sich im Kontrollraum befanden, glitt die mit einem schweren Bleischutz versehene Tür hinter ihnen ins Schloss.

Joan stellte ihnen Dr. Robert Reynolds vor, der sie zu den Sesseln hinüberwinkte. Sein Techniker machte sich an die Kalibrierung für die Untersuchung. »Setzt euch, Leute.«

Während die anderen ihre Sessel vor das Sichtfenster schoben, blieb Henry stehen, damit er einen guten Blick sowohl auf die Computermonitore als auch auf das Fenster hatte, durch das er hinaus auf den Scanner und seinen gegenwärtigen Patienten schauen konnte. Die große weiße Maschine füllte die Hälfte des angrenzenden Raums. Der Tisch mit der Mumie darauf ragte aus einem schmalen Tunnel hervor, der ins Herz des Apparats führte.

»Also los«, meinte Dr. Reynolds und schaltete seinen Terminal ein.

Als ein scharfes Klacken aus den Lautsprechern ertönte, fuhr Henry leicht zusammen und hätte fast das goldene Kreuz fallen lassen. Durch das Fenster beobachtete er, wie der Tisch mit der gekrümmten Gestalt darauf langsam auf den herumwirbelnden Kern des Scanners zukroch. Als der Scheitel der Mumie den Tunnel erreichte, wurde das Klacken der Maschine von einem Chor lauter, dumpfer Schläge begleitet – der Apparat nahm Bilder auf.

»Bob«, sagte Joan, »verschaffen Sie mir als Erstes eine Oberflächenansicht der Gesichtsknochen. Mal sehen, ob wir feststellen können, woher dieser Bursche stammt.«

»Das können Sie nur anhand des Schädels bestimmen?«, fragte die Reporterin.

Joan nickte, ohne die Computer aus den Augen zu lassen. »Die Struktur von Jochbogen, Stirn und Nasenbein sind wichtige Kennzeichen für Herkunft und Rasse.«

»Da ist es!«, verkündete Dr. Reynolds.

Henry wandte sich vom Fenster ab und schaute Joan über die Schulter. Auf dem Monitor erschien ein Schwarzweißbild, das einen Querschnitt des Schädels zeigte.

Joan setzte ihre Lesebrille auf und schob ihren Sessel näher heran. Sie beugte sich vor, um das Bild zu studieren. »Bob, können Sie es bitte um dreißig Grad drehen?«

Der Radiologe, der an einem Bleistift kaute, nickte. Er drückte ein paar Knöpfe und der Schädel drehte sich leicht, bis er ihnen voll ins Gesicht starrte. Joan griff nach einem kleinen Lineal und führte stirnrunzelnd einige Messungen durch. Sie tippte mit dem Fingernagel auf den Bildschirm. »Diesen Schatten über der rechten Augenhöhle würde ich mir gern etwas näher ansehen.«

Ein paar Schalter wurden betätigt und schon hatten sie die gewünschte Ausschnittvergrößerung. Der Radiologe nahm den Bleistift aus dem Mund und pfiff anerkennend.

»Was ist?«, fragte Henry.

Joan drehte sich um, schob ihre Brille hinunter und sah ihn über den Rand der Gläser hinweg an. »Ein Loch.« Sie tippte an das Glas und meinte damit den dreieckigen Schatten auf der Ebene der Knochen. »Es ist nicht natürlichen Ursprungs. Jemand hat ihm den Schädel durchbohrt. Und aus der fehlenden Vernarbung schließe ich, dass der Vorgang kurz nach seinem Tod erfolgt ist.«

»Trepanierungen ... Schädelbohrungen«, sagte Henry.

»So etwas habe ich schon früher gesehen. Überall auf der Welt. Doch die ausgedehntesten und kompliziertesten bei den Inka. Sie gelten in Hinblick auf Trepanierungen als die geschicktesten Chirurgen.« Henry gestattete sich einen Anflug von Hoffnung. Wenn der Schädel durchbohrt worden war, hatte er möglicherweise doch einen peruanischen Indianer vor sich.

Joan musste seine Gedanken gelesen haben. »Tut mir Leid, deine Hoffnungen zunichte zu machen, aber Trepanierung oder nicht, die Mumie hat ganz bestimmt *keine* südamerikanischen Vorfahren. Sie ist eindeutig europäischen Ursprungs.«

Einige Atemzüge lang fehlten Henry die Worte. Dann sagte er: »Bist ... bist du ganz sicher?«

Sie nahm die Brille ab, steckte sie wieder in ihre Tasche und seufzte leise. Offenkundig war sie daran gewöhnt, unheilvolle Diagnosen zu überbringen. »Ja, ich würde sagen, er stammte aus Westeuropa. Vermutlich Portugal. Und mit ausreichend Zeit und weiteren Untersuchungen könnte ich unter Umständen sogar die genaue Provinz festlegen.« Sie schüttelte den Kopf. »Tut mir Leid, Henry.«

Er erkannte das Mitgefühl in ihrem Blick. Trotz aller Verzweiflung kämpfte er darum, die Fassung zu wahren, und starrte auf das Dominikanerkreuz in seiner Hand. »Er muss von den Inka gefangen genommen worden sein«, sagte er schließlich. »Und wurde am Ende oben auf dem Mount Arapa ihren Göttern geopfert. Wenn sein Blut an einem so heiligen Ort vergossen wurde, wären sie gezwungen gewesen, seine Überreste zu mumifizieren, Europäer hin oder her. Vielleicht haben sie ihm deswegen das Kreuz gelassen. Wer an einer heiligen Stätte starb, wurde geehrt, und es war ein Tabu, dem Leichnam Wertgegenstände zu rauben.«

Die Reporterin hatte sich eilig ein paar Notizen gemacht,

obwohl sie ein Tonbandgerät dabei hatte, das die Gespräche aufzeichnete. »Das wird eine gute Story geben.«

»Eine Story vielleicht ... möglicherweise sogar einen Zeitschriftenartikel oder zwei ...« Henry zuckte mit den Schultern und versuchte ein schwaches Lächeln.

»Aber nicht das, worauf du gehofft hast«, beendete Joan seinen Satz.

»Eine interessante Kuriosität, mehr nicht. Sie wirft kein neues Licht auf die Inka.«

»Vielleicht wird deine Ausgrabung in Peru weitere interessante Funde hervorbringen«, meinte die Pathologin.

»Da besteht durchaus Hoffnung. Während wir uns hier unterhalten, graben mein Neffe und ein paar weitere Studenten in einer Tempelruine. Hoffentlich haben sie bessere Neuigkeiten für mich.«

»Und du sagst mir Bescheid?«, fragte Joan lächelnd. »Du musst wissen, dass ich deine Entdeckungen sowohl im *National Geographic* als auch in *Archaeology* verfolgt habe.«

»Wirklich?« Henry setzte sich etwas gerader hin.

»Ja. Ich fand das alles sehr aufregend.«

Henrys Lächeln wurde breiter. »Ich halte dich ganz bestimmt auf dem Laufenden.« Was er auch genau so meinte. Diese Frau hatte einen Charme, den Henry nach wie vor entwaffnend fand. Ganz zu schweigen von ihrer üppigen Figur, die nicht einmal ihr steriler Laborkittel verbergen konnte. Henry merkte, dass sich seine Wangen leicht röteten.

»Joan, das sehen Sie sich besser mal an«, sagte der Radiologe gedämpft. »Mit dem CT stimmt was nicht.«

Joan fuhr zum Monitor herum. »Was ist?«

»Ich habe gerade ein wenig mit den sagittalen Ansichten herumgespielt, um die Knochendichte zu bestimmen. Alles Fehlanzeige.« Henry sah zu, wie Dr. Reynolds durch mehrere Ansichten schaltete, jede ein tieferer Schnitt durch das

Schädelinnere. Auf dem Monitor zeigte sich jedoch immer dasselbe: ein weißer, verschwommener Fleck.

Joan berührte den Bildschirm, als könnten ihre Finger den Bildern einen Sinn abgewinnen. »Versteh ich nicht. Stellen wir die Kalibrierung neu ein und versuchen's noch mal.«

Der Radiologe drückte einen Knopf und das beständige Klacken der Maschine verstummte. Dafür wurde nun ein noch schneidenderes Geräusch laut, das vorher von dem Pochen der rotierenden Magneten des Scanners übertönt worden sein musste. Es kam aus den Lautsprechern: ein scharfes Zischen wie von Luft, die aus einem Ballon entwich.

Aller Augen richteten sich auf die Lautsprecher.

»Was ist das denn für ein Krach, zum Teufel?«, fragte der Radiologe. Er betätigte einige Schalter. »Der Scanner ist vollständig abgeschaltet.«

Die Reporterin des *Herald*, die dem Fenster zum CT-Raum am nächsten saß, sprang auf und stieß dabei ihren Sessel um. »Mein Gott!«

»Was ist?« Joan erhob sich und trat zu ihr.

Henry drängte sich vor. Er fürchtete um seine zerbrechliche Mumie. »Was ...?« Dann sah er es auch. Die Mumie lag nach wie vor gut sichtbar auf dem Scannertisch. Kopf und Hals zuckten, was das Klappern der metallischen Oberfläche erklärte. Der Mund stand sperrangelweit auf und das schrille Jaulen kam aus der ausgedörrten Kehle. Henry wurden die Knie weich.

»Mein Gott, sie lebt!«, wimmerte die Reporterin entsetzt.

»Unmöglich«, fauchte Henry.

Der Leichnam tobte immer heftiger. Die glatten schwarzen Haare peitschten wie tausend Schlangen um den hin und her schlagenden Kopf. Henry erwartete, dass der Schädel jeden Augenblick vom Hals gerissen würde, aber was dann geschah, war schlimmer. Bei weitem schlimmer.

Wie eine verfaulte Melone explodierte das Schädeldach

der Mumie. Etwas Gelbes schoss heraus und bespritzte die Wand, den CT-Scanner und das Sichtfenster.

Die Reporterin wich taumelnd vor dem beschmutzten Fenster zurück. Die Beine gaben unter ihr nach. Und aus ihrem Mund drang ein nicht enden wollendes »O mein Gott o mein Gott o mein Gott …«

Joan blieb professionell ruhig. Zu dem verblüfften Radiologen sagte sie: »Bob, wir müssen diesen Raum unter Quarantäne stellen, Stufe zwei. Los!«

Er starrte, ohne auch nur zu blinzeln, die Mumie an, die aufgehört hatte zu zucken und endlich still dalag. »Verdammt«, flüsterte er schließlich. »Was war da los?«

Immer noch völlig ruhig setzte sich Joan wieder die Brille auf und musterte den Raum. »Vielleicht eingeschlossenes Gas, das explodiert ist«, murmelte sie. »Da die Mumie in großer Höhe eingefroren wurde, könnte sich das durch die Verwesung entstandene Methan beim plötzlichen Auftauen abrupt entladen haben.« Sie zuckte mit den Schultern.

Die Reporterin hatte sich endlich wieder gefasst und wollte ein Foto machen, aber Joan versperrte ihr mit der Handfläche die Sicht. Sie schüttelte verneinend den Kopf. Es würde keine weiteren Bilder geben.

Henry hatte sich seit der Explosion nicht gerührt. Er stand da, die Hand ans Glas gedrückt, und starrte seine zerstörte Mumie und die glänzenden Spritzer an Wänden und CT an. Sie leuchteten unter den Halogenlampen in einem tiefen, rötlichen Gelb.

Die Reporterin deutete mit einer Hand auf das verunreinigte Bleiglasfenster. Ihre Stimme war immer noch zittrig, als sie fragte: »Was ist das für ein Zeug, zum Teufel?«

Henry umklammerte das Dominikanerkruzifix mit der rechten Hand und antwortete schockiert: »Gold.«

17.14 Uhr
In den Anden, Peru

»Horch mal genau hin ... dann hörst du fast die Toten sprechen.«

Bei diesen Worten hob Sam Conklin die Nase aus dem Dreck und musterte den jungen Freischaffenden des *National Geographic*.

Norman Fields saß mit einem aufgeklappten Laptop auf den Knien neben ihm und starrte über die vom Regenwald eingehüllten Ruinen hinaus. Ein Schmutzstreifen lief ihm von der Wange bis zum Hals. Trotz der australischen Buschkleidung mit dem dazu passenden Lederhut wirkte Norman ganz und gar nicht wie der abenteuerlustige Fotojournalist. Die dicken Brillengläser ließen seine Augen größer erscheinen und verliehen ihm einen Ausdruck ständiger Überraschung. Und trotz seiner Länge von über einsneunzig war er dünn wie eine Bohnenstange, alles nur Haut und Knochen.

Sam wälzte sich auf der Matte aus geflochtenem Schilf herum und stützte sich auf einen Ellbogen. »Entschuldige bitte, Norm, was hast du gesagt?«, fragte er.

»Der Nachmittag ist so ruhig«, flüsterte sein Gefährte mit dem leichten Bostoner Akzent. Norman schloss die Augen und atmete tief ein. »Man hört praktisch die uralten Stimmen von den Bergwänden widerhallen.«

Sam legte den winzigen Pinsel behutsam neben das kleine steinerne Relikt, das er gerade gesäubert hatte, und richtete sich auf. Er schob sich den schmutzigen Cowboyhut weiter zurück und wischte sich die Hände an seinen Jeans ab. Wie so häufig, wenn er stundenlang an einem Stück Stein gearbeitet hatte, wirkte die Schönheit der uralten Inkastadt auf ihn wie ein Schluck kaltes Bier an einem Nachmittag in Texas. Man konnte sich so leicht in die hingebungsvolle Feinarbeit mit dem Pinsel vertiefen und den Blick für die gewaltige Größe und Weite des Ganzen verlieren. Sam setzte sich, um die düstere Majestät der Umgebung besser würdigen zu können.

Plötzlich vermisste er seinen Wallach, einen Appaloosa-Schecken, der noch immer auf der staubigen Ranch seines Onkels draußen in Muleshoe, Texas, sein Zuhause hatte. Wie gern würde er zwischen den Ruinen umherreiten und ihren gewundenen Pfaden bis ins Geheimnis des dichten Regenwalds jenseits der Stadt folgen. Auf seinem Gesicht lag der Schatten eines Lächelns, während er die Aussicht in sich einsog.

»Dieser Ort hat etwas Mystisches an sich«, fuhr Norman fort und stützte sich nach hinten auf die Hände. »Die hoch aufragenden Berggipfel. Die Nebelschwaden. Der grüne Regenwald. Die Luft riecht nach Leben, als gebe es im Wind eine Substanz, die dem Geist frische Kräfte verleiht.«

Sam tätschelte dem Journalisten zustimmend den Arm. Norman hatte Recht. Die Aussicht war wirklich wunderbar.

Auf einem hohen Sattel zwischen zwei Gipfeln der Anden errichtet, breitete sich die neu entdeckte Stadt terrassenförmig über mehr als einen halben Quadratkilometer aus. Einhundert Stufen verbanden die verschiedenen steinernen Ebenen miteinander. Von seinem Aussichtspunkt zwischen den Überresten des Sonnenplatzes konnte Sam die gesamte Ruinenanlage unter sich überblicken. Alles stammte aus der Zeit vor Kolumbus: die zerfallenden Steinhäuser in der Unterstadt bis hin zu der Treppe der Wolken, die zum Sonnenplatz führte, auf dem sie lagerten. Hier, genau wie in der Schwesterstadt Macchu Picchu, zeigte sich die ganze architektonische Meisterschaft der Inka, die Form und Funktion zu einer Festungsstadt zwischen den Wolken verschmolzen hatten.

Dennoch: Anders als das gut erforschte Macchu Picchu waren diese Ruinen noch immer unberührt. Sams Onkel Hank hatte sie erst vor wenigen Monaten entdeckt. Vieles lag nach wie vor unter Ranken und Bäumen verborgen. Bei der Erinnerung an die Entdeckung flammte ein Funken Stolz in Sam auf.

Onkel Hank hatte ihre Lage anhand alter Geschichten bestimmt, die unter den Quecha der Region kursierten. Mit Hilfe handgekritzelter Karten und Bruchstücken aus Erzählungen hatte er ein Team von Macchu Picchu aus entlang des Urubamba geführt und in nur zehn Tagen die Ruinen unterhalb des Mount Arapa gefunden. Berichte über die Entdeckung waren in allen Fachzeitschriften und populären Magazinen erschienen. Betitelt als Entdecker der »Wolkenruinen« strahlte einem das Bild seines Onkels von vielen Titelseiten entgegen. Und er hatte es verdient – mit seiner Demonstration von hartnäckiger Extrapolation und archäologischem Geschick.

Natürlich war diese Einschätzung auch von Sams Gefühlen seinem Onkel gegenüber gefärbt. Hank hatte ihn erzogen, seit Sams Eltern bei einem Verkehrsunfall ums Leben gekommen waren. Damals war Sam neun Jahre alt gewesen. Im gleichen Jahr, nur etwa vier Monate zuvor, war Henrys Frau an Krebs gestorben. Ihre Trauer hatte sie zusammengebracht und eine tiefe Bindung zwischen ihnen entstehen lassen. Die beiden waren nahezu unzertrennlich geworden. Deshalb überraschte es niemanden, dass Sam eine Karriere in Archäologie bei Texas A&M anstrebte.

»Ich schwöre, wenn du deine Ohren nur weit genug aufsperrst«, sagte Norman, »hörst du sogar den Schrei der Krieger aus den Höhen der Berggipfel, das Geflüster der Händler und Käufer in der Unterstadt und die Lieder der Arbeiter auf den Terrassenfeldern hinter den Mauern.«

Sam gab sich alle Mühe, hörte jedoch nur hin und wieder

eine menschliche Stimme oder das Scharren von Schaufeln und Picken aus einem Loch in der Nähe. Das waren nicht die toten Inka, sondern seine Kommilitonen und die Arbeiter, die tief im Herzen der Ruine schufteten. Das klaffende Loch führte zu einem Schacht, der zehn Meter senkrecht nach unten fiel und in einem Bienenstock von ausgegrabenen Räumen und Gängen endete. Die unterirdische Struktur erstreckte sich über mehrere Ebenen hinweg. Sam richtete sich höher auf. »Du solltest Dichter sein, Norman, nicht Journalist.«

Norman seufzte. »Versuche einfach, mit dem Herzen zu horchen, Sam.«

Sam antwortete mit einer noch schleppenderen Version seines ohnehin breiten westtexanischen Akzents. Er wusste, dass er Norman damit auf die Palme bringen konnte. »Gerade im Augenblick höre ich lediglich meinen Magen. Und der beklagt sich bloß darüber, dass es Essenszeit ist.«

Norman sah ihn finster an. »Ihr Texaner habt keine Poesie in euren Seelen. Bloß Eisen und Staub.«

»Und Bier. Vergiss das Bier nicht!«

Plötzlich erregte ein Klingelton vom Laptop ihre Aufmerksamkeit, der ihnen sagte, dass es schon sechs Uhr nachmittags war.

Aus Sams Kehle drang ein Röcheln. »Wir tarnen den Platz besser, bevor die Sonne untergeht. In der Nacht wimmelt es hier von Räubern.«

Norman nickte, drehte sich um und sammelte die hinter ihm liegenden Kameras ein. »Da wir gerade von Grabräubern sprechen – ich habe vergangene Nacht Gewehrfeuer gehört«, meinte er.

Stirnrunzelnd verstaute Sam seine Pinsel und die zahnärztlichen Instrumente. »Guillermo musste eine Bande von *huaqueros* verscheuchen. Sie haben versucht, einen Tunnel in unsere Ruinen zu graben. Wenn Gil sie nicht entdeckt hätte, hätten sie womöglich ein Loch in die Ausgrabungsstätte gerissen und Monate der Arbeit zunichte gemacht.«

»Gut, dass dein Onkel daran gedacht hat, Wachen anzuheuern.«

Sam nickte, hörte jedoch aus Normans Worten einen gewissen Widerwillen gegen Guillermo Sala heraus, den Ex-Polizisten aus Cusco, der auf der Expedition für den Schutz verantwortlich war. Sam empfand ähnlich wie der Journalist. Gil hatte schwarze Haare und Augen und dazu Narben, die er, wie Sam argwöhnte, nicht unbedingt seiner Pflichterfüllung zu verdanken hatte. Ihm waren auch die Seitenblicke aufgefallen, die der Wächter mit seinen Kumpels austauschte, wenn Maggie vorüberging. Bei den hingeworfenen spanischen Gesprächsfetzen, die sich mit gutturalem Gelächter abwechselten, kochte Sam das Blut in den Adern.

»Ist bei dem Schusswechsel jemand verletzt worden?«, fragte Norman.

»Nein, es waren bloß Warnschüsse, um die Diebe abzuschrecken.«

Norman verstaute weiter seine Ausrüstung. »Glaubst du wirklich, wir finden ein paar Grabstätten, die vor Reichtümern nur so strotzen?«

Sam lächelte. »Und entdecken den Tut-Ench-Amun der neuen Welt? Nein, das glaube ich nicht. Das Gold lockt die Diebe an, aber nicht meinen Onkel. Ihn lockt *Wissen* hierher – und die Wahrheit.«

»Aber wonach sucht er so beharrlich? Soweit ich weiß, ist er hinter einem Beweis für ein anderes Volk her, das vor den Inka hier gelebt hat, aber weshalb diese sture Forderung nach Geheimhaltung? Ich muss den *Geographic* irgendwann vor dem nächsten Redaktionsschluss auf den neuesten Stand bringen.«

Sam zog die Brauen zusammen. Er hatte keine Antwort

für Norman. Ihm selbst schwirrten die gleichen Fragen durch den Kopf. Onkel Hank hütete jedes Informationsbruchstück wie seinen Augapfel. Aber das hatte dem Professor schon immer ähnlich gesehen. Auf allen anderen Gebieten war er offen, aber wenn Angelegenheiten beruflicher Natur ins Spiel kamen, konnte er sich völlig zugeknöpft geben.

»Ich weiß es nicht«, erwiderte Sam schließlich. »Aber ich vertraue dem Professor. Wenn er die Nase in was reingcsteckt hat, müssen wir halt einfach abwarten.«

Plötzlich ertönte aus dem Loch auf der angrenzenden Terrasse ein Ruf herüber. »Sam! Sieh dir das mal an!«

Ralph Isaacsons behelmter Kopf schoss aus dem Schacht hervor. Seine Augen leuchteten vor Aufregung. Der hoch aufgeschossene afro-amerikanische Student kam von der Universität Alabama. Er hatte sein Vorstudium über ein Football-Stipendium finanziert und aufgrund seiner überragenden Leistungen ein akademisches Stipendium bekommen, um seinen Abschluss in Archäologie zu machen. Er war ebenso scharfsinnig wie muskulös. »Das musst du dir ansehen!« Die Karbidlampe auf Ralphs Helm warf ihren Schein zu ihnen herüber. »Wir sind auf eine versiegelte Tür mit einer Inschrift darauf gestoßen!«

»Ist die Tür unversehrt?«, rief Sam aufgeregt zurück und erhob sich.

»Ja! Und Maggie sagt, es sieht so aus, als hätte sich noch niemand daran zu schaffen gemacht.«

Das konnte der Durchbruch sein, auf den sie alle während der vergangenen Monate gewartet hatten. Ein unberührtes Grab oder ein Königsgemach in den uralten Ruinen. Sam half Norman, der unter seinen vielen Kameras förmlich begraben war, die steile Treppe zur höchsten Terrasse des Sonnenplatzes hinauf.

»Meinst du ...?«, schnaufte Norman.

Sam hielt eine Hand hoch. »Ist vielleicht bloß das unterste Geschoss zu einem der Inkatempel. Hängen wir unsere Erwartungen nicht zu hoch!«

Als sie die ausgegrabene Terrasse erreicht hatten, war Norman völlig außer Atem. Ralph runzelte verächtlich die Stirn, während er den Fotografen dabei beobachtete, wie er sich abmühte. »Hast du Schwierigkeiten? Könnte Maggie fragen, ob sie hilft, dich zu tragen.«

Der Fotograf verdrehte die Augen und enthielt sich jeden Kommentars. Zum Reden fehlte ihm einfach die Luft.

Sam trat zu ihnen. Auch er atmete schwer. Jede Anstrengung in dieser Höhe schlug auf Lunge und Herz. »Lass ihn in Ruhe, Ralph!«, tadelte er ihn. »Zeig uns lieber, was du gefunden hast.«

Kopfschüttelnd ging Ralph mit seiner Helmlampe voran. Seine mächtige Gestalt füllte den einen Meter breiten Schacht völlig aus, als er die Leiter hinabstieg. Anders als Sam verstand er sich mit Norman nicht besonders. Seit der Fotograf sich zu seiner sexuellen Orientierung bekannt hatte, war es zunehmend zu Reibereien zwischen den beiden gekommen. Ralph war im Bibelgürtel aufgewachsen und anscheinend nicht in der Lage, sich von gewissen Vorurteilen zu trennen, die nichts mit der Hautfarbe zu tun hatten. Doch hatte Henry darauf bestanden, dass sie zusammenarbeiten. Ein Team waren. Also arbeiteten die beiden mehr oder weniger grummelnd zusammen.

»Esel!«, murmelte Norman unterdrückt und hängte seine Kameras um.

Sam schlug dem Fotografen freundschaftlich auf die Schulter und warf einen Blick in das Loch. Die Sprossen führten zehn Meter nach unten zu dem Labyrinth aus Kammern und Gängen. »Lass dich von ihm nicht provozieren«, meinte er und zeigte auf die Leiter. »Also los! Ich folge dir.«

Beim Abstieg wurde Ralph zunehmend aufgeregter.

Man hörte es seinen Worten an, als er sagte: »Wir haben heute Morgen die Carbon-Datierung der tiefsten Ebene erhalten. Hast du schon gehört, Sam? 1100 nach Christus. Zwei volle verdammte Jahrhunderte vor den verdammten Inka!«

»Ich hab's gehört«, erwiderte Sam. »Aber wegen des Unsicherheitsfaktors bei einer solchen Datierung ist das Ergebnis nach wie vor ungewiss.«

»Vielleicht ... aber warte mal, bis du die Bilder vor Augen hast!«

»Stammen sie von den Inka?«, rief Sam hinab.

»Kann ich noch nicht sagen. Als wir die Tür freigelegt haben, bin ich gleich rauf, um dich zu holen. Maggie ist unten und versucht, die Tür zu säubern. Ich war der Meinung, wir sollten alle dabei sein.«

Sam kletterte weiter. Das Licht, das von den Lampen unten heraufströmte, warf Schatten auf die Wände des Schachts. Er konnte sich Maggie vorstellen, wie sie über die Tür gebeugt dastand, die Nase nur Zentimeter entfernt, und mit Pinsel und Pinzetten Stück für Stück die Geschichte dieses Volks von jahrhundertealtem Schlamm und Lehm befreite. Auch konnte er sich ihr kastanienbraunes Haar vorstellen, das bei der Arbeit zu einem langen Pferdeschwanz zurückgebunden war, ihre Nase, die sie auf eine bestimmte Art rümpfte, wenn sie äußerst konzentriert war, die kleinen Laute der Freude, die sie von sich gab, wenn sie etwas Neues entdeckt hatte. Könnte er doch bloß ein Zehntel der Aufmerksamkeit auf sich lenken, die sie den Steinen der Ruine widmete!

Sam glitt auf einer Sprosse aus und musste rasch zupacken, um nicht zu stürzen.

Nach drei weiteren Sprossen berührten seine Füße Felsboden. Er stieg von der Leiter und betrat die enge Höhle auf der ersten Ebene. Das grelle Licht der Neonlampen stach in seine Augen und ihm hing der schwere Geruch nach umgewendeter Erde und feuchtem Ton in der Nase. Das hier war keine staubtrockene Grabstätte in Ägypten. Vom immer währenden Dunst und den regelmäßigen Regenstürmen in den Regenwäldern der hohen Anden war der Boden mit Feuchtigkeit gesättigt. Statt gegen Sand kämpften die Archäologen gegen verfaulte Wurzeln und feuchten Ton, um die unter der Erde eingeschlossenen Rätsel zu befreien. Rings umher erstrahlte die Handwerkskunst alter Baumeister im Lampenschein. Ziegel und Steine waren so geschickt aneinander gefügt worden, dass nicht einmal eine Messerklinge dazwischengepasst hätte. Aber selbst ein solcher Bau konnte dem Zahn der Zeit nicht gänzlich trotzen. Viele Bereiche der unterirdischen Anlage waren durch Ranken sowie über Jahrhunderte angehäuften Lehm und Erde instabil geworden.

Die Ruinen ringsumher ächzten. Das Geräusch kam völlig regelmäßig: unter Spannung stehende Steine, die sich setzten, nachdem das Team Lehm und Erde aus den Räumen und Gängen entfernt und sie auf diese Weise quasi ausgehöhlt hatten. Die hiesigen Quecha-Arbeiter hatten ein Netzwerk aus Holzbalken errichtet, die die uralten, von Wurzeln beschädigten Wälle und Decken stützten. Dennoch ächzte und stöhnte der unterirdische Bau nach wie vor unter dem Gewicht der darauf angehäuften Erde.

»Hier entlang«, sagte Ralph und führte sie zu der hölzernen Leiter, die zur zweiten Ebene von Tunnels und Räumen hinabging. Auch das war nicht ihr endgültiges Ziel. Erst nachdem sie zwei weitere Leitern hinuntergestiegen waren, erreichten sie die tiefste Ebene, die fast zwanzig Meter unter der Erde lag. Dieser Abschnitt war noch nicht vollständig gesäubert und katalogisiert worden. Inmitten des Labyrinths aus schmalen, freigelegten Tunnels und Räumen, die von hölzernen Rahmen gestützt wurden, schleppten Arbeiter mit bloßem Oberkörper Säcke voller Schlamm und Schutt.

Normalerweise hallten in den Tunnels die Lieder der Arbeiter wider, aber jetzt war alles ruhig. Selbst die Arbeiter ahnten etwas von der Bedeutung dieses Funds.

Wie eine Wolldecke lag die Stille über den Ruinen. Sogar der geschwätzige Ralph hatte schließlich seine laut vorgetragenen Überlegungen über die Entdeckung der versiegelten Kammer eingestellt. Die drei schritten schweigend durch die letzten Tunnels der untersten Ebene. Nachdem sie sich im Gänsemarsch durch den Gang geschoben hatten, betraten sie die breite Kammer und Sam bekam schließlich mehr zu sehen als bloß Norman Fields' gebeugten Rücken.

Die Kammer war kaum größer als eine vollgepfropfte Garage. Dennoch spürte Sam in diesem kleinen, zwanzig Meter unter der Erdoberfläche begrabenen Raum, dass ein Stück Geschichte sich anschickte, enthüllt zu werden. Die gegenüberliegende Seite war eine Wand aus quaderförmigen Steinen und erneut so wunderbar errichtet, dass sich die Granitbrocken zusammenschoben wie ein kompliziertes Puzzlespiel. Obwohl sie nach wie vor an vielen Stellen von Lehm und Schlamm bedeckt war, hatte die Kunst der Baumeister offensichtlich der Zeit und den Elementen getrotzt. Doch so erstaunlich die gesamte Architektur war – es war etwas in der Mitte der Mauer, das aller Blicke auf sich zog. Ein Bogen aus rohem Stein, in dessen Öffnung ein sorgfältig eingepasster Felsbrocken eingelassen war und über den horizontal drei statische Bänder aus einem matt schimmernden Metall verliefen. Jedes war eine Handspanne breit und sowohl an der Tür als auch am Rahmen mit Bolzen befestigt.

Offenbar war niemand durch dieses Portal geschritten, seit es versiegelt worden war.

Sam musste sich zwingen, Luft zu holen. Was hinter der verschlossenen Tür auch liegen mochte, es war mehr als bloß ein Durchgang zu einem weiteren Untergeschoss. Derjenige, der es versiegelt hatte, wollte etwas schützen und bewahren, das in seiner Gesellschaft von gewaltigem Wert war. Auf der anderen Seite dieses Portals lagen seit Jahrhunderten unangetastete Geheimnisse.

Es war Ralph, der schließlich die Stille durchbrach. »Das verdammte Ding ist fester versiegelt als Fort Knox!«

Seine Worte lösten den Bann, den der Anblick der Tür über Sam geworfen hatte. Nun bemerkte er Maggie, die im Schneidersitz vor dem Portal saß. Sie hatte einen Ellbogen auf ein Knie gestützt und die Wange in die Hand geschmiegt. Den Blick hielt sie auf die Tür gerichtet. Die Anwesenheit der anderen nahm sie nicht einmal zur Kenntnis.

Nur Denal, der dreizehnjährige Quecha-Junge, der im Lager als Übersetzer diente, begrüßte sie mit einem kleinen Kopfnicken, als sie hereinkamen. Sams Onkel hatte den Jungen von den Straßen Cuscos weg angeheuert. Denal war in einem Waisenhaus katholischer Missionare aufgewachsen und sprach ziemlich flüssig Englisch. Zudem war er respektvoll. Er lehnte rechts an einer der Holzstützen, eine unangezündete Zigarette zwischen den Lippen. In der Ausgrabungsstätte war Rauchen strikt untersagt, einerseits zum Schutz dessen, was freigelegt worden war, andererseits wegen der Luftqualität in den Tunnels.

Sam schaute sich um. Er bemerkte, dass jemand fehlte. »Wo ist Philip?«, fragte er. Als der Professor in die Staaten abgereist war, hatte er Philip Sykes, den ältesten Studenten, zum Leiter der Grabung bestimmt. Er hätte ebenfalls anwesend sein sollen.

»Sykes?« Maggie zog die Brauen zusammen. In ihrer Stimme lag ein leichter irischer Akzent, ein Zeichen ihrer

Anspannung. »Er hat eine Pause eingelegt. Ist vor über einer Stunde weg und seitdem nicht wieder aufgetaucht.«

»Selbst schuld«, murmelte Sam. Keiner schlug vor, den Harvard-Absolventen zu holen. Nach seiner Beförderung zum Teamleiter hatte Philips hochnäsiges Gehabe jeden zur Weißglut getrieben, sogar die stoischen Quecha. Sam trat zur Tür. »Maggie, Ralph hat was von einer Inschrift gesagt. Ist die lesbar?«

»Noch nicht. Ich habe sie von dem Schlamm befreit, wollte aber lieber nicht an der Oberfläche herumkratzen. Ich hatte Angst, die Inschrift zu beschädigen. Denal hat einen Arbeiter losgeschickt, der für die letzte Reinigung Alkohol und Pinsel holen soll.«

Sam ging näher an den Bogen heran. »Ich halte das für polierten Hematit«, meinte er und rieb über die Kante eines der Beschläge. »Seht mal, ist überhaupt nicht angerostet.« Er wich zurück, sodass Norman ein paar Fotos der unangetasteten Tür schießen konnte.

»Hematit?«, fragte Norman. Er maß die Helligkeit im Raum.

Während der Journalist seine Fotos machte, gab Ralph Antwort. »Die Inka haben die Kunst der Eisenschmelze nie entdeckt, aber die Berge hier in der Gegend waren reich an Hematit, einem Metallerz, das aus alten Einschlägen von Meteoriten stammt. Alle bis heute aufgefundenen Werkzeuge der Inka bestanden entweder aus einfachem Stein oder Hematit, weswegen der Bau ihrer komplizierten Stadtanlagen umso erstaunlicher ist.«

Als Norman fertig fotografiert hatte, streckte Maggie einen Finger nach dem obersten Metallbeschlag aus. Sie ließ ihn darüber schweben, als würde sie die Berührung fürchten. Mit der Fingerspitze fuhr sie das Metallband entlang, dort, wo es an dem steinernen Bogen befestigt war. Die Angeln waren so dick wie ein männlicher Daumen. »Derjenige, der das hier erbaut hat, wollte nicht, dass das, was sich dahinter verbirgt, jemals das Tageslicht erblickt.«

Ehe irgendwer hätte etwas dazu sagen können, schob sich ein schwarzhaariger Arbeiter in die Kammer, der Phiolen mit Alkohol und destilliertem Wasser sowie eine Hand voll Bürsten dabeihatte.

»Vielleicht liefern die Zeichnungen einen Hinweis auf das, was hinter diesem Tor liegt«, meinte Sam.

Er, Maggie und Ralph ergriffen jeder eine Bürste und strichen mit verdünntem Alkohol über die Beschläge. Norman sah zu, wie die Studenten sich abmühten. Sam arbeitete am mittleren Beschlag. Nase und Augen brannten ihm von den Dämpfen, während sich der Alkohol seinen Weg durch den Schmutz bahnte, der sich in die Inschriften auf dem Metall gesetzt hatte. Zuletzt sprühte Sam destilliertes Wasser darüber und spülte damit den Alkohol ab. Den drei Studenten wurden saubere Tücher gereicht, damit sie den abgelösten Schmutz wegwischen konnten.

Sam rieb mit sanften kreisenden Bewegungen die Mitte seines Beschlags ab.

Maggie arbeitete an dem Siegel über ihm, Ralph an dem darunter. Er hörte Ralph leise aufkeuchen. Bald tat es ihm Maggie nach. »Heilige Mutter Maria, das ist Latein«, sagte sie. »Aber das ... das ist unmöglich!«

Sam blieb als Einziger ruhig. Nicht, weil auf seinem Beschlag nichts gestanden hätte, sondern weil ihm das, was er freigelegt hatte, einen Schock versetzte. Er wich vor dem halb gesäuberten Beschlag zurück und zeigte sprachlos auf dessen Mitte.

Norman beugte sich näher zu der Stelle, an der Sam gearbeitet hatte. Auch er blieb stumm und richtete sich bloß mit offenem Mund auf.

Sam starrte weiter die freigelegte Stelle an. Mitten in den

Beschlag war ein Kreuz geritzt, an dem die winzige Gestalt eines Mannes hing.

»Jesus Christus!«, fluchte Sam.

Guillermo Sala saß auf einem Baumstumpf am Rand des Regenwalds, ein Gewehr an seinem Knie. Die Sonne, die hinter ihm dem Horizont entgegenkroch, warf die schlanken Schatten junger Schößlinge, die am Rand der Ruine wuchsen, fünfzehn Meter weit zu der viereckigen Grube. Aus der Öffnung drang der Schimmer von Laternen in die Dämmerung hinaus und verschluckte die Schatten, die nach dem Schacht griffen. Sogar die hungrigen Schatten wussten, was dort unten lag, dachte Gil. Gold.

»Wir könnten ihnen jetzt die Kehle durchschneiden«, meinte Juan zu ihm. Er nickte zu dem Kreis aus Zelten hinüber. Die Wissenschaftler hatten sich dorthin zurückgezogen, um die eingeritzten Bilder auf dem Grabmal zu studieren. »Und Grabräubern die Sache in die Schuhe schieben.«

»Nein. Mord an *Gringos* wirbelt zu viel Staub auf«, erwiderte Gil. »Wir halten am Plan fest. Warten die Nacht ab. Wenn sie schlafen.« Er saß geduldig da, während Juan neben ihm nicht still sitzen konnte. Vier Jahre in einem chilenischen Gefängnis hatten Gil viel darüber gelehrt, wie hoch der Preis für zu große Eile sein konnte.

Juan fluchte unterdrückt. Gil hingegen horchte lediglich auf die Geräusche des erwachenden Regenwalds hinter sich. Nachts im Mondschein wurde der Dschungel lebendig. Jeden Abend fand in den schwarzen Schatten das Spiel zwischen Jäger und Gejagtem statt. Gil liebte diese Zeit des Abends, das erste Erwachen eines Waldes, der seine grüne Unschuld abschüttelte und sein schwarzes Herz zeigte.

Ja, er konnte wie der Regenwald auf die Nacht und den Mond warten. Schließlich hatte er schon fast ein volles Jahr gewartet. Zunächst, während er dafür gesorgt hatte, dass er als Wächter für dieses Team angeheuert wurde, dann, als er seine Gefolgschaft zusammengestellt hatte. Er war zur Bewachung der Grabstätte hergekommen und erfüllte seine Pflicht – aber nicht, um die Vergangenheit für diese Yankee-Wissenschaftler zu bewahren, sondern um sich selbst die Schätze zu sichern.

Diese Amerikaner, diese *Maricons*, ließen ihm mit ihrer Blindheit der Armut gegenüber die Galle hochsteigen. Die Grabmale eines Landes zu geschichtswissenschaftlichen Zwecken auszurauben, wo doch die kleinste Kostbarkeit dort unten eine Familie auf Jahre ernähren könnte! Gil erinnerte sich an die Schätze, die 1988 in Pampa Grande in einem unberührten Grabmal der Moche entdeckt worden waren. Ein wahrer Strom aus Gold und Edelsteinen. Bauern, die versucht hatten, auch nur einen Krümel aus der reichen Ernte zu ergattern, waren durch die Hände der Wächter gestorben, nur damit die Schätze in ausländischen Museen dahinsiechen konnten.

Eine solche Tragödie wird sich hier nicht wiederholen, dachte er. *Es war das Erbe unseres Volks! Wir sollten diejenigen sein, die von unserer Vergangenheit profitieren!*

Gils Hand verirrte sich zu der Ausbuchtung in seiner Weste. Dort steckte eines der vielen Geschenke der linksgerichteten Guerilla in den Bergen, die Gil bei diesem gewagten Unternehmen unterstützt hatte. Er tätschelte die Handgranate in seiner Tasche.

Eigentlich sollte sie lediglich nach dem Grabraub die Spuren verwischen, aber wenn diese *pelotudo* Amerikaner versuchten, dazwischenzugehen ... na ja, es gab immer raschere Methoden zu sterben als durch eine Messerklinge.

Maggie O'Donnel verachtete Latein. Das war nicht einfach nur Widerwillen gegen die tote Sprache, sondern eine von Herzen kommende Abscheu. Sie hatte eine strikt katholisch geführte Schule in Belfast besucht und war zu einem jahrelangen Studium der lateinischen Sprache gezwungen gewesen. Doch selbst nach wiederholten Schlägen auf die Fingerknöchel durch sadistische Nonnen war davon nichts bei ihr hängen geblieben. Jetzt starrte sie die Kohle-Nachzeichnung der Inschrift an der Tür an, die sie auf dem Tisch im Hauptzelt ausgebreitet hatten.

Sam hatte ein Vergrößerungsglas über einer der filigranen Zeichnungen des obersten Beschlags angebracht. Über seinem Kopf baumelte eine Lampe. Er war der beste Epigraphiker der Studentengruppe, äußerst geschickt im Entziffern uralter Sprachen. »Meiner Meinung nach heißt das hier *Nos Christi defenete*, aber dafür würde ich nicht meine Hand ins Feuer legen.«

Norman Fields, der Journalist, blickte Sam über die Schulter, die Kamera auf der Hüfte schussbereit.

»Und was bedeutet das, zum Teufel noch mal?«, fragte Maggie säuerlich. Sie kam sich überflüssig vor, da sie außerstande war, etwas zur Übersetzung beizutragen. Ralph Isaacson, mit dessen Kenntnissen des Lateinischen es ebenfalls nicht weit her war, verstand zumindest etwas vom Kochen. Er bemühte sich draußen vor dem Zelt, ein Feuer im Herd anzuzünden und das Abendessen zuzubereiten.

Seit der Abreise des Professors hatte das Team unter Aufbietung aller Kräfte die Ruinen gesäubert und so viel wie möglich katalogisiert. Jeder hatte seine bestimmten Aufgaben. Jeden Abend übernahm Ralph das Kochen und überließ Norman und Sam den Abwasch, während Maggie und Philip methodisch den Tagesbericht in das Computerlogbuch eintrugen.

Sam unterbrach ihre Träumerei. Er rümpfte die Nase, während er versuchte, die Inschrift zu entziffern. »Ich glaube, es soll heißen ›Christus behüte sie‹ oder ›Christus beschütze sie‹«, meinte er. »Etwas in der Richtung.«

Philip Sykes, der älteste Examensstudent, lag auf einer Decke, ein kühlendes Tuch über den Augen. In ihm schwärte deutlich die Verärgerung darüber, dass man ihn bei der Entdeckung außen vor gelassen hatte. »Falsch«, sagte er bissig, ohne sich von der Stelle zu rühren. »Übersetzt heißt es ›Christus beschütze *uns*‹, nicht *sie.*« Dieser Richtigstellung folgte ein abschätziger Laut.

Maggie seufzte. Kein Wunder, dass Philip so gut Latein konnte. Ein Grund mehr, diese ›Sprache‹ zu hassen. Er war schon immer ein Fan von trivialem Wissen gewesen und lauerte immerzu darauf, die Irrtümer anderer Studenten zu korrigieren. Aber während ihm, was Fakten anging, niemand das Wasser reichen konnte, fehlte es ihm an praktischer Erfahrung – und genau deshalb hatten sie ihn jetzt am Hals. Er musste Ausgrabungsstunden sammeln, bevor er promovieren konnte. Maggie war sich sicher, dass dieser Wichser anschließend nie wieder die efeuumrankten heiligen Hallen von Harvard verlassen würde, seine Alma Mater, wo gewiss der Lehrstuhl für Archäologie seines verstorbenen Vaters auf ihn wartete. In der Ivy League herrschte nach wie vor die Vetternwirtschaft. Und Philip standen als Sohn eines geschätzten Kollegen alle Türen offen.

Sie straffte die Schultern und schob sich näher an Sam heran. Sie musste gähnen, sie konnte nicht anders. Es war ein langer Tag gewesen, gekrönt von fieberhafter Betriebsamkeit: das Tor fotografieren, Gipsabdrücke der Beschläge anfertigen, die Inschrift mit einem Kohlestift abzeichnen und schließlich die ganze Sache dokumentieren.

Sam schenkte ihr ein kleines Lächeln und rückte zu der Skizze des mittleren Beschlags hinüber. Sie zeigte lediglich ein einzelnes Kruzifix, das in das metallische Hematit graviert war. Keine weitere Inschrift. Sam senkte sein Vergrößerungsglas auf das dritte und letzte Papier herab. »Hier steht viel drauf. Aber die Schrift ist bei weitem kleiner und längst nicht so gut erhalten«, meinte er. »Ich kann nur einen Teil entziffern.«

»Na ja, was kannst du denn lesen?«, fragte Maggie und sank in einen Klappstuhl am Tisch. Der Schmerz hinter der rechten Schläfe wurde immer heftiger.

»Gib mir ein paar Minuten.« Sam legte den Kopf schief und spähte mit zusammengekniffenen Augen durch sein Vergrößerungsglas. Sein Stetson, den er normalerweise trug, lag neben ihm auf dem Tisch. Professor Conklin hatte auf einem Minimum an Manieren hier draußen im Regenwald bestanden. In den Zelten mussten Hüte herunter und Sam hielt sich nach wie vor ans Protokoll, auch wenn sein Onkel nicht da war. Er war gut erzogen, dachte Maggie mit einem heimlichen kleinen Lächeln. Sie sah den Neffen des Professors an. Seine dunkelblonden Haare zeigten noch immer den Hutabdruck.

Maggie widerstand dem Drang, die Hand auszustrecken und ihm das Haar zurechtzuwuseln. »Was meinst du also, Sam? Bist du wirklich der Ansicht, die spanischen Konquistadoren hätten die Inschrift auf diesen Beschlägen angebracht?«

»Wer sonst? Die Konquistadoren müssen diese Pyramide gesucht und ihre Spur hinterlassen haben.« Sam hob den Kopf. Seine Stirn zeigte tiefe Furchen. »Und wenn die Spanier hier gewesen sind, können wir uns von dem Gedanken verabschieden, dass die Grabstätte unversehrt geblieben ist. Unsere einzig verbliebene Hoffnung besteht darin, dass uns die Eroberer ein paar Bröckchen hinterlassen haben, um Docs Theorie zu beweisen.«

»Aber den Quellen zufolge haben die Spanier keine einzige Stadt in dieser Region entdeckt. Nirgendwo steht etwas davon, dass die Konquistadoren ihre gierigen Krallen je so weit über Cusco hinaus ausgestreckt hätten.«

Sam zeigte bloß auf den Tisch mit den Inschriften. »Da liegt der Beweis. Wir werden also wenigstens nicht mit leeren Händen dastehen. Die Konquistadoren, die hierher gekommen sind, haben es nicht mehr zurück zu den Bataillonen in Cusco geschafft. Die Ureinwohner müssen sie getötet haben, bevor sie aus den Bergen herausgekommen sind. Die Entdeckung dieser Stadt ist mit ihnen gestorben.«

»Also hatten sie vielleicht keine Gelegenheit, diese Grabstätte zu plündern«, beharrte Maggie.

»Vielleicht ...«

Aber sie wusste selbst, dass ihre Theorie nicht sehr überzeugend war. Denn wenn die Erorberer die Zeit gehabt hatten, die Beschläge mit Inschriften zu versehen, wäre ihnen mehr als genug Zeit geblieben, den Tempel zu plündern. Ihr fiel jedoch nichts mehr zu sagen ein, also sackte sie bloß auf ihrem Stuhl zusammen.

Sam ergriff das Wort. »Na gut. Mehr kann ich diesem Durcheinander da nicht entnehmen. *Domine sospitate* blablabla *hoc sepulcrum caelo relinquemus*. Dann einige Zeilen, die ich überhaupt nicht entziffern kann, und am Schluss: *ne perturbetur.* Das war's.«

»Und was heißt das?«, fragte Maggie.

Sam zuckte mit den Schultern und schenkte ihr sein berühmtes Klugscheißerlächeln. »Sehe ich aus wie ein Römer?«

»O mein Gott!«, rief Philip aus und erregte damit sogleich Maggies und Sams Aufmerksamkeit. Er fuhr so ruckartig in die Höhe, dass ihm das Tuch vom Gesicht in den Schoß fiel.

»Was ist?« Sam senkte seine Lupe.

»Der letzte Teil heißt übersetzt: *Wir überlassen dieses Grab dem Himmel. Möge es nie gestört werden.*«

Plötzlich schob sich Ralph ins Zelt, in den Händen vier Becher. »Wer möchte Kaffee?« Er hielt inne, als er sie alle mit weit aufgerissenen Augen und wie erstarrt dastehen sah. »Was ist denn los?«

Sam fand als Erster die Sprache wieder. »Wie wär's, wenn wir stattdessen eine Flasche Champagner köpfen? Einen Toast auf ein paar alte Konquistadoren ausbringen dafür, dass sie unsere Investitionen hier beschützt haben.«

»Was?«, fragte Ralph, auf dessen Gesicht sich völlige Verwirrung zeigte.

Als Philip das Wort ergriff, verriet seine Stimme die unterdrückte Aufregung. »Mr. Isaacson, unser Grab ist vielleicht noch unversehrt!«

»Woher wissen Sie ...?«

Maggie hielt ihm eines der Papiere hin. »Meine Güte, man muss halt was für Latein übrig haben.«

Sam konnte seine Aufregung kaum verbergen, während er darauf wartete, dass die Verbindung zwischen seinem Computer und der Universität via Satellit hergestellt wurde. Er saß im Kommunikationszelt und die anderen Studenten hatten sich um ihn versammelt. Das Zelt war wetterfest und schützte somit die empfindliche Ausrüstung vor dem ewigen Dunst des hoch liegenden Regenwalds.

Zum hundertsten Mal sah Sam nach, wie spät es war. Zwei Minuten vor zehn. Täglich um zehn Uhr abends brachten Sam oder Philip den Professor über den Fortschritt bei der Ausgrabung auf den neuesten Stand. In dieser Nacht hatte das Team jedoch zum ersten Mal aufregende Neuigkeiten zu vermelden. Sam drückte eilig die Tasten, als die Verbindung zustande kam, und schaltete das Video ein. Das rote Licht an der kleinen Kamera auf dem Monitor blinkte. Die Videoübertragung via Satellit war ein Geschenk der National Geographic Society. »Bitte recht freundlich!«, brummte Sam, nachdem er die Internetadresse seines Onkels aufgerufen hatte.

Summend stellte der Computer die Verbindung her und ein kleines, flackerndes Bild von Henry erschien in der oberen rechten Ecke des Monitors. Sam drückte auf einige Tasten und es füllte den gesamten Bildschirm aus. Die Videoverbindung war lausig. Als sein Onkel mit der Hand zum Gruß winkte, fuhren die Finger ruckend über sein Gesicht.

Sam zog das Mikrofon näher heran. »Hallo, Doc.«

Sein Onkel lächelte. »Wie ich sehe, sind heute Abend alle bei dir. Du musst was für mich haben.«

Sam tat von dem breiten Grinsen schon das Gesicht weh, aber er würde sich die Beute des Teams nicht so leicht entreißen lassen. »Klär uns doch zunächst mal über die Mumie auf! Du hast gestern gesagt, dass heute früh das CT auf dem Programm stand. Wie ist's gelaufen?« Sam bedauerte die Frage, sobald er sah, wie sich das Gesicht seines Onkels verdüsterte. Selbst aus viertausend Kilometern Entfernung konnte er erkennen, dass der alte Mann keine guten Nachrichten hatte. Sams Lächeln erstarb. »Was ist passiert?«, fragte er ernster.

Henry schüttelte den Kopf – erneut verlief die Bewegung ruckartig, aber die Worte strömten glatt aus dem Empfänger. »Wir haben mit unserer Einschätzung Recht gehabt, dass die Mumie kein Inka ist«, begann er. »Unseligerweise handelte es sich jedoch um einen Europäer.«

»Was?« Die Übrigen waren ebenso schockiert wie Sam.

Henry hielt eine wabernde Hand hoch. »Soweit ich es sagen kann, war er ein Dominikanerpriester, möglicherweise ein Mönch.«

Maggie beugte sich zum Mikrofon vor. »Und die Inka haben einen ihrer verhasstesten Feinde mumifiziert – den Priester eines fremden Gottes?«

»Ich weiß. Klingt seltsam. Ich werde vor meiner Rückkehr über die Geschichte dieses Mönchs ein wenig recherchieren. Ist zwar nicht das, was ich beweisen wollte, aber trotzdem faszinierend.«

»Insbesondere im Licht unseres Funds hier«, fügte Sam hinzu.

»Was willst du damit sagen?«, fragte Henry.

Sam berichtete von ihrer Entdeckung der versiegelten Tür und der lateinischen Inschriften.

Nachdem er seine Beschreibung abgeliefert hatte, nickte Henry. »Also haben die Konquistadoren wahrhaftig den Ort gefunden. Verdammt!« Er nahm langsam die Brille ab und rieb sich die kleinen Abdrücke auf den Nasenflügeln. Seine nächsten Worte wirkten eher wie laut gedacht. »Aber was ist hier vor fünfhundert Jahren geschehen? Die Antwort muss hinter dieser Tür liegen.«

Sam hörte fast die Rädchen im Kopf seines Onkels surren.

Philip schnappte sich das Mikrofon. »Sollen wir die Tür morgen öffnen?«

Sam unterbrach, bevor sein Onkel Antwort geben konnte.

»Natürlich nicht. Ich bin der Meinung, wir sollten bis zu Docs Rückkehr warten. Wenn es ein bedeutender Fund ist, benötigen wir zur Untersuchung seine Sachkenntnis und seine Erfahrung.«

Philips Gesicht lief rot an. »Ich komme mit allem zurecht, was wir finden.«

»Du konntest ja nicht mal ...«

Henry ging dazwischen. Seine Stimme klang ernst und angespannt. »Mr. Sykes hat Recht, Sam. Öffnet die Tür morgen. Was da hinter dem versiegelten Portal verborgen liegt, hilft mir vielleicht bei meiner Forschungsarbeit hier in den Staaten.« Sein Onkel ließ den Blick über die gesamte Gruppe schweifen. »Und ich vertraue nicht bloß Philip. Ich zähle auf euch alle, dass ihr so weitermacht, wie ich es euch beigebracht habe – behutsam und methodisch.«

Trotz dieser letzten Worte bemerkte Sam den hämischen Ausdruck auf Philips Gesicht. Der Harvard-Absolvent wäre von jetzt an unausstehlich. Sams Finger umklammerten vor Ärger die Tischkante. Aber er wagte nicht, zu widersprechen. Er wollte nicht kleinlich wirken.

»Sam«, fuhr sein Onkel fort, »ich würde gern einige Worte mit dir unter vier Augen sprechen.« Das hörte sich hart und tadelnd an. »Ihr anderen legt euch besser aufs Ohr. Das wird morgen ein langer Tag werden.«

Ein Gemurmel erhob sich unter den anderen, als sie sich verabschiedeten und davonschlurften.

Henrys Stimme folgte ihnen aus dem Zelt. »Und gute Arbeit, Leute!«

Sam sah den anderen hinterher. Philip schlüpfte als Letzter aus dem Zelt, natürlich nicht, ohne ein triumphierendes Lächeln zu zeigen. Sam ballte die rechte Hand zur Faust.

»Sam«, fragte sein Onkel leise, »sind sie weg?«

Sam löste gewaltsam die geballte Faust und wandte sich wieder seinem Onkel zu. »Ja, Onkel Hank«, sagte er. Jetzt konnte er sich etwas vertraulicher geben.

»Ich weiß, dass Philip jeden zur Weißglut treiben kann. Aber er ist auch ein schlauer Bursche. Wenn er als Archäologe nur halb so gut ist wie sein Vater, wird aus ihm ein guter Wissenschaftler. Also sei ihm gegenüber etwas nachsichtig.«

»Wenn du meinst ...«

»Allerdings.« Henry schob seinen Sessel näher an den Computer heran. Sein zittriges Abbild auf dem Bildschirm wurde größer. »Jetzt zu dem Grund, weshalb ich mit dir unter vier Augen sprechen wollte. Obwohl ich Philip meine Unterstützung zugesagt habe, brauche ich dich, damit du morgen für mich Augen und Ohren bist. Du hast bei weitem mehr Grabungserfahrung und ich verlasse mich darauf, dass du ihn durch die Sache lotst.«

Sam konnte ein Aufstöhnen nicht unterdrücken. »Onkel Hank, er wird nie auf mich hören. Er benimmt sich schon jetzt wie der Platzhirsch.«

»Lass dir was einfallen, Sam.« Henry setzte seine Brille wieder auf und damit war die Sache erledigt. Schweigend starrte er Sam an, wie um ihn zu taxieren. »Wenn du meine Augen und Ohren sein sollst, wirst du alles wissen müssen, was ich weiß, Sam. Ich habe vor den anderen einige Dinge geheim gehalten. Aber damit du deine Entdeckung morgen im richtigen Licht betrachten kannst, musst du vollständig informiert sein.«

Sam setzte sich aufrechter hin. Plötzlich war sein Ärger über Philip verflogen. »Worüber?«

»Zwei Dinge. Zunächst: Der Mumie ist hier an der Johns Hopkins etwas Merkwürdiges zugestoßen.« Henry berichtete, wie der Schädel der Mumie explodiert war, und von der leuchtend goldenen Masse, die überall herumgeflogen war.

Sam hob die Brauen. »Mein Gott, Onkel Hank, was ist da passiert, zum Teufel?«

»Die hiesige Pathologin vertritt die These, dass durch das plötzliche Auftauen möglicherweise eingeschlossenes Methan explodiert ist. Aber in vier Jahrzehnten Praxisarbeit habe ich so etwas noch nie gesehen. Und dieses Zeug ... Dr. Engel untersucht, woraus es besteht. In ein paar Tagen bin ich vielleicht schlauer, aber bis dahin sollst du die Augen offen halten. Vielleicht wird das Geheimnis, was in diesem Ort vor fünf Jahrhunderten geschehen ist, gelüftet, wenn du diese Tür öffnest.«

»Ich werde auf alle erdenklichen Hinweise achten und behutsam weitermachen, selbst wenn ich Philip ganz fest an die Kandare nehmen muss.«

Sein Onkel lachte. »Aber vergiss nicht, Sam, dass ein erfahrener Reiter ein williges Pferd am besten durch ganz leise

Berührungen der Zügel lenkt! Lass Philip in dem Glauben, er sei der Leiter, dann wird schon alles gut gehen.«

Sam runzelte die Stirn. »Trotzdem ... weswegen die Geheimniskrämerei, Onkel Hank?«

Henry seufzte und schüttelte leicht den Kopf. Plötzlich bekam er müde Augen und wirkte dadurch viel älter. »In der Welt ist es wichtig, manches lieber geheim zu halten.« Er warf Sam einen Blick zu. »Denk an die Plünderer! Sogar in der abgelegenen Wildnis der Anden ziehen ein paar lose Mäuler die Räuber an wie ein Pferdeapfel die Fliegen. Das ist in der Welt der Wissenschaftler nicht anders. Ein paar achtlos hingeworfene Bemerkungen können finanzielle Zuwendungen, Stipendien und Positionen kosten. Das ist eine harte Lektion, die ich nicht gerne lehre.«

»Du kannst mir vertrauen.«

Henry lächelte. »Das weiß ich, Sam. Ich vertraue dir völlig. Ich hätte gern mein ganzes Wissen mit dir geteilt, aber ich wollte dich nicht mit Geheimnissen belasten. Noch nicht. Du wirst sehen, wie schwer es dich belastet, wenn du nicht offen mit deinen Kollegen sprechen kannst. Doch jetzt habe ich keine andere Wahl mehr, die Umstände zwingen mich jetzt dazu, meine Last auf deine Schultern zu wälzen. Du musst das letzte Teil des Puzzles kennen, den Grund, weshalb ich mir sicher bin, dass ein älteres Volk diese Stadt errichtet hat.« Er beugte sich näher zum Bildschirm. »Ich glaube sogar zu wissen, wer es war.«

»Wovon sprichst du? Wer? Diesem Ort ist überall das Siegel der Inka aufgeprägt.«

Sein Onkel hielt eine Hand hoch. »Ich weiß. Ich habe nie in Abrede gestellt, dass die Inka letztlich diesen Ort übernommen haben. Aber wer ist vor ihnen dort gewesen? Ich habe Geschichten gehört, mündlich überlieferte Geschichten aufgezeichnet, die über Generationen hinweg weitergegeben worden sind. Eine besagt, dass der erste Inkakönig in die heiligen Berge ging und eine Braut in einer wunderbaren Stadt entdeckte. Als er mit ihr zurückkehrte, errichtete er das Reich der Inka, das hunderte von Jahren überdauerte. Also geben die Inka sogar in ihren uralten Geschichten zu, dass ein fremdes Volk ihre Wurzeln teilte. Aber wer? Es ist das Geheimnis, hinter dem ich seit Jahrzehnten her bin. Meine Forschungen auf diesem Gebiet haben zu der Entdeckung dieser Ruinen geführt. Aber die Antwort auf die Frage – *wer hat diese Stadt errichtet?* –, die habe ich erst vergangenen Monat gefunden.«

Sam hatte es die Sprache verschlagen. Wie wild wirbelten die Gedanken in seinem Kopf herum und er versuchte sich vorzustellen, wie viel sein Onkel bisher verschwiegen hatte. »Du ... du weißt wirklich, wer diese Stadt errichtet hat?«

»Ich will es dir zeigen.« Henry griff nach der eigenen Tastatur und der eigenen Maus und klickte verschiedene Dateien an. »Ich würde liebend gern behaupten, dass es ein brillantes Stück Forschungsarbeit gewesen ist, aber in Wahrheit war es eins dieser zufälligen Ereignisse, die immer wieder die Archäologie voranbringen.«

Das Abbild seines Onkels schrumpfte zusammen und glitt in die Ecke des Bildschirms, bevor ein dreidimensionales Schema der gegenwärtigen Ausgrabungsstätte auftauchte. Farbige Linien markierten die verschiedenen Ebenen. Die Details auf der computergenerierten Landschaft sowie den aufragenden Ruinen erstaunten Sam. Mit Hilfe des Mauszeigers veränderte Henry das Bild auf dem Monitor und Sam sah nun ein herangezoomtes Luftbild der Ruinen oberhalb des Sonnenplatzes. Ein kleines schwarzes Quadrat kennzeichnete den Eingangstunnel.

»Hier ist unsere Ausgrabungsstätte. Der Tunnel in die unterirdischen Bauten.«

»Ich weiß«, meinte Sam, »aber was hat das mit ...?«

»Geduld, mein Junge.« Henry lächelte ihn aus der Bildschirmecke sarkastisch an. »Vergangenen Monat hatte ich ein wenig Glück – ich habe von einem Kollegen der Washington University in St. Louis eine CD-ROM erhalten. Darauf waren computergenerierte Karten mehrerer Moche-Pyramiden, in denen zur Zeit in Pampa Grande entlang der Küste gegraben wird. Siebenhundert Kilometer entfernt.«

»Moche-Stätten?« Sam fielen seine Lektionen über diese Region wieder ein. Viele Jahrhunderte vor dem Aufstieg der Inka-Zivilisation hatte das Volk der Moche auf einem dreihundert Kilometer langen Streifen entlang der peruanischen Küste gelebt. Sie waren Erbauer von Pyramiden und Meister komplizierter Metallverarbeitung gewesen. Ihre Blütezeit hatten sie zwischen 100 und 700 nach Christus erlebt. Anschließend war ihre Zivilisation aus unbekannten Gründen von der Bildfläche verschwunden.

Henry betätigte einige weitere Tasten und auf Sams Monitor teilte sich das Bild in zwei Hälften. Auf der linken war eine Luftaufnahme ihrer Ruinen zu sehen, auf der rechten das Computerschema einer flachen Pyramide. Sein Onkel zeigte mit dem Finger darauf. »Hier ist die Pyramide in der Pampa Grande.« Er zog das Bild auf die Spitze des Baus der Moche.

»Mein Gott!«, keuchte Sam.

»Jetzt kennst du mein kleines Geheimnis.« Die beiden Bilder überlappten sich und verschmolzen ineinander. Sie passten perfekt. »Der Sonnenplatz ist eigentlich die Spitze einer vergrabenen Pyramide der Moche. Unsere unterirdischen Ruinen sind in Wirklichkeit die Überreste einer unterirdischen Pyramide. Einer ihrer heiligen Tempel.«

»Meine Güte, Onkel Hank! Warum hältst du das geheim? Du solltest deine Entdeckung publik machen!«

»Nein. Erst wenn ich einen weiteren handfesten Beweis habe. Ich hatte gehofft, die Wissenschaftler hier an der Johns Hopkins könnten anhand der genetischen Fingerabdrücke der Mumie bestätigen, dass sie von den Moche abstammt, und meine Behauptungen somit untermauern. Aber ...« Henry zuckte mit den Schultern. »Mit jedem neuen Teilchen, das wir dem Puzzle hinzufügen, scheinen die Geheimnisse dieser Ruinen im Regenwald zuzunehmen.«

»Die Moche«, sagte Sam noch ganz benommen von zu vielen Informationen. Mumifizierte Priester, explodierende Schädel, vergrabene Pyramiden, merkwürdige Warnungen auf Latein ... wie brächten sie das alles miteinander in Verbindung?

Als hätte er die Gedanken seines Neffen gelesen, sagte Sams Onkel: »Die Antworten auf all diese Rätsel liegen vielleicht hinter jener Tür, Sam. Ich spüre es fast. Also sei auf der Hut!«

Guillermo beobachtete das dunkle Lager. Es war bald Mitternacht. Die jungen Wissenschaftler hatten sich ebenso wie die Quecha-Arbeiter in ihre Zelte zurückgezogen. Das einzige Licht kam von den Lampen rund um die Ausgrabungsstätte.

Gil nahm sein Gewehr und gab Juan und Miguel ein Zeichen.

Juan, dessen skeletthafte Gestalt unter den herabhängenden Zweigen des Walds kaum erkennbar war, stieß seinen Gefährten an. Miguel, breitschultrig, aber eher klein, trat aus dem Rand des Regenwalds heraus. Sein Rücken bog sich unter der Last des großen Segeltuchsacks mit den Werkzeugen, die sie zum Aufbrechen der Tür an der Grabstätte benötigten. Juan folgte, eine Spitzhacke über der Schulter.

Gil winkte sie zur höchsten Terrasse hinauf. Sie mussten sich beeilen, aber er beklagte sich nicht. Bis zum Anbruch des Tages blieben noch genügend Stunden und wie sie gehört hatten, standen die Aussichten, dass die Grabstätte unversehrt war, ziemlich gut. Das hatte Gils Hoffnung auf einen bedeutenden Fang beflügelt.

Er traf Juan und Miguel am Eingang zum Schacht. »Maul halten, ihr *hijos de putas*«, zischte er sie an. Gil warf den Schalter um, der die Stromverbindung vom Generator unten im Lager zu den Lampen herstellte. Er nickte Juan zu, er solle vorangehen, gefolgt von Miguel.

Während die beiden hinabstiegen, behielt Gil das Lager im Auge. Der Saum des Regenwalds ringsumher wurde von den vier Scheinwerfern erhellt, die in allen vier Himmelsrichtungen um die Ruinen standen. Durch den Dschungel hallten Rufe und gelegentliches Gekreisch. Diese nächtlichen Geräusche sowie das Rasseln und Tuckern des Generators sollten ihr Unternehmen decken.

Zufrieden hing sich Gil sein Gewehr über die Schulter und folgte den anderen die Leiter hinab.

»Ai, *Dios mio,* das hier unten ist 'n verdammter Irrgarten«, flüsterte Juan säuerlich.

Miguel knurrte bloß und spuckte einen Mund voll *hoja de coca* aus. Die Kokablätter platschten auf den Granitstein.

Keiner von beiden war bislang unten in den Ruinen gewesen. Nur Gil kannte sich genauestens in den Tunneln und Räumen des vergrabenen Bauwerks aus. Gebückt brachte er sie durch das Labyrinth zum letzten Schacht, der zu der versiegelten Tür führte.

Juan hinter ihm grummelte weiter, bis der dünne Mann die Kammer betreten hatte und die Tür erblickte. »*Jesu Christo!*«

Gil gestattete sich ein kleines Grinsen. Der Türbogen aus Quadersteinen sprach von uralten Zeiten und verborgenen Schätzen. Seine Beschläge glänzten im Schein der einzelnen Natriumlampe. Die Inschriften und das Kruzifix waren ein dunkler Schönheitsfleck auf dem silbrigen Metall.

»Wir haben nicht die ganze Nacht!«, fauchte Gil.

Sie wussten, was sie zu tun hatten. Miguel ließ seinen Sack mit den Werkzeugen klappernd zu Boden gleiten und durchsuchte den Inhalt. Juan schwang seine Spitzhacke. Mit präzisen Streichen lockerte er den Fels rund um die Beschläge. Innerhalb von Minuten fiel der oberste Beschlag auf den schlammigen, steinigen Boden.

Juan wischte sich den Schweiß von der Stirn und grinste breit. Miguels Hemd klebte an seinem Körper, als wäre er gerade einem Fluss entstiegen. Sogar Gil, der die Arbeiten lediglich überwachte, ertappte sich dabei, dass er sich das Gesicht mit einem Tuch trocknete. Die ständige Feuchtigkeit der Grabstätte schien an ihnen zu haften, als würde sie die drei als ihr Eigentum betrachten.

Kurz nacheinander gesellten sich die anderen beiden Beschläge zu dem ersten im Schlamm. Steinstaub trieb durch den Raum, stach in den Augen und reizte ihre Nasen. Juan nieste und stieß einen Schwall vulgärer Flüche aus.

Gil schlug ihm auf die Schulter. »Ein wenig Respekt vor unseren Ahnen, *ese*. Sie werden uns reich machen.« Er wischte mit dem Daumen einen Schmutzstreifen von Juans Wange. »Stinkreich.«

Mit einer weit ausholenden Armbewegung winkte Gil seine beiden Gefährten beiseite. Er packte das Stemmeisen und näherte sich dem von seinen Fesseln befreiten Steinblock. »Dann sehen wir mal, *mamita*, was du so lange versteckt gehalten hast.«

Gil schob das Stemmeisen zwischen Felsen und Türrahmen, lehnte sich dann mit dem ganzen Gewicht dagegen und forderte Schulter- und Rückenmuskeln aufs Äußerste. Die Tür hielt seinen Bemühungen stand. Er grub die Zehen ein und drückte noch fester. Plötzlich knirschte die Tür laut und der Stein rührte sich.

Gil trat zurück. Sein Gesicht war noch immer gerötet von

der Anstrengung. Er nickte Juan und Miguel zu. »Stemmt euch mit dem Rücken dagegen!«

Die beiden gehorchten und schoben. Der Steinblock kippte nach vorn. Staub drang wie ein verschleiertes Phantom aus dem Maul der Grabkammer und ein gedämpftes Poltern hallte durch den Raum, als der Stein vor dem Eingang zur Grabstätte umstürzte.

Gil wedelte die Staubwolke vor seinem Gesicht beiseite und schritt zum Eingang. »Gebt mir eine von den Lampen!«, befahl er und bückte sich.

Miguel warf ihm eine Taschenlampe aus seinem Segeltuchsack zu. Gil fing sie an dem langen silbrigen Griff auf.

»Da drin stinkt's«, meinte Juan, als er zu Gil trat und ihm über die Schulter blickte.

»Ist ein Grab«, erwiderte Gil und schaltete die Lampe ein. »Was hast du erwartet ...« Die Worte erstarben ihm im Mund, als der Strahl in die dunklen Tiefen der Grabstätte fiel und den Gang vor ihm erhellte. Hinter einem kurzen Vorraum lag eine riesige Kammer von etwa dreißig Metern Seitenlänge. Gil hatte Haufen von Knochen und Tonscherben erwartet, aber was seine Taschenlampe tatsächlich enthüllte, war ein Anblick, wie er sich ihn nie hätte vorstellen können – nicht einmal in seinen trunkensten Träumen.

»*Dios mio!*«, rief er heiser vor Ehrfurcht aus.

Sprachlos traten seine Partner neben ihn.

Die Wände der rechteckigen Kammer vor ihnen waren links und rechts mit goldenen Platten bedeckt. Sie glitzerten im Strahl von Gils Taschenlampe und der Schein wurde von den spiegelblanken Oberflächen vielfach zurückgeworfen, sodass ein Leuchten entstand, das sie nach dem Halbdunkel in den Tunneln der Grabungsstätte fast blind machte. Doch Gil scherte sich nicht weiter darum. Seine Lampe war nach wie vor auf einen einzelnen Gegenstand gerichtet, der den dreien genau gegenüber an der Steinmauer auf der anderen Seite der Kammer ruhte.

»Wir werden alle stinkreich, *mi amigos*.«

Dort drüben stand eine zwei Meter hohe goldene Statue, die Gestalt eines Inkakönigs mit rituellem Mantel und ritueller Krone, der einen Stab mit einer stilisierten Sonne an der Spitze in der Hand hielt. Die Figur war so lebensecht gearbeitet, dass es schien, als wollte das finstere Gesicht jeden Augenblick einen Warnruf ausstoßen. Aber es ertönte kein Wort des Protests. Der goldene Inkakönig stand schweigend da, als Gil die anderen in die Kammer führte.

Gil zog den Kopf ein und übertrat die Schwelle. Auf der anderen Seite des Eingangs konnte er wieder aufrecht stehen und er wartete nicht auf die anderen, sondern eilte den kurzen Vorraum hinab, magisch angezogen vom Gold. Beim Anblick dessen, was er vor sich hatte, blieb ihm die Luft weg. Boden wie Decke waren mit kostbaren Metallen bedeckt, die ein kompliziertes Muster aus Gold- und Silberfliesen von etwa einem Meter Kantenlänge bildeten. Das Muster der Decke war ein Spiegelbild desjenigen vom Boden. Zu Füßen der goldenen Statue lagen Haufen von Werkzeugen und Waffen, ebenfalls aus kostbaren Metallen gefertigt und besetzt mit Edelsteinen – Rubine, Saphire, Amethyste und Smaragde. Gil schüttelte den Kopf. Der gewaltige Reichtum war schier unfassbar.

Schließlich kam Juan und stellte sich neben Gil. Er trat unbehaglich von einem Fuß auf den anderen, denn ihr Fund ängstigte ihn. Als er etwas sagte, wollte er furchtlos erscheinen, doch seine Stimme kippte. »D... dann wollen wir mal einsammeln.«

Inzwischen war auch Miguel zu ihnen getreten und schlug beim Anblick des goldenen Königs das Zeichen des Kreuzes.

»Das ist keiner deiner toten Verwandten, Miguel«, neckte Juan seinen Gefährten. »Atme auf!«

»Dieser Ort ist verflucht«, murmelte Miguel und durchsuchte den Raum mit großen Augen. »Wir sollten uns beeilen.«

»Miguel hat Recht«, sagte Gil. »Wir dürfen keine Zeit verlieren. Schnappen wir uns, was heute Nacht möglich ist, und verstauen es im Regenwald. Vor Tagesanbruch kehren wir zurück und kümmern uns um die *americanos* und ihre dürren indianischen Arbeiter. Sobald wir sie aus dem Weg geräumt haben, holen wir die restlichen Männer, die, denen wir trauen können, damit sie uns beim Ausräumen helfen.«

Juan machte sich auf den Weg über den gefliesten Boden. Das Geräusch seiner Stiefelabsätze tönte seltsam in der hohlen Kammer. Er nickte zu den Bergen von Kostbarkeiten links und rechts zu Füßen der Inkafigur. »Ich würde sagen, wir sammeln das kleinere Zeugs ein. Sollen doch die anderen die schweren Sachen rausschleppen! Sollen sie sich ihren Anteil verdienen!«

Gil folgte, Miguel ihm auf den Fersen. »Wenn wir hier fertig sind, wird's für alle überreichlich geben. Nicht mal hundert Männer können diese Reichtümer während ihres Lebens ausgeben.«

Juan warf einen Blick zurück. Auf seinem Gesicht lag ein breites Grinsen. »Tatsächlich? Da kennst du mich schlecht!«

Auf halber Strecke durch die Kammer schlug die Falle zu. Juan trat auf eine silberne Fliese und im selben Augenblick flog die entsprechende Goldfliese in der Decke über ihm auf. Tausende winziger Ketten flossen wie eine silbrige Kaskade herab und legten sich über Gils Gefährten. Juan schnappte entsetzt nach Luft und duckte sich, während die feinen Kettenglieder auf ihn herabregneten und ihn im Handumdrehen gefesselt hatten. Es sah aus wie ein erstarrter Wasserfall aus Silber. Schockiert, wenn auch unversehrt, tanzte Juan zwischen den hell klirrenden Ketten umher, verstrickte sich aber nur noch weiter hinein.

»Was zum ...?«, setzte Juan an und streckte die Hand aus, um das Gewirr aus silbrigen Kettengliedern beiseite zu schieben. Ruckartig zog er die Hand zurück. »Scheiße, da sind überall Haken dran.«

Schließlich bemerkte Gil die hunderte von glitzernden, zentimeterlangen Haken, die den Ketten über die gesamte Länge hinweg entsprossen. Die Spitzen waren nach oben gekrümmt, sodass sie keinen Schaden anrichteten, wenn sie von der Decke herabfielen.

Er streckte die Hand danach aus, erstarrte jedoch mitten in der Bewegung. *Scheiße,* dachte er, als ihm plötzlich die Gefahr bewusst wurde. Er wollte einen Warnruf ausstoßen, doch es war zu spät.

Auf einmal wirbelte die Kaskade aus Ketten wie wild um Juan herum und riss ihn gleichzeitig nach oben. Der Mann kreischte. Es war der Schrei eines Tiers in Panik. Zwei Meter wurde Juan von den Ketten in die Luft gehoben, er drehte und wand sich, bis er ihnen schließlich zu schwer wurde und sie ihn fallen ließen.

Juan stützte sich auf Hände und Knie. Den Großteil seiner Kleidung hatten ihm die Haken zusammen mit großen Hautfetzen vom Leib gerissen. Er hob Gil das Gesicht entgegen. Das linke Ohr war verschwunden; die abgerissene Kopfhaut hing zur Seite herunter. Die Augen waren blutige Höhlen. Er war blind und konnte nur noch heulen. Da sah Gil, wie sich Juans Haut dort, wo sich die Haken eingegraben hatten, schwarz verfärbte.

Gift.

Noch immer heulte Juan voller Qual. Langsam kroch er über den Boden, aber er kam nicht mehr weit. Das Gift erreichte sein Herz und er brach auf den Gold- und Silberfliesen zusammen. Sein Geheul verstummte abrupt.

Miguel ging los, um nach seinem Freund zu schauen.

Gil packte ihn beim Hemd und hielt ihn fest. Die beiden Männer standen auf einer Goldfliese. Nachdem die Schreie ihres Freundes verhallt waren, hörte Gil jetzt das Klicken und Knirschen eines gewaltigen Getriebes, das hinter den umliegenden Fliesen und Wänden verborgen zu sein schien. Sie waren in eine mächtige Falle getappt.

Gil sah sich um. Sie standen auf der einzelnen Fliese in der Mitte des Raums. Er musterte das Gold unter ihnen. »Sie muss so gebaut worden sein, dass sie sich erst einschaltet, wenn jemand den Raum vollständig betreten hat.« Er beäugte die Fliesen, die zu der goldenen Inkafigur hinüberführten, dann jene, die zurück zum Eingang liefen. Ihm kam der Verdacht, dass jetzt keiner der beiden Pfade mehr sicher war.

Miguel wimmerte.

Gil blickte den gewaltigen Reichtum ringsumher finster an. Im Wissen, dass der Tod hinter dessen Schönheit lauerte, verblasste der Glanz des Goldes. »Wir sitzen in der Falle.«

Sam lag eingekuschelt in seinen Schlafsack auf einem Feldbett und erwachte davon, dass ein Tier am Zelteingang schnüffelte. Nachts kamen ständig Opossums und andere neugierige Nachttiere aus dem Regenwald, um sich im Lager umzuschauen. Doch was auch immer jetzt dort draußen sein mochte, es war groß. Sein Schatten von den Lagerscheinwerfern verdunkelte fast den ganzen Eingang. Sam versuchte sich zu erinnern, ob er die Schnallen geschlossen hatte, nachdem er den Reißverschluss am Moskitonetz hochgezogen hatte. Sein erster Gedanke war: ein Jaguar. Einige wenige der großen Raubkatzen waren entlang des Urubamba entdeckt worden, der unterhalb der Ruinen durch den Regenwald strömte.

So leise wie möglich griff Sam nach seinem Winchester-

Gewehr, einem Erbstück seines Großvaters, das aus dem Jahr 1884 stammte und innerhalb der Familie Conklin vom Vater zum Sohn weitergegeben wurde. Ohne die Winchester ging Sam nirgendwohin. Allerdings war das Gewehr seit Jahren nicht abgefeuert worden, es war eher ein Andenken und Glücksbringer als eine Waffe. Ungeladen konnte es jetzt vielleicht gute Dienste als Knüppel leisten.

Seine Finger glitten über den hölzernen Kolben des Gewehrs.

Das Wesen draußen vor dem Zelt rüttelte in der Nähe seiner Zehen am Stoff. Verdammt, er hatte tatsächlich vergessen, es zu schließen! Sam sprang in seinem Schlafsack auf und schloss die Hand um das Gewehr.

Er holte aus und da wurde der Eingang aufgerissen.

»Sam, bist du wach?« Maggie steckte den Kopf unter dem Zelt durch und versuchte halbherzig, an der Segeltuchseite zu klopfen.

Sam legte sich das Gewehr in den Schoß, das Herz schlug ihm noch immer bis zum Hals. Er schluckte und zwang sich zu einer gleichmütig klingenden Antwort. »Ja, ich bin wach, Maggie. Was ist denn los?«

»Ich konnte einfach nicht schlafen, ich musste dauernd an die Inschriften denken. Du musst was für mich tun.«

Sam hatte schon öfter davon geträumt, dass sich Maggie mitten in der Nacht in sein Zelt schlich, aber keiner seiner Träume hatte etwas mit lateinischen Inschriften zu tun. Dennoch war ihm ein nächtlicher Besuch von Maggie immer hoch willkommen. »In Ordnung. Eine Sekunde, bitte.«

Er wälzte sich aus dem Schlafsack und zog sich die Jeans über die Boxershorts. In einer derart schwülen Nacht hätte er normalerweise auf ein Hemd verzichtet, aber da Maggie dort draußen wartete, ging Sittsamkeit über Bequemlichkeit. Sam legte sich eine Lederweste über die Schultern.

Er nahm den Stetson, zog den Reißverschluss am Zelt hoch und schob sich in die Nacht hinaus. Der Mond warf einen silbrigen Glanz, in dem die vier Scheinwerfer am Rand des Lagers verblassten. Er kämmte sich mit den Fingern das zerzauste Haar aus der Stirn und stülpte den Hut darüber.

Maggie wich zurück. Sie trug nach wie vor die Khakihosen mit dazu passender Weste über einem blutroten T-Shirt. Dass sie überhaupt versucht hatte, zu schlafen, zeigte sich lediglich daran, dass sie ihren üblichen Pferdeschwanz gelöst hatte. Eine Kaskade rotbrauner Locken, die in der Nacht silbrig schimmerten, floss ihr über die Schultern.

Wie gelähmt vom Spiel des Mondlichts auf Maggies Wangen und Lippen musste Sam alle Kräfte mobilisieren, um seine Stimme wieder zu finden. »Also ... worum geht's?«

Wie üblich schien sie ihn gar nicht zu sehen. »Es geht um diese Inschrift auf dem letzten Beschlag. Dem untersten. Diese fehlenden Worte und Zeilen. Ein einziges Wort kann die gesamte Bedeutung der Botschaft verändern.«

»Ja, und?«

»Was ist, wenn wir's nicht richtig entziffert haben? Wenn eins der fehlenden Wörter oder eine fehlende Zeile die Bedeutung unserer Übersetzung auf den Kopf stellt?«

»Mag sein ... aber morgen erfahren wir sowieso die Wahrheit. Wenn wir die Grabstätte morgen früh aufbrechen, ist sie entweder unversehrt oder eben nicht.«

Als Maggie antwortete, klang sie leicht verärgert. »Sam, ich möchte es wissen, *bevor* wir das Grab öffnen. Hast du kein Interesse daran, zu erfahren, was die Konquistadoren in Wirklichkeit auf den Beschlägen mitteilen wollten?«

»Natürlich, aber wir konnten nun mal nicht mehr entziffern.«

»Ich weiß, Sam ... aber wir haben auch bloß mit Alkohol gesäubert.« Sie sah ihn bedeutungsvoll an.

Plötzlich wusste Sam, weshalb Maggie ihn aufgeweckt hatte. Er presste die Lippen fest aufeinander. Vor zwei Jahren hatte er eine Abhandlung verfasst, in der er beschrieb, wie man Inschriften auf Stein und Metall, die im Laufe der Zeit völlig verblasst waren, mit Hilfe von Leuchtfarbe lesbar machen konnte. Seine Idee war einhellig mit Hohngelächter bedacht worden.

»Du hast deine Sachen dabei, stimmt's?«, fragte Maggie.

»Ich weiß nicht, wovon du sprichst«, murmelte Sam. Er hatte niemandem erzählt, nicht einmal seinem Onkel, dass er seine Theorie nicht verworfen hatte, und Jahre damit verbracht, die verschiedenen Viskositäten unterschiedlicher Färbemittel in unterschiedlichen UV-Bereichen zu untersuchen. Er hatte seine Studien streng unter Verschluss gehalten, da er sich nicht blamieren wollte. Er wollte die Sache an Ort und Stelle überprüfen, wenn niemand dabei war, der ihn auslachen konnte. Plötzlich ging ihm auf, dass er in Sachen Geheimniskrämerei seinem Onkel gar nicht so unähnlich war.

Maggies Augen glänzten in der Dunkelheit. »Ich habe deine Abhandlung gelesen. Du hast eine Möglichkeit entdeckt, wie es funktionieren könnte, nicht wahr, Sam?«

Er nickte bloß. Woher wusste sie das? Schließlich erholte er sich von dem Schock so weit, dass er die Sprache wieder fand. »Ich *glaube,* eine Lösung gefunden zu haben. Aber ich hatte noch keine Gelegenheit, sie in der Praxis zu überprüfen.«

Maggie zeigte zu den Ruinen hinüber. »Dann wird's aber Zeit. Die anderen warten bereits auf uns.« Sie wandte sich zum Gehen.

»Die anderen?«

Maggie warf ihm einen Blick über die Schulter zu und

runzelte dabei die Stirn. »Ja, natürlich, Sam ... Norman und Ralph. Sie sollten mit von der Partie sein.«

»Vermutlich schon.« Sam verdrehte die Augen und bereitete sich innerlich auf die Blamage vor, sollte die Sache schief gehen. Wenigstens war Philip nicht eingeladen. Sam hätte es nicht ertragen, vor Mr. Harvard zu versagen. »Lass mich bloß noch meine Flaschen und eine UV-Lampe suchen.«

Als Sam das Zelt öffnen wollte, ertönte aus dem Regenwald plötzlich eine Kakophonie aus Gekreische und Rufen und aus den Baumkronen schossen tausende Vögel in die Luft hinauf.

Maggie trat einen Schritt näher. »Was zum Teufel ...?«

Sam blickte sich um, doch der Regenwald beruhigte sich rasch wieder. »Irgendwas muss sie aufgescheucht haben.« Er horchte noch eine Weile länger hin, vernahm jedoch lediglich das Brummen des Generators. Der Regenwald lag schweigend da, wie ein dunkler Fremder, der sie anstarrte. Sam musterte den Wald einen weiteren Augenblick lang und wandte sich dann wieder seinem Zelt zu. »Ich geh meine Sachen holen.«

Er verschwand im Innern, nahm die Tasche mit seinen Farben und der UV-Speziallampe und wollte gerade gehen, als sein Blick auf die alte Winchester fiel. Instinktiv hob er sie auf und hängte sie sich um die Schulter. Zuvor lud er jedoch rasch das Magazin mit ein paar 44/40-Patronen und steckte sich eine Pappschachtel Ersatzmunition in die Tasche. Er hatte gelernt, auf alles vorbereitet zu sein, nachdem er jahrelang immer wieder in der texanischen Wildnis übernachtet hatte.

Er kroch aus dem Zelt und sah sich Maggies Rücken gegenüber. Sie musterte den Saum des Regenwalds. »Ist immer noch so verdammt still«, meinte sie. »Als würde der Wald den Atem anhalten.«

»Wenn wir der Sache nachgehen wollen«, sagte Sam, der unbedingt los wollte, »halten wir uns besser ran. Es sind nur noch ein paar Stunden bis zur Dämmerung.«

Maggie nickte und löste widerstrebend den Blick vom Regenwald.

Sam führte sie zu den terrassenförmig angelegten Ruinen. Da der Dschungel so still dalag, klangen ihre Schritte auf den Granitfelsen ungewöhnlich laut. Sam ertappte sich dabei, dass er sehr vorsichtig einen Fuß vor den anderen setzte, aus Angst, das Schweigen zu stören. Es war wie ein mitternächtlicher Spaziergang über einen Friedhof. Er war froh, als sie endlich oben am Sonnenplatz angekommen waren. Aus dem Schacht drang ein heller Schein.

Zwei schattenhafte, vom Licht bemalte Gestalten zeigten sich – eine dünne und eine breite. Norman und Ralph. Sie standen ein wenig voneinander entfernt.

Der Ex-Linebacker hob eine Hand zum Gruß und zeigte auf den Schacht. »Wer hat das Licht angelassen?«

Maggie schüttelte den Kopf, als sie auf dem ebenen Platz eintraf. »Ich weiß genau, dass ich es abgeschaltet habe.« Sie musterte die Ruinen ringsumher. »Dieser blöde Guillermo hat es vielleicht wieder angeschaltet, als er seine Runden gedreht hat, und nicht wieder ausgemacht. Wo ist er überhaupt? Er sollte doch hier Wache schieben.«

»Vielleicht ist er im Wald draußen und sucht diese Plünderer von letzter Nacht. Vielleicht war er es, der die ganzen Vögel aufgescheucht hat.«

Im Regenwald blieb es totenstill. Norman beobachtete den schwarzen Wald. »Für Dunkelheit habe ich nie was übrig gehabt. Schon in meiner Dunkelkammer daheim krieg ich die Krise.«

Ralph neckte ihn mit einer perfekt gesummten Version der Titelmelodie aus *Twilight Zone*. Norman stellte sich taub.

Sam stieg als Erster hinab, gefolgt von Maggie und den anderen beiden. Sobald er festen Boden unter den Füßen hatte, half er Maggie von den Sprossen.

Sie wandte sich mit etwas geneigtem Kopf ihm zu und ihre Hand ruhte in der seinen. »Hast du auch gerade was gehört?«

Sam schüttelte den Kopf. Er hörte lediglich das Pochen des eigenen Herzens. Ihm fiel auf, dass er ihr die Hand drückte.

Ralph und Norman trafen ein.

Maggie entzog Sam ihre Hand und horchte einen weiteren Augenblick lang. Daraufhin zuckte sie mit den Schultern und übernahm die Führung. »Müssen diese Inkageister sein«, brummelte sie.

»Vielen Dank, Maggie«, bemerkte Norman säuerlich. »Genau das will ich hören, wenn ich um Mitternacht durch die Ruinen krieche. Ich befürchte sowieso schon das Schlimmste wegen dieser Sache.«

Erneut summte Ralph die Titelmelodie aus *Twilight Zone*.

»Du kannst mich mal, Isaacson«, fauchte Norman.

»Lieber nicht, so schräg bin ich nicht drauf, Normie.«

»Wirklich? Du bist doch Footballer gewesen, oder? Was war denn da mit dieser ganzen Arschklatscherei und dem Aufeinanderwerfen, hm?«

»Halt's Maul!«

»Mein Gott!«, rief Maggie aus. »Jetzt reicht's aber, ihr beiden! Ich will nichts mehr hören!«

Sam, der hinter Maggie herging, schenkte ihnen allen keinerlei Beachtung. Er war völlig in seine Betrachtungen versunken, wie wunderbar sich Maggie beim Klettern bewegte. Ihre muskulösen Beine drückten sich durch die dünnen Baumwollkhakis und waren so wohlgeformt, dass sie seinen Blick weiter ihre Rundungen empor lenkten. Er schluckte schwer und wischte sich mit einem Taschentuch die

Schweißperlen von der Stirn. *Sie ist eine Kollegin,* musste er sich immer wieder sagen. Wie das Militär hatte auch sein Onkel etwas gegen Verbrüderungen im Feld. Unerwünschte Aufmerksamkeiten untereinander konnten eine kleine Schar schon ziemlich belasten.

Aber Ansehen kostet ja nichts.

Während sie sich zur zweiten Ebene begaben, dachte Sam über die Enthüllung seines Onkels nach. Dies hier war also einmal eine Pyramide der Moche gewesen! Kaum zu glauben. Sam strich mit einer Hand über die Granitmauern.

Vorn blieb Maggie erneut stehen. Ihre Hand ruhte auf der Leiter, die hinunter zur dritten Ebene führte. »Jetzt habe ich ganz bestimmt was gehört«, flüsterte sie. »Worte ... und ein Klopfen ...«

Sam strengte die Ohren an, konnte aber noch immer nichts hören. Er warf Ralph und Norman einen Blick zu. Beide Männer schüttelten den Kopf. Normans Augen hinter den Brillengläsern wirkten riesig. Sam wandte sich wieder Maggie zu und wollte ihre Besorgnis schon abtun, als ein Schrei aus der Tiefe wie ein erschrockener Vogel an ihnen vorübersauste.

Mit großen Augen drehte sich Maggie zu Sam um.

Er nahm die Winchester von der Schulter.

Gil musterte die metallenen Fliesen ringsumher. Hinter den Mauern tickte und ächzte das Getriebe des verborgenen Mechanismus.

Miguel stand rechts neben ihm auf dem goldenen Viereck. Er hatte die Augen vor Angst weit aufgerissen und seine Lippen flüsterten ein Gebet.

Gil beachtete ihn nicht. Hier drin würden keine Götter sie mehr beschützen. Ob sie überlebten, lag allein in ihrer Hand. Doch Gil wollte nicht bloß überleben. Immer wieder wurde sein Blick von den Reichtümern zu Füßen der goldenen Inkafigur magisch angezogen. Gil zählte fünfzehn Fliesenreihen zwischen sich und der Statue. Fünfzehn Reihen lagen hinter ihnen. In beide Richtungen wären es fünfzehn Meter. Zu weit zum Springen.

Langsam drehte er sich im Kreis und blickte finster die Falle an. Es musste einen Schlüssel geben, wie man diese Fliesen unbeschadet überqueren konnte. Sie waren nicht in einem Schachbrettmuster angeordnet, sondern wild durcheinander. Ein kompliziertes Muster aus goldenen und silbernen Quadraten wie auf Tapisserien und Kleidern der Inka. In dem Ganzen lag eine Ordnung, und die war vielleicht der Schlüssel zu seiner Rettung. Aber worin bestand die Ordnung?

Juans Leichnam lag auf einer benachbarten Goldfliese, zu der er sich vor seinem Tod geschleppt hatte. Eine Blutlache breitete sich unter ihm aus. Auf dem Weg von der silbernen Fliese, die die Falle ausgelöst hatte, war keine weitere ausgelöst worden. Könnte das die Antwort sein? Bedeuteten die goldenen Fliesen Sicherheit und die silbernen Gefahr?

Es gab nur eine Möglichkeit, das herauszufinden.

Gil nahm sein kurzläufiges Gewehr von der Schulter und stieß den Lauf Miguel in die Rippen. »Beweg dich!«, befahl er.

Miguel blickte auf den Lauf, dann in Gils Gesicht. *»¿Que?«*

»Spring zu diesem goldenen Quadrat rüber!« Gil deutete mit einem Kopfnicken auf eine Fliese jenseits der silbernen neben ihm. In dieser Richtung ging es zu dem goldenen Inkakönig. Wenn sie schon ihr Leben riskierten, sollte es sich wenigstens lohnen.

Miguel rührte sich nicht von der Stelle. Unglauben und Entsetzen standen ihm ins Gesicht geschrieben.

»Los! Oder stirb gleich hier.« Gil drückte ihm den Lauf fester in die Rippen.

Stolpernd wich sein untersetzter Gefährte einen Schritt zurück, gerade bis zum Rand des Quadrats. »Bitte, *ese*, zwing mich nicht dazu!«

»Tu, was ich dir gesagt habe, oder ich teste die Fliesen mit deiner Leiche.«

Miguel zitterte. Sein Blick flog zwischen dem Gewehr und Juans Leichnam hin und her. Schließlich ließ er die Schultern hängen, wandte sich dem tödlichen Muster zu, schlug ein Kreuzzeichen und sprang. Vor Angst waren seine Beine wie Pudding, sodass er kaum die kurze Distanz schaffte und nach seiner harten Landung auf der goldenen Fliese auf Hände und Knie fiel.

Gil beobachtete, wie Miguel in Erwartung des Schlimmsten erstarrte und die Lider fest zusammenkniff. Aber nichts geschah. Langsam öffnete Miguel die Augen und kam zitternd auf die Beine. Mit einem schwachen Lächeln auf den Lippen drehte er sich zu Gil herum.

Erleichtert darüber, dass sich seine Theorie als zutreffend erwies, rief ihm Gil zu: »Die goldenen Fliesen sind sicher! Wenn wir uns an die halten, kommen wir hier rein und auch wieder raus.« Dennoch wollte Gil das Risiko eines Irrtums nicht eingehen. Er winkte mit dem Gewehr. »Los, auf die nächste. Dann folge ich dir.«

Miguel nickte. Die nächste Goldfliese schloss sich unmittelbar an diejenige an, auf der er gerade stand. Er musste lediglich einen Schritt machen. Er tat es. Langsam. Erneut geschah nichts. Der uralte Mechanismus quietschte bloß weiter hinter Wänden und Decke. Um die nächste Goldfliese zu erreichen, musste Miguel eine silberne überspringen. Wieder geschah nichts.

Während ihm Gil folgte, entspannte sich Miguel immer mehr, hörte aber nicht auf zu beten. Langsam arbeiteten die beiden Männer sich durch die Kammer vor. Fliese um Fliese, Reihe um Reihe näherten sie sich der goldenen Inkafigur. Schließlich erreichten sie die letzte Reihe, die noch zwischen ihnen und dem Schatz lag. In ihr waren alle Fliesen aus Silber. Der Inkakönig stand auf der einzig verbleibenden goldenen Fliese.

Miguel drehte sich zu Gil, auf seinem Gesicht ganz deutlich die Frage: *Was jetzt?*

Gil musterte die Figur. Vor dem Hintergrund aus schwarzem Granit sah es aus, als würden die goldenen Augen der Statue seinen Blick erwidern und sich über ihn lustig machen. Er wurde wütend. Von einer Bande Götzenanbeter würde er sich keinen Strich durch die Rechnung machen lassen.

Nicht so kurz vor dem Ziel.

Er stellte sich neben Miguel auf die Fliese. Keiner von beiden wagte den Sprung über den silbernen Fluss zum Schatz hinüber, was jedoch nicht bedeutete, dass Gil sich den angehäuften Reichtum zu Füßen der Statue nicht angeln könnte. Er nahm den Kolben der Waffe in die Hand und streckte den Arm über die Silberfliesen zu der Statue aus.

Die Spitze des Gewehrs berührte so gerade eben den Schatz. Mit angehaltenem Atem stieß Gil gegen einige der Kostbarkeiten. Was, wenn dort eine weitere Falle eingebaut war? Er spitzte die Ohren – war da nicht eine leise Veränderung in der Kadenz des Getriebes? Er wich zurück, doch nichts geschah.

Gil fluchte vor sich hin. Das Gewehr in seiner ausgestreckten Hand schwankte. Er wurde zu nervös. Er holte tief Luft, um sich zu beruhigen, und konzentrierte sich dann auf seine Aufgabe. Er wollte keinen Fehlschlag erleiden, biss die Zähne zusammen und ignorierte das zunehmende Brennen in seiner Schulter. Endlich zahlten sich seine Anstrengungen aus. Zwei Kelche kamen ans Tageslicht, ein goldener und ein silberner. Jeder war mit Rubinen und Smaragden im Muster einer Schlange besetzt. Doch Gil widmete seine gesamte Aufmerksamkeit den gekrümmten Griffen.

Dort konnte er etwas einhaken!

Er schob den Lauf durch den Griff des einen Gefäßes und hob es daran hoch. Im nächsten Moment kippte er das Gewehr zurück, der silberne Becher rutschte den Lauf hinab und kam am hölzernen Griff zum Halten. Gil zog die Waffe zurück und richtete sich auf. Den Schatz gab er Miguel. »Weil du so tapfer gewesen bist, *mi amigo*.«

Miguel hielt den Becher in seinen noch immer zitternden Händen. Dieses eine Geschenk verhieß genügend Reichtum, dass er und seine Familie für den Rest ihres Lebens ihr Auskommen hätten. Miguel flüsterte ein Dankgebet.

Stirnrunzelnd wandte sich Gil ab. Sein Gefährte sollte ihm danken, nicht seinem Gott. Erneut kniete er nieder und streckte das Gewehr aus, um den goldenen Becher zu holen. Bald war das zweite Trinkgefäß in seinen Händen. Seine eigene Belohnung. Er kannte einen Händler für gestohlene Antiquitäten, der für ein unversehrtes Inkakunstwerk das Dreifache dessen zahlen würde, was allein das Gold in dem Becher wert wäre. Gil schob das Gefäß in seine Jacke und wandte der Statue den Rücken zu.

Er überlegte, was als Nächstes zu tun war, und tätschelte die Handgranate in seiner Weste. Er musste den Schatz schützen, bis er einen Sprengtrupp herbeiholen konnte, der die Fallen lahm legte. Sobald der verdammte Apparat nicht mehr funktionierte, könnten er und sein Team die übrigen Kostbarkeiten einsammeln. Er dachte an das einzige Hindernis bei der Verwirklichung seiner Pläne: die Gruppe *americanos,* die behaglich in den Zelten schlief. Er packte sein Gewehr. Sie durften das Licht des Morgens nicht mehr erblicken.

Da sein Plan nun feststand, winkte Gil Miguel zum Ausgang hinüber. Sein Gefährte musste nicht weiter überredet werden. Ganz offensichtlich war er erleichtert, mit seinem kleinen Schatz die unheilvolle Stätte verlassen zu dürfen. Miguel sprang auf das nächste goldene Quadrat.

Unter dem Aufkreischen von Getrieben und Gängen schoss es augenblicklich in die Höhe. Ein Baumstamm hob die Fliese in Richtung Decke, während gleichzeitig die entsprechende Silberfliese oben zurückglitt und silberne Stacheln herabschossen.

Im Angesicht des bevorstehenden Todes versuchte Miguel, sich von der Fliese zu wälzen. Lieber wollte er den Sturz riskieren – aber er war nicht schnell genug. Von den Knien abwärts wurden seine Beine von den Stacheln festgenagelt, die mühelos durch Muskeln und Knochen drangen. Miguel schrie auf. Knochen knackten wie zerbrechende Zweige. Im festen Griff der Stacheln schlug er wie wild um sich.

Anschließend senkte sich die Goldfliese wieder und glitt geschmeidig auf ihren Platz im Fußbodenmuster zurück. Sie war blutbeschmiert, aber leer. Gil sah hoch. Miguel hing nach wie vor an seinem durchbohrten Bein oben an der Decke.

Blut regnete herab. Miguel drückte mit letzter Kraft gegen die Stacheln. Schließlich kam er frei und fiel wie ein nasser Sack auf den Metallboden. Beim Aufprall ertönte erneut das Knacken von Knochen.

Gil hatte bei Miguels Sturz die Augen abgewandt. Jetzt drehte er sich um. Sein Gefährte lag auf den Fliesen und nur eine einzige Gliedmaße war unversehrt geblieben. Miguel versuchte, sich auf den rechten Arm zu stützen, aber der Schmerz überwältigte ihn. Er brach erneut zusammen. Er war zu schwach zum Kreischen, von seinen Lippen kam nur ein leises Stöhnen. Er starrte Gil bettelnd an.

Gil konnte ihn nicht retten.

Er hob die Waffe und flüsterte: »Tut mir Leid, *ese.*« Dann

schoss er Miguel durch die Stirn. Der Schuss dröhnte ohrenbetäubend laut in dem engen Raum. Miguels Stöhnen hörte auf. Aus dem kleinen Loch in der Stirn tröpfelte Blut.

Erneut musterte Gil die Fliesen. Eine goldene hatte Miguel getötet! Warum waren sie nicht mehr sicher? War seine Theorie von Anfang an falsch gewesen – oder hatten sich die Regeln geändert? Ihm fiel die veränderte Kadenz in den Geräuschen des verborgenen Mechanismus wieder ein, während er nach den Schätzen gefischt hatte. Etwas war anders geworden. Gil starrte vor sich hin. Miguel war ohne Auswirkungen auf einem silbernen Quadrat gelandet. Waren die Silberfliesen jetzt die sicheren? Gold, wenn man kam, Silber, wenn man ging? Konnte es so einfach sein?

Gil hatte keinen Gefährten mehr übrig, den er unter Gewaltandrohung dazu zwingen konnte, das Risiko für ihn einzugehen und seine Theorie zu überprüfen. Das musste er schon selbst tun. Vorsichtig streckte er das Gewehr aus und tippte mit dem Kolben auf die nächste Fliese – eine silberne. Nichts. Aber was bewies das? Vielleicht schnappte die Falle nur dann zu, wenn er sein volles Gewicht darauf legte. Langsam, vorsichtig, mit angehaltenem Atem, setzte er den Stiefel auf das Quadrat und hielt sich bereit, bei der kleinsten Verschiebung der Fliese oder der kleinsten Geräuschänderung zurückzuspringen. Bald stand er mit einem Bein auf der silbernen und mit dem anderen auf der goldenen Fliese. Immer noch blieb alles unverändert.

Geduckt zog Gil das andere Bein nach und stand reglos da. Nichts passierte. Er war in Sicherheit.

Seufzend stieß er den angehaltenen Atem aus und wischte sich den Schweiß aus den Augen. Tränen liefen ihm die Wangen herab. Er hatte keine Ahnung, seit wann schon.

Er stand auf der Silberfliese. Um die nächste zu erreichen, musste er ein goldenes Quadrat überspringen. Bevor er die Nerven verlor, sprang er, das Gewehr in der Hand, und landete hart auf der Silberfliese. Er erstarrte, doch nichts geschah.

Grinsend richtete er sich auf und warf einen Blick zurück zu dem König. »Ich werde dich besiegen, du Scheißkerl!«

Anschließend wandte er sich wieder dem Ausgang zu und arbeitete sich behutsam, aber schneller in seine Richtung vor. Es war seine Schnelligkeit, die ihm das Leben rettete. Gerade, als er von einer Silberfliese abgesprungen war, öffnete sie sich unter ihm. Da ihm beim Absprung der Boden unter den Füßen weggezogen worden war, fiel er schwer auf die benachbarte Fliese. Aus kleinen Öffnungen in der Deckenfliese schräg über ihm schoss ein Schwall Wasser herab und regnete in die frisch geöffnete Grube hinter ihm. Gil wälzte sich zur Seite. Ein wenig von dem Wasserdunst spritzte gegen die frei liegende Wange; es brannte wie Feuer. Gil schob sich weg. Säure!

Er berührte die brennende Wange. Seine Haut schälte sich bereits ab.

Ihn schauderte bei dem Gedanken, jetzt da unten in der Grube gefangen zu sein, während der Säureschauer herabregnete. Sein Tod wäre lang und qualvoll gewesen.

Der brennende Regen hörte auf und die Silberfliese schloss die Grube wieder. Der Tod hatte ihn um Haaresbreite verfehlt. Zitternd kam er mühsam auf die Beine.

Er starrte die verräterische Fliese an. Silber! Er hatte sich die ganze Zeit über geirrt. Pures Glück und Zufall hatten ihn so weit kommen lassen.

Als ihm diese entsetzliche Erkenntnis dämmerte, drehte er sich eilig zum Ausgang. Drei Reihen noch – also etwa drei Meter –, und er wäre entkommen. Er wusste jetzt, dass er keiner der Fliesen trauen durfte. Er würde alles auf eine Karte setzen und springen müssen. Wenn er einen gewaltigen Satz machte, könnte er es vielleicht gerade eben schaffen.

Gil starrte sein Gewehr an. Es war zu schwer; das Risiko

wäre zu groß. Er ließ es zusammen mit dem Patronengurt, den er über der Brust trug, zu Boden fallen. Er holte das goldene Gefäß hervor und betrachtete es einen Moment lang. Dann steckte er es in seine Weste zurück. Er würde eher sterben, als diesen Schatz zu verlieren. Stattdessen schüttelte er die Stiefel ab. Barfuß fände er sowieso besseren Halt auf der silbrigen Oberfläche.

Jetzt war er bereit. Er ging zurück zur äußersten Kante, um den größtmöglichen Anlauf zu nehmen, aber er hatte trotzdem nicht mehr als zwei kurze Schritte. Er wappnete sich, schloss die Augen und betete zum ersten Mal seit Jahrzehnten zu seinem Gott um Stärke und Glück. Danach öffnete er die Augen und ballte die Hände zur Faust. »Jetzt oder nie«, murmelte er.

Vornübergebeugt lief er zwei schnelle Schritte und warf sich dann mit dem Kopf voran und unter Aufbietung aller Kräfte zur Tür. Er flog über die Fliesenreihen und landete hart auf dem Felsboden. Er hielt sich so tief geduckt, dass er den größten Aufprall mit der linken Seite abfangen konnte. Etwas knackte in seiner Schulter, als er sich in den kurzen Gang hineinwälzte. An der umgestürzten Steintür blieb er liegen.

Gil schnitt eine Grimasse und kam mühsam auf die Beine. Er ignorierte den sengenden Schmerz im Hals, schließlich hatte er es geschafft! Er betastete seine Schulter und wusste, dass er sich aller Wahrscheinlichkeit nach das Schlüsselbein gebrochen hatte. Kein Problem. Er hatte einmal drei Kugeln in die Brust bekommen. Im Vergleich dazu war das hier nur ein Kratzer.

Gil zog das kostbare Trinkgefäß heraus. Eine seiner Tüllen war durch die Wucht des Aufpralls leicht verbogen, ansonsten hatte es ebenso wenig Schaden erlitten wie er.

Er trat zum Rand des tödlichen Musters, hob den Kelch in die Höhe und spuckte in Richtung auf den fernen Inkakönig aus. Die goldene Statue schimmerte hell vor dem schwarzen Stein. »Ich komme zurück, und dann raube ich dich aus!«, fluchte er.

Mit diesem Versprechen machte er auf dem Absatz kehrt und suchte das Weite.

Maggie kniete oben an der Leiter, die hinunter zur dritten Ebene der Ruinen führte. »Da kommt jemand!«, flüsterte sie und stieß Sam zurück.

Ihr Instinkt sagte ihr, dass sie sich verstecken mussten. Da Maggie in den Straßen von Belfast groß geworden war, hatte sie gelernt, auf ihre innere Stimme zu hören. Der Überlebenskampf zwischen dem beständigen Gewehrfeuer und den Bomben der rivalisierenden irischen Fraktionen, die zudem gegen die britische Armee kämpften, hatte Maggie O'Donnel den Wert eines guten Verstecks zu schätzen gelehrt.

»Kommt schon«, drängte sie und zog Sam mit sich. Norman und Ralph folgten.

Sam widersetzte sich und hob sein Gewehr. »Vielleicht sind es Plünderer. Wir sollten sie aufhalten.«

»Und uns alle umbringen lassen, du Idiot? Du weißt nicht, wie viele da unten sind oder wie gut sie bewaffnet sind. Verschwinden wir!«

»Sie hat Recht«, pflichtete ihr Norman bei. »Die linken Guerillas vom Leuchtenden Pfad hier sind gut ausgerüstet. Russische AK-47 und so was. Wir sollten der Wachmannschaft die Nachforschung überlassen.«

Sam sah zurück zur Leiter, schüttelte den Kopf und folgte Maggie. Sie führte die Gruppe zu einem Nebenraum. Dort brannten keine Natriumlampen, sodass die Dunkelheit sie verschluckte.

»Bleibt am Boden«, warnte Maggie. »Aber haltet euch bereit, auf mein Zeichen hin loszulaufen.«

Sam brummelte etwas, als er sich neben sie hockte. »Maggie O'Donnel, kampferprobte Archäologin.«

Sam war nur als dunkler Schatten zwischen den anderen zu erkennen, trotzdem konnte sich Maggie sein sarkastisches Grinsen gut vorstellen.

»Weißt du«, fügte Ralph flüsternd hinzu, »vielleicht ist es bloß Gil oder einer seiner Männer.«

»Und das Kreischen?«, erwiderte Maggie.

»Ich bin mir sicher, dass ...«

Maggie legte dem großen Mann eine Hand aufs Knie, damit er den Mund hielt. Sie hörte das Holz quietschen, als jemand von unten die Leiter heraufkletterte. Wer es auch war, er hatte es ziemlich eilig und wollte so schnell wie möglich fliehen. Sie vernahm ein Keuchen und drückte sich tiefer auf den Steinboden. Dann tauchte der Kopf des Kletterers aus dem Schacht auf.

Sie erkannte das glatte, schwarze Haar und die spinnenartige weiße Narbe auf der bronzefarbenen Wange. Guillermo Sala. Verzweifelt krabbelte der Ex-Polizist von der Leiter und rutschte dabei fast aus. Maggie gestattete sich einen erleichterten Seufzer. Ralph hatte Recht gehabt. Es war bloß der Wachmann des Lagers.

Sie wollte schon aufstehen, da entdeckte sie die große Verbrennung auf seiner Wange. Sie war aufgeplatzt und blutete. Gil wischte sich mit der Hand über das verwundete Gesicht und streifte das Blut am Hemd ab. Das Weiße in seinen weit aufgerissenen Augen glühte beinahe im Schein der Lampe neben der Leiter. Scheinbar hasserfüllt hatte er die Lippen fest aufeinander gepresst – aber Maggie spürte, dass auch Furcht und Entsetzen mit im Spiel waren.

Sie kannte diesen Ausdruck aus ihrer Kindheit. Er hatte auf dem Gesicht eines Freundes gelegen, nachdem er während eines Feuergefechts in Belfast von einer verirrten Kugel erwischt worden war, weil er den Kopf zu früh aus ihrem gemeinsamen Versteck in einem Abwassergraben neben der Straße gehoben hatte. Maggie hatte es besser gewusst. Sie hatte sich nicht gerührt, selbst dann nicht, als Patrick über ihr zusammengebrochen war. In der Eile lag Gefahr. Diese Lektion hatte sie gelernt, also blieb sie in ihrem Versteck und hielt die anderen mit einer Hand zurück.

Was war dort unten geschehen? Was konnte einen so harten und zähen Mann wie Gil dermaßen in Angst und Schrecken versetzt haben?

Es war wie an jenem Mittag auf den Straßen von Belfast. Maggie wusste genau, dass sie nur in den Schatten sicher waren. Sie spähte um die Ecke. Gil griff gerade in seine Weste und befingerte einen Gegenstand, der eine Tasche ausbeulte. Das Ding beruhigte den panikerfüllten Mann anscheinend wie ein Kruzifix eine alte Frau.

Dann zog er aus einer anderen Tasche etwas, das wie ein grüner Apfel mit Griff aussah. Maggie benötigte die Länge eines Herzschlags, um die Waffe zu erkennen, so unpassend wirkte sie in einer uralten Inkaruine.

Verdammt! Eine Handgranate!

Mit einem letzten Blick in den Schacht stand Gil mühsam auf und rannte den Tunnel hinab.

Maggie horchte seinen immer leiser werdenden Schritten nach und bemerkte auf einmal, dass sie sich nicht rühren konnte. Noch immer stand das Bild der Handgranate drohend vor ihrem inneren Auge – eine vertraute Waffe im Straßenkampf ihrer Heimat. Verschüttet geglaubte Panik aus ihrer Kindheit stieg in ihr auf und drohte sie zu ersticken. Ihre Hände zitterten. Sie ballte sie zu Fäusten und kämpfte mit aller Kraft gegen die drohende Panikattacke an. Alles verschwamm ihr vor den Augen und ihr Atem beschleunigte sich.

Sam musste ihre Bedrängnis gespürt haben. »Maggie …?« Er griff nach ihrer Schulter.

Seine Berührung war der Auslöser. Sie sprang auf. »Los, los, wir müssen hier raus!«, sagte sie eilig. »Sofort!«

Sam drückte sich den Stetson fester auf den Kopf. »Warum? Ist doch nur Guillermo.«

Mit hitzigem Gesicht fuhr Maggie zu Sam herum, der die Handgranate nicht bemerkt hatte. Was er in ihren Augen sah, ließ ihn erschrocken zurückfahren. Sie hatte keine Zeit, ihm ihre Ängste zu erklären. »Los, du verdammtes Arschloch!«, brüllte sie. Die Panik ließ ihren irischen Akzent stärker hervortreten. Sie schob Sam zum Tunnel hinüber und gab den anderen Zeichen, ihnen zu folgen.

Sams lange Beine fraßen die Distanz förmlich. Maggie hielt ein Auge hinter sich gerichtet. Vor ihr hielt Ralph mit Sam Schritt, aber Norman, beladen mit seinen Kameras, war zurückgeblieben.

»Beeilung!«, drängte sie den Journalisten.

Norman sah sich um. Im Schein der Lampen war sein Gesicht leichenblass. Aber er setzte alles daran, das Tempo zu forcieren, und schloss schließlich zu ihnen auf, als die beiden schnelleren Männer die Leiter zur nächsten Ebene der Grabungsstätte erreicht hatten.

Sam flog die hölzernen Sprossen hinauf, Ralph dicht auf den Fersen. Norman ging als Nächster. Maggie blieb am Fuß der Leiter stehen, spitzte die Ohren und horchte auf jede mögliche Gefahr hinter ihnen. In weiter Entfernung schallte etwas aus der Tiefe herauf. Es klang wie ein tiefes Pochen, wie das Ticken einer großen Uhr.

»Maggie, komm schon!«, flüsterte Sam drängend von oben.

Sie wandte sich um und merkte, dass die Leiter frei war. Einen Moment lang war ihr jegliches Zeitgefühl abhanden gekommen. Ein untrügliches Zeichen für einen drohenden Anfall. Nicht gerade jetzt! Sie flog förmlich die Leiter hinauf. Sam half ihr von der letzten Sprosse, indem er sie an den Armen hochzog. Die Leiter nach ganz oben war nur wenige Meter entfernt. Sobald Maggie wieder auf den Beinen stand, rannte sie voraus.

Sie folgte der Zickzackreihe der Lampen, deren Schein an ihr vorüberhuschte. Als sie den Fuß der Leiter entdeckte, vernahm sie ein tiefes Stöhnen aus dem Schacht, der nach oben ins Freie führte. Es war Gil. Es hörte sich so an, als hätte er den Platz fast erreicht.

Da sie jetzt das Ziel vor Augen hatte und eine erfrischende Brise von oben herabwehte, die ihr Mut machte, rannte Maggie schneller.

Plötzlich tönten Worte zu ihr herab: »Friss das hier, du *hijo de puta!*«

Sie blieb wie versteinert stehen, als etwas Hartes klappernd in den Schacht fiel und am Fuß der Leiter liegen blieb. Ungläubig starrte sie den grünen Metallzylinder an. Er ruhte im Schlamm neben dem Holzstamm, der als hauptsächliche Stütze für den Schacht diente. Die Handgranate!

Maggie fuhr zu Sam herum. Er ächzte, als sie gegen seinen Brustkasten prallte. »Zurück ... zurück ... zurück ...«, leierte sie.

Die Arme umeinander gelegt, stolperte die Gruppe von der Leiter weg.

»Was ...?«, fragte ihr Sam ins Ohr.

Aufgeputscht von dem Adrenalin in ihren Adern schob sie ihn und die anderen in eine Nebenkammer.

Der Stoß der Explosion erwischte sie im Eingang. Vom Luftdruck wurden sie quer durch den ganzen Raum gegen die Wand am anderen Ende geschleudert und fielen dort übereinander.

Die Lampen ringsumher flackerten. Maggie wälzte sich zur Seite und erhob sich auf ein Knie. Über das Klingeln in ihren Ohren hinweg hörte sie Ralph neben sich stöhnen. Sie machte eine Bestandsaufnahme der eigenen Verletzungen. Nein, sie schien unverletzt zu sein, doch als sie durch den herabsinkenden Staub den Schaden erkannte, den die Granate angerichtet hatte, entfloh auch ihren Lippen ein Stöhnen.

Sie saßen in der Falle!

Im Gang, der zur Leiter führte, lagen Steine und Erde wild übereinander. Die Handgranate hatte den Schacht ins Freie zum Einsturz gebracht. Ein guter Teil der Decke der ersten Ebene war herabgefallen.

Überall in den Ruinen ringsumher rumpelte und ächzte es, weil sich durch den Erdrutsch der Druck auf Mauern und Wände verschoben hatte. Zehn Meter Erde wollten weitere Teile der unterirdischen Ruine zum Einsturz bringen.

Was sollten sie jetzt tun?

Im nächsten Moment flackerten die Lampen ein letztes Mal und erloschen. Schwärze verschlang sie.

»Alles in Ordnung?«, fragte Sam wie betäubt und übertrieben laut, weil er fast taub geworden war.

Norman gab Antwort. »Mir geht's gut. Ich bin zehn Meter unter der Erde begraben ... in einem Grab. Ansonsten geht's mir ausgezeichnet.«

»Ich bin auch in Ordnung, Sam«, fügte Ralph etwas kleinlauter als sonst hinzu.

Der dichte Staub brachte Sam zum Husten. »Maggie?«

Sie konnte keine Antwort mehr geben. Sie merkte, wie ihre Gliedmaßen sich versteiften. Das erste charakteristische Zittern setzte ein und sie fiel auf den Steinboden zurück, als der Anfall von ihrem ganzen Körper Besitz ergriff und ihr das Bewusstsein raubte.

Als Letztes vernahm sie Normans erstickten Ausruf: »Sam, da stimmt was nicht mit Maggie!«

Gil floh vor der Druckwelle aus der Grube, der Explosionslärm schnitt durch das Schweigen des Regenwalds. Ausgespuckter Rauch und Schutt folgten ihm den Hang zum Lager hinab. Er kletterte die Treppe hinunter, obwohl er sich an den losen Steinen die Füße aufschnitt. Er verfluchte sich dafür, seine Stiefel zurückgelassen zu haben. Warum hatte er Schuhe und Gewehr nicht vor dem Sprung hinausgeworfen? Aber er wusste die Antwort auf diese Frage: Er war in Panik geraten.

Ein Schwarm aufgeschreckter Papageien zerstreute sich über dem Strahl eines der nahe gelegenen Scheinwerfer. Das plötzliche Aufleuchten von blauem und rotem Gefieder in der schwarzen Nacht erschreckte ihn. Als der Explosionslärm verhallte, antwortete der Regenwald auf das herausfordernde Getöse mit Vogel- und Affengekreische.

Der Dschungel war erwacht – wie auch das Lager unten.

In mehreren der billigen Zelte für die Arbeiter flammten Lichter auf. Die ersten Schatten rührten sich bereits – die Schläfer waren erwacht. Selbst in einem der Studentenzelte erblühte der warme Schein.

Ohne Waffen und Gefährten wollte Gil keinen Versuch wagen, das Lager zu überwältigen. Er würde eilig ein paar Männer holen, um die *americanos* und ihre Arbeiter zu beseitigen. Wenigstens hatte die Handgranate den einzigen Zugang zu den unterirdischen Ruinen zerstört. Die Beute dort unten sollte in Sicherheit sein, bis er mit Männern und Werkzeugen zurück war, um sie auszugraben. Da sie nicht darauf achten mussten, »den brüchigen Ruinen keinen Schaden zuzufügen«, könnte sein Team den Schatz in null Komma nichts bergen. Sie würden höchstens einen oder zwei Tage benötigen.

Dennoch – bevor Gil weitere Männer holen konnte, hatte er hier im Lager noch eine Aufgabe zu erledigen. Er erreichte die Zelte und schlüpfte in die dunkleren Schatten zwischen zwei der rohen Schutzhütten für die Arbeiter. In den Zeltengängen erschienen Gesichter, deren Blicke gewiss auf die Rauchwolke gerichtet waren, die nach wie vor von der Grabungsstätte aufstieg.

Niemand entdeckte Gil.

Er schlüpfte hinter die Zelte und hörte ein Flüstern, irgendwelches Gebrabbel in der gutturalen Quecha-Sprache. Es kam vom benachbarten Zelt. Und von dort her, wo die Studenten ihre etwas teureren Unterkünfte stehen hatten, schrie eine schrille Stimme: »Guillermo! Sam! Was ist passiert?« Das war der wichtigtuerische Anführer dieser *maricon* Studenten.

Gil beachtete den immer lauter werdenden Wortwechsel nicht weiter. Von einem Stapel mit Arbeitsgeräten nahm er sich lautlos eine Spitzhacke und ein langes Messer. Dann ging er zur Rückseite einer der Unterkünfte und schnitt mit dem Messer einen neuen Eingang hinein. Zischend fuhr die scharfe Klinge durch das dicke Segeltuch. Er glitt durch das Loch und betrat mit seiner Spitzhacke das Zelt.

Er musterte sein Opfer – das Satelliten-Kommunikationssystem. Zum Glück musste er nicht das ganze Gerät zerschlagen. Es hatte eine Schwachstelle – den kleinen Computer. Für viele andere Ausrüstungsgegenstände gab es Ersatzteile, nicht jedoch für die CPU. Ohne sie konnte das Lager keinen Alarm auslösen oder um Hilfe rufen.

Gil hob die Spitzhacke hoch über den Kopf und wartete. Sein gebrochenes Schlüsselbein protestierte unter dem Gewicht des Eisens – aber er musste nicht lange innehalten. Erneut brüllte Philip Sykes von seinem Zelt aus ärgerlich und verzweifelt Befehle. Offenkundig hatte er Angst, seine sichere Unterkunft zu verlassen. »Sala, wo zum Teufel steckst du?«

Als der Student schrie, ließ Gil die Spitzhacke mitten in den Computer sausen. Kobaltblaue Funken sprühten in dem dunklen Zelt, erloschen jedoch rasch wieder. Gil hielt sich nicht damit auf, die Spitzhacke wieder herauszuziehen oder nachzuprüfen, ob jemand etwas von seinem Sabotagewerk mitbekommen hatte. Er krabbelte einfach durch den selbst gebastelten Hintereingang und rannte davon.

Da aller Augen auf den rauchenden Tunnel oben am Platz gerichtet waren, konnte Gil unbemerkt in den Regenwald entkommen. Er hatte noch immer das Messer in der Hand und hegte Rachegefühle.

Seine Faust umklammerte den Griff so fest, dass die Fingerknöchel weiß wurden.

Niemand legte Guillermo Sala herein – erst recht nicht ein uraltes Inka-Idol!

»Beeilung, Sam!« Normans verzweifelter Ausruf hallte durch die Dunkelheit.

In der stygischen Finsternis der Tempelruinen kramte Sam in seinem Beutel mit den Werkzeugen. Keiner hatte daran gedacht, eine Taschenlampe mitzunehmen. Er würde improvisieren müssen. Blindlings wühlte er in den klirrenden Flaschen. Schließlich griff er seine ganz unten vergrabene UV-Lampe, mit deren Hilfe er die Farbe zum Entziffern von Inschriften erleuchtete, zog sie hervor und schaltete sie ein.

Im Schimmer des ultravioletten Lichts tauchte eine unheimliche Szenerie auf. Explosionsstaub, der nach wie vor in der Luft schwebte, fluoreszierte wie Schnee in dem seltsam purpurfarbenen Licht. Dennoch traten die Gestalten der anderen deutlich hervor. Die Zähne, das Weiße der Augen sowie die helle Kleidung seiner Gefährten strahlten unnatürlich hell.

Norman Fields kniete neben Maggie. Mit durchgebogenem Rücken starrte sie zur Decke und trommelte mit den Fersen auf den uralten Boden ein. Norman hielt sie an den

Schultern fest, während Ralph wie ein dunkles Phantom über ihnen stand. Der Fotograf sah zu Sam auf. »Sie hat so was wie einen epileptischen Anfall.«

Sam eilte zu ihnen. »Sie muss sich den Kopf gestoßen haben. Vielleicht eine schwere Gehirnerschütterung.« Er hob die Lampe, um ihre Augen zu untersuchen, aber das ultraviolette Licht erleuchtete ihre Pupillen nur wenig. In dem Schein zuckten ihre Gesichtsmuskeln; die Lider flatterten. »Ich weiß nicht so recht.« Sam musterte die Gesichter seiner Gefährten.

Keiner von ihnen wusste, was zu tun war.

Maggie stieß kleine Würgelaute aus.

»Solltest du nicht dafür sorgen, dass sie ihre Zunge nicht verschluckt oder durchbeißt?«, fragte Ralph unsicher.

Sam nickte. Maggies Gesicht schien bereits angelaufen. »Ich brauche einen Knebel.«

Norman griff in seine Gesäßtasche und zog ein kleines Taschentuch hervor. »Wird's das tun?«

Sam hatte keine Ahnung, also nahm er einfach den Tuchfetzen entgegen und verdrehte ihn zu einem Strick. Zögernd streckte er die Hand nach Maggie aus. Er hatte keine Ahnung, was genau er tun sollte. Ein kleiner Speichelfaden rann ihr aus dem Mundwinkel. Obwohl Sam seinem Pferd die Trense noch im Schlaf hätte anlegen können, war das hier doch etwas völlig anderes.

Er bekämpfte seine Furcht und versuchte vorsichtig, Maggies Kinnlade nach unten zu drücken, aber sie presste die Kieferknochen so fest aufeinander, dass die Muskeln zitterten. Er musste wesentlich mehr Gewalt anwenden, als erwartet, bis er ihren Mund aufgedrückt hatte. Schließlich zog er ihr mit einem Finger die Zungenspitze nach vorn. Ihr Mund war heiß und sehr nass. Er fuhr zurück, zwängte ihr dann aber das Taschentuch zwischen die Backenzähne. Dadurch hielt er die Zunge unten, sodass sie sie nicht durchbeißen konnte.

»Gute Arbeit«, gratulierte Norman.

Maggie schien bereits etwas gleichmäßiger zu atmen.

»Ich glaub, es hört auf«, meinte Ralph. »Seht mal!«

Ihre Fersen trommelten nicht mehr auf den Boden ein und ihr Rücken sackte entspannt zu Boden.

»Gott sei Dank!«, murmelte Sam.

Nach wenigen Sekunden verebbte Maggies Zittern. Ein Arm hob sich und schlug schwach auf die leere Luft ein. Sie blinzelte einige Male. Ihre blicklosen Augen waren glasig. Dann konzentrierte sie sich auf Sam und plötzlich wusste er, dass sie wieder da war. Hellauf empört starrte sie ihn an.

Ihre Finger fanden Sams Hand, die den Knebel festhielt. Sie schob sie weg und spuckte das Tuch aus. »W... was hast du vor?« Sie setzte sich auf und rieb sich heftig die Lippen.

Norman bewahrte Sam davor, eine Erklärung abgeben zu müssen. »Du hattest einen Anfall.«

Maggie zeigte auf das speichelgetränkte Taschentuch. »Also habt ihr versucht, mich zu ersticken? Beim nächsten Mal wälzt ihr mich einfach auf die Seite.« Bevor sie etwas erwidern konnten, winkte sie ab. »Wie lang war ich weggetreten?«

Sam fand seine Stimme wieder. »Vielleicht zwei Minuten.«

Maggie runzelte die Stirn. »Verdammt.« Sie ging hinüber zu der Wand aus übereinander gestürzten Steinen und Lehm, die ihnen den Weg aus dem vergrabenen Tempel versperrte.

Sie wirkte nicht im Geringsten überrascht oder besorgt und da dämmerte Sam, dass ihr Anfall nichts mit dem Schlag auf den Kopf zu tun gehabt hatte. Seine Verärgerung löste ihm die Zunge. »Du bist Epileptikerin.«

Maggie warf das Haar zurück und wandte sich ihm zu.

»Idiopathische Epilepsie. Seit meiner Jugend kommt es immer wieder mal zu Anfällen.«

»Das hättest du jemandem sagen sollen. Weiß Onkel Hank davon?«

Sie wandte den Blick ab. »Nein. Die Anfälle kommen so unregelmäßig, dass ich nicht einmal Medikamente nehme. Und seit dem letzten sind drei Jahre vergangen.«

»Du hättest es meinem Onkel trotzdem sagen sollen.«

»Und bei dieser Grabung aus dem Team fliegen?«, gab sie hitzig zurück. »Wenn Professor Conklin von meiner Epilepsie gewusst hätte, hätte ich nie mitkommen dürfen.«

Ebenso hitzig erwiderte Sam: »Vielleicht hättest du auch nicht mitkommen sollen. Schließlich trägst nicht nur du das Risiko. Mein Onkel ist für diese Grabung sowohl verantwortlich als auch haftbar. Deine Verwandten könnten ihn verklagen.«

Maggie öffnete den Mund und wollte etwas erwidern, doch Norman ging dazwischen. »Wenn ihr mit der Krankengeschichte und den Einzelheiten einer möglichen Schadensersatzklage fertig seid, darf ich dann vielleicht darauf hinweisen, dass wir zur Zeit unter zehn Metern instabilem Fels begraben sind?«

Wie um seinen Worten Nachdruck zu verleihen, ächzten die Steine über ihnen, und zwischen zwei großen Granitblöcken rieselte Erde herab.

Ralph kam zu ihnen. »Ausnahmsweise bin ich diesmal mit Norman einer Meinung – wir sollten zusehen, dass wir hier den Abflug machen!«

»Genau meine Ansicht«, fügte Norman hinzu.

Sam sah Maggie erneut stirnrunzelnd an. In seinem Innern lagen unterschiedliche Gefühle im Widerstreit. Er bereute nicht, was er gesagt hatte – Maggie hätte ihre Epilepsie nicht verheimlichen dürfen –, aber er hätte trotzdem gerne noch mal von vorne begonnen und den ärgerlichen Ausbruch ungeschehen gemacht. Er hatte solche Angst um sie gehabt, dass er meinte, ihm bliebe das Herz stehen, doch das hatte er nicht laut sagen können. Stattdessen hatte er sie angeschnauzt.

Er wandte sich ab. In Wahrheit konnte ein Teil von ihm ihren Wunsch, ihr Geheimnis für sich zu behalten, sehr gut verstehen. Er hätte auch alles getan, um an dieser Ausgrabung mitwirken zu können – sogar gelogen.

Er räusperte sich. »Philip und die anderen müssten die Explosion gehört haben. Wenn sie unsere Zelte leer vorfinden, werden sie wissen, dass wir hier unten sind, und uns suchen. Sie graben uns aus.«

»Hoffentlich, bevor uns die Luft ausgeht«, fügte Norman hinzu.

Inzwischen hatte sich die Gruppe vor dem zusammengestürzten Teil des Tunnels versammelt. »Es gefällt mir gar nicht, mein Leben in Philips Hände zu geben«, sagte Ralph.

Sam sah das ähnlich. »Und wenn wir seinetwegen überleben, wird er uns das ewig unter die Nase reiben.«

In der Totenstille der Grabstätte hörten sie die Steine oben quietschen und ächzen. Sam warf einen Blick zur Decke und hob die Lampe. Zwischen mehreren Felsbrocken sickerte Erde hindurch. Ohne Frage hatte die Explosion die Pyramide destabilisiert. Erneut an dieser Stelle zu graben, um sie zu retten, konnte durchaus bewirken, dass ihnen der ganze Tempel um die Ohren flog. Nun war es an Philip Sykes, das zu begreifen.

Kopfschüttelnd senkte Sam seine Lampe. Eine schlimmere Lage konnte er sich kaum vorstellen.

»Hast du was gehört?«, fragte Norman. Der Fotograf hatte seinen Blick nicht auf den Schuttberg gerichtet, sondern sah sich um, tiefer in den Tempel hinein.

Sam horchte. Dann hörte er es auch und fuhr herum. Es war ein leises Gleitgeräusch, als würde etwas über den Steinboden der Ruinen geschleift, und kam von weiter innen aus dem Labyrinth von Tunneln und Kammern. Aus der absoluten Dunkelheit, von dort her, wohin der Schein der Lampe nicht mehr reichte. Und das Geräusch schien näher zu kommen.

Maggie berührte ihn am Arm. »Was ist das?«

Bei ihren Worten brach der Lärm abrupt ab.

Sam schüttelte den Kopf. »Ich weiß es nicht«, flüsterte er. »Aber wer es auch sein mag, er weiß jetzt, dass wir hier sind.«

Philip Sykes war heiser vom Schreien. Er stand barfuß im Eingang zu seinem Zelt und hatte den Bademantel fest um seinen schlanken Körper geschlungen. Warum gab niemand Antwort? Nach der Explosion war das Lager draußen vor dem Zelt in hellem Aufruhr. Männer rannten über die im Schatten liegenden Ruinen, von denen einige mit auf und nieder wippenden Taschenlampen bewaffnet waren, andere mit Werkzeugen. Anscheinend wusste keiner so recht, was geschehen war. Vom Sonnenplatz oben, wo sich die Rauchwolken allmählich wieder auflösten, tönten Wortfetzen im hiesigen indianischen Dialekt herab. Aber Philip verstand so gut wie kein Quecha. Nicht genug jedenfalls, um zu wissen, was die verzweifelten Rufe und Antworten bedeuteten.

Er sah auf die Leuchtziffern seiner Armbanduhr. Schon nach Mitternacht, um Gottes Willen! Verschiedene Szenarien spulten sich in seinem Kopf ab. Die Plünderer von gestern waren besser bewaffnet zurückgekehrt und griffen das Lager an. Oder die Quecha-Arbeiter selbst, diese dunkelhäutige und verdächtige Bande, meuterten. Oder einer der drei Generatoren war explodiert. Alles schien möglich.

Philip zog seinen Bademantel noch fester um sich. Wo waren seine Kommilitonen? Schließlich ließen ihn Angst und Verärgerung barfuß loslaufen. Eilig musterte er seine direkte Umgebung. Die drei anderen Unterkünfte waren etwas entfernte, dunkle, eng beieinander stehende Hügel in der Nacht. Warum waren die anderen nicht aus dem Schlaf gerissen worden? Versteckten sie sich in der Dunkelheit?

Mit weit aufgerissenen Augen kehrte Philip zu seinem eigenen Zelt zurück. Vielleicht sollte er dasselbe tun. Doch seine eigene, vom Lampenschein erhellte Unterkunft bot jedem möglichen Angreifer ein deutlich sichtbares Ziel. Er rannte hinein und pustete die Laterne aus. Als er sich wieder dem Zelteingang zuwandte, wurde der von einem großen schwarzen Schatten ausgefüllt. Philip keuchte auf.

Der Strahl einer Taschenlampe blendete ihn.

»Was wollen Sie?«, stöhnte er. Die Knie wurden ihm weich.

Der Strahl veränderte die Richtung und erhellte jetzt das Gesicht eines der Quecha-Arbeiter. Philip vermochte nicht zu sagen, welcher der vielen Männer an seinem Zelteingang stand. Für ihn sahen sie alle gleich aus. Der Mann sprudelte ein paar Worte auf Quecha hervor, von denen Philip kein einziges verstand. Nur der Wink mit der Hand, dass er ihm folgen sollte, war unmissverständlich.

Doch noch zögerte er. Wollte ihm der Mann etwas antun oder wollte er helfen? Wenn nur Denal da wäre, der dreckige Waisenknabe aus Cusco, der ihnen als Dolmetscher gedient hatte! Ohne die Möglichkeit, sich zu verständigen, fühlte sich Philip schutzlos, isoliert und unter diesen Fremden wie gefangen.

Erneut winkte die Schattengestalt Philip zu, er solle ihr folgen, dann trat sie zurück und wandte sich zum Gehen. Er huschte hinter dem Mann in die Dunkelheit hinaus. Er wollte nicht mehr allein sein. Immer noch barfuß beeilte er sich, mit dem Mann Schritt zu halten.

Der nächtliche Wind außerhalb des geschützten Zelts

war kühl und fuhr Philip durch seinen Bademantel auf die nackte Haut. Der Mann führte ihn zu den Zelten der anderen Studenten. Dort warf er die Plane zu Sams Zelt zurück und lenkte den Strahl der Taschenlampe hinein, damit Philip das Innere erkennen konnte. *Leer!*

Philip trat einen Schritt zurück und blickte forschend über die Ruinen. Warum hatte Conklin nicht auf seine Rufe geantwortet, wenn der Saukerl irgendwo da draußen war? Sein Quecha-Führer zeigte ihm die anderen Zelte. Ebenfalls leer. Sam, Maggie, Ralph und sogar der Fotograf Norman waren verschwunden. Philip zitterte am ganzen Leib, eher aus Panik als wegen der kalten Brise, die vom Berggipfel herabwehte. Wo steckten sie?

Der Arbeiter wandte sich ihm zu. Seine Augen waren nur dunkle Schatten. Er murmelte etwas in seiner Muttersprache. Seinem Tonfall nach zu urteilen, war der Indianer ebenso besorgt wie Philip.

»Wir ... wir müssen Hilfe holen«, murmelte Philip hinter klappernden Zähnen hervor. »Wir müssen jemandem Bescheid geben, was hier los ist.«

Er drehte sich um und eilte zum Kommunikationszelt hinüber. Der Quecha-Arbeiter kam mit der Taschenlampe hinterher, sodass sein Schatten vor ihm auf dem Pfad dahinhuschte. Er musste die Behörden alarmieren. Die Ereignisse hier wuchsen ihm über den Kopf.

Am Zelt angekommen zog Philip den Reißverschluss herunter und fummelte mit zittrigen Fingern an den Verschlüssen herum. Schließlich war die Plane offen und er kroch hinein. Der Arbeiter blieb zurück und richtete die Taschenlampe ins Innere. Mit großen Augen starrte Philip ihr Kommunikationssystem an. Eine Spitzhacke hatte sich ins Herz des Zentralcomputers gebohrt.

Stöhnend sank Philip in die Knie. »O Gott ... nein!«

Sam zielte mit der Winchester in den dunklen Gang, der ins Herz der Ruine führte. Aus der Dunkelheit kam ein verstohlenes Scharren und Schlurfen auf sie zu.

Neben ihm hatte Ralph die UV-Lampe in die Finsternis gerichtet, doch vermochte sie die Wand aus Schatten kaum zu durchdringen. Was dort in der Schwärze lag, blieb ein Rätsel.

Maggie und Norman standen hinter den beiden Männern. Maggie beugte sich vor. »Gil ist vor etwas geflohen, das ihm eine Scheißangst eingejagt hat«, flüsterte sie Sam ins Ohr. Ihr Atem war warm an seinem Hals.

Bei ihren Worten fingen seine Arme an zu zittern, dass ihm beinahe das Gewehr entglitt. »Musst du mir das gerade jetzt sagen!«, zischte er zurück und sorgte dafür, dass sich seine Hand wieder beruhigte.

Ralph hatte ihre Worte ebenfalls gehört. Der Ex-Footballspieler schluckte vernehmlich und hob die Lampe an, als könnte das ihre Reichweite vergrößern. Tat es allerdings nicht.

Sam war das lautlose Spiel allmählich leid. Er räusperte sich und rief: »Wer ist da?«

Die Antwort erfolgte augenblicklich. In dem dunklen Gang flammte Licht auf, so grell, dass es sie blendete und in den Augen stach. Taumelnd wichen sie zurück. Sams Finger zuckte am Abzug des Gewehrs und allein die Regel, die ihm sein Onkel auf den gemeinsamen Jagdausflügen eingebläut hatte und die er jetzt instinktiv befolgte, hielt ihn davon ab, einen Schuss abzufeuern: *Schieße nie auf etwas, das du nicht siehst!*

Sam hielt das Gewehr weiterhin im Anschlag, hatte jedoch den Finger vom Abzug genommen.

Eine quietschige, von Furcht und Entsetzen erfüllte Stimme ertönte hinter dem blendenden Licht. »Ich bin's!« Plötzlich drehte sich der Schein von ihren Gesichtern weg und tanzte über die Decke. Eine kleine Gestalt kam langsam auf sie zu.

Sam senkte die Waffe und dankte im Stillen seinem Onkel für das Training in Zurückhaltung. »Denal?« Es war der junge Indianerbursche, der ihnen als Dolmetscher diente. Das Gesicht des Jungen war aschfahl, die Augen angsterfüllt. Sam hängte sich das Gewehr um die Schulter. »Was zum Teufel tust du hier unten?«

Der Junge hielt die Taschenlampe nach unten, während er zu ihnen gerannt kam. Worte in gebrochenem Englisch sprudelten nur so aus ihm hervor. »Ich ... Ich sehen Gil mit Juan und Miguel. Sie schleichen hier herunter. Mit Taschen voller Sachen. Also ich ihnen folgen.«

Maggie trat neben den zitternden Jungen und legte einen Arm um ihn. »Was ist geschehen?«

Mit der freien Hand steckte sich Denal eine Zigarette zwischen die Lippen. Er zündete sie nicht an, aber sie schien ihn auch so zu beruhigen. Mit der Zigarette im Mund sagte er: »Ich nicht wissen ... nicht genau. Sie haben versiegelte Tür aufgebrochen und ...«

»Was?«, keuchte Sam auf. Ein solcher Verrat war selbst in ihrer unheilvollen Lage ein Schock.

Denal nickte bloß. »Ich nicht viel sehen. Ich bleiben außer Sicht. Sie kriechen durch Tür ... und ... und ...« Mit erschrockenen Augen schaute er zu Sam auf. »Dann ich hören Kreischen. Ich laufen fort. Verstecken.«

»Verdammt!«, sagte Maggie. »Der verfluchte Schweinehund wollte die Grabstätte direkt vor unserer Nase plündern.«

»Aber offenbar ist etwas schief gegangen«, fügte Norman angespannt hinzu und sah sich nach der Mauer aus Schutt und Geröll um. Dann wandte er sich wieder ihnen zu. »Was ist mit den anderen beiden? Juan und Miguel?«

»Ich nicht wissen.« Denal ging zu der Lawine aus Felsbrocken und Lehm hinüber. Anscheinend hatte er sie jetzt erst wahrgenommen. »Guillermo rausrennen ... ich warten. Ich Angst, andere mich fangen. Aber niemand rauskommen. Dann großer Knall. Steine fallen ... ich laufen.« Denal hob dem eingestürzten Abschnitt des Tempels eine Hand entgegen. »Ich nicht hätte kommen sollen allein. Ich euch allen hätte sagen sollen. Ich so dumm.«

Sam nahm Ralph die UV-Lampe ab und schaltete sie aus. »Dumm? Du hast wenigstens daran gedacht, eine Taschenlampe mitzunehmen.«

Maggie trat näher an Sam heran. »Was tun wir jetzt?«

»Wir müssen einfach abwarten, bis Philip kapiert, dass wir hier unten sind.«

Mit finsterer Miene stellte sich Norman an Sams andere Seite. »Da können wir aber lange warten.«

Denal kam wieder zu ihnen. »Warum nicht mit Sprechfunk rufen?«

Sam runzelte die Stirn. »An unser Funkgerät haben wir ebenso wenig gedacht wie an eine Taschenlampe.«

Denal griff in eine Gesäßtasche und zog einen kleinen Gegenstand heraus, den man in der Hand halten konnte. »Hier.«

Sam starrte das Sprechfunkgerät an. Ein Lächeln trat auf sein Gesicht. »Denal, nenn dich nie wieder dumm!« Er nahm das Gerät an sich. »Wenn du dumm bist, was sind wir dann?«

Denal starrte düster das Geröll an. »Gefangen.«

Philip kniete noch im Kommunikationszelt, als plötzlich aus dem Sprechfunkgerät ein Knistern und Rauschen ertönte. Der Student fuhr erschrocken hoch. Wortfetzen drangen durch das schrille Quietschen: »... Steine zusammengebrochen ... bitte jemand melden ...«

Das war Englisch! Jemand, mit dem er sprechen konnte!

Philip kroch zum Empfänger hinüber, drückte den Übertragungsknopf und sprach ins Gerät. »Hier Basislager. Ist da wer? Wir haben einen Notfall! Over!«

Er wartete auf eine Antwort. Hoffentlich konnte die Person am anderen Ende der Leitung Hilfe schicken. Mehrere Herzschläge lang hörte er wieder nur statisches Rauschen, dann formten sich erneut Worte. »Philip? ... Ich bin's, Sam.«

Sam? Philip rutschte das Herz in die Hose. Er hob den Empfänger. »Wo seid ihr? Over.«

»Wir sitzen in den Tempelruinen in der Falle. Gil hat den Eingang in die Luft gejagt.« Sam erklärte, wie der Sicherheitschef sie verraten hatte. »Der ganze Bau ist instabil.«

Im Stillen dankte Philip dem Engel, der über ihn gewacht und ihn davor bewahrt hatte, dort unten mit den anderen begraben zu sein.

»Du musst einen Notruf nach Macchu Picchu schicken«, schloss Sam. »Wir brauchen schweres Gerät.«

Philip sah zu der Spitzhacke in der zerstörten CPU und stöhnte. Er schaltete den Sender ein. »Ich kann niemanden erreichen, Sam. Jemand hat das Satellitensystem lahm gelegt. Wir sind abgeschnitten.«

Es folgte eine lange Pause, in der Philip auf eine Antwort wartete. Er konnte sich gut den Strom von Kraftausdrücken vorstellen, der dem Texaner jetzt über die Lippen floss. Als sich Sam wieder meldete, war seine Verärgerung nicht zu überhören. »Na gut, Philip, dann schick beim ersten Licht jemanden zu Fuß los. Der Betreffende muss schnell sein! In der Zwischenzeit musst du nach Sonnenaufgang den Schaden von der Oberfläche aus begutachten. Wenn ihr, du und die Arbeiter, vorsichtig zu graben beginnt – zumindest damit anfangt –, dann kannst du beim Eintreffen von Hilfe schnell handeln. Ich weiß nicht, wie lange wir hier unten noch Frischluft haben.«

Philip nickte, obwohl Sam das gar nicht sehen konnte. Er hatte andere Sorgen – beispielsweise um seine eigene Sicherheit. »Aber was ist mit Gil?«, fragte er.

»Was soll mit ihm sein?« Sams Worte verrieten erneut eine gewisse Gereiztheit. »Er ist bestimmt längst auf und davon.«

»Und wenn er zurückkommt?«

Erneut eine lange Pause. »Du hast Recht. Wenn er die Ruinen hier in die Luft gejagt und die Kommunikationseinrichtung zerstört hat, kommt er bestimmt wieder. Du stellst besser Wachen auf.«

Angesichts der zunehmenden Gefahr, der er sich gegenübersah, musste Philip heftig schlucken. Und wenn Gil mit weiteren Banditen zurückkehrte? Sie hatten bloß einige wenige Jagdgewehre und eine Hand voll Macheten. Für jeden Plünderer wären sie ein leichtes Ziel. Philip warf dem Quecha-Indianer, der am Zelteingang stand und immer noch die Taschenlampe in der Hand hielt, einen Blick zu. Und wem von diesen dunkelhäutigen Ausländern konnte er vertrauen?

Ein Glucksen aus dem Empfänger lenkte Philips Aufmerksamkeit wieder zurück auf das Funkgerät. »Ich schalte jetzt ab, Philip. Ich muss die Batterie dieses Sprechfunks schonen. Ruf mich nach Sonnenaufgang wieder an. Dann kannst du mich auf den neuesten Stand der Dinge bringen. In Ordnung?«

Die Hand, mit der Philip das Gerät umklammerte, zitterte jetzt leicht. »In Ordnung. Ich versuche, dich um sechs zu erreichen.«

»Wir sind da. Ende.«

Philip hängte den Sprechfunk wieder ein und stand auf. Draußen vor dem Zelt war der heftigste Aufruhr im Lager offenbar abgeflaut. Er trat zum Eingang und stellte sich neben den kleinen Quecha-Indianer.

Barfuß, nur mit dem Bademantel bekleidet, starrte Philip hinaus in den schwarzen Regenwald und zu den rauchenden Ruinen hinüber. Die Kühle der Nacht hatte sich ihm tief in die Knochen gefressen. Er zog den Bademantel fester um die Schultern. Tief im Herzen wünschte ein Teil von ihm, er wäre mit den anderen unten im Tempel gefangen.

Dann wäre er wenigstens nicht so allein.

Zweiter Tag

Janan Pacha

Dienstag, 21. August, 7.12 Uhr
Regency Hotel
Baltimore, Maryland

Das Licht der aufgehenden Sonne drang durch die Lücken zwischen den schweren Vorhängen des Hotelzimmers. Henry saß an dem kleinen Walnussschreibtisch und starrte die Reihe von Kunstwerken an, die er aus der Mumie geborgen hatte: einen Silberring, einen Pergamentfetzen, dessen Schrift verblasst und unleserlich geworden war, zwei spanische Münzen, einen silbernen Zeremoniendolch und das schwere Dominikanerkreuz. Er spürte, dass der Schlüssel zum Schicksal des Priesters in diesen wenigen Gegenständen verborgen lag wie in einem Puzzle, das sich einfach nicht zusammensetzen lassen wollte. Wenn er es doch nur könnte ...

Kopfschüttelnd lockerte Henry seinen steif gewordenen Rücken und rieb sich die Augen hinter den Brillengläsern. Er musste schlimm aussehen. Er trug immer noch den zerknitterten grauen Anzug, obwohl er das Jackett auf das ungemachte Bett geworfen hatte. Er war die ganze Nacht über wach geblieben und hatte die Gegenstände studiert. Nur um Mitternacht herum war er kurz eingenickt. Dann hatten ihn die Artefakte wieder zum Schreibtisch und zu den Büchern und Zeitschriften gelockt, die er aus der Bibliothek an der Johns Hopkins entliehen hatte. Er konnte das Puzzle nicht so unvollendet liegen lassen, erst recht nicht nach seiner ersten Entdeckung.

Zum tausendsten Mal hob er den Silberring des Mönchs hoch. Einige Zeit vorher hatte er vorsichtig die Patina von der Oberfläche gerieben und dabei ein Wappen entdeckt, das von einer so gerade eben lesbaren Inschrift umgeben war. Er nahm die Lupe vor die Augen und las den Namen auf dem Ring: ›*De Almagro.*‹ Der Nachname des Dominikanermönchs. Allein dieses eine Teil des Puzzles ließ den Mann in Henrys Kopf lebendig werden. Er war nicht mehr bloß eine *Mumie,* durch den Namen war er zu einer Person aus Fleisch und Blut geworden. Eine Person mit einer Geschichte, einer Vergangenheit, sogar einer Familie. So viel Macht allein in einem Namen!

Henry legte die Lupe hin, nahm seinen Stift und fügte seiner Skizze vom Symbol auf dem Ring einige letzte Einzelheiten hinzu. Bei einem Teil davon handelte es sich eindeutig um ein Familienwappen – sicher das der de Almagro –, aber es war noch ein zweites Bild eingraviert: ein Kruzifix, darüber zwei gekreuzte Klingen. Dieses Symbol war ihm irgendwie vertraut, doch wusste er nicht, woher.

»Wer bist du gewesen, Bruder de Almagro?«, murmelte er beim Zeichnen. »Was hast du in dieser verschollenen Stadt getan? Warum haben dich die Inka mumifiziert?« Konzentriert nagte er an seiner Unterlippe und fügte seiner Zeichnung die letzten Verzierungen hinzu. Dann nahm er das Blatt und starrte es an. »Das wird's tun müssen.«

Er warf einen Blick auf seine Armbanduhr. Es war fast acht. Er rief äußerst ungern zu einer so frühen Stunde an, aber er konnte nicht mehr warten. Er drehte seinen Sessel herum, griff zum Telefon und prüfte nach, ob das tragbare Faxgerät richtig angeschlossen war. Alles war zu seiner Zufriedenheit, also wählte er die Nummer.

Es meldete sich eine offizielle und höfliche Stimme. »Büro von Erzbischof Kearney. Was kann ich für Sie tun?«

»Professor Henry Conklin hier. Ich habe gestern angerufen und nachgefragt, ob ich mir die alten Aufzeichnungen Ihres Ordens ansehen dürfte.«

»Ja, Professor Conklin. Erzbischof Kearney hat Ihren Anruf erwartet. Einen Augenblick, bitte.«

Henry runzelte die Stirn. Damit hatte er nicht gerechnet. Er hatte überhaupt nicht erwartet, mit dem Erzbischof persönlich sprechen zu können, und war davon ausgegangen, an irgendeinen subalternen Beamten im Archiv verwiesen zu werden.

Eine strenge, jedoch warme Stimme meldete sich. »Ah, ja, Professor Conklin. Ihre Nachricht von dem mumifizierten Priester hat hier ganz schön für Aufregung gesorgt. Wir sind äußerst interessiert daran, zu hören, was Sie erfahren haben und wie wir Sie vielleicht unterstützen können.«

»Vielen Dank, aber so dringend ist die Angelegenheit nicht, dass man Eure Eminenz damit belästigen sollte.«

»Ach, wissen Sie, eigentlich bin ich sogar ziemlich fasziniert von der Sache. Vor meinem Eintritt ins Seminar habe ich eine Diplomarbeit über europäische Geschichte geschrieben. Die Möglichkeit, an einer solchen Studie mitzuwirken, ist eher eine Ehre als eine Last. Also, sagen Sie mir bitte, wie wir Ihnen unter die Arme greifen können.«

Henry lächelte innerlich über sein Glück, unter diesen Geistlichen einen mit einer Vorliebe für Geschichte gefunden zu haben. Er räusperte sich. »Mit Hilfe Eurer Eminenz hoffe ich, Zugang zu den Archiven der Kirche zu erhalten und aus dem, was ich dort finde, die Vergangenheit dieses Mannes zusammensetzen zu können, vielleicht sogar zu erfahren, was ihm zugestoßen ist.«

»Aber sicher. Meine Büros stehen Ihnen zur freien Verfügung, denn falls die Mumie tatsächlich ein Mönch des Dominikanerordens ist, verdient er es, von seinen Sünden losgesprochen und begraben zu werden, wie es einem Priester geziemt. Falls noch Nachfahren dieses Mannes am Leben sein sollten, hielte ich es für richtig, die sterblichen Überreste für ein angemessenes Begräbnis an die Familie zu übergeben.«

»Da bin ich ganz Ihrer Meinung. Ich habe versucht, so viele Informationen wie möglich im Alleingang zu erhalten, aber jetzt benötige ich Zugriff auf Ihre Archive. Bislang habe ich nur den Nachnamen des Burschen herausbekommen – de Almagro. Sehr wahrscheinlich war er ein Mönch des spanischen Zweigs der Dominikaner, so etwa um 1500 herum. Ich habe auch eine Kopie des Familienwappens des Mannes, die ich Ihnen gern zufaxen würde.«

»Hmmm ... 1500 ... bei so alten Aufzeichnungen müssen wir möglicherweise die Archive einzelner Abteien durchsuchen. Das dürfte einige Zeit kosten.«

»Das habe ich vermutet, aber ich wollte zumindest anfangen, bevor ich mich wieder nach Peru begebe.«

»Ja, und das bringt mich auch auf eine Idee, wo wir beginnen sollten. Ich leite Ihre Zeichnung natürlich an den Vatikan weiter, aber in Cusco, Peru, gibt es auch eine sehr alte Enklave der Dominikaner, der ein Abt namens Ruiz vorsteht, glaube ich. Wenn Ihr Priester auf eine Mission nach Peru ausgesandt wurde, könnte die dortige Abtei vielleicht eine Aufzeichnung darüber besitzen.«

Henry richtete sich in seinem Sessel auf. Die Aufregung versorgte seinen ermüdeten Körper mit frischer Energie. Natürlich! Daran hätte er selbst denken sollen! »Ausgezeichnet! Vielen Dank, Erzbischof Kearney. Vermutlich wird sich Ihre Hilfe als unbezahlbar bei der Lösung dieses Rätsels erweisen.«

»Das hoffe ich. Ich gebe meinem Sekretär Anweisung, Ihnen unsere Faxnummer mitzuteilen, und erwarte Ihre Sendung.«

»Ich schicke es sofort los.« Nur am Rande registrierte Henry, dass er ins Vorzimmer zurückverbunden wurde, wo man ihm die Faxnummer gab, denn in seinen Gedanken ging er schon die verschiedensten Möglichkeiten durch. War Bruder de Almagro längere Zeit in Peru gewesen, gäbe es vielleicht sogar einige Briefe und Berichte des Mannes an die Abtei in Cusco. Vielleicht enthielten solche Schriftstücke den Schlüssel zu der verschollenen Stadt.

Mit tauben Fingern legte Henry auf und ließ die Skizze des Rings in das Faxgerät gleiten. Er wählte und horchte auf das Surren und Summen, als die Verbindung hergestellt wurde.

Während der Übertragung lenkte Henry seine Gedanken gewaltsam zu dem anderen Geheimnis, das die Mumie umgab. Er hatte die Nacht mit der Suche nach der Vergangenheit dieses Burschen verbracht, aber da ihm die Sache jetzt aus der Hand genommen worden war, gestattete er sich einige Spekulationen über das letzte Puzzleteil der Mumie. Davon hatte er dem Erzbischof nichts erzählt. Er stellte sich im Geiste die Explosion des Mumienschädels und das umherspritzende Gold vor.

Was genau war da passiert? Was war das für eine Substanz? Der Erzbischof hätte auf diese Sache kein neues Licht werfen können, das wusste Henry genau. Nur eine Person konnte ihm helfen, und zwar eine, die er sowieso unter einem Vorwand anrufen wollte. Seit er sie nach drei Jahrzehnten zum ersten Mal wieder gesehen hatte, ließ ihn diese Frau nicht mehr los.

Das Faxgerät piepte, die Übertragung war beendet. Henry nahm den Hörer und wählte die zweite Nummer. Es klingelte fünf Mal, dann meldete sich eine atemlose Stimme. »Hallo?«

»Joan?«

Verwirrung. »Ja?«

Henry sah das schmale Gesicht der Pathologin vor sich, umgeben von einer Kaskade rabenschwarzer Haare. Die Zeit hatte ihr kaum etwas anhaben können: nur eine Spur von Grau, eine Lesebrille auf der Nase, ein paar neue Falten. Aber ihre bezauberndsten Merkmale waren unverändert: das schattenhafte Lächeln, der amüsierte Blick. Sogar ihre rasche Auffassungsgabe und leidenschaftliche Neugier waren während der Jahre im Institut nicht eingeschlafen. Henry entdeckte plötzlich, dass ihm das Sprechen Schwierigkeiten bereitete. »H... Henry hier. T... Tut mir Leid, dich so früh zu stören.«

Ihre Stimme verlor ihre kalte Leidenschaftslosigkeit und wurde beträchtlich wärmer. »Früh? Also weißt du, ich bin gerade vom Krankenhaus zurück.«

»Du hast die ganze Nacht gearbeitet?«

»Na ja, ich habe mir die Untersuchungsergebnisse deiner Mumie noch mal zu Gemüte geführt und, na ja ...«, eine kleine, verlegene Pause, »... überhaupt nicht so recht auf die Zeit geachtet.«

Henry warf einen Blick auf die eigene zerknitterte Kleidung und lächelte. »Ich kenn das.«

»Also hast du was Neues erfahren?«

»Ich habe ein paar Teile zusammengesetzt.« Rasch berichtete er ihr von dem entdeckten Namen des Mönchs sowie seinem Anruf beim Erzbischof. »Was ist mir dir? Etwas Neues von der Front?«

»Nicht viel. Aber ich würde mir einige meiner Funde gern noch mal genau ansehen. Das Material im Schädel erweist sich als höchst ungewöhnlich.«

Bevor Henry sich hätte im Zaum halten oder die möglichen Konsequenzen einer solchen Entscheidung abwägen können, legte er nach. »Wie wär's mit einem gemeinsamen Mittagessen?« Als die Worte heraus waren, krümmte er sich innerlich. So dringlich hatte er es nicht klingen lassen wollen. Er wurde rot.

Eine lange Pause. »Ich fürchte, das geht nicht.«

Henry hätte sich für seine unprofessionelle Vorgehensweise in den Hintern treten können. Seit Elizabeths Tod war ihm das Gefühl dafür abhanden gekommen, wie man sich einer Frau auf romantische Weise näherte – allerdings hatte er bislang auch noch nie großartig den Drang danach verspürt.

»Aber wie wär's mit einem Abendessen?«, fuhr Joan fort. »Ich kenne einen netten Italiener am Fluss.«

Henry schluckte heftig und kämpfte mit den Worten. Durfte er die Hoffnung hegen, dass sie mehr als nur ein Treffen unter Kollegen vorschlug? Vielleicht eine Erneuerung alter Gefühle? Aber es war so lange her. So viel Zeit war seit ihren Jahren am College verstrichen. Jeder hatte sein Leben gelebt. Welcher kleine Funke damals auch immer zwischen ihnen aufgeflammt sein mochte, inzwischen war er sicher längst verloschen.

»Henry?«

»Ja ... ja, das wäre großartig.«

»Du wohnst im Sheraton, ja? Ich hole dich so gegen acht ab. Soll heißen, wenn ein spätes Abendessen für dich in Ordnung geht?«

»Natürlich. Das wäre großartig. Ich esse oft spät, also ist das kein Problem. Und ... und, eigentlich –« Henrys nervöses Gestammel wurde netterweise vom Piepen eines ankommenden Anrufs unterbrochen. Er hüstelte verlegen. »Tut mir Leid, Joan, da ruft noch jemand an. Ich bin gleich wieder dran.«

Henry senkte den Hörer, holte tief Luft, um sich zu beruhigen, und schaltete dann auf die andere Leitung um. »Ja?«

»Professor Conklin?«

Henry erkannte die Stimme wieder. Er runzelte die Stirn.

»Erzbischof Kearney?«

»Ja. Ich wollte Sie nur wissen lassen, dass ich Ihr Fax erhalten und einen Blick darauf geworfen habe. Was ich da gesehen habe, war eine ziemliche Überraschung.«

»Inwiefern?«

»Das Emblem der gekreuzten Schwerter über dem Kruzifix. Als ehemaliger Forscher auf dem Gebiet der europäischen Geschichte ist es mir recht vertraut.«

Henry nahm den Silberring des Mönchs und hielt ihn ans Licht. »Mir ist es selbst bekannt vorgekommen, aber ich hab's nicht unterbringen können.«

»Das überrascht mich nicht. Es ist ein ziemlich archaisches Symbol.«

»Für was steht es denn?«

»Es ist das Zeichen der spanischen Inquisition.«

Henry blieb die Luft weg. »Was?« Bilder von Folterkammern und Fleisch, das von glühend heißen Eisen versengt wurde, blitzten vor seinem inneren Auge auf. Die schwarze Sekte des Katholizismus war seit langem aufgelöst und wurde geschmäht wegen der Jahrhunderte, in denen sie im Namen der Religion gefoltert und gemordet hatte.

»Ja. Dem Ring nach zu urteilen, war unser mumifizierter Mönch ein Inquisitor.«

»Gott verdammt!«, fluchte Henry und vergaß einen Moment lang, mit wem er da sprach.

Der Erzbischof kicherte belustigt. »Ich fand, dass Sie es wissen sollten, aber jetzt muss ich los. Ich werde Ihre Informationen an den Vatikan und an Abt Ruiz in Peru weiterleiten. Hoffentlich erfahren wir bald mehr.«

Der Erzbischof legte auf. Henry saß wie betäubt da, bis ihn das Klingeln des Telefons in seiner Hand aufschreckte. »O Gott ... Joan!« Henry schaltete zu der Pathologin zurück, die er in der Warteschleife gelassen hatte. »Tut mir Leid, dass es so lange gedauert hat«, sagte er hastig, »aber es war noch mal Erzbischof Kearney.«

»Was wollte er?«

Immer noch erschüttert von der Enthüllung berichtete Henry, was er erfahren hatte.

Joan schwieg einen Augenblick lang. »Ein Inquisitor?«

»Scheint so«, erwiderte Henry. Er sammelte sich. »Ein weiteres Teil in einem immer größer werdenden Puzzle.«

»Erstaunlich«, sagte sie. »Anscheinend dürfen wir uns heute Abend beim Essen über noch etwas den Kopf zerbrechen.«

Henry hatte kurzzeitig ihre Verabredung vergessen. »Ja, natürlich. Bis heute Abend«, sagte er dann mit echter Begeisterung.

»Es ist ein Date.« Joan verabschiedete sich rasch und hängte dann ein.

Langsam legte Henry den Hörer zurück auf die Gabel. Er wusste nicht, was ihn mehr überraschte – dass die Mumie Mitglied der spanischen Inquisition gewesen war oder dass er ›ein Date‹ hatte.

Gil stieg die Treppe des einzigen Hotels in der Dschungelstadt Villacuacha hinauf. Die hölzernen Stufen quietschten unter seinem Gewicht. Selbst in dem schattigen Haus konnte man der vormittäglichen Hitze nicht so leicht entrinnen. Die schweißtreibende Wärme hatte sich wie eine schwere Decke um Gil gelegt. Mit der Stulpe seines zerrissenen Ärmels wischte er sich die Feuchtigkeit vom Hals und fluchte unterdrückt. Nach der nächtlichen Flucht durch den Regenwald war er völlig zerkratzt und äußerst übel gelaunt. Trotzdem hatte er sofort dieses Treffen arrangiert und anschließend nur ein kurzes Nickerchen gehalten.

»Er kommt besser nicht zu spät«, knurrte Gil, während er zum dritten Treppenabsatz hinaufstieg. Nachdem er aus dem Lager der Amerikaner geflohen war, hatte er genau bei Sonnenaufgang einen Trampelpfad durch den Regenwald erreicht. Zum Glück war er einem einheimischen Indianer mit einem Muli und einem Wagen mit schiefen Rädern begegnet. Eine Hand voll Münzen hatten ihm die Fahrt ins Dorf verschafft. Dort angekommen, hatte er sofort seinen Kontaktmann angerufen – den Mann, der dafür gesorgt hatte, dass er in das amerikanische Team geschleust wurde. Sie hatten sich zu einem mittäglichen Treffen in diesem Hotel verabredet.

Gil tätschelte den goldenen Becher in seiner Tasche. Sein Kontaktmann, ein Antiquitätenhändler, sollte eine hübsche Summe für einen so seltenen Fund bezahlen, und zwar möglichst ohne zu murren. Wenn Gil überhaupt noch darauf hoffen konnte, eine Mannschaft anzuheuern, mit der er die Ausgrabungsstätte plündern konnte, benötigte er rasch einige Mittel – und zwar bar auf die Hand.

Gil strich über das lange Messer an seinem Gürtel. Wenn es hart auf hart käme, würde er den Burschen damit von seinen Preisvorstellungen überzeugen. Nichts sollte mehr zwischen ihm und dem Schatz stehen, schon gar nicht nach dem Preis, den er dafür schon bezahlt hatte.

Oben angekommen schob Gil den Verband über der verbrannten Stelle zurecht. Für die Narben, die er zurückbehalten würde, erhielte er seine Belohnung. Das schwor er sich. Er biss entschlossen die Zähne zusammen, ging den schmalen Flur entlang, fand die richtige Tür und klopfte an.

Eine feste Männerstimme gab Antwort. »Komm rein!«

Gil probierte die Tür. Sie war unverschlossen. Er drängte sich ins Zimmer und wurde sofort von zwei Dingen überwältigt. Das eine war die erfrischende Kühle im Raum. Ein Ventilator drehte sich träge an der Decke und sorgte dadurch für eine sanfte Luftbewegung, die die Feuchtigkeit wegzuwaschen schien. Zwei Fenster, die bis zum Boden reichten und auf einen Balkon hinausführten, standen weit offen. Sie überblickten den schattigen Innenhof des Hotels. Von irgendwoher jenseits der dampfenden Wärme des Regenwalds strömte eine kühle Brise durch diese offenen Türen ins Zimmer. Weiße Spitzenvorhänge schwangen in dem sanften Wind hin und her, während sich dünne Moskitonetze um das Einzelbett leicht wie die Segel eines Schiffes blähten.

Mehr jedoch als die Brise erwies sich überraschenderweise der Bewohner des Raums als die eigentliche Quelle der Kühle. Zum ersten Mal begegnete Gil seinem Kontaktmann von Angesicht zu Angesicht. Der große Mann saß mit dem Rücken zur offenen Balkontür in einem gepolsterten Rattansessel und wandte ihm das Gesicht zu. Er war von den Schuhen bis hin zum zugeknöpften Hemd in Schwarz gekleidet. Er hatte die Beine lässig übereinander geschlagen und hielt einen eisgekühlten Drink in der Hand. Seinem braun gebrannten Teint nach zu schließen, war er spanischer Abstammung. Dunkle Augen unter kurz geschnittenen schwarzen Haaren starrten Gil abschätzend an. Er trug einen dünnen Oberlippenbart. Der Mann lächelte nicht. Die einzige Bewegung war ein Zucken der Augen in Richtung auf den anderen Sessel im Raum. Damit wollte er wohl andeuten, dass Gil sich setzen solle.

Gil, der immer noch seine zerrissene und schweißgetränkte Kleidung trug, kam sich vor wie ein Bauer vor einem König. Er brachte nicht einmal eine sicher berechtigte Verärgerung über das Gehabe des Mannes auf. Er spürte eine Härte, der er nichts entgegenzusetzen hatte. Die er nicht einmal herausfordern durfte. Er musste sich zum Sprechen zwingen. »Ich ... ich habe dabei, worüber wir gesprochen haben.«

Der Mann nickte bloß. »Dann müssen wir nur noch über den Preis reden.«

Langsam ließ sich Gil in den Sessel hinab. Er merkte, dass er nur so gerade auf dem Rand der Sitzfläche kauerte, sodass er sich nicht zurücklehnen und es sich bequem machen konnte. Plötzlich wollte er dieses Geschäft bloß noch hinter sich bringen, egal, was der Mann bezahlen würde. Nichts wäre ihm lieber gewesen, als die Kühle des Raums sofort wieder zugunsten der vertrauten Schwüle der geschäftigen Stadt einzutauschen.

Gil war sogar außerstande, den Blick des Mannes zu erwidern. Stattdessen starrte er aus dem Fenster zum Kirchturm der Stadt hinüber. Das dünne weiße Kreuz hob sich deutlich gegen den blauen Himmel ab.

»Zeig mir, was du gefunden hast«, sagte der Mann. Das Eis in seinem Drink klirrte, als er das Glas ein wenig schwenkte und damit Gils Aufmerksamkeit wieder auf sich lenkte.

»Ja, natürlich.« Gil schluckte den trockenen Kloß in der Kehle hinunter, fischte den Becher mit der Kerbe heraus und stellte ihn zwischen sie beide auf den Tisch. Rubine und Smaragde glitzerten hell auf dem Gold. Beim Anblick des Drachens aus Edelsteinen, der sich um den dicken Goldpokal wand, verspürte Gil wieder seine alte Entschlossenheit. »Und ... und da ist noch mehr«, sagte er. »Mit ausreichend Männern und den richtigen Werkzeugen könnte ich bis zum Ende der Woche hundertmal so viel holen.«

Der Mann achtete nicht auf Gils Worte. Er stellte seinen Drink auf den Tisch und streckte die Hand nach dem Inkabecher aus. Er hob ihn ins Sonnenlicht und betrachtete ihn quälend lang von allen Seiten.

Beim Warten rang Gil die Hände im Schoß. Er starrte die Kerbe an der Tülle des Pokals an, während der Mann die handwerkliche Verarbeitung studierte. Gil befürchtete, ein solcher Makel könnte den Preis beträchtlich herabsetzen. Der Bursche hatte ausdrücklich gesagt, dass alle Kunstwerke, die man ihm brachte, unversehrt zu sein hatten.

Schließlich setzte der Mann den Becher wieder auf den Tisch. Jetzt wagte Gil, ihm in die Augen zu sehen. Er erkannte in ihnen nichts als Verärgerung.

»Die Kerbe ... sie ... sie ... ist schon da gewesen«, stammelte er rasch.

Schweigend stand der Mann auf und ging zu einer kleinen Bar. Gil hörte, wie er weiteres Eis in sein Glas gab. Dann trat er hinter Gil, der sich nicht dazu durchringen konnte, sich umzudrehen. Er starrte bloß die Kostbarkeit auf dem Tisch an. »Wenn Sie ihn nicht haben wollen, ich ... also, Sie sollen sich nicht verpflichtet fühlen.«

Er brauchte sich nicht umzudrehen, um zu wissen, dass sich der Mann zu ihm hinabbeugte. Instinktiv zitterten die kleinen Härchen in seinem Nacken. Eine Reaktion wie bei seinen Vorfahren, die noch in Höhlen gelebt hatten. Dann spürte Gil den Atem des Mannes am Ohr.

»Es ist nur gewöhnliches Gold. Wertlos.«

Gils Hand fuhr zu dem Messer an seinem Gürtel. Er spürte die Gefahr, jedoch zu spät. Seine Finger fanden lediglich eine leere Scheide vor. Bevor er hätte reagieren können, wurde sein Kopf an den Haaren zurückgerissen; er sah sein eigenes Messer in der Hand des Mannes. Ihm blieb nicht einmal ausreichend Zeit zu überlegen, wie dieser Mann es angestellt hatte, ihm die Waffe abzunehmen. Ein Zucken der Hand des Mannes und der Dolch schlitzte Gil die Kehle auf, zog eine feurige Linie von Ohr zu Ohr. Dann wurde er nach vorn gestoßen und fiel zu Boden, sein Blut spritzte über die weiß gestrichenen Dielen.

Er wälzte sich auf den Rücken und sah den Mann zur Bar zurückkehren und dort seinen Drink wieder in die Hand nehmen, während Gil am eigenen Blut erstickte. »B... Bitte ...«, gurgelte er und hob flehentlich einen Arm, während das Licht im Raum allmählich verblasste. Der Mann beachtete ihn gar nicht.

Gils Augen füllten sich mit Tränen und er wandte sich erneut dem offenen Fenster und dem strahlenden Kruzifix im blauen Himmel zu. *Bitte, bitte nicht so,* betete er stumm. Aber auch dort drüben fand er keine Erlösung.

Der Mann hatte sein Glas geleert und betrachtete jetzt Guillermo Salas leblosen Körper. Die Blutlache wirkte auf dem weißen Fußboden fast schwarz. Seine Tat verschaffte ihm keine Befriedigung. Der Chilene hatte seinem Zweck gedient und stellte nun eher ein Risiko dar, als dass er seiner Sache dienlich gewesen wäre.

Seufzend durchquerte er das Zimmer, wobei er sorgsam darauf achtete, sich nicht die blank geputzten Schuhe mit dem Blut zu besudeln. Er holte den Inkaschatz vom Tisch, wog ihn kurz in der Hand und überlegte, wie viel er noch wert wäre, wenn man die Edelsteine herausgedrückt und den Becher zu einem Barren geschmolzen hätte. Es war nicht die Entdeckung, auf die seine Gruppe gehofft hatte, aber sie würden sich damit zufrieden geben müssen. Gils Beschreibung der unterirdischen Kammer nach zu schließen, bestand nach wie vor die Chance einer bedeutenderen Entdeckung. Er kehrte zum Bett zurück, nahm die kleine Ledertasche und packte den Becher hinein.

Er musterte das Zimmer. Es würde bei Einbruch der Nacht gesäubert werden.

Mit der Tasche in der Hand verließ er das Zimmer und tauschte dessen kühle Brise gegen die feuchte Hitze des schmalen Flurs und der Treppe ein. Sofort stand ihm der Schweiß auf der Stirn. Er schenkte ihm keine Beachtung. Er war in diesen feuchten Hochlanden aufgewachsen und an das schweißtreibende Klima gewöhnt. Er war ein Halbblut, halb Spanier, halb Indianer, mit anderen Worten, ein *Mestize.* Also eigentlich weder Spanier noch Indianer. Trotz dieses Makels, der ihn hier unter den Menschen des Hochlands entehrte, hatte er sich zu einer Position emporgekämpft, die ihm Respekt verschaffte.

Nachdem er die kleine Eingangshalle des Hotels durchquert hatte, trat er in den mittäglichen Sonnenschein hinaus. Die Treppe draußen blendete in dem strahlenden Licht. Er beschattete sich die Augen und tastete sich die Stufen hinab. Fast wäre er über eine Indianerfrau gestolpert, die mit ihrem Baby auf der untersten Stufe hockte.

Die Frau, die ein grob gewebtes Gewand und einen Schal trug, war ebenso erschrocken über ihn wie über seine Entschuldigung. Aber sie fiel vor ihm auf die Knie, packte sein Hosenbein und hob ihm ihr Baby entgegen, das in eine leuchtend gefärbte Alpakadecke gehüllt war. Sie flehte ihn in ihrem heimatlichen Quecha an.

Er lächelte ihr wohlwollend zu, nickte als Antwort und legte seine Tasche auf die unterste Stufe. Dann griff er sich an den Hals und zog sein silbernes Brustkreuz heraus, das sich deutlich vor seiner schwarzen Kleidung abhob. Er hielt eine Hand über den Kopf des Babys und erteilte ihm rasch seinen Segen. Anschließend küsste er es auf die Stirn, nahm seine Tasche und setzte seinen Weg die Straße hinab fort. Sein Ziel war die Kirche, deren Türme ihn gewissermaßen heimgeleiteten.

Die kleine Indianerfrau rief ihm nach: »*Gracias!* Vielen Dank, Bruder Otera!«

In der Dunkelheit des zusammengestürzten Tempels schlich die Zeit dahin. Maggie kam es vor, als wären mehrere Tage verstrichen, aber wenn ihre Uhr richtig ging, war es erst der folgende Tag, kurz vor Mittag. Sie waren noch keine zwölf Stunden eingeschlossen.

Maggie hatte die Arme vor der Brust verschränkt und musterte die anderen, die wenige Schritte entfernt in dem Hauptgang standen. Sam stand neben dem herabgestürzten

Felsen drüben, hatte sich das Gewehr um die Schulter gehängt und hielt das Sprechfunkgerät dicht an die Lippen. Seit der Morgendämmerung hatte der Texaner regelmäßig Gespräche mit Philip geführt. Er hatte die Batterie des Geräts so gut wie möglich geschont, während er gleichzeitig alles tat, um ihren Leiter in seiner Einschätzung der Lage zu unterstützen.

»Nein!«, schrie Sam in das Sprechfunkgerät. »Der Schutthaufen ist alles, was diese Ebene vor dem Einsturz bewahrt. Wenn du versuchst, den ursprünglichen Schacht wieder auszugraben, schüttest du uns alles andere auf den Kopf.« Es folgte eine lange Pause, in der Sam sich Philips Antwort anhörte. »Scheiße, Philip! Hör mir zu! Ich bin hier unten! Ich sehe, wie die Stützwände auf der Steinblockade hängen. Du wirst uns umbringen. Finde heraus, wo diese Plünderer sich einen Tunnel gegraben haben. Das ist die beste Möglichkeit.«

Kopfschüttelnd betrachtete Sam das Gerät. »Der Idiot da oben ist völlig von der Rolle«, meinte er zu Maggie. »Wie üblich sucht er nach der schnellsten Lösung.«

Sie widmete Sam ein flüchtiges Lächeln. Sie persönlich suchte ebenfalls nach der schnellsten Lösung.

Ralph und Norman standen neben ihrer einzigen Lichtquelle, Denals Taschenlampe. Ralph hielt sie, damit Sam die Zerstörung und den Zustand ihres zerbröckelnden Dachs untersuchen konnte. Nach dem kurzen Nickerchen, das sie in der Nacht halten konnten, hatte Norman ein paar Fotos gemacht. Seine Kamera hing jetzt an einem Riemen, den er sich um den Bauch geschnallt hatte. Wenn sie die Sache hier heil überständen, hätte Norman einige preisverdächtige Fotoserien über ihr Abenteuer zu bieten. Doch aus dem bleichen Gesicht des Fotografen schloss Maggie, dass dieser liebend gern den Pulitzer-Preis gegen die Chance zur Flucht eintauschen würde.

»Achtung!«

Der Ruf von hinten schreckte Maggie auf. Sie erstarrte, doch plötzlich wurde sie von einer Hand nach vorn geschoben. Sie stolperte mehrere Schritte und da krachte auch schon ein großer Granitblock auf die Steine hinter ihr. Der ganze Tempel bebte. Ein paar Atemzüge lang glaubte sie, an dem Staub zu ersticken.

Mit der Hand wedelnd wandte sich Maggie um und sah einen staubbedeckten Denal wieder auf die Beine kommen. Der Felsbrocken, der sich gelöst hatte, lag zwischen ihnen. Maggie war wie vom Donner gerührt. Sie wäre um ein Haar zerquetscht worden.

Sam war bereits an ihrer Seite. »Du musst die Decke im Auge behalten«, ermahnte er sie.

»Jetzt mach keine Witze, Sam.« Sie wandte sich dem Jungen zu, der gerade über den Felsbrocken kletterte. Ihre Stimme wurde weicher. »Vielen Dank, Denal!«

Er murmelte etwas in seiner Muttersprache, wich ihrem Blick jedoch aus. Wäre das Licht besser gewesen, so hätte sie bestimmt erkennen können, dass er rot wurde, da war sich Maggie sicher. Sie hob sein Kinn und küsste ihn auf die Wange. Als sie ihn losließ, waren seine Augen größer als Suppentassen.

Sie wandte sich ab, um Denal weitere Verlegenheiten zu ersparen. »Sam, wir sollten uns vielleicht auf die Ebene tiefer zurückziehen.« Sie winkte mit einer Hand zu dem herabgefallenen Felsbrocken hinüber. »Du hast nämlich Recht. Dieser Bereich ist völlig instabil. Vielleicht sind wir etwas weiter weg sicherer.«

Sam ließ sich ihren Vorschlag durch den Kopf gehen. Er nahm seinen Hut ab und fuhr sich mit den Fingern durch die Haare, während er die Decke musterte. »Vielleicht ist da was dran.«

Ralph kam zu ihnen und richtete die Lampe nach oben.

»Seht mal, wie sehr die Deckenplatten gegeneinander verschoben sind.«

Maggie blickte nach oben. Ralph hatte scharfe Augen. Einige der Quader waren ein paar Zentimeter gegeneinander geneigt, durch die Explosion von ihrem angestammten Platz gerissen. Da verschob sich gerade ein weiterer Stein um einen Zentimeter.

Sam musste es auch gesehen haben, denn seine Stimme zitterte, als er sagte: »Na gut, dann eine Etage abwärts.«

Ralph ging mit der Taschenlampe voraus.

Norman folgte. »Jetzt im Moment wär mir nichts lieber als ein großes Glas Limonade, bis zum Rand voll mit Eiswürfeln.«

Sam nickte. »Wenn du die Bestellungen aufnimmst, Norman, dann hätte ich gern was mit 'ner Schaumkrone oben drauf. Vielleicht ein großes Bier in einem eisgekühlten Krug, mit Zitrone.«

Maggie wischte sich Staub und Schweiß von der Stirn. »In Irland trinken wir unsere Pints warm ... aber im Augenblick wäre ich sogar bereit, mich eurer barbarischen amerikanischen Angewohnheit zu unterwerfen und das Bier kalt zu trinken.«

Ralph lachte und sie erreichten die Leiter. »Ich bezweifle, dass uns die Inka hier unten einen Kühlschrank hinterlassen haben. Aber ich mache mich gern auf die Suche.« Er winkte mit seiner Taschenlampe, Maggie solle als Erste hinabsteigen, während er ihr leuchtete.

Ihr erstarb das Lächeln auf den Lippen, als sie aus dem Schein der Lampe in den Dämmer der nächsten Ebene hinabstieg. Ihr neckisches Geplänkel angesichts größter Gefahr trug wenig dazu bei, sich gegen das echte Entsetzen zu wehren; die Dunkelheit hinter der Helligkeit war ständig präsent und erinnerte sie daran, wie prekär ihre Lage war.

Während sie auf die anderen wartete, dachte sie über Ralphs jüngste Bemerkung nach. Tja, was *hatten* die Inka ihnen hier hinterlassen? Was lag in der Kammer auf der anderen Seite der versiegelten Tür und was war Gils beiden Gefährten zugestoßen?

Zu dem Zeitpunkt, als die anderen sich am Fuß der Leiter auf der zweiten Ebene wieder versammelt hatten, war Maggies Neugier angestachelt. Sich wieder auf diese Rätsel zu konzentrieren milderte auch ein wenig ihre Furcht davor, unter zwanzig Metern eines einstürzenden Tempels begraben zu werden. Wenn die Angst zu groß würde ...

Maggie schüttelte den Kopf. Sie würde nicht noch einmal die Beherrschung verlieren. Mit einem leisen Schuldgefühl sah sie Sam die Leiter hinabsteigen. Nach ihrem Anfall in der vergangenen Nacht war sie ihm gegenüber nicht ganz aufrichtig gewesen. Sie hatte ihm nichts davon erzählt, dass ihre ›Anfälle‹ erst angefangen hatten, nachdem sie Zeuge von Patrick Dugans Tod in einem Belfaster Straßengraben geworden war. Hinterher hatten die Ärzte keine körperliche Ursache für ihre Anfälle gefunden, obwohl sie sich einig gewesen waren, dass sie aller Wahrscheinlichkeit nach eine Art heftiger Panikattacken darstellten. Sie schob das wachsende Schuldgefühl beiseite. Die Einzelheiten gingen Sam nichts an. Seit sie verschüttet worden waren, hatte sie die Situation allmählich immer besser in den Griff bekommen. Solange sie sich ablenken konnte, war alles in Ordnung mit ihr.

Sam testete gerade das Funkgerät. Es funktionierte immer noch, aber so weit unten war das Knistern und Knacken weitaus stärker. Er setzte Philip von ihrem Ortswechsel in Kenntnis.

Danach ging Maggie zu Sam hinüber. Sie leckte sich die Lippen. »Ich würde mir gern deine UV-Lampe ausleihen.«

»Wozu?«

»Ich möchte nachsehen, welchen Schaden Gil und die anderen angerichtet haben.«

»Ich kann dich nicht allein losgehen lassen. Wir müssen zusammenbleiben.« Er wollte sich abwenden.

Sie fasste ihn an der Schulter. »Das war keine Bitte, Sam. Ich werde auf jeden Fall gehen. Es wird nur ein paar Minuten dauern.«

Denal stand ein paar Schritte entfernt. »Ich ... ich gehen mit Ihnen, Miss Maggie.«

Sam drehte sich zu ihnen herum und erkannte offenbar ihre Entschlossenheit. »Na gut. Aber nicht länger als fünfzehn Minuten. Wir müssen aufpassen, dass uns das Licht nicht ausgeht, und ich möchte euch beiden nicht hinterherjagen müssen.«

Maggie nickte. »Vielen Dank, Sam.«

»Ich komme mit«, meinte Norman und schlang sich die Kamera enger um die Schulter.

Ralph zeigte ebenfalls einen Funken Interesse, den Sam jedoch im Keim erstickte. »Ihr drei geht los. Ralph und ich werden diese Ebene mit der Taschenlampe durchsuchen und uns davon überzeugen, dass hier so weit alles in Ordnung ist.« Er holte die Lampe aus der Tasche und hielt sie Maggie hin, ließ sie aber nicht ohne eine letzte strenge Ermahnung los. »Fünfzehn Minuten. Seid vorsichtig!«

Sie hörte die Sorge aus seinen Worten heraus und antwortete deshalb freundlicher. »Natürlich, Sam«, sagte sie leise und nahm ihm die UV-Lampe ab. »Du musst dir keine Sorgen machen.«

Er grinste und widmete sich dann wieder seinem Sprechfunk und der Debatte mit Philip.

Maggie schaltete die UV-Lampe ein und winkte ihren beiden Gefährten, sie sollten ihr zur nächsten Leiter folgen. Kaum hatten sie den helleren Bereich verlassen, hüllte sie die Dunkelheit des Tempels ein. Der purpurfarbene Lichtschein erleuchtete den Quarz in den Granitblöcken vor ihnen und erzeugte eine miniaturisierte Sternenlandschaft, die sich weiter den Gang hinab ausbreitete. Maggie ging voran, die anderen hielten sich dicht hinter ihr.

Während sie die Leitern zur untersten Ebene der Ausgrabung abstiegen, tönte Maggie der eigene Pulsschlag immer lauter in den Ohren. Bald hatte sie fast den Eindruck, ihr Herz würde außerhalb ihrer Brust schlagen.

»Was ist das für ein Krach?«, fragte Norman, als er unten angekommen war.

Denal flüsterte: »Ich hören schon vorher. Nachdem Señor Sala da durch die Tür gekrochen.«

Maggie erkannte, dass sie nicht den eigenen Pulsschlag hörte, sondern das Wummern tief aus dem Herzen des Tempels kam. Sogar durch die Steine hindurch spürte sie die Vibrationen unter den Fußsohlen.

»Hört sich an wie das Ticken einer großen Uhr«, meinte Norman.

Maggie hob ihre Lampe. »Gehen wir weiter.« Im Vergleich zu den sonoren Schlägen von unten klang ihre eigene Stimme wie das Piepsen einer Maus.

Sie wand sich durch die letzten Gänge und stand bald vor der beschädigten Pforte. Zerstörte Riegel markierten die Stellen, wo die Siegel aufgebrochen worden waren. Die drei Hematit-Bänder mit den Einkerbungen lagen im Schmutz neben der Schwelle, achtlos beiseite geworfen und vom Brecheisen zerkratzt. Das Werkzeug lehnte immer noch an der Mauer.

Denal beugte sich hinunter, hob das Brecheisen auf und umklammerte es fest mit der Hand. Er warf Maggie einen Blick zu. Sie hatte nichts dagegen, dass er sich eine Waffe nahm.

Die Türöffnung war teilweise durch den umgestürzten Stein blockiert, der einmal den Zutritt zu diesem Abschnitt des Tempels versperrt hatte. Norman kniete sich ein gutes Stück vor die Öffnung, rückte die Brille zurecht und versuchte, ins Innere zu spähen. »Ich sehe gar nichts.«

Maggie trat neben ihn. Offenbar wollte keiner von beiden noch näher an die Tür heran. Maggie fielen das Entsetzen in Gils Augen und die blutige, verbrannte Stelle auf seiner Wange ein. Was erwartete sie da vorn?

Norman und sie tauschten einen Blick aus. Sie zuckte mit den Schultern, hielt die Lampe wie eine Pistole vor sich und bewegte sich langsam vorwärts. An der Türöffnung blieb sie stehen und streckte den Arm mit der Taschenlampe hindurch. Das Licht erhellte einen kurzen Gang. Das tiefe Ticken war dort bei weitem lauter. Ruhig sagte Maggie: »Genau vor uns ist anscheinend ein großer Raum. Aber das Licht reicht nicht ganz bis dahin.« Sie sah sich über die Schulter nach Norman um.

»Vielleicht warten wir besser auf die anderen«, flüsterte der Fotograf.

Eigentlich hatte Maggie gerade genau dasselbe vorschlagen wollen, aber da der Vorschlag nun zuerst von Norman gekommen war, sträubte sie sich dagegen. Nur zu gut konnte sie sich Sams blasierten Ausdruck vorstellen, wenn sie nicht wenigstens einen kurzen Blick riskiert hätte. Sie hatten die Batterien der UV-Lampe verschwendet, um bis hierhin zu kommen; dafür sollten sie zumindest etwas vorweisen können. »Ich gehe rein«, sagte sie und ging los, bevor die Angst sie womöglich zögern ließ. Sie würde sich nicht von der lähmenden Furcht ihrer Kindheit beherrschen lassen.

»Dann gehen wir besser alle«, meinte Norman und kroch ihr über die umgestürzte Steintür nach.

Nachdem Maggie das Hindernis überwunden hatte, stand sie in dem Vorraum. Norman und Denal folgten ihr. »Seht mal«, sagte sie und zeigte mit der Lampe darauf. »Da, vor uns, da ist was, das spiegelt sich im Licht wider.« Wie bezaubert kroch sie langsam weiter.

»Warte!«, meinte Norman. »Lass uns erst mal nachsehen, was da hinten ist.«

Maggie drehte sich um und sah, wie der Fotograf die Kamera hob.

»Nicht direkt in den Blitz sehen!«, warnte er.

Sie fuhr herum und da flammte für den kürzesten Augenblick das Blitzlicht auf. Sie keuchte. Nach so langer Zeit im Dunkeln stach die Helligkeit in den Augen. Aber dieser kurze Schmerz war nicht der Grund für ihre schockierte Reaktion. Obwohl der Raum nur für den Bruchteil einer Sekunde erleuchtet gewesen war, hatte sich auf ihren Netzhäuten ein Bild eingebrannt. »Ha... habt ihr das gesehen?«, fragte sie.

Voller Ehrfurcht murmelte Denal etwas in seiner Muttersprache.

Norman räusperte sich hustend. »Überall Gold und Silber.«

Maggie hob die eigene Lampe, deren purpurfarbener Schein nach dem grellen Licht so kläglich wirkte. »Und diese Statue ... habt ihr die auch gesehen? Sie muss mindestens zwei Meter hoch sein.«

Dicht nebeneinander schoben sie und Norman sich weiter, Denal mit seinem Stemmeisen an ihrer Seite. Norman flüsterte: »Zwei Meter. Die kann doch nicht auch aus Gold gewesen sein, oder?«

Maggie zuckte mit den Schultern. »Bei ihrer ersten Ankunft haben die Spanier den Sonnentempel beschrieben, den sie in Cusco vorgefunden haben. Den *Coricancha*. Wie es hieß, waren die Räume mit dicken Goldplatten belegt und im Innersten des Tempels stand das Modell eines Kornfelds. So groß wie in Wirklichkeit. Halme, Blätter, Ähren, sogar die Erde selbst ... alles aus Gold.« Inzwischen hatten sie den Eingang zu dem Raum erreicht. Maggie kniete nieder und ließ vorsichtig eine Hand über die goldene Platte ihr zu Füßen gleiten. »Erstaunlich ... wir müssen einen weiteren Sonnentempel entdeckt haben.«

Norman stand reglos da. »Was ist das da hinten? Da, am Boden?«

Maggie kam wieder hoch. »Was meinst du?«

Er zeigte auf einen dunklen Schatten am Rand des Lichtkreises, den ihre Lampe warf. Sie hob sie hoch. Das Gold und Silber spiegelte den Schein wie Mondlicht auf einem stillen Teich wider. Dort draußen lag eine dunkle Insel, eine Welle auf dem Wasser. Maggie trat mit ihrer Lampe näher heran und hatte bereits einen Fuß auf die Kante des Metallbodens gesetzt.

Denal hob sein Stemmeisen und versperrte ihr damit den Weg. »Nein, Miss Maggie«, murmelte er. »Riechen falsch hier.«

»Er hat Recht«, sagte Norman. »Wonach stinkt das hier?«

Jetzt bemerkte auch Maggie einen untergründigen Gestank, der den unangenehmen Geruch nach feuchtem Lehm und Moder durchzog. Sie nickte zur Kamera hin. »Tu's noch einmal, Norman.«

Nickend hob der Fotograf seinen Apparat und Maggie sah wieder in Richtung Boden. Das Blitzlicht flammte auf. Maggie fluchte und wich stolpernd von den Fliesen zurück. »Heilige Scheiße!«

Sie legte die Hand über den Mund. Sie hatte ihren Blick gezielt auf die dunkle Insel gerichtet, als der Blitz losgegangen war. Das Gesicht mit dem gepeinigten Ausdruck leuchtete immer noch vor ihrem inneren Auge. Der verzerrte und verdrehte Körper, die Augen, im Angesicht des Todes weit aufgerissen, und das Blut ... so viel Blut. Weiter hinten, in der Nähe der Wand auf der anderen Seite, lag noch eine Leiche.

»Juan und Miguel«, murmelte Denal.

Es folgte ein langes Schweigen.

»Das ist nicht Gils Werk, oder?«, fragte Norman. »Er hat sie nicht wegen des Goldes ermordet?«

Langsam schüttelte Maggie den Kopf. Juans verstümmelter Leichnam war wieder zu einem schattenhaften Klumpen geworden. Während sie hinüberstarrte, schallte immer noch der donnergleiche Herzschlag eines riesigen Untiers durch die Schatzkammer. Da wurde ihr klar, was es war – das Ticken eines großen Getriebes, das sich offenbar hinter den Wänden und unter dem Boden befand.

Plötzlich schlich sich die Warnung, die auf den Siegeln zur Kammer eingraviert war, in Maggies Kopf: *Wir überlassen dieses Grab dem Himmel. Möge es nie gestört werden.*

»Maggie?«

Sie wandte sich Norman zu. »Nein. Gil hat sie nicht ermordet. Aber der Raum.«

Bevor Norman hätte reagieren können, bebte die Kammer heftig und warf sie alle von den Beinen. Maggie landete hart auf der Kante des gefliesten Bodens, ein Sturz, der ihr die Luft aus den Lungen trieb. Nach Atem ringend kam sie mühsam wieder hoch. Sie spürte die Gefahr.

»Was war das?«, kreischte Norman.

Maggie schwang ihre Lampe herum. Eine dicke Staubwolke wälzte sich durch den Eingang zum Grab geradewegs auf sie zu. Sie rang nach Worten. »O je! Mein Gott! Auf ... los!«, drängte sie die anderen.

»Was geht da vor?«, beharrte Norman und in seiner Stimme schwang Panik mit.

Maggie schob ihn zum Ausgang. »Verdammt noch mal! Beweg dich, Norman! Der verfluchte Tempel bricht zusammen!«

Sam untersuchte Ralph. Der große Schwarze stützte sich erschöpft auf die Arme. Seine Kopfhaut war eingerissen, als ein Abschnitt der Decke nachgegeben hatte. Zum Glück hatte ein Knirschen von oben sie gewarnt, bevor der Himmel krachend herabgestürzt war. »Bist du in Ordnung?«, fragte Sam und staubte sich die Jeans ab.

Ralph wälzte sich auf die Knie. »Ja, glaube schon.« Zaghaft berührte er eine blutige Beule an der Stirn. »Weißt du, ich bin noch nie mit einem Granitbrocken aneinander geraten.«

»Nicht bewegen!«, warnte ihn Sam. Er holte die Taschenlampe. »Ich werde nachsehen, was da los war.«

Mit finsterem Gesicht kam Ralph auf die Beine. »Den Teufel wirst du tun. Wir bleiben zusammen.«

Sam nickte. Ehrlich gesagt, war er auch nicht scharf darauf, ganz allein Nachforschungen anzustellen. Diese Ebene des Tempels glich jetzt beinahe einer festen Wolke aus Staub und Dreck. Sam hustete und hielt sich den Ellbogen vor Mund und Nase. »Hier entlang«, murmelte er und ging zurück zu dem Schacht, der hinauf zur ersten Ebene führte.

Als die Überreste der zerschmetterten Leiter in Sicht kamen, stöhnte Ralph auf. »Das verheißt nichts Gutes.«

Und so war es auch. Der Weg nach oben war durch einen Haufen Felsbrocken versperrt, die aussahen wie die umgekippten Bausteine eines Kindes. »Die erste Ebene muss völlig in sich zusammengestürzt sein«, bemerkte Sam.

Aus seinem Funkgerät am Gürtel kam ein gurgelnder Laut. Sam hob es an den Mund und hörte Philips verzweifelte Stimme: »... in Ordnung? Meldet euch, verdammt! Over!«

Sam drückte den Sendeknopf. »Philip, Sam hier. Wir sind in Ordnung.« Die Decke über ihnen ächzte bedrohlich; Erde rieselte herab. »Aber ich weiß nicht, für wie lange noch.

Wie kommst du mit dem neuen Tunnel an der Basis des Hügels voran?«

Knistern ... dann: »... haben gerade den Schacht der Plünderer gefunden. Haben kaum angefangen ... wenigstens zwei Tage ... nach Hilfe geschickt, aber weiß nicht, wie lang ...« Zwar ging die dünne Stimme ihres Kommilitonen immer wieder in dem Rauschen unter, dennoch war seine Panik nicht zu überhören.

»Scheiße, zwei Tage ...«, knurrte Ralph. »So lang hält der Tempel nie.«

Sam versuchte, weitere Informationen von Philip zu erhalten, aber es drangen nur noch Wortfetzen nach unten durch. »Ich stell mich mal woanders hin und versuche es da. Vielleicht ist der Empfang dann besser«, schrie Sam ins Funkgerät. »Bleib dran!«

Er steckte das Gerät weg. »Begeben wir uns auf die Suche nach den anderen, um sicherzugehen, dass ihnen nichts passiert ist.«

Ralph nickte. »Vielleicht sollten wir uns sowieso am besten auf der untersten Ebene verkriechen.« Ein weiteres kleines Ächzen von oben. »Sieht so aus, als würde immer eine Ebene nach der anderen in sich zusammenbrechen.«

Sam schritt die Gänge voran. »Dann werden wir hoffentlich gerettet, bevor uns die Ebenen ausgehen.«

Darauf hatte Ralph nichts zu erwidern und folgte schweigend.

Sie hatten gerade die Leiter erreicht, die zur dritten Ebene hinabführte, als Norman aus dem Schacht unten hochgeschossen kam. Seine Augen waren groß im Schein der Taschenlampe und der Fotograf schirmte sie mit einer Hand ab. »Gott sei Dank, ihr seid in Ordnung«, sagte Norman eilig. »Wir hatten keine Ahnung, was uns hier oben erwartet.«

Als Nächster folgte Denal. Sam bemerkte das Stemmeisen in der Hand des Jungen, sagte jedoch nichts weiter dazu.

Zuletzt kam Maggie herausgeklettert. »Was war los?«, fragte sie und schaltete die UV-Lampe ab.

»Die oberste Ebene ist zusammengebrochen«, erwiderte Sam und berichtete kurz, wie knapp sie davongekommen waren. »Da die oberen Ebenen so wackelig sind, haben wir es für das Beste gehalten, auf der fünften Ebene Schutz zu suchen. Nur für den Fall der Fälle.«

»Also ducken wir uns so tief, wie wir können«, meinte Maggie.

Norman beäugte die Leiter. »Das bedeutet also, wieder zurück.«

Sam bemerkte einen besorgten Austausch von Blicken zwischen Maggie und Norman. »Und, ist was?«

»Wir haben Juan und Miguel da unten gefunden«, erwiderte Norman.

Seinem Tonfall und Verhalten entnahm Sam, dass die Männer nicht mehr am Leben waren. »Was ist mit ihnen passiert?«

»Das siehst du dir besser selbst an«, antwortete Maggie und wandte sich ab.

Schweigend stieg die Gruppe die Leitern zur tiefsten Ebene des Tempels hinab. Bald sah sich Sam den zerbrochenen Siegeln der Tür gegenüber. »Diese Schweinehunde ...«, murmelte er unterdrückt, als er sich der Pforte zubeugte.

»Sie haben für ihre Verbrechen bezahlt, Sam«, bemerkte Maggie hart. »Komm schon!« Sie drängte ihn in den angrenzenden Raum und folgte dann selbst, wobei sie sich eng an seiner Seite hielt.

Weil er die Taschenlampe trug, erkannte Sam rasch, was in der nächsten Kammer geschehen war. Er ließ den Lichtstrahl nur flüchtig über die beiden toten Körper gleiten. Plötzlich sah er seine Eltern vor sich, wie ihre blutigen Leichen auf Tragbahren weggeschafft wurden. Da Sam damals sicher auf dem Rücksitz des Ford angegurtet gewesen war, hatte er selbst den tödlichen Zusammenstoß überlebt, nur ein Arm war gebrochen. Jetzt rieb er sich diesen Unterarm. »W... was ist mit ihnen passiert?«

»Die Grabstätte ist eine Falle«, erwiderte Maggie mit einem Kopfnicken nach vorn. »Hör mal, wie sich die Winden unter dem Boden drehen! Eine verdammte Gegenmaßnahme gegen eindringende Plünderer.«

»Ich hätte nicht gedacht, dass die Inka über eine derartige Technologie verfügt hätten.«

»Nein, aber einige Indianerstämme an der Küste waren bei der Konstruktion von Flaschenzügen für ihre Bewässerungssysteme ziemlich erfolgreich. Wenn sie hier ausgeholfen haben ...?« Sie zuckte mit den Schultern.

Sam richtete den Strahl der Taschenlampe auf den goldenen Inkakönig, der vor der schwarzen Granitmauer stand. »Wie dem auch sei, da steht die Verlockung. Ein Blick genügt – wer würde da nicht hinüberrennen!« Er ließ den Strahl über das Muster aus Gold- und Silberfliesen gleiten. Er erkannte eine Falle, wenn er sie sah. »Sieht mir aus wie ein Spiel, das ich nicht spielen möchte.«

Unter ihnen rumpelten die Steine und ein lautes Knirschen schallte von den Ebenen über ihnen herab. »Vielleicht sind wir dazu gezwungen«, sagte Maggie. »Das hier könnte der sicherste Raum sein, wenn der restliche Tempel zusammenbricht. Er wird durch die Maschinerie dieser Falle gestützt.«

Von der Türschwelle aus rief ihnen Ralph zu: »Sam, versuch mal, Sykes zu erreichen! Mach ihm Feuer unterm Hintern! Hier bricht alles auseinander.«

Sam hakte das Funkgerät los und schaltete es wieder ein. Schrilles Kreischen tönte aus den Lautsprechern. Es hörte abrupt auf, als Sam den Sendeknopf drückte. »Philip, wenn du mich hören kannst, bitte kommen. Over!«

Die einzige Antwort war Knistern und Knacken, dann

kamen ein paar Worte durch. »... versuchen, den Schacht zu erweitern, damit mehr Arbeiter graben können ... arbeiten rund um die Uhr ...«

»Gib Dampf, Philip!«, drängte Sam. »Der Ort hier ist so stabil wie ein Kartenhaus.«

»... tun unser Bestes ... verdammte Arbeiter verstehen nicht ...« Es folgte ein längeres statisches Rauschen.

»Zwecklos«, murmelte Sam vor sich hin und schüttelte den Kopf. Er hob das Gerät an die Lippen. »Halt uns nur über die Uhrzeit auf dem Laufenden!« Er schaltete ab und drehte sich zu Maggie. »Vor uns liegt eine lange Wartezeit.«

Maggie stand nur da, hielt den Kopf schief und horchte auf das Ächzen des Tempels, der stark unter Spannung stand. »Hoffentlich haben wir so viel Zeit«, sagte sie sichtlich besorgt. Sam wollte ihr einen Arm um die Schultern legen, doch sie schüttelte ihn ab. »Mir geht's gut.«

Sie zog sich aus dem Raum zurück. Sam ließ den Lichtstrahl ein letztes Mal über die tödliche Kammer gleiten, wandte sich dann um und wollte ihr folgen, doch das Muster aus Gold und Silber ging ihm nicht aus dem Sinn. Es war kein einfaches Schachbrettmuster, sondern eine komplizierte Mischung aus zickzackförmig verlaufenden Treppen mit zwei rechteckigen goldenen Inseln, eine an der oberen linken Seite des Raums, eine unten rechts.

Er blieb stehen und dachte über das Muster nach. Es war quälend vertraut. Er drehte sich wieder um und ließ das Licht über den Boden gleiten.

»Stimmt was nicht?«, rief Maggie zurück.

»Moment mal.« Sam stellte sich vor die Kammer. Schweigend wartete er ab, bis sich seine Gedanken wieder beruhigt hatten. Hier lag ein Schlüssel verborgen. Er wusste es einfach. Die Leichen der beiden Männer hatten ihn abgelenkt, ihn dermaßen schockiert, dass es ihm nicht gleich aufgefallen war. »Mein Gott!«, murmelte er.

Maggie war vorsichtig zu ihm zurückgekehrt. »Was ist?«

Sam winkte mit dem Lichtstrahl über die dreißig Reihen von meterbreiten Fliesen. »Du hast Recht gehabt. Hier waren andere peruanische Indianer mit am Werk. Das stammt nicht von den Inka.«

»Was willst du damit sagen?«, fragte Maggie. »Diese Statue ist bestimmt von den Inka, so, wie sie aussieht.«

»Ich meine nicht die Statue. Die haben die Inka vielleicht später dazugestellt. Ich meine den Boden, den Raum selbst. Die Falle.«

»Das versteh ich nicht.«

»Sieh dir das Muster an! Es ist so groß, dass es mir fast entgangen wäre.« Sam zeigte mit dem Lichtstrahl hin. »Die verschiedenen Völker im alten Peru – die Paracas, die Huari, die Nasca, die Moche, sogar die Inka ... keines von ihnen besaß eine Schriftsprache. Aber ihre komplizierten Piktogramme und Ideogramme, wie man sie auf Abbildungen und eingewebt in ihre Textilarbeiten gefunden hat, waren bei jedem Volk einzigartig. Sieh dir dieses Muster an! Die beiden goldenen Rechtecke an den entgegengesetzten Ecken, die mit zickzackförmig verlaufenden Schlangenlinien verbunden sind. Wo hast du so was schon gesehen?«

Maggie trat einen Schritt näher. »Mein Gott, du hast Recht! Es ist ein riesiges Piktogramm.« Sie wandte sich Sam zu und aus ihren Augen leuchtete helle Aufregung. »Das ist *Moche,* nicht Inka.«

»Genau so hatte es sich Onkel Hank gedacht«, murmelte Sam ehrfürchtig. »Wir sind in einer Pyramide der Moche.«

»Was? Wann hat Professor Conklin etwas von den Moche erwähnt?«

Sam merkte, dass er sich verplappert und das Geheimnis seines Onkels verraten hatte. Er seufzte. In Anbetracht der gegenwärtigen Umstände erschienen alle Geheimnisse nur noch lächerlich. »Hör mal, Maggie, es gibt etwas, das mein

Onkel euch allen bisher verschwiegen hat.« Rasch berichtete er, wie der Professor entdeckt hatte, dass der Sonnenplatz hier das Ebenbild der Spitze einer Moche-Pyramide darstellte, die an der Küste entdeckt worden war. »Er hat es herausgefunden, kurz bevor er zusammen mit der Mumie abgereist ist.«

Maggie runzelte die Stirn. »Also war ich nicht die einzige mit einem Geheimnis ...«

Sam errötete, da ihm einfiel, wie er sie zusammengestaucht hatte, weil sie mit der Wahrheit hinter dem Berg gehalten hatte. »Tut mir Leid.«

Es folgte ein langes Schweigen. Schließlich sagte Maggie: »So im Groben ergibt das einen Sinn. Nimmt man die Kompliziertheit des Raums, so waren die Moche wohl bessere Metallurgen als die Inka. Sie haben schließlich auch mit Hilfe von Pumpen und Zahnrädern ausgeklügelte Kanal- und Bewässerungssysteme für ihre Äcker gebaut. Wenn eines der Völker imstande war, diese Falle mit kostbaren Metallen anzulegen, dann die Moche.« Maggie nickte zum Muster hinüber. »Du bist der Experte im Entziffern von Inschriften. Was bedeutet das da?«

Sam benutzte den Strahl seiner Taschenlampe als Zeiger. »Sieh mal, wie das Treppenmuster die beiden goldenen Rechtecke miteinander verbindet! Es bildet den Aufstieg eines Geistes dieser Welt in die Sphären der Geister und Götter ab.« Sam wandte sich Maggie zu. »Im Grunde bedeutet es, dass dies hier der Durchgang zum Himmel ist.«

»Mein Gott ...«

»Aber das ist nicht alles.« Sam richtete den Lichtstrahl zur Decke, wo die Fliesen ein umgekehrtes Abbild des Fußbodenmusters ergaben. »Jede Goldfliese auf dem Boden hat ein passendes Gegenstück in Silber über sich und umgekehrt. Die Moche ... und, was das betraf, auch die Inka ... glaubten an den Dualismus. Auf Quecha *yanantin* und *yanapaque.* Spiegelbild, Licht und Dunkelheit, Oben und Unten.«

»Yin und Yang«, murmelte Maggie.

»Genau. Vielen Kulturen ist der Dualismus gemein.«

»Also willst du damit sagen ...« Maggie merkte, dass ihr Blick zu den beiden verstümmelten Leichen hinüberglitt.

Sam beendete ihre Feststellung. »... es ist auch der Durchgang zur Hölle.«

Von der anderen Seite der Ruinen starrte Philip zu der eingestürzten Hügelkuppe hinüber. Das gesamte Dach des unterirdischen Tempels war in sich zusammengesackt und hatte eine mit Ton und Felsbrocken übersäte Vertiefung von über drei Metern hinterlassen. Immer noch hing Dunst wie von einem rauchenden Vulkan über der eingesunkenen Spitze. Der feuchte Schlick wollte anscheinend auf ewig in der schwülen Luft hängen bleiben.

Philip entfernte sich nie sehr weit von seinem Posten am Kommunikationszelt, obwohl er erst wieder in einer halben Stunde Verbindung zu Sam aufnehmen sollte. Er legte sich die Arme um den Leib. Diese Quecha-Arbeiter waren so gut wie nutzlos. Was er von ihnen wollte, musste er pantomimisch ausdrücken oder aufzeichnen – aber selbst dann verstand dieser ungebildete Haufen seine Anweisungen oft genug falsch.

Allmählich bekam er jedoch den Verdacht, dass sie einige seiner Anweisungen absichtlich ›missverstanden‹, insbesondere, nachdem er Sams Warnungen in den Wind geschlagen und darauf bestanden hatte, dass die Indianer den ursprünglichen Schacht wieder freilegen sollten. Es hatte sich nämlich rasch gezeigt, dass die Überlegungen des Texaners zutreffend gewesen waren: Als einige der Arbeiter einen besonders großen Granitbrocken losstemmen wollten, war der Tempel noch weiter in sich zusammengefallen. Einer der

Indianer hatte sich das Bein gebrochen, als das Dach unter ihm nachgegeben hatte. Seither befolgten die Quecha seine Anweisungen immer unwilliger und langsamer.

Bei seinem letzten Kontakt mit Sam hatte Philip absichtlich verschwiegen, dass er für die Beinahe-Tragödie die Schuld trug. Zum Glück hatte ihm die schlechte Verbindung eine detaillierte Erklärung erspart.

Er warf einen Blick zum Rand des Regenwalds hinüber. Wenigstens hatten die Arbeiter den teilweise vollendeten Tunnel der Plünderer nahe am Fuß des Hügels entdeckt. Seinen Berechnungen nach müssten sie noch weitere zwölf Meter graben, bis sie den Tempel erreichten – und wenn sie weiter in dem Tempo vorankamen wie bisher, würden sie eher vier Tage statt der zwei benötigen, die er beim Gespräch mit Sam geschätzt hatte.

»Es sei denn, vorher trifft Hilfe ein«, brummte er. Andernfalls war das Schicksal der Übrigen besiegelt. Selbst wenn der Tempel stehen bliebe, was sehr zweifelhaft war, würde der Wassermangel allmählich kritisch. Sogar in dieser feuchten Umgebung stellte der Tod durch Austrocknung eine ernste Gefahr dar. Sie brauchten dringend Hilfe. Der Tod der anderen würde nicht an seinen Händen kleben – oder an seinem Lebenslauf. Ein solcher Skandal in Verbindung mit seinem Namen würde ihn womöglich aller Chancen auf eine zukünftige Stellung in Harvard berauben.

Philip hielt sich gegen die Spätnachmittagssonne eine Hand über die Augen. Zwei Arbeiter waren an diesem Morgen auf ihren langen, schlanken Beinen losgelaufen, um Hilfe zu holen. Die beiden jungen Männer sahen so aus, als könnten sie ihren Schritt den ganzen Tag über beibehalten. In diesem Fall sollten sie jetzt jeden Augenblick die winzige Ortschaft Villacuacha sowie ein Telefon erreichen und wenn entsprechend reagiert würde, könnte innerhalb der kommenden beiden Tage eine Rettungsmannschaft unterwegs sein.

Philips Pläne hingen alle an dieser einen Hoffnung – dass Rettung nahte. Wenn andere hier wären, trüge er nicht mehr die alleinige Verantwortung, nicht einmal dann, wenn die anderen Studenten starben. Mitschuld wäre kein so großer Schandfleck auf seiner Vita.

Aber noch aus einem anderen Grund betete er darum, dass bald jemand käme. Die Sonne ging gleich unter und Philip fürchtete eine weitere lange dunkle Nacht in einem Regenwald voller Lärm und Gekreisch. Ganz bestimmt war Guillermo Sala irgendwo da draußen und wartete auf den geeigneten Moment für einen Überfall.

Während er den Blick auf das ferne Villacuacha gerichtet hielt, schickte Philip den beiden indianischen Läufern ein geflüstertes Gebet nach: »Beeilt euch, ihr Schweinehunde!«

Bruder Otera warf einen Blick auf die untergehende Sonne und zog sich daraufhin die Kapuze seiner Kutte weiter über den Kopf, sodass sie seine Gesichtszüge beschattete. Morgen gegen Mittag sollten sie die Ruinen erreicht haben. »Kommt!«, befahl er und ging weiter voraus über den Dschungelpfad.

Fünf Mönche in braunen Kutten schritten im Gänsemarsch hinter ihm her. Das Geraschel ihrer Gewänder war das einzige Geräusch, das den dämmrigen Regenwald störte. Immer wenn die Sonne unterging, wurde der Dschungel seltsam still, verschwiegen, als hielten die Wesen des Walds angesichts der Gefahren der hereinbrechenden Nacht den Atem an. Bald wären die dunklen Jäger wieder von der Leine gelassen und würden auf die Jagd gehen.

Diese unheilschwangere Stille war der Grund, weshalb der schwarzhaarige Mönch das Knacken eines Zweigs sowie das abgerissene, keuchende Atmen einer Person hörte, die sich ihm näherte. Er reckte den Hals. Nein, es waren zwei. Bruder Otera hielt einen Arm hoch und die anderen blieben wortlos stehen. Die Kirche hatte sie gut gedrillt.

Bald tauchten vor ihnen auf dem Pfad zwei Indianer mit bloßem Oberkörper auf. Auf ihren schlanken Körpern glänzte der Schweiß und es sah aus, als würden sie in den letzten Strahlen der Sonne von innen heraus schimmern. Bei näherem Hinsehen wurde jedoch deutlich, dass die beiden von Dornen zerkratzten Männer, deren Gliedmaßen zitterten, eine weite Reise in schnellem Schritt hinter sich hatten.

Die Lippen des Mönchs zogen sich unter seiner Kapuze zu einer harten Linie der Befriedigung zusammen. Obwohl er seine armselige indianische Herkunft verachtete, erwies sie sich jetzt als nützlich. Als Junge war er, der halbblütige *Mestize,* wegen seines Mischbluts gehetzt und gequält worden. Die schattigen Pfade des Regenwalds waren sein einziger Schutz vor dem ewigen Hohn und Spott gewesen, daher kannte er sie wie kaum ein anderer. Er wusste auch, dass jeder Versuch, Hilfe herbeizuholen, über diesen Pfad gehen würde – und er hatte seine Befehle. Bruder Otera hob die Hand zum Gruß.

Der erste der beiden Indianer hegte anscheinend Misstrauen gegenüber der Gruppe von Fremden. Das war weise, denn die Regenwälder waren das Versteck vieler Guerilleros und Banditen. Bald jedoch verrieten seine Augen, dass er ihre Kutten und Silberkreuze erkannte. Er fiel auf die Knie und plapperte Dankesworte auf Quecha.

Bruder Otera senkte den Kopf und schob in den langen Falten seiner Ärmel die Handgelenke übereinander. Mit einer Hand umschloss er den Griff des Dolchs, der in der versteckten Scheide am Unterarm steckte. »Fürchte dich nicht, mein Sohn. Beruhige dich. Erzähle mir, was geschehen ist!«

»Bruder… Vater, wir sind weit gelaufen. Suchen Hilfe.

Wir sind Arbeiter für einige *norte americanos* hoch in den Bergen. Es hat einen Unfall gegeben. Einen schrecklichen Unfall.«

»Einen Unfall?«

»Eine unterirdische Grabkammer ist eingestürzt und hat einige der *americanos* eingeschlossen. Sie werden sterben, wenn wir uns nicht beeilen.«

Bruder Otera schüttelte traurig den Kopf. »Schrecklich, in der Tat«, brummte er in seiner Muttersprache Quecha, obwohl es ihn innerlich anwiderte. Die alte Sprache, eine plumpe Ableitung der Inkasprache *runa simi*, war so ungehobelt und platt, eben die Sprache der Armen. Und er hasste es, dadurch, dass er sie so fließend sprach, an seine eigenen Wurzeln erinnert zu werden. Er spürte den aufkeimenden Zorn, verbarg ihn jedoch unter seiner Kutte. Bruder Otera hörte schweigend zu, während der verzweifelte Indianer seinen Bericht über die Explosion und das beschädigte Satellitentelefon abschloss, und nickte dann verständnisvoll.

»Also müssen wir uns beeilen, Vater, bevor es zu spät ist.«

Bruder Otera leckte sich die Lippen. Also lief nur noch einer der *americanos* frei zwischen den Ruinen herum. Was für ein glücklicher Zufall! »Ja, wir müssen uns beeilen«, pflichtete er dem heftig keuchenden Mann bei. »Du hast gut daran getan, uns diese Nachricht zu überbringen, mein Sohn.«

Dankbar und erleichtert senkte der Indianer den Kopf.

Bruder Otera schlüpfte an ihm vorüber und näherte sich dem zweiten Burschen. »Dein Handeln war ebenfalls gut, mein Sohn.«

Dieser andere Indianer hatte den Wortwechsel schweigend verfolgt und sich nicht hingekniet. Seine dunklen Augen blieben wachsam. Jetzt wich er einen Schritt zurück, weil er irgendwie die Gefahr spürte, doch es war zu spät.

Bruder Otera zog blitzschnell die lange, an seinem Handgelenk verborgene Klinge hervor und trennte dem Mann sauber die Kehle durch. Die Hand des Indianers flog zu dem Schnitt hinauf und versuchte, den Blutschwall aufzuhalten. Als er auf die Knie fiel, bespritzte eine Gischt aus Blut die Kutte des Mönchs. *Zu spät, um jetzt noch zu beten, Heide!* Finster dreinschauend stieß Bruder Otera mit dem Stiefel zu und der gurgelnde Mann fiel nach hinten.

Der Mönch trat über den Leichnam und setzte seinen Weg den Pfad hinab fort. Kein Mucks war zu hören gewesen, während sich die anderen Mönche um den ersten Indianer gekümmert hatten. Er nickte zufrieden.

Zweifelsohne hatte die Kirche sie gut gedrillt.

Joan probierte den Wein, einen ordentlichen Merlot, nicht zu trocken und mit einem lieblichen Bouquet. Sie nickte und der Kellner füllte ihr das Glas. »Er sollte dem Steak eine angenehme Note verleihen«, sagte sie mit einem scheuen Lächeln.

Sie saßen an einem Tisch, auf dem die Kerzen brannten, und Henry erwiderte ihr Lächeln. »Eine forensische Pathologin und obendrein eine Weinkennerin. Offenbar steckst du voller Überraschungen. Wenn ich mich recht erinnere, hast du früher Bier und Tequila bevorzugt.«

Sie unterdrückte ein kurzes Auflachen. »Die Zeit hat so ihre Methoden, die Geschmacksnerven zu verfeinern. Genau wie ein Magen, der solche Exzesse nicht mehr akzeptiert.« Sie musterte Henry. Der dunkle Anzug, ein schwarzer Doppelreiher über einem weißen Rüschenhemd mit blassrosa Krawatte, stand ihm nach wie vor ausgezeichnet. Die Farbtöne unterstrichen perfekt sein silbergrau gesprenkeltes Haar. Glatt rasiert und makellos gekleidet, wie er war, fiel es schwer zu glauben, dass dieser Mann noch eine Woche zuvor durch den peruanischen Regenwald gestapft war. »Du überraschst mich auch, Henry. Ich muss schon sagen, die Jahre draußen in der Wildnis haben dir nicht geschadet.«

Henry, die Gabel in der Hand, sah von den Resten seines grünen Salats auf. Er grinste spitzbübisch, ein Ausdruck, der Joan zurück in ihre gemeinsamen Jahre am College versetzte. »Na ja, Dr. Engel«, neckte er sie, »wenn ich es nicht besser wüsste, würde ich glatt annehmen, dass du mich anbaggern willst.«

»Es war einfach als Kompliment gemeint, Professor Conklin. Mehr nicht. Lediglich eine Höflichkeitsfloskel unter Kollegen. Das sage ich zu allen akademischen Besuchern.«

»Ach, ja ... was also deine momentane akademische Popularität erklärt.« Henry spießte ein Crouton auf und verbarg dabei ein Lächeln.

Joan spielte die Beleidigte und schlug mit ihrer Serviette nach seiner Hand.

»Aua.« Henry rieb sich die Fingerknöchel, als würden sie tatsächlich schmerzen. »Na gut, na gut ... dann halten wir uns wohl besser ans Geschäft.«

»Vielleicht«, erwiderte sie mit einem erschöpften Lächeln.

Bisher hatten sie den Abend damit verbracht, einander über ihre jeweilige Vergangenheit auf den neuesten Stand zu bringen. Joan hatte genickt, als Henry den Krebstod seiner Frau erwähnt hatte. Sie hatte die Nachricht von gemeinsamen Freunden erfahren. Etwa zur gleichen Zeit hatte ihre Ehe in einer schmerzlichen Scheidung geendet. Anschließend waren beide offenbar völlig in ihren jeweiligen Berufen aufgegangen und hatten sich auf ihren Gebieten einen Namen gemacht. Während dieser Zeit war keiner von beiden eine intime Beziehung eingegangen. Dazu waren sie zu tief verletzt worden. Schmerz war Schmerz, die Umstände spielten da anscheinend keine Rolle.

»Hast du etwas Neues über das goldene Zeug im Schädel der Mumie erfahren?«, fragte Henry ein wenig sachlicher.

Joan richtete sich auf und war wieder mehr die Pathologin. »Nicht viel. Nur dass es ganz bestimmt kein Gold ist, sondern eine dichte, viskose Flüssigkeit. Bei Raumtemperatur ist sie knetbar wie warmer Ton. Ich habe den Verdacht, dass es sich um eine Art von schwerem Metallamalgam handelt, vielleicht eine Mischung aus Quecksilber und was anderem.« Sie zuckte mit den Schultern.

Henry zog die Brauen zusammen und schüttelte leicht den Kopf. »Ergibt überhaupt keinen Sinn. Man ist sich allgemein einig, dass die Inka auf dem Gebiet der Metallverarbeitung nicht sonderlich weit fortgeschritten waren. Da finde ich es schon seltsam, dass sie ein neues Amalgam herstellen konnten.«

»Na ja, sie haben offenbar was gelernt. Der Schädel der Mumie war bis zum Rand mit dem merkwürdigen Metall gefüllt.«

»Ja, vermutlich ...«

»Aber weshalb haben sie das getan, deiner Ansicht nach?«, fragte sie. »Ihm den Schädel gefüllt?«

»Ich kann nur spekulieren. Die Inka verehrten den Kopf als Sitz der Macht. Sie haben sogar Trinkbecher aus den Köpfen ihrer geschlagenen Feinde gefertigt. Meine Vermutung geht dahin, dass die Inka den christlichen Gott der Mönche gefürchtet und diesen seltsamen Ritus durchgeführt haben, um den Zorn der fremden Gottheit von sich abzuwenden.«

Joan rümpfte die Nase. »Also haben sie Löcher in den Schädel des Mannes gebohrt, ihm das Gehirn entfernt und den leeren Raum mit dem Amalgam gefüllt, als Opfer an den Gott des Fremden?«

Henry zuckte mit den Schultern und nickte. »Die Inka waren anscheinend von Schädelbohrungen fasziniert. Alle

Schädel auf der ganzen Welt zusammengenommen würden nicht annähernd die Zahl der Inkaschädel erreichen, die mit einer solchen Verstümmelung aufgefunden wurden. Daher gehe ich jede Wette ein, dass in der Handlung eine religiöse Bedeutung lag. Aber das ist bislang bloß eine Theorie.«

»Und vermutlich keine schlechte«, sagte sie lächelnd. »Aber morgen kann ich dir vielleicht mehr Antworten auf die Frage nach dem Amalgam liefern. Ich habe mit Dr. Kirkpatrick von der George Washington Universität Kontakt aufgenommen, einem Spezialisten für Metallurgie. Er ist mir einen Gefallen schuldig. Er war einverstanden, morgen vorbeizukommen und einen Blick auf die Substanz zu werfen.«

Bei ihren Worten erhellte sich Henrys Gesicht immer mehr und ein Glanz trat in seine Augen. »Ich wäre gern dabei, wenn er das Material untersucht.«

»Sicher ...« Einen Moment lang war Joan ganz durcheinander. Sie hatte schon überlegt, wie sie vor seiner Abreise ein weiteres Treffen mit Henry arrangieren könnte, und hier fiel es ihr förmlich in den Schoß. »D... das wäre wundervoll ... du bist jederzeit herzlich willkommen.« Im Geiste schlug sich Joan mit dem Handrücken an die Stirn. Warum benahm sie sich wie ein stotternder Teenager? Sie war achtundvierzig, um Gottes Willen! Wann würden diese Spiele zwischen Männern und Frauen je etwas unkomplizierter verlaufen?

Joan merkte, dass Henry sie anlächelte. »Ich würde auch liebend gern wieder an deiner Seite arbeiten.«

Sie errötete und wischte sich die Hände an der Serviette in ihrem Schoß ab. Das Eintreffen des Kellners, der zwei Teller mit noch brutzelnden Steaks brachte, ersparte ihr eine Erwiderung. Sie warteten schweigend, während er Geschirr und Besteck arrangierte. Sobald der Kellner verschwunden war, fragte Joan: »Was ist mit dir? Etwas Neues über diesen Bruder de Almagro erfahren?«

»Nein ...«, entgegnete Henry mit gedämpfter Stimme. »Ich warte nach wie vor auf eine Rückmeldung von diesen Leuten des Erzbischofs.«

Sie nickte. »Bei der Arbeit an dem Metall musste ich an das Dominikanerkreuz denken, das du gefunden hast. Ich habe mich gefragt, ob es wirklich aus Gold bestand oder vielleicht aus einem anderen Amalgam wie das Zeug in dem Schädel.«

Henry sah unvermittelt rasch auf. »Mein Gott, daran habe ich noch gar nicht gedacht!«

Seine Verblüffung und der Ausdruck von Bewunderung in seinen Augen gingen ihr runter wie Öl. Sie fuhr fort: »Vielleicht haben nicht die Inka das Metall hergestellt. Vielleicht waren es ihre spanischen Eroberer.«

Henry nickte. »Das fällt mir leichter zu glauben. Die spanischen Konquistadoren! Vielleicht können wir nach der Untersuchung des Metalls durch diesen Metallurgen zumindest diesen Teil des Rätsels als gelöst ad acta legen.«

Seine Begeisterung ließ Joan grinsen. Es gab nichts Anziehenderes als einen Mann, der ihre Leidenschaft für die Rätsel der Wissenschaft teilte – insbesondere einen so gut aussehenden wie Henry.

»Das tue ich gleich, wenn ich wieder im Sheraton bin«, fuhr Henry fort. »Ich werde mir das Kreuz noch mal etwas genauer ansehen.«

Joan kostete ihr Steak. Es war perfekt medium gebraten. Die Küche hier hatte sie noch nie enttäuscht. »In diesem Fall würde ich gern so bald wie möglich deine Ansicht hören.«

»Wie wär's ... du lässt mich doch sowieso am Sheraton raus. Möchtest du nicht mit aufs Zimmer kommen und es dir selbst ansehen? Nachdem du den ganzen Tag über mit dem Amalgam gearbeitet hast, könntest du es bestimmt besser beurteilen.«

Joan blickte von ihrem Steak auf. Sie wollte nachsehen, ob da noch etwas mehr hinter seiner Einladung steckte. Sie würde mit keinem Mann ins Bett gehen, der zufällig ihr Interesse geweckt hatte, nicht einmal mit einem alten Freund ... aber sie hätte nichts dagegen, ihren gemeinsamen Abend noch etwas zu verlängern.

Henry widmete seine ganze Konzentration dem eigenen Steak. Schließlich warf er ihr über den Rand seiner Brille einen Blick zu – eine Frage, weswegen sie zögerte.

Joan traf eine Entscheidung. »Nun gut ... ja, ich würde gern noch einen Blick auf das Kreuz werfen.«

Henry nickte kurz und widmete sich wieder seinem Steak. »Ausgezeichnet.«

Joan fiel auf, dass sein Grinsen breiter wurde, und merkte, dass sie ihrerseits strahlender lächelte. Sie verhielten sich wie zwei Teenager bei ihrem ersten Rendezvous.

Nachdem diese Sache geklärt war, richteten beide ihre Aufmerksamkeit wieder auf die Tafel und das ausgezeichnete Essen. Das weitere Gespräch bestand aus dem schlichten Austausch von Höflichkeiten zwischen zwei Menschen bei Tisch: Bemerkungen über die Qualität der Mahlzeit, Geschichten aus ihren jeweiligen Berufen und sogar einer Debatte über die bedrohliche Gewitterfront, die Kurs auf die großen Seen nahm. Als die Nachspeise serviert wurde – eine köstliche flambierte Vanillecreme, die sie sich teilen wollten – hatten beide ihre Verlegenheit überwunden und es herrschte eine behagliche Wärme zwischen ihnen.

»Was ist denn nur damals in Rice mit uns gewesen?«, fragte Joan schließlich. Sie fühlte sich so wohl, dass sie es wagte, ein heikles Thema anzuschneiden. »Warum haben wir den Sack nicht zugebunden?«

Henry befingerte seine Tasse Kaffee. »Meiner Ansicht nach lag noch zu viel vom Leben vor uns. Du wolltest dich weiter der Medizin widmen. Ich wollte bei Texas A&M meinen Magisterabschluss machen. Damals gab es wohl wenig Raum für etwas anderes, insbesondere nicht für eine Beziehung.«

»Die Leiden der Karrierebesessenen«, murmelte sie. Joans Gedanken schweiften zu ihrem Exmann. Er hatte in den üblichen Klagegesang über ihre Ehe eingestimmt: Joan war nie zu Hause, nie für ihn da.

Henry nippte an seinem Kaffee. »Schon möglich. Vermutlich. Andererseits habe ich schließlich Elizabeth getroffen und du Robert.« Er zuckte mit den Schultern.

»Hmmm ...«

Seufzend setzte Henry seine Tasse ab. »Vielleicht sollten wir gehen. Es ist fast Zeit für mich, das Team in Peru anzurufen.«

Joan schaute auf ihre Uhr. Kurz vor zehn. Wo war nur die Zeit geblieben? »Und ich muss morgen früh raus. Wenn wir heute Abend einen Blick auf das Kreuz werfen wollen, sollten wir los.«

Nach einem schwachen Protest von Joans Seite bestand Henry darauf, die Rechnung zu begleichen. »Nach allem, was du für mich getan hast, ist das das Mindeste, was ich für dich tun kann«, sagte er und zückte seine Brieftasche. »Abgesehen davon geht das sowieso auf meine Forschungsgelder.« Er grinste sie verschlagen an.

Joan hielt die Handflächen hoch, zum Zeichen, dass sie sich geschlagen gab. »Wenn der Staat bezahlt, dann bitte gerne.«

Bald darauf, nach einer kurzen Fahrt im Auto, stand Joan zusammen mit dem Professor in einem Aufzug. Erneut baute sich eine gewisse nervöse Spannung auf, als die Stille sie umgab. Henry fummelte an den Knöpfen seiner Anzugjacke herum. Dann, in der siebten Etage, klingelte es, die Lifttüren öffneten sich und die beiden gingen zu Henrys Zimmer hinüber.

»Entschuldige bitte die Unordnung«, sagte er, als er die Tür aufschloss. »Ich habe keine Gesellschaft erwartet.« Henry hielt Joan die Tür auf, sodass sie eintreten konnte.

Joan starrte in ein Zimmer, in dem das Unterste zuoberst gekehrt war. Das Bett war umgeworfen und die Matratze völlig zerfetzt, alle Schubladen waren herausgerissen und ausgeleert worden; sogar der Fernsehapparat lag umgekippt auf dem Teppich. Die Rückwand hatte jemand abgeschraubt.

»Mein Gott!«, rief Henry verblüfft aus.

»Du hast von einer gewissen Unordnung gesprochen, aber das habe ich nicht erwartet«, meinte Joan in dem halbherzigen Versuch, einen Scherz zu machen.

Henry schoss ins Zimmer und sah sich eilig um. Er durchwühlte einige Papiere neben dem umgestürzten Schreibtisch und holte seinen Laptop hervor, hob ihn auf und überprüfte ihn. Ein Piepen nach dem Einschalten zeigte an, dass er unbeschädigt geblieben war. Ihm entfuhr ein Seufzer der Erleichterung. »Meine gesamte Forschungsarbeit ... Gott sei Dank!«

Vorsichtig betrat Joan das Zimmer. »Du solltest nicht zu viel anfassen. Ich rufe die Hotelwache. Wer auch immer das Zimmer durchsucht hat, er ist vielleicht noch hier.«

Henry richtete den Schreibtisch auf und stellte den Laptop darauf. »Warum haben sie den hier nicht mitgenommen?«

Joan, die gerade die Nummer der Hotelrezeption wählte, meinte: »Vermutlich waren sie hinter einer größeren Sache her. Ich wette, dieser Artikel im *Baltimore Herald* von heute Morgen hat die Blicke einiger netter Diebe auf sich gezogen.«

Henry ließ sich ihre Worte durch den Kopf gehen. »Das Kreuz!« Er durchschritt das Zimmer.

»Sag mir, dass du es im Hotelsafe gelassen hast«, meinte Joan.

Kopfschüttelnd ging Henry zu einer der Lampen an der Wand hinüber. »Nachdem ich so viele Länder bereist habe, habe ich mein eigenes Sicherheitssystem entwickelt.«

Während Joan den Einbruch meldete, schraubte Henry mit einem Schweizer Armeemesser die Leuchte von der Wand und griff in die Nische dahinter. Er holte ein kleines Samttäschchen mit etwas Schwerem darin hervor und ließ das große Dominikanerkreuz und den Silberring in seine Handfläche gleiten.

Joan legte auf. »Die Wache ist unterwegs. Diesmal hast du Glück gehabt, Henry. Das nächste Mal benutze bitte den Hotelsafe.«

Henry sah sich im Zimmer um. »Du hast wohl Recht. Diese Diebe waren verdammt gründlich.« Joan stand schweigend da, Henry durchsuchte den gründlich durcheinander gebrachten Raum. »Willkommen in den Staaten«, brummte er säuerlich.

Joans Blick fiel auf eine Anzugschachtel von Barney's, die in die Ecke geschleudert worden war. Auf dem Deckel klebte noch der Preis. Sie betrachtete Henrys gut aussehenden Anzug. Also hatte der Professor offenbar für ihr ›Date‹ einige Einkäufe in letzter Minute getätigt. Sie unterdrückte ein kleines Lächeln und verfluchte im Stillen die Diebe dafür, dass sie ihr den Abend verdorben hatten.

Bald tauchten zwei große Männer in blauen Uniformen an der offenen Tür auf. Sie zeigten kurz ihre Ausweise und traten ein. »Wir haben die Polizei gerufen. Sie wird gleich hier sein und Ihre Aussage aufnehmen. Ein anderes Zimmer ist bereits für Sie hergerichtet.«

Henry wandte sich an Joan. »Warum fährst du nicht nach Hause? Ich kümmere mich um die Sache hier.«

»Das sollte ich wohl. Aber bring das Kruzifix morgen mit

ins Labor. Ich werd's von Dr. Kirkpatrick untersuchen lassen. Er wird sicher sagen können, ob es aus Gold besteht oder nicht.«

Henry schaute sich unglücklich im Zimmer um. »Vielen Dank. Das werde ich tun.«

Sie wollte schon gehen, da hielt er sie mit einer Berührung am Arm zurück. Sie wandte sich um und entdeckte, dass er sie anlächelte. »So merkwürdig es klingen mag, wenn man den Zustand meines Zimmers berücksichtigt, aber ich hatte einen netten Abend.«

Sie drückte ihm die Hand und hielt sie dabei den Bruchteil einer Sekunde länger fest, als unbedingt nötig gewesen wäre. »Ich auch.« Sie lächelte ihrerseits, wenn auch etwas scheuer. »Dann bis morgen.«

Er nickte und als sie das Zimmer verließ, fügte er leise hinzu: »Ich freue mich drauf.«

Joan drehte sich nicht um. Sie tat so, als hätte sie ihn nicht gehört. Sie hatte Angst, ihr errötetes Gesicht könnte ihre wahren Gefühle verraten. Erst in der Sicherheit des Aufzugs, nachdem sich die Türen geschlossen hatten, stieß sie einen langen Seufzer der Erleichterung aus. »Nimm dich in Acht!«, warnte sie den leeren Aufzug. »Er ist ein alter Freund. Mehr nicht!«

Dennoch überlief sie, während der Lift nach unten fuhr, ein kleiner Schauer der Freude. Es war noch so lange hin bis zum nächsten Morgen ...

Von oben ertönte der Lärm eines weiteren Einsturzes, Sam sah sofort auf von da, wo er kniete. Sein Blick flackerte zu den anderen hinüber, die sich um die drei Beschläge aus Hematit geschart hatten. Norman starrte zur Decke empor und zuckte leicht mit den Schultern. Ralph brummte bloß etwas und strich weiter mit einem kleinen Pinsel gelbe Farbe auf den Beschlag. Denal saß ein wenig abseits und ließ die

Hände langsam am Stemmeisen in seinem Schoß auf und nieder gleiten.

Nur Maggie erwiderte seinen Blick. »Jetzt muss die zweite Ebene eingestürzt sein«, flüsterte sie.

Sam nickte und seufzte tief. Keiner von ihnen wollte genauer darüber nachdenken, was das zu bedeuten hatte. Er warf einen Blick auf seine Uhr. Es war kurz nach zehn Uhr abends. Wenn die Pyramide weiter mit dieser Schnelligkeit in sich zusammenfiele, würde sie kaum noch zwei Tage halten. Um sich von dem Gewicht der Felsen abzulenken, die stückweise auf sie herabrieselten, hatten sie versucht, sich beschäftigt zu halten. Sams Vorschlag, seine Versuchsfarbe auf die Hematit-Beschläge aufzutragen, war knurrend akzeptiert worden.

»Was jetzt?«, fragte Ralph. Er streckte sich und bog den Rücken durch, um eine Verspannung im Kreuz zu lösen.

Sam eilte hinüber. »Als Nächstes musst du die überschüssige Farbe mit dieser lipophilen Flüssigkeit wegwischen.« Er reichte Ralph einen trockenen Schwamm und ein Fläschchen mit einer klaren Lösung.

»Ich bin auch fertig«, sagte Maggie und griff nach einem zweiten Schwamm.

Nach Sams Anweisung hatten die beiden anderen Studenten rasch die Beschläge zum Entziffern vorbereitet. Er hob die schwarze UV-Lampe hoch und schaltete sie ein. »Also gut, löscht die Taschenlampe!«

Augenblicklich legte sich die Dunkelheit noch enger um sie. Von der absoluten Schwärze trennte sie nur noch ein purpurfarbener Schimmer, in dem die beiden Beschläge blassgrün fluoreszierten. Die Gruppe drängte sich näher heran.

»Erstaunlich!«, rief Maggie aus.

Unter Sams UV-Lampe waren die uralten Inschriften deutlich im Relief zu erkennen. Die grünen Buchstaben leuchteten hell und frisch wie an dem Tag, als sie ins Metall eingekratzt worden waren.

»Wahnsinn«, meinte Ralph und klopfte Sam auf die Schulter.

Sam unterdrückte einen eigenen Ausruf des Stolzes, fuhr mit einem Finger über die Buchstaben und las dabei sorgfältig die Inschrift mit. *»Nos Christi defenete. Malum ne fugat.«* Er konzentrierte sich stark, während er das hingekritzelte Latein übersetzte. »›Christus beschütze uns. Möge das Böse nie entweichen.‹« Ein Schauer lief ihm über den Rücken.

»Nicht gerade das, was man hören möchte, wenn man in einer eingestürzten Grabstätte gefangen ist«, meinte Ralph.

»Vor allem, wenn man direkt vor der verfluchten Grabkammer hockt«, fügte Norman mit einem Blick auf Sam hinzu. »Was hast du da über das Piktogramm im Raum nebenan gesagt? Der Durchgang zum Himmel, der Durchgang zur Hölle?«

Sam winkte die Befürchtungen des Fotografen beiseite. »Das ist lediglich eine Interpretation vom jüdisch-christlichen Standpunkt aus. Die alten Peruaner glaubten nicht an einen biblischen Himmel oder eine biblische Hölle, sondern an drei verschiedene Ebenen des Daseins: *janan pacha,* die obere Welt; *cay pacha,* unsere Welt; und *uca pacha,* die untere oder innere Welt. Sie glaubten, diese drei Welten seien eng miteinander verbunden und würden an gewissen heiligen Stellen namens *pacariscas* zusammentreffen.« Sam warf einen Blick über die Schulter. »Aus den Piktogrammen nebenan würde ich schließen, dass diese Kammer als eine *pacarisca* verehrt und geschützt worden ist.«

Norman starrte zum offenen Durchgang zu der Kammer hinüber. »Ein Durchgang sowohl zur unteren als auch oberen Welt.«

»Genau.«

Maggie stieß Sam mit dem Ellbogen an. »Das reicht jetzt! Mach mit dem zweiten Beschlag weiter!«

Sam räusperte sich und beugte sich über die Kratzer im Hematit. Diesmal übersetzte er gleichzeitig, während er den Finger über die lateinischen Inschriften laufen ließ. »›Gott im Himmel, beschütze uns. Wir flehen dich an. Wir überlassen diese Grabstätte dem Himmel. Möge sie nie gestört werden. Hütet euch ...‹« Sam las die letzten beiden Zeilen und ihm blieb die Luft weg. Er lehnte sich zurück. »O mein Gott!«

Maggie beugte sich näher heran. »Was ist?«

Er warf den anderen einen Blick zu. »›Auf der anderen Seite liegen die Werke des Satans, der Wille des Teufels. Ich versiegele diesen Durchgang vor der Schlange von Eden, damit die Menschheit nicht auf ewig verdammt sei.‹«

Fünf Augenpaare wandten sich dem offenen Durchgang zu.

»Die Schlange von Eden?«, fragte Norman nervös.

Maggie erklärte es mit unterdrückter Stimme. »Genesis. Der Verderber des Menschengeschlechts, der zu verbotenem Wissen verlockt.«

»Es ist unterzeichnet«, sagte Sam und lenkte mit diesen Worten ihre Aufmerksamkeit wieder auf die Hematit-Beschläge. »Bruder Francisco de Almagro, Diener unseres Herrn, 1535.«

Ralph schaute Sam über die Schulter. »Hat dein Onkel nicht gesagt, dass er die Mumie für einen Dominikanermönch hält?«

Sam nickte. »Ja. Das hier ist möglicherweise das Testament dieses Burschen. Nachdem er das Grabmal versiegelt hat, muss er aus irgendeinem Grund getötet worden sein. Aber warum?« Sam begab sich in den Fersensitz. »Was ist hier geschehen? Warum hat der angrenzende Raum diesen Mann so sehr in Angst und Schrecken versetzt? Es können nicht nur die Fallen gewesen sein. Sonst hätte der Verweis auf die Schlange von Eden hier nichts zu suchen.«

Maggie nickte zu dem Durchgang hinüber. »Wie die Antwort auch lautet, sie liegt irgendwo da drin. Vielleicht haben die Moche etwas entdeckt, das ihre Eroberer, die Inka, für sich vereinnahmt haben. Und das hat unserem toten Mönch eine Heidenangst eingejagt.«

»Ich wünschte, mein Onkel wäre hier«, murmelte Sam. »Wir könnten seine Fachkenntnis brauchen.«

Über ihnen verschoben sich weitere Felsbrocken. Dabei knirschten sie wie alte Knochen. »Ich kann mir nicht vorstellen, dass sich dein Onkel diesem Wunsch anschließen würde«, meinte Norman mit einem Blick zur Decke.

Plötzlich stand Maggie auf und holte die Taschenlampe. »Ich möchte mir noch mal die Kammer ansehen.«

Sam bemerkte, dass ihre Beine einen Augenblick lang zitterten, bevor sie einen Schritt tun konnte. Er hatte den Verdacht, dass sie die Neugier nur vorgab, um in Bewegung zu bleiben und sich abzulenken. Er stand ebenfalls auf. »Ich komme mit.«

Auch Ralph erhob sich. »Norman und ich untersuchen die Ebene über uns.«

Norman bekam große Augen. »Ach ja?«

Ralph sah den Fotografen funkelnd an. »Jetzt mach dir bloß nicht in die Hose!«

Norman blickte finster drein und stand auf. »Oh, schon gut.« Er holte eine zweite Taschenlampe hervor. Denal hatte sie in einer Tasche mit Werkzeugen gefunden, die Gils Bande zurückgelassen hatte.

»Beeilt euch!«, warnte Sam. »Da oben ist es ziemlich unsicher und wir müssen Batterien sparen.«

»Keine Bange«, meinte Norman. »In Ralphs Gesellschaft und zwischen herabfallenden Granitbrocken bin ich verdammt schnell.«

Denal erhob sich ebenfalls. Er entschied selbst, mit wem er gehen wollte, und stellte sich zu Sam und Maggie.

Norman und Ralph winkten und machten sich schnell davon.

»Kommt«, sagte Maggie.

Sie verschwand in dem Durchgang und Sam und Denal folgten ihr. Sam bemerkte, dass Denal, bevor er die Türschwelle überschritt, die Stirn berührte und das Kreuzzeichen schlug, ein geflüstertes Gebet auf den Lippen.

Schweigend kehrten die drei zum Anfang des gefliesten Bodens zurück. Gold und Silber reflektierten hell den Schein ihrer Lampe. Der Inkakönig stand strahlend wie ein gelber Stern vor dem schwarzen Granit. Die Maschinerie tickte gedämpft im Takt zu Sams Herzschlag. Er schob den Stetson zurück und musterte das Piktogramm. Mit dem Strahl der Taschenlampe zeichnete er den Weg von dem goldenen Viereck, das die physische Welt, *cay pacha,* darstellte, zu dem fernen Viereck, das die obere Welt, *janan pacha,* symbolisierte. Im Zickzack verlaufende goldene Fliesen verbanden die beiden Endpunkte. »Nun?«, fragte er. »Was jetzt?« Er hielt den Schein absichtlich von den beiden Leichen auf dem Boden fern.

Wie eine Löwin im Käfig schritt Maggie vor dem Puzzle hin und her. »Es muss einen Weg hinüber geben«, brummte sie. »Löse das Rätsel und die Beute, die hier zu machen ist, wird sich höchstwahrscheinlich zeigen.«

»Die Schlange von Eden?«, fragte Sam.

Maggie wandte sich ihm zu und ihre Augen leuchteten hell in dem gespiegelten Lichtschein. »Willst du nicht wissen, was er damit gemeint hat?«

»Ehrlich gesagt, würde ich im Augenblick lieber dafür sorgen, dass wir unsere Ärsche hier rauskriegen.«

»Nun ja, bis dahin ...« Maggie drehte sich zu dem gefliesten Piktogramm um. »... bleibe ich an der Sache dran.« Ohne ein weiteres Wort trat sie auf die Goldfliesen, die auf dieser Seite das goldene Viereck bildeten.

»Nein, Miss Maggie!«, rief Denal.

Zugleich streckte Sam die Hand nach ihr aus, aber Maggie trat auf eine benachbarte Goldfliese und war außer Reichweite. »Was tust du da?«, schrie er.

Sie wandte sich um – nicht zu ihm, sondern zu dem Jungen. »Welches ist der sicherste Weg, Denal?«

Sam warf dem Jungen neben sich einen Blick zu. Der junge Quecha stand zitternd und mit wildem Blick am Rand des Fliesenbodens. »Maggie, wovon redest du?«, fragte Sam. »Das weiß er doch nicht.«

»Er weiß es«, erwiderte sie. »Er hat mich beim ersten Mal davor gewarnt, den Boden zu betreten.« Sie sah den Jungen eindringlich an. »Ich habe deinem Gesicht angesehen, dass du etwas wieder erkennst, Denal.«

Der Junge wich einen Schritt zurück.

»Einen Teil des Rätsels habe ich gelöst«, fuhr Maggie fort. »Ich stehe auf dem Abschnitt des Piktogramms, der unsere Welt darstellt.« Sie zeigte mit der ausgestreckten Hand auf das ferne goldene Viereck auf der anderen Seite des Raums. »Und ich muss *janan pacha,* die obere Welt, erreichen. Nicht wahr? Aber wie kommt man gefahrlos über den Boden? Der goldene Pfad ist zu offensichtlich.«

Denal schüttelte bloß heftig den Kopf.

Sam senkte seine Taschenlampe. »Maggie, Denal weiß nicht ...«

Maggies Züge verhärteten sich und sie wandte sich abrupt ab. Sie wollte auf eine der Goldfliesen treten, die treppenförmig auf das ferne Viereck zuliefen.

»Nein!«, rief Denal plötzlich. Tränen traten ihm in die Augen. »Ich sag's Ihnen!«

Verblüfft starrte Sam den Jugendlichen an.

Er schien unter dem Blick in sich zusammenzusacken.

»Das alte *amautas* meines Volks. Sie erzählen Geschichten von einem schlechten Ort wie dem hier. Sehr alte Geschichten. Ich nicht wissen genau. Aber sie sagen, dass Leben ausgewogen sein zwischen *janan* und *cay*. Um hin und her zu gehen, man müssen Sonne und Mond ins Gleichgewicht bringen.«

»Sonne und Mond?«, fragte Maggie und sah nach unten. »Aber sicher! Natürlich!« Maggie trat auf eine angrenzende Silberfliese.

»Maggie! Nein!«

Sie achtete nicht auf Sam und trat erneut auf ein goldenes Quadrat. »Um der goldenen Treppe zu folgen, muss man mit einer silbernen abwechseln. Halte das Gleichgewicht zwischen Silber und Gold, zwischen dem Mond und der Sonne.«

»Das weißt du doch nicht mit Bestimmtheit!«, rief Sam.

»Ich bin mir sicher.« Maggie schritt weiter durch den Raum. Sie trat von Silber auf Gold und wieder zurück auf Silber und während sie das Muster abschritt, sagte sie hastig: »Für die Inka war Gold der Schweiß der Sonne und Silber die Tränen des Mondes. Sonne und Mond ... Gold und Silber ...«

Mit angehaltenem Atem stand Sam am Rand des Fliesenmusters.

Denal murmelte etwas in seiner Muttersprache. Die Furcht legte sich ihm schwer auf die Stimme. »Sie gehen ... sie kehren nicht zurück.«

Sam, dem das Herz im Halse schlug, verstand ihn kaum.

Er zupfte an Sams Arm. »Miss Maggie müssen stehen bleiben«, flehte er. »Das *amautas* sagen, wer zum *janan pacha* reisen, kehren niemals zurück. Sie müssen stehen bleiben!«

Schließlich verstand Sam die Warnung des Jungen. Er zuckte zurück, als hätte er eine Flamme berührt. »Maggie!«

Die Panik in seiner Stimme zog ihren Blick zu ihm zurück.

»Denal sagt, wenn du den Raum durchquerst, kannst du nicht zurückkehren!«

Maggie schaute zur anderen Wand hinüber, dann wieder zu Sam. Sie stand immer noch auf derselben Fliese, aber ihre Stimme bebte. »D... das ist doch völlig sinnlos, verdammt! Warum sollte der Raum eine Einbahnstraße sein?«

»Keine Ahnung. Aber jetzt ist keine Zeit, das zu überprüfen.«

Maggie seufzte. »Vielleicht hast du Recht ...« Sie setzte den Fuß auf die Silberfliese zurück, die sie gerade verlassen hatte.

»Nein!«, kreischte Denal.

Der Aufschrei des Jungen rettete Maggie das Leben. Sie zuckte zusammen und riss das Beine gerade in dem Moment herunter, als sich die Silberfliese unter ihrem Schuh auftat.

»Achtung!«, schrie Sam. »Über dir!« Er hatte entdeckt, dass die dazugehörige Goldfliese in der Deckel herabfiel. Ein dichter Regen aus Speeren pfiff heraus und verschwand in der Grube, die sich unter der Silberfliese geöffnet hatte.

Maggie war vor der Kaskade aus Klingen zurückgewichen. Ihre Beine zitterten heftig und sie fiel auf die Knie. Da schwang die Silberfliese zurück und schloss die Öffnung. »Sam ...?«

Wild gestikulierend erklärte Denal, was vorgefallen war. »Sie dürfen nicht umkehren. Wenn anfangen, müssen Miss Maggie beenden.«

Ihre Augen öffneten sich angsterfüllt. Sie betrachtete die sechs Meter Fliesen zwischen sich und Sam. Er erkannte die einsetzende Panik in ihrem Blick. Was sollte er tun?

Plötzlich wurde der gesamte Raum von einem gewaltigen Beben geschüttelt, das von heftigem Donner begleitet war.

Sam wurde zu Boden geschleudert. Maggie duckte sich und legte die Arme über den Kopf. Zwei Metallfliesen in der Decke lösten sich und fielen klappernd und krachend herab.

Nur Denal gelang es, auf den Beinen zu bleiben. Der Quecha-Junge warf einen Blick zum Eingang hinüber. Staubwolken wälzten sich auf sie zu. »Der Tempel! Er stürzen ein!«

Sam wälzte sich herum und sprang auf, als sich der Boden wieder beruhigte. »O Gott ... Norman und Ralph ...«

Als hätten sie seinen Schrei gehört, stürmten auf einmal zwei Gestalten durch die Staubwolke. Hustend kam Ralph neben Sam zum Stehen. Der schwarze Hüne war von Kopf bis Fuß grau mit Granitstaub eingepudert, ebenso wie Norman hinter ihm. Der Fotograf nieste laut.

Ralph war völlig außer Atem. »Er fällt auseinander!«

Das Ächzen von Steinen, die sich bewegten, schien von allen Seiten zu kommen. Regelmäßig ertönte ein lautes Krachen, das sich anhörte, als käme es aus nächster Nähe, aus der Vorkammer.

Norman wischte sich die Nase am Ärmel ab. »Über uns ist jetzt nichts mehr.«

Ralph zog Sam zu der Wand neben dem kurzen Gang. »Fühl mal!«

Er legte die Hand auf die Granitmauer. Sie zitterte unter dem Gewicht von Tonnen von Blöcken und Lehm, die auf dieses letzte Bollwerk drückten. »Das Ding hier fällt beim nächsten Windhauch in sich zusammen«, stellte Sam laut fest.

Plötzlich lenkte Norman mit einem drängenden Ausruf die Aufmerksamkeit aller auf sich. Er zeigte auf das Muster. »Maggie!«

Sam fuhr herum. Da drüben, auf eben jener Goldfliese, lag die irische Studentin mit zuckenden Gliedmaßen auf der Seite. Sie hatte wieder einen Anfall.

»Was zum Teufel tut sie da draußen?«, fragte Ralph wütend.

»Keine Zeit für Erklärungen.« Sam nahm sein Gewehr ab und reichte es Ralph. »Bleibt hier!« Er schoss hinaus auf die Goldfliesen.

Denal kreischte einen Warnruf, aber Sam beachtete den Jungen nicht. Er tanzte zwischen Silber und Gold hin und her in Richtung *janan pacha.* Als er Maggies Fliese erreichte, kniete er sich neben seine Studienkollegin und legte ihren Kopf in seinen Schoß. Seine Berührung schien sie etwas zu beruhigen. Also streichelte er ihr das Haar und sprach sie leise an. Das Zittern ihrer Gliedmaßen ebbte ab. »Maggie ... wenn du mich hören kannst, komm zu mir! Folge meiner Stimme!«

Von ihren Lippen kam ein leises Stöhnen.

»Komm schon, Maggie ... wir brauchen dich ... keine Zeit für ein Nickerchen.«

Ihre Lider flatterten, dann starrte sie ihn an. »Sam ...?«

Er beugte sich herab und umarmte sie leicht. Der Duft ihres Haars und ihr Schweißgeruch drangen ihm scharf in die Nase. »Gott sei Dank!«

Maggie entzog sich seiner Umarmung. Sie erfasste schnell, was los war. »Du hättest nicht rauskommen sollen!«, schimpfte sie ihn aus, aber ihr Tonfall war eher erleichtert als hitzig. »Der Tempel?«

»Fällt zusammen. Das hier ist die letzte unversehrte Ebene.«

Maggie sah zu Sam auf, im Blick eine unausgesprochene Frage.

»Ich schätze, allerhöchstens eine Stunde«, antwortete Sam.

»Was tun wir jetzt?«

Er erhob sich und half ihr gleichzeitig auf. Maggie musste sich auf seinen Arm stützen, so schwach waren noch immer ihre Beine. Ihre Hand war heiß auf seiner bloßen Haut. »Du hast mich eben zum Grübeln gebracht. Warum *haben* die Moche oder Inka diesen Raum wie eine Einbahnstraße gebaut?«

Maggie schüttelte den Kopf.

Sam schaute zur anderen Wand hinüber. »Ist doch völlig sinnlos ... es sei denn ... es sei denn, es gibt einen weiteren Weg nach draußen.«

»Einen Geheimgang?«

»Es muss mehr als bloß diesen mit Fallen gespickten Raum geben. Warum die unheilvolle Warnung des mumifizierten Mönchs? Hier ist nichts. Jenseits dieser Kammer muss etwas liegen.«

»Aber wenn du Recht hast, wo ist dann der Eingang?«

Sam zeigte auf die große Statue des Inkakönigs, die golden vor den dunklen Steinen glänzte und sie finster anzusehen schien. »Wenn es jemand weiß, dann er. In ihm muss ein Schlüssel liegen.« Er sah Maggie in die Augen.

»Also müssen wir da rüber«, sagte sie, während sie heftig schluckte und Sam ein unsicheres Lächeln schenkte. »Ein letztes Rätsel.«

Erneut polterte unheilvoll die Decke. »Stimmt. Entweder lösen wir es oder wir verabschieden uns von dieser Welt.«

»Was tut ihr beide da?«, rief Ralph zu ihnen herüber. »Uns läuft die Zeit davon!«

Sam berichtete rasch von ihren Plänen.

»Das ist Wahnsinn! Du setzt euer Leben aufs Spiel, und das auf der Grundlage ziemlich vager Vermutungen!«

Sam nickte zur Decke hinauf. »Ich gehe lieber ein Risiko ein, statt darauf zu warten, dass mir der Himmel auf den Kopf fällt.«

Darauf wusste Ralph nichts zu erwidern. Er trat bloß nervös von einem Fuß auf den anderen. »Na gut, Boss, aber seid vorsichtig!«, meinte er schließlich.

Denal betrat mit aschfahlem Gesicht den Fliesenboden. »Ich kommen mit!«

»Nein!«, riefen Maggie und Sam gleichzeitig.

Denal ging einfach weiter. »Ich kennen alte Geschichten. Ich helfen und ich sterben auch nicht ohne kämpfen.« Schließlich erreichte er sie. Mit funkelndem Blick sah er zu Sam auf. »Meine Mama, bevor sie gestorben, sie mich lehren, tapfer zu sein. Ich bereiten ihr keine Schande.«

Einen Augenblick lang starrte ihn Sam an. Dann schlug er dem Jungen auf die Schulter. »Vielen Dank, Denal.«

Denal lächelte schwach, doch sein Blick huschte weiterhin zwischen dem Inkakönig und dem Muster hin und her. Mit zittrigen Fingern fischte er eine krumme Zigarette heraus. Er sah, wie Sam die unangezündete Zigarette musterte, und hielt trotzig dem tadelnden Blick stand. »Dann los!«

Sam wandte sich um. »Du weißt, dass diese Dinger dein Wachstum hemmen.«

»Nicht, wenn ich nicht anzünden«, erwiderte Denal säuerlich.

»Wenn du einen Weg hier raus findest«, sagte Sam, »kannst du dir die Lungen zuräuchern, bis sie schwarz sind.«

Maggie hielt sich hinter ihnen. »Bleibt in Bewegung. Diese Decke wird nicht ewig halten.«

Sam ging schweigend weiter. Jeder Schritt auf eine neue Fliese bedeutete ein erneutes anschwellendes Gefühl der Bedrohung. Aber nichts geschah. Maggie und Denal hatten das Rätsel der Fliesen anscheinend gelöst. Aber was dann?

Sam erreichte den Mittelpunkt und erstarrte.

Maggie, die ein paar Reihen hinter ihm war, rief nach vorn: »Warum bist du stehen geblieben?«

Er trat beiseite, sodass sie es erkennen konnte.

»Oh.«

Die nächste Goldfliese betrat Sam besonders vorsichtig,

denn das Blut machte die Oberfläche glitschig. Er achtete sorgfältig darauf, Juans zerfetzten, Ekel erregenden Leichnam nicht zu berühren. Der Blick des toten Mannes schien ihm zu folgen, als er vorüberging. Sam schaute weg, doch der Gestank, eine Mischung aus Blut und Verfall, war in dieser Nähe sehr stark. Er setzte seinen Weg fort und stieß einen lauten Seufzer aus, sobald er die nächste Fliese betreten hatte.

Froh darum, dem toten Mann entronnen zu sein, ging er die nächsten Reihen schneller. Keiner der anderen beiden sagte ein Wort, während sie ihm folgten. Weiter hinten hörte er Ralph und Norman, die nervös vor sich hin murmelten, konnte ihre Worte aber nicht verstehen.

Schließlich erreichte Sam die vier Goldfliesen, die das Piktogramm des *janan pacha* darstellten. Erleichtert beugte er sich vor, stützte die Hände auf den Knien ab, schloss die Augen und dankte dem Himmel für den sicheren Übergang.

Maggie und Denal traten zu ihm.

»Ihr beiden seid in Ordnung?«, fragte er und richtete sich auf.

Maggie konnte bloß nicken. Auf ihrem Gesicht glänzte ein Schweißfilm. Denals Zigarette zitterte zwischen seinen Lippen, aber er nickte ebenfalls.

Sam betrachtete die Wand. Sie standen jetzt an der linken oberen Ecke des Piktogramms. Die letzte Fliesenreihe bestand komplett aus Silber. Lediglich die Statue in der Mitte der Wand befand sich auf einer Goldfliese. Sie war umgeben von einem Haufen aus goldenen und silbernen Bechern und Opfergaben. »Was jetzt? Wie erreichen wir von hier aus die Statue?«

Maggie drehte sich langsam im Kreis. »Hört mal!«

Sam runzelte die Stirn. »Was ...?« Dann ging ihm auf, was sie meinte.

Denal ebenfalls. »Es haben aufgehört.«

Sam legte den Kopf zur Seite. Das Ticken der Maschinerie, die die Falle in Gang gesetzt hatte, war verstummt.

»Es hat aufgehört, nachdem wir hier eingetroffen sind«, meinte Maggie.

Sam nickte. »Dass wir dem Muster richtig gefolgt sind, muss sie abgeschaltet haben.«

»Also können wir problemlos über die Silberfliesen zur Statue gelangen?«, fragte Maggie und warf Denal einen Blick zu.

Der Quecha-Junge zuckte mit den Schultern. »Ich nicht wissen.«

Sam wappnete sich, holte tief Luft und trat von den Goldfliesen auf die silberne Reihe. Einen Herzschlag lang krümmte er sich zusammen, aber nichts geschah. Er sah zu Maggie hinüber.

»Das Getriebe schweigt noch immer«, sagte sie und erwiderte seinen Blick. »Also ist es wohl okay.«

Fliese um Fliese ging Sam zu der goldenen Statue weiter. Die anderen folgten. Bald standen sie vor dem Inkakrieger. Unter seinem Kopfschmuck schien er grimmig auf sie herabzublicken. Die drei musterten ihr Gegenüber.

Die Statue war fast volle zwei Meter größer als die meisten Männer. Den Rücken hatte sie einem schmalen silbernen Bogengang zugekehrt. Sie hielt in einer Hand einen Stab und in der anderen eine typische Inka-Bola, drei Steine auf einer Lamasehne.

»Seht euch seine *Llautu*-Krone an«, meinte Sam und zeigte auf den geflochtenen Kopfschmuck. Drei Papageienfedern und ein Saum mit Troddeln krönten das Ganze. »Also ist das hier ganz bestimmt der Sapa Inka. Einer ihrer Könige.«

»Ja, aber dass die Gesichtszüge so detailliert ausgearbeitet und die Muskulatur so wirklichkeitsgetreu abgebildet sind, steht in völligem Widerspruch zur üblichen stilisierten

Abbildungsweise der Inka«, flüsterte Maggie. »Er ist ebenso perfekt wie Michelangelos *David.*«

Sam beugte sich näher heran, um das Gesicht des uralten Königs zu mustern. »Seltsam. Der Sapa Inka, der hier dargestellt wird, ist verehrt worden wie kein anderer.«

Denal, der einen Schritt entfernt stand, räusperte sich. »Diese Wand ... das sein nicht Stein.«

Sam wandte sich von der Statue ab. Der Junge hatte den Blick nicht auf das goldene Idol, sondern auf die schwarze Mauer dahinter gerichtet. Überall nackter Granit. »Was willst du damit sagen?«

Maggie keuchte. »Denal meint, dass das hier nicht aus Stein besteht. Sieh mal, da sind keinerlei Fugen. Das sind keine zusammengefügten Steinblöcke wie beim Tempel.«

Sam ging zu dem Felsen hinüber und ließ eine Hand darüber laufen. »Das ist eine Wand aus festem Granit.«

Von hinten rief eine Stimme herüber: »Habt ihr schon was gefunden?« Es war Norman.

Sam drehte den Kopf und schrie zurück: »Wir haben den Berg gefunden!« Er legte den Kopf in den Nacken und musterte die Wand. »Die Pyramide muss an der Basis dieser Felswand errichtet worden sein.«

»Aber warum?«, fragte Maggie.

Sam dachte laut nach. »Die Inka haben Berge verehrt. Aber weshalb einen *huaca,* einen heiligen Ort, hier errichten? Was war an dieser Felswand so besonders?«

Nach einem Augenblick gab Maggie Antwort. »W... was, wenn es eine Höhle wäre?«

Sam schlug mit der Hand gegen die Granitmauer. »Natürlich! Höhlen wurden als *pacariscas* angesehen, mystische Orte, die die drei Welten ihrer Religion vereinigten. Sie wurden oft als rituelle Stätten benutzt. Das ergibt Sinn!«

»Aber wo ist der Eingang?«, fragte Maggie.

»Ich weiß es nicht, aber die Statue muss ein Schlüssel

sein. Ist dir der silberne Bogengang dahinter aufgefallen? Sie ist groß genug, um eine schmale Öffnung zu verbergen.«

Maggie und Sam kehrten zur Statue zurück. Sam stemmte die Schulter dagegen und versuchte, das Idol beiseite zu schieben.

»Sei vorsichtig!«, warnte Maggie.

Denal stand nur da und hatte eine Faust an die Kehle gelegt.

Nichts geschah. Die Statue ließ sich nicht verschieben. »Verdammt!«, fluchte Sam, nahm seinen Stetson ab und strich sich die feuchten Haare zurück. »Dieses Ding muss fast eine Tonne wiegen.«

Maggie sah ihn stirnrunzelnd an. »Brutale Gewalt ist nicht die Antwort. Hier unten ist alles so kompliziert angelegt, dass es einen Mechanismus geben muss, um den Durchgang freizubekommen.« Sie stieß Sam mit dem Ellbogen beiseite, trat zu der Statue, stellte sich auf die Zehenspitzen und untersuchte sie aus der Nähe, die Nase nur Zentimeter von der goldenen Oberfläche entfernt. Langsam arbeitete sie sich die ganze Statue hinab.

Sam wurde ungeduldig, vor allem, als der Boden erneut zu beben begann. »Das hier hält nicht mehr lange durch«, murmelte er.

»Aha!«, rief Maggie aus und wandte sich an Sam. Ihr Gesicht war auf Höhe der Taille des Inkakönigs. »Hier liegt die Antwort.« Sie zeigte auf den Bauchnabel der Statue.

»Wovon redest du?«

Maggie schob einen Finger in das Loch. Er verschwand völlig darin. »Die Inka betrachteten den Nabel als Sitz der Macht und die Nabelschnur hielten sie für die ehemalige Verbindung zwischen dem physischen Körper des Menschen und den Göttern der Schöpfung.«

Sam und Denal hockten sich ebenfalls hin. »Eine weitere Verschmelzung von Welten.«

Maggie zog den Finger heraus. »Ein Schlüsselloch. Jetzt müssen wir bloß noch den Schlüssel dazu finden.«

Sam richtete sich auf und dachte laut nach. »Der Nabel verbindet die Götter des *janan pacha* mit der Menschheit in der physischen Welt ... mit der *cay pacha*. Wenn diese Kammer ein Punkt ist, an dem sich alle *drei* Welten vereinigen ... dann muss der Schlüssel etwas aus der unteren Welt sein, der *uca pacha*.«

Maggie umklammerte seinen Ellbogen. Sie hatte verstanden. »Indem man den Schlüssel in das Nabelschloss steckt, vereinigt man alle drei Welten.«

»Ja, aber wo finden wir einen solchen Schlüssel?«

Denal stieß Sam in die Seite und zeigte auf die Füße der Statue. Dort lag ein kleiner Haufen an Opfergaben aus Gold und Silber. »*Uca pacha* liegen zu Füßen.«

»Huch! Wir sind wirklich verdammt dämlich gewesen.« Maggie fiel auf die Knie und durchsuchte die Gegenstände. »Die untere Welt! Manchmal versteckt man etwas am besten, indem man es offen auslegt.«

Sam tat es ihr nach. Er arbeitete sich durch den Haufen, hielt die goldene Figurine eines Panthers mit Rubinaugen hoch und warf sie dann beiseite. »Hier liegen genügend Schätze, um damit eine kleine Nation zu finanzieren.«

»Und sie nutzen uns nicht das Geringste, wenn wir nicht überleben.«

Als wollte er sie nochmals daran erinnern, begann der Tempel erneut zu rumoren. Ein weiterer Abschnitt hatte nachgegeben. Die Fliesen an der Decke klirrten und klapperten. Eine der Fallen sprang auf; das Beben der Decke hatte sie ausgelöst: ein riesiger Granitblock mit dem eingeschnittenen Gesicht eines Dämons krachte zu Boden und grub sich in die Silberfliese darunter.

Maggie und Sam wechselten einen grimmigen Blick.

Leicht hustend rief Ralph von hinten: »Das war's! Wir

sind eingeschlossen, Leute! Wenn es einen weiteren Ausgang gibt, dann finden wir den besser ganz schnell!«

»Fußboden und Falle reißen auseinander«, flüsterte Maggie. »Wenn Norman und Ralph zu uns stoßen sollen ...«

»Du hast Recht. Such weiter!« Sam stand auf. »Ralph! Norman! Kommt rüber! Sofort!« Die beiden anderen Studenten waren hinter einer Wolke Granitstaub verborgen. Aber Ralph winkte zum Zeichen, dass er verstanden hatte, mit seiner Taschenlampe und kam auf sie zu.

Sam kehrte zu Maggie zurück. »Sie kommen. Glück gehabt?«

Sie schüttelte den Kopf; mit zitternder Hand durchwühlte sie weiter die Gegenstände. »Ich kann nicht klar denken. Was ist, wenn ich einen Schlüssel übersehe? Wir werden keine zweite Chance bekommen.« Ein kleines Schluchzen stieg ihr die Kehle hoch.

Sam kniete sich neben sie. »Wir kommen schon raus hier.« Er legte ihr einen Arm um die Schulter und hielt sie fest.

Sie lehnte sich an ihn und schwieg mehrere Herzschläge lang. Ein letztes Schaudern durchlief sie und dann entspannte sie sich wieder. Sie löste sich aus seiner Umarmung und wandte ihm das Gesicht zu, das von Tränenspuren gefurcht war. Sie wischte sich die Wangen und murmelte: »Danke, Sam.«

Worte waren unnötig. Er nickte und widmete sich wieder seiner Suche. Sie arbeiteten sich gemeinsam durch den Haufen an Gegenständen. Sam hätte ihre Rettung um ein Haar beiseite geworfen, doch Maggie hinderte ihn daran, indem sie ihn am Handgelenk packte.

Sam hielt einen dreißig Zentimeter langen Dolch mit Silbergriff fest. »Was ist?«

»Sieh dir die Einkerbung am Griff an!«

Er hob ihn in den Strahl der Taschenlampe, die Denal in der Hand hielt. Es zeigte sich die Gestalt eines Mannes mit hervorstehenden Eckzähnen. Sam erkannte sie von uralter Keramik wieder. »Es ist Aiapec, der Gott mit den Fängen.«

Maggie nickte. »Ein Gott der Moche.«

Sam fiel die Bemerkung seines Onkels über diese vergrabene Pyramide ein. Sie stammte eindeutig von den Moche. Hier war ein weiterer Beweis dafür. »Das wird Onkel Hank glücklich machen ... soll heißen, wenn wir hier rauskommen und es ihm zeigen können.« Er wollte den Dolch weglegen.

Erneut hinderte ihn Maggie daran. »Warte, Sam. Einige Wissenschaftler sagen, dass die Inka den Moche-Gott Aiapec in ihr eigenes Pantheon der Götter übernommen haben. Aber sie haben ihm einen neuen Namen gegeben – Huamancantac!«

»Der Gott des Guano ... Fledermausdung?« Sam starrte sie an, als wäre sie verrückt. Worauf wollte sie hinaus? Dann dämmerte ihm die Erkenntnis. »Der Gott der Fledermäuse ... und *Höhlen!* Ein Geist der unteren Welt, *uca pacha!*«

Sam sprang auf, den Dolch in der Hand.

»Es muss der Schlüssel sein!«, rief Maggie aus.

In diesem Augenblick traten Ralph und Norman zu den dreien an der Statue. »Ich weiß nicht, worüber ihr so aus dem Häuschen seid, aber ich schlage vor, dass wir von hier verschwinden.« Er zeigte nach hinten, zum rückwärtigen Teil der Kammer.

Sam drehte sich um. Es *gab* keinen rückwärtigen Teil mehr. Nachdem sich der Staub im Anschluss an die letzten größeren Erschütterungen gelegt hatte, bestand der rückwärtige Teil des Raums nur noch aus übereinander gestürzten Felsbrocken. »Mein Gott!« Ein Viertel der schweren Decke hing schräg und schief herab. Und über ihnen ächzten fortwährend Tonnen von Granit.

Mit piepsiger Stimme sagte Norman: »Wir können nirgendwo mehr hinlaufen.«

»Vielleicht doch«, meinte Sam. Er drehte sich um und stach der Statue den Dolch in den Bauchnabel. Er drang bis zum Griff ein.

Nichts.

Norman trat von einem Fuß auf den anderen und starrte die aufgepfählte Waffe an. »Na gut, Brutus, du hast Cäsar erdolcht. Was nun?«

Sam versuchte, den Dolch wie einen Schlüssel zu drehen, aber er wollte sich nicht bewegen lassen. Er zog ihn wieder heraus und sah Maggie an. »Ich war mir so sicher, dass du Recht hattest.« Er hielt ihr den Dolch hin. »D... das muss der Schlüssel sein!«, sagte er zwischen zusammengepressten Zähnen. Enttäuschung schwang in seiner zitternden Stimme mit. *»Er muss es sein!«*

Während er das letzte Wort sprach, änderte der Dolch in seinen Händen die Gestalt. Die goldene Klinge verformte sich zu einem gezackten Blitzstrahl, der hell im Strahl der Taschenlampe leuchtete. Sam ließ die Waffe beinahe fallen, stabilisierte dann jedoch die rechte Hand mit der linken, sodass jetzt beide Hände den Griff umklammerten. »Hat das noch wer gesehen? Oder bin ich gerade übergeschnappt?« Er fuhr mit einem Finger über den Dolch und suchte nach dem Auslöser für die Veränderung, fand aber nichts.

Hinter ihnen stürzte eine weitere Felslawine herab. Die Decke kam herunter und mit ihr die Hälfte der Deckenfliesen. Fels und Metall krachten und klirrten, ein Geräusch, das schneidend durch den Raum schallte. Der Tod wälzte sich in Gestalt knirschender Felsbrocken auf sie zu, doch keiner von ihnen rührte sich.

Stattdessen streckte Maggie die Hände dem Dolch entgegen, senkte sie dann jedoch wieder. Offenbar hatte sie

Angst, das Wunder zu behindern. »Jetzt ist es das Symbol für Pachacamac, den Inkagott der Schöpfung.« Sie erwiderte Sams Blick aus großen Augen. »Versuch's damit!«

Sam nickte und wandte sich erneut der Statue zu. Als er die Klinge in den Bauch des Inkakönigs schob, zitterte die Spitze des Dolchs. Es dauerte einige Zeit, bis die gezackte Klinge schließlich nach einigem Hin und Her feststeckte.

Ein gewaltiges Krachen und Knirschen ertönte, das noch um einiges lauter war als das Donnern der Felsen hinter ihnen.

Während Sam den Griff des Dolchs fest in Händen hielt, spaltete sich die Inkastatue von der Krone bis zu den Füßen in zwei Hälften und wie aus dem Nirgendwo tauchte ein Riss auf. Die beiden Hälften wichen zusammen mit dem silbernen Bogen dahinter vor dem Dolchgriff zurück und legten eine natürliche Öffnung im Felsen frei.

Wie erstarrt stand Sam vor der gespaltenen Statue, den Dolch nach wie vor in der Hand, dessen Spitze jetzt auf den Eingang zur Höhle zeigte. »Heilige Scheiße!«

Verblüfft hob Sam die Waffe hoch. Nun hatte er wieder die ursprüngliche, gerade Klinge vor sich. Er ließ den Arm sinken und wandte sich den anderen zu. Ein Blitz von Normans Kamera traf ihn völlig unvorbereitet. Er rieb sich mit dem Handrücken die Augen. »Das nächste Mal warnst du bitte vor«, beklagte er sich.

»Und ruiniere den natürlichen Ausdruck des Erstaunens«, erwiderte Norman. »Das wüsste ich aber.«

Die anderen redeten alle zugleich – in ihren Worten mischte sich Erstaunen mit Erleichterung. Ralph leuchtete mit seiner Taschenlampe in den Spalt hinein, der tief in den Felsen führte, weiter, als der Schein reichte. »Ich höre so etwas wie fließendes Wasser«, sagte er. »Die Höhle muss ganz schön tief sein.«

»Gut«, meinte Sam und hielt schließlich den Dolch hoch,

womit er die Aufmerksamkeit aller auf sich lenkte. »Ich habe keine Ahnung, was gerade hier geschehen ist, aber wir sollten aus dem Tempel verschwinden, ehe er uns zu Pfannkuchen zerquetscht.«

Da hinter ihnen weitere Teile der Decke herabfielen, hatte niemand etwas einzuwenden. Rasch folgten sie Sam im Gänsemarsch in die Kühle der natürlichen Höhle.

Ralph schob sich neben Sam und gab ihm die Winchester zurück. »Ich habe jetzt mein eigenes Gewehr«, sagte der große Mann und hob ein Repetiergewehr.

Es war Gils Waffe, wie Sam bemerkte. »Woher?«

Ralph wies mit dem Daumen auf das Fliesenmuster. »Ich habe sie unterwegs aufgehoben. Gil muss es sehr eilig gehabt und sie zurückgelassen haben.« Er legte sich einen Munitionsgurt um die Schulter. »Sein Verlust ... unser Gewinn.«

»Hoffentlich brauchen wir beide nicht«, meinte Sam.

Schulterzuckend ging Ralph weiter den Tunnel entlang.

»Versuch lieber mal, Philip ein letztes Mal zu erreichen«, sagte Maggie nach einem Blick zurück auf den eingestürzten Raum. »Er soll wissen, dass wir in Sicherheit sind und dass er uns nicht abschreiben muss. Wenn wir Wasser und eine geschützte Stelle finden, sollten wir bis zum Eintreffen einer Rettungsmannschaft überleben können.«

»Du hast Recht. In den Höhlen erreiche ich ihn vielleicht nicht mehr.« Sam hatte Philip Sykes völlig vergessen. Er zog das Funkgerät heraus, trat von der Schwelle und schaltete es an. Als er den Sendeknopf betätigte, ertönte sogleich ein Knacken und Knistern. »Sykes, hörst du uns? Over.«

Prompt kam eine Antwort, die aus Wortfetzen bestand: »... ihr lebt? Gott sei Dank ... ganzer Hügel ist verschwunden ... Wir ... so rasch wir können! Over.«

Sam lächelte. So knapp wie möglich erzählte er von ihrer Entdeckung und dem Dolch-Wunder. »Also verkriechen wir uns hier unten in den Höhlen, bis ihr uns befreien könnt. Alles verstanden? Over.«

Die Antwort erfolgte noch kratziger, da die Batterie des Funkgeräts immer schwächer wurde. »... Höhlen? Geht nicht zu weit. Ich versuche ...« Der Rest wurde von statischem Rauschen übertönt.

Sam drehte sich um und starrte in die bleichen Gesichter seiner Freunde. »Setz gefälligst deinen Arsch in Bewegung, Philip!«, schrie er in das Funkgerät. »Und gib Onkel Hank so schnell wie möglich Bescheid!«

Die einzige Erwiderung war Rauschen. Die Batterie hatte nicht mehr genug Kraft, um ein Signal durch das Gewirr aus Fels und Erde über ihnen zu schicken. Sam fluchte unterdrückt und schaltete das Gerät ab, um das bisschen Saft zu bewahren, das noch übrig war. Er betete, dass Philip alles verstanden hatte.

Er biss sich auf die Unterlippe und trat zu den anderen. Vor ihnen lag ein Schacht der Finsternis. Obgleich Sam erleichtert war, die Flucht aus der einstürzenden Pyramide geschafft zu haben, konnte er Bruder de Almagros Warnung nicht vergessen: *Die Schlange von Eden ... möge sie nie gestört werden.*

Sam deutete in Richtung der schwarzen Höhlen. »Also los!«

Der Weg durch den Fels so war eng, dass sie ihn im Gänsemarsch passieren mussten. Ralph übernahm die Führung, Sam bildete die Nachhut. Die Enge gab ihm das Gefühl, vom Stein zerdrückt zu werden. An einer Stelle mussten sie sich seitlich durchquetschen, eingezwängt zwischen zwei Granitwänden. Gleich darauf hörten sie das lauter werdende Geräusch fließenden Wassers und augenblicklich wurde Sams Durst noch größer. Seine Zunge war wie ausgetrocknet.

Vorne rief Ralph: »Ich glaube, er öffnet sich gleich. Kommt!«

Sam eilte weiter und wäre Maggie fast in die Hacken getreten. Sie hatten sich jetzt fast eine Stunde durch den engen Gang gewunden. Schließlich spürte er einen leisen Lufthauch. An dessen Ende lag ein großer, offener Raum, der sie dazu verlockte, ihren Schritt zu beschleunigen.

Endlich wurde der Durchgang breiter. Sie konnten jetzt nebeneinander gehen. Ralph, den anderen stets einen Schritt voraus, hielt eine der Taschenlampen in Händen. »Da vorn ist was«, murmelte er.

Sie wurden langsamer, als sie sich dem Ende des Durchgangs näherten. Ralph hob seine Lampe. »Das ist unglaublich!«, keuchte er.

Sam pflichtete ihm bei. Die anderen standen schweigend neben ihm. Vor ihnen lag eine offene Kammer, eine Höhle, in deren Boden sich ein Fluss eingeschnitten hatte. Doch nicht das löste die verblüfften Reaktionen aus. Säulen verbanden den Boden mit der Decke, die über die ganze Länge hinweg mit aufwändigen Bildern und seltsamen Kreaturen bedeckt waren. In den Stein eingebettetes Silber reflektierte das Licht der Taschenlampen – Augen tausender eingeschnitzter Gestalten, Wächter aus einer uralten Welt.

Ralph senkte die Lampe. »Seht mal!« Über den Boden der dunklen Höhle wand sich ein Pfad aus gediegenem Gold von der Mündung des Durchgangs zu dem schäumenden Fluss hinüber und folgte dessen Lauf tiefer in das Labyrinth der Höhlen hinein.

»Unfassbar«, meinte Sam.

Ralph neben ihm sagte: »Die andere Kammer muss eine Scheinanlage gewesen sein, eine Falle, die das schützen sollte, was vor uns liegt.«

Zögernd setzte Sam einen Stiefel auf den goldenen Pfad. »Aber was haben wir entdeckt?«

Maggie trat neben ihn und Norman schoss einige Fotos.

»Wir haben einen Rastplatz gefunden. Und das reicht jetzt erst mal.«

Die anderen murmelten ihre Zustimmung. Durst und Erschöpfung waren allmählich überwältigender als Wunder und Geheimnisse.

Sogar Sam war einverstanden. Die Geheimnisse konnten bis morgen warten. Dennoch – während die anderen den gewundenen goldenen Pfad zum Fluss hinabgingen, sprang Sam förmlich ins Auge, wie sehr der leuchtende Weg einer sich windenden Schlange ähnelte.

Einer goldenen Schlange.

Henry saß an seinem Laptop und sah auf dem Bildschirm, wie sich die Internet-Verbindung von Knotenpunkt zu Knotenpunkt aufbaute, wobei das Modem im Takt summte und klingelte. »Komm schon, Sam, nimm das verdammte Telefon ab!«, brummte er in sich hinein. Mindestens zum zehnten Mal versuchte er, das Lager in Peru zu erreichen.

Verschiedene Szenarien spulten sich in seinem Kopf ab – von der stinknormalen einer Unterbrechung in der Stromversorgung der Satellitenschüssel bis hin zu der erschreckenderen eines bewaffneten Plündererüberfalls auf das Lager. »Ich hätte den Tempel nicht verlassen sollen.«

Henry warf einen Blick auf die Uhr in der rechten oberen Ecke des Bildschirms. Es war nach elf. Er atmete tief ein, um seine überreizten Nerven zu beruhigen. Es mochte sogar einen noch einfacheren Grund für die ausbleibende Antwort geben. Der Diebstahl sowie der anschließende Papierkram bei der Hotelwache hatte Henry einiges an Zeit gekostet, sodass er erst mit über zwanzig Minuten Verspätung hatte anrufen können. Vielleicht hatten ihn die Studenten für heute abgeschrieben und lagen bereits tief und fest schlafend auf ihren Feldbetten.

Dennoch wartete Henry ein letztes Mal ab, dass sich die

Verbindung nach Peru aufbaute. Das Symbol dafür, dass er den Satelliten erreicht hatte, tauchte auf dem Bildschirm auf. Also sprang das Signal zu der metallenen Schüssel in den Anden hinüber. Henry hielt den Atem an. Aber wieder nichts. Wieder keine Verbindung.

»Verdammt!« Henry schlug mit der Faust auf den Schreibtisch, als sich das Modem abschaltete. Obwohl es tausende anderer Entschuldigungen dafür geben konnte, dass keine Verbindung zustande kam, wusste Henry tief im Innern, dass etwas nicht stimmte. Er spürte etwas Bedrohliches auf sie zukommen. Ein ähnliches Gefühl der Furcht hatte er schon einmal gehabt, und zwar an dem Tag, als sein Bruder Frank – Sams Vater – bei dem Verkehrsunfall ums Leben gekommen war. Er erinnerte sich an besagten Telefonanruf um vier Uhr morgens, an das kalte Gefühl des Entsetzens, als er nach dem Hörer gegriffen hatte. Jetzt spürte er etwas Ähnliches.

Da unten in Peru war etwas geschehen. Er wusste es einfach.

Erneut griff Henry nach dem Laptop, aber ehe er eine Taste berührt hatte, schrillte laut das Telefon und ließ ihn hochschrecken. Das Herz schlug ihm im Halse, während er den Hörer anstarrte und erneut die Erinnerung an jenen entsetzlichen Morgen vor Jahren in ihm aufblitzte. Er ballte die Hand zur Faust. »Reiß dich zusammen, Henry«, sagte er und zwang seine Finger, sich zu entspannen. Er schloss die Augen, wappnete sich innerlich, hob den Hörer hoch und hielt ihn ans Ohr. »Hallo?«

Es antwortete die Stimme einer Frau. »Henry? Ich bin's, Joan.«

Trotz der Erleichterung darüber, dass es bloß seine Kollegin war, hörte Henry die Anspannung aus ihrer Stimme heraus. Das war kein Höflichkeitsanruf. »Joan, was ist? Stimmt was nicht?«

Seine plötzliche Sorge musste sie unvorbereitet getroffen haben. Einen Moment lang geriet sie ins Stottern, dann sagte sie: »Ich ... ich habe nur gedacht, dass du es wissen solltest. Ich habe nach unserem Treffen ... äh, nach unserem gemeinsamen Abend ... bei mir im Büro vorbeigeschaut und erfahren, dass jemand versucht hat, ins Leichenschauhaus einzubrechen, wo die Überreste der Mumie aufbewahrt werden. Der Wachmann hat sie überrascht, konnte sie jedoch nicht fassen.«

»Was ist mit der Mumie?«

»Alles in Ordnung. Die Diebe haben nicht mal die Tür erreicht.«

»Anscheinend hat dieser Bericht im *Herald* mehr Fliegen angezogen, als wir erwartet haben.«

»Vielleicht auch dieselben«, fügte Joan hinzu. »Vielleicht sind sie, nachdem sie in deinem Hotelzimmer nichts gefunden haben, als Nächstes hierher gekommen. Was hat die Polizei gesagt?«

»Nicht viel. Da nichts gestohlen worden ist, schienen sie nicht sonderlich interessiert.«

»Haben sie Fingerabdrücke oder so genommen?«

Henry lachte. »Du hast zu viele Krimiserien gesehen. Nein, sie haben nur die Videos in den Überwachungskameras im Flur überprüft.«

»Und?«

»Nichts. Die Kameraobjektive sind mit Farbe übersprüht worden.«

Mehrere Atemzüge lang schwieg Joan.

»Joan?«

»Genau das haben sie hier auch getan. Deswegen ist der Wächter aufmerksam geworden. Er hat den geschwärzten Monitor bemerkt.«

»Also meinst du, dass es dieselben Diebe waren?«

»Ich weiß nicht.«

»Na ja, bestimmt hält es sie davon ab, weiterzumachen, dass sie dem Wachmann nur so knapp entkommen sind.« Aber Henry glaubte selbst nicht daran.

Joan seufzte laut. »Ich hoffe, du hast Recht. Tut mir Leid, dich damit belästigt zu haben.«

»Du hast mich nicht belästigt. Ich bin wach gewesen.« Henry erzählte ihr nichts davon, dass er Sam nicht erreichen konnte. Obwohl das überhaupt keinen Sinn ergab, hatte er das Gefühl, dass die Ereignisse dieses Abends etwas miteinander zu tun hatten: der Diebstahl im Hotel, der Einbruchsversuch im Leichenschauhaus, seine Schwierigkeiten, Sam zu erreichen. Natürlich war das Unsinn, aber die kleinen Härchen in seinem Nacken hatten sich aufgestellt.

»Ich sollte auflegen«, meinte Joan. »Dann also bis morgen.«

Verwirrt runzelte Henry die Stirn, dann fiel ihm das geplante Treffen im Labor wieder ein. Nach dem nächtlichen Tohuwabohu und seiner nagenden Sorge um seinen Neffen war ihm das geplante Rendezvous mit Joan entfallen. »Ja, natürlich. Bis dann. Gute Nacht.« Kurz bevor er auflegte, fügte er noch rasch hinzu: »Und vielen Dank für deinen Anruf.« Aber die Leitung war bereits tot.

Zögernd legte er auf.

Er starrte seinen Laptop an und schaltete ihn dann ab. Es gab keinen Grund mehr für einen weiteren Versuch, das Lager zu erreichen. Er wusste, dass es nicht funktionieren würde. Während er den Laptop zuklappte, gab er sich flüsternd ein Versprechen: »Wenn ich das Lager bis morgen Abend nicht erreiche, bin ich mit dem ersten Flieger von hier weg.« Aber selbst dieser Entschluss konnte seine bis zum Zerreißen angespannten Nerven nicht beruhigen.

Dritter Tag

Substanz Z

Mittwoch, 22. August, 6.03 Uhr
In den Höhlen
Anden, Peru

Im schwachen Schein der einzigen Taschenlampe musterte Sam die Goldklinge des Dolchs. Er hatte die letzte Nachtwache. Die anderen hatten sich hinter ihm auf dem flachen Steinboden der Höhle zusammengerollt und benutzten Hemden und Rucksäcke als Kopfkissen. Ralph schnarchte leise, aber er schlief wenigstens. Sam hatte zuvor nicht einschlafen können, abgesehen von einem kurzen Nickerchen, während dem er Bilder von herabstürzenden Felsbrocken und geisterhaften Ungeheuern vor sich gesehen hatte. Er war erleichtert gewesen, als ihn Norman angestoßen hatte, er solle seine Wache antreten.

Sam hob den Blick vom Dolch und schaute sich in der Höhle um. Dutzende von Säulen standen ringsumher und aus silbernen Augen musterten ihn Kreaturen, die halb menschlich und halb tierisch waren. Inkagötter und -geister. Der goldene Pfad in der Nähe reflektierte das schwache Licht, eine leuchtende Ader im dunklen Fels. Sam stellte sich die Generationen von Inka-Indianern vor, die über diesen Weg gewandert sein mussten. Der Pfad führte am Ufer des Flusses entlang und ging dann tiefer in die Höhlen hinein. Sam wollte ihm unbedingt weiter folgen. Aber die Gruppe war übereingekommen, hier, in der Nähe einer Wasserquelle und der Felsöffnung, das Lager aufzuschlagen und auf Rettung zu warten. Die Höhlen könnten sie später immer noch erforschen.

Nach einem Blick auf seine Uhr nahm Sam an, dass die

Sonne gerade über die Berge der Anden stieg. Hier unten jedoch schien die Schwärze tiefer und endloser zu werden. Die Zeit verlor jegliche Bedeutung; sie erstreckte sich bis in die Ewigkeit.

Obwohl Sam alles tat, sein Hungergefühl zu ignorieren, knurrte ihm laut der Magen. Wann hatte einer von ihnen zuletzt etwas zu essen bekommen? Aber er sollte sich nicht beklagen. Dank des Flusses hatten sie wenigstens Wasser.

Er musste sich halt nur weiter ablenken.

Sam befingerte die Klinge des Dolchs und grübelte über die Geheimnisse seines Mechanismus nach. Wie war die Umwandlung gestern vonstatten gegangen? Er fand einfach keine Erklärung, wie aus dem Dolch ein gezackter Blitz hatte werden können. Der Übergang, dieses scheinbare Umschmelzen in die neue Form, war so glatt und ohne jegliche mechanische Reibung erfolgt. Der Trick war verdammt noch mal zu überzeugend. Was für eine komplizierte Technologie war hier entwickelt worden? Bruder de Almagros Warnung vor der Schlange von Eden deutete auf eine Quelle verbotener Kenntnisse hin, einen Born des Wissens, das die Menschheit verderben konnte. War das Ding hier ein Beispiel dafür?

Ein Husten erregte seine Aufmerksamkeit. Maggie kam barfuß auf ihn zu. Sogar zerzaust war sie atemberaubend. Ihre Brüste, die lediglich von einer dünnen, locker geknöpften Bluse bedeckt waren, wippten unter dem Stoff und Sam bekam einen trockenen Mund. Er senkte den Blick, um nicht in Verlegenheit zu geraten, doch der blieb doch nur wieder an den sanften Rundungen von Taille und Beinen hängen.

»Du musst aufhören, mit dem Ding da herumzufummeln, Sam«, sagte sie leise. »Die Leute fangen schon an zu tuscheln.«

»Was?«, fragte Sam schockiert und sah zu ihr auf.

Maggie lächelte ihn müde an und nickte zu dem Dolch hin.

»Oh ...« Er steckte ihn weg. »Also ... also hast du auch nicht schlafen können?«

Schulterzuckend ließ sie sich neben ihm nieder. »Stein gibt keine besonders tolle Matratze ab.«

Sam nickte. Er ließ ihr diese kleine Schwindelei durchgehen, obwohl er den Verdacht hatte, dass ihre Ruhelosigkeit dieselbe Ursache hatte wie bei ihm: abgrundtiefe Sorge und der allgegenwärtige Druck der Finsternis ringsumher. »Wir werden hier rauskommen«, sagte er schlicht.

»Indem wir auf den guten alten Philip Sykes vertrauen?«, fragte sie und verdrehte die Augen.

»Er ist ein Armleuchter, aber er wird uns hier rausholen.«

Schweigend starrte sie eine Säule in der Nähe an. Nach einiger Zeit meinte sie: »Sam, ich möchte dir noch mal dafür danken, dass du auf die Fliesen rausgegangen bist, als ich diesen letzten ... diesen letzten Anfall hatte.«

Er wollte abwinken, aber sie hinderte ihn daran, indem sie ihn an der Hand berührte. »Aber du musst etwas wissen ... das bin ich dir wohl schuldig.«

Er drehte sich leicht, um ihr Gesicht ganz vor sich zu haben. »Was?«

»Ich bin keine echte Epileptikerin«, erwiderte sie leise.

Sam legte das Gesicht in Falten. »Was soll das heißen?«

»Die Psychologen haben ein post-traumatisches Stress-Syndrom diagnostiziert, eine ernste Form von Panikattacken. Wenn die Anspannung einen gewissen Grad erreicht ...« Maggie wedelte mit der Hand. »... rebelliert mein Körper. Er schickt mein Bewusstsein in weite Ferne.«

»Wie das? Ich dachte, das wäre so was wie ein Kriegstrauma?«

»Nicht immer ... abgesehen davon gibt es viele Arten von Kriegen.«

Sam wollte sie eigentlich nicht weiter bedrängen, aber sein Herz wollte ihn auch nicht schweigen lassen. »Was ist passiert?«

Einen langen Atemzug musterte sie ihn abschätzend und wägte ab, wie ernst er es meinte. Schließlich sah sie beiseite und sagte tonlos: »Mit zwölf Jahren habe ich gesehen, wie ein Schulfreund, Patrick Dugan, von einem Querschläger getötet worden ist. Abgefeuert von einem Heckenschützen der IRA. Er ist in meinen Armen zusammengebrochen, als ich mich in einem Straßengraben versteckt hatte.«

»Mein Gott, wie furchtbar ...«

»Es flogen noch mehr Kugeln. Männer und Frauen kreischten und weinten. Ich hatte keine Ahnung, was ich tun sollte. Also habe ich mich unter Patricks Körper versteckt.« Maggie begann zu zittern, als sie weitererzählte. »Sein ... sein Blut hat mich getränkt. Es war heiß, wie warmer Sirup. Ein Geruch wie im Schlachthaus ...«

Sam rutschte näher zu Maggie und zog sie an sich. »Das musst du nicht tun ...«

Sie wich nicht zurück, reagierte aber auch sonst nicht auf seine Berührung. Ohne zu blinzeln starrte sie in die Dunkelheit, verloren in einem vertrauten Albtraum. »Aber Patrick hat noch gelebt. Als ich mich unter ihm versteckt habe, hat er gestöhnt, allerdings zu leise, als dass ihn die anderen hätten hören können. Er hat mich angefleht, ihm zu helfen. Er hat nach seiner Mama gerufen. Aber ich habe mich einfach da versteckt und seinen Körper als Schild benutzt. Und sein Blut hat meine Kleider getränkt.« Sie sah Sam an und sagte mit erstickter Stimme: »Es war warm und ich fühlte mich geborgen. Nichts hätte mich dazu bringen können, mein Versteck zu verlassen. Gott möge mir vergeben. Ich habe gewaltsam die Ohren vor Patricks Stöhnen und seinen Hilfeschreien verschlossen.« Ein Schluchzen stieg ihr in die Kehle.

»Maggie, du warst noch ein Kind.«

»Ich hätte etwas tun können.«

»Und auch getötet werden können. Was hätte Patrick Dugan davon gehabt?«

»Das werde ich nie erfahren«, erwiderte sie und heiße Tränen der Selbstanklage strömten ihr über die Wangen. Sie wand sich aus seiner Umarmung und blickte ihn aus wütenden, verletzten Augen an. »Oder?«

Sam hatte keine Antwort für sie. »Tut mir Leid«, sagte er schwach.

Sie wischte sich brüsk das Gesicht. »Seit dieser Zeit habe ich immer wieder diese verdammten Anfälle.« Sie schluckte heftig. »Es ist mein Problem. Damit muss ich leben ... allein. Es ist meine Bürde.«

Und deine selbst auferlegte Bestrafung für Patricks Tod, dachte Sam, sagte jedoch nichts. Wer war er, sich darüber ein Urteil zu erlauben? In seinem Kopf wirbelten Bilder umher: die verdrehten Gestalten seiner Eltern, die wie Beefsteak aus dem zerbeulten Wagen gerissen wurden, während er, angeschnallt am Rücksitz, nur dasaß und zuschaute. Die Schuld des Überlebenden. Es war ein Gefühl, das ihm vertraut war. Er erwachte oft davon, dass ihm seine Laken an der feuchten Haut klebten, wenn ihm der kalte Schweiß ausgebrochen war.

Maggies nächste Worte zogen ihn in die schwarze Höhle zurück. »In Zukunft wirst du für mich kein Risiko eingehen, Sam. Ja?«

»D... das kann ich nicht versprechen.«

Sie starrte ihn wütend an und in ihren Augen funkelten die Tränen.

»Maggie ...?«

Ihr Gespräch wurde durch Normans Erscheinen unterbrochen. »Tut mir Leid, Leute, aber ich muss mal gerade für kleine Jungs«, brummte der Fotograf, dem das Haar in alle

Richtungen abstand. Er ging zu dem goldenen Pfad und zu einem Felsen in der Nähe hinüber, anscheinend ohne die Spannung zwischen den beiden überhaupt wahrzunehmen.

Sam wandte sich Maggie zu, doch sie wollte seinen Blick nicht erwidern. Sie stand auf. »Einfach ... einfach nur nicht dein Leben riskieren ...« Als sie davonging, hörte Sam sie etwas anderes murmeln. Die Worte waren wohl nur für sie selbst gedacht, aber die Akustik in der Höhle sorgte dafür, dass er sie verstand: »Ich möchte nicht an einem weiteren Tod schuld sein.«

Er beugte sich vor und wollte ihr schon folgen und sie beruhigen. Doch dann hielt er inne, entspannte sich und sank zurück. Es gab nichts zu sagen. Nach dem Tod seiner Eltern hatte er selbst sämtliche Platitüden zu hören bekommen. *Gib nicht dir die Schuld. Du konntest nichts tun. Unfälle passieren halt.* Auch ihm hatten keine Worte geholfen. Aber er hatte wenigstens seinen Onkel Henry. Da er gerade selbst seine Frau verloren hatte, hatte er offenbar ein Gespür dafür, dass man sich einigen Dingen allein stellen und selbst damit zurandekommen musste und es wenig hilfreich war, wenn von außen gebohrt und gedrängt wurde. Mehr als der Kummer hatte dieses Schweigen den Neffen mit dem Onkel verbunden. Es war wie bei zwei frischen Wunden, die heilten und sich beim Vernarben miteinander verbanden.

Sam sah Maggie mit hängenden Schultern weggehen. Sie hatte Recht. Es war ihre Bürde. Dennoch konnte er den Drang nicht unterdrücken, zu ihr zu eilen, sie in die Arme zu nehmen und sie zu beschützen.

Bevor er jedoch etwas hätte unternehmen können, ließ ihn ein Schrei herumfahren. Er sprang auf und zog den Dolch heraus. Dann ging er zu der Winchester seines Großvaters, die an einem Felsen lehnte.

Norman kam um den Felsbrocken gelaufen. Er zog sich den Reißverschluss zu und schaute sich voller Panik um.

»Was ist?«, fragte Sam, als der Fotograf stolpernd herantrat.

Einen Augenblick lang rang Norman nach Luft. Immer wieder zeigte er keuchend und hustend mit einem Arm zu dem Felsen zurück. »Da ... da hinten ...«

Noch völlig verschlafen kam Ralph herbei. Er rieb sich mit einer Hand die Augen und hielt in der anderen Gils Gewehr. »Gott verdammt, Norman, du kreischst wie ein kleines Mädchen.«

Norman war zu sehr in Panik, um auf Ralphs Frotzelei zu reagieren. »Ich ... ich habe sie für ... für Flechten oder helleres Gestein gehalten. Aber da draußen regt sich was!«

»Wer? Wovon redest du eigentlich?«, fragte Sam.

Norman schauderte, gewann dann aber die Fassung zurück. Er winkte sie alle zu dem Felsbrocken hinüber. Zu diesem Zeitpunkt hielten sich Maggie und Denal einige Schritte entfernt auf. »Weiß ich nicht genau.« Er führte sie dorthin zurück, woher er gekommen war, hielt sich diesmal jedoch vom Felsen und dem, was dahinter lauerte, fern.

Sam blieb neben dem Fotografen. Der dunkle Stein auf der anderen Seite des Felsbrockens lag im Schatten. Streifen aus Quarz oder weißem Gips liefen über die Höhlenwand. »Ich sehe nichts.«

Norman streckte eine Hand aus. »Gebt mir eine der Taschenlampen.«

Denal trat heran und reichte dem Fotografen die zweite Lampe. Norman schaltete sie ein; ein Lichtstrahl stach durch die Tintenschwärze.

Schockiert fuhr Sam zurück. Es waren keine Quarz- oder Gipsadern, die die Wände herabliefen. Diese bleichen Streifen flossen, strömten die Wand herab und sammelten sich unten zu einem Tümpel, von dem gerade kleine Bäche abzweigten, die auf die Gruppe zuliefen. Sam richtete die eigene Lampe darauf. »Spinnen ...« Jede war so bleich wie der

Bauch einer Schnecke und hatte einen Durchmesser von wenigstens einer Handbreite. Es waren Hunderte ... nein, Tausende.

Ralph trat zurück. »Taranteln.«

»Albino-Taranteln«, keuchte Maggie.

Die Spinnenarmee setzte ihren Marsch fort. Späher huschten von beiden Seiten des Felsbrockens heran. Ein paar hielten dort inne, wo der Fels feucht war und leicht dampfte. Dort hatte sich Norman erleichtert. Ganz offenkundig wurden sie von der Wärme angezogen.

»Es ist unsere Körperwärme«, sagte Sam. »Die verdammten Dinger müssen blind sein und auf Lärm und Wärme reagieren.«

Hinter ihm plapperte Denal etwas in seiner Muttersprache. Sam fuhr herum. Der junge Indianer zeigte in die andere Richtung, zum anderen Ende des goldenen Pfads. Norman richtete seine Taschenlampe darauf. Als eine weitere Flanke der Armee auf bleichen, haarigen Beinen die andere Wand herabströmte, hatte Sam plötzlich das schreckliche Gefühl, etwas würde ihm den Rücken hinaufkrabbeln.

Er legte den Kopf in den Nacken und hob seine Lampe.

Auf der Decke über ihnen wimmelte es von einer brodelnden Masse Körper, die umherkrochen, einander begatteten und miteinander kämpften. Tausende Eiersäcke hingen in ihren Seidenkokons wie Pendel an Fäden herab. Die Studenten waren über das Hauptnest der Taranteln gestolpert ... und die Armee von Raubtieren jagte nach Beute. Sie kamen bereits die Säulen herab und es sah so aus, als würden die dort eingravierten Gestalten sie gebären.

Unter dem Schatten dieser Ungeheuerlichkeit spritzte die Gruppe auseinander und suchte Zuflucht in ihrem Lager.

Während des Rückzugs sah sich Sam die riesigen Spinnen genauer an. Wegen der eher mageren Nahrungsquellen in diesen Höhlen hatten die Taranteln eindeutig ein aggressiveres Verhalten entwickelt. Statt darauf zu warten, dass ihr die Opfer ins Netz gingen, jagten diese von Natur aus einzelgängerischen Spinnen gemeinsam. Durch ihr massenhaftes Auftreten konnten sie die Höhlen erfolgreich nach möglichen Quellen für ein blutiges Mahl durchkämmen und größere Opfer durch ihre schiere Anzahl überwältigen – und Sam hatte nicht die Absicht, der nächste Gang in ihrem Menü zu werden.

»Na gut, Leute, ich glaube, wir haben die Gastfreundschaft hier etwas überstrapaziert«, sagte er. »Sammeln wir unsere Siebensachen ein und verschwinden schleunigst.«

»Wohin?«, fragte Maggie.

»Es gibt einen Weg durch diese Höhlen, nicht wahr? Diese Indianer, die ihn erbaut haben, müssen dafür einen Grund gehabt haben. Vielleicht ist es ein Ausgang. Hat jemand was dagegen, dass wir versuchen, es herauszufinden?«

Niemand hatte etwas dagegen. Fünf Augenpaare waren nach wie vor auf die angreifenden Taranteln gerichtet.

Sam ließ den Dolch in seine Weste gleiten und holte das Gewehr seines Großvaters. Er bedeutete den anderen, ihre wenigen Habseligkeiten einzusammeln. »Nur eine Taschenlampe«, sagte er, während er sie den Pfad hinabführte. »Hebt die andere auf. Ich bin nicht scharf darauf, dass mir hier unten die Beleuchtung ausgeht.« Allein bei dem Gedanken daran, blind in der Falle zu sitzen und von einer bleichen Armee giftiger Raubtiere umzingelt zu werden, lief es ihm eiskalt den Rücken herunter. Er packte sein Gewehr fester, wusste jedoch, dass es ihm wenig nutzen würde, sollten die Lichter erlöschen.

Norman folgte ihm mit der Taschenlampe. Er sah sich regelmäßig um.

»Solange wir in Bewegung bleiben, werden dich die Spinnen nicht erwischen, Norman«, sagte Ralph mit finsterem Gesicht.

Der Fotograf hielt den Blick nach wie vor nach hinten gerichtet. »Erinnere mich daran ... keine Abstecher mehr ins Bad. Erst, wenn ich wieder das Tageslicht sehe.«

Sam achtete nicht auf ihr nervöses Geschwätz. Nicht wegen dem, was hinter ihnen lag, waren seine Nerven zum Zerreißen angespannt, sondern wegen dem, was auf dem Pfad vor ihnen liegen mochte. Wohin würde sie dieser Weg letztlich führen, zum Teufel?

Unglücklicherweise gab es nur eine Möglichkeit, das herauszufinden.

Während sie weitergingen, murmelte Norman hinter ihm: »Löwen und Tiger und Bären, o je ...«

Sam runzelte verwirrt die Stirn und sah sich um.

Der Fotograf zeigte hinter sich. »Erinnert mich verdammt an die ›Yellow Brick Road‹ aus dem ›Zauberer von Oz‹.«

»Prächtig«, stöhnte Ralph. »Jetzt hält sich unser Früchtchen auch noch für Dorothy!«

»Ich wünschte, ich wär's. Und ich hätte jetzt nichts gegen ein Paar rote Schuhe, die mich nach Hause bringen«, knurrte Norman. »Von mir aus auch auf eine Farm in Kansas.«

Sam verdrehte die Augen und ging weiter.

Der Rest des langen Morgens wurde zu einem endlosen Marsch, zumeist bergauf. Beine und Rücken protestierten allmählich, als das Höhlensystem sie immer höher hinauf in die Berge der Anden führte. Wären da nicht der Mangel an Nahrungsmitteln und die zunehmende Erschöpfung gewesen, so hätte Sam die Aussicht wesentlich besser zu würdigen gewusst: sich auftürmende Stalagmiten, höhlenartige Kammern mit klaren Tümpeln, die sanft fluoreszierten, Wasserfälle, die hin und wieder den goldenen Pfad mit einer willkommenen kühlen Gischt besprühten, und sogar eine

Nebenhöhle, die dermaßen mit Kristallen besetzt war, dass es aussah, als wäre sie voller Zuckerwatte. Es war ein Wunderland von Naturschönheiten.

Und überall, wohin sie auch gingen, markierten die Säulen mit den Gravuren ihren Weg wie grimmige Wächter, die die Gruppe beim Vorübergehen aus starren, silbrigen Augen beobachteten.

Doch so erstaunlich das, was sie sahen, auch war, die Erinnerung an das, was hinter ihnen lag, verblasste niemals vollständig. Pausen, um aus dem Strom zu trinken, waren oft begleitet von besorgten Blicken zurück. Bislang hatte es kein Anzeichen dafür gegeben, dass die Armee der Taranteln sie verfolgte. Anscheinend hatten sie die Spinnen weit hinter sich gelassen.

Langsam ging der Morgen in den Nachmittag über. Der einzige Höhepunkt unterwegs war ein kurzes Mittagsmahl, das aus zwei Milky Way bestand, die Norman in seiner Kameratasche gefunden hatte. Noch nie hatte Schokolade so gut geschmeckt. Doch war dieser kleine Vorgeschmack auf den Himmel nur kurzlebig und hatte zur Folge, dass sie alle noch größeren Hunger bekamen. Die allgemeine Stimmung wurde immer gereizter und Verdrossenheit machte sich breit, während sie durch den Nachmittag marschierten.

Um die Sache noch schlimmer zu machen, erfüllte nach und nach ein scharfer Gestank die ansonsten frische Luft der Höhle. Nasen wurden gerümpft. »Ammoniak. Stinkt wie das Hinterteil eines Skunks«, bemerkte Sam.

»Vielleicht wird die Luft schlecht«, meinte Norman mit einem besorgten Ausdruck auf dem abgehärmten Gesicht.

»Red keinen Unsinn«, fauchte Ralph. »Die Luft wäre schlimmer, wenn wir tiefer unten wären.«

»Nicht unbedingt«, meinte Maggie. Sie hatte die Augen misstrauisch zusammengekniffen und blickte in die Dunkelheit jenseits des Lichts hinaus. »Nicht, wenn es eine Quelle für diese giftigen Dämpfe gibt.«

Ralph sah nach wie vor finster drein. Er war offenkundig erschöpft und gereizt. »Was willst du damit sagen?«

Statt ihm zu antworten, wandte sich Maggie an Sam. »Diese Taranteln. Sie haben ausgesehen, als wären sie gut genährt. Was fressen diese verdammten Dinger eigentlich hier unten?«

Sam schüttelte den Kopf. Er wusste keine Antwort.

»O mein Gott!« Der Ausruf kam von Norman, der mit der Taschenlampe die Führung übernommen hatte. Der goldene Pfad führte über eine kurze Erhebung in eine angrenzende Höhle. Dem Echo seines Ausrufs nach zu schließen, musste die Kammer riesig sein.

Die anderen eilten zu ihm.

Maggie starrte die Szenerie vor sich an und hielt sich dabei eine Hand über Mund und Nase. Der Gestank stach in Augen und Nasen. »Da liegt die Antwort. Die Futterquelle der Taranteln.«

»Fledermäuse«, stöhnte Sam.

An der Decke der angrenzenden Höhle hingen tausende schwarzer und brauner Fledermäuse an ihren Zehen herab. Die Schwingen hatten sie eng an den Körper gedrückt. Ihre Jungen, die sich zwischen den Eltern drängelten, waren von einer blasseren Färbung, fast wie Kupfer. Schrille Schreie und Gekreisch oberhalb des Hörbereichs verbreiteten unter den Legionen an geflügelten Nagern die Warnung vor Eindringlingen. Hunderte lösten sich von der Decke und sausten durch die Luft.

Die Quelle des Gestanks war sogleich offensichtlich.

»Scheiße«, fluchte Ralph.

»Genau«, bemerkte Norman verdrossen. »*Fledermaus-Scheiße.*«

Riesige Haufen überall auf dem Höhlenboden. Durch die

stinkende Masse schoben sich von den Exkrementen angegriffene Säulen in die Höhe. Der Gestank des alten Dungs war stark genug, dass sie alle wie von einer heftigen Ohrfeige getroffen zurückzuckten.

Hustend und spuckend taumelte Norman davon. Weit vornübergebeugt stützte er sich auf die Knie und übergab sich.

Ralph sah aus, als wäre seine dunkle Haut durch die korrosive Atmosphäre gebleicht worden. »Da kommen wir nicht durch«, meinte er. »Wir wären tot, bevor wir das andere Ende erreicht hätten.«

»Jedenfalls nicht ohne Gasmasken«, stimmte Maggie zu.

Sam wollte nicht widersprechen. Er konnte kaum sehen, so stark tränten ihm die Augen. »W... was tun wir dann?«

Denal ergriff das Wort. Er hatte sich weit im Hintergrund gehalten und so am wenigsten von dem Gestank abbekommen. Sogar jetzt stand er mit abgewandtem Gesicht da und hielt den Arm ausgestreckt. »Sie kommen wieder.«

Sam blinzelte das letzte Brennen aus den Augen und wandte sich um. Er nahm Norman, der völlig außer Gefecht gesetzt war, die Taschenlampe ab. Mehrere Meter den goldenen Pfad hinab huschten drei oder vier weiße Körper über die Felslandschaft. Späher der Tarantel-Armee.

»Zur Hölle mit denen«, sagte Ralph und sprach damit allen aus der Seele.

»Was jetzt?«, fragte Maggie.

Sam schaute sich nach allen Seiten um. Alle redeten zugleich. Er hob die Lampe, um alle Aufmerksamkeit auf sich zu lenken. »Ruhig bleiben! Es hilft uns nicht, wenn wir in Panik geraten!«

In diesem Augenblick flackerte Sams Taschenlampe und erlosch. Dunkelheit verschlang sie, eine Schwärze, die so tief war, dass es schien, als wäre die Welt völlig abhanden gekommen. Augenblicklich verstummten alle.

Nach einem langen Atemanhalten fragte Norman aus der Dunkelheit: »Also gut, dürfen wir jetzt in Panik geraten?«

Joan bat Henry in ihr Labor. »Bitte, fühl dich wie zu Hause«, sagte sie und sah dann auf ihre Uhr. »Dr. Kirkpatrick sollte um zwölf hier sein.«

Mit großen Augen hielt Henry auf der Schwelle zu ihren Labors inne. »Das ist ja hier wie in einem großen Spielzeuggeschäft. Nach deiner Zeit in Rice ist es mit dir anscheinend steil bergauf gegangen.«

Sie verbarg ein zufriedenes Lächeln.

Henry ging langsam weiter ins Labor und ließ seinen Blick über die Überfülle an Ausrüstungsgegenständen gleiten. Verschiedene Geräte zur Diagnose und Untersuchung reihten sich im Hintergrund aneinander: Ultrazentrifuge, Analysegeräte für Hämatologie und Chemie, Massenspektrograph, Chromatograph, ein Gensequenzer. An einer Wand gab es einen Sicherheitsabzug zum Umgang mit gefährlichen Substanzen; entlang der anderen Wand standen Laborschränke, Inkubatoren sowie eine riesige Gefriereinheit.

Henry ging an den Maschinen vorbei und spähte in einen angrenzenden Raum. »Mein Gott, du hast sogar dein eigenes Elektronenmikroskop!« Er verdrehte die Augen. »Wenn ich an unserer Universität eines buchen will, muss ich mich wenigstens eine Woche vorher anmelden.«

»Hier ist das nicht nötig. Mein Labor steht dir heute zur freien Verfügung.«

Henry ging zu einem U-förmigen Labortisch in der Mitte, setzte seine lederne Aktentasche dort ab und ließ den Blick nach wie vor anerkennend über den Raum schweifen. »Von so was habe ich immer geträumt …«

In sich hinein kichernd trat Joan zu einem verschlossenen

Laborschrank aus Edelstahl, öffnete ihn und zog mit beiden Händen ein großes Becherglas heraus. »Hier ist das gesamte Material, das wir von den Wänden und vom Fußboden des Radiologielabors einsammeln konnten.«

Henry bekam große Augen, als sie das Glas vor ihm absetzte. Er beugte sich ein wenig vor und schob die Brille höher. »Mir war nicht klar, dass es so viel gewesen ist«, meinte er. Die gelbliche Substanz füllte die Hälfte des Ein-Liter-Behälters und leuchtete hell unter den Neonröhren an der Decke.

Joan zog einen Hocker heran. »Der Menge nach zu urteilen, hat es wohl die gesamte Hirnschale ausgefüllt.«

Henry hob das Becherglas an. Joan bemerkte, dass er eilig mit der zweiten Hand nachfasste. Das Zeug war schwerer, als es den Anschein hatte. Er kippte das Becherglas, doch die unbekannte Substanz wollte nicht fließen. Er setzte es wieder auf den Tisch und bemerkte: »Scheint fest zu sein.«

Joan schüttelte den Kopf. »Ist sie nicht.« Sie steckte einen gläsernen Rührstab hinein. Er sank, wenn auch nicht mühelos. Es war, als würde er sich durch weichen Ton schieben. Sie ließ den Stab los und er blieb aufrecht im Becherglas stehen. »Verformbar, aber nicht fest.«

Henry versuchte, den Rührstab zu bewegen. »Hmm ... ganz bestimmt kein Gold. Aber in Hinblick auf Glanz und Leuchtkraft steht ihm diese Substanz in nichts nach. Vielleicht hast du Recht gehabt und es ist ein bisher unbekanntes Amalgam oder so. Auf jeden Fall habe ich so etwas noch nie gesehen.«

Joan sah ihn mit gehobenen Brauen an. »Oder vielleicht doch. Vergleichen wir es mit dem goldenen Kreuz! Du hast es mitgebracht, ja?«

Er nickte, wandte sich zum Tisch, gab die Zahlen am Schloss seiner Aktentasche ein und ließ sie aufschnappen. »Ich habe mir gedacht, es ist bei mir sicherer als im Hotel.«

Er holte das verzierte Dominikanerkreuz hervor und hielt es ihr hin.

Die Verarbeitung war unglaublich. Die stilisierte Gestalt Jesu Christi lag ausgestreckt auf einem verschnörkelten Kreuz; seine Qual zeigte sich in den angespannten Gliedmaßen, dennoch war sein Gesichtsausdruck voller gutem Willen. »Beeindruckend«, meinte sie.

»Und fest ... also bezweifle ich, dass es aus demselben Amalgam gemacht ist.« Henry legte das Kruzifix neben das Becherglas. Das merkwürdige Material glitzerte und funkelte ebenso wie das Kreuz.

»Ganz bestimmt?«

Henry erwiderte ihren Blick über den Rand seiner Brille hinweg und hob unbestimmt die Brauen. »Die endgültige Bestätigung überlasse ich deinem Experten.«

Sie griff nach dem Kruzifix. »Darf ich?«

»Natürlich, Joan.«

Einen Herzschlag lang zögerte sie, als Henry sie mit ihrem Namen ansprach. Ihre momentane Nähe zueinander, zusammen mit dieser Umgebung, weckte plötzlich Erinnerungen an die Zeit ihrer gemeinsamen Arbeit im Biolabor während eines Semesters im Vorexamen. Wie seltsam und lebendig diese Erinnerungen in diesem Moment waren! Mehr als bloß ein Déjà Vu.

Ohne seinen Blick zu erwidern, nahm Joan das Kreuz vom Tisch. Vergangenheit war Vergangenheit. Sie legte sich das Kruzifix auf die Handfläche. Es wog ebenfalls mehr, als es den Anschein hatte – aber war das bei Gold nicht immer so? Sie hielt es ans Licht, neigte es einmal in diese Richtung, dann in die andere, und untersuchte es.

Während sie das Relikt studierte, überlegte Henry laut. »Es ist ganz bestimmt das Werk eines spanischen Handwerkers. Nicht der Inka. Wenn wir bestätigen können, dass das Kreuz aus dem gleichen Amalgam besteht, dann wissen wir sicher, dass die Spanier die Substanz in die neue Welt mitgebracht haben, und nicht anders herum ...«

Er redete weiter, aber etwas hatte Joans Aufmerksamkeit erregt. Unter den Fingern spürte sie kleine Kratzer auf der Rückseite des Kruzifixes. Sie holte ihre Lesebrille aus einer Tasche, setzte sie auf, drehte das Kreuz herum und musterte es mit zusammengekniffenen Augen. Es war nicht die Signatur des Künstlers oder eine archaische Inschrift, sondern mehrere Reihen feiner Markierungen. Sie bedeckten die gesamte Oberfläche der Rückseite des Kreuzes.

»Was ist das?«, fragte Joan.

Er trat näher. Jetzt standen sie Schulter an Schulter. Joan fiel der schwache Geruch auf, eine Mischung aus Aftershave und einem reicheren Duft. Sie versuchte, ihn zu ignorieren.

»Wovon redest du?«, fragte er.

»Hier.« Sie zeigte mit einem Fingernagel auf die Kerben.

»Ah, ja, die sind mir auch schon aufgefallen. Ich halte sie schlicht für Kratzer. Da hat sich das Gold über die Jahre hinweg an der rauen Kutte des Mönchs abgerieben.«

»Mmm, vielleicht ... aber sie sehen zu symmetrisch aus und einige der Kerben sind ziemlich tief und unregelmäßig.« Sie beugte sich ein wenig weiter herab. Sie standen jetzt so dicht beieinander, dass ihr Henrys Atem über die Wange strich und er ihr tief in die Augen schaute.

»Was meinst du also?«

Kopfschüttelnd trat sie zurück. »Weiß nicht. Ich möchte mir das gern näher ansehen.«

»Wie?«

Joan führte ihn um den Tisch herum, auf dem verschiedene Mikroskope standen. Sie ging zu einem sperrigen Gerät mit einem großen, gläsernen Objektträger darunter. »Ein Seziermikroskop. Normalerweise untersuche ich damit große Gewebeteile.«

Sie legte das Kreuz mit der Rückseite nach oben auf den Träger und schaltete die Lichtquelle ein. Von oben beleuchtet, erstrahlte das Gold in einem inneren Feuer. Joan stellte die Lichtquelle so ein, dass der Schein schräg über das Kruzifix fiel. Sie beugte sich über das Okular und führte die Feinjustierungen der Linsen durch. In der schwachen Vergrößerung erfüllte das Kreuz das gesamte Blickfeld. Die Kerben traten als deutliche Reliefs hervor und wirkten wie tiefe Klüfte im Metall, lange, präzise und gleichförmige Täler. Die Kratzer bildeten eine Reihe immer wiederkehrender winziger Zeichen: grobe Quadrate, unvollkommene Kreise, horizontale und vertikale Schnörkel, zerhackte Symbole und ineinander geschobene Ovale.

»Sieh dir das an!«, meinte Joan und trat beiseite.

Henry beugte sich über das Mikroskop. Einige Augenblicke lang starrte er schweigend hinein, dann stieß er ein leises Pfeifen aus. »Du hast Recht. Das sind keine zufällig entstandenen Kratzer.« Er schoss einen Blick zu ihr hinüber. »In einigen der Vertiefungen scheint mir sogar Silber eingebettet zu sein. Vielleicht Spuren des Werkzeugs, mit dem diese Kerben eingekratzt worden sind.«

»Es muss einen sehr guten Grund geben, dass jemand eine so mühsame Arbeit auf sich nimmt.«

»Aber welchen?« Henrys Lippen wurden schmal, während er über dieses neue Geheimnis grübelte und er kniff leicht die Augen zusammen. Schließlich atmete er geräuschvoll aus. »Vielleicht ist es eine Botschaft. Aber wer weiß das schon genau? Möglicherweise bloß ein simples Gebet. Ein Segen.«

»Aber verschlüsselt? Und weshalb auf der Rückseite des Kreuzes? Es muss etwas mehr zu bedeuten haben.«

Henry zuckte mit den Schultern. »Wenn der Mönch die Gravuren während seiner Gefangenschaft eingeschnitten hat und damit eine Botschaft übermitteln wollte, hatte er vielleicht keine andere Möglichkeit, es geheim zu halten. Die Inka verehrten goldene Dinge. Wenn er das Kreuz bei seinem Tod auf dem Altar am Körper getragen hatte, hätten es die Inka dort gelassen.«

»Aber falls du Recht hast, für wen war seine Botschaft dann bestimmt?«

Langsam und mit nachdenklichem Blick schüttelte Henry den Kopf. »Die Antwort liegt möglicherweise in diesem Code.«

Joan kehrte zu ihrem Mikroskop zurück. Sie holte einen Zeichenblock und einen Stift aus einer Schublade und ließ sich dann so nieder, dass sie die Zeichen auf dem Papier kopieren konnte. »Probieren wir's aus. Ich habe immer gern mit Kryptogrammen herumgespielt. Wenn ich kein Glück habe, kann ich es auch von jemandem in der Computerabteilung durch ein Decoderprogramm laufen lassen. Vielleicht können die den Code knacken.«

Henry stellte sich hinter sie, während sie die Inschrift aufzeichnete. »Du hast dich zu einer Frau mit vielen Talenten entwickelt, Dr. Joan Engel.«

Joan versuchte zu verbergen, dass sie schon wieder rot wurde, während sie sich auf ihre Aufgabe konzentrierte und die Kerben sorgfältig kopierte. Sie arbeitete rasch und effizient und musste ihren Blick nicht vom Kreuz nehmen, während sie auf Papier übertrug, was sie gesehen hatte. Schließlich hatte sie jahrelang Patientenproben unter dem Mikroskop studiert und sich dabei gleichzeitig Notizen gemacht. Auf diese Weise hatte sie großes Geschick im Blindschreiben entwickelt.

Innerhalb von fünf Minuten lag eine Kopie neben ihr auf dem Tisch. Reihe um Reihe von Symbolen zog sich über das gelbe Papier. Sie richtete sich auf und lockerte den verkrampften Nacken.

»Halt still!«, sagte Henry. Seine Hand glitt ihre Schulter

entlang und hob sanft die Haarmähne von ihrem Nacken. Seine Fingerknöchel streiften über ihre Haut.

Sie überlief ein heimlicher Schauer. »Henry ...?«

»Nicht bewegen!« Mit den Fingern knetete er die Muskeln in ihrem überanstrengten oberen Schulterbereich. Zunächst fühlte sich seine Haut auf ihrer kühl an, aber während er ihre Muskeln bearbeitete, baute sich unter seinen starken Fingern eine Hitze auf, die ihr den schmerzenden Bereich erwärmte.

»Wie ich merke, hast du dein Feingefühl noch nicht verloren.« Sie lehnte sich gegen seine Finger und erinnerte sich an eine ganz andere Zeit, einen anderen Ort. »Wenn ich dir also sage, du sollst aufhören, dann achte nicht darauf«, sagte sie und gab eine Unbekümmertheit vor, die ihre heisere Stimme Lügen strafte.

»Ist das Mindeste, was ich für dich tun kann, nachdem du mir so viel geholfen hast.« Seine Worte waren dumpfer als üblich.

Ein heftiges Klopfen an der Labortür unterbrach den Augenblick.

Henrys Hände erstarrten. Dann zog er sie zurück.

Joan erhob sich von ihrem Stuhl. Schultern und Nacken waren noch immer warm von seiner Berührung. Sie warf einen Blick auf ihre Uhr. »Es muss Dr. Kirkpatrick sein. Pünktlich auf die Minute.«

Henry verfluchte die Pünktlichkeit des Metallurgen. Er rieb sich die Handflächen in dem Bemühen, die Erinnerung an Joans Haut abzuwischen. *Reiß dich zusammen, Mann! Du benimmst dich wie ein verknallter Jüngling!*

Er sah Joan zu, wie sie davonging. Mit einer Hand strich sie sich sanft über den Nacken. Dann richtete sie sich das Haar, das sich wie ein mitternachtsfarbener Strom über ihren weißen Kittel ergoss. Rätsel hin oder her, jetzt im Moment hätte er sich nichts lieber gewünscht, als ein paar weitere Augenblicke mit ihr allein.

Joan ging zur Tür, öffnete sie und begrüßte den Besucher. »Dale, vielen Dank, dass du rübergekommen bist.«

Dale Kirkpatrick, der Experte für Metallurgie an der George Washington Universität, war einen guten Kopf größer als Henry, jedoch spindeldürr. Er hatte ein langes Gesicht, das sich selten zu einem Lächeln verzog. Jetzt versuchte er sich gerade darin und das Ergebnis war fürchterlich – ein Bestatter, der die Hinterbliebenen begrüßte. »Für eine Kollegin tu ich doch alles!«

Henry spürte, dass der rothaarige Mann mehr als eine nur berufliche Beziehung zu Joan unterhalten hatte. Sie sahen einander unbeholfen an und das Schütteln der Hände dauerte eine Spur länger, als Sitte und Anstand es vorschrieben. Henry missfiel der Mann auf den ersten Blick. Er trug einen teuren Seidenanzug und auf Hochglanz polierte Schuhe, deren Absätze laut klackten, als er den Raum betrat. In der linken Hand hielt er einen großen Gerätekoffer.

Henry räusperte sich.

Joan fuhr herum. »Dale, darf ich dir Professor Henry Conklin vorstellen?«

Kirkpatrick streckte die Hand aus. »Der Archäologe.« Es war eine Feststellung, keine Frage, aber Henry hörte eine Spur Geringschätzung aus seiner Stimme heraus.

Kurz und höflich schüttelten sie einander die Hände.

»Ich weiß Ihre Hilfe bei dieser Sache wirklich zu schätzen«, sagte Henry. »Es ist schon ein ziemliches Rätsel. Wir können uns keinen Reim auf dieses Amalgam, oder was es sonst ist, machen.«

»Ja ... nun gut, dann lassen Sie mich einfach einen Blick darauf werfen.« Die Haltung des Mannes drückte erneut Höflichkeit aus, jedoch gepaart mit einem Hauch von Arroganz, als würde allein seine Anwesenheit Licht ins Dunkel bringen.

»Es ist hier drüben«, sagte Joan und führte ihn zum Labortisch.

Sobald er dem Rätsel gegenüberstand, reckte Kirkpatrick den Hals und studierte schweigend die seltsame Substanz. Joan wollte etwas sagen, aber der Spezialist hieß sie mit einem gehobenen Finger, zu schweigen. Henry verspürte den irrationalen Drang, ihm diesen Finger zu brechen. »Es ist kein Gold«, verkündete er schließlich.

»So weit waren wir auch schon«, bemerkte Henry säuerlich.

Mit gehobener Braue sah sich der Mann um. »Zweifellos, sonst wäre ich kaum gerufen worden, nicht?« Er wandte sich wieder dem Becherglas zu, griff nach dem Rührstab, der noch immer in dem Material steckte, und hantierte damit herum. »Halb fest bei Raumtemperatur«, murmelte er. »Habt ihr den genauen Schmelzpunkt der Substanz bestimmt?«

»Noch nicht.«

»Na ja, das sollte nicht schwer sein.« Er teilte Joan mit, was er benötigte. Bald waren sie um eine Porzellanschale versammelt, die sich über der niedrigen, gelben Flamme eines Bunsenbrenners erwärmte. Die untere Hälfte der Schale füllte eine Probe des Metalls, in der ein Thermometer steckte.

Während sich das Material langsam unter dem Abzug erwärmte, sagte der Metallurg: »Wenn es ein Amalgam aus verschiedenen Metallen ist, sollten sich die Komponenten beim Schmelzen trennen.«

»Es ist bereits geschmolzen«, bemerkte Henry und nickte zu der Schale hinüber.

Stirnrunzelnd richtete Dale wieder seine Aufmerksamkeit darauf. »Unmöglich. Es erwärmt sich erst seit ein paar Sekunden. Selbst Gold schmilzt nicht bei einer so niedrigen Temperatur.«

Doch Henrys Beobachtung erwies sich als zutreffend. Mit Hilfe einer Tiegelzange rüttelte Dale an der Schale. Die Substanz wirkte jetzt so locker wie Sahne, nur golden gefärbt. Er sah zu Joan auf. »Wie hoch ist die Temperatur?«

Joan hatte konzentriert die Augen zusammengekniffen. »Siebenunddreißig Grad.«

Henry bekam große Augen. »Körpertemperatur.«

Sie entfernten die Hitzequelle und die Schale kühlte sich rasch ab. Die metallische Substanz blähte sich auf, während die drei über das Ergebnis nachgrübelten.

Henry ergriff als Erster das Wort. »Mir ist nicht aufgefallen, dass es in die Komponenten zerfallen ist, wie Sie gesagt haben. Bedeutet das, es ist kein Amalgam?«

»Für diese Schlussfolgerung wäre es zu früh.« Aber Dales Stimme hatte ihre Schärfe verloren.

»Was nun?«

»Ein paar weitere Tests. Ich würde gern seine Leitfähigkeit und seine Reaktion auf Magnetismus untersuchen.«

Bald darauf formten sie eine Probe des weichen Metalls zu einem Würfel und steckten zwei Elektroden hinein. Dale nickte und Joan schloss den Stromkreis. Sobald der Strom floss, schmolz der Würfel zu einem Brei, der sich über den Labortisch ergoss.

»Abschalten!«

Joan legte den Schalter um. Sogleich verfestigte sich das Material wieder. Dale berührte es. »Kühl.«

»Was ist da gerade passiert?«, fragte Henry.

Dale schüttelte bloß den Kopf. Er hatte keine Antwort. »Holt mir die Magneten aus dem Koffer!«

Henry und Joan stellten die beiden abgeschirmten Magneten zu beiden Seiten eines zweiten Probenwürfels auf. Dale befestigte ein Potentiometer daran. »Auf mein Kommando hin hebt ihr die Abschirmung an!« Er beugte sich näher zum Messgerät hin. »Jetzt!«

Joan und Henry öffneten die Bleiabschirmungen. Genau wie eben schmolz der Würfel wie Eis in einem Ofen und zerfloss über den Tisch.

»Magneten abschirmen!«, ordnete Dale an.

Sofort erstarrte die Substanz wieder. Erneut befingerte Dale das verfestigte Metall, jetzt mit einem Ausdruck der Besorgnis.

»Nun?«, fragte Henry.

»Du hast gesagt, die Substanz hat den Schädel der Mumie gesprengt, als sie unter dem CT-Scanner lag.«

»Ja«, erwiderte Joan. »Sie ist über den ganzen Raum gespritzt.«

»Dann reagiert das Metall sogar auf die Röntgenstrahlung des CT-Scanners«, murmelte Dale in sich hinein und tippte mit einem Kugelschreiber auf die Tischkante. »Interessant ...«

Henry verstaute die Magnete. »Was meinen Sie?«

Dale konzentrierte sich wieder und wandte sich ihnen zu. »Die Substanz muss in der Lage sein, jede energetische Strahlung perfekt umzusetzen – elektrischen Strom, Magnetstrahlung, Röntgenstrahlung. Sie absorbiert diese verschiedenen Energieformen und verändert dabei ihren Zustand.« Er stupste ein verfestigtes Rinnsal des Metalls an. »Meines Erachtens strahlt sie bei der Formveränderung nicht einmal Hitze ab. Sie ist ein Beispiel für vollkommenen Energieumsatz. Keine Wärme verschwenden! So ... so etwas habe ich noch nie gesehen. Das ist thermodynamisch unmöglich!«

Henry musterte den Inhalt des Becherglases. »Wollen Sie damit sagen, dass die Röntgenstrahlen des Scanners die Explosion der Mumie ausgelöst haben?«

Dale nickte. »Beim Bombardement mit einer solchen

Menge konzentrierter Strahlung muss ein Teil des Materials seinen Aggregatzustand verändert haben – diesmal vom flüssigen in den gasförmigen. Die plötzliche Ausdehnung könnte die heftige Explosion hervorgerufen und das verflüssigte Metall herausgeschleudert haben. Sobald es nicht mehr der Strahlung ausgesetzt war, hat es sich wieder in seinen halb festen Zustand zurückgebildet.«

»Aber was ist es?«, fragte Joan.

Erneut hielt der Metallurg diesen aufreizenden Finger hoch. »Ich möchte noch etwas ausprobieren.« Er nahm einen weiteren Probenwürfel des weichen Metalls und drückte es wie einen Klumpen Lehm. »Ist es jemals völlig fest geworden?«

Joan schüttelte den Kopf. »Nein. Ich habe sogar versucht, es einzufrieren, aber es ist verformbar geblieben.«

Dale schwang in seinem Stuhl herum. »Professor Conklin, könnten Sie mir bitte eines der Isoliertücher für die Magneten reichen?«

Henry hatte den letzten der schweren Magneten in ein mit Kupfer imprägniertes Tuch geschlagen. Er löste es und reichte es Dale.

»Der Stoff unterdrückt die Wirkung des Magneten ... also beschädige ich im Vorbeigehen nicht versehentlich teure Elektrogeräte. Er schirmt fast alle Arten von Strahlung ab.«

Henry dämmerte, was der Metallexperte vorhatte.

Dale nahm den Goldkubus und hüllte ihn in das schwarze Tuch. Sobald er völlig abgeschirmt war, setzte er den Würfel auf den Tisch zurück. Daraufhin holte er Hammer und Meißel aus seinem Koffer. Er legte den Meißel am Würfel an und schlug heftig mit dem Hammer zu. Die einzige Reaktion bestand in einem gedämpften Klirren. Der Kubus widerstand dem Meißel.

Rasch schlug Dale das Tuch um den Würfel zurück. Seine Oberfläche war unbeschädigt. Erneut nahm er den Meißel und trieb ihn allein durch Daumendruck in den Kubus hinein. Anschließend kommentierte er die Resultate: »Wir sind immer von einer geringen Streustrahlung umgeben. Sie ist allgegenwärtig – verschiedene örtliche Radiosender, elektromagnetische Impulse aus der Verkabelung in diesem Gebäude, sogar Sonnenstrahlung – all das benutzt diese Substanz! Deswegen bleibt sie halb fest. Schon die geringen Energiespuren schwächen ihre Festigkeit.«

»Aber eines verstehe ich nicht«, sagte Joan. »Welches Metall oder Amalgam ist dazu in der Lage?«

»Keines, das ich je gesehen oder von dem ich je gehört habe.« Plötzlich stand Dale auf und hob den weichen Kubus vorsichtig mit einer Tiegelzange hoch. Er nickte zum benachbarten Raum hinüber, in dem das Elektronenmikroskop stand. »Aber es gibt eine Möglichkeit, wie wir das genauer untersuchen können.«

Bald trabte Henry hinter den beiden anderen her. Er hatte sowohl das jetzt mit einem Gummistopfen verschlossene Becherglas mit dem merkwürdigen Metall als auch das Kruzifix des Dominikaners in Händen. Joan und Dale hatten bereits die Köpfe zusammengesteckt, schabten eine Probe von dem Metall ab und bereiteten sie zur Untersuchung mit dem Elektronenmikroskop vor.

Henry ging zu einem kleinen Tisch an der Seite und setzte dort das Becherglas sowie das Kreuz ab. Das große Elektronenmikroskop beanspruchte den gesamten rückwärtigen Teil des Raums. Seine hoch aufragende Mikroskopröhre reichte bis zur Decke. Davor standen drei Monitore nebeneinander.

Joan ließ den Apparat warmlaufen, legte Schalter um und überprüfte kurz die Grundeinstellungen. Dale beendete die Präparierung der Probe und klemmte sie auf den Halter unter dem Scanner. Er gab Joan ein Zeichen, dass alles bereit war.

Henry, der so gut wie vergessen war, ließ sich mit finsterem Gesicht auf einen Hocker an einem Tisch sinken.

Die Mikroskopröhre auf der anderen Seite des kleinen Raums begann zu summen und zu klicken, als die Wolframkanone die Probe mit einem Elektronenstrahl bombardierte. Dale eilte zu Joan vor die Monitore. Die Pathologin hämmerte auf eine Tastatur ein und die Bildschirme erglühten in dem abgedunkelten Raum in einem gräulichen Schimmer. Die Worte STAND BY konnte sogar Henry von seinem Sitz aus erkennen.

»Wie lang wird das dauern?«, rief er hinüber.

Joan warf ihm einen Blick zu. Auf ihrem Gesicht zeigte sich eine Mischung aus Überraschung und Verlegenheit. Ihr musste schließlich aufgegangen sein, wie wenig Beachtung sie ihm geschenkt hatte. »Nicht lange. Das EM wird zum Sammeln und Berechnen eines Abbilds etwa zehn Minuten benötigen.« Joan lächelte Henry schwach und entschuldigend an und wandte sich dann wieder ab.

Henry seinerseits drehte sich um und widmete sich wieder dem Kruzifix. Er tippte mit einem Finger auf die glänzende Oberfläche. Nach der Überprüfung der unbekannten Substanz war das Kreuz des Mönchs zweifelsohne echt. »Pures Gold«, brummte Henry in sich hinein. Zumindest ein Rätsel war gelöst, aber es gab ja noch eins.

Henry ergriff das Kruzifix, drehte es um und untersuchte die Rückseite mit der Reihe kleiner Einkerbungen. Was versuchte Francisco de Almagro zu sagen? Henry ließ einen Finger über die Einschnitte laufen. War dies eine letzte Botschaft? Wenn ja, was war so wichtig? Während er das Kreuz betastete, überfiel ihn eine böse Vorahnung, ähnlich wie in der Nacht zuvor bei seinem fehlgeschlagenen Versuch, das Lager zu erreichen. Er schob diese irrationalen Sorgen beiseite. Er war paranoid. Aber zum hundertsten Mal an diesem Tag trieben seine Gedanken zu Sam und den anderen

Studenten ab. Wie kamen sie mit der vergrabenen Pyramide zurecht? Hatten sie vielleicht für diese Rätsel die Lösungen gefunden?

Henry legte beide Hände um das Kruzifix und ließ die Stirn auf den Fingerspitzen ruhen. So viele merkwürdige Dinge umgaben die Ausgrabung. Er spürte, dass es da eine Verbindung gab, eine Möglichkeit, alle Stränge miteinander zu verknüpfen: mumifizierte Priester, geheimnisvolle Metalle, versiegelte Krypten. Aber worin bestand diese Verbindung? Der Umriss des Kruzifixes drückte sich in seine Handflächen. Ein goldenes Kreuz und eine verschlüsselte Botschaft. Konnte hier die Antwort liegen?

Er stellte sich den jungen Mönch vor, der sich über sein Kreuz gebeugt hatte und mit einem scharfen Werkzeug etwas eingravierte. Ein mühseliges Werk, und das, während der Tod immer näher rückte. In Henrys Händen befanden sich vielleicht die letzten Worte dieses Mannes. Aber was wollte er sagen? »Was war so wichtig?«, flüsterte Henry.

Das Bild des Kreuzes kristallisierte sich in seinen Gedanken. Es drehte sich langsam vor seinem inneren Auge.

Plötzlich keuchte Joan hinter ihm auf und riss ihn dadurch aus seinen Träumereien. Er fuhr herum. Sie schaute zu ihm hinüber, aber nicht direkt auf ihn, sondern rechts an ihm vorbei. Er folgte ihrer Blickrichtung.

Das Becherglas stand noch immer dort auf dem Tisch, wo er es abgesetzt hatte. Beim Anblick des Inhalts verschlug es ihm allerdings den Atem.

»Henry ...?«

Das Becherglas enthielt kein rohes, flüssiges Metall mehr, sondern eine grobe Kopie des goldenen Dominikanerkreuzes, das gegen die Glaswand gelehnt war. Im Großen und Ganzen kreuzförmig, jedoch verschwommen in den Details. Die Gestalt Jesu Christi auf der Oberfläche war lediglich angedeutet.

Joan und Dale traten näher.

»Haben Sie das getan?«, fragte Dale.

Henry sah den Mann an, als wäre er nicht ganz klar im Kopf, und zeigte auf den Stopfen. »Machen Sie Witze?«

Noch während sie hinsahen, gingen einige Einzelheiten auf dem Kreuz verloren. Die Kanten wurden unschärfer und die Gestalt rutschte vom Kreuz herab und bildete auf dem Boden des Becherglases eine Lache. Dennoch behielt es insgesamt seine Form bei.

Henry versuchte eine Erklärung. »Ich habe gerade an das Kreuz gedacht, da ...«

Von irgendwoher in der Nähe schallte ein schrilles Klingeln laut durch den kleinen Raum.

Alle wandten sich um. Das Bild auf den Monitoren waberte und dann erschien ein blinkendes Schwarzweißbild.

»Vielleicht sind wir der Lösung einen Schritt näher gekommen«, verkündete Dale, ohne offen auszusprechen, was er damit meinte. Er ging zu den Monitoren hinüber.

Henry und Joan folgten. Sie sahen einander kurz an. Henry erkannte die Verblüffung in ihren Augen und darüber hinaus noch etwas, das wie Furcht erschien. Ehe er wusste, was er tat, drückte er ihr kurz zur Beruhigung die Hand. Sie zeigte sich für die Geste erkenntlich, indem sie ein wenig näher an ihn heranrückte.

Nach einem letzten besorgten Blick auf das Kreuz in dem Becherglas wandte sich Henry wie die beiden anderen den Monitoren zu.

Dale hatte sich über die Tastatur gebeugt und verfolgte mit einem Finger etwas auf dem Bildschirm. Darauf war jetzt eine unirdische Landschaft zu erkennen, ein raues Terrain mit seltsam geformten Gipfeln und Tälern, als hätte jemand eine Schwarzweißaufnahme der Marsoberfläche gemacht. »Das ist unmöglich«, meinte Dale. Er zeigte in eine Ecke des Bildschirms, in der ein vergrößerter Abschnitt der

Landschaft zu erkennen war. »Da! Das Metall ist in Wirklichkeit eine Ansammlung winziger Partikel. Seht mal, wie sie miteinander verhakt und verbunden sind!«

Die Querschnittansicht zeigte winzige oktogonale Strukturen, die über sechs ausgeprägte Beine ineinander gehakt waren. Die winzigen Gebilde waren mit ihren Nachbarn zu einem dichten Tetraedermuster verbunden.

Joan streckte die Hand aus und berührte eines der grauen Partikel, die sich auf dem Monitor zeigten. »Sie wirken fast organisch, wie virale Phagen oder so etwas.«

Der Metallurg brummte etwas und wies mit einer Hand auf die Landschaft. »Nein, es sind ganz bestimmt keine Viren. Den Rissen und der internen Matrixstruktur nach zu urteilen, ist die Substanz entschieden anorganisch. Ich würde fast sagen, kristallin.«

»Was zum Teufel ist es dann?«, fragte Henry schließlich. Der Mann regte ihn immer mehr auf. »Metall, Kristall, Virus, Gemüse, Mineral?«

Kirkpatricks Blick wanderte kurz zu dem Kreuz im Becherglas. Dann schüttelte er den Kopf. »Ich weiß es nicht. Aber wenn ich raten sollte, würde ich auf alles tippen, was Sie genannt haben.«

Vom Kommunikationszelt aus sah Philip Sykes zu, wie die Sonne auf die Berge sank. Es war der zweite Tag seiner Wache an den eingestürzten Ruinen. Was einmal ein Hügel gewesen war, der den vergrabenen Tempel bedeckt hatte, war jetzt eine von Kratern durchsetzte Ruine. Aus der kohlschwarzen Erde ragten umgestürzte Granitbrocken und Steine hervor wie abgebrochene Zähne.

Hätte Philip nicht über Funk von Sams Entdeckung eines natürlichen Höhlensystems erfahren, hätte er sie längst alle für tot gehalten. Den letzten halben Tag über hatte sich der Hügel nicht mehr gerührt und war auch nicht mehr weiter in sich zusammengesackt. Das Geräusch mahlender Felsbrocken im Boden war verstummt. Die Ausgrabungsstätte lag schweigend wie ein Grab da. Der Tempel war völlig in sich zusammengefallen.

Aber Sam *hatte* sich gemeldet.

Philip ballte eine Hand zur Faust. Ein Teil von ihm wünschte sich, der arrogante Texaner hätte es nicht getan. Es wäre einfacher gewesen, sie alle für tot zu erklären; dann hätte es ihm frei gestanden, von hier zu verschwinden und diese verfluchten Indianer ihrem finsteren Regenwald zu überlassen. In jeder Stunde, die er hier blieb, war er dem Risiko eines Überfalls durch Guillermo Sala ausgesetzt. Als eine kühle Brise vom Berggipfel herabwehte, legte er die Arme um sich. Wer käme wohl als Erster – die von den Indianern herbeigeholte Rettungsmannschaft oder Gils Gefolgsleute, die ihr Werk beenden wollten?

Die Anspannung zerrte an seinen Nerven. »Wenn ich nur verschwinden könnte ...« Aber natürlich ging das nicht – erst müsste der Rettungstunnel gegraben sein. Philip blickte zum Rand des Regenwalds.

Von der anderen Seite des Hügels schallten die Rufe und der leise Gesang der Quecha-Arbeiter herüber. Der Tunnel der Plünderer war an diesem Tag volle fünf Meter länger geworden. Obwohl die Indianer ihm nach wie vor finstere Blicke zuwarfen und scharfe Worte brummelten, konnte Philip nicht in Abrede stellen, dass sie hart arbeiteten. Die Mannschaft hatte sich in drei Schichten aufgeteilt und mit Spitzhacken und Schaufeln die ganze Nacht über bis in den Tag hinein gegraben.

Möglicherweise lag er mit seiner Schätzung, dass sie die anderen innerhalb von zwei Tagen freigraben könnten, gar nicht so weit daneben.

Aber wäre es schnell genug?

Plötzlich gab es weiter hinten im Regenwald einen Tumult. Dort hatten ein paar der Indianer im Schatten einiger Bäume eine Rast eingelegt. Philip reckte sich, als könnten zwei zusätzliche Zentimeter an Höhe ausreichen, um die Schatten des Walds zu durchdringen, und hielt den Atem an.

Ein Indianer, einer der Arbeiter, kam aus den Bäumen herübergerannt. Mit dem Arm winkte er Philip zu sich. Aber Philip wollte nicht, er wollte sich nicht vom Fleck rühren; er trat sogar einen Schritt zurück. Während er noch zögerte, wurden die Stimmen der Indianer deutlicher, und weitere Arbeiter versammelten sich am Waldrand. Er begriff, dass sie wohl nichts weiter Bedrohliches entdeckt hatten.

Er wappnete sich mit einem tiefen Atemzug und stapfte dann von der Höhe des Lagers zum Wald hinab. Schon die Überquerung der Lichtung strengte ihn dermaßen an, dass er bald heftig die Luft durch die zusammengebissenen Zähne sog. Anspannung und Erschöpfung ließen ihn mit der dünnen Luft immer schlechter zurande kommen. Er spürte einen aufkeimenden heftigen Schmerz in der rechten Schläfe, während er sich dem Waldrand näherte.

Bevor er die Bäume erreicht hatte, ergoss sich eine Flut aufgeregter Indianer auf die Lichtung. Breit grinsend rannten sie aufgeregt umher. Ihre Zähne blitzten hell im Sonnenschein des Spätnachmittags. Bald schoben und drängten sich die Arbeiter um Philip herum wie um einen Felsen im Fluss. Schließlich teilte sich die Menge weit genug, dass er sah, wen die Indianer ins Lager führten.

Sechs Gestalten in schlammfarbenen Kutten und mit Ledersandalen an den Füßen traten unter den Bäumen hervor. Als sie die Kapuzen zurückwarfen, zeigten die Gesichter einen warmen und offenen Ausdruck. Sie lächelten sogar, doch nicht das zähnefletschende Lächeln der grobschlächtigen Indianer, sondern bloß freundlich und ermunternd.

Einer der Kuttenträger war eindeutig der Anführer. Er

war ein wenig größer als die übrigen und der einzige mit einem deutlich sichtbaren silbernen Brustkreuz.

»Mönche ...«, brummte Philip erstaunt.

Einige Indianer fielen vor den frommen Männern auf die Knie und neigten den Kopf für einen Segen. Während die übrigen Mönche Hände auf Köpfe legten und Gebete auf Spanisch flüsterten, ging das Oberhaupt der Gruppe auf Philip zu.

Mit einem Schulterzucken warf der Mann seine Kapuze zurück und zum Vorschein kam ein sehr gut aussehendes Gesicht, umrahmt von schwarzen Haaren. »Wir haben von deiner Notlage gehört, mein Sohn«, sagte er schlicht. »Mein Name ist Bruder Dominic Otera und wir sind gekommen, dir alle Hilfe anzubieten, derer wir fähig sind.«

Philip war erstaunt. Englisch! Der Mann hatte Englisch gesprochen! Er unterdrückte den Drang, den Mönch in die Arme zu schließen. Stattdessen setzte er alles daran, sich so weit zu sammeln, dass er sprechen konnte. »Woher ... woher wissen Sie ...?«

Der Mönch hob eine Hand. »Auf unserer Reise zwischen den kleinen Dörfern in der Umgebung sind wir den Indianern begegnet, die du ausgesandt hast, um Hilfe zu holen. Ich habe sie nach Villacuacha geschickt, um die Behörden zu alarmieren. Aber unterdessen sind wir hergekommen und wollen dir Gebete und Trost anbieten angesichts der Tragödie, die hier stattgefunden hat.«

Philip sackte in sich zusammen, als ihm die Last endlich von den Schultern genommen wurde. Jetzt waren andere da – andere, die Englisch sprachen –, die seine Besorgnis teilen konnten. Er merkte, dass er dummes Zeug redete, weil er einfach keinen klaren Gedanken fassen konnte; stattdessen stammelte er eine Mischung von Herzen kommender Worte des Dankes und Äußerungen seiner eigenen Sorge. Nichts davon ergab einen Sinn.

Bruder Otera trat heran und legte Philip eine kühle Hand auf die Wange. »Beruhige dich, mein Sohn.«

Die Berührung brachte den Studenten wieder zu sich. »Ja ... ja ... wo sind meine Manieren? Ihr seid so weit gereist, da müsst ihr doch hungrig und durstig sein.«

Der Mönch neigte den Kopf. »Der Herr ist alle Nahrung, derer wir bedürfen, aber als Reisende wären wir nachlässig, wenn wir deine Gastfreundschaft ausschlagen würden.«

Philip nickte mit dem Kopf wie ein Narr; er konnte nichts dagegen tun, so kribbelig vor Erleichterung war er. »Dann kommt bitte in mein Zelt. Ich habe Saft und Wasser und kann rasch ein paar Sandwiches zubereiten.«

»Das ist äußerst großzügig. Wenn wir der sengenden Sonne entronnen sind, kannst du mir mitteilen, was deiner Gruppe widerfahren ist.«

Philip führte die Mönche zu den Zelten. Er bemerkte, dass drei zurückblieben und den Arbeitern weiterhin ihren Segen erteilten.

Dem Mönch fiel auf, dass er stehen geblieben war. »Sie werden später zu uns kommen. Das Werk des Herrn muss an oberster Stelle stehen.«

Nickend wandte sich Philip wieder um. »Natürlich.« Kurz darauf hatten es sich der Mönch und er in seinem Zelt auf Klappstühlen bequem gemacht. Zwischen ihnen stand ein Teller mit Käse und Aufschnitt. Die anderen beiden Mönche hatten scheu Gläser mit frischem Guavensaft entgegengenommen, sich dann nach draußen in den Schatten des Zelts zurückgezogen und Bruder Otera und Philip allein gelassen.

Nachdem der Mönch gekostet hatte, was Philip anbot, lehnte er sich mit einem dankbaren Seufzer in den Klappstuhl zurück. »Sehr köstlich. Das war freundlich von dir.« Er setzte beide Hände auf die Knie und musterte den Studenten. »Jetzt berichte mir, mein Sohn, was hier geschehen ist! Wie können wir dir helfen?«

Philip nippte an seinem Saft und sammelte sich. Die einfache Tätigkeit als Gastgeber hatte seine Nerven beruhigt, doch er merkte, dass er den Blick des Mönchs nicht erwidern konnte. Die Augen des Mannes waren dunkel im Dämmerlicht des Zelts, durchdringende Schatten, tiefe Brunnen, und schienen ihm bis in die Seele zu blicken. Philip war presbyterianisch aufgewachsen, jedoch nie sonderlich religiös gewesen. Dennoch spürte er die Macht, die diese ruhige Gestalt vor ihm ausstrahlte, und seine erste Erleichterung wich langsam einer leichten Beklommenheit in der Gegenwart dieses Mannes. Er könnte ihn nicht anlügen, das wusste er genau; der Mönch würde seine wahren Gedanken erkennen.

Philip setzte sein Glas ab und begann mit seinem Bericht von Gils Verrat und dem anschließenden Sabotagewerk. »... und nach der Explosion ist der Tempel weiter in sich zusammengestürzt, sodass die Eingeschlossenen immer tiefer getrieben wurden. Ich konnte nichts tun, um ihnen zu helfen.«

Bruder Otera nickte einmal, wie zum Segen. »Beruhige dich, Philip. Du hast getan, was in deiner Macht stand.«

Philip schöpfte Kraft aus diesen Worten. Ja, er *hatte* alles in seiner Macht Stehende getan. Er setzte sich aufrechter hin und berichtete weiter: dass die Indianer versuchten, einen Rettungsschacht zu graben, und dass Sam und die anderen einen Geheimgang hinter einer goldenen Statue entdeckt hatten. Er merkte, dass er überhaupt nicht mehr aufhören konnte. Er beschrieb sogar Sams Entdeckung des Schlüssels zur Statue. »Ein goldener Dolch, der irgendwie die Form verändert hat.«

Bei den letzten Worten bekam der Mönch große Augen, was Philip zögern ließ. »Ein goldener Dolch und ein verborgener Tunnel in die Berge?«, unterbrach Bruder Otera, dessen Stimme seltsam dunkel und tief geworden war.

»Ja«, erwiderte Philip zaghaft.

Der Mönch schwieg einen Augenblick lang. Dann verhielt er sich wieder so, als wäre nichts weiter gewesen. »Danken wir dem Herrn für ihre Errettung! Wenigstens haben deine Freunde einen sicheren Zufluchtsort gefunden. Der Herr öffnet solchen, die reinen Herzens sind, stets einen Weg.«

»Ich hoffe, der Rettungsschacht ist in etwa zwei Tagen fertig. Aber wenn die Indianer, die ich für weitere Hilfe ausgeschickt habe ...?«

Plötzlich stand Bruder Otera auf. »Fürchte dich nicht! Der Herr wird über alle hier wachen. In Seinen Augen sind wir alle Seine geliebten Schafe. Uns wird nichts geschehen.«

Auch Philip erhob sich rasch und wollte den Bruder hinausbegleiten. Doch der Mann bedeutete ihm, zu bleiben. »Ruhe dich aus, Philip, du hast es verdient. Du hast das Werk des Herrn getan, indem du deine Freunde beschützt hast.«

Seufzend sank Philip in seinen Stuhl zurück, während sich Bruder Otera bückte und das Zelt verließ. »Vielen Dank!«, rief er dem Mönch nach.

Allein in seinem Zelt schloss er einen Moment lang die Augen. Jetzt konnte er gewiss schlafen. Die Last lag nicht mehr auf seinen Schultern und von der Schuld für seine fragwürdige Tat war er erlöst.

Philip starrte den geschlossenen Zelteingang an. Er dachte an die schwelende Energie, die der Mann ausgestrahlt hatte.

Bruder Otera musste *wirklich* ein frommer Mann sein.

In einiger Entfernung zu den Zelten traf sich Bruder Otera mit einem der anderen Mönche am Waldrand. Gewaltsam unterdrückte er das Zittern seiner Hände. Konnte es wahr sein? Nach so langer Zeit?

Der Mönch durchwühlte seinen Rucksack und reichte Otera das Funkgerät. Unter dem Blätterbaldachin trat er einige Schritte beiseite, wählte den richtigen Kanal und rief seinen Vorgesetzten.

Er sprach jetzt wieder Spanisch. »Kontakt geschlossen. Over.«

Einem kurzen Rauschen folgte eine rasche Antwort. »Und wie lautet deine Einschätzung?«

»Positiv. Die Ausgrabung erscheint golden. Wiederhole, golden.« Bruder Otera lieferte eine knappe Zusammenfassung dessen ab, was er von dem teiggesichtigen Studenten erfahren hatte.

Selbst über die Ätherwellen hörte Bruder Otera das schockierte Murmeln sowie die geflüsterten spanischen Worte: *»El Sangre del Diablo.«*

Allein bei der Erwähnung dieses Namens schauderte es ihn. »Und Ihre Befehle?«

»Freunde dich mit dem Studenten an. Gewinne sein Vertrauen. Dann mach den Arbeitern Feuer unterm Hintern. Grabe einen Weg zu diesem Tunnel.« Es folgte eine lange Pause, dann kam der letzte Befehl. »Sobald der Kontakt geschlossen ist, säubere den Ort ... gründlich.«

Zum ersten Mal an diesem Tag lächelte Bruder Otera. Er befingerte den Dolch in der Scheide an seinem Handgelenk. Der hagere Student erinnerte ihn an die Jugendlichen, die ihn wegen seiner armseligen Herkunft und seines Mischbluts angespuckt hatten. Es wäre ein so großes Vergnügen, diesen *americano* um sein Leben betteln zu sehen. Aber es gab noch weitaus größere Siege zu erringen, sollte er mit seiner Vermutung Recht behalten. So lange hatte er gewartet, so viele Demütigungen von diesen spanischen Missionaren erduldet, die sich seine Vorgesetzten nannten. Nein, wenn er

Recht behielt, würde er ihnen zeigen, wie sehr sie sich geirrt hatten, wie blind sie gewesen waren. Man würde ihn nicht mehr meiden und links liegen lassen. Otera hob das Funkgerät an die Lippen und mimte den guten Soldaten. »Kontakt bestätigen und Ort säubern. Verstanden. Over und Ende.«

Er trat aus dem Wald heraus und übergab das Funkgerät wieder dem Mönch, der Wache stand. »Und?«, fragte der Mann, während er das Gerät verstaute.

Bruder Otera richtete sein Brustkreuz aus. »Wir haben grünes Licht.«

In den Augen des anderen Mönchs zeigte sich Entsetzen. »Dann ist es wahr!« Er schlug das Zeichen des Kreuzes. »Möge der Herr uns beschützen.«

Bruder Otera schlenderte zum Lager zurück. Die Worte aus dem Funkgerät wollten ihm nicht aus dem Kopf.

El Sangre del Diablo.

Das Blut des Teufels.

Mit zittrigen Fingern fummelte Maggie an der zweiten Taschenlampe herum. Schließlich erwischte sie den Schalter und die schwarzen Höhlen wurden in helles Licht getaucht, das sie eine Sekunde lang blendete. Ihre Kommilitonen und der Indianerjunge starrten mit bleichen Gesichtern den Pfad zurück. In dieser Minute der Dunkelheit waren weitere Kundschafter der Taranteln auf den goldenen Pfad gehuscht. Von der Seite näherten sich noch mehr Spinnen, deren albinohafte Gliedmaßen auf dem schwarzen Fels aussahen wie bleiche Seesterne.

Sam schaute in die andere Richtung zu der giftigen Fledermaushöhle. »Ich ... ich weiß nicht. In wenigen Minuten wird es hier vor Taranteln nur so wimmeln, aber wenn wir durch den hüfthohen Guano stapfen, werden wir in den Dämpfen umkommen. Es muss einen anderen Weg geben.«

Maggie verließ den Inkapfad und ging zu dem unterirdischen Strom hinüber. Gurgelnd floss er durch sein schmales Bett und schickte einen feinen kühlen Dunstschleier in die Luft. »Wir schwimmen«, sagte sie nüchtern und zeigte mit ihrer Lampe auf das rasch fließende Wasser.

»Schwimmen?«, fragte Norman mit überschnappender Stimme. »Bist du verrückt? Das Wasser ist geschmolzener Schnee. Wir werden an Unterkühlung sterben.«

Maggie fuhr herum. »Die Strömung ist stark, aber in diesem Abschnitt der Höhle relativ ruhig. Wir springen hinein und lassen uns vom Wasser durch die Feldermaushöhle und von den Spinnen weg tragen.« Mit einer Hand winkte sie über den feinen Dunstschleier. »Vielleicht schützt uns das sogar weitestgehend vor den giftigen Dämpfen.«

Sam trat neben sie und warf ihr einen anerkennenden Blick zu. »Maggie hat Recht. Es könnte funktionieren. Aber dazu müssen wir dicht beieinander bleiben. Sobald wir an den Fledermäusen vorüber sind, müssen wir so schnell wie möglich aus diesem Fluss raus. Wenn uns die Strömung schon nicht umbringt, dann vielleicht die Kälte.«

Denal schlenderte zum ausgewaschenen Felsufer. Das Wasser strömte etwa einen Meter tiefer darunter vorbei. »Ich gehen zuerst«, sagte er und sah sich um. »Stellen sicher, dass funktionieren.«

»Nein, Denal«, sagte Maggie und streckte die Hand nach ihm aus.

Er trat so weit zurück, dass sie ihn nicht erreichen konnte. »Ich starker Schwimmer. Wenn ich schaffen hinüber, ich schreien.« Er sah in die Gesichter der anderen. »Dann ihr alle kommen. Wenn kein Schrei, dann nicht kommen.«

Sam ging auf den Jungen zu. »Ich mach das, Denal«, sagte er und schlug sich auf die Seitentasche seiner Weste. »Ich kann mit meiner UV-Lampe hier leuchten.«

Da zog Denal die Lampe aus der eigenen Tasche und

schaltete das purpurfarbene Licht ein. »Ich nicht fragen. Ich gehen.« Der Junge drehte sich um und sprang über den Rand.

»Denal!«, schrie Sam und rannte zum Fluss.

Maggie hielt ihn davon ab, dem Jungen hinterherzuspringen, und verfolgte Denals Weg durch die Strömung. Der Junge tauchte auf und nieder, wurde in dem schmalen Bett hin und her geworfen. Aber er brachte es fertig, die Lampe über Wasser zu halten. Ihr purpurfarbener Schein war wie ein Leuchtfeuer in der dunklen Höhle. Dann trug ihn der Fluss um eine Biegung herum und einen Tunnel hinab.

»Der verdammte Junge hat mir die Lampe aus der Tasche geklaut«, brummte Sam in einer Mischung aus Respekt und Besorgnis.

»Er wird es schaffen«, meinte Maggie.

Das Warten wurde schnell unerträglich. Niemand wagte, etwas zu sagen, damit sie Denals Ruf nicht überhören würden.

Nur Ralph hielt nach wie vor ein Auge auf die Spinnen gerichtet. »Hier kommt die Hauptarmee«, warnte er.

Maggie fuhr herum. Es war, als würde sich gerade außerhalb der Reichweite ihrer Lampe eine schäumende weiße Woge auftürmen. »Komm schon, Denal, lass uns nicht im Stich!«

Als hätte der Junge sie gehört, ertönte ein schriller Schrei aus der Ferne. Denal hatte es geschafft.

»Gott sei Dank!«, seufzte Sam. »Dann lasst uns mal von hier verschwinden.«

Norman verstaute rasch seine Ausrüstung in einem wasserdichten Koffer, während Ralph zu ihnen hinüberkletterte, den Blick noch immer auf die Taranteln gerichtet.

Sam streifte sich die Winchester ab und nickte Ralph zu, das Gleiche mit seinem Gewehr zu tun. »Versuch die Waffe über Wasser zu halten. Ein kurzes Eintauchen könnten die

Gewehre zwar überleben, aber mir wäre es lieber, wenn sie trocken blieben.«

Schließlich drehte sich Ralph um und schaute voller Unbehagen auf das Wasser. »Zum Teufel mit dem Gewehr! Hauptsache, ich selbst kann den Kopf über Wasser halten.« Er sah die anderen an. »Ich kann nämlich nicht schwimmen.«

»Was?«, rief Sam aus. »Warum hast du uns das nicht vorher gesagt?«

Ralph zuckte mit den Schultern. »Weil Maggie Recht gehabt hat. Der Fluss ist der einzige Weg hier raus.«

Norman drängte sich zu ihnen heran. »Ich bleibe bei Ralph. Ich habe aus Armeezeiten genügend Rettungsübungen im Wasser hinter mir.«

Ralph runzelte ungläubig die Stirn und sah ihn an. »Du warst in der Armee?«

»Drei Jahre in Fort Ord, bis sie mich während einer Hexenjagd in meiner Einheit rausgeschmissen haben.« Normans Gesicht nahm einen Ausdruck der Verbitterung an. »So viel zum Thema: Stell keine Fragen und halt den Mund.«

Ralph schüttelte den Kopf. »Ich versuch's lieber allein.«

Mit wutverzerrter Miene fauchte ihn der Fotograf an: »Den Teufel wirst du tun, du Schwachkopf! Hör mit dieser Macho-Scheiße auf und lass dir helfen! Ich werd mich schon nicht an dich ranmachen. Du bist nicht mal mein Typ.« Norman schob Ralph seinen Kamerakoffer zu und sagte in sachlichem Ton: »Er ist mit Schaum isoliert, damit er schwimmt, wenn mal das Floß umkippt. Drück dir das verdammte Ding an die Brust und ich erledige den Rest.«

Widerwillig nahm Ralph den Koffer entgegen. »Was ist hiermit?« Er hielt Gils Gewehr in die Höhe.

Sam streckte die Hand danach aus. »Ich schaff's mit beiden.«

Er wollte das Gewehr ergreifen, doch Maggie kam ihm zuvor. »Zwei Waffen ziehen dich nach unten, Sam. Die Taschenlampe ist wasserdicht und wiegt kaum was.«

Sam zögerte, dann nickte er. »Beim ersten Anzeichen von Problemen wirfst du das Gewehr weg. Wir brauchen die Lampe dringender als eine zweite Waffe.«

Sie nickte zustimmend. »Dann los. Den Spinnen wird's nicht gefallen, wenn sich ihre Mahlzeit auf und davon macht.«

Sam winkte Norman und Ralph. Sie sollten als Erste los, für den Fall, dass es Schwierigkeiten geben würde. Er und Maggie würden folgen.

Norman rutschte eine kleine Felszunge knapp oberhalb des Wassers herab und ruderte dabei mit den Armen, um das Gleichgewicht zu halten. »Jetzt!«, rief er zu Ralph hinauf.

Der große Footballspieler biss sich auf die Unterlippe, drückte sich den Kamerakoffer an die Brust und sprang hinein, bevor ihn die Angst vor dem Wasser überwältigen konnte.

Maggie hielt ihre Lampe auf die beiden gerichtet. Norman tauchte geschmeidig ins Wasser und kam neben dem um sich schlagenden Mann wieder hoch. »Leg dich auf den Rücken!«, schrie Norman, als die Strömung sie mitriss. »Drück den Koffer fest an die Brust!«

Ralph hantierte noch etwas herum, hustete Wasser und trat verzweifelt um sich.

»Nicht dagegen ankämpfen!«

Schließlich gehorchte Ralph und wälzte sich auf den Rücken.

Norman schwamm neben ihm. Mit einer Hand packte er Ralph am Kragen und hielt so seinen Kopf über Wasser. Während sie lostrieben, gab Norman dem großen Mann eine letzte Ermahnung: »Halt bloß den Koffer fest!«, fauchte er. »Wenn du meine Kameras verlierst, lass ich dich absaufen!«

»Wir sind die Nächsten«, sagte Sam und schob den Stetson in seinen Rucksack. »Fertig?«

Maggie holte tief Luft und nickte.

»Bist du okay?«, fragte er, richtete sich auf und sah ihr in die Augen.

Maggie wusste, dass er mit seinen Worten mehr ihre Panikanfälle meinte als die Bedrohung durch das Wasser. »Es ist meine Idee gewesen, nicht wahr? Ich schaff's schon.«

»Dann du zuerst«, sagte er.

Sie öffnete den Mund und wollte widersprechen, da spürte sie ein Kitzeln am Bein. Sie warf einen Blick hinab. Eine Tarantel, so groß wie eine Faust, kletterte ihre Khakihose hinauf. Angewidert keuchte sie auf und schlug die Spinne mit ihrer Taschenlampe vom Hosenbein. Dann hob sie Gils kurzläufiges Gewehr über den Kopf und ließ sich ins Wasser fallen.

Rücken und Hintern klatschten laut aufs Wasser. Beim Aufprall verspürte sie kurz einen Schmerz, doch dann schlug sofort eine Kälte zu, die ihr den Atem raubte. Ihr Kopf durchbrach die Oberfläche und sie schrie lautlos und schockiert auf. Sämtliche Muskeln verkrampften sich. Sie musste ihre Gliedmaßen zwingen, sich zu bewegen. Die Eiseskälte drang ihr durch die Kleidung und brannte auf der Haut und die Luft erstarrte ihr in den Lungen.

Sam folgte unmittelbar hinter ihr.

Bevor sie sich hätte umdrehen oder etwas sagen können, hatte die Strömung sie gepackt und trieb sie das Flussbett hinunter. Sie lag auf dem Rücken, die Beine voraus, sodass sie alle unsichtbaren Hindernisse beiseite stoßen konnte. Sie hielt die Taschenlampe über dem Wasser und benutzte den Lauf des Gewehrs als Paddel, um schneller voranzukommen.

Am Rand des Lichtkreises, den ihre Lampe warf, sah sie Norman und Ralph im Tunnel verschwinden.

Sam rief ihr zu: »Wie hältst du dich?«

Maggie runzelte die Stirn. Jetzt war nicht die Zeit für Plaudereien. Völlig überraschend traf sie eine Welle und sie spuckte eine Ladung eiskaltes Wasser aus, das sogar die Füllungen in ihren Zähnen gefrieren ließ. »Gut!«, erwiderte sie stotternd.

Dann zog die Strömung sie in das schwarze Maul des Tunnels. Über ihr flog die niedrige Decke dahin. Sie reichte so tief herab, dass die Spitze des Gewehrs unter der Felsendecke kratzte und kleine Funken flogen, wo Stahl und Stein aneinander rieben. Die räumliche Enge verstärkte das Geräusch zu einem unheimlichen Lärm.

Ebenso plötzlich waren sie wieder aus dem Tunnel heraus und hatten die Fledermaushöhle erreicht. Sofort brannten Maggies Augen und Nase. Fledermäuse kreisten über ihr, tauchten herab und glitten durch den Lichtkegel der Taschenlampe. Sie waren immer noch beunruhigt über die zweibeinigen Eindringlinge. Ein kleiner Sonnenstrahl erhellte eine Ecke der gewölbten Decke: der Weg der Fledermäuse nach draußen. Leider war er zu hoch und zu schmal, um für Maggie und die anderen von Nutzen zu sein.

Aber Maggie blieb wenig Zeit, sich umzuschauen. Die Strömung war in dieser Kammer noch stärker geworden, was einerseits ein Segen war, andererseits auch wieder nicht. Während der rasch dahinströmende Fluss eine Wolke aus Wasserstaub aufwirbelte, die das Ärgste der Guanodämpfe wegspülte, warf er Maggie zugleich viel heftiger hin und her.

Ihre Gliedmaßen wurden schwer wie Blei, als sich die Kälte ihr bis ins Knochenmark fraß. Das Atmen wurde immer mühsamer. Sie gab den Versuch auf, das Gewehr über Wasser zu halten, und benutzte es als Ruder, um zu verhindern, dass sie zu hart gegen die zerklüfteten Felsen zu beiden Seiten prallte. Sie konzentrierte sich einfach darauf, die Taschenlampe weiter nach vorn zu richten.

Sie keuchte und würgte und war mittlerweile fast blind von den Dämpfen. Ihre Nase brannte wie Feuer. Plötzlich krabbelte etwas ihren hoch erhobenen Arm hinauf, grub sich in die Haut und zog ihn nach unten. Blinzelnd erkannte Maggie eine riesige Fledermaus, die auf ihrem Arm kauerte und wild mit den Schwingen schlug. Winzige Klauen kratzten und scharfe Fänge glitzerten im Schein der Taschenlampe. Maggie würgte und keuchte. Große Augen und riesige Ohren fuhren herum. Mit einem Aufschrei nahm sie das Risiko in Kauf und tauchte den Arm ins Wasser, in der Hoffnung, dass die Taschenlampe ausreichend isoliert war, um einen kurzen Tauchgang unversehrt zu überstehen. Sie hatte Glück; die Lampe strahlte hell unter dem Wasser und der Schock durch das eiskalte Wasser des Stroms brachte die Fledermaus dazu, ihren Griff zu lockern.

Sie wälzte sich durchs Wasser und stieß im Vorüberschwimmen gegen Maggies Schulter.

Heftig paddelnd hob Maggie die Taschenlampe aus dem Wasser.

Sofort fiel die Fledermaus wieder über sie her. Maggie spürte, wie etwas an ihren Haaren riss, das hinter ihr im Wasser trieb. Wie ein Fisch an der Angel hatte sich die Fledermaus darin verbissen. Sich windend und drehend kletterte sie die Strähnen hoch. Winzige Klauen kratzten über Maggies Kopfhaut. Das Tier quietschte ihr wild ins Ohr.

Das Angstgeschrei der Kreatur wurde von oben erwidert. In der Höhle brach ein Höllenlärm los, überall ertönte Quietschen und schrillstes Pfeifen. Es hörte sich an wie Fingernägel, die über eine Schiefertafel gezogen wurden. Dann sah es so aus, als würde die Decke herabfallen: Die gesamte Kolonie hob ab und tauchte zu der quietschenden Fledermaus hinunter, die in Maggies Haar verstrickt war.

O mein Gott! Maggie hieb mit der Taschenlampe nach der geflügelten Kreatur und versuchte, sie herunterzuschlagen, erreichte damit aber lediglich, dass sie sich weiter in den Strähnen verwickelte. Klauen rissen über ihren kalten Nacken und zogen eine sengende Spur.

Plötzlich erschien eine Hand und schob ihre Taschenlampe weg. »Halt still!«

Es war Sam. Er packte die sich windende Fledermaus, riss die bösartige Kreatur zusammen mit Hunderten von Haarwurzeln aus dem Nest aus Haaren heraus und warf sie weg. Das Tier knallte mit einem feuchten Schmatzgeräusch ans Ufer.

»Da kommen sie!«, schrie Sam.

Maggie blieb kaum ausreichend Zeit, die dunkle Wolke auf sich zukommen zu sehen, geschweige denn, Luft zu holen, da hatte Sam ihren Kopf schon unter Wasser gedrückt. Sie wäre wohl in Panik geraten, aber Sam hielt sie fest in den Armen und seine Berührung war das einzig Warme im eisigen Strom. Sie überließ sich ihm, ließ sich von ihm tragen und hielt die Luft an.

Bald begradigte sich das Flussbett wieder und das Wasser strömte glatt und zielstrebig dahin. Maggie wagte es, die Augen zu öffnen. Die Taschenlampe, die immer noch brannte, beleuchtete Sams Gesicht. Sein blondes Haar, das normalerweise unter seinem Stetson klebte, schwebte wie feiner Tang um ihn her. Sein Blick begegnete dem ihren. Die Unerschütterlichkeit, die sie darin erkannte, machte ihr wieder Mut. Er zog sie enger an sich und sie wehrte sich nicht.

Die Strömung zerrte sie zügig weiter und warf sie hierhin und dorthin. Maggies Lungen schrien nach Luft. Sie konnte nicht länger den Atem anhalten, entwand sich ein wenig Sams Griff und stieß zur Oberfläche vor. Sie würde bloß kurz nach Luft schnappen.

Als sie die Wasseroberfläche durchbrach, sog sie die Luft in ihre eiskalten Lungen. Sie wollte schon wieder untertauchen, da fielen ihr zwei Dinge auf – die Luft hatte sich geklärt und trug nicht mehr den brennenden Gestank mit sich und unmittelbar vor ihnen erhellte ein purpurfarbener Schimmer das linke Ufer.

Sam tauchte neben ihr auf und stieß heftig den angehaltenen Atem aus.

Maggie hob ihre Taschenlampe und zeigte damit nach vorn. »Da!«

Sam fuhr herum. Als sie sich der Stelle näherten, entdeckte Maggie Norman, der Ralph aus dem Wasser half. Der riesige Footballspieler kroch auf allen vieren ans Ufer, wo Denals Konturen in dem unheimlichen Schein der UV-Lampe zu erkennen waren. Seine Zähne schimmerten helllila, während er mit der Lampe über seinem Kopf winkte und ihnen Zeichen gab.

Gemeinsam stießen sich Maggie und Sam ab, aber es war nicht mehr weit bis zum Ufer. Das Flussbett vollführte eine Biegung, dann kam noch ein tiefer natürlicher Strudel und schließlich trug die Strömung die beiden in die schlammige Bucht. Da ihre Gliedmaßen durch die Eiseskälte wie abgestorben und ihre Kleider mit Wasser vollgesogen waren, hatten sie alle Mühe, hinauszuklettern. Wie Ralph kroch Maggie auf allen vieren ans Ufer und ließ sich erschöpft auf den Rücken fallen.

Sam warf sich auf den Felsen neben sie und stieß seine Winchester höher das steinige Ufer hinauf. »So viel zum Thema trockene Gewehre.«

Norman trat neben Maggie und sagte mit klappernden Zähnen: »Ihr … ihr beiden müsst in Bewegung bleiben.

Und ... und zieht euch die nassen Kleider aus.« Er zerrte sich das eigene klatschnasse Hemd herunter.

Denal hatte sich bereits bis auf die Unterhose ausgezogen und Ralph trat gerade langsam seine Hose herab, die ihm an den Beinen klebte.

»Wir sind noch nicht außer Gefahr«, fuhr Norman fort. »Die Temperatur dieses Wassers lag nur knapp über dem Gefrierpunkt. Wir werden sterben, wenn wir nicht einigermaßen trocken und warm werden.«

Maggie bemerkte, dass ihre Gliedmaßen zu zittern anfingen. Sam warf ihr einen Blick zu. »Ist b... bloß die Kälte«, meinte sie, da sie wusste, woran er gerade dachte.

»Auf mit euch beiden!«, sagte Norman fest.

Ächzend stand Sam auf, während der Fotograf Maggie den Arm reichte. Zu erschöpft, um sich dagegen zu wehren, nahm sie Normans Hand und ließ sich von ihm hochziehen.

»Jetzt zieh dich aus«, sagte er.

Im Schein der Taschenlampe war zu erkennen, dass Maggies taube Finger blau vor Kälte waren. Sie fummelte an ihren Knöpfen herum und schlüpfte aus der Bluse. Ihr war zu kalt und sie war zu erschöpft, um sich etwas daraus zu machen, dass sie sich entblößte. *Zum Teufel,* dachte sie und riss den Reißverschluss auf, *ein holdes Erröten wäre jetzt wirklich willkommen.*

Bald stand sie in Slip und BH da.

Die anderen hielten den Blick höflich abgewandt, abgesehen von Denal, der sie mit großen Augen anstarrte. Als der Junge sich jedoch dabei ertappt fühlte, sah er eilig woanders hin.

Maggie schnitt ein finsteres Gesicht, um ein Grinsen zu maskieren. Im Vorbeigehen schlug sie Sam auf die feuchten Boxershorts. »Norman sagt, wir sollen in Bewegung bleiben. Wir müssen uns warm halten.«

Sie ging davon und spürte dabei Sams Blick in ihrem Rücken. Der Texaner murmelte ihr nach: »Oh, keine Bange. Wandere nur weiter in diesem Aufzug vor mir her und mir wird ganz schön warm werden.«

Diesmal konnte sie ihr Lächeln nicht verbergen.

»D... der muss irgendwohin führen«, sagte Sam und versuchte, das Klappern seiner Zähne unter Kontrolle zu bekommen. Er deutete auf den goldenen Pfad, der entlang des Flusses weiterlief.

Niemand gab Antwort. Alle waren sie zu beschäftigt mit Zittern und dem Abreiben erstarrter Gliedmaßen. Das eisige Wasser hatte ihre Körpertemperatur gesenkt und da sie kein Feuer anzünden konnten, gingen sie alle das Risiko einer Unterkühlung ein. Sie mussten einen warmen, trockenen Platz finden ... und zwar schleunigst.

Sam, der ihnen vorausgegangen war, rief plötzlich etwas. Er hielt die Taschenlampe über eine Anhebung und seine halb nackte Gestalt wirkte schon eindrucksvoll, wie sie da von dem Schimmer im Hintergrund umrahmt wurde. Maggie hatte nicht geahnt, welch gute Figur ihr Kommilitone unter seiner bauschigen Kleidung verborgen hatte. Von den breiten Schultern bis hinab zur schmalen Taille und den kräftigen Beinen sah Sam überraschend athletisch aus.

»Kommt her, seht euch das mal an!«, rief Sam aus und auf seinem Gesicht zeigte sich ein breites Grinsen.

Maggie sah Norman nach seiner Kamera greifen, als sie zu den anderen hinaufstieg.

Vor ihr breitete sich eine kleine dunkle Stadt über die Höhle aus, so groß wie das Fußballstadion an ihrer Universität. Sams Lampe war die einzige Lichtquelle, aber ihr schwacher Schein reichte aus, die gesamte Kammer zu erleuchten. Gebäude aus Ziegelstein, einige drei Stockwerke hoch, waren über den ebenen Grund verstreut, während weiter hinten Reihe um Reihe Häuser aus Granit emporstiegen wie übereinander gestürzte Bauklötze. Leere Fensterhöhlen glotzten sie an. Goldene und silberne Tupfer zierten viele der Bauwerke. Was jedoch die Blicke aller auf sich zog, war das Zentrum der Stadt. Auf der anderen Seite der Höhle stand eine gewaltige Statue aus Gold, die bis zur Decke reichte und damit alle Gebäude weit überragte. Sie ähnelte derjenigen, die den Eingang zur Höhle bewachte, doch aus der großen Entfernung und bei dieser Dunkelheit waren keine Einzelheiten zu erkennen.

»Mein Gott«, sagte Norman, »das ist ein riesiges unterirdisches Dorf.«

Als sie zu Sam hinüberging, erregte plötzlich ein Geruch in der Höhle Maggies Aufmerksamkeit, und da wusste sie, dass Norman sich geirrt hatte. Sie erkannte diesen Geruch – Staub und Verfall, gemischt mit dem Duft nach Kräutern, die man zum Einbalsamieren benötigte. »Es ist kein Dorf«, korrigierte sie Norman, »sondern eine *Nekropolis.* Eine der unterirdischen Städte, die die Inka ihren Toten errichtet haben.«

Sam, der sich die Arme rieb und mit den eiskalten Füßen stampfte, stimmte ihr zu. »Eine Begräbnisstätte ... aber ich habe noch nie zuvor von einer so ausgedehnten oder ausgeklügelt angelegten gehört.«

Immer wieder flammte Normans Blitzlicht auf. Das zusätzliche Licht ließ die Stadt wie ein stark ausgeprägtes Relief wirken. »Vielleicht können wir uns in einem dieser Häuser verkriechen und uns aufwärmen. Unsere Körperwärme sammeln, wie es die Aleuten in ihren Iglus tun.«

Da wurde sich Maggie des tief sitzenden Schmerzes in ihren eiskalten Gliedmaßen bewusst. »Einen Versuch ist's wert.« Sie folgte dem goldenen Pfad zu den Außenbezirken der Stadt, wo er endete.

Sam blieb zurück. »Ich habe vielleicht eine bessere Idee.« Aber als Maggie einen Blick über die Schulter warf, führte er seine Idee nicht weiter aus. Er winkte ihr einfach nur zu, sie solle weitergehen.

Maggie war die Blaufärbung seiner Lippen nicht entgangen. Den anderen hinter ihm ging es in dieser Hinsicht nicht besser. Ralph zitterte und bebte an allen Gliedern. Dem großen Mann ging es offenbar am schlechtesten. Er hatte viel von dem eiskalten Wasser geschluckt und sah gar nicht gut aus.

Maggie beschleunigte ihren Schritt und führte die Gruppe rasch über die Serpentinen des goldenen Pfads zum Grund der Höhle. Sie erreichte den Rand der Stadt und der Geruch nach Moder, wie alter Kompost, erfüllte ihre Nase. Sie starrte die Straßen der Totenstadt entlang. Die Grabstätten der Nekropolis waren wie Häuser erbaut worden, damit die Geister der Verstorbenen glücklich blieben. Man hatte sie mit vertrauten Dingen umgeben, um sie an ihr früheres Leben zu erinnern. Über den Türen waren verschiedene fantasievolle Kreaturen eingemeißelt, sowohl mythologische als auch zoomorphische – Mischungen aus Mensch und Tier.

Genau wie auf den Säulen, die den Pfad markiert hatten.

Maggie berührte eine dieser Kreaturen, eine Kreuzung zwischen einem Panther und einer Frau. »Sie stellen Götter des *uca pacha* dar, die Beschützer der Toten.«

Sam musterte ein Fresko in leuchtenden Farben an einem zweistöckigen Gebäude auf der anderen Straßenseite. Er zeigte darauf. »Und hier sind verschiedene *mallaqui* ... Geister der Unterwelt.«

Norman trat heran. »Ich unterbreche eure Vorlesung in Kunstgeschichte ja nur sehr ungern, aber Ralph sieht ziemlich schlecht aus.«

Maggie schaute sich um. Ralph lehnte mit hängendem Kopf an einem der Eingänge und schwankte trotz der Stütze. »Wir müssen einen Unterschlupf finden, um ihn aufzuwärmen.«

Sam wandte sich an Denal. »Sind deine Zündhölzer noch trocken?«

Der Junge nickte. Aus seinem Arm voll nasser Kleidung zog er eine in Plastikfolie verpackte Zigarettenpackung, auf der eine kleine Schachtel Streichhölzer klebte, und reichte sie Sam.

Maggie trat neben ihn. »Ein Feuer? Aber womit?«

Als Antwort wandte sich Sam ab und duckte sich in eine der Wohnungen unmittelbar neben ihnen. Sie hörte ein Scharren aus dem Innern und erkannte voller Entsetzen, was er vorhatte. Er kam rückwärts aus der Tür und zog etwas hinter sich her. Ächzend fuhr er herum und warf seine Last auf die Straße. Knochen knackten und klapperten und Staub wallte auf. Es war eine in Leinen gehüllte Mumie.

»Das ergibt einen guten Brennstoff«, meinte Sam schlicht.

»Iiiih!«, machte Norman angewidert und bedeckte den Mund.

Nachdem er wieder zu Atem gekommen war, trat Sam zu der Mumie und zog Denals Streichhölzer aus der Folie. Er riss ein Hölzchen an und bald glimmte das Leinentuch. Kleine Flammen wurden größer, denn die alten Knochen und das Leder gaben dem Feuer Nahrung. Die orangefarbenen Flammen loderten immer höher empor.

Maggie war zwar entsetzt über den Brennstoff, näherte sich aber dennoch der willkommenen Wärme.

Sam hatte sich jetzt an eine Mauer gelehnt und wies mit dem Arm auf die Nekropolis. »Wir müssen uns zwar um einiges Sorgen machen, aber nicht darum, dass uns das Brennholz ausgeht.«

Ralph war so nahe wie möglich an die Flammen herangerückt. Nach einer Stunde hatte die Hitze endlich seine durchfrorenen Knochen erreicht. Während er dasaß, tat er sein Bestes, den Brennstoff für das Feuer zu ignorieren. Eine mumifizierte Hand ragte aus den Flammen und zitterte leicht in der Hitze. Er schaute weg.

Auf der anderen Seite hatte Sam beide Gewehre auseinander genommen und reinigte und trocknete sie am Feuer. Neben ihm saß Maggie, halb eingedöst, einen Arm um Denal gelegt. Der Quecha-Junge starrte mit großen Augen und glasigem Blick in die Flammen. Der Tag hatte von allen seinen Tribut gefordert. Norman stand einige Schritte entfernt. Er hatte einige Fotos gemacht, aber Ralph bemerkte sehr wohl, dass es den Fotografen juckte, weiter in die unterirdische Stadt vorzudringen. Jedoch nicht allein. Die Schwärze war sogar trotz des Feuers wie eine physische Gegenwart, wie ein dunkler Fremder neben ihnen.

Norman ertappte Ralph dabei, dass der ihn anstarrte. Er ging zu ihm. »Wie fühlst du dich?«, fragte er.

Ralph sah zur Seite. »Besser.«

Norman ließ sich neben ihn auf dem Steinboden nieder.

Bevor Ralph den Impuls unterdrücken konnte, rutschte er ein paar Zentimeter weg.

Norman bemerkte die kleine Bewegung. »Keine Sorge, großer Knabe, ich werde dich nicht anrühren.«

Innerlich gab sich Ralph einen Tritt in den Hintern. Alte Verhaltensmuster ließen sich schwer ablegen. »Tut mir Leid ...«, sagte er leise. »Das hatte nichts zu bedeuten.«

»Schon gut. Darfst dich halt nicht dabei erwischen lassen, dass du neben dem Schwulen sitzt.«

»Das ist es nicht.«

»Was dann?«

Ralph ließ den Kopf hängen. »Na gut, vielleicht doch. Ich bin im Süden aufgewachsen und streng baptistisch erzogen worden. Mein Onkel Gerald war sogar ein Prediger. Man hat uns diese Denkweisen eingedrillt.«

»Sonst noch was Neues? Meine Eltern waren Mormonen. Sie waren auch nicht übermäßig begeistert, als sie erfuhren, dass ich schwul bin.« Norman schnaubte. »Und die Armee auch nicht. Beide Familien haben mich vor die Tür gesetzt.«

Ralph konnte Norman nicht ins Gesicht sehen. Zwar hatte auch er das ganze Leben über mit Vorurteilen zu tun gehabt, aber zumindest hatte er doch seine Familie, die ihn unterstützte.

Norman stand auf, die Kamera in der Hand.

Plötzlich ergriff Ralph Normans Hand. Der dünne Fotograf zuckte zusammen. »Vielen Dank. Für die Sache da im Fluss.«

Norman zog die Hand weg und war plötzlich verlegen, was ihm eigentlich nicht ähnlich sah. »Schon gut. Versuch jetzt bloß nicht, mich zu küssen. So einer bin ich nicht.«

»Da hab ich aber was ganz anderes gehört«, erwiderte Ralph.

Norman wandte sich ab. »Auweia! Ralph, der Komiker. Ich vermisse bereits den bigotten Sportsmann.«

Es war früher Abend und Henry fühlte sich noch stärker fehl am Platz. Joan und Dale marschierten durch die verlassenen Flure der Johns Hopkins und er trottete hinterher. Um diese Uhrzeit befand sich außer ihnen niemand mehr im Gebäude. Nach den endlosen Tests in Joans Labor waren sie gerade auf dem Weg in ihr Büro, um die Experimente für den kommenden Tag zu planen.

Unterwegs waren die beiden Wissenschaftler nach wie vor in ein Gespräch über das mysteriöse Material vertieft. »Wir benötigen eine komplette kristallographische Analyse der Substanz Z«, brach es aufgeregt aus dem schlaksigen Metallurgen hervor. ›Substanz Z‹ war der neue Name, auf den er das seltsame Element getauft hatte.

Henry spürte förmlich, wie der Mann bereits im Kopf die Fachzeitschriften durchging, in denen er seine Befunde veröffentlichen würde.

»Und ich würde gern sehen, wie das Material unter dem Einfluss anderer Strahlung reagiert, insbesondere unter Gammastrahlen.«

Joan nickte. »Ich frage mal im Strahlungslabor nach. Da lässt sich bestimmt was arrangieren.«

Während Henry ihnen folgte, hielt er das Becherglas mit dem Material hoch und musterte die grobe Nachbildung des Dominikanerkreuzes. Substanz Z. Die anderen beiden Forscher sahen den Wald vor lauter Bäumen nicht. Hier lag das größere Rätsel. Die chemischen und molekularen Eigenschaften des Materials waren, obwohl faszinierend, nichts im Vergleich zu der Tatsache, dass es von allein seine Form veränderte.

Die beiden anderen maßen dieser Tatsache anscheinend kaum Gewicht bei. Der Metallurg hatte die Umwandlung dem Umstand zugeschrieben, dass sich das Material gleich neben dem Goldkreuz befunden hatte, und irgendwas von einer Übertragung von Energie oder Elektronen gefaselt, der die Substanz die neue Form zu verdanken habe. »Jedes Metall sendet seine einzigartige Energiesignatur aus«, hatte Dale erklärt. »Da die Probe außerordentlich sensibel gegenüber den unterschiedlichsten Arten von Strahlung ist, muss es irgendwie auf das Gold reagiert und seine Kristallmatrix entsprechend verändert haben. Erstaunlich!«

Henry teilte nicht diese Ansicht, hatte jedoch geschwiegen. Er wusste, dass die Antwort anders lautete. Er erinnerte sich, dass er gerade über den Code auf dem Kruzifix nachgedacht hatte, als die Transformation erfolgt war. Nicht die Nähe zum *Kreuz* hatte die Substanz Z verändert, sondern die Nähe zu *Henry*. Etwas war geschehen, aber er war nicht bereit, irgendwelche wilden Spekulationen laut zu äußern – zumindest jetzt noch nicht. Großspurig Theorien aufzustellen, solange ihm nicht ausreichend Informationen zur Verfügung standen, war nicht seine Art. Er befolgte da eine der ersten Lektionen, die er seinen Studenten beibrachte: forscht weiter, statt herumzuspekulieren. Für Henry stand bezüglich der Substanz als Einziges fest, dass man mit ihr nicht leichtfertig hantieren sollte. Aber die anderen beiden Forscher verschlossen gegenüber seinen Mahnungen die Ohren.

Mit der rechten Hand befingerte er das Dominikanerkreuz in der Tasche seines Sportsakkos. Bruder Francisco de Almagro wusste etwas, das er der Welt draußen mitteilen wollte. Sein Testament. Henry hatte den Verdacht, dass die Antwort auf die Rätsel von Substanz Z nicht in den Strahlungslabors oder Forschungsabteilungen zu finden wäre, sondern in den groben Kratzern auf der Rückseite des Kruzifixes. Bevor er jedoch wagte, seine eigene Meinung zu äußern oder seine eigenen Experimente durchzuführen, wollte er zunächst diesen uralten Code entziffern. Und er wusste genau, wo er anfangen musste. Am folgenden Tag würde er sich erneut mit dem Erzbischof in Verbindung setzen. Vielleicht erwähnten einige alte Aufzeichnungen einen Code bei den Dominikanermönchen.

»Da sind wir«, verkündete Joan. Sie holte ihre Schlüssel aus der Tasche und griff nach dem Knauf und da gab die Tür nach. »Merkwürdig. Sie ist offen. Vielleicht habe ich vergessen ...«

Sie wollte die Tür aufdrücken, wurde jedoch plötzlich von Henry daran gehindert. »Nein!« Er packte die Pathologin am Ellbogen, denn er erinnerte sich daran, dass Joan zuvor abgeschlossen hatte. Er riss sie weg, stolperte dabei über einen Putzeimer hinter ihm und konnte sich gerade eben noch auf den Beinen halten.

»Henry!«, rief sie schockiert.

Dale sah ihn finster an, als wäre der Archäologe gerade verrückt geworden. »Was tun Sie da?«

Henry hatte keine Zeit für Erklärungen. Sein Rücken spürte die Gefahr. »Lauft!«

Aber es war zu spät.

Hinter Dale tauchte auf der Schwelle zu Joans Büro eine finstere Gestalt auf. »Keine Bewegung!«, befahl der Eindringling mit eisiger Stimme.

Dale fuhr überrascht herum und ihm wich jegliche Färbung aus dem Gesicht. Eilig entfernte er sich mehrere Schritte rückwärts in die entgegengesetzte Richtung.

Der Mann trat in den Flur. Er trug ein schwarzes Hemd mit Krawatte, darüber einen pechschwarzen Anzug; die Haut war kupferfarben, das Gesicht zeigte spanische Züge. Er hatte ebenholzschwarzes Haar und dunkle Augen. Was Henrys Aufmerksamkeit jedoch am meisten beanspruchte, war die große Pistole mit dem dicken Schalldämpfer in der rechten Hand des Mannes. Er schwenkte sie hin und her und deckte dadurch beide Richtungen ab. »Wer von euch hat das goldene Kruzifix? Raus damit, dann werdet ihr leben.«

Ohne zu zögern zeigte Dale auf Henry.

Der Angreifer richtete den Lauf auf ihn. »Professor Conklin, ich möchte Sie nicht erschießen müssen.«

In diesem Augenblick verließ den Metallurgen der Mut. Da ihm der Schütze jetzt den Rücken zukehrte, rannte er los. Sein teures Schuhwerk verriet ihn jedoch, denn die harten Absätze knallten laut auf dem gewachsten Linoleum. Der Angreifer drehte sich nicht einmal um, sondern richtete einfach die Pistole nach hinten und feuerte; der Knall wurde durch den Schalldämpfer abgeschwächt – der Effekt des Schusses allerdings nicht. Die Kugel prallte mit solcher Wucht auf Dale, dass es ihn von den Beinen riss und er mit dem Kopf voran zu Boden ging und noch eine gute Strecke weiterrutschte, bevor er liegen blieb. Er hinterließ eine blutige Spur auf den weißen Fliesen. Einmal noch versuchte er, sich hochzuhieven, dann brach er erneut zusammen und eine dunkle Lache breitete sich unter ihm aus.

»Jetzt, Professor Conklin«, sagte der Erpresser und streckte die freie Hand aus, »das Kreuz, bitte.«

Bevor Henry hätte reagieren können, trat ein zweiter dunkel gekleideter Mann aus Joans Büro. Er warf einen Blick zu dem gestürzten Metallurgen hinüber, dann zum Schützen und sprach einige rasche Worte auf Spanisch, die Henry jedoch verstand. »Carlos, ich habe alle Papiere und Ordner vernichtet.«

Der Anführer, Carlos, sah den anderen Mann an und ließ ein wenig die Pistole sinken. »Und der Computer?«

»Die Festplatte ist vollständig gelöscht.«

Carlos nickte.

Henry nutzte die kurze Ablenkung, holte das Dominikanerkruzifix aus seiner Sakkotasche und ließ es in den umgekippten Putzeimer fallen. Nur Joan bemerkte es und ihre Augen weiteten sich vor Angst.

Carlos hob die Pistole und wandte sich wieder Henry zu. »Langsam verliere ich die Geduld, Professor. Das Kreuz, bitte!«

Henry stellte sich zwischen den Schützen und Joan und hielt ihm das Becherglas mit dem groben Kreuz darin hin. Er hoffte, Form und Farbe würden diese Diebe zum Narren halten, denn das uralte Relikt wollte er nicht hergeben.

Der Mann kniff argwöhnisch die Augen zusammen, nahm das Becherglas entgegen und hielt es vor sich. Die Pistole zeigte nach wie vor auf dieselbe Stelle, auf Henrys Herz.

Der Komplize des Schützen stellte sich neben ihn. »Ist es ...?«

Carlos ignorierte den Mann. Er starrte noch immer die Attrappe des Kreuzes an. Ein geflüstertes Gebet auf Spanisch floss ihm über die Lippen – ein Segen. Dann veränderte das Kreuz im Becherglas seine Form und wurde vor den Augen des Mannes zu einer perfekten symmetrischen Pyramide.

Henry keuchte.

Der zweite Mann fiel auf die Knie. »*Dios mio!*«

Carlos senkte das Becherglas. Seine Hand zitterte. »Wir haben es gefunden!« Jubelnd wandte er sich den Gefangenen zu.

Henry wich zu Joan zurück, die heftig seine Hand umklammerte. Er merkte, dass er sich gewaltig verschätzt hatte. Die Diebe waren gar nicht hinter dem Dominikanerkreuz her gewesen, weil es aus *Gold* bestand, sondern weil sie den Verdacht gehabt hatten, dass es aus der *Substanz Z* gefertigt worden war. Henry hatte ihnen unabsichtlich genau das überreicht, was sie gesucht hatten. Wer waren diese Leute?

Carlos nickte zu Henry und Joan hinüber, aber seine barschen Anordnungen galten seinem Gefährten. »Bring sie zum Schweigen!«

Der zweite Mann stellte sich vor sie und zog seine eigene Waffe, die viel größer und furchteinflößender war als die des Anführers.

»Warten Sie!«, flehte Henry.

Der Mann beachtete ihn gar nicht, sondern richtete die Waffe auf ihn und schoss. In Henrys Brust explodierte ein Feuer und Joan kreischte auf. Er fiel auf die Knie und ließ ihre Hand los. Er sah gerade noch rechtzeitig auf, dass er mitbekam, wie der Mann seine Waffe zu Joan herumschwenkte.

»Nein!«, ächzte er und hob vergebens eine Hand.

Zu spät. Ein schallgedämpfter Schuss.

Joan presste die Hände auf die Brust und fiel. Sie sah Henry erstaunt an und schaute dann an sich herab. Er folgte ihrem Blick. Ihre Finger zogen einen gefiederten Pfeil zwischen ihren Brüsten hervor. Dann kippte sie nach hinten.

Henry blickte auf die eigene Brust hinab. Da war kein blutiges Einschussloch, sondern lediglich ein rot gefiederter, schmerzender Fleck. Betäubungspfeile?

Worte auf Spanisch waberten um ihn her. Der Effekt der Droge setzte ein.

»Bring die Leute jetzt rauf!«

»Was ist mit dem Toten?«

»Lass ihn im Büro liegen, zusammen mit der Leiche des Hausmeisters!«

Plötzlich schob sich Carlos' Gesicht vor Henry. Seine flackernden dunklen Augen waren so riesig, dass Henry glaubte, sich darin verlieren zu können. »Wir werden einen kurzen Ausflug machen, Professor. Angenehme Träume.«

Henry sackte in sich zusammen, doch kurz zuvor war ihm noch das winzige Silberkreuz aufgefallen, das an einer Kette um den Hals des Mannes baumelte. Ein solches hatte er zuvor schon einmal gesehen. Es war ein Ebenbild desjenigen, das er an dem mumifizierten Mönch entdeckt hatte.

Ein Dominikanerkreuz!

Bevor er über dieses jüngste Rätsel hätte grübeln können, riss ihn der schwarze Griff der Droge davon.

VIERTER TAG

Nekropolis

Donnerstag, 23. August, 7.45 Uhr
In den Höhlen
Anden, Peru

Sam erwachte auf dem steinigen Höhlenboden davon, dass ihn jemand mit dem Zeh anstieß. Was ist denn jetzt schon wieder? Er stöhnte protestierend, wälzte sich vom Feuer weg und entdeckte Norman neben sich, der in die dunkle Nekropolis hinausstarrte. Der Fotograf hatte die letzte Nachtwache gezogen. Obwohl die Fledermaushöhle zwischen ihnen und der Tarantelarmee lag, hatte niemand ein Risiko eingehen wollen.

»Was ist?«, fragte Sam erschöpft und rieb sich die Augen. Nach den Anstrengungen des vorherigen Tags und dem beinahe tödlichen Bad in dem eisigen Strom hegte er keinen anderen Wunsch, als einfach bloß einen weiteren halben Tag neben der Wärme der prasselnden Flammen zu verbringen. Trotz des schaurigen Brennstoffs roch es sogar ziemlich angenehm – fast wie verbrannter Zimt. Aus dem Innern des Feuers funkelte ihn ein verkohlter Schädel an. Sam streckte sich und richtete sich auf. »Warum hast du mich geweckt?«

Norman starrte weiterhin die schattigen Grabstätten der toten Inka an. »Es wird heller«, meinte er schließlich.

Sam runzelte die Stirn. »Wovon redest du? Hat jemand einen weiteren Scheit aufs Feuer geworfen?« Er sah zu den drei Mumienbündeln hinüber, die in der Nähe wie Brennholz aufgestapelt waren und darauf warteten, das Feuer zu nähren.

Norman fuhr herum; er hielt einen kleinen Apparat in der Hand – einen Belichtungsmesser. »Nein. Während meiner Wache habe ich ein paar Anzeigen überprüft. Seit fünf Uhr heute früh hat der Belichtungsmesser immer höhere Foot-Candle-Werte angezeigt.« In Normans Brillengläsern spiegelten sich die Flammen. »Weißt du, was das zu bedeuten hat?«

Sam war zu müde, um in dieser Herrgottsfrühe einen klaren Gedanken fassen zu können, zumindest ohne eine Kanne Kaffee. Er setzte sich auf. »Spuck's schon aus!«

»Dämmerung«, erwiderte Norman, als würde das alles erklären.

Sam zeigte keine Reaktion.

Norman seufzte. »Du bist wirklich kein Morgenmensch, stimmt's, Sam?«

Inzwischen regten sich die übrigen auf ihren improvisierten Betten. »Was gibt's?«, fragte Maggie, breit gähnend.

»Rätselraten«, antwortete Sam.

Norman schoss ihm einen säuerlichen Blick zu, bevor er sich an die gesamte Gruppe wandte. »Mein Belichtungsmesser zeigt seit der Morgendämmerung immer höhere Werte an.«

Maggie richtete sich gerade auf. »Wirklich?« Sie sah über das Feuer hinaus auf die dunkle Höhle.

»Ich habe ein paar Stunden gewartet, um sicherzugehen, weil ich keine falschen Hoffnungen wecken wollte.«

Sam stand auf. Er trug lediglich seine Hose; seine Weste lag immer noch zum Trocknen am Feuer. Er hatte sie als Kissen benutzt. »Du willst doch nicht etwa sagen ...?«

»Vielleicht hat Norman Recht«, unterbrach ihn Maggie aufgeregt. »Wenn die Anzeigen im Verlauf des Morgens höher gestiegen sind, muss irgendwo Sonnenlicht eindringen.« Sie schlug Norman auf die Schulter und schüttelte ihn fröhlich. »Mein Gott, irgendwo in der Nähe muss es einen Ausgang geben!«

Ihre Worte sanken allmählich in Sams Bewusstsein. *Ei-*

nen Ausgang! Er ging zu den beiden. »Du bist sicher, dass der Belichtungsmesser nicht bloß ein Aufflammen des Lagerfeuers registriert?«

Jetzt kamen Ralph und Denal um das Feuer herum. Norman runzelte die Stirn. »Ja, Sam.« Er hob seinen Apparat hoch. »Er empfängt ganz bestimmt Sonnenlicht.«

Sam nickte, zufrieden über die Fachkenntnis des Fotografen. Norman war kein Dummkopf. Mit zusammengekniffenen Augen starrte er in die dunkle Höhle hinaus. Die Wände wurden vom Feuerschein gebadet, der zudem von der gewaltigen goldenen Statue im Stadtzentrum reflektiert wurde. Er betete darum, dass Norman die richtigen Schlüsse zog. »Dann suchen wir die Stelle, von wo das Licht kommt. Kann der Belichtungsmesser die Quelle aufspüren?«

»Vielleicht ...«, erwiderte Norman. »Wenn ich ihn vor den Fackeln abschirme und die Blende noch weiter öffne ...« Er zuckte mit den Schultern.

Ralph machte einen Vorschlag, ganz von sich aus. Nach den Strapazen des vergangenen Tags war sein altes Selbst zurückgekehrt. Nur seine Stimmung war noch etwas gedrückt. »Vielleicht könnten Norman und ich das Lager umrunden und herausfinden, wo die Anzeige am stärksten ist. Dann hätten wir eine Richtung, mit der wir anfangen können.«

Als der Fotograf nicht sofort reagierte, stieß ihn Sam an. »Norman?«

Der dünne Mann warf einen Blick auf die Mauer aus Finsternis am Rand des Feuers. Es sah nicht so aus, als gefiele ihm Ralphs Vorschlag, aber er stimmte schließlich widerstrebend zu. »Könnte klappen.«

»Gut.« Sam rieb sich die Hände und entwarf einen improvisierten Plan. »Während ihr auf Erkundung geht, werden wir das Lager abbrechen. Nehmt die Taschenlampen mit. Ihr könnt sie an- und abschalten, wenn ihr eure Anzeigen ablest. Aber seid vorsichtig, die Batterien bei der hier lassen allmählich nach.«

Ralph nahm die Taschenlampe und schaltete sie zur Überprüfung ein. »Wir werden aufpassen.«

Norman sah zum Feuer, dann wieder in die Dunkelheit. »Dann beeilen wir uns besser. Es lässt sich nicht vorhersagen, wann das Sonnenlicht wieder verschwindet. Eine Wolke könnte schon ausreichen.« Seinen Worten zum Trotz zögerte er noch immer. Anspannung zeigte sich auf seinem Gesicht.

Sam bemerkte es. »Was stimmt denn nicht?«

Norman schüttelte den Kopf. »Schon gut. Ich habe bloß zu viele billige Horrorstreifen gesehen.«

»Ja, und?«

»Die Gruppe teilen. In Horrorfilmen ist das immer der Zeitpunkt, zu dem der Killer damit loslegt, die College-Schüler abzumurksen.«

Sam lachte. Er glaubte, der Fotograf hätte einen Witz gemacht – aber Norman lächelte nicht. Sams Gelächter erstarb. »Du glaubst doch nicht im Ernst ...«

Plötzlich krachte etwas Großes ins Feuer. Brennende Stofffetzen und Knochen schossen in die Höhe, stachen auf bloßer Haut und rutschten klappernd über den Felsboden. Rauch wallte auf und Dunkelheit drohte die Gruppe zu verschlingen, denn das Lagerfeuer flog auseinander. Glücklicherweise landete ein großes brennendes Stück auf den gestapelten Mumien in der Nähe und setzte sie in Brand, sodass sie wieder Licht hatten. An verschiedenen Stellen loderten kleine Feuer auf, die Schatten auf den Mauern der Grabstätten tanzen ließen.

Sam fuhr herum und zog Maggie hinter sich. Inmitten der Überreste ihres ersten Feuers lag ein großer viereckiger Stein, eindeutig ein behauener Granitblock aus einem der

Gebäude. Er sah zur Decke. Dort oben gab es keinen überhängenden Sims, von wo aus der riesige Stein hätte herabfallen können.

»Das war kein Zufall«, meinte Ralph und sprach damit Sams Gedanken aus. Der Footballspieler aus Alabama schaltete seine Taschenlampe ein, deren Strahl die Dunkelheit jenseits der Feuer durchbohrte.

»Holt die Gewehre!«, ordnete Sam an. »Sofort!«

Ralph nickte, warf Norman die Lampe zu und schnappte sich dann das Gewehr, das an der Felswand lehnte. Sam bückte sich und hob die eigene Winchester auf, die neben seinem improvisierten Bett gelegen hatte. Maggie hielt sich eng bei ihm, Denal neben sich.

Abgesehen vom gelegentlichen Knistern und Knacken des Feuers, wenn getrocknete Knochen in der Hitze zerbrachen, war es totenstill. Dennoch spürte Sam überall ringsumher eine Bewegung. Schatten tanzten im Feuerschein, aber in einigen der Pfützen aus Finsternis wimmelte und wuselte es. Etwas war dort draußen und rückte näher.

»Geister kommen uns holen«, murmelte Denal.

Maggie legte dem Jungen tröstend einen Arm um die Schulter, doch niemand widersprach laut seinen Worten. Die ausgedehnte Totenstadt, von Flammen bemalt und schwärend von huschenden Schatten, ließ sogar ihre schlimmsten Albträume möglich erscheinen.

Was sich jedoch in der Nekropolis regte, war weitaus entsetzlicher.

Normans Taschenlampe fing einen der umherschleichenden Eindringlinge in ihrem Strahl ein. Einen Herzschlag lang erstarrte das Wesen wie ein Reh im Licht von Autoscheinwerfern – aber das hier war kein Reh oder Rehbock. Es war so bleich wie die Albinotaranteln und stand auf zwei Beinen. Nackt, gekrümmt, stützte es sich beim Gehen auf die Fingerknöchel einer Hand, die zu einem langen, muskulösen Arm gehörten. Sams erster Gedanke war: ein Affe, aber die Kreatur war haarlos, sogar auf dem Schädel.

Sie zischte das Licht an – zischte die Gruppe an –, und riesige schwarze Augen verengten sich zu wütenden Schlitzen. Die Zähne waren spitz und scharf. Dann floh sie aus dem Licht und verschwand rascher in die Dunkelheit, als Sam es für möglich gehalten hätte.

Sie war so schnell gekommen und wieder gegangen, dass keiner aus der Gruppe Zeit für eine Bemerkung gehabt hätte. Sam hatte nicht einmal daran gedacht, das Gewehr zu heben; auch Ralph nicht. Normans Arm bebte so heftig, dass der Strahl seiner Taschenlampe zitterte.

»Was war das, zum Teufel?«, flüsterte Maggie schließlich.

Sam legte seine Winchester an. Aus der Ferne hallten von überallher schwache Geräusche: Scharren auf Fels, ersticktes Zischen, gutturales Husten, sogar ein schrilles Jaulen, zweifellos eine Kampfansage. Es hörte sich an, als wären sie von einer riesigen Meute der Kreaturen umzingelt, aber die Akustik in der Höhle täuschte. Ralph wechselte einen Blick mit Sam. In den Augen des großen Mannes funkelte hell die Angst.

»Wer sind die?«, wiederholte Maggie.

»*Mallaqui*«, erwiderte Denal. Geister der Unterwelt.

»Und du hast gewollt, dass Ralph und ich allein da hinausgehen«, sagte Norman mit piepsiger Stimme. Seine Taschenlampe zitterte immer noch. »Lernen wir doch was von diesen Horrorstreifen! Von jetzt an bleiben wir zusammen.«

Niemand widersprach. Tatsächlich blieben alle stumm.

Aller Augen waren auf das dunkle Herz der Totenstadt gerichtet.

Henry erwachte und wünschte, er hätte es bleiben lassen. Sein Kopf schmerzte und pochte, als hätte jemand auf seinen Schläfen ein Schlagzeugsolo gespielt. Er hatte einen bitteren Säuregeschmack im Mund, der zudem völlig verklebt war. Er stöhnte, weil er zu mehr im Augenblick nicht in der Lage war. Mehrmals holte er tief Luft und konzentrierte sich auf seine Umgebung. Die einzige Beleuchtung kam von einem vergitterten Fenster hoch oben in der Rückwand des winzigen Raums.

Die Erinnerung an den Überfall auf den Gängen der Johns Hopkins kehrte allmählich zurück. Eine seiner Hände kroch über seine Brust und befingerte eine empfindliche Stelle am Brustbein. Der gefiederte Pfeil war verschwunden. Langsam richtete er sich auf und entdeckte, dass er auf einem Bettgestell lag, dessen abgenutzte Matratze nur eine schlechte Polsterung bot. Er trug immer noch dieselbe Kleidung – Jeans und ein graues Hemd. Nur sein Sportsakko von Ralph Lauren war verschwunden. Er warf eine dünne Decke beiseite und richtete sich vorsichtig auf.

Der Raum war spartanisch eingerichtet. Neben dem Bett standen die einzigen weiteren Möbelstücke – ein wurmstichiger Schreibtisch in der Ecke sowie ein Betschemel vor einem Holzkruzifix. Henry starrte zu dem Kreuz hinüber, dessen kirschrote Färbung sich deutlich vom weiß getünchten Putz abhob. Vor dem inneren Auge sah er das silberne Dominikanerkreuz, das vom Hals seines Angreifers herabgehangen hatte. Was ging hier vor, zum Teufel?

Er schwang die Beine vom Bett, was zur Folge hatte, dass es ihm den Bruchteil einer Sekunde lang in den Ohren klingelte und ihm schwarz vor Augen wurde. Er holte tief Luft. Zuvor jedoch war ihm ein starker, vertrauter Geruch aufgefallen, der von der zerrissenen Decke auf dem Bett aufstieg. Er hob sie an die Nase und schnüffelte. Lama. Von allen in südamerikanischen Ländern hergestellten Textilien hatte Lamawolle die schlechteste Qualität. Sie wurde lediglich von Bauern benutzt und selten exportiert.

Langsam dämmerte ihm die Erkenntnis. Südamerika?

Er erhob sich eilig. Einen Moment lang stand er etwas wackelig auf den schwachen Beinen, aber er gewann rasch seine Stärke zurück. »Nein, das ist unmöglich.«

Er trat zur einzigen Tür, die niedrig, aber stabil war, und probierte den Riegel. Natürlich verschlossen. Er machte kehrt und starrte zu dem hoch in der Mauer liegenden Fenster hinauf. Vögel sangen auf einem Baum in der Nähe und eine warme Brise ließ die Staubkörnchen im hereinströmenden Sonnenlicht tanzen. Es war zu hell. Henry spürte, dass dies nicht derselbe Tag war, an dem er mit dem Betäubungspfeil niedergeschossen worden war. Wie lange war er bewusstlos gewesen? Die schwache Brise roch nach Öl zum Braten und aus der Ferne tönten schwach die Geräusche eines Markts herüber. Schrille Stimmen priesen auf Spanisch ihre Waren an.

Ihm sank der Mut, als er erkannte, was das alles zu bedeuten hatte. Er war entführt und außer Landes verschleppt worden. Ein weiteres Gesicht tauchte vor ihm auf: glatt herabfallendes, mitternachtsschwarzes Haar, strahlende Augen, volle Lippen. Er musste schlucken, als ihm einfiel, wie Joan den gefiederten Pfeil zwischen ihren Brüsten hervorgezogen hatte und auf dem Boden zusammengebrochen war. Wo steckte sie?

Besorgter um Joan als um sich selbst trat Henry zur Tür und hämmerte mit der Faust darauf ein, dass die Bretter im Rahmen bebten. Bevor er etwas hätte rufen können, öffnete sich ein kleines Guckloch oben. Dunkle Augen starrten ihn an.

»Ich möchte wissen, was ...!«

Das Guckloch schlug zu. Wenige Schritte entfernt folgte ein unterdrückter Wortwechsel, allerdings zu leise, um etwas zu verstehen. Jemand schien eilig zu verschwinden. Erneut hämmerte Henry an die Tür. »Lasst mich hier raus!«

Eigentlich hatte er keine Reaktion erwartet; er hatte lediglich seiner Enttäuschung Luft machen wollen. Daher war er regelrecht entgeistert, als er Antwort bekam. Eine Stimme rief ihm von weiter unten im Flur zu: »Henry? Bist du das?«

Eine Woge der Erleichterung erfasste ihn und kühlte sein heißes Blut etwas ab. »Joan!«

»Geht's dir gut?«, schrie sie zurück.

»Ja. Was ist mit dir?«

»Schlecht gelaunt, angewidert und stinkwütend.«

Allerdings hörte Henry aus ihren Worten auch jede Menge Angst heraus. Er wusste nicht, was er antworten sollte. Sich dafür entschuldigen, dass er sie in diesen Schlamassel hineingezogen hatte? Falsche Versprechungen bezüglich ihrer Rettung machen? Er räusperte sich und rief zurück: »Tut mir Leid ... war nicht viel mit dem zweiten Rendezvous, stimmt's?«

Ein lange Pause ... dann ein leises Kichern. »Hab's schon schlimmer getroffen.«

Henry drückte beide Handflächen gegen die Tür. Er spürte ein heftiges Verlangen, Joan in die Arme zu schließen.

Plötzlich hörte er, wie sich draußen vor der Zelle jemand näherte. Joan musste es auch gehört haben, denn sie verstummte abrupt. Henry hielt den Atem an. Was jetzt? Eine harte, schroffe Stimme fauchte genau vor seiner Tür einige Worte. Vom Tonfall her ein Befehl, woraufhin ein Riegel quietschte und die Tür zu seiner Zelle aufschwang.

Henry wusste nicht, was er erwartet hatte, war jedoch verblüfft, als er draußen zwei Mönche in Kutten entdeckte. Sie hatten die Kapuzen zurückgeworfen und um ihre Hälse hingen Kruzifixe an geflochtenen Schnüren.

Er wich zurück, als sein Blick auf das Gesicht des größeren Mönchs fiel und er es wieder erkannte. Es war der Revolverheld aus der Johns Hopkins, derjenige namens Carlos. Wieder hielt der Mann eine Pistole in der Hand, diesmal allerdings ohne Schalldämpfer. »Seien Sie kooperativ, Professor Conklin, und Ihnen wird nichts geschehen.«

»W... wo bin ich? Was haben Sie mit uns vor?«

Carlos ignorierte ihn und gab stattdessen seinem Begleiter einen Wink. Der Wächter schlenderte den Flur entlang zu einer anderen Tür und schob dort den Riegel zurück. Er öffnete, brüllte etwas auf Spanisch und zog eine Waffe aus einem Schlitz in seiner Kutte. Er winkte mit der Mündung dem Insassen der Zelle, den Raum zu verlassen.

Vorsichtig kam Joan heraus und ihr Blick fiel sogleich auf Henry, der ihren Augen deutlich die Erleichterung ansah. Tränen glitzerten. Sie wischte sich brüsk übers Gesicht. Der Wächter musste sie nicht weiter drängen, damit sie zu Henry und Carlos hinüberging. Einen Moment lang glitt ihr Blick zur Waffe in der Hand des größeren Mannes, dann sah sie wieder Henry an. »Warum sind wir hier?«, flüsterte sie. »Was wollen sie von uns?«

Ehe Henry Antwort geben konnte, sagte Carlos: »Kommen Sie! Ihre Fragen werden Antwort finden.« Der große Mönch machte auf dem Absatz kehrt und führte sie den Flur hinunter. Der andere folgte, die Waffe in der Hand.

Joan ließ ihre Hand in Henrys gleiten. Er drückte sie und legte so viel Zuversicht in diesen Händedruck wie möglich. Wenn die Männer sie hätten töten wollen, hätten sie sie nicht unter Drogen gesetzt und hierher gebracht. Aber wo war ›hier‹? Und was wollten sie? Es gab nur eine Möglichkeit, das herauszufinden.

Henry folgte Carlos. Er musterte die Kutte des Mannes, dessen Sandalen leise auf dem kopfsteingepflasterten Boden klapperten. Und warum diese verwerfliche Verkleidung?

Joan hielt sich schweigend an seiner Seite, während sie erst durch das Labyrinth aus Fluren und dann zwei Treppen hinaufgeführt wurden. Sie bewegte sich sehr steif. Unterwegs begegnete ihnen bloß ein weiterer Mönch, der die Kapuze übergestreift hatte und den Kopf gesenkt hielt. Ohne das Gesicht zu heben, trat er beiseite, um die Prozession vorüberzulassen. Henry vernahm ein gemurmeltes Gebet, das dem Mann über die Lippen kam.

Er schaute sich um; der Mönch schritt weiter den Flur entlang. Entweder hatte er die Schusswaffen und die Gefangenen gar nicht bemerkt, oder sie waren ihm gleichgültig gewesen.

»Merkwürdig«, murmelte er.

Schließlich blieb Carlos vor großen Flügeltüren stehen, die auf Hochglanz poliert und gewachst waren. Afrikanisches Mahagoni, vermutete Henry, und teuer. Das Schnitzwerk auf den Türen zeigte eine Berggegend mit Dörfern, die über die Hänge verstreut waren. Henry erkannte sie wieder. Er hatte sie auf seinen Besuchen Perus oft gesehen. Es war eine wohl bekannte Region in den Anden.

Henry betrachtete stirnrunzelnd die Tür, während Carlos anklopfte.

Eine tiefe Stimme gab Antwort. »*Entrada!*«

Carlos stieß die Tür auf, deren Angeln gut geölt waren. Dahinter lag ein Raum, der ebenso gut aussah wie die Mahagonitüren. Ein mit Blattsilber und -gold verzierter und geschmückter Altar stand in der Ecke und ein kunstvoll gewebter Alpakateppich dämpfte das Geräusch von Henrys Schritten. Regale bis zur Decke, dicht zugestellt mit verstaubten Büchern, bedeckten zu beiden Seiten die Wände. In der Mitte des Raums stand ein gewaltiger Schreibtisch mit einem nicht so recht dazu passenden Computer in der einen Ecke.

Dahinter saß ein großer, etwas älterer, aber kraftvoll wirkender Mann, der sich jetzt erhob, wobei der Stuhl unter ihm quietschte. Neben seiner Größe schrumpfte sogar der Schreibtisch zusammen.

Doch Henry schenkte dem Mann und dem Raum keinerlei Beachtung. Die breiten Fenstern zogen seinen Blick auf sich. Dort draußen erhoben sich die Türme einer Kirche im Kolonialstil hoch über die Stadt. Erschüttert und mit offenem Mund sah Henry hin. Er hatte das charakteristische Gebäude sofort erkannt und war sich jetzt ganz sicher, wo er war – in Cusco, Peru. Das dort hinter den Fenstern war die spanische Kirche Santo Domingo, eine Dominikanerkirche, die auf den Ruinen eines Sonnentempels der Inka erbaut worden war.

Henry ließ seinen Blick über den Raum gleiten, in dem er sich zur Zeit aufhielt. Plötzlich dämmerte ihm, wo sie gefangen gehalten wurden. Die Mönche, die Aussicht, sogar die Gestalt, die hinter dem großen Schreibtisch stand und einen Willkommensgruß lächelte ...

O mein Gott!

Er trat vor und heftete seinen Blick schließlich auf den großen Mann, der ihn gefangen genommen hatte. Die Gesichtszüge waren eindeutig spanisch, fast aristokratisch. Er erinnerte sich an sein Gespräch mit dem Erzbischof von Baltimore. Der Bischof hatte versprochen, die Anfrage des Archäologen an einen Kollegen, einen Dominikaner in Peru, weiterzuleiten. Henry fiel auch der Name wieder ein, den der Erzbischof genannt hatte. »Abt Ruiz?«, sagte er laut.

Der riesige Mann neigte den Kopf zum Gruß. »Professor Conklin, willkommen in der Abtei Santo Domingo.« Offenbar war es ihm gleichgültig, dass Henry ihn erkannt hatte. Abt Ruiz' Leibesumfang entsprach seiner Größe. Brustkasten und Bauch blähten seine Soutane und die schwarze Kutte mächtig auf. Eigentlich wirkte er nicht schlaff, sondern eher wie ein Mann, der einmal feste Muskeln gehabt hatte, dessen Gestalt jedoch mit zunehmendem Alter massig geworden war.

Henry sah seinem Widersacher ins Gesicht. Er hatte sich stets für jemanden gehalten, der einen Charakter gut einzuschätzen verstand, aber der Abt verwirrte ihn. Sein Benehmen war offen und freundlich. Mit seinem silbrigen Haar wirkte er wie ein netter Großvater. Aber wenn er die gegenwärtigen Umstände berücksichtigte, konnte diese Einschätzung wohl kaum weiter von der Wahrheit entfernt liegen.

Joan trat an Henrys Seite. »Du kennst diesen Mann?«

Henry schüttelte den Kopf. »Nicht wirklich.«

Abt Ruiz winkte sie zu zwei Polstersesseln hinüber. »Professor Conklin und Dr. Engel, machen Sie es sich doch bitte bequem.«

Henry trat näher an den Schreibtisch heran. »Ich bleibe lieber stehen, bis ich einige Antworten erhalten habe.«

»Wie Sie wollen«, erwiderte der Abt mit einem verletzten Gesichtsausdruck. Er kehrte zu seinem eigenen Sessel zurück und ließ sich seufzend hineinsinken.

Joan stellte sich neben Henry. »Was wollen Sie eigentlich von uns, gottverdammt?«

Der Abt runzelte die Stirn und die aufgesetzte Wärme wich aus seinem Gesicht. »Dies hier ist ein geheiligter Ort unseres Herrn. Enthalten Sie sich bitte jeglicher Blasphemie.«

»Blasphemie?«, fragte Henry aufgebracht. »Ihr Mann da drüben hat einen Kollegen von uns umgebracht und uns anschließend unter Drogen gesetzt und entführt. Wie viele Gebote, geschweige denn internationale Gesetze, hat er verletzt?«

»Um weltliche Gesetze geben wir nichts. Bruder Carlos ist Soldat in der Armee des Herrn und steht über allen internationalen Regeln. Und um sein Seelenheil brauchen Sie nicht zu fürchten. Ihm wurde durch die heilige Beichte die Absolution erteilt, seine Sünden sind ihm vergeben.«

Henry sah finster drein. Sie hatten allesamt einen Dachschaden.

»Schön …«, sagte jetzt Joan. »Alle Seelen sind gereinigt, getrocknet und gebügelt worden. Warum, *verflucht*, haben Sie uns entführt?«

Dem Abt standen weiterhin Zorn und Anspannung ins Gesicht geschrieben – der nette Großvater war längst auf und davon. »Aus zwei Gründen. Zum einen möchten wir mehr darüber erfahren, was Professor Conklin in den Ruinen in den Anden entdeckt hat. Zum zweiten wollen wir wissen, was Sie beide in den Staaten durch die Mumie erfahren haben.«

»Wir verweigern jede Zusammenarbeit«, erklärte Henry mit fester Stimme.

Ruiz spielte mit einem großen Siegelring an seiner rechten Hand, drehte ihn immer und immer wieder um den Finger. »Das wird sich noch zeigen«, meinte er kalt. »Unser Orden hat über die Jahrhunderte hinweg ein bemerkenswertes Geschick darin entwickelt, Zungen zu lösen.«

Bei den Worten des Mannes gefror Henry das Blut in den Adern. »Wer sind Sie?«

Ruiz schnalzte mit der Zunge. »Ich stelle hier die Fragen, Professor Conklin.« Der Abt zog eine Schublade auf, holte einen vertrauten Gegenstand hervor und stellte ihn auf seinen Schreibtisch. Es war das Becherglas mit der Substanz Z. Das goldfarbene Material hatte immer noch die Form einer Pyramide. »Wo genau haben Sie das hier gefunden?«

Henry sah den explodierenden Kopf der Mumie vor sich. Er spürte, dass er besser keine Lügen auftischen sollte, zumindest so lange nicht, bis er ungefähr wusste, wie viel die anderen wussten. Dennoch hatte er nicht vor, die ganze Wahrheit preiszugeben. »Wir haben sie … in Bruder de Almagros Besitz gefunden.«

Joan sah ihn scharf an.

Die Augen des Abts wurden größer. »Also war unser alter Kollege bei seiner Mission erfolgreich. Er *hat* die Quelle des *Sangre del Diablo* entdeckt.«

Henry zog die Brauen zusammen und übersetzte die Worte des Abts: »Das Blut des Teufels?«

Eine Weile musterte ihn Ruiz schweigend, dann legte er die Fingerspitzen vor sich aneinander und sagte langsam: »Ich habe das Gefühl, Sie wissen mehr, als Sie uns sagen, Professor Conklin. Und obwohl wir unsere Werkzeuge über die Jahrhunderte hinweg verfeinert haben, bin ich der Ansicht, dass schlichte Aufrichtigkeit Sie leichter zu uneingeschränkter Zusammenarbeit bewegen wird. Schließlich sind Sie ein Mann der Wissenschaft und der Historie ... und da mag Neugier die Oberhand behalten, wo Drohungen letztlich überhaupt nichts erreichen. Würden Sie mich bitte bis zum Ende anhören?«

»Als bliebe mir eine andere Wahl ...«

Abt Ruiz erhob sich wieder. Er nahm das Becherglas an sich und ließ es in den Falten seiner Kleidung verschwinden. »Alle Menschen haben einen freien Willen, Professor Conklin. Und der bringt uns Verdammnis oder Rettung ein.« Der Abt ging um seinen Schreibtisch herum und winkte dem Mönch namens Carlos, voranzugehen. »Zum Heiligtum!«, befahl er.

Henry fiel der entsetzte Ausdruck auf dem Gesicht des Mönchs auf, bevor Carlos nickte, sich auf dem Absatz herumdrehte, die Bürotür öffnete und sie hinausließ.

Immer der gute Soldat des Herrn, dachte Henry.

»Was haben Sie jetzt vor?«, fragte Joan. Sie hielt sich erneut eng an Henry.

Sie traten in den Korridor, Ruiz ihnen zur Seite. »Ihnen die Wahrheit enthüllen. In der Hoffnung, dass auch Sie entsprechend offen sein werden.«

»Die Wahrheit über *el Sangre del Diablo?*«, fragte Henry,

der den Abt weiter ausquetschen wollte. »Woher haben Sie davon erfahren?«

Ruiz seufzte laut und wägte offenbar ab, ob er Antwort geben sollte. Schließlich sagte er: »Ursprünglich haben die spanischen Konquistadoren hier in Cusco das Metall entdeckt.« Der Abt wedelte mit der Hand. »Es ist in dem heiligen Sonnentempel der Inka gefunden worden.«

»Die Ruinen unter der Kirche Santo Domingo?«, fragte Henry. Als Erster hatte der Historiker Pedro de Cieza de Leon den Tempel als einen der reichsten an Gold und Silber beschrieben, der irgendwo auf der Welt zu finden sei. Selbst die Wände des Inkatempels waren mit zentimeterdicken Platten aus Gold bedeckt gewesen – bis ihn die Spanier geplündert und das Gebäude bis auf die Grundmauern niedergerissen hatten, um die Kirche ihres eigenen Gottes darauf zu errichten.

»Genau«, meinte Ruiz seufzend. »Vor seiner Zerstörung muss der Tempel einen wunderbaren Anblick geboten haben. Eine Schande, in der Tat.«

»Und dieses Blut des Teufels?«, hakte Joan nach. »Warum der Name?«

Sie erreichten ein Treppenhaus, das sich tief nach unten ins Herz der Abtei wand. Der Abt nahm die Stufen sehr langsam, weil ihm sein beträchtlicher Umfang Probleme bereitete. Er keuchte leicht beim Sprechen. »Die Inka hatten sehr anschauliche Namen für Silber und Gold – die Tränen des Mondes, der Schweiß der Sonne. Als die spanischen Eroberer von der Existenz dieses anderen Metalls erfahren haben und Zeugen seiner unirdischen Eigenschaften geworden sind, erklärten sie das Material für blasphemisch und benannten es ebenso anschaulich: *el Sangre del Diablo*. Das Blut des Teufels.«

Henry entdeckte, dass er in diese Geschichte hineingezogen wurde. Das war sein Fachgebiet, aber davon hatte er noch nie etwas gehört. »Warum gibt es von dieser Entdeckung keine Aufzeichnung?«

Der Abt zuckte mit den Schultern. »Weil die Kirche eingeschaltet worden ist und mit den Eroberern einer Meinung war. Das Metall wurde untersucht, seine ungewöhnlichen Eigenschaften festgehalten und im Jahr 1542 verkündete Papst Paul III., dass es in den Augen des Herrn eine Abscheulichkeit darstellt – ein Werk des Satans. Die Dominikaner, die die Spanier begleitet hatten, konfiszierten sämtliche Proben und brachten sie zur Reinigung nach Rom. Alle schriftlichen Unterlagen über die Entdeckung des Metalls wurden vernichtet. Darüber zu sprechen oder zu schreiben hieß, mit dem Satan zu verkehren.« Der Abt warf einen Blick auf die Mauern, während sie Bruder Carlos folgten. »Mehrere Historiker haben sich diesem Dekret des Papstes widersetzt und sind deswegen verbrannt worden, in eben diesem Gebäude hier. Unser Orden trug die Last, das Geheimnis zu wahren.«

»Ihr Orden ... Sie sagen das immer so, als wären Sie kein Teil der katholischen Kirche.«

Ruiz runzelte die Stirn. »Wir sind zweifellos Teil der heiligen römischen Kirche.« Fast schuldbewusst sah der Abt beiseite. »Unglücklicherweise hat uns Rom so gut wie vergessen. Von einer Hand voll Männer im Vatikan abgesehen, kennt niemand mehr die wahre Mission dieses Ordens.«

»Die worin besteht?«, fragte Henry.

»Kommen Sie mit und Sie werden es mit eigenen Augen sehen«, erwiderte Ruiz ausweichend.

Sie hatten den untersten Absatz der langen Treppe erreicht. Henry schätzte, dass sie sich mindestens zwanzig Meter unter dem Erdboden befinden mussten. Eine Reihe nackter Glühbirnen erleuchtete den weiteren Weg. Henry besah sich die Wände und war überrascht davon, das charakteristische Werk der Inka zu erblicken – gewaltige Granitblöcke, die mit äußerstem Geschick ausgeschnitten und aneinandergefügt worden waren.

Der Abt musste bemerkt haben, dass Henry die Hand über die Mauer laufen ließ. »Wir befinden uns jetzt unterhalb der Abtei. Wie die Kirche Santo Domingo ruht auch sie auf uralten Fundamenten der Inka. Diese Gänge stellen eigentlich die Verbindung zum Sonnentempel dar.«

»Dorthin gehen wir?«, fragte Joan. »Zu diesem Tempel?«

»Nein ... wir gehen zu einem noch erstaunlicheren Ort.«

Die Gruppe schritt durch das Labyrinth aus Gängen, nach wie vor angeführt von Carlos. Gelegentlich fiel Henry eine hölzerne Brücke auf, die offene Abschnitte im Steinboden überspannte. Anfangs schrieb er sie Bereichen zu, an denen das uralte Steinwerk der Inka Erdbeben oder schlichter Abnutzung zum Opfer gefallen war. Bei einer weiteren Überquerung einer dieser Brücken ging ihm allerdings auf, dass sie zu regelmäßig kamen und die Gruben zu quadratisch waren. Plötzlich hatte er einen Verdacht, wohin es ging.

»Das sind die Gruben!«, platzte es aus ihm heraus. Er starrte zurück in das Labyrinth aus vielfach gewundenden Gängen.

»Also haben Sie davon gehört?«, meinte Ruiz lächelnd.

»Die Gruben?«, fragte Joan.

»Ein unterirdisches Labyrinth. Ein Sündenpfuhl. Dort hinein haben die Herrscher der Inka ihre meistgehassten Feinde geworfen. Das Labyrinth war mit Fallgruben gespickt, die ihrerseits mit rasiermesserscharfem Feuerstein gesäumt waren. Hinzu kamen Skorpione, Spinnen, Schlangen und sogar verwundete Pumas, um die Gefangenen zu foltern.«

Joan musterte die Mauern. »Wie schrecklich ...«

»Es war eine der verrufensten Folterkammern der Inka. Die spanischen Eroberer haben ausführlich darüber berichtet. Sie wurde hier in Cusco vermutet, sollte jedoch längst zerstört sein.« Henry wandte sich an den Abt. »Offenbar ist dies nicht der Fall.«

An einer Biegung hielt Carlos inne. Er stand steif neben einem kahlen Abschnitt der Steinwand, fast in Hab-Acht-Stellung. Er hatte die Augen zusammengekniffen und dem wütenden Ausdruck nach zu urteilen, war der Mönch mit der Entscheidung des Abts, die Gefangenen hierher zu bringen, ganz und gar nicht einverstanden.

Abt Ruiz trat neben Carlos. »Wir haben das Zentrum des Labyrinths erreicht. Das Heiligtum unseres Ordens.«

Henry sah den Korridor hinauf und hinab. Weit und breit sah er nur dicht aneinander liegende Granitblöcke und keinerlei Hinweis auf eine Tür.

Der Abt ging auf die nackte Wand zu und drückte seinen großen Rubinring auf eine kleine, in eine schattige Nische eingelassene Platte aus rostfreiem Stahl. Dann trat er zurück und hinter den Steinen ertönte das Knirschen eines Getriebes.

Henry spannte sich an, da er nicht wusste, was er zu erwarten hatte.

Plötzlich sank ein Abschnitt der Granitmauer langsam in den Boden. Durch den größer werdenden Spalt drang helles Licht, das nach den finsteren Gängen beinahe blendete. Mit einem letzten Ächzen verschwand der Mauerabschnitt gänzlich.

Schließlich hatten sich Henrys Augen an den Glanz gewöhnt und er starrte mit offenem Mund durch die Öffnung.

Joan neben ihm keuchte auf.

Vor ihnen erstreckte sich ein Raum, etwa so groß wie eine kleine Lagerhalle, dessen Wände völlig weiß waren und in dem es vor Stahl nur so blitzte. Ein Laboratorium nach dem neuesten Stand der Technik. Hinter den Scheiben und den luftdicht verschlossenen Türen arbeitete eine Legion von Gestalten in steriler Kleidung. Aus dem Labor erklang, gedämpft durch die Glaswände, Musik von Beethoven.

Henry warf einen Blick zurück in das steinerne Labyrinth der Inka und sah dann wieder auf das hochmodern ausgestattete Laboratorium. »Na gut, jetzt bin ich ganz Ohr.«

Der erwartete Angriff blieb aus. Eine volle Stunde war verstrichen, als Sam, das Gewehr im Anschlag, von dem großen Feuer wegtrat. Ringsumher stieg die düstere Totenstadt zu den schattigen Hügeln auf. Der Schein des Feuers fiel auf die Grabstätten in unmittelbarer Nähe. Nur die hoch aufragende Goldstatue in der Mitte der Stadt reflektierte die Flammen, eine Säule aus Helligkeit in der mitternachtsdunklen Höhle.

Nichts regte sich dort draußen.

»Vielleicht sind sie weg«, flüsterte Norman.

Sam war anderer Ansicht. »Sie sind immer noch da.«

»Es sind die Flammen«, meinte Maggie schließlich leise, jedoch in scharfem Tonfall, was den Blick der anderen kurzzeitig ablenkte, die angespannt die Totenstadt bewachten. »Sie haben den großen Felsbrocken in unser erstes Lagerfeuer geschleudert. Das war ein Versuch, es zu zerstören. Und der Stapel mit den anderen Mumien ist nur durch Zufall in Brand geraten. Wäre das Feuer völlig erloschen, wären wir alle jetzt tot.«

»Was willst du damit sagen?«, fragte Norman.

»Sie fürchten die Flammen«, erwiderte Sam, dem klar wurde, dass Maggie Recht hatte. Er betrachtete sie mit neu gewonnenem Respekt. »Es ist das Feuer, das sie zurückhält.«

Sie nickte. »Der, den wir gesehen haben, hatte keine Hautpigmente. Das heißt, er ist keine Kreatur des Sonnenlichts, sondern aller Wahrscheinlichkeit nach ein Höhlenbewohner.«

»Aber *was* war es?«, fragte Ralph.

»Woher soll ich das wissen?«, fauchte Maggie. Die Anspannung machte alle ganz kribbelig. Sie zog Denal zu sich. Seine Augen waren geweitet vor Furcht. Echter wie abergläubischer. »Doch was es war, es war kein Geist. Kein *mallaqui*. Es war aus Fleisch und Blut. Ich weiß nicht so recht ... vielleicht eine Art haarloser Gorilla oder so.«

Ralph schüttelte den Kopf und legte sein Gewehr wieder an. Sam vermutete, dass der Arm des großen Mannes allmählich ebenso ermüdete wie sein eigener. »Es gibt keinerlei Berichte über große Affen auf dem südamerikanischen Kontinent.«

»Aber viele Gebiete der Anden sind nach wie vor unerforscht«, konterte Maggie. »Wie diese Gegend hier.«

»Und er sah fast menschlich aus«, bemerkte Norman.

Sam hätte diesen Ausdruck nicht benutzt, um dieses missgestaltete, bucklige Wesen zu beschreiben, das sie im Strahl der Taschenlampe erwischt hatten. Erneut sah er das tierähnliche Gesicht mit den rasiermesserscharfen Fängen vor sich. Ganz eindeutig nicht menschlich.

»In der ganzen Welt berichten Leute davon, dass sie hoch in den Bergen merkwürdige, verborgene Kreaturen gesehen haben«, beharrte Maggie. »Die Sasquatch der Sierra, der Yeti des Himalaya.«

Ralph schnaubte. »Na prächtig. Und wir haben den abscheulichen Schneemenschen der Anden entdeckt.«

Im Lager setzte wieder Schweigen ein. Der Druck, der auf ihnen lastete, nahm ihnen die Lust zu reden. Es herrschte völlige Stille, abgesehen von dem gelegentlichen Knallen oder Knistern des Feuers. Nach einer Weile keimte in Sam die Hoffnung auf, dass Norman Recht gehabt hatte. Vielleicht waren die seltsamen Kreaturen verschwunden.

Dann bellte plötzlich etwas in den Tiefen der Höhlen scharf auf, dem ein gutturales Grunzen von überallher folgte.

Alle spannten sich an. Sam legte den Finger an den Abzug seiner Winchester.

»Die Einheimischen werden unruhig«, flüsterte Norman.

Die heiseren Rufe und das Geplapper schwollen an und schallten schließlich durch die gesamte Höhle. Es hörte sich an, als wären sie von hunderten der Kreaturen umzingelt.

Sam versuchte, mit dem Blick die Dunkelheit zu durchdringen. »Feuer hin oder her, vielleicht nehmen sie gerade all ihren Mut zusammen, uns trotzdem anzugreifen.«

»Was sollen wir tun?«, fragte Norman.

»Es gibt zwei Möglichkeiten«, erwiderte Sam. »Die eine: Wir verkriechen uns in einer der Grabstätten. Zünden ein Feuer in der Nähe des Eingangs an und warten. Wehren sie ab, wenn sie angreifen.« Sam durchwühlte seine Tasche. »Ich habe vielleicht ein Dutzend Patronen. Und Ralph etwa dreißig.«

Maggie warf einen Blick zu dem schmalen Eingang eines der Gräber in der Nähe hinüber. Ihrem gequälten Ausdruck nach zu schließen, behagte ihr diese Idee ganz und gar nicht. »Da drin würden wir in der Falle sitzen. Wir könnten überwältigt werden, ohne eine Möglichkeit zur Flucht zu haben. Und ich fürchte, dass ihre Angst vor dem Feuer allmählich nachlässt.«

»Und was ist, wenn das Feuer erlischt?«, fragte Norman. »Wenn uns die Mumien ausgehen, während wir uns dort verstecken – wer geht dann raus und holt welche?«

Sam nickte zu ihren Einwänden. »Genau. Keine tolle Möglichkeit. Hier also die Alternative: Wir versuchen, einen Weg nach draußen zu finden. Und zwar mit Hilfe von Normans Belichtungsmesser. Der soll uns führen. Wir machen uns mit Waffen und Fackeln auf den Weg. Wenn sie

Angst vor Feuer haben, können wir sie so vielleicht abwehren – zumindest lange genug, bis wir unsere Ärsche hier rausgebracht haben.«

Ralph stand da und horchte mit geneigtem Kopf auf das anschwellende Geheul. »Für was wir uns auch entscheiden, wir sollten es bald tun.«

»Wie ich zuvor schon gesagt habe, werden sie zuversichtlicher, weil wir nichts unternehmen«, meinte Maggie. »Aber wenn wir uns in Bewegung setzten und das Feuer mitnehmen, verscheucht sie das vielleicht wieder. Vielleicht ist diese Höhle auch ihre Heimat. Falls es ihnen nur darum geht, ihr Territorium zu verteidigen, greifen sie vielleicht gar nicht erst an, wenn sie merken, dass wir von allein verschwinden.«

»Das sind aber eine Menge Vielleichts«, gab Ralph zurück.

Maggie zuckte mit den Schultern. »Ich bleibe lieber in Bewegung, als mich hier zu verbarrikadieren. Ich halte es nicht für schlau, zu lange an einem Ort zu bleiben, und stimme fürs Weitergehen.«

»Ich auch«, fügte Denal rasch hinzu. Seine Stimme war dünn und voller Angst.

Norman nickte. »Wir haben die Gastfreundschaft hier bereits überstrapaziert.«

Sam sah Ralph an.

Der große Ex-Footballspieler zuckte mit den Schultern. »Brechen wir das Lager ab.«

»Dafür bin ich auch.« Die einstimmige Entscheidung ermutigte Sam, doch er betete darum, dass es die richtige war. »Ralph und ich müssen die Arme für unsere Gewehre frei haben. Alle anderen greifen sich eine Fackel.«

Während die Bestien weiterhin quietschten und schrien, hielten Ralph und Sam ein wachsames Auge auf die Totenstadt gerichtet. Die anderen beeilten sich mit der Herstellung von Fackeln. Sie zogen eine weitere Mumie aus einer Grabstätte in der Nähe und brachen ihr die Gliedmaßen ab, je eine für Denal, Maggie und Norman.

Der Fotograf trat zurück und schwenkte ein mumifiziertes Bein. »Ich kenne die Redensart ›sich ein Bein ausreißen‹, aber so was hier ist wohl nicht gemeint.« Auf seinem Gesicht glänzte der Schweiß, hervorgerufen durch Anspannung und Strapazen. Er ging hinüber zum Feuer und setzte den Fuß der Mumie in Brand. »Etwas sagt mir, dass ich dafür noch in die Hölle kommen.« Er sah sich in der Nekropolis um. »Andererseits bin ich vielleicht schon da.«

Maggie und Denal achteten nicht weiter auf sein nervöses Geplapper, sondern folgten einfach seinem Beispiel. Bald hielt jeder eine brennende Gliedmaße in die Höhe.

»Für alle Fälle habe ich noch eine Ersatzfackel dabei«, sagte Maggie und zeigte mit dem Daumen auf den abgebrochenen Arm, der unter dem Riemen ihres Rucksacks hervorschaute. »Wir können noch welche einsammeln, wenn wir sie unterwegs brauchen.«

»Wenn es zum Äußersten kommt«, sagte Norman, »habe ich als letztes Mittel immer noch ein Stroboskopblitzlicht an meiner Kamera.«

»Dann machen wir uns auf den Weg«, meinte Sam. »Ich übernehme die Führung. Norman geht mit mir. Schließlich soll uns sein Belichtungsmesser führen. Maggie, kannst du deine Fackel und die Taschenlampe tragen?«

Sie nickte.

»Dann folgst du uns mit Denal. Ralph bildet die Nachhut. Wir durchqueren zunächst die Stadt. Wie wir wissen, gibt es hinter uns keinen Ausgang ... also bewegen wir uns am besten vorwärts.« Sam sah die anderen an. Niemand äußerte irgendwelche Einsprüche oder Gegenvorschläge. »Also los.«

Das Team setzte sich in Bewegung. Die Gassen zwischen

den Grabstätten der Totenstadt waren breit genug, dass sie dicht beieinander bleiben konnten. Norman ging an Sams Seite und las die Anzeigen auf seinem Belichtungsmesser ab, den er mit seinem Körper vor dem Schein der Fackeln abschirmte. Maggie hielt sich auf der anderen Seite und richtete die Taschenlampe nach vorn. Denal ging neben ihr. Nur Ralph folgte Sams Anweisung: Er bildete die Nachhut und hielt ein Auge hinter sie gerichtet.

Sie wanden sich durch das Labyrinth aus Straßen und gingen auf die ferne Wand der Höhle zu. Maggies Feststellung von vorhin erwies sich als nicht ganz zutreffend. Der Höllenlärm erstarb zwar, also ließen sich die heulenden Kreaturen durch das wandernde Feuer sehr wohl beeindrucken – jedoch unglücklicherweise nicht so stark wie erhofft. Nach wie vor ertönten Schreie und Grunzer ringsumher, und was noch schlimmer war, die Rufe kamen näher.

Plötzlich ertönte hinter ihnen mächtiges Gewehrfeuer. Als Sam herumwirbelte, schlug ihm das Herz bis zum Hals. Die Winchester hielt er schussbereit. Ralph stand ein paar Meter hinter ihm und aus dem Lauf seiner Waffe rauchte es.

»Verdammt!«, schrie Sam, in dessen Ohren es nach dem gewaltigen Knall immer noch heftig klingelte. »Hast du was gesehen?«

Kopfschüttelnd sah Ralph zu der Nekropolis hinüber, die in tiefem Schatten lag. »Bloß ein Warnschuss. Ich habe mir gedacht, dass das Gewehr vielleicht ihre Aufmerksamkeit erregt, wenn sie sich vom Feuer nicht vollständig abschrecken lassen.«

»Mein Gott, ich habe fast einen Herzinfarkt gekriegt!«, rief Maggie aus. »Das nächste Mal warnst du uns vor.«

Mit einem dümmlichen Ausdruck auf dem Gesicht schaute Ralph zu ihr zurück. »Tut mir Leid. Ich musste bloß was tun. Diese Schreie machen mich total nervös.«

Norman war auf dem Felsboden in Deckung gegangen und erhob sich wieder. »Noch so 'ne Nummer und du bist mir eine frische Unterhose schuldig.«

Denal stand nach wie vor neben Maggie. »Mal hören«, meinte er. »Jetzt alles ruhig.«

Da das Klingeln in seinen Ohren allmählich nachließ, bemerkte Sam, dass der Junge Recht hatte. Wenn Ralphs überstürzte Handlung schon sonst nichts erreicht hatte, so hatte sie zumindest das Geheul beendet. In der Höhle war es totenstill geworden.

»Vielleicht haben sie Schiss bekommen und sind abgehauen«, meinte Norman hoffnungsvoll und staubte sich das Hinterteil seiner Hose ab.

»Darauf würde ich nicht zählen«, sagte Sam. »Also los!«

Das Team setzte seinen Weg in das Labyrinth aus Gassen und Straßen fort. Wer die Totenstadt auch entworfen hatte, er war kein großartiger Stadtplaner gewesen, dachte Sam. Nirgendwo war eine gerade Durchfahrt zu entdecken und viele Straßen endeten als Sackgasse. Anhand der Entfernung zur goldenen Statue in der Mitte schätzte er, dass sie nur sehr langsam vorankamen, im Schneckentempo. Sie mussten häufig umkehren und auch anhalten, um nachzusehen, was der Belichtungsmesser anzeigte.

»Wir verlaufen uns noch hier drin«, beklagte sich Norman. Er hatte sich über das Gerät gebeugt und schirmte die Blende mit der hohlen Hand vor dem Fackelschein ab.

»Es muss einen Weg nach draußen geben«, widersprach Sam.

Die Gruppe wurde immer nervöser – nicht wegen des Geheuls oder sonstiger Anzeichen der Kreaturen, sondern weil die Stille allmählich an den Nerven zerrte. Ohne einen Anhaltspunkt dafür, wo die Bestien sich aufhielten, zuckte Sam bei jedem sich regenden Schatten oder jedem Kratzen auf

Stein zusammen. Obwohl niemand etwas sagte, wussten alle, dass die Kreaturen nach wie vor dort draußen waren. Irgendein urzeitlicher Instinkt warnte sie vor den versteckten Räubern – sie hatten das Gefühl, dass Augen sie anstarrten, dass jemand in der Dunkelheit atmete.

Während sie weitergingen, drückte sie die Stille immer stärker nieder. Keiner sagte mehr etwas; selbst Normans Nörgeleien hatten aufgehört. Sam sah zu den Höhen ringsumher auf und wünschte sich, das Heulen würde wieder einsetzen. Alles wäre besser als diese verdammte Stille.

Von oben ertönte Knurren und Gekreisch. Maggie richtete die Taschenlampe auf eine Grabstätte in der Nähe. Bleiche Gesichter starrten sie an. Riesige schwarze Augen reflektierten das Licht; ein klagendes Geschrei erschallte und scharfe Zähne wurden gefletscht.

»Zurück!«, schrie Sam und schob Denal und Maggie hinter sich.

Dann sprangen die Bestien über den Rand des Dachs auf sie zu.

Ralphs Gewehr dröhnte. Eine der missgestalteten Kreaturen verdrehte sich mitten in der Luft. Blut quoll aus der Wunde am Hals. Sie wirbelte herum und fiel krachend auf den Felsboden, wo sie sich heulend hin und her wälzte.

Sam scheuchte die anderen über die Straße zurück. Er sah am langen Lauf der Winchester entlang. Eine der Kreaturen hob sich aus ihrem Versteck an der Straße. Zum ersten Mal hatte er einen guten Blick auf eine der Bestien. Sie war so bleich und haarlos wie die, die sie vorhin entdeckt hatten, jedoch dünner, ausgemergelter. Jede einzelne Rippe ließ sich durch die gespannte Haut erkennen. Sogar die Gliedmaßen bestanden lediglich aus bleicher Haut, Knochen und Sehnen. Aber es war ihr Gesicht, das Sam innehalten ließ. Es war leicht schnauzenförmig, wie bei einem Bären, und schien voller Fangzähne zu sein. Eindeutig ein Fleischfresser.

Noch beunruhigender jedoch waren die riesigen schwarzen Augen. Sam spürte eine rudimentäre Intelligenz in ihrem Blick: Neugier, gemischt mit Wut. Eine tödliche Kombination.

Doch erkannte er auch Vorsicht. Die ausgemergelte Kreatur warf einen Blick auf ihren verwundeten Gefährten, der sich nach wie vor am Boden wand. Als sie sich wieder umdrehte, hatten sich ihre Augen zu wachsamen Schlitzen verengt.

Sie zischte ihn an. Dann verschwand sie so blitzschnell in einer Seitenstraße, dass sein Blick ihr nicht mehr folgen konnte. Sam konnte nicht einmal rechtzeitig das Gewehr herumreißen. Sie war wie ein schattenhafter bleicher Geist.

Verdammt, waren die Biester schnell!

Aus allen Öffnungen quollen jetzt andere aus ihrer Sippschaft hervor. Sie krochen aus schwarzen Fensterhöhlen, aus schmalen Eingängen. Als sie herankamen, bemerkte Sam feine Unterschiede zwischen ihnen. Einige waren kleiner, zwergenhafte Abbilder desjenigen, den er gerade genau betrachtet hatte. Andere waren dickleibiger. Einige hatten sogar etwas, das wie rudimentäre Schwingen aussah und dort hervorragte, wo bei einem Menschen die Schulterblätter gesessen hätten. Das Einzige, was alle gemein hatten, waren die durchdringenden hungrigen Augen und die durchscheinende Haut.

»Sam ... links!«, rief Maggie.

Er fuhr herum. Eine der Kreaturen, ein vierschrötiger Rüpel, der einen großen Ziegelstein über dem Kopf hielt, rannte auf O-Beinen auf sie zu.

Sam blieb ein Herzschlag zum Zielen. Jetzt leisteten ihm die in den Jahren der Fasanen- und Entenjagd erworbenen Fertigkeiten gute Dienste. Er nahm sein Ziel aufs Korn und drückte ab. Die Kugel traf die Bestie direkt in die Brust; die Wucht des Aufpralls brachte die Kreatur sofort zum Stehen.

Sie taumelte, fiel auf ein Knie. Blut, so schwarz wie Öl auf der weißen Haut, sprudelte ihr die nackte Brust herab. Der Ziegel fiel zu Boden und der Körper der Bestie folgte rasch nach.

Ein weiterer Gewehrschuss lenkte Sams Aufmerksamkeit nach rechts hinüber. Ralph stand inzwischen nur noch wenige Schritte entfernt. Eine weitere Bestie brach auf dem Boden zusammen. Er wich zurück und winkte mit dem Arm. »Weiter, weiter!«

Wiederum warnte Sam ein Aufschrei, der jedoch diesmal nicht aus Maggies Kehle kam. Eine der gekrümmten Kreaturen, ein Weibchen mit pendelnden Brüsten so flach wie Pfannkuchen, stieß einen gutturalen Kampfschrei aus. In den bleichen Händen hielt sie hoch erhoben einen Knüppel.

Er wollte verzweifelt das Gewehr herumschwenken.

»Sam!«

Schneller, als er erwartet hätte, sauste der Knüppel auf ihn zu. Er wich einen Schritt zurück, war jedoch nicht schnell genug. Der Stock traf den Lauf der Winchester. Es klirrte laut, das Gewehr wurde ihm aus der Hand gerissen und fiel klappernd auf die Steine.

Sam schmerzte die Hand von dem Hieb. Begleitet von triumphierendem Kreischen ließ die weibliche Bestie ihren Knüppel kreisen und zielte auf seinen Kopf. Einmal aus dem Gleichgewicht geraten, konnte er sich nicht einmal wegducken.

Dann spürte er plötzlich einen heftigen Schmerz am linken Ohr. Er jaulte auf, einerseits, weil es so wehtat, andererseits vor Überraschung.

»Sorry«, keuchte Maggie und schob ihre brennende Fackel an ihm vorüber der Angreiferin ins Gesicht.

Die Augen der Bestie weiteten sich vor Entsetzen. Augenblicklich wandelte sich ihr Triumphgeschrei zu einem Schrei der Angst. Der Knüppel fiel ihr aus den zitternden Fingern und sie schirmte das Gesicht mit einem Arm ab.

Maggie ging an Sam vorbei und stieß mit der Fackel zu.

Die Kreatur wandte sich ab, schoss davon, kletterte an der Seite einer Grabstätte hinauf und verschwand erneut mit unnatürlicher Schnelligkeit.

Mit grimmig gerunzelter Stirn drehte sich Maggie zu Sam. »Schnapp dir dein Gewehr!« Anschließend wandte sie sich Norman zu. »Die Fackeln benutzen!« Sie zeigte mit einem Arm zu Ralph hinüber, als ein weiterer Gewehrschuss durch die Höhle dröhnte. Der Schwarze war von allen Seiten umzingelt. »Hilf ihm! Ich bleibe bei Sam und Denal. Wir müssen uns beim Rückzug gegenseitig den Rücken frei halten.«

Norman rannte zu dem Ex-Footballspieler hinüber, der in einen Kampf verstrickt war, und verscheuchte zwei ungeschlachte Gestalten mit seiner brennenden Fackel. »Wohin zurückziehen?«, rief er.

»Irgendwohin. Nur weg!«, lautete Maggies Antwort.

Norman nickte, als würde ihm das reichen, und eilte zu der Rauferei, in deren Mittelpunkt Ralph stand. Weiteres Gewehrfeuer sowie eine geschwungene Fackel verschafften dem Schwarzen rasch etwas Luft.

Links hörte Sam Denal aufkeuchen. Er schwenkte sein Gewehr herum und sah den kleinen Quecha-Jungen vor drei kleineren Kreaturen zurückweichen, zwergenhaften Versionen derjenigen, die ihn selbst angegriffen hatten. Sie erinnerten an kleine Affen, als sie heranschlurften, wobei ihre Fingerknöchel über den Felsboden schleiften.

Sam zog Denal mit der freien Hand hinter seinen Rücken, hob dann das Gewehr, zielte auf die Kreatur, die am weitesten herangekommen war, und pustete ihr aus nächster Nähe den Kopf weg. Die Gehirnmasse bespritzte die anderen beiden, was sie innehalten ließ.

»Zurück!«, schrie Sam, als die verbliebenen beiden Kreaturen auf sie zukamen, und zog Maggie und Denal in eine Seitenstraße. Eine weitere hackte von einem Dach aus mit der Klaue nach Maggie, wurde aber durch einen Streich mit ihrer Fackel vertrieben.

Dann heulten die beiden Ungeheuer auf, die auf sie zu schlurften, und sprangen – jedoch nicht die Menschen an. Stattdessen stürzten sie sich auf ihren gefallenen Gefährten, rissen mit Zähnen und Klauen an ihm und gruben blutige Schnauzen in sein Fleisch.

Sam, Maggie und Denal setzten ihren Rückzug fort.

»Was sind das für Dinger, zum Teufel?«, murmelte Maggie entsetzt.

Darauf hatte Sam keine Antwort.

Immer mehr dieser Kreaturen wurden vom Geruch nach Blut angezogen und beteiligten sich an der Mahlzeit. Da keine Fackeln mehr in der Nähe waren, quollen sie aus jeder Nische, aus jedem schattigen Alkoven hervor, allesamt völlig ausgehungert. Welche dürftige Zurückhaltung diese Kreaturen bislang auch beherrscht haben mochte – sie endete bei dem Geruch nach frischem Fleisch und Blut.

Eine Stimme dröhnte lautstark um die Ecke: »Sam! Maggie!« Es war Ralph. »Wir kommen nicht mehr zu euch durch! Es sind zu viele!«

Sam sah sich das Gemetzel an. Die Kreaturen wurden jetzt nur noch von ihrer wilden Blutlust angetrieben und er befürchtete, dass das Feuer nicht mehr ausreichte, um sie abzuschrecken. »Versucht nicht, zu uns zu kommen!«, schrie er zurück. »Wir schlagen uns hier entlang weiter durch! Wir treffen uns bei der Goldstatue!«

Weitere Schüsse knallten um die Ecke.

Maggie richtete ihre Taschenlampe nach hinten. Im Augenblick war der Weg frei. Die Bande wurde vom Festschmaus in der anderen Straße angezogen wie Motten vom

Licht. »Beeilt euch!«, drängte sie. »Wer weiß, wie lange sich diese Scheißkerle mit dem zufrieden geben, was der örtliche Markt hergibt.«

Das musste man Sam nicht zweimal sagen. Eilig trieb er Denal und Maggie vor sich her die Gassen entlang. Blindlings rannten sie um jede Ecke, die auf die hoch aufragende goldene Inkafigur zuzuführen schien. Das Geschrei der Ungetüme ringsumher drängte sie weiter. Unterwegs lud Sam mit zittrigen Fingern sein Gewehr nach. Anschließend schulterte er es und holte wieder zu Maggie auf.

»Wie hältst du dich?«, keuchte er und biss die Zähne zusammen.

Sie warf ihm einen Blick zu. Ihr schweißnasses Gesicht war bleich im Fackelschein. »Ganz gut«, erwiderte sie. »Aber frag mich das noch mal, wenn wir nicht mehr rennen.«

Sam streckte die Hand aus und drückte ihr den Ellbogen. Er wusste, was sie meinte. Solange sie kämpften und davonliefen, wurde ihr tief sitzendes Entsetzen vom Adrenalin in Schach gehalten. Der wirkliche Schock über ihre Situation war noch nicht gänzlich in sie eingedrungen.

Maggie tätschelte Sam die Hand. »Ich bin okay.«

Er lächelte sie schwach an. »Wir kommen hier raus.«

Sie nickte – aber er wusste, dass sie ihm nicht unbedingt glaubte. Sie waren beide keine Narren. Die Kreaturen hier waren offensichtlich Raubtiere und Kannibalen. Ihrer bleichen Haut und den großen Augen nach zu schließen, waren sie seit Generationen Höhlenbewohner. Vielleicht seit Jahrtausenden. Sie vermehrten sich, mutierten ... wer wusste schon, was sie ursprünglich gewesen waren? Vielleicht die unbekannte Spezies eines großen Affen, vielleicht sogar prähistorische Menschen. Aber falls es wirklich einen Weg heraus aus diesen Höhlen gab, warum waren ihn die Bestien dann nicht gegangen?

Sam grübelte über dieses Rätsel nach, damit ihn nicht die Panik überwältigte. Vielleicht hatte Denal Recht gehabt. Vielleicht waren diese Bestien *mallaqui,* Geister der Unterwelt. Wenn die Inka über diesen eingeschlossenen Stamm von Bestien gestolpert waren, hätten sie sie gut für Wesen des *uca pacha* halten können, der Ebene der Unterwelt. Hatten sie deshalb hier unten eine so ausgedehnte Totenstadt erbaut? Hatten sie geglaubt, diese Ungeheuer würden ihre Toten beschützen? Wenn man sich so ansah, wie sie Sams Gruppe angegriffen hatten, dann hatten sich die dämonenhaften Bestien als prächtige Wachhunde erwiesen.

Sam schüttelte den Kopf. Er hatte keine Ahnung, ob seine Schlussfolgerungen zutrafen. Ein kleiner Teil seiner selbst spürte, dass ein wichtiges Teil dieses Puzzles nach wie vor fehlte – also gäbe es im Moment keine weiteren Antworten.

Die drei rannten weiter. In der Ferne durchschnitt hin und wieder Gewehrfeuer das Jaulen und Kreischen; untrügliches Anzeichen für Ralphs und Normans Anwesenheit auf der anderen Seite der Totenstadt. Aber es kam so selten, dass Sam jedes Mal aufs Neue erschrak, wenn es in der Höhle widerhallte.

»Hoffentlich ist ihnen nichts passiert«, keuchte Maggie nach einer weiteren Salve. Sie lehnte sich an einen Fenstersims, um wieder zu Atem zu kommen.

»Sie werden's schon schaffen. Mit Ralphs Stärke und Normans Verstand kann doch gar nichts schief gehen, oder?«

Maggie nickte. Sie beugte sich vor und spähte um die nächste Ecke. »Mein Gott, da ist es!«, sagte sie und trat vor. Sie winkte Sam und Denal, sie sollten ihr folgen.

Sam trat um die Ecke und starrte die nächste Straße hinunter. Sie war lang und gerade – die erste Allee in dem verdammten Labyrinth. Am anderen Ende der Straße, die von

Grabstätten gesäumt war, erkannte er den Sockel der riesigen Statue. Aus solcher Nähe gesehen handelte es sich eindeutig um einen Inkakönig, einen Sapa Inka, ebenso wie bei demjenigen, der den geheimen Zugang zu den Höhlen bewachte. Die Skulptur stand mit erhobenen Armen da und ihre Handflächen berührten die ferne Decke, als würden sie diese stützen.

Denal hing die Kinnlade herab, während er hinüberschaute.

»Es ist derselbe König«, meinte Maggie. Sie hob ihre Taschenlampe. Die Statue musste mindestens zwanzig Stockwerke hoch sein.

Sams Blicke folgte dem Lichtstrahl. Unter einer gefiederten und mit Troddeln gesäumten *lautu*-Krone blickte der König auf sie herab. Auf dem Gesicht mit den aristokratischen Zügen lag ein leicht finsterer Ausdruck. »Du hast Recht. Es war wohl der Sapa Inka, der das Volk der Moche besiegt hat, die Erbauer der vergrabenen Pyramide. Ich wette, auf diese Art und Weise wollte er der Bergzitadelle seinen Stempel aufdrücken.«

Maggie reckte den Hals. »Kein Freund subtiler Methoden, dieser Bursche.«

»Na ja, dann stellen wir uns ihm mal vor.« Sam ging mit schnellem Schritt voran, nach wie vor auf der Hut vor Angriffen durch die Bewohner der Nekropolis. Obwohl er sein Gewehr schussbereit hielt, schien diese Straße tatsächlich ausgestorben zu sein. Keine Krabbelgeräusche. Das schrille Geheul in weiter Ferne.

Sam beeilte sich. Er wollte gern, dass es so blieb.

Die Straße war erheblich länger als erwartet. Die Höhe der Statue hatte die Entfernung wesentlich geringer erscheinen lassen. Auch wurden die Grabstätten zu beiden Seiten des Wegs bedeutend größer, während die drei auf den zentralen Platz zuliefen, was ihre Augen zusätzlich täuschte.

Schließlich zwangen ihre erschöpften Beine sie dazu, ihr Tempo zu drosseln.

Maggies Taschenlampe spielte über die Verzierungen dieser kunstvoll gearbeiteten Mausoleen. Einige waren vier Stockwerke hoch und zeigten Muster aus Gold und Silber, reich verziert mit Rubinen und Smaragden. Allerlei Fabelwesen – Drachen, geflügelte Leoparden, Zwitter aus Mensch und Tier – schmückten die Fassaden. Maggie ließ einen Finger über ein kompliziertes Mosaik laufen, das eine zeremonielle Prozession darstellte. »Das hier müssen die Grabstätten der *kapak* sein, der höheren Klassen«, sagte sie unter heftigem Keuchen.

Sam nickte. »Versammelt zu Füßen ihrer Gottheit, des Sapa Inka. Sieh mal, wie er die Handflächen hält! Ein weiteres Symbol dafür, dass ihr König eine körperliche Verbindung zwischen der oberen Welt und dieser hier ist.«

Schließlich gab es keine Grabstätten mehr. Nun erstreckte sich der Platz vor ihnen bis zu den goldenen Füßen der Statue. Sam schaute hinauf. Sie reichte wirklich bis zur Decke der Höhle. »Donnerwetter ...«

Maggie war weniger beeindruckt. Sie hielt der Statue den Rücken zugekehrt und starrte zu der dunklen Totenstadt hinüber. In der Ferne ertönte sporadisch das Geheul der Bestien. »Was sind diese Bestien, zum Teufel?«, murmelte sie.

Sam trat zu ihr. »Ich hab keine Ahnung. Aber sie besitzen meiner Ansicht nach eine rudimentäre Intelligenz. Ein paar benutzen zum Angriff Werkzeuge. Steine und Knüppel.«

»Ist mir aufgefallen. Aber da waren auch noch die Dickeren«, meinte Maggie. »Hast du die bemerkt?«

Stirnrunzelnd hob Sam sein Gewehr. »Ich bin reichlich damit beschäftigt gewesen, sie auf Distanz zu halten.«

»Na ja, stimmt. Die anderen haben bloß mit Zähnen und Klauen gekämpft. Es hat fast so ausgesehen, als wäre die

Bande in vier verschiedene Klassen aufgeteilt. Jede hatte ihre bestimmte Funktion und ihre bestimmten Fähigkeiten.«

»Wie bei den Bienen? Arbeiter, Drohnen und Königin?«

»Genau. Zunächst mal waren da diese Dünnen, Hageren.«

»Ja, einen von denen habe ich gesehen. Sie sind flink wie Schimpansen.«

»Hast du bemerkt, dass die nie in den Kampf eingegriffen haben?«

»Ja, jetzt, wo du es sagst. Sie kamen als Erste und hingen dann einfach so am Rand herum.« Sam warf Maggie einen Blick zu. »Meinst du, sie sind so eine Art Kundschafter?«

Maggie zuckte mit den Schultern. »Vielleicht.«

Schweigend grübelte Sam über ihre Theorie nach. In Gedanken ließ er erneut die Schlacht vor sich ablaufen. »Was ist mit diesen Dingern, die wie Pitbulls ausgesehen haben? Die sich von den Flammen nicht abschrecken ließen?«

»Eine weitere Klasse. Ist dir aufgefallen, dass sie keine Genitalien haben?«

»Dahin habe ich nun wirklich nicht geschaut. Aber wenn sie geschlechtslos sind, dann weiß ich, worauf du hinauswillst – Drohnen.«

Maggie nickte. »Unfruchtbare Arbeiter von beschränkter Intelligenz. Ihre Furchtlosigkeit war vielleicht eher auf Dummheit als auf Tapferkeit zurückzuführen. Aber wer weiß?«

»Und die mit den Waffen?«, fragte Sam. »Die Größeren mit den Muskeln und den unheimlichen rudimentären Schwingen? Lass mich raten! Soldaten.«

Maggie schüttelte den Kopf. »Oder vielleicht bloß Arbeiter. Ich weiß nicht. Aber hast du den riesigen Burschen gesehen, der sich im Hintergrund gehalten und anscheinend Befehle gebrüllt hat? Der ist bestimmt so eine Art Anführer der

Bande. Einen größeren als ihn habe ich nicht zu Gesicht bekommen.«

»Das sind ziemlich viele Schlussfolgerungen und Vermutungen für einen einzigen flüchtigen Blick.«

»Das hat uns dein Onkel beigebracht. Extrapolieren. Die winzigen Splitter eines alten Volks nehmen und daraus eine Zivilisation konstruieren.«

»Dennoch wäre ich ohne weitere Informationen ziemlich in Verlegenheit, wenn ...«

Plötzlich zupfte Denal an Sams freiem Arm.

Sam sah ihn an.

Denal starrte in die dunkle Totenstadt hinaus. »Mister Sam, ich hören keine Gewehrschüsse.«

Sam drehte sich um, ebenso Maggie, deren Stirn tief gefurcht war. »Denal hat Recht«, sagte sie. »Wir haben schon eine ganze Weile kein Gewehrfeuer mehr gehört.«

Sam musterte die Nekropolis und suchte nach einem Hinweis auf Norman und Ralph. Immer noch schallten Schreie über die dunkle Stadt hinweg. »Vielleicht sind sie ihnen entkommen.«

Maggie drehte sich langsam im Kreis und durchsuchte die Grabmale. Von dieser Stelle aus stieg die Totenstadt in jede Richtung an. Sieben Gassen lagen wie Speichen in dem Labyrinth aus Gräbern. »Ich kann da draußen nirgendwo Normans Fackel erkennen.«

Sam stellte sich neben sie. Schweigend. Wo waren sie? Hatte es sie erwischt? Die Furcht um seine Freunde zog ihm den Magen zusammen.

»Sie müssen irgendwo da draußen sein«, sagte er leise. »Sie müssen.«

Von einer Meute der Bestien gehetzt duckten sich Norman und Ralph durch den niedrigen Eingang einer Grabstätte. Ein modriger Gestank sowie Zimtgeruch erfüllte den vollgestopften kleinen Raum und unterstrich zusätzlich die unangenehme Enge. Draußen wimmerten und knurrten bleiche, ausgehungerte Kreaturen.

Um sie vom Eingang zu vertreiben, schwang Norman die lodernde Fackel, die inzwischen bis zum Knie des mumifizierten Beins abgebrannt war. Bislang hielten die Flammen, so klein sie waren, die Biester in Schach. »Mach schon, Ralph«, bettelte Norman und riskierte einen Blick nach hinten, wobei ihm seine Brille die schweißnasse Nase hinunterrutschte.

Weiter im Innern der Grabstätte kämpfte Ralph mit dem Gewehrschloss. »Gottverdammtes wertloses Stück Scheiße!«, fluchte er. »Noch immer verklemmt.«

»Na, dann entklemm es!«, schrie Norman.

»Was meinst du eigentlich, was ich hier tue, zum Teufel?« Ralph versuchte es jetzt mit Gewalt. Die Muskeln in seinen kräftigen Armen traten hervor, aber ohne Erfolg. Als er aufsah, reichte sein Gesichtsausdruck als Antwort aus.

»Mist, verdammter.« Norman stach mit seiner Fackel auf ein bleiches Gesicht ein, das zu nahe gekommen war. Wimmernd verschwand die ekelhafte Visage. »Was jetzt? Mir geht das Bein aus!«

»Warte mal!« Hinter ihm ertönte ein Rascheln, dann wurde etwas angehoben. Norman wagte nicht, sich umzuschauen. Die Bestien wurden kühner und griffen mit der Hand nach der Fackel. Offenbar machte ihnen das Feuer immer weniger Angst. Da tauchte Ralph neben ihm auf und sagte mit angestrengter Stimme: »Aus dem Weg!«

Norman trat beiseite und der große Mann ließ ein Bündel auf die Schwelle fallen – eine getrocknete Mumie in Fötusposition. »Anzünden!«, befahl Ralph.

Norman hielt seine Flamme an die trockene wollene Bandage. Rauch wallte auf und füllte den engen Raum. Die hellen Flammen erblühten auf dem mumifizierten Leichnam wie das Licht der Erlösung. Noch mehr Rauch erfüllte die Kammer und brannte Norman in den Augen. Er hustete laut.

»Zurück!«, warnte Ralph und trat dann das brennende Bündel durch den Eingang. Es rutschte nach draußen und blieb, wesentlich heftiger brennend, genau vor der Schwelle liegen.

Die Kreaturen zerstreuten sich quietschend wie aufgeschreckte Schweine.

Norman wich einen Schritt zurück und seufzte erleichtert. Das sollte ihnen etwas Luft verschaffen. »Kriegst du das Gewehr wieder hin?«

»Keine Ahnung. Da klemmt eine Kugel fester im Lauf als Scheiße in den Gedärmen. Ich krieg sie nicht los.« Kopfschüttelnd starrte Ralph in die Flammen. »Uns bleibt bloß die Hoffnung, dass die anderen das Feuer sehen und uns holen kommen.«

»Aber woher sollen sie wissen, was das Feuer zu bedeuten hat! Dass wir nämlich in der Tinte stecken. Was ist, sollen wir versuchen, um Hilfe zu schreien?«

Ralph warf einen Blick zurück. Auf seinem Gesicht zeigte sich Hoffnungslosigkeit. Er schüttelte den Kopf. »Würde nichts bringen. Die Akustik hier schleudert den Ruf einfach nur durch die Gegend.« Ralph sah Norman an. »Aber ich bin weiter offen für jede brillante Idee.«

Norman nagte an der Unterlippe, drehte sich langsam um die eigene Achse und suchte zwischen den Tonwaren und den Gaben für die Toten nach einer Lösung. »Ich glaub, ich *habe* eine brillante Idee!«, rief er aus, reichte seine Fackel an Ralph weiter und wühlte dann in seiner Bereitschaftstasche, die er über den Rücken geschlungen hatte. Er holte das Blitzlicht hervor und hielt es hoch. »Eine richtig *brillante* Idee.«

»Und zwar?«

Norman winkte die Frage beiseite. »Ich muss zu diesem Fensterschlitz da hoch.« Er zeigte auf einen schmalen Spalt in der Ziegelmauer knapp unterhalb der Decke, der zwar viel zu klein war, als dass die Bestien hätten hindurchkommen können, aber für sein Vorhaben absolut ausreichend. »Ich brauche jemanden, der mir hoch hilft. Wie stark bist du?«

Ralph runzelte die Stirn. »Ich könnte vier halbe Portionen wie dich hochstemmen.«

»Eine wird's tun.« Norman stellte seine Tasche auf den Boden. »Geh am besten in die Hocke!«

Ralph kauerte sich hin und half Norman, vom Knie auf seine Schulter zu steigen.

»Jetzt hoch!«, sagte Norman, kniete sich auf Ralphs Schultern und hielt sich dadurch im Gleichgewicht, dass er eine Hand auf Ralphs Kopf legte.

Der Schwarze stieß heftig die Luft aus, richtete sich gerade auf und schob Norman hoch bis zur Decke. Sobald er sicher stand, zischte er Norman zu: »Beeil dich mit dem, was du vorhast!«

Norman zog sich am Fensterbrett hoch und spähte hinaus. Er hatte bis zu der goldenen Statue freie Sicht. Perfekt.

»Beeilung!«, sagte Ralph von unten.

Norman spürte ihn unter sich wackeln. Er hielt sich am Fensterrahmen fest, um nicht zu fallen. »Ruhig da unten, großer Junge!«

»Mach schon! Du bist nicht so leicht, wie du aussiehst!«

»Willst du damit etwa andeuten, ich bin fett?«, meinte Norman und tat so, als wäre er beleidigt.

»Jetzt reicht's, Klugscheißer. Das ist überhaupt nicht komisch.«

»Alle sind gegen mich«, brummelte Norman. Er zog sein Blitzlicht aus der Westentasche, hielt es hoch und ließ das helle Licht im Morserhythmus aufflammen – dreimal kurz, gefolgt von dreimal lang, zum Schluss erneut dreimal kurz. Dann wartete Norman ein paar Sekunden und wiederholte das Signal.

Das weiß glühende Licht blendete stark, als es von den umgebenden Mauern der Grabstätten reflektiert wurde. Norman blitzte ein letztes Mal sein Signal und schaltete dann sein Gerät ab. Er wollte die Birne schonen. Drei Signalfolgen mussten ausreichen.

Mit einem letzten Blick auf die goldene Statue, die so quälend nah erschien, ließ sich Norman zurückfallen.

»Was hast du da getan?«, fragte Ralph, als Norman ungeschickt herabsprang. Er rieb sich die schmerzenden Schultern.

»Einen Notruf abgesetzt.« Norman schob das Blitzlicht wieder zurück in seinen Rucksack. »Das gute alte SOS.«

Ralph warf einen Blick zum Loch hinauf. »Schlau«, murmelte er.

»Gern geschehen«, erwiderte Norman, stolz auf seinen genialen Einfall. Er richtete sich auf und schlang sich die Tasche um die Schulter. »Jetzt muss bloß noch jemand mein Signal gesehen haben.«

Plötzlich spürte Norman, dass etwas an seinen Haaren zerrte. Er zog den Kopf ein und schlug zu; sein Handgelenk traf etwas Festes. Mit einem Aufschrei wälzte er sich zur Seite und fuhr herum.

Eine der Kreaturen schlug fortwährend durch das hohe offene Fenster nach ihm. Norman wich zurück. Ein höhnisch grinsendes Gesicht tauchte mit gebleckten Zähnen kopfunter in der Fensteröffnung auf und knurrte sie beide an. Anscheinend hatte Normans schlaue Tat tatsächlich jemanden angezogen – nur leider nicht diejenigen, auf die er gehofft hatte.

»Scheiße!«, flüsterte Norman.

Vom Dach her ertönte jetzt ein Kratzen und Scharren, als

würden hunderte von Krähen dort entlanglaufen. Einer der Granitsteine in der hinteren Ecke des Dachs verschob sich plötzlich geräuschvoll um mehrere Zentimeter.

Norman und Ralph fuhren entsetzt herum und starrten den Spalt in der Steindecke an. »Sie dringen gewaltsam ein!«, stöhnte Ralph.

»Wie stark sind die eigentlich, verdammt noch mal?«

»Wenn genug da draußen sind, können sie diese Grabstätte hier möglicherweise in Stücke reißen.«

Das Kratzen von Klauen schallte ebenso wie das unheilvolle Knirschen von Steinen durch die hohe schmale Kammer.

Norman trat zurück und sah dann zu ihrem einzigen Ausgang hinüber. Die Flammen der brennenden Mumie versperrten ihnen den Weg. Sie saßen in ihrer eigenen Falle.

»Ich und meine brillanten Ideen«, stöhnte er.

Maggie entdeckte als Erste Normans Blitzlicht. »Da drüben!«, schrie sie und lenkte Sams und Denals Aufmerksamkeit auf sich. »Mein Gott, sie sind am Leben!« Vor einem Augenblick war ihr mitten im Labyrinth aus Grabstätten ein roter Schein aufgefallen. Zunächst war sie sich nicht sicher gewesen, ob sie es waren. Jetzt allerdings schon!

Sam schlenderte zu ihr. Ebenfalls auf der Suche, hatte er den Sockel der Statue umrundet. »Wo?«

Wie zur Antwort explodierte eine weitere Serie von Blitzen über der Totenstadt. Gar nicht so weit entfernt, am Ende einer der Gassen, die vom zentralen Platz wegführten. »Sie müssen Probleme haben«, meinte Sam.

»Wie kommst du darauf?«, fragte Maggie, deren Hochstimmung allmählich in Besorgnis überging.

»Das ist ein alter Morsecode. Ein SOS-Signal.«

Maggie sah zur dunklen Nekropolis hinüber. »Was sollen wir jetzt bloß tun?«

Sam warf ihr einen Blick zu. »Ich muss ihnen helfen. Wenigstens muss ich's versuchen.« Erneut flammte das Blitzlicht auf und erlosch. »Sie stecken irgendwo fest.«

Denal hob seine Fackel ein wenig höher und sagte: »Ich auch gehen.«

»Und ich bleibe nicht allein hier zurück«, meinte Maggie. »Das ist so sicher wie das Amen in der Kirche. Also los!« Sie wollte schnurstracks zu der Gasse laufen, die fast direkt zu ihren Kommilitonen zu führen schien, als eine Hand sie zurückzog.

»Nein«, sagte Sam. »Du und Denal, ihr bleibt.«

Maggie fuhr herum und schüttelte seine Hand ab. »Den Teufel werd ich tun! Ich werde mich nicht auf deinen verfluchten Chauvi-Scheiß einlassen, Sam.«

»Das verlange ich auch nicht von dir. Aber wenn ich es schaffe, die anderen zu befreien, werden wir davonrennen müssen wie aufgescheuchte Karnickel vor einem Rudel Wölfe. Wir brauchen einen Platz zum Verstecken.« Sam ging wieder zu der Statue, hob sein Gewehr und klopfte mit dem Kolben gegen den goldenen Fußknöchel. Es ertönte ein dumpfes Klirren.

»Sie ist hohl«, meinte Maggie erstaunt.

»Und ein gutes Versteck«, sagte Sam. »Bei meinem Rundgang habe ich auf der anderen Seite einen Eingang entdeckt. In der linken Ferse der Statue.« Sam griff an seine Taille, zog den goldenen Dolch hervor und streckte Maggie den Griff hin. »Du musst dieses Schloss knacken, bevor ich mit den anderen zurückkomme.«

Maggie übernahm den Dolch – und damit auch die Verantwortung. »Mein Dad war in seiner Jugend ein erfolgreicher Einbrecher ... hoffen wir mal auf eine genetische Prädisposition.«

Sam lächelte sie an. »Ich hatte schon immer den Verdacht, dass was Kriminelles in dir steckt.«

Sie erwiderte sein Lächeln. »Ich krieg diese verdammte

Tür auf. Hol du einfach die anderen her.« Sie hielt ihm ihre Fackel hin. »Und sei vorsichtig.«

Er trat näher, um die brennende Fackel entgegenzunehmen. In deren Licht sah sie die Entschlossenheit in seinen Augen. Als er die Fackel nahm, ruhte seine Hand kurz auf der ihren. »Du auch«, sagte er und seine Stimme klang eine Spur heiserer. Einen weiteren Atemzug lang zögerte er.

Maggie hob ihm das Gesicht entgegen. Für kurze Zeit glaubte sie, er würde sie küssen, aber dann machte er einen Schritt rückwärts.

»Ich geh jetzt besser.«

Sie nickte. Irgendwo tief in ihrem Innern, an einer Stelle, an der sich selten etwas regte, spürte sie Enttäuschung und sie wandte sich ab, um ihre Gefühle nicht zu verraten. »Mach keine Dummheiten«, bat sie ihn dringend.

»Ich sehen keine Blitze mehr. Sie haben aufgehört«, meinte Denal, der einen Schritt entfernt stand.

Sam fuhr herum ... der zerbrechliche Moment, den er und Maggie miteinander geteilt hatten, erlosch wie zerstreute Holzscheite. Er musterte die Nekropolis. »Das hat sicher nichts Gutes zu bedeuten«, sagte er leise.

»Beeil dich, Sam!«

Der Texaner nickte und richtete sein Gewehr auf die Höhlendecke. »Legt euch die Hände über die Ohren!«

Sie und Denal gehorchten, aber sogar mit den fest auf die Schläfen gepressten Handflächen war der Schuss ohrenbetäubend laut.

Nachdem es in den Ohren nicht mehr klingelte, senkte Sam das Gewehr. »Hoffentlich wissen Ralph und Norman jetzt, dass die Kavallerie unterwegs ist.«

Maggie runzelte die Stirn, als Sam die Gasse hinabging.

Und die Kreaturen werden es auch wissen, dachte sie mürrisch.

»Das war bestimmt Sam!«, sagte Ralph. »Er muss dein Signal gesehen haben!«

Norman musterte die Platten über ihnen. Nach dem einzelnen Gewehrschuss waren wieder bleiche Finger aufgetaucht, die an dem Granit zerrten und zogen und den Spalt um einige weitere Zentimeter verbreiterten. Schwarze Augen starrten auf die beiden Männer herab, die unten in der Falle saßen. Norman stach mit seiner Fackel auf die Gesichter ein, was die Kreaturen jedoch kaum zu beeindrucken schien. Die Decke war zu hoch. Sie wichen einfach zurück und kehrten dann um.

»Sam wird's nicht rechtzeitig schaffen«, murmelte Norman. »Es sei denn, es gelingt uns irgendwie, diese Dachratten zu verjagen.«

Ralph wandte sich vom Eingang ab. »Ich habe eine Idee.«

Norman sah, wie er den Munitionsgurt von der Schulter nahm. »Wegen dem verklemmten Gewehrschloss haben wir hierfür ohnehin keine Verwendung mehr.« Er hielt den Lederriemen mit über zwanzig intakten Patronen hoch und ging dann zum Eingang.

Allmählich dämmerte Norman, was Ralph vorhatte. »Das könnte hinhauen.«

»Auf die Weise können wir uns vielleicht auch einen Weg nach draußen sprengen.« Ralph warf den Gürtel in die Flammen. Es dauerte einen halben Herzschlag lang, dann explodierten die ersten Patronen spuckend und knatternd wie Popcorn in einer Bratpfanne. Die Mumie wurde völlig zerfetzt und die einzelnen Teile verstreuten sich über den gesamten Felsboden.

Die Bestien oben flohen quietschend vor dem Krach und der Kaskade aus brennendem Schutt. Norman trat näher an den Spalt heran, um sicherzustellen, dass sie wirklich auf und davon waren. Er hob seine Fackel zur Decke hoch und grinste. »Es klappt ...«

»Zurück!«, brüllte Ralph.

Plötzlich brannte es in Normans Bein wie Feuer. Er ließ die Fackel fallen und sank zu Boden. Pfeile des Schmerzes schossen bis in seinen Unterleib hinauf. Kurz öffnete er den Mund zu einem lautlosen Schrei, dann trat ein schrilles Wimmern über seine Lippen: »Schschscheeeeiiiißßßeee ...«

Ralph eilte sofort zu ihm und zog ihn zu der schattigen Mauer zurück. »Gott verdammt, Norm, was hast du dir denn dabei gedacht?«

Norman war nicht in der Stimmung für eine Diskussion über seinen Fehler. Er biss die Zähne gegen den Schmerz zusammen und starrte sein rechtes Bein hinab. Etwas Feuchtes quoll am Knie durch seine Khakihose. Der Raum fing an, sich zu drehen.

»Du bist von einem Querschläger erwischt worden«, erklärte Ralph und zog sich das Hemd aus. »Warum hast du die Deckung verlassen?«

Norman stöhnte und winkte mit einem Arm zu dem Spalt in den Deckenplatten hinauf. »Ich wollte sichergehen – oh, zum Teufel! –, ich hab nicht nachgedacht.« Während Ralph vorsichtig die Wunde untersuchte, spannte sich Normans Gesicht an. »Zwar ist es nicht so, als hätte ich als Kind Hände voller Patronen ins Lagerfeuer geworfen, aber ich schätze, mit meiner militärischen Ausbildung hätte ich es besser wissen sollen.«

»Der Querschläger hat wohl keine Hauptader erwischt«, meinte Ralph. »Sonst würde es nur so aus dir raussprudeln, aber dein Knie ist beim Teufel. Ich werde einen festen Verband anlegen müssen, um es zu stützen und den Blutverlust zu stoppen.« Er nahm sein Hemd, das aus dickem Flanellstoff bestand, und riss es in Streifen. Er berührte Normans Bein. »Das wird wehtun.«

»Dann tun wir's lieber *nicht*«, sagte Norman säuerlich und schnitt eine Grimasse.

Ralph sah ihn stirnrunzelnd an.

Norman seufzte und winkte ihn näher zu sich. »Ja gut, mach weiter. Tu's einfach.«

Nickend nahm Ralph sein Bein und bog es gerade. In Normans Knie explodierte ein Schmerz, als wäre eine Stange Dynamit darin hochgegangen. Schlimmer noch war aber das Übelkeit erregende Knirschen von Knochen auf Knochen. Norman keuchte und Tränen traten ihm in die Augen. »Weißt du eigentlich, was du da tust?«

Ralph arbeitete unbeirrt weiter, ungeachtet Normans Qualen. Er wickelte die Streifen seines Flanellhemds mehrmals um Normans Knie, vom Oberschenkel bis zum Schienbein. »Damals, an der Uni in Alabama, haben sich Footballspieler andauernd die Knie ruiniert. Wenn schon sonst nichts, so weiß ich wenigstens, wie man in aller Eile einen Stützverband anlegt.« Ralph zurrte den Verband fest.

Norman ballte die Hände zu Fäusten; er wand sich leicht. Es fühlte sich an, als hielte etwas mit riesigen Klauen sein Knie umklammert. Dann war es vorüber.

Sein Peiniger verzog sich rasch. »Das sollte dafür sorgen, dass du nicht stirbst.«

Norman wischte sich die Tränen aus den Augen. Der Schmerz ließ nach. »Klasse gemacht, Doktor.«

Ralph musterte ihn einen Augenblick mit Sorgenfalten in der Stirn. Schließlich warf er einen Blick zurück zum Eingang. Dort war alles ruhig. Die Patronen waren längst im Feuer zerplatzt. »Jetzt die schlechte Nachricht. Wir müssen hier raus. Mein Kunststück wird diese Ungeheuer nicht lange fern halten.«

Norman sah hinaus. Teile der zerfetzten Mumie glommen draußen vor der Schwelle, während etwas weiter entfernt immer noch Flammen auf dem Felsboden hochzuckten. Aber wenigstens war der Ausgang wieder frei. Er nickte und hob einen Arm. »Hilf mir auf!«

Ralph erhob sich und zog Norman mit einem seiner muskulösen Arme vom Boden hoch.

Norman schnappte heftig nach Luft und achtete sorgfältig darauf, sich nicht allzu sehr auf das verletzte Bein zu stützen. Sobald er stand, legte er sein Gewicht vorsichtig auf eine Ferse und wägte ab, wie viel Druck sie aushalten konnte. In seinem Bein pochte es schmerzhaft, aber dank des Stützverbands blieb sein Knie unbeweglich. Er humpelte ein paar Schritte, wobei er sich schwer auf Ralphs Schulter stützte.

»Schaffst du's?«

Norman sah auf. Schon bei dieser kleinen Anstrengung war ihm der Schweiß auf die Stirn getreten. Das ständige Pochen im Bein machte ihn ganz benommen. Er lächelte Ralph gequält an. »Bleibt mir eine andere Wahl?«

Oben rührte sich etwas. Es krabbelten wieder Klauen über den Stein. Eine der Bestien schien sich dort versteckt zu haben und sich jetzt, da es in den Straßen wieder ruhig war, davonschleichen zu wollen. Die beiden Männer standen wie versteinert da und horchten, warteten, bis sie sich sicher waren, dass die Bestie sich tatsächlich verzogen hatte. Volle zehn Sekunden lang herrschte absolute Stille.

Länger wollten sie nicht warten. Wo eine der Kreaturen war, mochten andere bald folgen. »Machen wir den Abflug«, meinte Norman.

Ralph hob die Fackel vom Boden auf. Er fächelte die Scheite, bis sie heller brannten, und stellte sich dann neben Norman. »Stütz dich auf meine Schulter!«

Norman widersprach nicht, hielt Ralph aber eine Sekunde zurück. Einen Moment lang war seine Stimme ernst. »Wenn wir in Schwierigkeiten geraten ... lass mich zurück.«

Ralph gab keine Antwort.

Norman drückte die Schulter des größeren Mannes fester. »Hast du mich verstanden?«

»Auf das Geschwätz von Blödmännern höre ich nicht.« Norman schob Ralph voran. Stolpernd gingen sie gemeinsam zur Tür. Norman redete ununterbrochen weiter, um sich von seinen Schmerzen abzulenken. »Ich sage ja nicht, dass du mich diesen Ungeheuern als Köder vorwerfen und dich dann vom Acker machen sollst. Ich sage bloß ... lass uns praktisch denken! Wenn wir in Schwierigkeiten geraten, lass mich in einem Versteck zurück und nimm die Beine in die Hand! Mach doch mal Gebrauch von deinen Ex-Footballspieler-Beinen!«

»Darüber reden wir, wenn's so weit ist«, brummte Ralph. Er half Norman durch die niedrige Tür.

Die beiden traten vorsichtig auf die Straße. Überall waren brennende Tuchfetzen verstreut. Es sah aus wie nach einer Straßenschlacht. »Die Show war heftiger, als ich erwartet hätte.«

»Hat aber wenigstens dazu beigetragen, diese Viecher zu verscheuchen«, meinte Ralph.

Norman blickte die Straße auf und ab. Ralph hatte Recht. Von den Ungeheuern war nicht die geringste Spur zu entdecken. »Gott sei Dank.« Für den Augenblick waren sie in Sicherheit.

»Los!«, sagte Ralph. »Machen wir, dass wir hier weg kommen!«

»Wie Sie meinen, Boss.«

Ralph ging los, Norman im Schlepptau. Ihr Tempo war langsam, aber stetig. Bald hatten sie die glimmenden Überreste der Mumie hinter sich gelassen. Nur eine kleine Pfütze aus Licht, die der Fackelstummel warf, zeigte an, dass sie vorankamen. Norman hatte seine Taschenlampe herausgeholt und hielt sie bereit, falls nötig jeden Nachzügler mit dem blendenden Licht zu verschrecken. In einminütigen Abständen ließ er eine rasche Folge von Blitzen aufflammen, um Sam oder einem der anderen, der ihnen vielleicht folgte, anzuzeigen, wo sie sich gerade befanden.

Natürlich zeigten die Lichtblitze auch den Höhlenbestien ihren jeweiligen Standort an, aber das war ein kalkuliertes Risiko. Wegen Normans Verletzung benötigten sie Hilfe, und zwar bald.

Erneut richtete Norman sein Gerät zur Decke und ließ eine Serie blendender Blitze aufflammen. »Ich komme mir vor wie ein gottverdammtes Glühwürmchen.«

Ralph runzelte die Stirn, als Zeichen, dass sie lieber den Mund halten sollten. Sie gaben auch so schon eine gute Zielscheibe ab.

Norman quittierte den unausgesprochenen Tadel ebenfalls mit einem Stirnrunzeln, verbiss sich jedoch einen Seitenhieb. Er wusste, dass Ralph immer nervöser wurde. Der große Mann blieb jetzt immer wieder stehen und warf rasche Blicke über die Schulter zurück, als würde er spüren, dass ihnen etwas folgte.

Bis auf das fortwährende Pochen im Kopf hörte Norman überhaupt nichts. Dennoch wusste er, dass Ralph sich in einer Hinsicht irrte. Wenn sie verfolgt wurden, dann nicht wegen ein paar geflüsterter Worte. Norman sah sich sein Bein genau an. Blut sickerte langsam zwischen den Falten des Verbands heraus. Da es hier weiter kein Licht gab, waren die übrigen Sinne der Bestien wohl umso schärfer ausgeprägt. *Ich bin eine Mahlzeit auf der Flucht*, dachte Norman düster.

Schweigend gingen sie weiter auf die goldene Statue zu. Es erfolgte kein weiterer Angriff, aber es war seltsam still geworden. Nur gelegentlich ertönte von irgendwoher aus den Tiefen der Höhle ein Geheul. Ralph musste die Schultern immer fester gegen Normans Griff stemmen.

Schließlich wurde Norman langsamer. Mittlerweile fühlte sich seine Schädeldecke wie zwei Nummern zu klein an und er setzte seine Schritte immer unsicherer. »Ich muss mich ausruhen«, flüsterte er.

»Jetzt schon?«, zischte Ralph, während er mit weit aufgerissenen Augen seine Umgebung musterte.

Norman ließ Ralphs Schulter los und hüpfte zu einer Grabstätte in der Nähe. »Nur einen Moment.«

Mit finsterem Gesicht hielt Ralph die Fackel dicht an Norman. Die Enttäuschung des großen Mannes verwandelte sich in Sorge. »Scheiße, Norman, du siehst aus wie ausgekotzt.«

»Schön. Genauso fühle ich mich nämlich auch.« Norman ließ sich an der kühlen Steinmauer herabgleiten und setzte sich auf seine vier Buchstaben.

Ralph kauerte sich neben ihn und blickte erneut forschend die Straße entlang. »So weit kann's nicht mehr sein.«

Norman biss sich auf die Unterlippe und sprach dann die Worte aus, die er während der vergangenen paar Minuten nicht hatte aussprechen wollen. »Ralph, du musst allein weiter.«

Ralph schüttelte den Kopf – allerdings nach einem leichten Zögern, wie Norman bemerkte. »Ich kann dich hier nicht zurücklassen.«

»Doch, das kannst du.« Norman zwang sich dazu, so munter wie möglich zu klingen. »Ich werde in dieses Grab kriechen, mich an seinen Bewohner schmiegen und darauf warten, dass du diesen Texaner mit seiner großen Büchse holst.«

Seufzend überlegte Ralph. »Vielleicht ...« Er stand auf. Er ging sogar einen Schritt davon. Dann drehte er sich plötzlich wieder um. »Scheiß drauf! Du hast mich da am Fluss nicht im Stich gelassen und jetzt lasse ich dich auch nicht im Stich!« Ralph hielt ihm seine Fackel hin. »Nimm sie!«

Norman ergriff die brennende Fackel. »Was hast du ...?«

Ralph beugte sich herunter und hob Norman mit beiden Armen hoch. Sein Protestgeschrei ignorierte er. »Ich werde deinen Arsch hier raustragen, wenn's sein muss.«

Einen Moment lang drehte und wand sich Norman und gab dann nach. »Lass mich runter ... wenn du so entschlossen bist, halte ich noch ein bisschen länger durch.«

Ralph ließ ihn auf den Boden sinken und zischte ihm ins Ohr: »Ich will nichts mehr davon hören, von wegen, ich soll dich im Stich lassen.«

Norman grinste. Im Grunde war er erleichtert, dass Ralph sich nicht auf seinen Vorschlag eingelassen hatte. »Und ich dachte, es wäre dir egal.«

Ralph zog finster die Brauen zusammen. »Jetzt setz bloß deinen Arsch in Bewegung!«

Norman hüpfte einen Schritt voran, während ihn Ralph stützte. »Hoffentlich hast du Recht, dass es zur Statue nicht mehr weit ist.« Er setzte einen weiteren schmerzhaften Schritt und bemerkte, dass Ralph zögerte. Zwar umklammerte er noch immer Normans Oberarm, folgte ihm aber nicht.

Einen kurzen Augenblick lang krallte sich Ralphs Hand fester in seinen Arm, dann entspannte sie sich wieder.

Norman wandte sich um. »Worauf wartest du?«

Ralphs Hand fiel schlaff von Normans Schulter herab. Er betastete schwächlich seinen dicken Hals. Auf seinem Gesicht zeigte sich Unglauben. Blut strömte ihm über die Finger. Der große Schwarze streckte Norman die andere Hand entgegen und sagte gurgelnd: »L... lauf!«

Norman war außerstande, sich zu rühren. Wie hypnotisiert starrte er den aus weißen Knochen geschnitzten Speer an, der wie ein Zweig seitlich aus dem Hals seines Freundes ragte.

Ralph fiel schwer auf die Knie. »G... Gott verdammt! Lauf!«

Hinter ihm erhob sich eine bleiche Kreatur auf spindeldürren Gliedmaßen. Ihr Verfolger hatte sein Versteck verlassen. Riesige schwarze Augen starrten Norman an. Dann hob die Bestie einen zweiten Knochenspeer und sprang auf ihn zu, hoch über Ralphs Rücken hinweg.

Norman tänzelte rückwärts, war mit seinem verletzten Bein jedoch zu langsam. Mit erhobenem Speer warf sich die Bestie auf ihn.

Norman duckte sich und wappnete sich gegen den Aufprall.

Doch da brüllte Ralph auf einmal wütend, sprang vor und packte den Fußknöchel der Kreatur mitten im Flug: ein Lineman, der einen Pass auffing. Er riss die Bestie von Norman herab, schwang die überraschte Kreatur durch die Luft und knallte sie gegen die Mauer neben sich.

Der Schädel der Bestie zerschmetterte wie eine Eierschale.

Aber ebenso, wie ihr Widersacher in sich zusammenbrach, tat es auch Ralph. Er fiel hart auf den Boden, zu schwach, um den eigenen Sturz abzufangen.

Ungeachtet der Schmerzen eilte Norman an seine Seite. »Nicht bewegen! Ich hole Hilfe! Sam kann nicht weit sein.«

Glasige Augen erwiderten seinen Blick. Leer.

Normans Hand zuckte zurück. Ralph war bereits tot. Norman kroch zurück und Tränen verschleierten ihm den Blick.

Ringsumher schallte erneut das Geschrei der Bestien durch die Höhle. Weitere Verfolger. Sie hatten frisches Blut gerochen und ihr mörderischer Hunger trieb sie voran.

Norman drückte die Stirn gegen den kühlen Stein und holte mehrmals tief Luft. Er war zu müde zum Laufen, zwang sich aber dennoch, aufzustehen. Er würde nicht zulassen, dass Ralph sich für nichts und wieder nichts geopfert hatte. Den Blick auf seine Leiche gerichtet, stand er unsicher da, die Fackel in der Hand.

Er machte auf dem Absatz des gesunden Beins kehrt. Nur drei Meter entfernt hockte eine weitere der elenden Kreaturen: vierschrötig, mit dicken Armen und gebeugtem Rücken. Sie knurrte ihn an.

Seine Augen wurden schmal vor Wut. Er hob seine Fackel hoch in die Luft. »Du Bastard!«, kreischte er. Er hatte die Hände zu Fäusten geballt und zitterte am ganzen Leib. Sein ganzer Hass und seine ganze Trauer legte er in diesen Schrei, während ihm Tränen die Wangen herabliefen.

Die Bestie bekam ganz große Augen, wie ein erschrockenes Reh. Zweifellos war sie überrascht von dieser ungewöhnlichen Reaktion ihres verwundeten Opfers. Völlig aus der Fassung gebracht, wich sie kriechend zurück und humpelte dann eine Seitenstraße entlang.

Normans Aufschrei endete in einem erstickten Schluchzen. Er wischte sich das Gesicht, schob die Brille höher die Nase hinauf und humpelte weiter. »Jetzt läuft mir besser keiner von euch mehr über den Weg! Ich bin nämlich verdammt schlecht drauf.«

Maggie kniete neben der hohen schmalen Tür, die in die Ferse der riesigen Statue eingelassen war. Sie bestand aus Silber, war etwa einen halben Meter breit und zwei Meter hoch und ging fast nahtlos in die Goldwände über. Es überraschte Maggie, dass Sam sie überhaupt entdeckt hatte.

Während Denal mit seiner Taschenlampe leuchtete, steckte sie erneut die Spitze des goldenen Dolchs in den schmalen Schlitz in der Mitte der Tür. Er musste ein Schlüsselloch sein, aber egal, was sie auch versuchte – das Schloss ging nicht auf.

»Miss Maggie«, sagte Denal leise. Der Strahl der Lampe zitterte. Sie sprachen selten und wenn, dann nur flüsternd, denn sie hatten Angst, die Jäger dort draußen auf sie aufmerksam zu machen. »Mister Sam sein lange weg.«

Sie stellte sich Sam vor, der allein durch die Nekropolis schlich, und hämmerte frustriert gegen die unnachgiebige Oberfläche. »Das weiß ich, Denal!«, zischte sie. Abgesehen von einem Geschosshagel, der sich angehört hatte wie ein asthmatisches Maschinengewehr, sowie einem einzelnen Aufschrei hatte es kein Anzeichen dafür gegeben, dass sich außer den Kreaturen noch jemand dort draußen rührte.

Der Junge murmelte kleinlaut eine Entschuldigung.

Mit einem Seufzer lehnte sich Maggie zurück und legte sich den Dolch in den Schoß. »Ich wollte dich nicht anfauchen, Denal. Ich bin diejenige, die sich entschuldigen sollte. Es ist nur ... es ist nur so, dass ich dieses verdammte Ding nicht aufkriege und sie rechnen mit mir.« Maggie war den Tränen nahe.

Er legte ihr die Hand auf die Schulter.

Selbst diese tröstende Geste brauchte lange, bis sie bei ihren strapazierten Nerven ankam. Schaudernd atmete sie tief ein und zwang sich, wieder ruhiger zu werden. Sie sah zu Denal auf und tätschelte ihm die Hand. »Ich danke dir.« Sie sah dem Jungen in die angsterfüllten Augen und widmete sich dann wieder der Tür. »Tut mir Leid, Denal, dass ich dich in diesen Schlamassel hineingezogen habe.«

»Nicht Leid tun. War meine Entscheidung. Wollte Gil nachspionieren. Wollte Ihnen helfen. Meine Mama, bevor sie gestorben, sie sagen, ich müssen anderen helfen. Tapfer sein, Denal, sagen sie mir.«

»Deine Mutter muss eine wundervolle Frau gewesen sein.«

Denal zog den Schleim in der Nase hoch. »Sie gewesen.«

Nun ja, bei Gott, dachte sie im Stillen, *ich werde dafür sorgen, dass der Junge dieser wundervollen Frau nicht hier unten umkommt.*

Mit frischer Entschlossenheit hob sie den goldenen

Dolch; die gut dreißig Zentimeter lange Klinge glitzerte im Strahl der Taschenlampe. Ihr fiel wieder ein, wie Sam den Dolch verwandelt hatte, und betrachtete eingehend den verzierten Griff, den Gott Huamancantac mit den Fängen. Sie fuhr mit einem Finger den angedeuteten Griff entlang, fand aber keinerlei Hebel. »Wie hast du das gemacht, Sam?«

Maggie sah zur Tür, dann wieder die Statue hinauf. Sie musste überlegen. Warum eine Tür in der Ferse? Der griechische Mythos von Achilles kam ihr in den Sinn. Die einzige Schwachstelle des unbesiegbaren Kriegers war die Ferse. Aber einen entsprechenden Mythos gab es bei den Inka oder einem der peruanischen Völker nicht.

Trotzdem nagte diese Übereinstimmung weiter an ihren Gedanken. Konnte es eine Verbindung geben? Viele Mythen durchliefen verschiedene Kulturen und Kontinente. Nur weil sie von einem derartigen Mythos bei den Inka noch nie gehört hatte, hieß das noch lange nicht, dass es ihn nicht gab. Ohne eine Schriftsprache war über die Äonen hinweg viel vom Erbe der Inka verloren gegangen – vielleicht auch ein mögliches Inka-Äquivalent zu Achilles.

Sie hob den Dolch und rief sich den griechischen Mythos ins Gedächtnis. Der große Achilles war letztlich durch eine Verwundung an seiner Ferse zur Strecke gebracht worden. Aber den magisch geschützten Krieger hatte keine Klinge besiegt, sondern ein Pfeil. Sie schüttelte den Kopf über den nutzlosen Gedankengang.

Wenn du bloß ein Pfeil wärst, sagte sie zu dem Dolch.

Plötzlich kühlte sich der Griff in ihren Händen ab, die goldene Klinge streckte sich, wurde dünner und dünner, bis sich schließlich die Spitze zu einem scharfen Pfeil verformte.

»Mein Gott!«, platzte es aus Maggie heraus und sie sprang auf. Sie wandte sich Denal zu und hielt ihm den verwandelten Dolch entgegen. »Sieh mal!«

Aber Denal starrte gerade mit offenem Mund in die andere Richtung, hinaus auf die Totenstadt. Er hob einen Arm und wich zu ihr zurück. »Miss Maggie ...?«

Mit dem Blick folgte sie der Richtung, die sein Arm wies. Am schattigen Rand der Grabstätten kauerten bleiche, monströse Gestalten. Sie waren völlig lautlos herangekrochen und selbst jetzt entfloh ihnen kein Knurren oder Heulen. Maggie bemerkte, dass mehrere Gesichter auf die gigantische Statue gerichtet waren – aber nicht alle. Viele der hungrigen Augenpaare starrten direkt zu ihnen hinüber.

Als hätten sie gemerkt, dass sie entdeckt worden waren, schlichen die Kreaturen jetzt vom Rand der Totenstadt heran. Schweigend, wie verzerrte Schatten, krochen und watschelten sie auf sie zu. Es mussten mindestens zwei Dutzend sein.

Maggie zog Denal mit sich zurück in die kleine Vertiefung zwischen den beiden Fersen des Inkakönigs. Denal hatte eine Taschenlampe sowie die Überreste ihrer einen Fackel bei sich. Beides würde die Horde nicht zurückhalten. Sie brauchten dringend Hilfe. Maggie wagte sich einen Schritt vor und schrie aus voller Lunge, weil es jetzt keinen Grund mehr gab, leise zu sein: »Sam! Hilfe!« Ihr Schrei schallte durch die große Höhle.

Zwei der Bestien, die nicht mehr weit entfernt waren, hatte der Lärm so verärgert, dass sie augenblicklich auf sie zustürzten. Sie gehörten zur Soldatenklasse des Rudels. Geduckt sprangen sie auf ihren mächtigen Muskeln heran, die Augen zu schmalen Schlitzen verengt, die Fänge entblößt. Mit ihren zum Angriff weit geöffneten Schnauzen erinnerten sie an haarlose Bären.

Maggie schwenkte ihre einzige Waffe, den Dolch, der jetzt wie ein Pfeil geformt war. Wenn sie einen von beiden töten könnte ...

Derjenige, der am weitesten herangekommen war, richtete sich auf und wollte zuschlagen. Da fiel sein Blick auf

Maggies Waffe. Die Bestie heulte auf, als wäre sie getroffen worden, fiel zurück und stieß dabei mit ihrem Partner zusammen. Ineinander verknäuelt, kratzten sie sich gegenseitig mit ihren Klauen und kämpften darum, möglichst weit vom Dolch wegzukommen. Die schmalen Augen hatten sich in nackter Panik weit geöffnet. Jaulend flohen sie zu den anderen.

Maggie trat weiter aus ihrem Versteck und hielt ihre Waffe hoch in die Luft. Ein erschrockenes Quietschen durchlief die eng aneinander gedrängten Bestien. Wie eine Schule aufgeschreckter Fische fuhren sie herum und jagten davon.

Sie senkte die verwandelte Waffe und betrachtete stirnrunzelnd den goldenen Pfeil. Was war da gerade geschehen? Sie betastete den Pfeilschaft und sah sich nach der verschlossenen Tür um. Mehr wegen der Reaktion der Bestien als aus eigener Erkenntnis keimte in Maggie der Verdacht auf, dass sie tatsächlich den Schlüssel zu der Inkastatue in Händen hielt. Offenbar hatten die Kreaturen sich davor gefürchtet. Aber weshalb? Hatte dieser Pfeil bei den Bestien eine entsetzliche Erinnerung an die Inka wachgerufen, die vor Urzeiten mit dieser seltsamen Waffe hergekommen waren? Aber das wäre mindestens fünf Jahrhunderte her. Verband diese andersartigen Wesen eine Art kollektives Gedächtnis, ein angeborener Instinkt?

Entschlossen, ihre Theorie zu überprüfen, trat sie zu der silbernen Tür, hockte sich hin und steckte den schlanken Pfeil in den Schlitz. Sollte er sich als der Schlüssel erweisen, hieß dies gleichzeitig, dass die Inka einige Mythen mit den Griechen gemeinsam hatten. Allein diese Tatsache könnte eine ganze Doktorarbeit wert sein. Mit angehaltenem Atem ließ Maggie den Pfeil hineingleiten.

Ein kleines *Klick* ertönte – und die Tür schwang auf.

Dahinter lag eine dunkle Kammer.

Maggie zögerte. Sie warf einen Blick auf ihre Hand.

Nachdem die Tür aufgegangen war, hatte der goldene Dolch wieder seine ursprüngliche Form angenommen und seine lange Klinge glitzerte im Licht. Sie hielt die Waffe auf den Eingang gerichtet und dachte an die Fallen in der anderen Kammer. Dennoch – es gab keinen anderen Weg außer diesem. Ohne sich umzudrehen, winkte sie mit der freien Hand Denal heran.

»Bring mir die Taschenlampe!«

Sie leuchtete hinein. Hinter der Tür lag eine kleine, schmucklose Kammer, deren Boden ebenso golden war wie die Statue. Der Raum war groß genug, sie alle aufzunehmen. Maggie beugte sich vor und leuchtete nach oben. Es gab keine Decke. Der Strahl stieg einfach so in das hohle Herz der goldenen Statue hinauf, immer weiter und weiter.

Sie zog sich wieder zurück und ließ den Strahl über die gesamte Länge des Inkakönigs laufen. Seine gehobenen Handflächen hielten oben die Decke der Höhle fest. Für ein Versteck war die Statue nicht gerade unauffällig.

Maggie wandte sich der dunklen Nekropolis zu. Wo blieben nur die anderen, zum Teufel?

Sam erstarrte, als er Maggies Hilfeschrei hörte. Einen Herzschlag lang schaute er vor sich in das Labyrinth der Straßen. Während der letzten halben Stunde hatte es kein weiteres Zeichen von Ralph und Norman gegeben. Zuletzt hatte er ein herausgestoßenes »Verdammt« gehört, dann nichts mehr. Die Straßen lagen schweigend da.

Wo zum Teufel steckt ihr?

Sam musste der Möglichkeit ins Gesicht sehen, dass die beiden verschollen waren. Er bat schweigend um Verzeihung für den Fall, dass er sich irrte, und fuhr herum. So schnell wie möglich rannte er zu der Statue zurück. Da er sich unterwegs nicht mehr dauernd suchend umschaute, kam er deutlich schneller voran. Er kannte den Weg zur Statue, wusste, wo er um die Ecke biegen konnte und wo die Sackgassen lagen.

Sam erreichte die letzte Straße, die gerade Allee, die zum zentralen Platz führte. Von hier aus erkannte er sogar den Schein von Maggies Fackel, der den Sockel der Statue erleuchtete. Er zog sich den Stetson in die Stirn und rannte die Straße entlang.

Ehe er auch nur zwei Schritte weit gekommen war, lenkte ein Schmerzensschrei seine Aufmerksamkeit nach rechts. Das Gewehr im Anschlag fuhr Sam herum. In einer kurzen Seitenstraße unten glitt eine Gestalt an der linken Mauer entlang. Sie machte einen gebeugten und geschwächten Eindruck und war zu dunkel für einen der Höhlenbewohner.

Sam hob die Fackel und wurde als Reaktion darauf von einer plötzlichen Lichtexplosion geblendet. Jemand kreischte ihm zu: »Verschwinde, du verdammter Scheißkerl!«

Blinzelnd senkte Sam sein Gewehr. »Norman?«

Die Gestalt war wenige Meter entfernt stehen geblieben; eine ruhigere Stimme fragte entschuldigend: »Sam?« Norman senkte das Blitzlicht, mit dem er den Texaner geblendet hatte.

Sam stieß einen Jauchzer aus und eilte zu Norman hinüber. Beim Anblick der Verletzung des Fotografen ließ seine Freude rasch nach. »Wo ist Ralph?«

Norman steckte sein Blitzlicht in die Tasche und schüttelte als Antwort den Kopf. Er wich Sams Blick aus und fragte: »Was ist mit Maggie und Denal?«

»Sind an der Statue«, erwiderte Sam mit gedämpfter Stimme. Der Verlust von Ralph lag ihm wie ein Stein auf der Brust – aber jetzt war keine Zeit zu trauern. Er richtete sich auf und legte eine Hand unter Normans Arm. »Wir müssen uns beeilen. Sie stecken vielleicht in Schwierigkeiten.«

Norman wich zurück und schob Sams Arm weg. Tränen stiegen ihm in die Augen. »Ich will nicht, dass noch jemand getötet wird.«

»Scheißdreck, ist doch bloß dein Bein.« Ohne weitere Umschweife schob Sam einen Arm unter die Schulter des Fotografen. »Wie gut bist du im dreibeinigen Rennen?«

Norman wollte gerade protestieren, als sich weiter unten an der Straße ein grimmiges Knurren erhob. Beide sahen sich um; dann stützte sich Norman schwer auf Sam. »Finden wir's raus.«

Sam musste den verletzten Fotografen fast tragen, aber er würde ihn nicht zurücklassen. Sie kehrten zur Hauptkreuzung zurück und humpelten und hüpften dann weiter die Allee entlang. Das Geheul ertönte jetzt von allen Seiten. Die Verfolger schienen ihnen auf der Spur zu sein.

»Es liegt ... liegt an meinem Bein«, stöhnte Norman und wollte sich wegschieben. »Das Blut zieht sie an. Wenn du mich hier zurücklässt, werden sie vielleicht ...«

»Tut mir Leid, auf diesem Flug werden keine Mahlzeiten serviert«, erwiderte Sam und zog Norman näher zu sich. Er hatte etwas dagegen, dass sich der Mann opferte.

Unter dem anschwellenden Geschrei der Jäger rannten sie weiter. Die Statue vor ihnen wurde allerdings zu langsam größer.

»Wir schaffen's nicht«, meinte Norman und nickte zu einer Hand voll der bleichen Gestalten hinüber, die mit unglaublicher Geschwindigkeit hinter ihnen über die Dächer hüpften. Eine hielt inne und heulte die Höhlendecke an.

»Späher«, meinte Sam. »Sie haben uns entdeckt und rufen jetzt Verstärkung.« Beim Weitergehen schwenkte Sam seine Winchester herum und feuerte. Es war ein Schuss ins Blaue. Die Kugel prallte von der Mauer ab und flog zwischen die Wände zweier Grabstätten. Außerhalb der Reichweite ihrer Lampen jaulte etwas auf.

Mit grimmiger Befriedigung murmelte Norman: »Man muss echt gut auf diese verdammten Querschläger aufpassen.«

Sam schulterte das Gewehr und zog den Fotografen mit. Die Winchester hatte nur noch einen Schuss in der Kammer, dann musste er nachladen – was stehen bleiben bedeutet hätte. Das würden sie nicht überleben.

Von weit vorne ertönte eine Stimme, die offensichtlich auf den Schuss reagierte: »Sam! Beeilung! Ich habe einen Weg in die Statue gefunden!« Es war Maggie. Er entdeckte ihre kleine, vom Fackelschein umrissene Gestalt am Ende der langen Allee.

»Dann geh rein! Sofort!«, brüllte Sam zurück.

»Setzt eure Ärsche in Bewegung! Macht euch um mich keine Sorgen!«

Norman sah sich nach den Bestien um. »Ich persönlich mache mir mehr Sorgen wegen denen da«, meinte er säuerlich.

Obgleich es in seinen Lungen und Beinen brannte wie Feuer, legte Sam noch Tempo zu. Er bemühte sich verzweifelt, Maggie zu erreichen. Er war ihr jetzt nahe genug, dass er sah, wie ihre Augen beim Anblick der Gesellschaft hinter ihnen groß wurden.

»Heilige Scheiße!«, sagte sie. »Beeilt euch!« Sie lief auf sie zu.

»Zurück!«, keuchte Sam.

Aber sie beachtete ihn gar nicht und rannte weiter, gefolgt von Denal. Sie schwenkte dabei den goldenen Dolch über dem Kopf und pfiff durchdringend wie ein Schäfer, der seine Hunde herbeirief.

Was zum Teufel tat sie da?

Sam schaute sich ängstlich um. Die vorderste Front der bleichen Legion fiel fast unmittelbar hinter ihm von den Dächern hinunter auf die Straße. Sam schob Norman vor sich, wirbelte herum und stellte sich der bevorstehenden Schlacht mit der einzigen Patrone in seiner Winchester.

Maggie tauchte neben ihm auf. »Nicht!« Sie drückte sein Gewehr nach unten, trat vor und schwenkte die lange Klinge.

»Maggie!« Aber dann geschah etwas, das Sam völlig verdutzte: Die Schwadron der Kreaturen kam rutschend zum Stehen, wobei die Klauen über den Stein kratzten und scharrten. Ein Heer schwarzer Augen war auf die Waffe gerichtet. Sogar die Späher oben wichen von der Dachkante zurück und die Bestien auf der Straße duckten sich beim Anblick der Klinge. Langsam traten sie den Rückzug an.

Maggie gab ihren Leuten zu verstehen, dass sie selbst es den Kreaturen nachtun sollten. »Ich weiß nicht, wie lange ihre Furcht die Gier nach frischem Fleisch in Schach hält.« Sie warf den anderen einen besorgten Blick zu. »Wo ist Ralph?«

»Tot«, erwiderte Norman leise.

»O mein Gott, nein ...«, murmelte Maggie und bewachte die Gruppe weiterhin mit dem Dolch.

Sam blieb neben ihr und sein Blick glitt zwischen der Waffe und dem Rudel hin und her. »Warum fürchten sie sich davor?«

»Weiß ich nicht«, erwiderte Maggie angespannt. Sie musste die Nachricht von Ralphs Tod erst noch verdauen. »Im Moment interessiert mich nur, dass es funktioniert.«

Zwar ging es Sam nicht viel anders, trotzdem wollte ihm die seltsame Reaktion der Bestien nicht in den Kopf. Ihm fiel seine frühere Bemerkung ein, dass diese Kreaturen vielleicht so eine Art Affen oder prähistorische Menschen waren, Höhlenbewohner, die die Inka hier unten entdeckt und als *mallaqui* verehrt hatten, Geister der Unterwelt. Aber weshalb sollten sie diesen alten Inkadolch fürchten?

Sam runzelte die Stirn. Er spürte, dass er nach wie vor weit von der richtigen Antwort auf die Geheimnisse hier entfernt war. Aber wie Maggie bemerkt hatte: Das Erste, worum sich ein guter Forscher, der etwas Rätselhaftes entdeckt hatte, kümmerte, war, zu überleben.

Plötzlich verschwanden die Grabstätten zu beiden Seiten. Sie hatten den zentralen Platz erreicht.

»Hier herum«, sagte Maggie und kehrte den Kreaturen, die unten an der Straße kauerten, schließlich den Rücken zu. Rasch führte sie die beiden zu der von Sam gefundenen Tür. Nachdem er die Ferse umrundet hatte, sah er sie jetzt offen vor sich.

»Wie hast du sie aufgekriegt?«, fragte er.

Maggie gab ihm dem Dolch zurück. »Anscheinend ist die Waffe so was wie ein Passepartout. Sie hat sich so verändert, dass sie auch auf dieses Schloss gepasst hat.«

»Du machst Witze.« Sam warf den Dolch von einer Hand in die andere und untersuchte ihn. »Was hast du denn getan, dass er funktioniert hat?«

Maggie furchte die Stirn. »Das ist es ja – ich hab keine Ahnung.«

Ächzend und stöhnend drängte sich Norman neben sie. Er stützte sich jetzt auf Denal wie auf eine menschliche Krücke. »Wir haben Gesellschaft«, keuchte er und zeigte hinter sie.

Sam wandte sich um. Wieder kamen die bleichen Bestien aus den Schatten der Straßen auf den zentralen Platz gekrochen. Sie hörten ein tiefes Knurren. Sam scheuchte seine Leute durch die Tür in der goldenen Ferse. »Offenbar setzt sich ihr Hunger durch.«

Maggie ging als Vorletzte hinein. »Beeilung, Sam! Hilf mir mit der Tür!«

Sam hielt der gewaltigen Menge an Kreaturen weiterhin das Gesicht zugewandt, während er zu dem schmalen Eingang zurückwich. Als er sich mühsam hindurchschob, verfing sich der Riemen seines Gewehrs in der Türangel. Er zerrte daran, wodurch sich der Lederriemen allerdings nur umso fester verhakte. »Verdammt noch mal!«

Eine der Kreaturen, die seine missliche Lage bemerkte, sprang knurrend heran. Sie schien nur aus Klauen und Zähnen zu bestehen. Ein Soldat. Die Bestie zischte ihn an, wobei ihr Speichel aus dem Maul schäumte, und schlug mit einer rasiermesserscharfen Klaue nach Sams Kehle.

Sam wich zurück und parierte den Angriff mit dem goldenen Dolch. Die Klinge schnitt in bleiche Haut, aber es war lediglich wie ein Nadelstich bei einem Bullen. Die Kreatur wuchtete sich hoch und kreischte dabei voller Wut. Das Blut aus der Wunde bespritzte Sam, während er weiter mit dem verhakten Gewehr kämpfte.

»Lass es hängen!«, schrie Maggie.

»Es ist unsere einzige Waffe!« Er legte eine Hand auf das Gewehr und hielt den goldenen Dolch zwischen sich und seinen Gegner, hinter dem weitere der bleichen Bestien quietschten und kreischten. Sie hatten Blut gerochen.

Sam sah der Kreatur, die ihn drohend überragte, in die Augen. In diesen schwarzen Brunnen spürte er eine dunkle Intelligenz. Sie hob den verwundeten Arm und Blut rieselte die bleiche Haut hinab. Aus ihrer Kehle drang ein leises, hasserfülltes Knurren. In Erwartung des Hiebs spannte sich Sam an.

Stattdessen wurde die Bestie jedoch plötzlich weggerissen wie eine von unsichtbarer Hand geführte Marionette. Angefangen von der Klauenhand schwärzte sich der ganze erhobene Arm. Die Schwärze breitete sich aus wie brennendes Gift. Rauchwölkchen stiegen auf. Heulend vor Schmerz krachte die Kreatur in ihre Genossen hinein. Ihr verkohlter Arm zerbröselte und fiel wie Asche ab, aber der Brand breitete sich immer weiter aus. Die Bestie wälzte sich auf dem Felsboden umher, doch in nur wenigen Sekunden waren ihr bleicher Rumpf und die anderen Gliedmaßen ebenso schwarz wie der Granit darunter. Rauch wirbelte um die sich windende Gestalt; durch die Risse in ihrer Haut zeigten sich sogar kleine Flammen.

Sam wusste, wovon er hier Zeuge wurde. Das seltene Phänomen war in der Vergangenheit dokumentiert, jedoch niemals direkt beobachtet worden: *spontane Verbrennung*.

Verblüfft wich er zurück. Das Gewehr hatte er vollkommen vergessen und weil er jetzt nicht mehr daran zerrte, fiel es einfach klappernd zu Boden. Er ließ es liegen und schwenkte stattdessen den Dolch.

Draußen vor dem Eingang wichen die bleichen Kreaturen vor ihrem verkohlten Bruder zurück. Die große Bestie lag reglos da, eine Skulptur aus Asche auf dem Felsboden.

Maggie duckte sich, packte den Lauf der Winchester und zog sie zu ihnen in die kleine Kammer. »Hilf mir mit der Tür!«

Sam nickte benommen. Er warf einen letzten Blick auf den goldenen Dolch und schob ihn dann sorgfältig in seinen Gürtel. Jetzt hatte er die Hände frei und konnte Maggie dabei helfen, die schwere Tür zuzuziehen. Sobald sie sich fest geschlossen hatte, legte sich klickend der Riegel vor.

Maggie lehnte sich gegen die silberne Tür. »Jetzt dürfte eigentlich nichts mehr passieren.«

Plötzlich rumpelte der Boden unter ihnen. Alle spannten sich an.

»Na toll, musstest du das ausgerechnet jetzt sagen?«, jammerte Norman und richtete den Blick fest auf den Boden.

Da ertönte ein tiefes Gurgeln. Es hörte sich an wie das Rauschen eines schäumenden, mächtigen Flusses unter dem Boden. Das Geräusch wurde ohrenbetäubend laut und schallte in die hohle Statue hinauf.

»Was ist das, zum Teufel?«, fragte Maggie.

»Die nächste Falle!«, schrie Sam.

»Hier entlang«, sagte Abt Ruiz, drehte sich um und ging den langen schmalen Korridor hinab.

Henry hielt sich im Hintergrund, als der Abt ihre Besichtigungstour durch den Forschungskomplex unterhalb der Abtei Santo Domingo fortsetzte. Joan ging neben dem großen Mann, während Henry an der Seite von Carlos, dem Mönch mit dem unbewegten Gesicht, dahinmarschierte. Argwöhnisch und wachsam beobachtete Carlos die Gruppe unter den gesenkten Lidern hervor. Alle vier trugen jetzt gleichartige weiße Laborkleidung und sahen aus wie ein Teil des Forschungsteams hier unten in den weiten Laboratorien. Nur die 9-mm-Glock in Carlos' Faust sagte etwas anderes.

Den größeren Teil des Nachmittags hatte Abt Ruiz sie von Labor zu Labor geführt und hervorgehoben, welch fortschrittliche Untersuchungen hier durchgeführt wurden: angefangen von der Botanik bis hin zur Nuklearmedizin. Ein riesiges Computerlabor war sogar dem menschlichen-Genom-Projekt gewidmet. Henry überschlug im Kopf, dass dieser im Herzen eines Labyrinths der Inka verborgene Bienenstock an Labors den gesamten Kernbereich der Abtei umfassen musste. Kaum zu glauben, dass dieser Komplex so lange hatte verborgen gehalten werden können.

Während Abt Ruiz weiter den Korridor entlangging, stellte Joan eben jene Frage, die auch Henry schon die ganze Zeit im Kopf herumging. »Warum zeigen Sie uns das alles?«

Ruiz nickte. Offensichtlich hatte er auf diese Frage gewartet. »Wie ich bereits gesagt habe – um Sie zur Mitarbeit zu bewegen. Jedoch auch, um Ihnen zu verdeutlichen, wie unglaublich wichtig die Hingabe an das Werk ist, das hier getan wird, damit das, was ich Ihnen als Nächstes zeigen will, im richtigen Kontext erscheint.« Der Abt wandte Henry und Joan ein schweißbedecktes Gesicht zu. »Während ich aus dem Glauben an meine Religion heraus am Werk bin, wollen Sie vermutlich konkretere Beweise sehen. Wie der Apostel Thomas werden Sie die Finger in die Wunde Christi legen wollen, bevor sie das Wunder glauben, dessen Sie hier Zeuge sein werden.«

Henry drückte sich näher an Joan heran und ergriff zum ersten Mal seit über einer Stunde das Wort.

»Wunder? Das ist die erste religiöse Äußerung, die ich von Ihnen gehört habe, seit wir hier unten sind. Was tun Sie also wirklich hier?« Henry machte eine Armbewegung, die auf den gesamten Komplex deutete. »Selbst wenn man von den Morden und Entführungen absieht, bleibt immer noch die Frage, wie dies alles ein Unternehmen der katholischen Kirche sein kann?«

Der Abt nickte verständnisvoll. »Kommen Sie. Die Antwort liegt unmittelbar vor uns.«

Trotz der 9-mm-Glock, die auf seine Nieren zeigte, war Henry seltsam eingenommen. Was für ein Geheimnis es hier auch geben würde – er war Wissenschaftler und Historiker und brauchte als solcher keine Waffe, die ihn weiterdrängte. Worüber war er da bloß gestolpert?

Als sie sich dem Ende des Flurs näherten, nahm Joan seine Hand. Obwohl die Neugier hell in ihren Augen strahlte, wusste Henry sehr wohl, dass sie nervös war. Ihre Hand fühlte sich heiß an. Sanft zog er sie an seine Seite.

Eine gewaltige Wand aus Edelstahl versperrte ihnen den Weg. Darin war eine riesige Tür eingelassen, durch die mühelos ein Elefant gepasst hätte. Mächtige Riegel hielten sie fest verschlossen. An einer Seite befanden sich ein elektronisch gesichertes Schloss und eine Zahlentastatur. Vor ihnen lag ganz offensichtlich die innerste Kammer des Komplexes, das innere Heiligtum.

Ohne sich umzudrehen, sagte Ruiz: »Nur die Hingebungsvollsten haben je einen Fuß in diese Kammer gesetzt.

Vor uns liegt die Hoffnung der Menschheit auf Buße und Erlösung.«

Henry wagte nicht zu sprechen. Dazu war seine Neugier zu groß. Er wollte nichts äußern, was den Abt davon abhalten könnte, die Kammer zu öffnen. Ein Mann war ermordet worden, um die Sache hier geheim zu halten, und Henry wollte herausfinden, um was es dabei ging.

Joan legte dem Geheimnis gegenüber weniger Hingabe an den Tag. »Warum dürfen wir das sehen?«, fragte sie.

Noch immer hielt ihnen Ruiz den Rücken zugekehrt. Sein Blick war auf die Tür gerichtet, seine Stimme heiser vor Ehrfurcht. »Alle Antworten liegen hier drin.« Er nahm seinen Siegelring und drückte ihn in eine Nische. Ein Palm Pad leuchtete auf und der Abt legte seine linke Hand darauf; anschließend tippte er mit der rechten Hand, die von seinem gewaltigen Körper verdeckt war, den Öffnungscode ein.

Schwere Lager drehten sich, dicke Schlösser gingen auf, Riegel glitten zurück. Die Tür war freigegeben. Abt Ruiz ging einen Schritt nach hinten, als die massive Tür, die mindestens einen halben Meter dick sein musste, sich zu ihnen hin öffnete. Weihrauchduft drang heraus. Nach den sterilen Labors wirkte der Geruch geradezu widerlich. Getragen wurde er von einer kalten Brise, als würde der Raum dahinter gekühlt.

Doch weder der Weihrauch noch die Kühle schienen Abt Ruiz zu stören. Während die Tür langsam aufschwang, hob der rundliche Mann die Arme wie zum Gebet.

Sobald sie sich vollständig geöffnet hatte, bekreuzigte sich der Abt feierlich und schritt voran. Er sprach kein einziges Wort und Henry spürte, dass eine einzige Äußerung den Augenblick entheiligen würde. Daher hielt er die Lippen fest verschlossen, aber seine Augen weiteten sich erwartungsvoll.

Als Abt Ruiz behutsam durch den Eingang trat, schalteten Sensoren innerhalb der Gewölbekammer eine Flut von Neonlampen ein. Im Raum wurde es strahlend hell. Es war wie ein unterirdischer Sonnenaufgang.

Joan schnappte nach Luft. Von der Stelle aus, an der sie stand, hatte sie einen direkten Blick auf das, was vor ihnen lag. Henry dagegen musste erst um den Abt herumgehen, bevor er sah, welches Geheimnis die Kammer barg. Als er die Türschwelle überschritt, ließ er unwillkürlich Joans Hand los. Wie betäubt stolperte er in den Raum.

Die kühle Kammer war etwa zwanzig Quadratmeter groß. In jeder Ecke stand ein kleines Gefäß, aus dem dünne Weihrauchfahnen aufstiegen. Sämtliche Wände waren aus Titan und mit ungeheuerlichen silbernen Kreuzen bestückt, ein jedes mannshoch. Ein noch größeres Kruzifix hing von der drei Stockwerke hohen Decke herab.

Doch so verblüffend allein das war, es war nichts im Vergleich zu dem, was es unter dem hängenden Kreuz zu sehen gab. Inmitten des Raums lag auf einem verzierten Silberaltar die lebensgroße Skulptur eines Mannes. Henry trat näher. Es sah aus, als würde die Gestalt schlafen. Sie trug wallende Gewänder und ruhte auf ihrem langen Haarschopf wie auf einem Kopfkissen. Die Hände waren wie bei einem Toten auf dem Bauch gefaltet. Das Antlitz wirkte völlig entspannt, etwas unergründlich Friedvolles ging von dieser Gestalt aus. Henry trat zur Seite, um einen besseren Blick auf das Gesicht zu erhalten.

Um die Stirn der Gestalt lag eine Dornenkrone.

O mein Gott!

Es war die Gestalt Christi! – geformt aus massivem Gold!

Nein, nicht Gold ... Henry musste nicht näher treten, damit er seinen Irrtum erkannte. Das Licht der Neonlampen blitzte auf der Gestalt des schlafenden Christus. Das Metall darunter schien beinahe zu fließen. Nein, das war kein Gold! Es war *el Sangre del Diablo*. Die ganze lebensgroße Skulptur war aus dem Blut des Satans gebildet worden.

Henry bekam weiche Knie. Die Kälte des Raums drang ihm allmählich bis auf die Knochen. Kein Wunder, dass die Kammer kühl gehalten wurde. Bei Raumtemperatur würden wahrscheinlich wie bei dem Kreuz in Joans Labor an der Johns Hopkins die feineren Details verloren gehen.

Abt Ruiz ging zu einem einfachen hölzernen Betschemel hinüber, der vor dem Altar stand, und kniete auf der harten Oberfläche nieder. Schweigend bewegte er die Lippen im Gebet. Dann erhob er sich wieder, zog den Reißverschluss seiner sterilen Laborkleidung auf und holte das Becherglas mit der goldenen Probe aus Joans Labor heraus. Die Substanz hatte die grobe Pyramidenform beibehalten. Abt Ruiz küsste seine Fingerspitzen und öffnete dann das Becherglas, um dessen Inhalt herauszuholen. Sanft lösten die großen Hände des Mannes das Metall von der Oberfläche und hoben es hoch. Er beugte sich vor und setzte die Pyramide ehrfürchtig auf die Skulptur, in die Nähe der gefaltenen Hände der Christusgestalt.

»Kommen Sie«, sagte der Abt feierlich und kehrte zu seinem Betschemel zurück. »Es war Ihre Entdeckung, Ihr Geschenk, Professor Conklin. Sie sollen daran teilhaben.«

Erneut kniete Ruiz nieder und senkte den Kopf. Henry ging zu ihm hinüber, Joan ihm zur Seite. Carlos stand nach wie vor mit versteinerter Miene an der Tür, die Waffe in der Hand.

Abt Ruiz murmelte ein Gebet. Das Gesicht hielt er bescheiden mit den Händen bedeckt.

Henry musterte die Gestalt, den Raum. Er wusste nicht, was er zu erwarten hatte. Was dann geschah, machte ihn vollkommen fassungslos; er blinzelte mehrmals, um sicherzugehen, dass es sich nicht um eine optische Täuschung handelte.

Die Pyramide aus der Substanz Z schmolz und floss über die Skulptur. Die gefalteten Hände teilten sich gerade so weit, dass das geschmolzene Metall darunter strömen konnte. Als sich die goldenen Finger wieder schlossen, hatte die Substanz Z eine vollkommene Lilie ausgebildet, mit duftender Blüte und schlankem Stängel.

Der Abt seufzte und nahm die Hände herunter und auf seinem Gesicht lag ein glückseliges Lächeln. Er stand auf.

»Was ist gerade geschehen?«, murmelte Joan.

»Ihre Probe ist der unseren hinzugefügt worden ... hat uns unserem Ziel einen Schritt näher gebracht.« Der Abt verließ den Altar und nahm die anderen mit.

»Wie haben Sie das gemacht?«, fragte Henry und nickte zu der Statue hinüber.

»Sie sind soeben Zeuge dessen geworden, weshalb der Vatikan das Metall damals für dämonisch erklärt hat. Es ist die einzigartige Eigenschaft des *Sangre del Diablo.*« Ruiz wandte sich an Joan. »Wir haben Ihre Notizen und Berichte gelesen. Wie Sie in kurzer Zeit haben wir über die Jahre hinweg erfahren, dass das Metall auf jede äußere Energiequelle reagiert: Elektrizität, Röntgenstrahlung, radioaktive Strahlung, Wärmestrahlung. Es benutzt alle Arten von Energie mit perfekter Effizienz, verändert seinen Zustand von fest zu flüssig. Aber was Sie noch entdecken mussten, war die Eigenschaft, die die Inka den Dominikanermönchen demonstrierten, die als Erste bei ihnen eintrafen.«

»Und das wäre?«, fragte Henry.

Abt Ruiz warf ihm einen kurzen Blick zu. »Es reagiert auch auf menschliche Gedanken.«

»Was?«, keuchte Joan.

Trotz seiner Verblüffung schwieg Henry weiterhin. Ihm fiel ein, wie die Probe sich angeschickt hatte, ein Doppel des Dominikanerkreuzes zu formen, als er das Kruzifix in Händen gehalten und darüber nachgedacht hatte.

»Wenn man sich stark konzentriert«, fuhr der Abt fort, »reagiert es auf die Alphawellen des Gehirns genauso wie auf Röntgenstrahlen oder Mikrowellen. Es schmilzt und zerfließt in die Form, die der Bittsteller im Sinn hat.«

»Unmöglich ...«, murmelte Joan, aber ihrer Stimme mangelte es an Überzeugungskraft.

»Nein, nicht unmöglich. Das Gehirn kann bedeutende Strahlungsmengen produzieren. Quantifizier- und messbar. In den frühen siebziger Jahren haben Experimente sowohl bei den Russen als auch bei der CIA gezeigt, dass gewisse einzigartige Individuen allein mit der Kraft ihrer Gedanken Objekte und Filmmaterial beeinflussen konnten.« Ruiz schaute sich nach der Christusgestalt um. »Aber in diesem Fall ist nicht das Individuum einzigartig, sondern die *Substanz*. Sie ist auf die Ausstrahlungen des menschlichen Gehirns abgestimmt, auf seine Gedanken.«

Henry hatte die Sprache wieder gefunden und sagte mit fast erstickter Stimme: »Aber das ist eine erstaunliche Entdeckung! Wa... warum die Geheimhaltung?«

»Damit die Menschheit weiterhin Hoffnung auf Erlösung hat«, stellte Abt Ruiz feierlich fest. »Das heilige Edikt von Papst Paul III. aus dem Jahr 1542 erlaubte der spanischen Sektion des Dominikanerordens, alles zu unternehmen, um zu verhindern, dass das dämonische Metall die Menschheit verdarb. Seine Existenz geheim zu halten und es von Sünden zu läutern.«

Henry kniff die Augen zusammen. »Sie betonen das immer wieder – *ihre Sektion*. Was meinen Sie damit? Wer genau sind Sie?«

Der Abt starrte ihn an, als wog er ab, ob Henry eine Antwort wert war. Als er etwas erwiderte, tat er es leise und mit einer untergründigen Bedrohung. »Wer wir sind? Unser Orden ist einer der ältesten der Dominikaner und wurde im dreizehnten Jahrhundert gegründet. Einst nannte man uns die Hüter der Frage. Unser Orden war es, der als Erster die Konquistadoren in die Neue Welt begleitet hat, in das Land der Heiden. Als Entdecker des *Sangre* wurden wir mit der Aufgabe betraut, jede Unze des dämonischen Metalls zu konfiszieren und alle, die etwas mit seiner Entdeckung zu tun hatten, so lange der Befragung zu unterwerfen, bis das Wissen von *el Sangre* im Schoß der Kirche verschwand.«

Langsam dämmerte Henry die Erkenntnis. Ihm fiel das Symbol der gekreuzten Schwerter auf Bruder de Almagros Ring ein. »O mein Gott«, formte er mit dem Mund.

Nicht im Geringsten beschämt richtete sich Abt Ruiz auf. »Wir sind die Letzten der Inquisitoren.«

Ungläubig schüttelte Henry den Kopf. »Aber Sie wurden aufgelöst. Im späten neunzehnten Jahrhundert ist Rom von der spanischen Inquisition abgerückt.«

»Nur nach außen hin ... das heilige Edikt von Papst Paul III. ist niemals widerrufen worden.«

»Also sind Sie hierher geflohen?«, fragte Henry.

»Ja, weit weg von den neugierigen Augen und näher heran an die Quelle des *Sangre del Diablo*. Unser Orden sah unsere Mission als zu lebensnotwendig an, um sie im Stich zu lassen.«

»Eine Mission wofür?«, fragte Joan. »Nachdem Sie hier so lange geforscht haben, glauben Sie ja wohl kaum noch daran, dass das Metall vom Teufel besudelt wurde?«

Ihre Worte entlockten dem Abt ein väterliches Lächeln. »Nein. Im Gegenteil, wir glauben jetzt, dass *el Sangre* gesegnet ist.« Beim Anblick ihrer Bestürzung wurde sein Lächeln noch breiter. »Damit das Metall die Gedanken des Menschen erahnen und sie wirklich werden lassen kann, muss die Hand Gottes mit im Spiel sein. Unsere Sektion hat in ihren Labors jahrhundertelang daran gearbeitet, das Metall zu veredeln und seine Empfänglichkeit für die reinen Gedanken zu vergrößern.«

Henry runzelte die Stirn. »Aber zu welchem Zweck?«

»Damit wir eines Tages die Gedanken Gottes erreichen können«, erwiderte der Abt nüchtern.

Henry konnte sein Entsetzen nicht verbergen. Joan ergriff wieder seine Hand.

»Wir glauben«, fuhr Ruiz fort, »dass wir mit genügend technologisch veredeltem Erz ein Gefäß konstruieren können, das ausreichend sensibel ist, um die Gedanken oder den Geist unseres Herrn zu erreichen.«

»Sie machen Witze«, keuchte Joan.

Der Abt sah sie nur düster und stoisch an.

»Und was dann?«, fragte Henry, der spürte, dass noch etwas ungesagt geblieben war.

Der Abt reckte den Hals. »Professor Conklin, das ist unser bestgehütetes Geheimnis. Aber wenn wir Ihre Mitarbeit gewinnen wollen, müssen wir Ihnen vermutlich alles offenbaren. Auch das Letzte enthüllen.« Ruiz trat zum Altar. »Kommen Sie. Das müssen Sie verstehen.«

Auch wenn es tatsächlich um gut gehütete Geheimnisse ging – Henry merkte, dass der Abt vor allem dieses Katz-und-Maus-Spiel mit seinen Gästen genoss. Eigentlich war ihm überhaupt nicht wohl dabei. Dass diese Ordenssektion ihre Geheimnisse so offen enthüllte, ließ auf eine geringe Sorge darum schließen, dass Joan oder Henry dieses Wissen jemals der Welt mitteilen würden. Mehr als alles andere machten Henry die Zuversicht des Abts und seine Bereitschaft zu reden nervös.

Sobald sie vor dem Altar standen, deutete Abt Ruiz auf die goldene Gestalt. »Hier ist unser endgültiges Ziel.«

»Das verstehe ich nicht«, meinte Joan, die ebenso verwirrt war wie Henry.

Der Abt legte einen zittrigen Finger an die Skulptur. »Hier ist unser leeres Gefäß, das auf unsere Gedanken reagiert. Doch mit ausreichend Rohmaterial hoffen wir, den

Geist Gottes selbst zu erreichen. Seinem Willen körperlich Gestalt zu verleihen.«

Henry starrte die schlafende Gestalt Jesu Christi an. »Sie wollen doch nicht etwa sagen ...«

»Wir glauben, es war göttliche Fügung, dass *el Sangre* bei der Entdeckung der Neuen Welt in die Hände der Kirche fiel. Es war als Herausforderung für unseren Glauben gedacht. Eine Prüfung Gottes. Wenn wir genügend dieser göttlichen Substanz zusammenbringen, wird Gott seine Gedanken aussenden und unser Gefäß hier betreten, es zum Leben erwecken.« Abt Ruiz wandte sich Henry zu und seine Augen leuchteten hingebungsvoll. »Unser Ziel ist es, wieder einen lebenden Gott auf die Erde zu holen.«

»Sie meinen, Sie wollen die Wiederkunft Christi herbeiführen!«, rief Joan aus.

Abt Ruiz nickte, wandte sich ab und starrte über die goldene Jesusfigur hinweg. »Die Wiedergeburt Christi auf Erden.«

Henry schüttelte den Kopf. Das war Wahnsinn. »Warum also wir? Warum benötigen Sie uns?«

Lächelnd zog Ruiz sie weg. »Weil Sie die Überreste von Bruder Francisco de Almagro entdeckt haben, einem unserer Vorfahren. Er ist im sechzehnten Jahrhundert ausgesandt worden, ein Gerüchten zufolge existierendes Depot von *el Sangre* zu suchen, ein so großes Lager, dass es bei den Inka hieß, es würde ›wie Wasser von den Berggipfeln herabströmen‹. Er ist nie zurückgekehrt und man glaubte, er sei ermordet worden. Aber als ich von Erzbischof Kearney in Baltimore erfahren habe, was geschehen ist, lebte unsere Hoffnung wieder auf. Vielleicht hatte unser Vorfahr die Hauptader entdeckt und ist bloß gestorben, bevor er das Wissen zurückbringen konnte.« Er sah zu der schlummernden Christusgestalt hinüber. »Wir beten, Professor Conklin, dass Sie über unser Mittel gestolpert sind, Gott zu erreichen.«

»Sie denken wirklich, diese mystische Hauptader ist auf meiner Grabungsstätte zu finden?«

Der Abt hob die Brauen. »Uns haben Nachrichten von unseren Agenten vor Ort erreicht. Die Zeichen sind viel versprechend. Aber nach dem Unfall in dem unterirdischen Tempel werden wir eine Weile brauchen ...«

Henry spannte sich an. »Welcher Unfall? Wovon sprechen Sie?«

Auf Ruiz' Gesicht trat ein grimmiger Ausdruck. »Oh, ja, stimmt. Sie können noch gar nichts von dem Einsturz wissen.« Rasch berichtete der Abt, was in den Ruinen geschehen war.

Henry wich das Blut aus dem Gesicht.

»Aber haben Sie keine Angst! Obwohl die Studenten eingeschlossen sind, deutete ihr letzter Funkspruch darauf hin, dass sie Schutz in einer natürlichen Höhle gefunden haben.«

»Ich muss da hin! Sofort!«, sprudelte es aus Henry heraus. Er entzog sich Joans Griff. Jegliches Interesse an den Vorgängen hier hatte sich in Luft aufgelöst. O mein Gott ... er hatte Sam völlig vergessen. Er hatte nicht einen einzigen Gedanken daran verschwendet, dass sein Neffe möglicherweise in Gefahr war.

»Sie können nichts unternehmen. Ich stehe mit meinen Männern dort oben in Verbindung. Sollte sich etwas ändern, in der einen oder anderen Hinsicht, werde ich Ihnen sofort Bescheid geben.«

Das Blut, das Henry aus dem Gesicht gewichen war, kehrte wieder zurück. »Ich werde nicht mit Ihnen zusammenarbeiten! Nicht, bis ich meinen Neffen in Sicherheit weiß!«

»Beruhigen Sie sich, Professor Conklin. Ich habe bereits ein Team aus Bergbauexperten dorthin gesandt, die bei den Rettungsarbeiten helfen sollen.«

Henry rang die Hände. Joan legte ihm einen Arm um die

Schultern. Er stand steif in ihrer Umarmung. Nach dem Tod seiner Frau und seines Bruders war Sam seine ganze Familie. Er hatte keinen Platz für jemand anderen. Wenn ihn seine Kollegin aus alten Studientagen nicht so bezaubert hätte, hätte er vielleicht klarer denken und diesem Schlamassel hier aus dem Weg gehen können. Er entwand sich Joans Umarmung, sah dem Abt ins Gesicht und sagte durch die zusammengebissenen Zähne: »Wenn Sam wegen all dem etwas zustoßen sollte, werde ich Sie umbringen.«

Abt Ruiz wich einen Schritt zurück, während Bruder Carlos mit seiner Glock herantrat – eine Warnung, dass Henry nichts Unüberlegtes tun sollte. Mit leicht zitternder Stimme sagte der Abt: »Ihr Neffe ist ganz gewiss in Sicherheit.«

Die nächste Falle!

Als der goldene Boden unter ihnen zu zittern begann, zog Sam Maggie zu sich. Sie hatte versucht, die Tür der Statue zu entriegeln, aber die blieb fest verschlossen. »Haltet euch bereit!« Die Vibrationen gingen durch die Sohlen seiner Stiefel, liefen ihm die Beine hinauf und kitzelten an Rippen und Rückgrat.

Einen Schritt entfernt stützte Denal Norman; die Augen des jungen Quecha waren groß wie Suppentassen.

Das Poltern wurde in dem engen Raum ohrenbetäubend laut, und unter Sams Füßen vibrierte der Boden immer heftiger. »Festhalten!«

Plötzlich erfüllte die Kammer ein ungeheures Getöse und der Fußboden bebte, als würde er sich gegen einen gewaltigen Druck stemmen. Dann ertönte das laute Klacken von sich lösenden Haken und die Plattform schoss in die Höhe. Norman fiel auf Hände und Knie und schrie vor Schmerz, als sein verletztes Bein auf den Metallboden krachte. Keiner der anderen sprach ein Wort. Die Angst hatte sie zum

Schweigen gebracht und sie standen angespannt und wie versteinert da.

Die Plattform ruckelte heftig, fuhr jedoch weiter nach oben – zunächst langsam, dann rascher. Sie drehte sich leicht, während sie den Schacht hinaufstieg und der Fußboden zitterte weiterhin unter der Kraft, die ihn nach oben trieb.

»Hydraulik!«, schrie Norman über das Getöse hinweg. Denal half ihm auf die Beine.

»Was?«, fragte Sam.

Maggie löste sich aus seiner Umarmung und musterte den Boden. »Sie müssen einen unterirdischen Fluss angezapft haben, vielleicht einen Nebenarm desjenigen, in dem wir gestern geschwommen sind. Das ist ein hydraulischer Aufzug, verdammt!«

Sam starrte in die Höhe, den engen Schacht hinauf. »Aber wohin bringt er uns?«

Maggie runzelte die Stirn. »Wenn sie Eindringlinge töten wollten, wäre das hier eine viel zu komplizierte Methode«, meinte sie und richtete ihren Blick auf die vorübersausenden Wände. »Meiner Ansicht nach bringt er uns bis nach ganz oben.«

»Bis zur Decke?«, fragte Sam. Er dachte an die Haltung des Inkakönigs, der die Arme nach oben hielt und die Handflächen an die Decke der Höhle gelegt hatte, als würde er sie stützen. Er stellte sich die Statue vor. Praktisch kurvenlos und schwindelerregend hoch.

»Hoffentlich wird er uns da oben nicht bloß zerquetschen«, sagte Norman säuerlich. »Das würde einen ansonsten perfekten Tag völlig ruinieren.«

»Ich glaube kaum«, erwiderte Maggie unsicher.

Plötzlich schrie Denal auf und zeigte in die Höhe. »Da, sehen!«

Maggie schwang ihre Taschenlampe herum, doch das

wäre nicht nötig gewesen. Hoch über ihnen kam das Ende der Passage in Sicht, eine goldene Kuppel, die Schädeldecke der Statue. Durch die regelmäßig angeordneten Spalten strömte Licht herein. Dann öffneten sich wie Blütenblätter sechs Abschnitte in der Decke. Heller Sonnenschein flutete auf sie herab.

»Es ist ein Weg nach draußen!«, rief Sam, riss seinen Stetson herunter und stieß ein Jubelgeschrei aus. »Wir haben's geschafft!«

Etwas leiser fügte Norman hinzu: »Zumindest die meisten.«

Sams Lächeln erlosch. Er setzte sich den Hut wieder auf und stellte sich Ralphs Gesicht vor. Norman hatte Recht. Es war unangebracht, über die eigene Rettung zu jubeln, wenn einer ihrer Freunde nicht mehr unter ihnen war.

Maggie trat näher an Sam heran. In ihren Augen lag sowohl Erleichterung als auch Trauer. Sie legte den Kopf in den Nacken, um die sich öffnende Kuppel zu mustern.

Sam legte den Arm um sie. »Ralph wäre froh, dass wir entkommen sind, ganz bestimmt.«

»Vielleicht ...«, murmelte sie leise.

Er umarmte sie fester. »Die Toten beneiden die Lebenden nicht, Maggie – Ralph nicht, nicht einmal dein Freund Patrick Dugan aus Irland ...« Und im Stillen fügte Sam dieser Liste die eigenen Eltern hinzu.

Maggie lehnte sich an ihn und sagte müde: »Ich weiß, Sam. Das habe ich früher alles schon gehört.«

Er hielt sie fest und sagte nichts weiter. Er wusste, dass es schwieriger war, sich dafür zu vergeben, dass man lebte, als dem Tod ins Auge zu sehen. Es war etwas, mit dem man ganz allein klarkommen musste.

Jetzt stieg der Aufzug langsam zur Freiheit hinauf. Die Plattform brachte sie in die geöffnete Kuppel und blieb schließlich stehen. Die sechs Abschnitte der Kuppel hatten sich vollständig zurückgezogen. Unter ihnen glitten Haken in ihre Halterungen und sicherten die Plattform wieder. Das Rauschen des Wassers erstarb. Es flutete den Schacht hinab.

»Wir sind angekommen«, sagte Norman.

Nach dem Dämmerlicht in der Höhle blendete die nachmittägliche Sonne, auch wenn ihr Schein durch den dichten Dunst gefiltert wurde, der den Himmel bedeckte.

»Aber wo sind wir, zum Teufel?«, fragte Sam, trat vor und drehte den Kopf in alle Richtungen.

Anscheinend waren sie in einem tiefen, bewaldeten Tal. Von allen Seiten umgaben sie hoch aufragende, steile Wände aus einem rötlich-schwarzen Fels, den man unmöglich ohne Bergsteigerausrüstung und beträchtliches Geschick erklimmen konnte. Der Dunst, der sich am Himmel wälzte, dämpfte den Sonnenschein zu einem hellen Nebelschleier.

»Wonach riecht das hier?«, fragte Norman.

Die dünne, warme Luft trug den Hauch eines Gestanks nach faulen Eiern mit sich. »Schwefel«, meinte Maggie, drehte sich langsam um die eigene Achse und streckte dann einen Arm aus. »Seht mal!«

Nahe der nördlichen Wand des Tals schoss aus einem Spalt am Fuß des Felsens eine Rauchwolke empor. »Eine Fumarole«, sagte Sam. Diese Region der peruanischen Anden war noch immer geologisch aktiv, durchsetzt mit Vulkankegeln, von denen einige kalt und still waren, andere nach wie vor rauchten. Fast täglich wurden die Berge von Erdbeben erschüttert.

Maggie schwenkte ihren Arm. »Das ist keine Senke. Wir sind in einer vulkanischen Caldera.«

Norman humpelte heran und richtete den Blick auf die Felswände. Er zog die Brauen zusammen. »Na toll. Warum kommt mir ausgerechnet jetzt das Sprichwort *›vom Regen in die Traufe‹* in den Sinn?«

Sam achtete nicht auf die mürrischen Worte des Fotografen, sondern musterte die Höhen ringsumher. »Wenn du Recht hast, Maggie, müssen wir uns irgendwo in der Vulkanansammlung östlich des Lagers befinden.« Er nickte zu einem dunklen Schatten im Süden hinüber. Ein weiterer Felskegel, dessen Silhouette von Rauch ummantelt war, stieg aus der südlichen Wand empor und überragte ihr Vulkantal. »Seht mal, wie viele es gibt.«

Maggie nickte. »Du hast vielleicht Recht. Diese Region ist nie erforscht worden. Zu steil und gefährlich.«

Denal, der dicht neben Norman stand, fuhr sich mit dem Ärmel über die Stirn und brummelte: »Warm hier.«

Sam stimmte zu. Er nahm den Hut ab und kämmte sich mit den Fingern das feuchte Haar zurück. Nur in der Weste, müsste ihm in dieser Höhe bei Einbruch der Dämmerung eigentlich kalt werden. Stattdessen war es mehr als mild.

»Das sind die Geysire«, erklärte Maggie. »Sie halten die Gegend hier warm und feucht.«

»Wie in einem tropischen Gewächshaus«, sagte Norman, den Blick auf den Regenwald rings um die goldene Kuppel gerichtet. »Seht euch mal diesen Bewuchs an!« Er kämpfte mit seiner Kamera, um sie loszubekommen.

Ringsumher breitete sich dichter Wald aus. Das Gewirr aus Zweigen, von denen Ranken herabhingen, erstreckte sich in alle Richtungen. Weiter oben im Tal erkannten sie einige offene Wiesen, Unterbrechungen im Baldachin des Regenwalds. Sie lagen zumeist in der Nähe der allgegenwärtigen Geysire. Ansonsten wirkte der Wald innerhalb der Wände des Vulkankegels unberührt. Unter seinem schützenden Blätterdach blühte und gedieh eine üppige Pflanzenwelt. Riesenfarne mit Wedeln, die größer waren als Menschen, bedeckten den Boden, während hunderte von Orchideen mit faustgroßen gelben Blüten von den Astgabeln der Bäume hingen. Sogar eine Art dorniger Dschungelrose kletterte Zweige und Ranken hoch.

Norman machte ein paar Schnappschüsse, während die anderen am Waldrand entlanggingen.

In dieser grünen und von Blüten übersäten Pracht pfiffen und kreischten aufgeschreckte Vögel, offenbar von ihrer Anwesenheit gestört. Eine kleine Schar blau geflügelter Papageien schoss über den dunstigen Himmel dahin. Noch näher ertönten die warnenden Rufe eines Affen und hallten von den Felswänden wider. Die winzigen Gestalten sausten zwischen den Bäumen und Ranken umher, Blitze aus feuerrotem Fell und peitschenden Schwänzen.

Auf der anderen Seite dieser Mauer aus Grün versprach das Plätschern von Wasser einen von einer Quelle gespeisten Bach.

»Wie ein verschollenes Paradies«, bemerkte Norman.

Sam nickte, obwohl in ihm eine gewisse Besorgnis keimte. Er dachte an die lateinische Warnung des Francisco de Almagro auf den Hematitbeschlägen: *Hüte dich vor der Schlange von Eden!*

Ein ähnlicher Gedanke musste Maggie durch den Kopf geschossen sein. Sie spitzte die Lippen und kniff die Augen argwöhnisch zusammen. »Wir bekommen Gesellschaft«, flüsterte sie plötzlich.

Sam spannte sich an und fragte aufgeschreckt: »Was?«

Maggie stand reglos da und nur ihre Augen bewegten sich und zeigten die Richtung an, in die er schauen sollte.

Hinter ihnen ertönte plötzlich das Knirschen von Metall. Die Kuppel schloss sich wieder. Ihre einzige Möglichkeit, aus der vulkanischen Caldera zu verschwinden, war dahin.

Sam durchforstete mit seinem Blick den Abschnitt des Regenwalds, auf den Maggie gezeigt hatte. Schließlich entdeckte er ein kleines Gesicht in den Schatten, das seinen Blick erwiderte. Die Gestalt musste bemerkt haben, dass er sie entdeckt hatte, denn sie erhob sich und trat aus dem dichten Gebüsch am Rand des Regenwalds. Von anderen Stellen schlüpften sieben weitere Männer auf die Lichtung rings um die goldene Kuppel.

Sie hatten mokkafarbene Haut und dunkle Augen und stammten eindeutig von den Quecha ab. Sie reichten Sam etwa bis zur Schulter, hielten jedoch Speere in Händen, die größer als der Texaner waren, und trugen traditionelle indianische Kleidung: schmucklose *haura*-Hosen sowie fantasievoll mit Papageien- und Kondorfedern verzierte Hemden.

Ein Mann mit karminrotem Kopftuch, offenbar ihr Anführer, trat vor und sagte ernst etwas in seiner Sprache.

Mit zusammengezogenen Brauen übersetzte Denal: »Wir sollen ihm folgen.«

Der kleine Jäger drehte sich um, ging zum Rand des Walds und schob die riesigen Wedel eines Baumfarns beiseite. Dahinter zeigte sich ein verborgener Pfad. Der Mann duckte sich unter dem Laubwerk hindurch und ging los. Die anderen Jäger warteten ab, bis Sams Gruppe auch ganz bestimmt folgte.

Da kein Grund bestand, diese Fremden zu fürchten, winkte Sam seinen Leuten zu. »Gehen wir ... vielleicht wissen sie einen Weg zurück zur Ausgrabungsstätte.« Doch als er sich ihre langen Speere ansah, hängte Sam seine Winchester so über die Schulter, dass er sie sofort griffbereit hatte. Sollte es Schwierigkeiten geben, wollte er vorbereitet sein.

Denal berührte Sam am Ellbogen. Der Junge hatte die Augen ebenfalls misstrauisch zusammengekniffen. Es lag ihm wohl etwas auf der Zunge, aber dann schüttelte er den Kopf und fischte eine krumme Zigarette aus der Tasche. Er murmelte etwas in seiner Muttersprache und steckte sich den Filter zwischen die Lippen.

»Was ist, Denal?«

»Etwas nicht stimmen«, brummelte er, blieb dann aber

stumm. Der Junge half Norman unter dem Farnwedel durch auf den Pfad.

Sam kam als Letzter, Maggie neben sich. Nachdem der Regenwald sie verschluckt hatte, gingen sie mehrere Minuten lang schweigend dahin.

»Was hältst du von denen?«, flüsterte Maggie schließlich.

»Sie gehören offensichtlich zu einem Stamm der Quecha. Hunderte wie sie leben als Jäger und Sammler draußen in der Wildnis.«

Maggie zeigte mit dem Daumen zur Lichtung zurück. »Und eine Kuppel aus massivem Gold ist ihnen völlig schnuppe?«

Sam grübelte über ihre Worte nach. Sie hatte Recht. Die Jäger hatten so gewirkt, als hätte sie der Anblick der Fremden mehr interessiert als der Reichtum in ihrem Rücken. Auch Denals Bestürzung nagte an ihm. Was stimmte hier nicht?

Beim Weitermarschieren musterte er die Indianer. Sie bewegten sich lautlos, hielten die Speere locker und schoben Ranken beiseite. Bald kreuzte der Pfad einen kleinen Strom, den sie mit Hilfe einiger großer Steinblöcke durchwateten. Wer waren diese Jäger?

Die Antwort auf diese Frage tauchte nach der nächsten Biegung vor ihnen auf.

Der dichte Regenwald öffnete sich und wie durch Zauberei erschien ein Dorf. Die steinernen Bauten umstanden einen Platz und zogen sich terrassenförmig weiter bis zum Dschungel hin; fast alle waren halb überwachsen und von dem hohen Blätterdach beschattet. Dschungelblumen zierten steinerne Dächer und wuchsen in Höfen. Der angenehme Duft der Blüten überdeckte den Schwefelgestank der Fumarolen.

Mit offenem Mund starrte Sam hinüber. Lamas und kleine Schweine liefen in den schmalen Gassen umher, während Männer und Frauen in den Türen und Fenstern die vier

Fremden angafften. Das Dorf hatte bestimmt über hundert Einwohner, die teils Poncho-ähnliche *cushmas*, teils Hemden mit Ärmeln und kleinen Kapuzen und teils lange indianische *anacu*-Tuniken trugen.

Norman humpelte auf Denals Schulter gestützt dahin. Eine der jüngeren Frauen mit einem *likla-Schal* aus Wolle trat aus einer Tür und ging nervös auf ihn zu. Sie hielt ihm einen locker gebundenen Kranz aus blauen Blumen hin, der mit gelben Papageienfedern durchflochten war. Der dünne Fotograf lächelte und verneigte sich. Die Frau ergriff die Gelegenheit beim Schopf, eilte noch näher heran und ließ den handgewebten Schmuck über den Kopf des Fotografen gleiten. Norman richtete sich auf, sie kicherte, hielt sich eine Hand vor den Mund und tänzelte davon.

Norman wandte sich Denal zu, während er das Geschenk befingerte und dazu verlegen grinste. »Beißt sich das mit meinem Hemd?«, fragte er und humpelte weiter. Der Fotograf war anscheinend völlig blind gegenüber dem, worüber sie hier gestolpert waren.

Sam und Maggie dagegen standen wie versteinert am Rand des Dorfs. In Gedanken streifte Sam den Bewuchs von den Häusern ab und verbannte Mensch und Tier aus den Straßen. Er erkannte die Anlage dieses Orts wieder. Der zentrale Platz, die sternförmig davon wegführenden Gassen, die terrassenartig angelegten Häuser ... alles sah genauso aus wie unten in der Nekropolis!

Maggie fasste ihn am Ellbogen. »Weißt du, was das hier ist?«, flüsterte sie und sah mit großen Augen zu Sam auf. »Das ist nicht irgendein Stamm der Quecha, der von der Hand in den Mund lebt.«

Sam nickte. »Das sind Denals Vorfahren«, sagte er schockiert. Er war zum gleichen Schluss gekommen wie Maggie.

Sie waren über ein *lebendiges* Inkadorf gestolpert!

Bei Sonnenuntergang vernahm Philip ein Geräusch, von dem er nicht geglaubt hätte, dass er es jemals wieder hören würde: das statische Rauschen aus dem Funkgerät des Lagers. Ruckartig sprang er auf, wobei er den Campingstuhl umwarf, auf dem er gesessen hatte. Bruder Otera und die anderen Dominikaner waren unten an der Ausgrabungsstätte. Kurz nach Mittag waren zwei erfahrene Bergbauer eingetroffen, die dabei halfen, den Quecha-Arbeitern die richtigen Anweisungen zu erteilen.

Philip riss das Kommunikationszelt auf, schoss in das schattige Innere und schnappte sich den Empfänger. »Hallo!«, schrie er hinein. »Hört mich jemand?«

Atmosphärische Störungen ... und dann eine nervöse Antwort: »...ilip? Sam hier! Die Batterie des Funkgeräts ... Wir sind aus den Höhlen rausgekommen ...« Und plötzlich nur noch von Wortfetzen durchsetztes Rauschen.

Philip richtete die Antenne des Funkgeräts neu aus. »Sam! Komm zurück! Wo bist du?«

Worte kämpften sich durch das Knistern und Knacken. »Wir sind in einem der Vulkane ... östlich, glaube ich.«

Philip jubelte und ihm wurde leicht ums Herz. Wenn die anderen in Sicherheit waren, gab es keinen Grund mehr, weiter den Schacht auszugraben. Die Sache war überstanden! Er könnte bald gehen! Er dachte an seine Wohnung in Harvard, wo seine Bücher, sein Computer und die Papiere sauber organisiert und katalogisiert waren. Er blickte an seinem zerrissenen Hemd und der schmutzigen Hose hinab. Nach dieser Expedition war ein für allemal Feierabend mit der Praxisarbeit!

In seiner Freude entgingen ihm Sams letzte Worte, aber das spielte keine Rolle mehr. »... Helikopter oder andere Luftüberwachung. Wir werden oben am Kamm ein Signalfeuer anzünden. Haltet Ausschau nach uns!« Sam stellte eine letzte Frage: »Hast du schon was von Onkel Hank gehört?«

Philip runzelte die Stirn und schaltete den Sendeknopf ein. »Nein, aber die Nachricht ist inzwischen ganz bestimmt in Cusco angelangt. Es ist bereits Hilfe eingetroffen. Es sollte nicht mehr lang dauern.«

Als Philip den Knopf losließ, rauschte es heftig.

Sams Stimme war noch ferner. »Du wirst nicht glauben, was wir hier oben gefunden haben, Philip!«

Er verdrehte die Augen. Als ob ihn das interessieren würde. Aber Sams nächste Worte rissen ihn aus dieser vollkommenen Gleichgültigkeit. »Wir haben einen verschollenen Inkastamm gefunden!«

Philip drückte den Sendeknopf. »Was?«

»... zu lange Geschichte ... Batterie schwach ... rufen morgen zur gleichen Zeit wieder an.«

»Sam, warte!«

»Haltet Ausschau nach unserem Signalfeuer!« Danach verhinderten die Störungen jeglichen weiteren Funkverkehr.

Mehrere Minuten lang versuchte Philip, Sam wieder hereinzubekommen, aber vergebens. Entweder war die Batterie zu schwach geworden oder der Mistkerl hatte sein Gerät abgeschaltet. Philip knallte den Empfänger an seinen Platz zurück. »Arschloch!«

Plötzlich wurde der Eingang zum Zelt zurückgeschlagen und Bruder Otera schlüpfte herein. Als sich der große Mönch aufrichtete, war seine schlanke Gestalt lediglich als Silhouette vor der untergehenden Sonne hinter ihm zu erkennen. Das Gesicht lag im Schatten verborgen. »Mit wem haben Sie gesprochen?«, fragte der Mann – mit barscher Stimme.

Philip führte den Ton darauf zurück, dass der Mönch von den Anstrengungen des Tages erschöpft war. Er stand auf, hieß ihn willkommen und bat ihn weiter ins Zelt. »Das war Sam!«, erwiderte er aufgeregt. »Er und die anderen haben die Höhlen hinter sich gelassen!«

Er war erfreut über den verdatterten Gesichtsausdruck des Mannes. »Wie? Wo sind sie?«

Nach einer kurzen Zusammenfassung von Sams Bericht schloss Philip: »Wir müssen irgendwie sein Signalfeuer finden ... dazu benötigen wir einen Helikopter oder so was.«

Der Mönch nickte mit zusammengekniffenen Augen. »Sehr gut«, murmelte er.

»Aber das ist nicht mal die größte Neuigkeit«, fuhr Philip blasiert fort, als hätte er die Entdeckung selbst gemacht. »Sam ist der Ansicht, dass er da oben tatsächlich eine Gruppe von Inka gefunden hat, einen verschollenen Stamm.«

Bruder Otera warf dem Studenten einen kurzen Blick zu.

Philip schnappte nach Luft angesichts dessen, was er in diesen harten Augen erblickte: etwas Barbarisches und Gefährliches. Er wich einen Schritt zurück und stolperte dabei über einen Becher, den jemand stehen gelassen hatte. Als er sich wieder gefangen hatte, war Bruder Otera bereits an seiner Seite und hielt ihn fest am Ellbogen gepackt.

»Alles in Ordnung?«, fragte der Mann.

Philip krümmte sich und sah zu ihm auf. Was er in den Augen des Mönchs auch gesehen hatte – es war verschwunden. Nur Wärme und Besorgnis leuchteten aus dem Gesicht des Mannes. Philip musste einer optischen Täuschung erlegen sein. Er räusperte sich verlegen. »Mir ... mir geht's gut.«

Bruder Otera ließ seinen Ellbogen los. »Gut. Wir möchten doch nicht, dass Ihnen etwas zustößt.« Er wandte sich ab. »Ich muss Ihre gute Nachricht den anderen mitteilen«, sagte er, bückte sich und verließ das Zelt.

Philip stieß einen langen Seufzer der Erleichterung aus. Er wusste nicht, weshalb ihn Bruder Otera so nervös machte. Der Bursche war schließlich bloß ein unbedeutender Mönch. Dennoch rieb sich Philip über die Gänsehaut auf seinen Armen. Der Mann hatte etwas an sich, das ...

Sam saß mit Maggie auf den Stufen am Rand des Dorfplatzes und sah hinunter auf die Feierlichkeiten. Überall brannten Fackeln und kleine Lagerfeuer. Musiker spielten auf Instrumenten aller Größen und Formen: Trommeln aus Lamahaut, Tambourine mit winzigen silbernen Glöckchen, Trompeten aus Holz und Kürbis, unterschiedlich große Flöten aus Schilfrohr und sogar Pfeifen aus den großen Flügelknochen des Bergkondors. Durch den ganzen Ort schallte Jubelgesang über ihre Ankunft.

Vor Sonnenuntergang hatte der Schamane des Dorfs, der *socyoc,* sein mystisches *chumpirum* geworfen, eine Ansammlung kleiner farbiger Kieselsteine, mit denen er in der Zukunft las. Der tätowierte Mann mit dem grimmigen Gesicht hatte die Steine eingehend betrachtet und mit hoch erhobenen Armen verkündet, Sam und die anderen seien Botschafter des *Illapa,* des Donnergottes. Anschließend hatte er diese nächtliche Feier zu ihren Ehren befohlen.

Trotz ihrer Einwände hatte man sie freundlich wegbugsiert und behandelt wie hoheitlichen Besuch. Gewaschen, gekämmt und in sauberer einheimischer Kleidung hatte sich das Team zu dem nächtlichen Festschmaus mit anschließender Feier wiedergetroffen. Das Mahl hatte sich endlos dahingezogen. Ein Gang nach dem anderen, bestehend aus hiesigen Köstlichkeiten, war aufgetischt worden: gebratene Meerschweinchen, Bohneneintopf mit Papageienfleisch, ein Salat aus spinatähnlichen Amaranthblättern, gemischt mit einer Art einheimischer Karotte, *arracha* genannt, dazu gewürzte Pasteten aus *oca,* einer Verwandten der Süßkartoffel. Ausgehungert, wie sie waren, hatten sie sich die Bäuche vollgeschlagen und nichts vom Angebotenen zurückgewiesen, auch deshalb, weil sie ihre Gastgeber nicht beleidigen wollten.

Nur Norman hatte kaum etwas zu sich genommen. Er fieberte aufgrund seiner Verletzungen und hatte sich bald in die Hütte aus Stein und Lehm zurückgezogen, die ihnen zugewiesen worden war. Kurz darauf war ihm Denal gefolgt, der aber nicht krank, sondern lediglich müde und erschöpft war. So wohnten jetzt nur noch Sam und Maggie der nächtlichen Feier bei.

Gähnend strich Sam über das knielange beigefarbene Gewand, das er jetzt trug, und richtete den kurzen *yacolla*-Umhang, den er sich über eine Schulter geschlungen und dort verknotet hatte. Von seinem Stetson hatte er sich nicht trennen wollen, und den zog er nun tiefer in die Stirn.

Anschließend lehnte er sich zurück und stützte sich auf die Hände. »Wie konnten diese Leute nur so lange hier im Verborgenen leben?«, murmelte er.

Maggie neben ihm rührte sich. »Weil sie es so wollten.« Sie trug ein langes ockerfarbenes Gewand, das ihr bis zu den Fußknöcheln reichte. Es wurde von einer elfenbeinfarbenen Schärpe mit dazu passendem Schal gesichert. Sie befingerte die Anstecknadel mit dem Golddrachen, mit der der Schal befestigt war. »Ist dir aufgefallen, dass der Regenwald den größten Teil des Dorfs versteckt? Fast wie eine Tarnung. Ich bezweifle sogar, dass Satelliten diese verborgene Stadt entdecken könnten. Denk doch nur mal an die geothermische Aktivität hier in der Gegend. Jede thermische Überprüfung würde doch nur ein wildes Durcheinander ergeben.«

Sam schaute zum dunstigen Nachthimmel auf. Nur wenige Sterne waren zu erkennen. »Hmm. Du könntest Recht haben.«

Maggie gab dem Gespräch eine andere Richtung. »Also, Sam, was ist es so für ein Gefühl, Botschafter des Donnergotts zu sein?«

Er lächelte träge. »Prophetische Steine hin oder her, ich schätze eher, der Schamane Echos hat unsere Gewehrschüsse gehört und uns deswegen mit *Illapa* in Verbindung gebracht.«

Maggie warf ihm einen raschen Blick zu. »Daran habe ich gar nicht gedacht. Ziemlich schlaue Theorie.«

Sam ging das Lob runter wie Öl und er musste grinsen.

»Aber was ist mit der Totenstadt da unten? Wie passt die hier rein? Sie ist fast ein Spiegelbild von diesem Ort hier.«

Sam runzelte die Stirn. »Keine Ahnung. Aber wenn man ihre Lage berücksichtigt, hat sie vielleicht etwas mit den drei Ebenen der Existenz zu tun. Wenn wir dieses Dorf mal als Teil der mittleren oder lebendigen Welt betrachten – der *cay pacha* –, dann gehört die Stadt da unten sicher zur *uca pacha,* zur unteren Welt.«

»Die Welt der Toten.«

»Genau ... eine Totenstadt.«

Maggie zog nachdenklich die Brauen zusammen. »Hmm ... vielleicht. Aber wo ist die dritte Stadt, falls deine Theorie zutrifft?«

»Was meinst du damit?«

»Die Inka waren ein sehr strukturiertes Volk. Wenn sie entsprechende Städte in den unteren und mittleren Welten erbaut haben, wo ist dann die Stadt der oberen Welt, der *janan pacha?*«

Sam wurde allmählich müde. Er schüttelte den Kopf. »Ich weiß es nicht. Aber wir werden morgen weitere Antworten erhalten. Genießen wir doch jetzt die Feier zu unseren Ehren!« Er hob seinen Krug mit *chicha,* einem gegorenen Maisgetränk, und nahm einen langen Zug. Es war so bitter, dass er das Gesicht verzog.

Maggie setzte sich zurück. »Ist wohl nicht so ganz nach deinem Geschmack«, neckte sie ihn.

»Ein kühles Budweiser kann es jedenfalls nicht ersetzen. Aber dafür haut dieses Gebräu kräftig rein.« Er merkte, dass er leicht beschwipst war. Inzwischen war die Nacht weit vorangeschritten. Sogar der Mond war untergegangen.

Lächelnd lehnte sich Maggie leicht an ihn. Er nutzte die

Gelegenheit und legte einen Arm um sie. Sie entzog sich ihm nicht und machte auch keinen Witz darüber. Sam trank einen weiteren Schluck des Maisbiers. Er hoffte, dass die Wärme des Augenblicks nicht allein auf das gegorene Gebräu zurückzuführen war.

Vor ihnen begann eine neue Gruppe mit einem kunstvollen Tanz um das große Feuer in der Mitte. Die Tänzer und Tänzerinnen hatten eine goldene oder silberne Gesichtsbemalung und bewegten sich gekonnt zu einer Melodie, die auf dem Schädel eines Dschungelhirschs gespielt wurde, dessen Geweih als Flöte diente.

»Wunderschön«, meinte Maggie. »Wie ein Traum. Geschichten, die wir gelesen haben, erwachen zum Leben.«

Sam zog sie näher zu sich. »Wenn nur Onkel Hank hier sein und das sehen könnte!«

»Und auch Ralph«, sagte Maggie leise.

Sam warf der Frau in seinen Armen einen Blick zu. Mit glänzenden Augen starrte sie ins Feuer, das Gesicht in den warmen Schein getaucht.

Sie musste seinen forschenden Blick gespürt haben, denn sie wandte sich ihm zu, sodass ihre Gesichter sich beinahe berührten. »Aber du hast Recht gehabt, Sam«, sagte sie leise. »Vorhin ... als du gesagt hast, die Toten würden die Lebenden nicht beneiden. Du hast Recht gehabt. Wir leben ... wir sind hier. Und wir dürfen dieses Geschenk nicht mit Gefühlen der Schuld und Trauer vergeuden. Das wäre die wahre Tragödie.«

Er nickte. »Es ist falsch, das Leben so zu leben, als wäre man tot.« Seine Stimme war nur noch ein hauchiges Flüstern. Er dachte an die Jahre nach dem Verlust seiner Eltern. Er und sein Onkel hatten ihren Kummer miteinander geteilt, hatten sich gegenseitig unterstützt. In Wahrheit waren sie beide jedoch gar nicht so anders als Maggie. Zum Teil hatten sie sich genau wie sie gegen Eindringlinge von außen abgeschottet und ihre gemeinsame Tragödie dazu benutzt, andere auf Abstand zu halten. Dazu hatte er keine Lust mehr.

Sam wagte es, noch näher an Maggie heranzurutschen.

Sie sah ihm mit leicht geöffneten Lippen in die Augen.

Er beugte sich zu ihr und sein Herz pochte im Einklang mit den Trommeln – da hörte die Musik plötzlich auf. Schweigen legte sich schwer über den Dorfplatz.

Bei der plötzlichen Unterbrechung sah Maggie zur Seite und damit war der intime Moment vorüber. »Die Party ist offenbar zu Ende.«

Sam wurde es eng ums Herz und ihm versagte die Stimme. Er schluckte heftig, um seine Zunge zu lösen. »Ich ... ich denke, ja«, brachte er erstickt heraus.

Jemand kam zu ihnen herüber. Es war der Schamane, dessen Name, wie sie erfahren hatten, Kamapak lautete. Er zeigte ein breites Lächeln auf dem tätowierten Gesicht, als er sich ihnen über die Stufen näherte. Sam und Maggie standen auf, um ihn zu begrüßen. Er plapperte etwas in seiner Muttersprache und hob die Arme sowohl zum Dank als auch zum Abschied. Offensichtlich wünschte er ihnen eine gute Nacht. Die Feuer ringsumher wurden bereits gelöscht.

Während Sam so dastand, drehte sich ihm alles. Das hatte er dem *chicha*-Bier zu verdanken. Einen Atemzug lang starrte er in die erlöschenden Flammen – Spiegelbild seiner eigenen inneren Hoffnungen und Leidenschaften. Er wandte sich ab. Das Hinschauen schmerzte zu heftig.

Der Schamane geleitete Sam und Maggie zu den ihnen zugewiesenen Räumlichkeiten zurück, wobei der Inka nach wie vor aufgeregt plapperte.

Sam hätte gern Denal als Dolmetscher dabeigehabt, auch, wenn er ein paar vertraute Worte erkannte. Offenbar ging es um eine ihrer mystischen Gottheiten, Inkarri. Da er nichts verstand, lächelte Sam einfach und nickte so, wie es alle taten, die einer Sprache nicht mächtig waren.

Als sie die Hütten am Rand des Dorfplatzes erreichten, schwieg Kamapak endlich und klopfte Sam auf die Schulter.

Der Schamane neigte den Kopf und huschte davon.

Maggie blieb stehen und sah ihm nach. Sie hatte einen von den Männern getrennten Raum erhalten. Sam stand verlegen neben ihr und überlegte, ob der verstrichene Moment neu belebt werden könnte, aber Maggies nächste Worte übergossen jene glimmenden Scheite mit eiskaltem Wasser. »Was hat er da über Inkarri erzählt?«

Achselzuckend rief sich Sam das Epos der Inka ins Gedächtnis zurück. Vermutlich war Inkarri der lebende Sohn von Inti, der Sonne, und der letzte göttliche König seines Volks. Wie es hieß, war er von den spanischen Eroberern gefangen genommen und enthauptet worden, aber sein kopfloser Körper war angeblich nicht gestorben. Er sollte gestohlen worden und in einer heiligen Höhle versteckt sein – wo ihm ein neuer Körper wachsen sollte. Daraufhin würde Inkarri wieder auferstehen und den Inka ihren ehemaligen Glanz und Ruhm zurückbringen.

Aber das war natürlich bloß ein Mythos. Das letzte Oberhaupt der Inka war Atahualpa gewesen. Er war 1553 von der spanischen Armee unter ihrem General Pizarro an einen Pfahl gebunden und stranguliert worden. Seinen Leichnam hatte man verbrannt. Sam schüttelte den Kopf. »Wer weiß, was der Schamane sagen wollte? Vielleicht können wir morgen Denal dazu bringen, mit ihm zu reden.«

Maggie runzelte die Stirn. »Auf jeden Fall ist es seltsam. Ich dachte immer, dass der Mythos durch eine Vermischung der Geschichten von den spanischen Eroberungszügen mit biblischen Erzählungen, die die Missionare mitgebracht haben, entstanden ist. Christi Auferstehung. Merkwürdig, dass der *socyoc* dieses isolierten Stammes hier die gleiche Geschichte erzählt.«

»Na ja, ganz gleich, wo die Quelle ihren Ursprung hat, er wirkte auf jeden Fall verteufelt aufgeregt.«

Maggie nickte und starrte weiter über das terrassenförmig angelegte Dorf hinaus, wo die Lagerfeuer gelöscht und die Fackeln in den Sand gesteckt wurden. Dunkelheit breitete sich über die Steinhütten aus und verschlang sie. Schließlich wandte sich Maggie mit einem Seufzer ab. »Ich leg mich besser aufs Ohr. Wir haben morgen einen langen Tag vor uns. Gute Nacht, Sam.«

Er verabschiedete sich mit einem Wink und drehte sich dann zu der Schilfmatte, die über seinem Eingang hing. Als er sie beiseite schob, verschwanden die Geschichten von Inkagöttern im Hintergrund und er dachte an Maggie, wie sie zu ihm aufgeschaut hatte, ein leidenschaftliches Versprechen in ihren Augen. Die Erinnerung an die unpassende Unterbrechung versetzte ihm erneut einen Stich.

Vielleicht hatte er zu viel in diesen erhitzten Augenblick hineingelesen. Dennoch wusste er, dass das Bild ihrer Lippen seine Träume der kommenden Nacht heimsuchen würde.

Seufzend duckte er sich und betrat sein Gemach.

FÜNFTER TAG

Inkarri

Freitag, 24. August, 6.30 Uhr
Cusco, Peru

Joan hatte die ganze Nacht über kein Auge zugetan. Sie saß an dem kleinen Schreibtisch in ihrer Zelle und eine winzige Öllampe warf ihren Schein auf ihr Werk. Das zerknitterte, gelbliche Papier lag auf der wurmstichigen Tischplatte. Der Bleistiftstummel in ihrer Hand war stumpf, der Radiergummi bis zur Metallhülse abgerieben. Sie hatte ihre handgeschriebene Kopie der verschlüsselten Botschaft vor sich, die sie auf der Rückseite von Bruder Francisco de Almagros Kruzifix vorgefunden hatte, und arbeitete nach wie vor an der Entzifferung der Symbole. Niemand hatte daran gedacht, ihr das Papier abzunehmen, aber wozu auch? Niemand außer ihr und Henry kannte die Bedeutung der hingekritzelten Zeichen.

Joan tippte sich mit dem Bleistift an die Lippen. »Wovor hast du uns warnen wollen?«, murmelte sie zum tausendsten Mal, seit sie nach dem Essen am vergangenen Abend in ihre Zelle zurückgekehrt war. Sie hatte nicht schlafen können, weil sie den Kopf so voll hatte: Einerseits machte ihr die Gefangenschaft Sorgen, andererseits verspürte sie aber auch Neugier, was die Enthüllungen im Laboratorium der Abtei wohl zu bedeuten hatten.

Und ihr Mitgefangener im Flur unten bot ihr keinen Trost.

Nachdem Henry erfahren hatte, dass sein Neffe in Gefahr war, hatte er sich von ihr zurückgezogen. Sein Blick war hart und wütend geworden, sein Verhalten verschlossen. Er hatte während des ganzen Abendessens kein einziges Wort gesprochen und sogar sein Lammfilet kaum angerührt. Jegliche Versuche ihrerseits, seine Ängste zu zerstreuen, waren mit höflicher Zurückweisung erwidert worden.

Also war Joan voller Anspannung und Furcht in ihre Zelle zurückgekehrt. Etwa um Mitternacht hatte sie mit ihrer Arbeit an dem Code angefangen, nachdem ihre Versuche, etwas Schlaf zu finden, erfolglos geblieben waren.

Joan starrte ihr nächtliches Werk an. Große Teile der Botschaft waren übersetzt, aber noch klafften viele Lücken. Ihr bisheriger Erfolg war größtenteils dem Hinweis zu verdanken gewesen, den sie von Abt Ruiz persönlich erhalten hatte: der Name *el Sangre del Diablo.* Aus der großen Vielfalt der runenähnlichen Symbole hatte Joan bereits geschlossen, dass jede Einkerbung einem Buchstaben des Alphabets entsprach. Folglich ging es darum, jedes Zeichen durch einen Buchstaben zu ersetzen. Also musste sie eine Abfolge von Symbolen finden, die der Abfolge von Buchstaben in *el Sangre del Diablo* entsprach. Sie hatte darum gebetet, dass der Mönch diesen Namen irgendwo in dem Kryptogramm erwähnt hatte.

Und er hatte es getan!

Mit dieser Hand voll Zeichen, die sie bereits mit Buchstaben ersetzen konnte, war es lediglich eine Sache der Empirie, den Rest des Kryptogramms zu entziffern. Trotzdem war es schwierig. Ihr Spanisch war alles andere als flüssig. Sie hätte gern Henry bei sich gehabt – insbesondere, seit sie beunruhigenderweise entdeckt hatte, dass die bislang entzifferten Bruchstücke offenbar Teil der letzten Worte des Mannes waren, seiner letzten Warnung an die Welt.

Sie hielt das Papier hoch. Ein Schauer überlief sie, als sie las: *Hier ist mein letzter Wille. Möge Gott mir vergeben ... die Schlange von Eden ... Pestilenz ... Blut des Satans verdirbt Gottes Werk ... Prometheus hält unsere Erlösung in Händen ... betet ... möge die Schlange niemals freigelassen werden.*

Seufzend legte Joan Papier und Bleistift aus der Hand und rieb sich die müden Augen. Mehr konnte sie nicht erreichen. Bruder de Almagro war entweder wahnsinnig gewesen oder hatte vor lauter Angst fantasiert. Andererseits konnte Joan nach den Ereignissen unten in der Gewölbekammer nicht sicher sein, ob sein Geschwätz nicht doch einen wahren Kern in sich barg. Was er auch entdeckt hatte, es hatte ihm einen furchtbaren Schrecken eingejagt.

Das Geräusch näher kommender Schritte hallte draußen durch den Korridor und unterbrach ihre Träumereien.

Rasch faltete sie das gelbe Papier zusammen und steckte es wieder weg. Wenn sie einen Augenblick allein mit Henry zusammen sein könnte, würde sie erfahren, was er darüber dachte ... vorausgesetzt, er hörte ihr zu. Sie erinnerte sich daran, wie stur er schon als junger Mann gewesen war, voller verborgener Stimmungen, an die sie nie so richtig herangekommen war. Aber davon würde sie sich nicht abhalten lassen. Sie würde dafür sorgen, dass er ihr bis zum Ende zuhörte, selbst wenn sie ihm dafür den Arm verdrehen müsste. Francisco hatte etwas oben in den Bergen gefürchtet, das mit dem rätselhaften Metall zu tun hatte. Wenn sein Neffe da mittendrin steckte, sollte Henry die Ohren lieber aufsperren.

Ein scharfes Klopfen ertönte an der Tür, anschließend eine Stimme: »Der Abt wünscht Sie beide zu sehen.« Die höfliche Stimme gehörte Carlos. Joan fuhr herum, als ein klirrender Schlüssel ihre Tür aufsperrte.

Was jetzt?

Wieder einmal saß Henry im Studierzimmer des Abts. An den Wänden zogen sich Reihen von Büchern entlang und die breiten Fenster standen offen und gestatteten die Sicht auf die Kirche Santo Domingo, deren Kreuz hell im morgendlichen Sonnenschein erstrahlte. Hinter ihm stand ein weiterer Mönch Wache, eine Pistole in der Hand.

Aber Henry sah nichts von alledem. Er saß zusammengesunken da und stellte sich Sam vor, wie er unter Haufen von Schutt und Tonnen von Granitblöcken begraben war. Er ballte die Hände zu Fäusten. Es war seine Schuld. Was hatte er sich nur dabei gedacht, als er die Grabungsstätte einer Hand voll unerfahrener Studenten überlassen hatte? Er wusste die Antwort. Er war von der Möglichkeit geblendet gewesen, seine Theorie beweisen zu können. Nichts sonst hatte gezählt. Nicht einmal Sams Sicherheit.

Schwere Türen quietschten und kündigten die Ankunft einer anderen Person an. Henry blickte über die Schulter und sah Joan, die von dem dunkeläugigen Carlos hereingeleitet wurde. Ihre Lider waren geschwollen und aus dem zerknitterten Zustand ihrer Bluse und Hose schloss er, dass Joan ebenso wie er keinen Schlaf gefunden hatte.

Beim Eintritt lächelte sie ihm nicht zu. Warum auch? Schließlich stand auch ihr Leben dank seiner Dummheit auf dem Spiel. Er war wieder in ihr Leben getreten, nur um es in Gefahr zu bringen.

»Hinsetzen«, befahl Carlos ihr grob. »Abt Ruiz wird gleich kommen.« Dann murmelte der Mönch dem anderen Wächter etwas auf Spanisch zu. Er sprach zu schnell und zu leise, als dass Henry ihn hätte verstehen können. Daraufhin ging Carlos.

Joan sank in den anderen Polstersessel vor dem breiten Mahagoni-Schreibtisch. »Wie hältst du dich?«, fragte sie.

Henry war nicht nach Reden zumute, aber zumindest aus Gründen der Höflichkeit verdiente sie eine Antwort. »Geht so. Wie steht's bei dir?«

»Dasselbe. War eine lange Nacht.« Joan warf einen Blick auf den Wächter und beugte sich dann ein wenig näher heran. Sie berührte Henry am Knie und täuschte die Vertraulichkeit zweier Liebender vor, die einander Trost spendeten. Ihre Worte waren kaum mehr als ein leiser Hauch. »Ich habe den größten Teil des Codes auf dem Kruzifix entziffert.«

Trotz seines verzweifelten Zustands fuhr Henry hoch. »Was?«

Seine überraschte Reaktion lenkte den Blick des Wächters auf ihn. Der Mönch sah ihn funkelnd an und hob die Pistole höher.

Henry streckte eine Hand aus und berührte Joans Wange. Es erforderte keine große Schauspielkunst, den Geliebten dieser Frau zu spielen. »Was willst du damit sagen?«, flüsterte er. »Ich habe das Kreuz doch im Labor weggeworfen.«

Joan griff in eine Tasche ihrer Bluse und ließ die Ecke eines gelben Papiers aufscheinen. »Meine Kopie.«

Henry bekam große Augen. Während er sich die ganze Nacht nur in seinem Schuldgefühl und Ärger gesuhlt hatte, hatte Joan die Zeit genutzt, am Kryptogramm des Kruzifixes zu arbeiten. Scham rötete ihm die Wangen. Aber weshalb sollte ihn ihr Vorgehen eigentlich überraschen? Sie war schon immer so findig gewesen.

Unterdrückt fuhr Joan fort: »Es geht um das rätselhafte Metall. Seine letzten Worte sind eine ziemlich wirre Warnung vor einer Art Krankheit oder Pestilenz, die mit der Substanz Z zu tun hat. Wie ich annehme, hatte sein Orden keine Ahnung davon ... und hat sie nach wie vor nicht.«

Henry merkte, wie das Rätsel wieder seine Aufmerksamkeit auf sich zog. Er konnte Sam von hier aus nicht direkt helfen, aber Wissen konnte eine mächtige Waffe sein. »Wovor hatte er Angst?«

Auf Joans Gesicht zeigte sich Ratlosigkeit. »Ich habe nicht alles entziffern können. Es gibt noch einige Lücken und seltsame Hinweise: die Schlange von Eden, der griechische Mythos von Prometheus.« Sie sah Henry durchdringend an. »Um alles rauszukriegen, brauche ich deine Hilfe.«

Henrys Blick flackerte zu dem Wächter hinüber. Er wollte sich ihre Übersetzung gern ansehen, aber das war unter den Augen des Mönchs schlecht möglich. »Die Schlange von Eden ist bestimmt ein Hinweis auf den Versucher in der Bibel, der mit verbotenem Wissen lockte, ein metaphorischer Bezug auf etwas, das gleichzeitig unwiderstehlich ist und ins Verderben führt.«

»Wie die Substanz Z.«

Henry kniff die Augen zusammen. »Möglich ...«

»Aber was ist mit dem Hinweis auf Prometheus?«

Er schüttelte den Kopf. »Dieser Bezug ist mir überhaupt nicht klar. Prometheus war einer der mythischen Titanen, die den Göttern das Feuer gestohlen und der Menschheit gebracht haben. Zur Strafe wurde er an einen Felsen gekettet und ein riesiger Adler hat jeden Tag ein Stück seiner Leber gefressen.«

Joan runzelte die Stirn. »Seltsam ... warum erwähnt er das?«

Henry lehnte sich in seinen Sessel zurück und sann schweigend über das Geheimnis nach. Das war besser, als sich nutzlos Sorgen um Sam zu machen. Er setzte die Brille ab und rieb sich die Augen. »Es muss einen Grund dafür geben.«

»Vorausgesetzt, der Mann war noch klar im Kopf, als er die Zeichen in das Kreuz geritzt hat.«

»Das weiß ich nicht. Lass mich darüber nachdenken. Abt Ruiz zufolge hat Francisco die Hauptader gesucht, die wahre Quelle für *el Sangre*. Die Verwandlungseigenschaft kannte er schon, also denke ich, dass deine frühere Annahme zutrifft. Er hat dort oben in den Bergen etwas entdeckt, das ihn veranlasst hat, seine Meinung über das Metall zu ändern.«

»Und das ihm eine Scheißangst eingejagt hat.«

Henry nickte. »Aber er ist am Ende hingerichtet und mumifiziert worden, was darauf hindeutet, dass ihn die Inka gefangen genommen haben, nachdem er diese Sache entdeckt hatte. Wenn er seinem Orden eine Warnung zukommen lassen wollte, war die Botschaft auf dem Kreuz schon ganz clever, ein einkalkuliertes Risiko. Er musste gewusst haben, dass die Schamanen der Inka einen persönlichen Gegenstand auf dem Leichnam des Verschiedenen nicht anrühren würden, erst recht nicht einen goldenen. Es war seine einzige Chance, diese Botschaft weiterzugeben, auch wenn er selbst nicht mehr davonkommen konnte. Er muss darauf gehofft haben, dass die Inka seinen Leichnam den Spaniern zurückgeben würden, statt ihn zu mumifizieren und zu begraben, wie es dann tatsächlich geschehen ist.«

»Was lässt sich daraus also schließen?«

Henry wandte sich Joan zu und in seinen Augen lag Besorgnis. Er hatte keine Antwort parat.

Joan hätte ihrerseits auch nichts erwidern können, denn die Tür öffnete sich erneut und Abt Ruiz marschierte in den Raum. Sein Gesicht war gerötet, vor Überanstrengung oder Aufregung. Carlos folgte hinterdrein und stellte sich neben den anderen Wächter. Ruiz ging zu seinem Schreibtisch und ließ seine massige Gestalt aufseufzend in seinen Bürostuhl sinken. Einige schweigsame Augenblicke lang betrachtete er Henry und Joan. »Ich habe gute Neuigkeiten für Sie, Professor Conklin. Heute früh hat uns eine Nachricht aus den Bergen erreicht.«

Henry richtete sich auf. »Sam und die anderen?«

»Es wird Sie freuen zu hören, dass sie den eingestürzten Tempel verlassen konnten. Sie befinden sich in Sicherheit.«

Henry unterdrückte ein erleichtertes Schluchzen. Joan

streckte eine Hand aus und er umklammerte sie dankbar. »Gott sei Dank!«

»In der Tat sollten Sie ihm danken«, meinte Ruiz. »Aber das ist nicht alles.«

Henry hob den Blick. Joan hielt seine Hand nach wie vor fest.

»Anscheinend haben Sie Ihren Neffen gut ausgebildet.« Auf Ruiz' Gesicht zeigte sich ein breites Lächeln.

»Was wollen Sie damit sagen?«, fragte Henry mit harter Stimme.

»Er und seine Kommilitonen haben oben in den Bergen eine erstaunliche Entdeckung gemacht.«

Henry kniff die Augen zusammen.

Der Abt lehnte sich in seinen Stuhl zurück. Offensichtlich genoss er es, Henry so zappeln zu lassen. »Er hat einen verschollenen Stamm der Inka gefunden, ein Dorf hoch oben in einem Vulkankegel.«

»Was?« Vor Verblüffung umklammerte Henry Joans Hand noch fester. Er wusste nicht, was er mit dieser Äußerung anfangen sollte. Spielte der Abt ein falsches Spiel mit ihm? Aber er konnte sich kein Motiv dafür vorstellen. »Sind ... sind Sie ganz sicher?«, fragte er bestürzt.

»Das werden wir überprüfen«, erwiderte Ruiz. »Ich habe den ganzen Morgen damit verbracht, Vorbereitungen zu treffen und alles für unsere Reise zu arrangieren.«

»Für *unsere* Reise?«

»Ja, Ihre und meine. Wir werden dort oben Ihre Fachkenntnisse benötigen, Professor Conklin, ebenso wie Ihre Anwesenheit, damit Sie Ihren Neffen davon überzeugen, mit uns zusammenzuarbeiten.« Abt Ruiz berichtete knapp von Sams Funknachricht sowie der Flucht der Studenten durch die Höhlen, die sie schließlich zu dem verborgenen Dorf geführt hatte. »Sie sehen also, Professor Conklin, dass wir die Lage des Vulkans nicht genau kennen. In dem Gebiet gibt es hunderte. Ihr Neffe hat vorgeschlagen, uns mit einigen Signalfeuern Zeichen zu geben, und wenn Sie bei uns sind, wird er es sicher sofort tun.«

Wie betäubt von dieser Nachricht saß Henry da. Es war zu viel, was da auf ihn einstürzte. Sein Neffe war in Sicherheit – aber wenn er sich auf die Sache einlassen und Ruiz' Plan folgen würde, brachte er Sam womöglich in noch größere Gefahr. Andererseits hätte er da draußen vielleicht die Chance, ihn zu warnen und Ruiz' Absichten zu durchkreuzen. Hier in Gefangenschaft blieben ihm nur wenig Möglichkeiten, seinem Neffen zu helfen.

Joan, die seine Qual deutlich spürte, drückte ihm erneut die Hand, eine Geste, die ihn tatsächlich tröstete.

Abt Ruiz stand auf. »Wir werden in zehn Minuten mit dem Helikopter losfliegen«, sagte er. »Der Faktor Zeit ist von entscheidender Bedeutung.«

»Wieso das?«, fragte Henry, der sich von Joan gestärkt fühlte.

Ruiz starrte ihn an, bis er den Blick senkte. »Weil wir zu der Auffassung gelangt sind, dass Ihr Neffe mehr als nur einen Inkastamm entdeckt hat. Vielleicht ist er auf die Hauptader des *Sangre del Diablo* gestoßen. Warum sonst würde ein kleiner Stamm der Inka sich nach wie vor dort oben verstecken? Doch nur, wenn sie etwas zu bewachen haben.«

Joan und Henry wechselten besorgte Blicke.

»Wir müssen uns beeilen.« Der Abt winkte Carlos, der in seiner Kutte heranschlurfte, wieder die 9-mm-Glock in der Hand.

»Beweg dich!«, sagte der Wächter hart und stieß Henry die Waffe gegen die Kehle.

Dem Abt waren die rüden Manieren seines Untergebenen anscheinend völlig gleichgültig. Als würde er seine Hände in Unschuld waschen, trat er um den Schreibtisch herum und ging zur Tür.

Unter vorgehaltener Waffe standen Henry und Joan auf.

»Du nicht«, sagte Carlos und deutete auf Joan. »Du bleibst hier.«

Voller Angst kräuselte Joan die Stirn.

Henry, der sie nach wie vor an der Hand hielt, zog sie näher zu sich heran. »Sie kommt mit oder ich bleibe hier.«

Der Tumult veranlasste Abt Ruiz, an der Tür innezuhalten. »Keine Angst, Professor. Dr. Engel bleibt nur hier, damit Sie auch wirklich mit uns zusammenarbeiten. Solange Sie unseren Anordnungen Folge leisten, wird ihr nichts geschehen.«

»Scheiß drauf! Ich bleibe!«, sagte Henry hitzig.

Auf ein Nicken des Abts hin handelte Carlos so rasch, dass Henry nicht mehr reagieren konnte. Er schlug Joan laut schallend ins Gesicht. Sie fiel mit überraschtem Aufschrei zu Boden.

Sofort kniete Henry sich neben sie.

Sie nahm die Hände von ihrem bleichen Gesicht. Ihre Finger waren blutig – die Lippe war aufgesprungen.

Henry wandte sich Ruiz und Carlos zu. »Ihr gottverdammten Scheißkerle! Dazu bestand keine Notwendigkeit!«

»Und es besteht auch keine Notwendigkeit für Gotteslästerung«, sagte Ruiz ruhig von der Türschwelle aus. »Die Lektion hätte bei weitem schlimmer ausfallen können. Also wiederhole ich meine Einladung, Professor Conklin. Kommen Sie mit! Widersetzen Sie sich nicht noch einmal, sonst wird Carlos beim nächsten Mal nicht mehr so nachsichtig sein.«

Joan stieß Henry weg. »Geh!«, sagte sie zitternd und unter Tränen. »T... tu, was sie dir sagen.«

Er beugte sich näher heran. Er wusste, dass er gehen musste. Dennoch ... »Ich kann dich nicht hier zurücklassen.«

Sie hob sich auf ein Knie und wischte sich das Blut vom Kinn. »Du musst«, sagte sie fast schluchzend und mit bebender Stimme. Dann fiel sie ihm in die Arme, drückte ihn fest an sich und flüsterte ihm etwas ins Ohr. Ihre Stimme bebte nicht mehr erschrocken, sondern war fest: »Geh, Henry. Hilf Sam!«

Zunächst war Henry verdutzt über die plötzliche Veränderung, aber dann ging ihm auf, dass sie die Rolle des schüchternen Mädchens nur für ihre Kidnapper spielte.

»Wenn die Scheißkerle Recht haben«, fuhr Joan fort, »und die Hauptader tatsächlich dort oben liegt, bist du der Einzige, der von Franciscos Warnung weiß. Also geh! Ich tu von hier aus, was ich kann.«

Henry wusste nichts zu erwidern, das in etwa der Stärke dieser Frau entsprochen hätte. »Aber ...?«

Sie umarmte ihn fester, täuschte ein Schluchzen vor und zischte ihm dann ins Ohr: »Jetzt hör schon mit diesem chauvinistischen Getue auf! Da hätte ich dir mehr zugetraut.« Sie legte ihre Wange an die seine. Wegen Carlos und Ruiz sagte sie etwas lauter: »*O bitte, tu ... tu, worum sie dich bitten! Um meinetwillen. Kehr einfach nur zu mir zurück!*«

Selbst unter den gegebenen Umständen konnte Henry ein knappes Grinsen nicht unterdrücken. Er begrub es in ihren dichten, rabenschwarzen Haaren. »Na gut, jetzt trägst du aber ein bisschen zu dick auf.«

Sie küsste ihn sanft aufs Ohrläppchen. Ihr Atem war heiß auf seinem Hals und sie hatte die Stimme wieder zu einem Flüstern gesenkt. »Ich habe jedes Wort so gemeint. Du kehrst besser zu mir zurück, Henry. Du sollst nicht wieder aus meinem Leben verschwinden, wie du es im College getan hast.«

Ein paar schweigende Sekunden lang hielten sie einander fest. Dann schob sie ihn brüsk weg. »*Geh!*«

Henry stand auf. Die Haut an seinem Hals war noch immer warm von ihrem Kuss. Er sah frische Tränen in Joans Augen und hatte den Verdacht, dass sie echt waren. »Ich komme zurück«, sagte er leise zu ihr.

Carlos packte ihn am Ellbogen. »Komm schon!«, fauchte er und riss ihn weg.

Diesmal widersetzte sich Henry nicht. Er wandte sich zur Tür, bekam allerdings noch mit, wie Joan mit dem Mund eine letzte Warnung formte, wobei sie mit den blutigen Fingern ihre Brusttasche berührte.

Als er weggeführt wurde, hallte ihm Joans letzte Botschaft durch den Kopf – gleichermaßen Rätsel und Warnung:

Hüte dich vor der Schlange!

Zweierlei überraschte Sam, als er am folgenden Morgen erwachte und aus seinem Strohlager kroch. Zum einen erstaunte es ihn, dass er überhaupt hatte schlafen können. Schließlich war er von zahllosen Beispielen für die Handwerkskunst der Inka in dem steinernen Zimmer umgeben: verzierte und glasierte Töpferwaren, gewebte Wandteppiche mit Abbildungen von Göttern in der Schlacht, einfache Holzgerätschaften und Steinwerkzeuge. Er hielt sich wirklich und wahrhaftig in einem lebendigen Inkadorf auf! Es war kaum zu fassen, dass der Traum der vergangenen Nacht nach wie vor real wahr.

Zum zweiten wurde ihm klar, dass das *chica*-*Bier* der Inka ihm den heftigsten Kater mit den schlimmsten Kopfschmerzen aller Zeiten eingebrockt hatte. In seinem Kopf hämmerte es wie eine der Trommeln von vergangener Nacht und seine Zunge fühlte sich so pelzig an wie ein Affenschwanz. »Mein Gott, so viel habe ich doch gar nicht getrunken!«, stöhnte er. Er streckte sich, richtete das Lendentuch, das er tags zuvor getragen hatte, und wälzte sich auf die Beine. »Das muss an der Höhe liegen«, entschied er laut.

Er suchte nach seinem Gewand, fand es in einer Ecke und schlüpfte hinein. Dann setzte er sich den Stetson auf und ging zur Tür. Denal und Norman waren bereits auf und davon. Ihre Betten waren leer.

Er schob die Schilfmatte vor dem Eingang beiseite und blinzelte, da ihn das Sonnenlicht des späten Vormittags in den trüben Augen schmerzte. Es war viel zu hell. In den nahen Baumkronen sangen Vögel und ein Duft nach Lavendel überdeckte fast den allgegenwärtigen Gestank aus den Fumarolen. Stöhnend begrüßte er den Morgen.

»Wird aber auch Zeit«, sagte Maggie ganz in der Nähe. Norman und Denal standen neben ihr. »Es wird dich freuen zu erfahren, dass die Inka auch so eine Art Kaffee entwickelt haben.«

Sam hob beide Hände und schlenderte auf ihre Stimme zu. »Gib mir was davon!«

Langsam gewöhnten sich seine Augen an die Helligkeit und er fand seine drei Gefährten, die ähnlich aussehende Gewänder trugen, neben zwei Frauen, die an einem kleinen Herd aus Ziegelsteinen mit einem offenen Backofen darunter zugange waren. Sie lächelten über seinen erbärmlichen Zustand.

Er humpelte zu ihnen hinüber. Dicke irdene Töpfe, in denen warmer Brei und Eintopf brodelten, ruhten in kleinen Öffnungen auf dem steinernen Herd. Der Duft nach gebackenem Brot entströmte dem Ofen, dazu noch ein anderer Geruch, den er nicht einordnen konnte.

Sam beugte sich herab, sog die Luft aus dem Ofen ein und bekam dadurch den Kopf etwas klarer.

»Lamamist«, sagte Maggie.

Sam richtete sich auf. »Was?«

»Sie benutzen Lamamist zum Heizen ihrer Öfen.«

Stirnrunzelnd wich Sam einen Schritt zurück. »Köstlich.«

Die beiden jungen Inkafrauen am Herd plapperten miteinander und warfen den Fremden dabei rasche Seitenblicke zu. Eine von ihnen war schwanger. Ihr Leib war mächtig geschwollen. Wie Sam wusste, herrschte bei den Inka eine strenge Arbeitsmoral. Jedermann arbeitete. Sie hatten ein Motto: *Ama sua, ama lulla, ama quella.* Niemals stehlen, niemals lügen, niemals träge sein. Das einzige Zugeständnis an die Schwangerschaft der Frau war ein niedriger Holzschemel oder *duho,* auf den sie bei der Arbeit ihr Gewicht stützen konnte, eines der wenigen Möbelstücke, die die Inka herstellten.

Sam nahm einen Becher mit einem zähflüssigen, siruparigen Gebräu von Maggie entgegen und sah zweifelnd hinein.

»Es hilft«, meinte Maggie mit einem matten Lächeln. Anscheinend war auch sie den Nachwirkungen des bösartigen Gebräus nicht ganz entkommen.

Sam nippte an dem Inka-Kaffee. Er schmeckte nussartig mit einer Spur Zimt. Zufrieden darüber, dass der Kaffee besser schmeckte, als er aussah, ließ Sam sich mit seinem Getränk nieder. Wenige kostbare Augenblicke lang nippte er schweigend daran. Maggie hatte Recht. Der Inka-Kaffee half dabei, wieder einen klaren Kopf zu bekommen, aber an den Rändern blieben seine Gedanken verschwommen. Er schwor dem *chica* auf ewig ab. Schließlich hob er das Gesicht von dem dampfenden Becher. »Also, was haben wir heute Morgen vor?«

Es war Norman, der antwortete: »Morgen? Es ist fast Mittag, Sam. Ich bin schon wieder reif für eine kurze Siesta.« Seine Worte sollten neckisch klingen, doch sein bleiches Gesicht straften sie Lügen. Sam hatte es zuerst gar nicht bemerkt, doch die Haut des Fotografen hatte sich ins krankhaft Grünliche verfärbt. Er sah, wie schwer sich Norman auf Denal stützen musste, während er von der Mauer weghumpelte.

»Was macht das Bein?«, fragte Sam.

Norman hob den Saum seines Gewands hoch. Sein Knie war verbunden, aber offensichtlich geschwollen.

Eine der Frauen beugte sich näher heran und betrachtete sich das Knie genau, dann plapperte sie etwas in der Inka-Sprache. Drei Augenpaare richteten sich auf Denal.

Er übersetzte. Es war ein Glück, dass sein Quecha dem einheimischen Dialekt der Inka, von dem es abstammte, so ähnlich war. Ansonsten hätte die Gruppe mit der Verständigung einige Schwierigkeiten gehabt. »Sie sagen, Norman müssen zum Tempel gehen.«

»Tempel?«, fragte Sam.

»Ich werde keinen Hexendoktor an mich ranlassen«, meinte Norman und ließ den Saum seines Gewands los. »Ich steh's durch, bis Hilfe kommt. Apropos, hast du versucht, Philip im Lager zu erreichen?«

Sam schüttelte den Kopf. Aus Sorge um den Fotografen hatte er Falten um die Augen. »Ich tu's jetzt. Wenn bis heute Abend kein Helikopter hier raufkommt, konsultierst du vielleicht doch besser den Medizinmann. Die Inka waren für ihre genaue Kenntnis der Naturmedizin bekannt. Sogar für Chirurgie.«

Norman verdrehte die Augen. »Ich glaube nicht, dass meine Krankenversicherung dafür die Kosten übernimmt.«

Sam winkte in Richtung Hütte. »Dann leg dich wenigstens wieder hin. Ich werde Sykes sofort anrufen.«

Denal half Norman auf sein Zimmer zurück. Sam folgte, um sein Funkgerät aus dem Gepäck zu holen. Er warf Norman erneut einen besorgten Blick zu, als der beim Hinlegen auf das Strohlager leise aufschrie. »Achte darauf, dass er viel trinkt«, sagte Sam zu Denal. »Sobald du es ihm bequem gemacht hast, komm zu mir. Ich brauche deine Hilfe als Dolmetscher.«

Dann schlüpfte Sam durch die Schilfmatte, trat ein paar Schritte beiseite und schaltete das Sprechfunkgerät ein. Die Anzeige für die Akkubatterien stand im roten Bereich. Ohne neu aufgeladen zu werden, würden sie es nicht mehr lang machen. »Sam an Basis. Sam an Basis. Over.«

Maggie kam herüber, weil sie mithören wollte.

Die Antwort erfolgte fast augenblicklich. »Wurde aber auch Zeit, Conklin!«, jammerte Philip. Atmosphärische Störungen verzerrten seine Worte.

»Schon Glück dabei gehabt, eine Rettungsmannschaft herzuschicken? Norman ist schwer verwundet und muss so schnell wie möglich hier rausgeholt werden.«

Die atmosphärischen Störungen konnten die Aufregung in der Stimme seines Kommilitonen nicht völlig überdecken. »Dein Onkel kommt! Der Professor! Er verlässt gerade Cusco! Er sollte morgen in aller Frühe mit einem Helikopter und Vorräten hier eintreffen.«

Aufgeregt umklammerte Maggie Sams Ellbogen.

»Ich habe noch nicht mit ihm persönlich sprechen können«, fuhr Philip fort. »Der Satellitenempfänger ist nach wie vor hinüber. Aber von Cusco ist eine Nachricht nach Villacuacha hier ganz in der Nähe gegangen und über ein improvisiertes Funk-Netzwerk weitergeleitet worden, das einige Mönche heute früh errichtet haben. Die Nachricht ist gerade vor einer Stunde eingetroffen!«

Sam hegte gemischte Gefühle. Onkel Hank kam! Andererseits hatte er gehofft, es würde schon heute Hilfe eintreffen. Doch das war wohl unrealistisch. Sie waren hunderte von Kilometern von einem Ort entfernt, der auch nur die holprigste Piste zu bieten hatte. Er drückte wieder auf ›Senden‹. »Gute Nachricht, Philip! Aber sorg dafür, dass dieser Helikopter so schnell wie möglich hier raufkommt! Mach Onkel Hank Feuer unterm Arsch, wenn möglich. Wir lassen die ganze Nacht über ein Feuer brennen, nur für den Fall, dass er eher hier eintreffen kann.« Das rote Licht an der Batterieanzeige blinkte inzwischen bedrohlich. »Ich muss abschalten, Philip! Ich ruf dich bei Sonnenuntergang wieder an, was es an Neuem gibt.«

Atmosphärische Störungen überdeckten den größten Teil von Philips Antwort. Das Rauschen machte Sams latente Kopfschmerzen noch schlimmer. Er fluchte und schaltete ab. Hoffentlich hatte seine letzte Botschaft Philip erreicht.

»Morgen früh«, sagte Maggie und aus ihrer Stimme klang zweifellos Erleichterung. Sie wandte sich um und blickte über den Ort. »Es wird toll sein, wenn Professor Conklin hier ist.«

Sam stellte sich dicht neben sie. »Norman macht mir nach wie vor Sorgen. Ich denke, wir sollten wirklich mit Kamapak, dem Schamanen, sprechen. Nachsehen, ob die Inka etwas hier haben, das Aspirin oder sonst einem Schmerzmittel entspricht.«

Denal trat gebückt unter der Schilfmatte durch und kam zu ihnen. »Norman schlafen«, sagte der Junge, aber er hatte die Lippen besorgt zusammengekniffen.

»Vielleicht suchen wir doch besser diesen Schamanen«, meinte Maggie. »Kannst du uns dabei helfen, Denal?«

Der Junge nickte. »Ich fragen.« Bevor er losging, zögerte er und sah mit schmalen Augen die Hütten an. »Aber etwas hier nicht richtig.«

»Was meinst du damit?«

»Hier keine Kinder«, erwiderte Denal und schaute zu ihnen auf.

Maggie und Sam sahen einander stirnrunzelnd an und blickten dann zu den Steinhütten hinüber. »Bestimmt gibt es welche ...«, setzte Sam an, aber seine Stimme erstarb. Bei ihrer Ankunft gestern hatten sie keine Kinder gesehen, aber es war fast schon Sonnenuntergang gewesen. Die Feier hatte bis spät in die Nacht gedauert, also hatte Sam das Fehlen von Kindern nicht weiter merkwürdig gefunden.

»Er hat Recht«, sagte Maggie. »Ich bin seit mindestens einer Stunde auf und habe auch keine Kleinen zu Gesicht bekommen.«

Sam zeigte zu den beiden Frauen hinüber, die nach wie vor an ihrem Herd werkelten. »Aber sie ist schwanger. Die Kinder müssen irgendwo sein. Vielleicht ist es eine Vorsichtsmaßnahme und sie verstecken sie vor uns.«

Wenig überzeugt rümpfte Maggie die Nase. »Aber sie haben uns bereitwillig willkommen geheißen. Keine Wachen oder so was.«

»Gehen wir fragen«, meinte Sam und nickte zu der schwangeren Inkafrau hinüber.

Er ging den anderen zum Herd voraus und stieß Denal in die Seite. »Frage sie, wo die Kinder sind.«

Der Junge trat näher und sprach mit der Frau. In solcher Nähe zu ihm war ihr anscheinend unbehaglich zumute. Sie legte beschützend die Hand auf den Bauch und antwortete erkennbar aufgeregt. Die Antwort war von vielen Armbewegungen und zeigenden Gesten begleitet.

Sam sah in die Richtung, in die sie wies. Dort drüben war ein Vulkankegel, der diese Caldera überblickte.

Schließlich gab Denal auf und wandte sich wieder Sam zu. »Es geben keine Kinder. Sie sagen, sie gehen zu *janan pacha.* Himmel.« Denal nickte zu dem hoch aufragenden Vulkan hinüber.

»Opfer, meinst du?«, fragte Maggie verblüfft. Kinderopfer und Blutrituale mit Kindern waren in der Inkakultur nicht unbekannt.

»Aber *alle* ihre Kinder?«

Maggie ging zu der Frau, verschränkte die Arme und wiegte sie – die universelle Geste für ein Baby. »*Wawas ... wawas?*«, fragte sie mit dem Quecha-Wort für ›Baby‹.

Dann zeigte sie auf den mächtigen schwangeren Bauch der Frau.

Die wirkte schockiert, öffnete zunächst weit die Augen und kniff sie dann verärgert zusammen. Sie drückte eine Hand gegen ihren Bauch. »*Huaca*«, sagte sie fest und rasch auf Quecha.

»*Huaca*. Heiliger Ort«, übersetzte Denal. »Sie sagen, ihr Bauch jetzt nur noch Heimat für Götter, nicht mehr Kinder. Keine Kinder hier seit vielen, vielen Jahren. Alle sie gehen zum Tempel.«

Die Frau wandte ihnen abschätzig den Rücken zu. Offenbar hatte ihre Frage sie beleidigt.

»Wovon redet sie, was meinst du, Sam?«, fragte Maggie.

»Ich weiß es nicht. Aber jetzt haben wir wohl noch einen Grund dafür, diesen Schamanen aufzusuchen.« Sam winkte Denal und Maggie, ihm zu folgen. »Suchen wir Kamapak.«

Ihre Suche erwies sich als schwieriger, als Sam gedacht hätte. Die meisten Männer waren zur Arbeit auf den Feldern oder auf die Jagd gegangen, auch der Schamane. Denal gelang es, von den wenigen Bewohnern, die etwas innerhalb des Dorfs zu erledigen hatten, in Erfahrung zu bringen, in welcher Richtung sie möglicherweise suchen müssten. Bald fand sich Sams Gruppe auf einem Pfad im Regenwald wieder. Sie kamen an Obst- und Avocadobäumen vorüber, die gerade abgeerntet und beschnitten wurden, und an einer großen, abgemähten Wiese, wo sich Felder mit getreideähnlicher Quinoa mit Reihen von Mais, Chilipflanzen, Bohnen und Kürbis abwechselten. Sowohl Männer als auch Frauen arbeiteten dort. Auf einem brachliegenden Bereich wendeten Männer mit Hilfe von *tacllas* oder Fußpflügen die Erde um, während Frauen sie mit einfachen Hacken, *lampa* genannt, dabei unterstützten. Maggie und Sam blieben stehen, um sie bei ihrem Werk zu beobachten. Voller Erstaunen sahen sie diese uralten Inkawerkzeuge in Gebrauch.

»Einfach nicht zu fassen«, meinte Sam zum hundertsten Mal an diesem Tag.

Denal stieß ihn an. »Hier lang«, sagte er und drängte sie zum Weitergehen.

Sam und Maggie folgten und schauten sich immer wieder über die Schulter um. Sie betraten erneut den Regenwald und erreichten binnen kurzem eine Lichtung, auf der der Schamane mit einer Hand voll anderer Männer stand. Klafter von geschlagenem Holz lagen auf Zugschlitten. Die hier versammelten Inka hätten allesamt Brüder sein können. Alle waren starke, muskulöse Männer. Nur die Tätowierungen unterschieden den Schamanen von den anderen. Zunächst war Kamapak überrascht von ihrem Auftauchen, dann lächelte er breit, winkte sie heran und sagte etwas.

Denal übersetzte. »Er heißen uns willkommen. Sagen, wir kommen rechtzeitig zum Helfen.«

»Wobei?«

»Holz wieder zum Dorf bringen. Letzte Nacht viele Feuer beim Fest haben Vorräte weggebrannt.«

In Sams Kopf pochte es noch immer. Das waren die Reste seines Katers. Er stöhnte. »Botschafter der Götter oder nicht – offensichtlich erwartet man von uns, dass wir uns den Lebensunterhalt verdienen.« Er stellte sich mit Denal neben Kamapak und hob einen der vielen Schulterriemen auf, mit denen der Schlitten gezogen wurde.

Maggie half, indem sie vorausging und die Lavabrocken beiseite schob, die den Pfad blockierten.

Mit sechs Männern, die als Zugochsen dienten, ließ sich der Schlitten leichter ziehen, als Sam erwartet hätte. Dennoch reichte ihm einer der Männer ein paar Blätter einer Kokapflanze. Als er sie kaute, linderte das Kokain darin die

Auswirkungen der großen Höhe ... und seinen Kater. Seine Kopfschmerzen ließen beträchtlich nach. Er fragte sich, ob die Blätter vielleicht auch gegen Normans Fieber und die Schmerzen helfen würden.

Da er sich jetzt wieder besser fühlte, unterhielt er sich mit dem Schamanen, während sie weiter den Schlitten zogen. Denal übersetzte.

Sams Frage nach den Kindern erntete die gleiche Bestürzung. »Der Tempel bekommt unsere Kinder aus den Bäuchen unserer Frauen. So nahe am *janan pacha*« – erneut ein Nicken zu dem hoch aufragenden Vulkankegel im Süden hinüber – »hat der Gott Con unser Volk gesegnet. Unsere Kinder sind jetzt seine Kinder. Sie leben im *janan pacha.* Geschenke für Con.«

Maggie hatte zugehört und drehte sich zu ihnen um. Sam zuckte mit den Achseln. Con war einer der Götter der nördlichen Stämme. Den Geschichten nach hatte er heldenhafte Schlachten mit Pachacamac, dem Schöpfer der Welt, ausgetragen. Aber es hieß, der Gott Con sei es gewesen, der den Menschen auf dieser Erde erschaffen habe.

»Dieser Tempel«, fragte Sam um seinen Klumpen aus bittersüßen Blättern herum, »können wir uns den vielleicht mal ansehen?«

Die Augen des Schamanen wurden schmal und er schüttelte heftig den Kopf. »Es ist verboten.«

Da ihn der Mann so heftig zurückwies, verfolgte Sam die Angelegenheit nicht weiter. *So viel dazu, dass wir Botschafter des Donnergottes sind,* dachte er. Anscheinend war Illapa auf dem Totempfahl dieses Dorfs nicht sonderlich hoch angesiedelt.

Maggie glitt an seine Seite zurück und flüsterte: »Ich habe über Denals Beobachtung nachgedacht, dass es keine Kinder gibt. Und darüber, wie das Dorf angelegt ist. In dieser Gemeinschaft fehlt noch etwas.«

»Und das wäre?«

»Alte. Alte Leute. Alle, die wir gesehen haben, sind etwa im gleichen Alter ... so um die zwanzig.«

Als ihm aufging, dass Maggie Recht hatte, geriet Sam ins Stolpern. Selbst der Schamane schien nicht wesentlich älter als er zu sein. »Vielleicht haben sie nur eine geringe Lebenserwartung.«

Maggie sah finster drein. »Sie führen hier ein ziemlich geschütztes Leben. Keine größeren Raubtiere, es sei denn, du rechnest diese Dinger da unten in den Höhlen dazu.«

Sam wandte sich an Kamapak und befragte ihn mit Denals Hilfe nach den fehlenden Alten.

Die Antwort war ebenso rätselhaft. »Der Tempel nährt uns. Die Götter beschützen uns.« Der Schamane sprach in einem Singsang, aus dem man schließen konnte, dass seine Antwort eine uralte Erwiderung war, die er offenbar auf die meisten Fragen gab. Als Maggie selbst Fragen stellte – über Gesundheitsfürsorge und Krankheiten unter den Dorfbewohnern –, erhielt sie dieselbe Antwort.

Sie wandte sich an Sam. »Anscheinend enden alle Kinder, alle Alten und alle Kranken dort oben.«

»Meinst du, sie werden geopfert?«

Maggie zuckte mit den Schultern.

Sam sann über ihre Worte nach, wandte sich dann an Denal und versuchte, das Gespräch in eine andere Richtung zu lenken. »Versuch doch mal, ihm diese Kreaturen zu beschreiben, die wir in den Höhlen gesehen haben.«

Der Junge runzelte die Stirn, da er seine Rolle als Übersetzer allmählich leid war, tat aber trotzdem, worum ihn Sam gebeten hatte. Der Blick des Schamanen verdüsterte sich bei der Erzählung. Er befahl, den Schlitten anzuhalten. Seine Worte waren leise und trugen eine leise Bedrohung mit sich, während Denal übersetzte. »Sprich niemals von jenen, die durch das *uca pacha* wandeln, die Unterwelt. Es sind *malla-*

qui, Geister, und es ist nicht gut, von ihnen zu flüstern.« Mit diesen Worten winkte der Schamane den Schlitten weiter.

Sam sah zu den Vulkanen im Süden hinüber. »Der Himmel dort oben und die Hölle unter uns. Alle spirituellen Sphären der Inka sind in diesem einen Tal vereint. Ein *pacariscas,* ein magischer Knoten.«

»Was hat das deiner Ansicht nach zu bedeuten?«, fragte Maggie.

»Ich weiß es nicht. Aber ich werde froh sein, wenn Onkel Hank eintrifft.«

Bald erreichten die Schlepper und ihre Holzladung den Rand des Dorfs. Inzwischen war die Mittagszeit weit überschritten und die Arbeiter warfen ihre Harnische ab und schlenderten ins Dorf. Erneut waren die Hütten voller plappernder, glücklicher Menschen. Offenbar waren sogar die Feldarbeiter für eine Mittagsruhe heimgekehrt.

Sam, Maggie und Denal wanderten zu ihren eigenen Hütten zurück. Die Frauen, die am Herd gekocht hatten, schaufelten jetzt gerösteten Mais und Eintopf in steinerne Schüsseln. Sam lächelte, weil er plötzlich merkte, wie hungrig er war.

»Wir sollten Norman wecken«, meinte Maggie. »Er sollte versuchen, etwas zu sich zu nehmen.«

Denal lief voraus. »Ich ihn holen«, rief der Junge zurück.

Maggie und Sam reihten sich in die Schlange vor dem Herd ein. Auch von den anderen Herden des Dorfs stieg Dampf auf. Sie sahen aus wie winzige Vulkane. Wie bei den meisten Ortschaften der Inka war dieses Dorf in verschiedene *ayllu* aufgeteilt, ausgedehnte Familienclans oder -gruppen. Jeder *ayllu* hatte seine eigene Küche unter freiem Himmel. Bei den Inka wurden die Mahlzeiten stets im Freien eingenommen, sofern es das Wetter zuließ.

Als Sam die Spitze der Schlange erreichte, erhielt er eine Schüssel mit dampfendem Eintopf, auf den eine Kelle zerquetschter gerösteter Mais gegeben wurde. Darin steckte ein kleines Stück Dörrfleisch, *charqui,* in Streifen geschnittenes Lamasteak.

Sam roch gerade daran, als Denal aus dem Eingang nebenan stürzte und auf sie zu rannte. Sein jungenhaftes Gesicht war ernst und angespannt.

»Was ist los?«, fragte Maggie.

»Er verschwunden.« Denal schaute sich um. »Ich finden seine Decke und Stroh wild durcheinander.«

»Wild durcheinander?«, wiederholte Sam.

Denal schluckte heftig. Ganz offensichtlich war er besorgt und verängstigt. »Als hätten gegen jemand gekämpft.«

Maggie warf Sam einen Blick zu. »Bevor wir in Panik geraten«, meinte sie, »fragen wir doch einfach.« Sam winkte Denal zu der schwangeren Frau, die den Eintopf austeilte. Der Junge unterbrach sie bei der Essensausgabe und fragte sie rasch etwas. Die Frau nickte und ein Lächeln erstrahlte auf ihrem Gesicht. Als Denal sich wieder an Sam wandte, teilte er das Lächeln nicht.

»Sie Norman bringen zum Tempel.«

Am späten Nachmittag hatte Joan es sich zusammen mit einem jungen Mönch in einem der vielen Laborräume tief im Herzen der Abtei gemütlich gemacht. Der Abt hatte sein Versprechen gehalten und die Anordnung hinterlassen, sie als Gast zu behandeln. Also wurde auch ihrer Bitte, die Wissenschaftler der Abtei bei der Arbeit beobachten zu dürfen, widerwillig entsprochen – obgleich ihr persönlicher Wachhund nie weit entfernt blieb. Selbst jetzt sah sie Carlos durch das Sichtfenster. Er ließ eine Hand auf der Pistole im Holster ruhen.

Der junge Mönch namens Anthony lenkte ihre Aufmerksamkeit wieder auf sich. »Natürlich haben wir alle unsere persönlichen Theorien«, meinte er nüchtern in fließendem Englisch. »Es ist nicht so, dass wir unsere Forschungen von unserem Glauben vernebeln lassen. Der Abt sagt immer, dass unser Glaube der Wissenschaft standhalten soll.«

Joan nickte und lehnte sich etwas enger an den Mann. Sie standen vor einer Reihe von Computern und Monitoren. Ein paar Räume weiter unten waren mehrere Techniker am Werk, die ebenso wie sie sterile weiße Laborkleidung trugen. Ansonsten waren sie jedoch unter sich.

Anthony loggte sich in einen der Computer ein. Neben ihm stand ein Tablett mit winzigen Proben des Inkametalls, Reihe um Reihe winzig kleiner goldener Tränen in Plastikbehältern. Da sie frisch aus dem Gefrierschrank kamen, haftete immer noch ein leichter Nebel aus Trockeneis an dem Tablett. Wie Joan erfahren hatte, versuchte das Labor, die Natur des Metalls zu ergründen, damit die Abtei ihr Ziel, Christus zurück auf die Erde zu bringen, schneller erreichte. Die Forscher hatten bereits Methoden entwickelt, das Metall von Verunreinigungen zu befreien, wodurch sich die wunderbaren Eigenschaften der Substanz noch verstärkten.

Joan musterte die kleinen Proben. Zur Überprüfung ihrer eigenen Theorie benötigte sie eine dieser Goldperlen. Aber wie daran kommen? Die Proben standen nicht weit entfernt, aber bei den vielen Augen, die auf Joan gerichtet waren, hätte das Tablett ebenso gut hinter Sicherheitsglas verschlossen sein können. Sie ballte ihre Fäuste fester, entschlossen, ihre Mission erfolgreich zum Abschluss zu bringen. Alles, was sie brauchte, war ein ablenkender Augenblick. Sie holte tief Luft und hielt sich bereit.

»Ich bin fast fertig«, sagte der junge Mönch und tippte etwas in den Computer.

Auch Joan war fast fertig.

Sie hielt ihren Blick auf das Tablett gerichtet und drückte

dabei ihre linke Brust fester an die Schulter des Mönchs. Sie hatte sich Anthony als ihren Führer ausgesucht, weil er noch so jung war; er war glatt rasiert und dunkelhaarig und konnte kaum älter als zwanzig sein, weshalb er sicher noch leicht zu beeinflussen war. Doch das war nicht der einzige Grund für ihre Wahl. Kaum dass sie einen Schritt ins Labor gesetzt hatte – natürlich unter Carlos' Aufsicht –, war ihr aufgefallen, dass der junge Mann bei ihrem Anblick ganz große Augen bekommen hatte. Er hatte ihr auf den Busen gestarrt und dann eilig beiseite geschaut. An der Johns-Hopkins-Universtät hatte sie genügend Vordiplomanden unterrichtet, um zu wissen, wann jemand größeres Interesse an ihr als an ihrem Unterricht zeigte. Normalerweise wies sie jeden Annäherungsversuch freundlich zurück, aber jetzt würde sie solche Gefühle für sich ausnutzen. Da dieser junge Mann mit den anderen Mönchen hier im Kloster eingesperrt war, ging sie davon aus, dass er sich durch die Avancen einer Frau leicht nervös machen ließe – und nach seinen bisherigen Reaktionen zu urteilen, lag sie damit richtig.

Anthony schluckte heftig und seine Wangen röteten sich. Er wich ein wenig zurück.

Joan nutzte ihren Vorteil schamlos aus. Sie glitt auf den Hocker neben ihm und ließ eine Hand auf dem Knie des jungen Mannes ruhen. »Es würde mich sehr interessieren, Ihre eigenen Theorien zu hören, Anthony. Sie sind schon eine Weile hier. Was halten Sie von *el Sangre del Diablo?*« Sie drückte ihm leicht, ganz sachte, das Knie.

Anthony sah sich nach dem Beobachtungsfenster um, nach Carlos. Die Sicht auf Joans Hand war durch ihrer beider Körper versperrt. Diesmal wich der junge Mönch nicht zurück, aber sein Gesicht war jetzt fast feuerrot. Ganz steif saß er da, einer Statue gleich. Wenn sie mit ihrer Hand nur ein wenig weiter sein Bein hinaufgewandert wäre, hätte sie bestimmt entdeckt, wie steif der junge Mann tatsächlich geworden war.

Den ganzen Nachmittag über hatte sie ihn immer wieder gestreift, berührt oder ihm etwas ins Ohr geflüstert. Durch ihre sanfte Schmeichelei hatte sie ihn schließlich auch in dieses letzte Labor geführt, wo echte Proben des rätselhaften Metalls analysiert wurden. Jetzt begann der wirklich knifflige Teil.

Joan neigte den Kopf und widmete dem Mönch ihre ungeteilte Aufmerksamkeit. »Sagen Sie mir also, Anthony, wofür halten Sie dieses Metall?«

Fast wären ihm die Worte im Hals stecken geblieben. »Vielleicht für ... für Nanobots.«

Jetzt war Joan die Überraschte. Ihre Hand rutschte von seinem Knie herab. »Wie bitte?«

Anthony nickte eifrig und entspannte sich leicht, da er sich wieder auf vertrautem Terrain befand. »Einige von uns ... die Jüngeren unter uns ... sind der Ansicht, dass dieses Metall eigentlich eine besonders dichte Ansammlung von Nanobots ist.«

»Wie in der Nanotechnologie?«, fragte Joan. Sie hatte ein paar theoretische Artikel gelesen, in denen die Möglichkeit diskutiert wurde, Materie auf molekularer oder gar atomarer Ebene zu manipulieren. Ein kürzlich im *Scientific American* veröffentlichter Artikel beschrieb einen ersten Versuch von Wissenschaftlern am UCLA, solche mikroskopisch kleinen Roboter zu konstruieren. Im Geiste sah sie die Ergebnisse ihrer eigenen Tests am Elektronenmikroskop vor sich: die Matrix aus winzigen Partikeln, die von hakenförmigen Anhängseln zusammengehalten wurden. Aber Nanobots? Unmöglich. Der junge Mann hatte offenbar zu viel Science Fiction gelesen.

»Sehen Sie mal hier«, sagte Anthony. Er zeigte sich plötzlich aufgeregt darüber, dass er seinem Publikum etwas vorführen konnte. Mit einer stählernen Tiegelzange hob er einen der Behälter vom Tablett und setzte ihn in die Maschine vor sich. »Elektronen-Kristallografie«, erklärte er. »Haben wir selbst entwickelt. Sie kann eine Einheit der Kristallstruktur des Metalls isolieren und dreidimensionale Bilder herstellen. Schauen Sie nur!« Er tippte mit der Tiegelzange auf den Monitor.

Joan beugte sich näher heran, fischte ihre Brille heraus und vergaß für den Augenblick, dass sie den jungen Mönch verführen wollte. Als sie Anthony darum gebeten hatte, ihr das Metall zu zeigen, hatte sie einen *so* genauen Blick eigentlich nicht gemeint. Aber jetzt war die Wissenschaftlerin in ihr gepackt.

Ein rotierendes Bild erschien auf dem Schirm, das klar und deutlich jede Einzelheit zeigte. Joan erkannte es wieder. Es handelte sich um ein einzelnes, mikroskopisch kleines Teil des Metalls. Es war achteckig mit sechs fadenähnlichen Anhängseln: eines oben, eines unten und vier, die aus dem Mittelteil ragten. An der Spitze eines jeden befanden sich vier winzige Klauenhaken, wie die Krallen eines Spatzes.

Anthony zeigte mit der Spitze eines Kugelschreibers auf den Bildschirm. »In Form und Aufbau hat es insgesamt gesehen eine deutliche Ähnlichkeit mit einem hypothetischen Nanobot, wie ihn Eric Drexler in seinem Buch *Engines of Creation* vorgeschlagen hat. Er hat eine zweiteilige molekulare Maschine postuliert: *Computer* und *Konstrukteur.* Sozusagen Gehirn und Muskel des Nanobots.« Der junge Mönch fuhr mit seinem Stift an den dünnen, klauenähnlichen Haken entlang. »Hier ist das, was Drexler seine molekularen Positionierer genannt hat.«

Joan runzelte die Stirn. »Und Sie meinen, dieses Ding kann tatsächlich die Materie auf molekularer Ebene manipulieren?«

»Warum nicht?«, erwiderte Anthony. »Wir haben in

unserem Körper Enzyme, die wie natürliche, *organische* Nanobots arbeiten. Oder nehmen Sie die Mitochondrien in unseren Zellen ... diese Organellen sind nichts weiter als mikroskopisch kleine Kraftwerke. Sie manipulieren die Materie auf der atomaren Ebene dahingehend, dass sie ATP, oder Energie, für unsere Zellen produziert. Selbst die vielen Viren in der Natur sind so etwas wie molekulare Maschinen.« Er warf ihr einen Blick zu. »Wie Sie sehen, hat Mutter Natur also schon Erfolg gehabt. Nanobots existieren bereits.«

Joan nickte langsam und wandte sich wieder dem Bildschirm zu. »Dieses Ding sieht beinahe viral aus«, murmelte sie. Sie hatte vergrößerte Bilder von angreifenden Bakteriophagen gesehen. Unter dem Elektronenmikroskop wirkten sie wie kleine Mondfähren, die auf Zellmembranen landen, eher wie Maschinen als wie lebendige Organismen. Das Bild hier erinnerte sie an diese Virenproben.

»Wie bitte?«, fragte Anthony.

Joan presste die Lippen aufeinander. »Ich habe bloß laut gedacht. Aber Sie haben Recht. Sogar die Prionen, die den Rinderwahnsinn auslösen, könnte man als Nanobots betrachten. Sie alle manipulieren die DNA auf molekularer Ebene.«

»Ja, genau! *Organische* Nanobots«, meinte er, das Gesicht vor Aufregung gerötet. Er zeigte wieder auf den Monitor. »Einige von uns halten diese Dinger für die ersten entdeckten *anorganischen* Nanobots.«

Joan runzelte die Stirn. Vielleicht war es tatsächlich so. *Aber zu welchem Zweck?*, überlegte sie. Ihr fiel die Warnung ein, die Bruder de Almagro in das Kruzifix geritzt hatte. Er hatte offenbar Angst vor einer Art Pestilenz gehabt, die in Zusammenhang mit diesem Metall stand. Falls der Mönch Recht gehabt hatte, war dies hier dann ein Hinweis? Viele der natürlichen ›Nanobots‹, die sie Anthony gegenüber erwähnt hatte – Viren, Prionen – waren Krankheitskeime. Sie spürte, dass sie das Geheimnis lüften könnte, wenn ihr etwas mehr Zeit zur Verfügung stünde. Insbesondere, wenn sie diese Einrichtung hier benutzen könnte, dachte sie und sah sich in dem riesigen Labor um.

Zunächst jedoch musste sie ein Experiment durchführen. Bevor man mit Krankheitserregern umging, tat man gut daran, sich eine Möglichkeit zu schaffen, sie zu sterilisieren. Und der tote Mönch hatte in seinem Kryptogramm eine Möglichkeit angedeutet: *Prometheus hält unsere Erlösung in Händen.*

Prometheus, der Träger des Feuers.

War hier die Antwort zu finden? Feuer war immer ein wirkungsvolles Sterilisierungsmittel gewesen. Joan fiel wieder ein, worauf Dale Kirkpatrick, der Metallurg, hingewiesen hatte: Substanz Z nutzte Energie mit perfekter Effizienz. Was aber, wenn das Metall zu viel Hitze abbekam, wie zum Beispiel von einer Flamme? Empfindlich, wie es war, konnte es vielleicht in einer so extremen Situation völlig außer Kontrolle geraten.

Joan war hierher gekommen, um ihre Theorie zu überprüfen und dazu eine Probe des Metalls zu stehlen, mit der sie experimentieren konnte. Sie riskierte einen raschen Blick zurück auf Bruder Carlos. Zweifellos langweilte sich ihr Wachhund. Er vertraute den Schutzmaßnahmen innerhalb der Abtei zu sehr, als dass er sich Sorgen wegen einer Frau gemacht hätte.

Beiläufig setzte Joan die Brille ab und beugte sich dann näher zu Anthony hinüber, als er die Hand nach einem Stift ausstreckte. Bei dem plötzlichen Kontakt fuhr der junge Mann zusammen und riss den Arm zurück, wobei er ihr mit dem Ellbogen die Brille aus der Hand schlug. Sie achtete darauf, dass sie auch ja auf dem Tablett mit den kostbaren Proben landete. Wie verschüttete Murmeln tanzten und rollten kleine goldene Tröpfchen auf der Tischplatte umher.

Anthony sprang auf. »Tut mir Leid. Ich hätte besser aufpassen müssen.«

»Schon gut. Ist ja nichts passiert.« Joan sprang von ihrem Hocker und griff sich rasch zwei der umherrollenden Tröpfchen. Andere fielen zu Boden. Techniker eilten herbei, um Anthony dabei zu helfen, die verstreuten Kügelchen wieder einzusammeln. Joan wich zurück.

Plötzlich tauchte Carlos neben ihr auf, die Waffe im Anschlag. »Was ist passiert?«

Joan zeigte mit einer Hand auf die Bescherung und steckte mit der anderen schnell ihre entwendeten Proben weg. Sie nickte zu der emsigen Geschäftigkeit hinüber. »Anscheinend entrinnt selbst dieses gesegnete Labor nicht Murphys Gesetz.«

»Und das lautet?«

Joan wandte Carlos ein unschuldiges Gesicht zu. »Was schief gehen kann, geht schief.«

Mit finsterem Gesicht packte Carlos sie am Ellbogen. »Sie sind lange genug hier unten gewesen. Gehen wir!«

Sie leistete keinen Widerstand, denn sie hatte, weswegen sie hergekommen war – und noch mehr.

Anthony, der auf dem Laborfußboden kniete, hob einen Arm zum Abschiedsgruß. Sie dankte ihm mit einem Lächeln und winkte. Zumindest das hatte der junge Mann verdient.

Rasch führte Carlos sie durch das unterirdische Labyrinth zurück. Sie fand es passend, dass sich der Abschaum der spanischen Inquisition in einem Gegenstück zu einer Folterkammer der Inka verkroch, und fragte sich, ob der Ort bewusst ausgesucht worden war: Ein Peiniger nach dem anderen setzte sich hier fest.

Bald fand sich Joan vor der Tür zu ihrer Zelle wieder.

Carlos nickte ihr zu, sie solle eintreten.

Doch sie zögerte und wandte sich an ihn. »Sie haben vermutlich keine Zigarette dabei?« Sie rauchte nicht, aber das brauchte er nicht zu wissen. Sie verzog das Gesicht und täuschte Unbehagen vor. »Es ist zwei Tage her und ich halte es nicht mehr aus.«

»Der Abt verbietet das Rauchen in der Abtei.«

Joan zog die Brauen zusammen. »Aber er ist nicht hier, oder?«

Ein echtes Lächeln umspielte seine Lippen. Er warf einen Blick den Korridor entlang, bevor eine Packung Zigaretten in seinen Händen auftauchte. Es ging doch nichts über das geteilte Geheimnis zweier heimlicher Raucher. Er schüttelte zwei heraus. »Hier.«

Sie steckte eine ein und schob sich die andere zwischen die Lippen. »Was dagegen?«, murmelte sie um den Filter herum und beugte sich vor, damit er ihr Feuer gab.

Der ewig finstere Gesichtsausdruck kehrte zurück, aber er griff in seine Kutte, holte ein Feuerzeug heraus und zündete ihr die Zigarette an.

»Danke sehr«, sagte sie.

Er nickte lediglich zu ihrer Zellentür hin.

»Diese Dinger werden Sie umbringen«, murmelte ihr Carlos nach. Dann schloss er die Tür und verriegelte sie.

Joan horchte auf seine davoneilenden Schritte und lehnte sich dann mit einem langen Seufzer gegen die Tür. Rauch quoll ihr über die Lippen. Sie unterdrückte einen Hustenanfall. Sie hatte es geschafft und gestattete sich ein paar Augenblicke, um ihren Sieg zu genießen, stieß sich dann von der Tür ab und machte sich ans Werk. Womöglich fiel jemandem auf, dass Proben fehlten.

Sie ging hinüber zu dem kleinen Tisch und setzte sich. Dann nahm sie die Zigarette aus dem Mund und legte sie sorgfältig auf den Rand. Aus einer plötzlichen Angst vor versteckten Kameras beugte sie sich dicht über ihren Tisch und holte die Artikel über Nanotechnologie heraus, die der junge Mönch ihr zugesteckt hatte. Als sie sie beiseite schob, sprang ihr ein markierter Satz auf einem vertraulichen Papier in die Augen: *Wir sind zu der Auffassung gelangt, dass jedes winzige Teilchen des Metalls eigentlich so etwas wie eine mikroskopisch kleine Fabrik darstellt, was jedoch zwei Fragen aufwirft: Zu welchem Zweck ist sie entworfen worden? Und wer hat sie programmiert?*

Joan richtete sich ein wenig auf und dachte über die beiden letzten Fragen nach. *Nanotechnologie?* Erneut stellte sie sich die Kristallstruktur des Nanobots mit den hakenförmigen Armen vor. Wenn der junge Wissenschaftler Recht hatte, was zum Teufel war dann der Zweck des seltsamen Metalls? Hatte Bruder de Almagro vor langer Zeit die Antwort gefunden? War er deswegen so entsetzt gewesen?

Joan beugte sich wieder über ihren Schreibtisch, um zu verbergen, was sie da tat, und holte die beiden goldenen Tröpfchen hervor. Wie die Antwort auch lauten mochte, eines wusste sie genau: Das Metall hatte den mumifizierten Mönch in Angst und Schrecken versetzt und er hatte möglicherweise einen Hinweis darauf gegeben, wie man es vernichten konnte.

Joan ließ die goldene Träne über den Eichentisch rollen. Jetzt, nachdem es sich aufgewärmt hatte, fühlte sich das Metall an wie ein Stück weicher Kitt. Ganz, ganz vorsichtig streifte sie ein winziges Stück auf die Spitze ihres Kugelschreibers und wischte es auf dem Tisch ab. Sie musste sparsam sein. Die Testprobe hatte etwa die Größe einer Ameise.

Anschließend nahm sie ihre Zigarette, klopfte die Asche ab und senkte die glühende Spitze auf das Metall. »Na gut, Bruder de Almagro. Dann sehen wir mal, ob Prometheus unsere Erlösung bedeutet.«

Sie leckte sich vor Konzentration die Lippen und berührte vorsichtig das Gold.

Die Reaktion war nicht laut, kaum mehr als ein kräftiges Husten, aber ihr Resultat war heftig: Joans Arm wurde zurückgerissen, dass ihr die Zigarette aus den Fingern flog, und von der hölzernen Tischplatte wirbelte Rauch auf. Ihr eigener überraschter Aufschrei war lauter als die Explosion. Sie wedelte den Rauch beiseite. In der Eichenplatte war ein Loch entstanden.

»Mein Gott«, sagte sie und dankte ihrer Vorsehung, dass sie nicht das gesamte Metalltröpfchen benutzt hatte. Bestimmt wäre der ganze Tisch, wenn nicht sogar noch die Mauer dahinter weggepustet worden.

Sie sah sich um, horchte auf Schritte. Niemand hatte etwas gehört.

Grimmig erhob sie sich und ging zur Tür. Sie berührte das Schloss, während sich in ihrem Kopf ein Plan formte. Sie befingerte die restlichen goldenen Proben, um sie zu wiegen und Berechnungen anzustellen. Sie musste es weitersagen – insbesondere Henry.

Aber besaß sie genügend von dem flüchtigen Metall, um sich den Weg in die Freiheit zu sprengen? Vielleicht nicht ... Sie trat von der Tür weg. Sie würde sich in Geduld üben müssen, bis der rechte Augenblick gekommen wäre.

Sie musste warten, ebenso geduldig wie Bruder de Almagro. Er hatte fünfhundert Jahre gebraucht, um seine Botschaft weiterzugeben. Joan starrte das glimmende Loch im Schreibtisch an – aber am Ende hatte ihn jemand gehört.

Die Sonne ging gerade unter, als Henry darauf wartete, dass der große Helikopter auf einem vom Regenwald umgebenen behelfsmäßigen Landeplatz aufgetankt wurde. Die Sechsmanncrew des Abts war dabei, die letzten Vorräte in den Frachtraum zu laden. Henry stand ein wenig abseits am Rand der verfallenen Landebahn. Die Rotoren wirbelten leere Ölkanister und Müll über den glatten Streifen Erde. Ganz in der Nähe stand Abt Ruiz im Schatten einer Holzbaracke. Er hatte seine Kutte gegen lockere Safarikleidung getauscht und verhandelte gerade mit dem spitzgesichtigen chilenischen Mechaniker. Anscheinend war der Preis für den Brennstoff Gegenstand der hitzigen Debatte.

Henry kehrte ihnen den Rücken zu. Links standen zwei bewaffnete Jünger des Abts Wache, damit er, ein sechzigjähriger Professor, nicht in den Regenwald floh. Aber selbst wenn er sie entwaffnen und davonlaufen könnte, würde er keine zehn Schritte in diesem Dschungel überleben, das wusste er.

Tiefer im Wald hatte Henry flüchtig Sonnenlicht auf Metall blitzen sehen – Guerillas, die sich und ihre Kapitalanlagen versteckten. Dieser Landeplatz, der auf keiner Karte verzeichnet war und von Wildwuchs verschlungen wurde, war eindeutig ein Umschlagplatz für Drogen- und Waffenschmuggler. Henry bemerkte auch die Kisten mit russischem Wodka neben der Hütte. *Ein Hauptumschlagplatz für den schwarzen Markt,* dachte er.

Er ergab sich seinem Schicksal. Sie waren den ganzen Nachmittag über von Cusco bis zu diesem Landeplatz geflogen. Von hier aus war es seiner Schätzung nach ein vierstündiger Flug bis zu einem weiteren geheimen Stopp in der Nähe von Macchu Picchu. Dort würde erneut aufgetankt werden, dann noch einmal drei oder vier Stunden bis zu den Ruinen. Sie würden wohl ziemlich genau bei Sonnenaufgang dort eintreffen.

Bis dahin musste er sich etwas ausgedacht haben, wie er der Gruppe des Abts einen Strich durch die Rechnung machen konnte.

Henry rief sich sein kurzes Gespräch mit Philip Sykes ins Gedächtnis zurück. Der Student hatte zwar erleichtert geklungen, aber in seiner Stimme hatte auch eine Spur von

Furcht gelegen. Henry verfluchte sich, weil er nicht nur seinen Neffen in diesen Schlamassel gebracht hatte, sondern auch alle anderen Studenten. Er musste eine Möglichkeit finden, sie zu schützen. Aber wie?

Vom Helikopter her ertönte eine Stimme. Die Tanks waren gefüllt und bereit für die nächste Etappe der Reise.

»Fertig aufladen!«, schrie Ruiz über das Knattern der Rotoren hinweg. Der Abt reichte dem schmallippigen Chilenen eine Hand voll Scheine. Man hatte sich offenbar über den Preis geeinigt.

Neben dem Hubschrauber warteten die letzten Kisten mit Ausrüstung für die Grabung und den Abriss immer noch darauf, an Bord gebracht zu werden. Henrys Blick fiel auf vier von ihnen, in deren Holz eine kyrillische Aufschrift gebrannt war. Russische Schmuggelware: Granaten, AK-47 Sturmgewehre, Plastiksprengstoff. *'ne Menge Bewaffnung für ein Team von Archäologen,* dachte Henry grimmig.

Der Abt winkte seinen Wächtern, sie sollten ihn zu den beiden Helikoptern zurücktreiben. Henry gab sich keinen Illusionen hin. Auch er war nur ein Teil der Ausrüstung, ein weiteres Werkzeug, das benutzt und dann weggeworfen wurde. Er hatte den Verdacht, dass er wie Dr. Kirkpatrick an der Johns Hopkins enden würde, mit dem Gesicht nach unten und einer Kugel im Rücken – ebenso Joan, Sam und die anderen Studenten.

Als er zum Helikopter zurückgeführt wurde, leistete er keinerlei Widerstand. Solange Joan gefangen war, musste er abwarten und aufmerksam auf jede sich eventuell bietende Gelegenheit achten. Während er die provisorische Landebahn überquerte, rief er sich ihren letzten gemeinsamen Augenblick ins Gedächtnis zurück. Er erinnerte sich an den Duft ihres Haars, an das Gefühl, als ihre Haut über die seine gestreift war, als sie ihm etwas ins Ohr geflüstert hatte, an die Wärme ihres Atems auf seinem Hals. Beim Gedanken an die Gefahr, der sie sich gegenübersah, bekam er feuchte Hände. Ihr durfte nichts zustoßen. Weder jetzt noch später. Er würde einen Weg finden, sie zu befreien.

Als er den wartenden Helikopter erreichte, strahlte Abt Ruiz über das ganze Gesicht. »Wir fliegen los, Professor Conklin«, dröhnte er und bestieg die Kabine. »Zu Ihren Ruinen.«

Henry quittierte das joviale Gehabe des Mannes mit einem Stirnrunzeln, bevor er sich auf Anweisung des Wächters neben ihn setzte und sich anschnallte.

Ruiz beugte seine massige Gestalt vor und sprach mit dem Piloten. Sie mussten die Köpfe eng zusammenstecken, um einander verstehen zu können. Der Pilot zeigte auf seinen Sprechfunk. Als sich der Abt wieder an Henry wandte, war das Lächeln verschwunden. »Anscheinend gibt's da oben weitere Probleme«, meinte er.

Henry schlug das Herz heftiger in der Brust. »Wovon sprechen Sie?«

»Ihr Neffe hatte kurz Kontakt mit dem Studenten an den Ruinen. Der Fotograf vom *National Geographic* ist anscheinend in Schwierigkeiten geraten.«

Henry erinnerte sich an Philips Beschreibung von Normans Verletzung. Er hatte nicht lange genug reden dürfen, um Einzelheiten in Erfahrung zu bringen, und wusste nur so viel, dass der Fotograf medizinische Betreuung benötigte. »Was ist los?«

Der Abt stieg wieder aus dem Helikopter. »Wir ändern unsere Pläne«, verkündete er mit finsterer Miene. »Ich muss noch mal verhandeln. Wir brauchen noch mehr Treibstoff, genug, dass wir direkt zu den Ruinen fliegen können. Keine weiteren Stopps mehr.«

Henry fasste Ruiz am Arm. »Was ist passiert?«

Einer der Wächter schlug seine Hand weg. Aber Ruiz gab

Antwort. »Ihr Neffe ist offenbar der Ansicht, dass die Inka den Fotografen opfern wollen.«

Henry wirkte bestürzt.

Abt Ruiz tätschelte ihm das Knie. »Machen Sie sich keine Sorgen, Professor Conklin. Vielleicht können wir den Fotografen nicht retten. Aber wir sind da oben, bevor die anderen umgebracht werden.« Dann duckte sich der große Mann unter die Rotoren und hielt dabei seinen Safarihut fest.

Henry lehnte sich in seinen Sitz zurück und ballte die Hände zu Fäusten. Blutrituale. Daran hatte er überhaupt nicht gedacht, und das, obwohl er die religiösen Zeremonien der Inka kannte! Sam und die anderen saßen jetzt zwischen zwei blutrünstigen Feinden in der Falle – den Schülern der spanischen Inquisition und einem verschollenen Stamm von Inkakriegern.

Durch das Fenster sah er, wie der Abt dem Piloten ein Zeichen gab, als Handlanger der Guerillas zwei weitere Ersatztanks auf den wartenden Helikopter zurollten.

Henry kniff die Augen zusammen. Er hatte den Verdacht, dass es nicht Altruismus war, was den Abt zur Änderung seiner Pläne bewogen hatte. Es ging nicht darum, den anderen Studenten das Leben zu retten, sondern Ruiz' Anteil an dem zu schützen, was da oben liegen mochte. Wenn Sam und die anderen getötet würden, wäre der Platz der *Sangre-Hauptader* möglicherweise verloren, vielleicht wieder für Jahrhunderte. Dieses Risiko wollte Abt Ruiz nicht in Kauf nehmen. Zwei weitere Packen Geldscheine wurden dem jetzt lächelnden Chilenen übergeben.

Henry hörte ein Kratzen und Knallen, als die Ersatztanks unter dem Landegestell festgemacht wurden. Der Abt kehrte eilig zum Helikopter zurück.

Henry legte den Kopf in den Nacken und stöhnte leise.

Die Zeit lief ihnen davon – ihnen allen.

Maggie sah zu, wie Sam in dem steinernen Raum hin und her lief wie ein aufgestachelter Bulle vor dem Kampf. Er hielt seinen Stetson so fest, dass die Fingerknöchel schon weiß waren, und schlug mit ihm zum wiederholten Mal auf seinen Oberschenkel. Er trug wieder Jeans und Weste, die gereinigt und getrocknet worden waren. Maggie hatte den Verdacht, dass der Kleiderwechsel seinen Ärger und seine Enttäuschung über die Inka zum Ausdruck brachte.

Obwohl sie seine Haltung verstand, trugen sie und Denal nach wie vor die lockere Kleidung der Inka, da sie ihre Gastgeber nicht beleidigen wollten.

Sam hatte den ganzen Nachmittag lang versucht, den Schamanen dazu zu bringen, dass er ihnen den Zutritt zum Tempel erlaubte oder Norman zurückbrachte. Kamapaks Antwort war stets die gleiche geblieben; Sam konnte sie mittlerweile selbst übersetzen: »Es ist verboten.« Und da er nicht in Erfahrung bringen konnte, wo dieser heilige Tempel verborgen lag, konnten sie auch keinen Rettungsplan austüfteln. Das bewaldete Tal erstreckte sich gut und gern über mehrere tausend Quadratmeter. Sie waren der Gnade der Inka ausgeliefert.

»Ich habe Philip angerufen und ihn von der Lage in Kenntnis gesetzt«, sagte Sam atemlos. »Aber er ist keine große Hilfe!«

Maggie berührte ihn am Arm und Sam blieb stehen. »Beruhige dich, Sam.«

Seine Augen schimmerten feucht vor Schuldgefühlen und Verzweiflung. »Es ist meine Schuld. Ich hätte ihn nie allein lassen dürfen. Wo habe ich bloß meinen Kopf gehabt?«

»Sie haben uns herzlich und als Teil ihres Stammes aufgenommen. Das mit Norman hättest du unmöglich vorhersehen können.«

Sam schüttelte den Kopf. »Ich hätte trotzdem Vorsichtsmaßnahmen treffen sollen. Zuerst Ralph ... jetzt Norman. Wenn ich bloß ... wenn ich bloß ...«

»Was?«, fragte Maggie. Sie hielt seinen Arm jetzt eisern im Griff und würde dafür sorgen, dass er ihr zuhörte. Dass er so wütete und sich an die Brust schlug, half niemandem. »Was hättest du tun sollen, Sam? Nehmen wir an, du wärst dagewesen, als die Inka gekommen sind – wie hättest du sie daran gehindert, Norman mitzunehmen? Jeglicher Widerstand hätte möglicherweise bloß dazu geführt, dass wir alle umgebracht worden wären.«

Sam erschauerte unter ihrem Griff und sein Blick klärte sich. »Was also sollen wir tun? Warten, während sie sich einen nach dem anderen holen?«

»Wir gebrauchen unsere Köpfe, das tun wir. Wir müssen klar denken.« Maggie ließ ihn los. Jetzt würde er ihr bestimmt zuhören. »Zunächst einmal glaube ich nicht, dass sie sich uns holen. Norman war verwundet, deshalb ist er zum Tempel gebracht worden. Wir nicht.«

»Vielleicht ...« Sam sah zu Denal hinüber, der an der Matte vor dem Eingang stand und hinausspähte. Er senkte die Stimme. »Aber was ist mit ihm? Sie bringen die Kinder auch dorthin.«

»Denal hat die Pubertät hinter sich. Für die Inka gilt er als Erwachsener. Ich glaube nicht, dass für ihn ein Risiko besteht.«

»Aber hast du gesehen, wie sie ihn anstarren, wenn er an ihnen vorübergeht? Als wären sie neugierig und leicht verwirrt.«

Maggie nickte. *Und ängstlich,* fügte sie schweigend hinzu. Aber sie wollte Sam nicht wieder in Fahrt bringen.

Vom Eingang her sagte Denal: »Leute kommen.«

Maggie hörte sie ebenfalls. Diejenigen, die da kamen, taten nicht geheimnisvoll. Draußen vor der Hütte ertönte das

Geplapper vieler aufgeregter Stimmen. Einige sangen sogar lautstark.

Sam ging zu Denal hinüber. »Was ist da los?«

Der Junge zuckte mit den Schultern, doch Maggie sah seine Hände leicht zittern, während er die Matte aufhielt. Sam legte ihm schützend eine Hand auf die Schulter und hob mit der anderen die Winchester hoch. So bewaffnet zog er die Matte zurück. Gerade und aufrecht trat der Texaner hinaus, bereit zur Konfrontation.

Maggie eilte mit nach draußen. Sie wollte nicht, dass Sam etwas Übereiltes tat.

Während sie über Normans Notlage gesprochen hatten, war die Sonne gänzlich untergegangen und Nacht hatte das terrassenförmig angelegte Dorf eingehüllt. Zwischen den Hütten flammten überall Fackeln auf, hell wie Sterne in der Dunkelheit, ansonsten sorgte nur der volle Mond am Himmel für Beleuchtung.

Der Dorfplatz in der Nähe füllte sich zunehmend mit Inka. Einige trugen Fackeln, während andere Stücke von Feuerstein gegeneinander schlugen und Funken erzeugten, die wie Glühwürmchen durch die Dunkelheit flogen. Auf der anderen Seite animierte rhythmischer Trommelschlag eine Hand voll Inkafrauen zum Tanzen, wobei ihnen die Gewänder um die Beine schlugen. In der Mitte des Dorfplatzes loderte plötzlich ein Feuer auf.

»Wieder ein Fest«, meinte Maggie.

Einer der Männer mit den Feuersteinen kam näher. Er zeigte ihnen lächelnd die Zähne und schlug im Rhythmus der Trommel die Steine aneinander. Flöten und Blasinstrumente fielen ein.

»Hier geht's zu wie am verdammten Unabhängigkeitstag«, brummte Sam.

»Ganz eindeutig eine Feier«, stimmte Maggie zu. »Aber was feiern sie?« Beim Anblick von Sams betroffenem Gesichtsausdruck wünschte sie sich, sie hätte den Mund gehalten. Sie trat näher an ihn heran. Sie wusste, woran er dachte. Auch Maggie hatte sich mit der Inkakultur beschäftigt. Nach einem Blutritual wurde stets gefeiert. Eine Opferung war eine fröhliche Angelegenheit. »Wir wissen nicht, ob das was mit Norman zu tun hat«, sagte sie.

»Aber das Gegenteil wissen wir auch nicht«, knurrte Sam.

Denal, der in der Nähe des Eingangs herumgelungert hatte, stürmte plötzlich vor. »Seht mal!«, sagte er und zeigte mit dem Finger auf etwas.

Auf der anderen Seite des Platzes teilte sich die Menge. Eine einsame Gestalt wanderte hindurch, die in ein dunkelbraunes Gewand und eine schwarze, über der Schulter verknotete *yacolla*-Schärpe gekleidet war. Sie wirkte benommen und ging leicht schwankend, wie ein Betrunkener.

Sams Stimme war nicht weniger benommen und schwankend. »Norman?«

Maggie fasste ihn am Ellbogen. »Heilige Maria, er ist es!«

Die beiden sahen einander an, bevor sie auf Norman zuliefen. Ringsumher war die Feier in vollem Gang. Die Musik wurde ebenso lauter wie der Gesang. Sie hatten Norman noch nicht erreicht, da tauchte Kamapak in der Menge auf und versperrte ihnen den Weg. Die Tätowierungen des Schamanen sahen im Feuerschein aus wie spinnwebartige Spuren auf Wangen und Hals: abstrakte Symbole der Macht, dazu seltsame, gefiederte Drachen.

Sam wollte sein Gewehr heben, doch Maggie drückte den Lauf nach unten. »Hör doch erst mal, was er zu sagen hat!«

Der Schamane redete, als hielte er eine Ansprache. Denal übersetzte: »Euer Freund ist von den Göttern des *janan pacha* als würdig anerkannt worden. Er ist jetzt ein *ayllu*, ein Familienmitglied des Sapa Inka.«

»Des Sapa Inka?«, wiederholte Maggie, die noch immer den Lauf von Sams Gewehr festhielt. »Wer?«

Aber der Schamane wandte sich bereits ab und lud sie ein, an Normans Seite zu treten. Der Fotograf entdeckte sie schließlich. Er winkte schwach mit einem Arm und kam stolpernd auf sie zu. Sein Gesicht zeigte immer noch eine Blässe – aber nicht die aschfahle Färbung des Fiebers oder der Krankheit, sondern eher die Blässe des Schocks. Sam eilte zu ihm, Maggie und Denal blieben neben dem Schamanen stehen.

Kamapak sah der Wiedervereinigung mit erkennbarem Behagen zu. Mit Denals Hilfe wiederholte Maggie ihre Frage: »Ich verstehe das nicht. Wieso Sapa Inka?« Sie hatte nie angenommen, dass dieses kleine Dorf einen echten Anführer hatte, geschweige denn einen der verehrten Gottkönige der Inka. »Wer ist euer Sapa Inka?«

Der Schamane runzelte die Stirn, nachdem Denal ihre Worte übersetzt hatte, und gab dann Antwort. Der Junge wandte sich an Maggie. »Er sagen, er haben Ihnen den Namen von Sapa Inka vorher schon gesagt. Es sein Inkarri. Er leben im Sonnentempel.«

»Inkarri ...?« Maggie erinnerte sich daran, dass der Schamane den geköpften Kriegerkönig schon in der Nacht erwähnt hatte. Sie zog die Brauen zusammen.

Jede weitere Befragung wurde unterbrochen, als Sam mit Norman zu ihr kam. »Du wirst es nicht glauben«, sagte Sam zur Einleitung und nickte zu Norman hinüber. »Zeig's ihr.«

Norman fasste sein Gewand und teilte es so weit, dass sich das bloße Knie zeigte. Maggie runzelte die Stirn und beugte sich ein wenig vor, konnte jedoch nichts Außergewöhnliches entdecken. »Ich sehe nichts ...« Dann traf es sie wie nach einem Sprung in einen eiskalten See an einem heißen Tag. »Jesus, Maria und Joseph!«

Normans Knie war verheilt. Nein, nicht verheilt. Es gab nicht mehr das geringste Anzeichen für eine Schussverletzung. Keine Wunde, keine Narbe. Es war, als wäre Norman nie getroffen worden.

»Aber nicht das ist das Erstaunlichste«, meinte Norman und lenkte mit diesen Worten Maggies und Sams Aufmerksamkeit auf sich.

»Was dann?«, fragte der Texaner.

Norman hob die Hand ans Gesicht. »Meine Augen.«

»Was ist damit?« Ihnen fiel auf, dass der Fotograf seine dicke Brille nicht auf hatte.

Er ließ seinen Blick über den Dorfplatz schweifen und in seiner Stimme lag Ehrfurcht. »Ich kann sehen. Alles ist deutlich und vollkommen scharf.«

Ehe einer der beiden Studenten hätte reagieren können, hob Kamapak die Arme und sagte etwas. Seine Stimme schallte über den Platz und wurde von den Steinwänden zurückgeworfen. Seine Worte waren nicht nur für sie, sondern für den ganzen hier versammelten Inkastamm bestimmt.

»Was sagt er?«, fragte Sam Denal und schulterte sein Gewehr.

Bevor der Junge hätte Antwort geben können, erwiderte Norman träge: »Er sagt, dass in dieser Nacht, wenn der Mond seinen Zenit erreicht hat, der Sapa Inka kommen wird. Nach vielen Jahrhunderten wird er von seinem goldenen Thron herabsteigen und unter seinem Volk wandeln.«

Kamapak zeigte auf die Gruppe der Studenten.

Mit einem Ausdruck der Überraschung auf dem Gesicht beendete Norman: »Hier steht die Zukunft unseres Stammes. Sie werden Inkarri zur *cay pacha* zurückbringen, zur mittleren Welt. Die Inka werden wieder die Herrschaft übernehmen.«

Gewaltiger Jubel erhob sich unter den versammelten Inka.

Nur ihre Gruppe blieb still. Sam starrte mit offenem Mund vor sich hin. Maggie fand ebenfalls keine Worte, so eingeschüchtert war sie. *Woher wusste Norman, was der Schamane gesagt hatte?* Denal rückte näher an Maggie heran und hielt den Blick voller Furcht auf Norman gerichtet.

Schulterzuckend sagte er: »He, fragt mich nicht nach einer Erklärung, Leute. Ich bin schon im Grundkurs Spanisch durchgefallen.«

Während die Feierlichkeiten ihren Fortgang nahmen, setzte sich Sam mit Norman auf die Stufen am Dorfplatz. Er wollte Antworten. »Erzähl uns, was geschehen ist! Was ist dieser Sonnentempel?«

Norman schüttelte den Kopf und strich mit einem Finger über sein Knie. »Ich weiß es nicht.«

»Was willst du damit sagen?«, fragte Maggie. Sie saß ihm gegenüber, Denal auf einer tiefer gelegenen Stufe. Der Junge hielt den Blick auf die Feier gerichtet und rauchte eine der letzten seiner kostbaren Zigaretten. Jedes Mal, wenn er einen tiefen Zug nahm, flammte die Spitze wie eine Fackel auf. Nach den Schrecken des Tages konnte Sam ihm diese eine Untugend unmöglich missgönnen. »Wie hat der Tempel ausgesehen?«, beharrte Maggie.

Norman drehte sich ihr zu und in seinem Blick zeigte sich sowohl Sorge als auch Ärger. »Das ist es eben ... *Ich weiß es nicht.*«

»Was weißt du dann?«, fragte Sam.

Norman wandte sich ab. Feuerschein erhellte sein Gesicht. »Ich erinnere mich daran, dass mich jemand aus meinem Bett geholt hat. Ich hab versucht, mich zu wehren, war aber zu schwach, um meinen Entführern mehr als ein paar Tritte zu verpassen. Also wurde ich bald von zwei Kriegern über einen südlich verlaufenden Pfad geschleppt, nicht allzu sanft, möchte ich hinzufügen. Nach etwa einer Dreiviertelstunde erreichten wir die Südwand des Kegels. Der andere große schwarze Vulkan überragte uns. Es folgte ein steiler Anstieg und dann sah ich plötzlich einen dunklen Einschnitt im Fels. Die Öffnung eines Tunnels, der durch die Wand des Vulkans verlief.«

»Wohin führt er?«, fragte Sam und lenkte damit Normans Blick auf sich.

»Ich weiß es nicht. Aber am Tunnelende habe ich Tageslicht gesehen. Da bin ich mir sicher.«

»Vielleicht stellt er eine Verbindung zum anderen Vulkan dar«, meinte Maggie. »Einen Weg zum *janan pacha* der Inka.«

»Was noch?«, fragte Sam den Fotografen.

Norman schüttelte langsam den Kopf. »Ich erinnere mich daran, eine gute Strecke den Schacht hinabgetragen worden zu sein, bis vor uns eine Nebenhöhle auftauchte, aus der Fackelschein drang. Beim Näherkommen trat jemand heraus und begrüßte meine Entführer mit einem erhobenen Stab.« Der Fotograf schaute stirnrunzelnd zur Seite.

»Und?«

»Und ab da herrscht in meinem Kopf gähnende Leere. Das Nächste, an das ich mich erinnere, ist, wie ich durch den Tunnel zurückgeführt wurde und wie mich dabei die letzten Strahlen der untergehenden Sonne geblendet haben.« Norman zupfte an seinem Gewand herum. »Und dass ich plötzlich das hier anhatte.«

Maggie lehnte sich in ihren steinernen Sitz zurück und sann über Normans Geschichte nach. »Und du hast plötzlich die Inkasprache verstanden ...« Sie schüttelte den Kopf. »Vielleicht ein hypnotischer Lernprozess. Das könnte den Gedächtnisverlust erklären. Aber der Grad der Heilung –

das Knie, die Augen –, der geht weit über alles hinaus, was die westliche Medizin tun könnte. Es ist ... es ist fast ein Wunder.«

Sam runzelte die Stirn. »Ich glaube nicht an Wunder. Es muss eine andere Erklärung geben. Und die liegt in dem Tempel.« Er sah Norman in die Augen. »Würdest du den Weg dahin wieder finden?«

Einen Moment lang spitzte Norman die Lippen, dann erwiderte er: »Ich glaube schon. Der Weg war deutlich erkennbar und dann gab es etwa alle hundert Meter diese steinernen Wegmarkierungen. Da sind die Krieger stehen geblieben, haben kurz ein paar Worte gemurmelt und sind weitergegangen.«

»Gebetstotems«, erklärte Sam. Inzwischen war er zuversichtlich, dass er, falls nötig, diesen Sonnentempel finden könnte. Damit müsste er sich für den Augenblick zufrieden geben. Morgen würde Onkel Hank eintreffen und dann konnte er das seltsame Rätsel dessen Fachkenntnis überlassen. So sorgenvoll und nervenaufreibend der Tag auch gewesen war – Sam war schlicht erleichtert darüber, dass Norman wieder wohlauf war, da zählte das Wie oder Warum nicht.

Das Getrommel auf dem Platz erstarb und die Tänzer wurden langsamer und hielten inne. Eine Inkafrau erstieg einen Steinsockel und sang leise ein Lied; eine einsame Stimme in der heißen Nacht. Bald fiel die Menge in den feierlichen Gesang ein und ihre Stimmen stiegen wie Dampf in den mitternächtlichen Himmel. Denal tat es ihnen gleich. Obwohl die Worte nicht übersetzt wurden, spürte Sam Freude, gemischt mit Verehrung, fast wie bei einem christlichen Choral.

Maggies Worte gingen ihm durch den Sinn. *Wunder.* Waren die Inka über eine wundersame Heilquelle gestolpert? Über etwas Ähnliches wie den mystischen Jungbrunnen des

Ponce de Leon? Beim Gedanken an eine solche Entdeckung bekam Sam einen trockenen Mund.

Während er dem leisen Gesang der Menge lauschte, blickte er über den Platz hinweg; erneut verblüffte es ihn, dass es keine Kinder gab, keine Babys in den Armen oder Kleinkinder, die am Rockzipfel der Mutter hingen. Auch hatten sich keine älteren Leute unter diese jüngeren Männer und Frauen gemischt. Alle Gesichter, die dem vollen Mond am Himmel zugekehrt waren und ihm zusangen, waren zu gleichartig, fast gleichaltrig.

Wer waren diese Leute? Was hatten sie entdeckt? Sam durchfuhr ein Schauer, der nichts mit der zunehmenden Kühle im Tal zu tun hatte.

Schließlich lief Stille wie eine Welle über den Platz. Sams Blick wurde zur Südseite gezogen, als die Feiernden allesamt auf die Knie fielen. Die kleine Frau, die den Gesang geleitet hatte, stieg von ihrem Sockel und kniete ebenfalls nieder. Bald blieb nur noch eine Gestalt übrig, die auf der anderen Seite stand. Reglos. Groß für einen Inka, mindestens zwei Meter. Sie trug einen Stab mit einer in alle Richtungen strahlenden Sonne an der Spitze.

Maggie drängte ihre Leute, gleichfalls niederzuknien. »Es muss der Sapa Inka sein«, flüsterte sie.

Sam gehorchte, da er diesen Anführer nicht beleidigen wollte. Jede weitere Zusammenarbeit würde vom guten Willen dieses Burschen abhängen.

Langsam schritt der Mann durch die Menge und während er vorüberging, neigten Männer und Frauen ihre Köpfe und legten ihre Stirn gegen den Steinboden. Niemand sprach ein Wort. Zwar wurde der Mann nicht wie für die Sapa Inka üblich auf einer Sänfte getragen, war aber in die Gewänder der Könige gekleidet: angefangen von der *llautu*-Krone aus geflochtenen Zöpfen, darin Papageienfedern und rote Troddeln aus Vikunjawolle, bis hinab zu einem langen

Gewand aus kostbarem *cumbi*-Tuch, das mit Gold- und Silberverzierungen besetzt war. Selbst seine Sandalen waren aus Alpakaleder gefertigt und mit Rubinen geschmückt. Der Stab in seiner rechten Hand war so lang wie der Mann selbst und das Symbol der strahlenden Sonne etwa handtellergroß.

»Der Stab«, murmelte Norman. »An den erinnere ich mich. Aus dem Tunnelschacht.«

Als Sam dem Fotografen einen Blick zuwarf, konnte er sehen, wie nervös und ängstlich er war. Er berührte Norman an der Schulter, eine Geste, die ihm Zuversicht verleihen sollte.

Als der König näher kam, musterte Sam sein Gesicht. Es zeigte Züge, wie sie für einen Inka typisch waren: mokkafarbene Haut, breite Wangenknochen, volle, starke Lippen, dunkle, durchdringende Augen. Beide Ohrläppchen waren durchstochen und trugen jeweils eine goldene Scheibe, in die die gleiche Sonne eingeprägt war, die seinen Stab zierte.

Der Sapa Inka trat bis auf drei Schritte an die drei Knienden heran. Sam neigte respektvoll den Kopf. Es geziemte sich nicht, einem Inkaherrscher ins Gesicht zu starren. Inkaherrscher waren die Kinder der Sonne und wie bei dieser musste man die Augen vor der strahlenden Helligkeit abwenden. Dennoch weigerte sich Sam, mit dem Kopf die Steine des Dorfplatzes zu berühren.

Anscheinend fühlte sich der Inkakönig dadurch nicht beleidigt. Sein Blick war durchdringend, jedoch nicht feindselig. Mit dem Ausdruck brennender Neugier trat er einen weiteren Schritt auf sie zu. Das zuvor von Schatten bedeckte Gesicht erglühte jetzt im hellen Schein einer nahen Fackel, das seine rötlichen Züge kupfergolden färbte.

Maggie schnappte nach Luft.

Auf ihre Reaktion hin zog Sam die Brauen zusammen

und wagte jetzt, den Mann offener anzusehen – dann traf es ihn ebenfalls wie ein Schlag. »Mein Gott ...«, murmelte er verblüfft. Aus dieser Nähe war die Ähnlichkeit unverkennbar, vor allem, da die Fackel das Gesicht des Königs auch noch in goldenes Licht getaucht hatte. Sie alle hatten diesen Mann schon zuvor gesehen. Er ähnelte frappierend der goldenen Gestalt in den Höhlen, sowohl der, die den Raum mit den Fallen bewachte, als auch der riesigen Statue im Zentrum der Totenstadt.

Der Sapa Inka trat noch einen Schritt näher. Nun war der Fackelschein aus seinem Gesicht verschwunden und er wurde wieder zu einem Mann. Mehrere schweigende Augenblicke lang musterte er sie. Auf dem Platz herrschte Grabesstille. Schließlich hob er seinen Stab und begrüßte sie. »Ich bin Inka Inkarri«, sagte er mit heiserer, gutturaler Stimme auf Englisch. »Willkommen! Möge Inti euch in seinem Licht beschützen.«

Sam blieb weiter auf den Knien. Er war zu benommen, als dass er sich hätte rühren können.

Der König schlug zweimal mit seinem Stab auf den Boden und hob ihn dann hoch in die Luft. Auf dieses Zeichen hin stieg ein gewaltiger Jubel aus hundert Kehlen. Männer und Frauen sprangen auf, die Trommeln dröhnten und Flöten und Tambourine steuerten ihren strahlenden Klang bei.

Der Sapa Inka schenkte dem Tumult keinerlei Beachtung. Er senkte den Stab.

Wie ein Geist tauchte Kamapak aus der tanzenden Menge auf. Auf dem Gesicht des Schamanen strahlte Ehrfurcht und seine Tätowierungen glänzten fast auf der geröteten Haut. »*Qoylluppaj Inkan, Inti Yayanchis*«, intonierte er, beugte sich leicht aus der Hüfte vor und setzte seine Ansprache fort. Selbst ohne Übersetzung wurde klar, dass Kamapak etwas von diesem König erbat.

Nachdem der Schamane geendet hatte, knurrte der Sapa

Inka eine knappe Antwort und winkte Kamapak beiseite. Das Lächeln des Schamanen wurde breiter. Er hatte zweifellos eine geneigte Antwort erhalten und trat zurück. Der König nickte Sams Gruppe ernst zu. Sein Blick blieb einen Moment lang auf Denal hängen; dann fuhr er herum und folgte dem Schamanen durch die dicht gedrängte Menge der Feiernden.

»Vermutlich haben wir die Musterung bestanden«, meinte Sam, der endlich wieder atmen konnte.

»Und durften allesamt abtreten«, fügte Maggie hinzu.

Sam wandte sich an Norman. »Was haben sie gesagt?«

Der Fotograf setzte sich auf die Fersen und kniff die Augen zusammen. »Kamapak wollte allein mit dem König sprechen ...«, Norman sah Sam an, »... über uns.«

Sam runzelte die Stirn. »Worüber denn?«

»Über unsere Zukunft hier.«

Das hörte sich in seinen Ohren nicht gut an. Er sah den Schamanen und den König über den Platz auf ein großes, zweistöckiges Bauwerk links zugehen. »Was hältst du von diesem Sapa Inka?«

»Er hat offensichtlich eine gewisse Verbindung zur Außenwelt. Schließlich kann er ein bisschen Englisch. Ist dir sein Gesicht aufgefallen? Er muss ein direkter Nachkomme dieses alten Königs der Statuen sein.«

Sam nickte. »Die Ähnlichkeit überrascht mich nicht. Das ist ein geschlossener Genpool. Keine Außenseiter verwässern das Inkablut.«

»Soll heißen, bis zu unserer Ankunft«, meinte Norman.

Sam achtete nicht auf die Worte des Fotografen. »Aber was ist mit seiner Behauptung, er sei der mythische Inkarri?«

Maggie schüttelte den Kopf.

»Wer ist dieser Inkarri?«, fragte Norman.

Maggie erläuterte kurz die Geschichte des enthaupteten

Königs, der, einer Prophezeiung zufolge, auferstehen und den Ruhm der Inka wiederherstellen sollte.

»Die Wiederkunft, sozusagen«, meinte Norman.

»Genau«, entgegnete Maggie und legte die Stirn in Falten. »Schon wieder ein untrügbares Zeichen für christlichen Einfluss. Der nächste Beweis für westliche Eindringlinge.«

Sam zeigte sich weniger überzeugt. »Aber warum verstecken sie sich hier, wenn sie das Tal schon mal verlassen haben?«

Maggie winkte mit einer Hand zu Norman hinüber. »Offenbar haben sie etwas entdeckt. Etwas, das heilt. Eine Quelle vulkanischen Ursprungs oder so was in der Art. Vielleicht wollen sie die geheim halten.«

Sam sah zu Norman hinüber, dann wieder zum Inkakönig, der zusammen mit Kamapak im Gebäude verschwand. Anscheinend begannen und endeten alle Geheimnisse hier am Tempel. Wenn sich Norman nur genau daran erinnern könnte, was dort geschehen war ...

»Ich würde bei ihrem Gespräch gern Mäuschen spielen«, flüsterte Maggie und blickte über den Platz.

Norman nickte.

Sam richtete sich auf. »Warum eigentlich nicht?«

»Was?«, fragte Maggie und drehte sich zu ihm um.

»Warum nicht horchen? Sie haben keine Fensterscheiben. Norman versteht ihre Sprache. Was soll uns daran hindern?«

»Keine Ahnung«, meinte Norman säuerlich. »Vielleicht eine Horde von Männern mit Speeren.«

Maggie stimmte zu. »Wir sollten nichts unternehmen, das sie misstrauisch machen könnte.«

Sam erwärmte sich jedoch weiter für seine Idee. Nachdem er einen Tag damit verbracht hatte, die Hände über Normans Schicksal zu ringen, war er es leid, im Dunkeln zu tappen. Er rückte seine Winchester auf der Schulter zurecht und stand auf. »Wenn der Schamane und der König über unser Schicksal sprechen, möchte ich wissen, was dabei herauskommt.«

Auch Maggie stand auf und streckte die Hand nach ihm aus. »Lass uns darüber reden!«

Sam entzog sich ihrem Griff. »Wie sieht's aus, Norman? Oder möchtest du lieber morgen früh vor den Altar gezerrt werden? Und ich meine nicht, zum Heiraten.«

Norman fasste sich an den dünnen Hals und erhob sich. »Na ja, wenn du es so ausdrückst ...«

Mit wütendem Gesicht sagte Maggie: »So sollten wir nicht damit umgehen. Das ist dumm und wir riskieren alle unser Leben.«

Sam röteten sich die Wangen. »Immer noch besser, als sich in einem Loch zu verkriechen und darum zu flehen, dass man nicht getötet wird«, konterte er zornig.

Schockiert blinzelnd wich Maggie zurück. Sie wirkte verletzt. »Du Schwein ...«

Erst da merkte Sam, dass sie dachte, er spiele auf den Vorfall in Irland an und benutze ihr Trauma, um ihre Argumente abzutun. »So ... so habe ich das nicht gemeint«, versuchte er zu erklären.

Maggie zog Denal zu sich und kehrte Sam den Rücken. Wegwerfend sagte sie zu Norman: »Lass dich nicht umbringen!« und stolzierte dann auf die Reihe von Hütten zu.

Norman starrte ihr nach. »Sam, du musst wirklich besser aufpassen, was du sagst. Kein Wunder, dass ihr beide, du und dein Onkel, Junggesellen seid.«

»Ich wollte nicht ...«

»Ja, ich weiß ... aber trotzdem ... das nächste Mal denkst du nach, bevor du den Mund aufmachst.« Norman ging los, am Rand des Dorfplatzes entlang. »Komm schon, James Bond, bringen wir die Sache hinter uns.«

Sam sah Maggie in ihrem Raum verschwinden; dann

wandte er sich um und folgte Norman. Sein Herz, das vor kurzem noch lichterloh entflammt war, fühlte sich jetzt an wie ein verkohltes Stück Zunder in seiner Brust. »Was bin ich für ein Esel!«

Norman hörte ihn. »Da möchte ich nicht widersprechen.«

Finster dreinblickend zupfte Sam an der Krempe seines Stetson herum und ging ärgerlich an Norman vorüber. »Also los.«

Während ringsumher weiterhin wild und ausgelassen gefeiert wurde, erreichten sie den rechteckigen, zweistöckigen Bau. Es war zweifellos der Wohnsitz eines *kapak*, eines Edelmannes der Inka. Die Rahmen um Fenster und Türen bestanden aus gehämmertem Silber. Aus dem Innern drangen der Schein eines Feuers sowie gedämpfte Stimmen.

Sam sah sich suchend um, ob auch niemand zusah, und zog dann Norman in die schmale Gasse neben dem Gebäude. Sie war so eng, dass die beiden nur hintereinander gehen konnten. Sam kroch voran. Vor sich sah er ein flackerndes Licht, das aus einem Innenhof kam, der von einer schulterhohen Mauer umschlossen war. Beim Näherkommen entdeckte Sam kleine stern- und halbmondförmige Löcher, die wohl der Zierde dienten. Perfekt zum Spionieren.

Sam winkte Norman weiter, schlich zu einem der Löcher und spähte hindurch. Dahinter befand sich ein als Garten gestalteter Innenhof mit einer Überfülle an Orchideen und Kletterpflanzen. Papageien hockten auf Stangen und hatten die Köpfe zum Schlafen unter die Flügel gesteckt. Inmitten des üppigen Bewuchses brannte in einer Grube ein Feuer.

Zwei Gestalten standen vor den Flammen: Kamapak und Inkarri.

Der Schamane berührte mit der Fingerspitze eine seiner Tätowierungen, murmelte ein Gebet, öffnete dann seinen *chuspa*-Beutel und warf eine Fingerspitze eines Pulvers ins

Feuer. Blaue Flammen schleuderten Funken höher in den Himmel. Kamapak umschritt das Feuer, warf weiteres Pulver hinein und sprach dabei mit dem König.

Norman, der hinter einem benachbarten Loch stand, übersetzte. Er hielt die Lippen nahe an Sams Ohr und seine Worte waren bloß ein Hauch.

Der Schamane meinte gerade: »Wie ich dir gesagt habe, sind sie keine *mallaqui,* Geister des *uca pacha,* obwohl sie bleichhäutig sind und von unten kommen. Sie sind echte Menschen.«

Mit einem Nicken starrte der König nachdenklich in die Flammen. »Ja, und der Tempel hat einen von ihnen geheilt. Inti akzeptiert sie.« Inkarri erwiderte Kamapaks Blick. »Dennoch, es sind keine Inka.«

Kamapak beendete sein Ritual, ging zu einer der Schilfgrasmatten auf dem Boden hinüber und ließ sich geschmeidig im Schneidersitz nieder. »Nein, aber sie sind auch nicht mit Mord im Herzen gekommen ... wie die anderen vor langer Zeit.«

Der König setzte sich neben den Schamanen auf eine der geflochtenen Matten. Seine Stimme klang müde. »Wie lange ist das her, Kamapak?«

Der Schamane griff in einen Beutel, holte eine lange, verknotete Schnur hervor und legte sie auf den Steinen des Hofs aus. Sam erkannte in ihr eine *quipu,* ein Zählwerkzeug der Inka. Kamapak zeigte auf einen der Knoten. »Hier haben wir die Moche in diesem Tal entdeckt, als deine Armeen vor fünfhundertdreißig Jahren zum ersten Mal hergekommen sind.« Er ließ die Finger mehrere Stricke hinabgleiten. »Und hier bist du gestorben.«

Sam wich zurück und starrte Norman merkwürdig an. *Gestorben?* Der Fotograf zuckte mit den Schultern. »Das hat er gesagt«, formte er mit dem Mund.

Stirnrunzelnd wollte Sam weiter lauschen, als ihn ein lauter Ruf aufschreckte. Zu beiden Enden der Gasse flammten Fackeln auf. Sam und Norman erstarrten, auf frischer Tat ertappt. Schrille Befehle wurden ihnen zugeschrien.

»W... wir sollen rauskommen«, sagte Norman.

Sam berührte den Gewehrlauf, überlegte es sich dann aber anders. Zunächst wollte er abwarten, worauf das Ganze hinauslief. »Komm!«

Er schob sich an Norman vorbei und glitt die Gasse zu den wartenden Wächtern hinab. Wütende Gesichter empfingen sie auf dem Dorfplatz. Ein Kreis von Männern, einige davon mit Fackeln, aber alle mit Speeren, umgab sie. Die Musik hatte aufgehört. Hunderte schwitzender Körper starrten in ihre Richtung.

Der Schamane und der König erschienen in der Tür. Zwischen den Wächtern und dem Schamanen fand ein hastiger Wortwechsel statt, während der König unbewegt im Eingang stand.

Schließlich hob der Sapa Inka seinen Stab und Stille legte sich über den Platz. An Sam gewandt sagte er mühsam auf Englisch: »Im Tempel hat mir Inti deine Sprache ins Ohr geflüstert, sodass ich mit dir reden kann. Komm her! Erfahre, was du in dunklen Ecken zu erfahren suchtest.« Er drehte sich um und betrat wieder die königliche Wohnstatt.

Kamapak runzelte die Stirn. Er war eindeutig von ihnen enttäuscht und winkte sie in eben jenen Innenhof, vor dem sie gerade gelauscht hatten.

Der Sapa Inka deutete auf die geflochtenen Matten.

Sam und Norman setzten sich.

Der König schritt zum Feuer. »Was sucht ihr?«, fragte er in die Flammen hinein.

Sam richtete sich auf. »Antworten. Wie zum Beispiel, wer du in Wirklichkeit bist.«

Der Sapa Inka seufzte und nickte langsam. »Einige nennen mich jetzt Inkarri. Aber ich werde euch meinen wahren Namen nennen, meinen ursprünglichen Namen, meinen ältesten Namen, damit ihr wisst, wer ich bin. Mein Geburtsname lautet Pachacutec. Inka Pachacutec.«

Sam zog die Brauen zusammen. Der Name Pachacutec war ihm vertraut. Das war der uralte Gründer des Inkareichs. Hatten die Inka zunächst lediglich eine Stadt bewohnt, Cusco, so hatte dieser Herrscher das Reich auf ein Gebiet vergrößert, das sämtliche Länder zwischen den Bergen und der Küste umfasste. »Du bist ein Nachkomme des Erdenerschütterers?«, fragte Sam und gebrauchte den Beinamen, den die Inka ihrem Gründer verliehen hatten.

Der König machte ein finsteres Gesicht. »Nein, ich *bin* der Erdenerschütterer. Ich *bin* Pachacutec.«

Sam runzelte die Stirn. Unmöglich. Dieser Mann unterlag eindeutig der Illusion aller Könige – dass sie die Verkörperung ihrer Vorfahren darstellten, die wiedergeborenen Toten.

Lebhaft gestikulierend sagte Kamapak etwas in seiner Muttersprache. Er hob das verknotete Seil auf, das *quipu*, und schüttelte es ihnen entgegen.

Norman übersetzte. »Kamapak behauptet, dass alle hier im Tal über vierhundert Jahre alt sind. Sogar der König.«

»Also hält sich dieser Sapa Inka für den *echten* Pachacutec.«

Norman nickte. »Pachacutec – das Original.«

Mit einem Kopfschütteln tat Sam den ganzen Inka-Mystizismus ab. Aber in einer kleinen Ecke seines Bewusstseins sann er über Normans Heilung und seine neu erworbenen Fähigkeiten nach. Ja, hier ging etwas Wundersames vor sich, doch konnte dieser Stamm so lange überlebt haben? Ihm fielen seine eigenen Überlegungen bezüglich eines Jungbrunnens ein. War so etwas möglich?

Sam stellte die Frage, die seit seiner Ankunft an ihm genagt hatte: »Kannst du uns etwas von diesem Sonnentempel erzählen?«

Pachacutec schaute auf das Symbol der Sonne oben auf seinem Stab, dann auf das Feuer. Plötzlich wirkten seine Augen so müde, dass Sam ihm das Alter von fünfhundert Jahren fast abnahm. »Damit ihr das versteht, muss ich Geschichten erzählen, die ich aus anderem Mund vernommen habe«, flüsterte er. »Von den Moche, die als Erste an diesen geheiligten Ort gekommen sind.«

Sam krampfte sich das Herz zusammen. Also waren die Moche tatsächlich als Erste hier gewesen! Onkel Hank hatte Recht gehabt.

Der Sapa Inka nickte zum Schamanen hinüber. »Kamapak, berichte ihnen von der Nacht der Flammenden Himmel!«

Der Schamane neigte zustimmend den Kopf und trat ans Feuer. Seine Stimme klang düster. Norman übersetzte. »Sechzig Jahre, bevor die Armeen des Inka Pachacutec dieses Tal eroberten, gab es eine Nacht, da strichen über den Himmel hunderte feuriger Spuren, Teile flammender Sonnen, die einander über den schwarzen Himmel jagten. Sie fielen aus dem *janan pacha* und stürzten in diese geheiligten Berge. Der König der Moche befahl seinen Jägern, diese Teile der Sonne einzusammeln, die überall in rauchenden Nestern in den Bergen zu finden waren.«

Sam merkte, dass er nickte. Eindeutig die Beschreibung eines Meteoritenschauers.

»Die eingesammelten Schätze«, fuhr Kamapak fort, »wurden dem König der Moche gebracht. Er nannte sie ›das Gold der Sonne‹ und versteckte sie in einer Höhle hier in diesem geheimen Tal.«

»Aber dann komme ich mit meiner Armee«, unterbrach Pachacutec. »Ich töte den König und mache die Moche zu meinen Sklaven. Ich zwinge sie, mich zu diesem Schatz zu bringen. Ich muss viele töten, bevor sich der Weg für mich auftut. Hier finde ich eine Höhle voller Sonnenlicht, das man berühren und festhalten kann. Ich falle auf die Knie. Ich weiß, es ist Inti persönlich. Der Sonnengott!« Die Augen des Königs spiegelten vergangenen Ruhm und vergangene Wunder wider. Die Erinnerung schien ihn zu beleben.

Der Schamane setzte die Geschichte fort und Norman übersetzte wieder. »Zu Ehren Intis und als Strafe für die Moche, dass sie unseren Gott eingesperrt hatten, opferte Pachacutec jeden Moche in diesem Tal sowie im Dorf darunter. Anschließend betete Pachacutec sieben Tage und sieben Nächte lang um ein Zeichen von Inti. Und er wurde erhört!«

Der Schamane öffnete seine Tasche und warf mit einem gemurmelten Gebet ein wenig purpurfarbenen Staub aufs Feuer; einen Herzschlag lang schossen blaue Flammen in die Höhe. Dann fuhr er fort: »Als Belohnung für seine Treue wuchs ein wunderbarer Tempel in der Höhle, ein *huaca,* erbaut aus dem angehäuften Sonnengold der Moche. In diesem heiligen Tempel heilte Inti die Kranken und hielt den Tod von denjenigen fern, die den Sonnengott verehrten.«

Sam musste sich zum Atmen regelrecht zwingen. Hatten diese uralten Indianer wahrhaftig eine außerweltliche Quelle der Jugend entdeckt? Er musste lediglich Norman ansehen, der geheilt war und übersetzte, um allmählich daran zu glauben.

»Pachacutec übergab die Krone an seinen Sohn und zog sich in dieses Tal zurück. Er überließ die Regierung des Inkareichs seinen Nachkommen. Er und seine auserwählte Gefolgschaft blieben hier, verehrten Inti und sind nicht gestorben. Bald wurden sogar die im Tal geborenen Kinder durch die Macht des Tempels zu Göttern und dem *janan pacha* als Geschenk überreicht.«

Bei diesen Worten richtete sich der Blick des Königs nach

Süden, wo die benachbarten Vulkane drohend in die Höhe ragten. In seinen Augen zeigte sich immer deutlicher ein grüblerischer Ausdruck.

Sam musste zugeben, dass die Geschichte eine gewisse, wenn auch perverse innere Logik hatte. Wenn diese Bewohner des Tals tatsächlich nie starben, wäre die Opferung der Kinder eine gute Methode, die Bevölkerungszahl in Grenzen zu halten. Die Ressourcen dieser vulkanischen Caldera waren nicht unbegrenzt und fortwährende Geburten hätten sie rasch erschöpft. Auch erklärte diese Erzählung stimmig, weshalb ältere Bewohner fehlten. Niemand alterte hier.

»Aber die Zeit des Friedens endete«, unterbrach Pachacutec bitter. »Einhundert Jahreszeiten verstrichen und Männer in großen Schiffen kamen mit seltsamen Tieren und noch seltsamerer Sprache.«

»Die Spanier«, murmelte Sam in sich hinein.

»Sie töten mein Volk, vertreiben es aus seiner Heimat. Vor ihren Zähnen gibt es ebenso wenig ein Entrinnen wie vor denen des Jaguar. Sie kommen sogar hierher. Ich spreche mit ihnen. Erzähle ihnen von Inti. Ich zeige ihnen den Tempel und wie er uns beschützt. Ihre Augen werden immer hungriger. Sie töten mich und wollen Inti stehlen.«

»Sie haben dich getötet?«, platzte Sam heraus, bevor er die Zunge hätte im Zaum halten können.

Pachacutec rieb sich den Nacken, als wollte er einen hartnäckigen Schmerz herauskneten. Mit der anderen Hand bedeutete er Kamapak, fortzufahren.

Die Worte des Schamanen wurden immer härter und Norman übersetzte weiter. »Die Spanier kamen mit Gier im Herzen. Und wie Pachacutec den König der Moche geschlagen hatte, so schlugen die Fremden unseren König. Pachacutec wurde in die Mitte des Dorfs gebracht.« Der Schamane winkte zum Dorfplatz hinüber. »Und ihm wurde der Kopf vom Körper abgetrennt.«

Sams Aufregung über die Entdeckung des Jungbrunnens erstarb augenblicklich. Dieser letzte Teil der Erzählung war eindeutig Aberglaube. Also entsprachen vermutlich auch die anderen Teile nicht der Wahrheit. Fabeln, die man sich am Lagerfeuer erzählt, nichts weiter. Was Norman auch geheilt hatte, es hatte nichts mit diesen Geschichten zu tun. Dennoch wollte Sam unbedingt noch das Ende erfahren. »Aber du lebst jetzt. Wie kommt das?«

Der Schamane sah fast schuldbewusst zu Boden, als er Antwort gab. »In der Nacht, da der Sapa Inka getötet wurde, hörte ich die Spanier davon sprechen, dass sie seinen Leichnam verbrennen wollten. Eine solche Grausamkeit ist für unser Volk schlimmer als der Tod. Also bin ich heimlich hinausgeschlichen und habe den Kopf meines Königs gestohlen. Mit den Spaniern auf den Fersen habe ich meinen König zum Tempel gebracht und zu Inti gebetet. Erneut erhörte mich der Gott und bewies dadurch seine Liebe.« Der Schamane warf ein wenig Staub auf das Feuer und huldigte damit nochmals seinem Gott.

Pachacutec schaltete sich wieder ein und erzählte den letzten Teil der Geschichte. »Der Tempel holte mich von den Toten zurück. Ich öffnete die Augen, als mein Kopf auf dem Altar lag. Mit blutigem Mund warnte ich die Fremden vor Intis Zorn. Dieses Zeichen von Intis Stärke verwandelte die Krieger in Weiber. Sie kreischten, jammerten, rauften sich die Haare und liefen davon. Die Hunde versperrten den unteren Eingang, aber die Nachricht von meinem Tod hatte sich bereits herumgesprochen. Die Mörder wurden gefangen genommen und ihr Schamane geopfert.«

Sam runzelte die Stirn. Ihm fiel nur eine Möglichkeit ein, den Wahrheitsgehalt dieser Geschichte zu überprüfen. »Wie hieß dieser Schamane der Spanier?«

Kamapak ballte die Hände zu Fäusten und seine Stimme

verriet einen uralten Hass, als er erwiderte: »Francisco de Almagro.«

Als dieser Name fiel, schnitt Pachacutec ein finsteres Gesicht und spuckte ins Feuer. »Wir hatten diesen Schamanenhund wegen seiner Gotteslästerungen gefangen gehalten. Aber er floh wie ein Feigling und besudelte einen geheiligten Ort mit seinem eigenen Blut. Nach seinem Tod bohrten wir ihm Löcher in den Schädel und trieben seinen Gott mit unserem aus.«

Schockiert saß Sam da. Ihm fiel ein, dass sein Onkel ihm von einer goldenen Substanz erzählt hatte, die aus dem Schädel der Mumie explodiert war. Die uralte und die moderne Geschichte schienen zueinander zu passen. Aber was sie beschrieben – Unsterblichkeit –: Wie konnte das wahr sein?

Während Sams Gedanken umherwirbelten, kam der Schamane zum Ende seiner Geschichte und Norman übersetzte weiter aus der uralten Sprache der Inka. »Nach der Flucht der Fremden ließ der Tempel Pachacutec langsam einen neuen Körper wachsen. Inti warnte unseren König, dass diese seltsamen Männer aus Übersee zu stark und zu zahlreich seien. Inti musste beschützt werden. Also wurde der Pfad hierher versiegelt. Wir ließen zu, dass man uns vergaß. Aber Inti hatte Pachacutec versprochen, dass der Tag käme, da sich der Pfad wieder öffnen würde, dass eine Zeit käme, da die Dynastie der Inka wieder aufleben würde. An diesem Tag, so wurde unserem Volk versprochen, bekämen wir um unserer Treue willen nicht nur die eigenen Länder zurück, sondern erhielten darüber hinaus auch den Rest der Welt.«

In Pachacutecs Augen blitzte das Feuer des Ruhms. »Wir werden über alle herrschen!«

Sam nickte. »Der in seiner geheimen Höhle wiedergeborene Inkarri.«

Pachacutec kehrte dem Feuer den Rücken zu und sah ihnen ins Gesicht. »So hat mich mein Volk nach meiner Wiedergeburt benannt. Inkarri, Kind der Sonne.«

»Wann wird sich dieser Pfad zur unteren Welt wieder öffnen?«

»Wenn die Götter des *janan pacha* bereit sind, zu gehen«, gab Pachacutec zur Antwort und winkte mit einem Arm in Richtung Süden. »Bis dahin müssen wir so leben, wie es uns der Tempel heißt. Alle, die Inti bedrohen, müssen geopfert werden.«

Jetzt drehte sich auch der Schamane zu ihnen um. Norman übersetzte ruhig, während ihm das Blut aus dem Gesicht wich. »Ihr habt heute Nacht eure Hinterlist gezeigt und eure Schande im Gewand der Dunkelheit verborgen.« Seine letzten Worte kamen voller Schmerz heraus. »Zur Dämmerung, wenn die Sonne aufsteigt und Inti unsere Treue erkennen kann, werdet ihr unserem Gott geopfert. Euer Blut wird den Dorfplatz beflecken.«

Der Schamane gab ein Zeichen mit der rechten Hand.

Sam schoss in die Höhe, doch es war zu spät. Aus dem benachbarten Raum schwärmten Inkakrieger herein und überwältigten sie. Sam wehrte sich, aber erfolglos. Das Gewehr wurde ihm aus der Hand geschlagen und fiel auf den Steinboden. Aufgeschreckte Papageien kreischten in den Bäumen.

»Nein!«, schrie Sam, doch weder der Schamane noch der König wollte ihnen ins Gesicht sehen, als er und Norman davongeschleift wurden.

Maggie, wieder in der eigenen Khakihose und -bluse, hatte sich in den Schatten der Hofmauer gekauert. Mit angehaltenem Atem beobachtete sie, wie Sam und Norman weggeschleppt wurden, und wagte nicht, sich zu rühren. *Mein Gott, was soll ich jetzt tun?* Schweigend verfluchte sie den starrsinnigen Texaner. Er hatte sich ja unbedingt blindlings in Gefahr stürzen müssen. Sie drehte sich um und lehnte sich an die Mauer. Während sie hier in ihrem Versteck mucksmäuschenstill gewesen war, war ihr kaum ein Teil der Geschichte von Pachacutec und Inkarri entgangen. Deshalb wusste sie auch, dass sie keine Chance hatte, Sam und Norman durch Reden aus der Klemme zu befreien.

Wenigstens hatte sie Denal in Sicherheit gebracht, bevor sie hergekommen war.

Zuvor war die Musik auf dem Platz abrupt abgebrochen. Maggie hatte hinausgelugt und gesehen, wie Sam und Norman ins Gebäude geführt wurden. Zwar hatte ihr Instinkt sie gedrängt, zusammen mit Denal so weit wie möglich zu fliehen, aber sie hatte dagegen angekämpft. Die anderen beiden waren ihre Freunde und sie konnte sie nicht einfach so im Stich lassen, ohne zumindest den Versuch zu unternehmen, ihnen zu helfen. Also hatte sie Denal in den Regenwald gescheucht und ihm gesagt, er solle sich ja nicht blicken lassen. Dann war sie hierher geschlichen, um in Erfahrung zu bringen, welches Schicksal ihren Freunden bevorstünde.

Jetzt wusste sie es. Maggie spähte durch ein halbmondförmiges Loch in der Mauer. Der Innenhof war leer. Sogar der König und der Schamane waren verschwunden. Maggie starrte konzentriert auf Sams Winchester, den einzigen Grund, weswegen sie hier blieb. Das Gewehr lag auf dem Granitpflaster. Wenn sie die beiden erfolgreich retten wollte, würde sie dazu diese Waffe benötigen.

Sie horchte auf Stimmen und musterte die umliegenden Räume, ob sich dort etwas regte. Anscheinend war niemand dort. Ihr zitterten die Hände. Das war die Angst vor dem, was sie vorhatte. Sie biss sich auf die Lippe und kämpfte weiter gegen ihre zunehmende Panik an. Sam und Norman waren auf sie angewiesen. Sie holte ein letztes Mal tief Luft, packte den oberen Mauerrand, zog sich hoch und schwang ein Bein über die Kante. Eine Weile mühte sie sich vergeblich ab, aber schließlich gelang es ihr, sich auf die andere Seite zu schieben.

Das Herz schlug ihr bis zum Hals, als sie sich in den Hof fallen ließ. Ein blaugoldener Ara beobachtete sie mit gesträubtem Gefieder, noch immer angespannt von dem Tumult vor wenigen Augenblicken. Maggie wollte den Vogel mit ihrem Willen dazu bringen, ruhig zu bleiben, und kroch unter das überhängende Laubwerk. Das Gewehr lag etwa zehn Meter entfernt. Sie müsste bloß über den Hof sprinten, es sich schnappen und dann wieder über die Mauer verschwinden.

Eigentlich ganz einfach, doch da setzte ein Zittern in Maggies Beinen ein. Wenn sie nicht sofort handelte, würde die Panik sie überwältigen. Sie ballte die Hände zu Fäusten und rannte aus dem Schatten der Bäume über das Pflaster. Als sie gerade die Hände auf den Lauf der Waffe legte, ertönten hinter ihr Stimmen. Da kehrte jemand zurück! Sie erstarrte wie ein Reh im Autoscheinwerferlicht, völlig gelähmt vor Angst. Sie konnte sich nicht rühren, konnte nicht nachdenken.

Plötzlich knackte ein Scheit im Feuer, ein Geräusch wie ein Startschuss.

Das hatte sie gebraucht. Ein angsterfülltes Keuchen entrang ihrer Kehle, aber sie schnappte sich das Gewehr und rannte los und es war ihr gleichgültig, ob jemand sie hörte. Die Angst verlieh ihr Flügel. In Sekundenschnelle flog sie förmlich durch die Bäume und setzte über die Mauer.

Dankbar sank sie in die Schatten, das Gewehr fest an die Brust gedrückt.

Die Stimmen hinter ihr wurden lauter. So leise atmend wie möglich wandte sie sich um und spähte in den Hof. Es waren Kamapak und Pachacutec, die zurückkehrten. Der tätowierte Schamane überquerte den Hof und warf eine

Hand voll Pulver in das Feuer. Himmelblaue Flammen tanzten bis zu den Dächern hinauf und fielen dann wieder in sich zusammen.

Die beiden Männer unterhielten sich in ihrer Muttersprache. Das einzige für sie verständliche Wort war der Name *Inkarri*. Dem König widerstrebte anscheinend die Absicht des Schamanen, aber dann ließ er die Schultern hängen und nickte.

Pachacutec richtete sich auf und trat zum Feuer, wo er an seine Schulter griff und die goldene *tupu*-Nadel herauszog, die sein Gewand zusammenhielt. Fließend wie Wasser fiel ihm das feine Tuch den Körper hinab und bildete eine Lache ihm zu Füßen. Der Sapa Inka trat aus seinem Gewand. Er war jetzt nackt, von seinem *llautu*-Kopfschmuck und dem Stab einmal abgesehen.

Eine Hand flog zu Maggies Lippen hinauf und dämpfte ihren überraschten Aufschrei. Aber es musste etwas zu hören gewesen sein. Der König schaute für einen langen Atemzug zur Hofmauer hinüber und wandte sich dann wieder ab.

Maggie verspürte ein heftiges Brennen in der Magengegend, doch sie rührte sich lieber nicht vom Fleck. Wenn sie an den Steinen entlangstreifte, würde das entstehende Rascheln womöglich die beiden im Hof auf ihre Anwesenheit aufmerksam machte. Sie starrte hinüber.

Vom Hals an aufwärts zeigte die Haut des Königs das vertraute Mokkabraun der Anden-Indianer, weiter abwärts jedoch war sie so bleich wie etwas, das lange kein Sonnenlicht mehr gesehen hatte. Die Färbung erinnerte Maggie an die bestienhaften Fleischfresser, von denen sie unten in den Höhlen gejagt worden waren. Aber Pachacutecs Haut war sogar noch bleicher, fast durchscheinend. Man konnte sogar die Adern darunter erkennen, die schwärzliches Blut transportierten; die Knochen wirkten wie vergrabene Schatten. Brust und Bauch des Mannes waren flach und haarlos. Nicht einmal Brustwarzen oder ein Nabel störten die glatte Oberfläche. Darüber hinaus war er geschlechtslos. Jedenfalls fehlten ihm äußere Geschlechtsorgane.

Geschlechtslos und unnatürlich glatt. Maggie kam nur ein Wort in den Sinn, als sie diese seltsame Erscheinung anstarrte: *unfertig*. Es war, als wäre der Körper des Königs eine unbehauene Steinplatte, die darauf wartete, zu etwas geformt zu werden, wie bleicher Ton.

O mein Gott. Langsam dämmerte ihr die Erkenntnis.

Die Geschichte von Inkarri entsprach der Wahrheit!

Sechster Tag

Die Schlange von Eden

Samstag, 25. August, 4.48 Uhr
In den Anden, Peru

Henry starrte aus dem Fenster, als sich der Helikopter über den vom Dschungel befreiten Ruinen in die Kurve legte. Er hatte die ganze Nacht kein Auge zugetan. Sorgen und Ängste hatten ihn wach gehalten, während ihr Vogel den mitternächtlichen Regenwald überflogen hatte. Noch war ihm kein Plan eingefallen, wie er seine Kidnapper austricksen könnte. Und ohne den zusätzlichen Zwischenstopp zum Auftanken war ihr Flug vom Landeplatz der Guerilla erheblich kürzer geworden. Ihm lief die Zeit davon.

Im Lager unten war es immer noch dunkel. Der Sonnenaufgang stand noch bevor. Lediglich einige Arbeitsleuchten an der Basis der vergrabenen Pyramide erhellten die Grabungsstätte. Offenbar wurde trotz der Nachricht vom Entkommen der Studenten weiter daran gearbeitet, den Tempel zu öffnen. Die Leute des Abts suchten nach jedem winzigen Teilchen ihres kostbaren *Sangre del Diablo*.

Der Abt, der sich ein Headset aufgesetzt hatte, rief über das Dröhnen der Rotoren hinweg: »Wir sind da, Professor Conklin! Vermutlich muss ich Sie nicht daran erinnern, was geschieht, wenn Sie Ihre Mitarbeit verweigern.«

Henry schüttelte den Kopf. *Joan.* Sie wurde nach wie vor in der Abtei als Geisel gehalten. Würde er einen Fehler begehen, müsste sie die Konsequenzen tragen. Er räusperte sich und zeigte auf den Sprechfunk des Abts. »Vor unserer Landung würde ich gern mit Dr. Engel sprechen. Um sicherzugehen, dass sie wohlauf ist.«

Der Abt runzelte die Stirn. Nicht aus Verärgerung, sondern aus Enttäuschung. »Ich stehe zu meinem Wort, Professor Conklin. Wenn ich sage, ihr wird nichts zustoßen, dann können Sie sich darauf verlassen.«

Aber nur, bis du hast, was du willst, dachte Henry mürrisch und kniff die Augen zusammen. »Tut mir Leid, wenn ich Zweifel an Ihrer Gastfreundschaft hege. Aber ich würde trotzdem gern mit ihr sprechen.«

Abt Ruiz seufzte und zuckte mit den mächtigen Schultern. Er streifte das Gerät ab und reichte es Henry. »Beeilen Sie sich! Wir landen.« Der Abt nickte zu einem gesäuberten Rechteck unweit der Zelte für die Studenten hinüber.

Der Helikopter kam aus der Schräglage und senkte sich hinab auf das flache Steinplateau. Henry entdeckte Männer, die mit Taschenlampen am Rand des Landeplatzes standen und den Hubschrauber nach unten geleiteten. Ihm entgingen nicht ihre braunen Kutten. Noch mehr Mönche des Abts.

Henry streifte sich das Headset über und richtete das Mikrofon.

Der Abt beugte sich vor und sprach mit dem Piloten, wobei er auf den Sprechfunk zeigte. Nach einer Minute atmosphärischer Störungen ertönte eine kratzige Stimme in seinem Ohrhörer. »Henry?«

Es war Joan! Er hielt das Mikrofon stabil. »Ich bin's, Joan. Bei dir alles in Ordnung?«

Erneute Störungen, dann drangen Worte hindurch. »... gut. Hast du das Lager erreicht?«

»Wir sind im Anflug. Behandeln sie dich gut?«

»Hier ist's wie im Hyatt. Nur der Zimmerservice ist ein bisschen lahmarschig.«

Trotz ihrer scherzhaften Worte hörte Henry die unterdrückte Anspannung in ihrer Stimme heraus. Er stellte sich diese winzigen Krähenfüße um ihre Augen vor, wenn sie besorgt war, und musste heftig schlucken, damit er weitersprechen konnten. Er würde nicht zulassen, dass ihr etwas zustieß. »Lahmarschiger Zimmerservice? Ich sehe mal, ob ich von hier aus was daran ändern kann«, erwiderte er. »Vielleicht kann ich der Hotelleitung Feuer unterm Arsch machen.«

»Apropos Feuer, Henry, erinnerst du dich an das Seminar über klassische Mythologie, das wir damals auf dem College gemeinsam belegt hatten? Ich bin heute in der Bibliothek der Abtei gewesen. Sie haben das Buch des Professors hier. Hättest du das gedacht? Inklusive dieses Kapitel über Prometheus, bei dem ich ihm geholfen habe.«

Henry zog die Brauen zusammen. »Die Welt ist klein, nicht wahr?«, antwortete er gleichmütig und spielte ihr Versteckspiel mit. Damals an der Rice-Universität hatten sie *niemals* ein solches Seminar belegt. Zweifellos versuchte Joan, ihm eine Nachricht zu übermitteln. Etwas über den Mythos von Prometheus, eine klare Anspielung auf Bruder de Almagros eingeritzte Warnung.

Er hörte, dass ihre Anspannung noch stärker wurde. »Erinnerst du dich daran, was für Schwierigkeiten wir bei der Übertragung des Satzes hatten: *Prometheus hält unsere Erlösung in Händen?*«

Henry kicherte in vorgetäuschter Heiterkeit. »Wie könnte ich das vergessen?« Er verschränkte die Hände im Schoß. Worauf spielte Joan an? Auf *Feuer.* Aber worauf genau? Was hat das Feuer mit der Erlösung zu tun? Die Zeit wurde knapp. Der Helikopter landete.

Joan musste seine Verwirrung gespürt haben, denn sie platzte jetzt förmlich mit den nächsten Worten heraus. »Na ja, ich habe den Abschnitt auch noch einmal gelesen, in dem Prometheus die große Schlange tötet. Erinnerst du dich daran? Wo das Feuer schließlich die Lösung war?«

Plötzlich spannte er sich an, denn ihm ging auf, wovon

sie da redete. *Die große Schlange. Die Schlange von Eden.* Allmählich kapierte er. Sie verriet ihm eine Möglichkeit, wie man *el Sangre del Diablo* vernichten konnte. »Natürlich. Ich bin allerdings damals der Ansicht gewesen, dass dieses Ereignis dem Herkules zugeschrieben worden war. Bist du dir sicher, dass deine Interpretation zutrifft?«

»Ganz sicher. Prometheus führt eine scharfe Klinge. Du hättest die Abbildung im Buch sehen sollen. Stell dir die Wirkung von Plastiksprengstoff vor.«

»Ah ... ja.«

Plötzlich bebte der Helikopter heftig. Überrascht sprang Henry auf. Die Landekufen des Hubschraubers stießen draußen auf den Granitfelsen und kamen dann zur Ruhe.

Das Gesicht des Abts tauchte vor Henry auf. Damit er über die langsamer werdenden Rotoren verständlich blieb, schrie er: »Sie haben lange genug geredet. Wir sind gelandet!« An den Piloten gewandt fuhr er sich mit der Handkante den Hals entlang, was ›Abschneiden‹ hieß.

Henry sollte der Saft abgedreht werden. »Joan!«

»Ja, Henry!«

Er hielt das Mikrofon fest umklammert und kämpfte mit den Worten, die er nie einer anderen Frau gegenüber aussprechen würde. »Ich wollte dir bloß sagen, dass ... dass ich ...« In seinen Ohren ertönte ein Rauschen, dann brach der Funkkontakt plötzlich ab.

Henry fuhr zusammen und starrte auf das Mikrofon. Was hatte er Joan sagen wollen? Dass er sich in sie verliebt hatte? Wie konnte er sich bloß einbilden, dass sie ihm gegenüber tiefere Gefühle hegte als bloße Freundschaft?

Jemand nahm ihm das Headset ab.

So oder so, die Chance war vertan.

Zwei Inka standen Wache. Sam kämpfte mit den geflochtenen Grasstricken, mit denen seine Hände hinter dem Rücken gefesselt waren, wodurch sie sich aber nur noch fester zusammenzogen.

Neben ihm auf den Steinen des Dorfplatzes saß Norman und zitterte leicht. Der Fotograf hatte längst den Versuch aufgegeben, sich zu befreien, fest entschlossen, dem unausweichlichen Tod ins Auge zu sehen.

Im Osten war der Himmel nicht mehr ganz so dunkel und kündigte die nahende Dämmerung an, aber über dem Dorf lagen nach wie vor graue und schwarze Schatten. Sobald die Sonne vollständig aufgegangen wäre und die Straßen in goldenes Licht getaucht hätte, würden die beiden dem Sonnengott Inti geopfert werden.

Aber wenigstens *nur* sie beide.

Maggie und Denal war die Flucht gelungen. Die ganze Nacht über hatten Männer das Dorf und den umgebenden Regenwald nach ihnen abgesucht, jedoch erfolglos. Maggie musste den Tumult bei Sams Gefangennahme gehört haben und mit dem Jungen in die Dunkelheit verschwunden sein. Aber wie lange konnten sich die beiden im Wald verborgen halten, wenn die Sonne am Himmel stand? Sam betete darum, dass sich Denal und Maggie der Gefangennahme entziehen konnten, bis sein Onkel mit Hilfe einträfe. Aber wann würde das sein? Er hatte keine Ahnung. Das Funkgerät steckte zwar immer noch in seiner Weste, aber da er die Arme hinter dem Rücken gefesselt hatte, konnte er nichts damit anfangen.

Er riss an den Fesseln. Wenn er bloß eine Hand frei bekäme ...

Plötzlich dröhnte ein Gewehrschuss durch die Stille der Dämmerung. Der Knall schallte über das Tal hinweg, kam jedoch eindeutig von Osten. *Maggie!* Sie mussten sie entdeckt haben.

Beide Wächter drehten sich in die Richtung, aus der der Schuss ertönt war, und sprachen hastig miteinander. Da strömten, angeführt von Kamapak, weitere Männer auf den Platz. Unter viel Geschnatter machte sich die Schar barfüßiger Jäger zum Saum des Regenwalds auf. Der tätowierte Schamane winkte sogar den beiden Wächtern, sie sollten sich der Suche anschließen.

Gefesselt, wie sie waren, stellten Sam und Norman keine Bedrohung dar.

Nachdem der Platz wieder leer war, kam Kamapak zu ihnen herüber. Auf seinem Gesicht lag ein besorgter Ausdruck.

Sam hatte den Verdacht, dass der Schamane den Zorn seines Gottes fürchtete, wenn nicht *alle* diese Fremden bei der Morgendämmerung getötet würden.

In den Händen hielt Kamapak kleine Schüsselchen mit Farbe. Er kniete neben Norman nieder und sprach mit dem Fotografen, wobei er die Farbe absetzte. Dann zog er ein langes schmales Feuersteinmesser aus dem Gürtel.

Während der Mann sprach, starrte Sam begierig den geschärften Stein an. Wie gern hätte er sich diese Waffe geschnappt!

Nachdem der Schamane seine Erklärungen beendet hatte, stöhnte Norman auf.

»Was ist?«, fragte Sam.

»Der Schamane ist offenbar hergekommen, um uns für die Opferung vorzubereiten«, antwortete Norman und deutete mit dem Kopf auf die Farben. »Uns werden Zeichen der Macht auf den Körper geschrieben.«

Der Schamane tunkte einen Finger in die rote Farbe, intonierte laut ein Gebet und hob dann die Klinge aus Feuerstein.

Norman folgte mit dem Blick dem Messer und wurde blass. Ohne Kamapak aus den Augen zu lassen, warf er Sam einen Seitenblick zu.

»Was noch?«, fragte Sam, der spürte, dass etwas Unausgesprochenes in der Luft lag.

»Er will uns außerdem noch vor Sonnenaufgang die Zunge herausschneiden, ... damit unser Geschrei Inti nicht beleidigt.«

»Na, großartig ...«, kommentierte Sam bitter.

Kamapak hielt sein Messer dem heller werdenden Himmel entgegen. Während er weiter sein Gebet herunterleierte, stieg der Rand der Sonnenscheibe über die östliche Kante des Vulkankegels. Wie ein erwachendes Auge, dachte Sam. Einen Moment lang verstand er, weshalb die Inka der Sonne so viel Verehrung zuteil werden ließen. Es war, als würde ein gewaltiger Gott auf ihre niedere Welt hinabspähen. Kamapak ritzte sich den Daumen mit dem Messer und begrüßte die Sonne mit dem eigenen Blut.

Obwohl Sams Leben bedroht war, beobachtete ein kleiner Teil seiner selbst fasziniert das Ritual. Ein echter Opferritus der Inka, eine längst gestorbene Tradition wurde wieder lebendig! Er musterte die winzigen Schälchen mit Naturfarben: Rot aus der Krapppflanze, Blau aus Indigo, Purpur aus zerquetschten Schnecken.

Während Kamapak weiter betete, versteifte sich Norman plötzlich. Sam sah von den Farben auf und entdeckte eine Gestalt, die aus einem Eingang in der Nähe kam. Fast hätte er aufgestöhnt, als er sie erkannte: *Es war Maggie.*

Hinter dem Rücken des Schamanen rannte sie über die Steine, barfuß wie die Jäger – aber auch ebenso *bewaffnet.* In der rechten Hand hielt sie einen langen Holzknüppel.

Kamapak musste die Gefahr gespürt haben. Er wollte sich gerade umwenden, als Maggie bereits hinter ihm stand. Sie schwang das gehärtete Holz und schlug dem Schamanen damit heftig über die Schläfe. Es gab ein dumpfes Geräusch, Kamapak fiel auf die Hände, dann aufs Gesicht und regte sich nicht mehr. Blut quoll aus den dunklen Haaren des Mannes.

Zu verdattert, um reagieren zu können, starrte Sam einige Sekunden lang nur vor sich hin. Schließlich wandte er sich Maggie zu, die selbst völlig verblüfft über die eigene Tat zu sein schien. Der Knüppel glitt ihr aus den tauben Fingern und fiel klappernd auf das Granitpflaster.

»Das Messer«, sagte Sam. Seine Worte lenkten ihren Blick von der schlaffen Gestalt des Schamanen ab. Er nickte zu dem Feuerstein hinüber und drehte sich so, dass sie seine gefesselten Handgelenke sehen konnte.

»Ich habe selbst eins«, erwiderte Maggie, die plötzlich wieder hellwach war. Sie warf einen Blick über den Platz, zog den goldenen Dolch aus dem Gürtel und zerschnitt rasch Sams Fesseln.

Er sprang auf und rieb sich die Gelenke. Anschließend trat er zu Kamapak, um ihn zu untersuchen. Der Schamane lag reglos da, doch seine Brust hob und senkte sich. Sam stieß erleichtert die Luft aus. Der Mann war nur bewusstlos.

Maggie reichte Sam den goldenen Dolch, nachdem sie Norman befreit hatte, und half dem Fotografen auf die Beine. »Könnt ihr beide laufen?«

Norman nickte schwach. »Wenn's sein muss ...«

Stimmen ertönten in der Nähe. Irgendwo hob sich die erschrockene Stimme einer Frau. »Ich fürchte, es muss sein«, meinte Maggie.

Sie wandten sich gleichzeitig um und wollten losrennen, doch es war bereits zu spät.

Von allen Seiten des Platzes traten bewaffnete Männer und Frauen aus Straßen und Gassen. Sam und die anderen beiden wurden in die Mitte des Dorfplatzes getrieben und umzingelt.

Sam bemerkte, dass Norman den Feuerstein des Schamanen mit einer Faust umklammerte. Der Fotograf hob ihn hoch. »Wenn sie mir die Zunge rausschneiden wollen, werden sie mit mir darum kämpfen müssen.«

»Wo ist Denal?«, flüsterte Sam.

»Ich habe ihn mit dem Gewehr zurückgelassen«, erwiderte Maggie. »Er sollte die anderen weglocken, damit ich versuchen konnte, euch zu befreien. Wir wollten uns im Regenwald treffen.«

»Glaube kaum, dass aus diesem Plan was wird«, meinte Norman und zeigte mit seinem Feuersteinmesser nach vorn. »Seht mal!«

Auf der anderen Seite des Platzes hielt einer der Jäger Sams Winchester in Händen. Er hielt die Waffe vorsichtig wie eine giftige Schlange und schnüffelte naserümpfend an der Mündung.

»Denal ...«, murmelte Maggie.

Von dem Jungen war keine Spur zu sehen.

Hinter ihnen ertönte eine barsche Stimme und sie drehten sich um.

In vollem Ornat, angefangen von der gefiederten Krone bis hinab zu dem fantastischen Gewand, schob sich Pachacutec durch die Menge. Er hob den Stab und die goldene Sonne an seiner Spitze glitzerte hell in den ersten Strahlen der aufgehenden Sonne.

Der König sprach langsam in der Inkasprache, während Norman übersetzte. »Wir haben die Fremden in unserer Mitte gefangen genommen. Inti erhebt sich und fordert sein Opfer. Bringt Kamapak wieder zu Sinnen, auf dass die Götter geehrt werden können.«

Etwas abseits beschäftigten sich drei Frauen mit Kamapak. Singend badeten sie ihm das Gesicht in kaltem Wasser und rieben ihm die Gliedmaßen. Langsam bewegte der Schamane die Arme. Dann öffneten sich flatternd seine Lider. Einen Moment lang schien er blind zu sein, bis die Erinnerung an den Angriff zurückkehrte. Ärger funkelte aus seinem Blick. Obwohl noch geschwächt, schob er die Frauen beiseite und stand mühsam auf. Er war noch ein wenig wackelig auf den Beinen, aber einer der Jäger stützte ihn.

Zitternd ging Kamapak langsam auf seinen König zu.

Erneut ergriff Pachacutec das Wort, diesmal jedoch auf Englisch, was die Blicke der Studenten auf ihn lenkte. »Es sein eine Ehre, Inti Blut zu schenken. Ihr entwürdigt unseren Gott durch eure Gegenwehr.«

Inzwischen war die Sonne hoch genug gestiegen, dass sie den Platz in ihr Licht tauchte. Sam zeigte seinen Dolch, der hell im morgendlichen Glanz schimmerte. Entwürdigung oder nicht, er würde sein Blut nicht hergeben, ohne etwas von seinen Angreifern genommen zu haben. Er hob die Klinge noch höher und wünschte sich eine Waffe, die mehr Furcht einflößen und Entsetzen verbreiten würde.

Bei diesem Gedanken erwärmte sich der Griff des Dolchs und die goldene Klinge schimmerte und wand sich, wurde breiter und krümmte sich, bis die Gestalt einer angreifenden Schlange aus dem Griff wuchs. Sam erstarrte. Er wagte nicht, sich zu rühren, und wusste nicht so recht, was gerade geschehen war.

Er sah den verwandelten Dolch mit großen Augen an. Goldene Fänge in einem Maul, das sich der Sonne geöffnet hatte und die Menge bedrohte.

Pachacutec war zurückgewichen, als die Verwandlung eingesetzt hatte. Jetzt trat er einen Schritt heran, die Augen vor Ehrfurcht weit geöffnet.

Sam wusste nicht, wie die Verwandlung vor sich gegangen war, aber zweifellos hatten auch die Inka das Wunder des Dolchs nie zuvor erlebt. Er hob die goldene Natter hoch in die Luft.

In einer Nachahmung von Sams Geste hob Pachacutec seinerseits seinen Stab. Wie im Gebet senkte er ein wenig die Lider. Plötzlich zerfloss die goldene Sonne auf seinem Stab und verwandelte sich in ein Ebenbild von Sams Schlange, sodass die beiden Schlangen sich gegenseitig mit ihren Blicken durchbohrten.

Jetzt war es Sam, der zurückwich. Pachacutec sah dem Texaner ins Gesicht und Sam erkannte keinen Zorn mehr in den Augen des Mannes, sondern Tränen.

Kamapak fiel neben dem König auf die Knie und neigte vor Sam den Kopf, sogleich gefolgt von der versammelten Menge. Alle pressten die Stirn auf die Steine.

Pachacutec senkte seinen Stab und trat mit weit geöffneten Armen auf sie zu. »Inti hat dich gesegnet. Der Sonnengott der Moche hat deine Träume erhört. Du bist einer der Auserwählten Intis!« Der König blieb vor Sam stehen und bot ihm die Hand. »Dir wird es wohl in unserem Hause ergehen. Euch allen!«

Sam war zu verwirrt, um zu reagieren. Der plötzliche Stimmungsumschwung der Inka war schwer zu verkraften. Aber er durfte der Sache wohl nicht so ganz trauen, zumal er keine Ahnung hatte, was da mit dem Dolch geschehen war ...

Maggie schob sich neben Sam. »Was ist mit Denal?«

Pachacutec hörte sie. »Der Junge. Er sein keine vierzehn Jahre. Zu jung für *huarachicoy*.« Er lächelte, als würde das alles erklären.

Sam runzelte die Stirn. *Huarachicoy* war die feierliche Zeremonie, bei der ein Junge als Mann in einen Stamm aufgenommen und ihm sein erstes *Huara* überreicht wurde, das Lendentuch des erwachsenen Stammesmitglieds. »Was willst du damit sagen, ›zu jung‹?«

Kamapak hob das Gesicht und ergriff das Wort, während Norman übersetzte. »Es wurde entschieden, den Jungen, wie alle Kinder des Stammes, zum Tempel zu bringen und dort den Göttern als Geschenk zu übergeben.«

Maggie wandte sich an Sam. »Geopfert«, sagte sie voller Furcht.

»Wann?«, fragte Sam. »Wann soll das geschehen?«

Pachacutec warf einen Blick zur aufgehenden Sonne. Die strahlende Scheibe hatte sich inzwischen vollständig über den Rand des Vulkans gehoben. »Es sein bereits geschehen. Der Junge sein bei den Göttern.«

Sam taumelte zurück. »Nein ...«

Die Reaktion des Texaners verwirrte den König. Das breite Lächeln des Sapa Inka fiel in sich zusammen. »Sein dies nicht Intis Wunsch?«

»Nein!«, erwiderte Sam heftiger.

Maggie fasste ihn beim Ellbogen. »Wir müssen zu diesem Tempel. Vielleicht lebt Denal noch. Wir wissen nicht sicher, dass er tot ist.«

Sam nickte. Eine Chance hatten sie noch. Er wandte sich an Kamapak und Pachacutec. »Bringt uns zum Tempel!«

Der König neigte den Kopf. Einem der Auserwählten widersprach er nicht, sondern winkte stattdessen, worauf der Schamane sich erhob. »Kamapak wird dich führen.«

»Ich komme mit«, sagte Maggie.

»Ich auch«, fügte Norman hinzu, der ein wenig schwankend auf den Beinen stand. Die Veränderungen und die lange, aufreibende Nacht hatten eindeutig ihren Tribut von ihm gefordert.

Sam schüttelte den Kopf. »Norman, du musst hier bleiben. Du sprichst die hiesige Sprache. Bring die Inka dazu, auf dem höchsten Kamm ein Signalfeuer zu entzünden, damit uns der Helikopter auch findet.« Er griff in seine Westentasche und zog sein Funkgerät heraus. »Hier. Nimm Kontakt zu Sykes auf und lass dir den neuesten Stand der Dinge übermitteln. Und noch wichtiger ... hol Onkel Hank so bald wie möglich hier rauf!«

Norman schien die ihm aufgebürdete Verantwortung Sorgen zu bereiten, doch er nickte und nahm das Funkgerät entgegen. »Ich tue, was ich kann.«

Sam schlug den Fotografen auf die Schulter. Dann eilten er und Maggie davon. Sie blieben nur kurz stehen, um die Winchester aufzusammeln.

»Seid vorsichtig!«, rief ihnen Norman nach. »Da oben geht irgendwas Seltsames vor!«

Diese Warnung wäre nicht nötig gewesen. Sam musste lediglich einen Blick auf die goldene Viper am Griff des Dolchs in seiner Hand werfen.

Hell glitzerte das Sonnenlicht auf den spitzen Fängen.

Er zitterte. Die uralte Warnung dröhnte ihm durch den Kopf: *Hüte dich vor der Schlange von Eden!*

Mühsam schleppte sich Henry zum eingestürzten unterirdischen Tempel. Selbst von hier aus erkannte er, wie die Kuppe des Hügels in sich zusammengefallen war. Natriumlampen erhellten die Grabung auf der windabgewandten Seite, wo sich Arbeiter nach wie vor damit abrackerten, einen Rettungsschacht in die vergrabenen Ruinen zu treiben.

Während Henry dahinschritt, spulte Philip neben ihm seine monotone Litanei über die Ereignisse der vergangenen Tage ab: »... und dann ist der Tempel implodiert. Ich hätte nichts dagegen tun können ...« Der Professor war kaum unter den Rotoren des Helikopters hervorgekommen, als Philip Sykes schon zu ihm gerannt kam, im Gesicht ein Lächeln, in dem sich panikartige Erleichterung und Scham mischten. Der Student hatte gewirkt wie ein Hund mit eingekniffenem Schwanz. Henry achtete nicht auf seine endlosen Erklärungen. Von Anbeginn an war der Tenor klar gewesen: *Mich trifft keine Schuld!*

Schließlich berührte Henry Philips Schulter. »Sie haben hier großartige Arbeit geleistet, Mr. Sykes, vor allem wenn man die Umstände und das hier herrschende Durcheinander berücksichtigt.«

Philip nickte eifrig mit dem Kopf. »Allerdings, nicht wahr?« Wie mit einem großem Löffel schaufelte er das Lob in sich hinein ... und verstummte dann, Gott sei Dank, zufrieden damit, dass ihn jemand von der Verantwortung für alles erlöst hatte, was mit der Tragödie zusammenhing. Henry wusste jedoch genau, dass der Student mehr verheimlichte, als er berichtete. Im Vorübergehen hatte er die geflüsterten abschätzigen Bemerkungen einiger der Quecha-Arbeiter aufgeschnappt. Er verstand genügend von ihrer Sprache, um sagen zu können, dass die Arbeiter stinkwütend auf Philip waren, und er hatte den Verdacht, dass bei einer Befragung der Arbeiter die Ereignisse der vergangenen Tage in ein ganz anderes Licht getaucht würden ... und dass Philip nicht so makellos rein aus der Sache herauskäme.

Im Augenblick hatte Henry jedoch dringendere Sorgen.

Er beäugte die beiden Wächter neben sich. Sie stellten ihre Waffen nicht mehr zur Schau, hielten aber nach wie vor eine Hand am Holster. Heftig durch Nase und Mund atmend marschierte Abt Ruiz voran. Die Höhe und der Anstieg durch die Ruinen machten dem schweren Mann deutlich zu schaffen.

Als sie schließlich den Platz erreichten, an dem sich ein schwarzer Tunnel in die Seite des verschütteten Tempels bohrte, trat ein Mann in brauner Kutte auf sie zu und verneigte sich. Er war dunkelhäutig, sah gut aus und hatte kalte Augen, die alles mit scharfem Blick in sich aufzunehmen schienen.

Abt Ruiz starrte die Tunnelöffnung begierig an. »Bruder Otera, wie weit seid ihr hier oben?«

Der Mönch verneigte sich weiterhin. »Wir sollten gegen Mittag die Tempelruinen erreichen, Eure Eminenz.«

»Gut. Sehr gut. Du hast brillante Arbeit geleistet.« Ohne den Mann eines weiteren Blickes zu würdigen, schritt der Abt an ihm vorüber.

Henry bemerkte den Zorn in den Augen des Mönchs, als er sich aufrichtete. Doch schon im nächsten Moment zeigte das Gesicht des Mannes wieder passives Desinteresse. Aber Henry ließ sich nicht täuschen. Einige flüchtige Worte des Lobes würden diesen Mann, anders als Philip, nicht zufriedenstellen. Jetzt, aus der Nähe, fiel ihm auf, dass der Mönch nicht nur spanische, sondern auch indianische Züge aufwies: eine tiefere Färbung der Haut, eine etwas breitere Nase sowie Augen von einem so dunklen Braun, dass sie fast schwarz wirkten. Bruder Otera war eindeutig ein *Mestizo,* ein Halbblut, ein Mischling aus spanischer und indianischer Abstammung. Solche Männer hatten hier in Südamerika einen schweren Stand, war ihr Mischblut doch oftmals Grund für Spott und Erniedrigung.

Henry folgte dem Abt, achtete jedoch weiterhin auf die Bewegungen des Mönchs. Er würde genau auf ihn aufpassen müssen. Dieser Mann hatte gefährliche Seiten an sich, die nichts mit den Plänen des Abts zu tun hatten. Henry fiel auf, dass auch Philip einen weiten Bogen um den Mann schlug, als er die lockere Erde zum Tunneleingang hinaufstieg.

Bruder Otera blieb einen Schritt hinter Henry.

Sie erreichten den freigelegten Tunnel, als die Sonne vollständig aufgegangen war. Der klare, blaue Himmel versprach einen heißen Tag.

Plötzlich lenkte ein Knistern und Rauschen sämtliche Blicke auf Philip. Der Student zog ein Funkgerät aus seinem Sakko. »Das muss Sam sein«, meinte er. »Er ist früh dran.«

Henry trat näher. Sein Neffe hatte gesagt, er würde gegen zehn Uhr mit der Basis Kontakt aufnehmen. Der Anruf kam ein paar Stunden zu früh.

»Hier Basis«, sagte Philip, die Lippen an den Empfänger gepresst. »Schieß los, Sam!«

Wenige Sekunden lang ertönte ein Jaulen, durchsetzt von atmosphärischen Störungen und Interferenzen, dann ... »Philip? Hier ist nicht Sam. Hier ist *Norman.*«

Mit gehobenen Brauen sah Philip über das Gerät hinweg zu den anderen hinüber. Henry wusste, weshalb der Harvardstudent so verblüfft war. Sams letzten Funkspruch zufolge sollte Norman in der vergangenen Nacht geopfert werden. Gott sei Dank war er noch am Leben!

Norman sprach eilig weiter. »Wann erwartest du die Helikopter? Wir brauchen sie jetzt hier oben!« In seinen Worten lag Panik.

»Sie sind hier!«, schrie Philip zurück. »Natürlich ist Professor Conklin bei mir.« Er hielt Henry das Gerät hin, der es entgegennahm. Allerdings war ihm nicht entgangen, dass Abt Ruiz die Augen zusammenkniff, eine Warnung vor einem möglichen Versprecher. Henry hob das Gerät an die Lippen. »Norman, Henry hier. Was geht da oben vor?«

»Denal ist in Gefahr! Sam und Maggie sind los, um ihn zu retten. Aber wir brauchen so bald wie möglich Hilfe. Innerhalb der nächsten Stunde sollten mehrere Leuchtfeuer nahe des westlichen Vulkanrands brennen, die auch durch den Dunst erkennbar sein müssten. Beeilt euch!«

Henry sah zum Abt hinüber, der bereits einige seiner Männer zum Helikopter zurückwinkte. Sie hatten angenommen, dass ihnen bis zu Sams Anruf noch einige Stunden blieben, aber Abt Ruiz war zweifellos froh, die Sache beschleunigen zu können, insbesondere nach Normans nächsten Worten.

»Hier oben geht irgendwas Seltsames vor ... grenzt ans Wunderbare, Professor. Müssen sehen, dass ...« Die atmosphärischen Störungen wurden schlimmer und fraßen die Worte auf.

Der Abt wechselte einen Blick mit Henry und aus seinen Augen strahlte hell seine fromme Hoffnung. Ruiz nickte ihm zu, er solle den Fotografen weiter befragen.

»Hat es was mit einer seltsamen Art von Gold zu tun?«, fragte Henry.

Norman hatte ihn anscheinend nicht verstanden. Seine Worte kamen und gingen. »... ein Tempel. Ich weiß nicht, wie ... heilt ... obwohl, keine Kinder ...«

Die bruchstückhafte Übertragung vereitelte jeden Versuch, dem Gehörten einen klaren Sinn zu entnehmen. Henry drückte das Funkgerät näher an die Lippen. Wenn er Sam und die anderen warnen wollte, dann jetzt. »Norman, halt dich fest! Wir kommen! Aber sag Sam, er soll nichts Übereiltes unternehmen! Er weiß, dass ich *kein* Vertrauen in ihn habe, wenn er auf eigene Faust handelt.«

Bei seinen letzten Worten fuhr Philip neben ihm überrascht hoch. Henry betete darum, dass Norman ebenso schockiert über diese Äußerung wäre. Das ganze Team wusste, dass Henry seinem Neffen allerhöchste Wertschätzung entgegenbrachte und Sam oder einen anderen nie derart herabsetzen würde. Doch Abt Ruiz wusste es nicht. Henry drückte erneut auf den Knopf. »Ich meine es ernst. Unternehmt nichts. Ich vertraue Sams Urteil *nicht*.«

»Professor?« Norman klang völlig verwirrt. Atmosphärische Störungen übertönten jedes weitere Wort.

Henry hantierte noch eine Weile an dem Funkgerät herum, hörte aber nur weiteres Rauschen und schaltete ab. »Die Batterien sind wohl erschöpft«, sagte er mürrisch. Er betete, dass Norman seine verschleierte Warnung verstanden hatte. Wenn nicht, hatte sie wenigstens nicht geschadet. Abt Ruiz hatte seinen Versuch, eine geheime Botschaft zu übermitteln, offenbar nicht weiter beachtet. Henry gab dem Studenten das Gerät zurück.

Philip schob es wieder in seine Tasche und öffnete dann

den Mund. »Was wollten Sie damit sagen, Sie vertrauen Sam nicht, Professor?«

Henry wich einen Schritt zurück und bedeutete dem Harvardstudenten, er solle den Mund halten.

Aber Abt Ruiz war bereits aufmerksam geworden und fuhr zu ihnen herum. »Was soll das?«, fragte er und verzog argwöhnisch das Gesicht.

»Nichts«, antwortete Henry eilig. »Mr. Sykes hier und mein Neffe pflegen eine ständige kleine Auseinandersetzung. Er denkt immer, ich würde Sam ihm gegenüber bevorzugen.«

»Das habe ich nie gedacht, Professor!«, sagte Philip laut. »Sie haben uns allen vertraut!«

»Was Sie nicht sagen«, meinte Ruiz und kam heranstolziert. »Anscheinend verlieren wir im Augenblick alle unser Vertrauen.«

Der Abt winkte mit einer Hand und Bruder Otera tauchte mit blank gezogener Klinge hinter Philip auf.

»Nein!«, schrie Henry.

Der dünne Mann griff in den Haarschopf des Studenten und riss Philips Kopf nach hinten, sodass seine Kehle entblößt war.

Philip quietschte, verstummte jedoch beim Anblick der Klinge. Er versteifte sich, als das Messer seine Kehle berührte.

»Ist schon wieder eine Lektion nötig?«, fragte der Abt.

»Lassen Sie den Jungen in Ruhe«, flehte Henry. »Er weiß nicht, was er sagt.«

Der Abt trat zu Philip, doch seine Worte waren an Henry gerichtet. »Haben Sie versucht, denen da oben eine Warnung zukommen zu lassen? Vielleicht ein geheimes Zeichen?«

Henry sah Ruiz direkt ins Gesicht. »Nein. Philip hat sich nur versprochen.«

Ruiz wandte sich dem entsetzten Studenten zu. »Ist das so?«

Philip schloss bloß stöhnend die Augen.

Der Abt beugte sich vor und sagte ihm ins Ohr: »Wenn du überleben willst, erwarte ich die Wahrheit.«

Mit brechender Stimme sagte der Student: »Ich ... ich weiß nicht, was Sie wissen wollen.«

»Eine einfache Frage: Vertraut Professor Conklin seinem Neffen?«

Philips Blick flackerte zu Henry hinüber, dann schaute er wieder weg. »Vermutlich ... vermutlich ja.«

Das Gesicht des Abts wurde grimmig. Ohne Frage war ihm die Antwort nicht deutlich genug. »Philip!«, sagte er drohend.

Der Student krümmte sich. »Ja!«, keuchte er heraus. »Professor Conklin vertraut Sam mehr als uns allen zusammen. Das hat er immer getan!«

Der Abt nickte und Ortega nahm das Messer von der Kehle des Studenten. »Vielen Dank, dass du so offen warst.« Ruiz wandte sich an Henry. »Anscheinend ist doch eine weitere Lektion nötig, um Sie vom Wert uneingeschränkter Kooperation zu überzeugen.«

Henry erstarrte das Blut in den Adern.

»Weil Sie vom Weg des Herrn abgewichen sind, ist eine ernsthafte Bestrafung angebracht. Aber wer soll sie erleiden?« Einen Augenblick lang schien der Abt über diese Frage nachzusinnen, dann sagte er: »Ich denke, das überlasse ich Ihnen, Professor Conklin.«

»Was wollen Sie damit sagen?«

»Sie haben die Wahl, wer die Last Ihrer Sünden tragen soll: Philip oder Dr. Engel?«

»Wenn Sie unbedingt jemanden bestrafen müssen«, sagte Henry, »dann mich.«

»Das können wir nicht, Professor Conklin. Wir brauchen

Sie lebendig. Und ich könnte mir vorstellen, dass es Bestrafung genug ist, diese Wahl zu treffen.«

Henry erbleichte. Seine Knie wurden schwach.

»Wir brauchen keine zwei Geiseln. Welche Geisel Sie auch wählen – Philip oder Dr. Engel –, sie wird getötet. Es liegt an Ihnen.«

Henry bemerkte Philips Blick, der auf ihn gerichtet war und um sein Leben bettelte. Was sollte er tun?

»Treffen Sie Ihre Entscheidung innerhalb der nächsten zehn Sekunden. Ansonsten werden *beide* sterben.«

Henry schloss die Augen. Er stellte sich Joan vor, wie sie während des Abendessens in Baltimore gelächelt und gelacht hatte und wie der Kerzenschein auf ihrem Gesicht geglänzt hatte. Er liebte sie. Er konnte es nicht länger abstreiten, aber seine Verantwortung hier konnte er ebenso wenig abtun. Obwohl Philip häufig ein gedankenloser Esel war, war er immer noch einer seiner Studenten und er war für ihn verantwortlich. Henry biss sich auf die Lippen und ihm traten Tränen in die Augen. Er erinnerte sich an Joans Lippen an seinem Ohr, ihren Atem auf seinem Hals, an den Duft ihres Haars.

»Professor?«

Henry öffnete die Augen und starrte den Abt wütend an. »Sie Schweinehund ...«

»Wählen Sie! Oder ich gebe den Befehl, beide zu töten.« Der Abt hob eine Hand, bereit, dem Mönch das Zeichen zu geben. »Wer wird für Ihre Sünden sterben?«

Henry erstickte fast an seinen Worten: »Dr. ... Dr. Engel.« Er sackte in sich zusammen, nachdem er Joans Todesurteil ausgesprochen hatte. Aber wäre ihm eine andere Wahl geblieben? Obwohl so viele Jahre seit ihrer gemeinsamen Zeit in Rice verstrichen waren, hatte sich Joan nicht verändert. Henry kannte sie. Sie würde ihm nie vergeben, wenn er ihr Leben auf Kosten des Studenten gerettet hätte.

Dennoch schnitt ihm seine Entscheidung wie ein riesiger, gezackter Dolch durch die Brust. Er vermochte kaum zu atmen.

»So soll es sein«, stellte Abt Ruiz milde fest und wandte sich ab. »So soll es geschehen.«

Sam folgte dem Schamanen aus dem Regenwald in den hellen Morgen hinaus. Nach dem Dämmerlicht des Dschungels blendete die strahlende Sonne trotz des bestehenden Dunstes.

Er schirmte die Augen ab, stolperte und blieb stehen. Maggie trat neben ihn. Beide waren nach dem raschen Trab in dieser Höhe völlig außer Atem. Mit schmerzendem Kopf blickte Sam auf die Landschaft vor ihm.

In hundert Metern Entfernung stieg eine Wand aus nacktem vulkanischen Gestein nahezu senkrecht in die Höhe, ein Steilhang mit messerscharfen Zinnen und so rot wie frisches Blut. Der schwarze Kegel des benachbarten Vulkans überragte ihn, ein Gebirge von beeindruckender Höhe.

Ein schmaler Pfad wand sich im Zickzack zu einer Tunnelöffnung etwa siebzig Meter oberhalb des Talgrunds hinauf. Es sah nach einem schweren Anstieg aus. Zwei Männer, auf deren Speeren das Sonnenlicht blitzte, arbeiteten sich gerade mühsam ihren Weg herab. Denal war nicht bei ihnen.

»Los!«, sagte Sam und zeigte mit seinem verwandelten Dolch auf die Männer.

Maggie nickte. Zum Sprechen fehlte ihr die Luft. Sie rückte Sams Gewehr auf der Schulter zurecht, schob es höher und folgte.

Kamapak ging durch ein kleines Feld mit wildem Quinoa, einer Sorte Hochlandweizen, das sich am Saum des Regenwalds entlangzog. Auf der anderen Seite der grünen Felder, am Fuß der Felswand, lag ein weites Gebiet, das mit Büschen und übereinander gestürztem Vulkangestein durchsetzt war. Aus einigen Fumarolen in der Nähe, die Krägen aus gelbem Schwefel hatten, dampfte es. Die Luft war feucht und warm, wie in einer nach faulen Eiern riechenden Sauna.

An der Stelle, wo der Pfad nach oben zum Tunnel abzweigte, stießen sie auf die beiden anderen Inka. Während Kamapak mit den Wächtern sprach, musterte Sam die Speere der Männer. Die Klingen waren, wie bei seinem Dolch, aus Gold. Wichtiger war jedoch, dass sie nicht mit Blut verschmiert waren. Er versuchte, etwas vom Gespräch mitzubekommen, allerdings vergebens. Schließlich winkte der Schamane den beiden Männern, sie sollten ins Dorf zurückkehren, und machte sich an den steilen Aufstieg. Sam und Maggie folgten.

Sam berührte Kamapak an der Schulter und brachte ihn dadurch zum Stehen. »Denal?«, fragte er.

Der Schamane schüttelte lediglich den Kopf, zeigte nach oben und setzte den Anstieg fort.

»Was meinst du?«, fragte Maggie.

»Keine Ahnung. Aber die Antwort liegt offenbar da oben.«

Maggie warf einen besorgten Blick zu der hoch liegenden Öffnung hinauf. »Im Tempel?«

Sam nickte grimmig und die beiden folgten Kamapak. Kehre um Kehre ging es die Wand hinauf. Ein Gespräch war unmöglich, da sie sich bloß noch aufs Atmen konzentrieren konnten. Sam bekam schweißnasse Hände. Er hörte Maggie hinter sich keuchen und allmählich protestierten die Beinmuskeln wegen der Strapaze.

Nur Kamapak schien ungerührt. Der Schamane war an die Höhe und die feuchte Hitze gewöhnt, daher machte ihm der Anstieg nichts weiter aus. Er erreichte die Öffnung und wartete auf sie. Als sie herantraten, sagte er etwas. Das einzige Wort, das Sam verstand, war *Inti,* Sonnengott.

Er schaute zurück und ließ den Blick suchend über das Tal gleiten. Das halb im Regenwald verborgene Dorf unten war kaum zu erkennen. Dann leuchteten plötzlich links auf der Felswand nacheinander einige Feuer auf, die bald den Rand des Vulkankegels erreichten. Die Signalfeuer. »Gut gemacht, Norman«, keuchte er leise.

Maggie stellte sich neben ihn. »Hoffen wir, dass dein Onkel bald kommt«, meinte sie beim Anblick der Feuer. Dann stieß sie Sam zum Tunnel hin. »Gehen wir weiter!«

Kamapak entzündete eine Fackel und ging voraus. Der Tunnel war breit genug, dass vier Männer nebeneinander gehen konnten, und erstreckte sich anscheinend schnurgerade in den Berg hinein. Keine Kurven oder Kehren. Die Wände bestanden aus glattem Vulkangestein.

»Eine Lavaröhre«, bemerkte Maggie, als sie den Stein berührte.

Sam nickte und zeigte nach vorn. Zunächst hatte die Dunkelheit in dem Schacht undurchdringlich gewirkt. Aber nachdem sich seine Augen an sie gewöhnt hatten, bemerkte er in weiter Ferne einen schwachen Lichtschein. Sonnenlicht. »Norman hat Recht gehabt«, meinte er. »Der Tunnel muss entweder zu einem weiteren Tal oder einer Höhle führen, die nach oben offen ist.«

Bevor Maggie etwas hätte erwidern können, blieb Kamapak stehen. Der Schamane entzündete zwei Fackeln, die in der Wand rechts steckten und eine kleine Höhle einrahmten, die weder Sam noch Maggie in der Dunkelheit bemerkt hatten. Kamapak kniete vor dem Eingang nieder.

Aus der Seitenkammer drang ein Glanz, der das Licht der Fackeln zurück in die Haupthöhle warf. Wie Motten wurden Sam und Maggie davon angezogen.

Sam erreichte den Eingang als Erster. Er kam stolpernd zum Stehen, als er sah, was da vor ihm lag. Dann trat Maggie neben ihn, spannte sich an und fasste den Texaner am Oberarm, wobei sich ihre Finger fest in seine Haut gruben.

»Der Tempel!«, flüsterte sie.

Die Nachbarhöhle bot einen Anblick, bei dem jeder Mensch Demut empfinden musste. Sie war so groß wie eine Doppelgarage, aber von allen Seiten mit Gold verkleidet – Boden, Decke, Wände. Eine goldene Höhle! Und ob es nun eine optische Täuschung war oder eine seltsame Materialeigenschaft – jedenfalls sahen die goldenen Flächen aus wie ein Fluss mit Wirbeln und Strudeln, der über das Vulkangestein hinwegströmte, ohne es darunter zum Vorschein kommen zu lassen. Mitten in der kleinen Höhle lag eine feste Goldplatte, ein Altar oder ein Bett, deren Oberfläche einer menschlichen Gestalt angepasst war. Darüber hing wie ein prächtiger Kandelaber eine fantastische Kugel aus filigran verarbeitetem Gold. Stränge und Filamente waren zu einem dichten Netz verwoben, das Sam an den Eierbeutel einer Spinne erinnerte und eher organisch als metallisch wirkte. Sogar bei dieser Kugel setzte sich die Illusion des fließenden Goldes fort, das Gewirr aus Fäden schien sich im flackernden Schein der Fackeln gemächlich zu winden.

»Wo ist Denal?«, fragte Maggie.

Noch immer sprachlos schüttelte Sam den Kopf und zeigte mit seinem schlangenförmigen Messer auf den Altar in der Mitte. »Kein Blut.«

»Gott sei Dank. Dann lass uns ...« Maggie sprang einen Schritt zurück.

Ein kleines spiralförmiges Goldfädchen löste sich aus der Kugel über dem Altar und schlängelte sich auf Sam zu. »Nicht rühren!«, murmelte er und erstarrte.

Wie ein suchendes Tentakel schwang der Goldfaden durch die Luft. Anscheinend wurde er von Sams ausgestrecktem Dolch angezogen. Schließlich streifte der Faden die goldene Schlange und berührte einen der Fänge. Sofort schmolz die goldene Skulptur, die schlangenhaften Züge lösten sich auf und flossen dahin wie warmes Wachs. Der Griff in Sams Hand erkaltete; offenbar wurde ihm die Hitze entzogen. Dann formte sich das Gold erneut, streckte und spitzte sich zu und wurde wieder zum ursprünglichen Dolch.

Als würde jemand eine Angelleine einholen, zog sich das suchende Filament in die Kugel zurück.

Verwirrt besah sich Sam den Dolch. »Was ist denn da gerade passiert, zum Teufel?«

Maggie hatte die Sprache wieder gefunden. Sie trat in Sams Schatten, sorgte dafür, dass seine breiten Schultern zwischen ihr und der goldenen Höhle waren, dem Tempel. »Es ist kein Gold. Es kann keines sein. Ganz gleich, aus was deine Klinge besteht, es ist dasselbe Material, aus dem auch der Tempel besteht. Die Moche haben es *Sonnengold* genannt. Ein Metall, das Meteore abgestoßen haben.«

»Aber es wirkt fast lebendig«, meinte Sam und wich ebenso wie sie zurück.

Kamapak erhob sich. Sein Blick ruhte voller Ehrfurcht auf Sam. Er murmelte ihm etwas zu und senkte daraufhin den Kopf.

»Ich glaube, wir sollten nicht damit herumspielen, Sam. Sehen wir lieber nach, was Denal zugestoßen ist, und überlassen das hier erfahreneren Wissenschaftlern.«

Sam nickte düster. »Das war es, was Bruder de Almagro gesehen hat, und es muss dem Mann einen solchen Schrecken eingejagt haben, dass er diese Caldera versiegelt hat. Die Schlange von Eden.«

»Das und das Haupt des Pachacutec«, murmelte Maggie.

Sam wandte sich zu ihr um. Auf dem Weg zum Tempel hatte ihm Maggie berichtet, dass sie Normans und Sams Gespräch am Feuer und vor allem die vorgetragene Inkarri-Geschichte mitgehört hatte. »Du kaufst ihnen doch diesen Unsinn über den enthaupteten König nicht ab, oder?«

Maggie senkte den Blick. »Da ist etwas, das ich dir noch nicht erzählt habe, Sam.«

»Was?«

»Ich wollte eigentlich erst länger darüber nachdenken, bevor ich mit dir darüber rede.« Sie sah zu ihm auf. »Nachdem ihr, du und Norman, weggeholt worden seid, habe ich mich in den Innenhof geschlichen und Pachacutec ohne sein Gewand gesehen. Mit seinem Körper ... stimmte was nicht.«

»Was willst du damit sagen?«

»Er war wie ...«

Plötzlich ertönte aus dem Gang weiter unten ein Schrei und unterbrach das Gespräch. Sam und Maggie erstarrten.

»Denal!«, keuchte Maggie, als der Ruf verhallte. »Er lebt!«

Sam ging weiter den Schacht entlang auf die Stelle zu, von wo der schwache Schimmer Sonnenlicht kam. »Fragt sich, wie lange noch? Gehen wir!«

Kamapak hob den Arm, um sie am Weitergehen zu hindern, schüttelte wild den Kopf und plapperte wohl eine Warnung. Die einzig verständlichen Worte waren *janan pacha*. Der Himmel der Inka. Sam fiel ein, dass die Kinder der Dörfler angeblich den Göttern des *janan pacha* zum Geschenk gemacht wurden. Dorthin mussten sie Denal gebracht haben! Kamapak starrte Sam trotzig an und versperrte weiter den Durchgang.

»Scheiß drauf!«, murmelte Sam wütend und zeigte Kamapak seinen Dolch. »Wir gehen auf jeden Fall weiter, Kumpel. Entweder gehst du schleunigst aus dem Weg oder ich schneide eine Tür in dich hinein.«

Sein Tonfall musste die Sprachbarriere durchbrochen haben. Kamapak, in dessen Augen deutlich die Furcht vor dem Dolch zu lesen war, trat zur Seite. Sam wartete nicht darauf, dass der Schamane es sich womöglich anders überlegte, und ging raschen Schritts los. Kamapak blieb zurück und murmelte unterdrückt Gebete.

Bald hatten sie den Tunnelausgang erreicht. Er öffnete sich in eine weitere vulkanische Caldera. Der Dunst war jedoch dichter, das Sonnenlicht zu einem dämmrigen Glanz gefiltert. Der Regenwald vor ihnen war von schweren Nebelschleiern bedeckt und es stank so heftig nach Schwefel, dass es in den Augen brannte, zudem herrschte eine erstickende Hitze. Ein Pfad führte eindeutig in den Dschungel.

»Wir müssen in der benachbarten Caldera sein«, flüsterte Maggie.

Sam nickte und ging weiter ins Tal hinein. Maggie folgte und nach einem Augenblick des Zögerns schloss sich auch Kamapak an. Der Schamane ging leicht geduckt und sein Blick ruhte auf dem fremdartigen Himmel, als hätte er Angst davor, dass etwas die Hand nach ihm ausstreckte. Ganz offensichtlich war er noch nie hier gewesen. Ein starkes Tabu musste ihn daran gehindert haben.

»Nicht so ganz meine Vorstellung vom Himmel, so viel steht fest«, meinte Sam, während er den Regenwald betrat und sich den Schweiß von der Stirn wischte. Unter dem Blätterbaldachin wurde die Dämmerung zur Nacht.

Ringsumher herrschte völlige Stille. Kein Vogel rief, kein Tier raschelte. In der Dunkelheit entdeckte Sam einige Affen, die sich in den Blättern über ihnen verborgen hielten, aber sie rührten sich nicht und gaben keinen Laut von sich. Nur mit dem Blick verfolgten sie die Fremden in ihrer Mitte.

Maggie hatte bereits das Gewehr von der Schulter genommen und Sam hoffte, dass sie als Schütze so erfahren war, wie sie behauptet hatte. Insbesondere, da ihre einzige andere Waffe Sams Dolch war.

Sie wagten nicht einmal zu flüstern, als sie dem Pfad zu der Stelle folgten, an der sich der Regenwald öffnete.

Schließlich erreichten sie den helleren Schein. Sam duckte sich und hob eine Hand, worauf auch die beiden anderen stehen blieben. Jetzt war ein Plan vonnöten. Er warf Maggie einen Blick zu, die ihre Augen vor Furcht und Sorge weit aufgerissen hatte. Kamapak kauerte wachsam hinter ihr.

Plötzlich ertönte unmittelbar vor ihnen ein weiterer Schrei, der den Regenwald wie ein Pfeil durchschnitt. »Hilfe!« Das Entsetzen in der Stimme des Jungen war nicht zu überhören.

»Zum Teufel mit der Vorsicht!«, platzte Sam heraus und stand auf. »Kommt!« Er rannte das letzte Stück des Pfads hinab, Maggie ihm auf den Fersen.

Sie stürmten aus dem Regenwald zum Rand einer weiteren Inkasiedlung hinüber. Auch hier lagen steinerne Häuser terrassenförmig angeordnet auf den sanften Hängen und waren zur Hälfte vom Dschungel überwuchert. Aber damit endete die Ähnlichkeit auch schon. Der Regenwald hatte den Ort förmlich verschlungen. Überall wuchsen Gräser und Bäume zwischen den Granitblöcken, als würden sie den Steinen entsprießen. Aus einem zerborstenen Dach in der Nähe wuchs ein Baum, dessen weit ausgebreitete Äste das Haus völlig einhüllten.

Doch so ungepflegt die Siedlung auch war, der Gestank war weitaus schlimmer.

Auf den Straßen türmten sich Schutt und Abfall. Alte Tierknochen lagen wie zersplittertes Glas in den Gassen verstreut und an vielen klebte noch Haut oder Fell. Unter den Füßen knirschte zerbrochene Töpferware.

»Mein Gott«, sagte Maggie und legte die Hand auf den Mund. »Das ist die dritte Stadt.«

»Was?«, flüsterte Sam.

»Denk mal an die Feier der ersten Nacht! Da hast du vermutet, dass die Totenstadt als *uca pacha* erbaut wurde, als untere Welt, während der andere Ort *cay pacha* war, die mittlere Welt. Na ja, und hier haben wir die dritte Stadt, eine der oberen Welt, *janan pacha.*«

Angeekelt warf Sam einen Blick auf die fauligen und verfallenen Straßen. Das war keine himmlische Stadt. Aber er wagte nicht, stehen zu bleiben und über das Geheimnis nachzugrübeln. Er winkte, sie sollten weiter, und führte sie die Gasse hinab.

Beim Laufen starrte Kamapak die Ruinenstadt voller Entsetzen und Unglauben an.

Offensichtlich ist das auch nicht seine Vorstellung vom Himmel, dachte Sam.

Vor sich vernahmen sie Geräusche: Grunzen sowie leises, wütendes Jaulen. Aber ein Laut, der durch den Lärm zu vernehmen war, zog sie weiter: Schluchzen. Das musste Denal sein.

Sam verlangsamte seinen Schritt, als sich die Gasse zum Dorfplatz hin öffnete. Er spähte um die Ecke und schreckte augenblicklich zurück. »Verdammt ...«

»Was ist?«, flüsterte Maggie, kroch zur Ecke und sah selbst nach.

Sam merkte, dass sie die Schultern zusammenzog. Er kämpfte gegen seinen ersten Schock an und ging zu ihr. Nackt wie ein Neugeborenes stand Denal mitten auf dem Platz, benommen und völlig verängstigt.

Und voller Entsetzen, und das aus gutem Grund.

Auf dem Platz wimmelte es nämlich von bleichen Kreaturen. Einige waren groß wie Ochsen, andere wie muskulöse Kälber. Sam erkannte die grausigen Gestalten wieder. Es waren die gleichen Bestien, vor denen sie unten in der Nekropolis geflohen waren. Sie umkreisten den Jungen, schnüffelten an seinen Fersen. Hin und wieder gab es eine Rauferei. Unter Zischen und Gekreische wurden mit rasiermesserscharfen Klauen Hiebe ausgeteilt. Offenbar mussten sie sich noch einigen, was sie mit dem Jungen anstellen sollten.

Aber eines war deutlich. Sie waren hungrig. Fast alle sabberten. Sie wirkten wie kurz vor dem Hungertod, bestanden bloß noch aus Haut und Knochen.

Eine der Kreaturen ganz in der Nähe fuhr plötzlich zu ihnen herum. Sie gehörte zu den Bestien mit den spindeldürren Beinen, den Spähern. Sam und Maggie konnten sich gerade noch rechtzeitig in ihr Versteck zurückziehen.

Sam stieß Maggie an. Zurück!

Der tätowierte Schamane wirkte ebenso verwirrt und entsetzt wie sie. Offensichtlich hätte er niemals für möglich gehalten, was sich in Wahrheit hinter seinem *janan pacha* verbarg. Bevor ihn Sam daran hindern konnte, war er mit erhobenen Armen um die Ecke getreten. Mit Tränen in den Augen stimmte der Schamane einen Gesang voller religiösem Eifer an und schritt auf das Rudel der Kreaturen zu.

Die Bestien auf dem Platz verstummten.

Sam zog Maggie weiter zurück und flüsterte ihr ins Ohr: »Wir müssen auf die andere Seite. Die Ablenkung durch den Schamanen ausnutzen. Sehen, ob wir Denal befreien können.«

Sie nickte und die beiden rannten los. Sie tauchten in eine Querstraße, die parallel zum Platz verlief. Währenddessen ertönte unermüdlich Kamapaks Gesang. Sam versuchte, so leise wie möglich zu laufen und Knochen und Tonscherben zu meiden.

»Hier entlang!«, zischte Maggie und stürmte in eine Gasse zwischen zwei Häusern.

Sam folgte ihr und fand sich bald vor dem Platz wieder. Er duckte sich und sah Denal diesmal unmittelbar vor ihnen stehen. Der Junge hatte sie nicht bemerkt; er war auf die Knie gefallen und hielt die Augen auf die Stelle gerichtet, an der der Schamane stand.

Der Gesang hatte auch die Aufmerksamkeit dieser gewaltigen Menge an Bestien auf sich gezogen. Sie hatten sich von dem entsetzten Jungen abgewandt und drängten jetzt zu der neuen Merkwürdigkeit hinüber. Sam und Maggie hatten freie Bahn.

Wenn sie Denal retten wollten, dann jetzt.

Sam holte tief Luft und kroch hinaus. Maggie folgte, das Gewehr im Anschlag.

Auf der anderen Seite des Platzes war der Schamane, mittlerweile umringt von den Bestien. Ein paar der zwergenhaften Mitglieder der Bande, die geschlechtslosen Drohnen, zupften an Kamapaks Gewand. Andere, die größeren, muskulöseren Jäger, hielten sich vorsichtig im Hintergrund. Sie hatten die Hälse gereckt und musterten den Neuankömmling, horchten auf den Gesang. Doch wie lange würde das Lied die Ungeheuer in Schach halten? Auf der Stelle erhielt Sam Antwort auf diese Frage. Einer der Jäger lief zu dem Schamanen und schlug ihn mit einem Knüppel nieder, sodass er auf die Steine stürzte. Sam trat einen Schritt zu Kamapak hin, doch Maggie packte ihn beim Ellbogen und hielt ihn zurück.

Langsam stützte sich Kamapak auf die Arme und berührte mit einer Hand die blutige Stirn. Die Horde starrte den rot gefärbten Finger des Schamanen an. Dann witterten die Bestien den Blutgeruch und vergaßen alles andere. Die bleichen Gestalten wogten heran, sprangen vor und überschwemmten den Schamanen, dass er erneut zu Boden sank. Vor Entsetzen und Schmerz schrie Kamapak laut auf. Gekreisch und Geheul begleiteten den Angriff. Noch von dort, wo er stand, hörte Sam das Krachen von Knochen und das Reißen von Fleisch.

Als Denal sich von dem entsetzlichen Anblick abwandte, entdeckte er schließlich Sam. Mühsam stand er auf und lief auf wackeligen Beinen zu den beiden hin. Die Augen des

Jungen waren verschwollen, das Gesicht bleich vor Entsetzen. Er öffnete den Mund zum Sprechen, doch Sam hob einen Finger an die Lippen. Denal presste den Mund fest zusammen, dennoch entfloh ihm ein kleines Wimmern.

Bald waren Sam und Maggie an seiner Seite. Als Sam den Jungen zu sich zog, erstarb allmählich das entfernte Knurren und Zischen. Kamapaks Schreie waren schon lange verstummt.

»Wir müssen von hier verschwinden!«, flüsterte Maggie.

Auf der anderen Seite des Platzes hatten sich etliche der Bestien mit ihrem Mahl auf den Steinen niedergelassen. Überall lagen Fetzen des zerrissenen Gewands verstreut. Kamapak selbst war verschwunden, in Stücke gerissen von den Klauen und Zähnen der Kreaturen. Lediglich ein paar blutige Brocken waren noch von ihm übrig, an denen genagt oder um die gekämpft wurde.

Unglücklicherweise gab der dürre Schamane jedoch nicht genug für alle her. Mehrere der Bestien schnüffelten nach einer weiteren Futterquelle. Ihr gieriger Blick fiel auf den Jungen. Die Gruppe war entdeckt.

»Verdammt«, brummte Sam.

Erneut stimmten die Kreaturen ein wildes Gekreische an. Sogar diejenigen, die schon frisches Fleisch ergattert hatten, hoben die blutigen Schnauzen, um nachzusehen, was es sonst noch geben mochte.

»Denal, wie bist du hier reingekommen?«, fragte Sam und wich über den Platz zurück. Es bestand keinerlei Veranlassung mehr, lieber den Mund zu halten. »Gibt es einen anderen Weg nach draußen?«

Der Junge schüttelte den Kopf. »Die Wächter mich bringen zum Tempel. Ich müssen mich auf den Altar legen. Dann ich sein aufgewacht ... ich hier, benommen, ohne Kleider.« Denals Stimme brach. »D... dann diese Dinger kommen!«

»Was sind sie, zum Teufel?«

»Ihre ... ihre Götter«, stammelte Denal.

Eine der Bestien, die sich ihnen genähert hatte, sprang auf sie zu. Maggie zielte mit dem Gewehr und drückte ab. Die Kreatur flog zurück. Der Schuss hatte ihr den halben Schädel weggerissen. »Na ja, diese verfluchten Götter bluten.«

Mehrere ihrer Genossen stürzten sich auf die tote Bestie. Weiteres Fleisch für den Festschmaus. Was die übrigen jedoch nicht aufhielt; Blutdurst und Hunger hatten sie fast zur Raserei getrieben.

Sam, Denal und Maggie wichen weiter zurück, bis hinter ihnen neues Knurren ertönte. Sam fuhr herum. Noch mehr Kreaturen watschelten und krochen auf den Platz zu. Späte Gäste der Party, angelockt von dem frischen Blut und den Schreien. Von allen Dächern ringsumher erklang hungriges Heulen.

»Ich glaube, es hat gerade zum Essen geläutet«, meinte Sam mürrisch.

Joan arbeitete in ihrer Zelle. Sie hatte den ganzen Morgen über verschiedenen Zeitungsartikeln, Zusammenfassungen und getippten Notizen gebrütet, mit denen der ernste junge Mönch sie versorgt hatte. Besonders fasziniert hatte sie das Papier über die Theorie biomimetischer Systeme. Ihnen lag die Idee zugrunde, mikroskopisch kleine Maschinen zu konstruieren, indem man bereits existente biologische Modelle nachahmte, wie zum Beispiel Mitochondrien und Viren. Ein gewisser Dr. Eric Drexler schlug vor, Proteine und Nukleinsäuren als Bausteine einer Mikromaschine – eines Nanobots – zu benutzen. In seinem Artikel erläuterte er, wie die gegenwärtige Biologie die Generation »synthetischer, nicht-biologischer Strukturen« anregen konnte.

Joan lehnte sich zurück und stellte sich im Geiste die mikroskopisch kleinen oktogonalen Einheiten vor, aus denen die Substanz Z bestand. Deren Form war ihr irgendwie bekannt vorgekommen. Sie hatten fast wie Nachahmungen von Bakteriophagen ausgesehen. Waren diese Einheiten tatsächlich Beispiele biomimetischer Strukturen?

Sie durchsuchte die Papiere auf dem Tisch, bis sie auf einen Ausdruck der mikroskopischen Analyse der Probe stieß. Dabei war die seltsame Einheit in ihre Bestandteile zerlegt worden.

Probe 134B12

Rastersondenmikroskopieanalyse: Unter Anwendung von Phasenkontrast, Kraftmodulation und gepulster Kraftmikroskopie (Resultate überprüft anhand massenspektrometrischer Analyse #134B8)

Erste Befunde

Struktur der Hülle: Makromoleküle, bestehend aus Si (Silizium) und H (Wasserstoff), insbesondere Kubosiloxane ($H_6Si_{18}O_{12}$), dazu Tectosilikate

Arme: Si (Silizium), über Nanoröhren verbunden mit Au (Gold)

Kern: Analyse nicht möglich

Joan tippte mit dem Finger auf das Blatt Papier. Also enthielten die Arme der Nanopartikel Gold, daher die Färbung der Substanz Z. Was sie jedoch mehr faszinierte, war die Zusammensetzung der Hülle. Sie bestand größtenteils aus Silizium. In der Natur basierten fast alle biologischen Bausteine auf Kohlenstoffverbindungen – auf Molekülen aus Wasserstoff, Sauerstoff und *Kohlenstoff*. Hier hatte sie jedoch eine Struktur vor sich, die Kohlenstoff durch *Silizium* ersetzte.

Sie gab dieser neuen Klasse von Molekülen einen Namen:

»Hydrosilizium«, murmelte sie. Obwohl Kohlenstoffverbindungen den größten Teil der Biologie ausmachten, war in der *Geologie* Silizium das vorherrschende Element der Erdkruste. Konnte diese Struktur ein Verbindungsglied zwischen Biologie und Geologie darstellen? Oder war sie, entsprechend der These des jungen Mönchs, der erste entdeckte *anorganische* Nanobot?

Schließlich blieb ihr Blick an der untersten Zeile des Berichts hängen. Die Zusammensetzung des Kerns. *Analyse nicht möglich.* Das war die Crux der Sache, das Rätsel. Das Äußere war bekannt und quantifizierbar, doch die inneren Funktionen blieben nach wie vor ein Geheimnis. Das lenkte ihre Gedanken auf die beiden entscheidenden Fragen zurück, die der junge Mönch in seinen privaten Aufzeichnungen aufgeworfen hatte: *Worin besteht der Zweck dieser mikroskopisch kleinen Maschine? Und wer hatte sie programmiert?*

Bevor Joan tiefer in die Geheimnisse hätte eindringen können, hörte sie unten im Korridor Absätze über den Stein kratzen. Sie warf einen Blick auf ihre Armbanduhr und runzelte die Stirn. Für das Essen war es viel zu früh. Sie biss sich auf die Unterlippe. Wer da auch kommen mochte, er hatte wahrscheinlich nichts mit ihr zu schaffen, aber sie konnte kein Risiko eingehen.

Rasch räumte sie ihren Schreibtisch auf. Die Papiere mit den Forschungsergebnissen schob sie zu einem ordentlichen Stapel zusammen, faltete dann das abgenutzte Blatt mit Bruder de Almagros Code und stopfte es in die Tasche. Anschließend legte sie das einzige Buch, das man ihr hier im Raum erlaubte – eine King-James-Bibel – über das ausgefranste Loch in der Eichenplatte des Tischs. Dadurch verbarg sie das Ergebnis ihres Experiments von vergangener Nacht.

Schließlich rollte sie die Zigarette, die sie Bruder Carlos abgeschnorrt hatte, vom Tisch und steckte sie sich in die

Brusttasche. Sie warf einen letzten Blick auf ihr Werk und war zufrieden. Es waren keinerlei Hinweise auf ihr heimliches Experiment mit der Substanz zu entdecken.

Und sie konnte von Glück sagen, dass sie diese Vorsorge getroffen hatte. Die Schritte draußen blieben unmittelbar vor ihrer Tür stehen. Joan spannte sich an. Ein Schlüssel wurde ins Schloss gesteckt und gedreht.

Dann wurde die Tür aufgerissen und sie fuhr herum. Es war Bruder Carlos mit seiner 9-mm-Glock. Joan hob fragend die Brauen und stand auf. »Was ist?«

»Raus!«, erwiderte er barsch und winkte mit seiner Pistole. »Mitkommen!«

Joan zögerte; vor Furcht, ertappt worden zu sein, stockte ihr das Blut in den Adern.

»Auf der Stelle!«, brüllte Carlos.

Joan nickte und trat durch die Tür. Mit einer Hand betastete sie den Kragen ihrer Bluse. Auf der Unterseite der Plastikstreifen, die ihn verstärkten, befanden sich die beiden tränengroßen Perlen der Substanz Z. Sie konnte das Risiko nicht eingehen, die Proben in der Zelle zurückzulassen. Vielleicht wurde der Raum durchsucht oder man wies ihr eine neue Zelle zu. Also hatte sie sich diese Methode ausgedacht, um die goldenen Tropfen zu verstecken und gleichzeitig in ihrem Besitz zu halten.

Carlos nickte ihr zu, sie solle losgehen, und sie folgte seiner Anweisung in der Erwartung, dass er sie nach unten in die Labors führte. Stattdessen scheuchte er sie in einen anderen Teil der Abtei. Stirnrunzelnd musterte sie die fremde Umgebung. »Wohin gehen wir?«

»Wirst du sehen, wenn wir dort sind.«

Der Mönch, der ihr ohnehin nicht herzlich zugetan war, gab sich heute noch wortkarger als sonst. Seine Anspannung verstärkte ihre Nervosität. Was ging hier vor? Dieser Flügel der Abtei war spartanisch eingerichtet. Einfache

Steinböden mit einer Reihe nackter Glühbirnen an der Decke, die den Weg beleuchteten. Joan sah den langen Korridor hinauf und hinab. Seitdem sie diesen Flügel betreten hatten, waren sie keinem einzigen Bewohner der Abtei begegnet.

»Stimmt ... stimmt etwas nicht?«, fragte sie, außerstande, das Zittern in ihrer Stimme zu unterdrücken.

Bruder Carlos gab keine Antwort. Er führte sie einfach zu einem kleinen Treppenhaus am Ende des Korridors. Es waren lediglich sechs Stufen, die zu einer dicken Eichentür mit Eisenbeschlägen führten. Ein kleines silbernes Kreuz mit einem Paar gekreuzter Schwerter darüber kennzeichnete die Tür.

Joan fiel Henrys Bemerkung ein, dass ein solches Symbol auf Bruder de Almagros Siegelring zu finden gewesen war, und sie erinnerte sich an dessen Bedeutung: Es war das Zeichen der Inquisition.

Ihre Nervosität verwandelte sich in Angst, als Carlos sie mit vorgehaltener Waffe beiseite schob und an die Tür klopfte, und zwar eindeutig einen Code. Von innen wurde ein Riegel zurückgeschoben. Das Knirschen des Eisens tönte laut in dem leeren, kahlen Korridor.

Als die Tür aufschwang, trat Carlos zurück. Joan spürte die Hitze des angrenzenden Raums wie den Atem eines Drachens, doch sie konnte nicht zurückweichen. Die 9-mm-Glock drückte sich ihr fest in die Seite.

Eine massige Gestalt, auf deren nackter Brust der Schweiß glänzte, stand auf der Schwelle. Ein Mann, der sich die Mönchskutte von den Schultern gestreift hatte und sie vom Gürtel herabhängen ließ. Er fuhr sich mit einer Hand über den kahlen Schädel, der ebenfalls glänzte, und sagte etwas in abgehacktem Spanisch. Carlos gab Antwort. Der große Mönch nickte und winkte sie hinein.

»Los!«, befahl Carlos.

Da ihr keine andere Wahl blieb, gehorchte Joan. Der angrenzende Raum erinnerte sie an alte Horrorfilme. Links befand sich eine Reihe von Zellen mit Eisengittern. Auf dem Boden lag Stroh, Betten waren nicht vorhanden. Rechts an der Wand waren Ketten ordentlich aufgerollt. Mehrere Lederpeitschen hingen an Ständern. In der Mitte des Raums steckten drei lange Eisenpfähle in glühenden Kohlen.

Brenneisen.

Joan schaute sich um. Sie befand sich im Modell eines mittelalterlichen Kerkers. *Nein,* korrigierte sie sich, als sie einen vertrauten Geruch in die Nase bekam, den sie von ihren Tagen in der Notaufnahme her gut kannte. *Blut und Angst.* Das war kein Modell, keine Nachbildung in einem Wachsfigurenkabinett. Es war echt.

»Warum ... warum bin ich hier?«, fragte sie laut, aber im Herzen kannte sie bereits die Antwort. Henry hatte einen Fehler begangen. So erschreckend ihre Umgebung auch war, es war vor allem die Sorge um Henry, die ihr jetzt einen Stich versetzte. Was war ihm zugestoßen? Sie sah Carlos an. »Soll ich bestraft werden?«

»Nein«, erwiderte der Bruder, dessen Tonfall ebenso beiläufig war, als würde er übers Wetter sprechen. »Du sollst getötet werden.«

Joan merkte, wie ihr die Knie weich wurden. Auf einmal verursachte ihr die Hitze im Raum Übelkeit. Sie konnte kaum atmen. »Ich ... ich verstehe nicht.«

»Das brauchst du auch nicht«, gab Carlos zur Antwort. Er nickte zu dem großen Mönch hinüber.

Mit Hilfe von Lederhandschuhen zog der dicke Mann die Eisen aus den Kohlen und beäugte die glühenden Spitzen. Zufrieden schürzte er die Lippen und sagte dann etwas auf Spanisch.

Carlos hob die Pistole. »Geh zur Wand da drüben!«

Die Beine wollten unter Joan nachgeben. Sie blickte wild umher, dann sah sie wieder Carlos an. »Warum? Warum so?« Sie zeigte schwach auf seine Waffe. »Sie hätten mich in der Zelle töten können.«

Carlos presste die Lippen noch fester aufeinander. Er musterte die Folterwerkzeuge, die Werkzeuge der Inquisition, und erwiderte: »Wir dürfen nicht aus der Übung kommen.«

Maggie zielte und drückte ab. Das bleiche Gesicht flog zurück und der Mund war bloß noch eine blutige Masse. Sie fuhr herum und richtete den Lauf auf ihr nächstes Ziel. Die Schüsse hatten sie mittlerweile taub gegenüber dem Gekreisch und Geheul gemacht. Sie handelte instinktiv, schoss erneut und warf einen der bleichen Späher zurück, der ihr zu nah gekommen war. Sein schrilles Kreischen, als seine Genossen über ihn herfielen, drang schließlich doch an ihre Ohren.

Etwas berührte sie an der Schulter und sofort richtete sie das Gewehr darauf.

»He!«, schrie ihr Sam ins Ohr. »Vorsicht! Ich bin's!« Er packte sie fester.

Maggie leckte sich leicht zitternd die trockenen Lippen. »Was jetzt?«, wimmerte sie. Die Bestien hatten sie in die Mitte des Platzes getrieben und wichen nicht zurück. Sie hatte in ihrem Bemühen, ihnen einen Weg in die Freiheit zu schießen, keinerlei Fortschritte gemacht. Für jede Kreatur, die sie niederstreckte, sprangen weitere heran und füllten die Lücke.

Sam lockerte seinen Griff. »Ich habe mitgezählt. Du hast bloß noch eine Patrone übrig.«

Maggie starrte auf das Gewehr. »Mein Gott!« Sie hob die Waffe. Ihr letzter Schuss sollte besser sitzen. Gewaltsam unterdrückte sie das Zittern ihrer Hände.

Sam schob ihr Gewehr nach unten. »Lass mich mal versuchen.«

»Womit?«, zischte sie ihn an.

Er hob den goldenen Dolch. »Erinnerst du dich an die Kreaturen in der Nekropolis?«

»Sam, dazu musst du sie verdammt nahe herankommen lassen«, sagte sie und entwand ihm das Gewehr.

»Vielleicht auch nicht.« Sam stellte sich vor sie, nahm seinen Stetson ab, hob den goldenen Dolch hoch in die Luft und schwenkte mit der anderen Hand seinen Hut. Dazu ließ er einen wütenden, herausfordernden Schrei ertönen.

Hunderte von Augenpaaren hoben sich von ihren Mahlzeiten und die Kreaturen knurrten Sam an.

Der Texaner stülpte den Hut wieder über und hielt nur noch den goldenen Dolch in die Höhe. Während die Blicke zu der Waffe hinüberschnellten, erstarb das vielstimmige Knurren. Von einer Seite ertönte ein Wimmern. Sam hatte es offenbar auch gehört und fuhr herum. Dort also lag der Schwachpunkt in der Menge. Mit langen, weit ausholenden Bewegungen schwenkte er seinen Dolch und wiederholte seinen Schrei des Zorns.

Die Mauer aus bleichen Gestalten wich vor ihm zurück und bröckelte auseinander.

»Haltet euch dicht hinter mir!«, flüsterte Sam Maggie und Denal zu.

Maggie winkte dem nackten Jungen, er solle vorangehen, und deckte dann ihren Rücken mit der Winchester. *Eine Kugel!*, ermahnte sie sich immer wieder.

Langsam ging Sam auf die Menge zu. Er schwang drohend den Dolch, stach auf sie ein, knurrte.

Laut meckernd galoppierten einige der Bestien beiseite. Ihre Reihen lichteten sich. Mehr und mehr der Kreaturen flohen und nahmen dabei die blutigen Brocken mit, die sie sich erkämpft hatten.

»Ich glaube, es funktioniert«, meinte Sam.

Plötzlich sprang ihn etwas an. Rudimentäre Flügel schlugen auf seinen Rücken ein. Also einer der Jäger. Sam wich zurück, stolperte dabei über Denal und stürzte.

Maggie konnte sich auf den Beinen halten. Sie tänzelte davon und schwang das Gewehr herum.

Aber sie war zu langsam.

Sam war auf den Jungen gefallen und Denal schrie vor Entsetzen. Da streckte der Texaner seine einzige Waffe in die Luft – *den Dolch!* Die kreischende Bestie pfählte sich selbst. Im Vergleich zu den hakenförmigen Klauen und den Reißzähnen schien der Dolch eine dürftige Waffe zu sein, aber das Ergebnis war alles andere als dürftig.

Plötzlich sah es so aus, als würden die winzigen Flügel der Bestie funktionieren. Die Kreatur flog durch die Luft und quiekte dabei so laut, dass sogar Maggie zurückschreckte. Wieder zu Boden gestürzt, wälzte sich die Bestie auf den Steinen des Platzes hin und her und lag schließlich mit dem Bauch nach oben da. Zwischen den Klauen, mit denen sie den verwundeten Unterleib umklammerte, schossen kleine Flammen hervor.

Die bleiche Menge ringsumher erstarrte in Schweigen und bekam große Augen.

Wie ein Buschfeuer in trockenem Gras breiteten sich die Flammen vom Bauch der Bestie über den ganzen Körper aus. Die Kreatur krümmte und wand sich; das Maul hatte sie zu einem lautlosen Schrei der Qual aufgerissen. Feuer drang ihr aus der Kehle und die Flammen verzehrten schließlich ihren Kopf. Die Kreatur fiel in sich zusammen, während weiter Flammen über die schwärzliche Gestalt tanzten – ein Übelkeit erregender Scheiterhaufen.

Sam und Denal waren bereits wieder auf den Beinen. »Los!«, rief Sam.

Erneut hob der Texaner drohend seinen Dolch, doch dieses Mal forderte ihn niemand mehr heraus. Die verbliebenen Bestien wichen zurück und gaben den Weg frei. Dicht aneinander gedrängt und mit angehaltenem Atem gingen die drei zum Ausgang hinüber.

Maggie starrte die kokelnde Gestalt des Angreifers an. *Spontane Verbrennung,* dachte sie und versuchte, dieses Teilchen dem immer größer werdenden Puzzle hinzuzufügen, schüttelte dann aber den Kopf. Dafür war jetzt keine Zeit.

Sie richtete ihre Aufmerksamkeit nach vorn.

Sam bedrohte weiterhin die wenigen Bestien, die nach wie vor am Rand des Platzes herumlungerten. Ein besonders großes Ungeheuer, das nur aus Muskeln und Knochen bestand, fixierte sie nach wie vor mit seinem Blick, die Augen schmal vor Argwohn und Hass. Nur diese eine einzige Kreatur wirkte wirklich gut genährt. Sie stützte sich auf einen Fingerknöchel wie ein Gorilla, war jedoch im Gegensatz zu dem Menschenaffen nackt und bleich. Maggie erkannte in ihr einen der wenigen ›Anführer‹ des Rudels. Sie bemerkte, dass ihr jegliche äußere Geschlechtsmerkmale fehlten. *Wie Pachacutecs Körper,* fiel ihr ein.

Eines ihrer Augen fing an zu zucken, als ihr eine entsetzliche Erkenntnis dämmerte. Sie war so schockiert, dass ihr entging, was die stämmige Bestie mit der anderen Klauenfaust festhielt. »Sam!«

Die Kreatur schleuderte einen Felsbrocken so groß wie ein Kürbis auf den Texaner. Sam sah ihn kommen, konnte jedoch nicht mehr rechtzeitig ausweichen. Der Granitbrocken traf seine Faust, der Dolch flog davon und landete inmitten der Horde von Bestien.

Der gigantische Steinewerfer brüllte triumphierend, reckte sich und trommelte mit einer knorrigen Faust auf seinen Brustkasten ein. Sein Triumphgeschrei wurde von allen anderen auf dem Platz erwidert. Ohne den Dolch waren die drei jetzt schutzlos.

Maggie hob das Gewehr und zielte auf den heulenden Gorilla. »Maul halten, du Arschloch!« Sie drückte den Abzug und im nächsten Moment stürzte das Ungeheuer nach hinten auf die Steine. Einen Atemzug lang sah man noch die Beine im Todeskampf zucken, dann lag es still da.

Als das Dröhnen des Schusses verhallte, kehrte das Schweigen auf den Platz zurück. Keiner rührte sich. Durch den Tod ihres Anführers war das Rudel kurzzeitig eingeschüchtert.

Schließlich zischte Maggie: »Sam, das war meine letzte Patrone.«

»Dann dürften wir hier nicht länger willkommen sein, schätze ich.«

Als hätten sie ihn gehört, krochen die Kreaturen langsam auf sie zu.

Der Texaner wandte sich an Denal. »Wie schnell kannst du rennen?«

»Mir zusehen!« Denal flog die leere Straße vor ihnen hinunter.

Sam und Maggie folgten dem Jungen und rannten Seite an Seite durch das übel riechende Dorf.

Hinter ihnen brach erneut wütendes Gekreisch und hungriges Geheul los. Die Jagd hatte begonnen. Da das Opfer auf der Flucht war, ließ das Rudel jede Vorsicht fahren. Blutdurst bezwang die Furcht. Späher rannten Parallelstraßen entlang. Zu erkennen waren sie lediglich als verwischte weiße Streifen zwischen den Häusern. Sie blieben ihnen auf der Spur. Dahinter kamen die Jäger mit ihrem herausfordernden Gebrüll.

Maggie musste sich alle Mühe geben, mit Sam Schritt zu halten. Zugleich hatte sie auch noch mit der Winchester zu kämpfen, die sie sich über die Schulter schlingen wollte.

»Wirf sie weg!«, schrie Sam zurück.

»Aber ...?«

Sam wurde etwas langsamer und entriss ihr das Gewehr. Er wirbelte es wild um den Kopf und schleuderte es hinter sie. Die kostbare Winchester fiel klappernd auf den Felsboden und rutschte noch ein wenig weiter. »Ich rette lieber dich als eine verdammte rostige Flinte!«

Von der Last befreit und seltsam aufgemuntert von Sams Worten, beschleunigte Maggie ihren Schritt. Seite an Seite rannten sie weiter. Bald waren sie aus dem Dorf heraus und auf dem Pfad durch den Regenwald. Bäume und peitschende Zweige wollten sie aufhalten, doch sie liefen weiter, zerkratzt und blutend.

Wenige Meter vor ihnen sprang und hüpfte Denal nackt durch den Wald.

»Zum Tunnel!«, rief Sam nach vorn.

»Welcher Tunnel?«, rief Denal zurück und wäre fast gestolpert.

Maggie ging auf, dass Denal keinerlei Erinnerung daran hatte, wie er hergekommen war. Sie schrie: »Einfach auf dem Pfad bleiben, Denal! Er führt in die richtige Richtung.«

Der Junge rannte schneller. Sam und Maggie hatten alle Mühe zu folgen. Hinter sich hörten sie das Krachen von Zweigen und das winselnde Gebell der Jäger.

Beide keuchten so sehr, dass Sprechen unmöglich war. Maggies Sichtbereich schrumpfte auf Stecknadelgröße zusammen und ihre Beine zuckten und verkrampften sich beim Rennen. Sie wurde langsamer.

Plötzlich hatte Sam den Arm unter sie geschoben und zog sie weiter.

»Nein ... Sam ... lauf, lauf!« Doch sie war sogar zu schwach, um sich gegen ihn zu wehren.

»Den Teufel werd ich tun.« Er schleppte sie weiter mit. Die Jagd erschien endlos. Maggie erinnerte sich nicht, dass der Pfad so lang gewesen war.

Schließlich tauchte das Sonnenlicht wieder auf und der

Regenwald fiel hinter ihnen zurück. Das schwarze Auge des Tunnels lag nur wenige Meter vor ihnen. Denal war bereits angekommen und lungerte am Eingang herum.

Sam trug Maggie halb den kurzen Hang zum Eingang hinauf. »Rein da!«, rief er dem Jungen zu.

Maggie warf einen Blick über die Schulter. Bleiche Gestalten stürmten durch das Laubwerk des Regenwalds und rissen Ranken herab. Einige sprangen auf zwei Beinen, andere rannten auf allen vieren.

»Rein! Sofort, Denal!«

»Ich ... ich nicht können!«, wimmerte der Junge.

Maggie fuhr herum. Denal kauerte immer noch am Eingang. Er trat einen Schritt auf das schattige Innere zu und wich dann wieder zurück.

Sam und Maggie erreichten ihn. Der Texaner schob sie zum Tunnel hin. »Rein mit dir!«

Maggie stolperte in den Eingang und ihre Sehfähigkeit war dermaßen geschwächt, dass das Dämmerlicht sie fast erblinden ließ. Sie drehte sich um und sah, wie Sam Denal in seine Arme zog.

Der Junge quietschte wie ein Schwein, das geschlachtet werden sollte, als Sam neben sie in den Schacht sprang. Denal wand und drehte sich in den Armen des Mannes.

»Was hat er?«, fragte Maggie, als sie und Sam tiefer in den Tunnel hinabhumpelten.

Denal bog den Rücken durch. »Ich glaube, er hat einen Anfall«, meinte Sam und hielt den Jungen ganz fest.

Das Kreischen der Bestien schallte durch den Eingang herein. Maggie warf einen Blick über die Schulter zurück. Die Kreaturen sammelten sich dort draußen, verzerrte Gestalten, vom Sonnenschein bemalt. Aber keine trat ein. Keine wagte es, ihren entflohenen Opfern in den Tunnel zu folgen. »Sie werden nicht reinkommen«, murmelte Maggie. Stirnrunzelnd fuhr sie herum. *Wie Denal,* fügte sie schweigend hinzu.

Schließlich sank Sam erschöpft und mit zittrigen Beinen auf die Knie und legte Denal nieder. Der Junge hatte die Augen so weit nach oben verdreht, dass nur das Weiße zu sehen war, und schaumiger Speichel klebte an seinen Lippen. Er gurgelte und keuchte.

»Ich versteh nicht, was mit ihm los ist«, sagte Sam.

Maggie sah sich nach den Bestien an der Tunnelmündung um. Sie schüttelte langsam den Kopf.

Schließlich hustete Denal laut und sein Körper entspannte sich. Maggie streckte die Hand nach dem Jungen aus, weil sie glaubte, er würde sein Leben aushauchen. Doch als sie ihn berührte, drehte er die Augen zurück. Er starrte sie an und setzte sich dann rasch auf, als käme er gerade aus einem schlimmen Traum zurück. »*Que paso?*«, fragte er auf Spanisch.

»Ich musste dich hereinziehen«, erwiderte Sam. »Was war denn los?«

Denal zog die Brauen zusammen und wechselte mühsam wieder ins Englische. »Es mich nicht wollen reinkommen lassen.«

»Was?«

Der Junge presste einen Finger an die Stirn und kniff fest die Augen zusammen. »Ich nicht wissen.«

Maggie ahnte die Antwort. »Es war der Tempel.«

Sam sah sie über seinen Kopf hinweg an. »Wie bitte?«

Maggie stand auf. »Verschwinden wir.«

Sam half dem Jungen auf. Sie folgten ihr langsam zum fernen Ausgang. Vor ihnen flackerten die beiden Fackeln, die die Nische umrahmten, in ihren Halterungen.

Als Maggie an der Höhle vorüberkam, wurde sie langsamer, blieb dann stehen und musterte den goldenen Altar und die verwobene Masse aus goldenen Filamenten darüber.

Sam trat neben sie, sah sich jedoch immer wieder achtsam nach irgendwelchen neuen Anzeichen für eine Verfolgung um. »Wenn das da hinten der Himmel der Inka war«, murmelte er, »dann möchte ich lieber nicht wissen, wie ihre Hölle aussieht.«

Maggie nickte zu dem goldenen Tempel hinüber. »Ich glaube, die ist gleich hier.«

Denal blieb zurück und hielt sich dem leuchtenden Raum so fern wie möglich.

»Ich weiß«, sagte Sam neben ihr. »Es fällt schwer zu glauben, dass die Inka diese Ungeheuer mit ihren Kindern füttern.«

»Nein, Sam. Du verstehst nicht. Diese Ungeheuer *sind* ihre Kinder.« Maggie wandte sich ihm zu und ignorierte seinen ungläubigen Blick. Sie musste ihre Theorie einfach laut aussprechen. »Sie haben uns gesagt, dass der Tempel ihnen die Kinder wegnimmt, sie zu Göttern macht und sie zum *janan pacha* schickt.« Maggie zeigte zu der Stelle zurück, an der die letzten der Bestien nach wie vor jaulend herumhüpften. »Das sind die fehlenden Kinder.«

»Wie ... warum ...?«

Maggie berührte Sam an der Schulter. »Wie ich dir schon versucht habe zu sagen – ich habe Pachacutec ohne seine königlichen Gewänder gesehen. Sein Körper war genauso haarlos, bleich und ohne Genitalien. Er sah genauso aus wie eine der Bestien. Wie diese große Kreatur, die ich erschossen habe. Einer der Anführer der Horde.«

Sam zog die Brauen zusammen, seine Augen voller Unglaube. Er warf einen Blick auf den Tempel. »Du willst damit sagen, dass dieses Ding ihm tatsächlich einen neuen Körper hat wachsen lassen?«

»So gut es halt möglich war. Als Sapa Inka oder König hat es ihm den Körper eines Anführers geschenkt.«

»Aber das ist unmöglich.«

Maggie runzelte die Stirn. »So unmöglich wie Normans

geheiltes Knie?«, fragte sie. »Oder seine wiederhergestellte Sehfähigkeit? Oder seine Fähigkeit, sich plötzlich mit den Inka zu verständigen? Überleg mal, Sam!« Sie nickte zum Tempel hin. »Dieses Ding ist ein biologischer Regenerator. Er hält die Inka seit vierhundert Jahren am Leben ... er hat ihrem Anführer einen neuen Körper wachsen lassen. Aber warum? Weshalb tut er das?«

Sam schüttelte den Kopf.

Maggie zeigte erneut zu der von den Bestien verseuchten Caldera hinüber. »Das ist der Preis für das ewige Leben hier. Die Kinder! Er nimmt ihnen ihren Nachwuchs ... und, na ja ... experimentiert vielleicht damit. Wer weiß? Worin der Zweck auch bestehen mag, der Tempel benutzt die Kinder der Inka als biologisches Futter. Die Dorfbewohner sind lediglich Vieh für irgendein Fortpflanzungsexperiment.«

»Aber was ist mit Denal?«, fragte Sam.

Sie schaute zu dem Jungen hinüber. Er war unverändert ... größtenteils. Ihr fiel sein Widerstreben ein, den Tunnel zu betreten. »Meiner Ansicht nach benötigt der Tempel formbareres Material, jüngere genetische Zellen, wie von Neugeborenen. Denal war zu alt. Also ist er mit ihm wie bei allen übrigen Experimenten verfahren. Nachdem er mit ihm fertig war, hat er einen mentalen Befehl installiert, sich ins nächste Tal zu begeben, und ihm eine phobische Angst vor der Rückkehr implantiert. Du hast gesehen, dass Denal ebenso unfähig war, den Tunnel wieder zu betreten, wie die Kreaturen. Ich habe den Verdacht, dass die Bestien, die wir vor zwei Tagen in der Totenstadt gefunden haben, durch andere Schächte aus der Caldera gekommen sind. Vielleicht haben sie einen Weg nach draußen gesucht und sind dort unten eingeschlossen worden. Meiner Ansicht nach dürfen die Bestien überall hingehen, *nur nicht ins Tal der Dorfbewohner.* Das ist verboten.«

»Aber weshalb?«

»Weil der Tempel seine Investitionen vor den eigenen biologischen Abfallprodukten schützt. Er kann nicht riskieren, dass der Quelle seines genetischen Rohmaterials Schaden zugefügt wird. Also beschützt er das Dorf.«

»Aber warum vernichtet er die Ergebnisse des Experiments nicht einfach, wenn diese Kreaturen ein Risiko darstellen? Warum lässt er sie am Leben?«

Maggie zuckte mit den Schultern. »Weiß ich nicht genau. Vielleicht ist die Caldera nebenan ein Teil des Experiments, ein natürliches Testgebiet für seine Geschöpfe. Er überwacht, wie sie sich einer echten Umgebung anpassen und sich dort verhalten.«

»Und was ist mit der Tatsache, dass sie verbrannt sind, als ich sie mit dem Dolch getroffen habe?«

»Spontane Verbrennung. Ein Sicherheitsmechanismus bei Fehlschlägen. Ist dir aufgefallen, dass Denals Wächter Speere aus demselben Gold getragen haben? Ein Hieb mit einer dieser Waffen, selbst nur ein Kratzer, muss einen Energiestoß freisetzen. Eine weitere Schutzmaßnahme.«

Während Sam den Tempel anstarrte, schwoll das Entsetzen in seinem Blick immer mehr an. »Hört sich nach wie vor völlig verrückt an. Aber wenn ich mir überlege, was mit Norman passiert ist, muss ich zugeben, dass du Recht haben könntest.« Er wandte sich ihr zu. »Aber falls es so ist – weswegen tut der Tempel das? Worin besteht sein letztendliches Ziel? Wer hat ihn erbaut?«

Stirnrunzelnd schüttelte Maggie den Kopf. Darauf wusste sie keine Antwort. Da drang auf einmal ein neues Geräusch in den Tunnel.

... womp, womp, womp ...

Sam und Maggie wandten sich gleichzeitig zum anderen Schachtende zu. Das Geräusch kam aus dem dahinter liegenden Tal.

»Kommt!«, sagte Sam aufgeregt. Eilig führte er sie auf das helle Sonnenlicht zu.

Als sie das Tunnelende erreichten, kniffen sie vor dem vormittäglichen Glanz die Augen zusammen. Sam zeigte in den Himmel. »Seht mal! Die Kavallerie!« In dem Dunst dort oben kreiste ein dunkler Schatten. Beim weiteren Abstieg kam der grünschwarze Rumpf eines Militärtransporthubschraubers in Sicht. »Es ist Onkel Hank! Gott sei Dank!«

Auch Maggie stieß einen Seufzer der Erleichterung aus. »Ich bin ganz scharf drauf, das alles hier dem Professor zu überlassen.«

Er legte den Arm um sie und sie entzog sich ihm nicht.

Dann ertönte von weiter unten herausfordernd ein neues Geräusch. Ein rasches Wummern: *Trommeln!* Offenbar hatten die Inka ebenfalls den seltsamen Vogel entdeckt, der in ihr Tal geflogen kam. Das schrille Klirren von geschlagenen Gongs klang wütend durch das Tal.

Maggie warf Sam einen Blick zu. »Kriegstrommeln!«

Sams Arm fiel von ihrer Schulter herab, sein Grinsen verschwand. »Das verstehe ich nicht. Norman hätte den Inka sagen sollen, dass sie sich vor dem Professor und den anderen nicht zu fürchten brauchen.«

»Da muss was schief gegangen sein.«

Auf Sams Stirn zeigten sich jetzt tiefe Furchen. »Ich muss zu meinem Onkel und ihn warnen.« Er führte sie über die steilen Kehren hinab.

Der Helikopter landete unten im Tal auf dem flachen Quinoafeld am Saum des Regenwalds, wobei der Wind von den Rotoren die Stängel der Pflanzen niederdrückte.

Maggie folgte. »Aber was ist mit Norman?«, schrie sie über das Dröhnen des Hubschraubers hinweg.

Sam gab keine Antwort, beschleunigte jedoch seinen Schritt.

Norman sah den Helikopter auf der grünen Wiese landen, während er sich unter dem Laub eines Dornenstrauchs am Rand des Regenwalds versteckt hielt. Winzige grüne Ameisen marschierten vor seinen Augen ein Blatt hinab – zu beschäftigt, um sich von dem Geknatter des Hubschraubers stören zu lassen, als dessen Landekufen auf dem Feld aufsetzten.

Er selbst dagegen spürte jeden einzelnen Rotorschlag tief in der Brust. Er krümmte sich und betete darum, dass er sich geirrt und Professor Conklins Worte doch falsch interpretiert hatte. »Nach allem, was diese Woche passiert ist«, murmelte er in sich hinein, »leide ich vielleicht bloß an Verfolgungswahn.« Dennoch hielt er sich weiterhin verborgen, als die Tür zum Passagierabteil des Hubschraubers aufglitt. Ein Teil seiner selbst wusste, dass er sich *nicht* geirrt hatte. Professor Conklin hatte versucht, ihn vor etwas zu warnen. Aber vor was?

Die Antwort trat bald zu Tage. Eine bunt gemischte Schar von Männern, einige in Kampfmontur und Tarnkleidung, andere in braunen Mönchskutten, kletterte aus dem Helikopter. Sie alle, sogar die Mönche, waren in ihren Bewegungen zu knapp und zielstrebig, als dass es sich lediglich um ein Rettungsteam hätte handeln können. Durch eine Luke wurden Kisten mit Ausrüstungsgegenständen entladen und aufgestemmt. Er sah, dass Sturmgewehre von Hand zu Hand weitergereicht wurden. Mehrere der Männer knieten nieder und brachten Granatwerfer an ihren Waffen an.

Er duckte sich noch tiefer. O mein Gott! An so viel Verfolgungswahn hätte er gar nicht leiden können!

Plötzlich erstarben das Getrommel und das Klirren der Gongs, das tiefer aus dem Regenwald, aus dem Inkadorf, ertönt war. Norman hielt den Atem an. Er war froh darum, dass er Pachacutec gewarnt hatte, er solle das Dorf vorbereiten. Für den Fall, dass entgegen der Warnung doch keinerlei Gefahr bestand, hatte er geplant, den Professor ins Dorf zu geleiten, die Vorstellung zu übernehmen und so jedes Blutvergießen zu verhindern.

Er zog in Betracht, ins Dorf zurückzukehren. Die Inka waren zwar auf Feindseligkeiten vorbereitet, jedoch nicht auf solche. Er sollte sie warnen – sie mussten fliehen. Aber er wusste, dass Pachacutec niemals fliehen würde. Sie beide hatten an diesem Morgen lange miteinander gesprochen und es war klar, dass der Inkakönig eine Bedrohung der Autonomie seines Stammes keinesfalls hinnehmen würde. Pachacutec würde nicht davonlaufen.

Also blieb Norman weiterhin auf seinem Horchposten und spähte durch das Laub. Der Anführer der Männer, ein dicklicher Mann in einem Safarianzug und dazu passendem Hut, brüllte Befehle und ließ seine Männer in Reih und Glied zum Marsch auf das Dorf antreten. Seine Leute gehorchten unverzüglich. Seit die Landekufen den Boden berührt hatten, hatte es kaum zehn Minuten gedauert, bis das Angriffsteam unterwegs war. Es operierte mit militärischer Präzision.

Zwei Männer übernahmen die Vorhut. Geduckt liefen sie unter den Rotorblättern des Helikopters hervor und zu dem Pfad hinüber, der zum Dorf führte. Bei ihrer Erkundung aus der Luft hatten sie die gewundenen Pfade zum Dorf bestimmt kartographiert, da war sich Norman sicher. Die anderen vier Männer folgten langsamer, vorsichtig, die Gewehre schussbereit. Der große, rotgesichtige und schweißgebadete Anführer ging hinter ihnen. Er war mit einer Pistole bewaffnet und wurde von einem einzelnen Leibwächter flankiert.

Norman wartete, bis der gesamte Trupp im Dschungel verschwunden war, und wagte dann endlich wieder zu atmen. Er hockte nur da, unschlüssig, was er tun sollte. Er musste Sam Bescheid geben. Er versuchte, die Felswand in sein Blickfeld zu bekommen, durch die der Schacht zum Tempel führte, doch versperrte ihm der Regenwald die Sicht.

Wenn er sich nur seinen Weg durch den Dschungel bahnen könnte ...

Er wollte sich gerade in Bewegung setzen, als ihn neue Stimmen an Ort und Stelle verharren ließen. Zitternd hockte er da. Auf der anderen Seite des Helikopters stiegen zwei weitere Männer aus. Den Professor erkannte Norman sofort. Er war unrasiert und seine Kleidung sah so aus, als hätte er seit Tagen darin geschlafen. Seine stolze Haltung war jedoch unverkennbar.

Henry trat stolpernd einen Schritt voran, geschoben von der Waffe eines großen dunklen Mannes in einer Mönchskutte. Der Bewaffnete hatte schwarzes Haar und zeigte einen noch finstereren Gesichtsausdruck. Auf seiner Brust glitzerte ein Silberkreuz.

Norman verstand nicht, was diese Verkleidung zu bedeuten hatte. Zweifellos war es eine List.

Als die beiden sich weiter vom Helikopter entfernten, drangen Worte bis zu ihm vor. »Entweder Sie arbeiten ohne Wenn und Aber mit uns zusammen«, sagte der dunkle Mann, »oder der Student an der Grabungsstätte wird dasselbe Schicksal erleiden wie Ihre Freundin.«

Henrys Schultern sackten zusammen. Er war geschlagen. Nickte.

Norman in seinem Versteck ballte in hilfloser Enttäuschung die Hände zu Fäusten. Der Bewaffnete musste von Philip gesprochen haben. Der Harvardstudent wurde drüben im Lager als Geisel gehalten.

»Wir werden die Gefangenen befragen«, fuhr der Mann fort, »und Sie werden uns dabei helfen.«

»Schon verstanden«, fauchte Henry zurück. »Aber wenn

meinem Neffen oder einem der anderen etwas zustößt, könnt ihr euch eure Befragung in den Arsch schieben!«

Der Ausdruck des Mannes wurde noch finsterer, doch er trat bloß zurück. Mit der freien Hand holte er eine Zigarette heraus.

Als Norman eine bequeme Haltung einnehmen wollte, landete seine rechte Hand auf einem Brocken Vulkangestein. Er umklammerte ihn und starrte zu dem Mann hinüber, der den Professor gefangen hielt. Mühsam lockerte er den Stein und holte ihn heraus. Wenn er sich am Rand des Basalts entlangschliche, brächte das den Helikopter zwischen ihn und den Wächter. Schon hatte er sich in Bewegung gesetzt und glitt am Saum des Regenwalds entlang. Wie er wusste, hatte sich sogar der Pilot des Hubschraubers dem Angriffsteam angeschlossen, also gab es hier nur noch diesen einzelnen Wächter. Es war riskant, doch vielleicht konnte er mit seiner Tat sie alle retten. Wenn es ihm gelang, den Professor zu befreien, konnten sie zu zweit fliehen und sich Sams Gruppe anschließen.

Er packte den aufgefalteten Rand des vulkanischen Basalts, holte tief Luft, stürmte dann aus der Deckung hervor und rannte die wenigen ungeschützten Meter zu dem Kamm hinüber. Dort tauchte er in die willkommenen Schatten ein und wartete darauf, dass Kugeln den Abhang hinter ihm durchsieben würden, da er sicher war, gesehen worden zu sein. Nichts geschah. Einen Augenblick lang stützte er sich auf den rauen Fels. Schließlich hob er den Felsbrocken hoch und fragte sich auf einmal, ob das klug wäre. Doch ehe ihn die Furcht lähmen konnte, huschte er eilig im Seitwärtsgang, wie eine Krabbe, in den Schatten des Kamms.

Sobald er sicher war, weit genug gekommen zu sein, riskierte er einen kurzen Blick über den Rand. Er hatte sich nicht getäuscht. Der gewaltige Rumpf des Helikopters stand zwischen ihm und dem Bewaffneten. So leise wie möglich kletterte Norman hinüber. Das Kratzen seiner Schuhe auf dem Stein tönte laut wie eine Explosion, doch wusste Norman genau, dass dies nur in seiner Vorstellung so war. Abgesehen davon gab es jetzt kein Zurück mehr. Er war im Freien.

Er drückte den Felsbrocken fest an die Brust und rannte und sein Herz hämmerte so laut, dass es womöglich sogar die Inka im Dorf hören konnten. Aber er schaffte es, in den Schatten des Helikopters zu gelangen, wo er sich hinkniete und auf der anderen Seite die Füße der beiden Männer entdeckte. Anscheinend hatten sie von seiner Anwesenheit nichts bemerkt.

Er kroch unter den Hubschrauber und robbte um die Zusatztanks herum. Quinoastängel kitzelten ihn an den Armen, als er sich auf die andere Seite schlich. Vor ihm standen der Professor und der Bewaffnete, die ihm den Rücken zugekehrt hielten und hinaus in den Regenwald starrten. Der Wächter in der Kutte stieß eine große Wolke Zigarettenrauch aus.

Norman hielt den Atem an, biss sich auf die Lippe und glitt ins Freie. Er konnte entweder dicht am Boden entlangschleichen und so jedes Hindernis umgehen ... oder sich einfach schleunigst auf sein Opfer stürzen. Aber er traute seinen zitternden Beinen nicht. Also schob er sich vorsichtig immer weiter auf den Bewaffneten zu, einen Fuß vor den anderen setzend.

Er war bloß noch auf Armeslänge entfernt, da brach die Hölle los.

Plötzlich erschütterten Explosionen das Tal. Ein Teil des Regenwalds in der Mitte wurde hoch in die Luft geschleudert und brennende Teile regneten herab.

Bei diesem Anblick konnte Norman unmöglich einen überraschten Aufschrei unterdrücken.

Der Bewaffnete hörte ihn, fuhr auf dem Absatz herum und ließ sich sofort fallen.

Norman entdeckte, dass er in den Lauf einer Pistole starrte. »Fallen lassen!«, befahl der Mann.

Mehr musste nicht gesagt werden. Der Felsbrocken glitt Norman bereits aus den tauben Fingern.

Vom Regenwald schallte weiterhin lautes Geschrei herüber. Gewehrfeuer ertönte, das sich anhörte wie eine heftig geschüttelte Tasse voller Zähne.

Über den Kopf des Mannes hinweg sah Norman Henry, dessen Gesicht einen Ausdruck der Hoffnungslosigkeit und Niedergeschlagenheit zeigte.

Norman sackte in sich zusammen. Mit einem ähnlichen Ausdruck sagte er: »Tut mir Leid, Professor.«

Als die erste Explosion durch das Tal dröhnte, kam Sam stolpernd zum Stehen und duckte sich vor dem Regen aus brennendem Schutt. »Was zum Teufel ...?«

Denal hielt sich ebenfalls geduckt.

Mit weit geöffneten Augen kam Maggie an Sams Seite. »Sie greifen das Dorf an!«

Sam hielt sich unten. »Das würde Onkel Hank nie tun.«

»Was, wenn es gar nicht der Professor ist?«, meinte Maggie. »Vielleicht hat jemand anders die Signalfeuer gesichtet. Diebe. *Hauqueros*. Vielleicht sogar dieselben Schweinehunde, die letzte Woche in unsere Ausgrabung eingedrungen sind. Vielleicht haben sie unseren Funk abgehört und Onkel Hank hier überfallen.«

Sam sackte auf dem Hang zusammen. »Was jetzt?«

Maggies Augen wurden wild. »Wir halten sie auf.« Sie nickte zu dem Helikopter auf dem Feld hinüber, der halb vom Regenwald verdeckt wurde. »Schalten den da aus und diese Diebe können nirgendwo mehr hin. Dann rufen wir den Professor und sagen ihm, er soll mit Polizei und Armee hier erscheinen.« Sie wandte sich an Sam. »Wir können nicht zulassen, dass sie ermorden und plündern, was wir hier gefunden haben.«

Bei ihren Worten nickte Sam zustimmend. »Du hast Recht. Wir müssen es zumindest versuchen.« Er stand auf. »Ich erkunde mal die Lage. Sehe nach, was los ist.«

»Nein«, widersprach Maggie. »Wir bleiben zusammen.«

Sam runzelte die Stirn, doch Maggies Gesichtsausdruck zeigte keinerlei Veränderungen.

Sogar Denal nickte. »Ich gehen auch.« Sam sah den Blick, mit dem der Junge zum Tunneleingang hinaufschaute. Denal war kein Held; er wollte bloß nicht allein gelassen werden ... erst recht nicht nackt und waffenlos.

Sam blickte über das Tal.

Unten aus dem Regenwald ertönte Maschinengewehrfeuer. Gelegentlich erfolgten Explosionen und Bäume und Felsbrocken wurden in die Luft geschleudert. In das Getöse mischte sich das Kriegsgeschrei der Inka, das sich im Vergleich hierzu wie ein Flüstern anhörte, und das Gekreisch der Sterbenden. Rauchwolken wälzten sich durch den Dschungel und stiegen zum Himmel auf.

»Na gut«, sagte Sam. »Dann gehen wir alle. Aber bleibt zusammen und seid leise! Wir schleichen uns zum Rand des Regenwalds und kriechen so nah wie möglich an den Hubschrauber heran. Sehen nach, ob es Wächter gibt.«

Maggie nickte und winkte ihm zu, er solle losgehen.

Sam eilte die letzten Kehren hinab und führte sie durch die Böschung aus Vulkangestein und Gebüsch weiter. Bald wurden die drei von den Schatten des Regenwalds verschluckt. Sam hob einen Finger an die Lippen und gab lediglich Handzeichen. Das Getöse der Schlacht klang nur noch gedämpft durch den Dschungel.

Geduckt bahnte sich Sam einen Weg durch das Laubwerk. Sie mussten den Helikopter erreichen, bevor die Diebe das Dorf überwältigt hatten. Sam betete darum, dass noch einige Waffen als Reserve im Hubschrauber lagen. Wenn sie das Tal bis zu Onkel Hanks Ankunft verteidigen wollten, würden sie selbst einiges an Feuerkraft benötigen.

Der Regenwald vor ihnen lichtete sich. Sie hatten den Rand erreicht und Sam wurde langsamer. Jetzt war ganz und gar nicht der richtige Zeitpunkt dafür, sich erwischen zu lassen. Er gab den anderen Zeichen, zurückzubleiben, und kroch allein das letzte Stück des Wegs weiter. Gerade, als er das gespaltene Blatt eines Dschungelfarns beiseite schob, hörte er eine vertraute Stimme.

»Lassen Sie den Jungen in Ruhe, Otera! Es besteht kein Grund, ihm etwas zu tun.«

Onkel Hank!

Sam zog das Blatt beiseite und blickte über die dahinter liegende offene Wiese. Der große Militärhelikopter hockte wie eine monströse Gottesanbeterin auf dem Quinoa-Feld. Etwas näher hatte er jedoch einen Anblick vor sich, der ihm das Blut in den Adern stocken ließ. Sein Onkel stand vor einem Mann in Mönchskutte, doch der Mann war kein Jünger des Herrn. In der rechten Hand hielt er eine große Pistole. Als Waffenkundiger erkannte Sam sie als eine .357 spanische Astra wieder, eine Waffe, die einen Bullen zum Stehen bringen konnte – und sie war auf die Brust seines Onkels gerichtet.

Über dessen Schulter hinweg entdeckte Sam ein drittes Mitglied dieser Gesellschaft. Norman! Das Gesicht des Fotografen war bleich vor Furcht.

Der Mann namens Otera funkelte Sams Onkel wütend an. »Seit wann gibst du hier die Befehle?« Und dann schlug er Norman mit seiner Waffe bösartig ins Gesicht. Der Fotograf fiel auf die Knie und Blut strömte aus seiner Stirn.

»Lassen Sie ihn in Ruhe!«, sagte Onkel Hank und trat zwischen ihn und Norman.

Otera, der Sam jetzt den Rücken zugekehrt hielt, hob die Waffe. »Ich glaube, du bist nicht länger von Nutzen, alter Mann. Den Funknachrichten nach zu schließen, wissen diese Studenten, wo das Gold verborgen ist. Und da dieser Bursche jetzt in unseren Händen ist, sehe ich nicht ein, weswegen du noch weiter herumlaufen sollst.«

O mein Gott! Völlig außer sich schlüpfte Sam aus seinem Versteck und rannte über das nasse Feld.

Die Bewegung lenkte Henrys Aufmerksamkeit auf Sam und seine Augen weiteten sich vor Überraschung. Sam erkannte, dass sein Onkel alles daransetzte, jede weitere Reaktion zu unterdrücken – aber Otera war selbst diese winzige Reaktion nicht entgangen.

Er hob die Waffe auf Brusthöhe und fuhr herum. Sam hatte ihn gerade erreicht und sprang schreiend auf ihn zu. Da dröhnte ihm schmerzhaft ein Schuss in den Ohren, er wurde zurückgeschleudert und landete rücklings auf der Wiese.

»Nein!«, hörte er seinen Onkel schreien.

Sam versuchte, sich auf den Ellbogen zu stützen, merkte jedoch, dass er sich nicht rühren konnte. Nicht einmal atmen. Es war ein Gefühl, als hätte sich ihm ein ungeheures Gewicht auf die Brust gelegt. Ein stechender Schmerz breitete sich in alle Richtungen aus. Aus dem Augenwinkel sah er, wie sein Onkel dem Schützen in der Kutte auf den Rücken sprang und ihn zu Boden warf.

Sam lächelte über die Wildheit des alten Mannes. *Gut gemacht, Onkel Hank.*

Dann wurde alles schwarz.

Einige Meter entfernt hatte Maggie mitbekommen, wie Sam plötzlich aus seinem Versteck ins Freie gestürzt war. Was tat der verdammte Blödmann da? Sie eilte hin, Denal ihr zur Seite. Als sie das Versteck erreichte, dröhnte von der anderen Seite des Farns der Knall eines einzelnen Schusses herüber.

Voller Panik riss Maggie die Farnwedel beiseite. Sam war zusammengebrochen und lag auf der plattgedrückten Wiese; seine Arme zuckten spasmisch. Selbst von ihrem Versteck aus erkannte sie den Blutschwall, der ihm aus einer riesigen Wunde in der Brust quoll. Blindlings verließ sie ihre Deckung. Sie würde sich nie wieder in einem Graben verstecken, wenn ein Freund starb. »Sam!«

Während sie hinüberlief, bemerkte sie schließlich den Kampf auf der anderen Seite des Leichnams. Er kam ihr völlig sinnlos vor. Der Professor saß auf dem Rücken eines um sich schlagenden Mönchs. Die noch rauchende Waffe lag im nassen Gras, gerade außer Reichweite des Mannes. Plötzlich, wie in einem Traum, tauchte anscheinend aus dem Nichts Norman auf. Er hatte einen riesigen Felsbrocken in den Händen und ließ ihn laut krachend auf den Kopf des festgehaltenen Mannes sausen. Sogleich erschlaffte dieser und Professor Conklin stieg von ihm herab.

Dann war es ein Wettrennen darum, wer Sam zuerst erreichte.

Sein Onkel war Sieger. Er fiel neben seinem Neffen in die Knie. »O nein ... o Gott!«

Norman und Maggie erreichten ihn gleichzeitig.

Norman fiel auf Hände und Knie, griff nach Sams Handgelenk und fühlte nach dem Puls. Maggie sank langsamer herab. Sie sah Sams glasige Augen, die hinauf in den Himmel starrten, und wusste, dass niemand mehr darin war; der Blick war leer.

Normans Worte bestätigten nur, was sie schon wusste. »Er ist tot.«

Unter vorgehaltener Waffe ging Joan zu der Wand mit den Ketten hinüber. Sie wusste, wenn sie zuließe, dass sie an diese Kerkerwand gefesselt würde, wäre sie eine tote Frau; jegliche Hoffnung auf Flucht wäre dahin. In Gedanken spulten sich verschiedene Pläne und Szenarien ab. Nur eine Idee wäre Erfolg versprechend.

Während Bruder Carlos' Pistole sie weitertrieb, umklammerte sie mit den Fingern ihren Kragen, ließ die Plastikborte, die ihn versteifte, herausgleiten und kratzte eine der weichen, tränengroßen Proben der Substanz Z in ihre Handfläche. Jetzt kam es auf das Timing an.

Auf dem Weg zur Wand schlenderte sie nahe an dem großen Mönch mit dem nackten Oberkörper vorüber, der nach wie vor in dem brennenden Ofen herumstocherte. Er stand vornübergebeugt und rührte die glühenden Kohlen mit einem der Schüreisen um. Joan fiel die kleine Speichelblase in seinem Mundwinkel auf. Offenbar war dieser brutale Kerl mit den voluminösen Gliedmaßen ganz wild darauf, seine Eisen an ihrem Fleisch zu erproben. Er ertappte sie dabei, wie sie ihn anstarrte, und grinste, seine Augen voller Verlangen.

Plötzlich tat es Joan nicht im geringsten Leid, was sie zu tun beabsichtigte.

Sie stieß ihn im Vorübergehen an, warf das Metallkügelchen in den Brennofen, kehrte ihm den Rücken zu und duckte sich – und konnte froh sein, in Deckung gegangen zu sein. Die Explosion war gewaltiger, als sie erwartet hatte. Sie wurde nach vorn geschleudert, schlug krachend auf dem Steinfußboden auf und rutschte auf Händen und Füßen weiter. Ihr Rücken brannte und der Gestank nach angeschmorter Seide drang ihr in die Nase. Sie wälzte sich herum und drückte ihren verletzten Rücken auf den kühlen Stein.

Der Ofen hinter ihr war ein verdrehter Torso. Die Brenneisen lagen überall verstreut; eines steckte sogar in einem der hölzernen Stützpfeiler. Langsam erstarb das Echo der Explosion in ihrem Ohr und das Klingeln wurde durch qualvolles Geheul ersetzt. Ihr Blick glitt zu dem großen

Mönch hinüber. Er lag mehrere Meter entfernt auf dem Rücken. Sein nackter Brustkasten war vollkommen verkohlt. Stöhnend hob er eine Hand, stieß eine Kohle vom Bauch und setzte sich auf. Eine Seite seines Gesichts war schwarz. Zunächst hielt Joan das Schwarze bloß für Ruß; dann schrie der Mann auf, seine verbrannte Haut riss auf und das rohe Fleisch trat zutage. Blut lief ihm den Hals herab.

O Gott! Sie wandte das Gesicht ab.

Carlos war unversehrt geblieben und stand schon wieder auf den Beinen. Er ging zu einem Telefon an der Wand und brüllte etwas auf Spanisch hinein. Ein Hilferuf. Gleich darauf knallte er den Hörer auf die Gabel und trat zu dem Verletzten. Der Mönch umklammerte Carlos' Hosenbein, doch der Bruder schüttelte ihn ab und kam zu Joan herüber.

Er richtete die Waffe auf sie. »Aufstehen!«

Joan kam mühsam auf die Beine und keuchte, als sich ihre angesengte Bluse vom Rücken löste. Carlos runzelte die Stirn und zwang Joan, sich umzudrehen, damit er ihre Verletzungen in Augenschein nehmen konnte. »Sie werden überleben«, meinte er.

»Aber für wie lange?«, fragte Joan säuerlich, »bis Sie sich das nächste Mal dazu entschließen, mich umzubringen?« Sie winkte mit einer Hand über den Raum. »Was ist passiert?«

Carlos sah den Mann auf dem Fußboden, der immer noch stöhnte, finster an. »Ein Lehrling. Anscheinend hat er noch viel zu lernen.«

Joan senkte den Kopf, um ihre grimmige Befriedigung zu verbergen. Carlos gab dem Mönch die Schuld an der Explosion. Gut. Jetzt kam der nächste Schritt ihres Plans. Sie kratzte den zweiten Tropfen Gold unter ihrem Kragen hervor, verbarg ihn unter dem Fingernagel und griff daraufhin in ihre Tasche. Sie fingerte die Zigarette heraus, die Carlos ihr gestern gegeben hatte, und brachte sie mit zittrigen Fingern an ihre Lippen. »Was dagegen?«, fragte sie und hob das Gesicht.

Er sah den stöhnenden Mönch hart an. »Nur zu! Uns bleiben ein paar Minuten, bis jemand kommt, um sich um ihn zu kümmern.« Er streckte die Hand aus und zwischen seinen Fingern erschien ein Feuerzeug.

Sie beugte sich herab, zündete die Zigarette an und nickte dann zum Dank. Sie nahm einen tiefen Zug und seufzte dann laut und anerkennend. »Schon besser«, sagte sie und stieß den Rauch in Carlos' Richtung aus.

Sie sah, wie er die glimmende Spitze ihrer Zigarette beäugte. Bei dem Geruch nach Nikotin weiteten sich seine Pupillen.

Sie nahm einen zweiten Zug und reichte ihm dann seufzend die Zigarette, wobei sie den Rauch ausstieß. »Hier. Danke sehr. Aber das reicht mir.«

Er nahm ihr Angebot mit einem dünnen Lächeln an. »Sie fürchten um Ihre Gesundheit?«

Zu angespannt für eine laute Erwiderung zuckte sie mit den Schultern. Sie entdeckte ein goldenes Glitzern an der Unterseite der Zigarette, etwa einen halben Zentimeter von der glimmenden Spitze entfernt. »Genießen Sie's«, meinte sie schließlich.

Als Dank hob Carlos die Zigarette salutierend. Dann grinste er und steckte sie sich zwischen die Lippen. Joan trat einen kleinen Schritt zurück und drehte die Schultern ein wenig zur Seite.

Der Mönch nahm einen langen Zug, die Zigarettenspitze leuchtete hellrot auf. Als das weiße Papier fast bis zu dem Goldklecks abgesengt war, wandte Joan sich ab.

Diesmal war die Explosion nicht so heftig.

Dennoch warf es sie auf die Knie.

In ihrem Kopf dröhnte es von dem Knall. Sie verdrehte sich nach hinten. Carlos stand immer noch aufrecht da, aber sein Gesicht war eine zerklüftete, rauchende Ruine. Er fiel rücklings auf den verbrannten Mönch, der voller Entsetzen aufkreischte.

Joan kam auf die Beine, hob die Glock vom Boden auf und ging zu dem wimmernden Mönch hinüber. Sie hockte sich hin und untersuchte flüchtig seine Verletzungen. Über sechzig Prozent seines Körpers hatten Verbrennungen dritten Grades erlitten. Bei ihrer Berührung schlug er schreiend und wild um sich. Sie erhob sich. Er war ein toter Mann, auch wenn er es noch nicht wusste. Diese Verbrennungen würde er nicht überleben. »Macht doch nicht so viel Spaß, mit dem Feuer zu spielen, was?«, murmelte sie.

Sie hob die Pistole und zielte damit zwischen seine Augen. Der Mönch starrte sie entsetzt an und wurde dann ohnmächtig. Seufzend senkte sie die Glock. Sie brachte es nicht einmal über sich, ihm ein rasches Ende zu schenken.

Die Zeit lief ihr davon. Sie hatte eine Waffe und noch ein Stückchen von dem Gold. Nichts durfte sie am Entkommen hindern. Sie steckte die Pistole ein und trat von den beiden hingestreckt daliegenden Männern weg. Einen Moment lang betrachtete sie den leblosen Körper ihres Widersachers.

»Du hast Recht gehabt, Carlos«, sagte sie und wandte sich zur Tür. »Rauchen ist tödlich.«

Maggie berührte Henry an der Schulter. Er kniete da, hatte sich über den Leichnam seines Neffen gebeugt und schluchzte voller Schmerz und Qual. Maggie wusste keine Worte, um seinen Schmerz zu lindern. So viel hatten die Jahre in Belfast sie gelehrt. Auf beiden Seiten, bei den Iren und bei den Engländern, den Katholiken und Protestanten, gab es bloß trauernde Mütter und Väter. Alles war so dumm, so sinnlos.

Hinter ihr schallte weiteres Gewehrfeuer durch den Regenwald, obwohl nur noch sporadisch. Der heftigste Kampf war bereits vorüber. Gegen solche Waffen standen den Inka keine Gebete zur Verfügung.

Sie starrte Sam an und war außerstande, die ausgefranste Wunde anzusehen, das Blut. Sie merkte, dass ihr Blick auf seinem Gesicht ruhte. Beim Sturz war ihm der Stetson vom Kopf geschlagen worden und so ohne Hut wirkte er fast nackt. Sein verwuscheltes, sandfarbenes Haar war ungekämmt, als würde er bloß schlafen. Sie streckte die Hand aus und berührte eine lose Strähne, schob sie hinter ein Ohr. Die Tränen, die sie zurückgehalten hatte, flossen schließlich doch und alles verschwamm ihr vor den Augen.

Henry griff nach ihrer Hand, weil er ihren Schmerz spürte und weil er selbst Beistand brauchte. Seine kalten Finger schlossen sich um die ihren. Wo Worte fehlten, tröstete der einfache menschliche Kontakt. Sie lehnte sich an ihn. »O Sam ...« Ihre Stimme brach.

Norman kniete auf der anderen Seite des Leichnams. Hinter ihm stand reglos Denal. Der nackte Junge war jetzt in Normans Poncho gehüllt, sodass dem Fotografen nur die knielangen Hosen geblieben waren. Norman räusperte sich. »Maggie, was ist mit dem Tempel?«, fragte er leise. »Vielleicht ... vielleicht könnte er ...« Er zuckte mit den Schultern.

Maggie hob das tränenüberströmte Gesicht. »Was?«

Norman nickte zu Sams Leichnam hinab. »Denk mal an Pachacutecs Geschichte!«

Trauer wich Entsetzen. Ihre Augen wurden groß. Sie stellte sich den bleichen Körper des Sapa Inka vor und erinnerte sich daran, was im benachbarten Tal zu finden war. Langsam schüttelte sie den Kopf. Der Tempel stellte keine Erlösung dar. Sie konnte sich nicht vorstellen, ihm Sams Leichnam zu übergeben.

Henry ergriff das Wort und seine Stimme war vor Tränen heiser geworden. »W... was für ein Tempel?«

Norman zeigte hinüber zu der Vulkanwand. »Dort oben!

Etwas, das die Inka gefunden haben. Ein Gebäude, das heilt.« Er stand auf, präsentierte sein Knie und berichtete von der Verletzung, die er erlitten hatte.

Auf dem Gesicht des Professors zeigte sich zunehmender Unglaube. Er wandte sich an Maggie, um sich die Sache bestätigen zu lassen.

Langsam nickte sie mit dem Kopf.

»Aber Sam ist ... tot«, sagte Henry.

»Und der König ist enthauptet worden«, konterte Norman. Er sah Maggie um Unterstützung heischend an. »Wir sind Sam wenigstens einen Versuch schuldig.«

Henry stand auf, als eine weitere Granate explodierte und das Gewehrfeuer wieder anschwoll, diesmal aus viel größerer Nähe. »Wir können das Risiko nicht eingehen«, sagte er ernst. »Ihr alle müsst euch verstecken. Sonst bleibt uns keine Hoffnung, zu überleben.«

Kaum hatte Henry was von *verstecken* gesagt, hörte Maggie nicht mehr zu. Ein Teil ihrer selbst wollte dem Professor beipflichten. *Ja, lauf weg, versteck dich, sie sollen dich nicht fangen.* Aber etwas Neues, das in ihrem Herzen aufgetaucht war, wollte das nicht zulassen. Immer noch starrte sie in Sams Gesicht. Eine einzelne Träne saß auf seiner Wange. Sie streckte einen Finger aus und wischte sie weg. Patrick Dugan, Ralph, ihre Eltern ... und jetzt Sam. Sie hatte die Nase gestrichen voll davon, sich vor dem Tod zu verstecken.

»Nein«, sagte Maggie leise. Sie holte Sams Stetson aus dem feuchten Gras und fuhr dann zu den anderen herum. »Nein«, sagte sie mit mehr Nachdruck. »Wir bringen Sam zum Tempel. Ich lasse nicht zu, dass sie gewinnen.«

»Aber ...«

Maggie stand auf. »Nein, Professor, wir haben keine andere Wahl. Wenn auch nur der Hauch einer Chance besteht, Sam zu retten, werden wir sie ergreifen.«

Norman nickte. »Ich habe eine Tragbahre im Helikopter gesehen, als ich das Seil geholt habe, um den Mönch zu fesseln.«

Maggie warf einen Blick zu dem Mann hinüber, der Sam erschossen hatte. Er lag immer noch bewusstlos im Gras. Sein Atem ging stockend und er war totenbleich. Vielleicht würde er an dem Schlag auf den Schädel sterben, aber sie hatten ihm als zusätzliche Vorsichtsmaßnahme Arme und Beine gefesselt. Geknebelt hatten sie ihn nicht, weil er ohnehin schon so angestrengt atmete. Vor Wut über seinen Anblick verengte sich ihre Brust und sie blickte zur Seite, auf den Hubschrauber. »Holt die Trage!«

Norman und Denal eilten zu der offenen Helikoptertür.

Maggie stellte sich neben den Professor. »Ich bin's leid, mich in Straßengräben zu verstecken«, sagte sie. Ihr fielen Sams schneidende Worte aus der vergangenen Nacht ein, als sie sich dagegen gewehrt hatte, den Schamanen und den König zu belauschen. Sie hatte versucht, ihre Weigerung zu rechtfertigen, doch Sam war der Wahrheit näher gewesen. Selbst in diesem Augenblick hatte die *Furcht* sie beherrscht – aber jetzt nicht mehr. Sie sah Henry ins Gesicht. »Wir werden es tun«, sagte sie fest.

Norman und Denal trafen mit einer khakifarbenen Armeetrage ein und beendeten dadurch jegliche weitere Debatte. Henry runzelte die Stirn, half jedoch dabei, Sam auf die Trage zu heben. Bald waren sie unterwegs. Henry blieb nur kurz stehen, um die Pistole des Mönchs aus dem Gras zu fischen und sich in den Hosenbund zu stecken.

Da sie zu viert waren, war Sams Gewicht handhabbar. Dennoch erschien der Anstieg über die Kehren endlos. Maggies nagende Furcht und die Notwendigkeit zur Eile streckten die Zeit ins Unendliche. Sobald sie den Tunnel erreicht hatten, sah Maggie auf die Uhr. Es waren gerade mal zwanzig Minuten vergangen. Aber selbst das war zu lang.

Das Gewehrfeuer im Regenwald war abgeebbt und die Stille erschien geradezu unheimlich.

»Beeilung!«, sagte Maggie. »Wir dürfen nicht mehr zu sehen sein.«

Mit schmerzenden Armen und Beinen taumelten sie in den finsteren Schacht.

»Nur noch ein paar Meter!«, sagte sie ermutigend. »Kommt!«

Nach wie vor brannten die Fackeln im Eingang zu der Goldkammer, wenn auch nur noch flackernd. Als sie den Tempel erreichten, hörte Maggie den Professor hinter sich keuchen. Sie wandte sich um und half ihm dabei, Sam abzusetzen.

Mit offenem Mund sah Henry die Kammer an und auf seinem Gesicht lag ein Ausdruck leichten Unbehagens. »Das ist *el Sangre del Diablo*«, murmelte er.

Maggie konnte genügend Spanisch, dass sie bei seinen Worten die Stirn runzelte. »Das Blut des Teufels?«

»Deswegen sind die Männer des Abts hergekommen. Die Hauptader ...«

»Wir müssen Sam da hineinbringen«, unterbrach Norman. »In diese Auferstehungssache ist bestimmt ein Zeitfaktor integriert.«

Henry nickte. »Aber was tun wir jetzt? Wie bringen wir den Tempel dazu, dass er funktioniert?«

Sie sahen einander an. Keiner wusste eine Antwort.

Der Fotograf zeigte auf die Kammer. »Ich hab zwar keine Bedienungsanleitung, aber da ist ein Altar. Ich würde sagen, als Erstes müssen wir Sam darauflegen.«

Henry nickte. »Dann tun wir das.«

Jeder nahm eine Gliedmaße, dann hoben sie Sam hoch und ließen ihn auf den goldenen Altar hinab. Beim Eintritt in die Kammer hatte Maggie eine Gänsehaut bekommen. Es war, als würden tausend Augen sie anstarren. Während sie

Sam absetzte, streiften ihre Finger die Oberfläche des Altars. Sie riss die Hand weg, denn die Oberfläche war warm gewesen, wie etwas Lebendiges.

Schaudernd zog sie sich mit den anderen aus dem Raum zurück. Sie standen im Gang, starrten wie gelähmt hinein und warteten, dass etwas passieren würde, dass ein Wunder geschähe. Nichts. Sams Körper lag einfach da und das Blut tropfte weiter aus der Wunde in seiner Brust und floss an der Seite des Altars herab.

»Vielleicht haben wir zu lange gewartet«, meinte Maggie schließlich und brach mit ihren Worten den Bann, den der Raum über sie geworfen hatte.

»Nein«, sagte Norman. »Das glaube ich nicht. Kamapak hat einen halben Tag gebraucht, um Pachacutecs Kopf herzubringen, und der Tempel hat ihm trotzdem einen neuen Körper wachsen lassen.«

»Na ja, so 'ne Art Körper«, gab Maggie zurück und wandte sich Norman zu. »Was hat Kamapak getan, nachdem er den Kopf hergebracht hatte? Hat er darauf einen Hinweis gegeben?«

»Er hat nur gesagt, er habe zu Inti gebetet und der Gott habe sein Gebet erhört«, gab Norman verdrossen Antwort.

Maggie runzelte die Stirn.

Plötzlich versteifte sich Henry neben ihr. »Natürlich!«

Sie wandte sich dem Professor zu.

»Gebete, das ist es! Konzentrierte menschliche Gedanken!« Henry starrte sie an, als wäre das eine ausreichende Erklärung. »Dieses ... dieses Gold, das Blut des Teufels oder was es auch sein mag ... es reagiert auf menschliche Gedanken. Es wird sich verändern, wenn man es *will.*«

Jetzt war es an Maggie, verblüfft die Brauen zu heben, aber ihr fiel ein, wie sich der Dolch verwandelt hatte: Er hatte sich so verändert, wie sie es gerade gebraucht hatten. Sie erinnerte sich, dass er sich in ihren eigenen Händen verwandelt hatte, als sie so verzweifelt nach einem Schlüssel zu der goldenen Statue in der Totenstadt gesucht hatte. »Gebete?«

Henry nickte. »Wir müssen uns lediglich konzentrieren. Ihn bitten ... ihn anflehen, Sam zu heilen.«

Norman fiel auf die Knie und legte die Handflächen aneinander. »Ich bin mir zum Beten nicht zu schade.«

Sogleich folgten ihm Henry und Maggie. Sie schloss die Augen, aber ihre Gedanken waren ein heilloses Wirrwarr. Die bleichen Bestien in der angrenzenden Kammer kamen ihr in den Sinn. Was, wenn Sam etwas Ähnliches widerfahren würde? Sie ballte die Hände zu Fäusten. Das würde sie nicht zulassen. Wenn Gebete funktionierten, dann würde sie die anderen für eine Heilung beten lassen, aber sie selbst würde sich darauf konzentrieren, den Tempel daran zu hindern, zusätzliche ›Verbesserungen‹ vorzunehmen.

Sie ging auf die Knie und war fest entschlossen, den Tempel mit ihrem Willen dazu zu zwingen, Sams Verletzungen zu heilen, und zwar *nur* diese. *Nichts sonst!* Sie strengte sich so an, dass ihre Knöchel weiß wurden. *Nichts sonst, verdammt! Hörst du mich?*

Plötzlich keuchte Denal hinter ihr auf. »Sehen da!«

Maggie riss die Augen auf.

Sam lag nach wie vor reglos auf dem Altar, aber der Ball aus ineinander verwobenen Strängen über dem Bett entwirrte sich, breitete sich aus. Tausende goldener Stränge wanden und schlängelten sich aus dem Nest hervor und waberten und verdrehten sich in der Luft. Ihre Spitzen teilten sich zu noch winzigeren Filamenten und diese teilten sich ihrerseits noch weiter. Bald waren sie so fein, dass der Raum von einem goldenen Nebel erfüllt zu sein schien. Dann senkte sich die goldene Wolke wie ein schwerer Dunstschleier auf Sams Leichnam. Innerhalb weniger Sekunden war sein Körper vom Scheitel bis zur Sohle von dem Metall bedeckt, sodass aus ihm eine Skulptur aus Gold geworden war. Und immer noch schien das Gold zu fließen. Wie eine leuchtende Nabelschnur verband ein dickes, verdrehtes Seil die goldene Statue mit dem Knoten über dem Altar. Sie wand sich und pulsierte wie etwas Lebendiges.

Bei diesem Anblick verspürte Maggie eine leichte Übelkeit. Sie stand auf; Henry und Norman taten es ihr bald nach.

»Was haltet ihr davon?«, fragte Henry. »Wird es funktionieren?«

Keiner gab Antwort.

»Wie lange es dauert, wäre die bessere Frage«, meinte Norman. »Meiner Ansicht nach lässt uns die Armee da unten nicht die Zeit, hier einen Tag zu verbringen.«

Henry nickte. »Wir müssen uns eine Verteidigungsstrategie überlegen. Gibt es einen zweiten Weg nach draußen?« Der Professor sah den Schacht entlang, in Richtung der anderen Caldera.

»Da nicht«, erwiderte Maggie.

Henry drehte sich um und rieb sich die müden Augen. »Dann brauchen wir Waffen«, murmelte er. »Ich habe einen Ersatzbehälter mit Granaten im Helikopter entdeckt, aber ...« Der Professor schüttelte verdrossen den Kopf.

Norman meldete sich zu Wort. »Granaten hören sich gut an, Doc. Insbesondere ganz viele davon.«

»Nein«, sagte Henry abweisend. »Es ist zu riskant, wieder da runterzugehen.«

»Aber es ist auch zu riskant, es *nicht* zu tun«, erwiderte Norman. »Wenn ich mich beeile und vorsichtig bin ...«

»Ich gehen auch«, fügte Denal hinzu. »Ich helfen tragen. Kiste schwer.«

Norman nickte. »Gemeinsam wird's ein Klacks sein.« Er machte sich bereits mit dem Jungen auf den Weg.

»Seid vorsichtig!«, warnte Maggie.

»Oh, darauf kannst du dich verlassen!«, erwiderte Norman. »Der *National Geographic* zahlt keinen Zuschlag für einen Kampfeinsatz.« Dann waren er und der Junge auf und davon und eilten den Gang hinab.

Henry starrte wieder den Tempel an und murmelte: »Der Bau muss geothermische Hitze als Energiequelle benutzen. Das ist erstaunlich.«

»Eher entsetzlich. Mir ist klar, weshalb Bruder de Almagro dieses Ding die Schlange von Eden genannt hat. Sie ist verführerisch und doch ist an ihrem Charme was faul.«

»Die Schlange von Eden?« Henry zog die Brauen zusammen. »Woher hast du diesen Ausdruck?«

»Das ist 'ne lange Geschichte.«

Der Professor nickte zum Tempel hin. »Wir haben jede Menge Zeit.«

Maggie nickte ihrerseits und versuchte, eine kurze Zusammenfassung ihrer Reise zu liefern, aber einige Teile waren beim Wiedererzählen besonders schmerzlich, beispielsweise Ralphs Tod. Sie sprach von den Bestien und Kreaturen, die das benachbarte Tal heimsuchten, erläuterte ihre Theorie und beendete ihren Bericht mit einer letzten Feststellung: »Ich habe kein großes Zutrauen zu diesem Tempel. Ebenso, wie er einen heilt, programmiert er einen auch um.«

Henry starrte den langen Korridor zum fernen Sonnenlicht hinab. »Also hat Bruder de Almagro Recht gehabt. Er hat versucht, eine Warnung vor dem auszusprechen, was hier liegt.« Jetzt war Henry an der Reihe, seine Geschichte über seine Zeit bei den Mönchen in der Abtei Santo Domingo zu erzählen. Als er die forensische Pathologin Joan Engel erwähnte, brach seine Stimme. Ein weiterer Tod in dem jahrhundertelangen Kampf um den Besitz dieses seltsamen Goldes. Maggie verstand den Schmerz, der sich hinter den Worten des Professors verbarg, den Teil der Geschichte, der unausgesprochen geblieben war, und sie hakte nicht nach.

Anschließend wischte sich Henry die Nase und wandte sich dem Tempel zu. »Also haben die Inka hier tatsächlich errichtet, was der Abt erträumt hat. Ein Monument, das groß genug ist, um eine außerweltliche Macht zu erreichen.«

»Aber ist es die Münze Gottes?«, fragte sie und nickte zu Sam hinüber. »Oder das Blut des Teufels?« Sie warf einen Blick zur angrenzenden Caldera hinüber. »Worin besteht letztlich sein Ziel? Welchen Zweck erfüllen diese Kreaturen?«

Henry schüttelte den Kopf. »Ein Experiment? Vielleicht zu unserer Fortentwicklung? Vielleicht zu unserer Vernichtung?« Er zuckte mit den Schultern. »Wer weiß, welche Intelligenz die Handlungen des Tempels steuert. Wir werden es womöglich nie erfahren.«

Gedämpfte Stimmen und das Scharren von Absätzen auf Felsstein erregten plötzlich ihre Aufmerksamkeit. Norman und Denal konnten unmöglich schon zurückgekehrt sein. Plötzlich wurden sie von Taschenlampen geblendet, die vom Tunneleingang auf sie gerichtet wurden, und jemand rief ihnen einen Befehl zu: »Keine Bewegung!«

Maggie und Henry rührten sich nicht. Was blieb ihnen auch anderes übrig? Hinter ihnen gab es keine Fluchtmöglichkeit. In Wahrheit jedoch wollte keiner von beiden Sam im Stich lassen. Sie warteten, dass die Leute herankamen. »Tu, was sie von dir verlangen!«, warnte Henry.

Den Teufel werde ich tun! Aber das sagte sie nicht laut.

Ein Riese von Mann, der den Berichten des Professors zufolge nur Abt Ruiz sein konnte, trat auf sie zu. Maggie erhielt nur einen ganz flüchtigen Blick auf ihn. »Professor Conklin, Sie haben sich als so einfallsreich wie eh und je erwiesen und uns geschlagen.« Stirnrunzelnd betrachtete er

Maggie. »Natürlich hatten Sie es nicht so schwer, die Zungen zu lösen, könnte ich mir vorstellen. Diese Inka haben sich als ziemlich stur erwiesen. Ah, ja, aber das Endergebnis ist das Gleiche. Wir sind da!«

Der Abt ging an ihnen vorüber, um einen Blick auf die Kammer zu werfen. Einen Moment lang starrte er bloß reglos hinein. Dann schauderte er am ganzen Körper und fiel schließlich auf die Knie. »Ein Wunder!«, rief er auf Spanisch aus und schlug eilig das Zeichen des Kreuzes. »Die Skulptur auf dem Tisch ist anscheinend Christus persönlich. Wie in unserem Gewölbe in der Abtei. Ein Zeichen!«

Maggie und Henry sahen einander an. Keiner von beiden hatte die Absicht, den Abt über seinen Irrtum aufzuklären.

»Seht mal, wie es vom Dach tröpfelt! Die alten Inkaerzählungen sprechen von einer Hauptader. Dass es dort wie Wasser von den Bergen herabfloss. Hier ist sie!«

Maggie drückte sich näher heran. Sie wusste, dass der Abt früher oder später seinen Irrtum erkennen würde. Sie durfte nicht zulassen, dass diese Männer Sams Heilung störten, und räusperte sich. »Diese Kammer hier ist lediglich ein Kinkerlitzchen«, sagte sie leise.

Der Abt, der immer noch auf dem Boden kniete, drehte sich zu ihr um. In seinen Augen leuchtete nach wie vor das Gold. »Was wollen Sie damit sagen?«

»Das ist bloß der Tempel, der Eingang«, erwiderte sie. »Die echte Quelle liegt im nächsten Tal. Die Inka nennen es *janan pacha.*«

»Ihren Himmel?«, fragte der Abt.

Maggie nickte. Sie war froh darum, dass der Mann einige Kenntnisse von der Inkakultur besaß, und warf Henry einen Blick zu. Dessen Stirn zeigte tiefe Furchen, während er über ihren Plan nachdachte. Er missbilligte ihn, blieb aber stumm. Maggie wandte ihre Aufmerksamkeit wieder dem Abt zu. »Der Tempel hier ist bloß ein Totempfahl an der

Straße und dient der Anbetung. Ein Durchgang zu den Wundern, die dahinter liegen.«

Der Abt erhob sich. »Zeigen Sie es mir!«

Maggie wich einen Schritt zurück. »Nur gegen die Zusicherung, dass uns nichts geschieht.«

Abt Ruiz schaute den Gang hinab, ein Auge argwöhnisch zusammengekniffen.

»Der Himmel wartet«, sagte Maggie, »doch ohne meine Hilfe werden Sie ihn nie finden.«

Der Abt machte ein finsteres Gesicht. »Na schön. Ich verspreche, dass Ihnen nichts geschieht.«

»Schwören Sie es!«

Stirnrunzelnd berührte Abt Ruiz das kleine Goldkreuz, das ihm um den Hals hing. »Ich schwöre es beim Blute Jesu Christi, unseres Erlösers.« Er ließ die Hand fallen. »Zufrieden?«

Maggie zögerte, täuschte Unschlüssigkeit vor und nickte schließlich. »Hier entlang.« Sie ging den Gang hinunter.

»Warten Sie!« Der Abt blieb einen Moment lang zurück und winkte einem seiner sechs Männer. »Bleib hier bei dem guten Professor.« Er schritt zu Maggie hinüber. »Nur, damit niemand faule Tricks versucht.«

Maggie zog sich der Magen zusammen. Ein übles Gefühl. Sie ging weiter und unterdrückte dabei gewaltsam das Zittern ihrer Beine. Sie würde sich nicht von ihrer Angst überwältigen lassen. »H... hier entlang«, wiederholte sie. »Es ist nicht weit.«

Abt Ruiz folgte ihr so dicht auf den Fersen, dass sie fast seinen Atem auf dem Hals spürte. Er schnaufte und sein Gesicht war knallrot. Gemurmelte Gebete flossen ihm über die Lippen.

»Er ist gleich da durch«, sagte sie, als sie sich dem Tunnelausgang näherten.

Der Abt schob sie beiseite und marschierte weiter, fest

entschlossen, als Erster hindurchzutreten. Als er jedoch den Ausgang erreichte, zögerte er und rümpfte die Nase, weil es auf einmal viel stärker nach Schwefel stank. »Ich sehe nichts.«

Maggie erreichte ihn und zeigte auf den Weg in den Regenwald. »Folgen Sie einfach dem Pfad.«

Der Abt starrte vor seine Füße. Maggie befürchtete, er würde sich weigern, und war sicher, dass er hörte, wie ihr das Herz bis zum Halse schlug. Aber sie wahrte ihre äußerliche Ruhe. »*Janan pacha* liegt mitten im Regenwald. Etwa hundert Meter weiter. Es ist ein Anblick, den niemand in bloße Worte fassen könnte.«

»Der Himmel ...« Abt Ruiz trat einen Schritt in die Caldera hinaus, dann einen weiteren – immer noch sehr, sehr vorsichtig. Er winkte seinen fünf Männern, sie sollten vorausgehen. »Seht nach! Haltet nach Feinden Ausschau!«

Seine Männer huschten mit gehobenen Gewehren davon und der Abt folgte in sicherer Entfernung. Maggie war gezwungen, ebenfalls den Tunnel zu verlassen, um die Täuschung aufrechtzuerhalten. Mit angehaltenem Atem betrat sie erneut das faulige Nest der Kreaturen. Wo zum Teufel waren die Ungeheuer?

Sie tat einen dritten Schritt vom Eingang weg, da vernahm sie hinter sich ein Scharren auf dem Fels und fuhr herum. Über dem Eingang zum Tunnel kauerte eine der bleichen Bestien. Ein Späher, der sich mit seinen Klauen festhielt und kopfunter herabhing. Er wusste, dass er entdeckt war, und sprang sie zischend und kreischend an.

Maggie erstarrte. Vom Waldrand her ertönten laute Schreie zur Antwort. Es war eine Falle und hier war der Wächter. Sie duckte sich, aber der Späher war zu schnell. Er prallte auf sie, dass sie auf den Rücken fiel, aber sie nutzte den Schwung des Angreifers dazu, ihn den kurzen Abhang hinter ihr hinabzuschleudern. Sie wartete das Ergebnis nicht ab, sondern stand auf und sprang zurück in den Tunnel.

Hinter ihr ertönte lautes Gewehrfeuer, begleitet von Schreien des Entsetzens und des Schmerzes. Über alles hinweg hörte sie jedoch das Jaulen und Kreischen der Bestien.

Wieder sicher im Tunnel fuhr Maggie zu der Öffnung herum. Sie sah, wie der Abt die Pistole hob und einer der Bestien, die sie angegriffen hatten, aus nächster Nähe in den Schädel schoss, dass sie heftig zuckend zu Boden fiel. Er sah zum Waldrand hinüber, wo seine Männer immer noch um ihr Leben kämpften, kehrte ihnen den Rücken zu und lief auf den Gang, auf Maggie zu. Er entdeckte sie; Hass und Wut lagen in seinem Blick. Niemand machte der spanischen Inquisition einen Strich durch die Rechnung.

Maggie lief weiter in den Schacht hinein, während der Abt sich langsam dem Eingang näherte. Der korpulente Mann atmete schwer und keuchte heraus: »Du Hure!« Dann hob er seine Pistole und betrat den Gang.

Mein Gott! Ihr blieb keine Fluchtmöglichkeit.

»Du wirst leiden. Das verspreche ...« Plötzlich wurde der Abt zurückgerissen und schrie überrascht auf. Der Schuss löste sich und die Kugel sauste an Maggies Ohr vorüber. Der Mann stieß einen Schrei des Entsetzens aus, als er aus dem Tunnel gezogen und herumgewirbelt wurde. Ein riesiges bleiches Ungeheuer, ein weiterer Rudelführer, hielt die teure Safarijacke des Abts zwischen den Klauen. Mit der anderen Hand packte er den Abt an der Kehle. Bald tauchten weitere Bestien auf und weitere rasiermesserscharfe Krallen schnappten nach der leckeren Mahlzeit. Die Pistole wurde ihm aus der Hand geschlagen, kurz darauf erstarb sein Geschrei. An der Öffnung tauchte ein bleiches Gesicht mit blutverschmiertem Maul auf und zischte Maggie an. Doch dann drehte es sich weg und beteiligte sich an dem wilden Fressgelage.

Maggie fuhr herum und kehrte dem Schlachtfest den Rücken zu.

Ein scharfer Aufschrei des Schmerzes ging in ein feuchtes Gurgeln über. Sie eilte den Gang entlang auf den Fackelschein zu und ließ das Geheul hinter sich.

Am Eingang zum Tempel sah sie den einsamen Wächter, der bei ihrem Anblick mit gehobener Waffe auf sie zukam. »*Que hiscistes?*«, brüllte er auf Spanisch. Es war die Frage, was sie gerade getan hatte. Sie erkannte das Entsetzen in seinem Blick.

Plötzlich trat Henry hinter ihn und drückte dem Wächter den Lauf einer Pistole an den Hinterkopf. Es war die Waffe, die der Professor dem Mönch am Helikopter abgenommen hatte. »Sie hat den Müll entsorgt.« Er drückte ihm den Lauf fester an den Kopf. »Hast du damit irgendwelche Probleme?«

Der Mann ließ seine Waffe fallen und sank in die Knie. »Nein.«

»Schon besser.« Henry kam herum und trat die Waffe zu Maggie hinüber. »Du weißt, wie man damit umgeht?«

»Ich komme aus Belfast«, erwiderte sie, nahm die Schusswaffe an sich, öffnete sie, überprüfte das Magazin und hielt sie dann hoch.

Henry wandte sich seinem Gefangenen zu. »Und du? Kannst du den Helikopter fliegen?«

Der Mann nickte.

»Dann sollst du am Leben bleiben.«

Plötzlich ertönte aus dem Raum nebenan ein lautes Stöhnen. Henry und Maggie fuhren herum und sahen, wie die goldene Nabelschnur zuckte und die goldene Decke allmählich von Sams Körper herabglitt. Das eigentümliche Metall wurde von seiner Haut nach oben gesaugt, wickelte sich dort auf und zuckte und wand sich heftig unter der Decke.

Sam entrang ein weiteres Aufstöhnen.

Der Wächter starrte in den Tempel, wobei ihm der Mund vor Überraschung weit offen stand. Hastig bekreuzigte er sich.

»Er atmet«, meinte Henry und trat zum Eingang.

Maggie fasste ihn am Ellbogen. »Seien Sie vorsichtig! Ich weiß nicht, ob wir uns schon einmischen sollen.« Sie klang angespannt und sprach mit angehaltenem Atem. Durfte sie darauf hoffen ...?

Sam richtete sich mühsam auf einen Ellbogen auf. Sein Blick war in die Ferne gerichtet. Dann hob er den anderen Arm und fuhr sich übers Gesicht, als würde er Spinnweben wegwischen. Er ächzte leise und zuckte zusammen.

Henry streckte die Hand aus. »Sam?«

Jetzt schien er sich auf die Stimme zu konzentrieren und hustete, um die Lungen freizubekommen. »On... Onkel Hank?« Er setzte sich leicht schwankend auf und sein Blick schien sich schließlich auf sie zu richten. »Gott ... mein Kopf!«

»Sachte, Sam«, sagte Maggie eindringlich. »Geh's vorsichtig an.«

Unter einem weiteren Ächzen schwang Sam die Beine vom Altar. »Ich könnte einen Eimer voll Aspirin gebrauchen.« Dann ging ihm anscheinend auf, wo er war. Er legte den Kopf in den Nacken und starrte zu dem Ball aus ineinander gewobenen goldenen Strähnen hinauf. »Was tu ich denn hier?«

»Du erinnerst dich nicht?«, fragte Maggie besorgt. Er hörte sich hellwach an, aber hatte er womöglich einen dauerhaften Schaden davongetragen?

Sam sah stirnrunzelnd auf seine Brust. Die Finger der rechten Hand fuhren über die von der Kugel zerrissene Weste. Er steckte einen Finger durch das Loch und zog sie dann auf. Keine Wunde zu erkennen. »Ich bin angeschossen worden.« In seiner Feststellung lag der Hauch einer Frage.

Maggie nickte. »Du bist gestorben, doch der Tempel hat dich wieder zum Leben erweckt.«

»Gestorben?«

Sowohl Maggie als auch Henry nickten.

Sam kam mühsam auf die Beine, tat einen Schritt, stolperte und fing sich dann wieder. »Auweia.« Er bewegte sich langsamer, zielstrebiger, konzentrierter. »Dafür, dass ich ein toter Mann bin, sollte ich mich vermutlich nicht über ein paar Schmerzen beklagen.« Er kam zu ihnen.

Henry erwartete Sam am Eingang und zog seinen Neffen an sich. Ihre Umarmung war wegen der Pistole in der rechten Hand des Professors recht ungeschickt. »O mein Gott, Sam, ich habe gedacht, ich hätte dich verloren«, sagte er und Tränen traten ihm in die Augen.

Sam drückte seinen Onkel fest an sich.

Maggie lächelte. Sie wischte sich die eigenen Tränen von den Wangen, kniete sich neben die Tragbahre und holte Sams Stetson hervor.

Henry löste sich aus der Umarmung und rieb sich die Augen. »Dich zu verlieren, hätte ich nicht ertragen.«

»Und das musstest du auch nicht«, erwiderte Sam und fuhr sich mit einer Hand durchs Haar.

Maggie hielt ihm den Hut hin. »Hier. Du hast was fallen lassen.«

Er nahm ihn entgegen und sein leicht verzerrtes Lächeln wirkte halb linkisch, halb beschämt. Er setzte den Hut auf. »Danke sehr.«

»Stirb bloß nicht noch mal!«, warnte sie ihn, streckte die Hand aus und richtete die Krempe.

»Ich werd mir alle Mühe geben.« Er beugte sich zu ihr herab, während sie ihm den Hut richtete, und sah ihr tief in die Augen.

Sie entzog sich ihm nicht, trat jedoch auch nicht näher. Zu sehr war sie sich der Anwesenheit des Professors und des

Gewichts der Waffe über der linken Schulter bewusst. Sie starrten einander zu lang an und so entglitt ihnen der Augenblick allmählich. Maggie biss die Zähne zusammen. Zum Teufel mit ihren Ängsten! Sie streckte die Hand nach ihm aus – aber da wandte sich Sam plötzlich ab.

Auf einmal brüllte ihnen eine andere Stimme aus der Dunkelheit zu: »Waffen fallen lassen!« Eine Gestalt trat in den Fackelschein, sie hielt Denal in den Armen. Der Junge hatte die Lippen fest aufeinander gepresst und an seiner Kehle lag ein langer Militärdolch, dessen Klinge aus rostfreiem Stahl den Schein der Fackeln reflektierte. Die Augen des Jungen waren vor Entsetzen weit aufgerissen.

»Otera!«, zischte Henry.

Lautstark stürmte Norman durch das Unterholz des Regenwalds. Tränen verschleierten ihm die Sicht. Zwar versuchte er halbherzig, geräuschlos voranzukommen, doch dauernd brachen Zweige oder raschelten trockene Blätter. Trotzdem stolperte er weiter – denn in Wahrheit war es ihm gleichgültig, ob ihn jemand hörte.

Erneut stand ihm das Bild vor Augen, wie der Mönch von der Wiese aufgesprungen war. Der Schweinehund hatte sich tot gestellt, hatte darauf gewartet, dass Norman und Denal hinüber zum Helikopter gingen. Bevor Norman hätte reagieren können, hatte sich der Mönch Denal geschnappt und dann waren plötzlich zwei Klingen aus den Scheiden an seinen Handgelenken hervorgeschossen. Norman hatte rein instinktiv reagiert. Er war von seinem Angreifer weggesprungen, in den Regenwald abgetaucht und davongelaufen.

Erst als sein panikerfülltes Herz wieder etwas langsamer schlug, war ihm die Feigheit seiner Handlung zu Bewusstsein gekommen. Er hatte Denal im Stich gelassen. Er hatte nicht mal versucht, den Jungen zu befreien.

Logisch gesehen konnte Norman seine Handlungsweise

rechtfertigen. Er hatte keine Waffen. Jeglicher Rettungsversuch hätte zweifelsohne dazu geführt, dass sie beide getötet worden wären. Aber im Herzen wusste er es besser. Seine Flucht war pure Feigheit gewesen. Er erinnerte sich an das Entsetzen in Denals weit aufgerissenen Augen. Was hatte er da getan?

Erneut flossen die Tränen und machten ihn fast blind.

Plötzlich verschwand der Regenwald. Die Finsternis verwandelte sich in Helligkeit, Norman kam stolpernd zum Stehen und rieb sich die Augen. Als er wieder klar sehen konnte, schnappte er entsetzt nach Luft.

Granaten und Gewehrfeuer hatten eine kleine Lichtung in den Regenwald gerissen. Überall lagen zerfetzte Leichen umher. Männer und Frauen. Allesamt Inka. Er wich taumelnd zurück, denn der Gestank brachte ihn zum Würgen: Blut, Exkremente, Angst.

»O mein Gott ...«, ächzte er.

Dicke Fliegenschwärme hatten sich bereits auf den Leichen niedergelassen und überall summte und schwirrte es.

Dann erhob sich plötzlich links von ihm ein riesiger Schatten: der Tod, der von ihm Besitz ergreifen wollte. Norman wirbelte herum, um sich der neuen Bedrohung zu stellen. Er würde nicht mehr fliehen. Er *konnte* nicht mehr fliehen. Erschöpft und hoffnungslos fiel er auf die Knie.

Er hob das Gesicht einem riesigen, bedrohlichen Speer entgegen, dessen goldene Klinge in der Helligkeit blitzte.

Norman zuckte nicht zurück.

Tut mir Leid, Denal.

Mit vorgehaltener Waffe ging Henry auf Otera zu. »Lass ihn los!«

Der Junge zitterte am ganzen Körper, während ihm das Messer fester gegen die zarte Kehle gedrückt wurde. Ein Blutfaden rann ihm den Hals herab. »Versuchen Sie's nicht mal, Professor. Zurück! Oder ich schlitze den Jungen vom Hals bis zum Bauch auf.«

Henry unterdrückte einen Fluch und wich einen Schritt zurück.

In den Augen des Mönchs loderte es wild. »Tun Sie, was ich gesagt habe, und alle bleiben am Leben! Sie und der Junge sind mir völlig gleichgültig. Mir geht es bloß um das Gold. Ich nehme es mit und ihr bleibt alle hier. Ein fairer Handel, oder etwa nicht?«

Sie zögerten. Henry warf erst Maggie, dann Sam einen Blick zu. »Vielleicht sollten wir ihm gehorchen«, flüsterte er.

Maggie kniff die Augen zusammen. Sie trat beiseite und sagte grimmig zu dem Mönch: »Schwöre! Schwöre auf dein Kreuz, dass du uns gehen lässt!«

Mit finsterem Blick berührte Otera sein silbernes Kruzifix. »Ich schwöre es.«

Für einen langen Atemzug musterte Maggie den Mann, dann legte sie vorsichtig ihre Waffe nieder. Henry tat es ihr nach. Anschließend wich die Gruppe ein paar Schritte zurück.

Otera ging zu ihren Waffen und schob ihnen dann Denal zu.

Der Junge keuchte und flog an Maggies Seite.

Der Mönch steckte seinen Dolch wieder in die verborgene Scheide am Handgelenk. Jetzt verstand Henry, wie es dem Mann gelungen war, seine Fesseln zu lösen. Im Geiste gab er sich einen Tritt in den Hintern. Niemand war auf den Gedanken gekommen, den Bewusstlosen zu durchsuchen.

Grinsend ging Otera in die Hocke und nahm seine Pistole wieder an sich. Er reichte die Waffe dem Wächter, der immer noch im Gang kniete. Doch der Mann wollte sie nicht annehmen, sondern starrte bloß wie betäubt in den Tempel und bewegte die Lippen in schweigendem Gebet.

Otera erhob sich und wandte sich schließlich dem Raum zu. Er erstarrte und wich dann stolpernd und völlig überwältigt zurück. Sein Gesicht glühte in dem goldenen Licht. Er lächelte breit. »*Dios mio ...!*« Als er sich wieder zu ihnen umdrehte, hatte er ganz große Augen.

»Beeindruckend, nicht wahr?«, meinte Sam.

Der Mönch kniff die Augen vor dem Fackelschein zusammen. Schließlich erkannte er den Texaner. »Ich ... ich dachte, ich hätte dich getötet«, sagte er stirnrunzelnd.

Sam zuckte mit den Schultern. »Hat nicht so ganz geklappt.«

Otera sah zu der goldenen Höhle hinüber, dann wieder zu ihnen, und hob seine Waffe. »Ich weiß nicht, wie du überlebt hast. Aber diesmal stirbst du ganz bestimmt! Wie alle anderen!«

Maggie trat zwischen den Schützen und Sam. »Du hast einen Eid geschworen! Auf dein Kreuz!«

Mit der freien Hand packte Otera das silberne Kruzifix, riss es herab und schleuderte es hinter sich. »Der Abt ist ein Dummkopf gewesen«, knurrte er sie an. »Wie ihr alle. Dieses ganze Geschwätz von wegen, den Geist Gottes zu berühren ... frommer Scheißdreck! Er hat nie begriffen, wozu das Gold in Wahrheit bestimmt ist.«

»Wozu denn?«, fragte Henry und trat neben Maggie.

»Mich reich zu machen! Jahrelang habe ich das überlegene Getue des Abts ertragen, während er mir andere von reinem spanischen Blut vor die Nase gesetzt hat. Mit diesem Gold bin ich nicht mehr bloß halb Indianer, halb Spanier. Ich werde den Kopf nicht mehr einziehen und die Rolle des untergeordneten *Mestizo* spielen müssen. Ich werde als neuer Mann wiedergeboren werden.« Bei diesem Traum leuchtete es hell in Oteras Augen.

Henry kam näher heran. »Und wer genau wirst du sein, deiner Ansicht nach?«

Otera richtete die Pistole auf Henry. »Jemand, den alle respektieren: ein reicher Mann!« Er lachte hart und drückte den Abzug.

Henry krümmte sich, während er keuchte und nach hinten fiel.

Doch der Schuss verfehlte sein Ziel. Er traf die Decke und schlug dort blaue Funken.

Nachdem der Knall des Schusses verhallt war, hörte man ein neues Geräusch: »Aaaargh ...« Otera würgte und griff sich an die Brust. Eine blutige Speerspitze drang ihm zwischen den Rippen hervor. Es riss ihn von den Beinen. Er spuckte Blut, während er stöhnte und den Mund auf und zu klappte wie ein Fisch auf dem Trockenen. Polternd fiel ihm die Pistole aus den Fingern.

Dann kippte der Kopf nach vorn und hing schlaff herunter. Otera war tot.

Sein lebloser Körper wurde vom Besitzer des Speers beiseite gestoßen.

Dahinter tauchte eine große Gestalt in angesengten und zerrissenen Gewändern auf.

»Pachacutec!«, rief Sam.

Plötzlich geriet der Mann ins Stolpern und fiel vor dem Inkatempel auf die Knie. Tränen strömten ihm über die rußgeschwärzten Wangen. »Mein Volk ...«, murmelte er auf Englisch. »Tot.«

Hinter dem Mann tauchte eine zweite Gestalt aus der Dunkelheit auf.

»Norman!«, rief Maggie und lief zu dem Fotografen hinüber. »Was ist passiert?«

Norman schüttelte den Kopf, während er den aufgespießten Mönch anstarrte. »Mitten im Gemetzel bin ich Pachacutec über den Weg gelaufen. Er wollte zum Tempel, um die zu jagen, die seinem Gott Gewalt antun würden. Ich habe ihn davon überzeugt, uns zu helfen.« Aber aus den

Worten des Fotografen klang keinerlei Befriedigung; sein Gesicht war aschfahl.

Beschämt warf er einen kurzen Blick zu Denal hinüber. Aber der Junge kam zu ihm und umarmte ihn fest. »Du haben uns gerettet«, murmelte er in den Brustkasten des Mannes hinein.

Norman erwiderte die Umarmung des Jungen und dabei stiegen ihm Tränen in die Augen.

Ein wenig entfernt stand Pachacutec und stöhnte. Er verneigte sich vor dem Tempel und wiegte sich hin und her, während er in seiner Muttersprache betete. Offensichtlich war er untröstlich. Blut lief unter seinem Gewand hervor und zog eine Spur in der goldenen Kammer nach sich. Er wirkte selbst dem Tode nahe.

Henry trat auf den König zu. Wenn Maggies Geschichte der Wahrheit entsprach, kniete hier einer der Gründer des Inkareichs. Obgleich er ein Archäologe war, der sein ganzes Leben dem Studium der Inka gewidmet hatte, merkte Henry auf einmal, dass ihm die Worte fehlten. Hier kniete ein lebendiger Inkakönig, dessen Gedächtnis tausende von Höhlen mit Gold wert war. Henry wandte sich mit flehendem Blick an Sam. Dieser König durfte nicht sterben.

Sam schien zu verstehen. Er kniete neben Pachacutec nieder und berührte das Gewand des Königs. »Sapa Inka«, sagte er und neigte den Kopf. »Der Tempel hat mir das Leben gerettet, wie einstmals das deine. Benutze ihn erneut!«

Pachacutec wiegte sich nicht mehr, sondern ließ traurig den Kopf hängen. »Mein Volk ist tot.« Er hob Sam und den übrigen das Gesicht entgegen. »Vielleicht sein das richtig. Wir gehören nicht in eure Welt.«

»Nein, lasse dich heilen! Lasse dir von mir unsere Welt zeigen!«

Henry kam heran, legte Sam eine Hand auf die Schulter und fügte unterstützend hinzu: »Es gibt so viel, das du uns mitteilen kannst, Inka Pachacutec. So viel, das du uns lehren kannst!«

Langsam erhob sich Pachacutec und sah Henry an. Mit einer Hand berührte er eine Falte auf der Wange des Professors und folgte ihr. Dann ließ er den Arm sinken und wandte sich ab. »Dein Gesicht sein alt. Aber nicht so alt wie mein Herz.« Mit leuchtendem Gesicht starrte er in den Tempel hinein. »Inti führt jetzt mein Volk zum *janan pacha*. Ich möchte mit ihm gehen.«

Henry warf Sam über die Schulter des Königs hinweg einen Blick zu. Was konnten sie dem entgegnen? Der Mann hatte seinen ganzen Stamm verloren.

Tränen flossen Pachacutec die Wangen herab, als er einen goldenen Dolch aus seinem Gewand gleiten ließ. »Ich gehen, mich mit meinem Volk zu vereinen.«

Henry streckte die Hand nach dem Sapa Inka aus. »Nein!« Aber es war zu spät.

Pachacutec stieß sich den Dolch in die Brust und klappte wie eine zusammengeballte Faust über der Klinge zusammen. Dann entspannte er sich; ein Seufzer der Erleichterung entfloh seinen Lippen. Langsam richtete er sich auf und seine Finger lösten sich vom Griff der Waffe.

Henry keuchte und wich stolpernd zurück, als rings um den Dolch Flammen aus der Brust des Königs hervorschossen. »Was zum Teufel ...?«

Pachacutec stolperte in die Kammer des Tempels. »Ich gehe zu Inti.«

»Spontane Verbrennung«, flüsterte Sam verblüfft. »Wie bei den Höhlenbestien.«

Maggie nickte. »Er hat den gleichen Körper wie die Kreaturen.«

»Was ist da los?«, fragte Henry, der die Flammen anstarrte.

Maggie erklärte es hastig: »Das Gold setzt so was wie

eine Kettenreaktion in Gang.« Sie zeigte auf Pachacutec. Die Flammen, die sich aus dem Dolch wanden, breiteten sich nun über den gesamten Rumpf aus. »Selbst-Opferung.«

Plötzlich fiel Henry Joans dringende Nachricht ein, die er im Helikopter empfangen hatte. Sie hatte ihn auf eine Möglichkeit aufmerksam gemacht, wie man die Substanz Z vernichten konnte. Das Geschenk an die Menschheit, das Prometheus gestohlen hatte. *Feuer!*

Henry drehte sich um und sah Pachacutec auf die Knie fallen. Flammen leckten seine erhobenen Arme empor.

O mein Gott!

Er packte Sam und Maggie und schob sie in Richtung Tunnelausgang. »Lauft!«, schrie er und versetzte dem knienden Wächter einen Tritt. »Los!«

»Was? Warum?«, fragte Sam.

»Keine Zeit!« Henry scheuchte sie weiter. Denal und Norman liefen voran, während Henry und Maggie Sam halfen, der noch ziemlich wackelig auf den Beinen war. Während der Flucht erinnerte sich Henry an Joans letzte Warnung: *Prometheus führt eine scharfe Klinge. Stell dir die Wirkung von Plastiksprengstoff vor.*

Ihre Worte erwiesen sich als nur allzu wahr. Sie hatten kaum das Tunnelende erreicht, da erschütterte eine gewaltige Explosion den Boden unter ihnen. Ein Schwall irrsinnig heißer Luft katapultierte die Gruppe den Pfad hinab. Sie taumelten, schrammten sich die Haut auf, während der Gang hinter ihnen Rauch und Schutt ausspuckte.

»Auf die Beine!«, schrie Henry, nachdem er seinen Sturz endlich überstanden hatte. »Weiterlaufen!«

Stöhnend und jammernd gehorchte die Gruppe und lief humpelnd weiter. Der Pfad unter ihnen bebte nach wie vor. »Nicht stehen bleiben!«, rief Henry.

Von den Vulkanhöhen krachten Felsbrocken herab. Jetzt

wurde das Beben sogar noch heftiger. Unten flogen hunderte von Papageien kreischend aus dem Blätterdach des Regenwalds auf.

Was war hier los?

Als Henry die Böschung unterhalb der Felswand erreicht hatte, riskierte er einen Blick zurück. Ein mächtiger Spalt zog sich vom Tunnel bis zum seitlichen Rand des Kegels.

Sam, der sich auf Maggie stützte, rang ebenso wie sie nach Luft. Die anderen waren irgendwo in der Nähe. Plötzlich bekam er große Augen. »O mein Gott!«, schrie er. »Seht mal!« Er zeigte über das Tal hinweg.

Henry starrte hinüber. Die ursprünglich bloß dampfenden Fumarolen waren zu Geysiren geworden, die kochend heißes Wasser ausspuckten. Überall im ganzen Tal tauchten neue Risse auf, die geräuschvoll Dampf und Wasser in den Himmel schickten. Unter lautem Getöse fiel ein Teil des Vulkankegels davon. »Er reißt auseinander!«, erkannte Henry.

Maggie zeigte nach hinten, zum Gipfel des südlichen Vulkans. Schwarzer Rauch wälzte sich zum Himmel und der Gestank nach Schwefel und brennenden Steinen erfüllte das Tal.

Sam richtete sich auf. »Die Explosion muss eine Verwerfung hervorgerufen haben. Eine Kettenreaktion! Beeilung! Zum Helikopter!«

Norman kam mit noch besseren Neuigkeiten. »Wir haben Gesellschaft, Leute!« Er zeigte auf den rauchenden Tunnel.

Aus dem Herzen der alles umhüllenden Schwärze sprangen bleiche Gestalten wie Dämonen aus der Hölle hervor. Kreischend und bellend wanden sich Massen der Kreaturen aus der Öffnung. Klauen scharrten über den Felsboden.

»Bestimmt hat die Explosion sie in Panik versetzt«, sagte Maggie. »Und ihnen die Furcht vor dem Tunnel genommen.«

Ein Meer schwarzer Augen richtete sich von oben auf sie und das schrille Jaulen wurde noch schriller.

»Lauft!«, brüllte Henry vor Entsetzen über den Anblick. »Sofort!«

Die Gruppe flüchtete über das unwegsame Terrain. Basaltbrocken regneten auf die bebende Erde. Es klang wie das Klappern von Zähnen und erschwerte das Laufen. Henry stürzte und zerkratzte sich die Handflächen auf dem rissigen Stein. Dann war Sam zur Stelle und zog ihn hoch.

»Schaffst du's, Onkel Hank?«, fragte er, selbst völlig außer Atem.

»Hab wohl keine andere Wahl, oder?« Henry setzte sich wieder in Bewegung, doch vor seinen Augen tanzten schwarze Punkte.

Sam stützte ihn mit einem Arm und dann tauchte Maggie auf der anderen Seite auf. Gemeinsam halfen sie ihm über die holprige Strecke hinweg bis zu der flachen Wiese. Vor ihnen zog Norman bereits Denal und den Wächter des Abts in den Bauch des Hubschraubers. Der Fotograf sah über die Wiese zu ihnen herüber. »Beeilung! Sie haben euch schon fast eingeholt!«

Henry beging den Fehler, sich umzudrehen. Die schnelleren Kreaturen waren bereits an ihrer Seite. Nicht weit dahinter stürmten größere Bestien mit Knüppeln und Steinen auf sie zu.

Plötzlich stolperte Henry und hätte um ein Haar sie alle drei umgerissen. Aber gemeinsam brachten sie es fertig, auf den Beinen zu bleiben und weiterzulaufen. Henry merkte, dass sich seine Blackouts häuften. Bald würden Sam und Maggie ihn tragen müssen.

»Lasst mich los ... rettet euch selbst.«

»Von wegen«, erwiderte Sam.

»Für wen hält er uns eigentlich?«, fügte Maggie mit gezwungener Gleichgültigkeit hinzu.

Für ein paar Sekunden wurde alles schwarz.

Dann zogen Hände Henry in den Helikopter. Er spürte den Wind und ihm ging auf, dass die Rotoren bereits umherwirbelten. Dicht neben seinem Kopf ertönte ein lauter, metallischer Schlag.

»Sie werfen mit Steinen!«, rief Norman.

»Aber sie kommen nicht näher«, fügte Maggie von der Tür aus hinzu. »Der Helikopter verschreckt sie.«

Ein zweiter Stein knallte gegen den Rumpf des Helikopters und brachte ihn zum Beben.

»Na ja, sie sind verdammt nah!« Norman wandte sich ab und brüllte den Piloten an: »Bring diesen Vogel in die Luft!«

Henry mühte sich gerade auf einen Sitz, als die Tür zuknallte. »Sam ...?«

Er spürte einen leichten Schlag auf seine Schulter. Dann wurde er in seinen Sitz gezogen und angegurtet. »Ich bin hier.« Er drehte sich um und sah, dass Sam ihn anlächelte. Maggie saß neben ihm.

»Gott sei Dank!«, seufzte Henry.

»Gott? Welchen meinen Sie?«, fragte Norman grinsend und ließ sich in die Lehne sinken.

Plötzlich erbebte der Helikopter erneut – diesmal aber nicht, weil er bombardiert wurde, sondern weil er so eilig abhob. Der Vogel neigte sich zur Seite und gewann dann langsam an Höhe. Ein letzter Stein traf die Unterseite und brachte den Hubschrauber ins Schwanken.

»Ein Abschiedskuss«, meinte Norman und starrte durch das Fenster auf die tanzende und hüpfende Masse unten.

Dann stieg der Helikopter rascher in die Höhe und bald war er außer Reichweite der Steine.

Henry starrte jetzt ebenso wie der Fotograf über das Tal hinweg. Der Regenwald unten brannte lichterloh. Dampf und Rauch verwehrten fast völlig die Sicht. An einigen Stellen schlugen Flammen aus dem dichten Nebel. Ein Anblick wie Dantes Hölle.

Während Henry so hinabschaute, mischten sich Erleichterung und Trauer in seinem Herzen. So viel war hier verloren gegangen.

Schließlich waren sie über den Rand des Kegels hinweg, schwenkten ab und flogen davon.

Sie hatten es geschafft!

Der Helikopter tauchte zwischen die benachbarten Gipfel und Henry blickte zurück. Plötzlich erschütterte ein lautes Dröhnen die Kabine; der Hubschrauber vollführte einen Satz und die Rotoren kreischten. Henry wurde nach hinten geworfen. Einige quälende Augenblicke lang schwankte und torkelte der Vogel wie wild umher.

Fluchend kämpfte der Pilot mit seinen Bedienungselementen. Alle anderen umklammerten ihre Gurte so fest, dass die Knöchel weiß wurden.

Dann richtete sich die Maschine wieder auf und flog ruhig weiter.

Henry richtete sich auf und nahm seinen Beobachtungsposten wieder ein. Er schnappte nach Luft, nicht aus Furcht, sondern aus Verwunderung. »Das müsst ihr euch ansehen!«

Die anderen kamen zu ihm ans Fenster. Sam beugte sich über seinen Onkel und legte ihm eine Hand auf die Schulter. Henry tätschelte sie und drückte ihm einen Moment lang die Finger.

»Seltsam und wunderschön«, meinte Maggie.

Hinter dem Helikopter erhellten Zwillingssäulen aus geschmolzenem Gestein, die aus den beiden Vulkanen stiegen, den nachmittäglichen Himmel. Ein Anblick, bei dem man Demut verspüren musste.

Schließlich lehnte sich Henry wieder in seinen Sitz zurück, schloss die Augen und ließ die Gedanken zu Bruder de Almagro und seinen Warnungen zurückschweifen. Der

Mann hatte das eigene Leben hingegeben, um das Böse, das hier hauste, aufzuhalten.

Leise flüsterte Henry dem brennenden Himmel zu: »Dein Sterbegebet ist erhört worden, mein Freund. Ruhe in Frieden!«

Siebter Tag

Cusco

Sonntag, 26.August, 15.45 Uhr
Cusco, International Airport
Peru

Die kleine, einmotorige Maschine, eine alte Piper Saratoga, neigte sich zur Landebahn hinab. Unter den Tragflächen breitete sich das Straßengewirr Cuscos aus, eine Mixtur aus schimmernden Hochhäusern und alten Gebäuden aus Lehmziegeln. Obwohl es ein willkommener Anblick war, wandte sich Sam vom Fenster ab. Sie hatten einen langen Tag mit Flügen und Plänen hinter sich.

Auf dem Flug von der Caldera hatte sein Onkel über den Helikopterfunk die Behörden alarmiert und das Basislager vor den Vulkanausbrüchen gewarnt. Philip hatte geklungen, als wäre er außer sich vor Panik. Anscheinend zogen die Quecha-Indianer bereits ab. Henry hatte angeordnet, dass der Harvard-Student mitgehen sollte; für eine Zwischenlandung hatten sie zu wenig Treibstoff im Tank. Den Tränen nahe hatte Philip darum gebettelt, herausgeholt zu werden, doch Henry hatte eisern darauf bestanden, so bald wie möglich nach Cusco zurückzukehren.

Auf einem kleinen, gewerblichen Landeplatz in der Nähe von Macchu Picchu hatte Henry die einmotorige Maschine nebst einem Piloten für den Flug hinüber nach Cusco angeheuert.

Doch trotz aller Pläne und des schnelleren Fluggeräts hatten sie für die Strecke fast einen ganzen Tag benötigt.

Als das Flugzeug an Höhe verlor, richtete sich Sam in der engen Kabine auf, wobei er sorgsam darauf achtete, Maggie nicht zu stören, die an seiner Schulter lehnte und wie alle anderen an Bord schlief. In Gedanken war er nach wie vor bei den letzten vierundzwanzig Stunden.

Er war gestorben.

Eine Vorstellung, die er immer noch nicht völlig begreifen konnte. So sehr er sich auch angestrengt hatte – er konnte sich an nichts von dieser verloren gegangenen Stunde seines Lebens erinnern. Er entsann sich keines weißen Lichts oder irgendwelcher himmlischer Chöre. Er erinnerte sich bloß daran, dass er mit einer Schusswunde in der Brust auf dem Quinoa-Feld das Bewusstsein verloren hatte und dann auf dem Altar wieder aufgewacht war. Dazwischen gab es in seiner Erinnerung nur gähnende Leere.

Er runzelte die Stirn. Übel nehmen konnte er dem Schicksal diese kleine mentale Lücke nicht. Er lebte – und darüber hinaus schlief eine wundervolle, rothaarige irische Archäologin neben ihm. Er ließ den Blick über die schlafende Maggie gleiten und schob ihr sanft eine lose Strähne aus dem Gesicht. Er sollte sie wecken, immerhin würden sie gleich landen. Aber dazu hatte er überhaupt keine Lust. Es war schön, sie so nah bei sich zu haben. Selbst wenn er lediglich ein gemütliches Kissen darstellte. Er nahm die Finger aus ihren Haaren und schob jede weitere Überlegung weit von sich. Es ließ sich unmöglich vorhersagen, worauf es mit ihnen beiden letztlich hinausliefe.

Mit einem Hüpfer setzte das kleine Flugzeug am Flugplatz auf.

Das Gerüttel und Gejaule der hydraulischen Bremsen ließ die Passagiere hochschrecken. Gesichter mit noch trüben Augen beugten sich vor und spähten aus den Fenstern.

»Wir sind schon da?«, fragte Maggie und unterdrückte ein Gähnen. »Ich könnte schwören, gerade erst eingeschlafen zu sein.«

Sam verdrehte die Augen. Ihm war der Flug endlos vorgekommen. »Ja. Willkommen in Cusco.«

Sie hörten den gemurmelten Wortwechsel des Piloten mit dem Tower, als sie auf den winzigen Terminal zurollten. Onkel Hank löste die Gurte an seinem Sitz, streckte sich und schob sich zwischen den dicht beieinander stehenden Sitzen durch.

Weitere Pläne und Arrangements, dachte Sam.

Zuvor hatte er die Dringlichkeit in Frage gestellt, mit der sein Onkel nach Cusco wollte, doch der hatte seine Einwände sanft zurückgewiesen. Als Sam auf seinem Standpunkt hatte beharren wollen, hatte ihn Maggie mit einem Kopfschütteln davon abgehalten. »Lass ihm seinen Willen.«

Jetzt warf ihr Sam einen Blick zu. Sie sah seinen Onkel mit Augen voller Schmerz an. Was stimmte da nicht? Was hatten sie ihm verschwiegen?

»Wer sind diese ganzen Leute da draußen?«, fragte Norman hinter ihnen.

Sam beugte sich wieder zum Fenster hinüber. Neben dem Rollband am Terminal hatte sich eine kleine Menge versammelt. Die Hälfte davon trug die Khakiuniformen der hiesigen Polizei und hatte Gewehre über der Schulter. Auf anderen Schultern saßen Nachrichtenkameras; die Mikrofone waren bereit. Die andere Hälfte stellte eine Mischung aus Einheimischen sowie Männern dar, die für dieses Klima viel zu warme Anzüge trugen. Letztere sahen aus wie Regierungsmitglieder.

Anscheinend hatte der Notruf seines Onkels in ein Wespennest gestochen.

Die Maschine rollte näher heran. Der Pilot löste seine Sicherheitsgurte, verließ das Cockpit und ging dann zur Tür. Henry hielt den Kopf gesenkt, als er etwas mit ihm besprach, daraufhin warf der schlanke Mann die Tür auf und trat den Haken los, um die Treppe herabzulassen.

Selbst im Innern der Maschine hörte Sam das MG-gleiche Klicken von Kameraauslösern und das Stimmengewirr.

Sein Onkel blieb in der Öffnung stehen und wandte sich zu ihnen um. »Leute, jetzt müssen wir uns der Presse stellen. Denkt daran, was wir besprochen haben ... wie wir für den Augenblick auf jede Frage antworten wollen.«

»Kein Kommentar«, warf Norman ein.

»*Sin cometario*«, echote Denal auf Spanisch.

»Genau«, sagte Henry. »Bis wir die Dinge geklärt haben, sprechen wir nur mit den offiziellen Vertretern.«

Ein allgemeines Kopfnicken. Insbesondere bei Sam. Er legte keinen gesteigerten Wert darauf, seine Wiederauferstehung mit der internationalen Presse zu diskutieren.

»Dann los.« Henry zog den Kopf ein und alle anderen folgten ihm die Treppe hinab.

Beim Verlassen des Flugzeugs zuckte Henry zusammen. Selbst an einem strahlend hellen Nachmittag ließen einen Kamerascheinwerfer und Blitzlichter nahezu erblinden. Stimmen riefen ihnen etwas zu: auf Englisch, Spanisch, Portugiesisch und Französisch. Eine Kette von Polizisten hielt die Leute zurück.

Stolpernd trat Henry vor und ließ seinen Blick die Menge durchforsten. *Joan.* Ein Teil von ihm hatte insgeheim darauf gehofft, dass sein verzweifelter Anruf bei den Behörden in Cusco vielleicht rechtzeitig eingetroffen war. Während des Flugs hierher hatte er zwar Bruchstücke der Berichte per Funk mitbekommen, aber die waren sehr vage: der Militäreinsatz in der Abtei, dem ein heftiger Schusswechsel gefolgt war. Zahlreiche Personen waren umgekommen, aber die Einzelheiten blieben unklar.

Er hielt die Hände zu Fäusten geballt, als er über die Landebahn schritt, und durchsuchte weiter die Menge aus Reportern, Regierungsmitgliedern und Zuschauern auf ein vertrautes Gesicht. Nichts.

Mit aller Kraft hielt er die Tränen zurück. *Bitte. Nicht*

schon wieder. Bei seiner vergeblichen Suche nach Joan verstärkte sich ein brennender Schmerz in seiner Brust, eine Mischung aus Ärger und Schuldgefühl. Ein vertrauter Schmerz. Er hatte ihn früher schon verspürt – nach Elizabeths Tod. Er hatte gedacht, er hätte sich schon längst mit dem Tod seiner Frau abgefunden, aber seine Furcht um Joan hatte alles wieder aufleben lassen. In Wahrheit hatte er ihren Tod nie verwunden. Henry hatte sich bloß dagegen abgeschottet, hatte ihn über seiner Sorge um Sam einzementiert und eingemauert.

Doch was jetzt?

Sein Herz war nur noch ein Haufen Asche, jede Hoffnung dahin.

Joan war nicht hier.

Ein Mann in einem konservativen grauen Anzug trat mit ausgestreckter Hand vor und versperrte ihm die Sicht. »Professor Conklin, ich bin Edward Gerant von der US-Botschaft. Wir haben viel zu besprechen.«

Gewaltsam löste Henry seine Faust und hob die Hand.

Da erklang eine Stimme aus der Menge und durchschnitt das Hintergrundgemurmel: »Henry?«

Er erstarrte.

Edward Gerant griff nach der Hand des Professors, doch Henry entzog sie ihm und trat beiseite. Eine schlanke Gestalt schob sich durch die Polizeiabsperrung.

Henrys Stimme kippte, als er fragte: »Joan ...?«

Lächelnd kam sie auf ihn zu, zunächst langsam, dann, als die Tränen zu fließen begannen, immer schneller. Henry empfing sie mit weit ausgebreiteten Armen. Sie stürzten regelrecht ineinander und versanken zusammen in ihrer Umarmung. Henry hätte nie gedacht, jemals wieder eine solche Freude zu empfinden, und stammelte: »O mein Gott, Joan ... ich habe geglaubt, sie hätten dich umgebracht. Aber ich habe gebetet ... gehofft ...«

»Onkel Hank?«, fragte eine Stimme hinter ihm. Es war Sam. Sein Neffe, der nichts von Joan wusste. Die empfundenen Schuldgefühle hatten zu tief gesessen, als dass er in der Lage gewesen wäre, über seine gezwungenermaßen getroffene Wahl zu sprechen. Aus dem Gefühl der Schuld und Furcht heraus hatte er geschwiegen, bis er selbst herausfinden konnte, was mit Joan geschehen war.

Als Sam zu ihnen trat, lösten sich Joan und der Professor etwas voneinander, doch Henry wollte den Blick nicht von ihr lassen ... nie wieder. Ohne sich abzuwenden, stellte er seinem Neffen Dr. Engel vor. Sie lächelte warm, nahm Sams Hand und schüttelte sie. Aber Henry beanspruchte sie gleich danach wieder für sich. »Erzähl von dir. Was ist geschehen?«, fragte er.

Joans Lächeln verblasste um einige Schattierungen. »Ich bin entkommen, gerade als die Polizei mit ihrer Razzia begann. Zum Glück! Gleich nach der Erstürmung der Abtei durch die Behörden haben die Mönche einen Sicherheitsmechanismus ausgelöst, der in ihrem Labor eingebaut war. Die ganze Anlage wurde in Brand gesetzt, einschließlich des Gewölbes von *el Sangre*.« Sie zeigte zum fernen Horizont.

Ebenso wie Sam starrte Henry hinüber. Rauch, so dicht wie der aus einem Vulkan, stieg in den Himmel.

»Die anschließende Explosion hat die gesamte Abtei zum Einsturz gebracht. Sie qualmt noch immer. Geblieben sind lediglich die Inkaruinen darunter.«

»Erstaunlich«, bemerkte Sam.

Henry drückte sich enger an Joan. »Aber du bist entkommen, Gott sei Dank. Ich weiß nicht, ob ich damit hätte leben können, wenn ...«

Joan schmiegte sich in seine Arme. »Ich gehe nirgendwohin, Henry. Du bist mir einmal im Leben verloren gegangen. Das werde ich nicht wieder zulassen.«

Henry grinste und zog sie noch enger an sich. »Ich auch nicht.«

Traurig lächelnd ging Sam davon und überließ die beiden sich selbst. Er hatte noch nie erlebt, dass sein Onkel sich so gänzlich in jemand anderen verlor – und die Gefühle beruhten eindeutig auf Gegenseitigkeit. Während er sich für seinen Onkel freute, verspürte er selbst eine merkwürdige Leere in sich, als er das Paar verließ.

In der Nähe erzählte Norman dem sitzengelassenen Botschaftsmitglied einen Teil ihrer Geschichte. Das knabenhafte Gelächter des Fotografen schallte weit über die Landebahn. In seinem Schatten stand Denal. Norman hatte angeboten, den Jungen als Volontär beim *National Geographic* unterzubringen – und da Denals Mutter gestorben war, hielt ihn hier nichts mehr. Schließlich hätte er bloß ein Leben in Armut zu erwarten. Die beiden hatten bereits Pläne geschmiedet, gemeinsam nach New York zurückzukehren.

Auf der anderen Seite der Landebahn flammten unermüdlich Blitzlichter auf.

Sam wanderte noch weiter zurück und stellte sich neben eine Tragfläche des Flugzeugs, weitab von der Menge. Er musste einen Moment in Ruhe nachdenken. Seit dem Tod seiner Eltern waren er und Onkel Hank unzertrennlich gewesen. Ihr Kummer hatte ein Band geschmiedet, das beider Herzen aneinander gefesselt und niemandem den Zutritt gestattet hatte. Er sah zu seinem Onkel hinüber. Sollte heißen, bis jetzt.

Er war sich seiner Gefühle über die Sache nicht im Klaren. Zu viel war geschehen. Er fühlte sich losgelöst, losgebunden von einem Ort, der ihm Geborgenheit geschenkt hatte. Jetzt trieb er umher und alte Erinnerungen drangen auf ihn ein: das Quietschen der Reifen, verbogenes Blech, zerbrochenes Glas, Sirenen, seine Mutter, deren einer Arm herabbaumelte, als sie auf einer Rettungstrage aus dem Wrack gezogen wurde.

Plötzlich traten ihm Tränen in die Augen. Warum zerrte er das alles jetzt wieder hervor? Aber die Schleusen waren geöffnet und er konnte die Tränen nicht mehr aufhalten.

Dann spürte er jemanden hinter sich.

Er drehte sich um. Maggie stand da und sah mit großen Augen zu ihm auf.

Wo er Erheiterung oder eine schneidende Bemerkung über seine Reaktion erwartet hatte, fand er lediglich Besorgnis. Einer der Sanitäter hatte ihr eine leuchtend gelbe Rettungsdecke überlassen, in die sich Maggie gegen die kühle nachmittägliche Brise eingehüllt hatte. Leise sagte sie: »Es ist wegen deines Onkels und dieser Frau, hab ich Recht? Du hast das Gefühl, ihn zu verlieren.«

Er lächelte sie an und wischte sich grob die Tränen weg. »Ich weiß, es ist dumm«, meinte er, die Kehle wie zugeschnürt. »Aber es ist nicht bloß Onkel Hank. Es ist mehr als das. Es sind auch meine Eltern, es ist Ralph ... es ist alles, was der Tod uns nimmt.«

Sam bemühte sich verzweifelt, seinen Gefühlen Worte zu verleihen, und starrte dabei zum Himmel hinauf. Er brauchte jemanden zum Zuhören. »Warum durfte ich weiterleben?« Er winkte mit dem Arm zu den fernen Anden hinüber. »Da oben ... und damals bei meinen Eltern im Autowrack ...«

Jetzt stand Maggie dicht vor ihm. Ihre Zehen berührten einander fast. »Und ich in einem Graben in Belfast.«

Er beugte sich zu ihr und wusste, dass sie seinen Schmerz mehr als jeder andere verstehen konnte. »W... warum?«, fragte er leise und schluckte einen Schluchzer hinunter. »Du weißt, wovon ich spreche. Wie lautet die Antwort? Ich bin, Gott verdammt nochmal, sogar gestorben und wieder auferstanden! Und ich habe nach wie vor nicht den kleinsten Hinweis auf den Grund dafür!«

»Auf manche Fragen gibt es keine Antworten.« Maggie berührte ihn an der Wange. »Aber in Wahrheit bist du nicht dem Tod entkommen, Sam. Das kann keiner von uns. Er ist immer noch da draußen. Letzten Endes konnten ihm nicht einmal die Inka entkommen.« Sie zog Sam näher zu sich. »Jahrelang habe ich versucht, vor ihm davonzulaufen, während du dich Rücken an Rücken mit deinem Onkel gegen ihn gewehrt hast. Aber keines von beidem ist gesund, weil der Tod am Ende immer Sieger bleibt. Ihn zu verdrängen kann nur schlimm enden.«

»Was tun wir dann?« Flehend sah er sie an.

Maggie seufzte traurig. »Wir bemühen uns, unser Leben so gut wie möglich zu leben.« Sie sah ihm ins Gesicht. »Wir leben einfach, Sam.«

Er spürte erneut Tränen. »Aber ich versteh's nicht. Wie ...?«

»Sam«, unterbrach Maggie und legte ihm einen Finger auf die Lippen. Mit einem leisen Rascheln rutschte ihr die Rettungsdecke von den Schultern.

»Was ist?«

»Halt den Mund und küss mich.«

Er blinzelte bei ihren Worten und ertappte sich dann dabei, dass er sich ihr entgegenbeugte. Geführt von ihren Händen entdeckte er ihre Lippen, versank in ihrer Weichheit und Wärme und allmählich dämmerte ihm die Erkenntnis.

Das ist der Grund, weshalb wir leben.

Zunächst küsste er sie zaghaft, dann leidenschaftlicher. Das Blut sauste ihm in den Ohren. Er merkte, dass er Maggie näher zu sich zog, während sie seinen Hals umklammerte, die Hände in seine Haare vergrub und ihm den Stetson vom Kopf stieß. Sie wollten einander so nahe kommen wie möglich, damit kein Platz mehr zwischen ihnen bliebe.

Und in diesem Augenblick wurde es Sam ganz leicht ums Herz, denn er verstand.

In diesem Kuss lag *kein* Kummer ... *kein* Schuldgefühl ... *kein* Tod.

Nur das Leben – und wer brauchte schon mehr als das!

Epilog

Zwei Jahre später
Donnerstag, 19. Oktober, 22.45 Uhr
Institut für Genetik
Stanford, Kalifornien

Drei Stockwerke unterhalb des Hauptforschungsbereichs ging ein Mann in einem langen weißen Laborkittel auf das Palm Pad zu, das zu einer Reihe privater Labors führte. Er drückte die Handfläche auf das blaue Kissen und sah, wie das druckempfindliche Lesegerät unter seinen Fingern aufblitzte. Das Licht auf der Anzeige wechselte zu grün und sein Name erschien in kleinen Buchstaben darauf: DR. DALE KIRKPATRICK.

Das Geräusch herabfallender Bolzen verkündete, dass er von der computergesteuerten Überwachungsstation akzeptiert worden war. Er zog die Handfläche zurück und griff nach der Klinke. Mit einem kleinen Seufzer, ähnlich einem kurzen Atemzug, öffnete sich die Tür einen Spalt breit. Der Wissenschaftler mittleren Alters musste heftig ziehen, bis sich die Tür gegen den leichten Unterdruck der angrenzenden Räume öffnete. Dabei handelte es sich um eine eingebaute Vorsichtsmaßnahme, damit mögliche biologische Verunreinigungen nicht aus dem Labor gelangen konnten. Bei diesem Projekt hatte man keine Kosten und Mühen gescheut. Eine von der Regierung eingesetzte und vom Pentagon unterstützte Denkfabrik hatte annähernd eine Milliarde Dollar investiert. Ein guter Teil davon, dachte der Mann höhnisch grinsend, floss als Gehalt direkt in seine Taschen.

Als er die Tür ganz öffnete, protestierte seine Schulter mit einem stechenden Schmerz. Er zuckte zusammen, betrat das Labor und ließ die Tür hinter sich zurückgleiten, während er sich die empfindliche Stelle an seinem Drehmuskel rieb. Bis die Schusswunde, die er auf den Gängen der Johns Hopkins erlitten hatte, abgeheilt war, waren vier Operationen erforderlich gewesen. Obwohl sie ihn immer noch gelegentlich schmerzte, durfte er sich kaum beklagen – er hatte nicht bloß den Überfall überlebt, sondern war noch dazu mit einer kleinen Menge der Substanz Z entkommen, nämlich den Proben, die sie unter dem Elektronenmikroskop überprüft hatten.

Sobald das Gerücht über seine Entdeckungen an die richtigen Ohren gedrungen war, hatte man Dr. Kirkpatrick erlaubt, von der Bildfläche zu verschwinden. Gerüchte von seinem Tod wurden ausgestreut und er wurde zur Westküste gebracht, ans Institut für Genetik in Stanford. Dort überließ man ihm das Labor sowie einen Stab von vierzehn Mitarbeitern mit höchster amtlicher Sicherheitseinstufung.

Dale ging an den Reihen von Labors vorüber zu seinem Büro. Als er am Computerraum vorüberkam, hörte er das Surren der vier Cray-Computer, die die gesammelten Daten des Gensequenzers verdauten. Das Human Genome Project war ein Kinderspiel im Vergleich zu dem, was sein Labor versuchte. Er schätzte, dass es noch weitere vier Jahre brauchen würde, den genauen Code zu entschlüsseln, aber ihm stand genügend Zeit zur Verfügung. Pfeifend, um das Schweigen des leeren Labors zu füllen, schloss Dale mittels seiner Keycard die Tür auf und betrat sein persönliches Büro.

Er schüttelte den Laborkittel ab und hängte ihn an einen Garderobenhaken. Anschließend lockerte er die Krawatte und rollte die Ärmel auf, ging hinüber zu seinem Schreibtisch und ließ sich mit einem Seufzer in dem Ledersessel nieder.

Er wollte den letzten Teil seines Jahresabschlussberichts diktieren, damit ihn Marcy morgen abtippen und er ihn noch einmal überprüfen konnte. Er öffnete eine Schublade, zog sein persönliches Diktiergerät hervor, schaltete es mit dem Daumen ein und hielt sich das Mikrofon an die Lippen.

»Zustandsbericht. Schlüsse und Einschätzungen«, diktierte er und räusperte sich dann. »Die Nanotechnologie ist immer eine theoretische Wissenschaft gewesen, eher ein Gebiet der Mutmaßungen als der echten Wissenschaft. Aber durch die Entdeckung der Substanz Z sind wir jetzt fast so weit, dass wir die Manipulation von Atomen in den Bereich der angewandten Wissenschaft und der Nutzung überführen können. Während der vergangenen beiden Jahre haben wir die Effekte der ›nanobiotischen Einheiten‹, wie wir sie in Substanz Z vorgefunden haben, auf frühes embryonales Material studiert. Wir haben entdeckt, dass sich die Manipulation als äußerst effektiv im Blastulastadium der menschlichen Zygote erwiesen hat. Während dieser Zeit sind die Zellen ausgesprochen undifferenziert und formbar. Durch die Beobachtung der Nanobots am Werk sowie mittels Reverse Engineering hoffen wir, in der nahen Zukunft die ersten Prototypen bauen zu können. Im Moment ist uns jedoch eine bedeutende Entdeckung gelungen. Sie stellt den ersten Schritt auf dem Weg dar, Nanotechnologie wirklich werden zu lassen: Wir kennen jetzt das einprogrammierte Ziel der in Substanz Z vorgefundenen Nanobots.«

Stirnrunzelnd schaltete Dale das Gerät ab und streckte sich, um eine Verspannung im Nacken zu lösen. Er war stolz auf seine Forschungsergebnisse, doch nagte noch immer ein gewisser Zweifel an ihm. Er trug das Diktiergerät zu dem verschlossenen Fenster.

Dort drückte er auf einen Knopf, die Jalousien gingen auf und gaben den Blick auf den Inhalt der Inkubationskammer im benachbarten Raum frei. Eine gelbliche Brühe brodelte und kochte darin. Kleine goldene Funken trieben wie Glühwürmchen in der Mischung. Flocken nanobiotischer Kolonien. Substanz Z.

Doch nicht die besondere Nährlösung hatte Dale angelockt.

Von zwei Regalen hingen die zwölf sich entwickelnden menschlichen Föten herab. Er beugte sich leicht vor, um sie zu studieren. Die beiden im zweiten Entwicklungsstadium bildeten bereits die Flügelknospen aus. Aufgeblähte und für die winzigen Körper viel zu große Köpfe schwangen sich scheinbar zu ihm herum. Große, schwarze, bislang lidlose Augen erwiderten seinen Blick. Kleine Arme mit zwei Gelenken regten sich langsam. Einer der Föten saugte am winzigen Daumen. Dale entdeckte schimmernde scharfe Zähne.

Erneut hob er das Gerät an die Lippen und schaltete es ein. »Ich bin zu der Auffassung gelangt, dass die von den Inka entdeckten Goldmeteoriten eigentlich eine Art extraterrestrischer Sporen darstellten. Außerstande, sich physisch zu transportieren, hatte eine Alien-Zivilisation diese Nanobot-Proben über die Sterne ausgesät. Wie ein Löwenzahn, der seinen Samen ausschickt, haben sich die Proben über den Raum ausgebreitet und darauf gehofft, unter den zahllosen Planeten auf fruchtbaren Boden zu stoßen. Da die Goldproben auf bewusstes Leben reagieren, würden sie, dank ihrer formverändernden Natur, dessen Neugier anstacheln und es in ihre Fänge locken. Einmal eingefangen, würden die Nanobots dieses ›Rohmaterial‹ auf molekularer Ebene manipulieren, bis sie schließlich die ganze bewusste Biomasse eines Planeten verzehrt hätten. Dann würden sie daraus die eigene Alienrasse wieder aufbauen und damit ihre Zivilisation über die Sterne ausbreiten.«

Dale schaltete das Diktiergerät ab. »Aber nicht hier«, brummte er.

Er beugte sich vor und studierte den größten der Föten.

Der schien die Aufmerksamkeit zu spüren und streckte ihm winzige Klauenfäuste entgegen. Seufzend legte Dale die Stirn an den Glastank. *Was werden wir voneinander lernen? Was werden wir entdecken?* Die Lippen der winzigen Gestalt zogen sich in einem lautlosen Zischen zurück und zeigten die Reihe scharfer Zähne. Dale kümmerte sich nicht um die infantile Präsentation von Aggression. Einfach nur zufrieden mit seinem Werk legte er eine Handfläche auf die Scheibe.

»Willkommen«, flüsterte er den Neuankömmlingen zu. »Willkommen auf der Erde.«